剑桥美国文学史

第一卷

〔美〕萨克文·伯科维奇／主编
蔡　坚／主译
康学坤　朱士兰　吴　莎／译

THE CAMBRIDGE HISTORY OF
AMERICAN
LITERATURE

1590年—1820年

简 介

这部多卷本的《剑桥美国文学史》标志着美国文学研究的一个新起点。它收录了一代美国文化历史学家的作品，在这些作品中，文学历史学家们勾勒了美国文学的轮廓并重新定义了美国文学的各个发展阶段。美国文学史研究的快速发展需要一个更为广泛而灵活的学术框架，本套书满足了这种需求。此前出版的所有美国文学史，要么因为提供了权威单一视角的看法而显得极端，要么百科全书般地列举了大量简洁的叙述，其结果似乎也是同样的极端，因为形式本身妨碍了作者阐述自己的看法。这部美国文学史通过多视角、大量的叙述逐步展开，其中每一个叙述涉及范围之广泛、细节之丰富足以详尽阐述那些与众不同的观点（前提、论点和分析）；每一个叙述都因有实证而具有说服力和权威性；而且所有叙述之间都通过共同的主题和关注的问题而相互关联。

我们之所以选择书中的诸位学者来撰写这部书是因为他们都具有卓越的学识，同时也考虑到评论界对其著作的高度评价。这套书的作者们共同展示了在过去 30 多年中美国文学评论所取得的成就，他们的作品不仅证明了几代学者研究之间的断裂，而且证明了文学研究的传承性，同时也向读者展现了与美国文学和美国文化相关的大量的资料。

本卷内容涵盖了美国文学从殖民地时期直至建国初期出现的各个阶层和风格的作家和作品，其中涉及文艺复兴时期的探险者、清教神权统治者、启蒙运动时期的自然主义作家、南方女性作家、革命时期宣传册撰写者、年轻合众国的诗人和小说家，等等。迈拉·杰琳利用新世界的探索和殖民时期多语种的文学材料，向我们展示了美国的形成及这一帝国扩张的过程。埃默里·艾略特追述了从难以治理的开始直至动荡的 18 世纪中期复兴阶段的新英格兰文学方式及其发展中冲突迭起的一段历史。戴维·S. 谢尔德的研究侧重点虽然在时间跨度上并不大，但所包含的内容却极其丰富，其中有大量新近发现的书信、诗集和散文集。这些包罗万象的珍贵作品和资料生动地再现了当时从费城、纽约一直到南方旧时社会沙龙中普遍存在的新古典主义的纯文学风格。罗伯特·A. 佛格森深入研究了构成美国文学启蒙时期的特点，以及

○简介

后来为整个国家修辞风格奠定了基础的各种篇章模式,并且探讨了它们之间的相互关系。迈克尔·T.吉尔默在详细叙述一个国家文学传统产生的过程中,描述了一系列范围广泛的社会和经济变革——从共和国到自由市场理念,从口头文化到印刷文化,从集体主义价值观到个人主义价值观的转变。

本书的五位作者都将文学放在世界的范围内去考察和研究。同时,不论他们的侧重点是殖民地时期的文学,还是某一地区或是全国范围的文学,这五位学者都以其独特的方式探究了美国文学中的"美国特点",即在"美国化"过程中文学和语言的向心性特点。他们又一次令人信服地全面展现了文学在美国早期历史中的重要性,并确立了美国早期文学的历史价值。

目录 CONTENTS

中文版序 ·· I
致　谢 ·· IV
序　言 ·· XI

殖民地时期的文学 ·· 001
迈拉·杰琳（拉特格斯大学）

第一章　帝国时期的文献 ·· 003
第二章　自然居民 ·· 028
第三章　美国早期的三位作家 ·· 049
第四章　定居 ·· 074
第五章　新世界的争端 ·· 099
第六章　在美洲旅行 ·· 116
第七章　最终的航行 ·· 139

新英格兰清教文学 ·· 159
埃默里·艾略特（加州大学滨河分校）

第一章　沙仑巫术的语言 ·· 161
第二章　基督教的乌托邦梦想 ·· 173
第三章　个人叙述与历史 ·· 194
第四章　诗歌 ·· 213
第五章　哀叹史 ·· 243
第六章　理性与复兴运动 ·· 265

美国殖民地时期的纯文学 ·· 291
戴维·S. 谢尔德（西塔德尔发展基金会）

目 录 CONTENTS

美国启蒙运动时期的文学（1750—1820） ... 329
罗伯特·A. 佛格森（哥伦比亚大学）

第一章　寻找革命 ... 331
第二章　启蒙运动在美国的解释 ... 352
第三章　宗教的声音 ... 373
第四章　书写革命 ... 406
第五章　公论文学 ... 446
第六章　启蒙运动的局限 ... 471

革命时期和建国初期的文学 ... 511
迈克尔·T. 吉尔默（布兰德斯大学）

第一章　共和国初期的文学 ... 513
第二章　杂志、评论和散文 ... 530
第三章　戏剧 ... 545
第四章　诗歌 ... 563
第五章　小说 ... 592
第六章　查尔斯·布罗克顿·布朗 ... 615
第七章　华盛顿·欧文 ... 631
第八章　詹姆斯·费尼莫尔·库珀 ... 645

大事年表 ... 663
参考书目 ... 725
索　引 ... 739

中文版序

能够把这部美国文学史介绍给中国读者是莫大的荣幸——这种荣幸标志着两种文化富于戏剧性的会合。美国文学传说也许是世界上最年轻的，而中国文学传说则是非常古老的。但是美国文学在一个方面却比较年长：它是现代世界所诞生的第一个国家的产物。当然，在欧洲定居者到达以前，美国印第安人（或称土著美国人）已经在今天叫做美国的这片领土上居住了数千年之久，但是他们拥有的是口头文学而不是书面文学。按照我们现在的理解，美国文学传统基本是使用英语的作家们的产物。它始于16世纪末17世纪初，最初是由英国殖民者撰写的，它是这些新兴资本主义生活方式的先驱们创作的记叙文、布道文、日记和诗歌。19世纪，它随着工业资本主义在大西洋两岸的胜利而繁荣兴旺；在我们这个时代，它作为自由主义、自由经营和市场开放的西方主要国家的文学依然经久不衰。

美国文学发展的结果是形成了一个比历史悠久、方面众多、异彩纷呈的中国文学统一得多的作品主体；在对现代性的种种状况进行表述方面，它也是世界上年代最长久、内容最复杂的民族文学。它是一种富于个人主义和冒险精神的文学，一种扩张和探索的文学，一种蕴涵种族冲突和帝国征服的文学，一种折射大规模移民和种族关系紧张的文学，一种反映资产阶级家庭生活和个人自由与社会限制不断斗争的文学。这些文学作品从探讨自然和"自然人"方面的问题转向探讨异化、歧视、城市化和地区及种族暴力方面的问题。它们受到一种民主美学的启迪（与人们所理解的那种欧洲"旧世界"的精英统治论针锋相对）——这是一种"普通人"和"寻常事"的美学；不同凡响的是它们对建立在奴隶制、土地的剥夺和资本主义的贪婪等基础上的文化犯下的种种暴行进行了持续的批评（这种批评往往成为激烈的谴责）。最后，这是一种始终由于有关身份的双重焦点而著称的文学：一方面它把这个国家奉为未来的土地，"明天之国"，试图制造一种关于"美国"的救世神话；另一方面它又进行自我折磨，对于身为"美国人"意味着什么怀着一种极其痛苦的焦虑。对于中国作家来说，中国的概念是一个关于悠久历史的问题——关于绵延数千年之久的各种神话、传说和事件的问题。而美国作家所

⊙中文版序

一心追求的是重新创造自己身份这个含义深刻的现代主义问题。

自19世纪初以来已有几部美国文学史问世,但是其中鸿篇巨制之作只有三部。这三部文学史实际上记录了美国的成长历程。第一部出版于第一次世界大战期间的1917年,当时美国在国际舞台上初露锋芒;第二部面世于第二次世界大战结束后不久的1948年,当时美国充分展现了其经济和军事大国的实力。我们这部文学史是20世纪末叶全球化的产物,此时民族主义的含义本身已经受到质疑,在美国,对文化内聚力的一些基本说法有了一种新的、**批判**的意识。

这种新的意识表现为两种形式,即历史的形式和知识的形式。在过去30年间,学者们揭露了这个国家历史上受到压抑或者被人忽视的各个方面。我们已经认识到妇女和少数民族作品的重要性,非裔美国文化中心地位的重要性以及"地域"作家们诸多贡献的重要性。我们也已经认识到某些包罗万象的概念(包括"美国人"和"文学经典"之类概念)与其说是揭示了美国的生成过程,毋宁说是掩盖了这一过程。在知识方面,我所说的新意识与文学批评中心权威的崩溃密切相关。过去的30年是众多激烈竞争的理论和批评流派繁荣兴盛的年代:解构主义、女权主义、"同性恋"理论、新马克思主义、读者反应理论、新历史主义、多元文化主义等等。这部八卷本美国文学史是第一部着力展示一个意见分歧的时代而不是特意表述一种正统观念的巨著。我们无意一劳永逸地为千秋万代提供一篇关于美国文学的故事;我们无意佯称发现了我们国家文学传统发展**独一无二**的真正关键。恰恰相反,这部文学史代表了一代美国学者的独特观点(一种多元主义,有时互相矛盾,常常变化无常的观点),一种已经从本质上对这个领域的边界加以拓展和重新确定的观点。

因此这部文学史采用了与以前几部文学史不同的格式。我在本书的序言里比较详细地讨论了这种差别。为了适合这篇序言的目的,我要强调两点,第一点是关于分歧的问题。此前几部文学史不是基于有关文学、历史及其二者之间关系的一些共同的基本假定(即所有撰稿人一致赞同的文学—历史共识),就是基于权威"文学史名家"的某种宏论。而这两种选择对我们来说都是行不通的。如上所述,我们这部文学史反映了多种多样的评论方法和途径,其中不乏互相矛盾之处,但是每一种方法和途径都代表着当前文学研究领域的一个重要组成部分。

我要强调的第二点有关我们这部文学史每一部分(专论)不同寻常的篇幅。以前所有合作编写的文学史都要求专家就有关主题撰写较短的文稿:例如用15页篇幅论述南方小说家威廉·福克纳,用5页篇幅论述清教徒诗人安娜·布拉兹特里特,用30页篇幅论述18世纪启蒙主义散文。然后编辑们再将这一切组合起来,形成一个和谐的整体。我们的情况恰恰相反。每一位撰稿人都可以要求用足够的篇幅对他或她所采取的特殊途径进行解释。仅仅"充分地论述这个题目"(涵盖各种文本、运动和体裁等等)是不够的;我们必须考虑到不同见解的形成,其中每一种见解都是专家的声音,然而对于声称代表最终的权威又都持怀疑态度。所以,我们在每卷里提供的都不是一系列权威性的宣言,而是一组各不相同而又相互关联的叙述;它们一起构成了两种这个时期具有连贯性的对话式记叙文——一种没有确定答案的记叙文,其中的各个部分多彩多姿,有助于增进全书的深度和广度。

　　这是至今撰述得最为全面的美国文学史。它也是最具有挑战性的著作。读者将会发现他们自己在和各具特色的美国文学史专家对话,而与此同时,这些专家将就书中讨论的不同专题为他们提供内容最为丰富的论述。我们希望从这两个方面来看,中国学生不仅可以从阅读中获益,而且可以从中受到激励,用新的方式对美国文学进行思考,并且从总体上对文学研究进行思考。

萨克文·伯科维奇

致　谢

总编致谢：

感谢哈佛大学召集本书的各位作者进行为期三天的研讨和规划。感谢剑桥大学出版社的安德鲁·布朗和朱丽·格林布莱特所给予我的慷慨帮助。感谢丹尼尔·艾伦、伊昙·伯科维奇和苏珊·L. 密祖鲁奇一直以来给我的支持和建议；并感谢南茜·宾利、麦克尔·贝托尔德、列娜·法伯和杰西卡·里斯金等同学所做的文案校对工作。我尤其要衷心地感谢玛格丽特·瑞德女士在本书撰写的各个阶段对我的帮助和支持，并感谢她为本书所做的索引工作。

萨克文·伯科维奇

殖民地时期的文学

我谨在此向古根海姆基金会的负责人表达我的谢意，感谢他们在这个项目开始时批准了我一年的假期。在这段时间内，达特茅斯学院热情地向我提供了帮助，并准许我使用他们一流的贝克尔图书馆。感谢宾夕法尼亚大学给予我的另外一学期的假期。感谢纽百利图书馆的地图管理员小罗伯特·W. 凯洛先生给予我的宝贵帮助，是他为我选择了两幅美国地图作为文中的插图。同时感谢纽百利图书馆慷慨地允许我复印那两幅地图。书中第一章的标题"帝国时期的文献"引自欧文·R. 布莱克编纂的《哈克鲁特航行记》一书中的前言部分。文中第五章出现的对一些欧洲文献的翻译以及该章节的标题，都引自安东尼洛·戈比的权威性译著《新世界的争端——一部辩论家的历史》一书。最后，我要向为我提供了宝贵建议的帕特里西亚·M. 斯帕克斯、迈克尔·华纳、艾米丽·巴特尔斯、玛丽林·杨和杰西卡·里斯金等人表示诚挚的谢意，并向本书主编萨克文·伯科维奇表示衷心的感谢。

迈拉·杰琳

致 谢

新英格兰清教文学

感谢以下机构为我的研究和写作提供的经济帮助：人文科学国家援助基金会（NEH）、普林斯顿大学、加利福尼亚大学以及加州大学人文科学研究院。第一章初稿曾提交给维罗纳大学和巴黎高等师范学校研讨会，因此，我谨在此感谢为我提供慷慨帮助的伊塔拉·维凡教授、皮埃尔·伊弗斯·派提朗、维欧拉·萨克斯教授、多米尼克·马凯斯、加宁·德芙和马克·莎那迪艾。感谢欧文人文科学研究所主任马克·罗斯先生及研究所的全体成员。1991 至 1992 年间"少数民族语篇课题组"悉心阅读了我的手稿，并提出了宝贵意见；为此，我对以下同仁致以衷心的感谢：诺玛·阿拉尔贡、裘斯·艾玛雅、文森特·程、金考·程、金伯利·柯蓝肖、安妮·丹尼伯格、阿布杜拉·謇默罕默德、梅·约瑟夫、克莱拉·苏·克德威尔、司马达·拉维、弗朗索瓦·莱昂奈特、刘海铭、丽莎·洛、丽莉安·曼泽卡斯、麦克尔·斯普林克、斯特林·斯塔基、戴维·凡·列尔、克莱伦斯·沃克。感谢加州大学滨河分校的以下同事抽出宝贵时间阅读我的书稿，并提出指导性的意见：史蒂夫·阿克叟洛德、卡洛·本西克、马克·艾略特、布鲁斯·哈古德、德博拉·哈思维、卡拉·玛吉尔·卡尔顿·史密斯。同时感谢加州大学洛杉矶分校的迈克尔·克拉裘里奥和纽约州立大学宾厄姆顿分校的伯纳德·罗森塔尔以及威斯康星大学的海瑟·达布罗给我的宝贵建议。尽管在写作过程中，诸多学者的著作都帮助了我深入理解新英格兰清教文学，但我尤其要对以下学者表示感谢，他们的著作给了我很大启发：伯纳德·拜琳，萨克文·伯科维奇、米歇尔·布列特维泽、迈克尔·克拉克、帕迪·克威尔、罗伯特·达利、爱德华·戴维森、安德鲁·戴本考，约翰·戴默斯、艾弗莱特·爱默生、文迪·马丁、哈里森·梅瑟罗尔、罗伯特·梅德考夫，佩利·米勒、凯伦·罗尔、吉恩·法莱萨达、丹尼尔·谢、肯尼斯·西尔佛曼、艾尔登·T. 弗冈、拉泽尔·西夫。感谢我的朋友、同事以及普林斯顿大学和加州大学滨河分校的教师们对我的支持和帮助；同时感谢 1988 年国家援助基金会夏季研讨会的成员们对我的鼓励。剑桥大学出版社的安德鲁·布朗和朱丽·格林布拉特以及曾在那里任职的伊丽莎白·玛奎尔都为我的写作提供了耐心的帮助。在此，我向他们表示衷心的感谢。我也同样感谢本书主编萨克文·伯科维奇和副主编赛露斯·帕特尔，感谢他们对我的信任和所提出的建议。感谢我的妻子乔治亚对我一如既往的情感和精神支持；也对我的孩子们——斯科特、马克、马修、康斯坦斯和劳拉给我的支持表示感谢：在我因为醉心于另外一个时空的人和事而无暇顾及孩子们的时候，他们

V

◎致 谢

给予了足够的宽容和理解。

埃默里·艾略特

美国殖民地时期的纯文学

尽管我已在这部分最后一个段落中，对启发和帮助我写作文学史的学者及其著作表达了谢意，但我必须承认，还有其他一些学者的著作对我的写作产生了潜移默化的影响和帮助。例如，我对"文学作品中对话描写模式"的论述，在很大程度上就受到了于尔根·哈贝玛斯《公共领域的结构转换》一书中有关俱乐部、咖啡馆方面见解的启发。同样，彼得·克拉克关于社交能力的著作，劳伦斯·克莱恩关于礼貌风格的研究，以及理查德·布施曼在社会交往中有关斯文和教养的论述，都为我在纯文学的社会愉悦功能方面的研究提供了努力方向。文中关于殖民地时期美国女性写作和言语机制的分析得到了德娜·古德曼在法国沙龙文化方面研究的极大帮助。另外，帕蒂·克威尔和卡拉·穆尔福德两位学者对于殖民地时期女性写作规律的开创性研究，也为这一领域中任何其他深入的探索提供了必要的基础。我对殖民地时期美国文学的最初认识很大程度上得益于威廉·斯班戈曼的研究著作。

作为美国古文物协会的塞缪尔·福斯特·黑文研究员，我在手稿的传播及印刷等方面做了一些探索性的工作，而在本书所提出的最新研究成果应被视为在戴维·D. 豪尔和迈克尔·华纳义务论史方面的一种练习。

正是由于得到了国家援助基金会夏季研究项目的资助，才使我能够对刘易斯·莫里斯二世（Ⅱ）和罗伯特·波林进行档案考察工作。对阿奇伯德·豪姆作品和生平的研究得到了美国哲学学会的项目资助。西塔德尔发展基金会为关于伊丽莎白·格莱姆·佛格森、詹姆斯·科克帕特里克和乔治·奥吉尔维的研究工作提供了差旅经费。

感谢罗伯特·佛格森、J. A. 勒梅、威尔逊·萨摩威尔、菲利普·古拉和凯希·戴维森阅读了本项研究的文稿并提出了宝贵意见。我尤其感谢卡拉·穆尔福德提出的真诚的批评意见。

感谢宾夕法尼亚历史学会允许我引用亨利·布鲁克的《杰斯汀语篇》和《变形新考》两部书稿。它们摘自宾夕法尼亚历史学会彼得收藏的《札记》一书。

感谢大英图书馆管理方允许我节选馆藏的《托马斯·沃达克船长1710年11月12日写给詹姆士·佩迪弗的信件》。

感谢爱丁堡大学图书馆允许我节选并复印曾任英王秘书及北美新泽西州

事务顾问的阿奇伯德·豪姆爵士的《在各种场合的诗作》一书。

感谢罗伯特·米克鲁斯准许我对其所编辑的亚历山大·汉密尔顿的《古老的光荣星期二俱乐部的历史》一书第三卷的多处引用。

感谢拉特格斯大学档案馆特殊藏品和档案处允许我复印罗伯特·莫里斯的《散文与韵文》一书中的刘易斯·莫里斯政治诗作的部分内容。

感谢马萨诸塞州历史学会允许我在文中使用约瑟夫·格林于1733年6月7日写给本杰明·保拉德船长的信。

感谢亨廷顿图书馆允许我使用罗伯特·波林的《拥堵》合集。

感谢费城图书馆公司允许我复印伊丽莎白·格雷姆的《一位年轻女士的作答歌》一书中的《朱薇丽亚诗集》的手稿。

感谢帕蒂·克威尔允许我多处引用苏珊娜·莱特写给伊丽莎白·诺里斯的诗体信件《女性呼唤理性的援助》一文。

感谢宾夕法尼亚历史学会允许我引用苏珊娜·莱特的《1726年……所作诗篇》一文。

感谢卡拉·穆尔福德允许我引用其即将面世的《安妮斯·伯迪诺·斯道克敦诗作》一书中"致来访者"一文。

戴维·S. 谢尔德

美国启蒙运动时期的文学

由于这部分文学史用现在时的语气写成,因此我首先请求读者们特别关注历史这个问题本身。史学家们常常用"现代主义"一词来批评那种企图用当代标准来评判历史的错误倾向。由于现今普遍存在着这种倾向,所以我认为这种批评和警告十分必要。但本人在书中所采用的现在时态却表明了另外一个客观存在的情况,即不论那种错误倾向多么危险,将现在的情况强加于历史都是不可避免的一个结果。因此,有必要让我同读者们一起来回顾一下历史记录本身的局限性。

每个时代的人们都会按照当时的普遍看法对美国革命史进行解读上的篡改,这就意味着美国革命史为我们留下了一笔丰厚但未必真实准确的文化遗产。但如果我们的革命史在每一代史学家解读时都有所不同的话,史学家们——即便是文学史学者们——也免不了要陷入困惑的思考。这种必然会导致著作与历史真实相悖的危险,可能迫使读者和历史书写者们都回过头来再次审视原始史料所具有的真实与善变的双重属性。这样看来,我在书中使用现在时进行叙述既可以提醒读者注意在组织、安排和利用史料时可能对历史

○ 致 谢

原貌造成的偏差，同时也表明笔者正在力求还原历史原貌的这种矛盾心理。

文学史的写作尤其需要栩栩如生的现代感。这种生动的效果蕴含于迄今尚存的文本中。因此，我在文中试图用传统的分析方法来展示革命时期的文献本身所蕴含的激情。而正是当时纷繁、动荡的社会和瞬息万变的局势，才使得这些文献中的语言一反当时盛行的晦涩之风，而带有革命时期特有的热情与奔放。所以，那些目前看来笼罩在层层迷雾之下的包括布道、宣传册和公共文献等体裁的文本，都不应被看做当时僵化的语篇模式，我们应当认识到它们是在当时巨大的社会压力下产生的生动的文化表现形式。

我们如何才能了解美国革命的真实情况呢？首先，我们能利用那些参与过或见证过那段历史的人所留给我们的作品、相关文献或者其他物证来进行判断；其次，我们可以参考当时和后来与那段革命相关的所谓史实；再次，我们可以研究和对比历来对那段历史时期及当时相关思潮的各种解读；最后，我们还可以借助所谓"思想史"来进行推测。和其他任何历史学者一样，我在研究和写作中也力求合理地、综合地利用以上四种方法及以前人们使用过的各种方法。为此，我在这部分最后的参考书目中已经表达了我对前辈们的谢意。同时，我想提醒读者注意，尽管难度很大，但我仍然力求将过于复杂的各种史料进行必要的简化叙述。历史永远比我们所能了解的更为复杂。每个历史事件下面都会隐藏着能最直接反映真相的史料。而对于这些史料的每一点新的发现，都会帮助我们在目前的基础上更进一步看清历史的本来面目。

我决定从几个不同的认识角度来解决这些困难。目前，越来越多的人已经意识到文化的多样性这一现象，这种情况为重新研究美国各民族起源提供了一个良好的契机。另外，那个时期书面或演讲等形式的作品本身在修辞上说比多数人想象的要更为丰富和复杂。对于如何阅读美国革命时期的作品，我相信我们尚处在学习阶段，而且由于目前学术界已经开始辩证地看待启蒙运动时期的文学，详细地研读这一时期的作品就显得尤为重要。应该说，这种对文本认真研读的态度是这个国家的福气：整个联邦国家诞生的那个时刻，正是美国人开始真正认真对待各种流派和思想的时候，而这种情况在美国历史上并不总是这样。如果我这部分文稿能将所叙述的任何一种思想清楚地呈现于读者，供大家质询和讨论，那么我的研究就已经实现了它最重要的价值。

在众多对我提供帮助的学者当中，五位学者的慷慨相助贯穿了我整个写作过程的始终。安·道格拉斯和理查德·波斯纳阅读了我的部分手稿，并作出了评论。我亲密的合作者迈克尔·T. 吉尔默常常向我提出宝贵的建议。约翰·保罗·罗叟和普里茜拉·帕克赫斯特·佛格森对文中的每一个字都不止一遍地进行了校对。尽管他们各自所提供的帮助相对独立，但他们共同为我

致谢

提供了一个人所能期望的最好的团队。

本项目的一些不成熟的想法曾有机会见诸文字，我因此而受益匪浅，因为这样我就可以得到其他学者的批评，使这些想法趋于完善。为此，我对帮助我出版以下文章的编辑和出版商表示感谢：《"我们坚信这些真理"：国父文献中的控制策略》（载萨克文·伯科维奇主编《重建美国文学史》）；《意识形态与宪法的构建》（载《早期美国文学史》22，1987年秋；第157—165页）；《"我们规定并确立"——作为文学作品的宪法》（载《威廉与玛丽的法律观察》1987年秋，第3—25页；以及《"什么是启蒙运动？"——一些美国式的答案》（载《美国文学史I》，1989年夏，第245—272页）。

罗伯特·A. 佛格森

革命时期和建国初期的文学

我为这部《剑桥美国文学史》所做的工作主要集中于美国革命时期到19世纪20年代之间美国文化发展过程中的人文主义的兴衰。我之所以着眼于这一时期，是因为史学家和文学批评家都将共和国时期看做是我们这个现代世界的起始期，但同时19世纪逐渐成型的自由浪漫的气质。在众多对我的著述产生过深刻影响的学者当中，我要特别感谢戈登·伍德、J. G. A. 博科克、威廉·查凡特、凯希·戴维森、迈克尔·华纳和伯纳迪克特·安德森。诸多英美学者们在小说的起源方面所做的大量工作，对我理解美国早期文学提供了很大帮助。除了戴维森的著作以外，我还要感谢莱昂纳德·戴维森、南茜·阿姆斯特朗和迈克尔·麦肯昂等几位学者。其他众多对我的写作提供帮助的学者及其作品，我在参考书目中已一一列举并致谢。读者们会发现，我的观点往往不同于在我之前的学者，但没有他们先前所做出的研究，我是不可能完成这部分的写作的。

这部分的写作经历了很长时间。期间有众多的学者为我提供了帮助。萨克文·伯科维奇和罗伯特·佛格森通读了我的手稿，是他们宝贵的修改意见帮助本章最终定稿。以前在布兰德斯大学的两位同事艾伦·格罗斯曼和安妮·查诺维兹为我的观点提供了支持和修改意见。一些章节的写作还受益于以下学者的宝贵建议：西西里亚·蒂奇、肯尼斯·西尔弗曼、爱米·朗、唐纳德·皮斯、罗伯特·格罗斯、布鲁克·托马斯、埃维·施威泽、文弗莱德·弗拉克、安德鲁·戴尔班科、尤金·古德哈特和迈克尔·麦肯昂。我现在和过去的研究生对我对文献的最初解读提出过挑战，并使之日臻完善，在他们面前，我不敢有丝毫马虎。他们主要是史蒂夫·哈梅尔曼、吉姆·凯、尤特·格洛尼格、马

○致 谢

克·伍德沃斯、金·汉密尔顿和格兰特·赖斯。我非常感激所有这些朋友和同事们的帮助。如果我的文章中出现了史实或判断方面的错误，都与他们无关。

感谢美国学术委员会 1987 年至 1988 年间的项目资助，使我完成了文章的初稿。

感谢我的妻子德布拉·瓦伦兹。她在我写作的几年中，从情感和写作两方面对我都提供了理解和帮助。她同我一起经历了写作过程中的愉悦与困境，并仔细阅读了我所写的每一个字。她的严谨与智慧使得此书更加清晰易懂，她的爱也使我的精神更加灵活与丰富。至于我的两个小女儿——艾玛和罗莎，与她们获得的满足感相比，我的写作给她们带来的不愉快要大得多。我希望她们能原谅我因外出实地考察而时常不能陪在她们的身边。她们的爱维系和支撑着我完成了这部书稿。

我刚完成本书的修改，就得知我的父亲得了晚期癌症。他在死亡面前的勇气和对生命的信念是令人难忘的。我把《剑桥美国文学史》的这一部分当成对他的怀念。

迈克尔·T. 吉尔默

序 言

　　这部多卷本的《剑桥美国文学史》标志着美国文学研究的一个新起点。第一部《剑桥美国文学史》(1917) 有助于介绍英文写作的一个新的分支。30 年后在罗伯特·E. 斯皮勒（Robert E. Spiller）主持下编纂而成的《美国文学史》帮助开创了一个新的学术领域。我们这部《剑桥美国文学史》体现了一代美国文化学者的工作，他们重新划定了这一领域的界线，并对其发展过程中的各个时期进行了重新定义。本书的作者们大都经历了 20 世纪 60 年代到 70 年代初期的教育和积累阶段，而且其研究范围包含了目前美国文学各分支领域当中所有新兴的和已经成型了的研究方向。这些学者和文学评论家们已经完成和正在进行着的工作为当代文学界的主要研究领域勾勒出了清晰的轮廓。

　　过去的 30 年间，美国历史文学批评已经从一个边缘学科发展到了人文研究领域的中心位置。不论是国内还是国外，也不论是在高中、大学还是研究生课程中，甚至在一些出版物、会议和公共活动中，人们都对美国文学表现出了越来越浓厚的兴趣。这些都表明了这个学科受欢迎的程度和生命力。其生命力还表现在学术界内部各种形式的学术活动和各学术流派之间的激烈辩论之中。几乎所有新近兴起的批评流派都可以在这里找到其追随者，并且还可以找到其主要的倡导者和代表人物。尤其是在近三十年，美国文学作品为越来越多的多学科和跨学科研究提供了研究文本或成为其研究重心。其中性别研究、种族研究和流行文化研究已经渗透到社会生活的各个领域，而为这些研究提供最基本素材源泉的就是美国文学。在关于多元文化争议和社会准则形成方面的研究领域内也是如此。尽管这些问题本身都是超越历史和文化的，但关于这些方面的争论却主要以美国的文学作品为中心。

　　我们无须详察所有这些文化活动或透彻了解其中任何一种学科就可以清楚地意识到，美国文学方面的研究已经促进了多个学科的学术发展。质量方面惊人的差距，行话术语向其他领域的扩散，新潮与流行的交织混合，这些不容忽视的学术发展事实也让我们意识到进行文学和文化研究的益处。然而，当我们置身于当前的学术争鸣之中时，可以很明显地感受到，由于美国文学批评的多元争鸣和开放性等特点，它已经成为其他人文科学发展的先驱。出

○序　言

于同样的原因，美国文学现在成为教学和研究领域里的一片新大陆。除了出版大量新版的美国文学古典名著以外，学者们还在史无前例地开发着一些以前从未被重视的文学体裁。这样一来，我们就比从前任何时候都更加了解美国文学这一名称的含义，其内涵根植在具有不同传统、不同的审美观甚至对文学有不同理解的美国各民族之中。

这些学术发展极大地扩展了美国文学的意义和研究素材。对于新一代的评论学者来说，美国文学史已经不再仅仅是一系列恒定的和公认的美国文学名著史了。同时，它的基础也不再仅仅是某一个得到公认的美国文学作品的历史观点。当然，对于研究结论明确化和希望研究结论可以得到公认的要求仍然继续存在，但现代批评的边缘化、争鸣性和竞争性等特点，以及不同声音间的对话和不同的解释框架同时存在的这些大气候，明显影响着当代的文学批评。

人们将目前这种百家争鸣的情形看做是人文民主化进程的标志，是市场化或职业化的结果。不论怎么看，这种情形都标志着学术权威结构上的改变。从 18 世纪开始至今，文学研究一直依赖于对其性质和本质的共识性认识。我们在今天祈求这种共识，听起来像是在呼吁一种妥协或恋旧情怀。曾经在批评与学术之间以及审美与历史分析之间存在的相对明显的界限，如今已经模糊并不断地分化成为一些特殊的学术范畴，比如特殊的专业知识分支、特殊的研究素材、特殊的论证模式及劝说策略等。

简言之，在我们这个时代，美国文学史的研究包括多层面的学术、批评和教学活动。这个领域中权威的产生就完全来自于各种互相差别却又相互联系的知识体系。我们姑且称之为差别性的权威存在于批评家对某个群体的号召力和感染力，存在于他对某类材料的（这些材料都具有各自特别的权威）驾驭能力，也存在于他做的研究所体现出的综合实力。联系性权威指的是用某种研究或解释方法来对他人的观点进行质疑、挑战或支持他人观点的能力，是从其他众多或相互补充或相互矛盾的解读模式中提取深刻内涵和本质的能力。

新版的《剑桥美国文学史》在以上两方面都是具有权威性的，它既注重个体，同时也统观全局。从某些意义上来说，它既从文学本身进行阐述，同时又探索着文学作品中所反映的文化现象。从根本上说，这部文学史的视角是多元的，它描述的是美国各类文学形式的综合历史。它也展示了文学界中包括多元文化在内的关于文化模式和文化价值取向的持久争论。因此，各个观点相互对抗这一特点就贯穿了本书的许多章节，而这一点也恰恰符合《剑桥美国文学史》的一贯传统。本书高屋建瓴的治学姿态与道德——以文学分析作为对学术争论、不同视角和相对公正的评判基础——可以从我们借用的浪漫主义时期温和派批评家对"艺术"一词的定义中得到反映。早期对文学的看法支持许多权威著作中的普遍观点。这种看法以影射或常常以直接的方式攻击现有的社会准则与秩序，于是促成了广泛的美学上的反对派别。用马修·阿诺德（Matthew Arnold）的话来说，他们将文学誉为对生活的批判，这种评判或是采取新批评家们批判工业社会时的措词，或是以左翼文化批判的乌托邦形式存在。

我们这部文学史的与众不同之处体现于其中大量风格迥异的叙述文本和语境的独特方法，但另一方面又使得这些方法能在书中得以奇妙的统一。这样做的一个结果就是书中对民族归属问题的强调。书中"美国"一词指的是美利坚合众国或后来将要成为美国一部分的地区；尽管书中一些作者在写作中采用了比较文学的框架，但总的来说，他们研究的重点是这个国家中的英语文学——"美国文学"一词仍然像国内外普遍理解的一样，是根据其国籍来定义的。然而，书中"美国的"这一称谓所指的却既不是一个叙述的前提，也非客观背景。正相反，它指的是一系列历史文学课题当中的一个复杂主题。在这里，"美国"一词指的是历史过程中的一个阶段——美利坚合众国。它同时也是一个群体、一个民族的宣言，这个民族的形成和维系依赖于一系列口头法则、社会公认规则、社会凝聚力、社会召唤等，它还依赖于某个寓言、某个梦想、某种美学理想、某种现代的代名词，如"进步"、"机会"、"创新"等，是一个包罗万象的符号，如"大熔炉"、"大拼图"、"国中之国"等称号，同时它还指明了这个名称所不包括的一切，如欧洲旧大陆、美洲北部和南部的其他国家和美国国内的大集团。这样形成的一个国家不可避免地要成为一个言论战场。

的确，本书比较完整地保留了"美国"这个词语为人所熟知的含义，使之成为美国文学史固有的称谓。文本的历史真实性和历史的文本性是当今文学研究最争论不休的两个论题。民族性问题成为这两个论题研究的焦点。

叙述多样性的另外一个结果就是对于历史作为批判修订载体的强调。这必然也会成为我们现在这个文化阶段的重点。对于历史的意识或者说对历史的理论建构从未像今天这样在文学研究领域里如此敏锐或普遍存在。可以毫不夸张地说，目前统领一切不同学术兴趣和压倒各批评流派纷争的学术兴趣是对于历史的研究，是将历史作为思想、隐喻和神话的基础与本质进行研究，也是将历史作为我们所阅读的材料的实质以及我们解读文本的基本态度来进行的研究。即便我们相信伟大的著作拥有超越时空的魅力，我们稍加思索便会意识到，人们对超越时空的美的概念本身的理解也是具有历史局限的。与包括从古代宗教到现代科学中其他主张绝对的学科一样，美学主张也同样受历史的影响。我们是通过一种可辨认的历史意识来掌握其超凡脱俗的艺术形式（如神学灵感中的美学、模糊美学、颠覆和不确定性等）。

○序 言

同样,关于这种偶然性的认识也可以延伸到历史的写作中。一些历史作品的真实性会比其他作品好些;少数的伟大史学著作会被誉为内容全面详尽、史实确凿真实;但所有对历史的描述都不可避免地要受到其自身的历史条件所左右。凡是声称面面俱到的历史描述都更加说明了历史的局限,因为它本身就会掩盖历史的真实:地域偏见、暂时的假设、既得利益等等因素都会限制我们探寻历史的绝对真实。各种历史叙述间的相互作用使得我们能够利用它们各自的局限性,从而能更加深入和全面地研究文学和历史。一种途径是关注和研究各种不同文学史叙述之中的差别,比如文学历史中所表现出的叙述断层、不连贯等等。另一种途径是关注在表面的叙述差别下隐藏的联系和共同点,如共同的焦虑、兴趣、理想等,从而在区别中发现在行业、智能、世代等方面的连贯性。

以上这些考虑都影响了我们这部《剑桥美国文学史》的写作体例。在此之前出现的所有美国文学史,要么非常笼统地从所谓"权威"的单一视角考察问题,要么就像"百科全书"似的充斥着对各种人物或事件片面而生硬的描述,其结果免不了给读者留下同样笼统的印象,因为这样的形式本身就没有给文学史作者本人留下任何阐述自己见解的余地。而读者面前的这本书,却能够从多个视角展现给大家丰富的故事性材料。其中各个时期的作者所做的阐述都包含着对各种学术观点详尽而又全面的分析,并由一些具有共性的主题串联在一起,从而与其他文学阶段的描述也密切相关,加上书中所提供的充分例证,使得整套著作具有很高的权威性。

我们之所以选择书中的诸位学者来撰写这部《剑桥美国文学史》,首先因为他们在各自领域具有极高的学术水平,同时也考虑到评论界对其著作的高度评价。可以说,八卷书的作者们集中展示了近三十年来美国文学批评所取得的成就。他们为我们贡献的这部文学史,体现了几代学者在这一领域里的不懈努力,同时也向读者展现了目前被认为与美国文学和美国文化领域相关的大量生动资料。他们展示了使得这一学术领域能够迅猛发展的各种新奇事物。他们的著作还向读者展示了构成我们这个时代文学研究特点的风格迥异的学术兴趣方向,而导致这一学术兴趣方向产生分化的人种差异问题(包括阶级背景、民族群体、种族起源等),一直是二战以来,尤其是上世纪60年代以来文学研究的一大特点。

同样,这些特点也体现在这部《剑桥美国文学史》的编纂原则之中。本书灵活的结构框架旨在完整地包容美国文学史研究的各个方面。对于一些重要作家的描述会出现在不止一卷书中,这是因为这些作家和作品的意义不仅仅对某个单一的时代产生过影响。还有一些作品在同一卷书中关于不同的作家阐述中被涉及,因为这些作品对于不同领域内的文化经历来说都很重要,值得一提。有时本书会从不同角度来审视同一个历史事件,这是因为该事件需要从主流社会和边缘社会的不同视角来进行观察,比方说在一个时代结束而另一个时代开始时发生的事件往往如此。基于对所有这些情况的考虑,为保证从多个视角来认识历史,我们采取了重叠性描述这种必要的策略。而本书中丰富的研究视角恰恰符合目前我们所掌握的大量文学和历史材料的要求。于是,本书对一些作家、作品和活动的描述才比以往任何一部美国文学史都更为丰富和细致。

这部文学史当中的每一卷都用自己独特的方式展示着本书所具有的以上优点。而在第一卷的内容中尤其值得注意的是其多种多样的历史语境和文化语境。① 其中各个作家所述历史横跨了三个多世纪,内容涉及文艺复兴时期的新世界探险者、清教神权统治者、启蒙运动时期的自然主义作家、南方女性作家、革命宣传册撰写者、年轻的共和国中涌现出的诗人和小说家等等。迈拉·杰琳(Myra Jehlen)通过美国探索新世界和殖民时期以多种语言形式出现的文学材料,向我们展示了美国在疆界、文化以及寓意上的形成——这也是一个帝国扩张的故事。埃默里·艾略特(Emory Elliot)的研究追述了从开端直至动荡的18世纪中叶处于复兴时期的新英格兰,以及其文学发展中矛盾冲突重重的一段历史。戴维·S. 谢尔德(David S. Shield)向我们展示的内容从时间上来说跨度并不大,但其中的内容却极其丰富,包括了新近发现的关于当时费城、纽约和旧时南方包括拉丁美洲巴巴多斯岛在内的社会沙龙中产生的大量书信、诗集和散文集。这些珍贵的作品和资料生动体现了当时新古典主义的纯文学风格。罗伯特·A. 佛格森(Robert A. Ferguson)深入研究了美国启蒙运动时期的文学特点,包括为后来整个美国文学修辞风格奠基的这一时期各种篇章模式,以及它们之间的相互关联。迈克尔·T. 吉尔默(Michael T. Gilmore)在详细叙述一个国家文学传统产生的过程中,描述了一系列范围广泛的社会和经济变革——从共和国到自由市场理念,从口头文化到印刷文化,从集体主义价值观到个人主义价值观的转变。通过对这段历史的

---

① 其中包括各种国家和和语言背景,如:用西班牙语、法语、葡萄牙语和英语写的探险纪实。有些作品以其本族语名称而为人所熟知,如: the Diario of Christopher Columbus, 凡是这种情况,我们都保留其原名。然而,依照惯例,其他作品的名称都进行了翻译,书名和引用语当中的拼写都已按照现代拼写方式进行了修改。我们同样也对所有殖民地时期的英文文本拼写进行了修改。——原注

○序 言

描述，吉尔默也同时为我们揭示了美国文学传统产生的过程。

本书的五位作者都将文学放在世界的范围内去考察和研究。不论其侧重点是殖民地时期的文学，还是某一地区或全国范围内的文学，这五位学者都以不同的方式探究了美国文学中的"美国特点"，即在"美国化"过程中文学和语言的向心性特点。因此，本卷书也可以被命名为"理解美国语言的一把钥匙"。杰琳着重研究美洲大陆的探索发现和先民定居时期的语言。值得注意的是，这里谈到的并不包括美洲土著民族的语言①，除非是在圣经翻译、人种报告和为移民编纂的词典中出现的土著语言（比如罗杰·威廉姆斯所著的《纳拉干西特语言入门》一书），或者是由于他们的沉默本身而引人注目的一些史实。杰琳在文中对这两方面都有论述，但她主要还是侧重讨论了强势文化将"美国"这个符号所代表的含义据为己有的过程。她的叙述向读者展示了一系列的跨文化争鸣。这些争鸣从欧洲人最初发现美洲一直持续到新世界不同类型的殖民地确立，再到后来从发现差异到自我认知这一美学和意识形态策略的确立，其中每一种观点都是事实与隐喻、冲突与解读的混合产物。她采用的写作素材和殖民地时期的社会情况一样复杂：涵盖了商业、科技、历史、制图学、书信、军事、农业等诸多方面。其研究方法结合了人种学和文本学分析，是对一系列代表性著作从文化角度的详细解读，其中包括从1590年托马斯·哈里奥特（Thomas Harriot）所作的图文并茂的游记到值得作为美国文学想象力奠基作品来解读的威廉·巴特拉姆（William Bartram）和威廉·伯德（William Byrd）的主要著作。

艾略特所著部分的开篇措词比较含蓄。他开始叙述的是困惑的沙仑审判，而非具有传奇般色彩的大迁徙。他眼中的清教徒并非是美国"国父"，而是处在危机中的一群人，他们围绕着"巫术"一词的含义，从内部分裂成为富有与贫穷、男人与女人、局内与局外、一代人与下一代人、平民与教会、一个教派与另一个教派等各个对立的派别，每一个派别都企图通过对语言的控制来获取政治上的力量。艾略特追溯了后来建立了所谓理想社会的这些人的曲折道路，这个"理想"社会从一开始就存在着内部的纷争与矛盾，在漫长的过程中又不时地面临着分裂的危险。但通过他们的领袖在不断变化的现实与他们自己创立的盟约信仰中的调和，他们最终团结在一起，并兴盛繁荣。这一发展过程在充满差异甚至有时矛盾的清教徒作品中表现得十分明显。艾略特在对于历史、个人叙述、诗歌和公共布道等较为常见的文学形式的分析过

---

① 对这些土著民族的称谓一直是一个争论不休的问题。我们在此采用了"印第安人"、"美洲印第安人"和"美洲土著人"等不同的称谓方式。——原注

程中，揭示出了文学的复杂性。这种文学的诞生从一开始就充满危机，在焦虑和疑惑中不断发展，还时而挑战当时的社会现状，时而却对当时的社会结构起到巩固作用。艾略特的研究覆盖了包括文学、神学和政治在内的广泛领域，甚至（在文学史上第一次）囊括了新英格兰的种族和性别问题等目前热门的学术问题。这样一来，在这一时期的文学研究中，我们就获得了双重研究视角：其一是对美国清教主义的解读；更广泛的是，对于清教徒通过不和谐乃至失控的殖民地时期的材料来形成对美国的认识过程的分析。

艾略特使文学研究这个传统的学术主题更加深入和具有戏剧性；谢尔德关于殖民地时期英美纯文学的研究开创了同类研究的先河。"纯文学"一词在1760年以前指的是一种独特的作品形式，谢尔德主要凭借一些不被人熟知而且常常是从未出版问世的材料，对这种文学形式进行了定义和刻画。在这个过程中，他再现了殖民地时期的俱乐部和沙龙中高度程式化但同时也具有惊人差异的"高雅"世界。他介绍了许多重要作家，如亚历山大·汉密尔顿博士（Dr. Alexander Hamilton）、阿奇博德·豪姆（Archibald Home）、伊丽莎白·格雷姆·佛格森（Elizabeth Graeme Fergusson）等；他勾画了这些人"愉悦社会的文学"（其功能主要是轻松、睿智、体面、愉悦，而区别于其他文学形式所具有的教诲、启迪、纪念等功能）在大西洋两岸产生的背景；他还探究了文学在政治和社会机制方面的广泛意义。由此而展现在我们面前的故事揭示了一个迄今为止一直受到忽视的独特群体——其社会地位与观念都十分独特，具有明显的新古典主义风格情愫和对亲英派的同情——并展开了一幅描绘早期美国生活与文化的历史画卷。谢尔德讨论了宗教差异、女性化模式与男性化模式、宗教传统与平民传统和口头文化与书面文化等方面的区别差异；他还涉及了这一时期最为普遍的文学的模糊性，因为这时的美国既是殖民地，又进行着殖民扩张，其文学既是"文明"社会对抗蛮荒的新世界的手段，同时也肩负着塑造美国特点的职责。谢尔德将纯文学的这些成就联系起来，同本卷其他作者一起为本卷贡献了一个连贯的主题。

佛格森研究的重心是启蒙运动时期和革命时期多层面的语言。其著作交织了美学和文化等主题，既有对单个作品的精细分析，也有针对更为广泛的学术、政治、法律和宗教等方面的思维和表达模式的阐述。佛格森重新认识和评价了美国形成的几十年间从"大觉醒"（the Great Awakening）到关于宪法的争论，以及从国父们的经典著作（关于他们的文学成就，佛格森在书中也做了新的评价）到被压抑的美国土著和美籍非裔"孩子"的作品。他较为完美地处理了大量历史材料。的确，其著作的一大贡献就是揭示了这些材料的不确定性和多样性，因此有一些大家熟悉的材料也作为反映当时矛盾冲突的证据在书中出现。

○序　言

这些相互对立争论的观点只是部分地反映了流行成语、历史事件和精巧的文本之间的相互作用。然而，佛格森还通过语言和权力的持续性动态分析，向读者展示了这些材料中的连贯性与一致性。历史学家们经常会注意到，在共和国创立过程中，书面和口头文学所起到的重要作用。但没有任何一个先前的史学家比佛格森在这方面的论证更加明晰有力。他说明了修辞在统一这一时期各个截然不同的传统、影响和冲突时所起的关键作用，以及沉默在促成各方达成一致时所起的作用。他还指出反抗与压抑、确定与不确定在语言中并存，以及能够调动各类群体、宗教和政治派别的语言风格的复杂性。这是建立在联系美国革命前后的语言策略上的一段动荡和变革的历史。同样，正是文学连续性的历史唤起了这个诞生在革命之中的国家的多种声音。

吉尔默所写的部分是关于年轻的共和国富有想象力的文学作品。这部分的写作是按照文学类别（如杂志、戏剧、诗歌、小说）和重要作家（如查尔斯·布罗克顿·布朗［Charles Brockden Brown］、华盛顿·欧文［Washington Irving］、詹姆斯·费尼摩尔·库珀［James Fenimore Cooper］）来组织划分的。尽管这部分的写作框架仍然沿用传统的方式，但吉尔默对文学进行了崭新的解读，这种解读侧重主流团体同边缘团体（比如妇女、少数民族、持不同政见者）进行对话，而且吉尔默通过对这一关键的文化转型期对话向心性的论证，将这种对话描绘得栩栩如生。他证明了美国最初富有想象力的文学的根基就是共和时期的思想，其特点是为公众服务的理想、强调克己、强调公共利益等，当时这种国民的共同精神特质与我们现今的职业写作的基本特点（因为我们已开始认识它们）有很大区别。但共和国时期的文化本身也带有新时期的特点，比如浪漫主义的主观感情、崇尚自由放任的价值观和自由经济带来的利己主义等。一旦国家独立已成定局，文化中的个人主义倾向在语言中就逐渐掩盖了以往对国家的忠诚而占据了上风，这表现在强调自我表达甚于强调公众意志，重视小说多于重视戏剧，印刷文化同口头文化相比的优势等方面。吉尔默不仅记录了这一转变，还揭示和分析了文学—历史为这种转变提供的原动力。他重新勾勒了美国早期的美学研究，深刻而全面地阐述了其文学的鲜明特质，并分析了当时的文学与后来产生的文学之间的差异，由此指出这一时期对后来整个国家的文学创作产生了深远影响。

吉尔默的著作同本卷其他四位作者的著作一样，堪称批评与学术复兴的典范。他们重现了美利坚合众国语言的形成，分析了各自独立但又相互联系的殖民地语篇和有形预言，以及启蒙运动时期、革命时期和共和国时期的文学语篇。这些作者为我们提供了当前最为全面和令人信服的学术观点，阐明了文学对于早期美国历史的重要性以及早期美国文学的历史价值。

殖民地时期文学

迈拉·杰琳

第一章　帝国时期的文献

在克里斯多夫·哥伦布（Christopher Columbus）为寻找一个帝国离开这个已知的世界环游地球的前夕，他决定要写一本书。他的这一决定预示着写作与殖民行为之间有某种重要的联系，一种要求我们重新定义写作以其与作者和历史之间关系的联系。这种重新定义是本章，即具有导言性质的开篇章节的主题。在开发新世界的同时，欧洲人搜刮了数以百万计的原著民财产和土地，将其据为己有。今天我们找寻当年欧洲人搜刮劫掠的历史证据十分困难，在第二章里，我会分析这种困难产生的原因。余下的五章将力求解释为什么写作会与拓荒者征服新世界的行为交织缠绕在一起。每一章的内容都将详细解读所选的作品与材料，探寻欧洲殖民者控制新世界，并宣称这片崭新世界将永久属于他们的历史过程。

尽管我们一直以来都着重强调书籍和写作在美国形成过程中所起到的重要作用，但这并不意味着讲述方式会影响历史的真实原貌。而美国殖民地时期的文学的特殊之处在于，当时的作者们相信可以利用写作的切实功效来影响和决定历史的进程。哥伦布向加那利群岛进发时，距古腾堡（Gutenberg）圣经的第一次印刷出版仅仅有30年的时间。16世纪末，写作和出版活动开始空前地显现出它们对社会和政治生活的影响。在书中所有的文本和材料中，我们都能感受到这种新兴力量的显现。约翰·史密斯（John Smith）所写的传单、宣称册等东西，就是希望能够改变当时一些的政策，而他觉得如果直接干预这些政策却会遇到恼人的阻力。为了延续对弗吉尼亚州的殖民统治，托马斯·哈里奥特（Thomas Harriot）急匆匆地写出了《简要真实报告》（Brief and True Report）一书；威廉·布拉德福（William Bradford）在他的历史记录中表达了他希望解读历史掌握未来的愿望；威廉·伯德（William

Byrd）在写作过程中走遍了弗吉尼亚州，同时也增加了自己的财产；托马斯·杰斐逊（Thomas Jefferson）告诉梅李威瑟·刘易斯（Meriwether Lewis）和威廉·克拉克（William Clark）说，他们的远征日志甚至比他们的远征本身更为重要。因此，万一他们自己回不来的话，一定要把日志安全地送回。从一开始，这些多产的作家们就似乎认定：既然印第安人没有自己的文字系统，那么他们就一定无权拥有土地。

到殖民地时期结束时，殖民地文学不仅记录了而且还帮助欧洲人实现了对新世界的控制，使其获得了合理拥有新世界的身份证明。

哥伦布在一本书的序言中描绘了他打算书写全程探险日志的决心。这本书目前最可靠的版本名为《克里斯多夫·哥伦布赴美首次航海日志》（*the Diario of Christopher Columbus's First Voyage to America*，以下简称《航海日志》）。在给他的皇家资助人西班牙费迪南（Ferdinand）国王和伊莎贝拉（Isabella）王后的一段话中，哥伦布写道："为了完成您给予我的使命（抵达印度，并将国王和王后陛下的国书转达给那里的君王们）"，"为了这个目的，我想到应该勤勉地在航程中将一切我看到的、做过的和经历过的事情记录下来。"尤其是主修文学的学生们可以看到，包括哥伦布做过的许多决定在内，他都是说到做到。但我们再仔细一想就会发现，哥伦布所给出的解释却很难说得通。他写道："为了抵达印度并带去基督教世界的信息，我想到了写作。"但写作对印度之行会起到怎样的帮助呢？

航行的确需要记录日志，我们也能理解补充性的航海日志也有实际作用。但这理所当然要记录的航海日志，却没有出现在哥伦布这本书的序言中。而且很明显，哥伦布也并非想把他的这本书只当做航程中的一个补偿性日志。这本书是对所发生过的一切事情的描述，"是对我所做、所见、所历的一切事情的记录"，是对整个行程的叙述，也是船长本人心路历程的再现。《航海日志》不是一本普通的为方便日后回忆而写的日记，而是在记录事件的同时也对事件的意义进行了解读。的确，这本书所包含的航程中的事件，将会比仅凭经验观察得到的要多。在序言中，哥伦布提出了要完成另一个宏大的工程——描绘一幅新的航海图，在其中"我将精确地绘制出所有的海洋与陆地的罗盘方位"。"而且"，既然有了这样一幅航海图，我将"写一本书，将航海图中所包含的所有地方都记录其中"。于是，序言的末尾承诺了印度之行一定会诞生出书来。

更确切地说，是航行的船长在承诺他会写出一本书来，因为《航海日志》和航海图都只能由哥伦布本人来完成。但这更加令人无法理解为什么哥伦布会认为一本书会对印度之行有所帮助。《航海日志》前言不但令人惊异地倾向于描述而非实际行动，而且对于这样一本介绍环球探险的书来说，个人化色彩也十分明显。

在哥伦布之前，欧洲人发现其他大陆最著名的记述个人色彩都很淡。（哥伦布曾认真研读过这本书，并在第一次抵达新世界时以此书作为指导）。马可·波罗（1254？—1324？）在所著《游记》（Travel）一书的前言中出现，唯一目的是为了证实其游记的客观性和真实性。他写道："任何读到或听说过这本书的人都尽管相信书中的内容，因为其中所记录的内容全部是真实的。"马可·波罗所写的内容要么是他亲眼所见，要么是从他认为"诚实可信的人"那里得知。书中关于异域风情的事实和事件介绍都并非虚构。马可·波罗这个"从上帝亲手创造我们的祖先亚当开始一直到今天"，比任何人，"不论他是基督徒还是异教徒，也不论他是鞑靼人还是印度人，亦或是其他什么民族的人"都更了解"世界各地"的人，在他的书中也只是讲述了他探险的成果。准确地说，他本人并不是一个作家（实际上，他依靠自己的笔记口述了这本书），而是一个见闻的传播者。

哥伦布作为一个旅行记者的时间要更短些，但他的计划却更加宏伟。他承诺会记录一切"见过、做过和经历过的事情"，这种三重性定义的信息量大得多。对于马可·波罗来说，见闻就意味着从东方带回的货物和器皿；而对于哥伦布来说，《航海日志》中已经清楚地表明，没有任何描述不带个人色彩。因此，在每次航行结束后所写的信件当中（1493，1494，1498，1503），他本人总是出现在他所描述的场景或记录的事件当中。因为马可·波罗似乎认为，书和货物一样，其异域魅力源自于奇特性，人们的好奇心被调动得越强烈越好，而哥伦布对几乎所有的描述都进行了调和。

写完纪念性的序言后，马可·波罗的叙述立刻转向国外方面："首先，让我来谈谈亚美尼亚。"而哥伦布的第一封信谈的却并非是对新大陆的初步印象，而是集中来谈他自己和他所取得的成就。在给西班牙财政大臣的信中他说道："我可以想象您在得知我已成功地到达了航行的目的地时的喜悦和欣慰，因此，我决定给您写这封信，让您知道此行所发生的所有事情。"诚然，这两位作者在其作品中所采取的截然不同的开头形式可以用他们各自所处的不同境况来解释。马可·波罗的游记是在他游历过后很久写成的，而且当时也没有任何人要求他这样做；但哥伦布的这封信是写给其雇主的，所以也自然而然地要立即向雇主说明自己的成功。而且哥伦布对自己所做的事情以及这些事情可能在读者中引起的反应的过分强调是十分明显的。他写道："我在离开加的斯（Cadiz）33天后到达了印度海。在那里，我发现了许多人口密

○殖民地时期的文学

集的岛屿。"在这之后,他才开始描绘所见到的岛屿和人,尽管欧洲人对这些他们闻所未闻的异域风情非常感兴趣,哥伦布仍然在叙述时把他的所作所为排在了第一位。

总之,该书的叙述中心并不是外面的世界本身,而是哥伦布自己的探险故事。其中的一个岛屿是"如此的广阔无边,以至于我简直无法将它看做一个岛屿,而是像中国大陆内部的一个省"。到目前为止,这个"中国"(Cathay)看起来还比较令人失望,"其海岸沿线没有任何村庄或密集人口,只有几间孤零零的房子和茅屋,而且我也无法和那里的人进行交流"。总的来说,这里似乎没什么有趣之处,唯一吸引人的地方只是探险者自己的行动,因此不免在人们心中留下了一个对新世界的负面印象。马可·波罗的描述却总是那么积极乐观,因为他写那本书首先就是为了取悦读者,引起人们的兴趣。但对于我们读者来说,即使新大陆不像想象中的繁荣,我们也一样饶有兴味。因为既然我们并未打算占领或统治亚美尼亚,那么尽管马可·波罗曾写道,"这个国家那些曾经勇敢威武的贵族斗士们,现在却变得怯懦鄙俗,而且除了酗酒以外一无所长",还有其"令人沮丧的气候",这些也并不会影响到我们对异域风情的好奇。

哥伦布在信中对新世界的描述后来也变得更加有激情了。但他的夸赞之词却和他对新世界的失望一样,与马可·波罗的描述明显不同。马可·波罗细述的是东方的异国情调,比如,他在自然风貌方面是这样描写麝这种动物的:"这是一种很小的动物,身上的毛很厚,像鹿毛一样,蹄子和尾巴像瞪羚,没有角,但它四条细长的腿……每条却只有人的三根手指那么长,而且两条向上长,两条向下长。"再比如说,在文化方面,他这样来描写蒙古大汗的雄伟宫殿:"(这个宫殿)高高地矗立在表面光滑的镀金柱子上,每根柱子上都盘着一条巨龙,龙爪伸向天空,托起了巨大的屋顶。"

马可·波罗描述的是"新奇事物",但哥伦布却按照他自己的好奇心在叙述中引领着读者。在感慨过加勒比海地区的一切与家乡是多么不同后,他开始将异域的景物与家乡作起了对比。他在《航海日志》中是这样描写各式各样的树木的:"这里有许多树与我们的树是如此的不同,以至于让我不禁感慨这个拥有无数不同物种的世界真是个奇迹。""这里的鱼太神奇了,与我们的鱼很不一样。"他又写道:

这里的树木和我们的树之间的差异,就像白昼和黑夜的差异那样迥然,还包括瓜果、草木和石头,以及所有的一切,都与我们的不同。有些树的确和卡斯提尔(Castile,古代西班牙北部的一个王国)的树有相

006

第一章 帝国时期的文献

似之处，但它们也明显地各不相同。而且其他树种是如此繁多，以至于任何人都无法将它们与卡斯提尔的其他树进行区分或比较。

也许那里的树的确奇特得无与伦比，但它们却与卡斯提尔的树一同出现在哥伦布的信中。哥伦布的描写方式一再将不同点表现成为"不可比的可比性"。比如，他写道："加勒比海群岛中最大的岛屿极为富饶……它的周围环绕着宽阔安全的海湾。"这个海岛上"生长着七八种棕榈树，和其他树木、花草与果实一样，它们都明显比我们那里生长的要更高、更美"。令人难以置信的效果源自人们对它的期待："这个海岛，其海港的便捷优良，其河流资源之丰富，以及它的环境对人的健康是如此的不可或缺，如果你没有亲眼所见是绝不会相信的。它超过了任何人的想象。"这就是马可·波罗对别人闻所未闻的奇观的描述。但哥伦布的要点却与之不尽相同，更不要说他的语气了。当哥伦布把加勒比海湾描写成"其理想程度超过了任何我所见到过的海湾"时，哥伦布并未指望我们轻信他的话，他其实是想说那里的海湾在任何地方都算得上是最好的。总的来说，哥伦布在写作中所用到的"超过"一词，其语气强烈程度与"神奇的"基本等同。

或者说，"超过"一词意思就是"神奇"的含义，从而使奇观具有可比性。对于马可·波罗来说，神奇与可比性的距离可是相差甚远。当然，马可·波罗也描述了异域的无与伦比之处。但他毕竟只是个曾亲眼见过异域奇观的商人，他的旅行目的是可以被量化的商人的利润。在他的行程开始后不久，马可·波罗和他的兄弟曾有机会将一些珠宝作为礼物，供献给了鞑靼国王子，鞑靼王子"喜出望外，并给了他们价值足足两倍的货物作为回报"。与哥伦布相比，游历的经济价值对于马可·波罗来说一定是同样重要。

但他们各自定义经济价值的方式不同。前文提到，哥伦布告诉其联络人说他发现了许多人口密集的岛屿，随后他继续写道："我还以我们伟大辉煌的王国的名义，在未受任何抵抗的情况下获得了对它们的所有权。"其后，他又描述了如何为那些获取的岛屿命名，这是他同前人马可·波罗的一大差别。与哥伦布不同，马可·波罗当时无权为任何他所看到的事物重新命名，正相反，他眼中的新奇事物、人物和城市的价值，包括其经济价值，正是存在于它们那些稀奇古怪的名字当中，例如"忽必烈汗（Kubilai Khan）、成吉思汗

殖民地时期的文学

(Ghinghiz Khan)、海都（Kaidu）[①]；俄桂乌尔（Erguiul）[②]，卡拉江（Karajang）[③]，撒-丹丹（Zar-dandan）[④] 等"。哥伦布偶尔也会提到一些当地的本土名称，比如，他曾说明圣萨尔亚多（San Salvador）早先其实是瓜拉哈尼（Guanahani）[⑤]，但这却并非出于他的兴趣或对于商人利润的考虑。他对那些岛屿已有的印第安名字并不感兴趣，他只是在为那些他所占领的岛屿等重新命名时才会提到它们的原名。

换言之，对哥伦布来说，价值只能由占领而非交换来实现，也就是说，他并非是马可·波罗那样的商人，而是个殖民者。马可·波罗是13世纪行走在亚洲的一名旅行者，当时还没有欧洲人到处占领所经过的土地这回事，当时有的只是贸易。身处15世纪末的哥伦布印度之行的第一站就停泊在了"女王陛下的加那利群岛"，并且对所有无名的领地，甚至对他认为是"一个中国大陆内部省份"的主权地区，都采取了一种所有者的态度，于是，他立即将那个"中国"省份命名为乔纳（Juana）。事实上，他登陆任何地方后所做的第一件事就是占领。从哥伦布的信中可以看出，15世纪的商人兼殖民者的双重身份似乎已经发展出一种对财富和所有权的全新解释。马可·波罗对远方国度的兴趣似乎只是发现它们并带回他可以用来交换的异域货品。而哥伦布的兴趣完全在于对它们的"发现"。对他来说，发现就意味着占领，至于和其他国度进行贸易，就像在自己国内进行贸易一样，他并不感兴趣。

这种新发展变化自然就会在哥伦布所坚持的"执行王国命令"与他"勤勉写作"之间建立某种联系。对于殖民行为来说，财富就是所有权，是国家利益的一个基本表现。哥伦布此行的目的是扩大西班牙的国家利益，同时，他也需要以一种方式来划分自己的那份利益。他在跨越大西洋时已经通过与其雇主讨价还价的方式得到了他发现的所有土地。但当财富已经不仅仅是一个人的身外之物，而成为自我的一种表现时，对其进行占有就不但是可以的，

---

① 海都（Kaidu）：蒙古可汗，1269—1301年在位。成吉思汗的曾孙。忽必烈统治蒙古帝国时的反对派领袖。——译注

② 俄桂乌尔（Erguiul）：《马可·波罗游记》中记载的曾到过的地方，即指现在中国甘肃省武威。——译注

③ 卡拉江（Karajang）：神话传说中阿拉江（Arajang）变成的天。——译注

④ 撒-丹丹（Zar-dandan）：为波斯语英译语，亦即金齿之意。在《马可·波罗游记》中指元代的回回人和蒙古人。——译注

⑤ 瓜拉哈尼（Guanahani）：印第安语英译音，是指今天巴哈马群岛中的一个小岛。——译注

而且是必需的。于是哥伦布需要想办法将这次航程的成果据为己有。另外，要想从帝国那里获取财产就需要不断地小心警惕。任何人都会像保卫他自己一样保护自己的财产。因此，他需要不断强调：在建立西班牙王国的一开始就有他的身影，而且他所领导的此次航行也是建立帝国的一部分。他写道："我看到了爱尔汗布拉宫的塔尖上飘扬着国王陛下的旗帜，我看到了摩尔人的国王亲吻陛下的双手，在该月份晚些时候，（在所有的犹太人都被驱逐出您的王国和领地后）国王陛下您就命令我来到了印度。"这些战战兢兢的谄媚之言表明，哥伦布对于在航行中如何保护他的所有权利益一直很不安。所以，《航海日志》一书既是哥伦布的宣言，也是一种协议。

该序言的写作时间似乎是第一次航行之时，在从帕拉索（Palos）海港到加那利群岛的这段航程之间。几年前，这次征服之旅就是西班牙的一次帝国试航。从那开始，哥伦布将把西班牙的帝国野心燃烧到全世界。向西航行到达东方的这种想法除了要绘制航海地图以外，还有其他的企图。哥伦布的这一航线是一种环绕世界的姿态，这体现了他建立全球霸权的野心。到了19世纪的时候，这种野心仍旧盛行，当时英国吹嘘自己为日不落帝国。在15世纪的哥伦布时代，西行到达东方的想法为人们勾画出了一个令人垂涎的未来，一个存在于极度偶然中的终极目标。

《航海日志》为实现这个终极目标提出了三个途径：帝国扩张方式、宗教方式以及个人方式。帝国扩张的方式已经表现在当时西班牙收复失地和领土扩张的行为中。宗教方式在哥伦布航行的官方目的中表现得很清楚：将基督教带给印度的"大汗"。个人的方式隐含在哥伦布那包罗万象的写作中，这其实已经包括并超越了其他的计划。

通过写作《航海日志》一书，哥伦布为自己僭取了航行的目的姿态。"为了履行您赋予我的职责和使命，我在航行的同时还将写一本书，以便使此次航行尽善尽美。"在这个新的背景下，财富就意味着占有，也就意味着自我占有（尽管这方面在帝国后来的历史阶段中才得以表现）。写作于是成为攫取世界的一种手段。在我们的故事中，写作就是哥伦布占有环球航行权的手段。

序言的最后概括了哥伦布作为船长的身份，以及他与整个航行中一切事物的关系。他在给国王和王后的信的结尾写道："为了实现这些目的，我首先得放弃睡眠，集中精神航行，这简直是太辛苦了。"他的这种辛苦不仅来自于航行中的导航和瞭望，还因为他需要全程都保持清醒。他的清醒对于他的航海事业至关重要。因此，他不能睡觉。（后来，在加勒比海沿岸，哥伦布承认他忍不住睡着了，就在那时，圣玛丽亚号搁浅沉没了。）

哥伦布《航海日志》一书将写作表现为一种行为,又将行为作为了个人表现的一种形式。新世界的文学就是关于发现、探索和殖民的文学。欧洲发现美洲这段时期的文学史也就是文学试图塑造历史的过程。从描绘第一批欧洲人登陆和殖民美洲的文本中,我们总是能够找到叙述者主动参与所述事件的痕迹。

《航海日志》的序言赞扬了西班牙费迪南国王与伊莎贝拉王后为建立强大的西班牙所做的努力,并将哥伦布的航行与这个目标结合在了一起。这也是很正常的,因为任何一个国家的崛起都会同时伴随着内部巩固与外部扩张的过程。序言中将两者明确地联系在一起的是哥伦布计划中的《航海日志》一书,它在西班牙和哥伦布所建立的殖民地之间架起了一座桥梁。由于印刷机的诞生,使得哥伦布的这本书能够真正以书籍的形式流存至今,同时,该书也真实地反映了西班牙王国与其代理人以及国家与帝国之间的关系。尽管文字本身不能直接创造国家或帝国,但文字在它们的诞生过程中所起的却不仅仅是简单的催化剂作用,而是其中的一个组成部分。

在哥伦布开始扬帆远航之际,另一个想通过文字的手段推动基督教帝国发展的请愿者来到了西班牙国王和王后的面前。这个人就是艾里奥·安东尼奥·德·内布里加(Elio Antonio de Nebrija,1444—1522)。他想让西班牙王室批准他的新书《卡斯提尔语语法》(*Gramatica de la lengua Castellana*, *A Grammar of the Castilian Language*,以下简称《语法》),并使之成为官方的教材。这是关于欧洲方言的第一本语法书。身为古典主义者的内布里加十年以前曾出版过一本拉丁语法。随着时代的变迁,拉丁语开始失去了它在文化领域中的霸主地位,取而代之的是随着印刷术的出现而逐渐普及的地方方言。如果西班牙王室想要巩固自己的中央集权,他们就必须控制语言。这时,语言变成了封建统治的工具,后来语言逐渐变得与地方自治密切相关。哥伦布在《航海日志》一书中试图通过语言来攫取世界,而内布里加的《语法》则提出了将语言作为统治手段的观念。这两本书都是伴随着当时思潮的形成过程而产生的。

1492年,书籍、国家和帝国三种文化现象交织在一起,这标志着新大陆英语文学史的开端。标志其开端的不是某个单个作品的出现,而是代表着全新文学文化的各方面集体作用的结果。1582年,理查德·哈克鲁特(Richard Hakluyt,1552?—1616)决心针对新世界做一件他认为英皇因疏忽而未做的事情。他打算通过写作来实现这一目的,但这种写作却不必是他亲自写成的,也未必是哪篇具体的文章,而是编纂一部像哥伦布说过的"包括一切所见、所历的关于新大陆的"文集。丛书的第一部是《发现美洲过程中的各类航行》

(*Diverse Voyages Touching the Discovery of America*)（1582年所作，献给菲利普·西德尼爵士），此后他还编纂了《主要的航行、交通和英语国家的发现》(*Principal Navigations, Voyages, Traffiques, and Discovery of the English Nation*, 1589—1590；1598—1600)，并两次出版了该书，使该书和由他编纂的其他书籍一起，成为发现美洲和殖民时期文学的代表作。其重要意义可以和古希腊史诗及欧洲19世纪的小说相媲美。

在《发现美洲过程中的各类航行》一书的前言中，哈克鲁特很不耐烦地提出了一个问题："自从美洲首次被发现以来，西班牙和葡萄牙已经进行了多次征服和移民。但是，在他们尚未占领的气候怡人的肥沃土地上，为什么我们英国却从未稳固地印下自己的足迹？"七年后，在《主要的航行、交通和英语国家的发现》一书的献辞中，哈克鲁特仍然抱怨说，在欧洲，不论他走到哪个国家，都听见人们夸耀自己在新世界上的伟大发现。而在英国，他所听见的却只是"被动懒散的防御"。这种持否定态度的轻蔑言论肯定让哈克鲁特十分恼火。从1582年到1616年他去世之前，作为一名出版者，哈克鲁特出版了数不清的探险报告、航海日志、商贸协议、旅行日志、地图、地理专业研讨、海外法律专利契约、水手日记、关于新世界的科学专著，以及横跨大西洋的商务和私人信件等。除了这些由自己同胞写作的内容外，他还加进了许多从西班牙、葡萄牙和法国俘获或盗取的材料。总之，哈克鲁特编纂了"帝国的文献"。他整理了约翰·梅纳德·凯恩斯（John Maynard Keynes）所谓的"利润繁荣时期"的书籍文献。在这一时期，英国的商人们积累了巨大财富，支撑了本国的商业优势地位，并将这种繁荣维持了几个世纪，推动了本国的工业革命。弗朗西斯·德雷克（Francis Drake）笔下传奇般私掠巡航的主角们获得了相当于他们投资的百分之四千七百的回报。

在这种动荡的背景下，哈克鲁特竭力劝说女皇加强劫掠美洲地区的力度，尤其是在弗吉尼亚地区（考虑到他的朋友沃尔特·罗利［Walter Raleigh］所获得的难以计数的财富）。这样，"我国'越来越多的勇敢青年'就可以在十字军圣战后在这片新大陆上挥洒他们过于旺盛的精力。"这位热心公益的狂热出版家继续写道："弗吉尼亚不仅幅员辽阔，而且那里的气候是如此怡人，银矿蕴藏如此丰富，各种货品如此齐全。"以至于刚刚被哈克鲁特截获地图的西班牙的竞争对手，在地图里都写道："弗吉尼亚比墨西哥和新西班牙要更加美好、富饶。"这种对女皇效忠与自身的利欲心，以及敏感与贪婪等因素交织在一起，极其复杂地表现在他的宣传和展望中。

然而，尽管哈克鲁特怀有热情奔放的国家主义思想和关于英帝国联盟的

殖民地时期的文学

设想,但他本人却从未也永远不会踏上新大陆。作为一名牛津大学基督教堂学院的文科硕士生,理查德·哈克鲁特是在一本书中发现美洲的。在他雄心万丈的《主要的航行、交通和英语国家的发现》一书的献辞中(献给负责女皇外交的高级秘书弗朗西斯·沃星汉姆〔Francis Walsingham〕),哈克鲁特回忆了他第一次发现美洲的经历。哈克鲁特有一个同名的表兄,在伦敦法学院(Inns of Court)任教,但他对地理方面的兴趣要比对法律方面大得多。一天,哈克鲁特走进了表兄的书房,发现书桌上有很多卷打开的宇宙志方面的书籍和一张世界地图。当年轻的哈克鲁特表现出兴趣时,表兄便开始"启迪我的心智",给他讲解地图,向他展示了"所有已知的海洋、海湾、海港、海峡、海角、河流、帝国、王国、公国、每个国家的疆域以及各地区所盛产和匮乏的物资货品。由于得益于交通运输和商人的活动,这些国家的所需物资都能得到充足的供应"。看完了地图,两位年轻人又转向了《圣经》,并看到了这样的文字:"他们乘坐舰船出海,在风口浪尖上谋得生计,在大海中领略和欣赏上帝的神奇杰作。"受到宇宙志和《圣经》双重鼓舞的哈克鲁特下定决心:"如果有朝一日我能够上大学的话,我一定要学习那方面的知识,并研读那方面的文学作品。令我高兴的是,通向未来理想的大门……在我面前打开了。"

这件轶事所记录的内容概括说明了两件事情:第一,《主要的航行、交通和英语国家的发现》的出版情况;第二,它揭示了大英帝国崛起的开端。哈克鲁特接触到的世界地理同时包括了自然(海洋、海湾、河流等)和政治(王国、公国等)两方面内容。《圣经》却在更高的层面上肯定了商业活动的意义,要求人们乘船出海,在风浪中谋生,以此表示对上帝神奇杰作的崇敬之情。但哈克鲁特还有另外一个可能他自己都意识不到的从、自身利益出发的考虑。在这个故事最后的高潮部分,当他决心把自己的人生都贡献给伟大的航海贸易事业时,按照句子发展的逻辑,人们还以为他要亲自找机会出海。不,他其实只想阅读、写作和出版这方面的内容。我们可以从《主要的航行、交通和英语国家的发现》第一卷的完整标题中,看出哈克鲁特设想的出版物的覆盖范围:1500年以来,英国在海上和陆上两方面,对远方国度和地区的航行、航海、交流与发现。全书内容按照其目的地的不同,分为三卷。第一卷包括英国在北方和东北方向航海所获得的重要发现,古代对外贸易的重要成果,以及以前英国进行的军事性质或其他性质的航行。附加对冰岛和北海区域的简要评述。最后还包括对公元1588年西班牙无敌舰队的覆没和1596年加的斯大捷的描述。

哈克鲁特相信,知识和文学与舰船和航海一样,能够在帝国的事业中起到同等积极的作用。事实上,哈克鲁特并未将语言与行动分得很清楚。在牛津时，他对沃星汉姆说他阅读了所能找到的一切关于航海和发现的材料，并开始进行讲座。于是，他遇见了"海上最伟大的船长，最了不起的商人和我国最出色的水手们"。从这些热衷于行动的人那里得到了知识后，哈克鲁特为女皇服务了五年。期间，他在"各类演讲和书籍中"获悉，英国的海外事业要远远落后于其他国家。这些"听到的和看到的我国的耻辱"，使他觉得再也不能袖手旁观了，于是决定开始编纂他那里程碑式的英国航海记录。但"这些航海记录是如此零散地分散和隐藏在各种小人物手中，以至于我现在都不禁诧异当初怎么有那么好的耐心来忍受搜集原始资料时所遭受的由于进展缓慢和自己强烈的好奇心所带来的折磨"。"航海"一词包括"行动"和"记录"两方面的含义。在他越来越长的出版目录中，哈克鲁特见证着自己逐步建立起一个越来越庞大的帝国。

1598年版的《主要的航行、交通和英语国家的发现》的前言部分充分说明了这个过程。为了使英国的辉煌成就不被遗忘，哈克鲁特在多年坚持不懈的努力后，又一次出版了他的著述，以期将"各种零散的记录融合成一个整体，记录下我国从古至今通过水路、陆路进行的航行远征和所有的商贸交流。"除了该书所记录内容的真实特性以外，出版者哈克鲁特本人也是一位坚忍不拔的行者："我经历了多少不眠之夜，度过了多少个痛苦的白昼，忍受了多少寒冷和酷热，走过了多少漫长的旅途，又寻访过多少家著名的图书馆。"所有这一切，都是"为了英联邦的荣誉和利益，它是我生命和呼吸的全部意义所在。一想到这些，所有的困难似乎都不算什么了"。

在哈克鲁特1600年写给罗伯特·塞西尔（Robert Cecil）的最后献辞中（第二版第三卷），他通过质疑美洲的意大利名称的方式，主张了对美洲的所有权。他抱怨说，被哥伦布发现的那片大陆被普遍称为美洲，但这种称谓却未必合适。而对于西班牙，这个目前为止所谓美洲的最大殖民者来说，至少它在西印度群岛的统治已经被极大地破坏了，因为这卷书揭示了它所有的秘密。"西印度群岛的海岸线和内陆中，已经没有什么主要河流、港口、城镇或地区不在我们的描述范围内。"新世界已经不再只属于西班牙人，哈克鲁特已经通过其编纂的图书将新世界接管了。"西亚特兰蒂斯或者说美洲"已经为英国所有了。哈克鲁特对塞西尔写道："我谦恭地请求您给予我您一贯的恩惠，并将她收下。"

"西亚特兰蒂斯"这一名称比哈克鲁特以往的措辞要更富诗意。这说明他意在让自己的文集在书写历史的同时，也提供一种新的国家身份。他本人也解释道：他之所以不辞辛劳地决定做帝国出版者，既出于对英国的荣誉或形象的考虑，同时也是希望为英国增添物质财富。的确，就这一点来说，哈克

殖民地时期的文学

鲁特所编纂的文集的历史意义,可以和爱德蒙德·斯宾塞(Edmund Spenser, 1552？—1599)同样在帝国的背景下写成的史诗巨著《仙后》(*The Faerie Queen*, 1580—1596)齐名。斯宾塞写书时的身份是女皇在爱尔兰的代理人,爱尔兰是其帝国扩张的第一站。斯宾塞是通过对过去中世纪的描述来激励一个新的帝国。而哈克鲁特是从各个方面收集经验教训,但却恼火地发现自己的同胞对各种各样崇高也好、朴实也罢的例子都无动于衷。他曾试图用类推的方式劝说国民:"我们知道,当一个蜂巢里的蜜蜂已经过多时,它们就会在其'领袖'的带领下涌出蜂巢,去寻找新的栖息地。……如果古希腊和迦太基的事例和当代的实情都不能打动我们,那么(他恳求道)至少让我们向这种弱小又无智慧的生物学习一下。"这句话中所包含的全部深意将哈克鲁特心中的帝国事业同过去的经典事例、迫切的现实以及世间永恒的真理联系在了一起,既说明了其编纂工作的形式,也体现了其精髓。该文集搜集了一切可能找到的事实、伪事实、各种印象、虚构等等,构建了一个覆盖广泛、自成一统的体系。哈克鲁特这句话表明了他这样一种观念,即"所有英国人或更广泛地说,所有欧洲人发现的土地,都应当正大光明地为我们所有"。这种让人惊诧不已的观念只有靠历史去证明其陈腐了。

20世纪接近尾声时,欧洲帝国已经衰落,但哈克鲁特大胆的想法又一次出现了。这个时候,似乎英国、法国和西班牙已经不再能够顺理成章地占领世界另一端的南北美洲了。一旦战后对美洲的征服恢复到它最开始的状态,那么,就像爱德蒙多·欧戈曼(Edmundo O'Gorman)等人说过的那样,美洲不是被"发现"的,而是被"发明"的。而且曾为北美洲社会生活提供过秩序的各种政治、经济和文化形式已不再表现为单一的对自然和自然中神灵的超验目的,而是表现为一个不断的充满激烈冲突的历史过程。从历史的角度来看,从1492年的骤然开始到以美利坚合众国建立为标志终了的这一时期,期间发现美洲的各种规律此时已失去了它们的必然性。殖民地时期的历史学家现在称之为"对新世界的征服"和"美洲的建立"。他们在继续研究与这个"发现"有关的文献和故事,但他们的研究并非将这些文献看做对过去的记录,而是把它们看做一个历史进程的组成部分。这些文献和故事本身参与到了一种"冲突"之中,而展现这一"冲突"是如此的困难,以至于往往要靠研究对它的讲述来理解它。

哈克鲁特的文集是关于这段行动的历史的英语文学典范。但类似的合集早些时候在德国和意大利就已经出现过。事实上,哈克鲁特在1579年或1580年进行的第一次出版行为就是授权翻译乔凡尼·拉姆索(Giovanni Ramusio, 1485—1557)《航海与航行》(*Navigationi et viaggi*, *Navigations and*

第一章 帝国时期的文献

Voyages，1550—1559）一书中对雅克·卡迪尔（Jacques Cartier）两次航行经历的描述。书中收集了基本上可以作为哈克鲁特的范本的第一手叙述材料。关于美洲发现的知识传播很大程度上是这种合集著作的功劳，因为探险者自己的零散记录流传范围有限，而且一般都会逐渐消失。而且当时许多记录都被译成拉丁文出版，这就更加缩小了其读者范围，但合集编纂者却将这些记录翻译成了我们各自的地方语言。这些合集不仅让各种航海记录得以同读者见面，而且使得这些记录相互关联并逐渐累加。合集还在其前言和介绍中明确地为书中内容规定了解读语境，并通过并列的方式暗示了这种语境。当然，所有的前言和介绍都是论证欧洲扩张的益处及其正当性。

在德国人马丁·沃德希穆勒（Martin Waldseemuller）第一次编纂的《宇宙学入门》（Introduction to Cosmography，1507）中，发现过程是通过语言占领来实现的——新世界得到了一个欧洲名字。在沃德希穆勒得到了哥伦布写给西班牙国王和王后的四封信的副本之前，人们对哥伦布以及其后人们的航行知之甚少，理解他们的人更少。从这些信件和亚美利哥·韦斯普奇（Amerigo Vespucci，1451—1512）在《写给索德里尼的信》（Letters to Soderini，写于1504年；1505年印刷；拉丁文译名分别为 Quattuor Americi navigations 和 Mundus Novus，或 Epistola Alberici de Novo Nuovo）一书的论证中，沃德希穆勒获得了由哥伦布发现的"分散开来的岛屿"的地图。此时，这些岛屿第一次被称作两片大陆。然后，出于对韦斯普奇在地理方面超凡能力的景仰，沃德希穆勒将南美洲命名为 Ameraca 和 Amarca。后来，第一位制成可供航海使用的世界地图的佛拉芒绘图家格拉德斯·默凯特（Geradus Mercator，1512—1594）又将这一名称的使用延伸至北美洲。（需要特别提到的是默凯特地图投影法，这种通过地图上直线方格坐标来描述地球球体原貌的方法，引发了人们在观察、经历和参与世界方式上的一场深刻变革。）

在地中海沿岸国家中，彼得·马特尔（Peter Martyr，1455—1526）的拉丁文著作《新世界的几十年》（De orbe novo...decades octo，该书大部分内容是牧师收到的信件，写于1494年至1526年间，由理查德·伊顿于1555译成英语，名为 The Decades of the New World）与拉姆索的三卷书一样，都是当时的畅销书。这两位编纂者为人们所提供的历史知识具有很强的时空动感。为了说明帝国主义已经成为一个神圣的传统，他们搜集了从古至今的大量材料。于是，拉姆索在搜集殖民主义时期的材料时，回顾了它的历史背景，在1553年出版了他自己版本的马可·波罗《游记》（Travels）。托勒密（Ptolemy）的《地理学》（Geography）第一次在皮埃尔·戴利（Pierre d'Ailly）1410年编辑

25

○ 殖民地时期的文学

的宇宙志书籍《世界的形象》（*Imago mundi*）一书中回到了欧洲图书馆。该书虽然远不及《主要的航行、交通和英语国家的发现》一书的影响力大，但它正式的后续篇《哈克鲁特遗作》，又名《朝圣者帕切斯》（*Hakluytus Posthumus; or Purchas His Pilgrimes*）也是这一时期最后一部重要合集。该合集于1625年由塞缪尔·帕切斯（Samuel Purchas）出版，其中一部分内容来自于哈克鲁特为另一个合集搜集的材料。作为整个编纂作品的后续篇，《帕切斯》一书足足有20卷之多。

文学形式可以反映其家乡的文化。这本合集的形式反映了一种掠夺和扩张的文化，但在这种文化中所获得和要求的东西并不十分有序，这是一种关于其地图动态但又不确定的文化。事实上，在这部合集编纂期间，地图的制图理念发生了深刻变化。在哥伦布的时代，人们使用的世界地图（mappae mundi）和航海图（portolani）是两种迥然不同的地图。世界地图的绘制以推理和理论地理学为基础，几乎不进行什么实际观测。以这种地理学为基础绘制出来的地图从哲学角度来看是井然有序的。绘图者有时会利用科学定律来进行推论，有时会从《圣经》等经典著作中的描述中来猜测，其次才是进行实际观测。而航海图是水手们航行途中绘制的；水手们将航海图随身携带，并不断地在咖啡馆和海港旁的酒吧里对它进行修改。

在巴黎的国家图书馆里，藏有一张叫做"哥伦布图"的双重地图。它的得名是因为人们依据不完全可靠的证据，相信这张地图是1492年拼成的。（见图1）这张哥伦布图包括一张世界地图和一张航海图，每一张都描绘了南至非洲沿海地带的广阔的大西洋区域，并包括葡萄牙发现的各个地区。右边的航海图绘制了大西洋和地中海区域，北到挪威，东达黑海，南至刚果河入海口。除了许多具有传奇色彩的岛屿以外，这张航海图还标明了一些重要城市，并说明了各个地区的主要物产（例如鸵鸟是撒哈拉的特产，几内亚产辣椒等）。左边的世界地图，按照当时的地心说理论，描绘了围绕地球的九个天体。图中，包含着好望角（1488年航海绕经）的非洲地区旁边有一段提示性的话，大意是："尽管这张世界地图绘制在一张平面上，但应当将它看做是一个球体。"左右两张地图并列放置，但却并不相互交叉统一，它们展现了那个时代的一个寓言：历史变革已经如此深刻，以至于人们对地理的理解也变得与以往不同。人们心目中的世界已经从一个恒定的宇宙关系变成了一个以流动性和多变性为特点的人类活动舞台。

第一章 帝国时期的文献

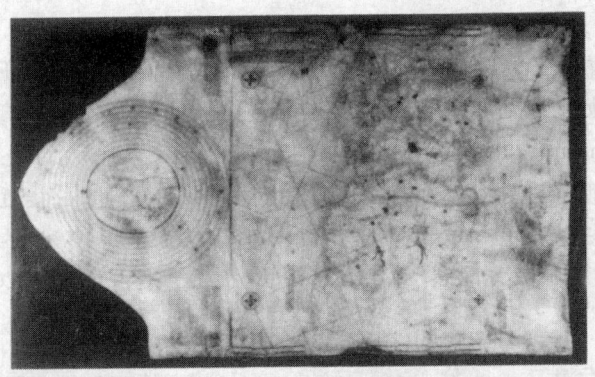

图1：这张图一半是世界地图，一半是航海图，人们称之为"哥伦布图"，因为人们相信此图的绘制时间是1492年。

图2：约翰·费拉尔（John Ferrar）1651年绘制的《弗吉尼亚图》（A map of Virginia discovered to ye Falls），随爱德华·威廉姆斯（Edward Williams）第三版《弗吉尼亚图》又名《富饶而有价值的弗吉尼亚》（Virgo

○殖民地时期的文学

Triumphans; or Virginia Richly and Truly Valued,1651年,伦敦)一同面世,细致描绘了从科德角(Cape Cod)到费尔角(Cape Fea)的大西洋沿海地区地貌,尤其是可以顺流进入内地的河流、水道,包括乞沙比克湾(the Chesapeake Bay)和图中显示最终流入太平洋的波多马克河(the Potomac)两条支流以及哈得逊河(the Hudson)。但在接近山地时,他的图变得有些粗略了。过了山脉,他一下子又跳回到了世界地图的绘图方式;"从吉米斯(Jeames)河的源头出发,十天内,就可以走到中国海和印度群岛。"

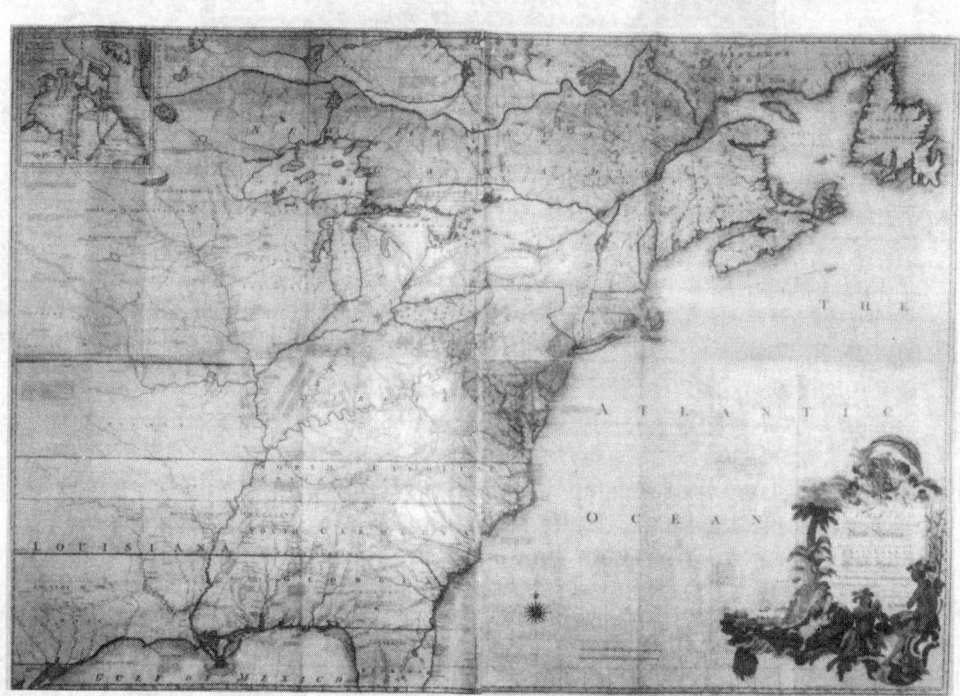

图3:约翰·米歇尔(John Mitchell)的《1755年英法北美领地图》(*Map of the British and French Dominions in North America* 1755),是为支持英国在北美领土权利而献给英国贸易和移民大臣的。我们的语境中有三个特别有趣的地方。第一是围绕着对费拉尔100年前画下的地图的观察视角的不断变化。弗吉尼亚地图看上去是南北纵向的。地图的最下方是欧洲探险者初次登陆美洲的地方,再往上是穿行于山脉之间的纵横交错的水道,然后回到"中国海"和印度群岛的航线上。诚然,弗吉尼亚是一个富庶之地,是一个重要的意外收获,但像哥伦布说的那样,最重要的是找到一条通往东方的西行航线。人们看米歇尔这张地图是从右往左,

而且地图向左侧，也就是向西方的延伸被夸张地绘制得显得无边无际，给人感觉这片大陆可以向西无限延伸。殖民目的地已经不是印度群岛了，而是变成了美洲。

米歇尔的地图以实地观测为绘图基础，具有很好的实用性，所描绘的世界与以哲学演绎为基础的世界地图截然不同。然而，似乎是为了提醒我们从古至今的地图都不仅要描绘而且要解读实际地貌，米歇尔绘制的苏必利尔湖（Lake Superior）多出了五个从未有人看见过的小岛。制图历史学家小罗伯特·W. 凯洛（Robert W. Karrow Jr.）认为这些岛屿并非米歇尔凭空虚构的。这些岛屿是从其他航海图上插到这幅地图里的，这样做是免得使世界地图与我们的现代地图间的差别过于明显。

米歇尔地图的另一个方面与这篇文章的主题有关。在五大湖旁边的插图说明（由于字体太小，本书的翻印图可能辨认不清）中有这样一段话："有一些湖泊和加拿大北部的地区名称我们没有在地图中标出，因为这些名称刚刚存在不久，没有什么用处，而且出处也不十分明确。"其中"刚刚存在不久"的这些名称，其实是欧洲人到来之前由当地印第安人所起的。

众所周知，哥伦布直到逝世那天也没有承认他的东方之行发现的地方其实是当时欧洲人还从未听闻过的一片大陆。当他已经没办法再坚持说所到达的就是亚洲时，哥伦布便想出了一个新说法，说他找到了一处人间天堂。我们也许能够理解他为什么这么极力否认自己作为一个新世界发现者的身份：他或许在努力地维护着自己对这个世界的最初看法。也就是说，他不愿将航海图当做世界地图来读。哥伦布看到过许多地图。他很可能还曾使用过地球仪，有可能就是马丁·贝海姆（Martin Behaim）1492年制造的那个。该地球仪上展现了15世纪80年代末、90年代初绘制的地图上的许多地理知识。哥伦布在研究航海图和地球仪方面非常有经验。他只是不愿意承认世界是像世界地图所描绘的那个样子。

欧洲人发现美洲的哲学和历史意义之一，就是从根本上改变了地图使用的方法。在当时的历史条件下，世界地图描绘地理面貌时根本无须与航海图中所记录的经验事实相一致。另一方面，历史变革迫使范式发生转变这一现象，在航海家哥伦布身上找到了一个反面实例：他拒绝为了航海图而放弃他心目中对世界地图的认识。

与之相反，意大利探险者亚美利哥·韦斯普奇却没有拒绝将新的陆地容纳到自己对世界的概念中。与其说他是个航海家，还不如说他是个企业家。

殖民地时期的文学

他出生于共和国时期佛罗伦萨的一个显赫贵族家庭，是个受过良好教育的商人。在1497年或1499年至1504年间，他曾两至四次航行到新世界，并到达了今天的南美洲这个人们观念中认为不可能到达的地方，这很可能导致后来人们观念的转变。他在《写给索德里尼的信》中并未明确地说明新世界不是亚洲，但已经摒弃了那种认为不可能存在任何未知新世界的错误观念。尽管他有可能为了放大自己探索新世界的作用而虚构了一两次航行，但他的确认识到这是片全新的大陆。有两件事可以概括这一时期的重大变革：（1）韦斯普奇宣称那片新的土地有可能是新世界，因而获得了成功。（2）哥伦布坚持其固有的世界地理观，因而无法将新世界纳入其体系，最后悲惨地死去，没有得到任何奖赏。

于是，在16世纪，出版合集和航海图成为占优势地位世界观的文本表现形式。而它们的出现又反过来体现了一种看似矛盾的新方法的产生，即身在这个世界中，却又能够观察这个世界。这个悖论产生于存在和观察之间的新型关系。由于人类自身的主观能动性得以增强，其眼界也就变得客观强大了。哈克鲁特编纂的合集的首要原则，就是力求记录的真实有效性和实用性。但同时，美洲发现和殖民之旅的资助者和军官们也在野心勃勃地更新着他们对世界的看法，以适应他们以最有利可图的方式掠夺和剥削的目标。航海图的所有者们要求按照自己设想建立的新世界形象来重新绘制世界地图。

对这种双重野心的表达是一种新型的写作风格。其双重性甚至双面性，都是较为隐蔽的。从其源头来看，这种平实的、科学的、类似新闻报道式的写作风格与弗朗西斯·培根（Francis Bacon，1561—1626）的散文联系密切。培根的这些散文旨在对年青人产生激励作用，而在哈克鲁特的构想中，去征服新大陆的正是这样一群年青人。这些文章还分析了能够激励这个过程的一些概念（比如"财富"、"高额利润"等）。为此，这些文章都写得尽量平实，避免语言上的华丽修饰，并认为那种华丽的语言是毫无意义的贵族文化的体现。于是，越来越多的关于探险殖民的记录、书信和叙述，都呈现出了一种培根式风格。

艺术家约翰·怀特（John White）寄给理查德·哈克鲁特的一篇关于弗吉尼亚航行的报告可以很好地说明这种风格的特点。下面这篇文章的动人之处在于，怀特记述了一个他本人所经历的悲剧——他的女儿和孙女（弗吉尼亚·戴尔 [Virginia Dare]，第一个出生于新世界的英国孩子）失踪了，甚至很可能已经死了。作为那次殖民远征长官的怀特把女儿和孙女留在了罗阿诺克（Roanoke）殖民地。他自己短暂地离开，回到英国。在他离开的这段时间里，罗阿诺克殖民地遭遇了毁灭性的灾难。至于当时究竟发生了什么，我们时至今日也无从得知。当怀特回到弗吉尼亚时，已经一个幸存者都找不到了。在哈克鲁特的合集中，怀特的报告名为《约翰·怀特先生1590年第五次到西印度群岛和美洲弗吉尼亚地区的航海行程》(The Fifth Voyage of M. John White into the West Indies and Parts of America called Virginia, in the Year 1590 [1593])。这样的一篇报告只有在力图证实其可靠性时才显得急切：

  我已经给您寄去了关于我最后一次西印度群岛和美洲弗吉尼亚之行的真实记录。(尽管文章的风格很朴素，尤其是对欣赏格调较高雅的人来说，但内容是真实的)。这个地区是耶稣纪元1590年大概2月底被我们接管的。我们此行发生的故事，您会在我接下来朴实无华的记录中看到。

  这份报告的确非常"朴实无华"，几乎和一本按照时间顺序记录日常生活和发现的流水账没什么区别。当怀特走近那片殖民开垦地，看见在破烂的房屋周围栅栏上刻有的"克洛坦（CROATOAN）"①字样时，立即就表现出担心和焦虑。走进了防御圈后，怀特只看到了"散落了一地的铁条、两块生铅锭、四只铁捕兽夹、铁炮弹等此类沉重的器物，许多东西上都几乎要长草了"。这块殖民地已经被荒弃了。其中的欧洲移民全都不见了踪影，关于他们去向何方，丝毫没有线索。怀特和他的同伴们到处寻找他们的踪迹。他写道："然后，我们沿着海边一路找到了港口，希望能看到他们的小舟或轻帆船，可是什么都没有找到，就连我离开时留下的小筏子也都不见踪影。"

  但记述事实的作品没有必要如此简练和不带个人感情色彩。最能体现殖民地文学新实用主义风格的是沃尔特·罗利（Walter Raleigh, 1552—1618）以高度个人视角记述的1595年圭亚那（Guina）之行。罗利的标题应该深合马可·波罗的胃口：《对于广袤、富饶、美丽的圭亚那帝国的发现；另附对伟大的黄金之城玛诺阿的描述》(The Discovery of the Large, Rich and Beautiful Empire of Guiana, with a Relation of the Great and Golden City of Manoa, 1596)；西班牙人称"Manoa"为黄金帝国（El Dorado）。罗利对科尔特斯和皮扎罗（Pizarro）辉煌的征服成果十分艳羡（征服对象是传说中的阿兹特克人和印加人），于是也想在亚马逊荒野深处寻找到第三个伟大的土著帝国——传说中的黄金帝国。尽管其题目引人入胜，带有浪漫主义的色彩，但《圭亚那的发现》

---

① 克洛坦（Croatoan），为印第安人土语。因殖民地袭击事件发生后，住在罗阿瓦克岛的人神秘失踪，只剩下刻在栅栏上的"Croatoan"。后人把该字理解为恐怖或神秘之意。——译注

殖民地时期的文学

(the Discovery of Guiana)却完全是一部现实主义风格的叙述性作品。其形式和风格是现实主义的,但内容却未必如此。受到强烈欲望驱使的罗利无疑大大地高估了他所找到的印第安民族的财富数量,但他却一直坚持用客观的标准来计量它们。他坚信自己发现了一个殖民者所梦寐以求的巨大财富,但在谈起这些财富时,他的语气却冷静而又理智。"我保证以下所说的话都是真实的。对于那些希望看到许多不同民族的人来说,这条大河可以满足他们的愿望,……它的流域由东至西超过2000英里,南北长达800英里,其中大部分地区都盛产黄金或各种其他货品。"还有,他用这样的语气来进行说服,"来到这里的普通士兵都将为黄金而战,他们所获得的利益将不仅仅是几个便士,而是半尺左右大小的金银餐具。但如果他在其他地方作战,就算断了骨头,得到的也只不过是少得可怜的口粮。"可是,他做出以上推论的现实依据却是那一地区坚实的土地:"没有哪个国家能够像圭亚那这样让生活在其中的居民感到快乐,人们在这里可以打猎、驯鹰、捕鱼、抓野禽……以一些很简单的方式获得乐趣。"

哥伦布在《航海日志》中的所说的话体现了一种双重性,这也是他那本书的一个显著特点,即该书将如实地报道所见所闻,但同时它也将完全从个人视角进行记录。但这种双重性在罗利的《圭亚那的发现》中却不存在,这本书完全是含蓄的。刚刚引用过的那几句话无疑是从个人角度出发的,讲述了任何一个人都能讲出的事实,因为那就是真实的事实。这种讲述故事的方法利用了一种意象,这种意象参与到了同样的双重性之中。以下面的这段著名的段落为例:

> 圭亚那这个国家就像一个保留着童贞的少女,从未被碰触、劫掠或踩躏过。这里的土地从未被翻犁,大地里也从未施过肥料;盗墓者也不曾为了黄金而掘开过这里的坟墓;也没有人用铁锤开凿过这里的矿藏;庙宇外面的画像也从未被人撕下过。没有任何军队曾武力入侵过这里,也没有任何基督教国家的王子占领或征服过这里。

虽然这个与性有关的比喻是有意为之的,但它完全是这段叙述的一个有机组成部分,并非不必要的修饰。强奸并非殖民的直接后果,但将殖民征服与强奸联系在一起也并没有产生什么特别的效果:土地、坟墓、矿藏和庙宇这些特征都是在圭亚那真实存在的。罗利在这儿几乎没有使用形容词。当他想对这个国家的富饶、美丽和怡人加以修饰时,他说道:"而且这里的土质优良,河流资源蕴藏是如此丰富,以至于可以用来运送西印度群岛所盛产的糖、姜等各种商品。"他并没有像哥伦布那样直接形容这里的土质和地理特点（哥伦布曾写下过"优良的土壤和宽阔的河流"等文字），而是采用了"这里土质优良，河流资源……丰富"这样的描写手法。据说，经过搜索发现一条河流有"四个绝佳的入口"，但紧接着，他又进一步客观地修饰"绝佳"这个词语，"其中最小的也像泰晤士河在沃尔维奇的入口那么宽"。罗利描述了他所见、所做和所经历的一切。可是，罗利坚决抵制任何能够归入诗体文或传统文学范畴的传统写作方式。他从不使用虚构文学所普遍采用的方法对事物进行生动的、容易引起人们联想的描述。《圭亚那的发现》是典型的实用性作品，其唯一的写作目的就是直截了当地传递信息。

当我们考虑到16世纪在文学史上是一个抒情时代时，这个时期的一些人对虚构和诗体的文学形式的抵制就显得尤为引人注目。当然，当时还是有一些用抒情风格记录殖民征服的作品的。抒情风格有时也会充斥在探险者的记述和航海日志中，在诗和权力之间记录着繁荣的商贸活动。哈克鲁特编纂的合集中也包括了一些抒情性的段落，比如像亚瑟·巴洛（Arthur Barlowe）对其1584年北美沿海地区侦查任务的描述。罗利一得到对该地区殖民的专利权后，马上就将巴洛派往该地区，而巴洛似乎也十分清楚自己此行的任务就是为弗吉尼亚地区高唱赞歌。他对该地区大肆渲染道："这周围的海水带有一种沁人心脾的芬芳，让我们感觉仿佛置身于一个开满了各色鲜花的精致花园中。"在登陆以后，他们发现那里的土壤是"全世界最为丰饶、肥沃、健康怡人的"，那里的人也"最为温和、忠诚、有爱心，没有任何的欺诈、背信或任何黄金时代以后滋生出的恶行"。结论早已非常明显了：弗吉尼亚的土地"蕴藏着应有尽有的物产，就像创世之初一样，不需要人们辛苦劳作就可以获得"。

然而，更多的时候，罗利在对黄金国的描写模式中，甚至把异想天开和怪诞渲染都描述成了事实。在以下这段由约翰·霍金斯（John Hawkins, 1532—1595）或其1564年佛罗里达探险成员之一所写的文章中，作者就将不大可能的所谓"发现"描写得客观实际、不带任何感情色彩：

> 佛罗里达人有一些用独角兽的角制成的饰物，他们把它们挂在脖子上。法国人也得到了很多这种饰物。他们拥有许多独角兽，而且断言这种动物的确只长了一只角，来到河边饮水时就先将它的角伸进水中。我们也将法国人所拥有的一样的独角兽，带回来展示给大家。

在这样的描述中新世界不必被描写得离奇就已经十分美妙了；它的惊人

殖民地时期的文学

之处不在于其异域的新奇性,而在于那种能够开发的最富庶的资源,甚至将其据为己有的可能性。

与罗利对圭亚那的描述相比,1585年担任罗阿诺克总督的拉尔夫·雷恩(Ralph Lane)对这个岛屿的赞颂要更加热情:

> 这是天底下最美好的一片土地,盛产那么多可爱的树木,结出如此多种多样的美妙果实,有上好的树脂、葡萄等,而且它们竟都是野生的……这是世界上最美好、最令人心驰神往的地方。(因为这片大陆是巨大而未知的区域,尽管这是一片蛮荒之地,却一样遍布着城镇和栖息在这里的人们。)而且这里的气候是如此的怡人,以至于自从我们来到以后,还没有一个人生过病。

尽管雷恩在这里明显地进行了夸张,但他并没有使罗阿诺克地区令人难以置信。

雷恩的夸张说法"这是世界上最美好,最令人心驰神往的地方"并非是带有虚构色彩的夸大描述,其实是一种提升形象的宣传。从其目的来看,宣传中所描述的从来就不仅仅是事实。它必须使读者产生美好的梦想,才能说服他们采取行动。罗利描述黄金国的语言尽量远离浪漫色彩的夸张虚构风格而带有叙述事实的特点,但他写作《圭亚那的发现》的目的却是宣传和促进向殖民地的航行。浪漫主义会使人联想到它虚构性的特点,正如巴洛让人联想起他对伊甸园神话的使用一样,不利于实现这个目的。一个务实的读者如果感到书中描述的诸多好处明显可能被夸大其词时,就可能不会贸然到那个国家去。描述殖民地的文学作品通过严格坚持现实主义的写作风格,掩盖了虚构和事实之间的差别,将理想和现实融合在了一起,使得幻象都变得真实了。帝国时期作品的这种朴素、务实的散文风格的确包含了些科学性或事实性信息,也使搜集工作变得容易些了,但它在意识形态上和以前那些风格一样积极。

在我们已经读过的几篇注重事实的段落中,虚构和现实相互促进。披着理性语境外衣的客观行文掩盖了作者的虚构意图。这种客观的行文风格同样可以从另一个角度在思想上作用于读者,但不是为了引起读者的想象,而是抑制他们产生联想。以下这个关于非洲奴隶贸易的段落中冷静、朴素的语言风格,就抑制了读者可能产生的同情心。《约翰·霍金斯到圭亚那海岸和新西班牙印度群岛的航海行程》(The Voyage Made by Mr. John Hawkins to the Coast of Guinea and the Indies of Nova Hispania,1564)(这里的约翰·霍金斯和前文

在佛罗里达州记述独角兽的是同一个人,哈克鲁特出版了他的作品)一文记录了一次突袭的情景:

> 船长从葡萄牙人那里得知有整整一个镇子的黑鬼,那里不仅有大量的黄金,而且只有不超过40个男人,还有一百余女人和孩子。这样的话,船长就可以得到上百个奴隶了。他于是决定在镇子前面逗留三四个小时,看看他该怎么办。随后,船长命令他的人全副武装,精选出40个人,并配以几个葡萄牙向导。我们乘坐小船一艘接一艘地登陆,因为考虑到可能要一间间仔细搜查黑鬼们的房子才能找到黄金,我们于是没有按照船长的命令组合成队,而是一两个人一组行动。就在这时,黑鬼们扑了上来。由于我们太过分散,所以伤亡很大,如果当初像黑鬼那样五六个人一组,肯定可以打败他们。同时,船长带领着十几个人在镇子中搜查了个来回,并在海边发现了两百多个黑鬼,他们在船上开枪击毙了这些人,把他们剁成碎块,扔进了水里。就这样,我们略带失望和沮丧地回来了,但船长却保持着他那独一无二的明智的行为方式,表面上看起来兴高采烈:此战,我们擒获了10名黑鬼,但却损失了7个最优秀的士兵,27人受伤。

这段记录似乎没有遗漏什么细节,但读者却又从文中读不出什么。这样说是因为,这段描述本身所暗含的必然事实——那个黑人村庄和那儿的人民所遭受的可怕痛苦和蹂躏——并没有在写作中表现出来。这段文章,用读者们有些难以理解的叙述方式掩盖了一段暴行。这种晦涩的表述风格既漫不经心又不加任何辩护,既不进行否定,也不称颂。具有反讽意味的是,影响读者理解这段文字的恰恰不是其作者的民族主义、麻木不仁或种族主义思想,而是这种细致充分而又波澜不惊的描写方式。

这段叙述的一开始似乎暗示着那些"黑鬼"应该是读者同情的对象,因为文中按照传统的方式,用了些令人怜悯的词汇来形容这些人:"女人和孩子","一百余人将会成为奴隶"等。此时,这件事的叙述重点在这些人物身上,我们仿佛在读一个故事,而不是一篇报告。但转眼间,由人上演的戏剧谢幕了,本来的人物主角变成了事件的参与者,先前的故事线索成为战术报告。此时,细心的事件记录者再一次提供了数字,这回是说明了力量对比的均衡,40对40。尽管男人间的对战和捕获黑人女人一样,本该惊心动魄,但作者却没有对其中任何一点进行着重描写,而是平稳地继续着他的叙述。最后揭示的中心意思是:由于他们在战斗中没有集合在一起,导致了英国军队

34

殖民地时期的文学

不必要的伤亡。整段都是精确的数字：英国人"一两个人一组"搜查房屋；要是"五六个人一组的话"，他们本可以"打败40个敌人"；船长遭遇了"两百个黑鬼"；还有最后的总结：擒获10名黑鬼，损失了7个士兵，27人受伤。然后，整个叙述戛然而止。

然而，文中并非仅有数字；后面的故事都写在这里：突袭队并非在随便的什么地方遭遇了两百名受害者，而是在海边。于是，接下来的血腥场面描述得十分详细，他们将这些非洲人"从船上开枪击毙，并把他们剁成碎块，扔进了水里"。但这些实实在在的尸体和那些数字一样，并不能给人们以真实感，因为妨碍人们理解的并不是抽象本身，而是那些尸体和几乎毫无意义的数字的模糊融合。它们没有任何意义内涵，只是进行了命名、描写和确认。整个描述的完整性削弱了它的各个组成部分，这样一来，整体结构的清晰性使得我们只见森林，不见树木。

一个国家或政治实体对以其名义所实施的暴力的纵容，很大程度上是因为它认为敌人是邪恶的，而受害者是微不足道的。霍金斯的这篇文章没有在这两方面做出任何评价。尽管作者知道他的读者可能会在阅读时带有这类想法，但他也知道，如果意识形态会影响人们阅读时的反应，那么有些人就会附和帝国扩张的信条，想到非洲人是如何野蛮以及他们的智慧是如何的低级。另外，这篇文章也不是道歉或辩护性质的，因为道歉或辩护都依赖于同等的时间和完整性，以至于人们可能会采取政治上的中立态度，或甚至由此中立态度进而产生颠覆。在这篇文章中，意识形态的内容是潜在而隐蔽的。

事实上，这个以捕获奴隶为目的的突袭，叙述得如此缺乏重点，以至于作者本人都很难对它进行总结。在倒数第二句，船长和他的十几名士兵在海滩上遭遇了两百余非洲人，英国人在船上，尸体（英国人的？非洲人的？还是双方都有？）的碎块漂在水中。这样的叙述罗列在那里，相互毫无关联。这时，需要一个中心将这些场景统一起来。在最后一句话里，一种孕育了这样客观的叙事方式的文化以讲述者的身份为整个段落提供了这个中心。在这个冷漠的世界中，一个主人公出现了，这个目前为止形象还略显粗糙的霍金斯船长，现在被描述成"保持着他那独一无二的明智方式"。他将为我们解读这个故事；这个故事也将从他的解读中获得意义。目前为止，所有参与故事的人都不但被简单地从表面上来描写，而且被压缩成一处远处的风景。而这时船长展示给我们的却不仅仅是一张脸，还有这张脸后面的一个活生生的人。"表面上看起来兴高采烈"这句话无疑揭示了一个不为人所知的内心世界，这就是整个故事的意义所在。霍金斯船长的内心想法也揭示了整个英国的想法。尽管对黑人奴隶进行突袭的故事，我们现在仍然是好像什么都了解了，又好

第一章 帝国时期的文献

像什么也不清楚，但它作为一个插曲，展示了英国国民性演变的过程。这一结论揭示了这种以事实经验为基础的客观性写作的目的。声称要记述一切事实，就是在谋求明确地和完整地占有被记述的对象。这种朴素平实的写作风格将现实事件殖民化了；以事实经验为基础的写作建立了殖民帝国。

这就是理查德·哈克鲁特热衷的梦想，尽管在 17 世纪这一切还是个未知数。新世界是一个距离人们的想象很遥远的未来，它有可能永远都不会到来。它需要被发明、被征服、被殖民，也需要通过责令、敦促、宣传和写作使之变成现实。哈克鲁特编纂的"帝国时期的文献"和默凯特的地图以及哥伦布的《航海日志》一样，其首要目的不是为了描绘、赞美或思索这个世界，而是为了要对这个世界有所作为。因此，当人们注意到殖民地时期的写作占据主导地位的是一种更为平实的实用主义风格时，不要以为文学的地位衰退了。伴随着英国在海外领地的不断扩张，出现在哈克鲁特记录中的文学，其反映历史和塑造历史的能力比以往任何时候都更强大。"美洲"一词是在印刷术的背景下孕育而成的。

36

第二章　自然居民

　　先前居住于北美洲的土著人民拥有古老而丰富的口头文学；他们不用文字进行书写。对于那些想要殖民新世界的勤勉作者们来说，缺乏文字书写系统有力地证明了当地居民是劣等民族。在欧洲人眼中，既然印第安人没有本土写作，这就完全可以使其丧失对美洲大陆的拥有权。

　　北美洲第一个出版的本土作品是由萨姆森·奥克姆（Samson Occom，1723？—1792）写作和宣讲的布道，这一布道是在一个与他同族的莫希干人因被判谋杀而执行死刑的时候宣讲的。这几乎是19世纪前唯一一篇美洲土著人的著作。萨姆森是一名牧师，在以利亚撒·惠洛克（Eleazar Wheelock）的一家教育性的传教会里工作。在《对印第安人摩西·保罗行刑时的布道》(*Sermon Preached at the Execution of Moses Paul, an Indian*) 前言中的第一句，奥克姆写道，"世上已经有足够多的书籍了"，那么，奥克姆问道，"既然人们对那么多博学睿智的伟大人物的书籍都置若罔闻"，为什么还要再多写这么一本呢？但他随后补充道，那些书的"语言太高雅、精练"，不是普通人所能理解的。而他自己"朴素的、日常对话式的"语言任何人都能看懂，"小孩子都能理解；甚至可怜的黑人读起来也没有一点问题。"最后，还有一个群体能够从这些"平实的作品"中收益，那就是"我那可怜的同族印第安兄弟们"。另外，奥克姆之所以出版他这些"零散、点滴的启示"，还有一个原因，这个原因并非关于其读者，而是关于作者本人："由于它的作者身份特殊，是一个印第安人，所以可能读者会因好奇而阅读这本书。"这本书的出人意料之处赋予了它一种特殊的力量。一般来说，印第安人不会写作，因而这篇印第安人的作品本身就是一个至高无上的神迹启示："上帝会随时随地显示神迹……他可能借用弱者和意想不到的人作为手段来显示神迹，而且他也曾经这样做过。"

借助萨姆森·奥克姆显示神迹的这个上帝是欧洲人介绍给美洲土著人的。奥克姆希望能为上帝所用的这种谦卑声明,表明了他作为一个印第安人一种更深层次的自我贬低:要是没有白人的教诲,他连侍奉上帝的最低层次的作家都做不成。从这个角度来说,在哥伦布到来之前,印第安人一直生活在世人所能够理解的范围之外。这种观点,是大多数欧洲人对殖民行为解释的一个重要方面。认为印第安人缺乏构成文明的基本要素,几乎成为英语殖民文学中一个不变的主题。他们是残暴、野蛮、原始的:与其文化相关的一切都是最初等的,而且,由于是未被书写成文字的,也是稍纵即逝的。

本章与其他章节的区别之处在于,它不可避免地受到历史否定的影响,以及因此而带来的信息缺失。本章一开始讨论的并不是北美印第安人的文学史,而是妨碍对其文学史进行充分描述的各种问题和偏见。然后,本章开始讨论两种文化遭遇后的情况:探讨欧洲人是怎样看待印第安人的。随后,本章提供了一些西班牙语的阅读材料,这些材料中对印第安人的描述比任何其他的北美作品都更为全面。接下来探讨的是在西班牙人资助下写成的唯一的本土殖民文学。本章的结尾是引人思索的,试图用独特的方式来阅读典型的英语作品,其目的并非是要揭示一个尘封的美洲土著观察视角——这简直是不可能的——而是希望至少可以将这个作为文化冲突的另一方从阴影中显现出来。

身为数学家和科学家的托马斯·哈里奥特应哈克鲁特的建议,作为一名植物和人种志学者,参加了第二次远征罗阿诺克,并将新世界的原著居民看做其一项重要资源。他有一个"美好的愿望",希望"经过悉心教化和管理的原著居民可以懂得拥抱真理,并因而尊重、服从、敬畏和热爱我们"。(哈克鲁特的作品将在下一章进行探讨)尽管表面上听起来像是个仁慈的善举,这个殖民婚姻宣誓还是说明了维系殖民关系的附带条款:除了爱、尊重、服从以外,还要有敬畏。印第安新娘最好乖乖地听话。然而,作为美洲原著居民和欧洲人之间关系的比喻,婚姻和战争是不同的。

的确,许多人在描绘欧洲人和美洲人之间的遭遇时,都把欧洲人刻画成男性,把美洲人刻画成女性。以韦斯普奇的一幅描绘发现美洲过程的著名版画为例,画中一位印第安妇女被从吊床上惊起,发现面前站着一位衣着华丽、全副武装的男人,一手拿着十字旗,另一只手上是航海星盘。这幅名为《美洲》(阿美利加)(America)的版画下方的说明中写道:"亚美利哥发现了美洲,是他将她从沉睡中永远地唤醒。"("Americen Americus retextit, Semel vocauit inde semper excitam"〔"Americus discovers America; once he had called her, she was forever after always awake"〕)。

尽管哈里奥特用婚姻关系来类比当时的情形,但大多数的英国殖民者都更愿意把自己看做将北美印第安人赶出自己土地的人,而不是唤醒他们的人。因此当他们赋予了美洲一个女性角色时,他们主要指的是其土地,而非其居民。当地居民根本不配拥有如此美丽的土地,或者说,他们这些不敬神灵的野蛮游牧民族玷污了这片土地。一般来说,英国人愿意将美洲想象成一片空无人烟的大陆。

将美洲想象成为一个印第安妇女没有什么浪漫的含义,而是意味着强奸。我们在这里把将原著民女性化和杀戮他们区别开来并不是为了说明其中哪一个更好一些。其作用在于帮助我们定义与重现这个文化冲突双面性的分析性问题,以及美洲印第安人在对这两种基本不相容的文化冲突中所起到的作用。区分韦斯普奇的版画所代表的立场、态度和另一个更具英国特点的立场、态度——比如威廉·布拉德福(William Bradford)在《普利茅斯种植园史》(*Of Plymouth Plantation*)中所表现出的态度——有助于认清文学史中的一个特殊问题。总的来说,英国传统下的印第安人并非需要被拯救和奴役的劣等人(女人);他们到底算不算人,这都是个问题。

当然,也有人对此持有异议,其中比较著名的有罗杰·威廉姆斯(Roger Williams),他曾因对基督教国家的国王处置印第安人土地的权力提出质疑,而被驱逐出普利茅斯。(我们将在第三章详细探讨威廉姆斯的观点)但占据主流地位的英国殖民立场不仅仅是贬低当地土著文明:它甚至否认其存在,只是把原著民看做荒无人烟的旷野的一个组成部分。在整个美国历史进程中,美洲原著民都完全和土地合为一体,以至于像佩里·米勒(Perry Miller)这样严谨的历史学家,在阐述其殖民地时期的先驱性作品《荒野中的使命》(*Errand into the Wilderness*, 1956)时,都没有注意到原著民的存在。他写道,这是一部"关于欧洲文化进驻美洲空旷荒野的宏大叙述"。20世纪80年代,亨利·纳什·史密斯(Henry Nash Smith)在回顾其权威性著作《处女地》(*Virgin Land*, 1950)时,竟深感不安地发现他书中描述的西部空空如也,甚至在他分析像库珀的《皮袜子故事集》(*Leatherstocking Tales*)和《西塞罗英雄谱》(*Buffalo Bill*)这类实际上以美洲土著人为中心的作品时,也是如此。

像在第一章中霍金斯描述的突袭奴隶战中的黑人一样,美洲原著民在殖民地时期的文学中也随处可见,他们行走着、交谈着,而且也建设着自己的文明。就连布拉德福的《普利茅斯种植园史》,也在其第一章描写了被野兽一般的野蛮人糟蹋了的美洲荒野后,就在第二章回忆起新来的殖民者挖出印第安人装满玉米种子的篮子时如何心存感激的情形。150 多年后，梅李威瑟·刘易斯（Meriwether Lewis）和威廉·克拉克也认为他们穿越了一片荒无人烟的、满是印第安人部落的原野。

布拉德福、刘易斯、克拉克、库珀以及《西塞英雄谱》的作者普兰蒂斯·英格拉汉姆（Prentiss Ingraham）等人的作品并没有使美洲原著民显现出来，而是给人一种他们正在逐渐消失的感觉。19 世纪的那句"逐级消失的美洲人"可以成为印第安人缺乏存在的证据。和库珀等人的小说一样，19 世纪许多颂扬印第安人的正统文学作品，其目的只是为了将他们湮没在记忆中。正是由于受到人种学家亨利·罗尔·斯古克拉福特（Henry Rowe Schoolcraft，1793—1864）编纂的奥吉布瓦（Ojibwa）传说故事集的启发，亨利·华兹华思·朗费罗（Henry Wadsworth Longfellow）才写作了《海华沙之歌》（Song of Hiawatha，1855）。

19 世纪以后，人们的态度开始发生了转变。1991 年，美国国家艺术博物馆举办了名为"作为美洲的西部：重新解读拓荒意象，1820—1920"（The West as America：Reinterpreting Images of the Frontier, 1820—1920）的画展，展出了诸如乔治·凯特琳（George Catlin）、乔治·卡列伯·宾汉姆（George Caleb Bingham）、伊曼纽尔·戈特列伯·勒兹（Emanuel Gottlieb Leutze）和阿尔伯特·比兹塔德（Albert Bierstadt）等几位艺术家的作品。画展组织者们对于西部殖民史的尖刻评价招致了同样尖刻的批评，但他们所表达的主题思想却得到了普遍的认可。这一系列展出的绘画在提醒人们注意这样一个事实，即美洲原著民一直以来都被刻画成为"白人视线中看不见的东西"。然而，至少现在还无法再现欧洲人和美洲原著民的第一次遭遇和文化碰撞的全貌。在本书写作之时，对于殖民地时期文化碰撞的研究还基本上停留在欧美自身研究的阶段。

诚然，当我们着重强调这个文化碰撞研究当中的历史性问题，并试图了解在 16 世纪到底发生了什么的时候，我们就会发现，要重现这两种文化相互影响、互相作用时的真实情景非常困难，甚至几乎是不可能的，因为我们很难对一个没有书面文字的文化精确地划分时期。口头作品不像书面作品那样容易追溯。传统故事的成形可能不会是在某个特定的时间。欧洲人和美洲原著民文化素材之间的这种不相容性已经被一些学者们指出，他们因而对目前的许多研究中存在的历史偏见提出了质疑。一些学者更进一步认为，我们不但不可能构建一个准确的编年体叙述，而且无论怎样都会导致对于历史的扭曲认识。他们提出，世界上的人类在自我定位时存在着巨大的差异。持这种

○殖民地时期的文学

观点的学者们认为，美洲印第安文化是依照大自然而不是社会来为自己定位的。印第安人设想时间是永远循环往复的，而且认为，同变化相比，恒定不变是这个世界更为明显的特征。"那么"，持这种观点的历史学家们问道："我们怎么可能在书写美洲原著民和文化碰撞'历史'的同时又不否定原著民这种世界观呢？"

相反，早期文本缺失对于按照时间恒定和循环往复的概念组织起来的美洲印第安虚构传说研究的影响要小得多，因为这种对于文学的研究和描述并不取决于历史位置。考虑到这一点，想从原著民的视角来书写文学史的人们，在试图了解殖民地时期的情况时所遇到的困难和阻碍就显得无关紧要了。无论人们在何时研究美洲原著民文学传统，它都是自身本来的样子，而且人们可以不受时间和条件的限制，在任何时候都能掌握它的全貌。

即便人们放弃传统意义上的历史，并力图从人种学角度再现印第安文化，其困难也仍然很大。显然，口头文本非常脆弱，脆弱得和人类本身一样。在殖民时期开始的前100年间，75%到90%的美洲土著人口死掉了，其中的大多数死于殖民开始的前50年。一些口头文学当中最为重要的形式是讲故事的人口口相授。讲述故事时，声调语气的变化和间或为之的声情并茂的表演应该至少和故事的文字本身同等重要。简而言之，我们眼下试图从当年惨遭浩劫、支离破碎的印第安社会中复原和再现的，是在第一次民族文化碰撞时产生的尤为脆弱的本土文学文化作品。设想，如果《伊利亚特》最终没有被书写下来，我们今天还会对这部书有什么样的了解？就这一点而言，我们的这部"《伊利亚特》"同荷马的那部有什么关联呢？

即使我们能够找到一种方法，可以在不曲解其文化中基本原则的同时书写出16和17世纪的美洲原著民历史，甚至能够充分地再现其人种原貌，我们也仍然无法解决一个特别棘手的问题——应该如何进行解读。文化碰撞这个事实本身会引导我们注意两者之间的差异，而对于差异却可以有截然相反的理解。

例如，哥伦布在其第一封信中写道，艾拉瓦克人（Arawaks）在支配自己的财产时出奇的"慷慨大方"，他们"用价值不菲的东西来换取对方的小饰物等玩意，即使换回的很少或干脆什么也没换回也会觉得心满意足"。西班牙的水手们立即学会了从中占便宜，最后哥伦布不得不加以干预，以防止对艾拉瓦克人的疯狂劫掠。更确切地说，哥伦布插手阻止了他认为是对艾拉瓦克人的欺诈行为，因为这些人在得到那些"毫无价值的东西"时（比如像碎碟子和碎玻璃之类），显得非常满意。这样的语境让我们没办法不相信哥伦布的观点："这些艾拉瓦克人似乎觉得他们拥有了些世界上最美丽的小玩意。"人们经常引用这个著名场景，来说明西班牙人从一开始就对美洲原著民进行了剥削。这和哥伦布自己对此事的看法也十分类似。

然而，哥伦布的结论："这些人在做生意时就像白痴一样。"或许会让我们在谴责西班牙人的同时注意到一个问题。要反驳哥伦布的这种观点，我们就必须用艾拉瓦克人的价值观来看待问题。按照欧洲人的标准，他们也许是被欺骗了，但除非这个标准是放之四海而皆准的（如果这样的话，他们的确可以算得上是"白痴"），否则以艾拉瓦克人自己的标准来看，他们并没有受骗。当我们强调这种文化差异时就会发现，我们既不能赞同哥伦布的这种蔑视，也自然不能同意艾拉瓦克人做了亏本买卖这一看法。这样看来，哥伦布在土著人眼中和土著人在他眼中一样，是一模一样的傻瓜。与其认为他们中的哪一方是受害者，不如说是他们共同造成了这种双向的误解。

如果我们强调两者间的这种相互关系，那么不仅人们对印第安人的蔑视，就连哥伦布的好心也都呈现出不同的含义。哥伦布将自己描述成原著民的捍卫者，并禁止手下人用碎玻璃换取他们的黄金，认为那对他们来说是"不公平的，我还送给他们一些我自己带来的好看的、说得过去的物品，而且不要他们任何东西作为回报"。当价值定义方面的差异被突显出来时，与其说哥伦布比较能够忍耐和克制，不如说他更加的无知。当哥伦布因看到印第安人拿黄金换玻璃而嘲笑他们白痴时，当他把欧洲人眼中的（未必是艾拉瓦克人眼中的）好东西慷慨地赠予他们时，或许哥伦布本人才是个傻瓜。而当哥伦布看起来像个傻瓜时，其道德行为对于当时情景的说服力便下降了，因为这个情景中的其他参与者也起到了作用。

另一方面，西班牙人用碎罐子和破皮屑等物换取黄金的场景给我们的感觉还是比较温和、非暴力的。很少有人读到这些内容会于心不忍。为了使这一场景恢复其剥削的意味，我们必须将差异重新置于一个更大的、至少由一些共同的价值观和话题来定义的语境当中。哥伦布自己定义了这个语境，他接下来解释说，他之所以给艾拉瓦克人那么多值钱的东西，是"为了获取他们的好感，引导他们变成基督徒，使他们对我们的国王、王后、王子们以及所有的西班牙人心存敬意，并通过引导使他们有兴趣去寻找、收集并交给我们一些他们那里盛产的、而我们却奇缺的东西"。这个贸易场景可以归为征服和剥削的范畴。强势大国的概念盖过了相对价值的问题。艾拉瓦克人在被奴役时是不会将自己想象成自由人的。在强权这个共同概念的基础上，无论怎么看，艾拉瓦克人都处于被剥削的地位。

对于历史和文学的定义、文化人种学的使用及其局限性以及差异这个概念的含义都是目前文学研究的基本问题。研究者们在试图将美洲原著民复原到美

殖民地时期的文学

国早期研究中时都会直接涉及这些问题。针对美洲原著民的研究不可避免地要对文本、作者和文学这三者的性质提出质疑，尤其还要对语言本身的性质提出质疑。这就需要采取一种较为激进的研究方式，以满足其研究材料的特殊要求。这些材料一方面包括来源或微贱或高雅的口头作品，另一方面，这种殖民地文学彻底否定了反映其殖民主题的语言能力。莎士比亚笔下加勒比岛屿上的土著人卡利班就是无语的印第安人的一个原型。卡利班和为了教他们说话而被哥伦布捉回来的六个艾拉瓦克人一样，要不是普罗斯珀罗（Prospero）给了他一些语言的基本要素，卡利班就没有语言。出于同样的原因，卡利班不适合统治他的岛屿。用我们在第一章简要探讨过的欧洲人的逻辑来看，语言能力的缺乏使得卡利班不配拥有任何东西。

在整个殖民地时期，原著民同语言之间的关系一直在被校正着。人们一般认为他们的语言水平达不到有效地进行交流的程度。然而，他们也可能被描写成具有非凡的语言能力。当奥克姆说他的布道文章只是在上帝启发下写成的零散的"只言片语"时，他其实是在谦卑地表述了一种较为普遍的观点：即在受到启示时，"沉默的印第安人"也会偶尔成为超凡脱俗的演说家。托马斯·杰斐逊（Thomas Jefferson）在《弗吉尼亚州札记》（*Notes on the State of Virginia*，1784—1785）一书中引用了洛根酋长（Mingo chief Logan）的一段话。洛根所作的一篇著名的演讲，用杰斐逊自己的话说，可以与古罗马演说家西塞罗①或古代希腊的雄辩家德摩斯梯尼（Demosthenes）的任何一篇演讲相匹敌。但这类凤毛麟角的反面例子并不能改变印第安人语言能力普遍匮乏的事实。具有超凡雄辩力的洛根和哥伦布捕获的"不会说话的"艾拉瓦克人一样，与普通人的语言能力相去甚远。

在对语言交流的根基的激进探索过程中，印第安人的语言这个问题与翻译的问题密切相关。翻译不可避免地成为文化碰撞的中心，这种碰撞将遭遇双方的可比性放在了一起。于是，新世界的发现者和第一批殖民者就面临着一种两难境地。他们的生存常常要依赖于与印第安人之间的交流。哥伦布《航海日志》中1492年10月12日的记载里，以一个承诺作为当天记录的结尾，说他"将从当地捕获六个艾拉瓦克人，并会把他们带给国王和王后陛下，以便可以教会他们说话"。而在10月14日的记录中，他就已经抓住了七个印第安人，并将"把他们带给国王和王后陛下，让他们学习我们的语言，然后放他们回去"。

然而，实际上语言方面的问题要更加复杂。到11月27日，哥伦布发现

---

① 西塞罗（Cicero）：古罗马政治家、雄辩家和作家。——译注

第二章 自然居民

无法理解印第安人的语言已经成为问题了。他的探险已经停滞下来了，其中一个重要原因就是"由于我不懂当地语言，所以我和这里的人们之间无法互相理解和进行交流，我身边也没有一个人能够和他们当中的任何人交流。常常在印第安人说了什么之后，我按照自己的理解方式给他们拿来了一件物品，但却是与他们要的正好相反的东西"。显然，要想让探险之旅继续下去的话，必须进行更好的理解和沟通。所以，哥伦布决定"我要让我们这边的人学会这种语言"。但这并不意味着他已经意识到艾拉瓦克人真正拥有自己的文化。一旦哥伦布等人适应了新大陆，并从艾拉瓦克人那里了解到了该地区的基本地形轮廓，教育的方向就发生了转变："过些时候，好处就会显现出来，并将设法使这些人皈依基督。"这里讨论的不是谁该来教谁的问题，只拥有一种语言的艾拉瓦克人并没有较为复杂的哲学文化，"他们不信异教，也不进行盲目崇拜。"既然他们也不信基督教，那么很显然，他们根本没有任何宗教。

哥伦布并未期望通过学习艾拉瓦克人的语言来开始进行文化交流；他之所以这样做其实是迫不得已，而且在记录此事时也在为自己进行着辩护。对于殖民文化来说，翻译就是阿基里斯的脚踵；如果翻译得太多、太好，就会出现等值，那么拥有独家授权资格的帝国权威独白就会分裂成对话。

因此，尽管哥伦布做出了让步，尽管该让步可能从未被真正实施过，但大多数美洲殖民地时期的翻译和口译工作都不是由欧洲人，而是由印第安人完成的——或者至少从文学上来看是这样的。在整个对殖民时期的记述中，从为科尔特斯做翻译的女人道娜·玛丽娜（Dona Marina，原名为拉·马林奇 La Malinche），到普利茅斯殖民地的斯甘特（Squanto）以及刘易斯和克拉克远征之旅中的主要口译者萨卡加维（Sacagawea），这些译者都将不可理解之语变为可以理解的话，将算不上语言的"莫明其妙的话语"译成为真正的语言——即英语和西班牙语。

欧洲人也确实学习过土著语言；我们今天能够看到的大多数墨西哥文化素材，是由天主教方济各会的伯纳蒂诺·德·萨哈衮（Bernardino de Sahagún）首次用纳瓦特尔语记录下来的。北美耶稣会的传教士们首先要至少精通易洛魁语和休伦语。但在文学，尤其是英语文学领域，却不是以欧洲"翻译者"为主；即使在一处记录中有明确证据表明欧洲人懂得并且会说一种印第安语，这也不会得到证实或承认。对其中的原因，我们不难理解。话语本身是具有人性的。而如果印第安人是沉默无语的话，他们就可以被归为讨厌的害虫一类，在人们清理荒野时消失得无影无踪。今天困扰历史学家们的是这个问题的另一面：既然我们无法学习印第安人的语言，而且印第安声音又被成功地压制和掩盖了，那么我们现在如何才能研究他们的历史呢？

相反，如果我们从欧洲的角度来阅读这一文化碰撞，则很少遇到重大的方法论方面的困难。殖民地文学对于它所关注的主题表述得十分清晰，并决定了它对词语的使用范围。当然，这些主题和措词仍然有探讨的余地，但我们在解读它们的时候，却很少因为要处理原著民文化和历史分析传统之间的关系，或者是处理原著民文化同对其研究中文化差异概念的使用之间的关系，而需要对其分类做出较大的改动。相反，欧洲的殖民作品往往反映了能够决定现代文学将来大致走向的新兴视角。16世纪末出现了许多极为有影响力的关于新世界的作品。蒙田（Michel de Montaigne，1533—1592）写下了两篇关于新世界的散文：《论食人族》（"Of Cannibals"，1578—1580）和《论四轮马车》（"Of Coaches"，1585—1588）。与此同时，让·德·莱利（Jean de Lery，1534—1613）出版了他的《巴西之旅》（*Voyage au Brézil*，1578），这本书被克劳德·列维·斯特劳斯（Claude Levi-Strauss）称为"文化人类学家的每日祈祷书"。在16世纪60年代的西班牙，贝尔纳尔·迪亚斯·德尔·卡斯蒂略（Bernal Diaz del Castillo，1492—1584）这名征服墨西哥时科尔特斯（Cortes）军中的士兵，写下了他的回忆录《墨西哥的发现与征服》（*Historia verdadera de la conquista de la Nueva España*，1517—1521）。所有这些作品中最重要的一个特点就是原著民对于定义新世界至关重要，这一点与后来英美作家的描述中的"空旷无人的大陆"截然相反。

特别值得注意的是，这些欧洲人笔下的新世界原著民比他们自己要更加文明，或者说，那里的原著民创造了一个更好的文明。蒙田和莱利都发现印第安人的社会和文化行为方式在很多方面都比欧洲的好。莱利的《巴西之旅》描述了他在1556年至1558年两年间在新世界的所见所闻。蒙田的文章所根据的是他阅读的材料和所做的访谈，阅读和访谈的对象是由韦斯普奇带回法国的巴西瓜拉尼（Guarani）人。蒙田说他自己对这些人他所描述的生活方式十分着迷，因为他觉得他们的生活方式更自然，因而也更为理性。相比之下，我们更加野蛮而非那些野蛮人，因为我们不自然。他们不仅比我们更具人性，而且更有人情味儿。他写道："我们认为活活地吃掉一个人比在他死后再吃了他更为凶残。比起人死后才被烤了吃掉，在一个人还感觉尚存时折磨他的躯体，一点点烤熟他的身体，让野猪撕扯和啃食他的躯体等做法要残忍的多。而这正是法国人打着虔诚和宗教的旗号在其邻国地区的所作所为。"

作为一名饱受"文明社会"迫害的瑞士胡格诺（Huguenot）教徒，莱利也从他接触到的土平尼基（Tupiniki）人身上得出了同样的结论。巴西人也许的确是食人族，并且用十分恐怖的方法折磨其敌人，但莱利请读者们仔细想想：那些"吸食寡妇、孤儿和其他穷人的血液和骨髓，把他们活活吃掉的放债者，他们还不如痛快地割断受害者的喉咙让他们死得快些，少受点苦"，难道那些人不是更加残忍吗？

尽管时至今日，食人族是否还存在仍是个人们争论的问题，但他们一直以来都是新大陆上最令人关注的现象。一些美洲原著民似乎和欧洲人一样对食人现象感到震惊和恐怖。卡贝扎·德·瓦卡（Cabeza de Vaca）曾记录道，有一次，他们遭遇了海难。当拯救了他们的印第安人得知他们这五个基督徒曾经在岛上同类相食的时候，印第安人"对这种食人行为极为震惊，要是他们早些时候亲眼看到过我们这样做的话，一定早就会把我们全部杀掉了"。

这个问题的复杂之处在于如何定义食人现象。如果我们把食人族定义成"为了获取食物中的营养而食用他人的人"，那么这样的人是否真的存在就不是很明确。另外，包括基督教在内的许多文明形式，都使用一定量的真实或象征性的人肉和人血来作为圣餐或消化仪式的象征。蒙田笔下的食人族吃掉囚犯的部分身体，"并把一些肉送给别处的朋友"，但"这并非像人们所想的那样，是为了从所食用的东西中获取营养……它所表达的是一种极度的复仇心理"。不管食人族是否曾经真的存在过，在16世纪，他们就意味着野蛮。不论他们在新大陆的发现史中的地位如何，他们都是新世界固有的居民。通过创造出可怕的艾拉瓦克人和恐怖的加勒比人（哥伦布把他们改名为喀尼伯人，意为食人族）这些文明的对立面，哥伦布将海洋对岸的帝国事业描述成欧洲所能理解之外的地方，那里不但可以让人们的财富和人们的自我都膨胀起来，同时也要让人们面临全部失去这些东西的危险。

这种政治潜意识并不经常表现得这么明显。作为16世纪关注焦点的食人族，在17世纪就迅速被人们淡忘了。到了18世纪，他们就像装点早期地图的奇妙大蛇，从人们的视线中消失得无影无踪。在16世纪，印第安人的野蛮所表现的并非全人类共有的原始冲动，而是作为美洲原著民特有的属性，同广袤的荒野一起，成为其自身标志性的特征。

艾拉瓦克人和加勒比人被当做原始对立面的化身，原始性一直是美洲的主要特点。但欧洲人从文化碰撞中总结出了另外的含义。他们从看起来极为复杂的美洲当中发掘出了一个神奇的文明世界，其艺术和财富都是欧洲人梦寐以求而又不可企及的。贝尔纳尔·迪亚斯在《墨西哥的发现与征服》（写于1560—1570）中表达了这种观点。他在第一次看到这一文明的伟大都城时写道："我们都惊呆了，大家都说这里和阿玛迪斯（Amadis）传说中描述的一样神奇。"这种相比决不是讽刺或嘲弄。由于现实中没有什么可以与之相比，他只好使用欧洲神话来描绘阿兹特克人的世界。确切地说，他第一次看到"宏伟的墨西哥城"时并非完全说不出话来，而是无法用平常的语言描述他所看见的景象。贝尔纳尔·迪亚斯坚信此行可以充分证明西班牙对该地区拥有统治权，而他本人作为这个事件的参与者和一手材料的记录者，竟然也会感觉到自己语言的无力，于是不得不转而求助中古时期的神话语言来讲述这个故事。很显然，有些时候，在有些地方，欧洲人和美洲人之间的文化力量天平并没有立即理所当然地倒向征服者。

的确，并非所有初到美洲的殖民者都理所当然地认为他们对美洲拥有统治权。在理直气壮地吞并海外领地之前，欧洲就已经在十字军东征时周游过世界，当时，其获取领土的目标就备受争议。特别是在哥伦布相信他所发现的大陆就是中国以后，将基督教的旗帜遍插在加勒比地区的姿态就更加不明显了。这是因为在中世纪时期，连教会都对基督徒的权利心存疑虑，教会也无法确定在精神上处于优越地位的基督徒是否有权侵占异教徒的财产和土地。在这一问题上，当时至少是颇有争议的。神圣罗马帝国中相当多的法学学者都发现，基督教并非总能保证政治合法性。考虑到纵容贪婪的十字军战士是很危险的，这些学者们主张应当仍然保留宗教以外的政治命令的权威性。

然而，16世纪，欧洲又开始面临主权问题。第一代的西方国家纷纷通过建立帝国而成为国家。探索和发现的时代并非偶然地成为各国家独立的时代。不仅英国脱离了罗马教廷，法国、西班牙和葡萄牙也重新将自己定义为独立、自治的国家。基督教国家从罗马教廷中脱离并自治的这种微妙情形，将教会管辖的精神领域同表面上打着为宗教服务旗号，而实际上却由本国政权统治的政府清晰地划分开来。西班牙曾向梵蒂冈申请批准它拥有所发现的土地，结果教廷只承诺它可以在新大陆上行使传播基督教福音的权力。教皇的一系列诏书（其中最著名的是1493年的 Inter caetera[①]）批准了对土地的拥有权，但没有解决原著民地位这个问题。的确，教会的意图使得将原著民看做人类还是当做自然资源这个问题更加尖锐了。

西班牙殖民者强迫印第安人在种植园里劳作，并且反对将土地和土地上生活的人加以任何形式的区分，认为西班牙对二者都拥有统治权，土地和那里的人都是它的财产。而从未成功驾驭过土著劳力的英国人却从同样的前提中得到了不同结论。既然土地已经属于他们，他们有权正当使用，印第安人就可以像清理森林一样被从土地上清理掉。另一方面，决心拯救印第安人灵魂的西班牙传教士发现自己与其他殖民者在保持印第安人身体的圣洁这个问题上产生了分

---

① Inter caetera：caetera 是拉丁文"其他的"意思，inter caretera 是指除了别的以外特别是其中包括等意思。此处指1493年5月4日亚历山大六世教皇训令。——译注

第二章 自然居民

歧。当然，教会本身也对新大陆的财富很感兴趣，但它更喜欢用其他方式来获取财富。很快，殖民者和传教士之间的竞争愈演愈烈。终于，当一个来自教会以外的殖民者代言人胡安·吉尼斯·德·希普维达（Juan Gines de Sepulveda，1490—1573）要求教会审理其案件时，事态发展到了高潮。

1550 年，教会高层权威人士在西班牙的瓦利亚多利德（Valladolid）召开了一次特别会议，会议最终裁定了一场非同寻常的辩论，并为此后几百年间的帝国意识形态和语言确定了基本条款。是否应当开拓殖民地并不是这场辩论的议题，没有人对欧洲征服之举的益处存有异议。争论的焦点只是具体的殖民行为。在瓦利亚多利德会议中，教会方的代表是担任中美洲主教的多米尼加传教士巴托洛梅·德·拉斯·卡萨斯（Bartolome de Las Casas）。对于殖民者暴行深感震惊的拉斯·卡萨斯利用这次会议的机会，系统地论述了印第安人所应拥有的权利。他认为印第安人是拥有理性的、能够以合理的方式管理自己的人，只不过他们还缺乏基督教的指引和启迪。他认为人们没有理由仅仅因为他们的原始而剥夺其财产，更没有理由奴役他们。相反，由于印第安人可以皈依基督，那么他们就将会是教会的众多兄弟当中的成员，而且一旦他们信奉了基督，那他们的灵魂就会同欧洲人一样平等。

在另一阵营中，殖民者的代表希普维达（Sepúlveda）是一位文艺复兴时期的人文主义者，是伊拉斯谟斯（Erasmus）的朋友，也是一名新现世民族主义的倡导者。希普维达认为殖民者是国王的使者和代理人，代表国家和民族的命运，因此，他们有权征服和统治印第安人。希普维达援引亚里士多德的箴言：有人生来就是主人，而另外一些人生来就是奴隶。他否认所有人在教会中都一律平等，提出在各种族和民族间存在等级差别，从而为出于西班牙利益考虑而否定印第安人的主权这一行为进行辩护。教会法庭最终并没有做出清晰的裁决，但法庭拒绝给希普维达的书《民主变革》（*Democrates Alter*）颁发出版许可。通过此举，教会支持了拉斯·卡萨斯，或者说，至少教会没有否定他的主张。但最终基督普救论的主张还是败给了希普维达。在为国家和个人的殖民行为进行辩护的同时，希普维达的《民主变革》一书反映了现代化进程中的一个基本悖论：希普维达的理由陈述中既要求扩大公众的权利，同时又坚决否定被排除在主流之外的其他群体的权利。

人们只有在事后才认识到了瓦利亚多利德会议最终结果的必然性。当时，该会议中的争论说明了一种真正的不确定性。在1521 年墨西哥被征服后不到30 年的时间里，这场争论仍然对一场持续了两年多并且曾经几乎遭到失败的战争所带来的不确定的财富产生着影响。当科尔特斯为确保他的军队不会从入侵阿兹特克帝国的战斗中撤出而烧掉所有的船只时，其上级指挥官批评了他这种鲁莽行为，并隐约预计到他的骄傲自大会给战争带来不利影响。但可笑的是，至少从19世纪开始，在人们试图证明欧洲征服不可避免时，这次当年非常没有把握的战争竟成为大家津津乐道的典型例证。

排除了那些意在为征服者拍马屁的理由以外，蒙田并不相信征服是不可避免的。在他关于新世界的第二篇文章《论四轮马车》中，蒙田为他对食人族辩护加以了补充，他反对欧洲人屠杀印加人（Incas）。他认为印加在文明程度上并不逊色于法国："如果有人在战争中以公平的方式攻击他们，那么他所冒的危险会同在任何其他战争中一样，甚至与印加人的战争可能会更加危险。"而战争中的不公平源于欧洲人道德水平低下。与欧洲人相比，印加人更为"虔诚、守法、善良、慷慨、忠诚、坦率"。而欧洲人与这些美德正好相反。正是由于印加人"在道德操守方面的优势，所以他们输掉了战争，也出卖、背叛了自己"。他们的失败是悲剧性的，而且也说明像所有的悲剧一样，失败者也展示出至少是同样的力量。

关于这个所谓不确定的文化碰撞的文学，其中最引人注目的例证要数阿瓦·努涅斯·卡贝扎·德·瓦卡（Alvar Núñez Cabeza de Vaca）名为《关系》（*La relación*，1542）的自传故事。卡贝扎·德·瓦卡是1527年西班牙那次倒霉的远征佛罗里达时军中的副统帅。他和同行的另外4个人遭遇搁浅后迷失了方向。此后，他历时8年，在佛罗里达和墨西哥北部中间共游走了约6000英里，最终到达墨西哥北部海岸，乘船返回了欧洲。那段时间里，他在好几个印第安村庄中沦为了奴隶。后来，他开始为印第安人提供草药，成为印第安人眼中一个有用的贸易者，因而得到了自由活动的权利。他常常在荒野中孤独前行，生命完全掌握在他的主人、顾客和俘获他的那些印第安人的手中。他过的是与迪亚斯的传奇经历完全相反的日子，其描述与有些后来用英语写成的囚禁经历相类似。

比如，在成为印第安人的贸易者后，有一天，他和其他两个同伴在路上遇到了一伙印第安人，这些印第安人自称刚刚杀掉了两名西班牙人。他写道：

> 因此，我们从他们的口中得知同伴们真实的悲惨遭遇。他们开始抽打奥维多，我也没能幸免。他们不停地朝我们扔土块，而且在我们等待中的每一天，他们都会用箭戳在我们的胸口上，说他们打算像杀掉我们的朋友那样，把我们也一同杀了。

既然卡贝扎·德·瓦卡在讲述一个故事，那么他在欺凌与折磨面前表现出典型的冷静也就不奇怪了。他随后又指责了奥维多的怯懦，说他跑到先前与他们一同行路的一对印第安女人们中间去了，而他自己却选择独自待在"那些野蛮人中间"。他的这个决定可不仅仅说明了他的勇敢。更确切地说，他的这种表现既不能说明他拥有17世纪典型的英国俘虏的宗教般英勇坚毅的品格，也不能被称之为蔑视或绝望，这只能说明他的忍耐和接受。因为卡贝扎·德·瓦卡清楚他所处的环境。尽管他是一个异族人，但他仍然有能力和周围的印第安人打交道，因为那些印第安人和他没什么本质不同。在奥维多离开后不久，一个印第安人走过来，悄悄地告诉他说，在不远的地方，有人抓住了两个基督徒。如果他想去看看，那个人愿意领他去看看他的同胞。卡贝扎·德·瓦卡写道："由于这个人操着一种与其他人不一样的方言，所以我决定相信他所说的话。"

卡贝扎·德·瓦卡承认他能够区分两种印第安方言的差别。在这一点上他与17世纪英国的被俘者玛丽·罗兰德森（Mary Rowlandson）有很大区别。在后者所著的《上帝的权力和仁慈》（*The Sovereignty and Goodness of God*, 1682）一书中，有证据表明她能够听懂当地的土著语言，但她本人却从未提及此事。甚至在描述她同俘获她的印第安人之间如何进行交流时，玛丽·罗兰德森也从来不具体描述她与土著人之间进行的多次交谈。通过注意到向他透露信息的土著人说的不同方言，卡贝扎·德·瓦卡赋予了所有印第安人一种语言能力，该能力体现在差别和在语意的一致性基础上掌控这种差别的能力。将英语或西班牙语描述成人类的中间语也就是认为操这些语言的人会代表了人类的通用准则。所有操其他语言的人都不如他们像人：此时，差别源自能够说话和不能说话的人们之间的言语局限。但如果不具备一定的差别性，不管一种语言是丰富还是简单，它都会失去与交流之间的特殊定义关系。卡贝扎·德·瓦卡明确了印第安人的语言具有差别性，从而用同一种标准来衡量他们和自己，他于是可以同印第安人进行交流。即使这种交流并不总能成功，但至少二者间具备交流的可能。与之相反的是，即便罗兰德森和印第安人真正地交流过，甚至是谈判过，她还是坚持说自己所处的环境在人类的活动范围之外。

卡贝扎·德·瓦卡和罗兰德森一样，都不想待在那个满是印第安人的地方。他说他"一直以来的主要想法……就是最终能够找到一条路逃出去"。可是，他真的回去了以后，就又开始计划再次尝试远征，以便占领他曾游历过的富饶土地。卡贝扎·德·瓦卡反对奴役印第安人。他同印第安人进行谈判，是一位开明的殖民者，但同时他的殖民决心也十分坚定。尽管他非常渴望占有印第安人的土地，但并不否认他们曾拥有那片大地。而对于罗兰德森来说，印第安人只是尚未收复的荒野当中的一个组成部分，是这片上帝所拥有的土地上的非法入侵者。

或许在卡贝扎·德·瓦卡所意识到的印第安文明和在墨西哥存在的那种欧洲人更为熟悉的印第安文明之间有着一种联系。墨西哥被征服十年之后,甚至在贝尔纳尔·迪亚斯开始写他的记事之前,印第安人就已经在书写自己版本的阿兹特克衰落史了。这个写作过程并不完全是独立完成的,而是得到圣方济各会的伯纳蒂诺·德·萨哈衮赞助。伯纳蒂诺·德·萨哈衮来到墨西哥时,科尔特斯已经建成了神学院并开始全面指导教会的文化和学术活动。萨哈衮把战败的阿兹特克和墨西哥贵族们的子弟集合到一起,教授他们拉丁文和宫廷诗歌。同时,他还与学生们谈论他们的文化,收集整理了许多材料和文本。他收集整理的这些资料是我们今天研究哥伦布以前美洲文化的一个重要资料来源。

萨哈衮将文化殖民主义扩展到了一个新的更大的范围——他决定用阿兹特克人主要语言纳瓦特尔语(Nahuatl)语记录他用40年写成的《新西班牙通史》(*General History of the Things of New Spain*,原名为 *Historia general de las cosas de Nueva España*)。在纳瓦特尔语版本写成了以后,萨哈衮才开始动手将该书译成拉丁文。萨哈衮不但将拉丁文教给了墨西哥人(当时拉丁文在欧洲是代表高雅文化的语言),还通过用他们的语言来书写自己的记录,证明了其语言的丰富与实用性。他将语言能力赋予了墨西哥人,并确认了一种阿兹特克语言的权威性。

另外,对其语言权威性的承认也使阿兹特克人的作品在叙述历史时具有发言权。萨哈衮的《新西班牙通史》中收录了一些对于墨西哥衰落历史的记载。这些记载对于科尔特斯及其军队的描述与贝尔纳尔·迪亚斯记录中的描述是不同的,这并不奇怪。迪亚斯笔下的科尔特斯只是"精明、有远见、能够洞察一切",而且主宰着同土著人之间的交流活动。迪亚斯在记录中写道:有一次,科尔特斯"表情严肃,似乎生气了",他呵斥着一伙印第安人,而这些印第安人在"苦苦哀求科尔特斯原谅他们的所作所为,并保证从今以后会表现得非常友好"。科尔特斯命令朝天开了一炮吓唬他们,还把一匹四蹄刨地、不住嘶鸣的战马拉到印第安人的面前。这样吓唬了他们之后,科尔特斯"心满意足地"放他们走了。

从另一个角度来看,情况就更加复杂了。尽管阿兹特克人第一次看到穿着花花绿绿、全副武装的西班牙人时一定感到很吃惊,但他们保持了一个批判的距离来观察这些刚刚到这片大陆上来的人。因此,阿兹特克人能够冷静地观察西班牙人得到欢迎他们的礼物时的反应。那些西班牙人"拣起金子,像猴子一样抚摸、把玩着",一个阿兹特克人回忆到,"他们身体里的贪婪膨

第二章 自然居民

胀着,简直是贪得无厌。他们把金色的徽章抢在手里,左看右看,仔细研究。"这里对动物园(动物园一词是由阿兹特克人创造的)里猴子的联想显然是有意为之的。

书中其他一些记述认为西班牙人是神圣而不可战胜的,他们的到来是上天注定的,他们的力量也是不可抗拒的。这些记录充满敬畏地细述了西班牙人经常性的炮火攻击,和阿兹特克酋长们如何英勇地斗争。但面对即便用最厉害的魔法也坚不可摧的敌人,酋长们的斗争明显徒劳无功。这些记述都趋于说明一个传统观念,即印第安人已经承认自己不是敌人的对手,而且对此无能为力。

然而,有时命运的天平也会倒向另一边。《悲伤之夜》(la noche triste)一书记载了西班牙人一次蒙羞的失败。一次,在被围困了四天之后,阿兹特克人迫使西班牙人撤退了。西班牙入侵者损失了四分之三的士兵,颜面尽失,完全成为印第安人倾泄愤怒的对象:"西班牙人逃到了托尔特克(Toltecs)运河……他们不顾一切地一头扎进河里,就好像在从悬崖上往下跳似的……他们全都来到河边,纵身跳了进去。运河很快就被西班牙士兵和战马的尸体填满,阻塞了河道,大致形成了一个可以勉强通行的小路。他们用淹死的士兵的尸体把河中小路的空隙填满,那些后到达的士兵就踩着尸体逃到了河对岸。"这是阿兹特克人的故事版本。

迪亚斯也讲述了同样的故事,但其传递的含义却与前一个不尽相同。他故事中的西班牙军队经历了一系列极为严酷的战斗考验,但自始至终,"科尔特斯表现得非常具有英雄气质,就像他一贯的那样。"尽管战斗很惨烈,但"我们遍体鳞伤的战士们浴血杀敌的情景还是令人难忘"。随后,他也写到了撤退部分。这时,科尔特斯已经在城外等候他的部队了。当他"看到再没有更多的战士撤回来时,眼含热泪"。最后,一个上尉向他报告说:"他和四名士兵在战马死掉后,冒着极大的危险过了尸体堆成的桥。尸体、马匹和箱子阻塞在河中,形成了可供他们通行的小桥。"迪亚斯描写的很详细:"我敢断言……在令人心碎的桥上,所有人都慌不择路,我们逃命都来不及。当无数的墨西哥人向我们发起进攻时,每个人都面临着死亡的威胁。"

即使是在描述混乱时,迪亚斯也保持着叙述的权威性:"我敢断言,所有人都……"当时士兵们都在慌不择路地逃命,但他们的行为却具有合理性;尽管所描述的场面很恐怖,但实际上却是有序的。而在萨哈衮提供的阿兹特克人的描述中,西班牙人却完全失去了控制和理性,"他们不顾一切地一头扎进河里,就好像在从悬崖上往下跳似的。"更确切地说,他们连自己都无法控制了。他们的自我身份已经湮没在他们的尸体中,成为无生命的东西。运河

52

043

殖民地时期的文学

里满是尸体,"他们用淹死的士兵的尸体把河中小路的空隙填满。"此时,士兵们和他们为了逃命而踩踏的尸体一样,没有了人的意识。阿兹特克人的描述非常切题地写道,那些活下来的人逃到了一个地方,稍事休息后,他们"又开始有点人的模样了"。但晚上的惨败使他们像被阉割了似的,全无先前的气焰;"突然间,他们听到了战斗的呐喊,阿兹特克人……包围了他们……印第安人也想彻底地完成对西班牙人的复仇。"

敌对双方对战事描述得有所不同,这并不奇怪。在这两个不同的版本中引人注意的是阿兹特克人的自我表现所取得的效果。相比之下,北美英语文学中,原著民视角文学的缺失就显得尤为突出。

注意到这种缺失本身很可能会强化它。人们越是发现原著民文学在北美文学当中表现得不清晰,它就真的越不清晰。因此,我们可以确定原著民文学是缺失的,但这并没有使它更加清晰。难道会有其他能够使原著民文学变得更为清晰的阅读欧洲文学的方法吗?还是刚才提出的那个问题,在原著民历史缺失的情况下,有什么办法能在欧洲历史中发掘它存在的证据吗?

我们将在下一章里讨论的约翰·史密斯的《通史》(*General History*)是理解英国殖民史的主要材料来源。尽管约翰·史密斯与波卡洪塔丝①(Pocahontas,1595?—1617)之间曾有过一段传奇般的浪漫情缘,但他本人仍然衷心地希望尽快将土著人从美洲大陆上彻底清除。他自己以能够掌控印第安人为荣,并且似乎只有在考虑如何控制印第安人时,才会考虑他们的想法。然而,至少有一次碰撞中,他的叙述中隐约出现了一个与众不同的视角,这与英国的殖民事业之间的关系不太确定,而且与史密斯的一贯风格不同的是,它想要表达的含义是模糊的、无关紧要的。

在这次弗吉尼亚历史早期的文化碰撞发生时,清除土著人的工作还处在较为初级的阶段。殖民者必须先对印第安人进行庇护。事实上,英国人当时在寻求与强大的阿尔冈昆(Algonkian)部落首领波瓦坦(Powhatan,1550?—1618)进行联盟。在欧洲人到达这一地区之时,波瓦坦也在谋求扩张建立自己的霸权。殖民者授予了他"伟大的国王"称号,希望把波瓦坦这个印第安国王变成在新世界上臣服于他们的一个诸侯。于是,殖民者们为他授予了王冠,进行加冕。对于这样的战略存有异议的约翰·史密斯在他的《通史》中记述了这件事,并写下了这篇关于加冕典礼的精彩简介:

---

① 波卡洪塔丝:是后文中部落酋长波瓦坦的女儿——译注

所有人都到达了威诺渥克莫克（Werowocomoco）（波瓦坦的一个村子）之后，我们就指定第二天作为加冕日。随后，我们把礼物摆在他的面前，把他的脸盆、花瓶状水壶、床和家具都摆放好。然后，我们拿出了加冕时穿的大红披风，在拿门塔克（Namontack）（他的儿子）一再劝说并保证这种衣服不会伤害他以后，大家费了好大的劲儿才把披风和其他服装都给他穿戴整齐。但这时一个恼人的麻烦就是要设法让波瓦坦跪下来接受王冠，他既无法弄明白王冠的权威性和意义，也不愿意跪下来。大家又费了好大力气劝说他、给他示范，最后弄得大家都很累。终于，我们使劲地靠在他的肩膀上，迫使他微微俯下身来，三个人手捧王冠，戴到了他的头上。此时，一支手枪鸣枪发出了信号，船只上的炮火齐射，以示庆贺。新加冕的国王被吓得跳了起来，后来看到没什么事，他才平静下来。然后，他想起了要报答大家的美意，于是把自己的旧鞋和穿过的斗篷送给了纽波特船长（英军指挥官）。但当他弄明白我们的目的是找到摩拿干人（Monacans）（一个联盟之外的部落）时，他就改变了主意，除了自己的儿子拿门塔克之外，不愿借给纽波特船长任何人员或向导。于是，在双方又交换了一些小礼物之后，为了回赠我们礼物，他给了纽波特船长许多麦穗，大概总共有七八蒲式耳。由于我们早已在镇子里买了更多粮食，就只好把这些麦穗带回到要塞。

这是个非常复杂的故事，其中包括突出部分前景、背景，甚至还有潜台词。在前景中，人们会惊讶地读到波瓦坦疑心重重地披上了大红披风，接受了脸盆、花瓶状水壶和床，以及他不顾别人说什么，就是坚决不愿意跪着接受王冠，最后要三个人给他戴到头上。波瓦坦被迫弯了弯腰，但这并非是表示敬意。新国王答谢英国船长的不仅仅是他的斗篷，还有他的旧鞋。

故事的背景是印第安人越来越清楚地意识到，这些英国客人实际上不是游客，而是侵略者。还有，以强大的波瓦坦为首的印第安人力图建立一个联合阵线。至于他们这个联盟，英国人在竭尽全力地进行瓦解和征服。潜台词是史密斯没完没了地自我吹捧，这一点体现在纽波特显而易见的愚蠢无能，他和史密斯一样根本无法理解印第安人。

潜台词和背景分析起来并不难。也就是，我们可以常常看到作为帝国建立过程组成部分的个人炫耀。欧洲人和印第安人之间的背信弃义也屡见不鲜。相反的是，我们在处理这个加冕故事时却比较缺乏重点。这个故事奇怪地游离于意识形态的焦点以外。作为一名野心勃勃的帝国全新贪欲的代言人，史密斯描述了一个滑稽可笑的场景，而其中滑稽的主人公不仅仅是纽波特船长，

●殖民地时期的文学

还有所有的英国人和他们整个的加冕仪式。的确,波瓦坦看起来也傻乎乎的,但这本身就是故事想要表达的主旨。那么为什么史密斯要不厌其烦地记录下人们一系列的举动,使得这么神圣的白人仪式显得如此荒谬滑稽呢?如果说,英国人的种种规劝和策略——即使不算匆匆忙忙地往那个固执的脑袋上戴王冠那个高潮部分——在今天营造了一种滑稽搞笑剧的气氛,那么这种滑稽的感觉在当时至少也是不明显的。读者也许会从文本中读出其大部分含义,但不会全部读懂。如果我们在阅读到什么地方时感觉英国人有些可笑,也早在史密斯的意料之中。

目前,对于这一潜在的颠覆性描述的一种解释是它体现了一种文本裂变。也就是说,在行文的某个时刻,作为作家的史密斯失去了对文本的控制,以至我们听到了一种相反的声音。但这样就是假定这类文本从本质上看,完全是关于控制的。当然,它们的确是与控制有关,但可能不完全是关于控制的。或者说,控制本身就是个分裂的东西。

可是,在史密斯的文章中却几乎没有什么证据表明他失掉了对文本的控制。其语气十分坚定,只是很典型地表现出他的不耐烦。另外,在他的《通史》中,在加冕故事前面的是对一个印第安土著仪式的描述,该土著仪式被史密斯重新刻画成了一个英国化装舞会。在该描述的最后,史密斯还额外添加了两句荷马的诗作为结尾。西方文明在各个领域都在推进,对于加冕失败的描写似乎意在说明波瓦坦的野蛮原始。尽管对于英国人来说波瓦坦带有喜剧色彩的拒绝加冕能够说明其野蛮,但它同时也限定了英国人对于文明的理解。此后,马克·吐温完善了史密斯文中的这个机制。史密斯文中对服装和代表社会尊严的仪式的详细描述使得该机制显现出原型,或者,用今天的术语来说,对该机制进行了解构。

这一解构的效果并非语言本身超越历史的功能。相反,史密斯对英国仪式意义的揭示符合特定的历史时期,这种揭示为该历史时期提供了一种解释,其叙述的权威性取决于史密斯自己对历史参与的程度。这篇加冕文章的自我解构基调反映了它的历史不确定性。史密斯自己无法确定该故事中哪方面是重要的,所以才将一切细节都记录下来,以防万一。这些叙述的时刻本身就说明了历史进程,也为不仅仅改变了既定解释的、非传统的帝国历史奠定了基础。被颠倒了的帝国历史也许比它本来的版本更为温和,今天我们更容易认为,艾拉瓦克人是哥伦布造成的不幸的受害者,这比把他们当做是只适合给欧洲人做奴隶的白痴要更为容易。但从重建艾拉瓦克文化的角度来看,新的解释并不比旧的解释有多少用。希望用新的阅读方法可以从约翰·史密斯的《通史》中这个人们熟知的故事里读出不同于这两种版本的东西。

第二章 自然居民

到目前为止,我们一直在从文章中找寻与《通史》中正统观点不完全一致的非传统视角。以下还有一个这样的例子。它描述了波瓦坦对英国人甜言蜜语的反应。以下是史密斯引用波瓦坦的一段话:

> 既然你们的国王送给我礼物,那么我也是一个国王了。这里是我的土地……你的父亲应该到这儿来见我,而不应该我去他那儿或是去你的要塞里见他。我也不会上这样的当。至于摩拿干人,我自己会为所受的伤报仇;至于阿特昆纳楚克(Atquanachuk),那个你说你兄弟被杀的地方,它和你所想的方向正好相反。但对于山那边的海洋来说,你和我的人之间的交情都是虚假的。

针对如此强硬地代表印第安立场的一段话,史密斯会说些什么呢?这个问题体现了前一篇文章中出现过的同一个悖论:即波瓦坦对世界的看法直接反驳了史密斯,在本文中使他无言以对,但正是由于史密斯在书中对我们讲述了波瓦坦的观点,我们才有可能对它有所了解。

正如我们在第一章所看到的那样,这种与作者的论述需要并无明显关联的叙述方式,或者说,这种类型的叙述方式,是与欧洲帝国建立密切相关的新现象。哈克鲁特编纂的"真实报道"是一种非常奇怪的写作形式。与史密斯的文章一样奇怪的是,它们都明显地致力于报道真实发生过的事情,或者他们眼中的事情真相。显然,严格地说,没有哪个"真实报道"是完全真实的,因为真相一旦讲述出来就已经发生了改变。但与以杜撰为目的的写作不同的是,这个本着实事求是的态度写成的报道是与众不同的:记录真实是一种独特的解读方式。随着欧洲帝国的建立,"真实报道"开始逐渐流行了起来。

的确,史密斯在记述波瓦坦的抵制时带有其政治意图,但他在很大程度上也在怀疑自己是否有能力实现自己的意图——让土著人屈服于英王的统治,并为自己赢得胜利的奖赏。由于他不仅想说服别人,同时还希望能够让自己理解,于是心存疑虑的他竭尽全力,尽量忠实地描述了该情景中的所有要素,既包括那些后来预示了历史前进方向的要素,也包括了一些昙花一现的、或者与历史发展趋势相悖的内容。

简言之,用阿维拉(Avila)主教的话来说,史密斯的语言并不是帝国的完美工具。他所写的《通史》也不完全是工具性的。虽然他尽力使它成为工具,但他从未获得过彻底的成功。史密斯没有十足的信心通过这种或其他任何手段让波瓦坦屈服于英国的庇护。约翰·史密斯没有控制他所记录的历史;

他是在为控制历史而记录它。

殖民地时期的"真实报道"和约翰·史密斯对波瓦坦加冕过程的描述，都是对于不确定性的记录。它们见证了素材的不确定性。这些记录中的偏颇、松散、冗长和矛盾之处，以及发展轨迹说明了语篇的局限性，它时而会不知道该说些什么。这时，其他可能的历史走向明显共存；未来究竟会如何不是过于肯定，而是太过不确定了：此前从未有足够的力量可以保证帝国会获得成功。因此，情况的确无法确定。这些阶段所能表明的不是历史发展的趋势，而是人的作用。然而，阅读这些阶段时，如果仅仅意识到殖民者对于历史和文本的权威性是有限的，这还不够；这一认识只会导致阅读文本的分裂，而这样却反过来确保了读者理解的完整性。

如果要将对过去的记述的不确定性包括进去的话，其中的一些部分就会永久性地成为"无法证实"的内容，还会有其他一些松散和不连贯之处。我们可以十分把握地说，英王篡夺波瓦坦权威的企图既没有成功也没失败。事实上，这些情景中最值得注意的地方不是其结果，而是其中的相互影响、相互作用。在17世纪，考虑到帝国建立阶段的相互作用，可见帝国的建立并不是命中注定的事，帝国的建立者也没有足够的权利。

尽管美洲原著民作品和声音的缺失一直是贯穿本章内容的一个特点，但在这部分最后，我们还是要回过头讨论一下原著民问题。正如前文所见，阿兹特克人书写了自己的故事，但其中最广为人知的部分也最令人困惑不解，因为其中的内容显示他们似乎不作任何反抗地接受了其文明失败的命运。故事表明，在科尔特斯到来的十年前，就已有八个征兆清楚地预示了大变故和种族衰败的到来。我们如果把阿兹特克人的预兆看做征服的典型产物，那么除了将其看做阿兹特克人的自暴自弃以外，还有另外一种解读它的方式。他们通过承担自身命运的方式再次肯定了其先前的历史。他们的失败也体现了其历史的权威性。因此，尽管他们预测了毁灭，但他们也提供了希望；尽管他们封闭了现在，但他们也重新开启了未来。有谁能真正理解神灵的作用方式？失去的东西或许可以被重新得到，即便不能如此，失去本身也可能成为已经失败了的文明继续生存的基础，只要关于失去的记忆能够不随之一同消亡，而是成为这个失败了的文明本身的一个重要组成部分。阿兹特克人的最后一条预言刻画了"许多形容可怖的鬼怪……包括长了两个头一个身子的畸形人"。关于衰败的预言保证了其中一颗头颅是阿兹特克人。但在对北美印第安人失败原因的解释中，这第二颗头颅最多也只是个虚无缥缈的影子。

第三章　美国早期的三位作家

在一些讲述美国探险和殖民故事的文章中,文学的历史反反复复。如果16世纪的文学像我们前面所说的那样,经常对历史产生推波助澜的作用,那么有些时候,重要的历史遗产就是它产生的文学。在罗阿诺克岛上为英国赢得一席之地的努力是失败的,甚至没有留下任何重要的遗迹,但它毕竟产生了第一部用英语写成的关于新世界的作品:托马斯·哈里奥特的《关于新发现的弗吉尼亚的简要真实报告》(*A Brief and True Report of the New Found Land of Virginia*,1588,1590)。哈里奥特的作品是一部对新世界情况相当客观的叙述,或者说,该书力求实现客观真实。约翰·史密斯以更为主观的方式完成了其早期作品,这在文学史上也同样重要。对史密斯来说,新世界不仅是帝国发展的地方,也是个人发展的舞台。他声称自己的主要作品《弗吉尼亚、新英格兰及夏季群岛通史》(*The General History of Virginia, New England, and the Summer Isles*,1624)是一部"真实的叙述",但是在对自然资源和当地冒险经历的叙述当中,该书还经常以第三人称的方式交织着对史密斯个人事业的叙述。最有可能成为第一部用英语写成的美洲作品(史密斯不是美洲人)是罗杰·威廉姆斯(Roger Williams)于1643年完成的《美洲语言入门》(*A Key into the Language of America*)。这三部作品是本章的重点。

在英国第一次殖民失败之后为了支持沃尔特·罗利,托马斯·哈里奥特向女王提出请愿,请求女王不要放弃弗吉尼亚殖民地,并在匆忙中出版了《关于新发现的弗吉尼亚简要真实报告》(以下简称《报告》)一书。第二版于两年后由身为佛拉芒雕刻师兼出版商的西奥多·德·布莱(Theodor de Bry)作为《美国》系列作品的一个组成部分以多语种形式(拉丁语、德语、法

殖民地时期的文学

语和英语）出版。哈里奥特为了把它写成一部更大规模的编年史而作了很多笔记，但是他的绝大部分笔记在回来的途中丢失了。

《报告》是一种宣传册。由于其谦虚的作者急于表示自己的观察比较有限，所以它同时也是一部严谨报告的典范。今天哈里奥特（1560—1621）被认为是与开普勒和伽利略同样重要的科学家。他的长期默默无闻实际上是因为他在数学和天文学方面的大量作品已下落不明、无从考究。但如今，随着科学史的脉络变得越来越清晰，这些作品的重要性也就重新显现出来。文艺复兴时期的科学研究是由贵族资助的。哈里奥特在罗利的资助下，提出了航海的数学原理，这对殖民航行是至关重要的。罗利派哈里奥特去调查开辟弗吉尼亚种植园的可行性和潜在利润。（"弗吉尼亚"指的是从海岸一直向内陆延伸的所有罗利获得特许经营权的土地。）书中《致有地位的读者》一文（"To the gentle reader"）（副标题更为明确："致愿意去弗吉尼亚居住和种植的冒险家、支持者和好心人"［"To the adventurers, favorers, and well-willers of the enterprise for inhabiting and planting in Virginia"］）警告说随后的内容是罗利用来反驳"被一些从那里回来的人传开了的、各种各样充满了诽谤性攻击和无耻言论的报告"。因为有些踌躇志满的移民失望地回来了，而且建议放弃整个计划。无论他们如哈里奥特所断言是太懒惰并且缺乏成功的技巧，或是如他们所坚持的，探险是个坏主意，这篇文章都提醒我们殖民是一种竞争激烈的事业，而且哈里奥特把他的研究与竞争紧密地联系在了一起。

哈里奥特不仅用科学家的眼光观察罗阿诺克的地貌和动植物群，还盘算着如何能够按照雇主的要求让自己的描述可以吸引巨额投资。在描述完殖民地"潜在的商品"后，《报告》立刻将目光转向了商业，开始探讨一种被他误认为是丝草（Silk grass）的植物。他在关于丝草的讨论中详细地规划了当时的帝国计划，并且提出了他开发西部大陆的企图。"（和丝草）类似的草生长在波斯"，哈里奥特解释道（试图唤起人们进军东方的野心），"那里和弗吉尼亚的气候一样。"他还说丝草也适合在西部耕种："通过对良田的耕作和种植，那里将比现在更宽广、更好、更富庶。"

从亚麻和大麻到"瓦琦"（Wapeih，一种具有医用价值的黏土），再到沥青、柏油、松香和松节油（"岛上遍地都是这些"），再到酒、皮毛、鹿皮、铁、铜、珍珠和甘蔗，该书目录的编排不仅遵循自然顺序，还出于对贸易的考虑。由于哈里奥特故意没有将一些信息写进其报告，所以该书在结尾部分对商业竞争和海盗行为作出了明确声明："另外两种极有价值的商品……我也许详细说过。同样，对于那些已经明确的商品，我可能说得更多；例如在哪些特定的地方发现了它们，以及最好如何种植等……但是因为某些居心叵测之人也会因此而了解这些,对行动会有不良影响,所以我有意识地省略了它们。"

他所影射的人一方面有商业海盗,另一方面还有为了殖民权力而竞争的其他商人和贵族。哈里奥特自然卷入了他们的交易,但与此同时,他开始思考作为这些阴谋诡计赌本的新世界上的土地和人民。对他来说,土地的人民开始获得某种程度上的自主权。在做出了人工种植的丝草会有更好收成的保证之后,哈里奥特考虑在欧洲人干涉之前就增加一些它的特征:"尽管在人工种植的条件下会更加肥沃,但在这个国家的很多地方都有大量自然野生的。""自然野生"是几个世纪以来对殖民地叙述的中心词语,和人工开垦的概念截然相反。表面上,一块土地固有的肥沃程度和它在被开垦耕种之后的收成之间有着明显的直接联系,哈里奥特所做的就是建立起了这个联系。但是野生和开垦之间的关系,正如它们二者同自然之间的关系一样,更为复杂,这在《报告》中已经显现出来。

第二部分明确是关于人工开垦的。这部分被命名为"弗吉尼亚所出产的供应食物储备和维持人类生命的物资,通常被土著人所消耗:在我们居留期间也曾依靠这些作物,其中首先是播种和栽培"。但是这也非常自相矛盾,因为被描述中的土地似乎不需要开垦。哈里奥特说,土著人"从来不用粪肥或者其他任何东西给(土地)施肥,也不像我们在英格兰一样要犁地或者松土"。当地农民在种植庄稼之前只要做很少的准备,而不是漫长的施肥和犁地:"在他们播种的前几天,"他们"仅仅挖开土地的表层"来清除杂草和干树桩,"这些东西在晒了一两天之后,被铲成很多小堆,为了节省体力而不用把它们弄走,就把它们烧成灰。"这几乎不费力气,只要花上几天工夫,甚至连杂草堆都很小,但是收获却很丰厚。种植出的玉米更是有着几乎伊甸园中的质量:"除了有多种方法把它作为食物储备以外,与我们平时种地相比,那里的产出是如此之多,而所需付出的劳力又是如此至少。"数字——请记住哈里奥特曾是位数学家——有着神奇般的功效:只要工作不到24个小时,25平方码的土地上就将能长出足够一个人吃12个月的粮食。而且常常是"他们能收获两次……在同一块土地上"。

收获这些丰厚的自然馈赠所需的劳作微乎其微。哈里奥特简直不是在描述富饶的种植园,而是本身就让人丰衣足食的天堂般的花园。《报告》是最先把美洲描述成花园或者第二个人间天堂的传统作品之一。这个富饶地区并不是开垦的对立面。哈里奥特向弗吉尼亚未来的耕种者保证说他们一定会获得成功:"你们不必怀疑庄稼的长势:因为我们曾经亲眼看见大麦、燕麦和豌豆等作物的种子被漫不经心地撒在土质最差的地方,而不是像我们那样细心地

殖民地时期的文学

耕种,但长出来的作物却和我们在英格兰种出的一样棒。"这样描述新世界的肥沃,实际上抹杀了耕地和荒地之间的区别。但这样一来,他也彻底改变了耕种的定义。"要么流汗,要么挨饿"这样的神圣语句中所说的耕作,指的可不是随便撒几颗种子然后就懒洋洋地晒着太阳等待收获。不管是花园也好,农场也罢,总之,弗吉尼亚是一片福地乐土。

然而,哈里奥特也并非只会唱赞歌。事实上,他采取了两种角度来描绘新世界。一方面,弗吉尼亚理所应当是英国的领地,其中蕴含的巨大财富只待人们将其变成现实。大麦和燕麦都在等着人们将其变成丰收的庄稼。但另一方面,丰饶肥沃的弗吉尼亚对英国人来说完全是异域的国度,超过了他们所能理解和想象的范围。同时,它也被其他同为异族的人们所占据。满腹牢骚的罗阿诺克远征队员们口中充斥着对新世界的贬损之词,他们之所以失败就是因为懒惰和缺乏技巧。正因为这样,哈里奥特才匆忙写成了《报告》一书。"他们当中有些人出身高贵,只在城镇中待过,以前从未看到过大千世界。由于他们知道在那儿根本不像英国的城市,那里没有漂亮的房屋,也别指望能吃到以前那样的好吃的东西,也不会有垫着绒毛的软床。所以,对他们来说,新大陆之旅是一个充满着痛苦折磨的历程。"这些挑剔讲究的绅士们不应被看做严肃的批评家,他们也无法反映远征的实际面貌,因为这些人从来就没有真正参与过远征。他们都是些局外人:"他们从来没有离开过我们的这个岛屿,或者没有走远过,最多只到过有限的几个地方。"从这一点来看,弗吉尼亚又不是一个能够轻松获得的福地乐土;事实上,它是一个不可能让人轻易得到的地方。

哈里奥特之所以对美洲形成了这样的双重看法,是因为他已经意识到这片土地已经有人居住了。如前所见,当地的"自然居民"已在许多文艺复兴时期的探险作品中频繁出现。但印第安人存在的事实使得对美洲的征服不仅仅是一个简单的、命中注定了的事情,《报告》一书十分清晰地将美洲征服表述为一个竞争和碰撞的过程。《报告》的第三部分几乎全部用来描写当地的"自然状况和人们的行为举止"。和先前的描述一样,哈里奥特在这一章里同样告诫读者说,"尽管,目前为止,如您所知,他们会在我们的居住和耕种方面制造麻烦,但这些人没什么可怕的。"因此,"他们对于我们这些即将和他们共同居住的人,应该是又爱又怕的。"

62　英国人一向以自己殖民的手段区别于西班牙人而有道德自豪感,后者在墨西哥和秘鲁等地表现出来的凶残有目共睹。例如,哈克鲁特就曾呼吁人们同美洲土著人进行谈判并以和平的方式与土著人进行物物交换。但归根结底,用非暴力的方式从一个民族手中拿走其土地是不可能的。因此,哈里奥特提

第三章 美国早期的三位作家

出的让土著人对殖民者又爱又怕的建议不仅仅是套话。事实上，在他整个《报告》书中都能找到哈里奥特对这种双重手段的激情表述。

哈里奥特对印第安人本身也很感兴趣。他对土著人生活生动细致的描述体现了他的科学态度。比如，他详细说明了土著人如何盖房子、如何测量、用什么材料，以及他们如何设计村庄，平均每村有多少户等。只是为了表达准确，其描述的句式往往缺乏变化。普遍的描写基调是将一切都说得很小。比如，他们的镇子"仅是很小的一个"，"仅有少数几个村庄"，"仅由10至12座房屋组成"，最大的镇子里"仅有30座"。任何不包含"仅有"字样的描述也都用"如果有的话，只是……"或"如果用墙围起来，只有……否则……就只有……"等句式加以限制。于是，就算他有时没有明确地说印第安人的某些东西很小，读者们也会顺理成章地这样认为，它们要么很小，要么就干脆彻底没有。例如，他们的武器少得可怜，"唯一的武器就是弓箭……而且也没有任何用以自卫的武器"。

他要传达的信息很明确："一旦我们和他们之间爆发战争"，我们就可以轻松地打败他们。然而，战争并不是对付印第安人的唯一手段。他们很可能会响应我们的谈判要求，因为他们"不像我们那样掌握科学和艺术；但在那些他们精通的领域，他们表现出了超凡的智慧"。白人的优越性体现为能够在镇压土著人的同时，也起到启迪心智的作用："印第安人越是认识到我们的知识和技能超过了他们，就越会希望得到我们的爱和友谊，也就越有可能尊敬、顺从我们，讨我们的欢心。"这样，"我们或许就能够希冀……他们用不了多久就可以学会礼仪，并皈依正确的宗教。"

哈里奥特有这样的态度是很自然的事。他有这样态度的前提是英国能够征服美洲，更深层的前提是对美洲的征服在很大程度上应该由哈里奥特自己的资助参与完成。这其中流露出他对欧洲文明优越性的肯定。对于他这样一位文艺复兴时期的科学家来说，这种优越性体现在他所处的科技知识大爆炸时代之中。下面这段话打动的就不仅仅是印第安人：

> 我们的许多东西，像一些精密仪器、航海罗盘、吸铁石的磁性、能看到很多奇怪远景的望远镜、取货镜、打仗用的燃料剂、枪炮、书籍、我们的读写能力、看起来好像自己会走的发条时钟等，以及许多其他的东西在他们看来是如此奇怪，以至于他们根本无法理解那些玩意儿是如何被创造出来的。他们认为那些东西是神的杰作，而非人类所造，或者至少是上帝教会我们如何制造这些东西的。

殖民地时期的文学

　　哈里奥特似乎不是个自高自大的人,但他也觉得自己和自己同胞的身上智慧的力量有那么点了不起。

　　正因为如此,在这次征服计划中,软硬兼施便是很平常的事情。《报告》的惊人与奇特之处是武力与劝说(这与希普维达和拉斯·卡萨斯之间的观点是相同的)作为两种并行的方法共同使用。两者彼此之间既不互相依赖,也不互相排斥。两种可能性都来自于一种统一的、连贯的认识,这既是土著人,也是英国人的认识。在哈里奥特报告几乎结尾的位置,他记录了一些不幸的事件:

> 虽然在这一年的年末,我们同伴中的一些人在某些城镇因为某些对于我们来说原本很容易就能忍受的原因杀人了,而且杀人时表现得很凶残;但因为被杀的人是罪有应得,所以土著人对我们的看法想来也不会发生什么转变。无论他们怎么想,只要我们小心,就没有什么可害怕的。

对于他们并不强烈的挑衅,我们的反应过于强烈了,他们应得到惩罚,而这也不会改变他们对我们的看法。这两个方面合在一起,得出了一个既包含两方面,又不作任何变动的结论:如果我们小心点,我们就没有什么担心的。

　　这最后的一段文字表现出了哈里奥特报告的独特之处。它既包含了寻根究底的科学精神,又体现了对罗利的帝国事业的绝对忠诚;既说明了印第安人见到白人最可能的反应是转头撒腿就跑,又表明哈里奥特与一些印第安人牧师明显有特别交情这一事实。这份报告的内容并不平衡,它是二元性的。从它缺少融合但却不乏连贯的文章中,后世的读者会看出处在开发探索阶段早期的美洲其情况的复杂性。那时这片土地还是一份战利品、一份期望;而对于当时的殖民者来说,英国的新大陆仍然不在别处,却就在不远处触手可及的地方。

　　另外一种描述哈里奥特《报告》中无法解决的双重性的办法,就是将它看做美国殖民开始的标志。在这一殖民过程临近结束时,罗伯特·弗洛斯特在回顾这段历史时这样来解释哈里奥特当初的两难处境:"在土地属于我们之前,我们已经归属于土地。"这种表述导致白人与美国的联系是有机而原始的,而土著居民与美国的关系则是潜意识的。如果这样,那么野性与开化,土著人与自然化了的美国人,则是一个统一体的两个方面。但是对大约四个世纪前的哈里奥特来说,美洲的开化与野性,以及欧洲同美国的关系,都尚待解决。将印第安人(从本来属于他们自己的土地上)赶走的这第一步,意味着所有这些关系的偶然性。对哈里奥特来说,印第安人真实而生动地存在着，因为他们在美国有机地存在着，他们有一种潜意识的归属感，这就证明了白人殖民将是暂时的。如果印第安人是美洲的自然居民，那么，英国人是美洲不自然的居民吗？

《报告》一书的组织安排就反映了这个问题。报告的第一节列出了"有销路"的自然资源目录，这样的写法把大自然转换成了市场，从而把美洲并入了英国。对自然资源目录的表述是这本书最为抽象的章节，对每一种商品在美洲的产地，都只作了最基本的说明。但是第二章主要讨论的却是新世界如何能够为人们提供必不可少的生活必需品。这就必然将哈里奥特根植于美洲的土壤之中，美洲土壤如今变成了一个规定性的语境，而不是市场。我们可以通过以下的例子来理解"根植于美洲的土壤中"和"在美洲人中间"：如果说第一章的开头利用"波斯"，说明了"丝草"这种植物，那么第二章的开头则这样来描述一种当地谷物——"当地土著人都把它叫做'帕格托尔'（Pagatowr）"。在这里，对于这种作物的主要命名方法是它的产地，其描述的中心是在弗吉尼亚。作为一种次要的命名方法，他又补充道，这种谷物在西印度群岛被称为"玉米"，英国人则称之为"几内亚麦"或"土耳其麦"，具体叫什么取决于不同的地点。在这个有关农业的章节中，对自然的描述与其中自然居民的生活方式紧密相连。

在该书的第三部分，哈里奥特的旅行继续向内陆延伸。这部分开始就描述了当地的建筑材料，然后立即以一种终结评论的方式开始叙述最后一个事物。而当时和其后的绝大多读者都将其视为本书的高潮。"对于当地土著人，我先来简单说两句……以后在合适的时候我再详细介绍他们。"在这儿，他只是说了他们没什么可怕的。土著人的各种农业方式和各种各样的其他实践方法已经介绍过了，但是在这儿哈里奥特依然着重介绍这些事，然后，他又继续介绍了土著人宗教和文化的基本知识。很明显，哈里奥特如此丰富的知识得益他与印第安人的友谊。最开始，他只是介绍一个个分散的、不同种类的商品，后来，美洲就不仅仅是个有机的整体，而且还有其独有的特征。

的确，《报告》以一系列的实际人物肖像结尾。有时这被人们视为该书非常重要的特征。身为画家、插图画家和制图员的约翰·怀特（John White）曾经为了描绘爱斯基摩人，和探险家马丁·弗罗比歇（Martin Frobishe）一起来到过北极。他同哈里奥特一起在罗阿诺克几乎待了一整年，描绘了当地的阿尔冈昆人吃饭、跳舞、劳作和举行宗教仪式的情形。在返回英国的路上，他不明数目的画作和哈里奥特的笔记一起都丢失了。但是在1587年，哈克鲁特向西奥多·德·布莱提供了一些怀特的素描作品。精装版的《报告》一书还随附了带有哈里奥特注释的24幅画。由于哈里奥特开始是用拉丁文写的这些

殖民地时期的文学

笔记,所以16世纪末,语言的过渡时期特点得以很好地表现。后来,是哈克鲁特这个永远喜欢做媒介工作的人,将哈里奥特的笔记从拉丁语翻译成为英语。

这其中有十幅是个人肖像素描,如《弗吉尼亚君主或领主》(a weroan or great lord of Virginia)和《酋长塞格塔的一个女儿》(one of the chief ladies of Secota)等作品都受到了雅克·勒·莫恩(Jacques Le Moyne)微图油画法的影响,但怀特的肖像画超越了微图风景画,因为其人物能在典型的活动中得以表现。被认为是酋长塞格塔女儿的一个年轻妇女被描绘成一个贵妇人。为了更全面的表现她的头饰和服饰,插图中提供了她正面和背面的两幅图。画中的她站在河边;对此,哈里奥特在图示中说,这些妇女特别愿意看捕鱼的场景。文本以人类学的视角精确刻画了她弯曲着手臂抱着双肩的姿态。这样她的手能够到肩膀,前臂遮着半裸的乳房,"象征着处女般的谦虚",另外一个乳房仍然裸露着,表示着上身不穿衣服这一典型的服饰特点。她的姿态和她表露出的对捕鱼的极大兴趣,是阿尔冈昆女人所特有的典型形象。也有一些不很科学之处。例如,她微微卷起的头发,弯弯的双唇,圆圆的脸和身体,将她同能够引起希腊、罗马人共鸣的神化形象联系起来,而不像是个印第安女人。这是旧世界的形象,而并非新世界的。

这种效果的产生很大程度上要归功于布莱。很可能出于对艺术和商业双方面的考虑,布莱的雕刻画按照自己的理解对怀特的绘画做出了修改。原作的女子有着一头直直的黑发,带有一点亚洲人的特征,而且她的身材要更瘦,身体被拉长,站立和移动的方式都明显不同。在怀特的一幅插图中,一位母亲和一个孩子很平常地面向前方站着,他们直立的双腿显得很坚定,并没有给我们提供任何明显的信息。德·布莱已经将母亲画胖,把母亲的姿势画得更温和,很明显更加丰满,画中的她正向看画的人走来的时候,左脚略微向前,她左侧的臀部和前倾的头部共同形成了弯曲的拱形;她面无表情地看着头发卷曲的胖小孩,这个小孩把一个拨浪鼓式的玩具举过头顶嬉笑着往前跑。在原作中,母亲和孩子的嘴都张着,很明显地在微笑,德·布莱用一种说不清、道不明的表情代替这种微笑。画作突出了种族特点,从而使本该为人所熟知的母亲和孩子的情景显得有些陌生。雕刻作品则突出表现了欧洲图书购买者所期望看见的普遍母性。

这里有两点某种程度上相互误解。20世纪末的读者们可能会最先注意到,德·布莱抹杀了欧洲人同美洲印第安人之间的区别,并呈现出一种虚假的普遍人性模式,他其实是将欧洲的人物形象强加给了印第安人。因此,非欧洲人就被剥夺了怀特曾经给予他们的身份。然而这种遗失也可以从另一种方式来看——它赋予了印第安人以人性。在怀特的画作中，印第安人的确更加野蛮（也就是说是赤裸裸的[naked]而不是一丝不挂[nude]，身体和头发粗糙而非柔软光滑）。为了卖更多的钱，德·布莱修改了怀特的画，使插图更符合古典的审美观点，会使受过良好教育的、文明的欧洲读者更加同情这个种族。一方面，他将阿尔冈昆人同化为普遍人性的神化原形，这本身就意味着他们落后于人类；另一方面，这表明他们可以被文明开化。这个观点搞清了为什么怀特在他给德·布莱的那套画中令人不解地加入了皮克特人（Picts）的五幅肖像画，原来这是为了表明大不列颠的居民在过去和弗吉尼亚的居民是一样野蛮的。当初的英国人同美洲土著人一样，处于历史阶梯的最底层。由德·布莱进行过艺术处理的土著人比原本好不了多少，他们现在仍然是社会的下层。当然他们不是丑恶而残忍的人凯列班①，哈里奥特、怀特和德·布莱三人共同表现出了16世纪末、17世纪初殖民主义的仁爱之心。这种脆弱的、并不可靠的仁慈暂时地缓解了征服过程中的残暴。

在导言中，雕刻图下面有一个名为"英国人到达弗吉尼亚"的图例，记录了哈里奥特、怀特以及德·布莱的模糊立场。哈里奥特写道，当船靠近海岸，可以看见岸上的印第安人时，岸上的人"像野兽或疯子一样发出了可怕的叫喊声……然后四散奔逃"。但是在听到英国人友善的问候以后，他们"就来试图讨好我们，欢迎我们"，"弗吉尼亚领主或君主"然后就以礼相待，并接待我们。这时，哈里奥特就可以描述一下"他们的身高、服饰、生活方式、节日和盛宴"。这种描写不仅仅是平静的，而且完全是不加修饰的。先前的野兽和疯子也都变成了温顺的普通人。雕版图中描绘了停靠在外滩附近②的两艘英国轮船，旁边还有五艘几乎没于水中的小舟。哈里奥特的船试图穿过位于罗阿诺克的一个内港。一个站在船头的人正在对一个慌忙奔逃着的印第安人喊话，但是岸上的景象平静而有秩序。房屋形成了整齐的一个圆圈，周围由栅栏围住，一块块整齐的四边形谷田种在村外，一簇簇的树丛点缀着岛屿，岛的那一边，居民们正在制造独木舟。雕刻图几乎水平地将大海和陆地、英国人和阿尔冈昆人从中间分开，描绘了两个民族遭遇时的情景。

总而言之，哈里奥特成功地将美洲推销给了英国，但他同时也承认，美洲属于印第安人。当然，这本身并不影响他的推销；但是两种拥有模式都是

---

① 凯列班（Caliban），莎士比亚剧《暴风雨》中半人半兽形怪物，<喻>丑恶而残忍的人。——译注
② 所谓外滩，其实是一串海洋沙岛所组成的，全长300多英里，因距离大陆有一段距离所以称作外滩。——译注

获得。这时的二元性没有走向调和,即使这既不代表不连贯的思想,也不代表对这个问题的矛盾心理。作为沃尔特·罗利爵士手下的哈里奥特对征服美国并未存有矛盾心理。他向读者保证,随着探索的深入,征服美洲的成果也将越来越丰厚:那里有"更肥沃的土地,更高大的树木,更深的沃土,更美的草地,更丰富的水果,更多的野兽,可以无限扩展的资源,可供更多人居住,可以有更开明的政策和更广阔的疆域,更多的城镇和楼房"。野生但同时也是由自然雕琢的新世界正等待着欧洲人去征服,那里是繁荣文明的自然之家。

哈里奥特部分地承认美国是属于印第安人的,但是他的读者们很少有这样的分歧。宿命论概念的演变(这种理论认为美洲从大西洋到太平洋的延伸将显而易见地使得欧洲的文明得以延伸)始于16和17世纪,而且人们逐渐坚定地认为美洲应属于欧洲人。

对于此观点最早且最具活力的倡导者之一是冒险家约翰·史密斯(1580—1631)。有着远大抱负的史密斯是一位富裕的农夫的儿子,他为了登上社交舞台所做出的第一份努力,就是让自己成为神圣罗马帝国军队的一员。在同土耳其的异教徒斗争后,史密斯被捕并遭受奴役,他逃脱后返回英格兰,并应征去了美洲第一个殖民地——詹姆斯敦。1606年,史密斯出海西行至基督教的新战场。在詹姆斯敦,尽管史密斯是个颇有争议的人物,但他又无疑是一位很有能力的政府理事会主席;尽管他在新世界停留了不到三年的短暂时光,但史密斯也是激进的殖民政策最有影响力的拥护者之一。他创作了大量具有影响力的作品,用来描述殖民地为英国所带来的好处,并且有意突出了自己在确保英国得到这些利益时所起到的核心作用。

史密斯的《弗吉尼亚、新英格兰和夏季群岛通史》(*General History of Virginia, New England, and the Summer Isles*, 1624,以下简称《通史》)以他的朋友帕切斯(Purchas)的汇编物为模板,收集出版了他自己早期关于弗吉尼亚和新英格兰的作品,以及流传于商人及冒险家之间的文献及报道(包括大部分哈里奥特的作品)。其中散置着一些古典诗文和一些写出来赞颂这本书及其作者的文章:"像凯撒一样,现在你所写的正是你所做过的,而这些行为会使这本书和太阳一样永存。"这是一篇尤为经典的作品,马上成为当时独一无二的代表作。的确,史密斯声称这本书和他自己都是17世纪同时代的英国人中独一无二的典范。他的帝国主义剥削思想在当时英国谋求建立绝对统治的背景下显得尤为合乎时宜。

《通史》中有一篇文章集中概括了史密斯的思想体系,而这种体系也正如史密斯先前所定义的一样。文章中提供了一些内容类似殖民过程的情节摘要。史密斯以他特有的自我吹捧的方式，回忆了殖民早期所经历的危险阶段，以及他如何通过一些政策性的行为挽救了那个时期。那些建立弗吉尼亚公司的伦敦绅士们缺乏一种对时代的理解能力，而这种能力只能被身体力行思维敏锐的人所拥有。这些绅士们过于急切的心境反而使得他们未能比他们长久以来鄙视的敌人——西班牙，在道德上占有任何优势。为了使他们的帝国政策有别于西班牙官僚的"黑色传奇"① 政策，英国人冒险地将其殖民地上的移民限制成了愚昧的和平主义者。的确，"来自英国的命令非常直截了当地说明不要侵犯印第安人"，以至于"他们变得十分野蛮，简直无法无天了"。

但是印第安人并不只是跟抱有理想主义幻想的官僚们打交道。史密斯就是个科尔特斯的狂热崇拜者。不久，"他们碰巧遇见了史密斯船长，（他总是以第三人称叙述他自己）而史密斯船长也从未想过会突然遇到他们，他将岛上的印第安人追赶得到处乱窜……并用鞭打、殴打、牢狱等方式恫吓着他们"，这次胜利来之不易，因为印第安人实在是一个顽固执拗的民族，"为了复仇，他们出其不意地突袭了两个正在寻找粮秣的离队的士兵，缴获了他们的武器，然后竟然胆大包天地在我们的港口威胁史密斯释放七个土著印第安人，（这七个人因为做了坏事被他扣押起来）否则大家同归于尽。"与那些给遥远的殖民地国度制定政策但却无任何经验的绅士们不同的是，史密斯知道他该如何去做：他在他们中间展开了突击，不到一小时，他就打乱了他们的阵脚，使他们败下阵来，他们归还了他的两个士兵，开始求和，并不再要求他放人。

尽管他周围有些胆小的评论家们对他进行围攻，但他们却拿不出什么正当的理由，因为并没有英国人被杀。史密斯的强硬策略为他们提供了一个安全的未来。由于他的坚决果断的性格，使得"印第安人学会了畏惧与服从，好像他的名字就足够能震慑他们"。"而在此之前，我们经常同印第安人在同一天中打打和和，和平很少能维持超过一个星期。但我们也有一些这样或那样的丑恶行径。"

在史密斯的写作中时时出现这类故事。印第安人唯一可以令人接受的态度就是"恐惧和顺从"，这还是考虑到他们可以被作为劳力和食物来源，否则，他们就会被赶走。在另一段文字中写道，他离开后严厉申斥了弗吉尼亚

---

① 黑色传奇（Black Legend）：从16世纪开始，反对西班牙和天主教会的一些作家和历史学家写了大量著作来反映西班牙的残忍和不宽容，由此制造出了一个邪恶的西班牙形象，是为"黑色传奇"——译注

○殖民地时期的文学

殖民当局，说自己会回来并将这一切处理妥当。他许诺道：只要有一百个雇佣兵"来进行巡逻，并收拾那些野蛮人"，他就可以"迫使野蛮人离开他们的村庄，将他们带入恐慌之中。这样每个野蛮人都会屈服，并老老实实地干他们该干的事情"。

但尽管如此，约翰·史密斯也不应仅仅被看做是一个激进的迫害者。他与印第安人的关系不是因为战争而出名而是因为他的浪漫传奇故事。今天他是人们众所周知的印第安公主波卡洪塔丝故事中的主人公①。事实上，上文引用的故事中，史密斯吹牛说他通过显示武力和钢铁般的毅力征服了印第安人，并使波卡洪塔丝成为他的策略中至关重要的一部分。通过使用武力威胁，他从印第安俘虏口中得出他们已经被波卡洪塔丝的父亲波瓦坦所控制，而波瓦坦虽然曾经是史密斯的朋友，但却是一个经常出卖他人的叛徒。察觉到自己已经失败的波瓦坦"派他的信使们，和他宝贵的女儿波卡洪塔丝带着一些礼物请求史密斯原谅，并许诺永远成全他们的爱。史密斯立刻明白了这无疑意味着他承认了失败，所以在史密斯给予了这些俘虏他自己认为合适的命令指示后，他使用了这些俘虏一两天，随即就将他们返还给波卡洪塔丝，并装作刚刚拯救了他们的命，现在给予他们自由了"。此章节就是以俘虏的返回作为结尾。

是否可以说这就标志着对方寻求和解？这是否可以证明印第安人的失败或者由于在战争中加入了浪漫元素从而淡化了其失败？其实正好相反。在史密斯的故事中，波瓦坦以他女儿的名义重新与史密斯建交，而且承认了他的失败已经不仅仅是军事上的失败，还有他个人的失败，因为他失去了其民族中的一个女性代表人物——他的公主。史密斯时代的西方传统认为，一旦一个女人爱上了一个男人，即便是就她个人而言，也意味着她已经放弃了她自己。而在波卡洪塔丝的故事中，这个印第安女人放弃了她自己，爱上了这个白人男人。所以说波瓦坦的屈辱不仅仅体现在军事上。

史密斯船长的成功之处当然也不仅局限在军事方面。他还精简了印第安的士兵部队，并使他们学会了畏惧和顺从。但也是从那时起，由于他总是通过武力实现自己的意愿，使得他的力量不仅凌驾于印第安人之上，也同时控制了他自己。他赢得了波卡洪塔丝的信任，这使得他很容易打入了印第安人的生活。他很快将印第安人拉拢成自己的力量。到目前为止，波瓦坦一直是史密斯征服美洲和证明自己能力方面的局限和障碍：他可以征服美洲，但是只要有这么一个波瓦坦代表着一个哪怕是被征服了的美洲，史密斯也无法宣

---

① 著名的迪斯尼动画电影《风中奇缘》中的女主人公原型。——译注

第三章　美国早期的三位作家

称美洲真正是他自己的。当波瓦坦的女儿放弃了自我,不再与他区别对立,成为他的人了,史密斯就进入了一片新的阶段:无论是从身体上还是从灵魂上来说,美洲都是他的了。约翰·史密斯不爱波卡洪塔丝,这仅仅是她的一厢情愿,这一点并不是传说中的巧合。后来她嫁给了约翰·罗尔夫(John Rolfe),在皈依基督教后的狂喜中英年早逝。这一切上演了一幕美洲人民对他们的欧洲征服者单方面屈服的悲剧。

因此,英国对土地的占有就像传统的丈夫对妻子的占有一样,是一个拥有更大控制权的丈夫,而不是作为情人。我们现在所看到故事提供了三种白人用来征服土著美洲人的方法:作为士兵,作为父亲,作为男人(通过利用波卡洪塔丝)。就这一点来说,欧洲人反复强调土著男人基本上不进行劳作,而村里的活都由女人来干,这又为说明他们不像男人提供了一个例证。土著男人不去种地,他们也不建造房屋;他们整天无所事事地闲逛,偶尔靠打猎来打发时间。对于通过探险拓荒的方式在美洲定居下来的欧洲人来说,不进行建设性劳动而只是偶尔打猎的印第安人是无法改变其缺乏男子汉气质这一印象的。

有一个名叫拉·马林奇(La Malinche)的墨西哥女人,她是科尔特斯的情妇兼翻译。她的故事通过对比英国人和西班牙人征服观念的不同,突出表现了殖民征服的各个因素。正如贝尔纳尔·迪亚斯所说,拉·马林奇对殖民征服做出了实实在在的贡献,她有时甚至不完全拘泥于科尔特斯的原话,在翻译时加上她自己的睿智评论。她几乎可以说是击败阿兹特克人过程中的一个合伙人。处于自身的原因,拉·马林奇也十分希望看到阿兹特克人的覆灭。她虽是科尔特斯的奴隶,但却身份特殊。科尔特斯只是击溃了阿兹特克人,但并没有彻底消灭他们。西班牙虽然建立了更强大、更好的帝国来取代阿兹特克帝国,但是阿兹特克人仍然在战败后继续在墨西哥境内活动。我们知道,在墨西哥,拉·马林奇代表的是一个背叛者。而在美国,放弃了自我的波卡洪塔丝代表的却是浪漫,或是代表了在一方被另一方兼并吸收时所表现出的冲突中的坚定决心。波卡洪塔丝不仅帮助了约翰·史密斯像科尔特斯那样征服了原著民,还帮助他将原著民吸收成为英式美洲人。

和哈里奥特用土著人口定义美洲的方式不同,约翰·史密斯通常是用他自己来定义美洲的。反过来,他也用美洲来定义他自己。在约翰·史密斯看来,那些一无是处的弗吉尼亚殖民者来到新世界的目的就是积累财富,而那些来自伦敦底层的人们也是被迫来到这里的,他们在很大程度上只是为了生存。与这两者截然不同的是,史密斯早就认为建设新世界就是建造一个新的自我。

○殖民地时期的文学

他后来得到了"自吹自擂的骗子"这样的恶名，这是个时代的错误。而后来当本杰明·富兰克林将美国人进行分类时，约翰·史密斯则变成了自我创造派的先驱开拓者。其实，约翰·史密斯只是在创造并宣传自己，或者说他是靠宣传自己来创造自我。史密斯依靠宣传出版为自己赢得了名誉，即使他并不总是能因此而发财。后人对他的指责中有一条是这样的：他一生中冒险故事的每个章节都要比前一章更虚张声势。然而，他是第一批写自传的英国作家之一，如此看来，一个个故事中冒险成分的逐渐增多并非是无缘无故的。在《约翰·史密斯船长1593年直至1629年在欧洲、亚洲、非洲和美洲的真实旅行、冒险、和观察》（*The True Travels, Adventures, and Observations of Captain John Smith in Europe, Asia, Africa, and America, Beginning about the Year 1593, and Continued to This Present* 1629，1630，以下简称《真实旅行》）一书中，他以第三人称讲述了自己的一生的故事，从他出生开始，以一篇谴责海盗的文章作为结尾。这样的结尾一点也不是异想天开，对于一个为了赢得社会地位，而一生都进行偷窃和杀戮的人来说，这样的结局是最合适不过了。在《真实旅行》的最后一段中，约翰·史密斯呼吁道："商人们、绅士们、所有船主"都应付给船员一份体面的工资，这样他们就没必要再行窃。然后他又对船员们呼吁道：那些曾经风光而现在被认为是"社会渣滓"的"水手和士兵们"应该重塑他们的名声，放弃海盗行为，转而在"我们英国的种植园里光明正大地获取财富"。虽然这些种植园最初还"遭到人们谴责，然而现在大家都知道，已有许多高贵的富人从那里走出，可当初他们走进种植园时却和现在的士兵和水手们一样一贫如洗。他们在一年中所得到的财富比当海盗七年得到的还要多。"在某种意义上讲，对这种致富方法的颂扬是他一生中留下的最后话语，因为他1631年就死了。

也许他也愿意将那作为他最后留给世人的话吧，因为他最喜欢的话题就是谴责那些身为绅士的定居者们的疏忽职守。史密斯曾在《新英格兰一览》（*A Description of New England*, 1616）中借助时下流行的政治比喻抱怨道：

> 如果连一只小蚂蚁或一只愚蠢的蜜蜂都能够通过勤奋努力去建设它们的美好国度，那么人类就更应该如此了。如果说它们也会惩罚那些游手好闲，并偷窃他们果实的伙伴，那么人类这样做也就无可厚非了。在储存蜂蜜的蜂巢里，游手好闲的蜜蜂要比劳动蜜蜂多，悲哀的是在我们的国土上也存在着类似的情况。

这个英帝国新建的蜂巢正面临着来自贵族寄生虫们的威胁。

第三章 美国早期的三位作家

在中产阶级被普遍承认是一种明确的（中间）路线以前，约翰·史密斯就已经形成了一套完整的中产阶级意识。他不是一个清教徒——他对马萨诸塞湾殖民地那些可靠的居民所怀有的敬畏之情，因他们的"过于谨慎考究"而有所减弱。因此，史密斯应该说是最终在美国盛行的阶级哲学的阐释者。他退休后曾被问及弗吉尼亚州政府该如何纠正现存的缺点过失。史密斯解释道，新世界（尤其是在新大陆）必须拥有愿意劳动的开拓者。这个帝国的建立同其他地方一样，"没有哪个国家能像古罗马那样，仅仅依靠掠夺就能建立起来：你所期望的一切都必须通过劳动获得。"

他对美洲的这种看法显然不同于西班牙的。后者曾经大肆掠夺过阿兹特克人和安卡斯人的城镇，他们依然沿用固有的帝国模式，甚至在西班牙农场主们变得与弗吉尼亚同行差不多时，也没有去寻求建立新的帝国。英国皇室和那些持有大量资本的贵族们曾经一度将目光投向东方，因为那里建立的传统模式的帝国殖民地能带来的财富要丰厚得多；可是那时，史密斯就在积极推动一种新型的帝国模式，并创造了大量财富。他的新世界不能与旧的财富相提并论。事实上，他愤怒地否认能在那里发现金子和宝石的说法。《英国殖民地在弗吉尼亚州的进程》（*The Proceedings of the English Colony in Virginia*, 1612）一书记录了他针对殖民者中流行的淘金热所作的愤怒描述。有些殖民者曾误以为他们能在詹姆斯河附近挖到金子：

> 最可悲的是，我们的镀金精炼机和人们心中对黄金的期盼已经使所有人变成了它的奴隶。人们不再谈话、不再怀抱希望、不再工作，只是没完没了地挖金子、洗金子、炼金子、装金子。这股疯狂的淘金热，就像一个要求把自己活埋在沙子里的疯子一样，让人愿意为了金子而不要性命。

如他所见，新世界的财富远比金子要好得多，他建议那些"令人尊敬的国人同胞们不要被捕鱼一词败坏了口味，因为它其实同圭亚那或塔姆巴图（Tumbatu）地区优质的黄金一样有价值，而且其危险和成本都要少得多，也更可靠和实用"。的确，通过对捕鱼业的描述，史密斯宣告了传统帝国模式的终结和新型模式的产生。他在《通史》中写道：鱼"有可能被人们视为是一种低级、劣等的商品"。但是，

> 人们并不知道，可怜的荷兰人民主要以捕鱼业为生……它让一个民族变得坚强和勤奋。他们把鱼带给东方国度的人，换取木材、亚麻、沥青、

73

殖民地时期的文学

柏油、松香、绳索等等。随后,他们再用这些商品与法国、西班牙、葡萄牙、英国等地的商人进行交换,获得他们所需物品。正是鱼,使他们变得越来越强大和富有。除了威尼斯以外,没有其他国家有如此好的装备,拥有如此多的美丽城市,富饶村庄,茂盛的森林,强大的航海业以及其他各类产品,诸如金、银、珍珠、宝石和丝绸、天鹅绒、金线等。我们难道能说,鱼、沥青、木材之类都是低等商品吗?

事实上,所有西班牙的金矿和银矿加在一起,在偿还国家债务方面也抵不上这种"可耻的鱼贸易"。因为

这是个最丰富的矿藏。大海中蕴藏了汇入它的无数银色支流中所有的宝藏,使得他们成就了神奇的产业,它是所有事业中唯一完美的一个。渔业带来的利益是带动其他所有领域发展的原动力,使这个国家成为富庶、强大、光荣和人们无限向往的地方。

对渔业的如此激昂的赞歌在书中共持续了整整四页。

渔业和渔夫以及商人都意识到了互惠的利益。这些人就是史密斯心中的殖民英雄。他们是种植园主,也是经营朴素实用商品的商人。在这方面,他期望的不是南方的思维而是新英格兰式的思维。他十分明显地表现出对烟草种植的厌恶之情。罗利尽管偶尔有一些海盗行为,但在他的理解中,美洲帝国是一个生产可供交换的商品的地方。但从他对烟草的态度中,我们可以看出,他对商业的理解与史密斯截然不同。对于史密斯来说,烟草种植就像寻金热一样阴险可鄙。史密斯的《通史》中有一段文字描述了殖民者烟草热过后的詹姆斯敦:那里仅剩下

五六座房屋,教堂倒塌,围栏支离破碎,桥梁变成了碎石,井里的淡水被污染,人们用仓库当做教堂,把市场和街道以及其他空余的地方都种上了烟草。他们的房子也是同样的情形。他们都成了烟草专家,每家每户都拥有大量烟草。所有殖民地里的人们都分散开来,到处在种烟草。

灾难临近(当地人并不害怕或畏惧,他们有枪)。但这样混乱的情形更加令人害怕。在这种情况下所有社会生活都已经解体,一切都围绕着一种作物忙碌着,而这种作物的价值在很大程度上却是人为附加上的。这位早期的企业家带着深深的不信任对这一现象进行了思考:在这种金融资本体系当中,

烟草"像银子一样成为流通货币,几经转手之后,有些人变得暴富,而多数人都沦为贫穷"。在他看来,这种不平衡对双方都没有好处。

史密斯不赞同富人也不赞同穷人。早期詹姆斯敦的主要困难和威胁都来自大自然。同样要命的是公司派给他的那些一无是处的"时髦绅士",在他看来,这些都是碍手碍脚的人,还不如不派给他。他的理论是"一百个好的劳动力"胜过一千个绅士。他的《通史》中有一篇关于詹姆斯敦理事会办事员理查德·波茨(Richard Pots)的报道。理查德针对殖民者的构成成分抱怨道:"与其说那些人是在建造或维系一个国家,不如说他们更适合用来毁掉一个国家。"这些游手好闲的懒汉既包括"富人"也包括穷人:贫穷的绅士们(他们是潦倒的贵族,从阶级上论还算是富人)、商人、仆人、浪荡公子、"冒险家"的男仆以及"冒险家"本身,都是些"根本不知道工作一整天是什么样儿的人……但是村里的一个木匠,三个人都赶不上"。史密斯曾尖刻地说:"我们总共大约有两百人,但却有不到二十个干活儿的人。"当时,生产劳力是真正的价值源泉这一观点尚未像后世那样深入人心。因此,史密斯对那些不事劳动的人的嘲讽无异于具有革命性质。或者说,那是仍处在萌芽阶段的革命中的一个插曲。

哈里奥特也曾痛骂过那些被派往罗阿诺克的游手好闲的绅士们,同骑士相比,他更倾向殖民地多一些木匠,但这是出于常识的考虑,而非出于意识形态。史密斯多次批判那些"生活得傲慢而又无所事事的人",他认为他们构成了一个无用的阶级。这一点充分体现了史密斯的观点明显与意识形态相关。他认为新世界所需要的人们与他在英国本土所景仰的人们一般无二:那应该是一些"拥有相当的财产、良好的信用、在本国被人们所爱戴的人们;而非那些因欠债而逃往海外,或身陷丑闻的人"。

《通史》一书中总会不时出现一些詹姆斯敦的新来访者,而这些新来访者总是被按照一定的阶级划分开来。例如,在其中一批人中,有绅士、劳力、士兵、裁缝、药剂师,还有那些史密斯认为该受到诅咒的人:一个珠宝商、两个矿石精炼师、两个金匠以及一个香水制造商。在这十一个工匠中,只有三个拥有必要的技术。中产阶级的老百姓或者像他自己这样的"绅士"并没有贵族的血统,而是后来通过自己的努力起家,来到美洲后地位获得了更大提升,这些工匠和士兵都是满怀雄心地要实现自我,同时也在塑造着美洲。反过来,他们在建设美洲的同时,也实现了自我。例如,史密斯就是他所创造的詹姆斯敦塑造出来的人物。

因为有了史密斯的存在,美洲才不仅仅是一个量的概念,还拥有了自己的品质。它不仅仅得到了英国和欧洲的文化遗产,更将这些遗产加以精练,

殖民地时期的文学

形成了自己的风格独特的产物：如果说史密斯在詹姆斯敦需要的耕耘者正是他在英国老家所敬重的那种人，那么他们在弗吉尼亚会创造出与其家乡不一样的一派社会景象。人们所期待的美洲应该是这样的：首先，它不像古代的世界（不会像任何东方的古国那样被人践踏掠夺然后抛弃）；其次，也不会像现在的欧洲一样（仍然被寄生虫般的贵族所统治）。在占据美洲的过程中，史密斯预见新型的美洲人将会演变出一种扩大了自我意识。这是个预言性的观念，随着时间的推移，它会成为这个国家意识形态的主导。美洲人将成为广袤无垠的土地上具有无限潜力的人。

罗杰·威廉姆斯（1603？—1883）出于与约翰·史密斯同样的原因将新世界视为实现自我的舞台。他与约翰·史密斯一样来自一个普通家庭，父亲是位白手起家的伦敦零售商，不但将他送到查尔豪特公学和剑桥，还让他去服装设计公司当学徒。本身就是个叛逆清教徒的威廉姆斯，怀着坚定的信念离开了英国，开创属于自己的新天地。然而当他1635年被马萨诸塞湾殖民地驱逐出境时，总督约翰·温斯洛普（John Winthrop）对于威廉姆斯四项指控的头一项就是他不承认殖民者的土地权。

事实上，尽管威廉姆斯全力支持英国殖民计划，但他仍然认为皇家宪章是无效的，国王如果不出资购买土地，也同样无权使用不属于他的土地，因为这片土地是归印第安人所有的。由于认识到先前的印第安人权力有碍英国的主张，而同时马萨诸塞湾殖民者在不损害印第安人土地权的条件下又无力购买印第安人的土地，所以威廉姆斯的主张自然对帝国计划的根基提出了挑战。

威廉姆斯最广为人知的作品就是《美洲语言入门》（以下简称《入门》）。该书在殖民时期是唯一一部旨在发展同土著居民的关系的英语文学作品。而同时代的其他几部语言学研究作品的目的并不是同当地的土著人交流而是教授他们语言，其中赫赫有名的是约翰·艾略特（John Eliot，1604—1690）的《马萨诸塞印第安语入门与问答》（*Primer or Catechism in the Massachusetts Indian Language*，1654）和《印第安语语法开始了》（*Indian Grammar Begun*，1666）以及《印第安语入门》（*Indian Primer*，1669）。对于欧洲人向印第安人学习的可能，威廉姆斯会欣然接受，因为印第安人不了解耶稣并不意味着他们就没有基督教徒的美德。他没有拘泥于字典和语法的形式，而是以"详细的对话"来"构建每个章节及其内容"。威廉姆斯的书是关于语言的，进而也就是了解语言的一把钥匙。他认为对于"这个国家"的描述已经遍地都是，但还没有人记录过"印第安当地语言"，这样就为理解早期殖民过程提供了新的视角。"因为有了这把钥匙,"他解释说,"我已了解了那些地区(新英格兰)的秘密……我于是意识到了自己和其他人曾经因为缺乏对这方面的了解而犯过的重大错误。"威廉·布拉德福(William Bradford)和约翰·科顿(John Cotton)很高兴有人会翻译这种语言,但却从未提到过只有说印第安语才是他们取得进步的关键所在。他们的这一想法的确是有道理的人,同当地人进行谈判并不是他们为了在新大陆立足所采取的手段。

第一本由美国人用英语写成的书竟然是关于土著人语言的,这既让人觉得很自然,又令人觉得反常。它的反常之处在于这件事暗示了印第安人也是很重要的语言交流对象。在这一观点上,威廉姆斯与拉斯·卡萨斯很相仿,但普遍人性的概念来自一位清教徒比出自基督教徒之口更让人感到惊讶。威廉姆斯的普救论尽管最终迎合了基督教的上帝,但同时也是世俗的:"大自然并不会分辨欧洲与美国在血统、出身和身体等等方面的差别。上帝创造了全人类(《使徒行传》17;Acts. 17.)因而本质上他们都是该遭天罚的人们。(《以弗所书》2;Ephes. 2.)"(引号中带点字无特殊说明均属原文)新教的二元论尽管强行将清教徒视为世界之尊,但对于威廉姆斯来说,但这并不能成为英国人拥有新世界的理由。"照在荒野中的太阳同照在花园中的太阳没什么区别",他若有所思地说。

威廉姆斯本人反对清教的皇家特许专利;《入门》一书也倾向于反对清教徒的宗教专利特权。威廉姆斯深信新英格兰将是英语的世界,但同时他又在《入门》一书中以最基础的形式系统地表达了拒绝接受英国比新英格兰优越的观点。书中着重描写了已处于交谈关系中的双方。首先映入眼帘的就是书中纳拉干西特语(Narraganset)和英语列表。序言谈及的是相互的命名,介绍了印第安的"名字有两种:第一是英国人命的名,比如土人、原始人、印第安人、野人、蒲甘人、野蛮人、异教徒"。他指出印第安人并没有种属的名字"用以区分陌生人,因为他们从未见过生人"。相反,他们有通用的名字,"这些名字所有的土著人都通用,比如 Ninnuock, Ninnimissinuwock, Eniskeetompauwog 等,这些名字表示人或人们"。当然,他们有属于自己的民族的专有名字,比如,Nanhigganeuck, Pequttoog①。他最后说:"他们常常问我,为什么我们会称他们为印第安人或土人,然后明白了叫他们印第安人是为了与英国人等区别开来。"

威廉姆斯最了不起的发现是他认识到了种属区分是文化碰撞的历史产物。

---

① Nanhigganeuck:纳拉干西特人的一个分支,印第安语意为一小部分人;Pepuuttoog:印第安语,意为推毁者。——译注

●殖民地时期的文学

在遇到英国人之前，美洲印第安人对人类的理解已经很完善了。现在，他们发现了英国人这个与自己完全不同的民族，于是进一步化分了"人类"的定义，愿意采用英语术语来命名新的事物。在现代的批评家看来，英国人拥有命名权就说明了他们拥有优势权力。但在17世纪，两者之间的交流却未必是单方面的，因为当时的双方（而不是一方）相互都有所差异，而美洲印第安人是积极地就此达成共识的。

意识到印第安人能提出他们自己的问题，这种逻辑会引起其他观念上的转变。威廉姆斯写道："他们经常问我，Tawhich peyahettit? ——英国人为什么会来这儿？"这是个很好的问题，甚至是显而易见的，但是在英国文学中却从未出现过。威廉姆斯说："印第安人会以己度人。他们说，这是因为英国人需要生火。他们烧尽一个地方的所有树木（希望风可以带给他们木材）；他们还很愿意跟着'森林'走，也会因为森林而从一个地方迁居到另一个地方。"

考虑到英国人寻求新的能源不仅因为生活所需，还出于商业目的。因此，以上的话其实就是正确的解释。但这一交流过程给人的真正启示在于对话所产生的效果。对话本身对于使双方平等起到了不可低估的作用。对话在本质上是人类的一种活动，而印第安人对英国人提问的那一幕无疑使他们具有人类的特点。至于他们的人性发展到了什么程度，这还有待观察。威廉姆斯发现印第安人的生活非常符合一些经典的普遍原则。他们符合亚里士多德关于"人的本性是社会的"这一论断，因为他们"热爱社会群体"。他们也同样参与有序的管理并维护正义。他们的行为还符合"上帝在最不开化的人心中植入了对崇高婚姻的尊重"这一论断。从积极的层面上说，他们在听到新消息时，"几乎和当初的雅典人，或者说和所有人一样，都表现得兴高采烈"。从消极的层面上说，他在印第安人当中注意到了一个人类愚蠢的通病，那就是奢望得到超出自己所需的物质财富，甚至可能会陷入不必要的、痛苦的债务中。在评价印第安人时，最突出的一点也许就是，他们对数字很敏感，而且精通算数："他们能够快速熟练地进行大数目的运算，而且用的是玉米粒儿，而不需要像欧洲人那样用铅笔或计数器，这一点实在让人羡慕……"威廉姆斯还自问道，"大家都来想想，会不会我们的祖先曾经向他们传授过欧洲的算数方法？"但不管怎么说，可以肯定的是印第安人是拥有自己的文明的。

但是，他们的确缺少"文明"的一个重要方面：他们不会书写。他们自己也认识到了书写的重要性。"他们没有衣服、书籍，也没有文字，而且他们认为自己的祖辈们也不曾拥有过这些。所以，他们很容易就相信了创造英国人的上帝是更伟大的神，因为他赋予英国人的能力要远远大于他们的神所赐给他们的。"他们自己和威廉姆斯都不认为缺乏这些能力的后果会有多么严

78

重:"当他们听说(很可能是从威廉姆斯那儿)大约1600年前,英国的居民和他们是很相像的,英国人从上帝那儿得到了衣服、书籍等等,因此对他们自己暗自抱有了一种希望。"同样的想法启发了约翰·怀特在他的印第安人肖像集中增加了几幅皮克特人的画像。该肖像集也同样反驳了印第安人是魔鬼般堕落的野兽这一观点。印第安人的原始地位是由于他们缺少书籍,这一认定在一本关于他们的书中是颇具说服力的。

还有其他一些用英语写成的研究美洲土著语言的著作,但为数并不多。虽然艾略特的著作体现出对土著语言的深刻理解,但这些著作都旨在采用问答法对所学的话进行一字不差的重复,这与他们的信条是相符的。这种问答法本身并不一定会妨碍更广泛的语言学习。其他的基督教传道士确实承认土著语的独立性,其中比较著名的是本书第二章曾提到的法国耶稣会士所做的研究。他们对北美土著文化进行了完整可信的描述。加拿大内陆地区的耶稣会士所记录的日志每年都被收集到1611年到1768年出版的系列丛书《耶稣会士关系》(Jesuit Relations)当中,比西班牙传教士伯纳狄诺·迪萨哈冈(Bernardino de Sahagun)编辑的卷数还多。因为那些耶稣会士们出于非军事目的常常独自或少数几个人结伴出游,所以《耶稣会士关系》一书很可能最能完整地反映当时的文化碰撞。以下引用的这篇关于印第安语言的报道或许能够说明他们的独特视角。

一个名叫勒·热内(Le Jeune)的年轻耶稣会士于1634年的日志中公正地评价道:蒙塔格奈人(Montagnais)的语言"非常丰富而同时又非常贫乏"。他不期望巴黎的读者们会因为蒙塔格奈人的语言中缺乏"虔诚、奉献、道德"等字眼而感到惊讶,但他又继续说,"另一方面,这种语言又异常丰富。"蒙塔格奈人的语言中真的有"大量的单词,其中有很多是我无法用法语解释的专有名词,只有用大量的词语进行婉转的说明,才有可能让读者明白它们的含义"。实际上,勒·热内对精通这样一门如此丰富的语言根本不抱任何希望,这种语言甚至挑战了他自己对于语言本质的观点。比如说,休伦语中没有"m"这个字母,然而"对我来说,这个字母的存在几乎是天经地义的事"。从语言的角度来看,这些人的文化要优于他的文化,那么他还如何向这样一个民族传道呢?当自己的信仰受到动摇的时候,他还怎样传达那些欧洲人所信奉的基本信条呢?

勒·热内的上级、神父德·布列波夫(de Brebeuf)建议要采取谦卑的态度。他自己就曾写过一篇关于休伦语语法规则的重要论文。德·布列波夫向勒·热内和其他即将赴加拿大传教的新教士说,对自身语言能力不足的认识几乎让殖民者无法对殖民地土著人进行统治。这位经验丰富的神甫还提醒道:

79

◎殖民地时期的文学

无论你们在巴黎享有多么高的地位,"无论你们在贤哲面前是如何能够侃侃而谈的聪明人,但在和野蛮人打交道时,还是一定要长时间地保持沉默。"

通常,英国人在与野蛮人打交道时不习惯保持沉默。乔纳森·爱德兹(Jonathan Edwards)就从来都没学过莫希干(Mohegan)语,尽管他在那儿工作很多年,也经常给他们布道。前文已经提到过的他的儿子,童年是和莫希干人一起度过的,也在那时学习了莫希干语。在后来的殖民扩张过程中,很多人对人种学产生了兴趣,比如说托马斯·杰斐逊等,他们开始编辑词汇对照表。但是这些努力的目的好像与美洲土著人交流无关。他们比较关心是否所有的语言都来源于同一个祖先,以及这些语言是否能说明人类历史发展的多样性等理论方面的问题。杰斐逊和他的同事们不是在学习土著语言,而是在研究它们,并且颇为不以为然。杰斐逊说道:"他们只会说寥寥数语,而且他们语言中拥有的词汇本来也就不多。"他感到迷惑不解:这些人的语言如此低级原始,为什么还会在使用自己的语言时感到无上荣光呢?这让很多研究印第安人和白人之间谈判的人迷惑不解。比如,约翰·冯提安(John Fontaine, 1693—1767)就是其中之一。他曾在18世纪初游历于弗吉尼亚地区。在《考察日志》(*Journal*, 1710—1719)中,他记录了亲眼看到的一件怪事:一天,一群土著人想要向长官抱怨一些事情,却需要一个翻译:"虽然他们中有很多人英语讲得很好,但是当他们想要处理一些涉及他们国家的事情时,他们一定要用本国的语言,并让译员翻译过去。他们回答任何问题也一定要用他们的母语。"似乎这样就可以使他们的语言与英语平起平坐,这对于那些对土著语言感兴趣的人来说都不可思议。

威廉姆斯的《入门》一书,与勒·热内对休伦语的描述一样,都首先提醒读者说,开头的英语和纳拉干西特语的短语对照表有时是不对应的,"因为他们的语言太丰富了,同一事物有时会出现五六种表达法"。但是最有力的说明或许是约翰·史密斯在他的《弗吉尼亚地图》(*The Map of Virginia*)中所用词汇表。史密斯随机列举了一些单词,并在最后组成了一个句子结构:"Kekaten pokahoncas patiaquagh ningh tanks manoeyensneer mowchick rawrenock audowgh,"意思是"让波卡洪塔丝带两个小篮子来,我要给她些白色珠子,让她做条链子"。无论这句算是什么,它肯定不是对话。

威廉姆斯在《入门》一书中的理解与此截然相反。他在第一章(共三十二章)中就通过对"寒暄"方式的阐述表明了他期望与土著人交流的愿望。该书接下来继续阐述了"关于饮食和娱乐"、"有关睡眠和住宿"、"关于人和人体部位"(他们相信大脑是灵魂的栖息地)、"关于土地和土地上的果实等"(他们非常在乎彼此土地的界限……我知道他们彼此间会就一小块土地的买卖而讨价还价，虽然他们中很多人有一种邪恶的想法，认为基督徒有权利支配异教徒的土地。)、"关于他们的裸体行为和衣着"（他在这章中表达了对土著人中没有"乱性行为"的惊讶）以及"关于宗教和灵魂等"（对于那些怀疑是否真是上帝创造了世界的人，印第安人会教育他们）。

　　这些零散的评论以所谓的"观察结果"的形式出现，写在那些试图比较印第安人和欧洲人异同点的短语列表的后面，或者点缀于其中。每个章节都从土著人的视角以押韵的道德格言结尾，体现了交流的双向性。例如，在"债务与信任"这章的末尾，威廉姆斯想象印第安人会这样说：

> 通奸、谋杀、抢劫、偷盗，
> 野蛮的印第安人惩罚这些罪恶！
> 并遵从法律的尺度，
> 没有人能够逃脱。
> 当他们得知爱尔兰人和英国人
> 所做的骇人听闻的可耻之事
> 和他们可鄙的脏话和言行时，
> 印第安人说，
> 我们不穿衣服，敬奉很多的神，
> 但我们中的罪人却很少。
> 你们才是野蛮人，才是异教徒，
> 你们的国度也是蛮荒之地。

　　18世纪末的一项用英语写成的调查研究与威廉姆斯的书观点相近。它是小乔纳森·爱德华兹（1745—1801）的作品，书名是《对穆赫干尼印第安人语言的观察研究》（*Observations on the Language of the Muhhekaneew Indians*，1788）。乔纳森在书中进行了细致的描述，其主要目的是建立莫希干语言在语法和哲学方面的充分可比性。爱德华兹极力驳斥其他语言学家的观点，例如，那些语言学家认为莫希干语中没有动词"to be"的形式，这就反映出他们缺少本体论意识。这些语言学家得出的结论是：野蛮人从不进行抽象思维，也没有抽象的词。但这是不对的，因为在莫希干语中，和具体的词相比，抽象的词也是占有充分的比例的，这一点在其他语言中也会有所发现。和研究纳拉干西特语的代表人物威廉姆斯一样，爱德华兹认为莫希干人在语言方面绝不是低人一等的，隐含的意思是说他们也是平等的、会思考的人。

　　威廉姆斯支持印第安人享有他们的权利，不仅仅是在普遍概念上参与其

殖民地时期的文学

中。他也十分认同他们与众不同的行为方式,深信的程度令人吃惊。《美洲语言入门》一书在一开始就描述了一个复杂的约定习俗:

> 印第安土著人分为两种(英国人亦是如此):一些人比较粗鲁滑稽,他们不经常行礼,但当向别人回礼的时候又很热情可爱。其他人,也是大多数人,都冷静严肃,但有时也会很高兴,随时准备行礼并还礼。一般都是由英国人首先行礼的,目的是教化他们。

这段的第一部分将人大体分为两类:文明人和粗鲁人。但接下来就把印第安人和英国人分成两个对立的阵营——印第安人具有自身的特点,而英国人怀有特别的动机。这种区分是以句子形式,而不是以内容的形式出现的,其形式要比陈述的内容更有说服力。

美洲人和欧洲人都包含本国人口和外来人口,拥有不同历史背景的他们用各自的方式展现了普遍的人性特点,双方的历史背景同样令人信服。奇怪的是,当威廉姆斯注意到印第安人并不反对"单身通奸"时,他竟然没有发表任何看法。他在这方面花的笔墨并不比在其他方面花的笔墨多,比如,并不比在印第安人表现出的对婚姻制度的尊重那方面多。他认为他们是否赤身裸体似乎与他们是否谦卑无关,还觉得他们信奉多神也并不降低他们的道德水准。

威廉姆斯相信印第安本土宗教是"撒旦的发明"之一,他也极力向更好的方向教导印第安人。然而,他也承认土著人的方式有它们的道理。一方面,作为一本关于语言的书,《美洲语言入门》代表了欧洲人的读写能力;另一方,通过描述美洲印第安人能够说自己的语言,《美洲语言入门》也试图让土著人分享欧洲人所拥有的读写能力。最终这种分享的努力当然是行不通的,威廉姆斯自己也饶有兴致地收回了他的观点。

在新英格兰的印欧关系史上曾有过两个关键的时期,都是威廉姆斯的教唆导致了印第安人的毁灭。第一次是他出面要劝说纳拉干西特人拒绝和皮阔特人(Pequots)联合,导致了他们陷入了孤立无援的境地,从而造成了他们在1637年被英国清教徒大规模屠杀。这个灾难性的事件标志了入侵者和土著人之间一系列武装冲突的开始,直到菲利普王之战(1675—1676)才宣告结束。在这期间,威廉姆斯对印第安人的了解以及他同印第安人之间的关系似乎为其同胞提供了重要的信息。在菲利普王梅塔科米特(Metacomet)逝世时,印第安人对英国入侵的抵抗实质上已经结束了。英国人能够以武力夺取土地,一部分原因在于威廉姆斯。

第三章 美国早期的三位作家

威廉姆斯最终充当了美洲印第安人种族灭绝的工具,这个讽刺源于一个他从未意识到也无法驾驭的矛盾。尽管他是出于好意,威廉姆斯还是认为英国人应该也将会统治美洲,于是他便设想双方之间会出现谈判甚至是土地买卖等行为。他让我们想起了巴托洛梅·德·拉斯·卡萨斯,他也是一个好人,最终却做了许多坏事。然而,拉斯·卡萨斯和威廉姆斯对当时占统治地位的"欧洲思维定式"的反对是值得我们铭记的,因为它其中所表现出的道德准则,也因为它将道德和历史进行了戏剧化的联系。

罗德岛历史社团(Rhode Island Historical Society)于1827年首次出版的图书就是再版《美洲语言入门》一书。在随附的威廉姆斯生平简介中,有一篇对这个好人在征服新世界的过程中所面临的两难处境的描述。书的编者写道:"有一个事实能够充分体现出他的基督徒性格",

> 在他被驱逐出境后,他把自己想象成为一个受伤害、被迫害的人。尽管他和周围的印第安人关系亲密,有很多机会实施报复,但他从来没这样想过。相反,在被驱逐的次年,他就向迫害他的人告发了印第安人的计划,那个计划本可以摧毁他们整个定居点的。他最后还是对得起他们,维护了他们的和平与繁荣,他不停地向迫害他们的人表现出友好,向痛苦的人提供救助,给被迫害的人提供庇护。

一切是真,一切又都是假。

83

第四章　定居

威廉·布拉德福（William Bradford）在《普利茅斯种植园》（Of Plymouth Plantation）（写于1630—1646年，1857年出版）的第九章里写下了美国殖民地时期文学中可能最常被引用的一段文字。这一章题为《关于他们的旅程：如何渡海以及安全到达美洲的科德角（Cape Cod）》。在描述了清教徒们历经重重苦难横渡大西洋到达新世界以后，布拉德福记录了一个值得纪念的时刻："到这里，我不禁停住，对于这些人的困苦现状感到惊讶和崇敬，所以我想，当读者们这样思考时，也会有同样的感受。"长久以来，人们都对由历史转为神话的普利茅斯登陆感到惊异。距离布拉德福不远的后世读者不用回顾很久以前，对他们来说，那段往事几乎还算不上历史。事实上，布拉德福是通过把它写成美洲神话而将这件事变成了历史。

布拉德福于1630年开始写作历史。这一段早在1622年于伦敦出版的叙事文，在那时还大量地来源于日志，直到最近才被认为是布拉德福和《来自新英格兰的好消息》（Good News from New England, 1624）的作者爱德华·温斯洛（Edward Winslow, 1595—1655）共同所作。（现在的普遍观点是作者不详）《关于在新英格兰普利茅斯的英国种植园的开端及进展情况的叙述和日志》（A Relation or Journal of the Beginning and Proceeding of the English Plantation Settled at Plymouth in New England）（通常被称做《莫尔顿的讲述》[Mourt's Relation]，也许是从出版物看到这本书的乔治·莫尔顿 [George Morton] 开始叫的），用一种几乎平实的语气记述了从1620年至1621年，也就是殖民时期第一年的事件，并附以大量详尽的具体细节。书中在第一部分里描述了1620年11月11日五月花号在科德角海滩登陆的情景："科德角是一个很好的海港和令人惬意的海滩，除了宽约四英里的海港入口以外，这里几乎完

第四章 定居

全被栎树、松树、杜松、黄樟和其他散发着怡人芬芳的美妙树木环绕着。"

10年后，就在布拉德福把这时的日志写成历史之时，他停了下来，以敬畏的心情沉思着清教徒的苦难。他们身处"险恶而荒凉的荒野，到处是野兽和野蛮的人"，并且前景并不乐观：

> 他们似乎永远也不能拨云见日眺望到荒野以外有什么更好的土地，以满足自己的希望。不论他们想哪方眺望（除了仰首向天外），所见景物，无一使他们感到欣慰和满意。由于夏天已经过去，天地间的一切都在他们面前呈现出一副饱经风霜的景象。而且整个地区都布满了树林和灌木丛，显得十分荒凉和野蛮。

在《莫尔顿的讲述》中相应的一节的表述却大相径庭。那些"树林和灌木丛"在《莫尔顿的讲述》里仿佛是在欢迎人们的到来："树林的大部分都是开放的，树下没有灌木丛，适合在里面行走或乘车。"它们给人以安慰，因为它们展现出一种商业景象。它们的名字已经把它们转变成了国内企业用的原料："栎木、松树、黄樟、杜松、白桦、冬青、藤蔓植物……一些灰尘，胡桃。"这段1622年插入的文字的目的是将当时的情景通俗化，没有任何一个地方是"险恶而荒凉的荒野"。一眼望去，科德角完全就是一片适合农耕的景象，"地面和土地沙丘很像荷兰的丘陵地带，但要好得多。地壳只有一锹的深度，非常好的黑土。"

布拉德福在将《莫尔顿的讲述》重新书写成历史。这是在美洲作品出现时对美洲历史的第一次重写，而且为研究这个社会群体叙述的形成提供了绝好机会。读者能够注意到结构抽象的出现，因为在每个援引早期文献的地方，布拉德福都会中止叙述资料，停下来进行个人的解读，尽管未必总是像我们正在讨论的这一段解读得这么明显。两种主要的注解线索出现了，这两种线索都在登陆叙述中出现过。第一种是美洲完全是荒蛮之地，在清教徒到那儿的时候，实际上是不能居住的，所以也没有人居住。第二种是不管那儿原来是什么样，将会变成什么样，都与欧洲无关。《莫尔顿的讲述》中那部分与荷兰地形的比较，在《普利茅斯种植园》中这种比较的关联性却被否定了。

在这些清教徒面前的是一个文明人从未见过的原始荒凉的世界。"如果他们回望，背后是一片浩瀚的海洋。他们曾经穿越这片海洋，而现在这些沙洲和海湾却将他们同世界中的一切文明分隔开来。"甚至那些抛锚停泊的船只也不能改变这种绝对的隔离，因为船长每天都威胁着说要离开。布拉德福向他的第一批读者——首批移民的孩子们说："这些先驱的孩子们可能不会，也不

○殖民地时期的文学

应该说，'我们的父辈们是漂洋过海来到这儿的英国人，他们将在这片荒野中消亡。但他们向上帝呼喊，上帝听到了他们的声音，看到了他们的苦难。'"上帝当然是站在历经艰苦卓绝的努力的清教徒们这一方的，但即使上帝的历史也没有这么戏剧性：清教徒的困境比"使徒和他遇难的同伴"更为艰苦恶劣。"野蛮人对他们相当的仁慈。"清教徒们遇到的野蛮人一心想着要用箭射满他们的全身。布拉德福的历史与美国早期文献的普遍观点不同，他一开始就把土著人明确彻底地描写得很不友好。

《普利茅斯种植园》一书，正如布拉德福对第一批移民的孩子们明确呼吁的那样，有意识地建构了一种历史传统。它提出了一些用以整理殖民化经验的基本词汇。其中最重要的就是对荒野和文明以及它们之间对立的重新定义。一方面，"荒野"在布拉德福的表述中要比它在伊丽莎白时代田园诗中绝对和可怕得多；另一方面，布拉德福所说的"荒野"，又从它本身蕴含的可怕中，产生出来一种潜在的善（一种在《普利茅斯种植园》中明显存在的潜在性），从这片土地上会产生更伟大的美德。同时，在布拉德福的表述中，文明被赋予了一种新的模糊不清的意义。

《普利茅斯种植园》前面的一段描述了行程的第一阶段，也就是清教徒到达荷兰的这一阶段。这一段为后来在普利茅斯的登陆做出了铺垫。而《莫尔顿的讲述》是从美洲登陆开始的，因而并不包含这一段。换句话说，从接下来到达美洲的角度来看，关于到达荷兰的这一段是一个回溯，它是对后续事件重写的一个方面。

重写的荷兰登陆部分是为叙述服务的，这也使它带有一种浓重的文学色彩：

> 进入了低地国家（Low Countries）①后，他们见到了很多漂亮的城市，这些城市有着坚固的城墙和武装守卫军队。同时，他们听到了一种奇怪而粗鲁的语言，看见了那些人不同的生活方式和风俗，以及他们奇怪的穿着。这一切都和他们生长和一直生活着的乡村不一样，仿佛他们进入了一个新世界。但这些并不是他们着眼最多的事情，也并没占据他们的头脑多久，因为他们手中还有其他的工作，还有另外一种仗要打。尽管他们看到的这些漂亮美丽的城市中到处都是各种的财富，但不久，他们就看到贫穷那狰狞可怕的脸孔，好像一个全副武装的敌人一般向他们迎面扑过来。这是一个他们无法逃避而且必须面对的敌人。但他们有

---

① 低地国家（Low Countries）：指荷兰、比利时、卢森堡三个国家。——译注

第四章 定居

信仰和耐心武装着他们自己，帮助他们面对任何遭遇和挑战。虽然有时候他们也会受到挫折，但在上帝的支持下他们总是能够扭转劣势并赢得胜利。

这个段落给人的感觉是，那里是一个有着许多城池的国家。这与新大陆"可怕的荒野"正好相反。在新世界，清教徒们经过漫长的海上航行劳顿，"却没有朋友来迎接他们，也没有小旅馆来款待他们或为他们洗去一路风尘，更没有什么人家或小镇可供投靠"。与此相比，低地国家的全境仿佛都是被文明覆盖了似的。

然而最终的印象却并不相悖，两种情况非常相似。这些城市被高高的城墙围着，预示着危险。到处都是带着武器的人，讲着奇怪的、粗鲁的语言。而且不管这个地方如何的富足，清教徒们都极有可能饿死。实际上，文明可能和蛮荒一样的危险。在不同的表象下，是很多同样的危险，比如暴力、寒冷和饥饿。美洲和荷兰的登陆从表面上看不同，但其深层却是一致的。作者通过对发生的事件和人们所面临困境的重复，突出了它们的相似之处。文明和蛮荒都是清教徒们必须征服的。他们只有上帝的帮助，没有任何其他人帮助他们，而且这些人常常和他们对着干。

《普利茅斯种植园》中所描述的蛮荒和文明的对立并不像善与恶的对立那般分明，而是像物体和它镜中的影像一样。当清教徒们到达新大陆，面对可怕的蛮荒，他们留下的不是自身反映出的善，而是另一种恶。对新世界没有房子、旅馆、城镇的抱怨体现了他们面临的问题，却没有给出解决的办法。解决的办法还尚待摸索。历史的其余部分把为此所作的每一次努力，包括建造房子、开垦田地以及建立政府等统统描绘成白手起家。

布拉德福写的历史第一次在美国文学中将欧洲文明描写成一种遥远陌生的不良事物。曾经渡过的海洋变成了一个大沙洲和海湾，如果不是特别需要时是不会再次跨越的。而从欧洲来的一切（艰难的定居者、新英格兰理事会的干涉、对清教徒们权利的挑战），其价值总是比较可疑，它们经常是麻烦事，有时还是可怕的威胁。这次冒险各个方面里蕴含的宗教教义是关键的，然而布拉德福对美洲殖民化的解释，其惊人的创新（不管它来源于何处）在于他坚持认为殖民化意味着居住扎根（而不仅仅是对资源的掠夺），而且新的定居处将不同于欧洲文明。从某种意义上说，它是由一种与欧洲自然环境所不同的蛮荒所造就的。

这种差异并不被其他殖民者和欧洲人所认可：在 1630 年之前，布拉德福显然对普利茅斯的动植物没有任何兴趣，对美丑都不作关注。最引人注意的是，由于《普利茅斯种植园》与其他同类作品截然不同，它对那里原来的居民、风俗、文化也并不关注。一天，一个叫萨摩瑟（Samoser）的印第安人操着一口很差的英语来到了这片殖民地。他告诉他们，另外一个叫斯贯特（Squanto）的印第安人曾经被送到英格兰当奴隶，他的英语说得好一些。萨摩瑟的到来既没有引起兴奋也没有带来思索。布拉德福只是记录道："斯贯特的价值在于能帮助他们熟知关于他们居住的东部地区的很多事情。这片土地后来给他们带来了丰厚的利润。"虽然还有关于斯贯特的后续描述，特别是有关他游走于白人和自己印第安同胞之间时所表现出的不诚实，但土著语言的问题却始终没有浮现出来。

布拉德福对翻译问题的重视足以让他在晚年时还学习希伯来语，但他却认为土著语言是无关紧要的。在描述一场早期与土著居民的小冲突时，《莫尔顿的讲述》沿用了其一贯的精确："敌人的喊叫声令人颤抖，尤其是当我们的人冲出去拿武器时。他们喊叫的节奏是这样的——'Woacb woacb ba ba bacb woacb'：我们的人还没来得及拿起武器，敌人就准备发起攻击了。"同一事件在《普利茅斯种植园》中是这样描写的："印第安人的叫喊声令人战栗，尤其是当看见我们的人从集结地冲向双桅船去取回武器时，他们排山倒海般地扑上来。"后者加上了对英国人的举动的说明，为这个场景作了注解：他们从掩蔽处跑出来是因为他们的武器忘在了船上；印第安人不仅仅是进攻，他们是排山倒海般地扑上来——这里没有对印第安人的叫喊做出语音特征的描写。这种省略并不是写作风格的问题，而是为了把全部笔墨用于英国人而进行的加工。从日志到"历史"的转化保留了最初的一个侦察员的喊声："他们是人，印第安人！印第安人！"而实际上它加剧了场景的气氛："'人！印第安人！印第安人！'"

《普利茅斯种植园》对土著语言不感兴趣的倾向蔓延到了整个文化。《莫尔顿的讲述》花了一定篇幅去描述当地的房屋："它们是用长长的小树建造的，这些树折断了，两头都扎进土中。"它接着描写房屋是如何装修的，以及厨房和卧室是如何装饰的。《普利茅斯种植园》只描述了土著文化中的一个细节：一束绑着蛇皮的箭。"清教徒们的翻译告诉他们这是一种威胁和挑战。"鉴于这个翻译是会说英语的斯贯特，所以人们想象他当时可能曾给出了一个更清楚的解释。布拉德福的描述体现了他一贯对印第安人缺乏好奇心，这使得他对于不管是友好的还是敌意的、对他们有帮助的还是危险的美洲土著人的描写都没有差别。

布拉德福的描述比《莫尔顿的讲述》有所删节，这一点与其说是缺乏想象力，不如说是具有更积极的意义。做一个糟糕的描述还不如干脆不描述。这

第四章 定居

样的删节体现了一种策略。布拉德福的《普利茅斯种植园》是一部有意为之的意识形态文献，其中对新大陆的英国人的描述取代了那里的土著人。虽然他们在人数上占少数，并且散落地分布着，但他们最大限度地布满了整个地区。整个叙述都是以英国人为主。布拉德福在17世纪中期前就停止了写作。他死于1657年，在他逝世十年以前，他就已经完成了《普利茅斯种植园》。但是读者很难记起来在1630年时，新英格兰地区只有为数不到五千的英国人。

对新英格兰地区在想象中进行占领是一个非凡的成就，它需要先见之明和精妙的设计。约翰·史密斯在这方面做得很成功，其手段是通过描述他自己在殖民化进程中所起到的作用。但布拉德福的《普利茅斯种植园》刻画的是具有这种野心的整个民族，于是他们就有能力将美洲的原始居民完全抹去。在史密斯的描述中，这些原始居民仍然显而易见地存在。约翰·史密斯仍然关注如何战胜和征服印第安人；而布拉德福则进一步地要完全抹杀印第安人，并且不只是象征性的。对布拉德福来说，印第安人阻止英国人占领这块土地的企图不仅是麻烦和危险的，而且还完全是非正义的。皮阔特人不只是凶猛的敌人，他们还是背信弃义、对别人横加干涉的人。布拉德福了解印第安人在这方面的想法。他记录道：在皮阔特人与英国人公开开战之后，他们曾试图组成一个联盟，这其中包含着一些有世仇的部族，尤其是他们还用"十分恶毒的言论中伤我们，试图与纳拉干西特人讲和"。以下是具体内容：

> 这些英国人是闯入者，他们开始在这里扩张，并且如果不幸他们实力壮大数量增多，那么未来他们将夺取这个地区。如果纳拉干西特人协助英国人征服皮阔特人的话，他们就是在自掘坟墓，因为如果他们被彻底根除，英国人就会很快找机会消灭他们。

布拉德福旗帜鲜明地把皮阔特人的分析刻画为"恶毒的"，这反映出他深信英国人是这块土地合法的占领者。

在两段之后，布拉德福冷酷无情地描写了对皮阔特人的屠杀。纳拉干西特人没有答应皮阔特人的联盟请求，反而加入了英军。皮阔特人发现他们不仅在跟白人战斗，同时也在跟印第安人战斗。英军和纳拉干西特人的两只武装力量在一夜之间包围了皮阔特人，封锁了出口。在激战过程中，房屋被放火焚烧，火焰迅速蔓延，"所以被烧死的人比被杀死的人多"。

大火烧毁了他们的弓弦。那些从大火中逃出来的人被用剑杀死，有的被砍成碎块，其他的人被长剑刺穿，很快他们便被处决了，很少人生还。有人认为这次他们杀了400人左右。这是一幅骇人听闻的场景，这些人在火里被煎烤，流淌成河的鲜血又把火扑灭，发出可怕的恶臭。

布拉德福典型的清醒理智的文风此时却被情感膨胀着。一些死在剑下的人被砍成碎片，其他的人被刺穿，他们不是简单的死了，而是被很快处决了。他们不仅仅是燃烧着，还被在火上煎烤着，发出恶臭。最后，他描写了地狱般的场景：流淌成河的鲜血把火焰熄灭。这样的描写赋予他的写作圣经般的调子，以便他接下来得出自己的道德结论。对于这样恐怖的景象，他写道："这场胜利就像甜美的牺牲，将其颂扬献给上帝。上帝创造了如此完美的杰作，把敌人困在他们手里，使他们面对如此骄傲无礼的敌人能够这么快的取得胜利。"

对皮阔特人的屠杀使得与布拉德福同时代的很多人心中不安（那些幸免于难的人完全被驱逐出了他们的地盘，其中有一些被当做奴隶卖往西印度群岛，其余的散落在多半不很友好的部落里，受着不同程度的奴役）。总体来说，对于英国人对印第安人使用暴力的程度是否能被宽恕，存在着很多异议。曾做过清教徒们在荷兰莱顿（Leyden）长官的约翰·罗宾逊（John Robinson）对肆意屠杀的谴责具有代表性和说服力——尽管他谈到的事更早，也没这么恐怖。他在五月花号上送出的信函意在为人们提供灵魂指引，它被放在了《莫尔顿的讲述》一书的开头。在此书出版后仅仅一年，约翰·罗宾逊又给他"可爱的、亲爱的挚友"布拉德福写了另一封信。寒暄之后，他谈到了正题：

> 关于对可怜的印第安人的屠杀，我们开始是从报道中，之后又通过更确切的渠道得知的。如果在杀死第一个印第安人之前你们能教化他们，那将是多么令人高兴的一件事！另外，一旦发生了流血事件，在很长一段时间之后它才可能会停止。你会说他们该死，但他们发出了什么挑衅而引火上身呢？另外，你并没有当过他们的长官，这一点也要考虑。是什么使你认为除了暴力冲突之外别无选择呢？我不认为有这个必要，尤其是杀死这么多人。（如果他们可以的话，可能会杀死更多）根据那句公认的规律——"杀一儆百"——来看，惩罚一两个主犯也就足够了。

对于这封信，在具有"16世纪的分水岭"之称的拉斯·卡萨斯和希普维达大辩论中有相应的争论。在这场辩论中，布拉德福站在世俗派的希普维达这边，赞成建立殖民地。从这一点来看，清教徒世俗派的野心异常清晰地显露了出来。

在《普利茅斯种植园》中没有用来介绍印第安人的篇幅布拉德福讨论了新世界上一种英国文化的产生。他描写了普利茅斯政治和经济系统的演化，介绍了社会如何迅速放弃公共财产而转向重视个人私有财产，以及在农民和商人之间分配资源和财富的困难。随着演化一步步的深化，普利茅斯也越来越多地指向自身。《普利茅斯种植园》中，美洲与欧洲的不同之处既不是那里原始的特点，也不是美洲本土居民，更不是新英格兰地区独特的地貌，新世界的全新之处在于它是清教徒以一个新的民族的姿态出现的地方。在《普利茅斯种植园》里，布拉德福讲述了清教徒们是如何来到美洲，如何发现自己的。

换一种说法，就是清教徒们并未打算把美洲的殖民地作为是欧洲帝国扩张的一部分。他们并不认为自己是帝国殖民者。他们在新世界建立的白人社会组成了一个新的放射性的中心。这个清教徒建立的普利茅斯和马塞诸塞海湾中心不仅其自身管理比其他地方，例如詹姆斯敦，更精细，而且还把自己的法律和价值观传播了出去，影响着其他地方。而相应的，相对于其他殖民者来说，秩序对清教徒们更加本土化。当地的混乱或是他们眼中的无秩序状态，很大程度上更让他们感到了威胁。《普利茅斯种植园》中叙述的在梅丽蒙特山（Merrymount）发生的一个著名事件就是一个很好的例子。事件的主角是托马斯·莫顿（Thomas Morton）（1590？—1647）。他的身份曾经是律师、伊丽莎白时代中等级别和教育背景的骑士、一位绅士和一位冒险家。莫顿跟随沃莱斯顿船长（Captain Wollaston）来到新大陆，参与马萨诸塞领地内殖民地的建立，进而统治了这个后来衰落的殖民区。

为了契合这片殖民地周围的海景，莫顿最初给它起名为迈尔蒙特山（Mare Mount）（海山），很快清教徒们就给它改名叫梅丽蒙特山（Merrymount）（欢乐山），以此象征他们对其道德本质的怀疑。在这背后隐藏的是对美洲殖民化本质的根本的、深刻的争议。对莫顿来说，殖民化主要是意味着商业利润。他对农业很感兴趣，不论是直接变成商品的还是能对此起到辅助作用的。不管他在新世界待了多久，不管他如何深切地参与占有新世界的过程，他一直都认定这同英国相比是外围的地域。像哥伦布一样，他想占有美洲但并不将自己认同为它的一部分。那样的话，印第安人可能夺回新世界作为他们自己的中心，甚至将自己当作是殖民地资源的一部分。事实上，在清教徒们的眼中，这是莫顿造成的一个最迫近的威胁。他明确地认为在他的殖民扩张和以皮毛为主的贸易中，与土著人之间和平相处就是最正常的关系。由于海狸毛皮在英国能带来暴利，所有新英格兰地区的殖民者，包括清教徒，都参与

殖民地时期的文学

了皮毛贸易。莫顿开创了一种史无前例的交易：枪支换毛皮。他的这种行为给皮毛市场带来了威胁。

布拉德福发现了这一切，再一次出于惊异而停了下来：

> 啊，这罪行多么可怕啊！有多少荷兰人和英国人后来被这样武装起来的印第安人屠杀……王室和议会成员应该……用惩戒性的惩罚镇压一些这样唯利是图的杀人犯……这些罪恶的手段和叛国者，以示其四邻和国人！

最后，在1628年，惩罚这些枪支贩卖者的是清教徒们，而不是英国议会。由迈尔蒙特或者说是梅丽蒙特殖民者竖立起的伊丽莎白式五朔节花柱，在清教徒们看来都是一种令人愤慨的异教的冒犯，但这件事本身不大可能就直接导致了他们做出了把莫顿驱逐出该地区的决定。他在皮毛贸易中的行为以及拒绝停止向当地土著居民出售武器才是更紧迫的威胁。把莫顿带回普利茅斯的远征队认为他们这是在进行自卫。

莫顿在自己的《新英格兰迦南》（*New England Canaan*）（写于1635年，1637年出版）一书中表达的却是另一种说法。他写道：

> 分裂者们对迈尔蒙特殖民的繁荣和希望（他们感到这种繁荣开始蒸蒸日上，将为皮毛贸易带来利润）眼红，于是合谋起来坑害这些贸易者，尤其是矿场主……他们纠集起一个阵营与他对抗，争取一切可能得到的援助，把他说成是一个大魔鬼。

他们抓住了他并把他关进监狱，但他们高兴得太早了。因为在他们庆祝胜利的时候，他偷偷溜走了。"他们的首领施林普船长（虾米船长）（Captain Shrimp）（迈尔斯·斯丹迪什［Miles Standish］）最为气急败坏，看见鸟巢空着而鸟已经飞走了，他生气地撕碎衣服。"

于是，斯丹迪什跟其他八个人一起追捕莫顿，"就像纽卡纳安（New Canaan）的'九位俊杰'（nine Worthies）似的"。最后：

> "九位俊杰"来到这个被认为是魔鬼的人的藏身之处前面，（他们把他称作七头蛇），开始像堂吉诃德对抗假想敌一样，提出先与他商议一番，如果他妥协就宽恕他。

第四章 定居

"战士的后代,"莫顿开始时拒绝投降,但是

> 如果矿场主跟他们打斗的话,这九个纽卡纳安的俊杰肯定得流血。(因为他们像一群野鹅一样往火坑里跳,就好像被一头连一头绑着,在市场上等待出售的小马)为了不让他们流光自己珍贵的鲜血,矿场主决定让步,接受他们给出的条件。

"九位俊杰"立刻违背了给莫顿安全体面的受降承诺。他们对他拳打脚踢,并且在送他回普利茅斯之前抢了他的殖民地。在那里他被判流放。但因为没有船可以把他送走,只好把他留在一个岛上,没有枪、没有刀、没有衣服和任何补给。在当地土著居民的援助下,(与那些基督徒相比,他们是多么富有人性),他最终乘船驶向了英国。

而布拉德福的记述中任何一段都与莫顿自己写的背道而驰。例如,布拉德福描写了抓捕莫顿的人如何徒劳无功地想方设法劝降,直到后来:

> 他们发现除了武力之外没有别的办法;而且做了这么久努力,现在放弃只会让敌人更傲慢。因此他们决定继续进行下去。他们让普利茅斯长官派遣斯丹迪什船长过来,并随之带来其他的援助,以武力拿下莫顿。这些都照做了。但他们发现他态度强硬,并随时准备反击。他将门户紧闭,他的同伴们都全副武装,桌上摆着一盘盘的火药和子弹;如果不是他们喝多了,可能会造成更大的伤害。

斯丹迪什试图让莫顿投降,接受嘲弄和奚落。莫顿自己和他的伙伴都有枪。但是

> 他们醉得身体僵硬,就好像他们的枪支对他们来说太重了。莫顿自己拿一把卡宾枪……他本来想用它射死斯丹迪什的;但是斯丹迪什走上前去,把他的枪扔到一边,捉住了他。任何一方都没有伤亡,只是莫顿醉得太厉害,以至于把自己的鼻子撞到了一把他面前的剑尖上,不过他也只留了一点点血。

在一定程度上,双方使用的都是同样的方法,从而他们都彼此相似。他们互相诋毁,互相指责对方酗酒、狂妄和无能。他们都同样的宣称自己有以下优点:强壮、清醒以及拥有能轻易打败对手的战斗技巧。莫顿为了不让

"九位俊杰"流血而放弃了本该属于他的胜利，布拉德福写的却是斯丹迪什未开一枪就捉拿了莫顿。他们也采用了同样的修辞方式，互相奚落，但是他们在各自奚落的本质和风格上却迥然不同。莫顿是诙谐的，布拉德福是嘲弄的，莫顿是滑稽的，布拉德福是轻蔑的。布拉德福的笑声只是出于嘲弄。（历史学家查尔斯·弗朗西斯·亚当斯［Charles Francis Adams］这样评价布拉德福："他的笑声中有一种阴沉的严肃。"）再看莫顿，借用《堂吉诃德》的一句话来说，幽默是一种嘲弄的方式，但也有自己本身的价值。莫顿也许是同代新英格兰作家中唯一有幽默感的人。伊丽莎白时代的幽默，它所表达的对生命和社会的态度极大地冒犯了清教徒殖民者们。莫顿的讽刺是不敬的：斯丹迪什同时被寓言化了，他被剥去头衔，被戏称作"虾米"；"矿场主"（莫顿自己）以及"九位俊杰"都有亵渎神明的意味。他如英国诗人塞缪尔·巴特勒（Samuel Butler）讽刺诗式的讽刺滑稽抹杀掉了它所有的价值，其轻浮风格降低了它的威信。

当然，莫顿也有其自身的严肃方式。他对从他的殖民地中攫取财富和权力这件事是非常认真的。英国征服的最初阶段充斥着腐败的操控和阴谋，他也卷入了一系列关于专利权的纠纷中。对于他们的反对者来说，这些纷争代表着帝国企业的不同概念。莫顿所属的格尔治（Gorges）集团是由一些具有相同背景的人组成的，大致来说，他们是罗利阶层和派别。他们有的对弗吉尼亚很感兴趣，有的则钟情于新英格兰地区，后来他们便倾向于向南发展。以约翰·安德科特（John Endecott）为首的马萨诸塞海湾公司，代表的是清教徒之类的移民。与其说他们是小贵族或依靠小贵族的人，还不如说是来自中产阶级。莫顿对这片殖民地的野心是将其变成一个主要的交易场所，一个绝对的大都市和贸易终端。而清教徒们，虽然也对皮毛交易有着同等的渴望，却更希望新英格兰将能继续成为他们的家园。

莫顿所表现出的文化和文学风格合乎传统精英的风格。它基于古典式的教育，是文学的、影射的，曾经优越并仍然优越。莫顿并非有意遵从这种文风，但他却抓住了它的要点。他的书流露出一种明显的骑士风范。这本书的序言是一首诗，此后几段又是三句罗马诗人贺瑞斯（Horace）①的诗，这些拉丁文的诗句使得通篇都增显高雅。事实上，作为这种古典权威的热心追随者，莫顿对其笔下的印第安人也赋予了这种风格。布拉德福笔下的印第安人是不说话的，而莫顿笔下的印第安人却讲古典语言。"各类睿智的人士都曾注意

---

① 贺瑞斯（Horace）：罗马抒情诗人，他的颂歌和讽刺作品对英国诗歌产生了重要影响。——译注

第四章 定居

到，这里的土著人确实使用很多希腊语和拉丁语词语，并与拉丁人和希腊人所使用的具有同样的字义。"接下来对有关词源学的两段内容进行了具体说明。例如，他认为，在印第安语中"Pascopan"一词与拉丁文"pasco"和希腊文"pan"之间具有明显的共同点。"'Pascopan'意思是贪婪的肠子，它是一个印第安人的名字。这个人就像孩子一样因为心里的贪婪而吃得很多。"这个词在莫顿看来，与在拉丁文中"喂"（Pasco）一词在拼写和意义上都很相近，并且和希腊语中具有前两者双重词义的"Pan"也很类似。

学者们已经确认，莫顿的观察是完全不可靠的。而且莫顿是否真正相信自己所写的内容，这一点都值得怀疑。他所关注的只是那种说法，而非用来证实那些说法的证据。宣称土著人说希腊语和拉丁语，这种陈述在关注最初美洲人起源的书《新英格兰迦南》一书中，是前几章讨论的关键问题。"来到这些地方以后"，他写道，"我想方设法试图查清新英格兰的土著人有可能是从哪个民族、哪个国家演变而来的。通过留在那里与他们交谈，我对他们的语言有了更多的了解。"于是他赞同了克里斯多夫·加德纳爵士（Sir Christopher Gardiner）和戴维·汤普森（David Thompson）的观点。前者是一位与印第安人生活在一起的有才干的绅士，后者是一位同样与当地人熟识的苏格兰绅士。这两人都既是学者又是旅行者，他们勤恳地做了很多笔记，认为新英格兰的土著人很可能是来自在布鲁图（Brutus）离开拉特姆（Latium）以后分散到各处的特洛伊人。

94

这个理论广为流传并且立刻受到了约翰·弥尔顿（John Milton）的最充分的回应。他宣称完全不相信这个言论，在他写的英格兰史中重写了有关布鲁图建立特拉迦诺伐（Troja Nova）或伦敦的"现代寓言"。莫顿推测并不是所有的特洛伊人都在同一时间与布鲁图一起离开，因此后来走的人有可能偏离路线。正如他们有可能到达任何其他的地方一样，他们有可能在新大陆登陆。尽览莫顿的理论，从不可靠的假设到不断变化的立场，这不禁让人怀疑其真正意图在别的方面。在开始时他描述道，来到新大陆后他发现"两种人，一种是基督教徒，另一种是异教徒。这些人最具有人道主义精神，比其他人友善得多"。《新英格兰迦南》是他的辩护和报复。他把迈尔斯·斯丹迪什描述成是"虾米船长"，这种明显的讽刺贬低，也来自于对美洲土著人有着与身为特洛伊后裔的英国人同样的祖先这种观点。当然，莫顿清楚地知道清教徒们宣称自己为以色列后裔。

莫顿关于一种古典发源的主张无疑对清教徒的宣称造成了极大的破坏效果。首先，它宣称英格兰（及其代表骑士，例如莫顿本人）来源于更古老的特洛伊，从而使美洲清教徒从古老正统性的最高地位被降级。其次，这本书

○殖民地时期的文学

极端无礼地把普利茅斯和马萨诸塞的殖民统治者甚至排到了印第安人之后，因为莫顿已经指出印第安人也是特洛伊人。事实上，莫顿给他的书起名为《新英格兰迦南》，意在使整个宗教信仰屈从于世俗之后，使之沦为世俗的语言工具。他解释道："并不是说新英格兰就是应许之地（迦南），而是说它并不次于以色列的迦南……在各方面都与迦南是平等的。"美洲的出现延续了世俗历史，而制造出假象的上帝历史令那些而头脑简单、装模作样的清教徒们荒唐地信以为真。尽管听起来不太可能，但在这个问题上，莫顿和罗杰·威廉姆斯的一些观点很相似。

如此解读莫顿的作品能发现他在文章中原本缺少的一种严肃。在他的文章中，轻浮是他用以揭穿敌人伪装的工具。莫顿历史理论的严肃性在于它的讽刺。讽刺这种形式正代表了在17世纪新英格兰相互对抗着的两种主要意识形态之间的关键差异。讽刺的跳板是一种有时候游走于反律法论边缘的不敬，因为它说明了没有哪种语言生来就是具有权威性的。从语言学上讲，讽刺的本质是分离词语和它的意思，以便使得它们变得不固定或可以被随意重新组合。从这个方面来说，讽刺家与别出心裁的奇想的创作者并无相异（这令敏感的清教徒觉得反感）。

为了对一对恋人和一个圆规进行对比，约翰·多恩（John Donne）首先把它们与构成各自意思的常规关联分隔开，再把它们交换后相互联系，这样他就创造出了一种新的意思，但代价是显示了意义的产生是随意性的。莫顿的讽刺作品致力于指出殖民统治不是正义的而是帝国君权的奸计或者政治统治的诡计。他指出，新英格兰是一块通过武力和意志取得的殖民地，是一块被侵吞的领土。它既不是合法转让给清教徒的，也不是被他们赎回的。

像莫顿一样的人在弗吉尼亚殖民地中比比皆是，起初他们的行为基本符合布拉德福的判断。史密斯在《通史》里以社会和职业类型来划分殖民者的方法反映出殖民地人口的一个严重问题。尤其是在刚开始的时候，弗吉尼亚的贵族数量多得甚至令人有些尴尬。一个史学家曾经统计过，詹姆斯敦人口中有大约六倍于英格兰本土的绅士。史密斯对这些绅士们的行为的尖刻的评述被认为是有道理的。他们中许多都是眼高手低的年轻人。他们不愿意从事农业和建筑业，而是希望从开发佣人和印第安人中谋取财富。印第安人不总是顺从的，而且很多佣人都在慢慢酝酿他们对于休闲或其他紧缺的相关技能的野心。每一艘来的船上往往仅有一两个有用的手艺人。木匠、裁缝、铁匠、造船人、有经验的农民、渔夫等都很少，而社会中的游手好闲的绅士们和处于社会另一极端的恶棍或身心都饱受摧残的穷人们，都令他们感到很沮丧。

问题不仅在于人事方面，同时也存在于阶级结构本身。例如，在普利茅斯，殖民地原先提倡土地所有权共有，并且共享土地上的产出。和普利茅斯一样，詹姆斯敦也立刻废弃了这套体系。一些小的私有土地早在1609年就存在了，到1614年所有的土地都被划分为私有。但是和普利茅斯不一样的是，在詹姆斯敦，私有财产并没有加快私有企业的进程。这块殖民地在建立十年后陷入了破产的边缘，直到后来才有一种更强大的经济动力促使这些殖民者将更多的精力投入其中。

具有讽刺意味的是，这种经济动力来源于一种麻醉剂。1617年，詹姆斯敦第一次向英国航运烟草。在很短的时间内，在相对开明的艾德文·桑迪斯（Edwin Sandys）（他是乔治·桑迪斯［George Sandys］的兄弟。乔治·桑迪斯是一名弗吉尼亚殖民者，他于1626年翻译的经典著作——奥维德［Ovid］的《变形记》［Metamorphoses］——是该书在美洲的首部译本。）领导下的弗吉尼亚公司试图建立起多种经济。但是在17世纪20年代，到处生长着的烟草（甚至在乡间小巷中间也种满烟草）把弗吉尼亚变成了一个能够提供出乎人们意料的利润和蕴含着让人难以置信的开发前景的舞台。尽管这种繁荣没有持续到30年代，但弗吉尼亚的发展模式已经被确立。其主要元素就是在大种植园里种植的经济作物和阶级等级制度。处于这一阶级等级顶层的是居于统治地位的一些为数很少的巨富者；在其底层，奴隶们能提供充足的劳动力，并且不会形成一个潜在的暴动阶级。第一艘载满非洲奴隶的船只于1619年8月到达詹姆斯敦。在约翰·史密斯之后的那位历史学家为弗吉尼亚写作编年史时，是在他称之为"贝弗利公园"（Beverley Park）的方圆六千余英亩的种植园里，并且拥有资料充足的图书馆。

罗伯特·贝弗利（Rober Beverley）非常崇拜史密斯，而且认定如果没有史密斯，这片殖民地根本就无法继续存在。在他的《弗吉尼亚的历史和现状》（*History and Present State of Virginia*，1705；修订版，1722，以下简称《历史》）中，他吸收了大量史密斯《通史》中的材料。这两部作品前后相距的75年的时间。在此期间，这位英国殖民者进行了长途的旅行。这段距离的长度可以由两位作者签名的差别来衡量。约翰·史密斯反复强调说他的作品是"他亲自写的"，而贝弗利在签名中表示自己是"那里土生土长的居民"。他采取了和布拉德福一样的做法，把他自己看做新世界的一个个体，一种新型人的代表。事实上，尽管在编年法上有差异，但贝弗利与布拉德福是很相像的。他们所写的普利茅斯和弗吉尼亚历史都记述了当地殖民化的进程，在此过程中不仅殖民地建立了起来，他们自己也深深扎根在这片土地之中，其结果是，帝国的殖民事业因其代理人的自我设计而呈现出了一种新的景象。

贝弗利在序言里敬告读者不要期待他的文章由华丽的辞藻堆砌，他说道："我希望我的修饰是朴素的，它会让读者对我的诚实有一个更亲切的印象，这也正是我希望达到的目的。真理只需要被理解，它有其自身内在的价值，而从来不需要伪装成华丽的外表。正如美一样，它是深藏着的，要靠修饰和衬托显现出来。""那里土生土长的居民"的一个含义就是一种"面朝黄土背朝天"的朴实和简洁。于是，贝弗利写出了美国式风格的第一篇手稿。这篇手稿于一个世纪之后在 J. 赫克特·圣约翰·德·克雷夫科尔（J. Hector St. John de Crevecoeur）的《一个美国农民的来信》（*Letters from an American Farmer*，1781—1782）和托马斯·杰斐逊（Thomas Jefferson）的《弗吉尼亚州札记》（*Notes on the State of Virginia*，1784—1785）中得到了经典的表达。贝弗利以其在举止、服饰、居家陈设等方面毫无亲英式的繁复而闻名。

到目前为止，贝弗利开始用当地的材料来塑造美国形象，因而，他看起来很像布拉德福。诚然，一个清教徒移民也很可能读到过，甚至有可能写出过刚刚引用过的那段文字，但它前面的那句话是无论如何不会出自一个新英格兰清教徒之手的。尽管看起来贝弗利似乎在为自己粗糙的文笔寻找托词，但他实际上是在吹嘘自己。他首先摒弃了过分修饰的骑士风格，随后对文明本身也进行了否定。他高兴地说道："我是个印第安人！而且我无须假装自己的语言很准确。"但在马萨诸塞州，他们可不是这样阐释简洁风格的。

对布拉德福来说，印第安人是淫乱、放荡、乱交的下等人。他们由于懒惰而遭受贫穷，缺乏自制；酒能将他们最本质的特点暴露出来，对于人类来说，这些特点就是放荡、堕落、道德败坏。而在贝弗利看来，印第安人完全是另外一个样子。他们是天真而迷信的崇神者，是自然中最原始的人。因此，贝弗利认为既不能说他们好，也自然不能说他们坏。尽管他称自己为"印第安人"，但肯定不是真的把自己当做他们中的一员。其实，他似乎提出了一个已经与"自然中的欧洲人"区别开来了的"自然中的美洲人"这一传统说法，因为作为贝弗利自我描述模本的那个美洲人不是一个"自然中的美洲人"，而是一个"自然的美洲人"。

当时，"改良"一词意味着将这片未经开垦的处女地变为一片耕种过的孕育文明的土地。贝弗利虽然称自己为"印第安人"，但这并不是说他对"正在被改良着的弗吉尼亚"持抵制态度或对此表示遗憾。真正的印第安人对弗吉尼亚不掌握任何权力，因为他们没有改良它。然而，一个经过改良了的新世界还仍然是新世界，而且 18 世纪后期，这些美洲人（这些美洲人自身综合了欧洲人的改良本领和印第安人的自然属性）就对欧洲人所持的"白人的改良改变了美洲"这种观点提出了反驳。到那时，美洲人就会说，当他们到达新世界时，这片大陆就已经孕育了让它成为后来这个样子的所有因素。杰斐逊会最先站出来说，白人只不过算是新世界的接生婆，而不像欧洲人坚持的那样（见第五章），是它的祖先。贝弗利将自己描述成印第安人，这预示了杰斐逊后来会产生这样的言论，也预示了这将成为美国人认识新世界的主要方式。

甚至在最为激进之时，改良也不同于救赎。布拉德福对荒野的恐惧以及他要救赎它的决心形成了另一个传统。这一传统可以追溯到19世纪亨利·戴维·梭罗（Henry David Thoreau）在《瓦尔登湖》（Walden）一书中"更高的法律"（Higher Laws）一章中的呼唤："自然很难被征服，但她必须被征服。"尽管浪漫主义将其非宗教化了，但梭罗的自然仍只能在非常有限的方面成为人类行为的楷模。自然作为一个普遍的环境，是一个试验基地，或者是一条人们为了超越它而标出的基准线。

当然，这两种传统之间的联系十分紧密。两者都在同荒野的遭遇过程中发展出了一种特殊的美国特性。布拉德福在自己的历史中将印第安人完全抹去；而贝弗利却声称自己是印第安人，尽管他同印第安人之间没多少相似之处。这两种态度之间的差别明确地将清教徒传统同骑士传统区分开来。拒绝将印第安人和美洲一同看待的布拉德福提出了一种在攫取新世界的同时也重新创造新世界的方法。他并不想说明新世界同土著人之间有什么联系。相反，他笔下的新世界历史开始于1620年9月6日，即五月花号离开普利茅斯的那一天。然后，他又回过头来写1550年分离主义者对宗教改革的反应，这一后来导致普利茅斯殖民地建立的殖民地发展阶段。直到书中写关于普利茅斯殖民地历史的第九章里，移民者才到达了美洲。但那时开始的不仅仅是殖民地的历史，还有美洲的历史。他在这里并没有回顾，也没有说明美洲像移民们一样可能在此之前还有另一段历史。

贝弗利所作的历史也是以描写英国人开始，并以描写英国人结束。但其中却包含了对印第安人的描述，把英国人放置在哥伦布发现新世界以前的历史之中。《弗吉尼亚的历史和现状》一开始就是一个方法的概述。第一册写的是在弗吉尼亚的英国人的历史。随后，为了交代这一过程发生的背景，贝弗利在第二册里描写了"该地区的自然物产和英国人刚刚到达时看到的这片大陆的原始面貌"。作者在第二册里还因为自己的无知而表示歉意，说自己"先前把弗吉尼亚的自然历史处理得太过简单了"。此后，贝弗利又继续描写原著民的情况。第三册"如实地描述了印第安人，及其宗教信仰、习俗和内部管理"。在这一部分中，贝弗利借用了约翰·怀特关于罗阿诺克的绘画，以及托马斯·哈里奥特收集的一些信息。他还把自己细致入微的观察所得写进这一部分。第四册描写了"英国式的政府形式等……以及英国人自接管这片土地

○殖民地时期的文学

以来所做的些许改良"。

在这部分里,被英国人接管的美洲是殖民地时期前美洲的延续,殖民者已经对它做出了些许改良,但还算不上重塑。同第二册和第三册中被浓墨重彩地描述的"美洲原始的完美之处"相比,这些改良只能说是细微的。土著人的确是新世界的丰饶中最微不足道的方面。他们在自我管理方面原始得可怜。由于没有文字,印第安人没有成文的法律,而只能听命于一个酋长,由他来对所有的事情进行仲裁。与之形成鲜明对比的是,关于弗吉尼亚政体组织结构的内容占了足足有十四章,贝弗利在这些章节里高度赞扬了现代文明政府的道德和有益之处。

英国人行为方式的优越性并不能影响他们同土著人并置在一起,这样一来,不管这两种文化是多么的不同,它们都会显得很相似。土著人的管理很差,但他们的确在管理,并且是可以描述的。贝弗利认为,除了简单,"他们在烹调方面没有任何可取之处"。其中土著人的一种汤的简单程度可以和斯巴达时期用野兔的血和内脏烹饪成的食物相比。他们建造的房屋"质量很差,而且很不结实"。他们非常迷信,而且对他们衣着丑陋的牧师有一种近乎恐惧的崇拜。

然而,由于进行了比较,他的观察也变得敏锐了。贝弗利揭示了印第安文化中可以直接反驳种族神话的两个方面。第一个就是:他们虽然没有用来书写的字母,但却能够用"一种象形文字或鸟兽等图案进行交流,他们用不同的图形或用图形的不同位置来表达不同的意义"。实际上,贝弗利在写《历史》时承认道,他只在拉洪坦男爵游记的"两个特别的章节"中读到过关于象形文字的描述,但本人并没有亲见。值得注意的是,他相信了那些信息并对此大加赞赏。结果,印第安人拥有一种书写系统,它不但在形式上可以与欧洲语言相匹敌,而且几乎具有同样的功能。第二方面是:与那些"无情的基督徒昧着良心胡乱编造的印第安人的丑恶鄙俗"相反的是,土著女人都是纯洁的新娘和贞操良好的妻子。

在这篇由"新世界上土生土长"的作者所作的弗吉尼亚的第一部历史的结尾,作者记录了关于贵族野蛮神话的一个版本:

> 至此,我已经对印第安人做出了一个简要的描述:我认为他们是快乐的人,因为他们的生活方式十分简单自然,而且物质丰富,不必进行痛苦的劳作。从很多方面来看,他们都有理由对欧洲人的到来感到难过,欧洲人的到来结束了他们的幸福生活,也终结了他们的纯真的生活状态。英国人夺走了他们大部分的土地,于是,先前丰富的一切都变得不再丰

第四章 定居

富。他们开始学会了酗酒和奢华，这极大地放大了他们的欲望，使他们开始梦想得到以前想都没想过的东西。

贝弗利深深地被自己对原始生活的赞美所感动，以至于他甚至怀疑起了殖民事业本身。他的下一本书将把弗吉尼亚描述成"它现在被英国人改良了，（我情愿说是糟蹋了）"。

并不是所有人都像贝弗利一样对美洲土著人有兴趣。在布拉德福和贝弗利之间的这段历史时间中，爆发了一系列针对印第安人的战争。在这些战争中，白人成为无可争议的征服者。美洲土著人几乎完全从主要的白人定居点附近消失了。"弗吉尼亚的印第安人几乎都被杀光了，"贝弗利记载道，"除了一些仍然幸存的镇子和住在群落中的人们……但总共也凑不齐500个能战斗的人。"他接下来列出了一些弗吉尼亚的印第安城镇：

> 麦特姆金人（Matomkin）被从别处携带来的天花感染，人口大量减少……基阔坦克（Kiequotank）只剩下极少的人。玛斯仇旁勾（Mathchopungo）只有很小数目的人还活着……奥南考克（Oanancock）还剩四到五个家庭……奇康埃塞克斯（Chiconessex）仅有几个人还活着……在查尔斯城（Charles City）和阿帕迈特克斯（Appamattox），这些生活在伯德上校（Colonel Byrd）牧场中的土著人，总共不超过七个家庭……在里士满（Richmond），泼特塔巴勾（Port-Tabago）大概有五个弓箭手，但都日见消瘦，没什么战斗力了。

20个城镇中，只有四个还人丁兴旺。这就是在17世纪末的景象。此时，美洲土著人开始在日见消失的美洲中扮演着一个矛盾的角色。

大约在那25年之前，菲利普王战争爆发了。这场战争集合了若干新英格兰部落的合力，争取控制和牵制英国殖民军。巧合的是，差不多与此同时，在波多马克（Potomac）沿岸发生了突袭。此前由于一贯的分裂而无法有效抵抗白人侵占的东海岸印第安人开始集合起来，这在某种程度上是对欧洲人越来越强烈的侵犯行为做出的反应。这些白人已经在沿海建立了指挥中心，以期向内陆扩张。正如我们看到的，包括罗杰·威廉姆斯和罗伯特·贝弗利在内，没有欧洲人反对扩张。任何一个身处美洲的白人，无论男女，都无疑会参与到一场帝国征服中。但是关于如何进行扩张，却有很多分歧。

在弗吉尼亚像罗杰·威廉姆斯这样主张从印第安人手里买土地的人，或者主张至少应该与他们进行谈判的，已经没有他们在马萨诸塞时那么有影响力了。1676年开始的培根叛乱（Bacon's Rebellion），总体上可说是弗吉尼亚殖民者中更富裕者与较贫穷者之间发生的矛盾。叛乱的起因是培根向管理针对印第安人贸易的皇家总督权威提出了挑战。然而培根一开始向这位皇家总督威廉·柏克利（William Berkeley）要求的并不是自由贸易，而是不受约束地对付印第安人。

培根本人出身高贵，后来移居到新世界。他利用比较贫穷的边缘地区殖民者们对印第安人的恐惧和仇恨来争取他们的支持。培根始终坚持追求的是"对付所有的印第安人"，这贯穿在他的整个叛乱行动中。有一个事例可以体现他是如何坚决贯彻该方针的：在一伙印第安人的支持下，他打败了另一伙印第安人，但随后他又转回来将这伙印第安人中的大部分人都杀掉了。培根和他的手下进行了多次大规模的屠杀行动，而且他们还宣称保证此后与印第安人的关系将完全是暴力的。

反对培根种族灭绝计划的总督和其他殖民者们（包括与贝弗利同名的贝弗利的父亲）也是这么做的，但他们这么做不是出于原则，而是出于策略。亲英分子和反叛者都无条件地反对印第安人，因为印第安人代表着一种败坏"文明"的生活方式。有的白人——基本上是佣人——逃到印第安人群落里生活。他们被抓回来后都遭到严厉的惩罚，有时候还会被处决。分界线已经划开，在殖民力量一边的人都十分坚定地坚持自己的立场，因而贝弗利对美洲土著人的同情变成了一种消极的情绪。

这种对印第安人态度的有意暗示，与其说是源于种族差异，不如说源自阶级差异。尽管贝弗利称自己是个语言朴素的印第安人，但他并无意降低自己绅士的身份，也无意降低等级或打乱这种分界。在《关于弗吉尼亚的佣人和奴隶》（"Of the Servants and Slaves in Virginia"）这篇文章里，贝弗利明确地表达了对整个服务阶层变化的观点。他认为佣人阶层的向上流动将以成为监工告终。他对监工变成殖民者的可能性不予置评，尽管这种情况也时有发生。这一章也因为其奴隶比一个自由劳动者生活要好的论点而独树一帜。这种观点是首次出现在美洲，在19世纪被越来越多地重复。"美洲的奴隶通常不像英国农民和散工工人那么辛苦地劳作，工作时间也不那么长。"接下来的一章题为《关于其他公共慈善工作，尤其是他们给穷人的供给》（"Of the Other Public Charitable Works, and Particularly Their Provision for the Poor"）的文章认为，奴役反而是公共慈善的一种形式。这种意见表达了一种世界观，它认为不同阶层间的相互合并不但不会否定等级制度，相反，它实质上反而是起到了维护等级制度的作用。

这些并未消除马萨诸塞殖民者和弗吉尼亚殖民者在对待印第安人行为方

面的差别。相反，这可能体现了殖民哲学之间更大的分歧。另一个南方作家威廉·伯德认为确实存在一种独特的憎恶印第安人、热爱土地的南方模式。伯德的父亲曾经支持培根（但他后来加入胜利的总督政府一方，结束了那场叛乱），伯德自己既不会像贝弗利那样良心不安，也没有他的同情心。但他们却在一些重要的观点上比较一致。

威廉·伯德继承了将近2.6万英亩土地的遗产，到他去世前，他总共拥有18万英亩弗吉尼亚最好的土地。这些土地多数都分布于他在参与勘定北卡罗来纳和弗吉尼亚分界线时所看到的土地中。他在《北卡罗来纳与弗吉尼亚分界线历史》（History of the Dividing Line Betwixt Virginia and North Carolina）（以1728—1729年纪录的日志为基础，可能完成于1738年，出版于1841年）中描写过这次勘定。实际上伯德写了两本日志，其中1929年才出版的第二本，被称为《秘史》（Secret History），对第一本日志作了评论。伯德是贝弗利的妹夫，但这两人似乎都觉得彼此之间没有共通点。与乡绅本土主义者贝弗利相反，伯德是一个坚定的亲英主义者，狂热地为他在威斯特奥弗（Westover）继承的遗产引进英国的家具和艺术品，并专注于头衔和显贵身份。但伯德的主要目标是占有土地。他的副业是弗吉尼亚的审计员、偿清租金的收租者和地方执行政务会的成员。

伯德最大规模地占有土地应该是在边界勘定之后。边界纷争始于第一批殖民者到来之时。甚至在还没有踏上他们的领土之前，殖民者们就开始否认彼此的皇家特权。其中的一次纷争导致了普利茅斯和迈尔蒙特山地区之间的冲突，但这些冲突是在英国，而不是在美洲爆发的。像这类由北卡罗来纳和弗吉尼亚殖民者共同商定的地方边界勘定标志了一个殖民新时代的开始。因为在这样的边界勘定中，殖民者们创造了一种新的、以美洲土地为依据的权威性法律文件。这一权威文件区别于海外英国皇家授权。当然，这种以土地所有权为基础的转变并没有在勘定委员会那里得到明确地说明，因为它会对皇权特权形成挑战。但它在伯德的记述中随处可见，这两片殖民地在此过程中，都以自己的名义占有其领土。在力图使这项事业更加个人化的过程中，伯德也在进一步追寻其中的逻辑。

起先在1584年至1585年划分给罗利阶层的弗吉尼亚特权土地包含一片广阔的区域，理论上讲是从西班牙弗罗里达延伸至布列敦角（Cape Breton）这片区域。殖民区从沿海地带扩展至包含部分北卡罗来纳的地区。随着殖民化的进程，分界也越来越明晰。新英格兰殖民者得到了他们自己的特权，此外对于一些其他零散的南部领土也是一样。当时包含了詹姆斯敦殖民地的弗

○殖民地时期的文学

吉尼亚地区,再后来向西边和北边扩张,但在1663年卡罗来纳宪章中,其海岸领地被削减,而两年后的第二份宪章重新规定了边界,又加上了大约三十英里的直到北卡罗来纳的土地。这里的居民从弗吉尼亚得到土地契约,但他们拒绝按弗吉尼亚规定缴纳更高的税。经过一系列谈判和僵持,一场边界纷争激化了。到了1728年,伯德和一小群人开始试图划定一条能够一劳永逸的边界。当很多未被占有的土地变成私有时,解决政府管辖这个问题就变得可能和迫切。

和贝弗利一样,威廉·伯德在自己所写的《北卡罗来纳与弗吉尼亚分界线历史》一书的开头也重现了自罗利以后的英国殖民演变过程。对于这段内容,伯德一直叙述到弗吉尼亚作为殖民地分离出去为止。该书的写作背景是弗吉尼亚再次面临着被后来的新英格兰人拍卖土地的危险。在勘定的过程中,伯德遇到了很多令人讨厌的人,其中最糟糕的是卡罗来纳人。他们道德上的问题体现在一种根深蒂固的懒惰上,除了吃,他们在任何方面都很懒。对卡罗来纳人,伯德批评道:"比起生意,他们更关心肚子。他们中只有不超过两个人……会劳烦自己去碰锅碗瓢盆以外的其他任何事物。他们这样对待他们大部分的事业,以致他们既没有灵魂,也没有工作热情。"和这些懒鬼们一起旅行经常是沉闷的,弗吉尼亚人好几次都因为"卡罗来纳人可以享受整天无所事事"而心生不悦。

在其中一段(这段经常被作为西南部幽默的典范,并广为引用),伯德嘲笑了北卡罗来纳穷乡僻壤中"懒惰的倒霉蛋",对他们仅仅能维持生计的生活状况表示了震惊。当被问到为什么玉米地这么稀稀落落时,当地人答道他们只为自己的餐桌供应粮食。他们认为喂养牲口太过于麻烦,于是就让它们自己找食,要不然就随便它们饿死。而牲畜饿死这种事情也的确时有发生。这些无德之人宁愿没有牛奶喝,也不愿意爬上自家树上弄点儿苔藓,以便给奶牛些许的草料。事实上,他们唯一上心的事就是"养肥猪,因为猪最好养,而且能提供他们最喜欢的食物"。但是北卡罗来纳人吃了太多猪肉,因此他们"富有粗俗的幽默感"。

由于他们时常缺乏食盐,所以只得经常吃生肉,这引起了最大规模的坏血病感染。这样糟糕的身体一旦得了重感冒,就很可能并发雅司病(人体内一种热带传染病),这种病在当地有个很贴切的名字——乡村瘟疫。它与天花水痘等疾病的症状十分相似,一旦恶化,几乎无药可医。一开始,病征会反应在咽喉部,接着就是上颚,最后是鼻子。于是在很短时间内就可能危及生命。

104

第四章 定居

　　这种灾难性的疾病在这一地区十分流行，以致于它都不是什么新闻了。在由美引发的争议中，鼻子成为争论的焦点。有人曾经说，在吃了三年猪肉后，很可能会有人在议会中提议，任何有鼻子的人都不应被允许从事商业事务，而一般一项提议必须要得到大多数人的支持才有可能被提出。

　　懒惰的人不只是卡罗来纳人。游历了弗吉尼亚后，伯德不得不"遗憾地说，懒散是北卡罗来纳和其他殖民地南部地区的普遍特点"。这些人和卡罗来纳人一样。他们都宁愿呆坐在贫瘠的土地上，也不愿意努力创造更好的生活。他们像"野蛮的爱尔兰人似的，不喜欢享受奢侈的生活，却能在懒散中自得其乐"。贫穷、懒散、爱尔兰人般的，这些就是用来形容美国南方一个阶层的词语。这些词在18世纪早期就已经存在，后来，又出现了诸如"红脖子"、"吃土的人"和"白色垃圾"等针对他们的绰号。

　　伯德的《北卡罗来纳与弗吉尼亚分界线历史》中描述的"懒惰的印第安人"和这些目光短浅的白人很相似。就像那些白人中的穷人拒绝向比他们的强的人学习一样，贫穷的印第安人看到了"劳作是如何让（英国人）生活得富足的，但却愚蠢地继续他们那种懒惰的生活，情愿在贫穷、肮脏、一无所有的状态下过活，也不愿伸伸手，尝试着去劳动"。伯德用来贬损印第安人的词语和他指责白人中的贫穷者所用的措词一样。总之，他将印第安人同所有他所不屑的人放在了一起进行评论。尽管很难说这种不屑的态度就一定比彻底否定的态度好，但这一特点能够说明重大的意识形态分歧。

　　伯德在《北卡罗来纳与弗吉尼亚分界线历史》一书的序言中表达了他的如下想法：当初要是像法国人一样，刚开始就和印第安人通婚就好了。这样的想法说明他对封建阶级结构十分认同。他之所以能够容忍不同类型的人，是因为他觉得像他这样的人绝对能够统治得了他们。伯德愿意让印第安人同自己人通婚，以及他对更大面积的美洲土地的渴求，都表明了他希望能在贵族圈子里出类拔萃的野心。在威斯特奥弗的家中摆满英式家具和艺术品，这是一种殖民行为，意在确立他对脚下土地的所有权。

　　在勘察的过程中，专员们来到了一个地方。此处是那样令人心旷神怡，以至于伯德给该处起名为"天堂乐土"（他后来在该地区买了一大片土地）。他写道："此处极为富饶，至少有3万英亩的面积……这儿的土地和传说中的巴比伦地区一样肥沃，产出的作物量比一般的土地高出2到300倍。而且这里地势更高，因而也更有益健康。如果在这儿建立一个规模为1000个家庭的殖民地，人们只需稍加耕作，就可以生活得十分快乐舒适。"这1000个幸运

◎殖民地时期的文学

的家庭在这儿会找到理想的牧场和耕地，他们可以开辟葡萄园，并制造出醇厚甘美的葡萄酒。他们还可以种植桃园和苹果园，而且这里长出的大米会是最好的。"在很短的时间内，此地就将不但能为人们提供生活所需，而且还将足够人们挥霍之用。"

尽管此地异常肥沃，但它还是有其自身的局限。然而，伯德却能够欣然地接受这些："我同样不希望那些纤细的植物能在这儿生长，比如橘子树、柠檬树、橄榄树等等。因为如果那些植物能够在此地生长的话，我们就会失去更加有益的西北风的优势，西北风可以肃清空气，使我们免于遭受在温暖地带经常出现的恶性热病的困扰。"使橘子橄榄等树种无法生长的季节性寒冷还会带来其他益处："它能够消灭大量的蛇和其他有毒爬行动物，以及恼人的昆虫。"因此，最好还是没有那些橘子树，否则它们生长所需的温暖将会把此地变成一个毒蛇害虫肆虐的地狱。于是他总结道：

> 自从洪水肆虐的诺亚时期以来，没有哪一种气候能够适合所有物种的生长。这也是件好事。正因为如此，国家之间的交换就必须是双向的，相互的交换和人们的交流也就会是双向的。实际上，要是没有这种各取所需的交流和交换，邻国之间的战争将永远存在，而且不可调和，就像印第安人和其他野蛮民族一样。

伯德似乎是在思索能够重塑人类堕落之前具有完整性特点的美洲伊甸园。但他在结尾处将这种完整性定为对和平和美好具有毁灭性的因素时，他引出的后果不是人类的堕落（指《圣经》中亚当和夏娃偷吃禁果）而是大洪水，从而将他的论述限定在人类历史的范围之内。在这段中，"洪水"所起到的作用是一种历史中的堕落，尘世崩塌之后，便是永远的物质世界。弗吉尼亚、英国殖民地、美洲和整个新世界一起构成了一个完美的有限世界。其美妙之处正在于它不能够包罗万象。正因为它不是包罗万象的，所以它蕴含了许多新的可能性。

尽管伯德的行为方式颇为贵族化，但他的父亲却是一个中产阶级者。伯德不仅仅是需要土地，他需要"更多的"土地。他希望能够垄断土地市场，全部据为己有，然后重组市场。除了"天堂乐土"外，另一个伯德在勘察后感兴趣的地方就是"迪斯墨尔沼泽"（Dismal Swamp），那里是一片"寂寞的荒原"，非常潮湿而且树木过于繁茂，以致伯德错误地认为"不可能有任何生物能耐受得了那儿恶劣的环境"。他建议抽干"迪斯墨尔沼泽"的水，在那里种上大麻。对他来说，那里可不是"令人失望的泥潭"。"天堂乐土"和"寂寞的荒原"，其名称并不反映真实的情况，只起到修饰作用。对伯德来说，这些名称的意义并非蕴含于先验的领域，而是即将变成他名下财产的优质土地。

这种非宗教的方法同样被用于描述人物。伯德在《北卡罗来纳与弗吉尼亚分界线历史》的写作过程中还写了一部《秘史》，其中包含对参与勘测的各色人物的详细描述：有指挥管理勘察员的官员们、从事实际勘察任务的勘察员们、受勘察员管理的伐木工人，以及包括前文提到的北卡罗来纳厨师们在内的为该项事业提供支持的各类人员。其中社会地位比较显赫的勘察官员们是该书主要描写的对象。伯德将弗吉尼亚人称为"好心人"、"煽风点火者"；把北卡罗来纳人称为"糊涂的裁判"、"巧言令色者"、"鞋刷子"、"令人迷惑的根源"等。他给两位弗吉尼亚勘察员起了好听的名字"奥利安"（Orion）①和"阿斯特雷波"（Astrolabe）②。他称牧师为"单调乏味的先生"。称他自己为"斯特迪（Steddy）"③。

《秘史》中的下流片断描写使伯德获得了擅长辛辣粗俗幽默的名声。其中一个片断描写的是一天晚上，他们一干人等在一个热情好客的种植园旁宿营时的情景。斯特迪自己早早睡下了，但他的同事们还在把酒言欢：

> 他们带着愉快的心情邀请了一名面色白皙的女佣陪他们一起喝酒。这个女佣扭伤了手腕。当他们把她逗得高兴起来的时候，大家就开始检查她身上那些隐秘的可爱之处，并搞起了恶作剧。最具好奇心的"煽风点火者"开始探索她那迷人的身体，并揪住了她身上由于吃了太多猪肉而生出的几个乳头大小的疙瘩。那位可怜的少女由于手上有伤，因而无法反抗，只能坐在那里一动不动，发出时下比较流行的感叹："真是的，快罢手吧！"。在我看来，她可能这辈子都没说过这么文雅得体的语言。

不论是从性别还是从社会地位来看，都不会让人觉得在这个女佣身上发生的事情是令人发指的侵害行为。这段小插曲的语言风格使人明显感觉到，由于她社会地位低下，所以对她的折磨都带有一种滑稽的意味。她被置于比作者和读者都低得多的文化层次之中。作者的主要意图就是让读者注意到这种地位上的差距。"他们带着愉快的心情"那句话不仅让人觉得下面的内容是毫无恶意的玩笑，也引导着读者成为愉快的旁观者。要是以严肃的口吻叙述，

---

① 奥利安（Orion），希腊神话中巨人般的猎人。——译注
② 阿斯特雷波（Astrolabe），古时的天体观测仪。——译注
③ Steddy，意即踏实的人。——译注

就显得很不合适。在这样的语境中,"煽风点火者"的猥亵行为只是为作者展示其文学机智和风趣提供了一个契机,让人觉得那个姑娘不是可以让人同情的人。称她为"可怜的少女"也是出于同样的目的,因为她不适合冠以如此高贵的称号。这一点读者已经在文中感觉到了,现在这一不恰当的称呼让人们的感觉更加清晰了。

伯德的神来之笔出现在这一段的最后。那个女佣被作者定义成不具备参与语言游戏的人。在当时那个场合里,所有的意义都在于当时的机智;而那个女佣却不具备这一能力,但她的确也会说话。最有力的一笔是在最后,作者让她说了一句正好能表现作者机智诙谐的话语。他首先告诉读者女佣的话是时下的流行语,从而贬低了她的语言能力。这个女孩不具备伯德那样的语言能力,只有后者能写出读者面前的这段文字,而女孩根本不会用自己的语言表达思想。从某种意义上说,她也会说话,但不明白自己口中的话是什么含义,或者说不像我们一样通晓其含义。按照伯德的解释,她从未如此"文雅得体"地说过话。通过写作这样一个段落,伯德确立了自己处于阶级和性别等级结构顶端的地位,也确立了自己对语言的驾驭能力。

机智及其手段在布拉德福看来,是一种诅咒,因为他把它看做是篡改神圣真理的工具。清教徒们反复强调说,上帝的圣坛不需要我们修饰:即便是最直接的言语也与《圣经》的旨意相去甚远。清教派的寓言全都竭力避免出现机巧的言词,而这样的机巧却正是支撑伯德作品的最重要特征。不论是布拉德福对平实直接的坚持,还是伯德所信奉的观点——"人的本领和力量完全取决于他对语言驾驭的技巧"——在这两种观点背后的是为我们今天所熟知的假设,即语言在意义和事件的构成中所起的作用。这两种观点的分歧虽然不能动摇其共同的基础,但两者之间也不会在同一基础上相互融合。

如果我们可以将殖民的意识形态归结为两个最基本的方面——对土地的热爱和对印第安人的憎恶,那么布拉德福和伯德则代表了这两个截然不同的方面。布拉德福热爱土地,并认为是自己将这片土地从先前地狱般的状态中救赎回来的;伯德和贝弗利一样,也热爱自己接管的这片土地,但认为其价值是与生俱来的。马萨诸塞和弗吉尼亚分别代表了对征服北美洲所持有的两个不同观念。尽管它们统一于一个更大的观念——新世界是一个由"自然和自然中的神"创造的特殊地方,但还是要看到这一观念的两个组成部分之间的巨大差异。这一观念并不像它自我描述的那样,它并非一个不可分割的完整的公理。

第五章　新世界的争端

到 1700 年，欧洲帝国完全侵吞了美洲大陆；到了 18 世纪中叶，一场围绕获取新土地价值的争论将殖民地时期的文学一分为二。在那场争论中，其中一方提出了一个"堕落论者"的观点，大意是：新世界荒野中的自然已经落后于它应有的水平，只能通过耕作开发才能支撑起它。另一方则反驳道：美洲的自然在哥伦布发现它之前就已经相当富饶了，而耕作只不过开发出了其固有的富饶，这并非是创造出来的。当然，双方在对新世界殖民化的必要性上是一致的。但是，堕落论者将殖民理解成为侵吞欧洲世界而开辟新的疆土；美国自然的捍卫者则将新世界看做自己的世界来构建，并认为这里很有可能超过欧洲。堕落论者们大都是欧洲人，捍卫者则完全是美洲人。

这场争论一般被人们称为"新世界的争端"，本章也以此作为章节的标题。本章大体上勾勒了 18 世纪的政治与科学思想的全貌。我们不仅可以从对新世界动植物价值的争论中追溯美国理念的出现，而且也可以反过来看到经过修改的欧洲形象。"反过来"是这里的一个关键词。它是这场争论的动力所在。这场争论标志着当新世界完全被纳入旧世界的观念时，对新世界的发现到达了顶点。早期的殖民远征一定会越来越为人所知。现在，人们对此还知之甚少，但由于其他部分的自然会被欧洲慢慢了解，所以扩大了的世界仍能保留原有的秩序。至少从地理政治学的角度来看，中心始终维持在这里。然而，18 世纪有关新世界农业潜力与新世界优势争论的热烈程度，展示了一种强大的力量。

新世界争论的强烈程度表明，尽管欧洲帝国在迅速向世界主导的方向上前进，但它本身已经很脆弱了。而围绕新世界是否适合作为人们栖居地展开的争论爆发之时，正是欧洲文明已经在美洲确立了绝对地位的时候。这一点看起来似乎有些自相矛盾。这一争论是一个更大争论的组成部分，即适合人们栖居的定义是什么，什么叫做"良好"的文明，它同自然的关系又是如何的。

让·雅克·卢梭在《社会契约论》（The Social Contract，1762）中写下了举世闻名的第一句——"人生而自由，但却处处受到束缚。"但他并非在说人性应当完全回归到自然状态。按照卢梭的观点，自然状态中的人缺乏适当的条件，因而他们没有语言。他们是动物。卢梭甚至猜测那种状态下的人与猿会在何种程度上相似，尤其是与猩猩。猩猩这种动物很可能与人有姻亲关系，但未曾从最初的自然状态进化成人。适度的进步是必要的：自然对人类来说并非一个理想的栖居地。然而，现代的欧洲文明也不可取，因为它大大远离了自然。

在英国，卢梭鼓舞了一群"原始主义者"，其中比较著名的有在 1773 年发表过《语言的起源与演变》（Of the Origin and Progress of Language）一书的蒙伯杜爵士（Lord Monboddo）、詹姆斯·伯尼特（James Burnett，1714—1799），还有拥有卡姆斯爵士（Lord Kames）头衔的亨利·豪姆（Henry Home，1696—1782）。卡姆斯在《人类历史简述》（Sketches of the History of Man，1774）中的散文《人类语言分类》（Diversity of Men, and of Language）很有影响力。像卢梭一样，英国的原始主义者借自然批判社会，而不是抵制社会。他们之中的乐观者摒弃了关于黄金时代的新古典观念，不再认为自那时起人类社会就世风日下，并且开始转而持有一种进步的观点：社会处在由野蛮向文明的升级过程中。他们唯一抱怨的就是，在这一过程中，人类已经迷失了方向。在他们看来，原始社会是人类向农业社会和群居社会进化过程中的一个初级阶段，但后来人类的发展误入歧途，从此陷入了"名利场"的泥沼之中，无法自拔。但在什么才是文明的理想程度这个问题上，很难对其进行清晰的界定。卢梭的主要对手伏尔泰（Voltaire，1694—1778），本身就是一个对法国上流社会奢侈腐败的无情批判者。他笔下的老实人贡第德（Candide）放弃在尘世的漂泊而退耕田园的决定是他的第一个明知之举。

当然，文明与自然的整个关系体现在殖民化的历程中。通过认识与自身文明具有根本不同的其他文明，欧洲人便能够对自己的文明提出一些基本问题。旅行，理所当然地成为如何将自然与文明合理融合这一争论的发生场所。在 18 世纪，没有人待在家中，即便是那些无所欲求或认为旅行不会给他们带来什么实际益处的人也不例外。非常惯于城市文雅生活的塞缪尔·约翰逊（Samuel Johnson）尽管对游历的结果表示质疑，但也以同样的热情投入其中。虽然他对一切事物的看法并不乐观，但他也从未停止四下观察。同样，该时期出现的大量虚拟的游记故事——比如，乔纳森·斯威夫特（Jonathan Swift）的《格列佛游记》（*Gulliver's Travels*，1726），托比亚斯·斯莫利特（Tobias Smollett）的《法国和意大利之旅》（*Travels through France and Italy*，1766）和劳伦斯·斯特恩（Laurence Sterne）的《法国和意大利的伤感之旅》（*A Sentimental Journal through France and Italy*，1768）——看来都是同样的风格：人从旅行中学习，但得到的见识往往是荒谬的。每个人都在路上或海上游历着，但是他们能去哪里呢？又有哪儿值得去呢？

这个问题或许是表述新大陆争论或阐明基本动力最简洁的方式了。争论为其参与者提供了一个机会，使他们在不主张放弃帝国攫取行为的前提下对它进行攻击批判，这些人也曾在不动摇欧洲文明根基的前提下，对欧洲文明提出过批评。围绕新欧洲帝国价值的争论十分生动地展现了一个时代的论辩双方的争论方式，不管双方的观点相差多远，他们都被相同的形势联系在了一起。原始者与诡辩者、新世界的捍卫者与攻击者融合在一起，形成了一种新的可变性。在这种环境下，家的定义已经令人不安地变得不那么绝对。不管是喜欢待在家中的保守者，还是云游四方的冒险家，都感觉脚下的土地在震动。问题是要找到新的立足点，重建世界秩序。

寻求建立新秩序的一个表现就是大量乌托邦性质故事的出版。这构成了游记文学的一个形式，它一反常理，常常谴责旅行。乌托邦往往是人们经过难以想象的艰难旅行后发现的，其间故事叙述者常常会迷失方向，但最终柳暗花明，意外地发现了那个地方。但是，乌托邦本身是个静止的中心，因为这是一个理想地。居民们很少离开家并且不为新世界所诱惑。乌托邦文学中有很大一部分的故事背景是发生在美洲，包括由托马斯·莫尔（Thomas More，1478—1535）所著的第一部乌托邦文学作品《乌托邦》（*Utopia*，1515），其故事背景就是发现新世界。一个与韦斯普奇航行的葡萄牙海员在远征途中与队伍失散，然后，就发现了公正的乌托邦国王（Utopus）的城邦；《乌托邦》一书就是以他的报告形式写成的。乌托邦国的一个突出特点是，无论什么时候，一旦需要更多领地了，人们很容易就能占据城邦周围未用过的土地。这个王国没有任何寻找新疆土的忧虑，可以不断地扩展国土，而不用像过去的一百年里那些不够明智的国家那样冒着风险、漂洋过海去寻求新疆土。如果我们考虑到英格兰帝国扩张的第一步就是占领了威尔士、苏格兰和爱尔兰，那么莫尔的想象就显得不那么诡谲脱俗了。他可能是在暗示说：只有那样的王国才会在自己的国土出现。

弗朗西斯·培根的乌托邦故事《新亚特兰蒂斯岛》（*New Atlantis*，1627）中的居民与弗吉尼亚和马萨诸塞的移民处于同一时代，却积极避世。发现班瑟勒姆（Bensalem）中新亚特兰蒂斯的冒险者们继续哥伦布的旅行航线，他们乘船西行，希望从秘鲁航行到中国和日本。像哥伦布一样，他们都有遍览全球的雄心。当漂泊在"极度汹涌的大海中"时，他们看到了地平线上的黑影，大家都非常兴奋，看到了希望中的彼岸，觉得自己有可能到达"从未为世人所知的岛屿或大陆"。这种希望听起来是探险时代的主题。但是他们表现出的激动与班瑟勒姆旧时代人平静的完美生活形成了鲜明的对比。班瑟勒姆人稳定的生活方式一点也没让人觉得他们是井底之蛙。他们可以用出色的西班牙语给秘鲁访客致辞，而且竟然会说世界上的所有主要语言，了解所有国家的知识以及它们的现状，他们还十分清楚地了解当时的世界各国在进行着探索和扩张。

但他们并不想成为这种扩张大潮中的一员。他们通过派出"知识信息商人"始终保持着与世界的联系，他们从世界各地带回的既非"黄金"也非其他实实在在的商品"，只有"书籍和各种各样描述最新发明和发现的文件材料"。不用说，这些书商们对外国的领土和外国的货品都不感兴趣。和那些把本国的国旗遍插各处的人不同，他们悄悄地来去，并尽力地想不为人知。

他们所做的一切皆遵从于萨拉摩纳（Solamona）的教诲，他是个伟大的国王与立法者，他生活于耶稣诞生前大约三世纪而且开创了一套实用的自给自足法。萨拉摩纳只为子民谋幸福。

  这片土地方圆 5600 英里，绝大多数的土地都极为肥沃，所以不需要借助外力便能自给自足；该国的航运，无论是在渔业还是在各个港口之间的运输上，都十分发达，他们的船只还可以开到距我们不远的一些小岛上（在这个乌托邦里，贸易只是一种地方性的行为），一切都在该国的统治之下，不禁让人们感叹该地区是多么的富庶。

萨拉摩纳颁布了一项反扩张法，目的是将该国的现状永久地延续下去。其中很重要的一条法令就是严禁外来人口，因为他们有可能带来"新鲜事物和导致该地区的风俗被混杂"。班瑟勒姆不进行进出口贸易，它远离商业利益以防丢失精神上的富有，也不喜欢商业能够带来的满足感。睿智的萨拉摩纳熟知经济法则，因此班瑟勒姆才得以繁荣昌盛。

这些信奉孤立主义的乌托邦人嘲笑帝国扩张行为中表现出的贪婪，他们的领地是无穷无尽的。因此，伏尔泰笔下的贡第德访问过的新世界天堂绝对是理想中的"黄金国"。被城外湍急的暗河环绕的"黄金国"，其领地如同班瑟勒姆一样隔绝于世并自给自足。路上满是红宝石、翡翠；泥土也因富含黄金而呈现出金黄色。要是那里有什么欠缺的话,这也只是让它富庶的形象显得更加丰满。"黄金国"中既无法庭也无监狱,既无议会也无教堂。"黄金国"中的人们拥有所需要的一切而且毫无奢望。他们只希望"继续远离欧洲国家的贪婪掠夺,那些欧洲人对我国的石子和泥土都有难以想象的狂热贪婪,而且他们为了得到这些,会将我们残杀得一个不留"。

然而,此类虚构小说的作者们都不接受停滞不前的观念,也没有一个作者表现出拒绝进步的心态。培根对传统的先验永恒性理念的背离就是他对现代科学定义产生影响的基础。他的归纳法将进步理念融入了思考的过程中。同样,伏尔泰惯于怀疑的理性主义中暗含了归纳法,这其实是一种含蓄的扩张。《新亚特兰蒂斯岛》和《贡第德》(1759)这两本书都对17、18世纪的物力论不加批判地进行推崇。例如,尽管新科学明显具有改变社会的潜在特点,但他们却只能看到新科学带来的利益。喜好宁静生活的乌托邦人对帝国扩张进行批判但却并不加以抵制;在现代建筑师内部进行着一种争论,他们的基本原则是在他们原则中最实用的配置基础上反对乌托邦。乌托邦中的人们说,帝国扩张肯定有比获取经济利益或政治权利更大的野心。仅有商业是不够的,过分通商反而对于实现将欧洲文化撒播向全世界这一目标不利。伏尔泰(同时对卢梭嘲弄道)称赞灭绝印加人,因为这就为世界消灭了一个野蛮可怕的食人部落。从这个意义上说,乌托邦者们构建了一种文化帝国主义的文学,这恰好弥补了哈克鲁特收集的作品的不足,而乌托邦者们只是为了改正哈克鲁特的作品而对它进行批判。

新世界争端时期的文学在不同程度上都将美洲描述成一个反面乌托邦(极糟的、地狱般的社会),也参与了将帝国政府文明化以及将其征服的过程;它通过新世界创造了一个更加光辉的欧洲。按照启蒙运动的观点,人类已经可以上升到一个理想高度,而这是人类本身所蕴含的一种能力。但乐观主张的相反方则认为,这些善变的人类也可能堕落到彻头彻尾的自然野蛮状态中。他们害怕人们会放弃启蒙运动的文化,而人们这样做的原因,很可能是因为他们堕入了散发着毒气的泥沼,或陷入恶劣的荒野和丛林,或在原始的泥沙中无法自拔。总之,一句话,他们担心人们可能会因为美洲而放弃启蒙主义。

争论是从乔治斯-路易斯·雷克勒·孔德·德·布丰(Georges–Louis Leclerc, Comte de Buffon, 1707—1788）① 的《地球的自然史》（*Histoire naturelle*）开始的，也从始至终围绕着该书展开。这本书的第一章于1749年出版，其他章节是在其后每隔一段时间陆续出版的，直至1788年。布丰被普遍认为是现代自然史的创立者。因此，自然史同现代人类学一样，都是欧洲帝国扩张的产物。《地球的自然史》的销售情况好得出奇，而且是18世纪哲学、历史、文学及科学领域中最常被引用的著作之一。该书收录了已开发土地上的动植物报告。布丰还将这些材料汇编成为一套以人类学为中心的非宗教自然演化理论。（在某些方面，它的论述要早于达尔文）。他解体了一个世界，同时又构建了另一个世界。他摒弃了将神作为世上各种生命结构起源的观念，并代之以一种自我演化、生生不息的进化秩序，将《圣经》中《创世纪》（*Genesis*）篇的内容加以取代。这样的组织安排，其目的并非是为了着眼过去，而是要放眼未来。

这种新秩序也是由动植物组成的一种等级制度，而美洲在其最底层。在下面这段颇有影响力的文字里，新世界显得快要乱作一团了。作为一个继培根之后的科学家（当时英国人的声誉可能是居于最高点），布丰总是以客观实在的证据，归纳性地开始他的论述：

> 我认为：马、驴、公牛、羊、山羊、猪、狗，所有这些动物在新大陆都变小了……那些没有被送到那里而是自愿过去的动物，或者简单地说，那些在新旧世界很普遍的动物，如狼、狐狸、鹿、雄鹿以及驼鹿，在美洲也同样比在欧洲小，无一例外。

他先前曾经说过，生物种群的质量可以体现在其体型大小方面，而在美洲，每个事物和每个人都很小：

> 所以，在这里一定有些东西使得事物在发展过程中受到阻碍，与之相克，甚至可能会影响到种子长大成形；有些本在其他气候条件下可以生长得很好的种子，在这里却无法长到它们应有的大小。在这样恶劣的气候和贫瘠的土地上，人烟稀少。这里的人只是大地上的行尸走肉，无法驾驭自己的领地，无法统治任何东西；他们不会征服动物或治理雨水，

---

① 乔治斯-路易斯·雷克勒·孔德·德·布丰（Georges-Louis Leclerc, Comte de Buffon 1707—1788）：法国博物学、数学家、生物学家、宇宙学家和作家。布丰的思想影响了之后两代的博物学家，包括达尔文和拉马克。——译注

第五章　新世界的争端

管理河流；他们也不会种地，他们不过是一些高级的动物，是自然中一个个毫无意义的生物和无用的机器，根本无力改变自然或促进自然。

文章接下来仍然继续大肆嘲笑美洲土著人。布丰说，他们在性方面也表现得尤为无能。"野人的生殖器官短小无力；他们既无体毛也无胡须，还缺乏对同类雌性的性欲。"由于他们缺乏性欲，"又毫无灵魂"，所以他们也没有什么个人意志，"只要解决了他们的温饱，同时也就毁灭了所有他活动中积极的因素；他可能会傻站着或横躺好几天。"

尽管如此，这种新大陆的糟糕状况也是反乌托邦的，因为布丰对乌托邦的传统信条并无好感。土著人终生待在一个地方并接受这个地方，对物质毫无野心，无欲无求地平静生活，与自然和谐共存，既不改变环境，也不利用自然资源，只是从树上采摘果实，既使在所获甚少的时候，也对自然的丰饶感到心满意足，这些就是与乌托邦生活十分相似的、构成田园式生活的传统要素。我们的自然科学之父是个热心的反田园主义者；他明确地将自然科学定义为反田园主义。

为了了解他所面对的一切，我们可以看看该时期另一个极其著名的探索方面的著作，路易斯－安东尼·德·布加固维尔（Louis-Antoine de Bougainville）的《环球航行》（*Voyage around the World*）（*Voyage autour du monde*，1771）——一部被丹尼斯·狄德罗（Denis Diderot）鼓吹带有严肃文学标签及补充意义的作品。《环球航行》一书是一本远征成员的报告汇集。他们在1760年至1769年间乘坐两艘大船环游世界。书中描述了目前尚不知名的许多美丽地方，其中有好似天堂般美妙的"欢乐岛"，布加固维尔将其命名为新西叠荷（Nouvelle‐Cythère）。后来，大家才知道它的土著名字是塔希提岛（Tahiti）。书中关于塔希提岛那一章的作者说，他本想将这个岛命名为乌托邦。开头的几句话概括描写了岛上的自然景观，而且不同于布丰的描写。他写道："塔希提是世界上唯一一个没有罪恶、偏见、欲望以及冲突的地方。那里的居民生长在最美的天空底下，吃着从不需耕种的肥沃土地上长出的水果度日，管理他们的不是什么国王，而是他们自己的祖辈、父辈，他们不知道什么是神，只知道爱。"

布丰反对那种对待原始社会的多愁善感的浪漫态度，他列举了科学的观点、他自己的科学发现、还有18世纪工业革命时期大量涌现的科学意识形态。身为自然科学家的布丰相信技术甚过于相信其他任何事情。这个信念在他定义科学研究的方式上也有所反映：比起准确的观察和测量，他更注重分析。他不关心事实这一缺陷显示出了18世纪与20世纪科学研究的差距。对

○殖民地时期的文学

于布丰来说，收集精确的数据不同于构建一篇文章，他认为真实的科学工作在于写出一篇有分量的论文。他对细节以及具体事实是出了名的不耐烦，这说明了他从各方面都拒绝局限于自然。他甚至不会让自然来决定他的证据，人类的意志才是最终权威。

布丰对技术的热爱是他仇恨新大陆的一条重要证据。18世纪的美洲正处在技术世界到来之前。在文中将美洲大陆的阴郁与厄运描述到令人失望的程度后，布丰觉得够了，并试图打起精神来。他想象人类有一天会厌倦了自身的弱小与胆怯，然后站起来振臂高呼：

> 残酷的自然是丑恶、病态的；我，也只有我，可以使其变得怡人而富有生机……让我们抽干这些沼泽，让死水流动起来，给它带来自由的生机，让水流汇入河流与运河；让我们开发出隐藏于我们身体之中（而且仅限于我们所有）的那种活泼的、充满欲望的元素；让我们烧掉这片多余的树丛，烧掉已经消耗过半的古老森林；然后，让我们用钢铁铸成的机器来收拾那些火焰燃烧不尽的地方。

这段文字以其暴力感而惊人心魄，这样的效果产生于文中的一系列动词——抽干、带来生机、开发、消耗、放火、收拾——所有这些都反映了激进的改造心态。每种自然特征最终都被改造成与其相反的状态：湿变干，死变活，静变动，满变空……而且，一旦要是空了，又会被重新填满：

> 用不了多久……美好的事物就会出现在我们面前，我们会看到：新鲜的、有益健康的草地；兽群得以穿越以前无法通过的地带；它们将会在这里找到丰富的食物——永远常新的牧草；它们的数量会越来越多；让我们利用这些新资源完成我们的任务：使公牛屈服于枷锁，利用它们的力量耕犁大地。

在这一段中，农业和清理土地一样，都是需要力气的活儿。人类用双手驾驭了耕牛，用它们的力量来耕地；人类双手所掌控的巨大力量衬托出了其本身的力量，使之显得更加强大。对全球力量的设想不是下意识或偶尔的；布丰清楚地表达过他的想法："一个新的自然会诞生于我们手中。"书中有一章名为《荒野中的自然，驯化下的自然》，这一章节描述了被改变后的自然状况——所有"有害的"地带、植物、动物都被消灭了；所有土地都变得开放、易于接近；人们现在可以在原本宽阔的海面上自由航行。这一章在人类胜利的圣歌中结束："无数个权利与光荣的丰碑已经充分证明,作为大地主宰的人类已经完全改变并革新了世界的面貌,并且证明了人类将永远有主宰自然的绝对权利。"

这样的想法是后来才有的。其虔诚体现在这一章其他的内容中。在这些章节里,自然根本不被人们当做平等的伙伴来看待,而被当做一个粗暴对待的对象。(读者肯定早已注意到布丰的设想中所表现出来的性别结构,这十分清晰地表达了传统中的男性理念。)总之,这段文字集中了现代技术同自然的关系及其原则与要义。它说明了尽管那个时代的哲学对"自然"给予了很高的评价,但那还是一个崇尚机器和工业的时代。在布丰所描述的"人类主宰大地"的全景壁画中,有一个提炼金属的细节:"金和铁,比金子还重要。"将铁的地位提升得比金子还高。这一比较将哥伦布所描绘的天堂般的新世界同布丰对它的贬损之词划分开来。

布丰对美洲自然激烈的轻蔑言词部分是针对早先那些田园诗式的不科学的描述。他在抨击那些人过分热情的同时,还同样激烈地批判了他们不严谨的方法。作为布丰追随者的科尼利厄斯·德·保(Cornelius de Pauw)的作品更具煽动性。他的主题是"世界上一半的自然景观是如此糟糕,以至于天地间的一切都非常恐怖或堕落"。德保在1768年出版了《美洲土著人的哲学调查》,又名《人类历史的趣味备忘录》(Recherches philosophiques sur les Americains, ou Mèmoires intèrèssants pour server à l'histoire de l'espèce humaine)(Philosophical Reasearches on the Americans, or Interesting Memoirs for a History of Mankind, 1768)一书。该书一经问世,就对一直悬而未决的关于人性本质的辩论产生了极大影响。例如,原本是原始主义者的奥利弗·戈德史密斯(Oliver Goldsmith),在他1769年的《荒村》("The Deserted Village")一诗中就将佐治亚州描写成"可怕的地方"。

> 每走一步,新来的人们都害怕自己的脚步
> 会唤醒可怕的毒蛇。
> 那里有猛虎在伺机守候着捕捉它可怜的猎物,
> 而那些野人比起猛兽来,要更加致命。

《美洲土著人的哲学调查》一书主要是根据布丰的经历写成的一个简要的旅行手记。然而,布丰对整个美洲的自然有着广泛的兴趣,而德保却只把注意力集中在了新世界中令人反感的、充满敌意的土著人身上。他简直无法用言语表达对这些美洲土著人的不满之情,因为这些人既不会劳作也不会思考,

○殖民地时期的文学

他们只配沦为奴隶。他引用了塞普维达对美国土著人的弱点和缺乏志向的评论，但他的侧重点是不同的。这个问题已不能成为奴役美国土著人的理由。事实上，德保并不关注这些土著人本身，他所关注的是美洲新大陆，而土著人在他眼里不适合做这片大陆的主人。德·保认为欧洲文明理所应当成为美洲的主人：人类以及他们所统治的自然具有一种内在的发展潜能，而发掘这种潜能则是人类的责任。

上述想法看上去似乎平淡无奇、无可挑剔，但实际上，这个观点在当时却是崭新的，并且备受争议。它将潜能的充分发挥定义为一种实际的创造行为。德·保在这里引用了布丰的观点，并进一步总结出了自己的观点："让自然经过耕种而重新焕发生机。"认为经过耕种的大地将变得更加富有生机的这种想法意味着人类活动比以往任何一个时候都更强大。一方面，自然如果自生自灭，它将迷失自我，变得衰落，甚至变得不再自然；另一方面，充分发展的自然呈现了一种人工改造过的景象，到处都是直直的沟渠和坚固的仓库，人类在这里不仅是一种自然过程的工具，同时也是其原动力。没有文明的艺术就没有自然，或者最多也只能有一个未开化的、变态的自然。人类是创造者。这篇有关自然衰落的文章避而不谈对神灵的亵渎，并预示了浪漫主义。问题的症结就在于人类。布丰和德·保反对布加固维尔对塔希提岛所抱有的幻想，（布加固维尔认为塔希提岛上唯一有用的技术就是用篮子来收集从那些自生自灭的树上结出的果实）相反，他们规划了一个虚构的世界，那里最自然的产品就是工业产品。美洲这片新大陆不如欧洲那样自然化，欧洲在带给美洲文明的同时也应该把自然化带给美洲。

堕落论者的观点成为现代欧洲文明的基石，现在欧洲人不仅被看做是发现者和占有者，而且被看做是美洲这片新世界的缔造者。这便是威廉·罗伯特森（Robertson Willian）于1777年出版的《美洲历史》（*History of America*）一书的主题。这本书也使布丰和德·保在欧洲家喻户晓。这本书和16、17世纪新世界探索文学的不同之处体现在罗伯特森不愿在琐碎事情上浪费时间。他非常坚定地认为欧洲更加发达，更加高级，以至于他觉得对美洲的土著人的些许描写都会有悖历史的尊严。

我们有理由把这种论断看成是对新世界的一种忧虑。忧虑的核心是新世界是否可能获得一定程度的自治权。但是把除欧洲以外的地方和人所表现出来的低级落后记录成册，这里面还有其他的动机。18世纪见证了发达的奴隶贸易，但与此同时，启蒙运动的自由理念又使奴隶贸易丧失了存在的根基。新兴工业对殖民地资源的依赖以及北美洲对越来越激烈的世界市场竞争所带来的威胁，都使技术本身突显出新的弱点。

第五章 新世界的争端

在新世界争端的第二个阶段，欧洲在哲学上、思想上以及经济上所处的支配地位变得更加突出。德·保的抨击言论引发了众多抗议，其中比较著名的是一个名叫奥宾·约瑟夫·帕尼蒂（Aubine Joseph Pernety，1716—1801）的圣本笃教团（Benedictine）僧侣。他本人同时也是卢梭的追随者，在1770年对德·保的观点提出了反驳，并举出了许多旨在为备受诋毁中伤的美洲土著人恢复名誉的证据。帕尼蒂还提起了一个古老的传奇故事，故事中讲到有一个巨人曾住在南美洲的巴塔格尼亚（Patagonia）。为了回击类似这样的反驳，德·保在1771年大篇幅地修改了他的论点，并推出了一个修订本以示回应。他对这个传奇故事不屑一顾，而且认为在理性时代，传奇故事没有任何价值。他把帕尼蒂看做是一个对现代世界一无所知或至少对其重要原则及所取得的进步一无所知的虚无缥缈的神秘主义者。德·保认为帕尼蒂根本没有意识到自己是在刚刚发现新大陆的时候对它进行的描述。在哥伦布之后，北美的面纱就已经被揭开了，欧洲人跟随哥伦布来到了美洲并改变了这个大陆的面貌。进步已经开始并将持续下去。300年后的北美洲将与现在大相径庭，正如今天的北美与刚发现它时相差甚远一样。

这也是布丰反对德·保的一个原因，他认为德·保对自己著作的无理解释是一种冒犯行为。布丰在1777年出版的第一卷《地球的自然史》中把修改过的论文用理论术语整理成册。布丰说自己在"堕落"这个话题上被严重地误解了。他把"堕落"一词当做一种专业术语。堕落是一种不发达的状态，其本身具有的潜能还未被充分发掘，所以它还未能把自身所具有的潜能全部发挥出来。他说自己从未试图表示新世界是腐化或是堕落的。相反，美洲的自然一直以来不仅不是堕落的，反而是最近刚刚诞生的，并且从未像北方的国家那样富有活力地存在过。堕落，在他看来，意味着不成熟。

经此修正之后，布丰并没有完全否定自己的立场，而只是作了些修改。为了变得更加成熟，新世界仍需用布丰建议的疗方来克服堕落，即让新世界经历一次剧烈的变革，把荒芜的新世界变成和欧洲一样美好的文明世界。这样新世界可能还需三个世纪才能与旧世界相媲美。

而且，不成熟比堕落听起来悦耳得多。它似乎为"新世界的争端"这一话题提供了达成妥协的余地，所以便能够吸收启蒙思想中的哲学和经济等方面的优点。不成熟则预示着进步，这等于是把新世界与进步联系在一起。在北美出现的政治实体在施政和商贸往来方面所表现出的勃勃生机似乎说明它具有一种不同寻常的进步能力。这与布丰对美洲自然的评价明显矛盾。二者之间的这种差异让一个激进的堕落主义者困惑不解。他就是身为修道院神父的吉饶姆·托马斯·弗朗索瓦·雷诺（Guillaume Thomas Francois Raynal）。

○殖民地时期的文学

1770年，他在布丰的基础上出版了一本极为畅销的书，书名是《欧洲在东西印度群岛定居、通商的哲学政治史》(*A Philosophical and Political History of the Settlements and Trade of the Europeans in the East and West Indies*)。在接下来的十年中，雷诺对北美政治、经济的发展的印象越来越深刻，尤其对英国殖民地的发展十分满意。他期望这片土地以及其殖民者都能够欣欣向荣。在一篇文章中，他对欧洲人为美洲所做的改良而变得激情澎湃。一开始，就像《圣经》中的创世纪所描述的一样，这里到处是一片混乱和狼藉。"但人类出现了（这里雷诺指的是欧洲人），他们立刻改变了北美洲的面貌。"

> 他们利用了所有的艺术手段，引进了对称这种形式。无法穿越的茂密树丛被立刻清理干净，为建造宽敞的房屋腾出空间。野兽都被赶走，成群的家禽填补了它们的位置。荆棘、野草也为丰收的庄稼让位。河流也改变了以前的流域，被引流到大地的腹地或由深深的沟渠引导至大海中。海岸边布满了城镇，港湾里船舶众多。于是，新世界就如同旧世界一样，完全为人类所征服。

就这样，新世界成为旧世界的延伸。

这段对美洲演变的描述引出了强有力的进步意识形态，并将其优势体现在新世界的土地上。但有关不成熟的争论也解决了欧洲支配权的问题，即便这个争论是以描述一个帝国盛衰这种最具挑战性的形式出现的时候。

16世纪末，新大陆发现进程中的一个疑问开始显现出来，这就是是否认定哥伦布的西行之旅绘制了文明的征途的问题。历史进步的轨迹犹如太阳东升西落。这种说法与古典想法一脉相承。和欧洲各国在占据美洲大陆时确立了世界命运这一观点一样，这种观念在最初没有特别引人注意。当时，对新世界的攫取似乎预示着旧世界定将复苏。约翰·富兰普顿（John Frampton）将物理学家尼古拉斯·蒙纳德（Nicolas Monardes）的北美植物药理学著作翻译成《来自新大陆的好消息》(*Joyful News out of the New Found Land*, 1577)（原著在1574年用西班牙语出版）。这时，他把美洲看成是对各种严重疾病具有独特疗效的药材的原产地。到18世纪，帝国的地理的扩张所引起的忧虑已经是布丰和雷诺的启蒙运动所不能缓和的了。贺瑞斯·沃波尔（Horace Walpole）关于大西洋彼岸的欧洲设想由于旧世界的衰落而感觉到刺痛，他提出一个仍在人们手中掌握着的欧洲，这是一种超验的文化意识：

> 下一个奥古斯都（Augustan）时代将在大西洋的另一侧出现。波士

顿可能会孕育出另一个修西得底斯（Thuycidides）①，纽约会孕育出另一个色诺芬（Xenophon）②，墨西哥会孕育出另一个维吉尔（Virgil）③，秘鲁会出一个牛顿。最后，一些来自利马（Lima）的好奇游客将会游览英国，描绘圣保罗的废墟。

当歌德（Goethe）宣称："美洲，你比我们旧大陆更美好"的时候，他没有意识到他所目睹的这个年轻的文化与欧洲毫无相似之处。然而这种猜想只是在一段时间内形成的。在"北美洲非常年轻"的这种说法第一次清晰地被表达出来的时候，并没有什么显而易见的积极因素：新世界的不成熟之地也只是比远古时代的泥潭稍好一些。布丰、德·保和雷诺之所以承认北美洲在欧洲的支持和庇护下，能从那个泥潭中走出来，这是由一种特殊的矛盾心态所造成的一种妥协。

18世纪晚期见证了欧洲帝国主义的第一次成熟，同时也见证了在北美洲的英国殖民地垮掉后，帝国主义衰落的开始。这种奇特的巧合意味着在一段时间内，当帝国仍在扩张时，同时它也把自己改造成一种新的制度，这种新的制度是建立在商业剥削和政治的直接控制基础上的。另外，这种奇特的巧合也可以从美洲矛盾的两面性中体现出来。一方面，美洲不如欧洲，另一方面，美洲又如同欧洲的孩子，欧洲的未来。1776年，《独立宣言》的起草者们宣布脱离英国独立建国，他们的理由是英国殖民地已经达到一个阶段，已具有成为一个独立国家所应有的成熟特性。同年，他们提出了这项主张，而且爱德华·吉布（Edward Gibbon，1737—1794）也发表了《罗马帝国兴衰史》(*Decline and Fall of the Roman Empire*，1776—1788）一书。我们可以把新世界之争当做对这种巧合的意义之争来解读。

在美洲，这种巧合的意义似乎十分清晰。的确，当时任何一个注意到《独立宣言》和《罗马帝国兴衰史》几乎同时问世的美国人，都会把这看做是一种信号。耶路撒冷是清教徒"山顶之城"的一个典型，而罗马则成为华盛顿的典范。在北美洲中部的殖民地，尤其是在南部的殖民地中，新英格兰是被救赎了的伊甸园的这种想法让位于复苏的罗马形象。对那些怀有此种志向的人，新世界的自然是堕落的，需要欧洲来重建的这种想法使他

---

① 修西得底斯（Thuycidides）：远古时代最伟大的历史学家。——译注
② 色诺芬（Xenophon）：古希腊将军、历史学家。——译注
③ 维吉尔（Virgil）：古罗马诗人。——译注

◉殖民地时期的文学

们有一种耻辱的低人一等的感觉。托马斯·杰斐逊的《弗吉尼亚州札记》手册中有一篇著名的文章，名为"质疑之六：矿产、蔬菜、和动物的产出"（"Query VI. Productions Mineral, Vegetable and Animal"）。杰斐逊在这篇文章中运用大量的数据和科学的观察结论毫不留情地驳斥了布丰的理论，并试图证明美国不仅与欧洲同样发达，而且还要超过欧洲。根据杰斐逊的统计，新世界上有100个自然物种，旧世界有126个。但地球上其余的地表面积应为北美的两倍，具体比率应为4:8（在杰斐逊看来，两倍的土地面积就应该对应两倍的物种）。但实际比率是4:5。在杰斐逊看来，美国占有世界1/3的土地，却拥有4/5的世界物种，这充分证明了新世界旺盛的生命力。

杰斐逊所做的反驳在一开始并不那么激烈，只是作了自然资源方面的描述。在冗长地介绍了矿山、树木、物种、温泉、土壤（这本书是为回应法国人分发的一份调查问卷而写的）之后，文章的基调开始一下子变得辛辣。他直接将布丰的观点引了出来——"大自然在地球这一面，要比另一面缺乏活力和朝气。"杰斐逊难以相信像布丰那样的科学家会做出如下评论：

> 慈祥的太阳似乎并没有给予地球两面以同样的温暖；好像同样化学成分的土壤在这里只能提供较少的动物所需的营养成分；在这样的土壤和阳光下产出的水果和谷类乳糜不足，对身体的骨骼和血液都不是很好。软骨组织、薄膜组织、纤维组织发育的时间都比较短，于是，身体的僵硬性便限制了动物的生长。

这篇18世纪理性科学的代表作事实上提出了与启蒙科学思想相悖的一种观点。因为杰斐逊把美洲大自然的平等性观点建立在了美洲的局限性上，而不是它的进步性上。他写道："每一种动物在生长的时候，都从它们的创造者那里获得了拓展的权利。它们生长所需经历的中间环节包括土壤、气候、食物以及精心的饲养者。但给老鼠吃再多的好粮食，它也长不成大象。"布丰从未说过老鼠可以长成大象。他的分析与中间环节和动植物的相对大小有关。杰斐逊把一个带有偶然性的相对主张说成是一个绝对的。他自己文章中的观点也是绝对的：在将可能的差异归结为中间环节上的不同后，他说道，在大西洋两岸生长出的东西都是相同的——它们绝对都一样，上帝创造这些事物时的法则不是我们普通人所能够理解的。

杰斐逊并不认为个体构成了这个世界，而是把这个世界当成一个整体来看待。对他来说，科学的意义就在于为了利用自然并破译其指令。《弗吉尼亚州札记》一书旨在证明新世界的贸易和投资前景是美好的,以便说服法国继续支持殖民地的独立。但此书中却更多地描绘了美洲的原始状态,而非文明发达的美利坚合众国。的确,当时美洲大自然可取之处似乎就蕴含在它的最初状态之中。杰斐逊说,猛犸象在世界其他各处都已灭绝,但它们却仍在美洲的荒野中悠闲地踱步。没有什么农牧业能把老鼠变成猛犸象。欧洲在很久以前就见证了猛犸的灭绝。如果尺寸能成为衡量繁殖能力大小的标准,猛犸象的存在就能够充分证明美国大自然旺盛的生命力。

但看上去矛盾的是,杰斐逊为美洲所做的辩护也是比较保守的,更倾向于新古典主义的观点,不够自由开明。他对布丰的殖民进步观点的反对似乎低估了他自己以及他的同胞们在创造美国这个新国家时所起的作用。他们为原始美洲所做的辩护甚至可以说是不利于他们宣称自己是美洲主人的,因为欧裔美洲人不是广袤的美洲的后代,而是它的征服者的后代。他们提供的主要的理由就是新世界的改良。

杰斐逊拒绝把自己和其他征服者们看做是新世界的"科学再造者"。这一事实与《独立宣言》中含蓄的抗议有相似之处。《独立宣言》想要达到的目的其实不是国家自主,而是一种更高级的由自然和上帝创造的自然社区。而这种社区只能由以前的殖民者现在的美洲人来实施。在这种相似性中,人们可以找到为何杰斐逊对布丰和雷诺等人提升美洲人的说法表示强烈反对的原因。到 18 世纪末,在美洲的英国人不愿再把自己看成殖民者。他们可能来自某个地方,但到了美洲,他们便有了一个新的身份,而不再延续他们从前的历史。相反,历史被改为史前史。现在的美洲人包罗万象,在终结种族历史的同时又将其重塑。在这种情况下,杰斐逊笔下的猛犸象代表着一种美洲文明。这种文明不仅是欧洲的下一个边区村落,而且还是完整的、自给自足的。美洲文明独立的证据在于它所拥有的独特野性。布拉德福从对立的荒芜中看到了一种对自己身份的威胁。在《弗吉尼亚州札记》一书中,杰斐逊表达出了一个与荒野理念明显相反的观念,这种观点是形成美国独立特性的根基。

与杰斐逊同时代的人大体上也持有相同的立场,结果却十分惊人。例如,在对美国气候这个一个世纪以来都颇具争议的问题上,他们的立场十分奇怪。17 世纪的殖民者到达新英格兰后,本来以为自己会身处一个和英国相似的气候条件,但他们却被冬天的严寒所震惊。他们无法用这个地区所在的纬度来解释这个问题。他们没有把海湾流的影响计算在内;而海湾流对英国气候的影响却很大。另外,现在借助于气象学的研究成果,我们知道,在 17 世纪,新英格兰地区的冬天由于亚冰期而出奇的寒冷。当这个时期过去以后,天气逐渐变得温和,但殖民者们却不愿承认这种变化。

○殖民地时期的文学

布丰和堕落主义者们声称这种气候上的变化是移民带来的好处。美洲人辛勤耕作，排干沼泽，修整森林，他们这些活动被布丰们大加赞赏。诺亚·韦伯斯特（Noah Webster, 1758—1843）在他《关于近年来冬季气温变化假说的论文》（Dissertation on the Supposed Change of Temperature in Modern Winters, 1799）一书中概括了美洲的情况。这一题目即点明了主题：韦伯斯特在试图向大家保证，没有什么变化发生。人们的记忆总是倾向于夸张过去的艰辛。其他的科学观测者们普遍支持他，比如内科医生本杰明·拉什（Benjamin Rush, 1745—1813）。他也同样不愿相信发生过什么大的改变。杰斐逊和拉什一致认为美国的自然界所反映出的情况不是一种历史现象，而是一种自然现象。因此，总的来说，自然根本不受人类的活动影响。美国人坚持认为天气状况一直是它原来的样子，并且认为这并不是他们定居的结果。

相反，定居者们则应当去适应气候。身为内科医生的拉什写道："或许没有什么天气或国家是对人类不利的。人们从经验、传统中获取适应自然的本领。"（引自《关于宾夕法尼亚天气及其对人们影响的记述》[Account of the Climate of Pennsylvania and Its Influence upon the Human Body, 1790]）。韦伯斯特在他《关于过去几年间美国流行的肝胆热病论文集》（A Collection of Papers on the Subject of Bilious Fevers, Prevalent in the United States for a Few Years Past, 1796）一书中，坚定地赞成这一点："如果能使美国人信服……疾病和死亡的根源可能是由于他们自己的疏忽造成的，那么这将是他们学到的一个重要的教训。"这个重要的教训就是洁净，不要总是"在肮脏的环境中打滚儿"，偶尔洗洗澡，清洁一下城市（比如整个费城就曾经是个开放式的污水槽）。美国的环境问题是由无秩序的定居者们造成的，美国的自然环境本身是"纯净和健康的"。

韦伯斯特不像是一位认定自然不应该得到改善的捍卫者。他的身份是学校教师，一个学语言的学生，而且还进行过文学和政治文化方面的写作。他当时已经出版了《美国拼写读本》（The American Spelling Book, 1783）一书。这本著名的"蓝皮拼写读物"有400多个版本，销量逾100万。他还创办了《美国杂志》（American Magazine, 1787—1788），尽管该刊物存在的时间短暂，但却很有影响力。他具有很高的文化程度，编写了《英语简明辞典》（Compendious Dictionary of the English Language, 1806年第一版，现仍在出版）。当他开始就流行疾病的文献进行研究时，他就逐渐变成一位坚定的联邦主义的拥护者，他担心这个新兴的国家不仅会遭遇医疗卫生方面的困境，而且还会遭受道德方面的欠缺所带来的缺失。他的同事本杰明·拉什是一位内科医生，曾在伦敦实习过。拉什在身体和心理的健康问题方面著作颇多，因

第五章 新世界的争端

而他在写作方面取得了和在临床医学领域一样高的声誉。

韦伯斯特和拉什都是文人和科学家圈子里重量级的人物。这些文人和科学家利用其杰出的智力资源为英国殖民地赢得了声誉。本杰明·富兰克林，这位美国的先哲，是这个群体中最为著名的成员和主要的组织者。但同样积极参与构建了重要的知识、文化和科学繁荣景象的还有：韦伯斯特、拉什、天文学家戴维·里顿豪斯（David Rittenhouse）、植物学家詹姆斯·洛根（James Logan）、约翰·巴特拉姆（John Bartram）、威廉·巴特拉姆（William Bartram）、卡德沃拉德·科登（Cadwallader Colden），还有杰莱德·艾略特（Jared Eliot，1685—1763），这位来自康涅狄格州的绅士农场主写有《田间农耕随笔》（Essays on Field Husbandry，1748—1759），该书展示了许多当代研究的实际方向。

费城是这个圈子活动的中心。在这里，手握重金的商贾们愿意将金钱投入到研究当中，并对使用钱财的研究者心存敬意。富兰克林和他的"俱乐部"（Junto Club）在费城创建了图书馆公司；同样是在费城，1743年，还是这个团体起草了一份倡议书，发起建立一个由居住在几个殖民地的、有艺术鉴赏力的人们组成的协会，即美国哲学协会（The American Philosophical Society），并且这些人保持通信联络。布丰认为人类正在通过科学和技术使美洲的自然界变得更好，而由美国科学家和技术革新者们形成的反对意见则认为，所有人都处在一种具有决定意义的城市文化中。我们可以理解为何他们会采取这样的立场。但这仍然是矛盾的，而且这种矛盾不仅仅在这样的场合中存在。除了允许美国人宣布独立外，拥抱原始美洲还有些模糊不清的含义。那意味着历史进程将不会成为美洲的一个基本部分。由杰斐逊和他的同志们建立的这个自然的国家站立在历史之外。关于这个新世界的争端被解决了，但是这一解决方法本身又带来了新的问题。

125

第六章 在美洲旅行

18世纪末19世纪初，在英国殖民地宣布成为一个独立国家之时，进入和探索新世界的方式都发生了决定性的改变。原来探索未知世界的危险旅程，如今变成了在美洲旅行的文明行为。1796年，作为耶鲁大学校长的蒂莫西·德怀特（Timothy Dwight，1764—1846）觉得每天的生活过于单调，于是决定"利用假期进行经常性的旅行"。在他第二次健康、怡人的旅行途中，德怀特产生了一个疑问：在眺望秩序井然的乡村时，他心想，这些新英格兰的景象是如何在80年前甚至100年前就出现的呢？但是他发现过去是如此的稍纵即逝，无法追忆，于是决定抓住飞逝的现在，为那些将生活在80年或100年后的人纪录下今天的一切。他写道："如果要对新英格兰这个飞速发展变化的地区加以如实展现，我们就得采取像画家绘画云朵一样的相似手法。"这句话是对那个过渡时期的精确诠释。出于健康目的而旅行的德怀特把书写游记作为了一种文学追求。为了给后世留下有价值的东西，德怀特在游记中用诗一般的语言进行了反思和思辨。

德怀特是乔纳森·爱德华兹的孙子，作为一位著名的牧师，他所描绘的是一个早已陈旧的新英格兰。他的回忆录说明在共和国初建之时，清教徒的价值观仍然根深蒂固。德怀特对自己康乃狄格州邻居体面的"富庶"和考究的生活方式津津乐道，并蔑视传统游记中令人兴奋的部分。此外，他还警告读者说：

> 如果一个国家处在完全平静有序的社会状态下，那么各种冒险出现的可能性微乎其微。我曾广泛地在世界各地游历，所走过的距离可以绕地球三分之二，但我从未经历过一次冒险。我遇见的几乎每一个人都在

平静的环境中理智地生活着,而我的远足记载也仅限于每天的一日三餐。

德怀特的《新英格兰及纽约之旅》(*Travels in New England and New York*, 1821)区别于传统游记之处并不仅仅局限于它对探险真相的揭示。德怀特这个纽黑文市(New Haven)①的居民对于野生的动植物没有多少兴趣。他有一篇用诗一般的语言描述马萨诸塞州霍尤克山(Holyoke)附近景色的文章,其中所涉及的景致或多或少都带有人类驯化或耕种的痕迹,就连对山顶景色的描述也是如此:"在山峰的最高处上,居民已经清除了树丛和灌木,以便开辟出最理想的景观。从这改良了的视野中他观察到了什么呢?他看到了参差多态的农场、田园、森林;形状各异的教堂、村庄;连绵起伏的丘陵、山谷以及变化万千的山峦和平原。这些奇妙的景色简直难以描述或想象。"

在这一景观中,最先映入眼帘的并不是大地上的自然风光。自然景观无法打动德怀特。他总是偏好人工景致,喜欢注视交相辉映着灌木、茵茵绿草和高大树木的河畔景色。不论他的目光投向何处,他都能欣喜地发现人工雕琢痕迹:

> 从这个角度来看,河边的空地绵延着伸向远方,好像无尽的稻田。这些看似阶梯花园似的田地面积大概有 500 到 5000 英亩……它们分散开来,形成了许多小块儿土地……田地与田地中间被一条条笔直的道路隔开,看起来就像一条条小巷。

接着自然美景后面有一个省略符号,这在语言的组织和文章的格调上,都是我们所熟知的 18 世纪美国景观写作的典型特点。托马斯·杰斐逊在《弗吉尼亚州札记》中对蓝脊山脉中一个山口的描述,以及威廉·巴特拉姆和梅李威瑟·刘易斯二人对荒野景色的遥望,只是其流传久远、人所共知的先例,其特点是一个感到眼花缭乱的观察者和一个延伸到世界范围以及所有自然美景的可能性的广阔视野。从这个意义上说,德怀特的说法十分正统。其景色是无与伦比的:

> 眼望这宏伟的河流,以其独特的方式穿行于令人心旷神怡的田地中间,在近一英里长的距离上蜿蜒徘徊着五英里的河道……它紧紧地环绕一个面积近二十英亩的岛屿……像条巨大的运河一般,从山峦之间冲出……

---

① 纽黑文市(New Haven):耶鲁大学所在地。——译注

●殖民地时期的文学

在通往海洋的途中再次显现身影；当它流经那些堤岸上充满生机的小镇和那些如宝石般镶嵌在美景中的教堂时……当它流向更高处那些姿态万千、绵延起伏的山拱时……当它每日在朦胧暗淡的壮观景象中奔涌50英里，远远超过其他所有能看见的物体，最后汇流在东北部的莫纳诺克山（Monadnock）（残余山丘）和西北部的塞都（Saddle Mountain）山时，我不得不承认正是有了这些极其壮观的精美变化的填补，这自然美景才更加秀色可餐。这让人叹为观止的完美景色简直让人无法用语言形容。

这篇文章的结构和用词虽然比较普通，但它和此前引用的另一篇文章一样，都不同于其他类似的作品。它把文明融入荒野自然之中，或者更确切地说，是将自然融入了对文明的描述之中。原始的自然是文明驯化的背景，而非它的替代方案。德怀特文章的最后一句话将通常相互矛盾的自然范畴和精神范畴结合在一起。在这包罗万象的环境中，"有了这些千姿百态、极其壮观的美景，"德怀特感到心满意足，以至于他认为这让人叹为观止的完美景色简直让人无法用语言形容。

他仍然认为农业景色十分美丽，但人工耕作已经使荒野可以被丈量了。威廉·巴特拉姆等其他游记作家并没有像德怀特那样偏好人类文明的景象，但这一时期对于自然景色的处理，也反射出自然中到处是人类文明日新月异、飞速发展的场面，荒野变成了包裹在厚厚外衣下的一个比喻形象。巴特拉姆游历的目的是获取植物学方面的知识，但在他的文学和哲学之旅中，巴特拉姆似乎把他对植物学的研究发现放到了一个次要的地位。尽管德怀特关注的是文明耕种的景色，而巴特拉姆关注的是荒野中的自然风光，但作为一个时代象征，他们对于作为文学对象的大地景色在态度上的共同点要多于分歧。

德怀特在《新英格兰及纽约之旅》的序言中写道，这本书写作的一个辅助目的，是纠正"外国人所出版的书籍中因为谬误或存心歪曲而造成的对我国的错误描述"。将这种贬低新世界的写作模式发展到顶点的结论性著作是查斯波夫·德·沃尔尼（Chasseboeuf De Volney）的旅行报告——《美利坚合众国土壤和气候大观》（*A View of the Soil and Climate of the United States of America*，1804；*Tableau du climat et du sol des Etats–Unis d'Amérique* [1803]）。该书是他计划写成的两卷鸿篇巨制中的第一卷。其第二卷将作为对美洲大陆外观描述的补充，描绘出一个正在兴起的社会。沃尔尼本人认为这两卷写的都不太令人满意。但随着美国大学校长纷纷转向写作和出版本土游记文学作品，一种宣告殖民统治时期结束的写作模式已经出现。事实上，在轻视新世界移民的同时，沃尔尼开始承认他们的自治：他们正从欧洲的资源转变成国际舞

第六章 在美洲旅行

台上平庸的竞争者。

对于德怀特和其他旅伴们来说，他们已经不再打算参照欧洲来定义文明。自此以后，在说法上就变成了美洲文明对欧洲文明。阿莱克西斯·德·托克威尔（Alexis de Tocqueville，1805—1859），在美洲游历（1831—1832）的目的并非是为了探险或发现。他的这次海外之旅抱有一个很典型的目的，就是观察其他社会如何自我管理以便对自身所处的社会做出自我评价。他在动身之前就料想到会发现美洲人是与他们不一样的，正是由于他们的不同之处，所以他们被定义成美洲人。他此行考察的目的不是新大陆，而是美洲文明。18世纪后期，美洲的旅行家们也开始看到了一个已经成形了的文明，即使是在他们审视荒野并用最野性的词语描述这片荒野之时。

1778年，曾在法国和印第安人战争期间任殖民军上尉的乔纳森·卡弗（Jonathan Carver，1710—1780），出版了《1766年、1767年和1768年北美内陆游记》（Travels Through the Interior Parts of North America in the Years 1766, 1767, and 1768；以下简称《游记》），并获得了意想不到的荣誉和财富。后来，这本游记被印刷再版了30多次，这可能是有史以来最受欢迎的美国游记了。卡弗的航线也没有什么创意，就像在他之前的所有旅行家一样，他也试图寻找西北航道。他甚至不是一个能够使人受益的报道者。由于他首要的兴趣是给别人讲一个好故事，所以他经常不加区分地把观察到的事实和谣传混为一谈。尽管后世的评论家多不满卡弗的不实叙述，但是当时作为学者的杰迪迪亚·摩尔斯（Jedidiah Morse，1761—1826）却在他的《美国地理》（America Geography）一书中引用了卡弗记述的边疆拓荒故事（1789；第二版，《美国全国地理》，1793）。这表明卡弗的书在当时是很受尊崇的。实际上，这是一本适应当时要求而写的书，在今天看来，其重要性在于它描绘了一个时代，而当时对新世界的探索在现在看来是可以以一个讲故事的态度来接受的。

1838年美国版卡弗《游记》的广告首先将它说成了一本很好看的读物。广告解释说这些美国人刚一安顿下来，就在回头审视自己历程时感慨奇迹的发生，这奇迹就源于他们自身：因为"他们仍然活着"。广告的作者断言，那些

还记得本书第一次出版时给读者们留下深刻印象的人，书中所描述的国家，那些新奇的事物，以及对印第安人独特个性的描述，都给它增添了浪漫的魅力，使它成为老少皆宜的一本好读物；但它的主题是如此新奇未知，使得人们无法参照任何熟知的东西来了解它。因此，像古时马可

128

殖民地时期的文学

·波罗的游记，或是近现代的异域游客口中的话一样，其叙述的准确性和可靠性仍然要依靠未来的检验。

现在，这本游记仍然很流行，未来已经对卡弗书中哪怕是最惊世骇俗的描述作出了评判。书中的内容并不真实。到 1838 年，许多评论家都抨击卡弗的描述纯属捏造。但该书的宣传者很清楚地了解这本书以及它的读者们。两者对书中所记录内容的准确性并不十分关注。而且当他宣称卡弗的所有故事全部是事实的时候，实际上，他的意思是这些故事在告诉读者们一个他们所相信的美洲，一个符合他们期望的美洲。

即便在卡弗的观点备受争议之时，他也代表了一种普遍流行的想法，比如他为美洲原著民的仁慈和道德所进行的辩护。他笔下"印第安人的简洁个性"并不被所有读者认同，但读者们都会意识到那是人们熟悉的"问题的另一面"。"印第安人的个性"，卡弗审慎地写道，"像其他未开化的民族一样，是一种野蛮与温和的混合体。他们像和他们一起住在丛林中的最凶猛的野兽一样被激情和欲望所左右，但又具有闪烁着人性光辉的美德"。这未必是多数人的观点，但这是常识。卡弗这个常常被指责为不负责任地异想天开的人，描绘了一个非常传统的美洲。

同时代更严肃的游记作家们也在新的有凝聚力的美洲大陆上游历了一番。威廉·巴特拉姆（1739—1823）这位自然主义作家在《行旅》（*Travels*，1791）中记述了自己从 1773 年到 1778 年，经过佛罗里达州、佐治亚州和卡罗来纳州历时五年多的游记。《行旅》在浪漫主义新兴的欧洲得到迅速流传。塞缪尔·泰勒·柯勒律治（Samuel Taylor Coleridge）从中得到了《忽必烈汗》（"Kubla Khan"）和《老水手之歌》（"The Rime of the Ancient Mariner"）的素材。威廉·华兹华斯（William Wordsworth）参考这本游记写成了 1805 年的《序曲》（*The Prelude*）等诗篇。该书还在罗伯特·骚塞（Robert Southey）和后来的阿尔弗雷德（Alfred）、丁尼生爵士（Tennyson）那里，引起过较大反响。在美洲大陆上，这本游记是最受欢迎的浪漫主义作品之一《阿塔拉》（*Atala*，1801）的一个主要灵感来源。《阿塔拉》是一个关于年轻人在新世界的茫茫森林里得到爱情并最终永失所爱的悲剧故事。

《阿塔拉》的作者弗朗索瓦·勒内·德·夏多布里昂（Francois Rene de Chateaubriand，1768—1848）曾经亲自前往美国，并在很久以后出版了他自己的《美洲之旅》（*Voyage en Amerique*，1827）。但令人怀疑的是，只在新世界停留了四个月左右的他，是否真的亲眼见到过他在《阿塔拉》里描绘的路易斯安那的景色。他于1791年抵达费城，从当时的时间和地点上来看，他恰好可以接触到巴特拉姆的书。他从巴特拉姆的《行旅》一书所汲取的成分，如苍翠繁茂的大草原、缠绕着滴水藤的参天大树、鸟儿们光辉艳丽的羽毛以及丛林中极其丰富的色彩和声音（温和与野蛮的和谐），这些都为《阿塔拉》书中的印第安少女和年轻勇士上演的悲剧激情提供了场所和素材。《阿塔拉》出版之后不久，他又出版了《纳戚人》（*Les Natchez*，1826）和《美洲之旅》。这两部作品也从巴特拉姆那儿汲取了很多带有地方色彩的内容。在整个19世纪和20世纪之初，《阿塔拉》都是向欧洲人介绍美洲最重要的文献之一。

在欧洲，美洲一直以来都被刻画成一个乌托邦或反面乌托邦社会，它以探险故事、神圣的主题、政治文献、历史、科学报告和游记等面目出现。它现在成为又一个至高无上的浪漫，一种被上帝和他创造的天地万物誉为纯净心灵和朴实真理的浪漫。身为森林和农庄里单纯孩童的男女主人公被提升为精神贵族。书中的人物阿塔拉的言行举止可以和那些出身高贵的贵族小姐相匹敌。她的眼睛像家乡路易斯安那州的天空一样蓝；她拥有金黄色的头发，白皙的皮肤，以及她那纤细、花饰窗格般的血管。夏多布里昂是在法国大革命中丧失家族亲人和全部财产的保皇党成员。当拿破仑·波拿巴（Napoleon Bonaparte）恢复贵族统治时，他和许多逃亡国外的人一起回到法国。尽管书中故事发生的背景是在遥远的大洋彼岸，但保守且超级虔诚的《阿塔拉》一书当然还是关于法国的。跟随在革命失败后的一个表现是宗教的重生。夏多布里昂笃信宗教，他最初意欲把《阿塔拉》包含在他同样成功的《基督教的真谛》（*Le Génie du Christianisme*，1802）一书中。

夏多布里昂有他自己的欧洲信息要转达，但他至少能在巴特拉姆的《行旅》那时而虚无缥缈的描述中得到一些对他的田园式美洲的支持。如人们所知，巴特拉姆对动植物的描述细致入微，但他对较大环境的描述充其量也只能说是较为模糊。我们所考虑的所有作品都致力于眼前的情况。巴特拉姆的世界似乎已经超越历史、超越时间甚至超越空间而存在着。他的旅行线路带他穿过了一系列被英国人、印第安人、西班牙人和法国人多次声明占领的地区。那些声明都不安全可靠，而且局势永远都在不停地变化；事实上，巴特拉姆报道了有他在场的，克里克人（Creeks）、切诺基人（Cherokees）与白人移民者之间进行的谈判，这些谈判最终导致签署了1773年《奥古斯塔条约》(Treaty of Augusta)。会议以后，测量员开始划定新边界，巴特拉姆曾一度陪伴他们。然而，与伯德形成鲜明对比的是，巴特拉姆对这条分界线毫无兴趣。他眼中只有自然形成的边界，他仔细观察河流两岸的不同，从不关心政治上划分的边界，即使这些边界经常与自然形成的边界相重合。读者知道自己在他《行旅》中的位置和时间，但这并不重要，或者说至少远不如在哈里奥特、史密斯或伯德的书中那么重要。

对于白种人来说，美洲大陆现在要比他的前辈探险旅行时更安全，但这不能完全解释巴特拉姆的心不在焉。安全了，就意味新的危机和顾虑也出现了，要值得引起和从前一样的重视。他游历时途经了后来美国购买的路易斯安那地区。在这块土地上，他们和来自三个国家的移民存在严重分歧和冲突，而且他们和当地印第安人也有频繁的小规模战斗；对于不断变本加厉地要赶走他们的白人，印第安人坚决抵抗。

巴特拉姆十分享受外面的自然。在和《奥古斯塔条约》的国界测量员一起旅行时，他描述了一个不带有政治色彩的场面：

> 现在大约是五月中旬；植被用她迷人的魅力展现完美的容貌，到处都能呼吸花朵的芬芳；此时的空气由于植被所散发的成分而变得生机勃勃；漫山遍野的野草莓、令人心旷神怡的草地和绿油油的牧场……它们已经习惯了我的频频造访；尽管这些植被的王国里新添的美好事物令我快乐无比……但我的好奇心是贪得无厌的。不管眼前的美景如何珍贵和引人入胜，我从未长久地满足于目前已经拥有的东西。因此，我们还是不知疲倦地寻找更多的美景。

虽然当时的历史非常有特点，但他无法满足的好奇心却对历史没有丝毫探索或记录的欲望。

巴特拉姆对自然的偏好是意料之中的事。他是约翰·巴特拉姆（John Bartram）的儿子。约翰·巴特拉姆可能是英国殖民地最杰出的自然主义者，他的大量的国外信件构成了美国自然史的奠基作品。老巴特拉姆在英国的主要往来关系是与贵格会（Quaker）①商人彼得·柯林森（Peter Collinson）的一项有关作物种子和植被标本运输的殖民贸易。而柯林森对新世界的兴趣无外乎是经济、政治和科学。他周围的朋友都是自然科学和农业科学方面的能手，而且参与了对美国创建具有重大意义的讨论。这些人的言论经常带有政治意味。杰斐逊就是这个团体的主要成员之一。小巴特拉姆对身边的此类事

---

① 贵格会（Quaker）——也称Society of Friends，即"教友派宗教团体"，是基督教新教激进教派之一。对英国国教的教权、僧官制度、绝对教条以及新教强调《圣经》的权威均感到不满。该教派倡导和平，反对暴力和战争，反对奴隶制，主张宗教宽容、男女平等、普及教育，成为美国历史上一支进步力量。——译注

第六章 在美洲旅行

件明显缺乏兴趣,因而显得格外令人费解。他从 1773 年到 1778 年的日志中只字未提当时的革命。

同样令人吃惊的是,他从未参与奴隶制问题的争议。作为一名费城的贵格派信徒,巴特拉姆不可能不知道有关奴隶制的争议。事实上,在《行旅》的前一部分,当描述印第安部落时,他就指出了"一个自由状态和奴役状态之间的鲜明对比"。被奴役的印第安人都是被驯服的、可怜巴巴的人;而自由的印第安人却是"大胆、积极和喧闹的。两者之间的差距就像公牛和阉牛一样明显"。

J. 赫克托·圣·约翰·法·克雷夫科尔(J. Hector St. John de Crevècoeur,1735—1813)在他的《一个美国农民的来信》(*Letters from an American Farmer*,1781—1782)中,详尽地引用了巴特拉姆的有关"将以前的奴隶与自由劳动力相结合,提供给他们一切教育和提高机会"的建议。拥有奴隶的教友派信徒,包括拥有斯库伊基尔(Schuylkill)农场的约翰·巴特拉姆,已经释放了奴隶,并且成为废除奴隶制的积极拥护者。但他的儿子似乎对此时奴隶制的景象无动于衷,事实上,他描绘了一个种植园小说的经典场面。巴特拉姆和农场主人在参观一大片农场空地时,看到了以下欢乐的场面:

> 身材魁梧、肌肉发达的奴隶们,扛起巨大的圆木;在森林深处回荡着他们闪闪发亮的沉重斧头匀速伐木的声音;与此同时,这些脏兮兮的非洲之子忘记了奴役束缚,一起心满意足、兴高采烈地用他们自编的歌曲歌唱他们主人的善良和仁慈。

奴隶主就这样被奴隶们歌颂,他的家人也都变成值得尊敬的人,"尽管奴隶们在丛林中生活和受教育,但他们却具有文明社会中所有的美德和情感"。当他参观农场主的儿子"坐落于附近一片广阔森林里的住所"时,巴特拉姆看到的是一处更为迷人的风景:

> 我们在这位年轻人的引领下走进大门,他可爱的新娘被打扮得自然纯真,温和恬静,她面带优雅谦虚的微笑向着我们行礼。多美的姑娘啊!多俊美的少年啊!我暗自赞叹道。她举手投足之间似乎都显露着那上天赐予的完美心灵:尽管她身上散发出一种自然的生机和激情,但理智和美德同时支配着她的一举一动。这位美丽的森林女王的礼服简单而干净,整洁而典雅,全都由棉布织成,并且由她自己亲手织成。

○殖民地时期的文学

这种田园式的理想肯定可以部分地解释巴特拉姆对奴隶制的浪漫表现出的古怪迷恋。这样的田园式理想在他所游历过的南方各地不可避免地与奴隶制紧密相连。他对身边政治环境的无视大体上是个人性情的问题。但其中的某些部分也可能源于他对田园式意识形态的笃信。这是一种将社会和政治理想化了的自然观。这样的自然观使得革命毫无必要,但却完全能够对奴隶制进行妥协、调和。

田园风格一开始是文学性质的,它的价值表现在语言和意象方面的冲动。人们也许会以为巴特拉姆会更多地受到科学思考的影响,但他的自然主义科学却仅限于孤立的描写和随笔,而贯穿于他的整个世界的,是富于想象力的连贯。如果风格能在某些事例中被称作人的话,那么在这个事例中,它就是整个世界。

巴特拉姆是一个作家,也是一位画家。在他笔下,他曾游览过的平原和沼泽中的野生动物,有时被描绘得活灵活现。他对湍急的河水中鱼的描写,表现为科学和艺术双重视角的巧妙结合:

蓝鳊是一种身形较大的鱼,模样漂亮,而且美味可口;长成时它们有9英寸长,5到6英寸宽;全身呈现出一种暗蓝色或靛蓝色,身体横向有一条明显的深色区域,在身体各处分散着天蓝色、金色和红色的斑点;带有深紫色或是青肉色的鳍和尾巴,鳃末端的角鳍呈小铲形,宽而圆的尾鳍像极了孔雀的尾羽,还有一个类似孔雀尾羽的火样颜色的鲜亮斑点,周围装饰着艳丽的花边。

然而,对其他方面的描写,他的科学理解力和他的艺术眼光明显地被更权威的观察模式所替代:

安静的河水多么文雅地流动着啊,哦!阿拉塔马哈(Alatamaha)!眼前的河水在高高的堤岸上显得多么高贵,那远处的木兰树丛将四周熏染得格外芬芳,还混合了枫香树脂诱人的香气,以及从八角茴香、杨梅树、月桂树和紫葳藤树丛中不断涌出的香气。

这段对河流的简述中包含了一些植物学信息,但透过其精神迷雾,其科学的精确性似乎很不合时宜。然而,《行旅》一书却频繁地将科学和直接观测归入哲学惯例中,或给人一种哲学解说员无所不在的感觉。甚至在对蓝鳊的详细描述中,我们看到了一个几乎和鱼一样清晰地被我们感知的敏感观察者。

133

在某种程度上,可以说鱼使观察者增色了不少。巴特拉姆一贯用精妙的词语描述花朵和野兽。他本人甚至在约翰·史密斯的夸张历史中频繁出现,占据令人瞩目的突出地位。我们阅读他的所见就像他眼中看到的自然一样。巴特拉姆使阿拉塔马哈河的壮丽景色清晰了起来:

> 带着安详、宁静的心绪,我在这片原始自然的奇异景色中陷入了沉思。在这片尚未受到人类搅扰的景色中,我顺流而下,河面平静如镜,倒映着岸边垂柳那摇曳多姿的身影;河水中无数的鱼儿欢快嬉戏。

文章到这儿就戛然而止了,似乎已经说完了想说的事情。

巴特拉姆的描述经常都是一个可悲谬论的科学版本。《行旅》中最著名的例子可能就是遭遇鳄鱼的那个插曲。在沼泽中露营后,巴特拉姆乘坐一艘轻舟在水上探险,这时,他遭到了一大群鳄鱼的围攻,其中两只的胆量比其余的都大,它们突然袭击了巴特拉姆,"用浮在水上的头和部分身体,咆哮着向我喷出大量的水"。后来,他设法逃回到岸上,却发现他登上的只是一小块礁石,在庇护他的同时也将他困在上面。爬上这块小海岬后,他发现了一个"令他所有感官都激动不已的新奇地方,让他好长时间都没回过神来"。即便明白过来以后,他仍然茫然不知所措,不知如何描述眼前的景色:"我自己要如何表达才能向读者完整地描述眼前这奇妙的景象,但又不致让人们怀疑其真实性呢?"在这一点上,他的自然历史完全纳入个人观点:"我难道能说,"他自问道,河水被争抢着顺流而下游向湖中的鱼儿堵得水泄不通,每年这时候,鳄鱼们聚集于此,"数量如此惊人……以至你每迈一步都可能要从它们的头上跨过去?"很显然,提出这一问题的不是一个自然主义者,而是个作家。因为他这时不太关注记录的可靠与否,而更在意能否说服和感动他的读者。他自忖道:"什么样的语言才能充分表现这样惊人的一幕呢?"

巴特拉姆对鳄鱼事件的讨论写了足足有十页,其中他的个人观点并非总是完全凌驾于自然主义材料之上。过了一会儿,他发现这群野兽感兴趣的并不是他而是鱼。于是,巴特拉姆恢复了他的自然主义作家身份,继续探索这片非凡的沼泽地,在一个鳄鱼巢穴中找到了许多巨大的、皮革似的鳄鱼蛋。但是甚至在这些更为冷静的段落中,他也没有忘记我们读者的存在,同时读者也能在文中感觉到他的存在。这就是巴特拉姆的《行旅》与在他之前其他游记的另一个重要区别。

哈里奥特的《弗吉尼亚新被发现大陆的简短真实报告》(*Brief and True Report of the New Found Land of Virginia*)用作者的意象将它的读者定义为一个

○殖民地时期的文学

不具个性的政治和社会群体。巴特拉姆则把他的读者们带到他自己那富有感情、高度思考的意象中——这样，读者们就有可能保持一个批判的距离。这种读者不仅仅是文献的阅读者，他们还是一群以阅读行为本身为首要目的的人，这就像写作行为是巴特拉姆的首要目的一样。换言之，《行旅》一书正是为了这样的读者而被归于想象文学的范畴内。

《行旅》作为文学作品，没有文学意识的话是很难读懂的。关于阿拉塔马哈河那部分在日落时以这样的方式结束："白天的辉煌君主，身披轻柔灿烂的霞衣，驾驶着他的镀金战车，急切地再次拜访西方王国。"有一段对一个农民进行暂短拜访的描述，如果超出了文学常规就令人难以理解："当我走进了房子，那个斜倚在一棵橡木树阴下铺开的熊皮上抽着烟斗的好心人，站起来向我打招呼：'欢迎你，陌生人；我正沉醉于自然合理的支配中，刚从外面打猎捕鱼回来，休息了一小会。'"难怪巴特拉姆从此人房子的阳台向大海眺望时，会惊呼道："可是，庄严的东方景色多么雄伟啊！浪花拍打在岸上的声音碰撞着我们的耳膜；远处那些山峰似的海浪精神抖擞，像一个个高大的巨人，陡然地冲向天空；随后它们被击退，俯卧在颤抖着的小岛岸边。"如果浪漫主义诗人能够从巴特拉姆那里得到灵感，那是由于巴特拉姆自己的灵感是来自于浪漫主义。柯尔律治和夏多布里昂是从同属于浪漫主义作家的巴特拉姆那里听到了关于奇异新世界的诗篇。

将浪漫赋予新世界这样的想法使得巴特拉姆发生了一些奇怪的转变。其中一个转变我们已经在他对非洲奴隶制略带歉意的描写中看到。另一个转变出现在《行旅》中对美洲土著人的描写，文章将他们写得与卢梭的贵族野蛮人有些相似，这在那个时期不是很常见。在受到一个西米诺尔人（Seminoles）村庄的欢迎后，巴特拉姆描绘了一幅田园式的图画：

> 他们的生活必需品非常丰富，同时他们享受着生活中的种种便利，而且在人身和财产这两大人类最关注的方面，他们都拥有绝对的安全……他们似乎无欲无求，也没有什么凶残的敌人可以惧怕。除了逐渐蚕食他们土地的白人以外，没有什么可以令他们感到不安。这样不被外界打扰的生活令他们心满意足。他们像天上的小鸟一样自由欢快、积极活泼，唱出的歌婉转动听，聚在一起时高声喧闹；他们的生活中没有欺诈或矫饰，快乐、满足、爱和友谊似乎是他们身上与生俱来的品质，几乎占据着生活的全部，因为只有在咽下最后一口气时，这些美好的特点才会最终离他们而去。

第六章 在美洲旅行

这样的文章在18世纪的欧洲已经是陈词滥调了，但在美洲它却相当具有新意。巴特拉姆谨慎地说道："我相信一些国人在读到我对印第安人的记述后，会说我为了讨好他们而失之偏颇、带有偏见。但事实上我一直力求如实叙述，至少从我自己的观察角度来看，书中所述之事都是真实的。"他会考查问题的另一面并"努力揭露他们的缺点、邪恶和不道德之处"。第一个邪恶之处是对自己种族的人发动战争；但"他们的战争动机和在其他国家中的情形一样，都是错误的"。而且，"经过最严肃的考查后，我发现最文明的国家所进行的战争同他们之间的血腥争斗相比，是一样野蛮、残忍和不人道的。"然后，他讨论了针对土著人的种种指责，如剥敌人的头皮、虐待俘虏、性乱等。在这些方面，他也得出了同样的结论：美洲土著人并不比其他人更坏。当土著人看起来很坏时，往往是由于受到了"对海外丰富的财富垂涎三尺"的白人的挑拨和煽动。

对印第安人最负面的记录发生在一个集货贸易地点。一对西米诺尔人在对乔卡托人（Choctaws）发动光荣战争时途经此处，禁不住诱惑，打开了他们为了庆祝胜利而随身带着的朗姆酒桶。一旦尝到了美酒的滋味，这些印第安人就抵制不了诱惑了，接下来就是长达十天的狂欢宿醉。但如此堕落的并不只是印第安人。"白人男女和印第安人一样，变成了欢乐纵欲的酒徒，只要他们还站得住，就从白天到晚上喝个不停。"不管印第安人在白人堕落榜样的影响下如何脆弱，像这样的"狂欢闹剧景象"在印第安社会中都并不常见，倒是在白人社会中屡见不鲜。

巴特拉姆对美洲土著人所持的不同立场（以及产生这种立场的浪漫灵感）的一个显著表现是他认为土著人拥有真正意义上的历史和文明。这种认识，正如前文所述，在西班牙语作品中频繁出现，但在英语中却没有：甚至用大量的细节描述了在罗阿诺克的阿尔冈昆村落（Algonkian）的哈里奥特，也不认为他所看到的印第安社会的历史可以与他自己社会的历史相提并论。然而，巴特拉姆在穿越塞芬拿河（Savanna River）地区时，却注意到了大量文明遗迹，包括看上去像是古代堡垒、竞技场的城墙和其他比较高级的经济形式的痕迹。他曾看到过"许多宽广的街道伸向城外，将他引向人工湖泊或水塘旁高大的、金字塔型的山峰"，并猜想"那些东西一定是为纪念伟大景观设计而建的，是民族的力量和庄严的永恒象征，因为它们展现出了力量与庄严的感觉，而且这里当初一定是可供公众参观的雄伟建筑"。这样的历史浪漫表述几乎已经将印第安人纳入到巴特拉姆自己的世界中了。

有关印第安人被毁坏的城市的描述出现在《行旅》中最后一个独立分出来的部分中。在这一部分中，巴特拉姆提供了《对于北美洲土著居民，如：

穆斯科古格人（Muscogulges）、克里克人、切洛基人、乔卡托等民族中的人物、礼仪、习俗和内部组织管理的描述》（*An Account of the Persons, Manners, Customs and Government of the Muscogulges or Creeks, Cherokees, Chactaw, Ec: Aborigines of the Continent of North America*）。他发现那里的人们"正直、诚实、宽容，对陌生人热情好客、体贴、博爱；对他们的妻子和亲戚慈爱；喜爱儿童；勤劳、又节约，温柔又坚忍；慈善又宽容"。他们"肯定不需要欧洲的文明"。酒，"这来自地狱的罪恶洪流"，是一种白色诅咒，当地人试图努力摆脱它。两个带来几桶朗姆酒到他们国度（克里克人这样称呼自己；巴特拉姆称印第安人为自治省［self‐nomer］）的贸易商人受到了一群克里克人的攻击。酒桶里的酒全都被倒在了马路上。"我们想要智慧和善良吗？"巴特拉姆问道，"那么让我们的年轻人去令人尊敬的穆斯科古格（Muscogulges）的印第安议会看看吧。"

巴特拉姆对传统白人观点的异议，最终明确地体现在他对一个看见白人放纵场面的年轻印第安人脑海中想法的描述，他将自己置于这位印第安人的头脑中。巴特拉姆写道："他微笑着，好像是在说，'噢，伟大、仁慈的主！我们真正感到了您的仁慈和对我们红种人的偏爱，使得我们无法理解和认同这些白人……使我们远离他们那样的举止、规则和权力。"巴特拉姆通过将这些话放在一个西米诺尔人口中，不但赋予了这个异族人语言，也同时拉大了他自己和他的母语之间的距离。

但这些并不意味着巴特拉姆否定对美洲的占领。将穆斯科古格的智慧和美德归为浪漫的过去以后，巴特拉姆以一种惯用的笔调结束了他的《行旅》：

> 在由美洲人建造的纪念碑这个主题的最后［上文描述的废墟是他最后一个题目］，我认为有必要说明，在我看来他们都没有注意到任何欧洲人或旧世界居民在艺术、科学或建筑方面最小的标记，但却很明显地表露出最久远的古迹标志。

巴特拉姆的观点是为人所熟知的，即新大陆上的土著人既没有艺术，也没有科学。但他最后关于这片土地上的文明和欧洲一样古老的断言给这种观点又平添了些新的东西。布丰曾经暗示他们的出现要比欧洲人晚得多；欧洲包括夏多布里昂在内的浪漫主义作家，认为原始就意味着年轻，意味着新生。巴特拉姆的观点却恰恰相反。

巴特拉姆的《行旅》是一个标志着对美洲自然观演变的转折点，因为"自然"是"美洲"的定义中一个重要的组成部分。这样看来，他所提出的

第六章 在美洲旅行

田园式的浪漫与杰斐逊在《维吉尼亚州札记》中的观点在某些重要方面是一致的。杰斐逊的这部作品描写的同样是人类耕作之前、最初状态的土地本身。巴特拉姆和杰斐逊甚至对作为他们对原始美洲观察对象的第一批美洲人有着一致的看法,认为在这些人逐渐变成白人之前,新世界的力量和美德都体现在他们身上。这充分表明了自然在民族定义中的重要性。然而,作为美国政治思想奠基人之一的杰斐逊,他对这个国家基本特征的认识却和巴特拉姆十分相似,尽管巴特拉姆似乎从未留心过身边的政治讨论。

所以说,巴特拉姆开创了美国文学中悠久的田园风格传统。《行旅》与詹姆斯·费尼摩尔·库珀(James Fenimore Cooper)的浪漫仅仅相距一小步,在后者的浪漫中,自然似乎再次意味着一种保守的甚至是新封建式的社会结构,以及将新世界上土著人的过去篡改成如今具有无限合法性的非历史化了的历史。库珀之后,将"美国"首先看做这片土地上的一种生活模式的还有亨利·大卫·梭罗(Henry David Thoreau)、约翰·缪尔(John Muir)和罗伯特·弗洛斯特(Robert Frost)等人。我们可以看到,自然主义者杰斐逊对梅李威瑟·刘易斯和威廉·克拉克两人提出的西行探险的倡议,预示了自然环境保护者西奥多·罗斯福(Theodore Roosevelt)的扩张政策。在现代,对领土的征服普遍令人联想到进步主义的意识形态,进而在美国人心中留下了看似矛盾的保守田园思想的烙印。

在某一层面来看,美国早期的农业发展,尤其是其早期工业发展对自然环境的无视已经达到了十分可怕的程度。18世纪新英格兰的滥砍滥伐,19世纪早期对南部的泰德沃特(Tidewater South)地区土地的耗尽都是第一批土地拥有者挥霍浪费的显著实例。但是美国思想史学家们在当时开发资源的态度中却发现了看似矛盾的另一面:对国家丰富资源的开发被看做是美国享有丰厚资源的一个标志。因此,同时伴随着这种浪费的、放任的开发态度,还存在着另外一种态度,这种态度认为应该对美国人赖以形成民族个性的土地实行环境保护。作为自然环境保护者的巴特拉姆用悲痛的论调表达了他个人对英国种植园主粗暴掠夺自然的抨击,也影射了当时的革命:

> 我常常满怀着极度的遗憾看着以下这些景象:英国政府管辖的新种植园主们把圣·胡安(St. Juan)河边大片丰美的橘子树林毁坏殆尽。为了给块根木兰、棉花、玉米、甜土豆等作物留出足够的空间,他们就在一次垦荒中,把几百亩树林完全破坏。或者,如同他们所说,这样做是为了灭绝蚊子(原文如此),并声称附近的小树林是这种恼人害虫的栖息地和庇护所。有些种植园里一棵树都看不到,即便有些地方还有些树,

也都是些矮小的灌木丛，赤裸裸地暴露在旷野中，显得十分贫瘠荒凉；只有大约五十到一百棵树仍直立在住所的旁边，由于没有橡树、月桂树、棕榈树那高大树冠的遮阴和保护，它们显示出令人悲痛的、灰暗的面容；它们那些形态优美的光滑绿叶，被阴冷的风吹乱、污损，撕得支离破碎，也常被夏天炙热的阳光烤焦，又会被冬日的寒霜冻僵。

"赤裸裸地暴露着……十分贫瘠……吹乱、污损，撕得支离破碎……烤焦……冻僵"这些敏感的文字更多地会引起读者的个人情感，而非政治意识。如此说来，巴特拉姆在新世界的旅行是富有诗意的，但同时这种诗意也很特别。《行旅》展现了一种对自然的占有，因此，它预示了美国文学传统中的一个核心部分，即以纳桑尼尔·霍桑（Nathaniel Hawthorne）和赫尔曼·梅尔维尔（Herman Melville）为代表的象征主义。巴特拉姆实质上已经变成了一个有着美国特性的人，他在旅行中形成的这种政治特性，不仅仅是历史的同时也是有机的。

巴特拉姆和杰斐逊式的美国田园思想清楚地表明了民族自我形象的基本原则，但是杰斐逊在《弗吉尼亚州札记》中提出的另一种自然哲学却在某一些重要方面与田园风格相反。杰斐逊坚决认为，"被上帝选中的最善良、最独立的人，就是土地上的耕作者。"然而，巴特拉姆关于因种植块根木兰、棉花、玉米，以及为根除害虫而损害土地的描述说明了，在保护自然的层面上，"在土地上耕作"是一件模糊微妙的事情。布丰之所以在其中没有看出任何模糊微妙，是因为他没有体验过自然的自然状态，但杰斐逊却体验过。《弗吉尼亚州札记》的一个奇怪的、显著的特点，就是尽管杰斐逊反复强调一个农耕的社会，但他本人却从未赞美甚至描述过农业景象，书中只有对荒野的描述。如果我们看到一部只讨论驯化和耕作过的土地的著作，那么也许就可以知晓这种省略的原因了。

J.赫克托·圣约翰·法·克雷夫科尔的《一个美国农民的来信》恰恰是一篇游记。它为远在家乡的同胞们描绘了一个异域国家。尽管前三封描绘美国农夫悠闲生活的信件更为人们所熟知，但书中的信件半数以上都是关于实际的旅行经历。在1904年，该书第一次再版时（1782年该书在伦敦第一次出版后，它唯一的美国版本出版于1793年）特载了一篇序言，用以说明再版此书的原因是因为编辑在1894年2月的《塞沃尼评论》（Sewanee Review）中读到了一篇文章，称赞克雷夫科尔是杰出的自然主义诗人。尽管这种说法可以帮助克雷夫科尔恢复其影响力，但实际上他既不是诗人也不是自然主义者。

克雷夫科尔的文学力量体现在他的散文中。

尽管克雷夫科尔在农活方面掌握了一些技术，但他算不上是一位自然主义者；他似乎对动植物的培育或是农耕方面不太感兴趣。我们从《一个美国农民的来信》中得知，有位农夫带着深深的喜悦沿着一条笔直的田垄犁地，但是我们无法从书中得知他种的是何种作物。在农业方面，他描写的并非耕种本身，而是耕作的体验，写的最多的是农夫的工作条件：比如农夫詹姆斯说道："我的父亲留给我 371 亩土地，其中的 47 亩是猫尾草场，还有一片很棒的果园，一座很好的房子和一座巨大的谷仓。"克雷夫科尔想象中的新世界移民将会看到这样的美洲："漂亮的城市、富裕的村庄、广阔的田野和一望无垠的乡村，其中布满了体面的房子、宽阔的马路和无数的果园、谷仓、桥梁。而这里在 100 年前，还只是荒野，满是树木和未经耕作的土地。"简言之，《一个美国农民的来信》这本书主要是一部政治哲学书。如果说该书的作者会以谁为榜样的话，这个榜样应该是卢梭，而不会是华兹华斯。

那位可能成为克雷夫科尔榜样的卢梭，其首要身份并非是一个政治理论家，而是一个作家。或许克雷夫科尔的《一个美国农民的来信》一书甚至比巴特拉姆的《行旅》更带有明显的文学意识。该书完全是围绕假想出来的主人公展开的一个虚构故事。作者声称书中的 12 封信件为一个名为詹姆斯的农夫所写。（该书第一版的广告宣传中曾保证这些信件由一个真正的、有名有姓的美国农夫所作）尽管只有前三封信和最后一封明显虚构，但这位乡村作者将自己的个性赋予了全书，成为书的灵魂。农夫詹姆斯是一个可靠的、简朴的人，书中这个农夫和他的作者仅有较少的相似之处。的确，二者之间的距离是克雷夫科尔从未解决的一个文学问题。

这位虚构出来的美国农夫在给一个同样虚构的朋友写信时这样问道："当初有谁会认为，就因为盛情地款待过你，你就会觉得我能够用如此明白得体的语言写信？"这种矛盾的文体格式出现在书中所有信件当中。该农夫抱怨自己的"脑力非常有限"（殖民地中随处看见"比我受到过更好的教育，也更聪明的人"）；他描写了自己在收到一封请他描述自己农耕生活的信件时所感到的惊讶和诧异，以至于他们夫妇二人甚至觉得这是个骗局。因为怎么会有人能想到让他这样土得掉渣的农民来写信呢？但自始至终，克雷夫科尔都用新古典主义散文式的华丽辞藻突出表现着一个更为引人注目的事实——英语并非农夫詹姆斯的母语。

在进行了许多次自我否定后，詹姆斯最后还是写完了他的第一封信。这得益于当地一位牧师的建议。尽管他认为詹姆斯信中的语言运用还十分初级，但仍然建议他写完，并告诉他读者会从他写的这些第一手材料中发现其价值。

○殖民地时期的文学

这样明显缺乏诚意的姿态突出了其双重性,即一方面抵制欧洲上层社会文化,另一方面又对其所有的优势加以吸收。

《一个美国农民的来信》一书的语言既平实朴素,又具有高雅华丽的特点。那位牧师曾建议詹姆斯就用自己平时说话那样的语言来写作。但让他用方言来写作却会与克雷夫科尔的论调相矛盾,因为克雷夫科尔认为詹姆斯和其他任何人都是平等的。这也包括虚构中与詹姆斯通信的那个欧洲读者,但由于该书的第一位读者就是欧洲人,所以从这个意义上来说,他不仅是这些信件的虚构读者,也是真实读者。从当时的社会角度来说,一个操着方言的人的社会地位无法等同于说标准英语的作家或读者。在文学中,语言本身就说明了政治、文化角色:在一个仍然由贵族精英设定文化标准的语境中,为了使这个农民像一位王子一样出色,克雷夫科尔必须使詹姆斯的谈吐像一位王子,或者更准确地说,必须通过詹姆斯的写作语言使读者觉得他的谈吐也会像一位王子。那位牧师很肯定地对詹姆斯说道:"如果你信中的语言不够高雅,你的读者会从中闻到森林和一丝野性的味道。"但该信的头一句,结构安排严谨合理,句法考究,还押了头韵,一点也看不出野性的痕迹来。

信中所飘荡的任何气味都是高雅考究的。詹姆斯喜欢让自己的小儿子骑在犁把手上,因为这个孩子"一闻到散发着粪香的田埂味道就兴奋不已"。詹姆斯也会陶醉地呼吸着"土壤中怡人的臭气"。他无法用其他的语言来形容自己信中对自然怀有的欣喜之情了。他既不会当时开始流行的各种传统文体,也不知道清教的朴素文风,更没听说过华兹华斯简约风格的辞藻。

《一个美国农民的来信》一书最先出版于欧洲,这是在保皇党成员克雷夫科尔受到迫害逃往美洲之后的事。11年后该书才出现美国的版本。该书在美国文学史中的地位最近才显现出来。1898年摩西斯·科伊特·泰勒(Moses Coit Tyler)在他的《美国革命文学史》(Literary History of the American Revolution, 1763—1783)中细述了克雷夫科尔的著作,并称之为近代研究的奠基之作。泰勒这样说并非意图讽刺。即使在现在,也很少有人知道克雷夫科尔这位"美国农夫"的创造者,这位第一个站在康科德(Concord)简陋的小桥边直面英国红衣兵歌颂自耕农的人,这位被写进美国神话的人,却曾经反对革命,并因为害怕邻居报复而丢下自己的农场,逃命到国外。

从书中最后一封信来看,克雷夫科尔的最终引退是不可避免的。这封表达绝望情绪的信件名为《一名边疆拓荒者的悲伤》("Distresses of a Frontier Man")。"最后的时刻终于到来了,"极度痛苦的詹姆斯写道,"我不得不放弃农场,逃离家园。"但他能去哪儿呢?克雷夫科尔回到了家乡法国。但他笔下的主人公选择了不同的方向,打算去印第安人那里寻求安全。不管他们各自

141

第六章 在美洲旅行

选择了哪条路,作者和主人公都决然地离去,断绝了他们与美国之间的联系。书中最著名的一封信名为《何为美国人?》("What Is an American?")克雷夫科尔认为美国人是由欧洲各国移民形成的一个新民族。从两方面来说,美国人都应是美洲本土的人,一方面是他们在美洲这片大陆上出生,另一方面是他们在这片大陆上劳作耕种。信中的美国人既不是欧洲人,也不是印第安人。他们是取而代之的一个新民族。当克雷夫科尔发现自己无法再成为美国人时,他用返回欧洲和(或者)同印第安人生活等方式,将这种失落表现为与美国脱离关系。

我们可以从他早先定义美国人的方式中看出他很难支持他所谓的"不幸的革命"。其难度在于他心目中个人或集体同土地之间的关系与杰斐逊和巴特拉姆等人的观点间存在差异,因为克雷夫科尔设想建立的不是一个新大陆而是一个新型的社会。他在早些时候曾欣喜地写道:"我们的社会是世界上最完美的。"他指的是一个通过与自然的关系来定义的社会状态,而不是一个自然状态。是一个自然中的状态,而不是自然的状态。

从某种意义上来说,克雷夫科尔和杰斐逊似乎都设想了一个相同的完美社会——一个以自耕农为道德中心的社会。克雷夫科尔笔下的詹姆斯体现了克雷夫科尔认为"美国应被定义成农民国度"这一观念。这里,农民指的并不是在农场上劳动的人。詹姆斯曾自豪地说他既不是"俄国的村汉,(也不是)匈牙利式的农民"。克雷夫科尔所说的农民,在土地上找到自己位置之前,已经通过社会将自己定位。如果一个游客在美国乡村游历一番的话,他就会发现美国人是一个"耕作的民族"。他眼中所展现出来的不是"与低矮的土房子相对的豪华庄园,而是会欣喜地看到人们都普遍过着丰衣足食的体面生活"。在这儿,没有人修建城堡或庄园,因为"律师和商人已经是本镇最华丽的头衔"。这样完美的社会之所以能够存在,是因为"这里没有什么公子王孙,我们不必为他们卖命、劳作、挨饿、流血"。每一个美国家庭中这"一派欣欣向荣"的景象体现了其整个社会中"一派欣欣向荣的平等"。在这样的社会中,每个人都是自己城堡中的国王,没有任何人可以成为凌驾于别人之上的王公君主。这种幸运怡人的社会状态与自然状态密切相关,它通过向来到此地的定居者提供越来越多可供平等分配的土地,从而保证了社会平等可以不仅仅是一个过渡阶段。克雷夫科尔字斟句酌地问道:"有谁能够说清楚北美洲延伸得多么广阔?","谁能告诉这片大地究竟能养活多少人?"这实际上是命定扩张学说的另一个定义。它并非为美国这个国家或某个团体提供了发展的保障,而是为居住在美洲的、在各自土地上耕作着的分散个体提供了积累的背景。

142

殖民地时期的文学

克雷夫科尔心目中理想的美国社会是一个无差别的群体,其中每个个体都不必依赖于其他人表现其个性身份。美国提供了一个无差别的自由:

> 这里没有贵族家庭、没有宫廷、没有国王、没有主教、没有教会控制,也没有少数有权有势的人所拥有的无形的权力;没有雇佣着上千工人的大企业主……穷人和富人之间的差距也不像在欧洲那么大。

这完全是可能的,因为"我们大家都是这片土地上的耕作者"。土地让我们每个人都成为平等的人。"每个人都在为自己工作,所以每个人都情绪高涨地从事着无拘无束的劳作。"尽管这与杰斐逊的计划有相似之处,但其中的差别或许是更重要的。杰斐逊一定曾饶有兴味地读到过克雷夫科尔描写詹姆斯害怕陌生环境的那一段文字。克雷夫科尔说詹姆斯从不会自愿离开自己的农场,因为他太喜欢让自己的双脚踏在他"珍贵的土地"上了。詹姆斯曾欣慰地回忆道:"只要我一踏上自己的土地,那种对财产的拥有感、权力感和独立的感觉就会使我兴高采烈。"

但克雷夫科尔所说的独立却与杰斐逊的独立截然相反。他指的不是任意行使自己权力的自由,而是可以完全不理会他人对自己发号施令的自由,一种远离他人权力的自由。这位美国农夫从不光顾市场,因为在他看来,市场和国会这些场所,是一些人通过压迫其他人而提升自己的地方。他害怕革命会带来一个能够产生不平等和暴政的竞争社会。他认为国家唯一的功能应该是防止竞争,而不是鼓励竞争。他写道,国家法律的执行应当像他在自家花园里驾驭烈马那样,"用缰绳和嚼子来防止强大者和贪婪者欺压弱小"。

克雷夫科尔心中理想的民主正是被共和国摧毁的无政府主义的田园式生活。共和国重新创造出了一个在任何政府体制中都普遍存在的等级制度。于是克雷夫科尔尖刻地抱怨道:

> 天真的人们总是少数人的牺牲品;他们在所有国家都永远是下等人,公众的幻影在他们身上竖立起来。他们痛苦挣扎,而且不得不辛苦劳作、流汗流血,但却总是受到指责和压迫。为了双方领导的利益,他们不得不去流血牺牲,但他们的鲜血和生命却被看得一文不值。社会中任何的重大成就他们都享受不到,尽管这些成就大多是他们手中的武器、汗水和生命所创造的。

这段文字的基本构成因素是运用了两分法划分了两类人:无辜的大多数

人和作恶的少数人。这种阶级分化在各个政治团体中都存在，它将双方阵营中的领袖分为一类，将双方阵营中的人民划为另一类。这种阶级压迫普遍存在的观点不是一个崭新的国家建立的理论基础。

在此，克雷夫科尔尖刻地描述了他认为无处不在的社会矛盾。早在他的第一封信中，在他描述一个远离富人欺压的美国幸福农民家庭时，这种观点就已经表露出来了。这种观点使得美国的殖民成功变得自相矛盾，甚至成为一种自我毁灭。所以，当克雷夫科尔考虑同印第安人一起生活时，他发现自己其实正在质疑殖民的前提，这也就不足为奇了。尽管他相信欧洲文明比美洲土著文化更加优越，但他仍然担心自己的孩子们会认为后者对他们来说更有吸引力。他写道，这种现象已经发生过千百遍了，而且不仅仅发生在小孩子身上。例如，曾经有两个成年人，在一次印第安人的突袭中被俘，此后便不愿再离开印第安人的村子了。他们娶了印第安女人为妻，并"最终完全彻底地被野蛮的生活方式同化了"。他们的白人朋友们苦苦哀求，要他们回去，可是还是被他们拒绝了。朋友们还为他们准备了大笔赎金，可印第安人不稀罕这些，并且说那两个人完全可以来去自由。

这样的情况并不罕见。除了克雷夫科尔以外的其他人也曾思索过此类事件的意义。本杰明·富兰克林就曾经做过预见性的结论，他认为这些事例充分体现了人类懒惰的劣根性，这种懒惰的劣根性只有在白人文明的约束下才能够被成功地克服。相反，经历了幻灭的克雷夫科尔却认为那些变成了印第安人的白人可能并不能说明白人社会所谓的优越性。他推理道，印第安社会不可能"像多数人想象的那么差；他们的社会中肯定有一些特别有魅力的东西，一定有比任何我们认为值得夸耀的东西更优越之处。这是因为有成千上万的欧洲人变成了印第安人，而据我们所知，却没有一个土著人自愿过我们欧洲人的生活！"由此，我们又看到了一个因为无法忍受在其同类社会中生存，而选择和印第安人一起生活的欧洲人，尽管他并没有选择完全彻底地变成一个印第安人。

不知道克雷夫科尔当初是否知道从印第安人那里逃回来的白人被俘者的悲伤，但他自愿被放逐的想法带来了一种反囚禁的叙事方式。在《一名边疆拓荒者的郁闷和沮丧》这封信中出现了一种尽管不够现实但却十分真实的印第安生活方式，而且这种生活方式不再是以文明的对立面的身份出现。克雷夫科尔这最后一封信实际上将移民新世界设想为与移民英格兰或日本是一样的，也就是说，他来到这片大陆时的身份会是一个移民者而不是征服者。（作为他对印第安人全新理解的标志，他拒绝接受布丰等人对印第安人的贬低："让我们实事求是地评价他们吧，评价他们那低级的器官，和他们对面包的渴

殖民地时期的文学

求……他们的体型和欧洲人的体型一样健壮优美。"）革命顺理成章地成为征服的顶点。而现在，对新大陆的征服却与克雷夫科尔最初希望新大陆成为普通人的新世界这一理想互相矛盾。起初，他曾自豪地说美洲没有王公贵胄，没有封建或警察机构，但美洲人仍然非常善良。现在，由于他打算离压迫更远些，所以他注意到印第安人比白人的道德要更高尚，"没有教堂，没有牧师，没有国王，也没有法律。"

印第安人变成了真正的美洲人！不久以前，在第九封信中，美洲种植园的另一个方面成为与美洲性相矛盾的地方。这封信描述了去查尔斯顿途中的一段旅程。叙述者告诉我们说，查尔斯顿是英国各殖民地的骄傲，堪称北方的利马城。"那里的居民是全美洲最快乐的，人们称之为我们这个美好世界的中心，里面总是聚集了全省最富有的种植园主。"我们一进城就看出来了，查尔斯顿简直就是个欧洲的市镇："要是一个欧洲人到了这里，他一定会大吃一惊。这里的房屋建造得高雅别致，家具都装饰得富丽堂皇，很难想象自己正置身于一个刚刚建立不久的国家之中。"事实是，这里最多算一个模棱两可的新国家，"其居民中主要的三个阶层为律师、种植园主和商人"。实际上，这个国家完全不像看起来那样："在查尔斯顿这样欢庆、幸福的景象背后，你能想象全国都遍布着痛苦的情景吗？"

被这个高度发达的城镇所掩盖的痛苦景象来自奴隶制。查尔斯顿的人都变成了聋子，他们的心像铁石般坚硬；他们看不见、听不见、也感觉不到可怜的奴隶们痛苦的哀嚎。他们所有的财富都是这些哀嚎着的奴隶们创造出来的。这里看不到奴隶制的可怕，也看不到奴隶们无休无止的痛苦辛劳；也不会有人同情那些每天用汗水和泪水浸湿着他们劳作的土地的奴隶们。

以上的文字同前文提到过的巴特拉姆关于非洲之子共同在大自然的怀抱里劳动时欢快歌唱的生动描述几乎写于同一时间。

巴特拉姆和克雷夫科尔这两个同样来自宾夕法尼亚的旅行者，一个是自然主义者，另一个却是个平均地权主义者。前者着迷于自然荒野，对他来说，人类的踪迹是次要的；而令后者欣喜的是耕种过的土地和整洁的谷仓。尽管二者的想法都很理想化，可巴特拉姆的田园式浪漫可以允许奴隶制的存在，但奴隶制却妨碍了克雷夫科尔那同样浪漫的平均地权主义。他对北方家庭农场中的奴隶制方面显得言行不一，但对南方的奴隶制，他表现出了十足的厌恶。他说，这封信最后的那一幕，从他看见开始，就一直在他脑海中挥之

第六章 在美洲旅行

不去。

一天，在应邀去查尔斯顿外的一个种植园主那儿赴宴的途中，他独自一人漫步于一片"怡人的树林"之中。正当他边走边仔细观察沿途采集的奇特植物标本时，他突然感觉到空中有一阵强烈的骚动。他抬起头来，看到了骚动的来源。那是一大群猛禽正扑向吊在旁边一个大树上的笼子。笼子里关着一个黑人，快要被鸟啄死了。

> 每当我回想起当时的场景，都禁不住要打颤：鸟已经把他的眼珠啄了出来，他的颧骨都露在外面，胳膊已有几处被啄破，身上也好像有许多伤口。从他空洞的眼窝和那些伤口里，血慢慢地滴落下来，微微染红了下面的土地。鸟刚一飞走，成群的昆虫就盖满了这个可怜人的全身，迫不及待地想要啃食他那已不成人形的身体，喝他的血。

那个人请他杀了他："你这个白人，谢谢你，给点毒药吧。"他已经被关在笼子里两天了，"但我还没死；鸟……鸟……吃我！"克雷夫科尔说，要是他当时有把枪，他就会结束这个奴隶的痛苦，但他没有，于是只能给他了点水，然后走开了。到了种植园后，他得知那个黑奴被罚的原因是因为他杀了工头。"他们说根据自卫法，这样的处决方式十分必要。"

这样逼真地描写针对黑奴的暴力行为，在美国文学中极为少见。这个场景之所以给读者以极大的痛苦震撼，部分原因是因为讲故事者什么都没有做。他同奴隶迫害者坐在一起吃饭，就那样坐在那里，听着"为这种行为开脱的种种言词"，不管他本人是否情愿，都得被归为白人老爷的阶层。这次令人不快的经历证实了他的观点：这个世界使得每个人要么成为压迫者，要么成为被压迫者。他自己的信中，与他所述的情形相反，将自己置身于另一阵营之中。这另一阵营指的是反对查尔斯顿，反对在美洲建立一个更辉煌欧洲的阵营。因为如果要建立一个更加辉煌的欧洲，就意味着令人忍无可忍的压迫。现在，非洲黑奴成为真正的美洲人。

杰斐逊也曾在自己的作品中对奴隶制表示悲痛叹息。像克雷夫科尔一样，他认为，即便说美洲土著人没有出色的文明，也绝对拥有出色的智慧，而且他当然也宣称家庭农场制是美好社会的基石。然而他并没有因此而得出结论说，不应该追求弗吉尼亚的繁荣（蒙蒂塞洛是弗吉尼亚繁荣的一个缩影），也没有说像"雄辩的洛根"这样的部落首领应被允许保留其土地，更没有说家庭农场应该主宰美国社会。对于杰斐逊来说，独立和美好的自主应当在更高的层次和更大的范围内出现：官方的政治团体是超越阶级的，社会进程意味

146

着将各个阶级的贡献——包括好的和坏的——提炼成国家的精华。一个由善良的农耕者组成的国家自然是一个善良的农耕国家，即使其领导人自己不属于这个善良的阶级，他也能够拥有其作为善良国家领导人的身份。按照这个逻辑，拥有大庄园和成千上万奴隶的种植园主就可以将自己定义为自耕农的代表。对克雷夫科尔来说，这是一个具有潜在致命危险的谬论。

共和国的这个谬论就像试图将自给自足的小生产者和市场化的社会联系在一起的谬论一样愚不可及。一般来说，市场化的社会并不由占多数的小商人所左右，但这种社会有赖于他们的存在。他们共同产生了一个可供生产制造业的领袖人物控制的市场。克雷夫科尔的阶级观点重新将这个共和国谬论定义为背叛和压迫。这样的国家是有问题的，克雷夫科尔抵制一切国家主义：移民们应该因美国对他们更好而爱美国胜过爱自己的故乡。人只对其家庭和土地表现忠诚。

这就可以解释为什么克雷夫科尔对荒野的浪漫无动于衷。他对自己的定义是"伐木者、种地人——这两个美国人至高无上的荣誉头衔"。自然中的森林很少让克雷夫科尔联系到自然，他只会想到那里可能会变成种植园；他认为居住在自然的荒野中有让人失去人性的危险。为了战胜他心中对去印第安人那里避难所产生的恐惧，他安慰自己说："只要我们让自己一直忙于种地，就不必担心我们中有谁会变得野蛮。"人与自然的关系本来就是具有社会性的。人如果变得野蛮，则说明他与自然之间的关系出了问题，比如像那些放浪形骸、游手好闲的猎人，或是那些脱离了社会、藏在人迹罕至的沼泽周围的混血白人。

杰斐逊和巴特拉姆把荒野和耕作过的土地放在了一起看待，把它们融合成"国家的自然"——这个与"自然的国家"相对的范畴。克雷夫科尔绝不会这样融合二者。美国只可能是一对不可调和的矛盾中的一个方面：耕地而非荒野，文明而非野蛮（他写道，当人居住在荒野中时，就会表现出文明的美德）。美国代表的应是对抗着富商、制造商甚至地主的辛劳而贫穷的农民。在克雷夫科尔的美国变成地狱般的社会之前，它还只是个乌托邦。在拥护革命的人眼中，独立的美国正在书写新的辉煌历史；而克雷夫科尔却梦想美国会成为一个远离历史的避难所，一个可供自耕农远离尘嚣的安全地方。

第七章　最终的航行

将农夫詹姆斯送往边疆以躲避美国民族主义进军的危险举动不太可能；令人吃惊的是，克雷夫科尔似乎没有意识到西部扩张的美好前景正是引发革命的主要动机之一。杰斐逊曾公开表示，已建各州之外的领土是美国将要重点开发的地区。我们在本章要讨论的最后的一段叙述，从很多方面来说也是决定性的一段，它产生于杰斐逊下令对密西西比河以西地区的考察过程之中。梅李威瑟·刘易斯和威廉·克拉克向太平洋沿岸的远征结束了探险时代。之所以说它是一个终结，一是因为横跨大陆可以到达远方沿岸，二是因为它最终证明了从美国北部到太平洋之间不存在一条西北通道。以前所有探索都抱有一个目的，即继续哥伦布的遗愿，找到一条这样的通道。显然，当美国本身已成为一个独立国家并证实它自身就是最终目的地时，探索这样一条通道的动机就不再存在了。的确，美利坚合众国一旦作为独立的民族和国家建立起来，它就不仅是最终目的地，而且是起源地。随着这一发展，布丰笔下"齐嚣的天空"和"荒芜的土地"，无疑变成了无限延伸的地平线和实现天定命运①的空旷荒野。

刘易斯和克拉克的《日志》（*Journals*）的权威版本编撰者鲁本·戈德·特怀特（Reuben Gold Thwaites）深切理解这种转变，并将其不朽著作献给了西奥多·罗斯福：

---

① 天定命运，又称"命定扩张学说"，即把一个民族或种族扩张其天然的地理疆界或者把其统治权扩展到通常是不明确的地区看做是人类历史的一种不可避免的和显而易见的定律。——译注

殖民地时期的文学

　　在刘易斯和克拉克跨越密西西比河探险出发百年纪念之际，谨以他们"征服西部"原记录的初版献给西奥多·罗斯福并致以最高的敬意。

　　也许有人会奇怪为什么像刘易斯和克拉克的《日志》这样具有全民性重要意义的文件要等100年后才能完整出版。在1814年，即探险回来后的第八年，的确曾出现过不完整的版本，大部分由尼古拉斯·比德尔（Nicholas Biddle）编辑和评注。比德尔从整理探险初始杂乱的细节入手开始进行编辑。"在1803年取得路易斯安那州之际，"他写道，"美国政府的注意力向开拓和发展新的领土转移。因此在同年夏季，总统计划了一次探险。"然而实际上，据比德尔所知，政府在新的领土纳入美国管辖范围之前就早已将注意力转向了新领土。当杰斐逊第一次与刘易斯和克拉克接洽时，他们正打算探索一个地区，当时这个地区在西班牙统治下，并将要割让给法国。当时无法预测法国会卖出这一地区。在买下路易斯安那州前一年，西班牙不允许杰斐逊"考察密苏里河道"，尽管杰斐逊将此举描述为"文学追求"。在被西班牙拒绝的六周后，杰斐逊秘密向国会提议派人进行探险活动，追溯密苏里河源头。这与他向西班牙提出要求考察的方向相反，而是将探险队引向西部。国会拨了款，而1803年5月签署的购买路易斯安那州的条约使得此次探险合法化，于是探险计划得以顺利施行。

　　这样的探险带来了很多回报。这一地区毛皮资源丰富，当时主要是由加拿大人进行开发的。如果这里有便利的路线，而且能与印第安人达成协议，那么国会唯一能够认定的回报就是贸易大幅增加的可能性。毫无疑问，探险有可能带来领土上的收益，这个动机同样很强烈。实际上，早在1783年签署的《巴黎和约》就已经承认美国独立，并承认了美国拥有阿帕拉契山脉两边的大片土地，将其边界扩展至密西西比河和五大湖地区。三个月后，杰斐逊向威廉·克拉克的哥哥乔治·罗杰斯·克拉克（George Rogers Clark）提议"从密西西比河到加利福尼亚进行探险"，杰斐逊已听说英国最近也计划了这样的探险；"他们假装只是为了增长知识。恐怕他们是想在那个地区建立殖民地。"

　　刘易斯和克拉克被任命为美军军官，直接对国防部负责，并且此次探险是作为军事派遣而进行的。其实回想起来，这次探险有早期国内战役的意味，但其更广泛的历史背景是欧洲各国对土地的争夺。法国和印第安战争同当时的革命一样给了杰斐逊探险计划的灵感。要求独立和令人鼓舞的对自决权的渴求加剧了羽翼未丰的美国对土地的占有欲望；不过这体现了一个更古老的欲望。刘易斯和克拉克带到太平洋沿岸的不仅是美利坚合众国，还有西方的欧洲文明。凭借着近四个世纪的帝国扩张经验，他们的行程相当顺利，组织安排得也很好。

美国自法国手中购得的土地几乎覆盖了从密西西比河至落基山脉的所有区域，这将美国的地域翻了一倍。在一封写给沃尔尼的信中，杰斐逊表示，刘易斯和克拉克探索的路线将会带来科技进步。同时，"去年（1805年），我们从这些州向西部移民大约十万人。我猜测我们每年会有大约一半的新增人口向西移民。"也许可以说，刘易斯和克拉克完成了哥伦布的航行，他们也是在重现这一过程并重新发现了美洲，只不过这次他们是为美利坚合众国服务。

1804年5月13日（星期天），克拉克日志的首条记录标志着探险开始："今天早上发了一封快件给在圣路易斯的刘易斯船长，我们所有粮食、货物和装备都装载于一艘有22只浆的船。"一切准备就绪，但是克拉克还有所担心，他担心此次探险是否带足了货品，用来"和我们横跨大陆过程中必然遭遇的众多印第安人进行交换，等等各种事情"。这次探险的一个官方目的就是进行贸易，和印第安人进行交易。下面这段探险两周后所做的记录，与对这一地带的任何其他描述一样，揭示了交易的大背景："我们今天早晨启航时，乘坐载着毛皮等货物的两艘独木舟从马哈斯（Mahas）来到这儿……大约十点钟，四只载着毛皮和生皮的竹筏也开过来了……其中一只来自波尼族人（Paunees），其他几只都是从奥塞奇（Osage）那儿开来的。"

来自美国的一行人的数量从45到55人不等。其中有大约30个军人，其余的是服务人员，包括一位没有名字的非洲人，他是克拉克的奴隶，还有一位肖松尼族（Shoshone）的女人，名叫萨卡加维（Sacagawea）。她是一位法国翻译的妻子，此行做他们的向导、翻译兼谈判家。刘易斯和克拉克在军事组织方面非常认真。行程开始后的四天，他们就成立了军事法庭，审判了三名因前一晚未请假就擅离职守的列兵。这三人都被认定为"违反了作战规定和条款"；其中一个人被罚挨了50鞭子，另外两个人得到了赦免。后来，类似事件再次发生。一个名叫约翰·纽曼（John Newman）的人被判"多次重复带有犯罪和叛乱性质的话语"，几乎"违背了军纪中的所有条目"。他后来被判罚了75下鞭刑。

在很大程度上，他们的行程是按照沿途美洲土著部落的分布来组织安排的。探险队的官员们和沿途所有地区的大型部落（苏族人［Sioux］、肖松尼人、曼丹人［Mandans］和夏安族人［Cheyenne］）建立了长久的交流关系，并曾尝试着统计该地区的全部人口。在探险早期，克拉克列举了十个各自语言迥然不同的草原民族。依照杰斐逊的要求，他收集了许多土著词汇（后来都丢失了）。他们花了大量时间来和印第安人——比如提顿族人（Tetons）——进行协商，而印第安人有他们自己的想法，他们要么想利用白人促

殖民地时期的文学

进与其他部落的和平,要么就是想从白人那儿得到好处。以下克拉克描写自己疲惫的记录比任何荒野中独行人的形象都更能表现出探险队的艰苦条件:"我晚上没有睡好,早上又起得很早。酋长都已起来了,和以往一样,沿着河岸有很多看客。"通常,他们经过的村庄规模大约在一百人左右,或者更多些。他们对这次探险计划中要处理的"外交关系"的重视程度不亚于对大自然的重视程度。的确,这两个活动是密不可分的。如果不是经常从印第安人那里获得供给,探险是不可能继续的。当美国完成了欧洲对新大陆的发现之旅时,他们发现,土著人已经占据了这块土地,而且这一点毋庸置疑。

探险队的第一个冬天是在北达科他州曼丹人那儿扎营度过的。那段时间中的一个小插曲阐明了探险者对印第安人的主流态度。一群由波尼族人、里卡利人(Ricarees)和苏族人组成的土著人袭击了五个曼丹族猎人,曼丹族的酋长便请求他的白人邻居帮忙。刘易斯和克拉克为他们提供了保护,并赢得了他们的好感,于是这些落单的猎人们就误以为自己安全了。当时雪太深了,不可能去追击那些攻击者,所以部落酋长就问克拉克能否在春天雪化时帮他们报仇。"我对这些人说",克拉克回忆道,"我们将永远乐意保护他们,并保证在我们做邻居的这段时间内,保护他们不被任何敢于侵犯他们的民族侮辱。"他只是非常遗憾,因为由于天气的原因,对敌人的惩罚必须延迟。"我希望能见见苏族人和其他那些不听我们的话而袭击我们忠实的孩子的野人,让你们看看,你们伟大的父亲是如何为自己听话的乖孩子们——曼丹人、维特孙人(Wetersoons)和温尼塔力人(Winetarees)——复仇的。"然后,他建议他们要谨慎行事。首先,他们不该轻易下结论,不应该认为里卡利人的出现就说明了那个民族的恶意。也许里卡利人这样做是出于义务,因为苏族人为他们提供枪支。他指出:"你们要清楚,你们必须要忍受克里斯蒂诺人(Christinoes)和奥森鲍安人(Ossinaboins)的小小侮辱,因为如果你们和他们发生冲突,他们会切断北方的商人带给你们枪、火药和子弹的路线,这会让你们极端苦恼。"然后,他将话锋转回到对美国忠心的好处上来:"如果你们从你们伟大的美国父亲那里能够得到所有那些物品的话,你们的民族就不会蒙受任何的羞辱了。"

克拉克的意思很明确:他意在劝说曼丹族人依靠并归顺白人。被美国历史学家美誉为能够理解土著居民的克拉克取得了成功。几轮对话后,克拉克宣布了想要回到营地的意图,于是酋长"为我们一直以来为他们提供的父亲般的保护向我致谢",并说道,"从前,村子里的人日夜都在哭泣……但是现在他们就能够擦干眼泪,在美国人父亲般的保护中深感欣喜,并且不再哭泣。"在描述印第安人和白人关系的语言中,这是典型的将印第安人幼稚化的手法,它表明了除了军事措词以外还有另一种和平的言语方式。

探险者反复提到土著居民是他们忠实的孩子,但其实他们没有把土著居民看做小孩。"像一个小孩"有积极的暗示意义:纯洁、诚实、拥有洞悉本质的能力等等。幼稚化了的印第安人在克拉克的想象中成了身体成熟但其他方面未能充分发展的人。他们不稳定,不值得信任,甚至当他们依附于你时也有变节的危险;他们毫无原始的质朴,也从来都不纯洁,甚至在被冤枉的时候。刘易斯和克拉克遇见的土著居民缺少尊严:在克拉克关于苏族人袭击的叙述中,克拉克羞辱了曼丹族人,但他们对此却没有感觉。也许克拉克自己也未清楚意识到这一点,只是为了安抚他们和让他们冷静才这么说的。他在日志中只是单纯地记述了他所说的话。也许,依照他的本意,在他那典型的机会主义演讲中并没有欺诈,他的故作谦虚的俯视姿态中也不包含蔑视的成分。克拉克对曼丹族人的态度通常是和蔼的,从他经常散发药品这一点就能证明。同样,刘易斯在这点上也很慷慨,他曾给看上去快饿死的一群人提供食物。但是和蔼和慷慨并不能说明他们是用人道的精神对待土著人的。相反,刘易斯曾写道:"我真的直到现在才认为人性能够用与野蛮结盟的形式呈现。我满怀怜悯和同情地看着这些快饿死的可怜魔鬼。"这两句话之间并不矛盾,《日志》中对土著人的看法就这样精妙地得到了表达。

白人非常清楚地意识到了印第安社会结构的复杂性以及印第安各民族之间的差异。他们理所当然地接受了这一事实,既没有对此做出评价,也没有表示反感或是认同。同克拉克相比,刘易斯更加善于观察。他曾经提到过,切努克族人(Chinooks)一直很友好,似乎是个很温顺的民族;但他们会做些小偷小摸的事情。他们也是"贸易中精明的讲价者",如果他们看出了你想要从他们那儿换几个树根,则会和你讨价还价一整天。起初,他认为这说明土著人"希望通过比较弄清楚各个商品的相对价值,或者他们是害怕上当受骗",但是他发现他们有时会拒绝白人给出的一个价格,但随后却接受了更低的价格,于是总结出他们只是单纯地喜欢讨价还价。然后他设计了一个实验:为了证明我自己是对的,我曾经"向一个切努克人提出用我的手表、两把刀和很多珠子换一小块质量一般的水獭皮,其实我不是很想得到那块皮子"。那个切努克人拒绝了我的开价,但是第二天接受了我用其中较少的几样东西来换他的皮子。"所以我相信,"刘易斯就此推理道,"他们性格中的这个特点是源于他们对一切事物都抱有的一种贪婪的本性。"刘易斯注意到切努克族人就是这样"不同于我认识的任何其他印第安人,他们的本性导致他们在交换中总是用自己的东西——无论这些东西对他们来说多么有用、多么珍贵——来换取那些能够满足他们幻想的华而不实的东西"。

○殖民地时期的文学

　　这和克拉克早期的文章一样,这段文字的口气比其内容更有意思。一个科学家就一个假设进行测试,这种客观的态度让他对印第安人冷眼旁观的姿态反映得更加明显了。他这种态度和早期那些探险者的各种态度形成了鲜明对比:约翰·史密斯是残酷谩骂,布拉德福是感到恐慌,威廉姆斯先是同情随后又感觉幻灭,贝弗利和后来的巴特拉姆则多愁善感,伯德的嘲讽,克雷夫科尔的赞扬;甚至科学观测者哈里奥特,也比刘易斯和克拉克他们带有更浓厚的个人色彩。这里的问题不在于他是否对土著文明或土著民族做出了实际判断,而是这种判断的力量或说是感染力。很奇怪,在《日志》中对印第安人的冗长叙述是不带什么个人感情的。比方说,即使在描写到印第安妇女很美丽时,给读者的感觉也是这些土著女人根本没有什么吸引力。那些倒霉的切努克族妇女们"有着姣好的脸庞,但比较矮胖,她们的双腿极为壮硕,通常这是因为她们的血液循环受阻所致;她们的脚很小,由于脚踝以上用很多珠子链紧紧地束缚住了,所以她们的腿都显得很肿胀"。对其他不太畸形的人,比如提顿族的妇女,他们也是用十分冷静的语气来描述的:"长相令人愉悦,但并不漂亮,高颧骨,穿着兽皮、衬裙和长袍……干所有艰苦的粗活,我得说,她们都是男人们完美的奴隶。"漂亮,矮胖,不漂亮,艰辛,这里虽然堆积了大量的细节,但却让人印象不深。刘易斯和克拉克《日志》中的印第安人既无处不在又无影无踪。

　　对于土地的描述却是另外一番情形。土地总是与能源联系在一起,并涉及《日志》的作者本人。描写土地的段落是《日志》一书的情感和精神中心。这段内容是刘易斯的叙述中最个人化的部分,克拉克也在他的观察记录中表现出了极大的热情和兴奋。以下面对密苏里河畔冰层的这段复杂描写为例:

　　　　河水上涨时,水流穿透原来冰上的缝隙和气孔,一夜之间变成了一块表面光滑的冰,有4到6英寸厚,河流退潮时那块冰随着水位下沉,附在底部。但不久冰面又一次升至先前的高度,这样地来来回回,在河上留下了一个有几英尺的河谷,以供水流将它带至平坦的表面。

　　对刘易斯来说,景色是人生和命运的表象:

　　　　一天下午,我……走出去沿着河边山峦向上爬,我发觉这非常的累。当我爬到邻近几个山头中最高的那个顶峰时,觉得我付出的辛苦很值了;因为从这个地方,我第一次看见了落基山脉,但我只能在地平线的远处

第七章 最终的航行

看到最高的几个山峰,我用袖珍指南针观测发现,今天早上克拉克船长看见的这片崎岖山脉最西北端的那个钻探点 N.65W 其实还要更偏北些。这几个落基山脉的制高点被白雪覆盖,阳光照在上面,辉映出令我十分陶醉的景观。当我眺望群山时,有一种悄悄的喜悦,因为我发觉自己是如此接近这条仍被认为是绵延无尽的密苏里河的源头。但当我想到,这白雪皑皑的天然屏障很有可能在通往太平洋的路途中为我们带来困难,以及让我和我方的人员遭受煎熬和苦难时,这在某种程度上抵消了我第一次凝视它们时所感到的那种愉悦。但是由于我总是将杞人忧天的行为视为一种罪孽,所以我将一直坚信这是条很好走很舒适的路,直到事实令我不得不改变我们的信念为止。

和哥伦布一样,刘易斯也弄错了。他看到的不是落基山脉,而是有"小落基山脉"之称的蒙大拿山脉。和哥伦布一样,刘易斯也立刻构思了一篇表明自己识别了此山脉的一篇叙述。哥伦布当年立刻确认了圣萨尔瓦多,并给它起了名字,为它定位。刘易斯也是一样。他识别出了落基山脉,并马上将自己所在地确认为在密苏里河源头附近。"仍被认为是绵延无尽的"密苏里河——正如当年人们认为大海太宽而无法向西横渡一样——被刘易斯现在所做的地理推论变得不再无边无际。哥伦布将新大陆指认为旧世界的亚洲和原始的伊甸园。刘易斯也和他一样。当他眺望西边广阔无垠的未知土地时,他认为他看见了熟知的美洲,并将落基山脉定位于沿密苏里河只要四天轻松的航行便可到达的地方。但是他叙述的其余部分表明自己有了一个发现。他登上顶峰,顶峰上"辉映出让人陶醉的景观"为他提供了客观的地理资料。然而同时,他反观内心深处,"感到了一种悄悄的愉悦",认为自己几乎到达了他原以为仍非常远的目的地。他并没有因为眼前景色广袤无垠就觉得自己渺小,相反,当他站在岩架上向下看时,这条大河的全景尽收眼底。随后,他的欣喜似乎消失了:"但当我想到,这白雪皑皑的天然屏障很有可能在通往太平洋的路途中为我们带来困难……在某种程度上抵消了我第一次凝视它们时所感到的那种愉悦。"此后,他又恢复了精神:"但是由于我总是将杞人忧天的行为视为一种罪孽,所以我将一直坚信这是条很好走很舒适的路,直到事实令我不得不改变我们的信念为止。"

追溯这个段落的写作过程十分有趣。一开始描写的是刘易斯在美景中穿梭;接下来,他变得内省,由于出乎意料地发现河流之源离自己很近,他更加地贴近了这片景色。随后,他感到造成这个宏大景观的力量不受控制,也许是无法控制的;再后来,他又树立起了信心。于是,故事以一个英勇的决

155

145

殖民地时期的文学

定结束,那就是前进并征服。这个决定蕴含的乐观主义让眼下的形势发生了变化,但却没有影响到未来;这样的乐观主义着眼于英雄本身而并非他的处境。我们再回过头来看看这段文字就会发现,这段描述的各个方面都是以刘易斯为中心展开的——他对山的看法,见到它们的感觉,对它们的渴望,不让它们困扰自己的决心等等。个人在占领世界的同时确立自己身份的这一进程始于哥伦布的航行,在这段文字中,这一行为达到了一个新的发展阶段。

而克拉克和刘易斯不同,他对虚伪的假象并不感兴趣。他在刘易斯之前所做的旅行日志,其内容不带有任何个人色彩:"今天在散步时,我看见不远处的河流两岸山岭耸立,这些山头彼此各不相连,杂乱无章地分布在曼塔里斯(Minetarrees)周围。我认为自己还看见了远处西南方向的连绵高山,但由于视野模糊,看不清楚,因此我也不是很确定。"这段文字中没有故事情节,没有内心的冲突,也没有连续性。"河两岸山峰高耸,各不相连,而且怪石嶙峋,往往是一块深褐色粗糙的硬石头和一块白色的柔软砂岩混合在一起。这座山底下蕴藏着煤、炭化的木材和零散分布的轻石。"他的所有记录都是这样客观。

刘易斯的主观和克拉克的客观是互相包含和补充的。当再发现一处新的山脉时,刘易斯总要亲自攀登上去,而克拉克却时时记得测量自己的所到之处。如今,探险的物质回报比以往任何时候都更清晰地定义成投资这个概念。利润既取决于市场本身,也同样与个人推销密切相关。在刘易斯和克拉克的眼里,不断增加的关于财产和扩张的定义被整个归入动态的定义中。占有土地意味着把一片全新的领土统一于持续的国土扩张进程中。

对于这些代表国家的探险者来说,这意味着个人在已开发的土地上获得了身份认证。刘易斯和克拉克是这种探险的理想组合。通过他们的合作,刘易斯做了心理和感情方面的附加描述,推广了西部的概念;克拉克完成了余下的合并任务,他汇集了植物和地理因素等各种事实,收集了与美国新疆土相关的重要数据。在他的笔下,西部成了一个有机体。

旅途中,他们往往要等到把前一天的见闻记录下来以后,才开始新的行程。杰斐逊曾清楚地指示说记录日志是远征的主要任务。他给刘易斯的指令意味着书面记录应该是他们所带回来的远征发现和收获的主要内容:

你们要认认真真地把所见所闻精确地记录下来,让其清楚易懂,让自己和别人只要把记录放在桌子上就能明白其中所有要点。记录要能说明你们所见所闻发生地点的经纬度,而且必须提交到作战部门,让美国国内的专门人员同时对其进行数据计算。在空闲时间,你们要对这些记录，以及其他笔记做几个副本，并把这些副本交给同行中最值得信任的人来保管。这样，才能应付意外的遗失。更进一步的保护措施就是用桦木纸做副本，因为桦木纸受潮的可能性要比一般的纸小。

在刘易斯和克拉克的《日志》中，文学上的征服体现得十分明显，因为他们每天都在做记录，有时甚至一天记两遍。除了刘易斯和克拉克，远征队的其他七位成员也写了自己的日志。整个远征队总共完成了大概五千页记录，包括精确记录他们自己的思索、推理、冥想和说明性的文章。作为《独立宣言》的主要起草人和书面宪法的倡导者，杰斐逊深知，今后这些记录将是合法性的依据。即使面临军事撤退，刘易斯和克拉克也要不惜一切代价带回他们的日志。是这些日志而不是人，为现代法律合同的权威注入了生命。然而，它们也同样具有现代文学气息，因为这些著述不仅展现了世界的面貌，更展现了自己独特的魅力。

探险过程并不总是一帆风顺的。发现密苏里大瀑布后，刘易斯感到心满意足，因为大瀑布实现了远征的地理目的。他认为瀑布是"庄严华丽的风景"，是"我见过的最绚丽的景色"，并着手开始写记录。他对瀑布的运动和变化的印象最为深刻：

> 飞流直下的瀑布，冲向形状突出的不规则岩石，一瞬间激起上百成千的雪白泡沫，有时会稀疏地喷溅到15甚至20英尺高的地方。这些泡沫几乎还没成型，新一轮瀑布就已袭来，激起的新的一层泡沫就会把它们掩盖。

刘易斯找到了一个合适的位置，既能俯瞰瀑布的运动，又能享受周围的寂静。他站在一个交界处"正对着瀑布的中心"，交界处把瀑布和"一片三亩大、错落有致地点缀着各种棉白杨的美丽小天地"分开。面前的水流猛烈地冲向河床，刘易斯观察着远处的一片土地。他注视着在大地和水流之间的蓝天，发现自己处于宇宙的中心。所以文章有一个仙境似的结局便不足为怪了："瀑布的飞沫和雾气折射着阳光，形成了一道美丽的彩虹，给这天堂似的宏伟美景增添了很多情趣。"

刘易斯一转念，又觉得他对眼前的一切无法掌控了："完成了这一篇不完美的文章后，我继续欣赏瀑布，深为自己语言的缺憾感到十分沮丧，所以我决定拿起笔，重写一篇新的描述。"有些东西是常规的说法，他本可以只说这些风景简直美得无法形容，但是他并未就这样停下来，而是继续写道，"我又

殖民地时期的文学

想到,也许最好的方式就是记录下头脑中闪现的最初印象了。"与其说这是在进行描述,不如说这是在展示他自己的艺术才能。

> 我真希望能拥有萨尔瓦托·罗萨(Salvator Rosa)的神奇画笔或是汤普森(Thompson)的文采。这样,我就能准确地向文明世界的人们描述这片伟大风景的壮丽和庄严,真可惜这样美的风景自从天地初开之始就不被文明的世界所知。但是,我的这种希望是徒劳的。

罗萨是18世纪最出名的画家之一,他的油画描绘了理想的荒芜;詹姆斯·汤普森(James Thomson,1700—1748)是经典的浪漫主义诗歌《四季》(*The Seasons*,1726—1730)的作者。一看到"庄严盛大"这样的短语,读者们便可以确切地知道,文章包含着浪漫主义的丰富想象。

对个人艺术才能匮乏感到绝望也是浪漫主义艺术的一个典型特征。在抒发了对自己有限写作能力的绝望后,刘易斯继续在文中记录着眼前的风景:

> 所以,我仅能用自己的笔,尽力描写这个美景中的主要特征。我仍然希望,其他更有文学才能的人能够根据我所做的记录,再次将这一景色描述,以便能向世人展示我眼前的美景之一二。此时,我眼前的这一切赋予了我无比的喜悦和惊喜,我甚至敢宣称这样的风景是世间独一无二的。

所以,这篇文章结尾充满了身处于那片土地所感到的骄傲,而没有了绝望的痕迹。这种骄傲也是对他自己能站在那片土地上的骄傲,因为那片土地本身就值得用伟大的艺术来歌颂。

接下来这段文字写于一个月后。在这里,观察者和风景已经不可分割了:

> 今天晚上,我们见到了最非凡的悬崖。这些悬崖从河的两岸拔地而起,垂直冲入云霄,有1200英尺高。这里的一切都充满着黑暗和抑郁。在有些地方,高耸突兀的岩石仿佛就要在我们头上坍塌。5.75英里长的河流似乎曾在这些巨大坚硬的石块中奋力穿行,从位于底部的出口溜出。急流撞击着崖壁,在两边形成了一块块巨石。

这里并没有出现类似于庄严、华丽这样的辞藻,但是这段描写充满了浪漫主义的文学色彩。风景的黑暗和抑郁、高耸危险的岩石和从巨山裂缝中迸发的激流表现出了哥特式的恐怖场景。

第七章　最终的航行

然而，文章绝不是以哥特式的口吻来结束的，刘易斯把内心世界当成了第一个参照物。"我来到这里时，已经很晚了"，他这样写道，带着不安"我被迫继续行进（他进入了那个地方），直到天黑后，我终于找到了足以让我们这个小团队驻扎的一点空间"。他轻快自在地结束了这个句子，又继续写道："最后，我们发现左边有个地方，生长着很多易燃木和油松。底下是黑色的花岗岩，上面的岩石颜色比较浅，从形状来看，我觉得那是黄褐色或是乳黄色的燧石。"发现的整个过程，开始于对黑暗危险悬崖的诗意描述，又以同样具有文学色彩的描写结束："从这个地方的样子来看，我称它为'通往落基山脉的大门'。"此刻，再也没有对自己语言能力的担心；如果说前面的描写比较字斟句酌的话，后来的命名就显得直接而简单了。几天后，刘易斯就根据一个岛屿上的主要农作物把该岛命名为"洋葱岛"（Onion Island）。

认为刘易斯迫于现实的压力而放弃对文学的追求的观点是错的。刘易斯自始至终都坚守着他的文学意识。在回程途中，他写道："河流穿过的那些山脉高耸入云，山上怪石嶙峋，有些地方还被白色的雪松所覆盖，给人以十分浪漫的感觉。"另外，他感到"空气清新怡人，一群小鸟在河岸边的小树林里聚会，鸟儿的叫声令人陶醉不已"。在措辞、语言组织和描写重点上，刘易斯一直都带有浪漫主义的色彩。

在巴特拉姆的文章中，我们发现了美国田园式浪漫主义的萌芽。这种田园式浪漫根植于美国独特的自然风光，也带有浓厚的文学色彩。而阅读刘易斯的《日志》，却可以让我们追寻美式浪漫主义文学产生初期的一切进程。密苏里大瀑布很好地展示了浪漫主义的特征，就连威廉·华兹华斯（1770—1850）也无法做到这一点。当刘易斯觉得"记录下头脑中的第一印象"是最好的选择时，就已经在使用浪漫主义的信条了。但是，他没有因此而感到宽慰，而是发现了自己能力有限。所以，他改变文风，创造了一种更加雄心勃勃的浪漫主义。写作本身可能不足以捕捉所有令人印象深刻的风景，但他有其他途径可以融入写作之中。

在更早的一篇文章中，浪漫的化身变成了现实的危险。旅程刚开始，这支团队就遇上一只巨大的棕熊。棕熊遭到远征队一个猎手的射杀，受了重伤，无力还击，便试图逃跑。几个探险队员沿着血迹找到它，向它头骨内射入两颗子弹，棕熊才最终丧命。检查棕熊尸体的时候，探险队员发现，猎手的子弹已经射中"这头巨兽""肺部的中心，尽管猎手已经追了它足足半英里，并且它返回此处要走两倍于这段距离还多的路程，但这头棕熊仍用爪子挖了一个2英尺深、5英尺长的地洞，作为自己安息的地方。探险队员找到它时，它已经受重伤超过两个小时，生命力依旧十分旺盛"。

刘易斯笔下的棕熊并非一个富有诗意的形象，相反，它是个令人生畏的可怕家伙，它的危险就蕴含在它的身体之中："仅仅一枚子弹并不足以征服它们，子弹必须射中它们的头部。"刘易斯观察道："即使这样，也很难杀死它们，因为熊的额头两边和前额中心突骨处都长有很肥厚的肌肉。这些毛皮几乎要两个人才能抬得动。"关于熊身体特征的细致描写有着令人意想不到的效果。与其说这是对熊的客观描写，不如说它让读者更加清楚地感受到坚不可摧的力量，并模糊了浪漫主义中物质和精神的区别。即使已经死去，棕熊那庞大的尸体一样令人无法抵抗。它几乎坚不可摧，即使死了，也不容轻漫对待。一个人根本处理不了它的尸体，光是抬动它的毛皮就需要两个人。这头巨大的棕熊是个不折不扣的庞然大物，不禁让人产生行而上学的念头："杀死棕熊是那么的困难，"刘易斯沉思着，"这确实吓住了我们。"

这种内心的威慑力既是实实在在的，又是行而上学的。试图让刘易斯把对熊的描写同熊本身分开是不可能的。相比之下，那片记忆中的水仙花在华兹华斯内心引发的感情和花朵本身只有间接的联系而已。水仙花的出现不但是可有可无的，而且它的出现其至可能影响作者的描写。对于华兹华斯来说，充满诗意的场景只有体验过后才能出现。刘易斯对自己的写作感到绝望，并开始怀疑好的作品带有瞬间性，这恰恰是因为他明白文章应该捕捉物体本身，而不是进行再创造。这种区别主要不是反映诗人和探险者的不同，而是反映了由于个人和自然本体论关系的不调和而形成的意识形态上的区别。在华兹华斯眼中，人类与自然的关系受历史性或存在主义特性的影响。不仅因为他是诗人，更是因为他长期住在景色相对稳定的英国，所以华兹华斯能从视觉感受和记忆中提取精华。刘易斯认为他所在的那片土地不曾有人居住过，所以他必须确立和这片土地的主要关系。他收集种子、骨头、土壤、植物，把它们装入麻布袋，不断地运回给杰斐逊，并不停地充实自己那和他采集的标本同样重要的日志。

刘易斯渴望与自己描绘的土地融为一体，而不满足于用文章来表现这片土地。正因为有这样的野心，所以他就要承受失败的风险。由密苏里大瀑布而产生的绝望背后隐藏着这样的事实：也许，刘易斯不仅不能准确地传达自己对密苏里大瀑布的感觉，而且不能准确地描绘瀑布本身。华兹华斯如果失败了，那只是他个人伤感的事，而刘易斯如果失败了，造成的潜在影响则是巨大的。旅程结束三年后，刘易斯去世了（杰斐逊认为他是自杀身亡）。这期间，即使面对来自个人和政界的长期压力，他也不愿再重写或编辑自己的《日志》。最后一篇日志是克拉克于1806年9月25日星期五写下的这样一句话——"在一个美好的清晨，我们开始写作。"这积极地宣告了一个新的开

第七章 最终的航行

始,一个标志着成功的开始。然而,到头来,探险队员应该完成的所有记录也随着旅程的结束而告终。

西部对于刘易斯和克拉克来说,与新世界对哈里奥特、史密斯、布拉德福和贝弗利来说一样,都是历史的而非文学的。在 17 世纪,所有与新世界相关的报导都被称为"真实的报道",因为它们意在精确反映现实。然而,这些作家对美洲和欧洲殖民地的看法并不是他们独有的。在我们要讨论的最后的一个文本中,我们会看看这种看法是如何体现在其他形式的写作中的。

在查尔斯·布罗克顿·布朗(Charles Brockden Brown,1771—1810)的作品《埃德加·亨特利》(*Edgar Huntly*)中,西部拓荒者的形象开始出现在美国的小说中。这个形象是开端也是结束,它第一次构造了独特的美国灵魂;同时,它也几乎是最后一次表现以征服者(像哈里奥特、史密斯甚至布拉德福和贝弗利)的姿态去占领土地,而非承担使命的人。

故事发生在 1787 年美洲殖民地时期的一个地区监狱,白人居住的小屋被吞没在荒野中,处处藏匿着危险的敌人。具体地点是宾夕法尼亚州一个叫勒海(Lehigh)的村庄,这里的原著民还没有完全被驱逐,法国和印第安部落的战争依旧此起彼伏。《埃德加·亨特利》就像一部编年史,为我们讲述了在这样一片充满恐怖鬼怪,充斥着令人毛骨悚然的暴力土地上,一个梦游者在噩梦般的大地上徘徊的故事。故事的第一批观众是"友谊俱乐部"成员,布朗本人也参加了这个俱乐部,这里聚集了市内所有对启蒙政治和黑暗内心有浓厚兴趣的专家和艺术家。故事发生的背景以及小说本身纠结的错误身份和双重角色导致很多评论家从精神分析的角度来阅读该作品,将其解读为对内心恐惧的表达。然而,内心冲突的外在表现形式绝不是偶然形成的,《埃德加·亨特利》的哥特式恐怖在这片土地上可以得到很好的阐释。

这篇小说其实是埃德加·亨特利给玛丽·沃德格雷弗(Mary Waldegrave)写的一封信。玛丽的哥哥是埃德加·亨特利的好友,被人用卑鄙的手段谋杀。于是亨特利着手调查凶手。随着调查的深入,事情更加扑朔迷离,种种迹象似乎暗含着亨特利自己怪异的举动。他有梦游的习惯,好几次他都在十分可疑的地方醒来,一切似乎表明一个事实:即便亨特利本人不是罪犯,至少他身上也有从未被发现的暴力倾向。有一次,当他醒来时,就被一片浓厚的黑暗包围,在小屋里睡着之后发生的任何事情,他完全想不起来。他"半裸"着躺在一块露天的"石床"上,周围空气十分浑浊。他痛苦地爬起来,根本看不清眼前的路,他踢到一个东西,原来是"一柄印第安人的战斧"。亨特利把它拣起来,往前走了几步,发现自己在深洞的底部。他开始往外爬,一出来，就看见洞口蹲踞着一头黑豹。亨特利用印第安人的斧头砍死了黑豹。虽然逃脱了被黑豹吃掉的危险，他却强烈地感受到一阵致命的饥饿。一想到要找东西吃，他第一时间想到的是眼前黑豹的尸体。

此时，亨特利停止叙述，告诉读者对于自己的行为，他感到既厌恶又恐惧。但亨特利抑制不了吃肉的欲望，扑向黑豹那臭气熏天的尸体。在新大陆的作品中，野性是无所不在的主题；回顾哥伦布对加勒比海人的指控，大多数都反映了野兽般的禁忌饮食习惯。布朗用自己的方式表现这一主题，这种方式也反映他对所谓的殖民化的基本态度：他把外在的事件和体验看成白人内心的矛盾，进行再塑造。埃德加·亨特利被带有兽性的人包围着。周围的这些人和他自我保护的欲望同时也唤醒了埃德加·亨特利血液中的兽性。18世纪末期，内心的诗化是文学上一个新的创造。在美国文学上，西部特征的首次有力表现就是与脆弱的文明之间的客观联系。在亨特利眼中，吃黑豹的生肉是"精神失常的怪异举动"。

西部是美国小说的典型主题，这个主题被美国作家采用，目的是超越大洋彼岸的欧洲同行。布朗在《埃德加·亨特利》的前言中指出，作家的主要职责是激发读者的感情，"引发幼稚的迷信行为和爆炸性的举动，哥特式城堡和客迈拉（chimeras）① 式的假想怪兽就经常被应用，来达到这样的目的"。然而"印第安人的敌对行为和来自西部荒野的危险，在美国似乎更加合适；作为一个美国本土作家，如果忽视了这些因素，简直无法被原谅"。

《埃德加·亨特利》一书中传统的哥特式手法通过他和他笔下的人物对印第安人无法平息的仇恨表现出来。在饱食了黑豹之后，他继续在黑暗中摸索深洞的出口，出口似乎位于洞穴里。他走进好几条死胡同，最终找到出口，可是在洞口扎营的四个印第安人，对他来说是更直接的威胁。"多数人都会被这群恐怖又惹人厌恶的生物纠缠。"亨特利这样写道。这群生物指的就是印第安人。在他孩提时期，"这些暗杀者"就夺去了他双亲和一个同胞手足的生命。从那时候开始，"每当他看到或者想起这群野蛮人，他都战栗不已。"此时，他正面临这样的噩梦。除了四个印第安人，洞穴里还困着一个被绑架的白人女孩，已经奄奄一息。亨特利干掉了三个印第安人，剩下的那个扯着女孩的头发，用枪指着那个发出"凄惨尖叫的"女孩的胸口。英勇的亨特利把最后一个也打发了，美丽的女孩最终得救了。"不要认为"，亨特利对他的收信人写道，"我在欢快而平静地讲述这些故事，"他是在讲"一个充满血腥和灾难的传说"，但是"如果你想到我温柔的习性，我对暴力和流血的厌恶，我

---

① 客迈拉，一种通常被描绘成狮子、山羊和蛇的组合体吐火的雌性怪物。——译注

对火枪和杀戮的陌生,那么你可能很难相信我的故事"。

这个可怕的故事中存在着明显的不连贯性。"从来不习惯使用武器,又被艰苦和痛苦折磨得失去了勇气,这样一个人突然碰到这么大的危险,竟然能战胜四个印第安人。这些印第安人从小就接受训练,能灵活使用武器。这件事好像是一个幻觉,而不是真实的。"布朗在序言中指出,印第安人的敌对行为比哥特式的假想怪兽更适合出现在美国的小说中。布朗的这种提示并非是让我们不要相信亨特利的可怕描述。这个提示是由新的关注点形成的新主张。《埃德加·亨特利》这部小说是真实的;由于作家面临的独特情况,美国的小说比起欧洲小说,更贴近现实(其读者也一样)。让人担心的是,小说与现实的紧密联系让美国作家暴露于异常且真实的危险中。这种危险正如埃德加·亨特利从梦游中醒来后面临的威胁一样。这时,埃德加最可怕的噩梦变为了现实。从前,不管从哪个角度来看,他都应该是个文质彬彬的人,不具有很强的行动力,更不用说是暴力倾向。而在这片真正的荒野中,使他成为从前那个人的所有因素都不复存在了,他变成了与充满敌意的印第安人一样的人。

看到饥饿的印第安人吃着令人作呕的饭菜,刘易斯感到十分同情和怜悯。这样的感情既来自他与印第安人间的距离,同时验证了距离的存在。由于吃了黑豹的肉,亨特利也变得野蛮。然而,这并不是说明他们看法相反,只是持有该看法的程度不同而已。刘易斯和布朗对印第安人的看法是一样的,不同在于刘易斯觉得印第安人和自己没有什么个人关系,而布朗却不能漠视他们同自身的联系。对刘易斯来说,文明是白人所独有的特点;而在布朗看来,野蛮和文明在每个个体内部冲突激烈。所有印第安人都是野蛮人,这个事实导致每一个印第安人"理所当然"地成为白人的"敌人"。亨特利多次坚持屠杀印第安人的举动并不是出自他的本性,因为他本身也是个文明人。但是恰恰因为自己是文明人,他才必须发誓要灭绝这些畜生,把他们从自己的周围甚至最终从这片大陆上驱逐出去。为了保证白人的文明不受侵害,布朗和他笔下的英雄亨特利甚至也沦为野蛮人。野性使得他们有机会超越欧洲传统,但也让他们从文明的生活方式和文学中灾难性地堕落了。为了保证写作,布朗和亨特利必须保留人的自觉,而这种自觉能力是野蛮人所无法拥有的。

在布朗对印第安的仇恨中,文学与历史、个人与种族等因素缠绕在一起,尤为复杂地表现在对老黛玻(Old Deb)的叙述中。老黛玻是一个特拉华州老妪,独自生活在一个叫诺沃克(Norwalk)的地方。老黛玻所在的部落曾经住在一个村庄里,这个村庄就建立在亨特利家族目前所在的土地上。英国人长期不断地骚扰村民,逼走了他们,但老黛玻拒绝搬走。她烧掉自己在村里的

殖民地时期的文学

小棚屋,在树林深处盖了一间小屋,从此在那里住下,和她做伴的只有三只"带有印第安血统或狼的血统"的狗。她和这些野生动物建立了共生的关系,并不断和它们对话。同时,"她蔑视使用英语"。长期的与世隔绝让她忘了自己的语言,甚至几乎完全丧失了交流的能力,只有亨特利能稍微听懂她说的"土话"。

结果,老黛玻对亨特利逐渐友善起来;亨特利也对她产生了兴趣:

> 她自称在族人中出身显贵,加上她瘦小枯干的身躯,似乎都在公然反抗时间和自然环境的蹂躏;至于她的年龄,人们一定会毫不犹豫地认为她已经过百岁,她带有浪漫色彩的独居和在大山里的神出鬼没让我想到"麦布女皇"(Queen Mab)这个称呼。

老黛玻和英国民间传说中麦布女皇的关系,以及她作为怪诞故事主角的身份,让这个印第安干瘪老妪与整个故事十分贴切,而她的其他族人却不具备这一特点。她不停地说话,对野兽滔滔不绝地说话。她对三只狼的控制和狼对她表现出的忠心颠覆性地模仿了驯化的模式。她不禁让人想起了撒旦对神的秩序的模仿。这些都让老黛玻和麦布女皇成为浪漫和浪漫主义的产物。显然,她是个女主角,即使有人会说她是个邪恶的角色。

正当这种可能性在文章的中间即将显现之时,布朗却停下笔来。也许,亨特利认为自己不能过多地在这个人物与女主角之间做粗鲁的对比。旧时诗人这样来评价二者:两者之间除了不和谐,就没有别的什么了。叙述者并没有坚持,他说道:"尽管如此,老黛玻和麦布女皇很快就被不加区别地广泛使用了。"这个一开始充满浪漫色彩的名字,最后沦为了绰号。在接下来的章节中,老黛玻的故事再也没有浪漫的色彩,而只具有浓厚的历史感。读者会看到老黛玻的小屋其实像亨特利遭遇到的那种印第安小分队的中转站。拒绝离开自己原来居住地方的老黛玻展开了游击战。从这个角度看,她已经不单纯是亨特利在文学创作中的主角,更是他的政治噩梦在生活中的印证。

文学和历史两股相互缠绕的势力在每一个个体内部纠结扭曲。身为印第安人的老黛玻被视为苦难的根源,必须加以驱逐(她的反抗恰恰证实了这一点),但是,遭到驱逐后,她又向鬼魂一样纠缠着白人征服者。每到夜晚,野蛮和文明两股势力就在亨特利的内心先生激烈的冲突;而在白天,作为诺沃克公民的亨特利要继承他叔叔建在老黛玻原来土地上的一座农庄。这种幻影与实际的直接结合,以及它们的不相称成为小说的主题之一。这种特点让《埃德加·亨特利》独具特色,甚至开创了新的传统。布朗在小

第七章 最终的航行

说中一再反复强调说，这本书是挑战人们固有信仰的，而他同时又把小说与当地的历史紧密结合：因为小说的主人公们就是被历史逼疯了的。

所以，《埃德加·亨特利》是一部过渡性的作品，它给小说带来的影响正如巴特拉姆的《行旅》带给诗歌的影响一样大。布朗的小说开创了美国诞生进程中的一个新时代。在此之前，土地和历史的实际情况会以无法抗拒的客观的力量迫使文学作品为之服务。而在这个新时代，这些客观力量便相继服务于文学创作。这个阶段本身就是一个历史事件。它标志着在欧洲人对新世界内在化的想象中，取得了征服美洲的决定性胜利。美洲原著民的灭绝和白人对土地的占有，这些最具戏剧化的事实成为第一代文人创作的首要意象。在历史的动荡的转折点上，布朗难以坚定立场；在痛骂理应遭到灭绝的印第安人时（我们所能阅读的内容中，亨特利杀掉了自己遇到的每一个印第安人），他感到左右不定。在印第安人灭绝后，他把他们内化成白人心中的常住居民。

老黛玻和麦布女皇都是真实的威胁和潜意识的鬼怪。这种双重性从未得到统一，在故事的结尾，老黛玻的命运仍然是不确定的。这个印第安老妪似乎仍具有历史性和文学性两个特点。由于"有帮助和怂恿自己人进行劫掠的嫌疑"，老妪被捕捉，这时她的行为就像麦布女皇一样，而不像印第安人。"她欣然地承认了，并为自己做的事情感到骄傲……她勇敢地对其压迫者表示蔑视。"然而，她的英雄主义是空洞的；尽管她的角色本身允许，但布朗并不能像莎士比亚描写李尔王那样，给老黛玻的疯狂赋予其含义。他把老妪存在的意义局限于种族间的冲突，就连读者都会认为这不符合一个作家的本能。他解释道，老妪仅仅依靠自己"异常的固执和糊涂"来坚守自己的立场。布朗在塑造这一人物形象时就声明了她的糊涂和缺点。

第一个出现在英文作品中的美国原著民妇女是约翰·史密斯的波卡洪塔丝。与波卡洪塔丝一样拥有高贵血统的老黛玻，却是波卡洪塔丝的对立面。在布朗的小说中老黛玻这个干瘪的古时老妪，已替换掉年轻少女，本身成为猎物而非拯救者。波卡洪塔丝爱白人；老黛玻则憎恶白人。波卡洪塔丝和老黛玻分别代表了印第安版本的好女人和坏女人。印第安人好女人的形象所拥有的特点——年轻、漂亮、有爱心、体贴入微、爱好和平、顺从等，不可能出现在《埃德加·亨特利》这本书中。然而，詹姆斯·费尼摩尔·库珀（1789—1851）的小说却以这样的印第安好女人和与她们匹配的男人为中心。刘易斯和克拉克的旅程标志了对新大陆征服的一个决定性时刻，库珀的写作恰恰体现了这个时刻的另一方面。他在征服大陆的同时，也征服了印第安人。早些时候，对于布拉德福、贝弗利（他那句"我是个印第安人"的论述预示了库珀的征服。）、巴特拉姆、布朗，甚至一定程度上，对于杰斐逊来说，印第安人都是白人占有美洲的竞争者。这些印第安人在库珀笔下或多或少地成为这块版图上的不便因素。好印第安人推进白人征服的进程，反之则阻碍这一进程。他们并非没有知觉，没有人性。他们的命运是悲惨的，有时甚至可以算得上是悲剧性的。即使对某些"坏"印第安人，就像《最后一个莫希干人》中桀骜不驯、嗜血成性的休伦族人（Hurons）和《大草原》（The Prairie）中的苏族人（Sioux），库珀也表达了一定的尊重和同情。库珀最广为人知的作品《最后一个莫希干人》的书名就说明，那时候美洲原著民已经处在一个殖民化完成了的历史时期。

白人的内心世界还是定期受到印第安人报复行为的恐吓，虽然并不总是是这样。在马克·吐温的《汤姆·索亚历险记》（The Adventure of Tom Sawyer）中，印第安·乔（Injun Joe）就是个洞穴和噩梦的产物，这个形象继承了布朗的描写，而不是库珀的描写；在斯坦利·库布理克（Stanley Kubrick）1980年的电影《闪灵》（The Shining）中，恶魔一直萦绕在一座重建的旅馆周围，这座旅馆位于一片被亵渎了的印第安坟地，而纳伐霍人（Navajo）和阿帕契人（Apache）的艺术衬托出一阵阵挥之不去的恐惧感。在刘易斯和克拉克的《日志》之后描写大陆的文章中，人们对美洲原著民这一主题的激情越来越少了。我们能看到，《日志》一书已经表现出对这一问题的漠不关心：对刘易斯来说，最能引起共鸣的话题就是土地本身。殖民时期过后，美洲文学变得极为关注土地，而土地的历史色彩也越来越淡。

能够描述一个国家的不是历史的偶然性，而是普遍的真理；不是来来往往的人们，而是永恒的自然。美国人从19世纪开始的对历史的漠然已经臭名昭著，这一点从他们对历史事实的掩盖就可见一斑。具有讽刺意味的是，在踏进美国大陆的欧洲人看来，正是由于缺乏历史的能力，印第安人不具备占领美国大陆的资格。他们成为美国历史活生生的博物馆，等待着当代以及未来的美洲人来超越。

直到美洲完全沦为殖民地，美国才最终摆脱了殖民地的命运。解决这一矛盾的办法就是建立一个帝国，来结束其他帝国对这片大陆的控制。这个帝国全面自主，所以它超越了扩张主义。随着刘易斯和克拉克向西部行进，美国在他们脚下以新的形式不断具体化，同时不断抽象化。在《日志》中，美国的特性不断通过有形的美洲大陆表现出来；美洲大陆的特点也从其过去被提炼出来。这一点让美国人可以忽略这样一个矛盾：这个国家的文学是根植于帝国的土壤中的。现代国家建立的早期过程中都出现这样的矛盾，因此美

第七章 最终的航行

国并不是唯一面对该矛盾的国家。在一定程度上，西班牙、葡萄牙、法国和英格兰都是通过废除其他国家或民族的主权来确立自己国家主权的。然而，美国能够获得其国家地位完全是帝国扩张的结果。这也使得主张自然的永恒合法性与征服的历史之间的矛盾尤为激烈。各个国家的文学都会试图把分歧和各种不和谐因素用文化的形式加以表达。比起欧洲文学，美国文学似乎从一开始就在调和另辟蹊径的创造冲动与文化连续性的保守之间存在着的更大的紧张关系。也许，这反映出人们很难解决在国家建立之始存在的极度不和谐。

随着英格兰开始改变世界格局，作为诗人和帝国的建立者的斯宾塞，担心"可变性"可能会推翻普遍秩序。无论在何地，改变都会占据优势地位。虽然可变性是由撒旦的种子演变而来的，她原本邪恶，但却"有一张可爱的脸，这张脸上映出了美丽的光芒"。尽管她对朱庇特（Jove）发出了带有亵渎神灵性质的挑战，朱庇特也无法下决心惩罚她。在决定世界状况的过程中——不管世界是将不断变化还是将永远静止——大自然通过把历史进程有效地转化成艺术演变，从而成为这一过程的最终裁定者：

（因为）万物都排斥固定不变，
但尽管事物千变万化，
却并未逃离其最初的本质。
万物在改变中不断地壮大，
最后，再一次转向原来的样子，
在这样的命运中达到自我的完善。

对于那些生活在帝国的范围内，并通过不断扩张来证明自己的人来说，以上论断或许会尤其有说服力。尽管人们都公认美国人是不受先前承诺的制约而只信奉永恒的变化的民族，但在美国的历史上，宿命论似乎起了很大的作用。虽然美国作家不断塑造出勇于反抗各种约束和限制的文学形象，但大多数情况下，这些主角的命运反映了自然的警示：虽然变化无处不在，但是变化本身也受到凌驾于变化之上的条件的制约。美国的文学似乎出奇的正式，它的各种形式因其内在的本质特征而得以保留，就连历史也没有改变这套形式，而是不断地对其进行丰富和扩大。在斯宾塞论断的结尾，朱庇特超越了可变性。然而，与上帝和君主不同的是，总统和公民是由关于共和国的描述的可变性和社会的迁移性来定义的。所以，斯宾塞的超验自然观应该和爱默生的观点比较接近。

○殖民地时期的文学

　　民族文学文化中包含的帝国根源有待进一步地解释和阐明。这或许是当代文人的独特任务之一。他们必须密切关注语言和权力之间的关系。从16世纪末的哈里奥特到19世纪初的刘易斯和克拉克，新世界的作家们共同创造了一个殖民化的文学，他们把领土扩张的必要性和政治上的控制权当成文章意义的普遍结构。对于文学和历史来说，这些结构都带有根本性，而且不仅渗透于作者的作品中，同时也贯穿于殖民体系中。的确，我们已经看到，文学本身就是一个殖民体系。"美洲"是基督教帝国的顶峰；可以说，美洲是紧接着以文字形式诞生的最后的福音书。

新英格兰清教文学

| 埃默里·艾略特

第一章　沙仑巫术的语言

极少有什么事情能像1692年的沙仑（Salem）村巫术审判①那样激发美国人的想象力。美国整个清教时期的研究都是通过分析沙仑村巫术审判而找到了最清晰的焦点。沙仑审判可以说是检验那些关于早期美国生活本质的理论的试金石。有些社会历史学家从经济学角度来解释当时的混乱，他们认为那是弱势群体因为嫉妒和愤怒向环境和社会阶层的敌人进行的反击。这种观点的一个本地化版本着眼于沙仑村内的世仇和派系之争，认为当地长期的争斗预先决定了后来的指控者和被指控者。文化人类学家和心理历史学家把沙仑事件看做是人们对焦虑的无序宣泄，而这种焦虑是17世纪80年代社会经济快速变化所带来的，并且由于一系列的灾害，例如火灾、水灾、疾病和印第安人的袭击而恶化。还有一些观点强调普通民众的作用，这些观点认为，普通民众发现巫术是威胁已有权势的一种武器。因为大部分被指控和被审判的是女性，而且其中一些女性拥有的财产受到了质疑，所以一些解读认为这是受到威胁的男性势力对新兴的女性独立和女性经济自主进行的镇压。各种解读方法虽然方式各异，但是它们都认同了这样一点：沙仑事件是新英格兰历史上一个关键的转折点——旧的宗教观念遭到质疑

---

① 沙仑村巫术审判（the Salem Village witchcraft trials）：沙仑村所在的地理位置就是现在的马萨诸塞州的丹佛斯。1692年2月，沙仑村里有几个女孩行为出现异常，经常晕倒或痛苦地喊叫。在大人的逼问下，她们说是村里的三个女人用巫术在折磨她们。被指控的三位女性当即被捕，重压之下，有一位承认自己是女巫。但是，对女巫的指控并没有停止，反而愈演愈烈。人们开始相互指控，被指控为女巫或巫师的人越来越多。1692年6月开始了对被指控者的审判。其间，不少人被处死。直到1693年春天，这场巫术审判才结束。——译注

新英格兰清教文学

而新的世俗观念逐渐形成。因此，这场巫术幻想也更常被看做是深刻的文化变革的开始。

以上的各种观点令我们对新英格兰历史的讨论显得生机勃勃，但是每一种解读都不过是在尝试用语言在我们的脑海里再现过去的真实。的确，如以前一样，我们必须借助言语和表述才能把握住那些潜藏的动机与骇人听闻的公共效应之间的关系。在沙仑村，在这场标志着雄心勃勃的基督教乌托邦寿数将尽的灾难里，语言和想象是核心组成部分。言语编织了一张邪恶阴谋之网，在这张网之下，每个人都有可能是一个心怀鬼胎的恶棍。被指控的人顷刻之间在邻居的脑海里就变成了魔鬼、怪物、敌人、异类，成为来自黑暗世界的另类。沙仑的居民们在多年的自然灾害、政治迫害、血腥战争中都生存了下来，并且安居乐业，但是他们却在自己的村落里发现了最可怕的危险。在那个悲惨的夏天里，20个被指控者被处死，几十人被关押。沙仑居民上演的血腥审判成为后来各种"巫师追捕"的代名词。

关于语言在沙仑事件形成中所起的关键作用，丽贝卡·纳斯（Rebecca Nurse）的例子就是最好的说明。审判纳斯时，陪审团起初认定她无罪，但是当地方法官们拒绝接受这一判决时，陪审团改变了他们的决定。法官们声称陪审团忽视了纳斯在证人席上说的一句"罪证昭彰"的话。这句话本身实际上非常模棱两可：当时纳斯只是质问为什么已经认罪的女巫阿比盖尔·霍布斯（Abigail Hobbs）和她的女儿迪丽弗伦思（Deliverance）还能作为证人来指控她，而她们，用纳斯的话说，"曾经接近过她。"但是法官们却毫无道理地认定纳斯的话就是承认了她经常在女巫聚会上与她们见面。至少在刚开始的时候陪审团对这句话有不同的理解。法庭的书记员托马斯·菲奇（Thomas Fitch）记录道："当尊贵的法庭对陪审团的判决明显地表现出不满时，几个陪审团成员表示非常想再次离席，法庭准许了他们离开。"当陪审团不能理解纳斯的话的"正确"含义时，法官们给了他们一个官方的解读。正如菲奇记录的，"在我看来，这些解读的言语成了指控她（纳斯）的首要证据。"

后来当纳斯得知她的话引起了误解时，她请求法庭考虑她说这句话的真正含义——因为她和霍布斯太太还有霍布斯的女儿一起关在沙仑监狱里，她们得到允许和她待在一起盘问她，为后来指证她搜集"罪证昭彰"的证据。纳斯不敢相信这些不可靠的犯人提供的证词却成了指控她的重要依据。当她在法庭上被审问到这件事时，她完全没有意识到她的话会被曲解。因为，她解释道，"（我）几乎听不清，而且十分忧伤，没有人告诉我法庭会怎样对待我所说的话。所以（我）没有机会解释我说她们和我在一起时真正想表达的意思。"虽然纳斯向法庭提出了这个请求，并且有40多位村民在她的请愿书上签名，但是，她还是在 1692 年 7 月 19 日被绞死。话语以及对话语的解读可能会是致命的。

关于沙仑血腥事件我们现在所能了解到的唯一事实就是描述这件事的文字——至今已有 300 年历史的语言代码，并且其蕴含的联想和含义是现代语言力图再现给读者的。对记录这一事件的文本的不同理解引发了关于各种问题的争论。这些问题是描述沙仑审判的语言传达出来的，包括：社会政治权力方面的问题，关于社会性别角色的、宗教秩序的、神学的、经济学的以及文本方面的问题——叙述结构、意象、表征论①（或预表论，typology）以及阶级化的对话。然而，许多问题遗留了下来，例如：在那可怕的一年之前，牧师和地方法官通常都以非常谨慎的态度来处理与巫术相关的案件，而且处理时间都拖得很长以便于人们逐渐淡忘；有些案件被转交给偏远的法庭审理，并且通常在几个月后就不了了之。相反，沙仑事件的记录表明，虽然许多牧师一开始都十分谨慎，特别在证据方面，但是地方法官似乎与指控者和已认罪的巫师们联合了起来，令人不解地陷入了疯狂的追捕之中。

在那个动荡混乱的岁月里，一些被指控者向官员们提出了合理的请求，希望他们能重新审理案件，重新确定取证的原则。1692 年 7 月，约翰·普洛克特（John Proctor）等待处决时，绝望地给五位波士顿牧师写信，信中说道："法官们、牧师们、陪审团和所有的人对我们都十分愤怒，把我们当成魔鬼的化身。对此我们无话可说。但是我们清楚地知道，从我们的良心来讲，我们都是无辜的。"普洛克特在信中还详细、准确地描述了已经认罪的巫师们以及本身就遭受怀疑的人提供的证词是怎么被当成事实的，还有年轻人，包括他的儿子又是怎样受尽折磨、被迫认罪的。最后，普洛克特恳求波士顿的牧师们"撤掉那些官员，换上能公正执法的人"。

9 月，玛丽·伊斯提（Mary Easty）得知自己将被处死，她写了一封请愿书，想尽力挽救其他人：

> 我并不是为了我自己向您提出请求，因为我知道我必须死，我的时日已到。但是上帝知道，如果可能，不应该再让无辜的人流血了。可是，毫无疑问，在你们选择的道路中，这是不可避免的……我知道你们走错了路……如果尊贵的大人们能开开恩，认真地审查这些受苦的人们，把他们分隔一段时间……我相信那些（可能）掩饰了自己和那些（撒谎

---

① 表征论（或预表论，typology）：在神学中，指新约与旧约中的人物和故事的象征、对应关系。——译注

的)人都会原形毕露。

为什么这样合理的请求却被忽视了呢?

还有一些谜尚未解开。2月至5月期间原告的指控词和被告的辩护词的变化很大,出现了夸大其词的趋势。但是,到了夏天,指控词却变得越来越模式化,审判过程也更加戏剧化,就像按照写好的剧本编排出来的一样。在执法过程中,地方法官和那些早已认罪的指控者们的角色似乎已经糅合在一起,他们不遗余力地折磨、恐吓被指控者,让他们认罪。法官们似乎经常利用文字游戏来获取罪证。的确,按照时间顺序来阅读《沙仑巫术文献》(the Salem Witchcraft Papers) 就会发现,几个月里,地方法官、指控者和已认罪的巫师的腔调和措辞越来越相似。而且,早已认罪的人紧张、激进、情绪化的语调与拒绝认罪的人的客观、理智、惊讶的言辞之间的反差越来越明显。被指控者说的话越有道理,他/她就越有可能被处决,因为屈服很快就成为求生的唯一途径。

了解到这些就可以从一个新的历史角度来看待法官们在沙仑案件中如此积极参与的问题。在整个17世纪,牧师们拥有解释超自然现象的特权。不管是在圣经中、在自然界里,还是在日常生活或普通话语里,博学的牧师都能把神的旨意从隐晦、神秘的语言或现象中辨识出来。牧师们用表征论的方法诠释圣经、事件以及各种不同的故事,制定了一套清教语言体系来解释未知事物的含义和意图。法律和政府赋予了地方法官宗教外的世俗权力,但这些世俗的领导们却要借助牧师来解释超自然现象以及其他可能蕴藏了神的旨意的事情。

然而,到了17世纪90年代,新英格兰的现实生活已不再满足牧师们的象征性推测了。也许正是因为这个原因,以及人们谈论这个时期经常谈到的政治经济原因,沙仑村和周边村落的居民和地方法官们对神父的谨小慎微已经不耐烦了。突然之间,村民们信奉起了巫术的语言——这一话语遗产一直存在于欧洲文化传统中,而且关于巫术的故事已经在欧洲大陆上流传了三个世纪。在巫术的世界里,沙仑村人发现了另一套语言体系。虽然这一语言体系里说的东西可能不合乎逻辑,但是,光是它能让当权者困扰这一点就使它成为一种政治力量的源泉。自从17世纪30年代安妮·哈钦逊(Ann Hutchinson)和罗杰·威廉姆斯(详见第二章)被镇压后,任何人都不能在教堂里或法庭上做丝毫反抗。然而,接纳巫术的人们却通过这一话语形式拥有了挑战社会权力的武器。

当这种语言在1692年突然爆发时,牧师们发现他们那些老套的解释和千

第一章 沙仑巫术的语言

篇一律的遁词已经不起作用了,而没有了牧师对这些超自然现象的解释,法官们也不知所措。于是法官们向更高一级的权力部门——新委任的州长威廉·菲浦斯(William Phips)求助。5月,威廉·菲浦斯授权听审法庭(Court of Oyer and Terminer,其字面意思就是"倾听和决定")开始审判,后来他出了趟远差,直到10月才再次关注起这件事。听审一开始,法官们面对的就是指控者们巨大的、超自然的能量,而此时的牧师们似乎已经暂时吓呆了,无法缓解法官们的压力。当法官们不得不一次次地面对原告的指控和被告的否认的时候,他们自己也陷入了一场混乱的斗争,而且在这场斗争中他们根本没有中立的空间。法官们没有其他办法,只好选择了最便捷的途径——借用巫术强有力的语言。就这样神职人员永远丧失了在新英格兰的语言特权。巫术的话语是那么强大,以至于像缅因州的乔治·伯勒斯(George Burroughs)神父(他曾于1680年至1682年期间担任沙仑村的牧师)那样的神职人员都没能幸免于难;伯勒斯神父在1692年8月被绞死。就这样,指控者和认罪的巫师们以一种新的公众戏剧形式与官员们进行交战。而这种戏剧形式是一种原始的对话,演员和观众可以相互交谈。在这种散漫的交流中,卑微的民众可以与统治者们交手,可以威胁甚至摧毁他们。在这一切都结束之前,他们的确这样做了。

在这种情况下,法官们要想保住自己的权威,控制住整个局面,唯一的办法就是展开冷酷无情的巫师追捕。我们无从知道法官们在审问中是否有意地挽救或毁灭一些人的生命,但是有意思的是,法官们采取了极端的方法来迫使被告们认罪,而似乎只有这样才能拯救他们的生命。那些用逻辑和理智来反驳法官的人,那些被认为精神或身体上出了毛病而中了巫术的人似乎都被判为有罪;而令人讽刺的是,那些用巫术语言来为自己辩护的人却活了下来。法官们逼供的心理过程与宗教皈依中证明神恩存在的语言公式十分类似。正如牧师要指引等待拯救的心灵一步步走向内心的神光,在与之相反的巫术世界里,地方法官们要诱使清白无辜的人承认子虚乌有的罪名以拯救他们的生命。

1692年12月至1693年1月,在最初的恐慌结束了很长时间以后,仍有许多人被关押在监狱里。在村民们请求法庭释放这些人的一些请愿书里表明,人们逐渐意识到认罪是被指控者逃脱死刑的唯一途径。在请求释放玛丽·奥斯古德(Mary Osgood)和其他已经认罪的人的请愿书里,这一点表明得很清楚:

> 在人们不知疲倦地与他们在家或村里私下交谈和恳求之下,他们最

175

终被说服在公众面前承认被指控的罪名,但我们仍旧希望且相信他们是清白的。而且对一个胆怯的女人来说,她不知将会发生什么,这让她十分恐惧。当她知道认罪是获得宽恕的唯一途径时,这种诱惑实在是太大了,以至于她在慌乱和精神涣散的情况下无法抵挡。

此处用了"不知疲倦地……恳求"这样字斟句酌的表达,而不是其他贬义的说法,这可能说明了这段话的作者已经意识到那样的"恳求"确实能救奥斯古德的命。

除了对法官的语言技巧的这些观察以外,对两次著名的审判中的对话动态变化的分析也说明了这种模式的重要性。5月2日,苏珊娜·马丁(Susannah Martin)走进法庭时,几个中了巫术的女孩一看到她就大叫起来,晕倒过去,苏珊娜不禁笑了起来,但是在审判中她笑得为时过早。在苏珊娜看来,孩子们在胡闹,大人们对此的共识以及清醒的理智就能战胜这些愚蠢的做法。然而,她很快就明白了:法官(无法确定是谁,很可能是约翰·哈桑[John Hathorne])并不是中立的;他是她的起诉人。法官问道:

"你为什么笑?"
"哦,看到这样的蠢事我就会笑。"
"这很蠢吗?伤害了这些人?"

马丁认为她作为社区文明居民的声誉就是一个很好的辩护,于是她回答道:

"我从未伤害过任何男人、女人或小孩。"

这个时候,莫茜·刘易斯(Mercy Lewis)又大喊大叫起来,加剧了戏剧气氛。法庭书记员记录道:

"她(苏珊娜·马丁)又笑了。"

马丁可能有些不耐烦了,想快点结束审判,她向法庭声明她认定的事实:

"我没有参与巫术。"

但是,法官对她的声明置之不理,为了积累对她不利的证据,继续追问关于孩子们受折磨的事：

"是什么让她们痛苦？"
"我不知道。"

176

法官引导马丁谈论起这些孩子，而且这些孩子的行为被认为是巫术造成的——观众们也接受这样的假设——于是法官抛出了一个语言圈套。马丁这时已经警惕起来，努力想躲避这个圈套。法官说：

"你认为是什么（让她们痛苦）？"

马丁知道这个问题不管她怎么回答都将对自己不利。她开始意识到自己的处境很危险。她回答道：

"我不想对这件事进行评论。"

但法官不依不饶：

"你认为她们是中了巫术吗？"

对马丁而言，这是个关键时刻。如果她说她们是中了巫术，继而指控其他人对那几个女孩和自己施了巫术，或者承认自己有罪，参与了巫术活动，那么她就能救了自己，就能离开让人不安的被告席，加入观众的队伍。但是她不屑使用巫术的语言，而是勇敢地但也是致命地坚持自己的清白：

"不，我认为她们没有。"

法官知道现在能从她嘴里得到足够的证据来指证她了。他问道：

"对于她们，你是怎么看的？"

此刻，马丁似乎意识到了自己的错误，但是太晚了，哪怕她否认了巫术的影响，她也已经陷入了谈论巫术的危险陷阱。于是，马丁说道：

"我的思维一会儿是我自己的，一会儿是别人的。我希望能让上帝的旨意引导我。"

这是记录中承认语言威力的最有意思的说法之一。

换言之，唯一安全的做法就是保持沉默。当法官们无法再利用她的话来指证她时，他们就只得承认她的案子只有虚幻的证据。虽然马丁一开始曾天真地认为她的清白能挽救自己的性命，但是她也知道清教神学对待巫术案件的原则。她反对使用虚幻的证据，并提醒法庭记住过去对使用这种证据的争论：面对超自然世界时，没有一个活人能确定特殊符号或迹象的含义。她对法官说：

"能以某个人的样子或美化了的形象出现的人就能以任何人的形象出现。"

她的话意思是说，即使法庭认为孩子们是诚实的，即使大家相信她们的确看见她伤害了她们，也没有有力的证据来说明她本人参与了其中，而且是个女巫，因为魔鬼撒旦不仅能变成一个坏人的样子，还能利用好人的形象去做坏事。实际上，这个狡猾的骗子更有可能变成一个好人的样子。

审判进行到这个时候，法官并不想与一个女巫讨论神学的问题。也许是想趁她不备，法官直接指控她不诚实。马丁平静且坚定地回答道：

"我不敢撒谎，哪怕那样能救了我自己。"

也许她明白这就是谎言能做到的。法官的结束语意味深长，既表达了他说的话的意思，又暗示了他没说出来的话的含义。他说："祈求上帝发现你，如果你是有罪的。"这句含义深刻的话还可以这样表达："我希望，如果你是有罪的，正像我认为的那样，那么上帝会让你承认自己的罪恶，因为这是你能拯救自己生命的唯一方法。"马丁似乎也这样理解法官的话。她回答道：

"阿门，阿门。说谎的舌头并不能让人失去清白。"

说这句话的时候，马丁可能想表达其他被关押在沙仑监狱的被告们想向朋友和亲人们说的话："即使我认了罪，我也知道自己是无辜的。撒谎可以拯救我的肉体，但是会将我推进万劫不复的深渊。我宁可去死使灵魂得以解脱，也不愿意现在苟且偷生,死后永远待在地狱里。"两个月后,苏珊娜·马丁在1692年的7月19日被处死。

在审判刚开始的时候,一些被指控者就十分惊讶地发现法官们居然认真地对待那几个中了邪的孩子所说的荒谬之词。被告简单明了的答辩与原告的胡言乱语、法官的语言阴谋形成了极大的反差。1692年3月21日,玛莎·科里(Martha Corey)接受审问。她是第一批被审判的人之一。在约翰·哈桑和尼古拉斯·诺伊斯(Nicholas Noyes)的审问下,科里努力地用平静、理智的回答来让他们相信她是无辜的。但是,哈桑却认定她有罪。他问道:

"你现在要听候法庭的发落。告诉我你为什么要伤害那些人?"
"我没有。"
"那是谁干的?"
"请允许我做一下祷告。(这种请求她提了好几次。)我是清白的。自我出生以来就从未与巫术有任何瓜葛。我是个绝对诚实的人。"

之后,科里暂时避开了等待她的语言陷阱。她说她不知道孩子们是怎么受到伤害的。对这件事她进行了思考和猜测。但是有个孩子说:"有个男人在她(科里)耳朵边说悄悄话。"哈桑把这个说法当成事实,向科里问道:

"他对你说了什么?"

科里试图引起哈桑的共鸣,就是他们都知道孩子们可能是恶意中伤。于是她说:

"我们不能完全相信这些精神错乱的孩子们说的话。"

此时的哈桑也许对她有一些同情,他给了她一个建议,这是他在这种情况下所能提出的最好的建议:

"如果你渴望上帝的宽恕,那你就必须按神的旨意认罪。"

但是,科里和苏珊娜·马丁一样,不屑使用巫术的语言,而是理智地回答道:

"清白的人会是有罪的吗?"

新英格兰清教文学

严厉的审问持续着,又有其他几位法官加入了进来,这时书记员记录道:"有人注意到她(科里)几次咬自己的嘴唇的时候,那几个受折磨的孩子也咬了自己的嘴唇。"也有人注意到当科里的手没被绑着的时候,所有中了邪的女孩都好像被无形的手掐着,但是把科里的手再捆上后,女孩们就没事了。诺伊斯问科里:"你难道没有看到当你的手被绑起来的时候这些女人和孩子像他们的邻居一样清醒吗?"对于这样的审问科里有些厌倦了,她想放弃。她说道:

"当所有的人都针对我的时候,我有什么办法?如果你们要绞死我,我又能怎么办?你们针对我,我毫无办法。"

这个时候,诺伊斯法官又讯问她是否与魔鬼签了十年的契约。对于这样的问题科里笑了起来。这时孩子们又嚷道她们看到有一只黄鸟在她身边。接着哈桑盘问科里鸟是怎么回事,科里又笑了。为了给她的罪状提供决定性的证据,诺伊斯又问了科里一连串的教理问题。对于这些问题,科里都轻松地回答了,直到诺伊斯问到了三位一体之谜:

"有多少个上帝?"
"一个。"
"由多少人组成?"
"三个。"
"你不能说在三个受保佑的人里面有一个上帝吧?"

这时书记员记录道:"她很困惑。"基督教神学的神圣语言成了这场语言斗争中一把致命的利器。从1692年春末到秋季,法庭都不断地劝说玛莎和她的丈夫贾尔斯(Giles)承认他们被指控的几项罪名,但是他们都拒绝使用当权者以及指控者们的语言。9月19日,贾尔斯在审讯中被迫害;9月22日玛莎和另外六个女人、一个男人被绞死。

认罪——向法庭和那些中了魔的孩子们的威力屈服——是被告唯一的求生之道,这一点在1692年夏天里已经很明了了。实际上,一旦被告们明白向已认罪的巫师们学习是保住性命的办法,那么他们的任务就是编造能吸引人的、让人相信的故事来认罪。1692年以前,新英格兰较少有真正的神秘活动,所以能用来加工、润色证词和认罪词的离奇故事或细节很少。正因为如此,3

第一章 沙仑巫术的语言

月下旬，一个来自加勒比的女奴隶蒂图芭（Tituba）的证词成为提供非洲和加勒比传统中丰富的神秘意象的源泉。她那具有启发性的证词给她带来的回报不仅是她的性命，而且，她描述的故事细节为后来许多审判提供了资源。夏天里，认罪词越来越复杂，并且充斥着千篇一律的神秘幻象，例如：黄色的鸟、拿着黑书的黑人、针和玩偶、巫师在森林里的聚会，以及之前被指控的全部巫师的灵魂异相，而且这些巫师的名单不断加长。同时巫术的语言也带有浓厚的种族色彩，因为魔鬼经常被描述成黑人，许多巫术活动也发生在森林——巫师和印第安人出入的地方。科顿·马瑟认为巫术的得势与"**印第安人有一些渊源。他们的酋长们在一些中了巫术的人**当中非常有名。据说他们是可怕的**巫师**、恐怖的**魔法师**，还能和**魔鬼**交谈。"

在几个人被残忍地处死后，7月19日，一连串的认罪开始了。7月21日，老玛丽·莱西（Mary Lacy, Sr.）承认她曾骑着棍子在天上飞，后来掉进了水里，被魔鬼洗了礼；8月10日，小伊丽莎白·约翰逊（Elizabeth Johnson, Jr.）承认曾用玩偶害过人；8月30日，老伊丽莎白·约翰逊（Elizabeth Johnson, Sr.）承认了每一条指控，而且说有一只白色的鸟和一个黑人曾找过她；9月1日，史蒂芬·约翰逊（Stephen Johnson）承认在游泳的时候被魔鬼洗礼以及他曾害过其他人。最令人瞩目的巫术语言出自15岁的少女小玛丽·莱西（Mary Lacy, Jr.）之口。7月21日，这一天对于孩子们的监护人来说是令人恐惧的，因为在这一天，小玛丽指控母亲让她变成了女巫。想象力丰富的小玛丽还提供了好几页的证词，其中描述了好几件事，例如：和魔鬼谈话；和她指控的理查德·卡里尔（Richard Carrier）一起喝烈性苹果酒；看见了黑猫，而且她相信是黑猫吸食了卡里尔先生的肉体；还有骑着棍子在树上飞；知道如何利用玩偶杀死小孩；以及曾参加了由乔治·伯勒斯神父在森林里主持的一个黑色弥撒，神父还用陶瓷杯盛着红酒和黑面包作为圣餐。当玛丽被问及为什么她和其他巫师要伤害村民时，她的回答使用了清教布道坛上讲述哀叹史的修辞方式——这种修辞方式后来成为应对这类让人不知所措的问题的标准答案。她答道："魔鬼要在这儿建立王国，我们都会有好日子过。如果我服从他，我的日子会更快活。"

威廉·巴克尔（William Barker）在他的认罪书里借用了选举日布道文中的用语，如今我们把这种做法称为对清教宗教语言和表征论的转义或模仿。他说道："计划要毁灭沙仑村，而且要从法官的房子开始，然后毁掉上帝的教堂，建立撒旦的王国……要毁灭那个地方，因为人们相互分离，他们与法官们意见不一。"巫术的世俗语言和清教布道文的神圣语言被编织在一起，这就意味着延续了70多年、通过宗教信仰和神职人员对语言的控制而一度十分重要且有活力的语言系统的末日已经来到。而且，这也标志着审判成为危险而无序的战场，在那里权力通过语言来进行转换。

　　社会历史学家和文学历史学家在研究沙仑巫术事件产生的经验和话语时遇到了一个关键的问题：为什么那样强大的语言爆炸会发生在一个为了追求基督教信仰和安宁而到美国来逃避迫害的群体里呢？虽然这段历史在科顿·马瑟（Cotton Mather）和其他人看来是光荣的，并且不遗余力地想将之变成神话，但是到了1695年，新英格兰人试图回顾沙仑事件，把它看做历史上的一个断层、一次误会或是失态。通过研究历史记录、语言的发展历史和新英格兰清教文学可以发现沙仑悲剧的种子从一开始就种下了，而且几十年来在象征意义、语言上的新发明及散乱的描述的培养下结出了果实。新英格兰清教文学的故事在很多方面就像一个寓言故事，讲述了追求美好信仰的乌托邦式梦想是如何——通过宏大的计划，通过有意识的决定和无意识的幻觉，通过真诚的或自创的语言阴谋——变形为1692年混乱、指控、恐惧和悲哀的现实。清教时期的新英格兰法律制定者和语言制造者虽然初衷经常是最好的但是他们却粗心地将他们的实验从1630年约翰·温斯罗普的乌托邦梦想带入了17世纪八九十年代的失败。在这一路上，清教时期的作者们在作品中记录了一个在这个世界上寻求完美，并且寻求来生解脱的民族的经历，但是这个民族从一开始就深深地担心现实离他们的梦想还太远。

第二章 基督教的乌托邦梦想

新英格兰清教文学以其独特的方式揭示了——虽然有时也掩盖了——那个时期的宗教、社会和政治理念中存在的大量矛盾。清教文学向我们展示了当时的人们是如何在相互对立的理想和追求之中寻找平衡,如何维持一个从一开始就因内部矛盾而分崩离析的社会。尽管清教徒不断努力要把自己的追求和意图表达清楚,但是他们往往模棱两可,自相矛盾。本章试图说明清教文化中的强迫、分歧和趋同,展示他们思想和作品的复杂性。当一代代人经历了科德角登陆的黯淡,见证了1642年新英格兰联邦的繁荣,看到了1692年沙仑悲剧事件的发生时,语言和文学形式都产生并形成了描述个人以及集体经历的叙述方式。

过去的40年里,对美国清教徒进行的学术研究项目种类很多,成果也很丰富,以至今天任何一个关于清教徒的观点都能引起争论。社会科学和人类学各个领域的学者们都在他们的清教新英格兰研究中运用了新的理论和方法。因为许多人认为清教徒们建立了一些日后成为美国社会基石的理念和结构——虽然这种观点备受争议——所以学者们都对研究17世纪的新英格兰很感兴趣,而且对那段文化的理解经常会对美国的政治和意识形态方面产生深刻的影响。学者对复杂的历史或神学问题进行争论的焦点是:清教徒是激进的思想家,是美国现有一切问题的制造者?还是温和但迫切地想建立一个乌托邦的宗教理想主义者?尽管这个乌托邦梦想从美国的现状来看越来越遥不可及了。

在对清教徒的研究中,最早引起争议的话题是"清教徒"一词的含义,以及这个词指代的是谁,还有,"清教主义"这个时期如果存在的话,存在了多长时间等。"清教徒"一词最初是温和的英国基督教徒和天主教徒对激进的

◉ 新英格兰清教文学

新教教徒（Protestants）的称呼。后来新教教徒把这一称呼当成了一种荣誉。因为在英格兰相互斗争的改革派非常多，所以很难确定"清教徒"指的是哪一个群体。而在新英格兰，这个问题就比较清楚，因为两个较大的公理会团体建立的殖民地非常具有同一性。另外，学者们仍在争论新英格兰的新教教徒们坚持"清教主义"信条坚持了多久。有的说只有六年，有的说60年，有的说一直持续到18世纪，还有的说"清教主义"在当今的美国仍然存在。

在关于新英格兰清教徒的各种观点中，有一种看法是学者们普遍认同的，那就是50年前或更早的历史学家对"清教徒开荒之父"的描述需要修改。清教徒既不是"开荒（者）"，因为这片土地上早就有了居民；也不是"之父"，因为母亲们、姐妹们、女儿们也发挥了重要的作用。而且，清教徒也不是这片被16、17世纪的欧洲人称为新世界的土地上的唯一入侵者。西班牙、荷兰、法国、葡萄牙、意大利和非洲的探险家和机会主义者也踏上了这片土地，还有许多来自英国的其他宗教团体。清教徒移民于1620年登陆原始的新世界的神奇画面已遭到了一致的反对。事实上，早在1605年的科德角，法国人就因为一把水壶失窃而愤怒地杀死了几个印第安人。

这些最近得以认可的历史观点的意义很明了。要从新的角度了解清教徒的文学史就必须关注印第安人文化对这片被称为"新英格兰"的土地的影响，还有这些土著人与欧洲人之间的相互影响。同样，对清教徒作品的现代研究应该更加关注性别在清教父权社会中的意义，以及女作家们的重要性。那个时候，尽管有层层束缚，她们还能坚持写作。对清教历史进行讨论时，我们必须认识到对清教历史的解读不是唯一的、完全正确的。每一种观点都是从几个相冲突但不一定相矛盾的解读中做出的选择。

为什么16世纪末期的一些新教改革者被称做"清教徒"呢？要回答这个问题就需要简单地回顾一下他们是怎样在新教改革（Protestant Reformation）中出现的。从早期的基督教开始，宗教机构就负责解决神学争论，定义异端邪说，将他们的意见上报给教皇以作最后定夺。然而，在1378年至1417年间，天主教教会经历了一次大分裂，结果选出了两位教皇，一位以罗马为总部，而另一位则在法国的亚威格农（Avignon）。1414年，康斯坦斯委员会（the Council of Constance）解决了大分裂的问题。它废除了两个临时的教皇，选出马丁五世（Martin V）作为罗马教皇。然而，大分裂产生了更深层的影响——罗马教会的势力被削弱，宗教改革开始了。领导改革的是一群重要的神学家，例如：马丁·路德（Martin Luther）、约翰·胡司（John Huss）、布拉格的哲罗姆（Jerome of Prague）、乌尔里克·兹温格利（Huldrych Zwingli）、约翰·诺克斯（John Knox）和约翰·加尔文（John Calvin）。每一位改革者的

第二章 基督教的乌托邦梦想言

宗教活动都促使独立的基督教教会从罗马教会中分离出来。

在这种改革的背景下,当罗马教皇不允许英国国王亨利八世(King Henry VIII)与妻子凯瑟琳(Catherine)离婚而娶安妮·博林(Ann Boleyn)时,亨利八世决定反抗罗马教皇的管制。1534年,亨利八世宣布英国国教自治,并由他本人作为最高领导。许多英国天主教教徒反对这种做法,他们继续信仰天主教。当亨利的女儿、信仰天主教的玛丽(Mary)于1553年继位后,开始了对新教徒的迫害。她也由此得名"血腥玛丽"。约翰·福克斯(John Foxe)在《殉道者之书》(Book of Martyrs,部分在1554年出版,全书于1559年出版)中讲述了那些迫害活动。他的书进一步推动了新教改革运动,因此被清教徒们奉为经典。

1558年,新教徒伊丽莎白一世(Elizabeth I)登基后,重新将英国国教作为官方的国家教会。伊丽莎白一世在位时间很长。从她继位到1603年去世期间,她既控制了右派的天主教反抗者,又控制了不断增多的左派激进宗教改革者。这些改革者要求英国国教摒弃罗马天主教的陈规陋习,例如穿着法衣、唱拉丁文颂歌、举办宗教仪式、摆放塑像和其他圣像等。伊丽莎白一世所做的就是妥协,她一方面鼓励改革者们在理论上发展,而另一方面在实践中仍保留了天主教的外部特征。一些坚持反对这种妥协的改革者们被称为"清教徒",因为他们坚持要回到基督教早期的"清纯"状态。

学者们在争论为什么那么多的民众会被改革派的公理主义(congregationalism)① 吸引时,焦点和分歧主要集中在精神性和实用性的问题上。一些学者认为,牧师们和他们的追随者们所宣称的动机是纯粹理想化的:他们坚信英国国教保留"天主教的陋习"是错误的做法;他们为自己和后代的灵魂感到担忧,因为他们不得不遵循基督教中一种腐朽的做法;他们向往基督教早期的公理教会机构,并且坚信圣经包含了上帝的真正旨意,而英国国教的传道士们对圣经却漫不经心。

但是,许多社会经济历史学家支持另一种观点:在16世纪人口增长的背景下,信仰清教主义的人都是经济状况不好的人,例如被长子继承法剥夺了继承权的次子们,以及那些面临土地租赁价格受限但税金不断上涨的地主们。当清教传教士宣扬家庭规范、社会秩序,以及上帝对圣徒的精神呼唤时,这些满腹牢骚的人们听到了令他们振奋的宗教—道德—经济讯息。当然,伊丽莎白一世和后来的詹姆斯一世(James I)都意识到了改革者造成了政治上的

---

① 公理主义(congregationalism):16世纪后期17世纪早期英国新教中出现的流派,对早期清教徒影响较大。公理主义(或公理会)提倡宗教团体自治。——译注

◎新英格兰清教文学

威胁，这种威胁早已超出了神学争论的范畴。到 1600 年，信仰公理主义的人成了受制裁的对象，但他们把自己看成为国捐躯的殉道者。改革者们带着对宗教的热情和政治上的仇恨一直进行地下斗争，直到 1642 年英国内战和 1649 年弑君事件，战争才爆发出来。在导致内战的议会纠纷中牵涉了许多关于土地租赁、代表制、税收和财产价值的问题。虽然清教徒们一贯反对物质主义，并且对牟取暴利的商人实行惩罚，但是他们混杂在一起的宗教目的和经济动机不仅给他们带来了经济上的成功，也给个人和集体带来了精神上的痛苦。

事实上，英国国教信徒与清教徒们有着许多相同的信念，在教义上的分歧很少。他们都认为宇宙是井然有序的，所有的生物都由一条大链子联系在一起，而且链子的最上端就是上帝。他们都相信福音书记载了上帝的话语，而且应由牧师来解读。虽然国教教徒保留了天主教的一些做法，但是他们和改革派一样反对拉丁文弥撒，认为这是毫无意义的形式主义。他们还反对天主教牧师不宣讲福音书。然而，他们的差别，虽然在理论上的分歧很小，却带有强烈的感情色彩。国教教徒信奉教会等级制度，承认君主是教会之首。而清教徒信奉公理主义，认为每个教会机构的领袖都应该由人们选举出来的牧师或地方法官担任。在早些年里，清教徒坚持认为每个公理会机构都应该相当独立，只偶尔召开教会会议来处理较严重的失误。但是后来，尤其是在 1649 年后的英国，改革派们采用了长老会的（presbyterial）教会组织结构，成立了一个由选举产生的法官组成的高级法庭。但是，英国清教徒因为势力的衰弱和 1660 年查理二世（Charles II）的复辟而最终没能巩固这种制度。关于圣经，英国国教教徒认为圣经是在不同时间、不同地点写出来的，因此应在广泛原则的基础上来解读。他们相信上帝给予人们理智就是要人们将圣经里的戒律应用到道德伦理的观念中去，而这些观念是随时间而改变的。然而，清教徒却认为圣经的一字一句都包含了所有的真理。他们认为，把人性丧失归咎于人性本恶的说法是不可靠的。国教徒认为清教徒太狭隘，拘泥于字面的理解，而清教徒则认为国教徒无视人性的堕落，忽视基督的戒律。

对英国清教徒影响最大的几位神学家中，约翰·加尔文是最杰出的。英国的神学家，如约翰·普雷斯顿（John Preston）、理查德·西布斯（Richard Sibbes）和威廉·阿姆斯（William Ames）都模仿了加尔文。他们制定了许多具体的公理主义教义，但是加尔文在 1536 年创作的《基督教要义》（*Institutes of the Christian Religion*）一书中的五条教义始终是最基本的。这五条教义是：(1) 完全堕落——人性的完全堕落根植于原罪；(2) 无条件的选择——每个人死后是上天堂还是下地狱都是天生注定的；(3) 有限的赎罪——基督牺牲自己给予生命的做法只是针对那些天生注定进天堂的人；(4) 不可抗拒的恩赐——皈依是必要的，但既不能争取，也不能拒绝；（5）永久的圣徒——信徒一旦皈依就终生无罪、正直。尽管皈依的经历以及教会的神职人员似乎都提供了保证，但是每个清教徒都明白自欺欺人的可能性很大。即使是最自信的圣徒都要不断地在内心里寻找自欺、罪恶和虚伪的影子。

这些宿命论观念强调无助和依赖，如果引申到极端就会产生绝望或享乐主义。因此，清教牧师们面临的挑战是如何带领信徒们在两个极端之间走一条精神上和心理上的中庸之道。当人们问"我怎样做才能得到拯救"时，清教神学家就会给他们宣讲已经用准备主义（preparationism）加以修改的加尔文主义——人们虽然不能靠努力争取到上帝的拯救，但是每个人都应该为此做好准备。在生活中虔诚地忏悔，祈祷上帝的恩赐，行善积德，认真聆听布道，这些都能带来皈依的希望。虽然准备主义似乎与"无条件的拯救"的教义相悖，但是它却成为新英格兰清教移民先驱社会中不断演变的精神给养和社会管理体系的中心教义。

在一些人看来，准备主义类似于阿米尼主义①（Arminianism）这类异教（宣扬通过努力可以得到上帝的慈悲）。牧师们也经常以此罪名相互指责。而在另一个极端，过度强调无作为地等待上帝的恩赐会导致唯信仰论（antinomianism）——这是另一种异端邪说，它宣扬靠慈悲、皈依和研读圣经就足以得到拯救，所以教堂、牧师和行为规范都是多余的。安妮·哈钦逊的唯信仰论是最臭名昭著的例子，在英国和新英格兰也有许多人被指责为唯信仰论者。为了在过分的准备主义和皈依主义之间保持平衡，神职人员因而经历了痛苦的挣扎，同时也培育了一批最富戏剧性和最具吸引力的清教文学。

要理解清教作品之间的细微差别就要了解 1645 年美国大部分清教徒共有的一些观念。清教徒们坚持牧师应该受过高层次的训练，认为暗喻、象征等修辞技巧和经典文学艺术知识对于一个好的牧师是非常重要的。虽然清教徒不喜欢英国国教那种辞藻华丽的布道方式，而喜欢"朴素"的说话和写作风格，但是他们也欣赏那些能温暖人心、启迪心智、揭示隐藏在日常生活中的深刻含义的语言。在他们看来，语言和艺术应该是实用的，应该为某个宗教目的服务，而不应过于炫耀，以至于遮盖圣经的光彩。

清教徒使用语言的一个重要特征就是他们善于运用圣经表征论。从严格意义上说，表征论的圣经注释学（hermeneutics）是指把旧约全书中的一些事

---

① 阿米尼主义（Arminianism）：17 世纪出现的一种基督教学说，以荷兰神学家雅各布·阿米尼（Jacobus Arminius）的名字命名。该学说反对加尔文的宿命论，强调人的自由意志。——译注

物解释成新约中某些人物和故事的先兆。这种做法得出的结论往往很有趣，例如：乔纳在鲸鱼体内待了三天象征了耶稣在子宫里的三天；约伯的忍耐预示了或象征了耶稣在十字架上的忍耐。表征论运用得更自由、更广泛后就形成了一种更缜密的语言体系，人们能用它来发掘或诠释圣经故事在当前事物中的体现。这样，清教徒的大西洋之旅就印证了古代以色列人的出埃及记。新英格兰殖民地就像是新的耶路撒冷，基督耶稣将会回到那里迎接千禧年（Millennium）①的到来。新英格兰的第一批移民是谨慎保守的表征论者，但是，正如爱德华·约翰逊（Edward Johnson）的《天国救世主在新英格兰创造奇迹》（*Wonder-Working Providence of Zion's Saviour in New England*，1650年创作，1654年出版）所示，到了17世纪40年代，新英格兰拓荒的神圣使命和天启（Apocalypse）的临近已被看做是神圣历史的体现。清教作家们虽然声称要追求平实朴素，但是却创造了一个精细复杂的语言系统。著名的清教诗人爱德华·泰勒（Edward Taylor）就是最优秀的表征论者（见第四章）。

自然界是表现出清教徒思想矛盾性的另一个领域。在清教徒眼里，自然界是除圣经和偶然出现的神示之外，上帝和人类沟通的第三条渠道。愤怒的上帝会制造暴风骤雨、地震山崩来警示那些堕落的人。如果上帝要警告一个犯了错误的圣徒，他会让一只麻雀落在这个圣徒经过的路上，甚至会夺去他至爱的人的生命。清教徒生活的时代是弗朗西斯·培根的时代，是"新科学"的时代。1662年英国皇家协会（the Royal Society）成立。清教徒关于上帝干预自然界的看法似乎与客观、科学的精神相冲突。科学不可避免地要冲击宗教体系的权威，但是清教徒并不认为客观记录自然现象与发掘上帝的旨意之间存在着矛盾。科顿·马瑟经常向英国皇家协会提交报告，同时，他还在天空、森林中探寻上帝的讯息。

研究清教文学的学生要明白，"文学"的概念历来就是很广的。除了较少量讲求自我意识和想象力的作品，如历史、诗歌和被俘的故事（captivity narratives）等，"清教文学"还包括布道文、日记、信件、审判纪录、宗教传单和海报。大部分清教徒都是在拥有像莎士比亚（Shakespeare）、多恩（Donne）、斯宾塞和西德尼（Sidney）等大文豪的英国成长、受教育，因此他们能接受和欣赏文学艺术。但是，宗教上的顾忌让他们怀疑一切由不完美的人类的想象力创造出来的作品。他们夺取了英格兰的政权后关闭了剧院。他们谴责剧院提供了邪恶的娱乐，分散了人们聆听上帝旨意的注意力。清教学

---

① 千禧年（Millennium）：基督教义中指世界末日前基督耶稣将复活并亲自掌管世界一千年。——译注

第二章 基督教的乌托邦梦想言

校强调学习修辞是为了在讲道坛或法庭上使用。一首诗或一个故事除非有教育或宗教意义，否则诗歌或故事创作就被看做是浪费时间。安妮·布拉兹特里特（Anne Bradstreet）的手稿是在她毫不知情的情况下在英国出版的，因为她根本就不敢让它在美国出版。爱德华·泰勒生前没有让他的诗歌流传出去，直到20世纪30年代人们才发现他的作品。而科顿·马瑟一直在为他那400多首诗歌道歉。甚至连伟大的清教诗人约翰·弥尔顿的大部分作品都是宗教作品。

然而，清教作家们的确创作了富有想象力的作品，而且，他们的宗教、政治言论生动有趣，具有说服力，这些都说明了一点：许多清教徒具有文学才能。在开拓殖民地的头30年，文学史中大部分主角是那些担任公职、为了解决教会和国家这类棘手事情而奋斗着的人，包括威廉·布拉德福、约翰·温斯罗普、约翰·科顿（John Cotton）、罗杰·威廉姆斯、托马斯·胡克（Thomas Hooker）、托马斯·谢泼德（Thomas Shepard），还有通过口头语言来发挥影响的安妮·哈钦逊。

在16世纪80年代的英格兰，罗伯特·布朗（Robert Browne）对英国政府按公理主义路线改革教会的可能性丧失了信心。他于1582年出版了《宗教改革刻不容缓》（Reformation without Tarrying for Any）一书，力主不妥协地、完全地从国教分离。1609年，大量的分离主义者（也称为布朗主义者）移居荷兰，但是到了17世纪10年代中期，他们认识到整个欧洲都是腐朽没落的，欧洲大陆已经不适合抚养后代了。大约一百名分离主义者带着普利茅斯公司签署的特许状登上了开往弗吉尼亚的五月花号（Mayflower）。1620年，他们偶然在科德角登陆，并建立了居住地，也称作普利茅斯。他们意识到自己已远在英国宪章管辖范围之外，于是制定了自己的纲领《五月花公约》（the Mayflower Compact）。在公约里，他们表示了对英国国王的忠诚，但是他们要依据大多数原则①来建立自己的政府。第一任总督约翰·卡弗（John Carver）于1621年去世，由威廉·布拉德福继任。布拉德福除了五年的休假外一直在任，直到1657年去世。移民们与沃帕诺阿（Wampanoag）印第安部落的酋长马萨索伊特（Massasoit）签订了条约，相安无事地共处50年。但是，他们和其他部落的交往就没有那么太平了，尤其是当清教殖民们武力抢夺纳拉干西特（Narraganset）部落土地的时候。移民们的经济来源主要依靠皮毛交易，在沃帕诺阿部落的协助下，殖民地繁荣壮大起来。1643年，普利茅斯殖民地加入了新英格兰联邦。

---

① 大多数原则，即指民主主义。——译注

随着布朗主义者进驻新世界，一支人数更多的队伍也来了。他们是一群由约翰·温斯罗普领导的、政治和宗教观念较温和的公理主义者。温斯罗普出生在英格兰萨福克（Suffolk）的地主家庭，曾就读于剑桥三一学院（Trinity College）。在剑桥时，他在决定当律师之前曾考虑过当牧师。温斯罗普的律师职业很成功，但他保持着强烈的宗教热忱，这种热情持续了一生。1629年，他与英国政府协商，成立了马萨诸塞湾公司（the Massachusetts Bay Company），并被清教徒持股者选为董事。1630年，这个团体乘坐阿贝拉（Arbella）号前往新英格兰，建立了名为波士顿的移民区。这次远行是危险的，对身心来说都是严峻的挑战，在政治上也引起了许多争议，因为他们抛下了那些被迫害的同胞。在那些同胞眼里，这些移民是在逃避现实。但是，移民们从圣经里为自己的逃跑找到了安慰和依据。他们从圣经中读到了这么一条：世界上的一切，包括父母、子女和朋友，与被拯救相比都不值一提。

温斯罗普和他的同僚们在波士顿建立了神权政治。在这种体制下，神职人员拥有很大的政治影响力，而且自由民的身份也仅限于教会男性成员享有。宗教领袖们本着基督教早期圣保罗式的（Pauline）精神，鼓励志同道合的宗教分子离开英国，加入他们的队伍。于是，在17世纪30年代的"大移民"（the "Great Migration"）中，有1.5万至2万人来到了美洲。因为穿越大西洋的费用昂贵，所以绝大多数早期移民都是有钱有地位的人，他们还带来了佣人和非洲奴隶。移民通过农业、渔业和毛皮交易富裕起来。同时，商人阶层也迅速壮大。移民们怀着对博学多识的神职人员的尊敬，于1635年建立了波士顿拉丁文学校（the Boston Latin School），一年后又建立了哈佛大学（Harvard College）。

马萨诸塞湾清教徒与普利茅斯清教徒的区别在于前者是不主张分离的公理主义者。他们始终对英国国教抱有期望，希望国教能进行改革，所以他们想以放逐的方式保持忠诚的对立。在这期间，他们一直在躲避宗教迫害，在寻找机会为英国的同胞们展示模范的公理主义社会是怎样建立的。实际上，许多移民都希望他们在美洲的停留是暂时的，的确有几百人在17世纪40年代早期回国参加英国内战和清教联邦。尽管有一些人离开，但是到17世纪50年代，第一批移民家庭的不断扩大和新移民的陆续到来使马萨诸塞的英国籍人口迅速增加。最终被清教徒占领了土地的印第安部落有：沃帕诺阿、马萨诸塞、波卡诺克特（Pokanokets）、卡帕威克（Capawicks）、莫希干（Mohegans）、尼普马克（Nipmucks）、皮阔特、帕图塞特（Patuxets）、纳拉干西特。早在第一个英国移民到来之前，许多欧洲人就已登上了美洲的海岸，并且有一些还开始了他们不幸的殖民生活。这些欧洲殖民者刚和当地印第安人接触时就捉住并奴役了许多印第安人,并且还偷走了他们的食物和财产。后来,1616年爆发的天花疫情夺走了居住在宾诺斯考特(Penobscot)湾和科德角之间海岸的75%—90%印第安人的生命。到了17世纪20年代,天花使科德角的波卡诺克特部落的人口从两万降至两千。而且波卡诺克特部落还受到了纳拉干西特部落的压迫、统治。纳拉干西特部落得益于他们的地理位置而幸免于天花的袭击。清教徒移民到美洲后的第一个冬天就占领了将近一半的殖民地,因此波卡诺克特部落将他们视为拥有先进技术的潜在同盟。波卡诺克特部落派遣帕图塞特·斯奎托(Patuxet Squanto)去和布拉德福的团队签订条约。帕图塞特·斯奎托是波卡诺克特部落的囚徒,他曾在多年前被白人抓走并带回英国做奴隶。在1620年到1622年间,斯奎托既作向导又当翻译,还是殖民地的外交家,他帮助英国殖民者与其他印第安部落签订条约,进行食物和皮毛交易。因为斯奎托在英国的时候他的整个部落都死于天花,所以他后来一直待在普利茅斯殖民区,直至1622年去世。如果孤身一人,他肯定会被其他部落捉住当奴隶。斯奎托主动为清教徒移民提供帮助的故事被高度美化,并且长期以来都被当做英国移民与印第安人神话般迅速融合的例子。但是,如果仔细分析斯奎托与白人的关系,我们就会发现这种关系更多的是一种实用主义的、暧昧的关系。

在移民美洲之前以及之后的多年里,清教徒都声称他们的主要使命之一就是让印第安人皈依基督教。然而,除了约翰·艾略特(John Eliot)和托马斯·梅修(Thomas Mayhew)坚持传教外,其他清教徒很快就放弃了改变印第安人信仰的念头。由于欧洲殖民者和印第安人的关系完全是围绕着交易、土地购买和政治斡旋,所以在殖民早期,英国神职人员可能根本就没有时间来说服印第安人皈依。而且,印第安人的多疑和谨慎也使他们不愿意接受白人的上帝。然而,的确有一些印第安人皈依了基督教,到17世纪70年代,有几个印第安村子成为"祷告的印第安人"。尽管有一些成功皈依的例子,但是大部分清教牧师都把印第安人看做毫无希望的异教徒。事实上,正是清教徒的偏见和态度使他们不把新世界的原始居民当做人类。在大多数清教徒眼里,他们的"花园栅栏"之外是"野兽嚎叫的荒野",是魔鬼撒旦的领地。在这种危险环境中生活的印第安人无疑就是魔鬼的孩子。虽然英国殖民者不断从印第安部落手中购买土地,但是他们很快就把这些土著人当做"野人"、"野兽",而这种语言和想象使他们把这片土地看成是没有人居住的、可以占领的荒地。约翰·温斯罗普就把天花看做是慈悲的上帝为圣徒们准备的一次清地运动。

在殖民的前几年里,殖民者们发现当地印第安人在毛皮交易中对他们用

○新英格兰清教文学

处很大，因为这些土著了解这片土地，有捕猎的经验，也愿意以低价格出售毛皮，而新英格兰殖民者转手把毛皮出口到英国，赚取高额的利润。后来，这种毛皮交易使得殖民区周边的动物数量迅速减少，毛皮生意在英国殖民者的经济中也就没有那么重要了。此时，农业显得更重要了，于是英国殖民者开始强占土地，导致了1636年与皮阔特部落的战争。这是第一个大规模的"印第安战争"。

导致这场战争的事由以及战争造成的伤亡（皮阔特部落死亡400—700人）都被生动地记录在约翰·安德希尔上尉（Captain John Underhill）的《美洲新闻》（News from America, 1638）里，这本出色的书描述了发生在早期美国的一场大屠杀。从1632年开始，荷兰人和英国人都以发现权为由占领康涅狄格山谷（Connecticut Valley）。皮阔特声明他们比荷兰人和英国人更早发现这个山谷，而且他们是打败了几个较弱的部落才占领了这片土地。在接下来的几年里，就在多方不断进行纠纷和协商时，英国殖民者继续进驻这个地区。在发生了一系列复杂的事情后（历史学家对此的争论很多），清教徒为自己找到了向皮阔特人进攻的理由。英国人和莫希干同盟的部队把皮阔特村包围，枪击并放火烧死了村民，其中大部分是妇女和孩子。安德希尔描写道，当英国人的第一排子弹齐发时，皮阔特人"迸发出了悲惨绝伦的哭声，哪怕上帝没能制造出敬神的人心，他也会让人对皮阔特的遭遇心生同情"。上帝似乎把那些清教徒的心锻造得很好，他们的凶残吓坏了其他印第安部落，在那之后的日子里，英国殖民者和印第安人大体上能和平相处。直至17世纪70年代，纳拉干西特部落，在绰号为"菲利普王"的酋长萨肯·梅塔科米特（Sachem Metacomet）的带领下，发起了最后一战（见第三章）。因为在这场战争前有很长一段时间里英国人与印第安人的冲突较少，所以那段时间里清教徒的作品给人的印象是印第安人消失了。殖民者与被殖民者之间的冲突仍然继续着，而伴随着这种冲突，双方不断地对可憎的对方进行评论。现代许多文章都分析了与外族人交往的利与弊，而那时的新英格兰人不停讨论的是野人的话题。他们描述与印第安人发生冲突这类烦人的事实时总是掺杂了许多神话和幻想。

清教徒的强烈愿望使得他们在还未到达目的地新英格兰前就开始创作预言式的文学。1630年春天，当阿贝拉号仍在海上航行时，约翰·温斯罗普就创作了清教作品中最重要的一篇布道文《基督教慈善的典范》（"A Model of Christian Charity"）。他还开始写《日记》（Journal），该书于1825年至1826年以《1630—1649年新英格兰历史》（The History of New England from 1630 to 1649）的名字出版（更早的版本出版于1790年）。在早期，像温斯罗普这样

第二章　基督教的乌托邦梦想言

的非神职人员发表布道文是不奇怪的，但是这种做法在 1636 年安妮·哈钦逊审判后就被禁止了。1629 年，温斯罗普在他的《新英格兰要发展种植业应该考虑的理由》（*Reasons to be Considered... for the Intended Plantation in New England*）中描述了英国"过度的骚乱"和"腐朽政府的种种罪状"，同时他也表达了要依据"福音书法则"建立基督教政府的构想。温斯罗普创作这些作品时一定是心情愉快的，因为他的作品显得十分乐观，对美好的未来充满了希望，而新英格兰艰苦的环境，以及他的领导地位引起的分歧和质疑是他远远没有想象到的。

"基督教慈善的规范"作为清教社会结构的理想蓝图，温斯罗普宗教理念的表白，一开篇就阐明"上帝以最神圣、明智的旨意"设计了人类社会，社会不平等是正常的："正如在任何时候都有富人、穷人，既有权力显赫、气质高贵的人，也有卑鄙下流、地位卑微的人。"将社会公平问题抛给上帝后，温斯罗普解释道，上帝对子民社会的安排是公平的，有条理的。只要教徒们遵循福音书的戒律，一切都会很完美，因为"每个人都需要别人的帮助，因此他们必须更紧密地团结起来，用兄弟般的关爱维系彼此"。依照"两条戒律……公正和宽容"，富人要帮助穷人，强者应扶助弱者，群众要听从领袖，领袖应为群众服务。只要模仿基督的做法，遵从"恩赐法则或福音书"，履行"宽容的义务"，圣徒的团体就会被基督之爱融合为神圣的一体，因为"爱是完美的纽带"。

温斯罗普的布道文中将清教徒与旧约中的希伯来人进行了比较，并且描绘出上帝与圣徒们为了这个神圣的事业签订圣约的景象。正如许多布道文都会提出警示，温斯罗普也说道，上帝"经过非常严格和特殊的婚姻才选择了我们，因此他对我们的爱和忠实提出了更多的要求"。上帝曾告诉"以色列选民"他们是他唯一认可的民族，同样，"上帝现在把特权给予"清教徒。如果上帝允许阿贝拉号到达新英格兰，那就表示"他认可这份圣约并且盖下了印章"。如果以后人们变得贪婪、利欲熏心——"为了我们自己和后代而追求伟大的事业"——那么，"上帝肯定会愤怒地惩治我们……让我们知道违反圣约的代价。"在文章的结尾，温斯罗普运用了基督教中著名的意象，将清教徒团体象征为模范社会："以色列之神……挑选了我们这个民族，我们就像坐落在山顶上的城市，全世界的目光都在注视着我们。"

学者们仍在争论温斯罗普和他的团队在启程之前是否就已经把自己的行程看做神圣之旅了。一些学者认为清教徒到达新英格兰时已拥有完善的神学理论，而且清教牧师们运用表征学把圣经中的典故与他们的经历对应起来。而另一些学者认为温斯罗普只不过是采用了现成的布道文修辞手法，他并不

新英格兰清教文学

具有"美国的命运是上帝决定的"这样的概念。在各种诠释的争论中最关键的正是被称为"美国身份"的根本。这些英国"奠基者"的一种形象是：温斯罗普和他的团队尽管抛弃了这个世界的一切物质，但是他们实际上是美国最早的资本家，他们在神的支持下开始了物质发展进程，从而导致了暴力的征服，无休止的帝国主义，伪善和自恋的民族主义。而另一个极端描绘的形象是：虔诚的人们挣扎着逃离腐朽没落的现代社会，向往神圣的乌托邦，但温斯罗普的"山巅之城"的意象不大恰当，因为他和他的人民追求的是原始的、中世纪的避难所。关于这两种描述哪一种能更好地反映盎格鲁—欧洲人在北美的历史，历史学家和文学研究者们的意见也呈现出两极分化。也许唯一的解决方法就是两种说法都接受，它们在一定程度上都是正确的。温斯罗普的使命在概念上是乌托邦式，但是肯定有缺陷，因为它依赖扩张主义的语言和完美主义的目的论。

  温斯罗普的文章中体现了一个矛盾，这个矛盾将成为清教徒后来不断面临的困惑和冲突的源泉，那就是：圣徒们必须要抵制这个世界的诱惑，但是他们又要在世俗的工作中勤奋劳作，创造出物质财富，这样反过来又危害了社会道德的整体性和精神的完美性。另一篇重要的清教文——商人罗伯特·基恩（Robert Keayne）的《最后的遗愿和遗嘱》（The Last Will and Testament，1653）也表明了清教徒把精神使命与世俗行为结合的过程中问题百出。基恩是约翰·科顿教会的忠诚教友，但是在 1639 年他却因对一袋钉子要价过高而被带上了法庭。基恩的文章表现出他对"这种行为和严厉的责备"感到震惊和羞愧。他虔诚地接受上帝的裁决，因为他知道自己犯下了罪行，需要赎罪。但是，基恩也辩解到，他要价过高的行为与其他人的罪恶相比是微不足道的，而且商人依照供求规律定价是十分正常的事。他说他受责难可能是因为有些人忌妒他成功。在基恩看来，作为山巅之城的一分子不仅仅意味着要参加布道，也要在生意场上取得成功。这种明显矛盾的一个结果就是，温斯罗普设想的圣徒们互助友爱的团体是短暂的。遵守圣约会像温斯罗普警示过的那样困难，也许比他预想的还要困难。正如他的《日记》表明，不满和纠纷会很快并且不断地威胁继而摧毁他那脆弱的乌托邦。

  温斯罗普的《日记》中被研究得最多的部分记录了发生在马萨诸塞湾殖民地最具毁灭性的一场宗教骚乱。对安妮·哈钦逊的审判在女性历史上具有里程碑意义。1634 年，哈钦逊与她的家庭跟随他们的神父约翰·科顿移民波士顿，开始了在新英格兰的生活。她的丈夫威廉被选为马萨诸塞州议会的代表，而安妮则仍在社区当护士、接生婆及妇女们的精神指导。刚到波士顿的头几年，她经常在家里举办周会来讨论上一个周日礼拜的内容。参加聚会的人数迅速增加到60多人，其中包括当时的总督亨利·文（Henry Vane）以及其他一些知名人士。过了一段时间后，哈钦逊开始批评一些主要的神职人员没有宣讲恩赐而是宣扬工作契约。她指责他们是"摩西律法支持者"（legalists），他们相信拯救是可以用努力换来的，而且这个过程是可以计划、可以预期的。而哈钦逊信奉加尔文信条，坚信上帝的至高无上和无代价的恩赐。她声称："现在靠善行换恩赐和靠内省获拯救的说法引起了混乱，但我只要基督；我不要恩赐，只要基督；我不要承诺，只要基督；我不要净化（sanctification），只要基督；不要跟我说默念和义务，我只想听基督。"一些神职人员用准备主义来激励人们，改善社会道德秩序，他们的言辞偏向了阿米尼主义。哈钦逊敏锐地察觉到了这个转变，她的追随者对此也看法一致。于是，这个团体开始行动，要撤掉波士顿教会（科顿在那儿当老师）的牧师约翰·威尔逊（John Wilson），换上哈钦逊的姐（或妹）夫约翰·威尔莱特（John Wheelwright）。这一举动使得其他教区的信徒纷纷对威尔逊表示支持，并开始抨击哈钦逊团体，指责他们无视权威，无视法律和秩序在生活中的重要性，她们就是反律法论者（antinomians）。有些人把哈钦逊和她的团体称为放肆的宗教狂热者。当权者们意识到神权政治的核心正处于危险中，于是在殖民区召开了第一次教会会议。

地方法官、牧师在与哈钦逊私下会面以及最后审判的时候都劝说她承认错误，但是她坚持自己的立场。在她看来，清教徒的圣保罗精神中最重要的虔诚正在被社会品行和回报的机械体系所取代。这些事情对她来说很重要。哪怕她被赶出教会，驱逐出境，她也不愿意留在马萨诸塞州，生活在错误中。她的审判记录是清教文学中最激动人心的散文作品。哈钦逊的聪明机智跃然纸上，而她的对手则显得忙于招架，疲于周旋。这些争论也显露出散漫的形式与权力关系的相互交织。

虽然约翰·科顿没有出席审判，但是许多当权者都怀疑他在背后教唆。然而，如果指控科顿宣扬异教，那只会让身处困境的政府更加难堪。于是，当权者们强迫他揭发哈钦逊。科顿拒绝了，但他也不愿为她辩护。哈钦逊意识到科顿的窘境，也认识到法庭想把科顿的立场与她区分开来，以避免政治上的尴尬，所以当法庭找理由谴责她教唆而不将科顿牵涉其中的时候，她静静地听着。她知道，如果她声明她的想法不是来自科顿，而是直接来自于神示，那么她可以保护科顿，而她自己就会因为这种说法而受到处罚。虽然在审判过程中哈钦逊始终都能用明显复杂的回答和圣经里的语言轻松地应对审判者，但是最后她还是承认自己经历了一次直接的神示。她抬高自己的这种方式是父权当局绝对不能容忍的。但是，甚至在她承认经历了神示时，她的遣词造句也十分的审慎，使得她的话既可以解释为承认，也可以理解为否认。她说她接收到的信息是"通过基督本人精神的声音传入我的灵魂"。她选择了"灵魂"这个词，而不是"耳朵"，就把声音到底是字面上的意思还是另有他意的问题留给了审判者。然而，法官们把权力建立在语言的字面意思上，所以他们认定哈钦逊的话就表明了她听见基督真的对她说话。于是他们宣判她有罪。之后法庭催促科顿证实她的罪行，但科顿的回答模棱两可，令法庭上的一些成员仍不满意。温斯罗普总督在情势所迫之下声称"科顿先生没有被传唤回答任何问题"。

在对这个案件的文本的各种诠释，以及后来关于安妮·哈钦逊的作品中，哈钦逊是个女人这一点都显得特别重要。清教政府厌恶一切反抗行为，但是更令他们烦恼的是哈钦逊这个女人要宣称精神上的独立，因为那个时候的英国社会认为妇女应该屈从于丈夫和其他所有男性权威。当时以及后来的清教文学都把哈钦逊描绘成一个放荡的女人，而且还大肆渲染她在审判几个月后生下了一个畸形儿，以此证明她的女性观念是错误的。还有谣言说她是个荡妇，和约翰·科顿是情人关系。1638年，哈钦逊和家人被驱逐出境后在罗德岛居住了五年，之后又搬到了纽约。在那儿，她和她的家人，除一人外，都在一次印第安人袭击中丧生。这一结果令她的夙敌非常满意，他们认为这是上帝的旨意，一方面表明了上帝对她的裁决，另一方面也证实了人类历史事件是神意的体现。

在殖民早期，安妮·哈钦逊并不是唯一一个搅乱了温斯罗普神圣花园平静的叛逆清教徒。罗杰·威廉姆斯于1603年出生在伦敦史密斯菲尔德（Smithfield, London）。他在剑桥接受神学教育，为当神职做准备。1630年他移民到新英格兰。作为一个忠实的分离主义者，他拒绝了波士顿一个非分离主义教堂提供的职位，而到普利茅斯任职。他怀着要让印第安人皈依的强烈信念，与纳拉干西特人交往密切。和大多数英国人不同，他认为印第安人拥有深厚的文化、宗教和传统。他对印第安人的同情，以及他严谨的宗教信条使他开始质疑白人用来抢占印第安人土地的法令的合法性。1633年他搬到沙仑后，开始相信把教会和国家合为一体的新英格兰模式是错误的。他声称宗教信仰是个人与上帝之间的私事，法律和法庭不应该把精神信仰与公共事物混为一谈。

1633年，约翰·科顿听了威廉姆斯的布道后，两位牧师开始就教会和国家的问题展开了漫长的争论。威廉姆斯认为非分离主义的公理主义是荒谬的，因为作为一个公理主义者就必定会支持教会独立自治，因而肯定就是分离主义者。在他看来，马萨诸塞湾殖民区的非分离主义是为了讨好英国改革者而

第二章 基督教的乌托邦梦想言

将信仰和理智进行了露骨的妥协。威廉姆斯的指责如此尖锐，以至1635年马萨诸塞州议会要将他遣送回英国。但是威廉姆斯和十几个追随者逃到了罗德岛，建立了普洛维登斯（Providence）。在那儿，威廉姆斯与印第安人生活在一起，学习他们的语言和习俗，并出版了《美洲语言入门》。这本书不仅记载了印第安人的历史，还记录了关于他们的生活、理念、宗教等内容。这本书指出，与拥有更高文明的印第安人相比，白人还有许多东西需要学习。同时，这本书还否定了把印第安人当做野人或异类的谬论。这本书令马萨诸塞湾的清教徒十分羞愧，不得不展开了他们的传教工作。

1644年，威廉姆斯在英国申领成立普洛维登斯的准许令时，科顿发表了他八年前写给威廉姆斯的一封信，批评他的错误。威廉姆斯以《对不同信念施行迫害的血腥教义》（*The Bloody Tenent of Persecution, for Cause of Conscience, Discussed*, 1644）一文做出回应。对此，科顿以《血腥教义在上帝羔羊的血中变得清白》（*The Blood Tenent, Washed, and Made White in the Blood of the Lamb*, 1647）作为回复。几年后，威廉姆斯又回应了《更血腥的血腥教义》（*The Bloody Tenent Yet More Bloody*, 1652）一文。在这些文章中，威廉姆斯对非分离主义的公理主义和联邦神学展开了更全面的攻击。与科顿相比，威廉姆斯是一个更彻底的加尔文主义者，他认为非分离主义就是对英国国教的慷慨大方。他坚信最正确的基督教形式就是允许个人和教会都有自主权力的分离公理主义。威廉姆斯虽然不是安妮·哈钦逊那样激进的个人主义者，但是他指责新英格兰的神职人员没有包容心，那些对政府批准的教条稍有不同意见的人都遭到了迫害。同哈钦逊一样，威廉姆斯也意识到新英格兰模式在向阿米尼主义倾斜。威廉姆斯谴责科顿"顺应了外在价值和利益的潮流，并用迫害的拳头和利剑对待那些不敢和他一起祷告的人"。威廉姆斯理论道，政府官员是由人民选出来的，政府官员干涉宗教就是亵渎了神的世界，就是大不敬。因为威廉姆斯号召政府当局远离宗教事务，所以他被认为是美国历史上提倡国教分离的第一人。

从文学的角度看，《血腥教义》系列文章的一来一往中最有趣的一点就是表征学在辩论中的关键作用，因为这场辩论争论了旧约的表征是否能应用于当今的政治事宜。清教牧师和法官经常在辩论中引用旧约的文字来证明自己的权威性，例如，科顿就在他的《血腥教义在上帝羔羊的血中变得清白》中把新英格兰政府比作古耶路撒冷的政府。威廉姆斯认为，随着基督新圣约的签订和新约的制定，旧约表征的使命已经完成，不再适用于现世历史。威廉姆斯对使用表征学持保守态度，他认为对旧约中的表征的唯一正确的诠释就是把它们看做新约中本体（antitype）的先兆。威廉姆斯坚持认为运用表征学时应该更加谨慎，他认为把清教徒看做是上帝的选民的想法是可笑的。他认为基督的信徒大军是具有世界性的，而不仅限于新英格兰的"新以色列"。从某种意义上讲，威廉姆斯是一个真正的基要主义者（fundamentalist）。对他来说，旧约的语言并不是隐喻式的，因而不能对其进行过度的诠释。威廉姆斯是一个神学保守分子，始终用严格的加尔文逻辑来看待一切事物。但是，有趣的是，他却常常被看做是思想最自由化的新英格兰清教领袖。

在关于哈钦逊和威廉姆斯的讨论中，我们能发现约翰·科顿是第一代移民中最重要的牧师，而且他往往处在争论的中心。1584年，科顿出生在英格兰德比郡（Derby, England）一个富裕的律师家庭。他曾在剑桥就读，之后还上过清教徒开办的伊曼纽尔学院（Emmanuel College）。1610年，他当上了英格兰波士顿圣伯托尔夫教区（St. Botolph's）牧师。起初，他以优雅华丽的布道风格赢得了人们的喜爱，但是后来他受到了宗教改革者理查德·西布斯的影响，布道的方式也开始模仿西布斯的朴实风格。虽然他很早就表现出不妥协的精神，但是20年来他在亲戚朋友的保护下，一直能幸免遭到迫害。1630年，他为温斯罗普团队的出行做了一场告别布道。1633年，当他被迫辞去圣伯托尔夫的神职时，他也移民到了美国。

科顿在1630年所做的题为《上帝对他的种植园的承诺》（*God's Promise to His Plantation*）的布道是一篇非常重要的政治宣言，因为他在英格兰享有很高的声誉，而且当时英国的清教徒十分怀疑移民新英格兰是否就是放弃了家乡的事业。虽然当时科顿并没有打算加入移民的队伍，但是他对非分离主义的合理阐释使他成为马萨诸塞湾移民心目中杰出的斗士。当时有人批评英国移民侵占了印第安人的土地，科顿也就此发表了观点，反对这种批评，为占领美洲土地进行了辩护：

> 上帝以三种方式为一个民族开辟领土：一、他在这个民族到来之前通过合法的战争消灭了这个民族的敌人……二、他给予一个外来民族在本地人眼里看来特别的恩惠，使他们能坐在本地人身边，或通过购买的方式……或者有礼貌地奉上……三、虽然他没有让一片土地变得完全没有人居住，但是这个民族所到之处都是空旷的。

科顿认识到，要为英国人侵占印第安人土地辩护，就必须进行传教工作。因此，他建议殖民者"不要冒犯贫苦的土著，但是当你们分享他们的土地时，让他们也分享你们珍贵的虔诚；当你们收获了他们的物质财富时，用你们的精神财富作为回报"。在科顿的修辞里，清教神学的语言与殖民事业产生了共鸣：上帝注定了土著"他者"要被改变和取代。

科顿也运用了旧约里的表征来暗示希伯来人与新英格兰殖民者之间的对应关系。虽然他不反对把殖民者的出行看做是前往"迦南"（the land of Canaan）① 的使命，但是他精明地提醒殖民者和其余仍留在英国的人，英国也是新圣地的一部分："不管你是离开我们，还是留下来和我们在一起，不要遗忘了家乡的耶路撒冷。"这种有意识的外交风格也体现在他在哈钦逊审判中所选择的立场和他多年的布道方式中，但是他的这种风格令罗杰·威廉姆斯等批评家十分厌恶。在罗杰·威廉姆斯看来，科顿的语言无异于一个两面派的油嘴滑舌。

科顿在新英格兰最重要的作品包括1641年出版的《生活之路》（The Way to Life）和1645年出版的《新英格兰基督教教会的模式》（The Way of the Churches of Christ in New England）。在第一本书里，科顿运用准备主义的教条描述了一个信徒如何通过聆听福音书而得以拯救。第二本书则对新英格兰模式进行了详细的阐述和辩解。1642年，英国爆发内战，科顿相信基督教就要发生史无前例的巨大变化，基督的第二次降临（the Second Coming）和千禧年统治就要到来。在《倾倒七个金碗》（The Pouring Out of Seven Vials）和《教会的复活》（The Church's Resurrection，1642）中，科顿精心描绘了这幅景象，并且劝告新英格兰人不要回英国，而应该留在美国继续履行和上帝的圣约。1642年的威斯敏斯特大会邀请了三位新英格兰牧师参加英国国教改革的讨论，科顿是受邀牧师之一，但是他回绝了邀请。相反，他反对英国清教的发展。1646年的波士顿教会会议上，他协助起草了《剑桥纲领》（the Cambridge Platform），其中主要都是依据他的作品来对新英格兰的公理主义进行定义。1652年科顿去世后，他的好几部作品陆续出版，他对新英格兰宗教政体形式的重要影响持续了好几十年。

声望仅次于科顿而且也许是当时新英格兰最有成就的牧师就是托马斯·胡克。胡克于1586年出生在英格兰的一个自耕农家庭，人们对他的家庭所知甚少。与科顿一样，胡克也是在剑桥开始接受神职培训，继而又转到了伊曼纽尔学院，后来他留校任教直到1618年。之后的14年里，他曾在两个教会任职，后来逃往荷兰。1633年，他和约翰·科顿及另一位牧师领袖塞缪尔·斯通（Samuel Stone）同乘一艘船前往新英格兰。胡克和斯通成为新城（New Town）教会的第一批牧师，这座城市不久就改名为剑桥（Cambridge）。

---

① 迦南国（the Land of Canaan）：《圣经》中上帝赐给亚伯拉罕的地方，象征了乐土、希望之乡。——译注

1636年，胡克和斯通做了一个惊世骇俗、有悖传统的决定：将他们的教会迁往康涅狄格的哈特福德（Hartford, Connecticut）。当马萨诸塞州地方官否决了胡克搬迁的请求，胡克离开了那个地方。虽然胡克解释他离开是因为人都需要更多的土地，但是一些评论家，不管是当时的还是现在的，都认为马萨诸塞州不够大是因为它不能同时容下胡克和科顿两个人。他们二人经常就教会会员制度争吵。胡克主张更为宽松的会员制度。他设计了一个详细的准备过程，具体地描述了走向皈依的每一个心理阶段。这种皈依形态学有六个基本阶段，分别是悔罪、羞愧、神示、灌输、提高、拥有。对这些阶段胡克还进一步细分。他要求那些想成为会员的人必须向他和全体教徒展示他们是如何成功地经历了这些转变。这种严格的公众仪式令许多后来移民到新英格兰的人感到害怕，因为在英国从来没有这样的做法。然而，胡克相信他的方法可以帮助人们了解恩赐的过程是怎样的，而且这个过程可以让已经皈依的人得到慰藉，同时能揭穿那些伪君子。大部分牧师都认为最糟糕的心理情况就是，有些人欺骗了自己，以为经历了皈依，但是后来他们发现了自己的错误。1635年至1645年间，许多新英格兰教会对教会会员进行更加严格的考查。有的历史学家认为17世纪40年代大量的新移民的到来迫使城镇增加人口，教会增加新会员。这些新成员反过来得到了土地和政治特权。一些历史学家认为经济因素和宗教热诚导致了会员制要求越来越严格。

在法国改革者皮特鲁·拉姆斯（Petrus Ramus）逻辑体系的影响下，清教文学的表达方式也表现出同样的倾向，胡克的布道文就是最好的体现。至于清教思想家在多大程度上认可拉姆斯式的逻辑我们不得而知，但是，当时许多布道文的结构都表明了牧师们觉得这种逻辑很有用。与天主教经院哲学复杂的三段论推理相反的是，拉姆斯采用了一种马尼教（Manichean）[①]策略，这种策略通过已有的矛盾和对立面来进行推理。这种策略也体现在一个备受争议的问题中，那就是是否所有声称被拯救的人都能进入教会。因为最宽松的准入制度会导致一些伪君子完全为了政治或经济的特权和利益混进教会，所以，按逻辑排斥一些人会更安全。但是，拉姆斯式逻辑非此即彼的特性容易导致两极分化或极端化：一个人要么获得拯救，要么就被诅咒；或者是善良的，或者是罪恶的；天堂和地狱之间没有炼狱。整个世界可以划分为神权政治的神圣团体和由世俗罪恶造成的有天生或致命缺陷的"异类"。拉姆斯的二元论能快速地解决复杂的神学问题，但一旦延伸到诸如种族关系或政治这样的生活其他领域，这种善恶对立式的逻辑给清教徒带来了许多问题，甚至对

[①] 马尼教（Manichaeism）：公元3世纪马尼在波斯建立的一种二元论宗教。——译注

第二章　基督教的乌托邦梦想言

于现在的美国人来说也是如此。实际上，美国扩张史的许多部分都处在相似的矛盾之中。

在《救赎的实施》（*The Application of Redemption*，1656年）中，胡克运用这种逻辑，以不对即错的二元论方式来看待罪恶。他表示，在上帝的意志中，在上帝的王国里，两极分化是规则："想象你看见全世界的法官（上帝）坐在宝座上……绵羊站在他的右手边，山羊站在左边；试想你听到生命之神（他的语言创造了天地，也能摧毁天地）做出了可怕的宣判，最后的末日到来了：'离开我，你这个被诅咒的'；你的心会如何震惊和失落，以致死亡呢？"胡克最重要的作品包括：为新英格兰模式辩护的力作《教会教规概要》（*A Survey of the Sum of Church-Discipline*，1648）和详细阐释了他的皈依形态学的《心灵为基督做准备》（*The Soul's Preparation for Christ*，1632）。

虽然科顿和胡克因为他们的推理和布道而备受爱戴，但是并非每一个新英格兰人都喜欢他们的绝对主义和平实的风格。一些富有幽默感的人也来到新英格兰，并且公开地批评清教徒。托马斯·莫顿是个英格兰人，他在马萨诸塞州的沃勒斯顿山（现在的昆西）（Mount Wollaston, now Quincy）建立了居住地，清教徒把那里叫做快乐山（Merrymount）。有三年时间里莫顿令清教徒十分不快，因为他允许他的社区里开展跳舞和五月柱（Maypole festivities）①等活动，但是令清教徒更愤怒的是，他开始向印第安人兜售威士忌和武器，因而威胁了皮毛生意，阻碍了印第安人融入清教徒的文化经济。1628年，普利茅斯的迈尔斯·斯丹迪史上尉（Captain Miles Standish）对莫顿的社区发起进攻，并俘获了莫顿。莫顿被审判，但是被无罪释放。1630年，约翰·恩迪科特（John Endecott）又将莫顿擒住，并烧了他的房子，抢占了他的财产。莫顿被遣送回英国。回国后，他试图废止马萨诸塞公约。他还出版了《新英格兰迦南》（*New English Canaan*，1637）一书，抨击了清教的宗教形式，讽刺了清教徒把自己比作以色列人的倾向。他还对印第安人进行了描绘，认为他们在人格上比清教徒更加高贵和优秀。

英国清教徒托马斯·列奇福特（Thomas Lechford）对清教新英格兰也持批评态度，但是他的动机更虔诚。列奇福特于1638年来到马萨诸塞州，加入了波士顿的一个公理教会，并从事律师工作，直到1641年他回到英国。当时许多人为了在即将来临的内战中支援自己的教友都纷纷回到英国，但是列奇福特明确表示他回国是因为他不能接受新英格兰怪异的神学发展和神权政治。

---

① 五月柱（Maypole festivities），是指用鲜花和彩条装饰的柱子，五朔节时人们围之跳舞。
　　——译注

1642 年，他发表了《轻描淡写，来自新英格兰的消息》（*Plain Dealing, or News from New England*），相对冷静客观但又不乏批评地描述了他的经历。他还为这篇文章加了副标题："对新英格兰政府的简短介绍，与英国历史传承的现行的政府相比，它既是教会的，也是公民的，有一些物质问题是迄今为止最严重的。"（*A Short View of New England's Present Government, both Ecclesiastical and Civil, compared with the anciently-received and established Government of England, in some material points fit for the gravest consideration in these times.*）他尤其不喜欢"公开忏悔和审判"，这在他看来太过极端："我问他们，什么法律允许他们在全世界面前如此公开地揭露一个人的过错？"他还提出，虽然新英格兰人都声称自己是公理主义者，但是他们却建立了可怕的神权统治。随着英国内战的刚刚开始，列奇福特对新英格兰模式的保留态度也得到了许多英国清教徒的回应。英国革命派在讨论改革后要建立怎样的教会和政体时，在他们的心目中，波士顿的"山巅之城"是一个非常失败的例子。

然而，并非所有来自新英格兰的批评都针对马萨诸塞的清教徒。纳撒尼尔·沃德（Nathaniel Ward）在英格兰的埃塞克斯郡（Essex, England）被开除神职后，于 1634 年来到新英格兰，当年他 55 岁。他在伊普斯威奇（Ipswich）定居，并于 1641 年加入后来的马萨诸塞自由体（the Massachusetts Body of Liberties）。1645 年他回到英格兰后，发表了《美国阿伽万的纯朴鞋匠》（*The Simple Cobbler of Aggawam in America*）（阿伽万是印第安人对伊普斯威奇的称呼）。作为一个保守的清教徒，沃德不赞成人们对英国改革教会的包容态度，认为这是政治机会主义和妥协的证明。他还嘲笑议会要用复杂的神学辩论来解决这些问题，他说魔鬼"无法刺中议员身体的关键部位"，但是他能"让他们的脑子腐朽得厉害"。这部充满生命力的作品在出版的第一年就重版了四次，是第一部从新英格兰视角批评英国的作品，尽管沃德仍把自己看做英国人。这部作品也体现了一个男性清教徒看待性别身份的父权观点，也表现出他对现有性别角色的注重和遵守。例如，沃德反复使用女裙的比喻来谈论现代社会的腐败问题，他特别坚持性别划分不能模糊。他说，失去了公民权利的男人，"就是女人"。在他看来，安妮·哈钦逊的命运是对所有跨越女性角色界限的妇女们的一个警告。他还建议："让男人来处理，极少有女人穿马靴。"对于沃德而言，宗教宽容模糊了严格的理论界限，宽容了强势妇女。那些想突破性别角色限制的妇女是自作主张寻求拯救的罪人。沃德认为，17 世纪中叶英国的社会、宗教和政治动乱似乎威胁到最根本的人性和神旨。

1630 年，清教徒带着科顿的《上帝对他的种植园的承诺》和温斯罗普的《基督教慈善的典范》给予他们的信心开始了新生活，但是他们很快就发现他

第二章 基督教的乌托邦梦想言

们的神学教条、教会和公民政策都非常的复杂和不清晰,信徒的虔诚热忱引发了诸多的分歧和争端,互助友爱的梦想很快就证明是无法实现的。到了1645年,清教徒已经创作出大量的文学作品,但是许多作品是为了争论、冲突和辩护而作。牧师们争论,社会理想主义者恳求,陪审团逼供,讽刺作家抱怨。只有到了后来,清教历史学家,例如爱德华·约翰逊在1654年和科顿·马瑟在世纪之交,才对清教徒殖民早期的历史进行了回顾。当他们再现这段历史时,他们把过去的历史精神化(现在的读者会说是浪漫化),把失败变成了神话,并且还想象着长久的、永远的和谐和胜利。语言的力量,又一次战胜了历史的"事实"。

204

第三章　个人叙述与历史

　　许多历史学家都认同历史是事实和诠释的综合物。清教徒认为人类本性是有缺陷和堕落的，因此除了圣经，他们不相信一切对于过去的描述。同时，他们又创作了大量叙述个人生活的作品，并且记录了新英格兰事业的发展历史，因为他们认为人类的理性，尽管是堕落的，却是上帝用来向人类传递旨意的一种重要工具。记录上帝与人的交往对精神大有裨益。葬礼上的布道文能重现死去的圣徒的一生，选举布道文能阐释社会的精神历史。传记、自传、日记、皈依告白记录了圣徒实现个人尊严的过程，而历史则记载了上帝宏伟计划的进展。

　　虽然一篇文章关注的重点可能是一个人，也可能是许多人，但是清教作家和读者们都认为个人的生活与集体是不可分割的。教会代表了基督的身体，每一个教会成员都是身体的一部分。十指连心，如果一个人有疼痛，那么整个身体也会痛得打滚。反之，如果这个精神社会遇到了麻烦，每一个人也会受苦。于是，一个人的精神之旅就成了一个集体戏剧，成为集体苦难的示例，正如集体的幸福也体现在个人身上一样。由于集体的历史与个人历史之间这种注定的相互关联，所以世道好的时候不仅个人得到保障，而且集体对待敌人和外人时也显得自以为是，盛气凌人。温斯罗普封闭的"花园"在晴朗的日子里，圣徒间的和谐友爱令每颗心充满了勇气，上帝的荣光照耀了每一个圣徒。但是到了时世艰难的时候，就会出现对个人的怀疑，这种怀疑往往是愚昧的，甚至是毁灭性的，还会出现集体的自我苛责。在最黑暗的日子里，人们在自己内心深处找寻上帝愤怒的原因，并监视彼此的行为，以防在精神上有冒犯之处。即使只有一个罪人或伪君子进入了教会这个"身体"，也会带来像巫师或安妮·哈钦逊那样的危险，会在"身体"里传播致命的传染病。

就具体事件或视角而言，个人与集体的纽带可能会加强，也可能会削弱，甚至会产生毁灭性的影响。一个集体可以团结起来清除一个人或一部分人，就像 1692 年的沙仑事件那样，但也有可能出现像罗杰·威廉姆斯那样的人，把社会批判得体无完肤。由于有这样一个教会与身体的基本类比，疾病和死亡的意象充满了清教徒的作品中。

皈依经历是清教徒宗教生活的基本要素，因此精神告白就成了文章和口头言论的基本模式，为其他体裁提供了心理活动的样板。灵魂与肉体、罪恶、与魔鬼做斗争的心理过程以及灵魂走向恩赐和拯救的过程都成了最基础的脚本，在一本本日记中、自传里、历史记录中重复出现。当然，历史关注的对象是社会的创伤。托马斯·谢泼德一世（Thomas Shepard I）的自传是最早的，也是最有影响力的自述之一，因而成为许多后来者参考的重要范文。

谢泼德出生在英格兰的北安普顿（Northampton），曾在伊曼纽尔学院就读，并于 1627 年担任神职。1630 年他受到劳德主教（Bishop Laud）排挤，于 1635 年移民到了马萨诸塞湾。在那儿，他被选为新城（后来的剑桥）的牧师。17 世纪 40 年代早期，他开始发表关于皈依过程的论文，其中《虔诚的皈依者》(*The Sincere Convert*, 1640) 最为著名。他还开始坚持记录个人的精神经历，这些日记后来于 1747 年出版，书名为《三部有价值的作品……私人日记》(*Three Valuable Pieces. . . . A Private Diary*)。1749 年，日记又以《托马斯·谢泼德先生的沉思集和心历路程》(*Meditations and Spiritual Experiences of Mr. Thomas Shepard*) 为书名在爱丁堡出版。17 世纪 40 年代后期，他以自传的形式回顾了自己的一生，这部作品于 1832 年在波士顿出版，书名是《托马斯·谢泼德自传》(*The Autobiography of Thomas Shepard*)。

谢泼德开始写日记的时候似乎正是新英格兰清教历史上的一个重要阶段。那时，社会压力迫使牧师们要求教会成员进行公开考核。这种考核要求教徒们描述自己在神的恩赐下经历了心理斗争而获得救赎的细节。虽然谢泼德对安妮·哈钦逊持严厉的批评态度，但是安妮认为谢泼德是少有几个宣讲恩赐圣约的牧师之一。但是谢泼德对哈钦逊的愤怒，就像科顿不支持哈钦逊那样，说明了神职人员已经意识到，也许是潜意识地，他们必须稍微放弃一些恩赐教条，这样才能维持教会的秩序。同时他们还认识到准备主义信条是必要的。在日记中，谢泼德记录了自己的准备过程，以指导其他信徒发现恩赐的迹象。谢泼德日记的核心是一个痛苦的矛盾：从理智上说，人无法通过行动获得救赎，但是从情感上讲，人们又感到有必要采取行动。谢泼德日记记录了欣喜时刻与怀疑阶段的更迭交替，展示了心理的自我调控和情感的波动，这些都成为皈依告白这种体裁的特征。

◎新英格兰清教文学

谢泼德童年生活十分不安定。他3岁那年母亲死于瘟疫。之后他曾和祖父母生活了一段时间，但是得不到关爱。后来他又和叔叔住在一起。他父亲再婚后，他搬回了家，但是他的继母似乎"不爱我，而且老挑拨父亲来教训我"。他10岁那年，父亲去世，尽管他拼命地祈祷，"我的确非常强烈地、非常衷心地祈求我父亲能活着。我还和上帝订了一些圣约。如果上帝能实现我的心愿，我会更好地为上帝效忠，因为我知道如果父亲走了就只剩我孤单一人了。但是上帝还是夺去了他的生命，我成了无父无母的孤儿。"除此之外，他还受到了一位老师的严厉管教。谢泼德描写这位教师非常残酷，以至他经常希望"哪怕养猪或养野兽，也不愿意到学校学习"。然而，在他最黑暗的童年时光里，他的兄长约翰收留了他，保证了他的教育，成为"我的父亲和母亲"。在新老师的教导下，谢泼德找到了自信："这似乎是天意，这个人让我的内心充满了对学习的热爱和渴求，因此我告诉朋友我要当学者。"

就在情感在混乱和平静之间波动的情况下，谢泼德在心理上已经开始理解皈依过程的本质。他上大学的时候就认为自己本性恶劣，并且非常想改正，但是仍旧"贪婪、骄傲、好赌、好玩、好酒"。但是，有一天当"（我）喝得太多，醉得一塌糊涂……第二天是安息日，我起得很晚，看到自己粗野的样子十分厌恶"。他逃到田野里反思自己的状况，这时他见到了基督。基督没有"在我的罪恶之中夺取我的生命"，而是"内心充满了忧伤，他的忧伤令我的灵魂和罪恶不安"。在这一次神示后，谢泼德开始"每天反省罪恶和自己的行为"，从而以一种新的方式认真聆听约翰·普雷斯顿的布道："上帝令我听得如此生厌，直到我理解他所说的和我心中的秘密都呈现在我面前……包括我内心所有的心机和谎言……我的虚伪、自私、隐藏的邪恶。"经历了皈依过程后，他决定当牧师。但是，正如他在叙述中承认的那样，他始终都在怀疑自己，反省自己。谢泼德曾一度十分痛苦，甚至"非常想用头撞墙，自我了结"，这种状态持续了九个月，直到最后"上帝点醒了我：不要因为自己的邪恶而灰心，而应该让它发挥两种作用：（1）更厌恶你自己；（2）感到更需要、更重视基督耶稣"。

当谢泼德到新英格兰开始牧师工作后，表面上他的生活变得更安定了，因为他的职责消耗了他更多的精力，从而淡化了他个人的痛苦和忧愁。但是对他来说，做一个圣徒不是静态的经历，而是一个过程。在他的一生里，他不断地经历他所谓的"新的皈依"，不断地重新发掘自己罪恶的本质。上帝给某个灵魂或子民们安排的叙述计划的本质就是"通过我们的弱点和慌乱来显示他的威力"，因此"我越弱，就越适合被利用"。谢泼德认为，"当我内心最空的时候，我的忠诚是最满的。"

第三章 自述与历史

在谢泼德公开的作品里,如《明智的信徒》又名《论福音派新教徒的皈依》(*The Sound Believer. Or, a Treatise of Evangelical Conversion*,1645),他提出了殖民地的教徒们获得救赎要经历的过程。谢泼德认为一个人现在面对自己的不幸总比"永久的毁灭"更好。他还坚信人的意志在这个过程中发挥了作用:"毁灭掉的人就是自己的刽子手。"1648年《剑桥纲领》被采纳的时候,所有要加入公理主义教会的人都要在公众面前讲述自己皈依的经历,而且牧师和教会成员们也明白他们要从皈依者的口里听到什么。精确的语言和叙述方式成为获得拯救的基本要素,也是享受到教会会员的社会、政治利益的必备条件。

在这方面,最出色的一部作品就是杰出的牧师兼诗人迈克尔·威格尔斯沃斯(Michael Wigglesworth)的《日记》(*The Diary*,1965年出版)(关于威格尔斯沃斯的诗歌见第四章)。1631年,威格尔斯沃斯出生在英格兰的约克郡(Yorkshire,England)。1638年,他随父母移民到了新英格兰,在纽黑文定居。他是一个聪明的学生,并师从著名的教师伊齐基尔·奇弗(Ezekiel Cheever)。他9岁的时候就能用拉丁文写文章。由于父亲生病,他的教育中断了五年。后来他上了哈佛大学,学习医学和神学。他以全班第一的成绩毕业,获得了文学学士学位和文学硕士学位。毕业后,他留在哈佛任教直至1654年。1655年,他与表妹玛丽·雷纳(Mary Reyner)结婚。1656年,他被任命为马尔登(Malden)教会的牧师。后来,他得了一种怪病,这种病折磨了他很长时间。他变得十分虚弱,甚至不能继续牧师的工作。1659年,玛丽去世后,威格尔斯沃斯衰弱得更厉害了。他拒绝了哈佛校长一职,因为他认为"身体状况和力量难以胜任……如此艰巨的任务"。科顿·马瑟认为,威格尔斯沃斯转向诗歌写作是因为这是他能够继续为教会和社会服务的唯一方式:"他更加虔诚地做好事,当他不能讲道,他就写诗,似乎真理就隐藏在简单的韵律里。"

然而,1686年,威格尔斯沃斯奇迹般地返老还童了。科顿·马瑟写道:"上帝很高兴让他的忠实仆人神奇地恢复健康。他被几乎活埋了近20年后重新活过来了。"威格尔斯沃斯继续在马尔登任神职,但是当他与他的管家——比他小25岁而且不是教会成员的玛莎·马吉(Martha Mudge)结婚时,整个教区都震惊了。他的薪金因此被降低。然而,这段婚姻一直持续着,并且为他们带来了六个孩子。威格尔斯沃斯最终重新得到了他的教区以及更大范围的清教教区的人民的尊敬。玛莎去世后,1691年,威格尔斯沃斯与希碧儿·阿弗里(Sybil Avery)结婚,开始了他的第三段婚姻,那时他已经60岁。

威格尔斯沃斯在1653年和1657年的《日记》中写到他年轻的时候害怕性欲、自淫和梦遗会让他下地狱。他还因为生过父亲的气,尤其是在他父亲

○新英格兰清教文学

去世的时候他没有感到悲伤而感到愧疚。威格尔斯沃斯的《日记》充斥了这样的表白,这种表白使清教徒获得了过于忧郁的名声:"无以数计的魔鬼包围了我,并且打败了我,这让我十分害怕、羞愧,不敢去见一直以永恒的爱爱着我的上帝。我发现我的心思大都放在威士忌和享受欢乐上,我心里已没有多少上帝的痕迹。"他对他与学生交往的描述却表明了在他的生活中"欢乐"可能是极少的:"今天我与上帝进行了角力,为了我自己,也为了我的学生……但是我看到上帝依旧对我的祈祷置之不理……我特意地为他祷告,上午我听到他和一些不好的伙伴一起玩音乐,虽然我严肃地警告了他,但是昨天我还是纵容了他的灵魂去寻欢作乐。"清教徒在日记里的哀叹有时显得生硬刻板,言不由衷,但是威格尔斯沃斯细致的描述真实地展现了他精神上的痛苦。

《英克里斯·马瑟自传》(*The Autobiography of Increase Mather*, 1962)比威格尔斯沃斯的《日记》显得更为冷静,但是它也清楚地表明了,即使是那些最有理由获得救赎的人在皈依之前都经受了几年的自我怀疑,但余生里还要经历阶段性的不确定。被称为"最重要的美国清教徒"的英克里斯是第一代移民牧师理查德·马瑟(Richard Mather)的儿子。1656年,英克里斯从哈佛大学毕业,之后在都柏林的三一学院获得硕士学位。他与约翰·科顿的女儿结婚,并在波士顿的老北教堂(Old North Church)担任牧师,一直干了60年。他是一个多产的作家,出版了上百部作品,包括历史、布道文、宣传册、论文和他父亲的传记。作为从1670年到1700年间最出色的牧师,马瑟与政府高层官员、富有的商人交往颇多。1685年到1701年,他担任哈佛大学的校长,并且带领哈佛度过了严峻的法律和财政危机。1688年,他被委派到英格兰向詹姆斯二世(James II)请求恢复特许状。1689年,威廉和玛丽成为新君主后,他又和他们商讨新的特许状。虽然那时他已竭尽所能为马萨诸塞人争取了更多的利益,但是有人批评他太过屈从,而且利用政治地位帮助自己的朋友,特别是他推荐了威廉·菲普斯爵士作为州长候选人。后来菲普斯政绩平平,马瑟卷入了混乱的政治争斗中。从1700年至1723年他去世,他的影响力不断下降。

马瑟一生都记日记。1685年,他决定在多本日记的基础上写一本正式的自传。他写自传不是为了出版,而纯粹是为了他的孩子。他想告诉他们他是如何在考验和怀疑中保持信念。这部作品最有意思的一个特点是,它以其特有的方式阐述了上帝与个人的圣约,至少在马瑟看来,是如何转变成一个双方协议,而且上帝具有一定的义务。马瑟年轻的时候曾一度处于低谷,一方面等待着上帝对他心灵的召唤,一方面等待着教堂神职对他的邀请。他写道:

第三章 自述与历史

"上帝用可怕的想法和呼唤打乱了我的信念……我内心极度得痛苦和恐慌。"于是马瑟从圣经中寻找帮助，大胆地威胁上帝：

> 那天我祈求上帝，请他允许我向他祷告（我的确是带着眼泪和一颗溶化的心向他祈祷），如果他不仁慈地回复我，那么在我死后，其他人会看到我写的文章，这是我在上帝面前走过的纪念，那么他们会感到很失望。因为他们会说"这个人祈求身体和灵魂的慰藉，是的，同时也相信它，但是他却得不到慰藉，痛苦地离去。"

就马瑟后来的事业看来，很明显上帝意识到了这些话的威力，并给予了他所需的恩赐。这篇文章最令人感到惊讶的是这位46岁的牧师竟然选择了这些内容作为年少无礼的例子讲给他的孩子听。

在很大程度上，清教徒的日记和自传都显得模式化，因为几乎每个人都在为了一个大家接受的目的来讲述自己的经历。例如约翰·班扬（John Bunyan）的《罪人受恩记》（*Grace Abounding to the Chief of Sinners*, 1666）阐述了圣徒的生活应遵循获得救赎的指定道路。现存的许多内心表白、日记和自传都相当严格地遵循着这个范例。于是，皈依、质疑和心理成长的经历都被迫服从于叙述模式，遵从早期的语言范本以得到认可。个人的特性不如上帝对待人类的普遍方式来得重要。因为自传都倾向于记录人们的普遍经历，所以上帝在某些人的生活里做出的特别或惊人的举动都显得意思非凡，也使像英克里斯那样的清教徒的自传具有了戏剧性。在17世纪，随着时间的推移，日记慢慢地变得不那么模式化了，例如科顿·马瑟和塞缪尔·休厄尔（Samuel Sewall）的日记就显得更加世俗化，表达了更多的个人情感。

《科顿·马瑟1681—1708年的日记》（*The Diary of Cotton Mather for the Years* 1681—1708，1911—1912年出版）和《神学博士、皇家协会成员科顿·马瑟1712年日记》（*The Diary of Cotton Mather, D. D., F. R. S. for the Year* 1712，1971年出版）表现出了一种宗教和世俗的复杂糅合。科顿·马瑟（1663—1728）是先驱理查德·马瑟和约翰·科顿的孙子，英克里斯的儿子。他在哈佛接受教育之后到波士顿第二教会担任父亲的助手。他在那个职位上一直接受父亲的领导，直到1723年英克里斯去世（关于科顿·马瑟的生平详见第五章）。马瑟的日记充满了17世纪80年代典型的对肉体欲望和精神弱点的哀叹，虽然对他来说这些欲望和弱点似乎是非常真实的。他讲述了他为了抑制性欲采用禁食的办法让自己虚弱得毫无欲望。他还讲述了说话口吃给自己带来的烦恼，这个缺陷让他的父亲英克里斯十分忧心，而且也影响了他在圣坛上的前程。马瑟还记录了他每天观察到的时尚、政治、财经动向，以及他的一些虚荣心，例如他梦想成为皇家协会的成员，这一点他后来做到了；他还想当哈佛的校长，这个愿望他没有实现。马瑟的日记中给人印象最深刻的部分是他痛苦的个人悲剧，例如他最亲近的兄弟纳撒尼尔（Nathaniel）的去世，他两个妻子以及几个孩子的离世。最令人感动的是他描述第三任妻子发疯的篇章，面对妻子的精神失常，他惊慌失措；还有他最喜爱也是最叛逆的儿子，"克里斯"（"Creasy"，英克里斯二世）放荡不羁，后来在海上死去，而他原本希望这个儿子能像他那样担任神职。

马瑟的日记虽然没有经常被选编的《塞缪尔·休厄尔的日记》（*Diary of Samuel Seawall*）（见第五章）那么有名，但是他的日记更充分地体现了后清教主义的信念和激情如何影响人们的生活方式和写作风格。经历了多个悲剧后，马瑟更加坚定自己的信念，坚守神给他和他的人民在这个世界上指定的角色。他遭受的痛苦越多，他投入到写作和教会工作的精力就越多。每一件事都是一个前兆，每一个困难都可能变成好事，每一次新英格兰似乎快要灭亡的时候就可能预示着基督在准备第二次复活，并将在这个美国的新耶路撒冷统治辉煌的千年。如果马瑟的祖父没有完全使用上帝的语言来看待他们面临的风险，那么，毫无疑问，马瑟把清教试验看做是神圣的使命，而且他发现旧约的表征在许多新英格兰历史中都得到了印证。

从日记、自传到传记的转变是清教文学迈出的一大步，这标志着清教审美意识的形成以及特色文学风格的产生。传记作为一种体裁是一个中间领域，一边是研究个人内心世界的日记，而另一边是审视社会进步的清教历史。表面上，传记的目的与葬礼上的布道差别不大——都是为了展现一个《像基督那样生活》（*Imitation Christi*）的教徒的一生。正如约翰·班扬的《天路历程》（*A Pilgrim's Progress*）所说的，教徒的生活应该像虔诚的基督徒那样。在清教徒的传记里，对一个模范教徒的描述也就是一个关于教区的故事，内部世界和外部世界在模范生活中被联系在一起。

在那样的框架下，清教传记作家仍能创作出有特色的、细节丰富、十分有吸引力的作品。第一代清教移民的传记有一个独特的特点，那就是它们都特意花了许多笔墨来解释为什么传记主人公要离开英格兰。人们所知道的最早出版的美国清教徒传记是约翰·诺顿（John Norton）的《亚伯①虽死了却在说话》（*Abel Being Dead Yet Speakth*，1658），讲述的是约翰·科顿的生平。诺

---

① 亚伯（Abel）：亚当与夏娃的第二个儿子，在圣经故事中被兄弟该隐（Cain）杀害。——译注

顿在解释科顿来美国的原因时把科顿的经历与圣经的一些故事对应起来，这种做法成为后来的传记争相效仿的一个模式，例如"基督刚接收他进入神坛，他就被带到了荒野，面对魔鬼的诱惑接受考验。"旧约的表征预示着上帝"把许多忠实仆人移居到了这片广阔的荒野，（并且）向摩西展示了在这片荒野建立教堂的式样。以西结（Ezekiel）在放逐中发现了议会的形式。约翰在帕特摩斯（Patmos）得到了天示"。通过这些表征，英格兰变成了埃及，大西洋变成了红海，新英格兰成了新耶路撒冷。尽管诺顿在传记中运用了大量的表征论和圣徒传，但是他也引用了科顿的日记、信件，转述了科顿夫人讲述的逸事，向我们展现了一些科顿的个性。

诺顿撰写的科顿传记出版了12年后，英克里斯·马瑟为他的父亲写了传记《受尊敬的上帝之子——理查德·马瑟先生的一生》（*The Life and Death of That Reverend Man of God, Mr. Richard Mather*, 1670），丰富了清教传记的形式。英克里斯不仅把理查德比作旧约里的元老，而且赞颂他体现了清教徒的理想，恐怕后人都无法赶超他。虽然英克里斯没有署名为传记作者，但是他在传记前面的致谢信上签了名。在致谢词中，英克里斯详细列举了父亲的美德，并且借机会暗示了理查德·马瑟的社区没能仿效他们的牧师的圣洁："记住他的临别规劝，它留在了你们许多人的家里，如果它留在了你们的心里，那就好了！"

英克里斯遵照了诺顿在科顿传记中建立的模式，同时收录了理查德自己写的一篇长文章。在文章里，理查德解释了他离开英格兰的原因。他主要的理由是，作为一个父亲，他需要按照自己的意愿管理自己的家庭；作为一名牧师，他需要能够按照自己的想法来引导教徒，但是在英格兰这两点都实现不了。英格兰的腐败威胁了家庭安定和正常的宗教信仰。有意思的甚至有些讽刺的是，理查德非常重视家庭秩序，而英克里斯曾在17世纪60年代对他父亲在教会会员制度上的权威发起了著名的挑战。

这种家庭内部分歧是代沟的一部分，并且由此产生了半路圣约（Half-Way Covenant）——这是他们的反对者给予的轻蔑称谓。1662年波士顿宗教大会上对会员制度进行了修改，目的是为了挽救原教徒的子孙中皈依人数下降的趋势。新的会员制度允许"如果一个在教会出生并接受洗礼的人没有皈依，那么只要他生活清白，学习并承认基督教的教义，自愿服从上帝和教会，他仍可以保留会员身份，而且他的孩子也可以洗礼"。虽然圣餐会只允许全会员资格的人参加，但是那些未皈依的人的子女（大部分是第一代移民的孙辈）可以接受洗礼，而且这些孩子和他们的父母也可以参加礼拜。赞成这种改变的人，例如理查德·马瑟，相信第一代移民的儿女和孙辈们最终很有可能皈依，而且启迪他们心灵的最佳环境就是教会内部。而反对者，如英克里斯，则认为这一改变会严重地背离最初的原则。他还认为，未皈依者不管家庭信誉如何都不能与上帝的选民们站在一起祷告。在多切斯特（Dorchester），理查德自己的教区内会员们十分反对这种改变，尽管理查德大力倡导，在他有生之年都遭到了极力反对。理查德去世后，会员们收回了反对意见。

英克里斯和他的兄弟伊利泽（Eleazar）都反对半路圣约，并且提倡只给享有完全会员资格的人的孩子洗礼，以保持教会的纯洁性。英克里斯在为父亲写传记的时候依然反对父亲的做法。在书中，他利用理查德的临终祷告劝阻新生代不要接受新会员制，而应该在内心中寻求恩赐，体验皈依的过程。英克里斯回忆他父亲的话："我有一件特别的事要托付给你，就是关心这个国家的新生代，让他们在教会里接受基督的指引；长大后，经历过考验后，他们就可以为他们的孩子洗礼"。在传记中，英克里斯没有表明对会员制的立场，而是运用理查德的生平作为例子来启发读者发现恩赐和拯救，使会员制显得无关紧要。

然而，英克里斯完成传记后很快就意识到他父亲做出的妥协中蕴藏的智慧，于是他改变了立场。因此，写传记这件事对于英克里斯而言似乎起到了几个作用。首先，帮助他和读者们弄清了后辈们与先父们的角色、关系；他由此对那些不能和他一样以精神信念面对上帝的同龄人心生同情；它还减轻了他与父亲意见分歧而带来的内疚感。这部传记的中心主题就是每一代人都应该重现昔日的热情，继承先父们的使命。理查德·马瑟祈求信仰的延续性，与他一样，第一代牧师都号召所有的清教徒后代肩负起神圣的使命。

54年后，科顿·马瑟延续了家庭传统，出版了一本关于英克里斯的传记《父辈》（*Parentator*，1724）。英克里斯创作的理查德传记出现在17世纪70年代这个重要10年的开始，这本传记成为这种体裁的一个典范，而科顿的作品也表现出在理查德去世50年后世俗化的出现。虽然科顿依照清教圣徒传记的基本条目，但是他在书里（比他父亲的作品长好几倍）记录了丰富的日常生活细节。具有讽刺意味的是，科顿所写的英克里斯传记明显地表现了英克里斯这一代人没能经受住理查德和其他先父们预见到的挑战。

在《父辈》一书中，科顿采取了一种自我中心、自我保护的姿态。他父亲是清教在新英格兰影响很大的时候登上了领导地位，就这一点，科顿毫不掩饰他对父亲的羡慕。在科顿看来，《父辈》只是一部小作品，正如他自己所说，是他的《美国风物志》（*Magnalia Christi Americana*，1702）的必要"附录"。在那本书里，他歌颂了先父们以及几位已过世的英克里斯的同辈们的生平（见第五章）。科顿赞颂了英克里斯所作的努力，但是哀叹他没能抵抗住败落的世风。与英克里斯颂扬式地叙述理查德的生平不同，科顿的《父辈》正好相反。由于科顿的不同见解，《父辈》是一部研究英克里斯早期成功和最终失败的作品。

新英格兰清教时期的第一部正式历史书是由威廉·布拉德福从1630年开始创作的，是在被他称为《关于普利茅斯殖民地》（Of Plymouth Plantation）的手稿的基础上编写而成。他的这部作品直到1856年才得以出版，书名是《普利茅斯殖民史》（History of Plymouth Plantation）。布拉德福于1590年出生在英格兰奥斯特菲尔德（Austerfield）一个相当富足的自由民家庭。他年幼时双亲早逝，他不得不经常从一个亲戚家搬到另一个亲戚家住。这些不愉快的经历和长期的疾病使年幼的布拉德福经常私下阅读圣经和约翰·福克斯（John Foxe）的《圣徒之书》（Book of Martyrs），这为他后来接受非妥协派牧师理查德·克莱夫顿（Richard Clyfton）的信念做好了准备。后来他加入了克莱夫顿在附近的斯克鲁比（Scrooby）的教会。在其他公理主义者如威廉·布鲁斯特（William Brewster）和后来的分离主义者约翰·罗宾逊（John Robinson）的影响下，布拉德福于1608年与教会一起迁到了荷兰的阿姆斯特丹，之后又到了雷登（Leyden）。在那儿，他与多萝西·梅（Dorothy May）结了婚，并有了一个儿子约翰。1620年，多萝西、约翰与威廉·布拉德福一起来到了普利茅斯，但是登陆几天后，在其他乘客还没有上岸前，多萝西就在科德角溺水身亡。因为布拉德福没有在历史中提及此事，所以有人猜测是新英格兰冬天凄冷萧条的海岸令多萝西受到了刺激以至于自寻短见。不久，布拉德福与爱丽丝·卡朋特·索思华斯（Alice Carpenter Southworth）结婚，并且有了三个孩子：威廉（William）、梅西（Mercy）和约瑟夫（Joseph）。

布拉德福开始历史写作的第一年里就完成了最终作品的将近四分之一，内容覆盖了移民前往美国的准备和出发阶段。在后来的15年里，布拉德福似乎一直在坚持记日记。1646年，他以这些日记为素材完成了第二本书，讲述了1630年至1646年间的事情。他的第一本书被抄录进了普利茅斯教会文献，因而留存了下来。而第二本书在美国独立战争后就消失了，直至1856年才被发现，并且首次全册出版。从那以后，这部作品不仅成为重要的历史文献，而且是早期新英格兰的主要文学作品之一。布拉德福朴实的风格、生动的描述、对人性的敏感以及材料的组织都体现了他敏锐的文学感知力。

布拉德福很熟悉古代历史学家，如希罗多德（Herodotus），修昔底德（Thucydides）和塔西佗（Tacitus），但是对他的清教历史概念影响更大的是中世纪出现的两个史料编纂学（historiography）学派：一个是在奥古斯汀（Augustine)的《上帝之城》(City of God)基础上形成的世界史,另一个是编年史。世界史的历史学家们努力从记录的事件中识别出上帝更宏大的计划,而编年史则更倾向于直接描写细节。在十字军东征的年代,传记往往与历史融合在一起以增添人类的戏剧性,使作者可以把看似无关紧要的事件围绕一个人的生活组织起来。清教历史学家继承了这些现成的模式,并且增加了他们称为"精神化的"或神意的层面——那就是,他们试图在历史事件中发现潜在的神旨,正如牧师们努力要从圣经中找出隐含的真理一样。后来的一些清教历史学家,例如爱德华·约翰逊(Edward Johnson)和科顿·马瑟走得更远。他们直接把时事与新旧约的表征进行比照,发掘相似之处以证明圣经是如何每天都得以印证的。

因为布拉德福不经常把现实生活与圣经进行比照,所以关于他的历史作品的讨论就集中在他是如何有意识地重塑事实、选择细节、润色文字,使作品能巧妙地与其他人阐释出的隐晦的、神意的或象征的模式保持一致。在布拉德福的第一本书里,上帝指引选民们离开罪恶的土地,来到了新世界,并为他们抵挡住了考验和困难直至他们繁荣、壮大起来。第二本书的记事虽然较散乱,但是它描述了第一代教父的离世、罪恶的泛滥以及教会的衰败,因此强化了圣经的模式。毫无疑问,布拉德福意识到了他的记录与古代希伯来人的经历相似。从另一个角度看,整部作品似乎建构在成功与失败的交替之上。这种循环交替减弱了启示录式结尾的效果,因为它暗示了在上帝的帮助下,选民们可以再次向前迈进。

虽然布拉德福是个虔诚的信徒,信任神圣的上帝,相信上帝的庇护,但是他也是一个实用主义的领导者。他连续当选普利茅斯的总督就说明了人们对他的能力的信任。有些学者还从他讲求实际的个性来解读他的历史作品的两个部分。从第一本历史书到第二本之间时隔16年。这两本书在语气和结构上存在的差异也许是因为每本书的创作阶段处在不同的政治环境下。随着1630年马萨诸塞湾殖民地的出现,普利茅斯殖民地遇到了一个最大的生存挑战。布拉德福意识到成千上万的非分离主义者的到来会吞没、迫害甚至驱逐分离主义者。后来马萨诸塞湾神权政治对罗杰·威廉姆斯和安妮·哈钦逊的观点的不容忍都证明了布拉德福的担忧是有道理的。布拉德福选择这个时候开始记录普利茅斯的历史,在一定程度上,肯定是受到了温斯罗普殖民地在地理和政治上带来的明显威胁。他特别强调了早期清教徒移民的根本原因、他们的信仰基础以及上帝在他们生存和成功中所起的作用。他强调这些既是对殖民地进行了定义,也是对外部的批评进行了辩护。当时机成熟,布拉德福的殖民地实行了自治后,他又从另一个角度来回顾1630年后的年代。1645

年后当他再次拿起笔时,他的文章已不再需要表征学来证明自己的观点,为普利茅斯的方式进行辩护了;相反,此时的作品可能是一个实用主义者在冷静地回顾殖民地所经历过的考验、压力以至分裂。毕竟,在那些年里波士顿遇到了很多麻烦,但是布拉德福对普利茅斯所受考验的客观记录并没有说明上帝给予普利茅斯的恩惠减少了。

约翰·温斯罗普登上阿贝拉号后便开始写日记,那些日记后来成为《新英格兰1630年至1649年历史》一书,并于1825年6月首次以这种形式出版。更早的版本出现于1790年,名字为《1630—1644年马萨诸塞和其他新英格兰殖民地的交易和事件记》(*A Journal of the Transactions and Occurrences in the Settlement of Massachusetts and the Other New England Colonies from the Year* 1630 *to* 1644)。与布拉德福不同的是,温斯罗普从未想过要把自己的日记变成一部真正的历史,但是由于多年来他的记录内容不断增多,人物和环境描写更加丰富,阐述自己的观点和感受时更加深刻,使得他最终的作品既是一本日记,也是一部编年史。他没有为第一卷命名,但是他把后两卷称为《新英格兰历史续篇》(*A Continuation of the History of the New England*)。温斯罗普的编年史与布拉德福的历史著作之间的显著区别在于布拉德福将自己置身于作品之外,甚至以第三人称来称呼自己;而温斯罗普则是作为一个完全主动的角色出现在自己的作品里。事实上,有时候温斯罗普写日记的主要目的似乎是为了向自己或后代,尤其是那些反对他的敌人们,证实他的决定和行为是正确的。

虽然温斯罗普的历史作品也是文学作品的观点没有被人们完全接受,但是文学研究者们仍旧被他的作品吸引,一方面是因为作者的个性本身赋予了作品叙述上的一致性;另一方面是因为该作品对重要事件持有独特的视角。温斯罗普宗教观念根深蒂固,他从新英格兰实验的各个方面都能发觉上帝的存在:"我们一边探索一边观察是非常有益的。我们能发现上帝为了这个种植园而给予的特殊恩惠。"有几篇文章更能说明这一点。在这些文章里温斯罗普意识到殖民地的成功带来了新的问题,而且对于他和牧师们而言,民众也更难控制了:"人越来越多时,罪恶就会泛滥,特别是不洁之罪,但上帝会把它们暴露出来。"虽然温斯罗普有时也害怕实验注定会失败,但是他从未怀疑过其结果最终将能实现上帝的计划。

面对人口增长与随之出现的道德败坏之间的矛盾,虽然温斯罗普没能找到解决的方法,但是,在他担任州长期间他的确有很多机会来强化新英格兰联邦神学的定义和应用。温斯罗普的《日记》中最著名的一篇写于1645年7月3日,在他得知他被控越权的罪名不成立之后。为了回应指控,他向联邦法庭(the General Court)递交了题为《关于自由的小发言》("Little Speech on

Liberty")的文章,他后来也把这篇文章收录在《日记》里。温斯罗普带着历来的谦恭和对细节的完全自信,对神权政治中权力结构进行了清楚地阐释。有趣的是,他把婚姻以及妻子对丈夫的服从作为类比来说明公民权力的本质,这使得清教徒们性别关系的观点和政治秩序都更加明了。

困扰这个国家的大问题是关于官员(magistrates)的权力和人民的自由的问题。是你们把我们选到了这个职位上,被你们委任后,我们便从上帝那里得到了权威。从另一个角度看自由,我发现这个国家对自由的含义有很大的曲解。自由有两个层面,自然层面(我指的是正如我们现在的本性都是邪恶的)和公民或联邦层面。第一层面是人类、野兽和其他生物都享有的自由……可以是从恶的自由也可以是从善的自由。这种自由和权力是不相容的、不一致的……这正是真理与和平的大敌,是上帝所有法则都针对的野兽……另一种自由,我称之为公民的或联邦的自由,也可以称为道德的……这种自由是权力的正确宗旨和目标……这种自由要通过服从权力才得以维持、实现……女人可以自主选择自己的丈夫,然而一旦选定,丈夫就是她的主人。她要服从于他,当然是以自由的方式,而不是强迫;一个真正的好妻子应该把她的服从看做是荣誉和自由,只有服从丈夫的权威,她的处境才是安全、自由的。教会的自由也是如此。她必须服从于她的国王、丈夫——基督的权力……你们和官员们的关系也是如此。

鉴于温斯罗普以上的解释,我们就不难理解为什么他认为安妮·哈钦逊的反抗违背常理。而且,这段文字也展示了清教徒的两性关系是如何受到清教表征学的深远影响,并且从中找到了原型。

布拉德福和温斯罗普的历史作品在17世纪都没有得以出版,而另外三部出版的作品为后来的许多代人提供了新英格兰英国殖民地的唯一的、连贯的历史记录。第一部作品《莫尔特的叙述》(*Mourt's Relation*, 1622)是由一位名叫G. 莫尔特(G. Mourt)的人写的。G. 莫尔特可能是一位不知名的作家的笔名,也可能是乔治·莫顿(George Morton)这个名字的笔误。乔治·莫顿为这部作品的出版提供了许多帮助,而且他还是后来在普利茅斯登陆的雷登分离主义团体中的一员。另一种看法认为这部作品至少有部分是由爱德华·温斯洛(Edward Winslow)创作的,而且威廉·布拉德福也为这本书做了很大贡献(大约三分之二的内容),但是作者的真实身份仍然是一个谜。这部作品采用历史书的形式,实际上是一个鼓励移民的宣传册。1622年,这部作品在

第三章 自述与历史

伦敦出版,面向的读者就是想了解普利茅斯、想移民的人。与约翰·史密斯的以及弗吉尼亚殖民区鼓励移民的宣传册不一样,《莫尔特的叙述》且毫不掩饰、毫不夸张地直接描述了新英格兰的现实生活。

另一部描述普利茅斯殖民地早期历史并得以出版的作品是纳撒尼尔·莫顿(Nathaniel Morton, 1613—1685)的《新英格兰年代记》(*New England's Memorial*, 1669)。莫顿是1623年乘坐安妮号从雷登到达美国的早期殖民者之一。他曾一度住在威廉·布拉德福的家里,担任他的秘书。从1647年起他开始记录有关殖民地的历史直到1685年辞世。他后来成为普利茅斯最为富有的人之一,并起草了很多城市法规。1669年,莫顿出版了他的历史书。在19世纪布拉德福的历史被发现之前,莫顿的历史一直是记录殖民地生活的主要作品。17世纪70年代早期,莫顿写了一部更完整的历史,但是这部作品在1626年被一场大火烧毁。之后他又写了另一个版本,并于1680年出版。莫顿的历史与《莫尔特的叙述》的不同之处在于它的记录更完整,而且充满了强烈的教化人们顺从天意的成分。即使在布拉德福的历史作品被发现后,莫顿的作品仍然很有价值,因为它提供了布拉德福作品中缺失的一些细节,例如,它记录了《五月花公约》签署者的名单以及与五月花号一起出发但被迫返航的船的名字——九盖草号(the Speedwell)。

另一部17世纪出版的历史书就是备受争议的《新英格兰历史》(*A History of New England*, 1654)。作者爱德华·约翰逊(1598—1672)出生在英格兰,父亲是教区执事。约翰逊曾成功地在坎特布雷(Canterbury)收购土地,并且在军队里晋升到了上尉。1630年,他来到新英格兰,也许他乘坐的正是温斯罗普乘坐的阿尔贝拉号。1631年,他获得了以自由人身份出入美国的权利,但是他却选择了返回英格兰。1636年,他带着妻子老苏珊·曼特(the former Susan Munnter)和七个孩子移民到了波士顿,后来在查尔斯镇(Charlestown)附近约翰逊购买的土地上定居。1640年,约翰逊应邀参加了沃本市(Woburn)一个新社区的建立。之后他一生都热心于公共事业,并担任过多种职务,如选拔官和国民自卫队的首领。约翰逊既不是牧师也没有受过大学教育,是一位很特别的清教作家。

约翰逊的《新英格兰历史》一书现在的印本大约三百页。它是在1702年科顿·马瑟里程碑式的《美国风物志》出版之前,对殖民地前25年历史记录得最为完整、连贯的作品。约翰逊本人想用《天国救世主在新英格兰创造奇迹》作为书名。后来这一名称被用作页头书名而且在文中多次重复,同时也出现在之后修订版本的封面上。有证据表明他从1649年开始创作这部作品,于1651年完成。该书分为三册,每册覆盖七年的历史,分别是1630年至

207

1637年，1637年至1644年和1644年至1651年。整部作品采用统一的风格、笔调和语气。约翰逊生动活泼、充满活力的风格，轻快自然的叙述，丰富多彩的个性都表达出了他对清教改革的热忱以及他深邃的宗教信念。但是人们对约翰逊作品的评价毁誉参半。在他那个年代，甚至今天，都有人认为他的作品粗糙、不自然，而且带有不必要的偏见。他的吹嘘和偶尔的夸夸其谈与布拉德福的保守、温斯罗普的细致形成了强烈的反差。在过去的25年里，研究清教文学的学者们认为约翰逊的最大贡献就是他自由地运用了圣经的表征学来阐明自己的观点和见解。在他看来，新英格兰就是新耶路撒冷，人民的进步就是神意的实现。很明显，在17世纪50年代后期约翰逊开始书写他的作品时，关于神圣使命的神话和意象早已在清教徒心中扎了根，因此约翰逊毫不犹豫地接受了这种观念。在神圣历史预言作用的指引下，约翰逊使作品具有史诗般的宏伟：清教徒们被想象成由基督委派的强大军队，向非基督教徒宣战，为基督胜利回归世界、回到新英格兰而做准备。约翰逊的文字预示了后来引发美国独立战争的独立精神，并且成为一个范例，被后来许多美国总统一再引用："此处希望读者注意，最崇高的上帝对这些新建教会施予了莫大恩惠，这是闻所未闻的……在10年或12年后将会出现神奇的变化，一个国家在一天之内诞生，几个逃亡者建立起了有序的联邦。"

约翰逊的作品除了描绘清教徒对美国前景的憧憬外，还展现了清教徒较为世俗的一些态度，这正是他的"平民"视角所揭示的。他对白人与印第安人的关系的观点十分有趣。虽然他经常对印第安人表现出同情，但是他也重复着清教徒广为流传的观点，而这种观点也可以在温斯罗普的作品中找到，那就是基督为他的子民们铺好了道路，他采取的方式就是运用神力引起天花传播，摧毁了几个部落，削弱了那些幸存下来的潜在战士的力量。同样，他记录皮阔特战争时，带着伤感描写了殖民者对几百名印第安妇女和儿童的残忍杀戮，但是同时他还表现出一种替天行道，履行了上帝旨意的自豪感和正义感。

相应的，《新英格兰历史》记录唯信仰论危机的几篇文章里也反映出一个男性清教徒对于安妮·哈钦逊这样的女性的典型态度。约翰逊作为神职人员和地方法官的绝对支持者，对于任何威胁殖民地秩序和规划的运动或个人都十分关切。他对哈钦逊没有丝毫同情。他对哈钦逊的描述反映出他对所谓的"错误分子"的不耐烦。在他看来，这些人冒着生命危险跨越重洋迁移家庭以实现自己的信仰，结果陷入了冲突："他们在途中被一群凶残的恶狼拦住，受到惊吓"，而这些狼就像他们想逃离的那群一样。关于哈钦逊本人，约翰逊没有提及她的姓名，他说道：

第三章 自述与历史

较弱的性别①很受欢迎，以至后来她们选出了一个代表她们职业和性别的教师，而且后来非常受追捧。可恶的是，她们歪曲践踏经文：这个妇女智慧的杰作，吸引了许多信徒……还得到了另一个经常与魔鬼交谈的女巫师的支持……这个女人经常给其他女人喝能让她们怀孕的饮料……但是出生后肯定都是怪物。

这些表现对女人的厌恶并将哈钦逊和她的支持者类型化的文章并不少见。这反映了当时的社会环境，我们也能更好地理解为什么像约翰逊这样的人也会持有这样的观点。约翰逊描写的人物与言行谨慎的上层人士相比显得更为坦率。他的描写也表现了虔诚的、没有接受过教育的普通百姓的观点和态度。约翰逊的作品不仅是对早期新英格兰历史事件的有价值的概述，也是精神化、象征化的历史的最佳范例。约翰逊的《新英格兰历史》是一部清教殖民时期前50年中自我意识最强的政治历史，也是最后一部这样的历史作品。实际上，17世纪70年代，历史传记成为公众争论的话题，那时英克里斯·马瑟和威廉·哈伯德（William Hubbard，大约1621—1704）创作了关于菲利普王战争的两部非常不同的历史作品。

1674年2月，英克里斯·马瑟宣讲了令他成为他这一代最重要的神父的布道之一。在一篇名为《灾难日已来临》（The Day of Trouble is Near）的哀叹史中，马瑟警告他的听众：信徒马上就要为他们的罪恶和堕落付出代价，因为在天亮之前就会有一个大审判。马瑟引用了马修（Mathew）的话来预言："你们将听到战争，听到有关战争的谣言。"马瑟想到的可能是欧洲的混乱以及这种混乱将会影响到马萨诸塞，但是他的话很快就产生了令人意想不到的预言效果。他哀叹人们把时间都花在赚钱上，而不是在家庭祷告上——"在这个世界上，世界毁灭了许多人"——他还预见会有一朵"血云……在我们的头上，并且血点开始落在我们身上"。就在第二年，1675年，具有毁灭性的菲利普王战争爆发了。在沃帕诺阿部落足智多谋的酋长萨肯·梅塔科米特的率领下，几个印第安部落联合起来，进行了在他们看来是最后机会的反抗，以阻止白人把他们赶出自己的土地。18个月的战争里，双方都伤亡惨重，英国殖民地的经济发展也完全中断。因为城镇居民都逃往农村和偏远社区，波士顿和其他海边城镇里到处都是无家可归的难民。有历史学家认为这种社会和经济灾难比宗教态度的转变或英国王室的变动更可能摧毁清教的社会、政

---

① 指安妮·哈钦逊。——译注

◎新英格兰清教文学

治和经济结构。

从文学史的角度看,这场战争也产生了即时的也许是长期的影响。英克里斯在《灾难日已来临》中的所有预言,甚至比语言更糟糕的情况都发生了。英克里斯也不断地提到他的预言得到了印证。马萨诸塞的州长约翰·利弗里特 (John Leverett) 以及议员和军队指挥官都明白印第安人的动机,了解战争在现实、政治和经济上的阴谋。但是马瑟站在了他们的对立面,要在这种危险时期里争夺清教殖民区的道德和精神领导权。战争一开始,马瑟就开始传道,发表关于战争真正原因的看法。他认为这是英国人众多罪恶造成的,特别是年轻人的罪恶,例如不服从父母和神父、嗜酒、奢侈、放荡、骂人、不遵守安息日规定、奇装异服、发型花哨、布道时睡觉、做礼拜时早退等等。在他看来,抵御印第安人的最好办法就是增加斋戒日,制定更严格的法律来约束道德行为,更新教会的圣约。新英格兰的罪恶是"令人激愤的罪恶",上帝以血云来惩罚他们。

州长和议会成员都不同意马瑟的看法,但是他们认为战争时期在英国人内部加强纪律也没有什么不好。他们意识到采纳马瑟的建议至少不会危害到战斗力,虽然他们并不真正相信只要信徒忏悔了上帝就会消灭印第安人。结果,马瑟在战争期间似乎得到了政治权力和地位,以及以后10年他所依靠的影响力。但是,事实上,利弗里特和官员们对马瑟的地位并不认同。

当战争显得对英国殖民者不利时,利弗里特这一代人——比马瑟大20岁的这一代,厌烦了马瑟无休止的谴责——他们应为损失负责,因为他们没有对行为进行严格的法律约束。因此,1676年5月,要为选举日布道选出一位牧师时,议员们和法官们推选了威廉·哈伯德。哈伯德比马瑟大20岁,以理智著称,是马瑟公认的对手。哈伯德是一位传统的牧师,就历史是上帝决定的这一点他与马瑟的观点基本一致,但是他同时也认同实用主义者的看法,认为自然以及其他因素也是历史事件的组成部分。哈伯德是一个很理智的清教徒,他对马瑟的劝诫和不容忍表示怀疑。选举日那天哈伯德做了一场布道,对时下的危机进行了冷静的审视。他认为应该把希望寄托在青年一代的身上,他还坚信不管存在怎样的精神问题,这些问题都无须"公民的或牧师的责备"就能根除。哈伯德认为上帝与子民的关系是建立在个人层面上而不是社区层面。由此他就把团体和领导者对战争的责任推卸掉了。在哈伯德看来,公共事务例如战争,并不一定是上帝干预的直接结果,因此他谈论战争时,更多的是从世俗角度而不是神学角度来看待。哈伯德的题目为《民族的幸福在于统治者的智慧》(*The Happiness of a People in the Wisdom of their Rulers*) 的布道文中憧憬了即将来临的和平,而且如果民众安静地听从领导者,和平会比哀叹和斋戒日的方式来得更快。当议会出资出版这篇布道文时，哈伯德将它献给了利弗里特州长。

面对这样的挑战，英克里斯·马瑟以一篇名为《对新英格兰居民的诚挚劝诫》(An Earnest Exhortation to the Inhabitants of New England) 的文章作为回应。马瑟认为人们应该从圣经里，从"老以色列"的经验中寻找当前战争的原因。在文中，马瑟还引用了殖民地宪章的原文。宪章中把让印第安人皈依而不是土地的占领作为约定的使命。借此，他揭示了公众道德中最敏感的领域之一：清教社会并没有投入更多的资源来教化印第安人。最后，为了向人们指出当今的领导方式与先父们的目标已相去甚远，马瑟还收录了最早的马萨诸塞州印章的木版画，印章画面表现了一个印第安人请求他的白人兄弟远渡重洋"来帮助我们"。

此时，到了1676年夏天，特别是梅塔科米特在8月份被杀以后，战局已经很明显，英国殖民者就要赢得这场战争了。英国人对梅塔科米特进行了残酷的报复。他们肢解了他的尸体，把他的头颅悬挂在普利茅斯的长枪上，把他的手挂在了波士顿。这种展示权力和侵略的恐怖做法后来成为美国西部种族冲突中表示胜利和优越感的样板。后来的英美文学作品，如阿弗拉·本 (Aphra Behn) 的《欧努诺克》(Oroonoko, 1688)，赫尔曼·梅尔维尔的《本尼托·塞瑞诺》(Benito Cereno, 1856)，威廉·爱德华·伯格哈特·杜波依斯 (W. E. B. Dubois) 的《自传》(Autobiography, 1968) 中都描写了类似的可怕的场面/行为。在梅塔科米特死后的几个星期里，马瑟匆忙地完成了他的《新英格兰印第安战争简史》(A Brief History of the War with The Indians in New England)，这是一种精神化的历史，运用了表征学把马瑟自己的诠释加入了战争事实。那年秋天马瑟的历史书在波士顿和伦敦面世，但是他还没有听到哈伯德就这一话题的最后言论。

1676年至1677年冬天，哈伯德完成了自己的历史作品《关于印第安人引起的新英格兰战争的叙述》(A Relation of the Troubles which Have Happened in New England, By Reason of the Indians There, 1677)。哈伯德的观点与马瑟的观点并无太大的差别——对他而言，战争也是源自上帝对清教徒的不满。但是，哈伯德对许多具体事件的处理就与马瑟大相径庭。哈伯德曾说过，"时间和机会发挥了神奇的作用，延长了我们的苦难。"这句话指出了自然因果的科学理念，这一点与马瑟的精神化解释完全不同。哈伯德倾向于运用理智寻找客观角度来审视历史事件，这种倾向孕育了一种新的历史学方法论，并且体现在后来的作品中，例如托马斯·普林斯 (Thomas Prince) 的《新英格兰编年史》(A Chronological History of New England in the Form of Annals, 1736)。

新英格兰清教文学

议会非常满意哈伯德对战争的合理诠释，因此他们委派他编写《新英格兰通史》（*General History of New England*）。哈伯德于 1680 年完成了这部作品，但是直到 19 世纪早期这部作品才得以出版。历史学家们不清楚哈伯德的历史书为什么这么长时间都没有出版；大部分学者猜测是马瑟直接或间接阻挠了这本书的出版。战争结束后，马瑟忙于批评年青一代的宗教变节，预测未来的灾难。到了 17 世纪 80 年代早期，他当上了印刷许可委员会的成员，成功地掌控了波士顿的出版业。17 世纪 80 年代，马萨诸塞的政治自治受到了英格兰的抨击，马瑟审查了那些他认为有损殖民地利益的作品。他认为人们把事件的发生看成是由自然因素造成而不是上帝的安排的做法是不对的，因为这样的现代观念会危害清教徒的事业。必须镇压世俗观念和关于自然起因的科学理念，因为如果上帝的安排都遭到了质疑的话，那么清教徒的土地所有权也就危险了。虽然哈伯德的手稿被毁，而且有些章节在 18 世纪遗失，但是它成为后来几位历史学家，包括科顿·马瑟，进行研究的重要资料。哈伯德的作品最终于 1875 年出版。但是，关于哈伯德的作品可能被扣留的说法表明，到了 18 世纪的后 50 年，历史写作已经成为高度政治化的一种活动，而且过去的故事——有人称之为精神化历史而其他人开始称其为小说——与精确的文字记录之间的斗争是充满争议的。

在这 50 年间，清教历史和传记经历了多个阶段的发展：起初是布拉德福和温斯罗普在私人日记中的试探性的备忘录，后来发展到爱德华·约翰逊那样精心运用表征学的精神化的叙述，后来又成为学术和哲学争论的焦点，就了解过去和现在的过程、记录和报道事件的合理方法以及揭示或掩盖对经历的不同诠释的权力进行讨论。对于像马瑟父子那样的清教徒而言，人类的思维和记忆都有缺陷，人类再现历史时必然会削弱其真实性，因而让历史有了不确定性。人类的这种缺陷就要求有灵感的历史学家叙述历史事件时应该像解读圣经那样，在精神上最大限度地推动上帝的选民向世俗的以及上帝的感召前进。

第四章 诗歌

因为新英格兰的清教徒根本不相信感觉和想象,而且对各种艺术形式抱有怀疑的态度,所以大多数文学研究者要么忽视他们的诗歌,要么把它们当做珍品。安妮·布拉兹特里特(Anne Bradstreet)的拥护者一直把她塑造成文化叛逆者的形象:尽管她作为女人和清教徒要面对来自宗教和社会的双重压力,但她依然进行诗歌创作。同样,当爱德华·泰勒的诗于 20 世纪 30 年代后期被发现和出版时,许多文学史学家认为他这种自我的艺术气质违背了清教的教条,他的诗歌创造力表明他在秉性上更像是天主教或英国国教信徒而不是清教徒。人们对于他作品的长期失踪有着这样的猜测:他因为害怕暴露自己的艺术才能,所以要求子孙把他的诗歌隐藏起来。这种观点还认为,清教艺术的发展不仅受到了神权的压制,而且新英格兰艰苦的生活环境也使得清教徒们没有时间去享受艺术。布拉兹特里特的创作成就归功于她拥有较高的社会地位并享有充足的闲暇时间,而泰勒的作品则归功于他在马萨诸塞边远教区的安静生活。

当然,把"清教诗歌"一词看做是矛盾修辞法也有许多站得住脚的理由。在英格兰,从 16 世纪后期开始,清教的神学家和牧师们就警告民众不可相信感官,沉于想象是危险的,而运用修辞的、意象的或象征的语言就相当于偶像崇拜。他们认为上帝已经把人类需要了解的所有真理都写到圣经里了,因此直接对上帝的话语进行讨论才是唯一真正合理和谦恭的方式。天主教徒和英国国教教徒喜欢摆置神像,要求牧师有好口才,能用音乐和华丽的圣服来取悦教徒。对清教徒而言,这些都进一步说明艺术会导致偶像崇拜。清教徒反对偶像崇拜,英国内战时他们摧毁了宗教雕塑,关闭了剧院。他们自己的教堂十分朴素,官方的言论和场合也排斥华丽的辞藻和服装,这些都强有力地说明了清教艺术和诗歌是几乎不可能存活的。清教的教义通常禁止使用修辞性的语言，除非用在宗教指示语中。鉴于以上这些阻碍诗歌艺术发展的明显障碍，大多数研究清教徒的学者都认为实际情况应该与理论上推测的一致。

的确，清教领袖和神职人员把他们对文学艺术的谴责表现得十分明显。1640 年，一组美国清教神职人员推出了他们翻译的赞美诗《赞美诗全集：英律诗忠实译本》(The Whole Book of Psalms Faithfully Translated into English Meter)（更常见的名字是《海湾赞美诗集》[The Bay Psalm Book]）。他们想以此取代英国国教使用的由托马斯·斯特恩霍尔德（Thomas Sternhold）和约翰·霍普金斯（John Hopkins）翻译的版本。在他们看来，那个版本过分诗歌化。约翰·科顿为新译文写了序言，这个序言经常被后人引用以说明清教徒对语言雕琢的强烈反感：

> 不要让任何人认为，我们会为了韵律而在诗歌上随意地背离希伯来诗句中大卫话语的真实而正确的含义；我们的宗教考虑和虔诚也要求我们尽量贴近原文……因此，如果诗句不能总像有些人希望的那样通顺和优雅，让他们想想上帝的圣坛是不需要我们去润饰的。

科顿这段话说明了清教徒的语言刻板、朴素的特点，也似乎使进一步讨论清教艺术变得不可能。

然而，从 20 世纪 40 年代到 60 年代，学者们不断发现并出版了相当数量的清教诗歌。许多诗歌运用、引用了非常明显的修辞语言和典故。被引用的典故不仅有圣经的，也有来自经典著作的，如奥维德（Ovid）①、西塞罗、弗尔吉尔（Virgil）、贺瑞斯以及李维（Livy）②。大量的诗歌还提及了当代诗人的作品，如斯宾塞、西德尼、莎士比亚、赫伯特（Herbert）、沃恩（Vaughan）③ 和夸尔斯（Quarles）。清教的理论与诗歌实践之间存在着明显的差距，这样的例子层出不穷。例如，有人发现 17 世纪 40 年代的时候，哈佛的两个牧师的儿子西伯恩·科顿（Seaborn Cotton）和埃尔内森·乔恩西（El-

---

① 奥维德（Publius Ovidius Naso，公元前 43—18?）：古罗马诗人，著有《爱的艺术》(Ars Amatoria)，《变形记》(Metamorphoses)，《岁时记》(Fasti)。——译注
② 李维（Titus Livy，公元前 59 年—公元 17 年）：罗马历史学家，其著作《罗马史》中，记述罗马建国至公元前 9 年德鲁苏斯（Drusus）死后的历史。——译注
③ 沃恩（Henry Vaughan，1622—1695）：出生于英国威尔士的行而上学派的诗人、神秘主义者。——译注

nathan Chauncy）在他们的普通本子里抄录了各种爱情诗。有约翰·克里夫兰（John Cleverland）的情诗，也有罗伯特·赫里克（Robert Herrick）的《摘取你的玫瑰花》（"Gather ye rosebuds"）和弗兰西斯·博蒙特（Francis Beaumont）的《赛琪①：或爱之谜》（"Psyche: or Lovers' Mysteries"）。现有档案中收集了各种各样的清教诗歌，包括正式的挽歌、抒情诗、圣歌、民谣、对话、风趣的换音词、离合诗和警句。诗歌的作者有船长、家庭妇女、军人、法官以及神职人员。爱德华·泰勒作品的文学深度不断得到认同，这使得一些学者们开始质疑狭隘的教义、明确的美学理论与清教徒诗歌化的话语本身之间的关系。

有一种研究方法试图从历史中了解清教徒本身作为人的艺术倾向和想象力。那些移民到新英格兰的人毕竟曾是丰富的文学传统的继承人。他们中许多人还喜欢优美的语言和流畅的表达，尽管他们在宗教上会感到良心不安。最终，牧师们放宽了教条，也可能是因为他们内心产生了新的复杂情感，他们允许艺术作品在量和质上的增强。到了17世纪50年代，出现了明显的大转变，那就是作者可以更自由地运用感官意象，甚至有意识地追求生动和流畅。这一变化的显著标志就是1651年哈佛校长亨利·邓斯特（Henry Duster）和理查德·里昂（Richard Lyon）对《海湾赞美诗集》（The Bay Psalm Book）的译文进行了修订，并声称他们特别注意了"诗句的美丽"。科顿·马瑟后来谈起这个版本时说，"人们认为诗句中应该再多一点艺术性。"

这种追求语言艺术的运动得益于著名的英国清教徒理查德·巴克斯特（Richard Baxter，1615—1691）极受欢迎的《圣徒永远的安息》（The Saint's Everlasting Rest，1650）得到了官方最强力的支持。巴克斯特作为英国内战期间清教徒军队的随军牧师，一个受人尊敬的反罗马天主教徒，人们相信他能恰当地处理一些敏感的事情，例如冥想与皈依、拯救的关系，以及在冥想或诗歌创作过程中运用感觉、想象力和语言的问题。巴克斯特作品的最初目的是为了记录圣徒精神之旅的各个阶段，但是这部作品有着更重要的意义，因为巴克斯特支持感官为想象力服务，这部作品使文学创作合法化。

关于冥想过程的学术争论已经进行了几个世纪，而且早在巴克斯特的作品之前就有关于冥想在宗教体验中的作用的作品。实际上，1632年在美国托马斯·胡克（1586—1647）在他的《灵魂为基督的准备》（The Soul's Preparation for Christ）中对冥想过程进行了阐释，并且表明了运用感觉、想象力和对

---

① 赛琪（Psyche）：古希腊神话中的以少女形象出现的人类灵魂的化身，与爱神厄洛斯（Eros）相恋，后来成为女神。——译注

●新英格兰清教文学

精神真理的喜好更能激发人们的兴趣，更易于理解。甚至连最害怕在圣徒和神之间建立感官意象会产生偶像崇拜的约翰·科顿也说，一个人"可以在他的冥想中合法地利用那些便于将精神事物再现的各种生物或事物"。然而，科顿这样的认可暗示越虔诚的信徒就越不需要利用"各种生物"。

在新英格兰清教主义发展的关键时刻，巴克斯特作为一个诗人支持使用隐喻，把它作为一种正面的做法，甚至一种精神义务，这是意义非常重大的。巴克斯特认为上帝给予了人类修辞语言就是要增加人们领悟真理的能力。他强调圣经里使用了各种修辞手法，并且认为"这些与其他大多数描绘我们的荣耀的语言一样说得有血有肉，栩栩如生，虽然他们不完全恰当，而且都运用了修辞，但是毫无疑问，如果这样的表达都不是最好的，不是我们需要的，那么圣灵也不会如此频繁地使用它们"。巴克斯特主张，圣徒们不仅可以在沉思中使用这样的隐喻，人们也可以运用这一神赋的方法，享受感官世界的快乐，这本身也是一个隐喻——修辞是上帝神旨的媒介。虽然巴克斯特仍旧提醒沉思的圣徒或诗人们必须明确意象或修辞只是一个接近神明的渠道，而不应成为尘世的阴影遮盖了上帝的光芒，但是他鼓励更多的修辞创新，甚至文字游戏。因此，严肃的行为就成了一件飘忽不定的事情。语言成为一种媒介物，而不再是一种天启式的真理。

另外一种发展起来的清教思想主张更自由地使用圣经表征学，这种思想成为清教诗学的依据。牧师们按照惯例解释旧约中的表征在新约的本体中得到印证。在殖民早期的几十年里，一些牧师，如罗杰·威廉姆斯，曾警告人们不要扩大这种解释学（Hermeneutic）方法的使用范围，但是，随着时间的推移，清教牧师、作家们的创造激情和把新英格兰当做新耶路撒冷的理念使得表征学运用得更自由，并且使这种系统得以拓展，有了更精细的结构，把圣经符号与历史事件、道德法则甚至是知名人物都联系了起来。当今对清教诗歌的研究重新整理了清教诗学的概念。清教读者认识到清教诗人可能在有意识地追求艺术性，而读者们也不大愿意拒绝这些新发现的产物，反而更进一步认可了美学的进步。

清教美学理论与诗歌实践的矛盾和不一致在罗杰·威廉姆斯身上体现出来。正如前面谈到的，他坚持以最保守的方式运用表征，而且他认为把圣经表征用于描绘新英格兰的时事是一种错误，就这一点他十分固执。但是，在他的诗歌以及很多重要方面上，威廉姆斯与传统背道而驰。在《美洲语言入门》一书中，他描写了他认识和教过的印第安人的性格，他还经常用尖刻的词语来批评英国人，特别是他们对印第安人的迫害。在书中每一章的末尾，威廉姆斯都以一首诗为散文体评论作简短的总结。这些诗通常有十二行，分

第四章 诗歌

为三节。威廉姆斯在这些诗里创造了有震撼力的意象,这些意象紧扣宗教和道德戒律,通常带有家庭气氛,很生活化。他的语言平实、直接,虽然韵脚不整,抑扬步格也很粗糙,但是意象运用的非常好。

在一些诗里,主人公直接对他的英国读者们说:

> 骄傲的英国人莫要吹嘘自己的出身和血统。
> 你们的兄弟印第安人生来就同样优秀。
> 上帝用同样的血液造出了他、你和所有人,
> 同样的智慧和美丽、同样的强壮和个性。

虽然威廉姆斯认为印第安人可以被教化,可以接受救赎,但是他感到英国人拥有优势,因为他们的教育和文化传统教会了他们如何做好迎接恩惠的心灵准备。他在诗里劝诫英国人,既然得到了如此恩宠,就应该特别珍惜"你的第二次生命,否则你将看到/天堂之门为印第安人大开,却向你关闭"。在其他诗里,威廉姆斯运用了印第安人外表的一些特征和风俗来与英国人形成鲜明对比,他有时候也对英国人进行批评,如:

> 真实是一个自然天成的美人,
> 而谎言就像印第安人的油彩;
> 掩饰了内心,美莫过于灰汁,
> 真实是上帝圣徒的真正的美。

这首诗中,真实(truth)和"自然"① 一同出现。印第安人单纯无邪地用油彩来装扮自己,而英国伪君子们虽然没有涂抹油彩,但是他们内心虚伪,比印第安人的油彩更能伪装自己。下个诗节说到,印第安人的头发和油彩在英国人眼里可能显得很"肮脏",但是,英国伪君子们虽然面庞干净,头发整齐,但是内心邪恶。当基督"在以色列见到这样的面孔"时,他会认为英国人"更肮脏"。在这儿,用圣经里的以色列来指代新英格兰的做法似乎违背了威廉姆斯在表征学上的立场,但是很明显他认为在诗歌里可以更自由地运用象征。在最后一个诗节,印第安人显得混乱无序,但仍旧真实、无邪。与之相反,诗人用火、风暴、眼泪等意象来描绘了那些没有在裁判日前悔过的英国罪人们将要面临的命运:

---

① "native",自然的,也表示土著。——译注

> 油彩经不起圣灵真理的火焰的冲击，
> 美丽的谎言也抵挡不了这样的风暴；
> 啊，若我们能及时地阻止他，
> 悔恨的泪水将洗刷所有一切。

在好几首这样的诗里，威廉姆斯都暗示了印第安人虽然没有得到拯救的恩赐，但是在道德上，他们比许多英国人都高尚。在一首诗里，他把印第安人崇尚安静的文化与英国人空虚喧闹的消遣方式进行了对比，指出英国人在无休止地打破平静，而平静正是印第安人领土的特点："我们土地上那样的喧闹嘈杂/还要在异教徒的土地上延续？"早期曾有一位英国移民赞叹荒野能带来舒适无忧的生活，威廉姆斯就此评论道："我发现吵闹少了，安静多了/在未开垦的美国。"这首诗以强制的宗制观点结束了两种文化的比较，即关于恩赐，不管印第安人还是英国人都必须在精神上等待"上帝的召唤"。在另一首诗里，威廉姆斯把印第安人的更为完美的道德伦理和法律与英国人进行了对比。诗人说道，印第安人对诸如通奸、谋杀、偷窃等罪行惩罚严厉，而英国人的处罚却很轻。当印第安人知道了英国人的"宽宏大量"时，他们表示出震惊和蔑视：

> 我们不穿衣，许多神要穿，
> 我们的罪恶却较少；
> 你们是野人，疯狂异教徒，
> 你们的土地是荒原。

因为威廉姆斯一直坚持美国印第安人应与白人一样，精神上是平等的，所以他也许没有意识到他把印第安人比喻成了"他者"，尽管他塑造的印第安人的形象是正面的，但是这个比喻强化了种族界线，加深了英国人对印第安人的敌意。威廉姆斯可能是英国移民中第一个把印第安人形象理想化的作家。这种做法后来成为一种持久的传统，目的就是敦促白人学习更为人道的规范。

像威廉姆斯、爱德华·泰勒和约翰·科顿这样的作家都坚守诗歌说教的清教原则，但是有的清教徒却用世俗的语句来记录自己对生活的观察。威廉·伍德（William Wood，1606—1637年后）在他的宣传作品《新英格兰的前景》（*New England's Prospect*，1634）中描写了新英格兰的自然环境，劝说英国人到美国创办贸易公司或开发公司。关于伍德其人，人们所知甚少，只知道他是约翰·恩迪科特队伍中的一员，1631年在沙仑定居。伍德在散文体

第四章 诗歌

的叙述中加入了许多描写新环境的诗句。

另一名清教作家约翰·乔斯林恩（John Josselyn, 1610—1692年后）创作了关于美国的世俗散文和诗歌。1637年，乔斯林恩来到马萨诸塞，但只做了短暂的停留。在那里，他见到了约翰·温斯罗普和约翰·科顿。1663年，他再次来到美国，直到1671年才离去。在他第二次较长的旅美生活里，他对新英格兰模式的幻想破灭了，并且在《到新英格兰的两次旅行》（An Account of Two Voyages to New England, 1674）中对此进行了严肃的批评。他更早期的书《新英格兰的珍宝》（New England's Rarities Discovered, 1622）描绘的却是美国美丽的自然环境和野生动物，而且文中充满了新奇和些许夸张。他的观察里夹杂了一些诗句，有描写海上风景的，新英格兰春天的，还有一首不寻常的诗，描写的是一位印第安妇女。

"以前诗里写的是年轻貌美的吉卜赛女郎，现在描绘一下印第安女人也未尝不可。"这首诗引发了白人内部的争论，争论的话题是肤色漂亮或较深的女人是否更美丽。这首诗涉及了性别和种族的复杂关系，它们在后来大量的美国文本中相互交织，还探索了异族人的性爱能力。虽然诗人在诗中把这个女人描写成"黑色的"，但是在诗的末尾，他却用了"红色"一词，造成了一种奇怪的种族模糊性。这一词语的改变可能说明了乔斯林恩把所有的有色人种都看成了统一的"他者"。

这首诗的组织形式借鉴了彼特拉克体①（Petrarchan model）。这首诗依次从不同感官描绘一个女人的魅力：

> 白的黑的谁最好，
> 亲自感觉便分晓。
> 轻轻触摸便可知，
> 柔软光滑黑最好。

"柔软"、"光滑"这两个词暗示了说话者与这位女子有过肉体接触。在诗歌前几行里，他把视觉和触觉结合在一起。接着，他继续描写听觉感受以及这位女子的思想深度，这是诗人从她的谈话中感受到的：

---

① 彼特拉克体（Petrarchan, 1304—1374）：指意大利诗人彼特拉克推广的十四行诗体。彼特拉克是意大利诗人和人文主义者，以爱情诗歌见长，与但丁一起被称为意大利文艺复兴之父。——译注

> 轮到耳朵来听听,
> 黑肤之人说的啥?
> 她的聪明和睿智,
> 让我迷恋与向往。

因为要谈味觉可能有伤风化,所以乔西林在诗中用一个双关来逃避并强调了这个话题:"没有什么味道能美过可爱的棕色衣衫。"这个意象让人联想到裸体印第安女人的形象,她的"衣衫"可能就是棕色的皮肤。诗人意识到关于肤色和美丽的讨论是无休止的——"不管人们说什么//来赞美白色红色"——他表达了自己对深色人种妇女的喜爱:

> 阿谀奉承者会说,
> 黑色就像天未晓。
> 完美在此尽显现,
> 不怕风吹与烈日。

虽然这首诗可能是一个英国作家试图挑战长期以来人们对印第安人、非洲人以及"吉卜赛人"的种族或民族偏见的较早证明,但是最近的发现表明还存在另一种可能性。在 17 世纪的英国诗歌里有一种滑稽的诗歌形式十分流行,那是对彼特拉克爱情十四行诗的仿效和嘲讽,例如约翰·科洛普(John Collop)的《埃塞俄比亚美人 M. S.》("On an Ethiopian beauty, M. S.")和《黑眸皓齿的黑妇人》("of the black lady with grey eyes and white teeth")。在诗中,诗人构造了一个他认为荒谬的场景——白人男子向黑人女子表达爱意,以此来嘲笑人们对标准爱情诗歌的过分赞扬。虽然已有大量的证据说明在美国早期历史中,印第安人、欧洲人和非洲人之间出现过肉体接触或浪漫爱情或性爱关系,但我们对乔斯林恩在种族和性别上的个人观点知之甚少,所以关于作者做这首诗的意图还不能妄下断言。

当大量的清教徒的诗歌重见天日时,人们惊讶地发现,居然有那么多的诗歌是谈论爱情和欲望的。这一点与清教徒一贯含蓄克制的形象形成了反差。最多产的爱情诗诗人是约翰·沙芬(John Saffin,1626—1710)。他是一个出色的律师、法官和波士顿教会成员。1665 年，他开始在摘句簿①上记录，一直坚持到他去世前两年。这部摘句簿 1928 年得以出版，书名叫《约翰·沙芬，他的书》（*John Saffin*, *His Book*）。这部作品囊括了科学笔记、哲学思考、读书心得和诗歌，诗歌又包括了讽刺诗、挽诗、人物素描、应景诗和爱情诗。沙芬还记录了他对于优秀诗歌应具备的条件的看法，他的观点跟大多数清教神职人员大为不同。他认为："要想写出好的诗歌就必须遵守这些规则……诗应是优雅的、有侧重点的、富含隐喻且是叙述性的；它应该语言流畅、节奏和谐、悦耳。"此处没有提及修辞性语言的危害或是引用宗教格言的必要性。沙芬的《荡起小舟》（"Sayle Gentle Pinnace"）一诗是在他追求玛莎·威利特（Martha Willet）时写的，被称为 17 世纪美国最著名的诗歌之一。沙芬最喜欢的一种诗歌类型是离合诗（藏头诗），即每一行的首字母连在一起能拼出诗中主人公的名字。诗人还必须尽可能使用由主人公名字造成的词语。沙芬的一首诗被称为美国第一情诗，诗名是《献给赫尔老夫人的奇书：他的情书》（"On Presenting a Rare Book to Madame Hull Senior: His Vallintine"）。

　　沙芬跟女性交往很成功，却经常与男同事争吵。在沙芬的黑奴亚当已经获得自由的情况下，他提出并申辩要将亚当再次沦为奴隶。以《日记》和早期反奴隶制宣传册《出卖约瑟夫》（*The Selling of Joseph*, 1700）闻名的波士顿法官塞缪尔·休厄尔对沙芬的做法十分气愤，他因此写了一首讽刺诗。休厄尔认为奴隶制是"死罪中最残暴的"，他在《致约翰·沙芬》（"To John Saffin"）一诗中写道：

　　　　老家伙，涂脂粉戴假发装腔作势，
　　　　厚颜无耻地把公正的法庭欺骗。
　　　　虽毫无道理，律师却全力以赴，
　　　　可怜的亚当再次沦为奴隶。

至于休厄尔是否把这首诗给沙芬看过还是一直私藏在自己的日记中就不得而知了。

　　清教徒来到新英格兰，面对的是开荒和艰苦的生活，他们经常创作的是挽歌。这些挽歌大都十分模式化，优劣差别很大，一般都是为家人所作，且

---

① 摘句簿（commonplace book）：摘句簿是 15 世纪在英格兰兴起的，人们用较便宜的纸张装订成册，记录祈祷词、格言警句、医药配方、度量衡、诗歌等等个人感兴趣的信息，以帮助记忆或查找。——译注

新英格兰清教文学

只在有限的范围内流传,只有少数为知名人物而作的挽歌像广告那样流行。挽歌通常注重死者一生的成就和事迹,强调死者性格和行为中神赐的迹象。许多挽歌还强调个人与特定社区的联系,在诗中总是先要表达对集体损失的遗憾,然后进行安慰,并保证死者与上帝及其他选民们和睦相处。在殖民早期,留存下来的挽歌都是由男性为男性所写,但从 17 世纪 80 年代开始,出现了歌颂女性生平的挽歌,到 18 世纪这种现象就更加常见了。

最受称赞的清教挽歌是由牧师尤里安·欧克斯(Urian Oakes, 1631—1681)为谢泼德一世的儿子牧师小托马斯·谢泼德(Thomas Shepard Jr.)而作。欧克斯在哈佛接受过教育,之后去了英格兰。他在那儿住了 17 年,从事教师和牧师的工作,1671 年回到了新英格兰。他从 1675 年开始担任哈佛大学校长直到辞世。他为谢泼德作的挽歌由五十二个诗节组成,每一节有六行,是那个时期最长的挽歌。诗歌的头几句就表明了牧师们对诗歌艺术的态度从 17 世纪 30 年代就发生了变化,因为欧克斯在前七个诗节中感叹自己的"技巧和想象力"不够,不足以完全表达对谢泼德的赞颂。一开篇,他就感叹:"啊!如果我现在是个真正的诗人,"之后他用别的方式再次强调了这一个愿望:

> 那么我祈求(如果祈求能够让我拥有)
> 诗歌激情中那最为轻快的一抹,
> ……
> 愿我的笔触能巧妙地提炼出
> 闪光的智慧里最纯粹的精华,
> 用罕有的机智,精湛的技巧,
> 哀悼的笔调;使它无与伦比:
> ……
> 愿我能张开想象的翅膀,直上
> 云霄;若我能操控智慧和灵感,
> 那么再低贱、卑微、简单的东西
> 也能为伟大的圣徒唱出赞歌。
> 啊!当心脏要迸裂时,智慧也无能为力,
> 巨大的悲痛压住了我的舌头,(使我)不能言语。

欧克斯歌颂了谢泼德的品质和他卓越的牧师生涯,此外他还将谢泼德的死亡解释成上帝对新英格兰愤怒的征兆:"上帝!难道您与新英格兰的条约要

第四章 诗歌

终止了？您的心里已起战争？"在诗的结尾部分，欧克斯明确表示谢泼德的死应归罪于民众："是我们的罪恶害死了谢泼德/我们因自己的罪行自作自受。"清教挽歌，特别是神职人员所作的挽歌经常变成了说教，如："新英格兰知道它在（为谁）心痛/新英格兰将与他一起倒下！"虽然欧克斯的诗歌遵循了这些模式，但是诗歌的字里行间流露出欧克斯与谢泼德之间很深的友情。这种个人的因素使得这首挽歌超越了常规和说教，正如悲切的最后一节所展示的：

> 我最亲爱、知心、体己的朋友走了！
> 走了！我亲密的伙伴、我心灵的慰藉！
> 独自一人，我站在混乱的人群里，
> 几乎想向世界上的一切道别：
> 祝福我的磐石！上帝仍在：让他去吧，
> 他就是一切，是我一切的一切。

17世纪马萨诸塞最多产的挽歌作者是本杰明·汤普森（Benjamin Thompson，1642—1714）。他的位于罗克斯伯里（Roxbury）的墓志铭写着："新英格兰著名诗人。"汤普森是一个牧师的儿子，毕业于哈佛，以教书为生。他出生于美国，是第一个出版关于美国的诗集的美国本土清教徒。他最著名的诗《新英格兰的危机》（"New England's Crisis"）创作于1676年菲利普王战争期间。与欧克斯的挽歌一样，这首诗歌哀叹史认为没落退步是战争的起因，而战争本身是上帝对人类的责罚。诗歌一开始就回忆起殖民地早期的日子："金色时光（因为太幸运而留不住），""很快被人们对金子的热爱吹走。"因为人们只对进口的巧克力和法国红酒感兴趣，所以上帝惩罚他们，"以致基督世界的镜子/烧成堆的灰"。写这首诗的时候，汤普森还不知道战争的结果，他断言上帝或者会摧毁清教试验，或者会用战争让殖民者变得谦恭和纯洁，为新的开始做好准备。

幽默在清教诗歌里十分罕见，而汤普森曾创作出一首短的讽刺史诗《妇女建造的波士顿防御工事》（"On a Fortification at Boston Begun by Women"，1676）。该诗以嘲讽兼赞美的口吻描述了波士顿妇女在城市四周设立路障，抵御印第安人的攻击直至男人们巡逻归来的故事：

> 一群了不起的亚马孙族女战士①
> 一心想让自己的名字熠熠生辉，
> 于是用泥草给波士顿做了个领子，
> 从这边到那边把城市团团围住，
> 她们灵巧的双手像圣诞花舞动，
> 她们的面团也渐渐地高高耸起。

虽然他运用了家务活的意象，定义了妇女们"正当"的生活空间，但是值得注意的是，汤普森作为一个应景的公众诗人，承认了妇女们的贡献，并且觉得她们应得到一种正式的、虽有些不乐意的纪念。

学者们大都认为17世纪新英格兰最多产、最重要的三位诗人是安妮·布拉兹特里特、迈克尔·威格尔斯沃斯和爱德华·泰勒。安妮·布拉兹特里特（大约1612—1672年）的诗歌《美国新崛起的第十位缪斯女神》(The Tenth Muse, Lately Sprung Up in America) 于1650年在伦敦出版。这部诗集是第一部由美国居民创作的完整诗集。布拉兹特里特出生在英国的北安普顿，她在家里接受教育，教师就是她的父亲托马斯·达德利（Thomas Dudley）。达德利是林肯伯爵（the Earl of Lincoln）的管家。在伯爵的图书室里，达德利父女俩阅读了大量的经典作品和英国文艺复兴时期的作品。她最喜欢的作品是由乔舒亚·西尔威斯特（Joshua Sylvester）于1605年翻译的法国诗人吉罗姆·巴尔塔斯（Guillaume du Bartas）的《神圣的星期和工作》(Divine Weekes and Workes)。达德利是一个虔诚的清教徒，但并不认为宗教信念与欣赏好的文学作品之间有什么冲突。他是男性清教徒中少有的提倡对年轻女性进行哲学和文学教育的人。大约在1628年，安妮·达德利嫁给了她父亲的助手西蒙·布莱兹特里特（Simon Bradstreet），之后两家人计划移民到美国。

1630年，布拉兹特里特一家和达德利一家与约翰·温斯罗普同乘阿贝拉号前往美国。他们经历了三个月的艰苦航程，在他们到新英格兰后头几年的生活里艰苦一直陪伴着他们。安妮对马萨诸塞恶劣的生活条件和移民中疾病和死亡的高发率感到震惊。她在日记中吐露，她怀念英国舒适的生活，她的"心开始"抗拒美国的"新世界和新方式"。布拉兹特里特一直是个虔诚、顺从的基督教徒，但是她经常质疑，并私下反对清教的一些教义以及新英格兰

---

① 亚马孙女战士（原文为"Amazonian Dames"）：亚马孙族是希腊神话中曾居住于黑海边的一族女战士。——译注

第四章 诗歌

强大的男权。她曾思考:"为什么天主教就不对呢?他们也有同一个上帝,同一个基督和同样的圣经——只是他们这样解释,我们那样解释。"这样的怀疑使她的诗充满了有生气的张力,令传统的表达方式感到不安。

造成布拉兹特里特有挫折感的原因之一,也是了解其诗歌细微之处的背景之一就是妇女在17世纪的新英格兰和英国的社会地位。从中世纪开始,教会和国家就通过法律和习俗在制度上使妇女处于从属地位。特别是清教徒的反抗,也是以男性为中心,例如他们反对天主教强调圣母玛丽的重要性。大部分清教神学都强调,在家庭内部丈夫或父亲是上帝的代表,他的话是绝对的,是不容置疑和讨论的。美国的法律宣布妻子必须服从丈夫,丈夫在家庭和仆人的事情上有绝对的权威。如果清教革命带来的社会、经济的变化使马萨诸塞的妇女们有机会提高自己的社会政治地位,那么这种机会被17世纪30年代的反律法事件击碎,因为在那之后的几十年里,安妮·布拉兹特里特成为一种典型,象征了危险的女性智慧和语言威力。例如,1645年约翰·温斯罗普在日记中写到安妮·耶尔·霍普金斯(Anne Yale Hopkins)时肯定联想到了哈钦逊的罪行:

> 1645年4月13日。康涅狄格州哈特福德的总督霍普金斯先生,带着夫人(一位年轻漂亮、有特殊才华的女士)来到了波士顿。令人悲哀的是,她身患一种疾病,失去了理智和思考能力,而且由于她完全沉迷于读书、写作(她已经写了很多书),多年来她的病越来越严重。她的丈夫非常爱护、体贴她,不愿让她伤心;但是等他发现自己的错误时已经太晚了。要是她能操持家务,做女人分内的事,而不是走出她的职责范围,参与到男人的事情中来……那么她还不至于失去理智……在上帝给她安排的角色里。

妇女应该扮演固定的角色,这样类似的观念在人们脑中根深蒂固,一直持续到17世纪末。这些观念也经常出现在沙仑巫术审判中。在那样受束缚的环境下,布拉兹特里特还能写诗,出版诗集,而且她的才华一生都受到人们的赞赏。她之所以享有不寻常的自由度也许是因为她的家庭里有两位重要的男性政治人物:她的父亲和丈夫。

布拉兹特里特一家和达德利一家通过在美国头几年的奋斗,在经济和社会地位上开始得到改善。搬了几次家后,他们于1645年在安多佛(Andover)定居。之后托马斯·达德利发达了起来,成为罗克斯伯里最富有的人,他还曾一度担任马萨诸塞州的州长。安妮的丈夫西蒙曾当任法官,立法委员和皇家议会会员，最后担任了殖民地的总督。1633年至1652年间，安妮生了八个孩子，她不仅要操持家庭，还要教育孩子。虽然她的财富和仆人可能使她比其他妇女有更多的时间来进行精神追求，但是无可争议的是，在荒凉的环境中一位活跃的女性面对着许多亟待解决的事情，这些仍要花费她大量的时间和精力。

正如其他清教徒受到的教育一样，布拉兹特里特经常自我反省以发掘自己的缺点和罪恶。在1630年至1633年间，她没有怀上孩子，她相信这是因为她灵魂有污点所以上帝让她无法怀孕。她一生中都经常记录下对自己的不满，例如，"我经常感到困惑，因为我无法像大多数上帝的仆人那样在我的朝圣中找到不断的乐趣和新奇。"作为一个非常聪明而又有些叛逆的女性，布拉兹特里特经常喜欢质疑自己的精神状况。

然而，她的诗歌经常清楚地表现出一种冲突。冲突的一方是她对现实世界——自然界的美、书籍、家庭的热爱，与之相反的是基督教箴言——世界是腐朽的、丑恶的，与基督的爱是远远无法相比的。对这种冲突的焦虑明显地体现在她的作品《沉思》（"Contemplations"）中：

> 我凝望着天上闪耀的太阳，
> 光线从茂密的树叶中穿过，
> 我看得越久惊叹就越多，
> 我悄悄地说，谁的荣耀能与你相比？
> 世界的灵魂，宇宙的眼睛，
> 难怪有人把你当做神，
> 如果不知道，我也会这样想。

虽然她遵循了清教诗歌的传统，在诗中表达了宗教，甚至政治观点，但是她惊叹的语调和生动的自然意象都表现了对这个世界的热爱与神权教条之间的较量。

布拉兹特里特于1632年她19岁的时候在新城创作了第一首为人所知的诗歌。1645年，她首次把自己的诗编成一个不正式的合集献给父亲。她这些早期的诗歌几乎都是对宗教主题模式化的表现。然而，1645年当他们在安多佛安家后，布拉兹特里特开始创作出更加成熟的作品，在诗中她个人的声音也更有力量，更有诗意。1647年，她的姐（妹）夫约翰·伍德布里吉（John Woodbridge）带了一本她的诗集回到英国并瞒着她出版，书名就是《美国新崛起的第十位缪斯女神》。虽然诗集在伦敦大受欢迎，但实际上为布拉兹特里特赢得现代人赞赏的诗都没有收录在里面。之后的20年里,她写出了更深奥的诗歌,这些作品在她去世六年后出版成集,书名是《小诗集》(*Several Poems*, 1678)。

《美国新崛起的第十位缪斯女神》的第一部分有四首长诗,称为四元体(quaternions),诗名为《四元素》("The Four Elements")、《人的四种情绪》("The Four Humors of Man")、《人的年龄》("The Ages of Man")和《四季》("The Four Seasons")。这些作品运用了许多历史和哲学的话语,还涉及了解剖学、宇宙论、天文学、生理学和希腊形而上学,展现了布拉兹特里特的博学多识。这些诗都生动地说明布拉兹特里特从个人经验中寻找意象和依据来说明自己的观点。例如,她对人的各年龄段进行分析时就回想起自己小时候生病的情景:

> 什么风让我的童年痛苦,
> 让我承受着长牙的痛楚?
> 是什么沙拉让我的胃受了寒,
> 呕吐、痉挛、寄生虫都来了。

虽然四元体展示了她的博学多才,但是这种押韵的对偶句,她称之为"乏味无趣",有时成为一种机械的学习。事实上,她可能因为这种练习太单调所以未等完成第二章的第二节《四个君主国》("The Four Monarchies")就停笔不写了。

在《美国新崛起的第十位缪斯女神》的第三部分"新老英格兰的对话"("Dialogue between Old England and New")中,布拉兹特里特没有完全遵照以前的模式,而是让自己的声音更加强有力。这首诗是母亲英格兰和女儿新英格兰之间的对话,话题是英国的政治动乱和内战。说话者给予了老英格兰较高的地位,认为新英格兰的生存有赖于母亲英格兰的安定。说话者表达了对英格兰一种很强的依附感:

> 哦!可怜我处于乱世之中,
> 钟楼被洗劫,房屋遭摧毁
> 哭泣的少女、少年被杀害;
> 繁荣商贸衰败,粮食短缺。

总的说来,布拉兹特里特的文字表明她在美国从未真正感到舒适,她经常想念她的出生地。

相比之下，就妇女地位问题以及她作为一个女作家的角色问题，布拉兹特里特的立场显得更为模棱两可。有时候，她的作品表现出对妇女从属地位的默许，例如她在书的《序诗》（"Prologue"）中说到：

> 让希腊人还是希腊人，女人还是女人
> 男人们有优势，依然会领先，
> 对此不满只能是徒劳无益；
> 男人最棒，这点女人知道
> 所有的荣耀都是你们的；
> 而我们要表示小小的感谢。

这些诗句尽管表达了说话者对从属地位的接受，但也暗示了男人虽占据统治地位却吝啬小气，缺乏当权者应有的宽宏大量。同时，在这段辩解前的一个诗节里，诗中的说话者采用了更自信的口气，斥责那些认为妇女不能成为诗人的人："我讨厌那些长舌者/说针线活更合适我。"她还抱怨有些人不相信妇女能成为作家，"说作品是偷来的或者是靠运气"。在最后一个诗节里，她做出了一个既有讽刺意味却又不明确的结尾。她告诉那些认为她的诗歌能赢得桂冠的男诗人，"给（我）百里香和西芹做的花冠，我不要月桂"。她宁愿要蔬菜做成的花冠也不要桂冠，似乎再次降低自己的地位，但是在后面的两句里这种自我贬低被一种明显的嘲讽淡化了："我这块低俗粗糙的矿石/只会让你们闪光的金子更加耀眼。"此处，她暗示了男性的骄傲自大需要抚慰。布拉兹特里特在这儿选用了"百里香或西芹"的意象也许说明她意识到了自己低下的双重地位——作为一个美国殖民地的妇女，生活在一片没有华丽、新奇或经典的土地上。

她在1642年为伊丽莎白女王作的诗《向崇高伟大的伊丽莎白女王致敬》（"In Honor of that High and Mighty Princess Queen Elizabeth"）中，更加直接地声明了女性在智力上与男性是平等的。诗人以伊丽莎白女王留给全英国人的印象为依据，对男性的高傲态度表示强烈的抗议：

> 不，男子汉们，你们批评了我们很久，
> 但是她虽然离去却能证明我们的冤屈；
> 让那些说我们女人缺乏理性的人明白，
> 现在这样说是诋毁，在过去就是造反。

在后面的诗句里，诗人称赞了伊丽莎白女王的智慧和力量，而且表明"上百万人都能证实这些是真实的"。诗中的说话者从伊丽莎白女王身上受到了鼓舞，表明她的前辈以及诗人当前的例子都不断地证明了妇女的智慧："她为她的同性扫除了诽谤中伤，/说什么女人没有智慧，作不了君王。"有证据表明布拉兹特里特的父亲和丈夫都接受她的聪明才智和女权主义倾向，但是在其他家庭，甚至在布拉兹特里特和达德利的亲朋中，都有人不能接受知识女性，例如安妮的姐姐（或妹妹）莎拉·凯恩（Sarah Cain）就因为预言和"严重的不道德行为"遭到了丈夫的反对，最后被逐出了教会。这个活生生的例子说明了妇女们低下的社会地位，也说明了布拉兹特里特在创作像《伟大的伊丽莎白女王》这样大胆的诗歌时冒着很大的危险，而且她自己也清楚这一点。

布拉兹特里特的《小诗集》的第二版即扩充版首次发表了她后来被公认的最著名的作品。虽然该书尚未出版前她就去世了，但是去世之前她对匆忙出版的《美国新崛起的第十位缪斯女神》中一些错误进行了修改，并为新书加了一首开场白：《作者致她的书》（"The Author to her Book"）。在这首诗里，说话者是一位诗人母亲，她的孩子就是她创作的书和诗。令她感到愧疚的是，她还没有机会做好准备来教会"孩子"如何跑得"平稳"时，她的"孩子"就被人从她的身边带走，送到了外面的世界。这首诗为这本新书做了很恰当、风趣的介绍，因为家庭意象是许多新诗的重要成分，与第一版中刻板、正式、学院式的作品相比，新诗更具有个人气息。而且，家庭意象的运用是带有讽刺意味的，一方面它们都体现了"女性化"的话语，另一方面它又是超越有限话语领域的工具。

在《小诗集》中，有的诗讲述了她的疾病，也有哀悼她的孙辈和儿媳妇去世的挽歌，还有她写给丈夫的情诗，还有一首诗谈到了烧毁她房子的火灾。这些诗歌后来经常出现在各种诗歌选集里，批评家们认为这些诗比布拉兹特里特早期的作品更优秀，因为这些诗坦率地表达了诗人的宗教体验，而且语言富含情感，强调个人的经历。例如，在《写于孩子出生之前》（"Before the Birth of One of her Children"）中，说话者表达了害怕在生产中死去的恐惧，并承认她害怕死亡。在诗中，诗人恳求她的丈夫在她死后依然爱她，孩子们以后一定会有继母，但是不要让孩子们受到伤害："爱你的亡妻，她久久地躺在你的怀里/……照看好我亲爱的宝贝们/……不要让继母伤害他们。"

随着社会的发展，清教诗人们逐渐不再使用说教式的祈使句，布拉兹特里特后期的诗歌里就反映了这种变化。她给丈夫的爱情诗里就完全没有宗教说教，而是坦诚地表白了对远行丈夫的思念，例如，"我希望我的太阳永远不落，而是燃烧/在我火红的胸膛里。"在另一首诗里，她还写道，"我，悲切地呻吟着/呼唤我的海龟……回来吧，我的爱人，我的欢乐，我唯一的爱/……让我们依旧合为一体，直到死神将我们分离。"她将这首诗命名为《你爱着的爱，最亲爱的爱人/家里家外，无处不在》（"Thy Loving Love and Dearest Dear/ At home, abroad, and everywhere"）。

布拉兹特里特后期的诗歌中有许多诗表达了焦虑和矛盾的情绪。当亲人去世或财产受到损失时她却不得不虔诚地服从上帝的安排。在一些诗里她毫不掩饰对上帝的憎恨，尽管诗中的说话者最终还是向神旨妥协。1666 年，布拉兹特里特在她的房子被烧毁后写了一首诗，诗中非常明确地揭示了人们对世俗事物的依赖与清教要求人们对物质漠然的教义之间的矛盾。当她被火焰惊醒，第一眼看到房屋遭到了灾难性的毁坏时，诗中的说话者抑制住情绪，表现出清教徒应有的态度："我感谢他（上帝）给予并拿走了/……这是他的；不是我的。"然而，她继续写道，后来每当她经过火灾后的废墟，她都情不自禁地想起她过去曾经珍爱的东西：

> 这儿放着柜子，那儿放着箱子；
> 那儿放着我最重要的储物柜；
> 我喜爱的东西都化为了灰烬，
> 我不忍再多看一眼。

她还感叹以后不能邀请客人来这儿做客了，不能像以前那样一起讲故事，一起欢度快乐时光了。诗中，宗教教义的文字里渗透着悲伤。诗中说话者在心里对废墟说，"再见，再见"，但是她很快就提醒自己，"这一切都是虚荣。"她责备自己太看重物质，并告诉自己基督正在一个更美丽的家园里等候着她。但是仪式化的结尾——"这个世界不再让我留恋/我的希望和财富都写在了上面"——却不足以证明诗人摆脱了先前对物质的热爱。读者们不禁要怀疑女主角下一次经过废墟时还会回忆起过去的时光，想念她曾"珍爱"的东西。在她的沉思录中，布拉兹特里特也表示了她难以拒绝物质世界，并认为只有死亡，而不是宗教信条，能让人们向往永恒："如果地上的安逸能永久，谁会到天上寻找？"布拉兹特里特经常思考死亡问题，但是在她最后患病之前，她显然十分不情愿想象永远的安宁。

1669 年，在她去世的三年前，布拉兹特里特写下了《疲倦的信徒现在要安息》（"A Weary Pilgrim, now at Rest"），这也许是她最后的诗歌。她晚年的疾病使她无法再创作出更多的作品。在这首诗里，诗人没有留恋世俗的欢乐，

第四章 诗歌

而是回顾了生活中的种种考验:"危险过去了,艰苦结束了","苔藓和荆棘","饥饿的狼","错误的路","坚硬的石头","大地迷茫地、面对罪恶、焦虑和悲伤/年龄和痛苦使之衰亡"。她渴望"安息/与幸福的人在天上翱翔"。她向基督耶稣呼喊道:"上帝让我为那一天做好准备/那么来吧,亲爱的新郎,来吧。"虽然布拉兹特里特有许多强处,而且她期望看到女性能与男性平起平坐,但是她诗中的主人公最后还是屈服于圣经的男性主导意象。她把自己想象成一个挽着神圣新郎的柔弱新娘。她的一生都在思考和探索类似这样的语言给女性带来的社会约束,但是在最后一首诗中她却使用了这种意象,似乎表明了她对上帝、教会以及文化最终的、自觉的服从。

242

与布拉兹特里特不同,传教士兼诗人迈克尔·威格尔斯沃斯(1631—1705)严格地遵从清教美学观念。他的作品风格朴实,并且善于说教。威格尔斯沃斯是继布拉兹特里特和泰勒之后,那个时代的第三位最多产并且最重要的诗人。威格尔斯沃斯的作品在他那个时代,甚至在19世纪都很受欢迎,例如布道文式的《末日》(*The Day of Doom*, 1662)和《食者口中肉》(*Meat Out of the Eater*, 1670),但是他很少受到20世纪文学批评家的关注。虽然传记家们发掘了许多关于威格尔斯沃斯社会生活的史实,但是他们对于威格尔斯沃斯内心生活的本质意见分歧(传记方面的细节详见第三章)。他的日记和其他作品的主要内容是枯燥的教义和世界末日。从作品上看,他是个守旧的、悲观的清教徒。他自己承认对父亲的去世没有感觉,还有对于第一个妻子的去世,他的反应看似冷酷,却是清教徒的正常反应。这些都更加强化了他的形象。然而,富有同情心的传记作家认为,他坚守清教教义的努力可能导致了自我摧残式的压抑,甚至抑郁,使得他的作品在现代人看来显得冷漠,而不是蕴藏着个人的痛苦。

尽管他的个人生活痛苦,威格尔斯沃斯的公众形象以及他的诗歌呈现的都是一个神情严肃的清教徒的形象,他的作品也经常被看做是清教诗歌的典型。美国第一本"最畅销书"——《末日》最初是为了向孩子们讲解几个教义问题。诗歌采用了民谣的形式,一个韵格有七个音步,十四个音节,共有二百二十四个诗节,每节八行。这首诗是一首叙述诗,讲述的是最后审判日的景象:基督在盛怒之下把正直的绵羊召集在他的右手边,把罪恶的山羊召集在左手边;在惩罚了一系列罪名的罪人后,基督允许山羊们为自己的罪行辩解。通过这一情节事务安排暴露了罪人们为自己辩护时曲解教义,推理荒谬的做法。威格尔斯沃斯还指出,上帝和正直的人会消灭这些错误的言论,惩罚邪恶的人。

神学教义构成了这首诗的主题,但是这首诗受欢迎是因为它对末日来临

○新英格兰清教文学

时人们的震惊以及把罪人投入地狱的生动场面的戏剧性描写。这些内容主要出现在开篇和结尾的诗节里。突然间,"半夜射出一道光芒/把黑夜变成了白昼",当基督出现时,"天空裂成了几块",人们听到"一个威严的声音,可怕的噪音/比雷声更恐怖"。当人们意识到他们因为罪恶而被抓时,有些人"不能忍受肉体被撕碎/陷入绝望的恐惧中",而其他人"躲进了山洞里"。接着,坟墓开启,"死人都站了起来,听从他的召唤"。那些罪恶较轻的人,例如"嘲笑纯洁的人",与最坏的恶棍站在一起;"凶恶的孩子/和杀害他们的父母/因为养育不当"与"杀人犯,手沾鲜血的人/巫师,赌徒,酒鬼"分在了一起。第一次听到这首诗的孩子会很难忘记这个场景,以及龙、毒蛇、"肮脏的小鬼/和凶残的恶魔"等意象。诗歌结尾的意象似乎也是为了特意吓唬孩子,讲述的是虔诚的父母抛弃邪恶的孩子,而这些坏孩子后来被扔进了永不超生的火海里。

除了这种"诗句教理问答"——科顿·马瑟对《末日》的称呼——威格尔斯沃斯还创作了一部诗体哀叹史《上帝与新英格兰的分歧》(*God's Controversy with New England*)。这首诗写于1662年的一次大旱季节,它提醒读者,他们对神圣使命不够努力,上帝对此的愤怒已经十分明显。像之后35年里人们经常感叹的那样,威格尔斯沃斯哀叹人们已经丧失了先父们那样的热情,年青一代懒散懈怠:

　　啊,新英格兰,这就是你的第一个
　　这就是你最好的土地;
　　但,上帝啊!一个奇怪的变化突然出现
　　……
　　晨星中最亮的一颗
　　已经完全消失:
　　而那些拖拉在后的
　　披着麻布麻衣。

接下来的四百行里描述了当前世风日下的各种表现,还有可能会招致的各种惩罚,最后提出了解决方案——回到上帝身边,以再次恢复他对新英格兰的信心。

威格尔斯沃斯还写了好几首诗。1670年,他出版了最后一部主要作品《食者口中肉》,这本书在1689年出版了第四修订版。这本书在语气上比他的其他作品更加个人化,似乎是依据他久病缠身的个人经历创作出来的。这部作品的主要目的是安慰那些忍受着痛苦的人,提醒他们铭记基督的仁慈以及圣徒般生活的益处。这个诗集中的一些诗显示了威格尔斯沃斯具有迎合当代人品位的写作天赋,但是他对官方清教诗学的一向固守,限制了天赋的发挥。

人们通常认为爱德华·泰勒是美国 19 世纪前最有才华的英裔诗人。大概在 1642 年,泰勒出生在英格兰莱斯特郡的斯凯奇里(Sketchley, Leicestershire)。他在农场里长大,在一所非妥协派学校上学,带有强烈的反英国国教和反天主教的观念。在他的母亲、父亲于 1657 年、1658 年相继去世后,泰勒成为一名教师,但是复辟政府后来威胁他,要他在表示对英国国教忠诚的《1662 年统一草案》(the Act of Uniformity of 1662)上签名,否则就开除他的教职,他拒绝了。经受了几年的迫害后,泰勒于 1668 年前往马萨诸塞。1671 年,他以少见的"高龄"——29 岁从哈佛毕业,在威斯特菲尔德(Westfield)的一个偏僻村子里担任教士和乡镇医生。1674 年,他与伊丽莎白·菲奇(Elizabeth Fitch)结婚,并生育了八个孩子,其中有五个夭折。《关于婚姻和孩子的死亡》("Upon Wedlock, & Death of Children")是他最感人的诗歌之一,表达了他失去孩子的痛苦。1692 年,伊丽莎白去世。三年后,泰勒与露丝·威利斯(Ruth Wyllys)结婚。露丝养育了伊丽莎白的三个孩子,还有她自己生养的六个孩子。因为 17 世纪 70 年代中期菲利普王战争在威斯特菲尔德地区打响,所以直到 1679 年泰勒才被委任神职。

然而,自从接受神职,泰勒就开始在威斯特菲尔德地区不知疲倦地进行传教,直至他去世的前几年。1729 年,他以 87 岁高龄离世。那些年里他只去过几次波士顿或其他新英格兰城镇。他的布道文有 60 多篇留存至今,还有一篇较长的神学论文《福音书之和谐》(The Harmony of the Gospels,1983 年出版)。大约在 1682 年,他完成了诗集《上帝的决心感动了选民》(God's Determinations Touching His Elect)中的诗歌创作。他于 1682 年至 1725 年创作的诗歌汇总进了诗集《准备阶段的冥想》(Preparatory Meditation)。在神学方面,泰勒是一个虔诚且保守的公理主义者。他在一生的事业中曾与许多神父就宗教问题进行过激烈的争论。其中最令人关注的是他与附近的北安普顿的所罗门·斯托达德(Solomon Stoddard)的争论。泰勒强烈反对对教堂体制的任何改革,他写了一系列的布道文抨击斯托达德允许所有的公众参加圣餐仪式而不管他们是否皈依的做法。泰勒认为,等待神的恩赐的人不应该中了撒旦(和斯托达德)的诡计,在他们还犹豫不决的时候就参加圣餐。泰勒认为应该帮助虔诚的人更清楚地发现自己皈依的迹象,耐心的人才有可能实现皈依。

甚至连最富同情心的传记家都承认泰勒的公众形象可能是一个"严肃且

新英格兰清教文学

固执"的纪律崇尚者。例如，他的会众①于1721年至1722年间建造了一所新的教堂，但泰勒拒绝在那里传道。当时，郎麦高教堂（Longmeadow Church）的教士史蒂芬·威廉姆斯（Stephen Williams）在他的日记中写道："泰勒先生非常固执己见，我害怕城里会出现大麻烦和分歧。"那时的泰勒已将近八十岁，但这件事似乎体现了他从不妥协的一生。泰勒的立场总是基于他对个人与神的关系的诚挚信念。在清教时期的新英格兰，没有人比泰勒更坚信17世纪三四十年代马萨诸塞的公理主义新教是唯一正确的宗教。

泰勒的诗与其他清教诗人的不同之处在于他的想象常带有一种神秘主义，使他对隐喻有着更深刻的理解。泰勒自己感觉与上帝的距离很近，并且相信基督会在圣餐会上出现。这种神秘主义或富有想象力的一面使他把语言和隐喻看做是人类思想与上帝之间沟通的桥梁，并且把死亡看成是从这个世界步入下一个世界的光辉时刻。这些看法与较早的清教神学家如巴克斯特的观点十分相似，但是与他们相比，泰勒对这些观念更加热忱，并且不遗余力地用修辞手法一再表现。他认为物质世界中充满了象征主义，他的这一信念增强了他的诗歌创作和诠释才能："自然界的事物并非不适合用来解释超自然的东西。因为耶稣在他的寓言里用自然事物阐释超自然事物。如果不是这样，那么我们就无法解释超自然事物，因为我们看不到自然界以外的事物。"

研究泰勒的学者们通常认为他写的诗歌主要是在为传道做准备时冥想的一种方式，他利用诗歌创作的过程使自己的精神进入状态，以便能很好地引导会众。虽然他可能从未想过要出版自己的诗，但是他把自己的作品仔细地用皮革装订成四百页的四开本。这本集子传给了他的孙子耶鲁大学校长伊斯拉·斯蒂尔斯（Ezra Stiles，1727—1795）。1883年，这本诗集收藏在大学图书馆里，直到1937年被托马斯·H.约翰逊（Thomas H. Johnson）发现。他在准备阶段的许多冥想与他的布道有直接的联系，因为都包含了圣经的内容。这些圣经内容不仅用作布道文的标题，还写入了他的诗中。他其他的诗歌，特别是较为杂乱的那些，似乎是他在观察自然界或日常生活中得到灵感时而作。也许他把写诗当做了练习，为自己在乡间传教做准备，因为这些诗中经常使用来自乡村简单生活的隐喻、意象和类比。

泰勒的文学风格和诗歌技巧使他的作品与约翰·多恩（John Donne）以及英国玄学派联系在一起。泰勒很了解也很崇拜乔治·赫伯特以及理查德·克莱肖（Richard Crashaw）。但是，因为他于1668年就离开了英格兰，所以他没

---

① 会众（congregation）：指固定到某个教堂参加宗教礼拜式或其他宗教活动的教徒。——译注

有受到复辟后英国诗歌的影响。一些研究泰勒的早期批评家认为他的格律和韵律经常都很粗糙、生硬。但是后来学者们意识到这些特点可能是泰勒有意为之,为的是用语言来体现宗教体验和皈依过程中的艰难和痛苦。同样,泰勒的许多诗歌不易于大声朗诵,这就要求读者能读出语言的丰富内涵。在这些方面,泰勒的技巧类似于现代主义作家使无声变有"声"的做法。另外,他的诗歌还具有语言诙谐、巧妙运用圣经表征和人物的特点。他尤其喜欢使用圣经《雅歌》(*Song of Songs*)中爱情诗中的意象,这本书中关于身体的意象虽然经常有色情意味,但是却被解读成宗教象征符号。泰勒也被启示录中对天堂的美丽和世界的毁灭的令人震撼的描写吸引。他把这些圣经语言与来自于城镇乡村生活的意象结合,创造了惊人的但有时不甚恰当的隐喻,而这就是玄学派的巴洛克传统风格。

在现代读者看来,泰勒的诗歌最吸引人之处在于他一再地描写了这样一对矛盾,一边是人的意志、欲望和对现世的热爱,而另一边是清教教义,尤其是神权至上及神对人类的惩罚等教义。为了不让自己怀疑上帝的善意,泰勒在冥想中不断经历同样的精神和心理斗争。他的诗歌经常重现这样的精神活动:说话者借助隐喻来理解上帝的意图,之后又表示隐喻难以胜任这种令人敬畏的任务;当说话者快要绝望的时候,他努力寻找新的方式来使神诣合理化,但是最终却只能服从于神的意愿,虽然这种服从经常夹杂着将来会继续反对和抗争的影子。泰勒一再地重复这样的模式,以至于传记家们要质疑他精神上的虔诚,但是对泰勒而言,正如托马斯·谢泼德那样,精神上的平静只是一生寻找灵魂和内心挣扎的痛苦过程中的短暂一刻。他似乎认为人类的挣扎是个永久的过程,只有接受了这一点,人才能真正的融入其中,并且展现自己的智慧和幽默。

泰勒的《上帝的决心感动了选民》被当做描写拯救和皈依的史诗,与弥尔顿的《失乐园》(*Paradise Lost*)和但丁的《神曲》(*Divine Comedy*)从形式和构思上进行了比较。这部作品同时具有中世纪道德剧、依纳爵①式的精神冥想和清教布道的特点。这部作品运用了修辞风格,似乎是针对那些尚未皈依的教会会员和那些害怕永远也得不到神的恩赐的人。泰勒分析了魔鬼撒旦诱导灵魂走向绝望的过程,提出恩赐在等待着那些能抵制魔鬼诱惑、避免忧郁并为基督净化了心灵的人。这首诗全名的剩余部分说明了这首诗由三部分组

---

① 依纳爵(Ignatian):圣依纳爵·罗耀拉(St Ignatius of Loyola)出生于1491年,原为一名武士,后受伤在家,潜心修行,著有《神操》一书,影响较大,于1540年成立耶稣会(the Jesuits)。——译注

成的结构:《……选民在皈依中的抗争,来到基督面前和令人满意的结果》(*and The Elect's Combat in their Conversion and Coming up to God in Christ together with the Comfortable Effects thereof*)。简单地说就是与撒旦斗争、向基督祈祷、接受上帝的恩赐和安宁。

对现代读者而言,泰勒的主要作品最独特的方面是虽然他是个传统的清教徒,但是他认为个人在世界上的角色从根本上说是滑稽的。上帝已经决定了每个灵魂的命运,但是他还让信徒们陷入戏剧般的抗争中,体验着希望、怀疑、焦虑和极乐。泰勒也许并不认为上帝在嘲弄人类,但是他明确地表明至少从人类的角度看,情况有时确实如此。

因此,在《上帝的决心感动了选民》的开场部分,泰勒模仿并嘲笑了人们对上帝及上帝与人交往的各种方式的想象,他在讲述拯救的史诗中融入了强烈的喜剧元素。"前言"部分对整部作品描述的精神历程进行了概述。第一个词"无限"强调了上帝的力量与人类之间的巨大差距,以及人类试图理解上帝的本质或目的的努力是徒劳的,有限的。虽然人们借助暗喻来理解超自然的事物,但是这种方式无法最终满足需要,"因为我们无法看清自然界之外的事物"。在头两行里,诗中主人公把万物称为矛盾修饰法,一个由"无"构成的无限:"无限,它囊括所有/而这所有皆由无组成,都是无。"接着,他又回过来研究"无中生有"的概念,此时他运用睿智风趣的意象列举了一系列形而上学的问题。诗中主人公运用"自然事物"来阐述对上帝的认识。这些意象把上帝描述成木匠、铁匠、建筑工人、缝纫工、编织工、运动员以及家庭装饰工人。在诗中,主人公问道,谁在他的"木板"上制造出世界之"球"?谁在"大炉子"里"浇铸"出恒星?谁用"绿丝带般的江河"为"地球镶上了花边"?谁展开了天堂的华盖,为天空编织了幕帘?诗人还担心他的读者不能意识到人们对神的想象是不准确的、荒谬的,于是他又问道,"谁在保龄球道里滚动着太阳?"

这些说服力不强的解释可能没有达到目的,但是它们对精神大有裨益,减少了人们对屈服于某种力量的恐惧。泰勒笔下的主人公一边提醒自己上帝"可能根本不买账/把岩石搬起,把山丘推翻",一边安慰道,上帝是充满爱心的,他对人类的意图即使神秘,也是慷慨和宽容的。过分的害怕会阻碍心灵获得上帝的恩赐和爱。因此,在最后的十行诗里,主人公又回到"无"的意思上来,思考上帝为什么要创造世界和人类:

> 一切来自无,来自无的一切;
> 一切皆基于无,无一例外。

第四章 诗歌

其实人将一切给了无，因而
无中贮藏着最耀眼的宝石，
比一切珍宝都更为珍贵。

上帝以他无穷的力量不仅大方地为微不足道的人类创造了整个世界来享受，他还忙于与人性进行游戏：上帝把人的灵魂造成最宝贵的东西，并且把这些宝贝给了每一个人。上帝让每一个人像演员那样自由地表演，有些人的表演他认同，有些人的他厌恶。目前，新英格兰的人民"全被罪恶绊倒了"，"玷污了闪亮的宝石"，以致"现在他最亮的宝石变得/比煤炭还要黑"。虽然变黑的灵魂理应害怕上帝会发怒，但是泰勒的意象和逻辑引出了这样的结论：充满爱心的上帝会再次对人们微笑，只要他们能把"煤炭"变回"宝石"。泰勒的许多同行会认为他的幽默亵渎了神灵，但是诗人把上帝描绘成各行各业的人的荒诞做法——与人们一起嬉戏，观看人们演出的群众——却能缩短上帝与信徒间的距离。这本书整体的诗歌顺序似乎是为了让那些灰心丧气、走错路的灵魂回到应有的状态，为接受恩赐做好准备，因为虽然人类不能理解，但是万能的上帝热爱他的子民。

泰勒的另一部重要的作品《准备阶段的冥想》收录了他在43年内创作的217首诗歌。这些诗歌都编上了序号，并分为两个系列。第一个系列写于1682年至1692年底之间，第二个系列写于1693至1725年间。诗集的全称说明了这些诗都是泰勒在布道前的语言练习，每一首都写于"我接近上帝的晚餐前，主要是关于传教日上要宣讲的教义"。这些诗歌风格迥异，在语言、语气和主题上都有很大的差别，但是它们似乎都有着同样的功能：令泰勒有机会审视自己的不足之处以使他能谦卑地靠近圣餐餐桌。他运用冥想的方式想象自己处在新的环境下，并创造出许多新的比喻，以提醒自己没有上帝他就无足轻重；在第一系列的《序诗》里，他的主人公只是一颗"灰尘粒"。他在第一系列的前12首诗描写了上帝的晚餐给精神上带来的愉悦以及基督作为救世主的吸引力。泰勒还从《雅歌》中借用色情的意象来描写基督的爱。他还用大量食物和饮品的意象来加强圣餐餐桌对沉迷于声色的堕落分子的吸引力。

文学选编集里最常收录的《冥想八》（"Meditation Eight"）充分地体现了这些作品的特点。和《上帝的决心》中的《前言》一样，这首诗一开始就用意象表明上帝是无法接近的。他说，不管是神学中"神圣的天文学"还是他的诗歌比喻都不能跨越神和人之间的鸿沟。他写道："我的笔画不出一条金色的道路/从我的门口通往闪光的宝座。"但是正当他困惑时，他突然发现上帝

新英格兰清教文学

降临了自然世界,在"我的门口放了生命的面包"。此处,泰勒把旧约中神赐食物的意象与新约中把基督当做新生命的面包的意象结合了起来。为获得拯救而徒劳的人们能从上帝的恩赐和永久幸福得到安慰。

第二个诗节把灵魂比喻成"天堂的鸟儿被关进了/柳条笼(我的躯体)",而鸟儿"在黄金时光里"却愚蠢地"啄食了禁果:就这样/食物飞走了"。因为原罪,诗中主人公的灵魂生来就是堕落的,并且因为失去了伊甸园,引发了"天国饥荒"而挨饿。主人公对自己的灵魂表明了自己不能从自然界或天使那儿获得"心灵面包"的痛苦。在天使的木桶里他应能找到做精神面包的麦子,但是他只看到了"一个空木桶"。主人公用最能体现冥想过程中心情低谷的语言喊道:"啊呀!啊呀!可怜的鸟儿,你要做什么?"这句话很清楚地表示了他毫无办法。随后,在最后的三个诗节里,主人公发觉了上帝的仁慈:"正当悲伤之时,上帝柔软的肠子里流出了/恩赐的暖流。"虽然在17世纪"肠子"(bowels)一词指的是身体的中部,包括心脏和胃,被认为是情感之所在,但是泰勒使用消化器官作为意象来描绘恩赐施舍的通道的作法有些怪异。这个意象可以这样理解:磨麦子做圣餐面包的过程就像人体吸收食物的消化过程。人体的消化和吸收虽然不是很合适的比喻,却能令读者印象深刻,有助于他们想象上帝向饥饿的灵魂施恩的方式。

接着,诗中主人公把液态和固态的意象结合起来,表现了圣餐面包和圣餐酒中蕴含的恩赐的矛盾。他作了一个复杂的比喻:上帝取出"天堂里最纯洁的麦子——他最亲爱的儿子",并把他做成了"生命的面包"。上帝"研磨、揉捏"耶稣,让"天使之手把他摆在你的桌上"。之后,主人公怀疑上帝是否真的爱他的子民以至要说:"来吃个饱……天堂的糖糕。"最后,在最末一个诗节主人公提醒自己,与得到上帝恩赐的荣耀相比,"灵魂是很渺小的"。但是,即使他哀叹自己的渺小,他也接受了基督和永恒生命的承诺:"这个生命的面包落进了你的口中,喊道/吃,吃了我,灵魂,你就永远不会死去。"基督被活活吞掉并讲了话以后,就成了主人公自己肉体和灵魂的一部分。

虽然泰勒个人的虔诚、谦恭和对上帝恩赐的圣餐的感激都在他冥想的语言中闪烁,但是在他其他的诗中特殊的个人经历给予了诗歌更多的个人特征。他最受欢迎和最精巧的诗歌之一是《蜘蛛捕蝇》("Upon a Spider Catching a Fly")(创作时间不明)。这首诗读第一遍时感觉似乎仅仅是简单的道德说教。主人公描述了一只蜘蛛编织蛛网,捕捉了黄蜂和苍蝇。他观察到蜘蛛因为害怕黄蜂的刺没有立即杀死它,而是耐心地轻抚黄蜂,让它平静下来以免挣破了网。相反,当一只苍蝇落入网中,蜘蛛会马上咬掉它的头。接着,主人公点明了寓意:正如自然中的生物会避免与更强的生物正面冲突那样,人类也应该避免与布网"缠住亚当后人"的地狱蜘蛛发生争斗,因为上帝会"施展法力打破罗网"。所以,诗歌想说明的似乎是圣徒们应该尽量避开撒旦的网,祈求上帝的恩赐。

然而在最后一个诗节里,主人公却奇怪地转向了另一个意象,即一只夜莺唱着:"高高地/在光荣的笼子里……为了欢乐。"这一新的形象有悖于上述那个明显的教训。主人公声称训诫使自然界中的生物都知道不要挑衅比自己强大的生物,但是他的描述并没有真正说明这一点。苍蝇并没有主动去向蜘蛛挑战,而是偶然地落入了蛛网。虽然蜘蛛没有直接攻击黄蜂,但是黄蜂的命运已经显而易见——它将慢慢地死去。如果苍蝇代表的是一个正在等待恩赐以获精神重生的基督徒,那么这个类比并不成功,因为苍蝇没有救赎就死去了。如果苍蝇象征的是一个没有经历精神上重生、注定要进地狱的灵魂,那么这个例子除了告诉人们被诅咒的人的归宿就是地狱之外,毫无寓意。也许象征获得重生的基督徒的是黄蜂,但是那样的话,读者会问:如果使黄蜂不会马上死去的蜘蛛毒液象征了上帝的恩惠,如果黄蜂在蛛网中的挣扎象征了圣徒反抗撒旦的努力,那么为什么上帝会让黄蜂在经历了长时间的痛苦后死去呢?诗人佯装要解释这个象征,却没有给出了充分的解释。

诗中的主人公似乎在和他假想的读者,或和他自己玩游戏。如果果真如此,那么这首诗要表达的真正训诫就是:人们不要轻易地接受这首诗表面上传达的这类简单的道德规则。学生们必须用他们自己的智慧来看待一个比喻的方方面面。诗人在这儿也许就是蜘蛛,他布下了一张语言的网,通过诱劝使读者错误地相信进入天堂是非常容易的,通过欺骗让他们意识到他们就是"浮躁"的黄蜂,虽然有了恩赐的力量来"磨损"撒旦的网,但是他们太容易被安抚而变得被动。如果向上帝歌唱的夜莺代表了控制主人公的诗人,那么这首诗运用的方法就类似于约翰·多恩在他多首歌曲和十四行诗中运用的不可靠的主人公。就像一个老师故意说荒谬的话来启发安于现状的学生,诗人也试图唤醒读者,让他们意识到自己太轻易接受答案或自己错误的设想。这样诠释这首诗也许会令那些认为泰勒只是为了自己而创作的读者感到不安。如果那样看,这首诗可能就是一个私人的习作,一个在新英格兰偏远村庄的聪明人在文学上的自娱自乐。

泰勒的诗歌通常遵循了清教美学,这种美学传统建立于 17 世纪早期,在 1649 年被理查德·巴斯克特进行了一些自由化改造,从 1680 年到 18 世纪波士顿以及沿海地区的清教诗歌受到了英国的复辟和古典主义运动的世俗影响。约翰·丹佛斯(John Danfort, 1660—1730)、科顿·马瑟(1663—1728)、本杰明·科尔曼(Benjamin Colman, 1673—1747)和马瑟·拜尔斯(Mather

新英格兰清教文学

Byles, 1707—88）等牧师，以及忠实的非神职人员，如塞缪尔·休厄尔（1652—1730）、理查德·斯蒂尔（Richard Steere, 1643—1721）、罗杰·沃尔科特（Roger Wolcott, 1679—1767），他们都采用了更多的大众化表达方式，创作了许多不含明显宗教主题的诗歌，甚至有些诗歌似乎违背了清教的戒律，例如斯蒂尔在宗教信仰上拥护公理主义，曾写过反对天主教的讽刺文章，但他也创作了17世纪美国唯一一首关于耶稣诞生的诗歌，从而违反了清教关于反对过圣诞节的戒律，因为过圣诞节一直被认为是天主教进行偶像崇拜的一种形式。

1712年，科顿·马瑟评价道，妇女们"写了一些有价值的作品，尤其是与她们个人经历相关的作品"。他说这番话时特指安妮·布莱兹特里特，但他也注意到了其他几位清教时期新英格兰的女作家，她们的作品直到最近才为人们所发现。在17世纪，没有哪位女性清教徒愿意出版自己的作品，也许是害怕遭到疯子安妮·耶·霍普金斯那样的命运。但是还是有几位女性写了诗歌，18世纪早期一些新英格兰妇女也出版了她们的作品。最近被人们重新发现的作家包括安娜·海顿（Anna Hayden, 1648—c. 1720）留下了两首挽歌；莎拉·肯布尔·耐特（Sarah Kemble Knight, 1666—1727）写了六首诗，收录在她著名的《日记》中；玛丽·英格丽思（Mary English, c. 1652—1694）用自己的名字写了一首离合诗①；莎拉·古德休（Sarah Goodhue, 1641—1681）写了一首诗，收录在她的作品集《告别和告诫集》（*Valedictory and Monitory Writing*），她去世时这部作品在剑桥出版；格雷斯·史密斯（Grace Smith, c. 1685—1740）的作品《临死的母亲的遗产》（*The Dying Mother's Legacy*, 1712）中包含了一些诗歌；梅西·惠勒（Mercy Wheeler, 1706—1796）也写了一首临终说教作品《给年青人的，或……临死前的忠告》（*An Address to Young People, Or... Warning from the Death*, 1733）中有几行诗。还有两位女性清教徒的单篇作品保留了下来，她们是苏珊娜·罗杰斯（Susanna Rogers, b. c. 1711），她为死于1725年印第安战争的未婚夫写了一首挽歌；玛丽·弗伦奇（Mary French, c. 1685—1730）曾在1703年印第安人突袭马萨诸塞州迪尔菲尔德（Deerfield）时被俘，她在被囚禁的时候给她的姐（妹）写了一首诗。

本杰明·科尔曼神父的女儿珍妮·科尔曼·特里尔（Jane Colman Turell, 1708—1735）和阿比盖尔（西莉亚）·科尔曼·丹尼（Abigail［Celia］Col-

---

① 离合诗（acrostic poem）：几行诗句头一个词的首字母或最后一个词的尾字母能组合成词的一种诗体。——译注

man Dennie，1715—1745）也是诗人。她们写诗的父亲亲自教育她们。阿比盖尔曾于1733年离家出走，后来由于经济拮据被迫回到家中。她写了一首诗向姐姐诉说痛苦：

> 只有对你一人，我才敢抱怨；
> 对其他人我时刻努力掩盖痛苦。
> 西莉亚的脸掩饰了她的感受，
> 装模作样地隐藏着内心的苦楚。
> 她歌唱、打扮、说话，还微笑，
> 但这都是为了瞒过所有的观众。

除了安妮·布莱兹特里特，留下大量诗歌的唯一一位女性清教徒就是珍妮·科尔曼·特里尔。特里尔有过四个孩子，他们先后夭折，但在她27年的坎坷生命中她还能不断坚持写作。她的大部分散文和诗歌都是宗教主题的，同时她也创作了一些用她丈夫埃比尼泽（Ebenezer）的话说，"幽默、风趣的篇章，一旦出版，读者们对她的认识会更加清晰。"特里尔尝试过田园派和新古典主义的技巧。除此之外她还在17岁时写了一首诗，诗中主人公渴望超越清教主义对所有有抱负的诗人的限制：

> 啊！让萨福①高贵的火焰把我点燃，
> 但不要像她那样为无情的男人死去。
> ……
> 请你带路，我的缪斯女神，不要停下，
> 直到我们到达帕那萨斯②阴凉的山顶；
> 直到我看到那些芬芳舒适的休养地，
> ……
> 这就配得上一个诗人的称号。

她去世时，她的父亲从她的作品中选择了一些合编成集出版，书名叫《纪念……珍妮·特里尔女士的一生》（*Memoirs of the Life and death of ... Mrs. Jane Turell*），但是他没有收录较幽默或反叛的作品。

---

① 萨福（Saffo）：古希腊抒情女诗人。——译注
② 帕那萨斯（Parnassus）：希腊南部的山，古时作为太阳神和文艺女神的圣地。——译注

○新英格兰清教文学

所有有着文学梦想的清教徒都意识到他们的宗教不鼓励文学追求，而且有文学天分的妇女格外受压制。在严格的教规和艰苦的生活环境的束缚下，如此多的清教徒能够创作诗歌更显得难能可贵，而且其中有些诗篇在现代读者看来还依旧充满着力量和激情。虽然布莱兹特里特和泰勒在写作技巧和能力上远远超过其他作家，但是许多清教诗人的作品表现了他们在高度管制的社会中表达欲望、矛盾、彷徨、执着和期待的意志。

第五章　哀叹史

　　1660年英国国王查理二世（Charles II）复辟，此时的清教新英格兰已经发展成为一个相对繁荣、安定、独立的殖民地。在克伦威尔父子摄政时期返回英国的一些人在1660年后又回到了新英格兰，而一些英国清教徒，如爱德华·泰勒，也逃往美国以躲避国教对清教徒的新一轮迫害。印第安人部落在17世纪30年代后期的皮阔特战争中损失惨重，元气大伤，清教徒的村庄因而得以扩张壮大。各地的政府、风俗和经济模式都复制了英国各地的各种农民文化，如约克郡（Yorkshire）、肯特郡（Kent）、东安格利亚（East Anglia）和英格兰西部地区。总体上，17世纪50年代到新英格兰旅行的游客都描述了所见到的繁荣的农业社会、虔诚勤劳的人民以及共同管理社会的教会和政府。

　　在较大的城市如波士顿和沙仑出现了基于制造业、渔业和外贸的商人阶层，而偏远的山村仍主要依靠农业。在一些地区开放式的土地耕种一直持续到17世纪后期，但大部分土地已转换为私人拥有的小片土地。因为公理主义鼓励农村独立，管理的模式也各有不同，而且市镇行政管理委员会成员拥有较广泛的权力，因此在许多地方神职人员对公民事务的影响力在减弱。

　　这种缓慢的世俗化进程由于两个严重问题的出现而加剧：土地短缺和年轻人对宗教越来越多的怀疑。关于早期美洲殖民者生活富裕的传言不断地吸引了一批批不那么虔诚的移民，他们到新英格兰的主要目的就是寻找致富的机会。这些新移民迫使村政府为他们分配土地，而此时，早先定居的居民们正希望能为他们多个成年孩子争取更多的土地。市镇行政管理委员会成员指责新移民们是伪君子、机会主义者。因此，新移民们经常得不到教会会员资格，继而分不到土地。随着教会和公理主义的权力的扩张，那些寻求入会许可的人必须当众证明自己的皈依经历。在某些情况下，他们不得不遵从神职人员指定的复杂的皈依程序。这些考验使许多申请者丧失了信心，尽管这可能并非神意。这种把语言、圣徒身份、财产所有权，公民权联系起来的做法也令已皈依的清教徒们十分困扰，因为他们自己的成年孩子中越来越多的人因为不能复述规定的皈依过程而无法成为正式的教会会员。早期的移民怀疑是否他们的子孙像新移民那样罪恶深重所以不被教会接受，他们敦促当权者想办法把未皈依的外来者与他们内向的后代区分开来。

17世纪50年代早期在萨德伯里（Sudbury）发生的事件充分地体现了这种矛盾。萨德伯里城建立时，最早的居民留出一些土地以备日后的城市扩建，但是该城从未给新移民分配过土地。到了1650年，有26个城市建造者的儿子长大成人，向市镇管理委员会申请土地。委员们不同意他们的申请，纠纷持续了五年。牧师托马斯·布朗（Thomas Brown）站在年长者的一边，批判未皈依的年轻人道德败坏。1655年，受挫的年轻人表示："如果压迫穷人，他们会喊叫；如果一个城市要惩罚我们，我们就要逃往另一个城市。"约翰·鲁多克（John Ruddock）是支持年轻人的一位长者，他正式地宣布了离开的决定："上帝看到我们儿孙满堂一定很高兴。现在孩子们已经成年，（他们的父亲）应该很乐意在上帝带走我们之前看到他们安定下来……这片土地令我们中的一些人感到痛苦，所以我们在西部找到了一个新的地方。"不久后，这个城镇的年轻人在15英里外建立了莫尔伯勒城（Marlborough），成为第一批西移的英裔美国人。

17世纪50年代，以理查德·马瑟和詹姆斯·阿林（James Allin）为首的一群牧师探索完善会员制度的方式以解决信徒的孩子们未皈依的问题。17世纪30年代，神职人员决定信徒的孩子出生后可接受洗礼，因为牧师们认为，作为选民的孩子，他们理应会经历皈依，成为真正的教会会员。但是，这些孩子中许多人长大后并没有皈依。于是又产生了新问题：是否要继续为他们的孩子洗礼？依据17世纪30年代的最初规定，未皈依的第二代会员的后代不能洗礼。马瑟和阿林认为选民的孙辈们应该得到洗礼，而其他牧师和长者，其中起初也包括理查德的儿子英克里斯，则强烈地要求保留老制度。1662年，在一场充满争斗的宗教会议后出台了修改后的规定，反对者嘲讽地把它称作不完全圣约（见第三章）。新的规定允许第一批移民的孙辈们洗礼，但他们的父母未皈依的问题仍未解决。17世纪70年代到80年代，对这种精神瘫痪产生的失望、沮丧情绪，不管产生的原因是什么，都一直笼罩着信徒们和牧师们。

在17世纪下半叶同样的矛盾经常在新英格兰的土地上出现，托马斯·布朗反对"兴起的一代"的主题不断在布道中出现，现在将这样的布道称为清教哀叹史（Jeremiad）。这些布道引用了旧约中的《耶利米书》（*Jeremiah*）和《以赛亚书》（*Isaiah*）的内容，沿用并强化了一种修辞模式：回忆先父们的勇气和虔诚，哀叹近来的弊病，呼吁回归最初的做法和热情。在现代学术界，"哀叹史"一词的词义已被引申，不仅包括布道文，还指具有这一模式的更为人们熟知的形式，如被俘的故事（captivity narrative）、信件、修订的圣约以及一些历史和传记。

除了一直没有解决的土地所有权问题，1660年至1690年间的几场自然灾害和较大的政治问题给马萨诸塞湾社区带来了一次次的创伤。对于这些创伤，哀叹史成了模式化的反应。自然灾害有火灾、洪涝、干旱、地震、彗星出现；国内斗争包括与印第安人的重新开战，魔鬼和巫术更频繁的出现；外部侵袭指的是大量教友派（Quakers，即贵格派）和英国国教教徒的到来，1684年伦敦大法官法庭（the London Court of Chancery）撤销了马萨诸塞湾公约，以及1686年英国国王把英国国教教徒埃德蒙·安德罗斯（Edmund Andros）指派为皇家总督等等——这些事情，以及17世纪30年代出现的内部矛盾一起，逐渐不断地动摇着清教社会。1686年，安德罗斯取消了所有的土地所有权，并干预宗教事务，进而使紧张的形势更加严峻，并且引发了更多人对丧失虔诚的哀叹。在许多人看来，丧失了虔诚会引起上帝的愤怒，最终会带来所有人的审判。

在那几十年里清教徒中是否真正出现了宗教信念和热忱降温的问题一直是研究清教的学术界中备受争议的话题之一。教会的会员记录表明会员人数的减少也许只是人们在哀叹史模式的影响下的猜测，或者是为了解释那些难以解释的灾难的原因。然而，对于道德堕落的共同认识聚集了社会政治的力量，并产生了殖民地中许多最有意思的文学作品。事实上，衰败或衰落的比喻修辞成为后来清教表达方式的重要部分。

联邦法庭每年5月开庭并进行选举布道的传统开始于1634年的波士顿，一直持续到1834年。新英格兰大部分的知名牧师都进行过至少一次的选举布道，并且从1667年起，除少数例外，布道文每年都印刷出版。1684年英王废除了马萨诸塞湾公约，并禁止进行选举，指派了总督爱德华·伦道夫（Edward Randolph）。为了表示反抗，牧师们停止了选举布道直至1691年威廉和玛丽制定了新的公约，允许选举出议会成员来辅助英王指派的总督。

从一开始，选举布道的内容就必须把清教社会的理论与当前的社会、宗教做法结合起来。这种模式产生了一个常见的套路，即牧师对较长的一段历史进行总结，分析过去和现在，预言未来，以激励人们和领导者去追求他们神圣的以及世俗的使命。选举布道文遵循了大部分布道文都有的标准三段论。

新英格兰清教文学

选举布道文通常开篇就引用圣经中的文字,接着是"阐释"部分,仔细地研究引文中每个字的含义。宣讲人经常会回顾圣经中预示了这段文字的故事,听众也知道要把那些圣经故事与眼前新英格兰的形势进行对比,宣讲人会在后面的"应用"部分明确地指出这种对比关系。布道文的第二部分"教义"中,宣讲人会说明他认为引文要传达的最根本的训诫和教训,然后会把那些较大的原则划分为"主张"和"理由"。第三部分——"应用"——表明教义与主张是怎样与当代的新英格兰联系在一起的。在这部分宣讲人要阐述圣经故事与现代经历之间的类比关系的几次"表现"。在选举布道的最后,宣讲人通常会直接针对听众中的各种群体讲话,如总督、现任议员、竞选人、投票人以及神职人员。他还会提及以往的选举布道和类似的情况,运用过去来预测未来,特别是当人们愚蠢得要忽视他的警告的时候。

从17世纪60年代后期到90年代早期,对未来的悲观以及对神圣实验可能会失败的极度恐惧使得大多数牧师把他们的哀叹史变成了凄凉的挽歌。在17世纪的前几十年里,选举布道的主要主题有优秀领导的特质、自由与权力的限度、政府清教理念的圣经根源、总督与议员的正确关系、所有领导者与人民的正确关系以及公民权力与教会权力的正确关系。哀叹史在这些主题上加入了对当今信仰叛变的焦虑,对当今的悲惨事件与上帝对新英格兰的计划之间存在的联系的焦虑,对上帝可能会愤怒地永远抛弃他的圣徒的担忧。总而言之,哀叹史起到了一种复杂的、看似矛盾的社会作用。一方面,它们的目的为了唤醒麻木的人们;另一方面,它们以重复和模式化的特点一再肯定圣徒们仍是一个团结的整体,他们与上帝有圣约,虽然上帝有时会责备他们,但他们在上帝最终的保护下统治着新英格兰。这些相互矛盾而又相互妥协的目的产生的张力使得哀叹史具有文学的深度和力量。

经常被当做这种形式的典型是塞缪尔·丹佛斯(Samuel Danforth, 1626—1674)的《对新英格兰的荒野使命的简单认识》(*A Brief Recognition of New England's Errand into the Wilderness*)。这篇布道文于1670年宣讲,次年出版。丹佛斯出生在英格兰萨福克的弗兰灵翰(Farmlingham),三岁时母亲去世。1634年,他八岁那年随父亲来到新英格兰。1643年他从哈佛毕业,并于1650年接受了罗克斯伯里牧师的职位,与约翰·艾略特一起工作。由于艾略特要在印第安人中传教,丹佛斯只有担负起教区的主要工作。1651年,丹佛斯与波士顿的玛丽·威尔逊(Mary Wilson)结婚,并有了十二个孩子,但其中几个先后夭折。

虽然丹佛斯在他那篇著名的哀叹史中引用的是《马太福音11:7-9》(*Matthew* 11:7-9)而不是《耶利米书》,但他在前言中说明了他的主题是

第五章 哀叹史

"失去最初的热爱……就像突来的疾病,在我们心中不断地扩张",他认为"这种衰退的现象正需要一种合适的解药"。从文学角度来看,丹佛斯的文章最独特的地方在于他对于荒野充满想象力的意象,以及最后几页呈现的丹佛斯和一群害怕的听众之间富有戏剧性的对话。因此这篇文章可以认为基督与约翰(John the Baptist)就约翰从沙漠回来开始神职一事进行的长时间对话有着异曲同工之处。丹佛斯从圣经中引用教义在约翰和清教奠基者之间建立了表征学的对应关系:两者都"曾离开他们舒适的城市和居所到荒野去感受对上帝单纯的崇敬"。与那些跟随约翰并最终对他的传教失去兴趣的人一样,一些清教徒"容易在后来失去热情"。在这个时候,"上帝带他们走入荒野,要求他们严肃认真地自我反省"。丹佛斯详尽地描述了圣经史中几个关于犹太人尝试进入沙漠却最终失去热忱的故事,介绍了先知耶利米——"他可以改变人们的堕落,减少在耶路撒冷听到的哭声",正如丹佛斯本人在这一关键时刻做的一样。

在应用部分,丹佛斯将荒野的比喻扩展开来。首先,他回顾了第一批移民跨越重洋来到这片荒凉的土地的征程。他描述了他们把这片荒原变成富饶的花园的过程中得到的精神上的进步,并回想那个时候他们"天天在上帝掌管的土地上拾谷穗,甚至在禾捆间也能拾到几捧"。相形之下,如今的教会可以贴切地用《箴言 24:31》来描述:"葡萄园全长满了荆棘,荨麻爬满了门口,石头墙也坍塌了",这是"灾难来临的信号"。荒野不再是花果飘香的葡萄园,而再次成为一个恐怖的地方,在那儿有些人"掉进了煤坑",一些人则"活生生地淹没在石灰池里",还有"一些人在奢华虚荣的石头上摔得粉身碎骨"。丹佛斯回顾过去清教徒抛弃了英格兰的浮华和财富来到这片荒野寻求单纯、虔诚的生活,但是,他谴责道,如今许多人,尤其是"圣地的女士们",开始喜欢上贵族的礼仪和华丽的服饰,这些"与荒原极不相称"。丹佛斯将外部自然界的荒原与邪恶滋生的精神荒野联系起来,把这一自然界意象拓展开来:"为什么上帝在这七年里用狂风、霉病,有时还有严重的干旱、飓风、洪水、暴雨……流星、地震、可怕的雷电、火灾来惩罚我们?"他把新英格兰比作一个被荒野包围的封闭的花园。他问道,为什么最近有那么多的先驱者和神父去世:"蜡烛的耀眼光芒;树篱中的主支架;围墙的奠基石?……顶梁柱倒了,我们所保卫的城市也要轰然倒下?"他想这些人的死亡也许像彗星那样是凶兆:"这是不是上帝要发怒的征兆?"

在最后几页里,丹佛斯以对话的形式回顾《马修 12:9—13》中的对话——基督治好了一个萎缩的人。正如这个绝望地寻求帮助的人一样,新英格兰的人们也会对基督哭喊:"啊呀,我们虚弱无力,我们的手萎缩了,一点力气都没有。"当比喻被渲染到了高潮,丹佛斯表明人们应该哀悼,承认他们的"重伤",因为他们偏移的心已使"大海波涛汹涌",使他们的土地荒芜,引发了"众多敌人"的"阴谋诡计"。对于所谈及的每一种苦难,丹佛斯都给出了圣经中的依据,以证明基督有能力,也乐意来平息海浪,供给子民,"抑制敌人的怒火"。要把社区恢复到刚建立时受庇护的状态,最关键的就是"认真聆听福音书的教导"。丹佛斯通过这种对话结构表明了殖民地的领导者们应该意识到他们在实施政治社会工作时必须承认宗教在工作中的中心地位,因为如果不这样,悲剧就会继续,丹佛斯和其他牧师就会知道应该严厉谴责谁。公民们应该知道,他们心中应该追求恩赐和拯救,不能灰心丧气,因为集体的存活依靠的是每个灵魂的虔诚。

从17世纪70年代起,尤其在17世纪80年代早期,传道者利用选举日、斋戒日、葬礼、死刑以及任何特殊的场合来进行哀叹史仪式,而且年轻的"新兴"一代往往成为目标。英克里斯·马瑟对这一形式运用的尤为娴熟。他和他儿子每人都发表过四次选举布道,比其他牧师都多。英克里斯的哀叹史作品有《灾难日已来临》(*Day of Trouble is Near*,1674年,详见第三章),《恢复圣约——败落的教会的重大责任》(*The Renewal of Covenant the Great Duty Incumbent on Decaying and Distressed Churches*,1677年),《为新生代祈祷》(*Pray for the Rising Generation*,1678年),《天堂对现在及将来一代的召唤》(*A Call from Heaven to the Present and Succeeding Generations*,1679年)。其他几篇有名的哀叹史的标题也反映出了主题的一致性,如威廉·亚当斯(William Adams)的《教化邪恶的叛教者的必要性》(*The Necessity of Pouring Out of the Spirit from High upon a Sinning Apostatizing People*,1679年),塞缪尔·胡克的《天堂慷慨的公正》(*Righteousness Rained from Heaven*,1677年),乔纳森·米切尔(Jonathan Mitchell)的《乱世中的尼希米①》(*Nehemiah on the Wall in Troubled Times*,1671年),尤利安·欧克斯的《新英格兰的祈求》(*New England Pleaded With*,1673年),小托马斯·谢泼德的《眼药,或一句口号……小心叛教》(*Eye-Salve, or a Watch-Word... To Take Heed of Apostasy*,1673年),托马斯·沃利(Thomas Walley)的《吉利德②的药膏,治疗圣地的伤口》(*Balm in Gilead to Heal Zion's Wounds*,1669年),塞缪尔·威拉德(Samuel Willard)的《火刑无异事》(*The Firey Trial No Strange Thing*,1682年)。许多牧师都喜欢用疾病的意象来表现叛教的害处和危险。这类意象在塞缪尔·托里(Samuel

---

① 尼希米(Nehemiah):公元前5世纪希伯来领袖,曾重建耶路撒冷城墙。——译注
② 吉利德(Gilead):古巴勒斯坦地区,位于约旦河东岸。——译注

Torrey,1632—1707）的两部哀叹史中得到了最生动的运用。托里在《改革的主张》（*Exhortation Unto Reformation*，1674年）中描写了新英格兰正处于"严重的疾病"中，消耗了"人们内心的精神力量和纯洁性"。他建议"如果我们不马上恢复，我们会失去所有的东西，在自己制造的废墟中埋葬自己"。年轻人尤其容易受到"邪恶的信仰"和其他有害的社会动乱的影响："年轻人的罪恶（其中有许多罪恶是这个时期最穷凶极恶的）成为教会的罪恶。"在《为正在死去的宗教祈求生命》（*A Plea for the Life of Dying Religion*，1683年）中，托里描述了"致命的堕落，宗教灵魂的堕落"，使得上帝要"惩罚我们，摧毁我们：杀人的剑，道德的传染"。他再次指出年轻人的"冷漠、懒惰和不虔诚"，任由他们父辈祖辈的宗教"衰败、凋萎、死亡"。

17世纪80年代中期到后期牧师们是否仍像70年代那样频繁地做哀叹史布道我们不得而知，但是那些年出版的布道文较少。已出版的布道文总体而言也是鼓励性的，较少针对年轻人或宗教的败落。也许是对印第安人和英国皇家指派的官员这些外敌的恐惧使得教徒们都团结起来，把罪责推向了外来的替罪羊。在菲利普王战争期间及战争后，大部分清教徒的作品都把印第安人描绘成潜伏在荒野中的撒旦的孩子，是邪恶和腐败的集合体。当安德罗斯占领教堂并坚持老南部教堂（Old South Church）应与益格鲁教徒共享时，老南部教堂里传出的陌生的圣歌声令人厌恶，不足以协调17世纪70年代新英格兰人中形成的几种政治派别的分歧。

有证据表明一些教堂虽然没有像所罗门·斯托达德（Solomon Stodolard）走的那么远，却向未皈依的人开放了圣餐桌，并且取消了公开告白，允许人们私下向牧师证明或只需简单地说明已得到拯救，这些做法的确减轻了潜在教会会员的心理压力。17世纪80年代末出版的布道文的内容表明了当时牧师在接近民众时信心更足了，而且会与民众谈论圣餐的可接受性。甚至文章的标题也传达了充满希望的讯息，如约翰·贝利（John Bailey）的《人类最重要的责任就是赞美上帝》（*Man's Chief End to Glorify God*，1689），伊齐基尔·卡尔（Ezekiel Carre）的《乐善好施的萨马利亚人》（*The Charitable Samaritan*，1689），科顿·马瑟的《福音书的召唤》（*The Call of the Gospel*，1686），英克里斯·马瑟的《关于皈依的一些重要事实》（*Some Important Truths Concerning Conversion*，1684），乔舒亚·穆迪（Joshua Moodey）的《关于在上帝家中与之共进圣餐的殊荣的实用指导》（*A Practical Discourse Concerning the Choice Benefit of Communion with God in His House*，1685），理查德·斯坦福斯特（Richard Standfast）的《给柔弱心灵的一丝温馨慰藉》（*A Little Handful of Cordial Comforts for a Fainting Soul*，1690），约翰·惠汀（John Whiting）的《以色列福祉

新英格兰清教文学

之路》（*The Way of Israel's Welfare*，1686）以及塞缪尔·威拉德的《信守契约，获得佑护之路》（*Covenant-Keeping the Way to Blessedness*，1682）、《一个孩子的命运，或看不见的荣耀》（*A Child's Portion: or the Unseen Glory*，1684）、《回头浪子得到的加倍宽恕》（*Mercy Magnified on a Penitent Prodigal*，1684）和《神圣的商品；或建议购买真实，不出卖真实》（*Heavenly Merchandise; or the Purchasing of Truth Recommended and the Selling of It Dissuaded*，1686）。在最后这篇布道文中，威拉德毫不掩饰地表示出对大部分神职人员近来斥责的物质主义态度抬头的背后动机的兴趣。在这个10年里，部分是出于对斯托达德的回应，爱德华·泰勒发表了一系列关于基督是救世主的布道文（收录并以《基督传》[*Christographia*]为名出版，1692）。泰勒认为应该通过宣讲基督的美和宽容来帮助人们皈依，而不是把圣餐仪式作为皈依的工具。在泰勒看来，语言本身就是一种拯救工具，一座连接圣徒的心和上帝的恩赐的桥梁——正如以前那样——只是一个将内心活动表现出来的手段。

17世纪80年代，越来越多的年轻人成为教会全资格会员。对神职人员来说，他们所认为的人们忠诚度的下降更像是一个谜，是由于年青人的谦卑和冒失以及社会需要内部原因来解释困难所造成的。在17世纪80年代荒诞的巫术事件之后，哀叹史的数量再次上升，但没有达到先前的水平，也没有强调年轻人的错误。实际上，90年代最著名的哀叹史之一是78岁的乔舒亚·司各脱（Joshua Scottow，1615—1698）的《老人们为自己的衰老流泪》（*Old Men's Tears for Their Own Declension*，1693）。在文中，司各脱没有谴责年青一代，而是谴责他自己这一代失去了最初的热情和使命感，从而使新英格兰变得世俗化。

虽然哀叹史布道已没有了17世纪70年代那样的愤怒，但是固定的模式已在美国文化中深深扎根。此后的几百年里，一代又一代的移民来到美国，重演了一幕幕相同的戏剧——头几年的理想和梦想破灭以后，接踵而来的是幻灭、茫然和失望，还有洋洋自得的孩子——使得哀叹史在美国梦中不断回响。因此，今天几乎每个美国国庆节，全国各地的演说者都会颂扬"开国先父"，抨击时弊，敦促听众们重拾最初的理想，使美国能履行它明确的使命。从总统演讲到文学作品，哀叹史成为美国表达方式中的一个基本结构。《白鲸》（*Moby Dick*）、《弗雷德里克·道格拉斯的生平自述》（*The Narrative of the Life of Frederick Douglass*）、《铁磨坊的生活》（*Life in the Iron Mills*）、《瓦尔登湖》（*Walden*）、《了不起的盖茨比》（*The Great Gatsby*）、《愤怒的葡萄》（*The Grapes of Wrath*）、《万有引力之虹》（*Gravity's Rainbow*）——这些作品以及其他许多作品都被称为哀叹史，因为他们似乎都呼唤回归最初的纯真和道德感，

第五章 哀叹史

而这些如今都已丢失。

在17世纪乃至现在，哀叹主题和结构都成为布道文以及其他作品的特点。被俘的故事也往往遵循了哀诉史的模式——受害者反思自己被俘虏前的生活，发现是自身的错误招致了上帝的惩罚。在被俘期间，赎罪心切的俘虏剖析自己，发誓要回归原有的虔诚。在他重获自由的时候，这一决心得到了回报。玛丽·怀特·罗兰森（Mary White Rowlandson）的被俘故事是最早且最有名被俘故事，可以看做是一篇哀叹史。

玛丽·怀特大约于1637年出生于英格兰萨默塞特（Somerset）的南佩瑟顿（South Petherton）。她的父亲约翰·怀特（John White）于1638年移民到马萨诸塞州的沙仑，次年把全家也接到了那里。最后这一家人搬到了兰卡斯特（Lancaster），玛丽的父亲成了有钱的地主，也是这个城市的建设者之一。玛丽嫁给了兰卡斯特教堂的牧师约瑟夫·罗兰森（Joseph Rowlanson）并生育了四个孩子，其中一个夭折。1676年2月10日，菲利普王战争期间，万帕诺阿部落的一只部队突袭兰卡斯特，杀死了包括罗兰森家人在内的十二名市民，烧毁了他们的房屋，俘虏了玛丽及其他人。玛丽的小叔子、大姐和外甥都被杀死了。一颗子弹飞过玛丽的身边击中了她怀中的小女儿莎拉（Sarah）。24人成为俘虏，而且父母与子女被强行分开。玛丽一直带着6岁的莎拉，直到她在2月18日死去。她另外两个孩子，10岁的玛丽和13岁的约瑟夫被隔离开来，但她在自述中说她曾在囚禁期间匆匆见过他们几次。所有人最后都被赎回，1676年5月2日玛丽被释放。在她被囚禁期间，玛丽与波卡塞特（Pocassets）的威塔莫（Weetamoo）以及她丈夫一起生活并成为他们的奴仆。丈夫关欧芬（Quanopen）是纳拉干西特人的一个首领，也是攻打兰卡斯特的指挥官之一。玛丽获释后，罗兰森一家在波士顿住了一年，后来罗兰森担任了康涅狄格州威瑟斯菲尔德（Wethersfield，Connecticut）教堂牧师。1677年或1678年，玛丽开始写她的自述。1678年11月，她的丈夫去世。关于玛丽·罗兰森的最后一条记录是1679年，她获得一批抚恤金和罗兰森的丧葬费。直到最近历史学家认为她也许在1682年自述出版前就去世了，但是有新证据表明她于1679年8月6日嫁给了塞缪尔·塔尔科特（Samuel Talcott）上尉，并一直生活在威瑟斯菲尔德。1711年1月5日，玛丽去世，享年73岁。

玛丽·罗兰森也许为后人开创了被虏自述的模式。她声称之所以要写自己的经历是因为她认为上帝在为了某种目的而利用她，她想把她的经历中的精神意义传达给其他人。在17世纪的新英格兰，一位女士能写一部散文大作是非常大胆的，尽管她写作的目的仅仅是出于宗教意义。她的作品是17世纪美国唯一一部由女性作家创作的长篇散文作品。她的写作也许得到了英克里斯

◎新英格兰清教文学

·马瑟很大的鼓励,马瑟曾在赎金谈判中帮了她丈夫很大的忙。马瑟为玛丽的作品作了序。序言中,马瑟对玛丽的经历和她的自述给予了官方的、清教的诠释。菲利普王战争之后,马瑟十分关心新英格兰人民和英格兰的领导者们是否能从神旨的角度来思考这场战争灾难的原因和意义。战争摧毁了新英格兰的人口和资源,而此时英国的查尔斯国王(King Charles)正要寻找借口干涉富饶的殖民地的事务。马瑟记录的战争史、布道和玛丽·罗兰森的自述一起成为建立在战争残酷事实上的"精神化"建筑,使马瑟宣称新英格兰得到了拯救。因此殖民地似乎得到了上帝暂时的谅解,政治上独立了。

玛丽·罗兰森自述题目的第一部分在现代版本中经常被省略,但是却表现了她的个人经历是如何遵从宗教教义的。完整的题目是《上帝神威而仁慈,信守承诺;玛丽·罗兰森夫人关于被囚禁和重获自由的自述,她将此故事推荐给所有想了解上帝对她做了什么的人,尤其推荐给她最亲爱的孩子和亲人们》(The Sovereignty and Goodness of God, Together with the Faithfulness of His Promises Displayed; Being a Narrative of the Captivity and Restoration of Mrs. Mary Rowlanson, Commended by her to all that Desire to Know the Lord's Doings to, and Dealings with Her. Especially to her Dear Children and Relations)。实际上,那些把她的痛苦解释为上帝的"慈悲"的言语包围、融化和遮盖了那些与她亲身经历相关的词汇。文中表现的上帝发怒引起的恐惧在题目中也因上帝对她和新英格兰"信守承诺"一词而毫无踪影。玛丽作为一个清教徒,牧师的妻子,在众目睽睽以及马瑟和丈夫的指导下写作,她肯定认识到她的作品必须要有教育大众的功能。为了使这部作品的首版显得更为神圣,玛丽自述的前后分别有马瑟写的序和约瑟夫·罗兰森就战争话题而作的布道文作为后记。但是,尽管作品中使用了各种抑制手段,玛丽的忧伤还是没有转变为对神旨的接受。她的经历中蕴藏的情感力量在哀叹史松散的结构中不断涌现。

在玛丽的自述中,个人情感与清教修辞方式相互对抗,争相成为文章的主调,使这部作品具有内在的张力,这是因为作者一方面要用语言再现她个人的痛苦经历,同时又要使她的故事与宗教的期望保持一致,得到马瑟和其他清教徒的认同。因此,为了让愤怒的上帝引起印第安战争这件事显得有理有据,玛丽必须在自身上找出上帝要惩罚她的原因,正如所有清教徒面对人口和财富急剧减少时会思考的那样。她写道,在被俘后的第一个安息日她就开始反省自己的罪恶,"我想起了我过去对上帝神圣的时间总是漫不经心。我错过、荒废了许多安息日。我在上帝面前表现得很恶劣。"后来,她又写道,她回想起自己曾有过想吸烟的邪恶欲望。她认为,鉴于这些错误,她就应该死,但是上帝仁慈地宽恕了她:"上帝完全有理由剪断我的生命之线,让我在

第五章 哀叹史

他面前永远消失。但是上帝仍旧对我仁慈，鼓励着我。他用一只手伤了我，又用另一只手为我疗伤。"玛丽·罗兰森也许并不了解印第安战争背后的经济、政治原因，或许她认为这些都无关紧要。在她的叙述中，甚至连已皈依基督的印第安人，即"祈祷的印第安人"也失去了人性，因为一些印第安人在战争中出卖了白人。玛丽·罗兰森得出结论：不能相信任何印第安人。即使罗兰森曾想过她受到的惩罚就她的错误而言太过严厉，或者她认为印第安人袭击白人也许自有道理，但是她知道她的叙述要符合清教的意识形态，这种压力使她不能在作品中表达这些想法。

正如题目"上帝的神威和仁慈"所示，玛丽被俘成了一个绝好的机会，使她能在心理上准备接受恩赐，反省自己的缺点，从圣经中重新发现上帝的荣光。一个印第安勇士在一次袭击中得到了一本圣经，把它给了玛丽。她刚开始试着阅读的时候，精神上的懈怠使得圣经中的话语显得遥远、模糊，但是上帝的恩惠很快就让她能再次从中感受到快乐。罗兰森写道，她的经历中最可怕的部分既不是受到的肉体折磨，也不是失去孩子的精神痛苦，而是要在孤寂、沉思中度过心灵的黑夜，因为她害怕上帝会抛弃她。罗兰森因而成为一个公众代表人物或一种象征——新英格兰的约伯（Job）①——反映了整个社会对战争的忍耐。她劝诫人们要记住失去的仅是这个堕落世界中的人和物，要接受上帝公正明智的惩罚，要感谢他洗掉罪恶的大火，感谢他释放了俘虏，感激他的和解。

尽管作品的修辞方式十分标准，尽管她本人尽力控制，但是她的作品还是表达了许多个人的体验，而这些个人体验是她的作品中最吸引现代读者的部分。她的作品中最感人的部分描写了她失去亲人的那种近乎绝望的情感。例如，她的女儿莎拉在半夜死去，她不敢告诉看守，因为她害怕他们会不举办葬礼就把尸体扔在丛林中。在自述中玛丽回忆她整夜睡在尸体旁是怎样打消了自杀的念头：

> 我意识到也许在其他时候，我是绝不能容忍和死人呆在同一个屋里的。但是现在不一样。我必须，也可以整夜地躺在死去的孩子身边。我想，既然上帝对我如此仁慈，让我在这样沮丧的时候还能保持理智，那么我就不能用罪恶、残忍的方式来结束自己悲惨的生命。

---

① 约伯（Job）：旧约中的人物，上帝夺去了他的家人和财产，但是他对上帝仍十分虔诚。——译注

这些话语虽然夹杂了宗教的戒律，却展示了罗兰森痛苦的程度，体现了她的个人叙述是如何抵抗清教意识形态的压力。

玛丽·罗兰森对精神活动的描写与她对真实、原始的反应的记录之间的冲突最有意思的部分是描述她与印第安人交往的片段。一开始，她的叙述使用了种族主义的语言，这是战争中和战争后白人的典型态度。她把印第安人描绘成"无神论者，骄傲、野蛮、残忍、不开化、粗野、穷凶极恶的怪物"。她对印第安人文化的最初反应是英国人及其他欧洲人对土著人的典型看法。她认为这些人根本没有文化，他们只生活在无知的混沌中。然而，她的叙述很快就抛弃了这些偏见。印第安人不再是"他者"，而成为她社交的对象。罗兰森意识到她可以利用自己的缝纫技术缝制衣物来换取自己需要的物品，尤其是食物。在文中，这些交往打消了罗兰森原有的看法，说明印第安人也和她一样，有着不同的个性和脾气。她还意识到"野蛮"是白人有意创造的概念，她甚至认识到印第安人也许认为她野蛮。这个观点在一个片段中得到了特别强调：罗兰森用一件女式衬衣换了一块熊肉；用编织的一双长筒袜换了一夸脱豆子。她把这两种食物一起煮，并希望与一对印第安人夫妇共享，但是那个印第安妇女拒绝了，因为肉和蔬菜在一起煮让她感到恶心。罗兰森回到她主人的棚屋后把这件事告诉了他，主人和他妻子都很生她的气，因为她拜访了其他家庭，这似乎显得主人没有给她足够的食物，这种做法让他们难堪。

罗兰森对种族主义最明显的颠覆也许表现在她对梅塔科米特这位令人憎恨的"菲利普王"的描述。梅塔科米特在清教徒的作品中经常被形容成撒旦的野兽。罗兰森回忆她跟梅塔科米特的谈话时说道：他请求她为他的儿子做件衬衣，他友好地给她一管烟抽，他对她的外表很关心。"他问我，我什么时候洗的澡，我告诉他我这个月没洗。然后他亲自为我取来了水让我洗澡，还给我镜子照。""镜子"经常出现在殖民地的作品中，指代野蛮的"他者"，但是具有讽刺意义的是，此处的镜子反映了殖民者的野蛮。出乎玛丽以及她的读者意外的是，梅塔科米特似乎比她更注重整洁和礼仪，而她似乎已退化到了"原始状态"。

在1676年战后的氛围中，罗兰森肯定不能表明她认为印第安人和他们的领袖比她想象的还要更像她自己，但是她的叙述却表现出了这种颠覆性的潜台词。这样的叙述很珍贵，因为它愿意把印第安人人性化，他们也说人话，也有自我，也有同情心。

塞缪尔·休厄尔（1652—1730）肯定是玛丽·罗兰森的忠实读者，并且对种族问题、社会公平问题更具认真的思考。休厄尔是公认的美国清教时期

第五章 哀叹史

具有最丰富日记的作者。他的日记成为人们了解 1674 年至 1729 年新英格兰社会史的重要资料。休厄尔还写了一些被称为世俗哀叹史的作品。休厄尔于 1652 年出生在英格兰汉普郡的比舍普斯多克（Bishop Stoke, Hampshire），他的父母亨利·休厄尔和珍妮·休厄尔（Henry and Jane Sewall）是家境富裕的商人。9 岁时，塞缪尔随家人移民到美国。后来他在哈佛读书时与爱德华·泰勒同窗两年，并与之成为终生的好朋友。1673 年，他毕业后留在哈佛任教。1674 年，塞缪尔获得硕士学位。1675 年，休厄尔与约翰·赫尔（John Hull）的女儿汉娜·赫尔（Hannah Hull）结婚。约翰·赫尔是殖民地财政部长，造币厂主管，波士顿最富有的人。塞缪尔与汉娜生育了十四个孩子，1717 年汉娜辞世。后来塞缪尔又结过两次婚，一次是 1719 年与阿比盖尔·蒂利（Abigail Tilley，于 1720 年去世），另一次是 1722 年与玛丽·吉布斯（Mary Gibbs）。他徒劳地追求寡妇凯瑟琳·温斯罗普（Katherine Winthrop）的记录是他的日记中最有趣的（虽然他本意并非如此），也最经常出现在文学选读中。

虽然休厄尔受到了神职的培训，但是他的第一次婚姻却使他步入了商界。他成为一个商人、银行家、法官和一个教会政府的重要领导者。他的日记表明他从不怀疑自己的意见对整个社区很重要。他当选过各种政府职位，并独自陪同英克里斯·马瑟在 1688 年带着重要使命到英国——要求重新恢复宪章，召回英派总督埃德蒙·安德罗斯。1692 年，在新宪章的规定下，议会成立，他担任了总督的顾问。休厄尔被选为议会会员，并在 1725 年退休之前在议会担任领导角色。作为总督威廉·菲普斯的朋友，他被指定为审判沙仑巫术案的九个法官之一。虽然他参与了对受害者的诉讼，但是在日记中他极少提及审判，也许是担心公正问题。1697 年，当塞缪尔·威拉德布道时说审判受到了错误的引导，休厄尔从位置上站起来，激动地承认了自己的错误和责任，并请公众原谅。那天下午，他写了一个正式声明坦白自己的错误，把它交给了威拉德，并记录在自己的日记中。

同年，休厄尔出版了他的第一本书《描述新天堂的寥寥数语，正如站在新世界的人所看到的》（*Phaenomena quaedam Apocalyptica Ad Aspectum Novi Orbus Configurata. Or, some few lines towards a Description of the New Heaven, As It makes [sic] to those who stand upon the New Earth*）。这本书有 60 页，阐明《启示录》预示了新英格兰的历史。这本书出版的时候正值一些清教牧师开始意识到新英格兰人民在宗教信仰上开始出现多样化，山巅之城和新英格兰神圣使命的信念将成为前一代人不能实现的梦想之时。但是休厄尔坚定地认为新英格兰仍是新耶路撒冷。他还激情澎湃地在书中加入了两篇序言，重申自己的观点。其中一篇序言是写给副总督威廉·斯托顿（William Stoughton），休厄尔还在波士顿把自己的书散发给重要的领导人。在这本书里，他回顾了新教革命的历史以及法国新教徒被镇压的事件。他坚持认为清教徒使许多印第安人皈依了上帝——就这一点有18位市民签名作证。休厄尔在这部作品中以日记中罕见的激情和雄辩用自然界中的例子来支持自己的表征观点。他声称新英格兰自然风光的美丽与圣经的预言一样，都证明了新英格兰就是新耶路撒冷。他对马萨诸塞海岸以外的一座小岛的描写是当代读者认为在所有清教作品中最具美感的段落：

> 只要普兰姆岛（Plum Island）忠诚地守住指挥所，不管骄傲、凶猛的大海如何恐吓，怎样抽打，只要还有鲑鱼或鳟鱼在梅里马克（Merrimack）的溪中嬉戏，还有河鲈或小狗鱼在克雷恩（Crane）池塘玩耍；只要海鸟还记得回来的时间，记得按照季节重游故地；只要牛儿们能吃上草丛中鲜嫩的青草，在土耳其山（Turkey Hill）前温顺地低下头；只要羊儿们走在老城山头（Old-Town Hill），从那儿自在地俯瞰帕克河（River Parker），看着山下肥沃的湿地；只要自由自在、纯洁善良的鸽子在城里找到橡树或是其他什么树，能在树上栖息、哺育、搭建一个无忧无虑的窝，在大麦收获以后还能自愿充当拾穗者；只要大自然没有变老，还时常记得给一排排的印第安玉米一对对地上课；只要基督徒出生在那儿，只要他们是第一批来客，那么从此以后他们就是神光笼罩的圣灵的继承者。

这段文字从谈论食物、自然转变到谈论精神收获，反映了休厄尔的语言技巧，而这种技巧在他较为平淡的日记中很少见。

人们谈起休厄尔的日记时经常会说它揭示了一个坚定的17世纪清教徒逐渐转变成18世纪大都市扬基人的过程。尽管休厄尔在许多方面都在适应变化，但他依然遵守宗教传统直到离世。然而，他写的反奴隶制的短文《出卖约瑟夫》却反映了夹杂在两个世界中的头脑：一方面是休厄尔作为清教徒经常本能地自我反省，通过研读圣经搜寻论据来支持自己的观点；而另一方面是约翰·洛克及其他启蒙运动中的人物对18世纪英裔美国人的哲学和思想的主导影响。这篇文章三段论的结构表明了两种不同思想模式的糅合。在第一部分，休厄尔大量引用圣经来阐明白人和黑人都是亚当和夏娃的孩子，因此应该同样享受上帝在人类堕落后和人类签署的圣约，应该得到自由。因为圣约的存在，约瑟夫被自己的兄弟出卖就是"死罪中最残忍的"。在第二部分，休厄尔提供了更实用主义的方案，他认为雇佣契约仆人的做法要比奴隶制优越，因为仆人们会向往自由，因而会比奴隶更愿意努力地工作，而奴隶们"对无法得到的自由的不断渴望使他们不愿意工作"。第三部分中，休厄尔结合了圣经和实用主义的观点，以应对一些反对者的观点。反对者认为圣经赞同奴隶制，非洲人是"Cham"（指的是汉姆［Ham］之子迦南［Canaan］，《创世纪9：25-7》）的后代，圣经中指定他们为奴隶。他还回应了另一种观点——因为被带到美洲来的奴隶是非洲战争中的俘虏，所以在美洲他们理所当然还是奴隶。最后，休厄尔回到他最初的圣经主题，总结道："这些埃塞俄比亚人，虽然他们的肤色是黑色，但是他们是第一个亚当的子女，最后一个亚当的兄弟姐妹，上帝的后代；他们理应得到应有的尊重。"

虽然休厄尔因为写出了新英格兰第一篇反奴隶制的文章而大受赞誉，但是我们要认识到他的许多观点都是建立在文化偏见上。他反对奴隶制不人道的做法，但并没有提倡种族融合。相反，他主张阻止非洲人进入美洲。他认为不让非洲人到美洲是因为一旦他们获得自由，"他们极少会好好利用自己的自由"，而且因为社区里有大量的非洲男子和极少的非洲女人，白人可能"不得不帮他们找妻子"。他哀叹在军队中有如此多的黑人，他们"抢占了白人——我们女儿未来丈夫的职位"。他还表明非洲人会给法律和经济带来负担："说他们无法无天似乎更为实际；想想这些，法律对于他们的偷窃和其他不道德行为应该知足了。"休厄尔的观点无疑反映了白人种族主义的观点——白人无法接受非洲人的差异和独立的人格——但是他至少有勇气站在少数人的立场上宣称奴隶制是"死罪中最残忍的"。

科顿·马瑟（1663—1728）是最宏伟的、具有史诗性的哀叹史的作者，也是清教新英格兰后期最具争议的人物。科顿·马瑟于1663年出生于波士顿，是英克里斯·马瑟和玛利亚·科顿·马瑟（Maria Cotton Mather）的长子，是著名的新英格兰创造人理查德·马瑟和约翰·科顿的孙辈。作为这个显赫家族的第三代，科顿·马瑟一出生就注定要上哈佛大学（他于1678年获文学学士学位，1681年获文学硕士学位），要成为一名宗教领袖。如今，他是最著名的清教牧师，一部分是因为他是个多产的作家——他曾出版过400多部作品，还因为人们一直相信却并无依据的一点：他是最严厉、伪善的清教徒。科顿的一生都生活在他父亲英克里斯的阴影之下。从1685年科顿接受圣职到1723年英克里斯以84岁高龄辞世，科顿一直在英克里斯任职的老北方教会（Old North Church）中担任教师。科顿仅在去世前四年里领导过教会。因为他在清教主义衰落的时期苦苦坚持传统的新英格兰模式，因为他的写作风格偏于夸张、学究气和哀切，所以他的许多作品都反映了他最不好的形象：专横、伪善。他最为人熟知的作品是关于巫术的：《难忘的天意——关于巫术和财产》

(*Memorable Providence*, *Relating to Witchcrafts and Possessions*, 1689) 和《无形世界的秘密——对魔鬼的本性、数目和活动的历史学、神学研究》(*The Wonders of the Invisible World. Observations as well as Historical as Theological*, *upon the Nature*, *the Number*, *and the Operations of the Devils*, 1693)。虽然在巫术审判事件中，科顿没有像大部分人那样愤怒激动，但是后世人却把他当做是逮捕巫师的先锋。然而，近来的传记学家开始强调科顿性格的其他方面，并把人们对科顿的成见改变成了对一个有才华的、在很多方面都很开朗的思想者的全面描述。一些学者都充满同情心地把他描写成家庭、社会、历史环境的受害者。这三方面的压力折磨着他，使他比他本性要显得更加专横和不理性。

担负着保持新英格兰两个最具名望的牧师家庭声誉的重担，科顿是个聪慧、虔诚、勤奋的孩子。他精通拉丁文和希腊语，11岁时就通过了哈佛的入学考试。在科顿的童年里，父亲英克里斯冷漠、心事重重，身陷1662年波士顿教会会议的政治混乱中，烦恼很多。不完全圣约使科顿与父亲产生分歧，并导致了老北部教会的分裂。英克里斯相信上帝在放弃新英格兰。他在日记中记录了教会、婚姻给他带来的压力，他对自己职业的质疑，以及他渴望住在英格兰的想法。从1669年理查德·马瑟去世到1671年，英克里斯经受了身体上的疾病、梦魇和抑郁的考验。他曾害怕自己会这样死去或发病。也许正是在这个痛苦的阶段里，科顿（理查德去世时，他才6岁）落下了口吃的毛病。关于科顿的口吃，英克里斯在日记中写道他担心"他（指科顿）语言上的结巴会使他无法在神职工作上取得进步"。科顿进入哈佛后，作为一个年幼的新生，经受了"一些挫折"，这也许是因为他的口吃，也因为他喜欢纠正别人的错误，包括比他年纪大的。他的父亲草率地把他从学校接回家里教育。在学校的第二年里，科顿再次受到了欺负，但他一直坚持呆在学校里，直到毕业。

科顿毕业时只有15岁，校长尤里安·欧克斯十分赞赏他的学识，并声称全体新教徒的希望就是科顿能将教会恢复到他的先辈掌管时那种让人快乐的状态："在这个年轻人身上，科顿和马瑟家族在名字上、在事实上都融合在一起，焕发出新的生机。"当科顿满怀激情地去完成这一使命，要扭转正迅速背离先父愿望的社会、政治和思想趋势时，他表现出清教主义后期的诸多矛盾和不确定性，而在他周围清教主义在意识形态变革的风暴中已分崩离析。带着天使来访给予的启示以及对神圣使命的意识，科顿一生中不断地写作、传教、援助他人、祈祷、哭泣、懊恼、忠告和教书。他在为各种事业努力，赢得了一些人的崇拜和另一些人的憎恨。尽管他的活动已十分忙碌，几乎没有休息，但他还总觉得自己做得不够，觉得他的表现辜负了他的名字。

第五章 哀叹史

　　除了因为教条主义和自我优越感给自己带来的诸多麻烦，科顿·马瑟也经历了许多意想不到的个人苦难。他的第一任妻子阿比盖尔·菲利普斯（Abigail Phillips）1686 年嫁给他后，很快就于 1702 年去世。他的第二任妻子伊丽莎白·克拉克·哈伯德（Elizabeth Clark Hubbard）在 1703 年与他结婚，1713 年去世。1715 年，他与莉迪亚·李·乔治（Lydia Lee George）结婚，但是莉迪亚后来精神失常，这给他带来了许多麻烦和尴尬。莉迪亚还带来了前夫遗留的债务，因为这些债务，科顿几乎被捕。1718 年，他在日记中写道，他"不断感到痛苦，害怕我可怜的妻子因为她的疯癫会毁了我的神职"。经历了几年不安的婚姻以后，1723 年，莉迪亚离开了科顿。科顿还不得不亲手埋葬了他的十三个孩子中的九个，其中的四个以及他的妻子伊丽莎白都是在 1713 年麻疹流行时先后去世的。尽管科顿生活已经十分拮据，他还资助着三个寡居的姐妹。

　　虽然人们经常把科顿·马瑟看做是新教神学家中最为严厉、思想最顽固的一个，但事实上，他相当开明，在许多事情上反对他父亲的保守作法，例如当他父亲喋喋不休地谴责新生代的罪恶时，科顿组织了一个学习小组，指导年轻人认识到基督无私的恩惠，鼓励他们对获救赎的信心。虽然他墨守成规，也对罪恶和堕落进行批评，但他就新约的内容做过许多安抚人心的布道。在《圣餐领受者指南》（Companion for Communicants，1690）里，马瑟对开放式圣餐的观点近似于斯托达德那样的偏激。他说："为了使领圣餐有意义并不一定要有什么承诺。"他敦促那些对信仰不确定的人"带着你所有本能的、不可回避的缺点来吧……带着你所有的憎恨、厌恶、烦恼……在这里你将受到欢迎，尽管你只是含着泪说：'上帝，请救救我的疑虑吧。'"

　　实际上，马瑟在许多问题上的立场都是矛盾和模棱两可的。例如，他承认并赞扬妇女们对教会、对孩子教育以及社会文明的贡献。他曾为多位妇女举行过葬礼布道，如玛丽·布朗（Mary Brown）的《尤利卡：我发现了品德高尚的女士》（Eureka: the Virtuous Woman Found，1711）、莎拉·利弗里特（Sarah Leverett）的《美洲莫妮卡：虔诚的女性模范》（Monica America: Female Piety Exemplified，1721），还有一篇谈论最理想的清教徒妻子的布道《给锡安女儿们的装饰品》（Ornaments for the Daughters of Zion，1692）。在这些布道文中，他不仅赞美了个人还颂扬了全体女性。在《给锡安女儿们的装饰品》一文中，他写道："这个世界上虔诚的女人要比虔诚的男人多……女性注定要经历的诅咒——屈从和生育的苦难——似乎都变成了恩惠……（因为）上帝……使她们秉性中的温柔更利于她们的虔诚。"科顿在安妮·布拉兹特里特的传记里热情洋溢地赞美了她的才智和虔诚。但是，与此同时，科顿的许多作品中都表达了对女性矛盾或忧虑的态度。他特别厌恶不虔诚的女人，所以在回忆安妮·哈钦逊时恶言相向。他还经常在谈论罪恶和错误时把女性身体当做负面的例子。信仰上的通奸、错误观念的子宫、异教的怪胎以及类似的比喻经常出现在他的作品里。这些比喻在清教的布道文里都很常见，但是马瑟如此频繁地使用这些意象也许表明了他在意识掩盖之下怀有对女性的轻视和无意识的恐惧。

在非洲人和印第安人的问题上，马瑟的生活和作品也存在着一定的矛盾性。马瑟经常公开谴责非洲奴隶交易的残酷。与休厄尔一样，马瑟也认识到黑人作为人，应与白人平等。在他的布道文《基督教化的黑人》(*The Negro Christianized*, 1706) 中，他认为非洲人应接受基督教的教育，应被允许加入教会。尽管经济拮据，马瑟还是用自己的钱聘请一位女教师教当地非洲人读书认字。他还在自己家里招待教会里的黑人信徒。但是，他还是欣喜地接收了公众送给他的黑奴奥尼西默斯 (Onesimus)。他教奥尼西默斯读书，帮他皈依基督教，但是他对奥尼西默斯的负面评价，例如说他迷信，还有点"小偷小摸"的毛病，都说明了马瑟和其他人一样都有种族歧视。关于印第安人，马瑟学会了易落魁（北美印第安，Iroquois）语，成为他掌握的第七门外语。马瑟还致力把当地印第安人融于白人社会。当然，他没有意识到这一过程体现了对印第安文化的不尊重。

在马瑟许多谈论科学和自然的文章里也经常出现不一致和矛盾。他坚信每一起自然事件都是神意，但是他依然从事科学研究，改造自然以提高生活水平。他还一直表现出想加入国际科学协会的愿望，并且总感到生活在偏远的新英格兰思维受局限。多年里他一直对美国的花草、动物、鸟类进行了十分细致的描绘，并寄给了伦敦的皇家协会。也许是因为他想打动协会会员，他寄出的这些信里包含了他的一些很动人的散文。在这些散文中，他经常一方面表现出作为一个新英格兰人的自豪，另一方面又为生活在"一个完全没有哲学家的国度"而感到沮丧，两种情绪交替出现。马瑟还写了美国第一本科普书。他于1714年将这本书的手稿寄给了皇家协会，并于1721年以《基督教哲学家》(*The Christian Philosopher*) 的书名出版。紧接着在1722年，他出版了重要的医学作品《贝莎塔的天使……关于人类常见疾病的文章……保持健康的建议》(*The Angel of Bethesda... An Essay upon the Common Maladies of Mankind... and direction for the Preservation of Health*)。他的研究成果在整个欧洲都得到了赞誉。后来他也入选皇家协会。

马瑟对科学的最大贡献可能在于他毕生孜孜不倦追求的医学领域。在17、18世纪，天花疫情大约每隔十二年就会在新英格兰爆发一次。1721年，天花又在这片土地上肆虐，马瑟建议使用接种的办法，因为他知道这个方法已经在世界其他地方试验过。因为这个建议，马瑟遭到了猛烈的攻击（还差点被暗杀）。当时年轻的本杰明·富兰克林（Benjamin Franklin）和他的哥哥詹姆斯（James）在他们的报纸《新英格兰报》（The New England Courant）对马瑟进行了最严厉的批评。一些牧师支持马瑟，如本杰明·科尔曼、所罗门·斯托达德和约翰·怀斯（John Wise），而公众对接种的强烈抗议使新英格兰的反教权主义①力量加强，加速了18世纪20年代神职人员影响力的衰落。尽管如此，马瑟坚持己见，最后接种得以成功推行。他本人也成为18世纪美国医学史上的英雄。

除了由于接种争论给他带来的严厉抨击以外，马瑟在职业生涯上还经历了几次痛苦的挫折。他一生中都希望有朝一日他能像他父亲一样当选哈佛大学的校长，但是他一次又一次地被能力远不及他的人代替。这种明显的冷落很有可能是因为马瑟在政见上长期与总督约瑟夫·杜德利不和。另外，虽然马瑟在巫术审判中的角色远不如其他许多支持法庭的人那么重要，但是他关于这一内容的发表物遭到了罗伯特·卡列夫（Robert Calef，1648—1719）在《无形世界的更多奇妙》（More Wonders of the Invisible World，1700）中的猛烈抨击。结果马瑟成了巫术事件的替罪羊。他受到的最大的公开屈辱是在1712年，他的成功化为令人难堪的失败。也许是因为他开放的准入政策，老北部教会的会众人数剧增，马瑟让人为新会员做凳子。他的这一做法令许多老会员觉得侵犯了他们的特权，他们认为新会员不配有这样的待遇。于是，马瑟的一部分主要会员离开了他的教堂以示抗议，并在三个街区外建了一个新北部教堂，大大减少了马瑟的会众，使他慢慢失去在这个城市的影响力。除了这些挫折，马瑟还在他的日记中痛苦地倾诉着自己尝试了30年仍不能找到任何一家出版商出版他的长达十二卷的圣经注释《美国圣经》（Biblia Americana）。他用了20多年来编写这本书，并视之为自己的杰作，而它也最终得以出版。

在马瑟众多的作品中，现代评论家诠释最多的是《美国风物志》（Magnalia Christ Americana; Or The Ecclesiastical History of New England, from Its First Planting in the Year 1620, unto the Year of our Lord, 1698）。这部作品写于1694年到1698年间，1720年在伦敦出版。这部作品实现了马瑟父亲长期的愿望——"将上帝为我们所做的大事的记忆传给后代"。这部结构复杂的书有800多页，分为七个部分：新英格兰的建立；总督们的生活；神职领袖的生

---

① 反教权主义（anticlericalism）：指反对神职人员干预公众事务。——译注

新英格兰清教文学

活；哈佛大学和著名哈佛毕业生的生活；清教神权；"非凡的天佑"；异教徒、印第安人、撒旦、爱德蒙·安德罗斯以及其他人带来的问题。作品中还有几首诗，主要是由本杰明·汤普森（Benjamin Tompson）等作家写的挽歌。这本书虽然结构显得散乱，但其整体效果上却是统一的、史诗般的哀叹史。马瑟在文中赞美了清教徒先驱，夸大了早年的事件，还哀叹近年来人们热情的衰退。他说，他的日记就是让"这部可怜的作品尽可能地在教会里保留住对濒死的宗教的兴趣"。

与许多清教作品一样，《美国风物志》也存在着明显的内部矛盾，这无疑来自于马瑟的双重动机之间的矛盾。一方面他想赞美先驱们创立新耶路撒冷的英雄主义精神；另一方面他又想让他这个年代的清教教会向英国皇家妥协，与英国的新教徒和解。因此，在作品的开始，马瑟就以史诗的风格歌颂了神圣的新世纪："我书写基督教的奇妙，从压抑的欧洲飞到了美洲海岸。"在此处，以及文中的很多地方，马瑟都抱着千禧年主义的想法，认为基督很快就会回到地球，在他选择的新英格兰开始统治新的千年。为了迎接他的到来，新英格兰必须重拾第一代移民的精神："第一代是黄金时代：回到那个年代能使一个人成为新教徒，或者让我说，是清教徒。"然而，虽然马瑟在这里强调了新英格兰的独特性，但是他在文中也一再重申马萨诸塞湾的开创者并不一定是愤怒地逃离英国的分离主义者；相反，他们一直都热爱自己的祖国，只是想改革自己的圣公会："新英格兰的第一批移民到来以后，就在公开或出版的言论中称英国教会为'亲爱的母亲'。"马瑟认为事实上只要英国国教去除天主教的装饰，许多移民会回到英国去。他还强调新英格兰现在实行的是宗教自由。他们"不区分长老会、公理会、新教圣公会和反婴儿洗礼派，只要他们表现出虔诚，基督就会接纳他们"。然而，鉴于美国社会对英国国教和教友会教徒的敌意一直持续到17世纪80年代，一些学者认为马瑟的立场是不真诚的，是为己谋私利的，是为了获得国外的政治支持以弥补自己国内影响力的下降。

但是，公平地讲，我们应该记住马瑟写作时所处的文化环境。他出生的时候，总督们都是在旧宪章下选出来的观念正统的人，而他很快发现自己周围出现了许多国教教徒，还有一个英国皇室指派的总督和新的宪章。17世纪90年代他自己努力把他继承的新耶路撒冷神话与当代的现实状况妥协。因此，可以认为《美国风物志》把新锡安耶路撒冷的神话融入了新英格兰的想象中，同时还对其重新诠释，似乎现实是为了达到某一目的而发生的。正如他父亲尝试通过叙述性文字将菲利普王战争的失败重塑成精神的胜利一样，马瑟同样也试图把清教综合体的瓦解神秘化，说成是神圣使命的完成，而清教综合体从未真正存在过。因此,他非常真诚地相信上帝把他的选民带到美国不是为了让他们永久脱离他们的英国同胞,而是"通过他们展示美好事物的样本。他要让其他地方的教会依照这样的样本建立和发展起来。"在马瑟看来,宗教的历史包含了多次重复的循环:虔诚的开始到热情消退再到恢复虔诚。他把自己当前在波士顿的处境看做是一个低谷,低谷之后很快就会迎来"黎明"——宗教复兴的到来。

《美国风物志》的这种两面性在菲利普斯总督的传记中得到了充分体现。菲利普斯是英国皇室任命的总督。17世纪80年代早期,菲利普斯曾因手下的船员行为放荡在波士顿被捕。他本人喜欢诅咒发誓的习惯也广为人知。在法庭上,他还顶撞布莱兹特里特总督。然而在10年后,菲利普斯被任命为总督时,马瑟称赞他,似乎他继布拉德福特、温斯罗普、布莱兹特里特及其他虔诚的清教总督之后担任这个职务是天意注定的。可是菲利普斯的传记与布拉德福特、艾略特等早期领袖的传记略微有些不同。在后几位的传记里,马瑟歌颂了他们的虔诚,而在菲利普斯的传记里,他赞美的是他的勤劳和商业才能。在菲利普斯的传记后出现了本杰明·富兰克林的《自传》(*Autobiography*),霍雷肖·阿尔杰(Horatio Alger)①的小说,以及后来关于美国人自我成长的小说。菲利普斯传记也说明了马瑟和他的《美国风物志》在美国梦想出现两个矛盾的分支时所起的作用——一个是精神的梦想,而另一个是物质的。马瑟意识到一个梦想要威胁、毁灭另一个时,他试图调和这两个矛盾。

虽然本杰明·富兰克林在天花流行时批判了马瑟,但是后来他在著名的《自传》中赞扬了马瑟,说马瑟启迪了他要正直、勤劳和行善。像富兰克林一样,马瑟也深深认为自己生活的使命就是为他人提供帮助。正如他儿子塞缪尔所描述的:"我父亲一生的志向和特点就是乐于帮助他人。"这一点也充分体现在马瑟流传最久的作品《世善说——行善散文集》(*Bonifacius*, *an Essay Upon the Good*, 1710)。在马瑟的所有作品中,这篇文章给了富兰克林最多的启发,它也展现了马瑟陷入18世纪思维方式后的思想局限。他建议用努力工作来实现现实生活中的价值,把常识(common sense)作为通往拯救和财富的工具。这种说明性注释似乎也是富兰克林的风格——从文章中多面化的语言挑选引用一些语句就能轻松地转达出深邃的含义。然而,仔细认真地阅读这一作品就会发现马瑟仍受传统清教神学的影响,把有特权的恩赐和皈依当

---

① 霍雷肖·阿尔杰(Horatio Alger, 1832—1899):19世纪美国小说家。他的许多作品描写的都是贫穷的孩子如何白手起家,通过勤劳工作、决心和勇气、关心他人而最终功成名就,实现梦想。他的作品被认为是美国梦的体现。——译注

做拯救的唯一方式，并认为精神世界高于物质世界。马瑟身处日益繁荣和世俗化的社会中，周围都是富有的商人，而且人们开始受到欧洲启蒙运动的思想影响，他一定已经意识到文章措辞时既要遵从保守的教条的阅读习惯，又要有更多的实际意义，便于道德上的履行。他也许也感到用这种方式来面对他这一代人是十分痛苦的。1710年的新英格兰与1678年马瑟从哈佛毕业时的那个新英格兰已经变化很大。在1710年也许没有其他人十分愿意"回到（黄金年代）使人成为一个新教徒，或让我来说，一个清教徒。"

马瑟的成就和他大量的作品证明了清教主义思维模式的持久力量，以及美国使命主题在叙述中持久的主导地位。虽然马瑟未能亲眼看到宗教热忱的伟大复苏，但是他对这一时刻的到来深信不疑。他的作品表明，他意识到18世纪20年代早期从哈佛和耶鲁大学毕业的几位"优秀的年轻人，他们研究、分析了自己的使命；他们是我们教会的彩虹"。马瑟传给这些年轻人的是他奋斗一生要保留的清教梦想。1727年，就在马瑟去世前一年，马瑟的凤敌所罗门·斯托达德的孙子乔纳森·爱德华兹成为北安普顿教堂的牧师。在那儿，爱德华兹将领导精神复兴运动，对此马瑟家族已期盼了半个世纪。

第六章 理性与复兴运动

从17世纪50年代开始,在波士顿、沙仑、剑桥、牛顿以及沿海的大城市里商人们不断增多,他们发现自己属于一个特殊的阶层。他们与农民不同,不会担忧新移民争抢土地。相反,他们欢迎更多的新产品和国际贸易。17世纪60年代人们在争论不完全圣约时,有势力的商人,如约翰·赫尔,十分拥护清教主义中带有圣保罗精神的、最早支持大力发展会员的教义。这些商人们还支持比较开放的会员标准。17世纪60年代波士顿第一教堂(First Church)内部出现纷争,一个主要由商人组成的联盟从中分离出来成立了第三教堂(Third Church),也就是后来的老南部教堂。该教堂由托马斯·撒切尔(Thomas Thatcher)领导至1678年,之后由塞缪尔·威拉德主持直至1707年他去世。老南部教堂对会员的要求始终都很宽松。

贾尔斯·菲尔明(Giles Firmin)的《真正的基督徒》(*The Real Christian*,1670)是一篇谈论教会会员制度的重要文章。17世纪30、40年代,菲尔明住在新英格兰,在克伦威尔摄政期间他回到了英国,积极参加克伦威尔政府下的国会讨论。菲尔明批评他以前在新英格兰的同事托马斯·胡克和托马斯·谢泼德,认为他们对准备式示意图般的描绘太过死板,而且他们要求教徒证明皈依过程的标准也过高。菲尔明尽力劝说他的英国同事提倡更多的包容,理解"自爱"是自然的,上帝是仁慈的和理智的。他的作品在17世纪70年代在波士顿大受欢迎。1742年他的作品在波士顿的再版说明了关于皈依和教会会员制的争论在70年后仍在继续。

在动荡的17世纪七八十年代,关于会员制的争论经常使朋友之间,甚至整个公众产生分歧。塞缪尔·休厄尔是老南部教堂的会员之一,他说"人们从威拉德先生的话语中可以感受到他对(英克里斯)马瑟先生有些敌意"。休厄尔本人十分尊敬马瑟家族,他担忧他加入威拉德的教会是否正确:"有时候我的脑子备受煎熬,唯恐第三教堂脱离了老教堂后会走上偏离上帝的道路。"然而,尽管新英格兰人存在分歧,他们在17世纪大部分时期还是团结一致,为了共同的利益抵御着英国政府的入侵。

在巫术事件以及1692年新宪章出台以后,人们对外来敌人的关注暂时消退。17世纪90年代末内部纷争再次出现,导致了严重的,也是永久的分裂。

人们开始把牧师分成"保守的"和"开明的"。那些"开明的"牧师通常反对过去要求教徒叙述皈依经历的做法,他们让人们恢复对获得拯救的信心,包容不同的宗教派别,支持公理主义者与英国国教的结盟;他们还采用语言华丽、讲究口才的布道风格;圣诞节时他们也会参加英国国教的庆祝仪式;他们赞成上帝的祈祷式(the Lord's Prayer),不反对过去被认为是罪恶的消遣,如玩纸牌、为了健康喝上几杯、戴假发等。而保守的牧师则会要求会员公开坦白皈依经历,强调上帝是公正愤怒的。他们担忧会有伪君子混入教堂;反对堕落的新时尚,认为那是道德败坏。他们还强调新英格兰人的宗教热忱在消退的事实,同时抵制着英国国教、欧洲文化的出现和影响。

1699年这些观念上的分歧变得更为明显。当时有一群波士顿商人和牧师,其中包括约翰·利弗里特、西蒙·布莱兹特里特、威廉·布拉托(William Brattle)和托马斯·布拉托(Thomas Brattle),因为十分不满马瑟和威拉德领导下的旧秩序,从原有的教会脱离出来,成立了布拉托街教堂(Brattle Street Church)。他们热衷于发展最自由化的神学方向。他们聘请了年轻杰出而且十分富有个人魅力的本杰明·科尔曼(1673—1747)。科尔曼于1695年从哈佛毕业,之后周游海外。他在英国加入新教,后来回到波士顿,担任新教堂的神职。科尔曼知道他将面对马瑟一派及其他人的极力反对,所以在伦敦时他让长老会为他委任神职。回到波士顿时,他带来了英国的证明、欧洲的世俗和优雅。

科尔曼和托马斯·布拉托及其他改革者一起写了论说文《宣言》(*Manifesto*, 1699)和《福音秩序的复兴》(*The Gospel Order Revived*, 1700)。这两篇文章介绍了许多宗教活动中的革新和进步,例如,任何一个孩子都能接受洗礼;任何自信合适的人都能得到圣餐;牧师由全体会众,包括妇女选举产生;学习英国国教的做法——在教堂中阅读经文而无须添加评论。总体而言,在那个动荡的年代里妇女在教会中的角色日显重要。为去世的妇女进行的葬礼布道也越来越多,而且这些布道文往往都称赞了死者智慧的言语、她对丈夫的协助、她为教会和社区提出的明智建议等等。例如,纳撒尼尔·阿普尔顿(Nathaniel Appleton)为玛莎·格里什夫人(Mrs. Martha Gerrish)所做的

第六章 理性与复兴运动

葬礼布道文出版时还附带了几封格里什夫人的书信。阿普尔顿声称这些信对收信者起到了启发和引导的作用，与布道文一样有影响力。毫不奇怪，许多妇女喜欢那些给予她们更多鼓励和尊敬的牧师，这些牧师通常被归为"现代"或"开明"一类。

虽然科尔曼基本上信守加尔文教义，但是他和他的朋友们却向教会组织形式和礼拜仪式的固有做法发起了攻击。在科尔曼的《福音秩序的复兴》出版几个月后，英克里斯·马瑟发表了一篇长达70页的论文《福音书的命令》(*The Order of the Gospel*, 1700)，坚决捍卫旧方式。为了回应，布拉托教会的几个成员写了一篇讽刺仿文，名为《福音书的命令的修改》(*Gospel Order Revised*, 1700)。尽管马瑟极力反对，科尔曼还是很快就受到了热烈欢迎，而且他的容忍和调解能力很快就消除了他与马瑟家族间的不和，因为他在马瑟教堂长大，他也非常敬重马瑟。科顿·马瑟喜欢把自己看做是一个"现代主义者"，他肯定曾帮助说服他的父亲顺应时代潮流，尽管英克里斯看着新英格兰一步步走入深渊，忍不住在他最尖刻的哀叹史《以迦博①》又名《一篇讲道——说明为什么害怕上帝的荣光正远离新英格兰》(*Ichabod. Or, a Discourse, Showing What Cause There is to Fear that the Glory of the Lord is Departing from New England*, 1702) 中发泄忧伤。布拉托街教会的成立标志了清教主义发展的新阶段，它无情地把马瑟家族和他们的拥护者推向18世纪早期的历史边缘。

世纪交替之际，推进自由化运动的最重要变化就是哈佛大学校监会 (the Board of Overseers) 权力的变更，以及1701年耶鲁大学的成立。当地政治错综复杂的运作以及布拉托街教会成员的参与导致英克里斯·马瑟于1701年辞去哈佛校长职务，继任的是塞缪尔·威拉德。在任职的六年中，威拉德十分同情马瑟家族，但他同时又支持布拉托派。杜德利总督憎恨马瑟家族，他为了委任布拉托派的约翰·利弗利特担任下任哈佛校长做了很多工作。当哈佛大学逐渐掌握在自由派手中时，神学院的学生开始模仿科尔曼散漫的风格，拥护那些自以为是"现代人"或"现代主义者"的进步思想。这些人中有一些较有影响的人物，如约瑟夫·休厄尔 (Joseph Sewall, 1688—1769; 1707年就读哈佛)、托马斯·普林斯 (1687—1758; 1707年就读哈佛) 和查尔斯·昌西 (Charles Chauncy, 1705—1787; 1721年就读哈佛)。在康涅狄格州，宗教争论以及不情愿仅靠哈佛大学培养牧师的保守团体赞同马瑟父子的许多观

---

① 以迦博 (Ichabod)：圣经中的人物，非尼哈 (Phinehas) 的儿子。他的母亲生他时正值上帝的约柜 (the ark of God) 被掳，他母亲为他起名为以迦博，并说："荣耀离开以色列了！"——译注

新英格兰清教文学

点。他们建立了耶鲁大学。1720年,乔纳森·爱德华兹(1703—1758)从耶鲁大学毕业。大多数学者都认为,带着对神学具体问题的诸多限制,一种神学传统从利弗里特自由化的哈佛发展到了昌西的宇宙神教(Universalism),又从威廉·埃勒里·钱宁(William Ellery Channing)的唯一神教(Unitarianism)发展到了拉尔夫·沃尔多·爱默生(Ralph Waldo Emerson)的先验论(Transcendentalism)。而另一方面,从爱德华兹时期的耶鲁大学发展出了一种相反的福音教派(后来发展成原教旨主义)的传统,这个传统一直沿袭到19世纪的蒂莫西·德怀特和莱曼·比彻(Lyman Beecher)以及20世纪的多种宗教爱好者。

　　神职人员在新的世纪里争吵不休时很快就发现每个派别的牧师都在渐渐丧失虔诚。所有宗派的领袖们都认识到要行动起来,避免忙碌、富裕起来的殖民者把宗教变得越来越微不足道,防止神职人员权力的减弱,以至于要听从于民政部门和普通信徒。神职人员采取了两种行动方式:一方面他们联合起来,成立协会或委员会以加强他们的政治地位,并通过立法控制神职任命和牧师资格;另一方面,他们到处布道,强调一个训练有素的牧师的重要性,以及人们应该尊重学识和学者。

　　1704年,本杰明·科尔曼带领着剑桥—波士顿协会的牧师们在一个大会上起草了几份提议书,希望能恢复神职人员的权力。虽然身为英国国教教徒的总督约瑟夫·杜德利拒绝将他们的提案纳入法律,但是这个协会的会议的确鼓励了许多牧师更坚定地领导自己的教徒。1708年,康涅狄格州的神职人员提出了目的相似的塞布鲁克纲领(Saybrook Platform)。这两个纲领在教徒和牧师中引起了很大的轰动,有些人认为这种联合会促使牧师变得优越、自负、世俗,因而在神职人员与普通民众间造成不必要的分裂。英克里斯·马瑟反对协会活动,并坚持传统的观念,认为在教会问题上,神职人员并不比普通教徒享有更多特权。在他看来,协会的形成重复了"罗马教会走过的同一条路……(因为)他们一开始就从平民中获取特权"。

　　神职人员努力重新获得地位和影响力的另一种结果就是富人在与宗教、教育相关的事情上享有特权和优势,而这种特权在大学中表现得越来越明显。1700年至1720年间,能否进入新英格兰的大学更多地依赖于父母的社会地位,而不是孩子的虔诚和能力。结果,学生整体的素质和认真程度下降了。1722年,年轻的本杰明·富兰克林写了一篇尖锐的文章来批评哈佛大学。他说,那儿的学生"不比傻瓜和白痴强",因为他们的父亲"只考虑了自己的钱包而不是孩子的能力"。事实上,在那几十年里,哈佛和耶鲁大学里还是有许多虔诚而有学识的年轻人后来成为著名的牧师,如约翰·克利夫兰(John

第六章 理性与复兴运动

Cleveland)、约瑟夫·休厄尔、托马斯·普林斯、查尔斯·昌西和埃比尼泽·彭伯顿（Ebenezer Pemberton）。他们成立的一些宗教俱乐部成为严肃研究在世俗喧闹的环境中的避难所。这些人与靠家庭背景上大学、当牧师的人，以及普通教徒之间不断扩大的阶层差别导致了民众对神职人员更多的批评指责。

清教的牧师还受到了英国国教教徒的抨击，质疑他们牧师的资格。英国国教认为，如果新英格兰的神职人员认为自己是国教成员，那么他们就应该在英国的教堂里被任命。人们传言的大学的缺点以及神职人员中普遍的亲英情结在18世纪影响越来越大，致使许多美国牧师们开始怀疑自己的任命的合法性。1723年发生了"大叛教"事件。耶鲁大学校长塞缪尔·约翰逊（Samuel Johnson）和六名导师宣布他们要在英国接受国教主教的重新任命。很快，简单的清教神职任命就被更繁琐、更复杂的类似于国教任命的仪式所代替。

尽管所有的神职人员都努力在变化的环境中巩固他们的权力，提升整体形象，但是教权主义还是失败了。牧师薪资引发了激烈争论，而且更多的非神职人员坚持他们也应享有平等的宗教权力。这些都表明许多信徒最终开始憎恨神职人员的特权。几十年来，神职人员都在呼唤恢复虔诚和热忱，有些人也听说在新泽西出现了"觉醒"运动，但讽刺的是，当这种复兴运动到达新英格兰后，它进一步削弱了神职人员的势力。在18世纪20年代早期，在斯托达德的康涅狄格河流域发生了一些小规模的复兴运动。这种运动在1728年10月29日得到了转机。那一天，当地发生了大地震，"猛烈的雷声"就像"放枪那样突然而响亮"。这次地震和余震摧毁了许多房屋和商业场所，人们期盼能见到"人民之子的出现"。之后的几个星期，牧师们发现人们之间的争吵少了，他们更关注传经布道了。1734年，一次更大规模的宗教复兴运动在乔纳森·爱德华兹任职的北安普顿教区开始，蔓延到了整个康涅狄格河流域。爱德华兹记录这次运动的文章《上帝使数百个灵魂皈依的惊人之作的忠诚叙述》（*A Faithful Narrative of the Surprising Work of God in the Conversion of Many Hundred Souls*，1737）广为流传，为几年后出现的"大觉醒"做好了铺垫。

1740年秋天，福音教派神父乔治·怀特菲尔德（George Whitefield）从英国来到美国，开始了殖民地的传教之旅。科尔曼听说他在殖民地中部地区的传教非常成功，十分迫切地希望他能到新英格兰传教。虽然有些牧师怀疑怀特菲尔德引起的热情是否代表了真正的宗教热忱，但那些感到宗教和神职人员权力在减弱的牧师们纷纷向他求助。科尔曼把怀特菲尔德邀请到了波士顿，他的成功让许多新英格兰教堂都非常欢迎他。继怀特菲尔德之后不久，从新泽西来了一位长老教派的复兴主义者吉尔伯特·亭纳（Gilbert Tennent），后来又出现了许多福音教派的牧师进行巡回传教。许多当地的牧师也发起了自

新英格兰清教文学

己的觉醒运动，这种精神传播了整个殖民地。多年来第一次，人们，尤其是男人们，急切地要寻求宗教问题的答案。牧师们号召重建家庭秩序。在复兴时期，皈依的男性数量远远超过女性。这种复兴还使"觉醒的牧师们"开始一连数小时的诵读、讲解圣经，试图在家庭里和社区内建立更稳定的规范。

起初，神职人员支持并领导着复兴运动，但是很快普通民众就掌控了局面。他们声称看到了圣灵，自发地向公众布道，脱离牧师自己进行宗教讨论，正像一百年前安妮·哈钦逊所做的那样。许多牧师很快就认识到复兴运动非但没有巩固反而削弱了他们的权威。再一次，接受到的真理这个概念又成为争论的话题。争论的焦点在于谁有权力宣布——说出——神圣的真理。一些牧师们开始反对巡回传教的牧师以及这些大觉醒运动产生的效果。先前的联盟被打破了，新的分界线出现了：一边是支持福音教的牧师，也称为"新灵光"（New Lights）或"新一派"（New Siders），另一边是反对运动的"旧灵光"（Old Lights）或"老一派"（Old Siders）。"新一派"中的一些人，如科尔曼，是神学自由主义者，而"老一派"中的一些人，如约翰·巴纳德（John Barnard）是保守主义者；而另一方面，自由派的查尔斯·昌西强烈反对复兴运动，而乔纳森·爱德华兹是一个保守的"新一派"加尔文主义者。

尽管发生了这些运动，18世纪上半叶神职人员的总体变化，除了一些特殊的例外，都远离了严格的加尔文主义，朝着自由化的理念发展。后来，这就发展成为欧美启蒙运动（Euro-American Enlightenment）。一些牧师，如约翰·巴纳德（1681—1770），1717年至1770年的马伯海德（Marble head）教区牧师，他们坚持旧学派，也许意识到了公众反对神职人员的特权，他们也摒弃了新派的做法。巴纳德的形象是谦卑、真诚的乡村教士，薪水很少，辛勤劳作，与他的教区居民平起平坐。他的风格与以本杰明·科尔曼为代表的牧师截然不同，他代表了乡村最常见的牧师形象，与来自被假发和英国时尚统治的城市牧师形成鲜明的对比。

巴纳德是马瑟家族的朋友，尽管他比他们多活了40年。他使17世纪清教的愿景保留了下来，并延伸到了美国大革命时期。今天人们了解巴纳德是因为他写的几本书，还有1836年出版的他啰啰唆唆、闲聊式的自传。与他相似的其他人都被人们遗忘了，但是他们的教区却遍布了新英格兰周围的乡村。18世纪70年代，当托马斯·潘恩（Thomas Paine）、托马斯·杰斐逊、约翰·亚当斯（John Adams）和本杰明·富兰克林用哀叹史的话语和斋戒日的仪式来引发美国人民对英国的反基督教者，国王乔治的抗议时，他们触动了殖民地人民一直保留的敏感的心弦，而这要归功于像巴纳德那样的"老加尔文主义者"的努力，而不是像科尔曼和昌西那样的现代主义者。

第六章 理性与复兴运动

巴纳德很小的时候就表现出在语言和数学方面的天赋。他曾就读于波士顿拉丁文学校，师从著名的伊齐基尔·奇弗。奇弗的著作《拉丁文简史》（*A Short History of the Latin Tongue*，1709）广为流传，一直到18世纪都是美国的经典之作。1700年，在哈佛还未受布拉托派和利弗里特派影响变成自由主义的阵营之前，巴纳德从哈佛毕业。到马伯海德不久以后，他与安娜·伍德伯里（Anna Woodbury）结婚，一生都没有孩子。与前任威廉·哈伯德一样，巴纳德坚持早期的加尔文精神，同时又为理性主义提供了宽余的空间，使其在除了皈依以外的所有事务上发挥作用。巴纳德传道风格是"甜美的理性"。在业余生活中，他还会做木工、造船。他对镇里的经济状况也有独到的见解，他为提高马伯海德渔业和船运的效率提出的建议使得这两个行业得到了繁荣和发展。

巴纳德毕业以后第一次在波士顿布道时，马瑟家族听了他的布道，认为他过于强调善行，指责他是阿米尼主义，但后来他们发现自己的判断是错误的。虽然巴纳德在布道中经常强调理性和勤奋，但他从未失去神权的观念。在1734年的选举布道《正义之王权》（*The Throne Established by Righteousness*）中，巴纳德使用朴素直白的风格展示了他对有着勤劳、道德、拯救的乐土怀旧般地憧憬。巴纳德用宗教——经济相结合的论点（这种观点后来指引了马克思·韦伯［Max Weber］形成了关于加尔文主义与资本主义兴起之间的关联的理论），建议政府应该推动社会的繁荣和发展，应该"适当鼓励劳作和勤奋，正当地刺激服务业、制造业的发展，抑制所有可能导致懒散、浪费消耗财产的做法，反对交易中一切欺诈、不正当的行为，鼓励勤俭节约"。巴纳德认为，如果政府能履行职责，上帝仍会实现他对新英格兰的神圣承诺。巴纳德的神圣经济学对商业和宗教都是有利的。当大觉醒运动的浪潮影响到了他的教区时，他用《激动且有方向地热衷善行》（*A Zeal for Good Works*, *Excited and Directed*，1742）引导教区信徒在狂热和理性间找到平衡，他建议要有"以知识引导的、用谨慎约束的、仁慈相伴的热情"。

乡村牧师的另一个代表人物是约翰·怀斯（1652—1725）。他是美洲殖民地最早的散文家、美国清教民主主义者。怀斯也是一个保守的加尔文主义者，他支持公理教会政府，但他经常用自然法则和理性。怀斯的语言中经常运用来自平常生活的比喻、乡村幽默和常识。这种谦逊、坦率而毫无掩饰的风格在欧洲早已被定义为美国话语传统。怀斯出生在马萨诸塞州的罗克斯伯里，是契约仆人的后代。如果他晚生三十年，他可能因为社会地位而无资格就读哈佛大学。他于1673年毕业后，作为一名随军牧师参加了菲利普王战争。1677年至1682年，他在哈特菲尔德当牧师。在那儿，他与阿比盖尔·加德纳

（Abigail Gardner）结婚，并有了七个孩子。后来，他从哈特菲尔德调到了伊普斯威奇的新切巴克（Chebacco）教区，在那儿他因捍卫殖民地的权力，抵御英国国王的干涉而闻名。1687年，他劝说人们抵制埃德蒙·安德罗斯总督施加的人头税和财产税。当他们抵抗成功，并且其他几个城镇也加入他们的阵营时，政府关押了怀斯，对他实行罚款，并剥夺了他的牧师资格。但是在1689年，安德罗斯被推翻后，怀斯被赦免，并被任命为开往魁北克的军队的随营牧师。在随军途中，他以合理的建议以及具有启发性的传道闻名遐迩。

就在沙仑巫术审判发生之前，怀斯回到了波士顿，他在为自己以前的教区信徒约翰·普洛克特（John Proctor）和伊丽莎白·普洛克特（Elizabeth Proctor）辩护时展现了非凡的勇气和独立性，但是没有成功（详见第一章）。事实上，怀斯也许是美洲殖民地唯一一个从开始就不赞成这些审判的牧师。他在一生中不停地为政府和教会的民主主义而奋斗。在神职人员结盟运动期间，怀斯反对这种做法，并写了两本书批评牧师结盟的理念是狭隘的，是不民主的。

两本书中的第一本是《赞成的教会争议》（*The Churches Quarrel Espoused*），据记载出版于1710年，但是现存的只有1713年在纽约出版的和1715年在波士顿重印的版本。他的第二本书《为新英格兰教会政府的辩护》（*A Vindication of the Government of New England Churches*）于1717年在波士顿面世。在这两本书的文章中，怀斯将重点指向了普通教会成员，用常见的意象和尖刻的幽默来讽刺他的同行。他提醒牧师们，他们的提议书"现在只是头小牛犊，它会长大（因为其饥饿的本性），会成为一头不会停下的犍牛"。他指责他们通过结盟的方式来巩固自己的势力，使他们自己"比主教还要主教"。在怀斯看来，牧师们假装对剑桥纲领做些小的修改，实际上是在破坏它，就像他们一只手拿着抹刀来"修补一两道裂纹……但实际上他们的另一只手却拿着可怕的大锤……要摧毁建筑"。关于结盟会议上要产生的复杂的提议，怀斯嘲讽道："我发现它是个谜，也当它是个谜。"牧师们认为联盟可以帮助牧师解决个别教区可能会出现的分歧。对于这种看法，怀斯进行了反击，他认为任何堂堂正正的牧师都不需要"无花果叶的遮挡"或"懦夫和傻子的港湾"。他说，"如果一个人被放在舵轮前，要他在各种气候下掌舵，哪怕风吹雨打，那么他们就一定不会惧怕风浪，不怕弄湿了衣服。"对于怀斯的书，没有人出版过任何回应文章，他的书是反对牧师结盟运动的最后的公开性文字。

与巴纳德一样，怀斯也认可神圣经济学的形式，他在最后的作品中解释了他把宗教与财政并重的经济观点。在《给忧伤的国家的一言慰藉》，又名

第六章　理性与复兴运动

《马萨诸塞坚固的信用银行》(*A Word of Comfort to a Melancholy Country; Or, the Bank of Credit Erected in Massachusetts Fairly Defended*, 1721) 中, 他认为成立一个私立的土地银行发行纸币可以刺激经济的发展, 用蓬勃的商业和虔诚的信仰团结殖民地的居民。在怀斯的构想中, 对看不见、摸不着的上帝的忠诚与对银行有保证的储蓄的信任能一同带来救赎和繁荣。

巴纳德和怀斯以平易近人、坦率直白的语言, 谦卑的个人风格而闻名, 而本杰明·科尔曼与他们截然不同。他文雅、聪慧、深沉, 以诗歌创作、辞藻丰富、善于雄辩见长。本杰明·科尔曼于1673年在波士顿出生, 父母是伊丽莎白 (Elizabeth) 和威廉·科尔曼 (William Coleman)。科尔曼曾在波士顿拉丁文学校师从伊奇基尔·奇弗, 1692年他从哈佛大学毕业。1695年获硕士学位后, 科尔曼奔赴英国, 但是被海盗劫持, 被囚禁在法国几个月。他最后到达英国时十分窘迫, 而且还生着病, 但是他很快就被反对英国国教的新教徒收留, 并被安排到巴思 (Bath) 传教。他在巴思待了两年。科尔曼在英国生活的四年里结识了一些诗人和艺术家, 并且通过伦敦学会与诗人伊丽莎白·辛格 (Elizabeth Singer) 结识, 并得到了她的指导。后来他鼓励自己的女儿进行诗歌艺术的追求 (详见第四章)。他回到波士顿并担任神职后, 与珍妮·克拉克 (Jane Clark) 结婚, 并有了一个儿子 (后来夭折) 和两个女儿, 一个是珍妮 (后来成为诗人), 一个是阿比盖尔。第一个妻子去世后, 他于1732年与寡妇莎拉·克拉克 (Sarah Clark) (与珍妮·克拉克没有血缘关系) 结婚。莎拉去世后, 科尔曼于1745年与另一个寡妇玛丽·弗罗斯特 (Mary Frost) 结婚。在将近五十年的神职生涯中, 科尔曼在神学、政治上形成了一种微妙的妥协, 他一方面保留着加尔文主义最初的教义, 另一方面允许教会的外部形式满足18世纪教徒们的心理需求和社会需要。虽然他刚到波士顿时引起了一阵骚乱, 但是他与波士顿大部分有名望的牧师都建立了友谊。他甚至为马瑟家族做了丧礼布道, 还为许多他的敌人也做过葬礼布道, 如斯托达德、托马斯·布拉托·杜德利和利弗里特。他与乔纳森·爱德华兹经常信函来往, 还曾邀请怀特菲尔德和特纳特到波士顿来。科尔曼在圣坛上的风格被同时代人称为"庄重、优雅"。他鼓励教区信徒把他们自己看做是得到了恩赐、远离了苦恼的圣徒。当英克里斯·马瑟仍在激昂地指责罪恶和堕落时, 科尔曼倡导平衡、平静、对基督的信任。

科尔曼在他最著名的布道文《十圣女寓言的实际意义》(*A Practical Discourse on the Parable of the Ten Virgins*, 1707) 中教导听众们要"像圣女那样圣洁", 因为那样他们就能体会到与基督生死与共的快乐。托马斯·谢泼德曾于1636年至1640年间就这段圣经故事作了一系列著名的布道。科尔曼选择这个

○ 新英格兰清教文学

故事是十分精明的,他把自己与清教遗产、与谢泼德有名的热情和理智的平衡联系在一起。科尔曼在布道文中没有着重谈罪恶和诅咒,而是试图用一定程度的色情吸引人们去注意基督的美丽:

> 就像刚嫁人的处女那样,我们期盼着,想念着,等待着,准备着主人的到来……我们是多么狂喜地想象着,憧憬着天堂,一个美好、和谐的时空。我们热切地呻吟着,期盼着快要到来的爱,准备着满足我们的欲望。当爱到来的时候,我们是多么的欣喜。这毫不龌龊。新娘能忘记及时交出她的首饰和衣服吗?信徒也一样,不能忘记对上帝的祈祷,不能忘记展示对基督的信任……基督第二次降临时活着的人都要飞到空中迎接他,我们为什么不奔向这迷人的景象?

科尔曼为使用诸如"呻吟"、焦急等待的新娘等"龌龊"的、带有性含义的意象道了歉,他在后来充满理智、富有韵律的散文中选用了舒适、安全的意象。用清晰的语言表达普通的情感使科尔曼的文字显得优雅,与巴纳德、怀斯、英克里斯·马瑟等牧师相对粗糙的风格区分开来。

18世纪早期布道文的文体开始出现变化,其他作家也在其他体裁上探索新的技巧。对现代读者而言,那个时期最生动有趣的叙事散文之一是《耐特夫人的日记》(The Journal of Madam Knight),这是莎拉·肯布尔·耐特(1666—1727)于1704年和1710年创作,并于1825年由西奥多·德怀特(Theodore Dwight)编辑出版。莎拉·肯布尔出生在波士顿,父亲托马斯·肯布尔(Thomas Kemble)是一个商人,母亲是伊丽莎白·特里斯(Elizabeth Treice)。虽然不知道他们一家属于哪个教会,但是作为一个成功商人的女儿,莎拉很可能是在某一个清教教堂听着牧师布道长大的。从她的日记可以明显地看出她与几个牧师都有来往,因为她提到在旅途中要拜访牧师云云。1689年前,她嫁给了年纪较大的理查德·耐特(Richard Knight),他是一名船长及一家美国公司的伦敦代理商。1689年,他们有了一个孩子,叫伊丽莎白。富裕的耐特一家在17世纪90年代时可能是波士顿某家大教堂的会众。

在1706年,她丈夫去世前几年,莎拉被迫承担了丈夫的一些生意。在社会和宗教逐渐接受妇女的公众角色的背景下,莎拉管理了波士顿月亮街(Moon Street)的一家店铺和房屋。她还负责招待房客,教孩子读书认字。因为她从工作中学习到了许多生意和法律上的知识,1704年她打算前往纽黑文帮助她堂兄的遗孀打理房产事宜。她意识到极少有妇女独自旅行,于是她决定记录她的旅程。她的旅程包括两个时段:1704年10月2日至7日,以及

第六章　理性与复兴运动

1704 年 12 月 6 日至 1705 年 1 月 6 日间的某些天。

耐特运用嘲讽史诗的技巧和冒险故事的元素写出了幽默、直白、具体的游记。在她的游记中只有些许道德说教的痕迹，而说教是大部分清教徒自传的核心部分。耐特作为一个叙述者自我意识很强，有时甚至会自我嘲讽。她显露出这样一种意识：她的故事打破了常规。例如，她上路后第二个夜晚，她和向导进入了一个黑暗的森林。她用类似于后来在该世纪出现的哥特式风格回忆了那次恐怖的经历，之后才谈及了她的同时代人可能期望看到的宗教意义：

> 一想到那个地方我的恐惧又回来了：令人忧伤的树林，同伴几乎不存在，我不知道去往何处，包围着我的是令人害怕的黑暗；只需一点儿这样的情景就会惊吓到健壮的马匹。至于对这件事有什么反思，就像那天下午一样，感召我的是什么我也不知道，我更不敢枉自推测。

虽然在此地她清楚地表示了她的恐惧也让她思考精神上的召唤，但当他们登上山头的空地时，她并没有感谢上帝解救了她，而是狂喜地"看到了那颗美丽的星球"——月亮。之后她还为月亮写了一首诗。在日记结尾她的确感谢上帝使她能安全返家，但是她的话语听起来不像一个规矩的清教徒，而像富兰克林式的自然论者："但（我）想诚挚地感谢我的恩人，仁慈地把他卑微的女仆安全地送了回来。"

耐特用朴实的语言生动活泼地讲述了她与向导的经历，描绘了乡村客栈粗俗的仆人、无知粗暴的客栈老板，还有吵闹得让她无法入睡的房客。她记录了看到美丽自然风光时的欣喜，同时也描写了乡村贫穷的萧条景象：

> 这间小屋是我见过的最残破的居所。它用斜柱支撑，用一块块隔板围起来。隔板间有很大的缝隙，光从哪儿都能透进来……地板就是光光的泥土地；没有窗户……家里有一个老人、他的妻子和两个孩子；每一样东西都显露出贫穷的景象……我庆幸自己不是这悲伤的一员。

虽然她想突出经济学和阶层的观念，但是她看待周围的事物时经常表现出她所在阶级的偏见。她把乡下人描绘成"笨南瓜"的写法被后来许多描写林区人的美国幽默所效仿。她带有白人社会的种族歧视，赞成奴隶制。她嘲讽印第安人："我走过的城镇的每个角落，都有许多印第安人。他们是我所见过的最野蛮的野人；（我打听过）他们也不想变成别的样子。"她描写印第安人时强调的细节与她原有的偏见一致,认为他们乱交、不道德,需要人管治。

耐特经常表现出她的道德优越感,但是她也拿宗教开玩笑。在她旅行的第三天,她和向导走了 30 英里的路却没有找到歇脚的地方。在她抱怨的时候,向导告诉她再走几英里就能到德威尔斯先生家①。她用清教布道文的语言写道:"但是我怀疑我们是否要请德威尔斯先生帮助我们脱离困境。然而,像一切受了蒙蔽的灵魂向往地狱一样,我们竭尽全力地赶往德威尔斯的住所。那儿有我们需要的食物和床。"她对在德威尔斯家停留的描写融合了希腊神话的游历主题(journey motifs),以及基督教皈依自述中精神历程的表征学。这些元素曾被用在诸如《每个人》(Everyman)、《神曲》和《天路历程》中。后面的故事中还有一段嘲笑宗教的内容。耐特描写了费尔菲尔德(Fairfield)城的繁荣,嘲讽了人们对牧师薪金的无休止的讨论:"他们(镇居民)有很多羊,光是羊粪就能给他们带来很多收益。他们要拿出其中一部分钱支持牧师的薪水。他们还抱怨,宁可要羊粪也不要牧师。"

我们不知道耐特是否还写过其他作品。即使曾有过,那些作品也丢失了。在她的女儿嫁入康涅狄格有权有势的利文斯通(Livingston)家族后,耐特于 1714 年搬到新伦敦,在那儿她有几家农场和一家客栈。她在生意上的成功一部分得益于她的机智和对社会的敏锐观察。她的成功使她在 1727 年去世时留下了一笔可观的遗产。

玛丽·怀特·罗兰森的被俘故事和莎拉·肯布尔·耐特的日记都展示并批评了主流文化和意识形态。1750 年前还有一位女作家的内容丰富的自传同样也丰富了美国早期文学。这位女作家是伊丽莎白·桑普森·阿什布里吉(Elizabeth Sampson Ashbridge,1713—1755)。虽然阿什布里吉是殖民区中部的教友派教徒,并非新英格兰的清教徒,但是她的作品《伊丽莎白·阿什布里吉的前半生》(Some Account of the Fore Part of the Life of Elizabeth Ashbridge,1774)值得在清教文学中一提,因为阿什布里吉在寻求最佳信仰时,曾明确地考虑过加尔文主义,但拒绝了它。她这样做的原因正是公理主义牧师在那个时期遇到的问题。

伊丽莎白·桑普森于 1713 年出生于英格兰柴郡(Cheshire)的米德尔威奇(Middlewich)。父亲托马斯·桑普森(Thomas Sampson)是名医生,母亲名叫玛丽(Mary)。她是父母唯一一个共同的孩子。她的母亲曾是个寡妇,和第一任丈夫有了一个儿子和一个女儿。伊丽莎白似乎从父亲那里继承了对旅行的热爱。关于父亲她写道:"我出生后,……喜欢上了大海,他多次在长途

---

① 德威尔斯(Mr. Devills):Mr. Devills 与魔鬼"Devil"音似。——译注

航行中担任医生,直到我 12 岁。"与那个时期的历险故事、传奇一样,例如笛福(Defoe)的《摩尔·弗兰德斯》(*Moll Flanders*)、理查德森(Richardson)的《克拉丽莎·哈洛》(*Clarissa Harlowe*)、苏珊娜·罗森(Susanna Rowson)的《夏洛特·坦布尔》(*Charlotte Temple*),阿什布里吉的故事情节复杂,而且在故事中她总是孤单一人,完全依靠自己。她 14 岁那年和一个贫穷的长筒袜织工私奔了,她把他称作"我亲爱的"。5 个月后,那名男子死了,阿什布里吉被家人送到了爱尔兰,与教友派教徒一起生活。最初她十分厌恶教友派,在她后来的自传中嘲讽这一点。她想回家,但她父亲拒绝原谅她,不让她回家。于是她以契约仆人的身份去了美国。

在阿什布里吉做女仆的几年里,她曾为几个牧师帮过佣。她写道,其中还有一个牧师企图勾引她。她发现许多牧师虽然表面上显得很正直,其实私底下阴暗、堕落。为了寻找精神归宿,她考察了当前各种不同的宗教。她在新泽西生活期间,曾了解到有位长老教的牧师因为喝醉了酒而要接受审判。她旁听了审判,希望能了解这个新教派别。但她发现"人们对谁是他们的牧羊人存在很大的分歧"。她对长老教神职人员的期待很快就消失了。她说,"我非常同情他们'教徒'的处境,因为我现在看清了这些牧师不过是凡夫俗子,看穿了他们传教的目的。"阿什布里吉还发现,神职人员的主要兴趣是获取最高额的薪金,但是教徒们看不到这一点,因为"教育的偏见无处不在,蒙蔽了他们的眼睛"。

人们就牧师人选进行争论时,一些人提出要留下原来的牧师,而其他人主张聘请"一个年轻人来试几个星期","还有一派要从新英格兰请一位牧师"。有位教徒反对最后一种提议,因为费用太高:"先生,我们花费那么多钱(这可不是件小事)从新英格兰请来的绅士也许不会留下来。"而另一个人答道,要让他留下来的办法就是"给他丰厚的薪水"。阿什布里吉感叹道:"这些唯利是图的人。他们都受同一件事驱使,那就是对金钱的热爱,他们对灵魂毫不顾及。"她接着解说这场聘请牧师的争论:其中一个主张是从另一个教区聘请一位有名的牧师,在那个教区"人们为了留住他几乎都变穷了"。她反对长老教,她说:"他们的牧师都从一件事出发"——"牧羊人更关心的是羊毛而不是羊群;羊儿们更是满口谎言。"

《伊丽莎白·阿什布里吉前半生》以轻快、活泼的风格讲述了作者不寻常的经历,其中包括她在纽约舞台短暂的表演生涯,还有她与一个名叫沙利文(Sullivan)的小学教师的婚姻以及沙利文对她的虐待。第二任丈夫去世以后,阿什布里吉靠当裁缝来偿还丈夫的债务。1746 年,她与艾伦·阿什布里吉(Aaron Ashbridge)结婚,皈依了教友派,并被委任神职。后来,她作为一名教友派传教士与艾伦回到了爱尔兰。1755年，她在爱尔兰去世。虽然她离开了清教新英格兰，但是她对神职人员的观察和看法解释了反教权主义浪潮高涨的原因，也反映出当时新英格兰牧师以及殖民地中部牧师面临的问题的重要性。阿什布里吉的文章展现了早期美国一个大胆、聪颖的妇女如何能"看穿牧师们不过是些凡夫俗子"，揭去了男权的圣衣，对那些被所受教育"蒙蔽了眼睛"的人表示了同情。

面对这些批评，有一位牧师努力地为新英格兰神职保留一个正面的形象。为了这个目的，他不仅身体力行地做一名温和、冷静的领导者，关心教徒们的需求，他还利用写作来表达自己的思想。他就是查尔斯·昌西神父（1705—1787）。昌西写过几十本书，从1727年到1787年间他是波士顿第一教堂的牧师。他在那段时期几乎所有的重要事件中都扮演了重要角色，如法国战争、印第安人战争、对美国一个英国国教主教的抗议、印花草案的争论、科学的兴起、美国革命以及自然神教与集权制的出现。爱德华兹被看做是文学天才，他的作品也成了美国文学的经典，而昌西作为思想家和作家的功绩总是被爱德华兹的光彩遮盖。然而，一些历史学家认为，昌西及富兰克林更能代表18世纪的美国。他的职业和作品都分别经受住了考验。

昌西与科顿·马瑟一样，出生于波士顿一个名声显赫的权贵家族，而且家族中出了好几位神父。他是哈佛大学第二任校长的曾孙。他的祖父是一位富有争议的伦敦牧师；父亲是一名出色的波士顿商人。他的母亲，莎拉·沃利（Sarah Walley）是马萨诸塞最高法院法官的女儿。1721年，昌西从哈佛毕业，次年乔纳森·爱德华兹从耶鲁毕业。通过毕业后六年的学习和教学，昌西加入了后来人称"老墙砖教堂"（the "Old Brick"）的波士顿第一教堂，与托马斯·福克斯克洛夫（Thomas Foxscroft）共事。他结过三次婚，前两任妻子先后去世。第一次结婚是1727年与伊丽莎白·赫斯特（Elizabeth Hirst）；第二次是1738年与伊丽莎白·汤塞德（Elizabeth Townsend）；第三次是与玛丽·斯托达德（Mary Stoddard）在1760年结婚。

老墙砖教堂的会众主要是富裕的、受过教育的以及在波士顿居住较长时间的家庭。昌西的性格和学识倾向注定了他是新英格兰公理主义和加尔文主义的强力倡导者。他面临着自17世纪50年代以来就一直困扰新英格兰牧师的问题。他在向一群看重世俗享受和现代观念的会众传教的同时，努力保持一个严谨的加尔文主义者的作风。用地狱之火之类的意象来传经诵道并不适合老墙砖教堂的会众。对牧师而言，一味地向这些人保证因为他们经济无忧、做了善事所以他们会得到拯救的做法类似于阿米尼主义。虽然昌西相信他避免了工作中的阿米尼主义，但是宗教历史学家仍在争论爱德华兹认为昌西对于

第六章　理性与复兴运动

富裕教徒的一再保证中存在邪说的看法是否就是错误的。

在18世纪的后几十年里，由于受到苏格兰常识现实主义哲学（the Scottish Common Sense Realist Philosophy）的影响，用"常识"来研究神学的这种方式在公理主义者中十分受欢迎。昌西还鼓励他的会众要"信任救世主基督"，不要被神学"形而上的美丽"干扰。在他的教堂里，他对一切事情都追求和谐和节制，他尽力避免宗教纷争。在他的个人生活里，他也是严守温和作风，为此他大受人们尊敬。昌西在教义上保守，但在教会政策和会员制上都很开明，体现了他追求均衡的理想。他的一个朋友曾十分尊敬地描述他："身材矮小，上帝给了他瘦弱的身体、坚强而灵活的头脑和强烈的热情。他把这些都运用得非常好。他的风格是简单明了、高贵、大胆、有气势，与朋友们谈话时他又是欢快和友好的，是个非常好的朋友。"当然，人们是因为敬仰昌西的意志和毅力，而不是他的身材才把他称为老墙砖的。

几十年来，新英格兰的牧师一直期盼宗教复兴的到来。也许正是因为这个原因，在1740年和1741年，昌西起初也与大部分牧师一道欢呼着宗教复兴运动的到来。但是，到了1742年，他开始担忧那些正在皈依的人"对待宗教过于强调内心和激情，而往往忽视了理智和判断力"。与那些因为害怕不能控制狂热的教徒而反对复兴运动的牧师相比，昌西的动机没有那么自私。他真诚地相信"宗教狂热"和"狂热的暴力"会毁灭个人"心灵和思想的理智和平静"，会破坏社会的和谐，而他将这两点看做是基督教对个人和社会的重要作用。他还发现那些在复兴运动中皈依的人太过自信，骄傲，"受不了一点分歧和批评，而且不慷慨。"当爱德华兹在1742年发表《新英格兰宗教复苏的思考》（Some Thoughts Concerning the Present Revival of Religion in New England），为"大觉醒"（Great Awakening）辩护时，昌西曾与爱德华兹就这些问题交换过意见，并毅然地担当起"旧灵光"自由派的代言人。

为了收集证据以反击爱德华兹和"大觉醒"运动，昌西于1743年游历了新英格兰，记录了由"偏执的幻想"导致的"动乱和扭曲"，"震动和困惑"。昌西的《对新英格兰宗教状况合乎时宜的思考》（Seasonable Thoughts on the State of Religion in New England）一文是针对爱德华兹作品的辩驳或"解毒药"，他试图重申清教传统理念："这是讲求理解和判断的宗教，也会是情感（Affections）的宗教，如果不考虑前者而让后者承担着巨大的压力时，人们就会陷入混乱。"昌西对清教中持续多年的对"头"与"心"的争论的观点对于他的许多会众来说是非常合理的，但是对他的同事的会众托马斯·福克斯克洛夫而言就并非如此。福克斯克洛夫继续支持复兴运动。这也说明了这两位牧师的性格都十分平和，虽然他们在复兴运动和其他事务上存在分歧，但是他们多年来一直相互配合。在后来那些反对宗教狂热的作品里，昌西尽力揭示那些未经训练的巡回牧师可能造成的危险，以及业余传教士的缺点，宗教分歧可能对教堂带来的损害。

在他的传教中，昌西总是倡导简单平实的风格，他自己不使用修辞手法，拒绝"所有华丽的辞藻，通过玩弄学术、系统和哲学的术语来炫耀学识"，他以此为豪。他觉得雄辩的口才在讲道坛中毫无用处，对于自己的布道他说："如果我写出了充满神秘的、令人费解的、莫名其妙的布道，那么我会认为这是个不容忽视的错误。"因此，他反对"新灵光"传教士的主要一个原因就是他们只是表演者，用煽情的戏剧化修辞和在讲道坛上的装模作样来煽动听众的激情而没有传授知识。

虽然昌西认为没有必要用宗教和哲学思想的细节来困扰教徒，但是他坚持布道文虽然简单明了，但应该建立在深入、广泛的学习上。在他日常的学习中，他努力将公理主义的基本教义与哲学的新发展、与人们的精神需求结合起来。他大量借鉴约翰·洛克（John Locke）和苏格兰常识派哲学家，如弗朗西斯·哈奇逊（Francis Hutcheson）、托马斯·里德（Thomas Reid）、亨利·霍姆（Henry Home）、罗德·卡姆斯（Lord Kames），创作了一系列的神学作品，这些作品展示了他的神学观点随着时间的变化而发生的巨大转变。他把上帝看做一个仁慈的"神圣的管理者"，有一些观点相当激进，例如他反对加尔文主义专制的上帝，排斥上帝的选拔和原罪，在他看来，原罪就是为了"一个他们肯定没有参与的罪恶"而把婴儿投入地狱。昌西还反对宿命论，他说："上帝能随意地决定大部分人要承受永远的痛苦，没有比这种想法更令人震惊的了。"虽然昌西没有排斥其他基本教义，如地狱是存在的；人们应该虔诚；要获得拯救需要努力；罪人必须经历痛苦的反省等，但是他进而相信拯救的普遍性，或所谓的宇宙神教。他认为基督是为了每一个人的罪而牺牲的，上帝要解救所有人。就这样，在教义和政体上，昌西带领着波士顿第一教堂从17世纪的马瑟时代走向了杰斐逊和富兰克林的自然神教和爱默生的集权制。昌西去世时被认为是当代最有影响力的牧师，是18世纪美国的重要人物之一。到了20世纪，昌西的贡献却被乔纳森·爱德华兹的光芒遮盖了。爱德华兹的神秘主义、诗人般的想象力和创造力丰富了美国文学中一些最有意思、最具启发性的文章，这是近五十年来批评家特别关注的。

1703年10月5日，乔纳森出生在康涅狄格州东温莎（East Windsor），父母是提摩西神父和埃丝特·斯托达德·爱德华兹（Timothy and Esther Stoddard Edwards）。他是家里十一个孩子中唯一的男孩。乔纳森·爱德华兹是所罗门·斯托达德的外孙。斯托达德因为实行开放式的教会准入制度与爱德华·泰勒和

第六章 理性与复兴运动

英格里斯·马瑟进行了长期的争论。斯托达德被称为"康涅狄格河谷的主教（有时是'恶棍'）"，他的强硬和反叛为乔纳森提供了榜样。1722年，乔纳森从神学思想保守的耶鲁大学毕业，之后又在那里教了四年的书，并完成了硕士学位的学习。1727年，他响应斯托达德的召唤，到北安普顿做他的助手。同年，乔纳森与莎拉·皮埃尔庞特（Sarah Pierrepont）结婚，共生养了十一个孩子。

乔纳森·爱德华兹是加尔文及清教早期神学家的忠实信徒，他坚信先辈的宗教的势力在减弱。为了增加教会成员，斯托达德早在17世纪70年代就向所有想皈依的人开放了圣餐，但是在神学思想上更保守的爱德华兹认识到这种策略只能起到暂时的效果，从长远来看存在风险。同样，在爱德华兹看来，昌西等牧师宣扬规范的道德是可以通往天堂的一条途径的做法是为了留住教徒而误导他们。相反，爱德华兹总是将哲学思考着眼于上帝、天堂和永恒。在他的末世学解释中，爱德华兹相信目前新英格兰基督教衰弱的状态只是神圣历史中的一个小挫折。他试图了解在人们理解能力之外上帝对人类的计划，他研究了洛克、牛顿以及当代哲学家的作品。通过这样做，他把加尔文主义和启蒙思想结合起来，在复杂性和创造性上远远超过了昌西单纯的思想，并且至今仍吸引着神学研究者和历史研究者。

296

爱德华兹在探寻对上帝的神威的理解的过程中，并且在他本人经历了皈依后，他坚信拯救只能靠虔诚和恩赐实现，而且必须要通过感官以及理智来体验和理解皈依。爱德华兹的观点让人联想到第一代移民最初的圣保罗式精神，他认为神的恩赐使每个圣徒能每天都感受到自然的美丽、拯救的喜悦和上帝荣光带来的宁静。因此，皈依后的基督徒不应把道德义务、善行和对皈依的考验放在第一位，这些人为的努力是好的，也是有帮助的，但是属于次要的。被拯救的教徒的生活会被神的恩赐完全改变。在他们获得恩赐的狂喜中，皈依的人自然就会使家庭井然有序，将美德传给周围的人。对爱德华兹而言，那样的会众能散发出神圣的力量和信心。

为了让这种理念在18世纪30年代早期再现活力，爱德华兹发明了一种表达感官体验的语言来激发了教徒的热情。虽然他实际上并不支持狂热主义，他的布道风格也是冷静、谨慎的，但是他使用创新的意象来拓展熟悉的主题，使他的教徒们都感受到了从未有过的力量。他最著名的布道文《愤怒的上帝手中的罪人》 Sinners in the Hands of an Angry God，1741）是一篇充满了火药味的哀叹文，但是这篇文章并不能代表爱德华兹的风格，据说他宣讲这篇文章时十分单调。在更多的情况下，他尽力使用积极的、有吸引力的意象来使拯救和恩赐令人向往。

新英格兰清教文学

爱德华兹的会众从他那里还了解到了获得恩赐后新生活的美丽和平静,例如《上帝由于人的依靠在救赎中得到荣耀》(God Glorified in the Work of Redemption, By the Greatness of Man's Dependence, 1731)。这些文章强调了人在被拯救的过程中是无助的。在阅读了把被拯救的人描述成"新生命","再次被创造","新人"和"从死亡中站起来"的一系列经文后,爱德华兹解释道:

> 是的,这要比单纯地创造人,或让人死后复生更伟大,因为它产生的效果更伟大、更出色。神圣、快活的生活,以及皈依带来的精神生活要比单纯的生活更伟大、更光荣。而且,变化开始时的状态——罪恶地死去、人性的堕落或极度的痛苦——要比单纯的死亡或不存在离变化后的状态更遥远。

爱德华兹教区的教徒们在听了几年关于人类的依靠和上帝救赎的恩赐后,开始经历了"令人惊讶的转变",标志了"大觉醒"的开始。本杰明·科尔曼曾要求爱德华兹描述这些现象。为了回应这一要求,1735年,爱德华兹给他写了一封信,信中说在过去的几年里他注意到城镇在"逐渐地发生改变","爱争论的风气"平息了,"年轻人……不再寻欢作乐","一家之主们……同意每个人参与家庭管理。"他发现人们对宗教十分重视,还发现了一些"关于阿米尼主义(和)救赎方式"的新问题。他还说他宣讲恩赐和拯救的做法虽然在其他许多地区得不到认可,但是却"十分明显地得到了上天的眷顾,受到了市民们的欢迎"。很快,许多人,包括"那些最瞧不起活力论和实验主义宗教的人",例如"一些最高家庭"也被"上帝的精神""明显地打动了"。爱德华兹记录到,这种热情很快就传播到了周边的城镇,那里的人们开始"向彼此承认自己的错误","放下他们的世俗事务""专心致志地关注宗教"。这种情感如此强烈以至许多人身体衰弱了,例如,"镇里有三个年轻人一起谈论耶稣临死前的爱,直到全都晕倒。"爱德华兹还强调了一个现象,这对正处于反教权主义高涨时期的牧师们来说是个好消息:自从觉醒开始后,人们"更加尊重牧师",而且"每一个到此传道的牧师都得到了尊敬和喜爱"。最后,爱德华兹声明他的报告真实地"反映了事实,这些事实经常遭到魔鬼撒旦的歪曲"。

几个星期后,爱德华兹又给科尔曼写了信,但是这一回他的信心没有那么强了,因为他要说的是个悲剧事件,而且这件事令他的会众对复兴运动的热情迅速降温。爱德华兹的叔叔约瑟夫·霍里(Joseph Hawley)自杀了,原因是他"极度的忧郁"、"思想绝望",而这些情绪很显然是由于他对自己的

第六章 理性与复兴运动

"灵魂状况"的担忧而引起的。但是爱德华兹对待复兴运动并没有变得谨慎，相反，他继续推动复兴："魔鬼占了优势，使他的思想陷入绝境……撒旦似乎十分愤怒，要破坏上帝的杰作……我们已经指定了一天进行斋戒……因为……还有其他迹象表明撒旦在对我们中间的可怜人发怒。"霍里的死以及"撒旦的愤怒"的其他表现似乎令许多人受到了惊吓，因为人们的激情到1736年就消失了，直到五年后爱德华兹的教堂才经历了第二次觉醒。

在此期间，复兴运动的消息开始从英格兰、从美国南部和中部殖民区传到了马萨诸塞。在美国中南部，一些牧师，如乔治·怀特菲尔德、吉尔伯特·亭纳和詹姆斯·达文波特（James Davenport）用强有力的演讲一次使上百人皈依。面对过度感情主义的报道，爱德华兹再次重申了先前针对牧师只刻意迎合人们情感的做法的警告。但是他还是邀请了怀特菲尔德到他的教区传道。在这个时期里他本人在一些布道文中也运用了恐怖的修辞和意象，例如《愤怒的上帝手中的罪人》和《对邪恶者将来的惩罚》（The Future Punishment of the Wicked，1741）。因为他相信神权，期望天启即将到来，所以爱德华兹无法想象圣灵的迹象会不同于上帝的工作。当复兴运动的批评者，如昌西，开始指责感情主义的泛滥时，爱德华兹成为觉醒力量的首要代言人。甚至在复兴运动消退后，当1744年乔治王战争爆发，成为公众关注的焦点时，爱德华兹依然继续在《论宗教情感》（Treatise Concerning Religious Affections，1746）中为"大觉醒"运动辩护。

在准备这篇文章前，爱德华兹写了一系列的布道文，详细地阐述了他对一直研究的教会会员制和拯救的看法。他的教会会员们十分吃惊地发现他居然反对自己祖父指定的开放式会员制和圣餐的自由主义政策。更令人们震惊的是，爱德华兹主张教会应回到过去的做法——要取得完全会员资格必须在公众面前展示自己的虔诚。教区的教徒们都怀恋斯托达德主义，因为它使北安普顿教区的特色持续了50年。他们对爱德华兹随意更改教会规则感到愤怒。1744年至1748年间，这种矛盾一直在积聚，因为在此期间没有人申请加入教会。1748年，矛盾爆发了，爱德华兹的会众们坚决地反对他。历史学家和爱德华兹的传记学家们发现还有其他因素导致了矛盾爆发，如当地派系的嫉妒，来自多方的憎恨，还有一桩牵涉"淫秽书"的丑闻。事情是这样的，爱德华兹发现一些年轻人在传看一本名为《正确的助产术》（Midwifery Rightly Represented）的书，甚至连教会里显赫家族的后代也在传看，爱德华兹在讲道坛上公布了传看者的姓名，并批评了他们的不道德。后来的几个月里，愤怒的家长和那些开始怀疑爱德华兹的精神领袖地位的教徒联合起来，组成了一个派系，其人数超过了爱德华兹的支持者。当爱德华兹还在书房探索关于心理学、自然、上帝的伟大理论时，他的会众正在策划驱逐他。1750年，爱德华兹的教会投票免除了他的职务。他最后发表了《告别布道》（Farewell Sermon），其中说到上帝会决定谁是正确的，之后他便走下了神坛。

对于昌西及其他"旧灵光"派的人而言，爱德华兹被免除神职一事有力地证明了爱德华兹和"大觉醒"运动是失败的。爱德华兹拒绝了数个教区的邀请，其中包括让他在北安普顿重建一个教堂的邀请。他最后做出了惊人的决定，他带着妻子莎拉和十一个孩子搬到了斯托克布里奇（Stockbridge），一个偏远的边陲小镇，在那儿他对霍萨托尼克部落（the Housatonic tribe）进行传教工作。在那儿的七年里，他依然要面对公共关系中的许多困难。当地的所罗门·威廉姆斯氏族（Solomon Williams）是一个白人家族，在印第安人事务上拥有很大的势力，他们憎恨印第安人，使得爱德华兹的传教工作难以开展。1754年爆发的法国人和印第安人战争（the French and Indian Wars）使情况变得更糟。尽管经受了很多考验，爱德华兹在7年的流放生涯中创作了一生中最伟大的作品。虽然大部分作品直到他去世后才得以出版，但是他于1754年在波士顿成功地出版了《论意志自由》（Freedom of the Will）。这部杰出的作品大大地提高了他在新灵光牧师中的声誉。1757年，他接到要他担任新泽西学院（the College of New Jersey）（普林斯顿大学的前身）的校长的邀请。起初他拒绝了，因为他认为自己不具备担当这个职务的能力，健康状况也不好，而且他还希望能继续做自己的研究。那个时候，一个大学校长除了管理行政事务外还要教授大量的课程。学院理事会提出减少他的教学任务，并劝说他接受这个职务，于是，1758年2月，他就任新泽西学院校长。那年冬天，天花爆发，爱德华兹和理事会决定他应该进行接种。然而，接种后不久，他受到传染，于1758年3月22日离世。

爱德华兹不寻常的、在许多方面令人惋惜的职业生涯为后人理解他杰出的学术贡献提供了重要的背景。他早在童年康涅狄格州东温莎的家里就开始写作较为私人的内心自述。当时，他的父亲负责管理教区的语法学校，母亲指导这位早慧的儿子学习，为他12岁就进入耶鲁大学读书打好了基础。爱德华兹从很小的时候就表现出对科学探索和哲学思辨的兴趣。塞缪尔·霍普金斯（Samuel Hopkins）是爱德华兹的门徒，也是爱德华兹较早的传记者，他曾记道："他在大学的第二年，也就是他13岁的时候，他阅读洛克关于人类理解力的论著，读得非常高兴，而且颇有收获。"耶鲁大学于1717年引入洛克和牛顿理论是个重要的创新，之后爱德华兹对这些理论进行了深入的学习。爱德华兹在许多方面都不同意洛克的观点，但是他从洛克和牛顿那儿借鉴了很多，并且认为洛克的《人类理智论》（An Essay Concerning Human Understanding）十分有价值。爱德华兹最早为人们所知的学术研究是一些短篇的科学论文，如《论昆虫》（On Insects），《论彩虹》（Of the Rainbow），《论存在》（Of Being），《论原子》（Of Atoms），还有一篇关于光线的论文，一系列题目为《自然哲学》（Natural Philosophy）的论文以及《思想的笔记》（Notes on the Mind）。这些早期的作品展示了他对自然的兴趣，这成为他一生大部分作品的特点。他对蜘蛛尤其感兴趣，他曾十分开心地描写道：

> 在所有昆虫中没有比蜘蛛更神奇的了……中午的时候如果注意观察就能清楚地看到它们迎着阳光闪闪发光，在平静安详的日子里我还多次看到更神奇的……很多小小的发光的蛛网，闪亮的蛛丝伸展得那么长，挂得那么高，令人不禁遐想它们是不是被钉在了天空上。

虽然爱德华兹最终并不认为对自然世界的热爱与加尔文主义对客观世界的排斥之间存在矛盾，但是他的确对这种热爱进行了更深刻的思考，进而分析了人喜悦的本质的模糊性，并记录在他所谓的《自传》（Personal Narrative）里。这本书后来以《已故神父乔纳森·爱德华兹的生平和性格》（The Life and Character of The Late Reverend Mr. Jonathan Edwards）的书名于1765年出版。

在《自传》中，爱德华兹讲述了自己皈依的经历，在语言表达中，他试图表现出恩赐带来的超体验，甚至有些神秘的效果。虽然《自传》的结构与早期清教徒的皈依叙述相似，但是由于作者努力探求其使命的真谛，使得这部作品与传统形式大大不同，它通过人类喜好和爱的角度表达了对上帝的热爱。爱德华兹揭示在他的皈依过程中最大的阻碍是他本人"对上帝至高无上这条教义的反对"，但是他逐渐认识到"这条教义看上去总是非常开心，明亮，动听"。这种转变使他能用"新的感觉"来阅读圣经，并为他接受恩赐做好了心理准备。一天，爱德华兹和父亲谈完话后走在草地上，"抬头看着天空和云彩，（忽然）我脑子里感觉到了上帝的威严和恩赐，那种感觉如此恬美，我不知如何表达。"在这次经历前，爱德华兹非常害怕雷雨，这之后，他能"感受到上帝，也就是在雷雨刚开始的时候……（能）在雷声中听到上帝庄严的，令人敬畏的声音。后来，我冥思时总是习惯唱歌或吟咏；用歌唱的语调自言自语地说出自己的想法"。经历过这次觉醒后，爱德华兹被它的美丽征服了："在我看来一切都非常动人；最高层次的美丽和亲切……一种神圣的美丽。"对他而言，自然世界里注入了超自然的成分：

> 一个真正的基督徒的灵魂……就像我们春天里看到的小白花，长在

◎新英格兰清教文学

地上，低矮、卑微，它绽放花朵迎接太阳灿烂的幸福光芒；它是那么的高兴，似乎沉浸在一种平静的狂喜中；它散发出甜蜜的芳香，安静、可爱地站在花丛中……享受着太阳的光辉。

爱德华兹作为一个语言艺术家，当他运用自然意象将客观世界和神的世界结合在一起时，他对语言本身有着浓厚的兴趣。他发现光的意象尤其适合用来象征崇高和神秘。爱德华兹大约在他皈依的那段时间写了一篇关于他深爱的未婚妻莎拉的著名篇章，在这篇文章中，爱德华兹充分体现了他善于运用语言的联想的技巧。他赞美莎拉对上帝的热爱，赞美她的"甜美、安静和极度善良，"这些品质使她"走到哪儿都唱着甜美的歌"，走在田野里，似乎"总有个无形的人在和她交谈"。当逐渐衰老的所罗门·斯托达德神父主持圣坛多年后，北安普顿的教徒们非常惊讶地接受着年轻的爱德华兹夫妇传教、歌唱、表达被拯救后"新生活"的喜悦。

爱德华兹对教义进行分析的最早的两篇重要布道文是：《上帝由于人的依靠在救赎中得到荣耀》和《神圣的超自然之光，圣灵马上就把它传入心灵》(*A Divine and Supernatural Light, Immediately Imparted to the Soul by the Spirit of God*, 1734)。第一篇布道文系统地讲解了上帝至高无上的教义，其中爱德华兹运用了圣经里的意象来批驳阿米尼主义："但是当堕落的人变得圣洁时，这只不过是随意的恩惠：上帝永远也不会使堕落的人变神圣，如果他乐意的话。"但在第二篇布道文中爱德华兹进而阐述了他在《自传》中记录的，他在得到上帝恩惠时的神秘体验，以及他对此的感受。

在这篇文章中，他在努力寻找足够的语言来描述他的宗教体验，而这种宗教体验的本质又是难以说清的。于是他把焦点转移到了精神重生后的身体和感官变化。他把没有得到恩赐的"自然人"与受到恩赐的人区分开来。他通过修辞丰富和情感夸张的语言力图找到合适的词语来表达他复杂的情感。他说，受到"基督故事""影响"的人的想象力能创造出"传奇故事"或"舞台剧"，能引发强烈的情感，却是"完全粗野的"，与一个圣徒真正的眼界存在很大的差别。为了描述这种新生活，爱德华兹使用了诗意的语言，许多读者会发现这种语言是先验主义风格的先驱：

能合理地判断出蜂蜜是甜的和能感受到它的甜美是不同的……相信一个人是美丽的，和能感觉到他的美丽是两回事……简单地思考和推理某件事是好的，与能感受到它的甜美和美丽是完全不同的。前者只依靠大脑来思考，而后者是用心来体验。

第六章　理性与复兴运动

得到恩惠的人能"感受到神圣事物的好处，并乐于思考它们"。在这种新的状态下，所有的事情"对他的灵魂而言都是愉悦的"，他"在了解这些事物的美丽的过程中感到快乐"。

关于超自然的神光，爱德华兹努力地说明这种光不是依靠读圣经或自然界的事物产生的，它完全来自于自然之外。带着神光的力量来看事物与没有神光是不一样的，就像看"地球上被太阳光照射到的物体"和"在微弱的星光和暮霭中物体"。爱德华兹运用自然界的意象来指出世界的美丽反映了上帝的光辉，他这种后来被称为"审美喜悦"的表达方式为清教神学注入了新的元素。爱德华兹的确认为自然是"力量"而不是物质，但他从未将上帝与自然混淆，因为在他的基督教—柏拉图的思维模式里，世界总是由上帝神圣的真实事物的影像构成的。爱德华兹的语言把赞美对上帝执著的虔诚作为生活的真正目标。相形之下，许多波士顿教堂里培育的较为冷漠的道德宗教显得单调，墨守成规。

领略到皈依神光的圣徒们的正常反应是怎样的呢？正如爱德华兹在《自传》中记录的，他受到恩赐后又是唱歌又是吟咏，因此他鼓励教徒们把他们在重生中感受到的喜悦用歌唱的方式表达出来。他后来描述了这个阶段的觉醒："我们的礼拜变得非常美丽动人……在敬仰上帝的活动中极少有这样的场面，我们中得到恩赐的好人们如此投入地……歌唱……他们……习惯用不寻常高度的心灵和声音来歌唱。"这种认为人们可以通过歌颂赞美来回报上帝的观点是爱德华兹的再传播（reemanation）概念的重要部分，也是他在以后的作品中研究得最深入的理念。

爱德华兹使皈依在情感上和美学上都十分具有吸引力，肯定会激励会众向往恩赐，但是他也面临了清教牧师们一开始就遇到的困境，那就是，罪人们该怎么做才能得到救赎？爱德华兹作为一个严格的加尔文主义者，坚持上帝至高无上及人类完全无助的绝对教义，他不可能建议人们采取行动来赢得拯救，但是他保留了准备主义的观念，"如果我们能得到救赎，那么我们必须主动寻求"，方式是聆听上帝的教诲，祈求恩赐，思考上帝。对于那些最终能得到救赎的人而言，寻求的过程会与上帝注定的拯救和谐统一起来。而对于那些得不到救赎的人，他们的尝试必然会失败，但是他们的努力会使他们成为更好的社会成员。

1734年和1735年里，爱德华兹见证了复兴运动惊人的开始，并应科尔曼的要求记述这些事件，此时他开始阐述他的综合论，这种理论能解释并把加尔文主义保留到现代社会。这种学术贡献为爱德华兹赢得了他在宗教和哲学史

新英格兰清教文学

中的崇高地位。爱德华兹在一系列的作品里逐步建立了将加尔文主义和现代哲学结合的综合理论，这些作品有最早的《对上帝使数百人皈依的惊人之作的忠实叙述》，后来的《关于新英格兰目前宗教复兴的一些思考》，还有较重要的《论宗教情感》。爱德华兹在保留 17 世纪天赋心理学（faculty psychology）（托马斯·谢泼德理论和早期神学的基础）的一些特点的同时，运用洛克关于人类理解力的观点丰富这个体系。他保留了认为理智和意愿是心灵的基本要素的观点，但他认为它们同时发挥作用，用洛克的话说，它们像一个统一的灵魂和智慧发挥的力量。旧理论把情感表述成单独的能力，有时与理智矛盾，但是爱德华兹继承了洛克的理论，认为情感不仅是意志的一部分，而且能"有力地锻炼"意志。

《论宗教情感》体现了爱德华兹的神学理论的一个重要飞跃，在许多学者看来，这是他最重要的贡献，并且这种理论后来再次出现在爱默生的理论中。爱默生认为，真正的诗人是一个拥有特别高度的视野的天才。爱德华兹的核心理念是再传播。他采用了洛克的观点，认为有知识的人不仅能接受信息还有"能力"使用信息。他阐述道，正如上帝将恩赐传播给被救赎的人，那么圣徒也能把恩惠向世界和上帝传播回去，这样圣徒就能积极地表达拯救的意义了。他写道，灵魂

> 接受了正义的阳光，它的本性得到了改变，它真正地变成了一个发光体：太阳照耀着圣徒，他们本身同时也变成了小太阳……他们发光的方式像神龛中的灯，而不是反射镜。

爱德华兹在后来的作品中阐述积极再传播的观点时把它拓展到了伦理学和美学的领域。

在第二轮觉醒运动结束，他被北安普顿驱逐后，爱德华兹继续创作他的重要作品，大部分作品在他去世后出版，如《原罪的伟大教义》（The Great Doctrine of Original Sin，1765），《两篇论文：一、论上帝创造世界的目的；二、真正美德的本质》（Two Dissertations: I. Concerning the End for which God Created the World. II. The Nature of True Virtue，1765），《救赎史》（A History of the Work of Redemption，1774），《神物的影像》（Images and Shadows of Divine Things，1948）。爱德华兹反对启蒙派哲学家以人为本的理念，自觉地保持上帝中心论。他的目标是要寻找合理的、具有说服力的方式来维系上帝在他的理论体系中的中心地位，同时为人与上帝的关系寻求更完整——更复杂——的解释。他对思维的研究使他对认识论有了深入理解。他进而认为思维在外部

第六章　理性与复兴运动

现实中有自主力，语言和经验具有不确定性，后来康德和爱默生对这些观点进行了发展。然而，爱德华兹仍然相信圣经字面上的真理，相信神圣的、人类的历史是上帝决定的，相信上帝的恩赐、人生来有罪，相信千禧年和天启日会到来，相信天使，相信撒旦在这个世界起到了积极的作用。他的作品探索了上帝、基督和三位一体的本质，研究了罪恶的问题，探求了基督教社会的真实本质。

学者们在争论爱德华兹的理论是如何与他的加尔文教义联系起来的，他的作品又在怎样的程度上表现了人的潜能，而人的力量在浪漫主义时期得到了充分的展现。一些学者认为爱德华兹的思想在一些方面上预示了爱默生的理论和浪漫主义，他们认为虽然爱德华兹坚信上帝预先注定了所有事物的命运，但是他允许人类进行自由选择。前浪漫主义的爱德华兹的特点可以这样表述：上帝总是知道人们如何选择，但是对于爱德华兹而言，人们仍有做选择的自由。爱德华兹认为意志总是推动理性去选择它感觉好的东西，"自然人"和圣徒都能感知好的事物，都要选择好的事物。其他人也许会从道德和伦理角度对这些选择进行判断，并相应给予赞赏或惩罚。而圣徒却以高度的视角看世界，必然以"善良的"，"仁慈的"方式来选择好的事物。就这样，发光发热的、善良的圣徒将上帝的光辉通过善行再次传播，这些善行本身就是"美丽的"。对爱德华兹来说，美丽是个重要的概念，而且他在作品中一直在发展这个概念。当受到上帝光辉的照耀后，人们的每一个仁慈、善良的行为都会成为优美的艺术品，向世界传播上帝的美丽。爱德华兹以这种方式赞颂人类进行艺术创造和精神超越的能力——也就是人类能回馈上帝的能力。关于爱德华兹到底是最后一位伟大的清教徒还是第一个美国浪漫主义者，或者两者兼是的问题，从目前的研究看，短期内不会有答案。

以下关于世界的美丽的段落确实说明了为什么爱德华兹的美学观点会使他赢得文学理论家的头衔：

> 有些美丽容易触知和解释，而有些美丽却是隐藏的，神秘的……看到紫罗兰的颜色时我们很愉悦，但是我们不知道是怎样的神秘规则或作用在我们的头脑里产生这种愉悦。这些隐藏的美丽通常是最重要的，因为美丽越复杂，它潜藏得越深……正如艾萨克·牛顿爵士展示的那样，我们称为白的颜色是将每一种特别的单色按一定比例和谐地混合而成……虽然我们在自然界看到的光都是美丽混合体，但是每一种色光对灵魂而言都是独特的。当地球表面的绿色在各种颜色中出现，天空的颜色、晨曦暮霭的色彩在花朵中呈现时，那是多么的美丽。

昌西比爱德华兹多活了30年，并引入了自由化的新教主义，这种思想在后来的两个世纪里统治了美国东海岸。但是，爱德华兹对美国的思想文化的影响更大。他领导了第一次宗教觉醒运动，这种运动在美国不断出现。他虽然在普林斯顿悲惨地离开了人世，但是年轻的传教士从那里走向了南方、西南方，发起了第二次大觉醒运动。他的母校耶鲁大学的"新灵光"派把宗教热忱传播到了纽约州北部"被烧毁"的地区。爱德华兹的追随者和崇拜者编辑并出版了他的书和手稿；他的《杂集》(Miscellanies) 收集了他还未来得及写的大作的材料，这本书现在正在编辑，准备出版。文学家们都认可他在美国文学中的重要地位。

我们的现实社会里充满了爱德华兹反对的启蒙运动中的纯粹理性主义元素的产品，我们很难想象爱德华兹，一个狭隘的加尔文主义者，一个在很多方面都遵从清教先父传统的人，怎能同时对语言、比喻、思想、世界充满了深厚的热爱。然而，这个人最吸引人的一个特点是，他把拉姆斯式的逻辑与诗歌的想象力融合起来，同时具备了中古和现代的特点，正如《世界之美》(The Beauty of the World) 一文中的最后一段：

> 推论。为什么几乎所有人，甚至那些看上去很忧伤的人都热爱生命，这是因为他们都无法忍受失去这个美丽的世界。我们活着的每一个时刻都有一种我们关注的美丽，这种念头给我们带来了快乐，因为当我们面临审判时，我们宁愿生活在痛苦和悲伤中也不愿意失去。

尽管清教实验从一开始就经受了神学、政治纷争的折磨，尽管清教徒给他们的敌人和彼此带来了痛苦和焦虑，但是，也许是他们相信自己具有特殊的民族的非凡能力，能够吸引读者依旧阅读他们的作品、他们痛苦经历的记录。当我们想象乔纳森·爱德华兹在斯托克布里奇的偏远村庄的书桌旁思考造物者的神奇力量，以及他"宁愿生活在痛苦和悲伤中也不愿意失去"的"美丽世界时"，在某种意义上我们看到了清教文学史独特的多重性。

美国殖民地时期的纯文学

戴维·S. 谢尔德

纯文学已经成为一个比较模糊的词汇，含义十分宽泛，如今涵盖几乎所有"人类文学"——即，所有象征性文学或所有能表现"文学"的作品。在18世纪60年代该词汇的语义没有扩展之前，它曾经有着十分精确的含义，特指一种写作方式，它使传统作品中的启发、启示和纪念作用退居次要地位，而刺激社会享乐成为主要任务。纯文学注重结果而非形式。它"轻松"和"愉悦"的特质正好取悦于"温和的读者"，这也是纯文学最主要的特点。

埃德蒙德·沃勒（Edmund Waller）将该词从法国引入斯图亚特王朝宫廷的文学传播中。纯文学在17世纪70年代随着都市交往的兴起而在英国大行其道。有着共同情趣、友谊或共同兴趣爱好的新社区，在战后的伦敦和日益繁荣的度假地形成。在男女混杂的温泉聚会中或在只有男性出入的都市酒店俱乐部中，渴望教养的人们欣然接受了宫廷的这种充满风趣的新的社交方式。在这些社交圈子中，写作为交谈提供服务，为口头表演提供脚本（俱乐部中的专题演讲，社交韵文），并记录风趣诙谐的俏皮话（妙语，祝酒词，即席演说，警句）。纯文学否认写作，却接受对话的伪装。随后，对话承担了对社会和对文字思考的重要角色。正如1782年哈佛费拉缪撒林（Philomusarian）俱乐部宪章序言中宣称，对话是"友谊的基础，社会的基本准则，人类伟大的特权"。尽管社会享乐可能是纯文学对话的最直接后果，而另一个更深层次的结果却是它带来了社会礼仪的进步。社会评论家相信，纯文学的"优雅"促进了文明礼貌。"纯文学"被译成英语时，一般译为"优雅的文字。"

英国殖民时期的北美纯文学的三个最主要人物——亨利·布鲁克（Henrry Brooke, 167?—1764）、本杰明·科尔曼和威廉·伯德二世——都是从英国温泉中的风趣机智中获得了灵感。布鲁克于1692年从牛津布雷斯诺斯（Brasenose）学院获得学位后，衣着考究地穿梭于伦敦和一些度假胜地近十年，之后才辗转至宾夕法尼亚掏宝。1699年回到波士顿主持布拉托大街

309

美国殖民地时期的纯文学

（Brattle Street）教堂之前，本杰明．科尔曼在巴思向信仰基督教的淑女们出售即席演说稿。1700 年，伯德在唐布里奇泉（Tunbridge Wells）赢得"极有才干的人"称号；他的诗词刊登在《唐布里戈里亚》（*Tunbridgalia*, 1719）上，它收集了温泉中出现过最风趣诙谐的对话和"水诗"。来到美国时，所有三位都认为他们自己是优雅的代言人。亨利·布鲁克在费城和纽卡斯尔的酒店中努力改良对话。大的地方旅馆——兰锚酒店、皮特·普拉特（Pewter Platter）酒馆和伦敦咖啡屋——都遭遇到了男性社会的共同苦恼：诙谐沦为世俗的戏噱，政治论辩沦为相互诅咒，而餐桌谈话则成为商铺对谈。布鲁克的《论戏噱》（*A Discours upon Je'sting*, 1703），是一篇写给俱乐部会友罗伯特．格雷斯（Robert Grace）的诗体书信，在这封信中，他说明真正的风趣是一种通过重复而激起愉悦的能力。而戏噱，是"短命的思想/被罗德尼（Rodeney）嘲笑，并很快会被遗忘"。在好几句警句中，尤其在《论身着盔甲的 P［潘恩］画像》（"On P［enn］painted in armor"）中，布鲁克阐明暗喻怎样使政治批评更有力。在《向某俱乐部建议的对话的规则》（"A Rule of Conversation Suggested to a Certain club, c. 1710"）中，布鲁克对充满狭隘的商人思想的聪明人进行了指责。为了夸张地说明充满商业气氛世界的荒唐可笑，布鲁克将一个流传于费城旅店的不幸商业事件改编成《新的蜕变》（"The New Meatmorphosis", 1702）一文，故意曲解其中含义。在故事中，维纳斯惩罚了一个没有经验的烟草商人，将他的烟草变成了鸟，因为他对一个妓女赖账。布鲁克对于商业企业的愚弄和对于合同的神圣描述不同于对没有经验的烟草商人的另一种喜剧处理，这就是埃比尼泽·库克（Ebenezer Cook）的《烟草事实》（*The Sotweed Factor*, 1708）。库克讽刺了对马里兰原始状态的都市狂想；他的诗歌在伦敦出版发行。布鲁克则希望戏弄费城进驻旅店者们商业上的焦虑；他的诗（现存35首）在宾夕西法尼亚以手稿的形式流传。布鲁克死于1735年或1736年，他是促成优雅社交圈中的知名人士。而库克死时默默无闻，卒年不详。伊丽莎白·麦格雷（Elizabeth Magawley）是费城最犀利的批评家，认为布鲁克是该地区一位真正的诗人。他的辉格派对手的后人们接受了他的讽刺风格，他以写作政治警句为生。而他的俱乐部会友的后人们则协助本杰明·富兰克林成立了美国最有影响的俱乐部——共读社。

在布鲁克将礼仪注入宾夕西法尼亚的旅店和俱乐部的同时，本杰明·科尔曼则将优雅介绍到马萨诸塞教堂的讲坛、会客室和大学中。与他的朋友伊撒克·瓦兹（Issac Watts）一样，科尔曼将纯文学与基督教结合在一起，给予精神表达以美学光芒。尽管他在布道中运用的引起美感的语言被一些人认为是

美国殖民地时期的纯文学

"音节崇拜",但他使用各种语言产生的雅致的对话在波士顿引起了轰动,而他最伟大的宗教诗歌《有关伊利亚的翻译的诗》(*A Poem on Elijah's Translation*, 1707)在蓬勃发展的新英格兰文学界激起了层层涟漪。

尼古拉斯·伯留-德斯普莱克斯(Nicholas Bouileau-Despreaux)1674年的一篇关于某种表述具有激励恐惧和幻想情感力量的古典短文《论崇高》(*Peri Hupsos*,英文为 *Of the Sublime*),使得西方一代诗人开始探索艺术的效果。在约翰·丹尼斯(John Dennis)的鼓舞下,英格兰的基督教诗人探索诗歌怎样可以导致宗教输出。科尔曼是最先在美国从事宗教诗歌活动的;不久,更加雄心勃勃的新英格兰诗人们紧随其后。马瑟·拜尔斯(Mather Byles, 1707—1788)在1744年谈到理想的诗风那种创造"闪光的语言、真实的崇高"的能力时,宣布了他这一代哈佛诗人的勃勃雄心:"我的诗句滑过渴望,/或者电闪雷鸣,夹杂着冰雪霜霰。"(《写在米尔顿的〈失乐园〉》)。基督教纯文学家们通过加强描述,在句中增加修饰词来提高现世的感觉质量,并将其推而广之以暗示超自然现象。很显然,宗教风格的使用可以用具有美感的具象表现神圣的力量。基督教纯文学很快成为一种大众表达方式。英国殖民时期美国《社会》("Society")一文的作者约翰·亚当斯,对社会作了最详尽且富有诗意的思考,马修·亚当斯(Mathew Adams, 1694?—1753)与拜尔斯合著的一本有关基督教礼仪的手册保护回声系列(The Proteus Echo Series),1727年全年在《新英格兰周刊》(*The New England Weekly Journal*)上每周刊出。保护回声既刊登宗教散文和诗歌,也登载基督教礼仪和情调。在第52期中,马修论证了宗教和文雅的社交礼仪的构成:"互相满意的得体的礼仪,是……如此近似善良和美德,很难相信,缺少它还能与哪种宗教取得和谐,这里没有对造物主和我们同类生灵的冒犯。"

另一个重要的基督教纯文学家珍妮·科尔曼·特里尔(Jane Colman Turell, 1708—1735),本杰明·科尔曼之女,并没有参与到在新闻刊物上宣传礼仪的活动中。尽管有家族的英国朋友伊丽莎白·辛格·罗维(Elizabath Singer Rowe)即费罗米拉("Philomela"),这位出版了不少作品的著名诗人为她树立榜样,但珍妮·特里尔没有像她的朋友亚当斯和拜尔斯一样在刊物上发表自己的作品。她的诗歌属于纯文学作品,从宗教风格的圣经段落,到颂歌模仿以及幽默韵文,都以手稿的形式被私下传阅。她不愿公开出版自己的作品也许是因为波士顿报纸的男性特权和偶尔世俗的腔调使然。1704年公开发行的《波士顿新闻报》(*Boston News-Letter*)摘录一些有关国内事务的英国和外国新闻报道。《波士顿报》(*The Boston Gazette*),1719年开始发行、刊印一些政治通告和一系列商业广告。詹姆斯·富兰克林的《新英格兰记录》

○ 美国殖民地时期的纯文学

(*New England Courant*, 1721), 美国第一本以文学娱乐为特征的期刊, 开展争论, 抨击神职人员, 并不断讽刺女性。(本杰明·富兰克林第一篇文章采用了笔名"沉默是金"[Silence Dogood], 之所以引起广泛关注, 很大程度上是因为采用了那个新奇的人物引发的灵感, 她就是出现在以抱怨悍妇而著称的报刊上新英格兰寡妇[第22期], 也受到了为"未婚男士提供警告"[第8期] 的诗歌的影响, 同时嘲笑女性的论文如阿比格尔·阿福特威特[Abigail Afterwit] 有关女人为何下嫁陌生人而非合适的绅士[第26期] 的文章也起到了启发作用。) 在18世纪20年代, 报纸是诗人刊登作品的主要场所。女人如果要获得公众认可, 就必须在个人教养方面做出让步 (如某"斯特普尔斯女士"[Staples] 在《新英格兰记录》第十期所做的那样, 她成为第一位在美国期刊上发表作品的女性)。重视纯文学原则的人, 即有格调、优雅、纯洁、有教养的安逸的人, 一般更看重聚会和茶桌边独有的手稿文学传播。

在早期的很长一段时间, 纯文学与出版文化之间有一种不稳定的关系。纯文学作为一种与面对面私人社交密切相关的文学形式, 偶尔也会放弃它独有的私密性, 例如, 当一位才子去世时, 仰慕者们就会收集他的手稿并将之付诸报端。(判断罗切斯特伯爵和埃德蒙德·沃勒的作品的困难最先出现在手稿的私下传播中。) 有些作者如埃夫拉·本 (Aphra Behn), 其作品既在报刊发行, 又在社交圈子中流传, 这就将公开发行和私下流传的作品区分开来 (本的《阴谋》〔"cabal"〕)。私下流传的作品很少在出版界出现, 被作为与作者私交的信物而备受珍视。尽管罕见, 或者也许就因此, 公众开始关注"优雅世界"的对话。剧作家们捕捉到这种新的沟通方式, 并将其作为模仿的对象。托马斯·沙德威尔 (Thomas Shadwell) 的《唐布里奇泉》(*Tunbridge Wells*) 和威廉·康格里维 (William Congreve) 的喜剧代表了由礼貌而产生的这种对话和新的对话者形式: 女才子, 佳丽, 准才子, 纨绔子弟以及花花公子, 俊男靓女。17世纪90年代, 当格拉伯大街 (Grub Street) 开始主导出版界时, 一篇淫秽不堪的反映上流社会生活的散文见诸公众。尼得·瓦德 (Ned Ward) 的《伦敦间谍》(*London Spy*) 反复讽刺了俱乐部和温泉聚会。这些世俗的描述得到了广泛传播, 也是一些纯文学家不愿将自己的作品交给"粗俗的出版界"的原因。英国殖民下的美国并没有逃出瓦德的诅咒, 因为他虚构了穿越新英格兰的一个旅行故事:"居民看起来非常信仰宗教, 很多外在的可见的迹象显示出内在的精神优雅; 但是, 尽管他们面露鸽子般的无辜, 你也可以在他们的行为中发现毒蛇般的机敏。兴趣是他们的信仰, 金钱是他们的上帝, 而大笔财产是他们渴望的天堂。"(《新英格兰之旅》["A Trip to New Englond", 1704])

直到约瑟夫·艾迪逊（Joseph Addison）和里查德·斯迪尔（Richard Steele）通过将《旁观者》（Spectator）作为社会传统的监控者以取代《伦敦间谍》，改革了大众出版界，礼仪和出版界的关系才得到了一定的和解。艾迪逊的《旁观者》获得了巨大的成功，这仰赖于刊物刊载了他对优雅世界的描述。该期刊的框架是俱乐部。如同俱乐部对话一样，该期刊集中了多位演讲作家，其中不乏作为社团的通讯会员的男女读者。写作类似于普通运用标准词汇的一种非正式且率直的韵文演讲。对于艾迪逊来说，礼仪与令人仰慕的道德传统相关。所以，一种传统道德化的礼仪成为该期刊的标准，一种与发展中的商人阶层的渴求相吻合的"中庸风格"。

詹姆斯·富兰克林以艾迪逊为榜样创办了《新英格兰记录》，从他的创刊故事中可以证明，报纸是与读者通信联系的俱乐部的汇刊，使用了代表性的人物名称（开始是科兰托［Couranto］，后来是老詹努斯［Old Janus］），另外，也出版有关文学娱乐方面的内容。然而，他没有鼓励那种友好坦白的语言风格，忽视社交对话中的女性力量。当詹姆斯兄弟因冒犯了马萨诸塞当局而锒铛入狱时，受到《旁观者》更为深刻影响的后来者本杰明·富兰克林接受了这种教训并以老詹努斯的名字身体力行。后来，18世纪20年代和30年代殖民时期的美国报纸模仿艾迪逊-富兰克林模式培养读者群。《新英格兰周刊》（The New England Weekly Journal）效仿老詹努斯，而他的俱乐部有保护回声和他的读者圈；《波士顿每周详述》（Boston Weekly Rehearsal）拥有它的"年轻绅士俱乐部"；费城的《美国水星周刊》（American Weekly Mercury）有它的繁忙一族（富兰克林发起的）和朋友们；《弗吉尼亚公报》有它的观察家。《南卡罗来纳公报》（The South-Carolina Gazze）有它的管闲事俱乐部。

报章杂志对优雅世界的效仿与以手稿形式直接表达依然不同。在作者构成方面差异最大。在出版物中，作者的身份可以完全隐藏，他可以以他所希望的任何声音和身份出现。这种隐瞒在选择老詹努斯（或保护回声也如此）作为新闻出版俱乐部的主角中可以看到。格拉伯大街的文人们，那些出版市场上最早的人物，在17世纪90年代早期就已经认识到，他们的经济利益依赖于能吸引人们购买他们作品的成形的声音。生计所迫，他们进行一次次的实验冒险，检验并丢弃一些人物角色，直到找到受欢迎的角色。

在殖民时期的美国，与出版界联系最密切的人——报纸的组织者、出版商作者以及政治小册子的作者——都尝试使用匿名。例如，本杰明·富兰克林在使用可怜的理查德·桑德斯、S. M. J. 无名氏、A. A.、沃里狄克斯、费拉毛斯和后来使用的一些其他名字前，就曾使用沉默是金、提摩西·瓦格斯塔夫（Timothy Wagstaff）、阿比格尔·推塔费尔德、繁忙一族、B. B.、出版者、费劳克莱若斯、贝奇·第乐珍特、安东尼·阿夫特维特、西利亚·星格尔、爱利斯·艾德唐、Y.Z. 以及布莱克摩尔——所使用的笔名均随着特定的文章而改变。与在出版界匿名之风盛行形成鲜明对比的是，社交圈的手稿传播则使用绰号。作者采用他或她希望在优雅对话中大家所熟知的名字，并使用名字所暗示的另外一个自我进行交流。这种臆想身份在参与优雅的对话过程中一直使用（埃夫拉·本在她的圈子中总是"阿敏塔"；而布鲁克对费城的社交圈来说也总是被称做"塞尔维尔"）。使用虚拟身份被证实很有意义，因为使用真实姓名会产生压力。

摒弃真实身份使用虚拟自我的好处可以在威廉·伯德二世的作品中看到。伯德在他的信中探究了虚拟身份的问题。1703 年，在他向爱尔兰裔贝蒂·克伦威尔（Betty Cromwell）尔求爱失败后，他开始在给她的信中编织伤心的"威拉莫"对"费西蒂亚"的渴求。"在所有的悲伤中，对他而言最致命的则是她将下嫁科拉姆西尼的消息，听到这个消息就足以让他疯掉（尽管这与翻译的教条一样让他难以置信）。"后来他在信中写道："如果她把心给别人，他就会对自己实行暴力。"使用绰号所带来的虚幻意味着允许伯德淋漓尽致地表达自己，而这却是优雅的礼仪社交中无法办到的。同时，它在作者与激情之间拉开距离，并让情欲成为一种表情的游戏，就像使用克伦威尔女士的绰号费西蒂亚一样。如果粗暴的感情可以用美学表演得到控制，那么它的表达就不会危及文明社会的平和。

社会交往依赖有节制的友好感觉而不是纵容自己成为相互之间的爱情奴隶。出现在温泉聚会中的非社交对话机智地将热情转移成礼貌；确实，女性的机智（例如埃夫拉·本/阿敏塔诗中"莱桑德"的俏皮话）挫败了艺术热恋表白的傲气。通过一种追逐游戏和美化了的情感，两性对话中的互相谦恭的快乐取代了社交愉悦并获得了更大的自由度。这与抱着将友好的对话转变为更加亲密的快乐的希望进行游戏并不相悖（可以肯定的是，伯德希望威拉莫的诉求能够解除费西蒂亚的犹豫，并温暖贝蒂·克伦威尔的心），但是规则要求抛开感情。

纯文学培养的温和情感带来的一个后果就是，在 18 世纪早期相对缺乏爱情诗篇，即使有也表现平平。北美殖民时期出版的最优秀的爱情诗是 18 世纪 20 年代在巴巴多斯"一位女士"写给"大门"的 28 首系列抒情诗。这些抒情诗 18 世纪 30 年代刊登在巴巴多斯报上，就是因为爱人的分别使他们之间的对话成为千古绝唱，而大约经过了 10 多年以后，对这些诗的手稿的热情才逐渐消退。那位"女士"知道，她热情洋溢的表白与当时人们普遍接受的趣味相违背：

美国殖民地时期的纯文学

> 我不会禁锢自己的自由想法,
> 尽管所有诗歌都可能是属于我的,
> 不,让我的神灵来决定吧,
> 我会依然遵从我的神;
> 他们愚蠢的规则,无法控制
> 我灵魂中跳动的神圣的脉搏。

值得一提的是作为她艺术保护神的神灵的身份。在整个18世纪的前半叶,纯文学对于个体对神灵的呼唤都是无动于衷的。优雅的文字是具有美感的交流的理想表达,那种沙夫特斯伯利(Shaftesbury)在《美感交流;有关机智和幽默的自由一文》(*Sensus Communis*; *An Essay on the Freedom of Wit and Humor*, 1709)中所揭示的共有的坦诚友谊精神是温和社会的灵魂,也赋予俱乐部以生机勃勃的精神。

俱乐部在英国和美国的兴起昭示了社交活动的广泛开展。尽管基于友谊的会员的存在贯穿于整个历史中,但俱乐部却是在17世纪创建。在早期,出现了两种模式:遵守斯朝(Schaw)体例的苏格兰互助会社(单性社交、自律、等级森严、感情含蓄而且拘泥于仪式);以及本·强森(Ben Jonson)的阿波罗俱乐部(异性社交、热情忠诚、自律、平等、重视审美)。在这些组织间有一些重要的相似点。两者都将他们的俱乐部定义为"私人社团"以有别于"一般社团",并都以虚构来彰显这种区别——互助会社用他们归隐的神话,而强森们则使用"阿波罗神庙"。二者都用共同进餐作为主要的对话场合。都鼓励艺术作品的产生,并使用俱乐部仪式以加强俱乐部的声望。二者都有一整套律条,而又严格限制新会员进入。

在对后来社团的影响模式上二者也是不同的。互助会社,17世纪从一个实际的互助会转变成为投机社团后迅速发展。1710年左右风靡世界。它的餐桌礼仪和社交仪式以歌唱、演说和世俗的问答为特色。很多美国殖民时期最成功的纯文学家们——本杰明·富兰克林、阿奇博德·豪姆(Archibald Home)、亚历山大·汉密尔顿博士(Dr. Alexander Hamilton)、罗伯特·特里特·潘恩(Robert Treat Paine,手语者)、杰瑞米尔·格利德雷(Jeremiah Gridley)——都是互助会成员并积极创作互助会文学。互助会社模式的私人社团也对其他形式的社团有一些影响。丹尼尔·迪福(Daniel Defoe)在《论设计》(*An Essay on Projects*)一文中抽象地说明互助社的做法是通过设计的方式由平民改变公共生活。迪福的文章又激发起科顿·马瑟写下《改良》(*Bon-*

ifacius, 1710) 一文，鼓励年轻人成立基督教慈善社团。互助会、迪福和玛莎都影响了本杰明·富兰克林设计的共读社，这是"皮围裙俱乐部"的青年技工们旨在改进公共生活的一个重要事例。它设计了一个图书馆、一家保险公司、街道维护计划、学校、医院、民团和美国哲学社团。

阿波罗俱乐部通过文学方式在社交界发挥影响，尤其通过亚历山大·布罗姆（Alexander Brome）翻译的强森的《轻盈舒畅》（*Leges Conviviales*）。这些经过改写的规则成为俱乐部寻欢作乐的模式，并将俱乐部的社交满足等同于新古典美学的游戏。当巴巴多斯（Barbados）的托马斯·沃达克船长（Captain Thomas Walduck）1790 年 11 月 12 日写信给他的朋友詹姆斯·皮特沃（James Petiver）提及西印度群岛时，谈到新异教的都会模式的社交："在（俱乐部）最里面，可以看到一幅巨大的画面，整个房间，人们进行着社交活动；有人吃着，有人喝着，还有人在跳舞，也有人玩着各种音乐。抬头看去，上帝在上方微笑着看着他们——这种寓意表明，当人们天真地聚在一起，上天也和我们可怜的人一样高兴。"应该看到这个"上帝"是复数。

在殖民主义时期的美国，重塑俱乐部网络困难重重。幸运的是，找出哺育了艺术的俱乐部的任务并不难，因为他们的作品传世很广。例如，继亨利·布鲁克在城市酒馆缔造了优雅世界以来，可以通过研究一系列社交圈中的文学作品对费城的美学发展作一梗概了解。18 世纪 20 年代艾葵拉·罗斯（Aquila Rose）的社交圈（这是一个包括诗人杰克博·泰勒［Jacob Tailor］、大卫·弗兰奇［David French］、约瑟夫·布雷特纳尔［Joseph Breintnall］和加吉·理查德·希尔［Judge Richard Hill］的圈子）模仿奥维德·塞西亚①流放的诗表达不合时宜内容，以推进社交的愉悦。1731 年，共读社会员乔治·韦伯（George Webb）对俱乐部的赞美诗《单身汉大厅》（*Batchelors Hall*）在私下发表，为愉悦的机智开出配方：

> 幽默的愉悦应该带来一夜狂欢：
> 它不是被欺骗的世人所羡慕的虚伪的诙谐，
> 而是水手或乡绅的欢乐；
> 不是一语双关者的机敏，
> 也不仅仅是文字游戏；
> 也不是奎德那克（Quidnunc）的墓穴，他充满疑问的头脑塞满了陈

---

① 奥维德（Ovid，公元前 4—公元 18）：古罗马抒情诗人。在《情诗》（*Amores*）里形容美人的头发说："就像黑皮肤的中国人身上披的纱罗。"——译注

年往事；

  它谦卑、真实，切题而适度。

  善良的本性是真正诙谐的源泉；

  尽管热闹，但不松懈；尽管学识渊博，但依旧头脑冷静；

  大胆，但谦虚；以人为本，但严厉；

  尽管渴求真诚，受着诙谐的诱惑，却仍有友谊的名声。

  韦伯一语道破俱乐部诙谐的真谛：优雅而不世俗；礼貌而不粗俗；本性善良而不矫揉造作；友好而不无礼。它散发出一种坦白而自律的社会生活准则。在斯库伊基尔钓鱼会所（Schuylkill Fishing Company），私密社会的自律被作为一种斯库伊基尔钓鱼会所俱乐部的神话，构成了"斯库伊基尔状态"。从1732年俱乐部创建一直到1740年左右，会员们围绕"圣·塔玛尼（St. Tammany）精神"编织着一个神话，一个德勒维尔的主要话题。在一个世纪间，塔玛尼神话为英国殖民下的美国各地辉格派俱乐部所接受，并最终转变成为名声浪籍的纽约塔玛尼市政厅的一个范例。

  通过适当的赞助，私密社会的幻想可以成为大众神话。威廉·史密斯（William Smith, 1727—1803）院长成为私人社交圈优雅、模仿艺术和作品的宣传员。在1750年代，他使"乡村青年（The Swains）"引起注意，这是一个包括本杰明·韦斯特（Benjamin West）、托马斯·戈弗雷（Thomas Godfrey）、弗朗西斯·霍普金森（Francis Hopkinson）、纳撒尼尔·埃文斯（Nathaniel Evans）、约瑟夫·里德（Joseph Reed）和雅各布·杜克（Jacob Duche）等人的保护回声的私人社交圈。通过报纸、杂志、信件推荐和书商，史密斯使自己的社交圈在费城和伦敦声名鹊起。而他却只能得到茶余饭后的成功，因为尽管韦斯特获得举世声誉，霍普金森在文学、音乐和政治方面的能力也获得公认，而杜克、埃文斯、里德和戈弗雷却永远也未能获得超越地方天才的美誉。

  观察家伊利莎白·格雷姆·佛格森（Elizabeth Graeme Ferguson）（1737？—1801）谈到乡村青年俱乐部对名声的追逐时，总结道：两性的任务——建立礼仪——远比伦敦批评家的评论更为重要。在18世纪60年代，她位于格雷姆公园的沙龙吸收了尝试在大都会发展而失败的乡村青年们（the Swains）。同时，她又促成英国殖民下的美国最有才华的女性纯文学家网络的建立，她们包括苏珊那·赖特（Susanna Wright）、安尼斯·布迪诺特·斯托克顿（Annis Boudinot Stockton）、汉娜·格雷费兹（Hannnh Griffitts）——这是一个更崇尚手稿而非出版的网络。乡村青年俱乐部和格雷姆公园沙龙的活动值得深入探讨，因为这些短暂的费城文学景象的特征显示，俱乐部依然是殖民

美国殖民地时期的纯文学

时期纯文学交流的最重要的组织框架。

因为纯文学在私密社会的社交商业中所起的作用,所以它冒着"舒适"到近乎传统、"简易"到近乎无头脑的风险。乔纳森·斯威夫特(Jonason Swift)经常游弋于俱乐部与咖啡馆之间,在一系列文章中批评她们的对话的社交形式,其中最强烈的莫过于《温和而机敏的对话全集,根据现用于宫廷和英国最普遍的社交圈中的最礼貌形式和方法而汇编》(*A Complete Collection of Genteel and Ingenious Conversation, According to the Most Polite Mode and Method Now Used At Court, and in the Best Companies of England*, 1738)一系列文章。斯威夫特认为纯文学低级,因为他们依靠时髦的对话表达愉悦,而这种对话是对美的玷污。他认为,文化阻碍了社交商业的发展,因为它总是让天才依附于传统,而将机智减低为公式化。当我们审视那些为了迎合从巴斯到伦敦,从巴巴多斯到哈里法克斯(Halifax)的社交圈的喜好而发展的很多社交韵文,斯威夫特的批评看起来便尤其中肯。蒂姆·温拉吾(Tim Vainlove)的《致新英格兰波士顿的女士们》("To The Ladies in Boston, in New England")(《波士顿报》,1731年11月29日刊)表示出与《巴巴多斯的美女们》("The Belles of Barbados")(《加勒比》[*Carribeana*],1738)、威廉·舍温顿州长(Governor William Shervington)的《安特哥尼和波士顿美女》(*The Atigonian ad Boston Beauties*, 1751?),以及查尔斯·伍德梅森(Charles Woodmason)的1753年在圣约翰小屋传唱的致南卡罗莱那黑明各(Black Mingo)的女孩们的歌曲同样的女性崇拜。恭维的形式和表示友好的模式各地稍有不同。纯文学家们经常反复使用一些易于接受的语句乃至陈词滥调,而重复使用"真正的机智"。

尽管有公式化倾向,但英国殖民下的美国依然创作了一些纯文学精品——通过发现在私密社交圈中交流的困难,或通过展示友好社交的主题而传达优雅文化有趣的超越优雅传统的作品。在异性社交的优雅聚会中涌现出的最深刻的作品当属1744年的《由北美新泽西州皇家议会成员之一,后任秘书长的阿奇博德·豪姆男爵在一些场合创作的几首诗作》(*Poems on Several Occasions by Archibal Home, Esqr. late Secretary, and One of HIs Majestie's Council for the Province of New Jersey: North America*),该作品收集了1740年代新泽西州特伦顿(Trenton)的纯文学圈的诗作。

阿奇博德·豪姆(1705?—1744),伯威格从男爵,约翰·豪姆爵士之三子,在英格兰接受私立教育。1733年移居纽约,欲在皇家政府里寻一职位。在纽约咖啡馆游弋的过程中,引起刘易斯·莫里斯二世(Lewis Morris II)的注意,当时,莫里斯刚卸任纽约总司法官。1737年当莫里斯获得新泽西州长

美国殖民地时期的纯文学

一职后,遂任命豪姆为副秘书长,后擢升为省议会秘书长,然后成为皇家议会成员。在省议会,豪姆在他的身边聚集了一个音乐、绘画和诗歌圈子。该社交圈的成员构成显示出艺术趣味和文化世界主义的紧密结合。其中有两个犹太人莫西斯(Moses)和瑞查·富兰克斯(Richa Franks);一个法国新教徒路易斯·罗威(Louis Rowe)牧师;英国殖民下的美国最有成就的女人(据本杰明·拉什讲)阿比盖尔·斯特里特·考克斯(Abigail Streete Coxe);特伦顿警察局长大卫·马丁(David Martin);两个省政府精英人物,首席检察官约瑟夫·瓦里尔(Joseph Warrel)和法官罗伯特·亨特·莫里斯(Robert Hunter Morris)以及豪姆。1744 年 3 月豪姆去世时,他的友人收集了他 34 首诗歌,并在前面附上他们的挽诗,后面附上豪姆指导下写作的俱乐部作品。豪姆作品的几份手稿在英国与美国同时流传。作品集涵盖多种纯文学形式——警句、寓言、诗歌、诗谜、即兴创作和经典模仿。早期的歌谣和讽刺诗反映了 18 世纪 30 年代纽约的酒店生活,其生动的描绘令人难忘,时人无可比拟。这些诗歌包括《公元 1733 年纽约圣安德鲁圣宴上两个苏格兰人的辩论》("On a Dispute, between two Scotchmen at a S. Andrew's Feast in New York Anno 1733"),《一个推杆的备忘录》("Memoirs of a Handspike")以及对男性问题的讽刺性系统描述,《黑色笑话。一首歌曲》("Black Joke. A Song"):

> 天国里的父永远不会吃那种水果。
> 如果邪恶的魔鬼夏娃不用她的黑色笑话
> 引诱他,
> 他尝了苹果,吻了他的新娘,
> 使他的同类永受她如漆般黑色笑话的折磨
> 一直到死去。

用罗伯特·伯恩斯(Robert Burns)的猥亵语言,豪姆遭遇了人性渴望的现实与全部堕落的基督教长老会教义。来源于苏格兰歌曲中的辛辣的豪姆幽默在他后来的作品中也可见一斑,《致非常值得哀悼的伊丽莎白镇的乔治·弗雷兹(SIC)之死的一首挽歌》("An Elegy on teh much to be lamented Death of George Fraser [sic] of Elizabeth Town")。该文戏噱性地哀悼一位来自新泽西酒店的朋友之死,因为他粗鄙的语言使他不能通过爱和金钱吸引到异性伴侣:

> 他满面红光,
> 轻抚头部进入房;

319

⊙美国殖民地时期的纯文学

夏天到了，
冰化雪融。
他步态轻盈，
似也消融。

是什么给了我们快乐，
是塞得和啤酒。
是谁伸长脑袋发誓
或者他能识字？
是乔治·弗雷兹；哪用你再讲？
但如今他已身亡。

  豪姆对弗雷兹困境的激情描述可能来自于诗人自己在爱情上所遭受的挫折。豪姆的很多诗篇都提到了他对瑞卡·弗兰西斯的痛苦爱情故事。瑞卡是美国最富有的盎格鲁—犹太商人卓有成就的女儿，由于姐姐与非犹太人私奔，而哥哥也与非犹太人结婚，所以父母严禁瑞卡与豪姆接触。面对这种禁令，豪姆试图创造出一种"弗罗里奥"（Florio）和"弗莱维亚"（Flavia）可以互相交往的文学情景。重新想象着皮格马利翁神话，诗人告白"皮格马利翁，正如我雕塑了一个爱人/跪倒在地，祈祷她能够拥有生命"。诗人将他爱的对象重塑为"弗莱维亚"，但是他想象中与她一起享受的快乐（"如果命运允许，我希望，/我至爱的弗莱维亚敞开她的情怀"）远在诗外。皮格马利翁的故事是反映艺术的力量的经典比喻，但豪姆作为皮格马利翁抨击了在现实社会中诗歌却无力将幻想变为现实。在给弗莱维亚的诗中，豪姆不断地回到世界和艺术还没有堕落的神话时代。在《世界的四大时代，奥维德的变形：解放 I》（"The Four Ages of the World, from Ovid's Metanor: Lib. I"）中诗人谴责了当时的"钢铁时代"，而憧憬一个"黄金时代"。在《致弗莱维亚》（"To Flavia"）中，他幻想着一个没有堕落的世界（在那里，犹太人和基督徒没有分别，因为世界不需要救世主）的可能性，如果弗莱维亚是夏娃："魔鬼诱惑她犯罪的企图徒劳，/这对幸福的伴侣得享永恒的快乐/嫉妒的天使也对他们如此相爱感到惊奇。"在《潘多拉》（"Pandora"）中，他想象施加于女性的邪恶会如何被弗莱维亚的力量化解："一个新的潘多拉，但没有她的盒子；/那个礼物在她白皙的手中，/她温柔的慈悲让它紧闭。"豪姆不断恳求一个拥有返祖神力的女性出现来重新塑造的这个世界，并没有让瑞卡感动得来掌握自己的命运，她甚至也没有一起参与幻想建立一个新古典的共享快乐的港湾。

304

作为俱乐部的成员，只有她没有参与写作。随着豪姆的早逝，为她创作的诗歌也随之停止，这使得他的文学遗作成为男女共存社交问题的一个见证——这种混合群体有时使一个人接近另一个人并产生爱意，尽管情势不允许。而面对如此情况，艺术有时也无法弥补。

为了防止出现异性激情的挫折，某些圈子出现了同性社交。"友谊俱乐部"排除异性成员以保证那种温和的关系。在酒店和咖啡馆这种男性为主的世界里，建立"单身汉大厅"不成问题。而女性在城里的一些接待室里成立的茶桌协会却免不了受到男性的干扰，这引发了玛利·爱斯塔尔（Mary Astell）的著名提案，即建立一个男人那样的女人可以享受娱乐的避风港，一个新教修道院。在英国殖民下的美国，马里兰州的安纳波利斯的星期二俱乐部（1745—1756）就是自我意识最强的一个同性社交组织。亚历山大·汉密尔顿博士（1712—1756）在会议记录簿上保存了俱乐部的对话和活动，将它们修饰并编辑成"记录"，后来将其改编成三卷共十四本书的《古老而荣耀的星期二俱乐部历史》（*The History of the Ancient and Honourable Tuesday Club*，以下简称《历史》）。

接受过良好教育的汉密尔顿不愧为记录英国殖民下的美国社交史的准历史学家。作为爱丁堡大学校长之子，他在爱丁堡拉丁学院和大学受到了古典文学、哲学和医学方面的良好教育。正值汉密尔顿进入职业生涯时，这个苏格兰式的大都会正成为启蒙运动知识分子的主要中心。爱丁堡之所以能成为一个艺术和科学中心，一个关键所在就是在18世纪20年代和18世纪30年代致力于对话和自由询问的俱乐部的发展。汉密尔顿将自己投身于社会，加入了温布什（Whin-Bush）俱乐部，其桂冠诗人艾伦·拉姆齐（Allan Ramsay）当时正致力于《茶桌杂集》（*Tea-Table Miscellany*）的创作，以复兴苏格兰本土诗歌。1738年，由于健康原因，汉密尔顿被迫移居马里兰。1744年，在从马里兰至新罕布什尔的途中，他得与英殖民下的美国俱乐部成员结识，并在其游记《日程》（*Itinerarium*）中记录了当时的印象。1745年，星期二俱乐部在安那波利斯成立。汉密尔顿当选为秘书长，后来主持一部经典准历史作品的创作。他借用俱乐部"起起伏伏"的事件，讽喻世界历史、皇家政治、学界、公共出版界、哲学投机和俱乐部。汉密尔顿的想象力之丰富大胆无人能够描述。其作品叙述详尽，风格多样，旁征博引，极富幽默感，是英国殖民下美国俱乐部界不可多得的作品。因为是为社团的私人娱乐之用，所以直到1990年，此600多页手稿一直没有发表。

汉密尔顿的《历史》可以作为俱乐部借用自己内部事件以讽刺大众生活传统的巅峰之作。私人社会友好坦率，大众生活严肃而好斗，这种不同允许

○美国殖民地时期的纯文学

了讽刺作品的存在。这种装腔作势需要俱乐部本身认为自己是真正的国家——由法律而非欲望所左右的合同社会。（庆祝欲望的统治成为最受俱乐部热衷的一种活动，这引发了伦敦牛排协会［Beefsteak Society］的共和政体的餐桌仪式，马里兰的同志俱乐部［Homony Club］在同志颂歌中对美味佳肴的公开指责，以及从柴郡奶酪［Cheshire Cheese］到十月啤酒［October Ale］等一系列俱乐部有关食品的立法和故事）。托马斯·霍希斯（Thomas Hobbes）、詹姆斯·哈灵顿（James Harrington）和约翰·洛克（这三人都属于俱乐部成员）对承诺理论的统治所作的详尽描述，使俱乐部乌托邦式的同情与国家好斗兴趣的妥协平衡之间的喜剧紧张状态变得很微妙。沙夫斯伯利（Shaftesbury）第一位伯爵在绿带俱乐部（Green Ribbon Club，1670年代）就利用这种紧张情况，在俱乐部的规章里要求成员之间互相称呼"国王"，而这种表述风气给辉格党以灵感并促成了英国的政党制度。但是很多俱乐部发现，私人社会这种友好的团体感觉和国家的那种大众精神格格不入，因为仅靠形式上的表达是不能使一个国家成为一个友好社会的。汉密尔顿作为一个喜剧历史学家的伟大之处在于，他颠倒了俱乐部文学的讽刺前提，没有将俱乐部用来鞭挞大众生活的奢侈和堕落风气，汉密尔顿的星期二俱乐部成为政治宏观宇宙的微观宇宙。《历史》是一部反映在沃波尔罗宾逊式（Walpole's Robinocracy）和派尔海姆（Pelhams）规则中的由特权战争、派系争斗、动乱、法律纠纷和堕落而蛊惑的大众生活的俱乐部的编年史。据洛克威希尔·斯克瑞伯（Loquacious Scribble）①（汉密尔顿的绰号）说，随着纳西佛·乔尔（Nasifer Jole）违反了俱乐部规定的每餐只吃一盘菜或"单身汉奶酪"，星期二俱乐部开始滑入了奢侈和社会堕落的深渊。乔尔的固定晚餐和冰蛋糕使他当选上永久主席，结束了原始俱乐部的"罗马式自由"。从这件小事，汉密尔顿创作了他的历史周期喜剧乐曲，并将失落的共和国、奢侈之风的普遍和文明的兴衰等主题交织在一起。

星期二俱乐部通过内化而美化了政治矛盾冲突。俱乐部没有反映马里兰或特伦顿特定的政治形势，而是将政治冲突的动因抽象化，并以俱乐部的宪章和人群重新创造组织。这样做实质上使讽刺有了距离感。实际上，俱乐部的"凝胶法律"要求，只要有成员对马里兰的政治和商业有任何热情的评价，大家都要放声大笑，这保留了俱乐部游戏的美学距离。将政治附属于美学游戏，星期二俱乐部表示了对这种"投影"功效的怀疑。社会幸福置于一个孤傲社团远离人群的享乐中。

---

① Loquacious Scribble，原意为多嘴的杂文。——译注

不管俱乐部如何宣称他们是脱离国家和商业事务不问世事的避风港，纯文学所表达的这种群体友好感觉与"公共精神"和流行的国家意识形态格格不入的能力赋予他们以政治意味。伦敦基特凯特（Kit Kat）俱乐部，其秘书长杰克博·汤森（Jacob Tonson）是都市最主要的书商，在女王安在位时期，第一次将纯文学的美学与政治活动相结合以建立公众政治敏感性。辉格党（Whigs）① 的基特凯特俱乐部使得托利党（Tories）② 的政策显得既过时又不可取。随着具有政治品味的团体出现，纯文学的含义也扩展到包括既能引起公众关注又能唤起社会享乐的作品。纯文学开始冲击公民人文主义的公众表达。到了18世纪60年代，一度明显不同的模式被认为是相似的。

艾迪逊的朋友、新政治纯文学派人物纽约州长罗伯特·亨特（Robert Hunter），将基特凯特俱乐部的方法引入美国。亨特的《传记闹剧》（*Androboros*，1714）讽刺了他在参议院和英国地方教堂的对手，"所有人都嘲笑他们，而从这样的幽默感中，人们也开始迁就他们的州长"。小威廉·史密斯当时对亨特的私密戏剧的影响评述，精确地再现了政治纯文学的结构性活力：它寻求通过改变构成纽约社会的"社团"的观点来影响人们。为了更好地达此目的，亨特组成了一个包括大卫·杰米逊（David Jamison）、罗伯特·利温斯顿（Robert Livingston）和路易斯·莫里斯二世（Lewis Morris II）在内的政治文学社圈。他将那种靠温和的形式获得知名度而又要获取它的经济利益的政治变得更加完善。

几个富有才华的政客也效仿亨特。宾夕法尼亚副总督威廉·凯斯爵士（William Keith，1680—1749）利用他的魅力和"开明的生活方式"在18世纪

---

① 辉格党（Whigs）：英国政党。产生于17世纪末，19世纪中叶演变为英国自由党。"wing（辉格）"一词起源于苏格兰的盖尔语，意为马贼。1679年，就詹姆斯公爵（后来的詹姆斯二世）是否有权继承王位的问题，议会展开激烈争论。一批议员反对詹姆斯公爵的王位继承权，被政敌讥称为"辉格"。他们也渐以此自称。1714年以后的半个世纪中，辉格党一直在政治上占优势，连续执政达46年之久。19世纪60年代，辉格党土地贵族的代表、保守党的R.皮尔派分子，以工商业资产阶级为基础组建自由党。——译注

② 托利党（Tories）：英国政党。产生于17世纪末，19世纪中叶演变为英国保守党。"tory（托利）"一词起源于爱尔兰语，意为不法之徒。在1679年议会讨论詹姆斯公爵是否有权继承王位时，主张保皇的人则被政敌称为"托利"。1760年，逐渐成为执政党。在法国革命时期，一批温和的辉格党人转而支持在W.皮特（小）领导下的新托利党。该党在教会和国家关系、保护关税政策和反对天主教问题上仍然保持旧偏见。到19世纪中叶R.皮尔内阁时期，托利党发展成为保守党。——译注

美国殖民地时期的纯文学

20 年代成为极受欢迎而又高效的行政官员。文学和社交创造了他的政治神话。既有绅士又有劳动者的俱乐部，既将他的支持者组织在一起，又可以引导舆论导向。诗人艾葵拉·罗斯被聘为桂冠诗人，庆祝凯斯与美国土著人签下和约。尽管辉格派反对，副总督依然通过对剧院的鼓励而获得优雅社会的支持。他也通过频繁的挥舞手中的笔，将矛头对准反对派，技巧性地发挥了他"自身"的优势。他的势力强大得让宾夕西法尼亚的拥有者担心他们会对宾夕西法尼亚失去控制，不得不策划倒戈他们自己所指定的人。凯斯宣传他的统治的文章广泛流传，表现出这些文章的效果。他那桂冠诗人的溢美之词以手稿形式流传以保留温和社会独有的氛围。凯斯与詹姆斯·洛根（James Logan）和伊撒克·诺利斯（Isaac Norris）的辩论用他的名字以政治短文的形式刊出，这些都是以直白的语言写出的政治文论。凯斯的纯文学散文和安得鲁·汉密尔顿（Andrew Hamilton）的讽刺诗《一个奇怪的雄性怪物的生活和性格》(*The Life and Character of a Strange He-Monster*, 1726)，以匿名方式刊出，引发了人们对该文章的意义和来源的神秘感。

"雄性怪物"安德鲁·汉密尔顿在十年内就获得盛名，因为他成功地维护了出版商出版类似反对他的文章的自由。作为《纽约周刊》(*New York Weekly Journal*) 出版商约翰·比得·曾格（John Peter Zenger）的辩护律师，汉密尔顿发起英国殖民下美国 18 世纪早期最著名的文学政治运动，利弗党（River Party）对纽约州长威廉·科斯比（William Cosby）的抨击。共读社的抨击者包括几位坦白而有力的人物：詹姆斯·亚历山大（James Alexander）、路易斯·莫里斯二世、大卫·亨福利（David Humphreys）和卡德沃拉德·科顿。利弗党共读社用诽谤性的动物寓言、民歌和散文抨击州长的压制行为。曾格被捕以及公众经历了两首民歌和报纸上的几件事被当众侮辱后，利弗党共读社通过在全城传播手稿诗歌以激起公愤。在 17 世纪 80 年代，他们的手稿"出版"使辉格派的打字原稿"皇室民歌（Court ballads）"又开始流传，当时，斯图亚特王朝对黑麦房事件（Rye House plot）的处理同样引起对出版界的镇压。言论必须通过手稿的形式表达，这从表面上证实科斯比废除了公众自由的言论。一些手稿的题目冗长而怪诞，以公然反抗诽谤起诉，如《自 1600 年以来的某日在北半球某个国家的某一小镇，于大庭广众下政府焚毁并处死民歌或各种民歌的挽歌。》（"A mournfull Elegy on the funeral pile & Execution of the ballad or ballads burnt by publick authority before a great crowd in a small town in a certain Country under the Northern hemisphere on a certain day since the year 1600"），另一篇文章，大卫·亨福利的《两个最近出现在 N-w-Y-k ［纽约］城的无父无母的双胞胎，因为他们预示的教堂灯火而被谴责，由绞刑吏烧死，

美国殖民地时期的纯文学

而他们又因此而被处死》("The Lamentable Story of two Fatherless & Motherless Twins Which Lately Appeared in ye City N－w－Y－k who for their Phrophetich Cires were Condemrid tobe bumby ye Common Hangman which was Accor dingly Executed & c"),该文第一次运用辉格派的伤感文学手法,是纯文学所发展的一种最有力的政治文章。

纯文学对文学效果的关注在辉格派的伤感主义中是为政治目的服务的。一篇与英国乡村党派文学相关的反对文章,即辉格派的伤感文学通过讲述被当成代罪羔羊的没有权利的人,对观众的同情心予以抨击。儿童(尤其孤儿)、穷人、被奴役的人、老实巴交的乡下人和普通人在有权势人——父母、朝臣、主人、国王的手下受到不应该受到的虐待。托马斯·奥特维(Thomas Otway)的戏剧《孤儿》(*The Orphan*)和约瑟夫·艾迪逊(Joseph Adison)的《凯托》(*Cato*)都是这种表达的基础课本。当权者劫掠财产有着公共的而非私人的意义,这揭示了社会良善的脆弱。尽管辉格派的伤感主义一直到了革命以后才主导政治纯文学,但作为文学武器,它首次出现是在从18世纪20年代到18世纪30年代针对统治者特权的殖民地斗争中。其中最有能力的实践者之一刘易斯·莫里斯二世是一个孤儿。他获得遗产的执行人是一个读过奥特维的悲剧的有权势的人,此人从剧中学到那些恶人骗人的伎俩,几乎剥夺了莫里斯的继承权。

路易斯·莫里斯二世师从一位杰出的异教徒、辉格派知识分子乔治·凯斯(George Keith),学习文学。随着他被指派为东新泽西州的高等民事法庭法官,20岁便开始了他的政治生涯,很快又被任命为纽约最高法院首席检察官,在此任职时,他激起了州长科斯比(Cosby)的愤怒,后者安排了他的免职。1783年,科斯比去世时,莫里斯被任命为新泽西的州长。在职业生涯的十字路口,他利用文学使他的政治目标更进一步。作为一个议会议员,他讽刺伦敦的殖民代办。1725年,创作了《有关贸易的对话》(*Dialogue Concerning Trade*)以抗衡阿道夫·菲利普斯(Adolph Philipse)为首的商人利益。当科斯比州长与菲利普斯做成交易意欲攫取政府权力并为谋取个人私利而榨取财政经费时,莫里斯写了一篇文章讽喻纽约政府腐败成了《假君主或猿的王国》("The Mock Monarchy or Kingdom of Apes")。他创作了科斯比下令由绞刑吏焚毁的两首民歌之一。科斯比对出版界镇压后,莫里斯写了《注定要被某某和某某付之一炬的曾格先生[sic]日报最后的先知演讲》("The Last Prophetick Speech of Mr. Zengar's [sic] Journalls Condemn'd to be burnt by ye g－－－－－r & C－－－－－le.")作为对他在1735年至1736年间去伦敦为了请求枢密院让他复职,让州长科斯比下台而未能如愿的讽刺。他还创作了

美国殖民地时期的纯文学

《梦想，一个谜》(Dream, a Riddle)讲述了一个诚实的乡下人对发现的旧英国的腐败现象的看法。作为新泽西的州长，他在《论埃塞克斯暴乱》("On the Essex Riots")一文中表达了自己的观点反对那些煽动土地暴乱的人并为自己辩护。他在《致新泽西州长大人：立法会议希望他处理自己的位置。》("To his Excellency The Governor of New Jersey, upon teh Assembly's Disiring him to fix his own Seat")一文中，通过对围绕新泽西州长选举进行的各种游说活动进行戏弄，很好地对立法机关幽默了一把。只有一篇文章刊印出来：备受谴责的竞选歌曲。其他文章被认为只有舆论制造者的精英读者才能看到。这些读者可能在与白宫关系密切的纽约城市俱乐部中或伦敦的咖啡馆里。讽喻故事——《假君主》("The Mock Monarchy")和《梦想，一个谜》——面向都市读者反映出殖民时期的一般情况。其他作品——《论已故英勇而高贵的骑士之死》("On the Death of a Late Valorous and Noble Knight")和《论埃克塞斯暴乱》——暗指一些内部政党文件。所有创作基于这样一个假定，即纯文学工具可以传播为了特定政治目的的群体舆论。值得一提的是这种形式的半公众性质。莫里斯并不想成为自己的桂冠诗人，神谕式的谴责风格对他认为舆论如何成为政策并进而成为政府行为是有害的。

英国殖民下的美国既有桂冠诗人，如在政府任职的诗人埃比尼泽·库克，也有没有职位的反映民众呼声的平民游唱诗人，如优秀的风雅诗人本杰明·汤普森在《致当选马萨诸塞州州长的贝莱蒙德（Bellamont）勋爵》("To Lord Bellamont when entering Governour of the Massachusets", 1699)中，以马萨诸塞的代表身份发表意见；还有面向社会大众有着政客威仪的诗人：威廉·伯内特（William Burnet）和约瑟夫·比彻任州长时费城的乔治·威伯。桂冠诗人和游唱诗人在英国殖民下的美国盛行，标志着大众舆论的扩张。马瑟·拜尔斯集内阁成员、马萨诸塞桂冠诗人和优雅文学的代表多重身份于一身，这表明，在艾迪逊创作了道德的出版礼仪后，一度界限分明的个人、大众生活和私人社交结合在了一起。杂志和报纸不断提高大众社交和礼仪方面的趣味。早在18世纪30年代，出版界繁荣的纯文学造成双重反响。寻求将出版界还给基督的新光福音传道者批评优雅社会和它所表达的世俗观点。新光拒绝基督教纯文学和它的实践者——马瑟·拜尔斯牧师、约翰·亚当斯牧师和小纳撒尼尔·咖德纳（Nathaniel Gardner, Jr.）——认为他们是旧光。相反，文雅的精英们也批评福音布道者的观点，并因乔治·怀特菲尔德在讲道时谴责社交舞蹈将他囚禁在南卡罗来纳查尔斯顿。在俱乐部内部他们还发起了第二次批评，朗姆酒制造商约瑟夫·格林（Joseph Green）自愿担任新英格兰的非桂冠诗人。

约瑟夫·格林（1706—1780），1729 年在哈佛获文学硕士学位，18 世纪 20 年代后期成为波士顿酒馆主要的才子。他的讽刺手稿在遍及从波斯茅斯、新罕布什尔到纽堡和罗德爱兰的商人俱乐部中广泛流传。他专门使用怀疑的思想和反论。越来越虚张声势的大众生活激发了他的才思。当讣闻传记开始在波士顿的报纸上出现时，格林讽刺它对大众的影响：

326

> 无法否认，如今我有着这样一个名人的头脑，却没有祝贺那种在周报上公开名人的虔诚而有益的风俗，我认为这种习惯是对宗教和美德的巨大支持。他们现在的所作所为无非希望将他们永远铭记，谁会对此感觉痛苦，而又有什么比这更好的方式。这是我们所有人预期而又希望的；希望名人长寿（因为生命的长度比它的意义和真理更重要）让我们有所得；这其中有一种激励人的美德，让我们感悟宗教；简单地说，就像揪着牛尾巴以使它跑得更快一样。

格林对出版在殖民时期美国文化的意义感觉敏锐。他通过分析媒介对信息的影响程度来决定作品是以手稿的方式还是以公开发行的方式传播。当他试图揭开当地互助会的神秘面纱时，他发行标题闪烁着布拉格大街的奇迹和启示光芒的小册子：《冬日夜晚的娱乐：对 1749 年 12 月 27 日在波士顿所见的一个非常奇怪而精彩的景象和发现的巨大秘密的全面而真实的描述：或，对一个精彩呈现的解释，这激怒了各种年龄的人》（*Entertainment for a Winter's Evening: Being a Full and True Account of a very Strange and Wonderful Sight seen in Boston on the Twenty-seventh of December, 1749, and The Grand Arcanum Detected: Or, A Wonderful Phaenomenon Explained, Which has baffled the Scrutiny of many Ages,* 1755）。当他希望传达他不敢公开发行的内容时，他使用手稿的形式，例如他在 1733 年至 1734 对约色夫·贝尔车给新罕布什尔州立法议会的讲话的反讽以及他的反教士的歌曲和警句。他对新光福音布道者的讽刺尤为尖刻。格林首次使用将福音布道的热情和两性不当行为相结合的讽刺传统。威廉·库珀（William Cooper）牧师创作了《失望的库珀》（"The Disappointed Cooper"），一首关于一位年老的福音布道者娶了一位红发女郎后名誉扫地的歌曲：

> 有一个库珀，他做他的工作。
> 他修理旧桶，也做新桶
> 每日兢兢业业，他名副其实，
> 很久以来他名声很好。

> 合唱：但是他将名誉扫地——怎么回事？你会问
> 为什么他将旧塞子盖在新的红色橡木桶上。

18世纪30年代后期，在新光吸引了格林的注意前，他将大部分精力放在讽刺马瑟·拜尔斯的作品上，他是新英格兰自愿的桂冠诗人，也是旧光文人。从1728年至1734年，马瑟·拜尔斯的诗歌作品不断受到来自格林的讽刺。格林的反桂冠诗人的行动出现在1733年，《伦敦杂志》（London Magazine）出版了格林的《诗人（即拜尔斯）对失去被他称为缪斯的猫的悲伤》（"The Poet's [i. e., Byles's] Lamentation for the Loss of his Cat, which he used to call his Muse"），以及对拜尔斯与比彻州长一起在海上即兴创作的一首反讽赞美诗的。出现在都市主要报纸上的讽刺文章对拜尔斯的声誉造成影响。格林意识到，拜尔斯心里的龌龊之处在于他想在文学界出人头地。

拜尔斯陷入新形式的古老陋习的怪圈。文学帝国的大诗人、出版市场初期文学名士亚历山大·蒲柏，为雄心勃勃的地方诗人重新阐释名声。作为一个大学本科生，拜尔斯已经为"令人叹服的游唱诗人，其数目惊人已排到海滩/尽管海浪汹涌澎湃，暴风骤雨"所倾倒。书籍和杂志已成为蒲柏完成其胜利转折的工具。命令的力量和无处不在的出版物使蒲柏在当地作者眼中成为一个前无古人的现象。某些控制某种特定对话环境的纯文学家将他们的权威与这位皇家大诗人联系起来。从本杰明·科尔曼、亨利·布鲁克（他最后的几首诗里）、南卡罗来纳查尔斯顿的詹姆斯·柯克帕特里克（James Kirlpatrick）和拜尔斯，都在自己的诗作里表达了对他的效忠。那些不通过与蒲柏扯上某种关系而企图获得名声的人得到了诅咒。本杰明·富兰克林的朋友詹姆斯·拉尔夫因《夜》（Night）和《叟尼》（Sawney）被蒲柏批评得体无完肤。但蒲柏的专横跋扈在遭遇英国殖民时期美国最优秀的新古典诗人理查德·刘易斯时有所减弱。

理查德·刘易斯（1699？—1734）视自己为平民诗人，但传统的桂冠诗人们却不这么认为。另外，他以艾迪逊为榜样，后者不仅表达出共和国的意义，并通过优雅教育以提高公众精神。在马里兰，刘易斯担任安纳波利斯学校的拉丁语老师，他取得成为平民大诗人的两个条件：有政治影响力的赞助人的兴趣，以及一位有能力的出版商的信任。他的赞助人本尼迪克特·伦纳德·卡尔费特（Benedict Leonard Calvert）是马里兰州长，出版商威廉·帕克斯（William Parks）是殖民地的官方出版商。刘易斯充满热情地履行他作为卡尔弗特的御用诗人的职责。在一首翻译自爱德华·华兹华斯《缪斯普拉》（Muscipula）的名为《老鼠夹》（The Mouse-Trap，1728）并献给本尼迪克特的诗里，刘易斯称，"优雅的艺术，将在这里闪耀"，只要州长在维护公共秩序。

州长位于订购名单之首,他购买了 10 本书。刘易斯设想的优雅政体的想法可以在这里看到。优雅团体是上层社会都市的、男性的,但不仅仅是安纳波利斯酒馆社交团体的成员们。148 人(没有女士)承诺要购买殖民地出版的拉丁文作品的第一种翻译本,其中 20 人是律师或法官;19 人有军队官衔或是船长;9 位医生;两位政府官员;其余 98 人不是商人就是种植园主。作品不仅喜剧性地描述了老鼠和古老的卡姆布仁(Cambrians)间的斗争,读者还可以看到对本尼迪克特美德及他的政府福利的细致剖析。

本尼迪克特·卡尔弗特去世后,刘易斯从一个演说者成为一个颂扬者,创作了两首赞美诗:《献给约翰·罗斯侯爵,议会议员》("To John Ross Esqr, Clerk of the Council")和《诗歌:纪念已故马里兰州长本尼迪克特·卡尔弗特阁下》("Verses. To the Memory of HIs Excelly Benedict Leonard Calvert; Late Governor of the Province of Maryland")。两首赞美诗都只以手稿存在,但一篇纪念本尼迪克特统治的文章作为《百年卡门》(*Carmen Seculare*, 1783)的高潮而出版,此为马里兰州百年纪念时,巴尔的摩勋爵查尔斯·卡尔弗特(Charles Calvert)到此参观而创作的,以庆祝马里兰的文明进步。《百年卡门》值得引起注意,在于它表现了马里兰作为政治意愿的历史产物的经济情况和自然条件。

刘易斯对于美国自然的敏感,使对凌驾于"自然战争"和农耕功能的维吉尔晴雨表之上的自然秩序有了一种洞察力。他的《批评家之素材》("Food for Criticks", 1731)悲叹自私的功利主义者疯狂劫掠。他的《狂想曲》("Rhapsody", 1732)将后牛顿时期的物理神学和美学的专注结合在一起,形成自然感官的特征。刘易斯的代表作、广泛发行的《1730 年 4 月 4 日从佩塔普斯科到安纳波利斯之旅》(*A Journey from Patapsco to Annapolis*, April 4, 1730),表现了后牛顿时期的人类的精神焦虑,揭示出人类身体的渺小。同时,该诗通过诗人一日之间跨越整个国家的旅行——各种日间状况、气候条件、地势地貌和社会形势的自然设计,展示出人类思想的力量。人类状况的反差用两只鸟形象地描述出来:画眉鸟,其可以模仿任何鸟的歌唱的能力,象征着艺术模仿的力量,另外一只蜂鸟——"他嘲笑诗人和画家的技巧;/他们可能永远要在毫无结果的痛苦中挣扎,/为了捕捉并确定那些美丽而善变的染料。"两只鸟儿对新世界而言都是土生土长的,这引起自然哲学范例的都市时髦话题,而同时象征着刘易斯的论点、艺术和人类能力的危机将在美国愈演愈烈。刘易斯对都市中心的挑战和他的新世界包含无力模仿一切物体的观点激怒了蒲柏,并使得他在《群愚史诗》(*Dunciad*)第四卷中对他进行了指责。蒲柏并不知道《安纳波利斯之旅》的作者是理查德·刘易斯,但他明白挑战的严重性,并在一文中描述一只蝴蝶予以还击,表明对于一个有影响力

美国殖民地时期的纯文学

的诗人而言，没有无法模仿的物体。刘易斯于1734年去世，而蒲柏的批评则为时已晚。

刘易斯对公众的感觉是崇高的。他不仅让他所在的地方能够认识自我，还对那个地方的意义解释给都市人——它的历史、经济、自然。他的诗刊登在伦敦的报纸和两个主要期刊《伦敦杂志》和《绅士杂志》（*Gentleman's Magazine*）上。因为马里兰是一个主要的殖民地，也因为英国这个"海上帝国"是一个商人的帝国，他们以资源对帝国主义贸易的贡献来看待殖民地的重要性。刘易斯的诗歌传达了都市兴趣的信息。实际上，大英帝国设计者心中一直对南部和西部殖民地深感兴趣，而在刘易斯死后10多年间，这片土地也一直是后来作家们描述的对象。在整个18世纪30年代，南卡罗来纳查尔斯顿的内科医生詹姆斯·柯尔帕特里克（James Killpatrick，后来的柯克帕特里克）一直在写《海洋篇：一部由五首长篇组成的叙述、哲学和描述的诗》（*Sea-Piece: A narrative, philosophical adn descriptive Poem, In Five cantos*，1750，伦敦）。诗中叙述了从爱尔兰到南卡罗来纳横跨大西洋的航海经历，柯克帕特里克的这首诗是一首从沃波尔式视角看商业帝国主义的感恩诗，在作品中，贸易而非占领是通向财富和统治世界之路，赞同爱德华·扬（Edward Yong）提出的将"英国商人"作为帝国的英雄，柯克帕特里克想象着英国占领全球海洋将会给世界范围内带来和平。只要帝国的代理人们——代理商、商人、海员能够抵御奢华的诱惑，贸易的"伦理帝国"将会带来功利的贤人制度。该诗最饶有兴趣的一个方面是，它提倡一种把交换置于生产之上的经济学。柯克帕特里克将自己交换的观点放眼全球，并加之理想的变换，整个大英帝国就以理想的价值出现：首府成为世界资源的蒸馏器；而殖民地并不以它们的内在价值出现，而是作为生产任何想要的商品的场所（例如南卡罗来纳可以生产丝绸、热带水果和酒）。瞬息万变的大海则成为大英帝国不断传播价值的最好象征。

只是在1732年奥哥莱陶普（Oglethorpe）在乔治亚建立殖民地后，柯克帕特里克才开始将注意力放在土地上。伦敦诗人们赞美这个殖民地是仁慈的乌托邦，而柯克帕特里克将它视为能够满足消费者愿望的热土。在一篇刊登在1732年至1733年2月刊的《南卡罗来纳报》（*South Carolina Gazette*）上的文章中，他预言了这里的丰饶，他崇拜着未来的乔治亚，不仅因为它有世界上精美的食品，还因这里有西方历史和神话传说中的奢侈品：

> 肥沃的平原上可爱的橄榄在闪光，
> 古老的年代滋养着松树。

美国殖民地时期的纯文学

> 柠檬将要生长在果园里,
> 在每一片沟渠中都有海斯波利（Hesperine）苹果茁壮成长。
> 美味水果,
> 神仙也会痛饮它的果汁,
> 还有杏仁。
> 在这片几经勘察的平原上,
> 要想找到几片中国香叶,
> 也不会让你失望。

进行殖民地经营，醉心于国外的商品而忽略本土的内在资源的一个问题就是由此而带来的劳动问题。一切都要从头做起。建立了乔治亚州的慈善家认为以道德为基准的伟大劳动是合理的。习惯于艰辛的劳作之后就会使流放到乔治亚州的穷人从懒惰和贫困中摆脱出来。塞缪尔·卫斯理（Samuel Wesley）（1691—1731）的颂诗《乔治亚赞》（*Georgia, A Poem*, 1736），对殖民地就是荒野中的一个济贫院的事实进行了颂扬。这个殖民地为了创建自耕农而禁止奴隶制，但并没有成功。正如帕特里克·泰尔夫（Patrick Tailfer）和他周围的一群抱怨者在《乔治亚殖民地的真实历史》（*A True and Historical Narrative of the Colony of Georgia*, 1741）中所声称的，受托人对劳动市场和土地所有权的控制迫使殖民地居民来到卡罗来纳，因为在这里人们可以享有权利，并有机会得到非洲奴隶为他们劳作。最终，迫于生存的压力，乔治亚州也采取了奴隶制，并实行了财产终身所有权制。

18世纪50年代，南印度和西印度的专职人员证明了他们对贸易帝国的信任，其间创作的作品有詹姆斯·斯特林（James Sterling）爵士的《致尊敬的亚瑟·道博斯先生的一封信》（*An Epistle to the Hon. Arthur Dobbs. Esq.*）（都柏林，1752）以及詹姆斯·阿培克朗比（James Abercromby）的《质问议会有关贸易和美国殖民地政府法案》（*An Examination of the Acts of Parliament Relative to the Trade and the Government of our American Colonies*, 1752）。然而，贸易所依赖的天然原料的种植者们却把注意力转移到土地和耕种的过程上来。因为土地还是种植者财富的基础，所以他们对帝国的关注也集中到领土上。亚瑟·布莱克默（Arthur Blackamore）的《山外探险》（"Expeditio ultramontana"）是一首拉丁文诗，颂扬了弗吉尼亚州长亚历山大·斯伯乌德（Alexander Spotswood）和"金马蹄骑士"（knights of the golden horseshoe）长途跋涉进入弗吉尼亚边远地区为帝国争夺土地的行为。这首诗象征着种植者的心态。诗中所体现的交际精神，对地形的关注，以及在声称文明进入到边远地区时

美国殖民地时期的纯文学

的郑重语气在弗吉尼亚州的很多其他作品中也有所折射,尤其是在查尔斯·汉斯福特(Charles Hansford)的《祖国的价值》("My Country's Worth")和威廉·伯德(William Byrd II)的《弗吉尼亚州和北卡罗来纳州分界线的历史》(History of the Dividing Line Betwixt Virginia and North Carolina)中表现尤为明显。这些作品的手稿在种植者当中流传,不过伯德的《秘史》(Secret History)除外,因为这是专门为特定的英国读者创作的。

伯德的两部史著已经成为殖民时期的美国现代的纯文学读者耳熟能详的作品。然而人们很少遵循纯文学的传统手法来阅读这些作品。伯德的两部史著中充斥着的讽刺反语不应当被理解为伯德对自然和社会模棱两可观点的个人表述,而应当理解为对公共事务和对以善意嘲讽为特征的仁慈环境的一种模仿。这些历史与汉密尔顿的《古老而荣耀的星期二俱乐部史》一样同属于模仿历史的题材,而且有着相似的喜剧性前提。《秘史》中,甚至有关弗吉尼亚人的礼貌和北卡罗来纳人的粗鲁的象征性观点也带有喜剧色彩,其中弗吉尼亚人爱慕虚荣,而卡罗来纳州人则对他们的闲散有所妒忌。然而,一篇严肃的辩论文章会舍弃后者,宣扬前者的文明,从而解决弗吉尼亚和理想中的乐土之间的辩证法。但伯德的叙述使得两种可能性之间的关系剑拔弩张,一种可能性使得另一种可能性被怀疑。在《秘史》中,理想中的乐土通篇都表达了一种梦幻世界——允诺没有劳动的生活。英属卡罗来纳人(Anglo-Carolinians)可以借鉴美洲人的简单/懒惰,并对他们能够抵抗成为弗吉尼亚人的诱惑而心满意足,这暗示着南方在将来不会向文明迈进一步的。

伯德两本史著的新读者发现使弗吉尼亚文明得以维持下去的原因不是种植者的劳动而是非洲奴隶的劳动。他们认为奴隶是隐形的,再加上伯德在叙述中对他们的轻描淡写,使得人们认为是种植者的劳动维持了弗吉尼亚文明。但伯德叙述的并不是统治着种植园的弗吉尼亚种植者,因此这种推测的适用性也应该受到怀疑。当然,那些关心主要殖民地中种植园文化的作者们对要将亚热带的荒原转变为富饶的耕地所需的劳动以及劳动者都给与了特别的关注。

有三个纯文学作者创作了主要殖民地中种植园方面的代表作品:查尔斯·伍德梅森的《英迪克》(Indico, 1757)、詹姆斯·格雷吉尔(James Grainger)的《甘蔗》(The Sugar-cane, 1764)以及乔治·奥格尔维(George Ogilvie)的《卡罗莱娜》,又名《种植者》(Carolina; or The Planter, 1776)。这些作品都是有关农业的,运用了维吉尔(Virgil)①诗中的罗马帝国的民族精神,

---

① 维吉尔:古罗马最伟大的诗人。重要作品有牧歌十章,田园诗四卷和史诗《埃涅阿斯纪》。——译注

以及对农务的关心。它们都是平民诗歌,具有双重观众:当地的精英分子与大英帝国的好奇者。

伍德梅森的《英迪克》从来都没有被其目标观众所阅读,因为未能提前筹集到出版的捐助基金。然而,在为这本书所作的广告中,印刷的节选片断使得诗的论点得以重现。伍德梅森认为,主要殖民地的土地"要比英国人自己的土地富饶很多"。然而,对英国的劳动者而言,殖民地的天气太热了,超出了他们所能承受的范围。非洲人的体质"可以抵抗炎热/由于土生土长在这里/可以忍受似火的骄阳和艰苦的劳作"。詹姆斯·汤普森(James Thomson)的《自由》(*Liberty*, 1736)和约翰·戴尔(John Dyer)以都市农业为主题的《羊毛》(*The Fleece*, 1757)则认为,奴隶制破坏了贸易道德准则,必将导致将来的暴力。

新世界种植园文化中参加弥撒的人不会忽略劳动的问题。相反,他们对此极为忧虑。詹姆斯·格雷吉尔的《甘蔗》中,第四部分结尾根据"非洲天才"的观点来看待圣·克里斯托夫岛的种植园文化。对西印度奴隶所处的社会境况和物质条件的关注和叙述没有这么周详。这首诗有一部分讲到了不同非洲部落之间的任务分配问题,以及这些部落所遭受的痛苦、居住的房屋、花园、舞蹈、民间治疗和他们的信仰。这首诗在伦敦出版时,受到塞缪尔·约翰逊(Samuel Johnson)博士的赞许,认为这是新世界以来第一首有意义的公众诗。约翰逊特别欣赏格雷吉尔对理想种植园的描述。格雷吉尔(他之后又有奥格尔维)辩论说在道德方面,种植园文化中唯一值得称道的是积德行善的种植者的性格。种植者的理性、公正以及人性是防止非洲奴隶将来复仇的唯一壁垒。《甘蔗》和《卡罗莱娜》向当地读者传达的信息是劝诫种植者在行使权力时要小心。两位作者虽都提出了劝诫,但不知种植者是否会听从他们的建议。格兰吉尔因奴隶制的存在而感到悲伤,在诗末,他请求大都市通过制定一项英国黑人法典来对主要殖民地进行干涉。奥格尔维则仍怀着乔治亚慈善家未完成的在南方创建自耕农,让他们自己为自己劳动愿望。描写西印度和南印度人自我了解的主要文学作品一再认为种植园制度是一个道德问题,因为这种制度的存在需要以奴隶制为基础。格雷吉尔的悲伤将会被描述西印度的平民诗歌这个流派所沿袭:表现在约翰·辛格顿(John Singleton)的《西印度简述》(*A Description of the West Indies*, 1777)和《牙买加诗歌三部曲》(*Jamaica, a poem, in three parts*, 1777),奈维斯岛圣·约翰(St. John)院长写的《有关英国和西印度问题的诗集》(*Poems, on subjects arising in England and the west Indies*, 1783)以及爱德华·拉什顿(Edward Rushton)的《西印度田园诗》(*West Indian Eclogues*, 1788)中。这些证据将会被英国的废

美国殖民地时期的纯文学

除主义诗人,如汉纳·莫尔(Hannah More)、约翰.梅杰里班克(John Marjoribanks)、威廉·罗斯科(William Roscoe)拆开并加以利用。奥格尔维所说的希望在南方建立自耕农的想法出现在托马斯·杰斐逊的《弗吉尼亚札记》(*Notes on the State of Virginia*)中,令人难忘。矛盾的是,在海地奴隶复仇成为现实,阻止了南方人考虑奴隶制的替代品。难民们所描述的恐惧使南方种植者吓得魂飞魄散,不敢再想着去放松他们对奴隶的控制。

　　格雷吉尔、奥格尔维以及辛格顿所颂扬的种植园社会是在旧式的好客基础上经营的,并不是以现代城市中好交际的模型为基础的。在一个东道主家庭的帮助下,社会集会在乡村举行。这些集会是由不同社会阶层组成的;安排一些社会比赛,并吸引一些婚姻联盟是种植园中精英人物所特别关注的。在定期举行的舞会或集会上,在老一代人的监督下进行求爱。这里不像俱乐部或城市中的茶室,那里人人平等,然而这里常常有社会等级以及家族尊卑之分。很多种植者由于在安纳波利斯、威廉斯堡、查尔斯顿或萨凡纳的季节性逗留而了解了城市中的交际活动;因此城市中的一些健康疗养方式传到了农村。然而,在整个18世纪,种植园社会都保留着一种独特身份。伯德写的《弗吉尼亚日志》(*Virginia Diaries*)中第一次描述了这个世界中人们的看法。在这个世界中,贵族们穿梭于不同的种植园间。种植园的一个家庭教师菲利普·维克斯·菲西安(Philip Vickers Fithian)的日记,以及萨利·费尔法克斯(Sally Fairfax)也对种植园社会进行了生动的描述。不过,最成功的要数罗伯特·波林(Robert Bolling)的《求爱杂志》(*Courtship Journal*, 1738—1775)。利奥·勒梅(J. A. Leo Lemay)的版本,《罗伯特·波林追求安妮·米勒》("Robert Bolling Woos Anne Miller", 1990)将波林对求爱失败的利己描述与他自己写的诗联系起来。这篇文章证明了南方社会互动的本能发展。

　　罗伯特·波林作为纯文学作家的经历解释了殖民地时代末期美国的一位天才作家所处的复杂境遇。他是弗吉尼亚州最大的种植园家庭中的富家子弟,在英国约克镇的语法学校和内殿律师学院学习,之后又回到弗吉尼亚,在威廉斯堡读法律。同时,他见多识广,熟悉法国和意大利文学,从而使他成为弗吉尼亚的一位"神才"。他的一些诗歌,如《英雄悲喜剧》("heroitragi-comic Tale"),《虚无》("Neanthe")(模仿法朗西斯·贝尼[Francis Berni]的风格而写的奇异风格),《冬季》("Winter")等,在当地的文学界都轰动一时,为单调的大陆文学增添了活力。当地人更喜欢他以手稿形式传发的歌曲、颂诗以及讽刺作品,有几首他发表在了威廉斯堡的报纸上。然而波林从来都没有满足于在当地获得认可。他把自己最好的诗发到英国,要求刊登在《帝国杂志》(*Imperial Magazine*)上。约翰·克里斯威尔(John Chriswell)犯了谋杀罪后，"潮水"（Tidewater）寡头组织滥用特权将约翰·克里斯威尔非法保释出来，这时波林就成为良知的预言者。在亚历山大·普迪（Alexander Purdie）和约翰·迪克逊（John Dixon）的《弗吉尼亚日报》上发表的一系列作品中，他运用文学技巧为公正立法。他也因此在弗吉尼亚州声名鹊起，尽管他已经是一个著名诗人，尽管他的能力在这些领域并不出色——史诗、叙事文、沉思录、游记、哲学分析——他也取得了名声。然而他仍希望自己成为一名名家，而且，作为一个弗吉尼亚公民，从他在约克镇上学时，就感到了和英国人观念的疏远——对一个追求名誉的人而言，这可是个问题，因为他必须在伦敦赢取名誉。《闭塞》（"Occlusion"）这首诗是波林写来作为诗集的后记的。诗中，波林幽默地描述了一个纯文学研究者的野心：

学校里一个活泼可爱的孩童在玩耍，
老卡克说这个孩子并不傻。
在每年赛歌日，
（这种歌我发誓从没听过，
只有她对此大加赞美）
因为我的诗歌也有一样的节奏，
它的韵味无人能比，
老人会说——小伙天生就是诗人的料。
于是，于是，这悦耳的音乐开始风靡，
感染了学童，也感染了老人，
罗克塞娜听到了，西利亚听到了，德利亚听到了；
我奏出了多么美妙的钟琴，
我唱出了多么醉人的曲调。
实际上，少女喜欢直白的诗句。
赞美又意味着什么，
他们发誓这首可怜的诗是诽谤，
我却认为我的诗很好。
为什么少女却如此粗鲁。

接下来，这首诗便开始使用讽刺反语，这带来了麻烦，然后是关于《一个正值花样年华的少女》（"a maid, expiring in her Bloom"）的墓地诗，最后是有关《印第安战争》（"A Indian War"）的，诗人运用的这种突降法引来了众人的嘲讽。

美国殖民地时期的纯文学

波林对诗人命运的简述包含着一些历史事件的细节——如,承认学校对他形成文学抱负的影响。新世纪伊始,纯文学作家享有辉煌的最初时刻,斯威夫特指出,使文学的理想模式得以形成的是咖啡馆而不是高等学院:"大学校园里的几个年轻小伙子,对卖弄学问的恐惧……认为每天阅读拙劣的文艺作品时的优雅从那时便成为他们的习惯:他们称之为了解宇宙,纵观人生百态。"在学院里面,学生模仿着咖啡屋中的社会。18世纪20年代初,美国大学校园里的学生房间里雨后春笋般地兴起了许多俱乐部,"少年协会"忙着在教室中添加一些他们自己新开发的品味,阅读材料以及学会礼貌。有些俱乐部——哈佛大学的费拉缪撒林俱乐部(Philomusarians)、威廉(William)和玛丽(Mary)的F. H. C协会、新泽西州学院的克利索(Cliosophical)社团以及美国的辉格社团(Whig Society)——发展成为不同级别的团体,主管学生对话中的文学。无拘无束地沉溺于不同年级之间以及俱乐部之间的论文战或者争着对当地美女的评论锻炼了学生的技艺,而在课堂上做的翻译传统名著的练习是不会有这样的功效的。

直到世纪中期,威廉·史密斯院长先后组建了研究院和费城学院,才将这些纯文学的课外练习加入到平常的教学活动中。在一篇有教育意义的短文《米兰尼亚学院简况》(*A General Idea of the College of Mirania*, 1753)中,史密斯认为将对"模仿艺术"的学习包括在课程内是合理的:"这样的学习可以拓展思维,加强并完善理解,陶冶情操,可以改善行为,缓和激情,沉思默想,从而使我们达到心旷神怡的美好境界以及哲学上的忧郁,而这又会使人去爱,去寻找友谊并萌发出一些更为细腻的情感。"史密斯对学院风雅文学培训的认可取决于苏格兰常识中辉格党的理论发展:如果公民习惯于设身处地为别人着想的话,公众会变得更富有同情心。而模仿艺术就使得这样的想象活动添加一层愉悦的色彩,从而鼓励人们去养成这样的习惯。在苏格兰人休·布莱尔(Hugh Blair)的《论纯文学和修辞学》(*Lectures on Rhetoric and Belles Letters*)(于1759年开始创作;1783年以集子的形式出版)中,将纯文学的公众效用的美学思想变成法典,强调了交流中愉悦性的价值。在独立战争后的10年中,耶鲁大学的学生想要发动暴乱,要求把布莱尔的《修辞学》作为学习的科目之一。费城学院的学生则认为没必要发起暴动,因为史密斯教务长形成了自己的修辞学课,其中很多时候都要涉及布莱尔(Blair)的思想。史密斯自己加了一些案例来补充其思想。他的好几部文学作品——《印第安和平之歌》(*Indian Songs of Peace*, 1753)、《美国的神话》(*The American Fables*, 1752—1753)、《诗:致(纽约)众议院的一封信》(*A Poem: Being a Serious Address to the House of Representatives [of New York]*, 1752)——都是修辞学方面的纯文学作品,其中的愉悦性使公众政策的辩论中"弥漫着的硝烟散去"。费城学院的学生还从史密斯列举的 18 世纪 50 年代末、60 年代、70 年代本杰明·富兰克林的作品的范例中受益匪浅,这些作品巧妙地展示了愉悦或幽默的方式如何使得蛮横的立场在公众中受到欢迎。

史密斯教务长把一群前途无量的年轻人在他的指示下集合成一个团体,即所谓的乡村青年(Swains),从而也就使得学生组织显得多余。他组织的这个团体有两个才子,他们并不是该校学生,一个是画家本杰明·韦斯特(Benjamin West),一个是诗人托马斯·戈弗雷,他们又与一个学生代表团相遇,其成员中有纳撒尼尔·埃文斯、约瑟夫·里德、弗朗西斯·霍普金森、雅各布·杜克以及约翰·格林(John Green)。史密斯引导他的这些被保护者把他们自己理解为新世界艺术和科学领域中的第一朵绽放的花朵,从而实现了很久以前的预言,把艺术和帝国传输到新大陆。他们精湛的技艺体现在学院的毕业考试中,体现在外省和大都市的报纸上,体现在《美国杂志和编年史月刊》(American Magazine and Monthly Chronicle) 以及史密斯为展示美国殖民地的文化而设计的期刊中。其中有一部分讲到博物馆,一部分讲道德规范,一部分是国外新闻摘要,还有一部分是记事。之前,曾有人试图在美国出版期刊:1741 年富兰克林的《大众杂志》和布拉德福的《美国杂志》,又名《英国殖民地月月观》(American Magazine, or a Monthly View of the British Colonies),1743 年杰里米·格里德雷(Jeremy Gridley)的《美国杂志及历史年鉴》(American Magazine and Historical Chronicle)。每个人都渴望创办殖民时期的美国的杂志,他们动用了所有的聪明才智,并通过沿海城市的印刷工和书商从四面八方寻求订购者。然而他们与客户的订购关系都仅仅维持了几个月。史密斯与之前的编辑们一样,希望战争会有助于增加对战争方面的地方相关报刊的需求。他意识到自从皮特街"农夫"在四个大陆上提出了对战争的公诉后,七年战争使得美国几乎把全球的眼球都吸引过来。布拉道克(Edward Braddock)的失败,夺回路易斯堡,以及詹姆斯·沃尔夫(James Wolfe)将军死于魁北克之门,这些事件都吸引了全世界人对美国殖民地的关注。当地作家意识到他们应该利用现在的形势为自己赢取名誉。

罗伯特·波林本来要取笑自己写的有关印度战争的史诗的,但雄心勃勃的一代诗人却很好战。有些人,如约瑟夫·希彭(Joseph Shippen)和詹姆斯·斯特林(James Sterling)为英国盟军在欧洲的胜利而庆祝,以吸引美国读者。还有一些人,如约翰·贝弗里奇(John Beveridge)、霍普金斯、戈弗雷、亚历山大·马丁(Alexander Martin)则熟记了新世界的一些事件,以吸引英帝国读者。殖民时期的美国作家如何评论法国与美洲人的斗争,关系到他们的利

○美国殖民地时期的纯文学

益，这一点可以从书商乐意赞助长篇作品的出版看出。约翰·梅莱姆（John Maylem）的《法国人的不诚实》（Gallic Perfidy，1758）和《征服路易斯堡》（The Conquest of Louisburg，1758）在波士顿的本杰明·梅科姆（Benjamin Mecom）那里出版发行；乔治·考克因（George Cockings）的《战争》（War）；《英雄诗》（an Heroic Poem）和本杰明·杨·普莱姆（Benjamin Young Prime）的《爱国主义沉思录》（The Patriot Muse）在伦敦付诸印刷并发行。最后，史密斯的一个被保护者创作了战争的最终代表作。本杰明·韦斯特的《沃尔夫将军之死》（The Death of General Wolfe）后来拍成戏剧供人观看，从而使得所有那些关于战争的评论都显得相形见绌。画面改善了代表历史的图画，并断言现代事件与古代的伟大事件是相衬的。

　　七年战争激发了殖民时期的美国第一批女性创作政治纯文学作品。尽管在世纪之交时，英国就已经出现了女性评论家，如玛丽·皮克斯（Mary Pix）、苏珊娜·森特利维（Susanna Centlivre）和伊丽莎白·伯伊德（Elizabeth Boyd）评论国事，但在殖民地，如果我们从《致一名女政客》（"To a Political Lady"）（《波士顿周刊》，1743年3月）来判断的话，可以看出参与政治仍然是男性特权。妇女可以自由地为报纸上的文学专栏撰稿，而且只要她们按标准付给印刷工一定的投稿费，就可以出版。但是女性的大多数作品都是社交诗，表达对婚姻和爱情的思考或者一些宗教方面的想法。然而，七年战争爆发后，纽约《水星》（Mercury）开始刊载安尼斯·布迪诺特·斯托克顿的平民诗歌。《波士顿新闻报》（Boston News-Letter）发表了《一名妇女致阿默斯特将军的一封信》（"A Lady's, Lines... upon General Amherst"），《新罕布什尔州日报》上刊登了一首题为《出于该国女性之手》（"by a female Hand in the Country"）的长诗，诗的内容是关于夺取路易斯堡的。自此之后，女性越来越频繁地讨论政治，给大众一些出版的或不错的手稿。殖民时期的美国女性伊丽莎白·格雷姆·佛格森独立撰写的一部政治纯文学作品是最出色的。这是一部长达93页的诗集，回应了约翰·狄金森（John Dickinson）有名的《宾州农夫信简》（Letters from a Farmer in Pennsylvania，1768），不过这些作品迄今仍未出版。

　　伊丽莎白·格雷姆·佛格森（1737？—1801）主持着殖民地美国最出色的文学沙龙。她是托马斯·格雷姆（Thomas Graeme）的女儿，继承了费城外的一个乡村住所格雷姆公园。早在她小时候就已经表现出自己的文学天赋，因此使用了劳拉这个名字。尽管她早期的作品只是一些传统的社交诗，但她很快便拓宽了自己的写作范围。她写的以她与威廉·坦普尔·富兰克林（William Temple Franklin，本杰明·富兰克林的私生子）的不幸爱情为主题的诗歌模仿了埃夫拉·本关于爱情的一些思考：

年轻的戴蒙披着友谊的外衣来到这里，
起初说着一些爱情之外的话题，
我们无拘无束地畅谈着，
谈论高高在上的权力，
谈论真诚、善良与美丽，
但我却不知道我的心飞向哪里。
旁观的智者看到了他的外衣
告诉我说我错啦，
他们的经验之谈经感情而整理。
我要以一颗石头之心去抵制！
因为我喜欢夸耀我的朋友
却并不知爱情已然在那里。

　　1759年，富兰克林抛弃了伊丽莎白·格雷姆，与伦敦另一女子住在一起。七年战争激励格雷姆通过作品表达她的"判断力"。她写给丽贝卡·摩尔（Rebecca Moore）的诗歌书信中主张在战争中女性应表现得坚毅一些，这些书信开创了有天赋的女性之间交流的先河。丽贝卡·摩尔嫁给威廉·史密斯院长之后，伊丽莎白开始与他以及他圈子内的人联系。她对自己的才智很有信心，以诗歌的形式评估了亚当·斯密（Adam Smith）的《道德情操论》（Theory of Moral Sentiments，1759）。18世纪50年代末，格雷姆公园成为史密斯院长组织的乡村青年社团最喜欢去的地方。格雷姆定期与弗朗西斯·霍普金斯和纳撒尼尔·埃文斯交换诗歌。到60年代，格雷姆公园集会变成了文艺沙龙。这时约翰·摩根（John Morgan）和托马斯·库姆（Thomas Coombe）也加入了进来。

　　文艺沙龙——在妇女的监管下各阶层社交进行文化和艺术交流的集会——源于法国，18世纪早期传入英国社团。他们与"茶桌协会"不同，因为他们谈论的是艺术。在50年代之前，很少有人暗示沙龙文化的存在。18世纪20年代末，伊丽莎白·麦格雷（Elizabeth Magawell）在费城外的理想化种植园，1774年阿奇博德·豪姆逝世后由阿比盖尔·斯特里特·考克斯（Abigail Street Coxe）担任主席的特伦顿诗人（Poets），以及40年代末查尔斯顿的哈利特·西蒙·戴尔（Harriet Simons Dale）协会是为数不多的几个集会，沙龙文化因此而幸存下来。费城格雷姆的沙龙、新泽西州、普林斯顿、莫瑞（Morren）的安尼斯·伯迪诺特·斯托克顿（Annis Boudinot Stockton）沙龙几

○ 美国殖民地时期的纯文学

乎是同一时间兴起的（50 年代末），而且其历史也惊人的相似，都是学院内文学社团的联合，都喜欢诗歌甚于喜欢其他艺术形式，都创作了很多的文学手稿但不准备付诸印刷，都因为是所在殖民地最精妙、最儒雅的团体而闻名。然而，格雷姆和斯托克顿都认为自己社团内的讨论不足以锻炼他们的能力。他们彼此之间建立了通信联系，从而产生了女性间的文学交流，包括汉纳·格雷费兹（Hannah Griffitts）、以斯帖·爱德华·伯尔（Esther Edwards Burr）、玛丽·里德（Mary Read）、安娜·扬·史密斯（Anna Young Smith）、丽贝卡·摩尔·史密斯、伊丽莎白·诺里斯（Elizabeth Norris）以及苏珊娜·赖特（Susanna Wright）。

通过格雷姆和斯托克顿的信件交往而建立起来的女性协会与茶社不同，具有艺术性和才智性。1727 年，约翰·亚当斯教士对波士顿的一个妇女协会的描述说明了格雷姆和斯托克顿的交流中具有特色的谈话形式：

> 如果你去看看一些女士的茶桌，（文雅地说），你将有机会见识到何谓温文尔雅，何谓平民化的鲁莽，能听到对时尚、对一些贵妇人头巾位置的评论，或者对家务的忠诚建议，制作酱汁和果冻的好办法，以及其他相类似的更多的建议和指导。如果你没能听出邻座出错的话也没关系，要么她说的不对，要么你最好保持沉默。

格雷姆和斯托克顿建立的联系竭力反对妇女谈论的话题仅限于家务事、闲谈以及对男性的奉承。正如苏珊娜·赖特对伊丽莎白·诺里斯所说的：

> 但你却不会被甜言蜜语所蛊惑
> 去乖乖服从，抑或作茧自缚，为自己戴上镣铐，
> 但如若立你为后，让你自由支配自己的意志
> 去支配你发自肺腑的想法，
> 你欣喜地发现男女同样会犯错误，
> 看看那些天下最明智者——寥寥无几。
> 然而激情使你意志坚定，孩提时代的快乐已然逝去；
> 那么就来祈祷让你走出阴影的选择
> 去拥抱真理吧！

博学鸿词的才女可谓凤毛麟角，仅有的几个又远隔万里，因此她们只能通过书信来交流。比如说，1726 年赖特从费城的切斯特（Chester）移居到沙

美国殖民地时期的纯文学

士克哈纳(Susquehanna)谷的荒原中,在那里,

> 远离所有的交际圈,
> 来到森林中草木丛生的荒野,
> 以垂悬的岩石为书,
> 以潺潺的流水为友。

她在那里一边作诗一边务农、织布。赖特是当时一位多产而声名远播的诗人,现在她因派蒂·科维尔(Pattie Cowell)研究美国妇女文学文化时发现的四首诗而闻名。如今,寻找赖特的全部作品成为研究殖民时期的美国文学史工作者较为重要的一项任务。

安尼斯·布迪诺特·斯托克顿的作品全面地展示了殖民地人际网中女性作家们所关心的话题。我们可以从中找到对社会愉悦的表达、彬彬有礼的世界、致家人和朋友的书信以及大量以政治为主体的纯文学作品,如为华盛顿写的颂歌,以及对当时一些革命事件所作的深入思考。最后,还可以发现一些代表女性能力的辩论性诗歌,如《致访问者,一个女性社团阅读他的〈宾夕西法尼亚纪事〉中第三篇文章有感》("To the Visitant, from a circle of Ladies, on reading his paper. No. 3, in the Pennsylvania Chronicle", 1768):

> 先生,你是明智的,但你却只能
> 指出我们学习方面的错误,而无法判定我们的性别对错与否;
> 妇女思想的形成之源
> 会如此频频地出现,但却是纯洁而盲目的;
> 有多少人会超越习俗法的界限,
> 来证明天才的缺乏并不是其原因所在;
> 然而对书生气女子的厌恶
> 或称"女性书呆子",或"她们不务正业",
> 让他们这些想法见鬼去吧,他们必须去除给我们所加的镣铐,
> 让他们无助地望着他们那些书页叹气吧。

340

50年代和60年代,随着沙龙文化的建立以及出版物中所反映的女性声音的加强,纯文学主义在殖民地文化运动中经历了最后一次高潮。1700年到1760年期间,以手稿形式出现的大部分精英人物的对话发展成为有众多读者欣赏的国际性铅字文章,纯文学主义在革命前夕成为"文学"观念的主流。

○美国殖民地时期的纯文学

其他方面的文章——历史、自然史、说教、赞美诗、哲学——被迫对纯文学作品的扩张做出反应，这些文章或吸收或排斥文学的社会愉悦性的功能。对纯文学作品及其交际文化最强烈的抵抗来自基督教福音派新教。新教传教者不遗余力地对她们谴责。安尼斯·布迪诺特·斯托克顿会听到新泽西州学院的导师约翰·埃维（John Ewing）评论，说"她和斯托克顿的谈话中都是关于友谊、社团以及诸如此类的话题"。在对交际性进行诋毁或对妇女交友能力采取漠然态度的同时，是对戏剧和新型小说公开的强烈批评。

改革后的基督教虔信派带来的主要后果是导致殖民时期的美国戏剧影响力减小。即使是在自由主义思想占支配地位的外省中心——金斯顿、查尔斯顿、威廉斯堡、安纳波利斯、纽约——反对力量也促使当地的纯文学主义者为戏剧辩护，认为它对人的道德具有指导意义。查尔斯顿的托马斯·戴尔、安纳波利斯的詹姆斯·斯特林·约翰逊教士、巴巴多斯岛的圣·迈克尔教区的牧师、波士顿的约翰·巴瑞尔（John Barrell）、纽约的阿奇博德·豪姆都为剧本写了序言，声称剧场可以鼓励美德：

> 常常，当对错误的严肃劝告未能奏效时，
> 喜剧的面具便开始盛行；
> 没有了法院、牧师与国王，
> 恶习变得荒谬。
> 这一点古希腊人明白，古罗马人也清楚。
> 他们认为这就是一面指导人们的镜子；
> 他的每一处瑕疵
> 都可以通过镜子暴露无遗。

美国纯文学主义者为在60年代早期托马斯·戈弗雷写《帕提亚国王子》（*The Prince of Parthia*）之前他们没有为剧场写太多的作品花费了许多时间来道歉。在戏剧文学发展完善之前，美国独立战争就已经爆发了。大部分殖民时期的美国的居民都只是被动地接受大部分的作品，等待着由巡回的戏剧公司演出的最新作品从大都市传来。至于殖民时期的美国居民对伦敦剧场的印象，理查德·坎伯兰德（Richard Cumberland）广为流传的讽刺作品《西印度人》（*The West Indian*，1772）是唯一一部具有深远影响的向殖民时期的美国大都市居民传播的代表作。这并不是一幅谄媚画，实际上它是对剧场批评家的猛烈抨击。

在殖民时代，小说发展还不充分。受到寒士街不道德氛围的玷污，以及

美国殖民地时期的纯文学

与对宗教的、市民的以及家庭秩序的颠覆相联系,小说被虔信派教徒列入对手的名单内。对一个文雅的精英人士而言,正因为小说受欢迎所以才是庸俗的。在一个忧虑礼貌要发展到何种程度的发展中的国家,殖民地礼貌统治者并没有判定一种模式来预示什么样的小说才符合中产阶级的幻想和情感品味。文学历史上有名的"殖民地小说"——埃夫拉·本(Aphra Behn)的《欧努诺克》(*Oroonoko*, 1688)、亚瑟·布莱克默的《背信弃义的同胞们》(*The Perfidious Brethren*, 1720)和夏洛特·莱诺克斯(Charlotte Lennox)的《哈里叶特·斯图亚特的生活》(*The Life of Harriet Stuart*, 1751)——由殖民地以前的居民在伦敦出版,供大都市居民阅读。由于经济、文化方面的原因,小说的创作从殖民地迁移出去。在殖民时期的美国居民中,有人既阅读小说又阅读剧本,但是其形式不合乎逻辑,所以没有得到当地作家的支持。小说在美国的兴起发生在战后,这种现象与英国的独裁统治被推翻后的很多文化和经济现象相联系。

战后产生了一些对新的文学表达法的可能,但同时也破除了以前的一些文学表达法。站出来为这个新国家发言的作家对殖民时期的美国的先驱们来说根本没必要。市民纯文学的创作者,如本杰明. 扬. 普莱姆(Benjamin Young Prime)、亚历山大·马丁、弗朗西斯·霍普金斯摒弃了革命前的作品,或者将它们遗忘或者对其进行彻底修改。殖民地俱乐部文化中的很多中心任务是保持保守党的忠诚。很多人离开了美国,其他一些人则仍受人怀疑,如波士顿的约瑟夫·格林、马瑟·拜尔斯(Mather Byles)以及本杰明·丘奇(Benjamin Church);查尔斯顿的乔治·奥格尔维和威廉. 派克罗(William Packrow);马里兰的乔纳森·布歇(Jonathan Boucher)以及罗伯特·埃利斯(Robert Ellis);费城的威廉·史密斯和伊丽莎白·格雷姆·佛格森。爱国主义作家称自己为美国的第一代天才人物,自荐为美国文学史的开创者。有趣的是,威廉·利文斯顿(William Livingston)的诗《哲学孤独》又名《乡村生活的选择》(*Philosophic Solitude; or The Choice of a Rural Life*, 1747)是个例外。这首诗表达了对菲利普·弗瑞诺(Philip Freneau)浪漫主义的一种崇高的自然期待,表明殖民地纯文学的整个主体正在从成长中的一代美国人的记忆中抹杀掉。

不利于从殖民时期的美国纯文学发展而来的美国文学传统形成的第二次高潮是:文学印刷市场的巩固。革命时期,出版成为文学价值的标记。俱乐部和文艺沙龙中的手稿文学已经销声匿迹了,只是在出版前征求别人意见时传阅的仍是手稿。艾利胡·哈布德·史密斯(Elihu Hubbard Smith)在日记中对纽约友好俱乐部(New York Friedly Club)的描述,显示了俱乐部如何从文

342

美国殖民地时期的纯文学

学交流的主要场所转变为公众表演的预演厅。当美国的第一批文学史家——塞缪尔·纳普（Samuel Knapp）、以赛亚·托马斯（Isaiah Thomas）、塞缪尔·米勒（Samuel Miller）、约翰·尼尔（John Neal）———将他们的注意力转向美国纯文学的兴起时，他们并不了解这种文学创立的历史，因而提出文学价值的标准不适合源于市场经济中印刷文化的当代作品。结果，他们得出结论说殖民时期的美国几乎没有什么文学活动；即使有一些，也是劣质的；其兴趣主要在历史方面而非美学方面。这种观点一直到20世纪还很盛行，直到被几代作者的作品所征服。这几代作家始于劳伦斯·C. 劳斯（Laurence C. Wroth）、拉尔夫·鲁斯克（Ralph Rusk）和路易斯·B. 赖特（Louis B. Wright），接着是理查德·比尔·戴维斯（Richard Beale Davis）和 C. 勒纳特·卡森（C. Lennart Calson），在肯尼思·斯尔曼（Kenneth Silverman）和利奥·勒梅（J. A. Leo Lemay）时告终。这些文学史家的学术成就为理解殖民时期的美国纯文学作品提供了经验。

美国启蒙运动时期的文学（1750—1820）

罗伯特·A. 佛格森

第一章　寻找革命

1

　　理解美国革命是一种文学追求，约翰·亚当斯在一篇著名的对这一事件的概述文中也讲到了这点。1818年亚当斯这样说道，"美国革命已经深深地植根于人民的脑海与心目中"，而那些探索革命的人必须收集和寻找"所有资料与档案、宣传册、报纸甚至是传单，因为这些资料以某种方式帮助人们改变了他们的心情和想法"。亚当斯关注到了这种观念上的改变，把这场"真正的美国革命"定性为美国启蒙运动的中心事件，而且把对革命的理解转化成对文化安定的永久考验。在激励"各州的年轻文人们"去理解革命的同时，他还警告他们不要做一些表面的浅显解释去强调"绅士们个人的光环"。1776年以及之后将美国人团结起来的思想上的转化是隐藏在这些事件表面之下的。只有通过努力搜寻，一个人才有望找到使"人们在原则、想法、情感以及爱好方面发生巨变"的更深层次的真理。

　　在1818年就令人困惑的这种挑战，时至今日依然是一种挑战。我们要在头脑中清醒地认识到得以保存至今的话语与原初想法之间、文本与丢失的语境之间、假设与期望之间以及故事与真实事件之间的差距的同时，尽可能多地去认识革命，因为它本身也是18世纪美国文学领域中最伟大的成就。如果"真正的美国革命"没有让革命英雄的形象在任何地方得以永久地长存下来——人民的脑海中和心中——那么仅仅通过现存的作品，人们怎能去完成上述的任务呢？重要的文本证据必须与残缺而又模棱两可的证据相权衡。我们必须把文本作者与读者之间的联系看做是一个变量而非恒量。

美国启蒙运动时期的文学

在亚当斯写那篇文章的时候，如何诠释美国革命这个问题所面临的困难就已经显而易见。1815 年，亚当斯和托马斯·杰斐逊得出了一个共同结论，认为"由于1774 年到 1783 年间，国会中最重要的文件、辩论以及商议都是机密，所以现在这些东西已经永久地消失了"。他们又进一步认为，那些最终得以付诸刊印的寥寥无几的几篇文章看上去与他们亲耳听到的原始文件"截然不同"。"美国革命的历史将由谁来写？"亚当斯问到，"又有谁会写？谁将有能力来写？"杰斐逊的回答率直而又击中要害："谁会写？谁将有能力来写？没有人；要写也只能写一些与其相关的外在的客观事实。"当然，对这些困难的认识也激起了人们就对独立战争的近似解释争论。

亚当斯和杰斐逊清醒地认识到，革命总有一天将会被告知世人，自己的讲述会控制随后的思想主流，因此两人之间展开了激烈的竞争。这个过程也是美国革命文学的一部分——是随后人们思想和心灵改变运动的一部分。亚当斯尤其担心这个故事已被别人抢先叙述。1790 年，他向本杰明·拉什抱怨说："我们革命的历史将会是富兰克林博士的电棒击中地球，华盛顿将军应运而生。富兰克林用自己的电棒击中了自己，因此之后这两个人就操纵着所有的政策、协议、立法以及战争。"然而脾气暴躁又自以为是的亚当斯却抓住了一个重要的真理。他那富有喜剧色彩的寓言中所讲到的魔术电棒，是一种科学与魔术的结合，表明了一个受到人们持久欢迎的事实及其方法。美国人运用这种方法以及其他的一些类似手法，在关于国家起源的神话中将启蒙运动拟人化，而这种神话恰恰导致了亚当斯所警告的应予以规避的"绅士们个人的光环"。

诸上所述均表明了对革命的文学发现之旅中的问题。历史学家必须重新发现并联系背景来介绍那些稍纵即逝的文件和已被忘却的演说词的来龙去脉，而与此同时，评论家也必须对这两者予以重视。历史学家与评论家的努力必须把亚当斯所排斥的神话故事具体化或者至少要使其合乎情境。同时，当问题的答案与现实中潜在的变化交织在一起时，即便是最简单的问题也难以回答了。

革命始于何时？又是如何开始的？早在 1743 年，21 岁的塞缪尔·亚当斯就在《哈佛毕业典礼日》（*Harvard Commencement Day Quaestion*）提出了如下断言："如果我们的共和国不能得以维持的话，抵抗最高法官是合法的吗？"这些出自一名学生之口的话是进行反抗的绝佳的个人准备，但是殖民地而非这名学生采取了反抗行动。合理对抗这个主题是大西洋两岸讲英语的人早期思考得最多的话题。怪不得约翰·亚当斯和杰斐逊得出结论说革

第一章 寻找革命

命开始于"这个国家的第一个种植园"。也难怪在完成另一项相近任务时，忠于共和政府的历史学家，如彼特·奥利弗（Peter Oliver），在改革的普遍性（"由于改革是在比埃及的黑暗还要糟糕的情况下突然地兴起的，人类思想还不足以坚强地去承受这突然来临的闪电"）与1761年那件事情（指崭露头角的年轻律师詹姆斯·奥蒂斯［James Otis］与托马斯·哈钦森［Thomas Hutchinson］以及之后的马萨诸塞州的长官之间对委任马萨诸塞州长官到州法院任职而产生了分歧）的特殊性之间动摇不定。哈钦森也在全力以赴地处理这件事情，也即在处理着那个时代他自己历史中的同样问题。"星星之火，可以燎原"，哈钦森在回首往事时如此感叹道。在抽象想法与短暂的插曲中较狭隘但却又比较深的精神创伤两者之间应强调何者呢？当这些插曲在革命意识形态中具有更为重要的象征意义时，应强调的东西会发生改变吗？

就意识的影响力而提出的问题带来了新的难题。是那些革命的领导人所写的作品改变了殖民地美国人的想法还是大众的压力决定了这些作品的节奏和主旨呢？约翰·亚当斯所强调的促使这些变化发生的催化剂是来自社会高层还是底层？尽管对于诸如此类问题的答案都不可避免地具有猜测的性质，但是却必须牢记在心里。比如说，从1787年到1788年连载出版的《联邦党人文集》（*The Federalist*）① 的84篇文章里，没有人否认亚历山大·汉密尔顿的思想主导着其中的大部分内容，然而其中汉密尔顿的文章——显然在这本文集中占据了多数——却与他仅仅几个月前在费城慷慨激昂地表述的政治倾向有很大偏离。汉密尔顿在联邦会议席上所表述的对英国宪法的无比钦佩和赞赏在普布利乌斯（Publius）中不见踪影，至于为什么会发生这样的变化，在他的信中有所解释。1780年他这样写道："如果召集议会，那么各州及其人民就应该准备好去接受议会中那些敏感而又受欢迎的作品中所表达的常识，这些作品应该与议会观点一致。"这句话中所使用的准备、受欢迎、常识以及接受这些词汇提醒我们即使是严谨、具有贵族思想的汉密尔顿也加入了灵活的共识文学行列，这种文学体现着政治领导能力、个人表达能力以及人民的意愿。

约翰·亚当斯对重新起草的文章、华盛顿和富兰克林膨胀的角色，以及个人英雄主义的过分强调所提出的警告表明了人们担心的另一个层面的问题。

---

① 《联邦党人文集》（*The Federalist*）是亚历山大·汉密尔顿、约翰·杰伊、詹姆斯·麦迪逊三人为争取批准新宪法在纽约报刊上共同以普布利乌斯（Publius）为笔名而发表的一系列论文文集。——译注

美国启蒙运动时期的文学

国家的成功建立很快使那些批评性的观点黯然失色。那些革命的发起人在他们的有生之年被尊奉为神明，他们中的很多人都很长寿，使他们有充足的时间来写回忆录并为自己的成功增光添彩。这种行为扭曲了他们所做贡献的初始意义，而这种意义原来已经很难解释。革命时期的作品探讨问题，采用了一种在现代文学中毫无地位的美学形式，而且其中最优秀的作品已经成为国家仪式中的神圣物——一种超越了其原先文本而又劣于它的圣像。因此它们成为美国文化中的特别财产，但美国人现在已经不阅读这些作品了，尽管这些作品写来就是让人读的。

与把革命看成文学现象——指的是革命中的公众记录、小册子、报纸和传单等产物——的困难相对立的是两种取长补短的力量。从社会底层来看，革命发生在有史以来最为普遍的一种文学文化中，而从社会高层来看，精英们在写作过程中的自我意识是少数被忘却的美德之一。革命时期的美国人贪婪地阅读，而他们的领导人则频繁而自由地写作，留下很多各种各样材料的刊印稿或手稿。不管是阅读还是写作，没有哪代人比他们更仔细地把这些付诸刊印的作品当做是其身份的基础，而且在一个仍处于文学和文人的口述和刊印形式边缘的社会中这一点显得尤为明显。

18 世纪的文化中，成功人士通过创作一些以即将到来的世界为主题的作品表明了地位和职位提升的价值。1774 年，年轻的杰斐逊因为写了一篇题为《英属北美权利概要》(*A Summary View of the Rights of British America*) 的小册子而一夜成名，成为显赫的英裔美国人。两年之后，托马斯·潘恩（Thomas Paine）也因写了一本题为《常识》(*Common Sense*) 的小册子而一举成名。亚历山大·汉密尔顿、詹姆斯·麦迪逊（James Madison）和约翰·亚当斯也因写作一些有关政府的作品和宪法而获得成功。人们只需在更狭隘的范围内比较一下他们的同胞便可知，如约翰·汉考克（John Hancock）和帕特里克·亨利（Patrick Henry）①，他们没有留下可比较的作品。早些时候，本杰明·富兰克林因写作和出版物而名利双收。甚至乔治·华盛顿（George Washington）也因他的一些作品——1783 年离开部队时的告别演讲和 1796 年的总统告别演讲——而显得更加高大。

在自作主张的关键时刻，写作就显得尤为重要。1777 年美国处于社会动荡的紧张时刻，约翰·亚当斯在对"各种雄心壮志"进行了分析之后，只为自己

---

① 帕特里克·亨利（Patrick Henry, 1736—1799）：政治活动家、演说家，曾为第一、第二届大陆会议代表。他积极倡导反英斗争，主张殖民地联合与独立。他反对批准《美利坚合众国宪法》，力主在宪法中加入《人权法案》。——译注

保留了"文学和专业方面的"抱负。他随后在官方文件、小品文、论文、信件以及日记中的一些作品中更加证明了他将文学事业置于首位是正确的选择。杰斐逊的墓志铭开头这样写道:"这里埋葬的是作家托马斯·杰斐逊。"碑文随后对作家的身份做了解释——美国《独立宣言》的起草者、弗吉尼亚州宗教自由法规的创建者、弗吉尼亚大学的创始人——都是对这位作家的创造力和即时服务的歌颂。著名的富兰克林墓志铭却将主题转化为文学作品,并允诺说尽管这部"旧书"本身会腐烂,但是"作品本身却不会丢失;因为它将以新的更为典雅的版本再次出现(他相信如此)"。富兰克林在他的自传中肯定地说道:"在我的生涯中,散文的写作对我极有裨益,是我进步的主要方式。"

作者的身份对人有一定的控制力,因为革命领导者对他们作品的期望值太高了。他们的主要作品都千篇一律地提到了自己在历史事件和文学中的重要作用。潘恩的《常识》开篇并没有描述英国的剥削压迫,而是讲了之前的作家强加给世人的一些极为严重的错误。由于潘恩纠正了这些错误,他的这本小册子将会改变历史。《常识》承诺要将读者转化为拥有"打破旧世界创造新世界的力量"的诺亚。《联邦党人文集》声称是对于那个时代最重要的问题展开的最好的讨论。由此富兰克林的自传赢得了后世的称颂和未来所有显要人物的关注,成为高于凯撒和塔西佗贡献的文学神龛。以上所讲到的三部作品在写作方面有一个共同的前提:当正确的词语得以合适的强调并被接受时,一切皆有可能。尽管词语的这种假定力量从原初定义来看是以圣经为依据的,但是它都作为启蒙思想中迅速传播的知识一部分而在此蓬勃发展,是18世纪文学领域中发现的宗教和非宗教理解的主要结合之一。

革命时期的美国人凭借他们对写作的信任来稳定这个他们身在其中的无常世界。他们或者通过写作来强调他们察觉到的一些焦虑、问题以及未知物,把它们根据版式、风格、格式进行分类,或者严格地将它们从仍假装为"全面"的理解中剔除出去。杰斐逊就《独立宣言》中奴隶制这个词的使用与大陆会议进行的辩论就是一个很好的例子。有两种选择,要么把奴隶制的惨状作为文件的一个中心主题,然后表达对英国国王的不满,要么就把所有有关奴隶制的提法都删除掉。最终稿采用了后者。同样是这个策略,但更具有积极意义的是《联邦党人文集》把透过政治秩序的镜片所看到的所有性质集于一身,作为对早期共和党人关于国家混乱的恐惧的回复。在《联邦党人文集》第二篇中,普布利乌斯写道,"我常常感到欣慰的是",

> 认识到独立的美国不是由分散和彼此远隔的领土组成,而是一个连成一片、辽阔肥沃的国家,是西方自由子孙的一部分。……连接一起的通航

●美国启蒙运动时期的文学

河流，围绕边界形成一种链条，就像把这个国家捆绑起来一样。而世上最著名的几条河流，距离适当，成为为居民们提供友好帮助、互相来往和交换各种商品的便利通道。

对地理位置联系的想象体现了政治的团结，以期与早期共和党人挥之不去的混乱和冲突的噩梦相抗衡。

这些策略——在全面理论之内联系背景介绍来龙去脉的策略——是作家在寻求更高真理时故意捏造的，暴露了他们想重塑事实和为简单事实画蛇添足的愿望甚至是渴望，而这些简单的事实是他们必须适应的。作为策略，它们也是与共和国理想主义文学中更为微妙的策略相等同的。总体策略标志着这个时期作品的潮流。将有争议的话题删除，如奴隶制，并设想一个表面上相安无事的自然世界，都是在努力使有争议的多数平民成为一个统一体。18世纪70年代和80年代，革命时期的作家面对的是有极大分歧的民众。他们的任务就是不惜一切代价使人们达成共识，而且他们写作时头脑中具有一系列自相矛盾的创造性——创造协定。

1825年，杰斐逊叙述了他是如何写《独立宣言》的，其叙述中表明了这类美学形式：

不要去寻求一些以前从未想到的新的原则或想法，不要仅说一些之前没有说过的话；而是要告诉人类这个主题的相关常识，而且要用简单而坚定的话语以便得到他们的认可……不要把目标定在原则或感情的新颖性上，也不要抄袭之前的作品。我们要用美国人心中的表达法。

《独立宣言》表达了美国人的心声，宣言中的声明控制了对杰斐逊所提到的应该排除在外的消极事物的评论。这些消极事物——"不要去寻求一些以前从未想到的新的原则或想法，不要仅说一些之前没有说过的话，不要把目标定在原则或感情的新颖性上，也不要抄袭之前的作品"——反映了一个缺失的提取过程及其沮丧与无奈。在文学领域中协定占据统治地位的时候，作者的意图和创造性在共识的局限中自然彰显无遗。

通过语言来使大家达成共识这项需要技巧的工作必须得到理解，以免在努力的过程中而感到绝望。富兰克林把分歧看做是人类关系中不可避免的一项准则。1782年，他告诉约瑟夫·普里斯特利（Joseph Priestley）说："总体而言，人们更容易被激怒，但却没那么容易和解，更容易彼此造成伤害而非互相补偿，更容易受骗而非醒悟，对残杀更容易感到幸灾乐祸而非互相同情。"约翰·亚当斯同意这种观点。1787 年，他提醒杰斐逊说："无论是哲学、宗教、道德还是智慧和利益都不会统治国家或党派，以避免虚荣、骄傲、愤恨与报复，或贪婪与野心的产生。"具有讽刺意味的是，伴随着革命的成功而来的是对人类局限性以及在那些为完成其诺言而奋斗的人与人之间的刻薄的微妙认识。

在这样的一个世界中达成共识不仅要求理解而且还要求对此进行操纵和巧妙处理。真理可能是不言而喻的，但是必须通过某种方式让那些发现真理的人就其意义达成一致。1790 年亚当斯解释说："我是一个虔诚的真理追求者，但我发现能发现相同真理的人几乎没有。"亚当斯这种悲观主义的根源在于他组织政府的亲身经历。他说，"没有人能够想象得到让数以万计的人在所有方面达成协议的困难，除非他自己亲身体验过。"这样的评论出自一名国家机构的创建者口中听起来可能有点奇怪，然而亚当斯和他这一代人在这方面的成功减弱了后来人们在这个时代的焦虑感。当我们对早期共和国时期的作品字斟句酌阅读的时候应该意识到，这些作品的语调、范围、意义和风格是在"让数以万计的人在所有方面达成协议的困难"中果断地形成的。

352

这种建立在共识基础上的文学并不适合于简单的演化编年史，即使这种编年史集文章和事件于一身。以时间为顺序的叙述自然会提到独立战争的意义。英国的一系列法案——从 1764 年的《税收法》或《糖税法》，1765 年的《印花税法》和英兵《驻扎法案》（Troop Quartering Act），1767 年的《汤森法案》，1773 年的《茶叶条例》，再到 1774 年的《不可容忍法》（Intolerable Acts），包括关闭波士顿港口的法案——实际上确实引出了美国的一系列反应（殖民地的反抗、各种各样的宣传册、禁止进口和消费协议、印花税会议，以及后来的大陆会议，自由之子［Son of Liberty］和后来的通讯委员会，波士顿茶叶党等。）然而无论这些法案是多么的真实，也无论是多么频繁地被人提到，却在标准和回应方式中表达了太多的确定性。

那个时期的一些文件表明了美国人渐渐地对英国政策表现出来的恼怒，最初只是一些反对和表示不满的抗议，后来就发展成为勃然大怒，也就在这时候，这种愤怒发展成为报仇和决裂。然而，尽管如此，强烈的愤怒之情、暴乱行为、普遍存在的民事暴动以及殖民地居民和英国军队之间的冲突至少在 1776 年就都已经成为革命的一部分。同年，自由之子很快在大范围内形成，这个名字是源于国会中艾萨克·巴瑞（Isaac Barre）反对 1765 年的《印花税法》所作的演讲。如果不是因为迅速废除了议会的一些法案（1766 年废除了《印花税法》，1770 年废除了《汤森法案》），摆脱英国统治区的民族独

○美国启蒙运动时期的文学

立的行动可能在1776年之前就已经开始。出于同样原因，对于逐渐发展起来的反抗的理解也未能达到早期反抗作品中的自发性和原创性。

1764年议会对税收进行改革后，美国人的愤怒迅速膨胀，而且这种膨胀之后的愤怒助长了早在英国金融政策改革时就已经出现的反抗精神。殖民地居民集会中的争吵使他们的王室统治者们回到了几代之前英美政治中的多变传统中。乔纳森·梅修从1774年开始便一直在波士顿的西教堂担任公理会牧师，他早在第一项新的收入方案出现的15年前、乔治三世继承英国王位前10年就已经预见到了这种传统中那些激进的可能性。在《论无限顺从和不服从于更高权力的演讲》（*A Discourse Concerning Unlimited Submission and Non - Registration to the Higher Power*, 1750）中，梅修在写到殖民地的不顺从时运用了一种新奇的辩证法，讲述了美国人为什么必须"学会变得更自由和忠诚"，"警告所有腐败的顾问和大臣们在建议进行专制、专横办法时不要走极端"。这项战前最有名的训诫庆祝了查尔斯一世执政101周年，并重新定义了正在进行中的清教徒革命：清教徒革命不再是一种叛乱而是"反对专制力量对人权的不自然和非法侵犯，是维护人自然的合法权利中最正义最辉煌的抵制行为"。

这是美国人要用来证明之后的叛乱是正确的语言工具。《关于无限顺从的演讲》仍是一块试金石，一项亚当斯和其他人用来检测自己精神的永久性文学资源。因此，尽管梅修于1776年英美战争爆发之前逝世，但亚当斯于1818年仍然对梅修的"卓越天赋"和"好名声"大加颂扬，称梅修"对革命的爆发产生了很大影响"。半个世纪以来，人们不厌其烦地读着《关于无限顺从和不服从更高权力的演讲》，把它比喻为反抗辞典。在这本书的最初版本发表后不久，亚当斯就发现梅修的训诫"充满智慧又不乏讽刺，而这是斯威夫特或富兰克林都望尘莫及的"。他这样总结道："大家都争相传阅此书。朋友们为它而喝彩，敌人则对它谩骂不止。"这些评论基本没有什么区别。在革命的整个过程中，人们都将梅修的训诫铭记在心，不过这作为殖民生活中特定时期最深刻的表达却是第一次以文稿的形式出现。我们需要发现这些作品中最初的强大魅力和其中"卓越天才"的设想，尽管这种设想现在看起来已经有点古怪。

2

有两个文本可以解释这个时期的作品是如何进入以共识为基础的文学的审美学中的。尽管这两个文本都比较短，但每个文本都讲述了革命时期作品的主要意义。第一个文本节选自1770年2月26日的《波士顿新闻和乡村报》，文本描述了克里斯多佛·塞得（Christopher Seider）死于波士顿的事件。塞得11岁，是个街上的流浪儿，他在参加支持殖民地禁止进口协议的游行中被一个亲英分子杀害。实际上，生活中塞得的身份是如此的低贱以至于《波士顿公报》称他为令人讥笑的人（Snider）。即便如此，自由之子成功地将这件事转化为新世界有史以来最为隆重的葬礼。他们的成功使人们相信对有关已经被忘却的亲英分子的指控是真实的，如彼特·奥利弗曾提道，18世纪60年代末期以来"无论是形式上还是本质上，政府都处于黑手党的操纵之下"。在对这件事的精心叙述中还展现了殖民地居民在从英国国民转化为美国的爱国者的危险中是如何互相学习取长补短的。

354

如果说第一个文本取材于革命的基层群众，那么可以说第二个文本则源于独立战争中最崇高伟大的阶层。1818年，托马斯·杰斐逊根据故事中套故事的方式重新讲述了1776年以来与杰斐逊起草《独立宣言》相关的富兰克林的奇闻轶事。因此可以说，报纸上的文章和奇闻轶事以及革命（从民众暴动到最高层的政治决策）跨越了这个时期（1770—1818）。他们还都意识到了这种见解的重要性，且展示了已被忘却的革命仪式的一部分。总之，这两部作品都讲述了难以控制的现状，即观点、展示和仪式与混乱和讽刺相抗争。同样地，他们代表着对既成历史构成挑战的人工艺术品。

若不是克利斯普司·阿图卡斯（Crispus Attucks）、萨缪尔·麦弗利克（Samuel Maverick）、詹姆斯·考德威尔（James Caldwell）、塞缪尔·格雷（Samuel Gray）和帕特里克·卡尔（Patrick Carr）于两周后在一场发展成波士顿大屠杀的类似暴动中更加悲壮地死在英国士兵手上的话，（克里斯多佛·塞得）可能被当做是为国殉难的第一人而铭记至今。然而，从很多方面来看，塞得之死是一场更具有启发意义的悲剧，因为在政治潜力如此有限的那个时期，塞得之死却带来了如此之大的影响力。总计有2500名哀悼者加入了塞得的送葬队伍，举行葬礼那天奇冷无比，但波士顿1.5万居民中绝大多数都出来目送塞得。约翰·亚当斯写道："我从来都没见过这样的葬礼。"值得一提的是，亚当斯还得出结论说自由之子还希望将这件事排成话剧在舞台上表演，"这表明如果国家需要，还有很多人愿意献出生命。"

《波士顿公报》的激进主义编辑本杰明·伊兹（Benjamin Edes）和约翰·吉尔（John Gill）将葬礼定性为政治事件：

> 这个无辜的男孩是第一个死于凶残狂暴的压迫者手中的受害者。尽管他还小，但他却为国家利益献出了生命。他是被一个该受诅咒的恶棍

◎美国启蒙运动时期的文学

杀死的，这个恶棍受到了那些不能忍受美国的敌人被孩子嘲笑的人的指使。在那个纯真都无藏身之所的年代，这个和善孩子的夭折将会是未来一座永久的纪念碑。

以上详细展示了《波士顿公报》的影响力。伊兹和吉尔写的这段话末尾的箴言，原拉丁文为——Innocentia ausquarn tata（无处藏身）——伴随着塞得的灵柩从埃塞克斯街道上的自由树抬到市中心波士顿公园边界的老谷仓墓地。

然而伊兹和吉尔写这段话时所处的现实环境非常复杂。1770年2月22日是集市日，也是学生的假日，年轻的塞得参加了由几百个男孩子组成的民事暴动。他们聚集在西奥菲勒斯·利利（Theophilus Lillie）的北端商店（North End Shop）前，对该商店继续销售英国商品表示抗议。他们集会的标志是一根竿上顶着一个雕刻的头颅，以及一只指引方向的手的标识下方刻着"进口商"的字样。他们把进入商店的所有人都当做袭击的对象，有一些富有同情心的成年人携带着棍棒鼓励并保护他们。随之而来的还有一些其他较小的暴力行为：整座城市中所有进口商商店的玻璃都被打碎了，他们的房子和商店标志也满是污秽。利利商店成为他们的目标，因为在《波士顿公报》上，该店主已被列入"北美仍无耻地继续与全体商人团结精神作对的"名单。报纸声称这些人"为了自己的利益而置国家的幸福安康于不顾"。报上指出了12家商店的确切位置，要求对这些商店直接采取行动。据报纸报道，名单中列出的这些商人"已经厚颜无耻地将他们的利益与公众利益隔绝开来"。因此"所有为这个国家祝福的人"都必须把这些商人当做是"国家的敌人"来对待。

尽管这些行为看起来可能有些奇异，但却是在共同环境下和传统的社会行为中产生，有助于确定克里斯多佛·塞得在18世纪美国的象征力量。集市日，闲散的人群熙熙攘攘，从而为仍处于殖民地的城市发生暴乱提供一次又一次的机会，这里也是自由之子们在塞得去世前的几个月中进行抗议进口商活动的常到之处。有组织的学生群体是自五年前的印花税法危机以来出来恐吓那些不受欢迎的个人的第一组队伍。这种暴力和恐吓运动可能很极端。在那个时期，暴乱是一种已被接受的公众策略，曾经在新英格兰用来反对那些背离社会和政治准则的人。2月22日发生的这件事在那个时代很普通，但其悲剧结局却不普通。

因此这件平常事件发展成为特别事件。这些孩子们的队伍、他们的图像以及他们在利利店前举起的牌子，都是邻国团伙在新英格兰教皇日的庆祝中已使用多年的叛乱标志和仪式。殖民地居民对英国的盖伊·福克斯之

340

第一章 寻找革命

夜活动的改编形式将发展成为革命的定期仪式，即带着自由柱和图腾游行。1770年，自由之子使用自由柱和图腾来使得对权威机构的违抗成为惯例，并清晰地表明暴乱的环境。当然，教皇日反天主教时充满憎恨地找出来的"特例"很容易带来其他的可能性，在这种情况下，带来了保守党派的支持者。

埃比尼泽·理查逊（Ebenezer Richardson）就是这样一名支持者。当他试图把利利店前的那些图像镇压下去时，他的行为是可以同传统的教皇日庆祝活动中敌对群体的行为相提并论的。结局也是相同的，亦即街道暴动。愤怒的暴动人群一直追随理查逊到他家，他最终从窗户疯狂地纵火烧死了塞得，但并非在他房子的前窗和前门被打烂之前。1770年，理查逊觉得最重要的事情也许就是去恣意毁坏1765年印花税法暴动中重要人物的房子，如托马斯·哈钦森、安德鲁·奥利弗（Andrew Oliver），以及仅四个月前对住在国王街上进口商们的另一个朋友约翰·梅恩（John Mein）的几乎致命的暴民袭击。理查逊也清楚他不能奢望得到当局的帮助。在那个时候的那个情况下，负责官员斯蒂芬·格林里夫（Stephen Greenleaf）警长拒绝执行直接来自副州长哈钦森要求他疏散理查逊家周围暴乱人群的命令，这件事具有典型意义；"他认为试图这样做是不安全的"，哈钦森报告说。

伊兹和吉尔把这些事件的模糊性和愤怒转化为之后仪式的清晰性和秩序性。他们首先把埃比尼泽·理查逊描绘成一贯不诚实的人。《波士顿公报》上的理查逊受人指使，是一个告密者，一个"受人支配的"阴谋家，一个行事谨慎的恶棍，通过具有煽动性和亵渎上帝的语言以及一些恶意行为而挑起一些事端。根据圣经来看，他就是那个沾满"亚伯正义之血"的该隐。在伊兹和吉尔看来，神圣的抑或非神圣的快速报仇都等待着这位谋杀犯和他的"同谋"。

对克里斯多佛·塞得矛盾性格的描写——"一名小英雄和崇高事业的第一位殉道者"——更为复杂。他作为英雄和殉道者的双重角色直击爱国者身份问题的核心。一个小男孩怎能既代表完全的纯真又同时代表其对立面呢？在回答这个问题时，《波士顿公报》小心地在塞得虔诚的谦逊与死亡时不顾其"军事天才"前景而毅然决定之间平衡着。"他口袋中发现的几本英雄主义书"中，有一本是詹姆斯·沃尔夫（James Wolfe）的《人类光荣的顶点》(*Summit of Human Glory*)。沃尔夫是当时美国人所知道的最伟大的军事天才，塞得应该继承詹姆斯·沃尔夫将军的事业。沃尔夫在魁北克战争中（1759）取得了一场胜利并牺牲于该战场，但却使这里的各殖民地摆脱了法国的统治、印第安人的攻击和天主教的腐败。

356

理查逊和塞得之间的道德对比确实不仅仅使选择简单化，它还指导人们的行为。一方面，塞得的纯真无邪和夭折的悲剧会使每个美国人感到恐惧和愤怒。《波士顿公报》警告道："当纯真都不再有安全的藏身之所时，我们就陷入了最不幸福的时代。"另一方面，塞得更为模糊的"军事天才"标志着自由之子组织起来的一群学生积极的爱国主义。在对英国人詹姆斯·沃尔夫形象的描述中已经考虑过这个问题，但是很明显总体的意义仍是激进的。那些受到惊吓而愤怒的美国人将会与自由之子站在一边，《波士顿公报》很快使这种联系成为支配前提。伊兹和吉尔预言塞得的葬礼"将会有众多人参加，其送葬者人数规模将前所未有"，他们还声称只有热爱自由的朋友才能加入送葬队伍。他们这样总结道："这样的话，所有送葬者的哀悼都将是发自肺腑的。"

加入送葬队伍一起行进本是一种激进的行为，然而冲突的双方却都能理解其对政治的重要性。如伊兹和吉尔一样，托马斯·哈钦森把这次葬礼与1768年约翰·威尔克斯（John Wilkes）暴乱期间由英国激进主义者组织起来的一次类似的葬礼联系起来。哈钦森也评判了塞得的葬礼对波士顿的总体影响力。在日记中，他以一种忧郁的笔触写道：

> 当这个男孩被理查逊杀掉时，波士顿的自由之子们，即使他们有能力让这个男孩起死回生，他们还是宁愿选择为他举行隆重的葬礼，因为这样可以聚集起数以千计的人；庄严肃穆的送葬队伍从小男孩父亲居住地附近的自由树出发，一直走到市镇厅，然后到墓地，从而为人们留下了难以磨灭的印象。

但是究竟为什么塞得的葬礼会留下"难以磨灭的印象"呢？

要回答这个问题还需要进一步的解释。那个时期的美国人对身份的意识很有限。每个殖民地都很自然地向英国而非他们的近邻看齐，而且那个时期殖民地之间达成的那项共识的书面文件，即激进主义商人所达成的禁止进口协议，在1769年到1770年间带有很大的不确定性。尽管初步禁止进口的决议在1764年就开始在波士顿实行，但这些决议直到1768年才在主要殖民地港口间达成共识而且在1770年1月1日停止执行。1769年秋对这些协议的修改不是很成功，而且保守的波士顿编年史沾沾自喜地报道了这项抵制运动各方面的不足。当波士顿激进主义的领导者对这项运动采取更加强烈的高压政策时，就不可避免地涉及了殖民地自由团结的精神。

1770年2月22日发生的那场悲剧成为美国人为身份和自主权而进行的更

大规模的战争的一部分。它将否定（禁止进口）转化为肯定（对英雄牺牲的爱国主义承认）。换句话说，塞得之死使得禁止进口的决议变得高尚，从而把它从一项好的政策转化为传奇和公共荣耀。菲莉丝·惠特利（Phyllis Wheatley）好像与《波士顿公报》的编辑们一样很快掌握了这些隐藏的意义。以伊兹和吉尔报纸上的陈述为基础，惠特利在事件发生几天之后就塞得之死写了一首应景诗，这首诗详细地讲述了"公众利益的第一个殉难者"如何使这个团体团结在一起成为反对"自由的敌人"的"著名队伍"。

塞得的葬礼使这个团体有了新的认识，其葬礼的仪式以及相关报道是冒险寻求身份的一部分。塞得不仅是以一个波士顿男孩的身份去世，更为重要的，他"为国家的事业"而献身。缠绕在伊兹和吉尔心头的是对这些事件的盛况的关心，以及他们坚持人们齐心协力的要求，都暗示了其中所涉及的首要诉求。激进主义的编辑们强调了葬礼的二维性：冲突的现实和送葬队伍中所展示的标语牌——或者说象征性作品——解释了这些冲突。《波士顿公报》将"由无数公民组成的行列"与"由一些少数人组成的自称缺乏人性情感的队伍"区别开来，并运用参加葬礼的人数使得目前的冲突在数字上更加不平衡。那篇文章小心翼翼地将塞得灵柩上用拉丁文写的墓志铭翻译出来并加上了贴在自由树上的相关圣经引言作为补充。正如墓志铭上所描述的塞得的奋斗、无辜殉难以及圣经中的引言，也要求全社会联合起来对埃比尼泽·理查逊进行审讯和惩罚以给塞得报仇。《波士顿公报》最后总结说，这些想法"是不会轻易被滥用的"。

对公众阅读的强调是仪式重要性的另一种表现。伊兹和吉尔认为这些标志不应该被滥用的同时，也认定标志应有其公众利益，能被公众使用。为了达到这个目标，他们复印了很多份这样的标语牌，有英文版也有拉丁文版。这种不遗余力的双语甚至三语翻译确保全体大众可以阅读，但是他们也认为大众的经历和教育程度有着层次高低。这个过程包括了参加葬礼的每一个可能的社会阶层，如典礼上出现的最底层的城市居民，在自己书房中用拉丁文阅读的有教养的绅士。所有一切的基础就是对大众读写能力的基本信任。

总之，克里斯多佛·塞得的葬礼本身是一篇需要大家共同阅读来掌握的文章。《波士顿公报》创造了这样一个世界，在这个世界中大多数富有同情心的人互相帮助，团结起来共同反对残酷专横的少数人。参加了塞得葬礼的人在这个集体理解的行为中找到他们的身份。然而，接下来他们必须找出并惩罚那些与他们敌对的少数人，来展示他们的团结一致——集体身份之根本。找出这些人并不困难；那些不公正的、残酷的少数人可以很容易被找出，因

美国启蒙运动时期的文学

为他们与人民做对，或更具体一些，他们对爱国主义的行动漠不关心。这次葬礼的冲击力以及对未来事件精心的承诺是革命的统一体。

3

克里斯多佛·塞得去世后六年，即1776年，革命的作家们认识到在英国的暴政和美国人的权利、利己主义和普遍美德的简单对立中，冲突问题是不能得以解决的。他们已经开始接受美国事业中剑拔弩张的事实以及对真理的需要。在杰斐逊和富兰克林围绕《独立宣言》进行的谈话中，这些想法得到生动的体现。当杰斐逊抱怨议会在修改他草案时的"劫掠行为"和"损坏"时，富兰克林捕获了作家进退两难境况的实质：

(富兰克林)说，我制定了这样一条规则：无论何时只要我有能力，我就不会去起草一份将由公众机构来审阅的文件。这是我从一件事中吸取的教训，事情是这样的。当我还是一名印刷工时，我的一位同伴是学做帽子的，他在学徒期满后想要自己开店。他首先想到的是要有一块体面漂亮的店牌，上面刻着的字要隽秀挺拔。他想刻的字是，"约翰·汤普森(John Thompson)，制帽商，制作和销售帽子，现金交易"，后面再加上一幅帽子的图像；但是他想应该让朋友来提些建议，修改一下。他找的第一个人认为"帽子制造商"这个词太累赘，因为后面讲的"制作帽子"就已经表明他是一个帽子制作者了。因此这个词被删掉了。第二个人认为"制作"这个词也可以省略，因为顾客不会在意是谁做的帽子……因此，他把"制作"这个词也删掉了。第三个人认为"现金交易"根本没用，因为这个地方还没有赊账的习俗……现在，上面的内容就只剩下"约翰·汤普森销售帽子"。下一个朋友说，"销售帽子"。"又没有人期望你免费给他们帽子，留着这个词有什么用呢？"所以销售也被删掉了，连后面"帽子"这个词也未能幸免。所以最后只剩下"约翰·汤普森"和一顶帽子的图像。

这件事与建立国家之间的相似是审慎又令人吃惊地恰当。那个开店的学徒就像那些宣布独立的殖民地。两者都冒险从事着一项可能会失败的事业。每走一步，成功都取决于别人如何看待这件事情的意义。不管是店牌还是《独立宣言》，它们的书面形式都象征着庆祝和攻击的交织。这里，其他人的意见对这项事业的成败产生了影响。如果那位帽商的朋友不对他提建议，他的店可能就会倒闭。没有一个统一战线要求独立也就不会有独立战争。作家或制作标志的人徒劳的角色让人感到很滑稽，他们必须屈尊到最低层的共同体中去寻求共识。

富兰克林的奇闻轶事为我们创作以共识为基础的文章提供了四个可选项。首先，从现代作家的角度来看，苦恼的作家可以自己写一篇文章让大众阅读。那个帽子制造商完全可以不征求任何人的建议就把店牌挂上去，以期人们能够接受既成事实。这就是杰斐逊写的《英属北美权利概要》（*A Summary View of the Rights of British America*）和潘恩的《常识》中所使用的策略，两者的英勇无畏让人们着迷。然而，这种单方观点会带来争议与不和的可能性很大，对于18世纪那些集体观念至上的知识分子而言尤其如此。其次，一个作家在辩论现场便可拟定一篇文章，正如国家的建立者在富兰克林讲述他的趣事里起草《独立宣言》一样。实际上，这次国会上背景辩论触及了那个时代具有独创性的规范。在完成一份文件时，那些文人绅士们会将自己的草稿在出版前发给一群地位相当的人，要他们提建议——这种行为解释了大陆会议以及之后的制宪会议中的委员会所运用的一些技巧和合作原则。但是如果帽子制造商不能取悦他的朋友，那会怎么样？当不能达成协议时又能发生什么事情呢？

第三个可选项体现在富兰克林的妙言趣语中。这位作家把写给公众的文章变成了一篇关于信仰的文章或一个偶像。当店牌最后变成人名后加上一顶帽子的图像时，这个标牌变成了无可争辩的事实。战争时期很多重要作品都具有这种比喻手法。这些作品张贴在公共场所供人们阅读。即使在报纸那样篇幅的文章中，他们都无处不在地运用这种手法。国家建立者希望《独立宣言》在美国每一个城镇的会议中被大声朗读。他们使文件短小精悍，并以一种合法请求的熟悉形式来表述他们的思想，《独立宣言》使人们开始拟定一些不成文法律，这些法律也要求人们大声阅读。《联邦党人文集》共85篇，无论是在报纸的杂文中还是在不定期论文中，都是以其原有形式出现的。战争时期的所有文学作品，无论是传单还是正式文件，人们都可以读到那种被朗读的文字与形式相对应的、段落或文件。

命名是这种象征主义的一部分，如店牌上的"约翰·汤普森"。富兰克林所讲的这个帽子制造者可以接受任何改变，只要不把他的名字去掉即可。在这方面，革命时期的作家也表现出了很大的创造力。《独立宣言》和《宪法》的签署者实际上就是我们讨论的标志牌。他们签字的文字形象的重要性就在于它表明了对文件的接受和认可。达成一致意味着将作者独立的权力雕刻于文本任何一处——这一是种很轻易地超越了名字、署名甚至可靠事实的策略。

在约翰·狄金森写《宾州农夫信简》时，他并不是一个农民，或严格地说不是一个宾州农民，而是一个来自小小的德莱威州的富绰律师和崭露头角的政客。作者把信中所创造的农民形象，巧妙地置于一个大殖民地中心的小农场中，从而把他与世隔绝，使英裔美国人信服，作家是站在所有人的立场上来写这篇文章的。事实上，革命时期的作品中所创造的这种形象更值得我们注意。作家对职位的需求表达了创始者对应得权利的更高渴望。

到现在，从那些已经发表、协商、删改和具象化的作品中很容易找到共识文学中所使用的技巧策略，但是富兰克林所讲的这件趣事中的第四种可能性很难把握。富兰克林在沉默中把这项可能性留给自己，即他的规避技巧。他告诉杰斐逊说，"我制定了一项规则，就是只要有可能，就不会去起草需要公众及机构来审阅的文件。"正是根据这句评论他才设想出前面所讲的那件趣事，创造了一种奇怪的颠倒。在富兰克林的讲述中，声音为沉默正法，冗语则是对缄默的赞扬，语言却解释了其空缺。这则轶事背后的富兰克林靠此反语而名声大振。国父亚伯拉罕（Father Abraham）在他的长篇演讲《致富之路》（*The Way to Wealth*, 1758）开头这样讲道，"词语再多也装不满一蒲式耳①。"但富兰克林对他提到的那个高层次主张也是严肃认真的。达成协议常常要求使用他在自传中列出的十三条美德中的第二条：沉默。

富兰克林的自传中写到分歧是万恶之源。因为话语会带来别人的言语回应，然后燃起愤怒之情，富兰克林认为孩子们必须学会少用话语。他的信条最早来自蒲柏的《批评论》（*An Essay on Critism*）：

不教而教；
　　不知道犹如已经忘记。

富兰克林回忆录中虚构的每个角色——印刷工学徒、城镇组织者、哲学家、重要政客以及闻名的科学家——都反过来证明了在争论中，沉默是金。富兰克林的第一个笔名"沉默是金"表明了这一点，这位外交家在杰出的职业生涯中最低谷时刻的表现也证明了这一点。1774 年，作为殖民地代表富兰克林被拖到作为殖民地机构的枢密院中，他站在那里一动不动，忍受着内阁大臣长达两小时的辱骂，面不改色，一声不吭。

当把达成协议定位为目标时，一味的争论辩驳只会让对方气焰更加嚣张。这是富兰克林和杰斐逊的观点。杰斐逊在写自己的简短自传时，将富兰克林

---

① 蒲式耳（Bushel）：采用十进制前的谷物和水果计量单位，等于 8 加仑。——译注

和华盛顿的矜持与他们周围的"辩论中病态的愤怒"（morbid rage of debate）和"辩论者的独特性情"做了对比。杰斐逊说，"我从来没听到他俩有谁一次说话十分钟"，这解释了为什么"喋喋不休的辩论"中他却能"坐着保持沉默"。约翰·亚当斯在他的日记中这样总结这种现象："华盛顿、富兰克林和杰斐逊的例子足以表明公众场合下的沉默和矜持比辩论或雄辩的演说更灵验。"

在以共识为基础的文学中，沉默是一项极其重要的空隙；所说的话或所写的字具有不可言状或无从记录语言的独特功能。举个最明显的例子而言，1787年很多美国人反对"国家联邦共和政府"这个名称，所以宪法通篇没有提到这三个词："国家的""联邦的""共和政府"，而是重新创造了一个词。剩余的语言表达了使用争议性不是很强的术语的可能性。文件中带有的激进主义的创新也因创新者对公众的沉默而黯然失色。联邦议会的55名代表均认为"议院中所说的任何话语都不会印成铅字，也不会未获允许而出版或公开"。尽管他们经受着公众要他们打破沉默的很大压力，5月到9月之间他们仍坚持"严守秘密的原则"。他们能做到这一点是因为他们懂得沉默的价值。亚当斯认为对这个教训的掌握可以追溯到1776年的成功。1815年，他提醒杰斐逊说，大陆会议"比较了那些笔记，参与了讨论和辩论，进行了一两次投票形成了结果，以全票通过的形式告知了世界"。

沉默旨在将分歧最小化或控制异议。如果能够适当地限制分歧的话，就可以把个人辩论归入到有共同意义的公众语言中。这类作品的整个动力在于掩盖更为丑恶的事实，并把危险的激情控制在燃点以下。因此，后来评论家的任务就是去解读这类作品掩盖的分歧意见的事实。每部共识文学作品都包含着相一致和相对立的言辞。结果，在不同层次的叙述中产生了两种暗示意义。共识文学作品作者的独立声音在创造的等级过程中也互相竞争。富兰克林所讲的那件趣事完美地阐述了这种分歧。富兰克林、杰斐逊和国会议席上杰斐逊草稿的修改者互相合作，从而产生了《独立宣言》，而且他们公认的成功掩饰了分歧。即便如此，趣闻中的各种声音仍是相悖的。富兰克林趣闻中的主题是冲突，而这种冲突以重要的方式超越了叙述本身。

一个简单的历史事实可以说明，在这种情况下，冲突如何贯穿了共识文学。现代读者需要知道18世纪典型的商店标记与富兰克林讲述的店牌酷似；商店的店牌要加一个图像表明营业的性质，无论是烟草商的烟店、鞋匠的鞋、锁匠的钥匙，还是帽子制造者的帽子。但是如果说"约翰·汤普森"后面再加上一顶帽子的形象是正确标记的话，对杰斐逊草稿的修改者则相当地不同。他们成为规则格式和可接受性的谨慎的施行者。与此同时，富兰克林和杰斐

美国启蒙运动时期的文学

逊之间和蔼可亲的交流形成鲜明的对比。富兰克林自己是一个系着皮围裙的人，一个店主，他比任何人都清楚人们需要什么样的语言向世人和自己宣布他们的独立。他温和而严厉地提醒那位来自弗吉尼亚乡村的年轻绅士有关一些处世方法。在富兰克林的纠正下，一个小商阶层的实用性取代了土地理想中拖泥带水的意识观念。

然而，故事的最终稿并不属于1776年的富兰克林，而是1818年的杰斐逊，他先是通过费城记者罗伯特·沃尔什（Robert Walsh），再由詹姆斯·麦迪逊重新讲述了这件事。为什么《独立宣言》的起草者要宣传这个对他不利的故事呢？实际上，杰斐逊是想借用这个故事赋予革命时期的成就以新的形式，使得人们对这个时期文学和历史的分析复杂化。在革命发生40多年后，他突然需要对那件轶闻做浅显的分析；在人们对《独立宣言》的作者提出质疑时，1818年对那件事的复述使《独立宣言》唯一作者的身份得以确立。而富兰克林身为议会议长，却否认了自己是《独立宣言》的作者，但与此同时，他那幽默风趣的语言将支持语言的委员会成员与创造语言的起草者自然而然地分离开来。富兰克林年长于杰斐逊，他引导大家支持年轻的杰斐逊的成就，而且他说话时那善意的语调则使得每位听众都与杰斐逊的成就联系在一起；并使得背后国会中那遥不可及而又未经确认的反对声音降至次要地位。这其中有一个反抗的声音来自约翰·亚当斯，说到这里，还有另外一个故事。

杰斐逊借用富兰克林所讲的趣闻是他精彩辩论的一部分，这次辩论开启了美国文化中文学创造力的多变性。在19世纪的前25年中，杰斐逊和亚当斯就《独立宣言》的措辞以及用语的含义争执不下。杰斐逊亲自执笔起草了文件，而亚当斯则为文件在国会辩论中的进展指引方向；用杰斐逊的话说，亚当斯是"议会席上的巨人"。早些时候，亚当斯告诉本杰明·拉什说杰斐逊成功地"盗取"了1776年的荣誉。他还说他自己拟定的宣言比杰斐逊的版本至少要早21年。1811年，他又继而说道："我常常把《独立宣言》看做一场戏剧表演，而杰斐逊抢走了所有的舞台效果……以及所有的荣耀。"

直至1817年，杰斐逊觉得有必要来纠正人们对他作为"《独立宣言》的唯一作者"的攻击。1812年，当亚当斯公开提出《独立宣言》背后的委员会结构，并视宣言一无是处时，（"《独立宣言》中除了两年前国会中常提到的一些观点之外，并没有什么新见解"），杰斐逊给詹姆斯·麦迪逊写了一封长信作为回复，来为自己作为《独立宣言》"唯一起草人的身份"辩护。显然，他的这封信是为后人而写。信中，他将委员会的角色最小化（"他们一致向我施加压力，把起草宣言的任务交由我一个人完成"），而对亚当斯和富兰克林对宣言语言措辞的修改也一笔带过（"他们的修改只有两三处，而且是口头的"）。因此，杰斐逊又一次运用了富兰克林的趣事作为总结自己观点时的外在证据。

这次辩论令人吃惊的是，亚当斯和杰斐逊所言竟然均为实情。亚当斯强调起草《独立宣言》应该有一个专门的委员会机构，同时坚持所使用的语言风格应该保持一致，这就预示了统治这个时期公论文学的作者的合作特点。如果在1776年和1787年《独立宣言》起草人仅仅追求个人殊荣的话，恐怕就不会有什么惊世之作了。但是，杰斐逊声称自己是宣言作者也是相当有道理的。当时，由于他在文学方面公认的才华，同僚们的确推举他来完成这一任务。1776年，亚当斯对杰斐逊说了一句肯定的话，"他的作品流传出去后，正是由于措辞贴切、表述精到才引起注意。"

亚当斯发现很多人都在写一篇共同的文章。但由于杰斐逊在起草过程中注意到了等级制度，所以他在草拟过程中也只看到了这一方面。他们一起渲染了共识文学中工作时的紧迫感和压力。然而，这些紧迫感和压力的描写却有所失真。在正在兴起的美化国家创立者的传记中以及对作者身份的总体渲染中，杰斐逊的观点显得更为突出。随着《独立宣言》本身成为国家文化的一种象征，宣言的创立者们也成为一种独立的兴趣之源。显而易见，紧迫感也应和共识文学中的主张一样必须铭记在心。虽然杰斐逊只是在要求他所应得的，但如果没有亚当斯在同一话题上的努力，他是不会被众人理解的。

4

富兰克林和杰斐逊就《独立宣言》而进行的正式谈话里所具有的喜剧色彩以及其中的紧张关系不应该掩盖两人在最后形成的密切关系。他俩对周围人话语的不信任以及对帽子制造商店牌的共同关注都表明了他们对身居其中的新印刷文化的控制及信任。在他们对其作品的熟练掌握中，我们发现他们是美国启蒙运动时期最成功的作家。他们都在那个时期最重要的领域留下过不朽的杰作（富兰克林《自传》中的回忆录以及公论文学中杰斐逊的《独立宣言》初稿）。他们对当时所有的文学形式都了如指掌：政治小册子、书信、报纸文章、科技杂志以及猛烈抨击时事的檄文。除此之外，他俩还熟谙其他一些文学形式（富兰克林还擅长年鉴以及幽默短剧的创作；杰斐逊则擅长政治演说和法律文件的拟定）。两个人都对当时具有神秘色彩的新世界进行了透彻的分析。这方面富兰克林的作品有《人类的增长》（*Observation Concerning the Increase Mankind*）、《安居之国》（*Peopling Countries*，1751）以及《移民美国指南》（*Information to those who would remove to America*，1784）等；杰斐逊

●美国启蒙运动时期的文学

的作品有《弗吉尼亚州札记》。另外，这两位先贤的写作生涯都很长，一生留下了很多作品，现代的学者们仍在解读他们现有但不完整的作品版本。

然而，这更增加了研究那个时期文学的难度，因为富兰克林和杰斐逊都神秘地游离于他们的作品之外。无论是他们丰富的作品、一生的名誉，还是相关文档中对他们作品的长篇累牍的记录，都没有把作品背后作者的真实面貌展现给现代的读者们。结果，现代的学者们着迷于探究"真正的富兰克林"和"真正的杰斐逊"，有时甚至由于这些作品都普遍存在的一种虚伪而迷失自我。这让人们意识到这些作品中的捉摸不定正是它们内在的文学整体性的一部分。他们公开参与的各阶层的活动是他们的本意与力量源泉的一部分。

因为共识文学的创作者们是在为不同层次、存在分歧的民众写作，所以革命的领导者们通过写作来调和不同阶层的矛盾，进而把握局面。他们努力把分歧涵盖在一个有意识的公共视野中。这种对共识的寻求使得他们的作品主题简单，措辞却很复杂。他们使用的语言必须同时包含好几层暗含义，而同一句话若能起到多方面的作用则是最成功的。这种混合知识模式更大的魅力在于其语言目的，但技巧则在于通过风格、语调、象征以及形式把各种模式联系在一起。

这些特征有很多都适用于一般的政治语言。革命的不同寻常之处在于超乎寻常的强度。反叛和建立国家的迫切需要使得达成政治协议的问题和策略尤为重要。愤怒和怀疑推进了共识的目标。结果，那个时期的代表作品扭曲了冲突的本质，以作家的平静为名去创造秩序和清晰度。秩序和清晰明了反过来又有赖于对语言的强调，而这种语言与革命实践的仪式相联系。创立者们努力使他们的标志、象征以及文学形象为人们所熟悉、具有控制力和包罗万象。毕竟，协议是意味着新秩序标志之内的协议。但是，这个新秩序是什么？这又是谁的秩序？在独立战争的领导者反抗英国统治的同时，他们意识到他们需要一个新的统治者。他们以一种抽象的形式笨拙而又焦急地表达了这种需要，即"人民的意愿"。

由此可见，早期共和国只有使用领导者与被领导者之间达成共识为基础的语言才会有效。富兰克林、亚当斯和杰斐逊选择了"万众一心"这句话作为大陆会议的格言。这句话之所以具有强大的力量，是因为它同时唤起了社会底层和高层的共鸣。大陆会议的这句格言选自《拉丁语贺瑞斯文集》(*Latin of Horace*)，它以自觉的精英人士的单独话语确定了议程。这句话还使执政小组意识到，实际上是它在执政。但是，同样的一句口号出现在《绅士杂志》(*The Gentleman's Magazine*) 的引言中时，却赢得了大众的心，成为人民的呼吁。"万众一心"代表着互相团结。它在同一运动的追随者当中注入了

第一章 寻找革命

一种意识——万众一心——由于他们在这项运动中表现出来的团结一致而创造了一个新社会。

早期共和国的文章风格表现为语言、信仰、权力和观点的相互渗透、相互交织。"我们认为这些真理是不言而喻的,"1776 年创立者如是说。同样的话描述了普天之下永恒的真理,同时也使那个庞大的政治组织在文件中使用了"我们"这个词,这个政治组织是真理的支持者。真理和真理的支持者都是显而易见的,因此也是安全的,不会受到挑战。对真理的信仰就暗含了对真理支持者的接受。两者交融合一:真理与团结的领导集体携手并进。思想和信仰向政治语言的这种转化与文学风格有一定联系。之后的章节就会讲到思想和信仰的内容和实质。

信仰中的两种体系主宰了 18 世界的美国思潮:启蒙运动和新教改革。第二章探索了美国启蒙运动的意义及其中心角色,第三章分析了革命和早期共和国的进程中起控制作用的宗教思想。这些体系共同体现在美国人的宗教信仰中,即新世界共和主义的中心表达中。在美国人独特思想的形成中,两者也相互竞争——这种思想在世俗化和复古主义、理性和信心、知识和信仰、个人主义与社会的对抗力量中已然形成。

第二章 启蒙运动在美国的解释

1

在美国，启蒙运动有时会用一个词组表达，即自决意识的政治权利。之所以这样，是因为自决作为一种哲学原则与18世纪启蒙运动思想的宗旨不谋而合：重视理性，依赖人性，崇尚个人自由，信赖方法，信仰教育和进步，反叛传统、权威和公认教条。同时，国家意识的自决认识将哲学原则趋于等同政治策略。由于革命的成功源于被统治阶层对政府的支持，而自决则成为后世启蒙运动的主要标志和表现。这也是革命在日常生活方面的贡献。

启蒙运动在美国历史上成为备受推崇的理念并非偶然，一些附属的概念如自由、进步和理性已经将历史结构的特征塑造成型。因为美国启蒙运动的概念与国家形成和国家发展观不谋而合，因此运动的倡导者易于详细描述它的前景。他们看到并利用了对人性自由的原始渴望，但是完全没有意识到启蒙运动作为一个历史过程本身所具有的拘束框架。其结果就是，人们对此话题的看法出现奇怪的片面性，或者说评论中理性不足。

因此我们的首要任务就是从一个更加宽泛的角度来理解启蒙运动，达到这个目的一个方法就是看一看欧洲思想家迥然不同的观点。当哲根·哈波玛斯（Jurgen Habermas）在《现代作风的哲学演讲》（*The Philosophical Discourse of Modernity*）中宣称"启蒙的永久性标志是对客观化的外部本质和被抑制的内部本性的支配"时，总结了美国启蒙运动的学者所忽略的欧洲思想的传统。这种差异既有历史的也有哲学的根据。欧洲国家的开始并非基于对启蒙运动的希望，他们的现代状况，对世界战争以及极权主义的直接体验，都比在美

第二章 启蒙运动在美国的解释

国更加明显而决然地中断了18世纪的传统遗产。尤其是大陆的知识分子把这些灾难牢记在心，他们更加留心新的制度压抑带来的威胁，而非推动自由。他们认识到科学探究的重要性，但强调人类对科学技术的支配。他们不希望激进的进步，而更希望手段性的理性以及思维与信仰的分离。对于欧洲学者而言，即使自决会成为政治权利和政治控制，那么每个人就变成互相隔离的个体，成为被操纵的对象。

重点不是在美国和欧洲方法之间做出选择，而是通过使用两种方法以达到全面理解。通过启蒙运动时期文学的三种作品的概览可以看出从两种角度探讨的必要性。首先，我们看托马斯·杰斐逊在他漫长而灿烂生命的最后一个月中，写于1826年关于自决的演说的结尾部分：

> 所有的眼睛向人权睁开或正在睁开。科学之光的普照使明显的真理在各个方向都可触知，上帝的恩惠是普通大众的背上没有天生长着马鞍，而一些特权阶层也没有天生穿着靴子和马刺，注定合法地骑在他们身上。这就是希望之本。

20世纪的读者依然热衷于杰斐逊的希望，但环顾四周，他们发现开放、坦诚少之又少。科学之光没有那么普遍照耀，真理更不明显，而视野也更为倾向于少数人。科学的产品、技术不时以某种杰斐逊永远也想不到的方式使"一些特权阶层穿着靴子和马刺"。实际上，杰斐逊的语言源于另一个启蒙运动时期的作者阿尔格农·西德尼（Algernon Sidney）的《有关政府的演说》(*Discourses Concerning Government*, 1698)。1823年，在给杰斐逊的一封信中，约翰·亚当斯称赞这本书展示出了"世界上道德、哲学和政治光芒的缓慢进步"。无论进步的光芒有多慢，还是道德、哲学和政治规则的简单综合，都无法描述今日世界的这种理性假定。

事实上，启蒙运动的结果已经超越了它原有的教义。现在，启蒙运动以它所形成的功能出现而非作为一种历史进步的哲学框架出现。第二种文学样本表达了另一种问题，这种问题对18世纪的观察者而言不是隐形的就是非物质的。当1778年塞缪尔·约翰逊为本杰明·富兰克林将人定义为"一种制造工具的动物"而表示不屑时，《约翰逊的生活》(*The Life of Johnson*)的读者们，现今如那时一样，以牺牲伯斯维尔（Boswell）①为代价，进入了一种智慧的交流。但约翰逊仍本能地拒绝今日所谓身份的工具化，或者说拒绝将思

---

① 伯斯维尔（Boswell）：即为名人详细记述言行的人。——译注

美国启蒙运动时期的文学

维降格为商品,或者更简单地说,拒绝技术主义的归纳性、攻击性精神。

20世界的读者在读到第三类作品,亚历山大·汉密尔顿(Alexander Hamilton)词藻华丽的《关于制造业的报告》(Report on Manufacture,1791)时也会有类似的认识。在一份颇有预见性的文件里,华盛顿的财务大臣使用启蒙运动的准则不仅描绘了最初的国家经济计划,也全面阐述了最初美国工厂里使用童工的理由。这二者很显然地走在了一起。汉密尔顿预测,"人造力量为人类自然的力量提供了援助",加之"这个国家人民的聪明才智,作为机械进步的一种特定的才能",将把毫不相干的工人们联合在一起,形成由"耕种者、工匠和商人"组成的和谐的三人同盟。妇女、儿童和赢弱无技能的劳动者,会在这种联盟中的工匠的最低层找到他们的合适位置——也就是工厂工人。汉密尔顿注意到了英国棉纺厂中的例子,那儿有一半多的劳动大军就属于这两种类别("他们中的很多人年纪幼小")。汉密尔顿证实:"妇女和儿童被认为更为有用,而儿童通过制造厂更早地发挥了作用。"童工和其他形式的对工厂工人的剥削在美国经济中之所以如此自然地发展,并存在了很长一段时期,是因为他们与早期国家身份中的无可置疑的霸权主义理论基础相适应。

这些作品清楚地表明,必须以辩证法的方式理解启蒙运动。理性这张最先叫的牌,既存在于它所承诺的自由之中,也存在于它所倡导的那种支配之中——既在汉密尔顿式的繁荣中,也在创造繁荣的童工中。另外,启蒙运动的最初背景允许这些不安定因素的存在。伊曼努尔·康德(Immanuel Kant)在一篇启发性的文章中表达了他对这个问题的理解以及对该问题的说明,该文章就是《回答何为启蒙运动》(An Answer to the Question: What is Enlightenment,1784)。他对该问题的处理值得关注,因为他的处理方法使启蒙运动思想的原始基础重新复杂化,也因为康德与美国早期共和派之间的相似之处先于后来此话题的跨文化差异。确实,康德的例子为我们提供了更多的思想。启蒙的詹努斯面孔(Janus-face)①可以是一种将欧洲和美国理解合而为一的一种解释方式。

启蒙是什么?当1784年康德提出这个问题时,欧洲启蒙运动已经发展了一个世纪,而它的美国同伴,从1750年代开始,随着这个新兴国家在《巴黎和约》中的胜利才刚刚达到明显的巅峰。换句话说,康德可以有理由认为他

---

① 詹努斯面孔(Janus-face),指古罗马双面神。在正月时,他可以看到过去的一切,以后可看到未来的一切。神学家认为这代表诺亚及其后裔,因为他们经过了洪水前后的两种世界。——译注

第二章 启蒙运动在美国的解释

的答案是对当代生活的描述。那个答案，也许因而将消极的经验和求变的希望融合在一起。"启蒙运动是人自身的不成熟的成长。"康德认为它克服了"没有别人指导就不能运用理解能力的弱点"。评论家们通常为了避免在这些解释方面显得笨拙，或者逃避公众对他们的解释资格的质疑，都直接引用康德著名的启蒙运动座右铭——"SAPERE AUDE!（摘自贺拉斯）要有勇气运用你自己的智慧！"——但这样做，他们忽略了哲学家的一个基本点。启蒙运动可能得到不断地肯定，但它最深刻的意义在于光明抵抗黑暗的不确定性挣扎。康德在给他的同时代人的劝诫中强调了这种挣扎：你生活在一个启蒙的时代，而不是一个启蒙了的时代。启蒙运动意味着过程，而非结果。

2

康德将启蒙作为挣扎和过程的解释，在理解英国和美国间的冲突上具有特殊意义。新共和国诞生在启蒙运动时期，同时也来自于以前的明显功能性的背景，即出自英—美帝国的殖民地。启蒙运动中线条连贯的概念趋于隐藏那些从殖民地到省到州然后到联邦这个发展过程中的断层的事实。而过程的含义，允许革命的流血、愤怒和困惑的存在——革命是一个带给所有人焦虑、带给大多数人社会巨变、带给很多人灾难的事件。尽管对辩证而非线性的进程的认识没有减弱类似《独立宣言》这样的作品中那种慎重的平和以及政治必然性的语气，但这种认识确实考虑到了内在的分裂因素，那就是一个战争的宣言。

美国启蒙运动本身是对长期冲突的表达，在这种冲突的压力下，是对一种特定的美国表述的描绘。美国人接受欧洲思想，但他们利用这些思想表达他们自己在长期的革命危机和国家形成过程中的需要。因为在从欧洲模式向美国需求转变的过程中，创造发生了，因此产生了许多有关思想传播、风格、语气以及修辞重点等重要问题。在美国思维中启蒙运动的诉求是什么？最重要的影响是什么？启蒙运动的思想是否随着不断变化的美国背景而变化？它的构成喻义是什么，美国人又是如何使用它们？启蒙运动的动力是什么？

传播的引进还有赖于语言保证的性质。在大众习语中，启蒙运动回应了集体的不确定性。从事件本身来讲，它则提供了更为复杂的理解或控制策略。从知识分子所写的文章的严肃性方面来讲，它把美国重新置于历史理论中，从而促进了对语言和事件的理解。每一层次表达的连贯阐述如下：首先，在公众习语这个层面，国歌具有神秘色彩的魅力（1814 年《星条旗歌永不落》一炮打响）；其次，在事件的动荡不安中，1783 年革命队伍差点造反；最后在

美国启蒙运动时期的文学

文本观点方面,华盛顿将军的 1783 年告别演讲的影响力。从任何一个层面来讲,这些例子也详细地揭示了革命时期与早期共和国时期的混乱。

只是在 1781 年和 1783 年间革命取得胜利时,人们才有了独立的意识并确信会取得独立,而且在这之后的战争中,美国人已经找到了那种重要的身份感。这里,并不是讲他们假定的军国主义或者说特别好战的精神,而是对军事冲突的可能性和结果的内部界定。从开始的共同抵御、携带武器的权利、征服边远地区,到后来共和主义不可避免的传播和胜利,这一切都深深地植根于美国人的心中,且不难找到证明。至于书面证据,人们只需看看国歌即可,这是暴力运动开始时的一部重要作品。写于 1814 年 9 月 13 日至 14 日晚的《星条旗永不落》这首歌,以一个无助的囚犯的身份表现了早期共和党人的恐惧心理。这名无助的囚犯是一个平民,他突然投入战争并目睹了英国舰队对麦克亨利堡昼夜连续的猛轰。

　　啊!晨曦初现时,你可看见
　　是什么让我们如此骄傲?
　　在黎明的最后一道曙光中欢呼,
　　是谁的旗帜在激战中始终高扬!
　　烈火熊熊,炮声隆隆,
　　我们看到要塞上那面英勇的旗帜
　　在黑暗过后依然耸立!
　　啊!你说那星条旗是否会静止,
　　在自由的土地上飘舞,
　　在勇者的家园上飞扬?

　　在岸边,透过浓雾隐约可见,
　　原先傲慢的敌军现已死气沉沉,

　　山崖耸立,微风习习,
　　是什么在那里若隐若现?
　　现在,它抓住了清晨的第一缕曙光。
　　啊,这星条旗,但愿它将永远地,
　　在自由的土地上飘舞,
　　在勇者的家园上飞扬。

372

第二章　启蒙运动在美国的解释

那骄傲地宣誓着，
让那战争的烈火与炮声远离我们的家园
的那支队伍现在身处何方呢？
他们用自己的血洗刷肮脏的脚印
贫民窟不能帮助受雇者和奴隶
摆脱对战争的恐惧和对坟冢的忧虑；
我们胜利了
星条旗飞扬在自由的土地和勇者的家园上。
啊，让自由的人们永久地站立在他们深爱的土地上，

战争后的废墟，受到胜利与和平的赐福
但愿这片上帝拯救的土地，
对建立和保留了我们这个国家的力量颂扬！
在这项正义的事业中，我们必须胜利
"相信上帝"是我们的箴言
在自由的土地和勇者的家园，
星条旗永不落！

　　要保留弗朗西斯·斯各特·基（Francis Scott Key）所写歌词的原意就要注意到，关键的首句和尾句都提出了充满焦虑的问题。美国身份的象征——国旗是在黎明的最后一道曙光中欢呼的，然而现在它却消失于诗节中另一个黎明的到来中。基提出的问题是"你可看见？"和"它在飞扬吗？"。唯一肯定的答案以冲突的形式出现。把他所有的希望都寄托于刚刚打过的那场战争，诗人用熊熊烈火和隆隆炮声来安慰自己：因为是它们才让"我们看到要塞上那面英勇的旗帜在黑夜过后依然耸立"。接下来的诗节中确定了这些晨曦中的希望，然后这些希望在那若隐若现的可怕的不确定中持续了几小时后，才"在海岸上隐隐约约地看到"。

　　最后三个诗节主要讲了军事强势带来的危险。陡然升起而又缓缓消失的疑问可以通过基的四个叠句的语法中看出。首先，诗中对星条旗提出疑问（星条旗在飞扬吗？），接着又以虚拟的语气回答（但愿会）；只是在"取得胜利"后，才在第三节中用了陈述的语气（星条旗在飞扬），第四节中用了祈使语气（星条旗永不落）。在整篇诗中，基交替叙述了胜利以及战争的灾难。作者以适当的顺序向读者依次展示了战争带来的困惑、血腥、污染、贫民窟的丧失、逃走时的恐慌以及墓地的忧郁阴暗。同时，诗的主题在这首国歌中得

美国启蒙运动时期的文学

以反复重申,坚持认为保持"这片自由的土地"和"勇者之家"具有重要意义。真正的共和主义者全副武装,格外警惕地立于"他们热爱的家园与战争的残酷之间"。当他们在正义的事业中取得胜利时,星条旗——胜利的象征——接受和反映了他们的成就。

在早期的共和国美国,这种把冲突转化为对知识的挽救无时无处地不发生在"曙光"的比喻中。本杰明·富兰克林是美国启蒙运动的鲜活象征,他用了日常生活中的一个类比而使得这种活力具有典型意义。在一篇题为《美国的国内状况》(*The Internal State of America*, 1785)的文章中,他说:"在不同情感之间的猛烈碰撞中,真理的火花闪现了,也获得了政治的曙光。"美国作家与欧洲作家在使用传统比喻上有两方面不同。首先,富兰克林和美国的其他作家在解释处在冲突中的世界时把极大的信任与权威贯穿于科学、政治以及曙光中。其次,与第一点相矛盾,美国作家在辨别被启蒙的事物的实际操作中比欧洲作家遇到了更多的问题。国歌开头便问道,"啊,你可看见?"这里很明显,说话要比看见容易得多。1814年,弗朗西斯·斯各特·基写的这首歌就是一个鲜活的例子,表明在一个广大而未成形的世界中理解一个实验共和国是多么困难。

很有必要解释一下曙光这个比喻如何与理解早期共和国的问题如此相映生辉。暗喻的定义为:一种语言表达手法,用已知的事物或东西来解释、描述或定义未知的事物;如果这样的比喻很成功,那么就会使陌生的事物和熟悉的事物互相补充。在共和国形成时期,美国知识分子们由于国家尚未成形,但又似隐似现而信念困惑,光芒是帮助他们解决这个问题的完美比喻。曙光为他们带来了有限经历之外的未知事物,从而使得陌生事物变得熟悉,熟悉的事物则更为令人兴奋。

这里的曙光是更大范围中的认识论的工具。18世纪的思想中,眼见为实。约翰·洛克(John Locke)的《人类理智论》(*Essay Concerning Human Understanding*, 1690)是一系列哲学文章中唯一一篇最引人注目的,这些文章将知识的视觉系统置于其他感官之上。严格地说,视觉的认识论早在古时对精神、才智以及光芒的类比中就已经开始了。类比在每种文化中都起到作用,但却是启蒙运动才使视觉作为纯粹的人类理解的观点现实化。在塞缪尔·约翰逊的《英语语言字典》(*Dictionary of the Languge*, 1755)中,"启蒙"的意思是照耀、提供光线、指导、增长知识、欢呼喝彩、兴奋、高兴、提供视力以及提高洞察力。同样的现世意识形态使洛克利用"事物光明和黑暗之间的界限"来介绍他关心人类心理的观点。它在18世界的美国中的运用显而易见:光明在向黑暗的新世界(因为是未知的所以黑暗)蔓延。这种光明或者会揭示先

第二章 启蒙运动在美国的解释

前没有被看见的新秩序,要么就会从不明朗的荒蛮状态中创造新秩序。

早期共和国的创始人在处理理解和秩序的问题时,经常借助于传统的光的形象。托马斯·杰斐逊是一个非常乐观的人,1813年他把教育看做是光从一支蜡烛传向另一支蜡烛。尽管这种传递过程伴随着各种各样的障碍,甚至危险,但杰斐逊却迫不及待地解释说:"借我的蜡烛点亮他蜡烛的人,既点亮了自己的蜡烛又没有熄灭我的蜡烛。"然而约翰·亚当斯却是一个悲观主义者,同样的一件事他的观点却具有否定意义。两年之后他问杰斐逊说,"19世纪是要和18世纪形成鲜明对比吗?""19世纪是不是要把前人的所有光明都熄灭?"在所有的创立者中,亚当斯比其他任何人都感觉到建立国家是非常困难的事。身为副总统,他告诉本杰明·拉什说(欧洲)大陆是一个巨大的低音廊,在里面"人们不会就任何事情达成协议"。他问道,"你以什么作为希望的基础?"亚当斯自己的希望则是让这个低音廊充满光明。在《宪法辨》(A Defence of Constitutions,1787)中,他创造了一个"美国的闺房",里面四周是镜子,在镜子中"我们的国家可以从各个角度、以各种姿势看到自己"。

这些公认为优秀的比喻中,没有一项是独具美国特色的,但这些比喻却把那些复杂的经历简化为单一的容易驾驭的意识问题,从而满足了美国人的需要。基所说的"炮声隆隆"没有说明其侵入的结果或带来的大灾难,却带来了光明。杰斐逊的蜡烛取代了起初对知识的忽略。亚当斯的四面为镜子的闺房平息了他所说的低音廊中的不和谐声音。战争、政治文盲以及派系斗争——早期共和国时的主要忧虑——让位于视觉的肯定性。这其中的技巧就是在吵闹中创造一种整体的平静,让至高无上的视觉来缓解混乱局面。在《宪法辨》中,把美国的未来比作宇宙的广阔无边时,亚当斯首先创立了一个安全而又熟悉的观点:

> 美国未来的前景就如透过赫歇尔(Herschel)① 的望远镜来观察天宇。那些不同大小、不同形状的巨大天体从四面八方向我们袭来,让我们惊叹不已!……那种还没有化为尊崇和敬畏的思想肯定坚如磐石。

在这段话中,科学、自然、历史与宗教结合为一体。亚当斯把它们联合在一起,使那些我们不熟悉的事物具体化,并以一种绝妙的观点来看待那些

---

① 赫歇尔(Friedrich Wilhelm Hercher,1738—1822),全名为弗里德里希·威廉·赫歇尔,出生于德国汉诺威,英国天文学家及音乐家。一生制作了许多望远镜,并发现了天王星等行星和卫星。其制作的望远镜还曾送一台给中国。——译注

美国启蒙运动时期的文学

不可想象的事物。

这段话还解释了启蒙运动的标准是如何迎接处于支配地位的观点的。亚当斯所提到的望远镜在控制人们视野的同时也控制了人们的思想。正是因为观察者接受了望远镜的限制,他才能看得更远,也才能理解得更深刻。这里得到的技术知识激起了对更多光芒的想象。实际上,亚当斯遵循了18世纪的传统手法,亚历山大·蒲柏为艾萨克·牛顿(Isaac Newton)写的墓志铭中,对这种手法作了再好不过的概括:

自然和自然规律为黑暗隐蔽:
上帝说,让牛顿来吧! 一切遂臻明朗。

望远镜是用来表达启蒙运动时信仰的最完美的启发工具。亚当斯使用的明喻,"美国未来的前景就如透过赫歇尔的望远镜来观察天宇",把这种信仰与喻体联系起来。如同在早期共和国几乎所有主要文学作品中一样,单一性思想顽强地寻求着崇高的秩序并找到了这种秩序。

本杰明·富兰克林是那个时代最伟大的美国作家,部分原因是因为只有他一个人可以理解运用困扰他人的想法来反对此想法能够获得更好的文学效果。他还意识到观点可以引起并控制人的兴趣,而这一点是杰斐逊和亚当斯所没有意识到的。富兰克林大部分有名的幽默短剧都对古怪的或晦涩难懂语境中人们熟悉的观点进行了改写,如《普鲁士国王法令》(*An Edict by the King of Prussia*,1773)、《一个伟大帝国变小的规则》(*Rules by which a great Empire May be Reduced to a Small One*,1773)、《销售粗麻布》(*The Sale of the Hessians*,1777)《短暂的生命》(*The Ephemera*,1778)以及《左手的请愿》(*A Petition of the Left Hand*,1785)。每部作品中,富兰克林都游离于各种意识层次之间。这位多产的发明家好像对自己发明的双光透镜最引以为豪,也正是这个透镜把两种对立的观点联系在一起。当怀疑论者对他的"双光透镜"提出质疑时,富兰克林在1785年为他的透镜画了一幅画作为答复,并供读者观看。在他希望把这个透镜运用到全球领域时,他说:"无论我想看远处还是近处,透镜始终是准备就绪的,我只需转动眼球即可。"

光学上另外一个相似的原理本可能挽救两年前发生在纽约纽堡的那场革命的。现在这件事已经被人们淡忘,它集中体现了这个新建立的国家审视自己的首次努力,并解释了美国启蒙运动中具有特色的对统治和理性的逻辑论证。1783年,纽堡露营的大陆军队因国会未能兑现诺言付款而要造反。宣传叛乱思想的小册子已经散播开来,一群身居高位的军官精心安排了一次正式

第二章　启蒙运动在美国的解释

会议，会上明确提出了向政府挑战的意图。这时，本应在别处的华盛顿将军身着整齐的制服突然出现在这群谋反者面前，并踏上了军官会议厅的讲台。然而，尽管他这次做的演讲充满了激情，从理论上讲述了启蒙运动的理想，但是最终未能让这些幻想破灭的跟随者们改变想法。之后，华盛顿不得不求助于另一篇文章，一封来自具有同情心的国会成员的信，该信提出将尽力筹集必要的资金。

局面的打开取决于18世纪人们对不同寻常的事件以及情感力量的尊重。因无可挑剔的端庄、优雅、行为得体而闻名的华盛顿发现自己无法把国会成员字迹工整的信读出来，他尴尬地停顿着。接着，他便在自己的马甲中摸索，拿出了一副以前只有他的密友见过的眼镜给大家看。他接下来所说的话平息了所有的反抗声音，并使他部下的军官潸然泪下。他是这样说的："绅士们，请允许我把这副眼镜戴上。为了我们的国家，我不仅头发变得花白，而且眼睛都快瞎了。"确保自己获得成功后，华盛顿接着把那封信读完，信的内容已无人记清。之后，他便默默地离开。他部下的军官目送着他走出会议厅，又透过窗户注视着他的背影。

视力的恶化控制了局面。缺席将军的突然出现，然后又像施了魔力似的，使局面得以控制，这在华盛顿的革命生涯中并不罕见。（1776年的士兵暴乱与这次相似，他也是突然出现的，并将这场暴乱镇压下去。1777年的普林斯顿战争和1778年蒙茅斯郡战争中，他指挥若定，起了决定性作用。）尽管在危急中他目光远大，但他眼睛却快瞎了。他戴上眼镜才能看到东西，但是在别人看来，这副眼镜却代表着一种感人的无能——不单单是一个人的，而是全人类的缺陷。就这样，华盛顿的对手们因掉眼泪而"盲目"时，他们再一次成为他的追随者（像他一样去看世界）。在18世纪人们对情感这个角色的理解中，他们被唤醒的感情激发了新的知识和道德意识，这种意识又导致一种不切实际的再次献身。在华盛顿离开时，他渐渐远去的形象变得更加高大。每双眼睛都透过大厅的玻璃注视着他远去的背影，然而也正是在这个大厅里，这些军官第一次想要把他排除在外。局面逆转的核心是启蒙运动时期的逻辑论证法。导致华盛顿在初次演讲中败下阵来的理性，为了使被统治者达成共识，找到另一种方式来控制（这位指挥官形象所表现出的理性和情感）。

在这样的时刻，华盛顿就是整个国家的提法并不过分。在此起彼伏的冷嘲热讽中，我们所看到的究竟是什么？这位穿着制服的军官站在中央，他已经被人们尊崇为偶像，但当他的形象得以通过窗户来表现时，这个人物的形象就更加饱满了。这位"国家之父"首先是一位军事英雄，他是美国的辛辛纳图斯（Cincinnatus）①。从共和方面来看，这位罗马人形象在启蒙运动中代表着自由；从军事方面来看，代表着纪律性。而华盛顿则集自由与纪律、理性和统治权于一身。偶像、制服和严格遵守纪律的一生都只有一个目的，即自由，这使得他成为大家服从的中心人物。同时，辛辛纳图斯的概念还代表着爱国者的牺牲精神。华盛顿年龄的增长是一种残疾——"为了我们的国家，我不仅头发变得花白，而且眼睛都快瞎了"——提升了这个主题。它使这位无从匹敌的领导者充满博爱仁慈，提醒所有的人，一个生者在证实启蒙运动的理想方面已经取得了如此成就。

当然，纽堡所发生的一切也很危险。康德要求大家鼓起勇气独立思考的指令成为勇敢的勇士的共同准则。从这个意义上来讲，华盛顿是那本赋予所有美国人身份的传记中的第一位主人公。到19世纪20年代，丹尼尔·韦伯斯特（Daniel Webster）与城市中的其他演说家会把这些灯塔之光转化为引领这个国家前进的固定而永恒的星群。由于战争领导人是与国家机构联系在一起的，他们的作品和生活成为对那个时期历史的写照。他们的语言不足以表达的地方，人们总会想起他们在创立国家时所做的贡献作为补充。他们组成一个团体克服了共和国创立时各种复杂多变、难以预料的情况。美化这些光辉的个人形象的传记创立了一套系统，那是一个支配空间、理解世界的想象中的国家景色。

这幅想象中的国家图景涉及一些至关重要的文学问题——一些有关美国启蒙运动的目标中，作家、领导人、文章和观众之间关系的问题。在康德的《回答何为启蒙运动》中这样说道，开明的领导人就是一位守护神，他告诉人们独立思考是每个公民的责任与义务，但是这位守护神还必须考虑到那些"缺少思想的广大人群"，否则将一事无成。用康德的话来说，理想状态就是"一位有学识的人同整个阅读公众在谈话"。更加常见的现实以及康德自己的例子是把某些要求别人绝对服从的人，如腓德烈（Frederick）普鲁士国王，作为模范领导人。教师的知识以及统治者的地位在守护人这个模棱两可的形象中结合在一起。这种结合很有必要，因为一个民族的启蒙是很缓慢的。在这个问题上，康德的观点很明确：即使通过革命也不能迅速改革人们的思想，

---

① 辛辛纳图斯（Cincinnatus），公元前5世纪古罗马民族英雄，曾任古罗马执政官。据历史传说，公元前458年辛辛纳图斯被罗马城居民推举为执政官，让他去解救被围困的军队，他接到此项任命时正在自己的小农庄上耕作他在一天之内就打败了敌军，在罗马举行了凯旋仪式。他限定自己仅仅在领导罗马渡过危机时掌权，危机一解除，便辞职返回农庄。——编注

从而让理性在学者当中起到领导作用。那些尚未学会独立思考的公民必须服从权威机构。所以，在纽堡时当华盛顿的词语不足以说服他的下属军官时，他必须想办法借助于一位模范领导人的事例。

正如人们就启蒙运动时要命令还是要理性，是硬性要求还是教育而产生分歧一样，创作这样一篇文章所用的文学技巧的本质要求在各种分歧中达成统一意见。这种技巧是美国独立战争时期以及战后作品中的中心活力；改善美化人物的传记传统所借助的最简单方式是将理性的呼声与争取革命领导权的人物联系在一起。具体来说，在文学领域，追求理性者坚持要求掌握领导权，而想要采取命令方式的人又渴望真诚，这种相互影响使得领导者的美德成为那个时期的主题。

还有两个相关特点赋予了美国启蒙运动时期作品以本质和活力。首先，战争的领导者极其相信观点是意义的内在存储器；其次，这些观点的来源又极度依赖于启蒙所处的国际环境。尽管这两点对作品中的活力与初始勇气非常重要（这些作品现在看来已经是陈词滥调、单调乏味了），但它们常常被忽略。

观点是意义的内在存储器，是因为这些观点回答了美国革命时期那些未知和不明确的问题。意识中的一个两难之处在于明确自己的定位。观点为美国第一位国家领导人提供了定位的认识。因此，1789年，富兰克林说他希望"有关人权的所有知识可以弥漫地球上所有国家。这样，一个哲学家便可以在地球表面随处落脚，并可以说'这就是我的国家'"。在这句话中，复杂性、独特性、那个时代的沮丧、位置以及风俗习惯让位于一个更加简单的等式，即对权力的认识就是对国家的认识。

知识或观点的传播把现在的混乱置于未来的有序空间中，这一切都是启蒙运动所承诺的。甚至在最糟糕的年代，1799年，连杰斐逊都不信任政治、国家以及其他机构，正如在一封写给威廉·格林·蒙福德（William Green Mumford）的信中，他这样说道，（他信任）"美国人的思想是……开放的。"因此，观点又一次成为定位混乱的替代品。对新文化设计者来说，这就是启蒙运动希望的全部意义。在给蒙福德写信时，如孔多赛侯爵（Marquis de Condorcet）一样，杰斐逊相信人类的思想是为社会而形成的，而且我们可以改善这种"尚未形成概念的思想"。杰斐逊对人类进步的信仰就像一副控制透镜，正如《宪法辨》中约翰·亚当斯的望远镜一样。

假设中的知识进步可以使混乱与不和减弱为片刻的干扰。在描述1800年混乱的选举时，杰斐逊给约瑟夫·普利斯特利（Joseph Priestley）写信时说，在一个地广人稀的新国家中，这已经成为一股狂烈的大风暴。然而，一切正常。暴风雨平息了,"在这块高地上取而代之的是科学和诚实",这就是杰斐逊所认为的"人类历史上全新的一章"的证据。这些话语中所表达的兴奋与传达中的思想的威力有关。在欧洲,启蒙运动必须克服人类历史中的蓄意破坏,或者说,正如杰斐逊对普利斯特列所说的:"当无知把一切事情都交由当权者和教士来处理时,那是一个蓄意破坏的时代。"然而在美国情况就不一样了。摆脱了过去的残暴统治,各种观点甚至是相同的观点"在那些为智者和善者制定的法律保护下",以不同的方式雨后春笋般兴旺发展。杰斐逊的坚定信仰使他超越了当时政治理解的范畴。美国启蒙运动中理智可能性居然改变了事实!这些可能性被正确理解,并使历史焕然一新。

精于世故的那些政客们的这种激情不能信以为真。杰斐逊总统是他所说的"1800年革命"中一个开明的思想者,他并没有过多地去寻求这些思想的起源,而是去考察如何将它们运用在有可能把不同的事务集合在一起的情景中。在历史学家们集中注意力去关注跨文化折射的细节时,他们把这种倾向淡忘了。正如有些人所争论的,1776年杰斐逊拟定的《独立宣言》是基于他所阅读的约翰·洛克的作品,还是大陆哲学家如让·雅克·伯雷曼奎(Jean-Jacque Burlamaqui)的作品,还是苏格兰的启蒙运动?控制着美国革命时期作品修辞的是英国的法院与国家之间的争论,还是苏格兰的常识?如果我们把美国启蒙运动看做是从英国启蒙运动的稳健起源向法国的激进主义再向苏格兰的保守主义进军的话,我们可以解决以上所说的那些冲突吗?这些问题并不能以很多历史学家提问题的方式来回答——如果带有有民族主义倾向的思想。

启蒙运动时期的文学作品源于对普遍联系和观点传播的承诺。当富兰克林把"国家"与哲学家能找到"人权"的任何地方联系起来时,他所说的就是这个主题。一个真正的哲学家的思考是基于全世界的,他们更愿与"共和"文学融为一体而非与各国保持一致,而革命时期的美国人却对这些一体的国际范围极其敏感。作为共和党人,他们很容易接受文学的共和。作为美国人,他们拒绝每个欧洲国家历史中的特例。作为新世界的公民,他们对各种观点的新奇用法而非思想体系的来源和细节感兴趣。总之,作为启蒙运动的思想者,他们相信全球各国之间的联系以及在全球实现共和主义的允诺。

这些倾向解释了杰斐逊在拟定《独立宣言》时,对抽象和不知来龙去脉的想法的信任,这种信任看起来很随意,但实际上却很强烈。在宣言中,正如他在1825年对亨利所说的,他在向世界的法庭讲话,不是基于以前任何一部具体作品而是源于当时和谐的情感,正如"对话、信件、铅字文章或者一些讲公正权利的初级读物,表达了如亚里士多德、西塞罗、洛克、西德尼等

第二章 启蒙运动在美国的解释

的思想一样"。只有这样,他才能希望取得预期目标:"美国人心灵的表达。"然而这个过程中的创造力常常被人忽略。杰斐逊先彻底排除了欧洲思想的影响,后来又与其融合,从中创造出其有美国特色的东西。

换种方式来说,美国启蒙运动是凭借认识到的密切联系而非对联系的排除发展起来的。18世纪的知识分子依然相信博览群书的益处。美国的知识分子的较高目标是找到并运用宇宙知识中最适合前所未有的新世界共和主义的那部分内容。这些工作重点不应被误解为对知识传统或功利主义或简单的机会主义的排斥。1776年的领导人比绝大部分人都更有理由去相信思想的力量,但是他们却是在革命的成功实践中理解思想的。他们与思想的关系是一种变化的关系。可能性因素左右着他们的思考。当杰斐逊告诉普利斯特利说"这是人类历史上的新篇章时",他是指思想已经成功地改变了革命时期美国的性质。

相信美国的未来将不同于欧洲的信念表明了与欧洲历史的关联性。尤其是杰斐逊、亚当斯和富兰克林选择了欧洲的一些参照标准,尽管他们相信这些标准的影响力都是有限的,他们还是这样做了。他们借用别人的思想,但并没有不假思索地去全盘接受或否定。事实上,20世纪之前的美国思想家,可能除了第一代清教徒外,没有哪代人像他们这样把自己置于与欧洲人同等的地位上,这种自信的来源应是非常明显的。革命的成功使每一个添加的美国决定的独立生效。因此对美国人而言,欧洲共和主义的失败限制了欧洲人思想的关联性,并说明至少有必要在理智上保留一定的空间。

至于18世纪的美国人是如何广泛地、自由地选择他们的观点,可以从他们借用欧洲启蒙运动的实际形式看出来。从法国伏尔泰、孟德斯鸠以及布丰的启蒙运动中,他们认为哲学就是国际英雄,一个爱的系统,一个系统内的文学风格,是历史哲学在政治科学中的运用,就是迷恋技术,就是相信自然规律以及对有组织的宗教的不信任。从英国他们得到了普遍意义上的实证调查,如牛顿科学和洛克心理学、辉格党的历史理论、政治演说以及英国人的权利。大陆的法律哲学家格老秀斯(Grotius)①、冯·普芬道夫(Von Pufendorf)②、伯雷曼奎③、贝卡里亚(Beccaria)为他们贡献了自然法的精髓,即

---

① 格老秀斯(Grotius,1583—1645):荷兰人,现代国际法奠基者,主张公海自由及国际贸易自由,也把自然法学推入到一个新的发展阶段,成为古典自然法学创始人。——译注
② 普芬道夫(V. Pufendorf,1632—1694):法国法学家,自然法学创始人,其发展了格老秀斯的自然法学。著有《战争与和平法》。——译注
③ 伯雷曼奎(Jean – Jacques Burlamaqui,1694—1748):瑞士法学家,出生于日内瓦。是普芬道夫的追随者。著作有《政治权利原理》。——译注

○美国启蒙运动时期的文学

在法律基础上通过签署协议组建政府的概念，以及法治与理性生活之间的重要类比。苏格兰的启蒙运动形成了世俗的词汇，不过这些词汇使得神意留在人们脑海中。苏格兰启蒙运动也不仅鼓励了大众学习，使教育机构得到重视，而且还把经济增长同政治自由联系在一起，乃至鼓舞了殖民地争取权利的革命运动。

然而，这些影响的互相渗透又一次在美国变得重要起来。1826年，詹姆斯·麦迪逊把杰斐逊称为"活图书馆"时，他实际上是为在美国人生活中对各种观念的组合应用自如的能力而庆祝。这种生活中的宏大的目标是将科学（世界的规律性和可知性）与道义（美好生活的政治学）在社会进程中联系起来。在另一部美化英雄的传记中，革命的领导人自己就是这些不同观点融合的活生生的例子。可以说富兰克林是引领人们前进的宇宙灯塔，因为他代表着科学与政治的结合。用杜尔哥（Turgot）的话来说，"他从天空中抓取了闪电，从暴政中得到了权杖。"

4

知识分子的自信、机会以及革命思想的能力是美国启蒙运动中最终矛盾的一部分内容。因为伴随着这些特点的是一种强烈的不确定性，从而导致不同时期代表作品中的不同心态古怪地并列在一起，甚至最慎重的思想在实际的作品中也获得了一种紧迫感。在关键时刻，理性不论多么合理，都被情感取代。科学与历史的结合、光芒的扩散、对各种观念的信仰都转化成了紧急事件或众人的话题："现在"。

潘恩的《常识》就是一个例子。潘恩这样写道："现在是大陆联邦信仰和荣誉的播种期。现在最微不足道的小摩擦将来也会像用别针刻在一棵小橡树稚嫩树皮上的名字一样。"接着，他又补充道："在这之后半个世纪，在大陆形成一个政府，即使有可能的话，也将很困难。"任何形式的拖延都是不可能的，"我们发现时间没有忘记我们"；"唯有现在才是真正属于我们的时间……这个罕有的时间对每个国家来说仅有一次。"尽管编小册子的时间非常紧迫，但潘恩的小册子是非常具有典型意义的。整体上而言，革命的措辞从头至尾读起来像与时间赛跑。

在任何革命语言中，激烈的措辞将占据主导地位，但是《常识》通过启蒙运动最深奥的比喻而达到了这种效果，而且这种做法以某种方式表明了美国在历史上的地位。18世纪的乐观主义思想中，比光芒这种观念更深奥、更重要的是对将要来临的成熟的定义。在潘恩声称"最伟大的成就总是在一个

第二章　启蒙运动在美国的解释

国家未成年的时候取得"，之后他立刻解释道："青年时期是良好习惯的播种期，对于一个国家来说也是如此。"应该记住，康德把启蒙定义为人类从自己所加之于自己的不成熟状态中脱离。在国家建立之初的新世界中，美国人将如何解释这种想法？总之，他们将如何理解不可避免的文化青春期的境遇？与祖国分离意味着对自己命运的自然把握，或者是过早地不可避免地成为孤儿。其差别不仅有赖于英国母亲的价值——18世纪70年代争论最激烈的话题——而且有赖于对美国成熟过程的解释。只有孩子才能成为孤儿。

正如潘恩所说，革命时期的作品时不时地把青年看做是脆弱、必要性和美德的结合，并以此为主题。这些作品以出色的雄辩能力讨论了这个问题的诸多方面。美国历史的新鲜度是最受作家宠爱的主题，同时认为美国人已经超出欧洲人一千年的观点也在作家当中颇受欢迎。之所以会出现这种明显的矛盾，是因为通过教育产生了一种全新的成熟——这也是启蒙运动所提倡的。另一方面，同样的答案增强了历史的紧迫感：欧美民族的差距越大，移民带来的跨文化污染的危险就更直接迅速。

美国革命的领导者担忧教育发展速度不够快，不能够保护团结公民组成的道德高尚的共和国。美德这个主题提出了腐败的危险；外国的影响不可避免地成为每个共和党人担心的首要问题。在《弗吉尼亚州札记》中，杰斐逊写道，移民扰乱了美国人的原则，会使大众成为"庞杂而支离破碎的一盘散沙"。更为悲观的作家则认为，国外的无知与腐败彻底地击败革命只是个时间问题。

《常识》中对青年的强调也使得历史成为昙花一现的瞬间。现在行动起来吧，潘恩一遍又一遍地呼吁着，否则将永远失去机会。这种想法是革命领导人全体都认可的。从他们对历史上共和政府的研究中，他们猜想人民会渐渐地"不关心"甚至"忘记"他们的美德。在《弗吉尼亚州札记》中，杰斐逊劝诫说，"只有当统治者对我们坦诚相待，而我们团结一心时，才能够合法地确立我们的正当权利。这一点无论怎么强调都不为过。这场战争结束后，我们将走下坡路。"对成熟这个词的定义轻易成为对国家身份和成长壮大的比喻，而不可避免的青春流逝则同样轻易地成为对国家兴衰成败的比喻。《常识》并不是1776年唯一一部经典作品；同年爱华德·吉布出版了《罗马帝国的兴衰史》（五卷）的第一卷。

他们对历史的看法也促使革命时期的作家清楚地道出失败会带来的最严重后果。教育、探索以及发明应在人性全面进步中结合在一起，不过这种可能性有赖于变幻莫测的政治领域所采取的及时行动。换句话说，进步不是特定的历史阶段中既定的演化。正如它会轻易带来额外的光芒一样，那个时刻

383

367

美国启蒙运动时期的文学

也有可能带来永久性的黑暗。这些可能性都十分清晰地展示了 18 世纪美国人脑海中危机的全面含义。在新世界全新的神意安排中，所有事情都具有明显的双重性，要么美好，要么邪恶，赌注始终都很大。无论革命时期的美国人是有所为亦或是有所不为，他们都相信他们的行动会改变历史前进的方向——而且有可能是永久改变。

紧迫感的假设是欧洲启蒙运动与美国启蒙运动的另一个区别。欧洲启蒙运动中历史危机感来临得晚，只是当思想斗争开始扩展到政治领域时才来临。相反，在美国，启蒙运动就是在政治领域兴起的，政治领域最早意识到了压力和分裂的存在。美国独立战争时期的作家总是在问同一个问题：现在应该做什么？暂且不谈这个问题的答案，其提问的策略就很值得品味：这个问题要求尽可能地采取有意义的行动，并促进了为美国后代所接受的信仰，即认识到危机的存在并采取相应的行动就可以掌握社会的命运，甚至有可能控制历史本身。

这一点我们在乔治·华盛顿的《国家通告》(Circular to the States, 1783)或是后来人们所说的《华盛顿的军队告别演讲辞》(Washington's Farewell to the Army)中都可看出。坚韧不拔的华盛顿将危机感在共和思想中所占据的中心地位告知听众，比善于煽动民众的潘恩、焦虑的约翰·亚当斯甚至颇具理性的杰斐逊都更具有说服力。华盛顿运用了文学中标准的传统手法，以一种最具创新能力的作者都无法想到的方式阐明了当时的任务。然而这种传统手法的应用遮掩不住其中精湛的技巧。华盛顿的作品与其他领导人的作品一样，明确地使得美国独立战争成为一种文学现象。《国家通告》就是代表，不过现在我们已不知该如何来阅读这篇文章了。1796 年，华盛顿总统《告别演讲》(Farewell Address)在修辞上是对早期作品的复制，但却远远超过了上部作品。不过在 18 世纪 80 年代，除了《宪法》外，没有什么别的更加重要的文件了。

《国家通告》中所阐述的四项目标成为四年后费城会议讨论的主题。实际上，1783 年华盛顿提出的这些目标已经在很大程度上预见并决定了 1787 年的议程。他极力主张组成更强大的联盟、崇尚公正、系统地关注公众防御；最后，消除地方对更大社团的偏见以服从政府。每项目标都代表着一个更为远大的目标，即通过安全地转换反抗的能量来对革命加以控制。毫不惊讶，他的演讲引起了听众对潜在混乱的恐惧——这种恐惧表现形式多样，如无视公认规则或标准、自然状态、极端混乱的无政府状态以及破坏自由。

不过华盛顿文章中精明的两分法，即指导与命令，没有引来这么多争议。尽管《国家通告》的大部分内容是源于作者身为将军的经历，但是演讲辞中不断重申了华盛顿即将辞职、回家安享天伦之乐这件事。他的读者相信了他

第二章 启蒙运动在美国的解释

所说的话，把他的最后一次官方演讲当做是例行公事。这自然是留给人们时间思考，但华盛顿却通过叙述自己身为将军的特别经历使这个时刻更具有意义。他在军队中"无数个焦急不安的白天和不眠之夜"使他能够以独特的视角来观察事物，从而能够大量地创作"以我们之间的相互祝贺为主体的作品"。在这种情况下，他还坚持认为"如果我保持沉默的话，就是犯罪"。这样，他任职的最后时刻变得最为公开最为自信。接下来的话筑就了华盛顿称之为"一个诚挚地希望在任何情况下，都对国家有用的人的财产"。这种自负是经过深思熟虑的。财产赋予人们东西，但也要有规矩和要求。

演讲的开头是对美国启蒙运动地赞颂："我们伟大帝国的建立并不是基于无知和迷信的灰暗时代。它建立的这个时代，对权利的理解和定义比以前任何时代都要深刻、明确。"无论是从"自然的、政治的还是道德方面来看"，这样的前景是很美好的。对光芒的暗喻将大家共同关注的不同事物或"点"联系在一起。华盛顿认为"文学的自由创作、商业的无限扩展、礼仪方面的进步、感情的丰富和自由，最重要的是，启示录纯洁而又和蔼的光芒使得人类进步，并增强了这个社会的福祉"。这些因素结合在一起便赋予了美国人"更为公平地参与政治的权利，而在这方面其他国家是无可比拟的"，并使他们成为"最光辉舞台上的表演者"。

舞台上演员的形象是一个有力的形象。无论是华盛顿对人物形象的判断力还是他的散文，都具有戏剧性。在这一节，他的传统赞歌却突然转向 18 世纪的情景剧。华盛顿在谈到美国所享有的各种祝福时告诫道："如果公民们不能完全享有自由和幸福，那么原因应该归咎于他们自己。"这个条件从句是一种暗示。它带着我们走出让人喜悦的赞歌而转向轰动的事物以及情感呼吁。幸福完美的前景带来失败的可能性，而失败的念头令人难以忍受。

之后语调的突然下沉，代表着更为悲哀、更具体的观点，这个观点在 1783 年时的欧洲思想中还是一种抽象的概念。在康德关于启蒙的那篇文章出版前一年，华盛顿也在努力思考这个问题。他们最担忧的都是革命与启蒙之间的这段不确定的时期。当这位欧洲哲学家认为可以采取积极的方案来解决问题时，那位美国的士兵和行动者却更多地考虑到了失败的可能性。实践中的责任带来了原理中所没有的焦虑。《国家通告》的读者们了解到"这是一个政治探索阶段……是建立或永远废除他们国家特征的时代"。华盛顿得出了结论，而这个结论康德仅仅间接提到过。他这样写道："战争应该被看做是福还是祸还没有最终确定：福还是祸，不能只是着眼于现在，因为这将影响到后世子孙的命运。"

性格冷静的华盛顿强调了"危机的重要性以及所讨论问题的重要性"。一

385

◎美国启蒙运动时期的文学

切的一切都取决于"我们是否有能力抓住时机为我们所用"。他一段话中就有五次说到"这是……的时刻",其中或"有利时刻"或"不利时刻"。这种极端的修辞所给出的选择要么是突然的胜利,要么就是永久的失败。无论是现在还是对后世而言,没有任何可选择的中间路线。问题是美国会"站起来还是倒下去","这个国家会繁荣富强、欣欣向荣受人尊敬,还是会贫困可怜受人鄙夷"。很明显,对于18世纪80年代中期引退弗农山的华盛顿来说,这两种命运的平衡会显得越发重要。1784年初他告诉乔纳森·特鲁姆布(Jonathan Trumbull)说,他对"目前公共事务的不安定和混乱状态"深感忧虑,这种忧虑很快就转变为忧心忡忡;1785年年底,他给詹姆斯·沃伦(James Warren)写信说:"我们正在从所站立的高地上滑向迷惘黑暗的深渊。"

5

这个时期的美国文学在希望赐福和恐惧祸害的夹缝中发展壮大。美国文学在危机中找到自己的位置,也正是这一点吸引了不少读者。这样,早期共和国的作品就对启蒙运动的进程有很强的依赖性。美国文学是为实现希望而非对知识的庆祝进行的奋斗,这种奋斗带来了意义和吸引力。在大英帝国海外孤远的边疆上为谋求独立而抗争的美国人在知识表述的中心地位方面不能与欧洲作家相提并论。但他们却发现,自己在启蒙运动的另一方面具有重要作用。他们通过戏剧性的结合——希望赐福,恐惧灾祸——将自己置于黑暗与光明交接之处。

这些过程中类似舞蹈设计般的技巧体现了文学创造力。当亚历山大·汉密尔顿在《联邦党人文集》第一篇开篇写道,美国是"一个在许多方面可以说是世界上最引人注意的帝国"时,他首先要表达的意思是这个帝国的"命运"安危未定;其次是美国政府是对启蒙运动的最大检验(似乎下面的重要问题留待我国人民用他们的行为和范例来求得解决:人类社会是否真正能够通过深思熟虑和自由选择来建立一个良好的政府)。国家的命运有失败的可能性;对良好政府的实验为人们考虑成功提供了条件。成功和失败这两个对立因素构成了"我们所面临的紧要关头",而失败将是"全人类的不幸"。每位读者都是汉密尔顿所描述的不确定性斗争中的一员。

当然,困难在于这种斗争也是不确定的,结果也不明朗。对结局的阐述只能到此为止,参加启蒙运动的人们可以使每位读者随时陷入到更广泛的历史范围中。理性可能会澄清事件,而知识的传播甚至有可能使历史焕然一新,然而两者却都完全处于无止境的变动中——即国家的兴衰。时间可能会站在

第二章 启蒙运动在美国的解释

革命的一方，但会是多久呢？当问及这个问题或类似问题时，甚至连最乐观的早期共和党人也明白理性与知识的局限性。

作为回应，也是一种传统，革命时期的作家常用一些精神术语（spiritual terms）来表达他们的思想。华盛顿决定通过"启示录纯洁而和蔼的光芒"以及"福与祸"这两个词来阐释革命，这表明了对宗教形式以宗教观点的总体依赖性。1776年约翰·亚当斯在给他的表兄扎布达尔·亚当斯（Zabdiel Adams）写的信中解释道："我亲爱的政治家先生们可能会对自由作计划和猜测，但是只有宗教和道义才能建立起有牢固基石的自由。"对于革命时期大部分美国人而言，神意在心，历史仍然是一个比较安全的话题。

然而，天意绝不能滥用。亚当斯的《政府宪法辩》坚持认为美国政府开始于"人民的自然权力，没有什么奇迹或神秘伪装"，"也没有牧师的僧侣生活"。这里他又说道："我们永远都不能伪称（创立美国政府时）所聘用的人都曾访问过上帝或是在听从神意……人们将永久地认为政府是通过理性和感觉创立的政府。"这些话表明亚当斯也同启蒙运动的追随者一样对宗教狂热和迷信嗤之以鼻。不过他也知道人民与生俱来的权利如果顺其自然发展的话就是一个危险的变量，而且这个"仅仅是人为的"政府很快就会消失在历史滚滚的洪流中。

亚当斯已经掌握了一个更高层次观点的核心，那就是他关于美国身份的那部分。在《政府宪法辩》中，他开头便说道："现在美国人手中掌握着最佳时机和最大的信任，而之前，只有很少民族得到上帝这样的赐福；如果他们背叛了这种信任，那么他们将会受到其他民族都没曾受到过的更大的惩罚和上帝的愤恨。"毋庸置疑，亚当斯相信这个协约，不过这也是出于知识和政治的便利，因为它为人民下了定义并给人民加上一些额外的限制。他轻而易举地将宗教和非宗教的解释融合在一起，这在当时随处可见，而且很明显这种手法把信仰和便利结合在一起，成为那个时代修辞中最难以理解的特点。亚当斯和其他人的智力水平虽不足以代表信仰的损失甚至特征，但却好像充实了自己的智力。实际上，启蒙运动中具有潜在危险性的、独立的信仰爆发为白炽状态，而且很精确，因为它帮助美国人把他们自己独特的改革运用到革命中去。

美国的启蒙运动并没有像法国人一样与宗教的正统信仰发生冲突；相反，它是基于启蒙运动从基督教信仰中借用的共同节奏或形式。知识分子们所提到的并列物——拯救与进步，灵魂之健康以及与之相应的公众利益的标准，革新的基督教与具备美德的公民，对神圣的狂喜与对设计的庆祝——在美国人的脑海中是相同的欧洲哲学中一个可以取代另一个的替代品。另外，尽管

○ 美国启蒙运动时期的文学

18世纪很多美国人好像已经意识到了不同种类之间的差异，但他们仍坚持自己的结合方式。

对此的解释在于革命期间启蒙运动与新教改革之间存在着一种令人困惑的联系。正如理性对权力的挑战提供了最广范围内知识的合法性以及对美国小册子的共同认可一样，原始教堂中神圣牧师的布道鼓励了激进的集体行动，并为此提供了依据。不要介意对理性的抽象表达攫取了正式宗教中重要的神秘色彩以及对恶化洗礼的冲动！知识的传播及公理制中的反抗策略与警惕的思想融合，共同成为一种爱国美德。

实际上，没有联系就没有革命。康涅狄格州的塞缪尔·谢伍德（Samuel Sherwood）教士在《统治者与生而自由的公民的制度》（*Scriptural Institutions to Civil Rulers and all Free - born Subjects*，1774）中将虔诚、公众美德与对祖国的热爱联系在一起时，这本书是所有有关革命布道中最具影响力的。他认为只有不断警醒的人民"惧怕君主"才可能使一个国家获得自由。这本书将神圣的惩罚与世俗权利巧妙地结合在一起，赞美了"这块土地上共同的事业、公众利益以及总体兴趣"，并寻求"把这块土地上的好教徒组织团结起来合并成一个共同的利益体"。没错，对君主的惧怕和对权利的警觉确实是相辅相成的；一个虔诚的民族，会找到一个共同的事业并为之奋斗。谢伍德和其他一些牧师很快就把这些立场转化为具有象征意义的圣经文章。谢伍德的《教堂逃向野外》（*The Church's Flight into the Wilderness*）是与潘恩的《常识》同年出版的，两者都以宗教为题材。在这本书中，"启示录的光芒"也是"正义之路"。1776年，在国家的统一事业中，启示录与理性融合在了一起。

第三章 宗教的声音

1

宗教的声音最先出现在美国革命时期。从某一层面上讲，这只是再次表明宗教在美国早期文化中的主导地位。到1765年，在美国这块殖民地上，宗教书籍的数量一直超过其他书籍的总和。在美国独立战争时代，最大的出版物始终是宗教书籍。但是宗教早期的主导地位只是表明它在英美政治辩论中的重要性。持异议的宗教传统与反抗性的政治文章之间的关系是革命时期文化修正和文学创作的晴雨表。

受17世纪英国革命的深深熏陶，18世纪激进的美国新教徒很清楚怎样反对国王。乔纳森·梅修在《论无限制的服从》（1750）一书中因"对查尔斯一世的反抗"的赞同而震惊了他同时代的人，不是因为此观点"支持自由、圣经、常识，反对专制、滥用神权和胡说八道"——18世纪新教徒标准的二分法思想——而是因为在反对"被动服从和不抵抗的盲目原则"的同时，认为先进行判断然后再反对国王是"人民以所拥有的自然合法权利"的一部分来"反对独裁权力非自然的、不合法的侵入"。

在英国我们也可以看到同样的言论，但是它以一种不同的方式主导了美国的辩论。毕竟梅修是在庄严的波士顿西教堂他自己的会众面前第一次宣讲了"关于无限制服从的演讲"。当面对"宣扬政治而不是基督"的指责时，梅修和其他美国教士比他们在英国的同道冒着更大的风险，因为他们面对着庞大的对激进的新教徒有同情心的听众。革命动力形成的一个重要因素是听众的宗教特殊性。改革的新教主义由教堂会众维持和激励着，在一个个教堂之间传播，这

●美国启蒙运动时期的文学

种独特性造就了一个巨大的假设。约翰·亚当斯在1765年2月住在"英帝国"的最边缘,这并无大碍,他也是梅修布道和其它无数类似布道的忠实听众。他写道:"我一直以尊敬和惊叹的心情来看美国的建立,认为它是上天为了启迪令人类的愚昧、解放毫无创造性的那部分天性而设计的宏大场面的开幕。"有些人已经强调了像这样的言论中包含的有意识的艺术。但是如果否定宗教和政治的相互作用是自由的源泉的话,就不能理解美国早期——不管是在殖民地时期还是在共和国初期——的情形。

与英国之间的差异具有指导意义,同时又颇为令人吃惊,因为这些差异有悖于宗教起源和影响的连续性。在18世纪,殖民地的每三个美国人中至少有两个人把自己归入宗教异议的传统中。相反,英国在经历了上一个世纪使人精疲力竭的宗教战争后,陷入了温和的英国国教;不赞同英国国教教义的新教徒渐渐缩小为少数派,只占英国总人数的7%。1775年在《与殖民地调和的决议》(*Resolutions for Coniliation with the Colonies*)中,艾德蒙·伯克(Edmund Burke)觉得需要为还未认识到这种差异的国会指出这种不同。他警告说,宗教在美国是"在抵制基础上的改良","绝不是思想和观念上的绝对服从"。在此之后的很长一段时间里,美国独立战争时期的亲英派领导、历史学家彼特·奥利弗(Peter Oliver)仍然把革命归罪于持异议的教士身上,说他们是美国叛乱中"穿着黑袍的兵团"。

但是如果对宗教信仰持异议是革命的思想意识形成的核心因素,那么它的影响力的确在本质上非常复杂,而且在国家起源的问题上会引起迷惑。把伯克和奥利弗的评论放在一起就点出了迷惑的一个方面。到底是如伯克在国会演讲中所说的那样,是宗教异议的反抗模式从激进的新教徒扩展到政治领域,还是如奥利弗所说的那样,是一个有组织的教士团体把殖民地的义勇兵推向了反叛?这两种可能性取决于采用什么样的调查方法,因为好斗的会众会认为这个牧师的布道太温和,临近的社区就有一个"有战斗力的牧师"。如果牧师这个群体确实起了领导作用,那是理智的宽容的牧师指明了革命的道路,还是这一殊荣更应该归功于那些激进的牧师?在回答这个问题时美国文化的预设意义和方向在经历着巨大的考验。

这些问题本身由于更深层次的历史调查而愈发复杂。现在看起来很明显,彻底的革命把教士排斥在新国家的政治经济生活之外。在当时的社会剧变中,牧师比其他任何知识分子群体都失去了更多的地盘,跟以往他们一向拥有的蓬勃生命力相比,他们的地位在下滑,直到最近他们才在人们的宗教生活中重新被重视。除了这些错综复杂的情况,还有另一个疑问:宗教信仰是怎么如此精确地和世俗的启蒙运动思想不谋而合,并且一起影响了处在革命活动核心的这些美国人的？可以解释这一成功的正是常常被人们遗忘的意识形态的相似性。可能在世界上任何其他地方都没有像如此突然而又带来如此巨变的美国革命一样使后世人难以理解的事件。

美国异议传统发展起来的一个明显的线索当然是来自于清教——17世纪英美长老派教会和公理主义的遗产。清教的理性基础促使他们在大范围或者小范围内发表了反对性的论述。其中最具影响力的包括原始主义、反现存制度优越论、分离主义和其他要求地方自主权的主张、契约神学的合法性以及认为对圣经进行注释是合法的文化行为的观点。每个人每日都要读圣经——圣经作为社区生活的最高指导，作为人神历史相关的唯一真正来源，作为每个真正信仰者的私人财产——好像在叛逆语言的发展中显得格外重要。因为清教通过举行仪式把有罪的心暴露给公众评判，因此清教分辨善恶，把个人的道德行为和社区的繁荣强制性地联系起来。我们历来都拥有辨别并反抗不称职的统治的能力。

抵制权威实际上是殖民地宗教思想的一个共同的特征。虽然大多数殖民地追随欧洲的模式，建立教堂，但是反对宗教一致性是殖民地宗教最广泛的一个特征。不断增加的宗教派别之间的公开竞争以及非神职人员对教堂管理的积极介入使美国宗教区别于其欧洲起源，促进了对等级制度的一致反抗。国教教徒在任何地区都饱受折磨。威廉·利文斯顿（William Livingston）在《独立思考者》（*Independent Reflector*，1753年10月11号）中表达了一个美国构想。他说道："我相信，如果整个国家只信仰一种宗教，那么这种宗教只能是非宗教，这个国家各种各样的宗教派别，是抵制专制和篡权的卫士。"这个论述的前提就是：通过最大范围的不同来达到互相接受。杰·赫克托·圣·约翰·克雷夫科尔在他的《一个美国农民的来信》（1782）中以此来部分地解答"美国人是什么样的？"，从而使这个前提变得很出名。而在《联邦党人文集》第10篇中也指出，通过不同来达到互相接受以抵制党派之争。

即使是在英国国教占绝对主导的弗吉尼亚州，殖民地的领导者们也抵制高度的教堂形式和权力的集中。在英国教堂里信仰也阻止不了当地的教区会控制他们的宗教机构。后来，当弗吉尼亚全州范围内由于征收教堂税而爆发了帕森案时，弗吉尼亚人民已做好准备。里查德·布兰德（Richard Bland）是一位弗吉尼亚农场主，同时也是英国国教的教区代表。他在《给弗吉尼亚牧师的信》（*Letter to the Chergy of Virginia*，1760）中质问道："对那些残酷贪婪的人、那些捕食猎物的猛兽，我们应该怎么办？人民的血汗是不是就应该毫无控制地来供养他们？"那些神职人员的回答，即那通过弗吉尼亚法院确保付款，给了帕特里克·亨利律师作为美国解放的辩护者的第一个舞台。

反对宗教独裁主义的实际行动可以理解为对设立美国主教的恐惧。对设立美国主教的忧虑充斥着整个 18 世纪的论战，并导致了 1767 年至 1770 年主要殖民地间反对英国教堂的运动。到最后这个问题引起的争论比《印花税法案》还多，并成为激进的意识形态异议的主要内容——以至于约翰·亚当斯在 1815 年对杰迪迪亚·摩尔斯（Jedidiah Morse）说，"对主教管辖制度的恐惧"对美国大革命的贡献不亚于其他任何运动。事实上，我们也可以把这种深深的忧虑理解为它的无根据性。在美国设立一个英国国教的主教在殖民地期间是完全不可能的。

这种恐惧与事实之间的差距实际上来自早期美国人性格中固有的紧迫感。像马萨诸塞州的查尔斯·昌西教士这样的牧师们，他是 18 世纪 60 年代后期的反主教管辖制度运动的主要代言人，的确担心英国国教在新大陆的蔓延。事实也证明他们的担心不是多余的：英国国教的会众在增加（从 1750 年到 1776 年在美国的英国国教教众从 300 人增加到 450 人），英国国教传教士的热情也在增长（福音书宣传协会在新英格兰和美国殖民地中部进行信仰宣传活动）。即使如此，英国国教的增长速度还是赶不上同时期其他宗教派别的增长，抵制的真正根源还要更深。

事实上，殖民地的美国人利用抨击主教管辖制度，跨越了宗派联系而相互认可。1767 年昌西的《致朋友的一封信》（*A Letter to a Friend*）只是这种努力的一个例子。他在回应兰德福的约翰主教时，反对在殖民地任命主教，但是他这么做是为了提醒美国人"我们祖先来到这个国家的**使命**"以及"**基督教自由的宗旨**"。作为殖民地宗教争议的论战人物，昌西认为在这一问题上可以得到一致的认可，甚至受到欢迎。厌恶繁复的教堂仪式是美国最广泛的公众思想的一部分，自由和虔诚作为祖先们最初的使命得到新生命。

在殖民地自我意识的产生中同样重要的是昌西能够轻松地辨认出一个英国敌人。美国人的美德和英国人的腐败之间的差异构成殖民地文章中一个越来越重要的因素，但是美国领导者很快意识到，用宗教的语言表达这种不同比用政治语言更安全。基督教会的差异在意识自由的大环境中是可以接受的，而政治分歧会导致无法接受的派系出现分裂的可能。18 世纪在美国的英国知识分子怕的不是异端而是叛乱。因此，昌西可以毫不冒险地在英国谈论"恶毒行为"以及"不公正地无限蔓延"，把英国人说成是"从背后下毒手的人和满口谩骂的人"，他们表现为"盲从、偏执、恶意、利益熏心，易受到其他肉体和精神上的诱惑"，他还特别谈到促使第一批美国人逃离英国而"享受作为人和基督教徒自由"的"奴役"。

第三章 宗教的声音

《致朋友的一封信》对英国的统治（"如果主教被送到了殖民地，这里的人民就会变成国教教徒"）和美国的虔诚（"真正的基督教在世界上的任何地方都没有比在这里更好地身体力行了"）进行了对比。当腐败的殖民者真的出现的时候，他们能很容易地被从美国清白的历史中排除出去。"那些人"，昌西说，"是外国来的。"这种在地域范围内的道德上的分歧是昌西和其他人的思想武器。在背景和语言和事变的压力下，这种对立很容易变成邪恶和正义的对立，立刻表现为揭穿英国赤裸裸的腐败行为的一次勇敢和审慎的运动。就像牧师对自己的教友演讲一样，昌西能够拒绝英国文化，而依然不受到政治起诉，始终激励着美国人团结在他们自己的价值标准周围。

宗教思想把它自己的力量带到了 18 世纪六七十年代日益加深的政治危机中。基督教倾向对理解复杂的外交问题贡献微薄，而更多地贡献于基于绝对分歧的解释。英国的恶毒和美国的美德使人们意识到了圣经和历史的明显相似之处，这种相似很快在圣经的阐释上变得更加明确。在 1776 年，《启示录》里"野兽的形象"（《启示录》13：14 – 15）就是"暴政和压迫的腐败系统，大英帝国的政府现在建立和实行的就是这种腐败系统"。塞缪尔·谢伍德在他的《教堂的疯狂之旅》（*The Church's Flight into the Wilderness*）中，引用圣经上的例子来证明反抗是有道理的。他解释道："我们有足够的证据表明，掌握天堂一切大权的上帝，站在我们这边。"接受这一预设就确保了胜利。它也把所有妥协的想法变得不可能：没有人跟反基督徒谈判。

394

美国的革命精神得益于这些言论。在激进的牧师灵巧的手里，怯懦就是不虔诚。1775 年塞缪尔·兰登（Samuel Langdon）在马萨诸塞第三次州议会前布道和大卫·琼斯（David Jones）在费城大陆斋戒日布道时他们都提道："如果上帝与我们同在，谁还能跟我们作对？"他们利用圣经里"上帝的选民"的故事的同时，也帮助了很多殖民地人们冲破政治障碍。在他们各自呼唤武力解决的时候，就连兰登和琼斯也在考虑皇家联盟的问题。像 1775 年大多数殖民地的英国人一样，他们发现很难去与他们的国王作对。

对大多数追求独立的人来说，答案来自于上帝在殖民地政治中的出现：上帝的权威超越世俗的国王。兰登说："我们应该把注意力放在永恒的国王（上帝）至高无上的统治上，像决定一切一样，建立或者打倒世间的国王。"或者，启蒙运动中更加简洁的被认为是出自于富兰克林和杰斐逊的格言："对暴君的反抗就是对上帝的服从。"这些话展示了信仰的力量，同时也表明了在革命中只讲道理的局限性。有趣的是，它们的来源不是世俗的启蒙运动，而是英国清教徒黑暗的一面。远在杰斐逊用这一概念做墓志铭、富兰克林建议用它来做美国的国玺之前，"对暴君的反抗就是对上帝的服从"已经挂在约

美国启蒙运动时期的文学

翰·布莱德肖（John Bradshaw）的嘴边。布莱德肖是1649年议会法官席的主席，否决了查理一世在被宣判前讲话的权利。那时他已经知道18世纪的美国辉格党人将会学到的东西：信仰而不是逻辑，能带来反叛。

2

宗教复兴运动是与美国革命关联最密切的宗教现象——具体地说，就是18世纪中叶的一系列信仰复兴活动，史称"大觉醒"运动（1734—1750）。然而，近来史学家们对"大觉醒"运动的性质、范围、影响以及整体意义的看法出现了很大的分歧；甚至运动名称本身也受到了质疑，被认为只是将一些零散的事件串在一起而做出的没有根据假设而已。关于大觉醒运动的跨殖民地性，它在下层百姓进行反抗中所起的重要作用，与激进政治的关系，以及对社会和宗教团体的深远影响，有人承认，也有人持有异议。然而，有些事实和假设是所有学者都认同的：发生在美国革命前夕的信仰复兴运动呈现出宗教特征，这一点使它们与先前局部地区的运动有所不同。运动规模的扩大，加深了它的影响。18世纪60年代，宗教复兴一直主导着美国的宗教思想和著作。

我们不能忽视18世纪中期宗教复兴运动传播与包容的一面，也不能忽视个别令人动容的传教士的影响，比如18世纪三四十年代在新英格兰公理会教众中布道的乔纳森·爱德华兹，同期在中部殖民地长老会教众中传教的吉尔伯特·亭纳，50年代在弗吉尼亚基督教长老会教众中传道的塞缪尔·戴维斯。最值得一提的是卫理公会派的巡游布道牧师乔治·怀特菲尔德（George Whitefield），他从1740年直到1770年去世之间先后七次在殖民地巡游布道。他们的布道在殖民地中是前所未有的。1734年至1735年间，爱德华兹在康涅狄格河谷地发起的复兴活动波及32个小镇。怀特菲尔德1740年在波士顿同时向1.5万人布道，此前波士顿从未聚集过这么多人。另外，尽管每位传教士都意识到了巨大的社会差别，但他们宽广的布道范围，成功地打破了文化的界限。

贯穿战前整个复兴运动的一条主线，就是困境中的坚韧。领导复兴运动的传教士们不必费力，就能感受到宗教集会的脆弱性。18世纪中期来自荒原的侵袭仍然是现实的威胁，这种威胁在法国和印第安人的战争（1754—1760）中有所体现。爱德华兹在《落入愤怒的上帝手中的罪人》（*Edwards's Sinners in the Hands of an Angry God*，1741）中有一句很有代表性的警告："正午时分死亡之剑猝然袭来。"18世纪30年代末和40年代也正值多事之秋：人口变动混乱（殖民地人口经常迁移，人口数从1700年不足30万，增长到1770年的

第三章 宗教的声音

200万），经济严重衰退（1745年北美生活水平降至世纪最低点），流行病引发巨大灾难（仅1735年至1737年白喉的爆发就使多达2万人丧生；各种流行疾病通常会导致人口缩减5%—10%）。同样，在复兴主义者的著述中，有关社会解体、物欲泛滥以及疾病的暗喻随处可见。

结果是，革命前的北美人民已经对生活中的困境习以为常了。他们渴望宗教复兴派来补偏救弊：在划清罪恶腐败和美德纯洁方面有令人振奋的变革或改变。塞缪尔·芬利（Samuel Finley）是吉尔伯特·亭纳在中部殖民地的追随者，他在《基督的胜利与撒旦的肆虐》（*Christ Triumphing and Satan Raging*，1741）中向信徒们说明如何"认识**这个时代**的种种现象"。他问，"是种善因，得善果？还是种恶因，得恶果？"真正的基督教徒必须立刻选择善因善果。"听我继续说，"芬利劝诫道，"对圣灵犯下的罪恶永远得不到宽恕。我很担心，这一代很多人，既有官员也有人民，对圣灵有罪……尽管你们接近天国，然而可悲的是，由于可怕的报复心理，将陷入更深的地狱。"

在绝境中挣扎的基督徒们只剩下一个慰藉，但这个慰藉中充满了对未来社会和政治的暗示。在天国和地狱之间如何选择，瞬间成为全社会的问题。不同于此前基督教的各式劝诫，宗教复兴运动确信任何决策都没必要由个人单独来做。复兴运动推动了听众中即发的改变，再次说明进行联合的可能性，不仅如此，也昭示着一个对所有人更加光明的未来。

劝诫颇有成效因为它提出了有罪之人可能遭受的种种困境，理解力越深刻，就越能感受困境发生的可能性。宗教复兴派的作品中经常指出，危急时刻是上帝降临、荣耀显现的最佳时机。"人类的绝境是上帝的机会。"塞缪尔·戴维斯在《弗吉尼亚非国教派新教徒宗教信仰状况》（*The State of Religion among the Protestant Dissenters in Virginia*，1751）中言简意赅地表达了这个观念。乔纳森·爱德华兹的论述更为详尽："当（上帝）要降福于他的子民时，常常是先按照他的意志进行安排，让子民们意识到需要上帝的赐福，在苦难中渴望上帝的眷顾，诚挚地向上帝乞求。"

关于这个问题，最有影响的著述是《关于新英格兰地区当前宗教复兴的一些思考》（*Some Thoughts Concerning the Present Revival of Religion in New England*，1742）。爱德华兹在著述中设想了北美的未来，说明绝境与机会如何能够并存。宗教复兴运动不亚于"一场奇妙的革命，一次意想不到而又令人惊讶的变革，瞬间爆发、蔓延"。这意味着，令人惊讶地直接关系到将上帝亲爱的孩子们陷入巨大的苦难的"无数的困境"。苦难的出现"让人们更有理由相信现在北美，尤其是新英格兰地区呈现的景象，可能就是荣耀降临之日黎明前的黑暗。"《关于宗教复兴的一些思考》（*Some Thoughts Concerning the*

Revival）通过反向解读，说明千年福国，即"将由圣徒治理的世界"，必定会在北美而不是旧世界诞生。"在上帝要把俗世变为天堂的时候"，爱德华兹猜想，"他不会从已呈繁荣之象的地方开始，而是从荒原着手……他将会最先眷顾这片最边远、最贫瘠、最年轻也最脆弱的地方，这里也是最后一个建立教会的地方。"

对千年福国的乐观企盼以及对基督治世千年的向往，促使宗教复兴运动抱有在北美实现更加团结和谐的想法。为此，也更需要一个统一民族的信念和行动。《关于宗教复兴的一些思考》呼吁"北美全体上帝的子民达成一致……找一天来斋戒祈祷；我们应该将这个日子统一起来。"一个统一的北美，更能彰显敬拜上帝的人们团结一致，上帝也更可能"屈尊降临，在俗世建立荣耀之国"。不仅爱德华兹一人怀有这种希望，18世纪自始至终，有关北美未来的言论都是关于如何以及何时天国将与世俗合二为一。

五年之后，在《试论促使上帝的子民达成明确约定、建立联邦实体》（*An Humble Attempt to Promote Explicit Agreement and Visible Union of God's People*）中，爱德华兹进一步给走出困境的联邦赋予哲学上的意义。据他的观察，英国"这个国家似乎很难撑得下去，但必定会在腐败和罪恶的重压下沉没"。爱德华兹不断地重申"教会的绝境通常是上帝的机会"。他相信"幸福的转变即将来临"。特别是兴起于新英格兰并在其他地方继续发展的"伟大的宗教觉醒运动"，让爱德华兹更有信心"达成明确的约定，就像我们祷告的那样，团结起来"。文章的最后一部分在此后的几十年里一直回响在北美人民的心里："团结是人类社会最美好的行为之一，是世上最美妙快乐的事情之一，它让俗世更接近天国。"爱德华兹倡导的复兴运动所宣扬的这场在苦难中寻求快乐的"奇妙的革命"，在美国革命时期广为人知。真正要从英国分离出来，非常需要建立一个光荣的国家，一个神圣民族的联合体。

宗教复兴运动中孕含的千年福国论也解决了新教团体中一个重大的困境。上帝的选民和其他灵魂（注定要永世受罚）间不可调和的矛盾，在千年福国中荡然无存。乔纳森·爱德华兹影响力最大的学生约瑟夫·贝拉米（Joseph Bellamy）在一次布道中对这个问题进行了完美的阐释，这篇布道在18世纪晚期引起了广泛而又持久的影响。这篇《千年福国论》（*The Millennium*，1758）引用了《启示录》（20:1–3）：天使将撒旦用铁链锁住，关在无底洞中一千年。书中的主题是未来基督治理俗世，将如何改变历史的性质和含义。可以想象，既然"荣耀之日即将到来"，历史可能已经开始发生了变化。

1758年突然一切都有了可能。以《赛亚书》（*Isaiah* 66:8）中的疑问（国家岂能一日而生？）在贝拉米那里变成了确定的论断（国家可以一日而生)。《千年福国论》的主要部分详尽地列出了反基督者的种种下场,而后逐渐过渡到贝拉米对快乐的重新界定。这种快乐包括"更多的人能够得到拯救"的推断。"许多人被召唤,但很少一部分人成为上帝的选民。"贝拉米也同意这个说法,"但是当一个国家在一日之内诞生,全体人民都将是正义的时候,情况就不一定如此了……那时撒旦被困,情况将完全不同。"这种前景让人心理上难以抵挡,期待着详尽的描绘。《千年福国论》详细地论述了人口昌盛之日即将到来:"全世界的和平繁荣就要出现,这是真诚地信奉基督教带来的自然结果,人类自然将会增加、散布并生活在世上的各个角落。"

人们即使没有皈依基督,也会迎合这种论调。贝拉米相信历史将会改写,这与杰斐逊的主张并无太大区别。困境中显现荣耀、革命变革中的乐观精神、欧洲的腐败、北美的释放、对联合的重视、奇迹般形成的民族性、自然财富的回报——所有这些观念很容易就进入到 18 世纪六七十年代的政治辩论中。表达思想的环境的变化,再次说明语言在转换过程中具有独特的生命力。复兴运动的言论基于个人救赎的希望,鼓励全体北美人民坚持到底,很多殖民地居民似乎将这种表面的号召看做是他们在政治上具有社会特性。这样,所有这些言论的根源——救赎,就成为所有人共享的利益,不论他们的宗教思想和偏好如何。结果,原本由于宗教焦虑而产生的对言语的重视,得到了广泛的传播。(要知道,宗教复兴运动仅在一半的殖民地中起到主导作用,尽管是在革命早期最活跃的殖民地——弗吉尼亚、罗德岛、宾夕法尼亚、新泽西、康涅狄格以及马萨诸塞。)

两种文学环境进一步扩大了宗教复兴思想的影响。首先,在 18 世纪 70 年代,爱德华兹、亭纳、贝拉米、戴维斯、芬利等人的著作已经被每块殖民地的精英知识分子们所熟悉。这就产生了一种对作品进行欣赏和使用都超出宗教信仰原来范围的文化氛围。其次,这些著述在殖民地生活中引发了争论和异议。当时最具讽刺的情况之一是,复兴运动派倡导的觉醒与联合实际上比同时代的任何其他现象引发了更多的矛盾和分裂,有些矛盾出现在内部。巡游布道给地方牧师造成了无法回避的问题,尤其当觉醒的观念与现状相抵触的时候,问题变得更加尖锐。无论在讲坛上宣讲还是在书中的宣扬,复兴运动的热情使矛盾更加激化。

这场攻击的领军人物吉尔伯特·亭纳奠定了他在中部殖民地宗教复兴运动中不容置疑的领导地位。他在当时最臭名昭著的一篇布道《因循守旧的牧师带来的危害》(*The Danger of an Unconverted Ministry*, 1740)中指出:"不虔诚的牧师是真正的祸因。"抵制复兴的牧师们被比作圣经中提到的法利塞教徒:"过去这样,现在依然如此。"二者的相似程度好比"一只乌鸦蛋和另一

○美国启蒙运动时期的文学

只乌鸦蛋"。"那么法利塞式的牧师们是什么味道呢?"亭纳问,"事实上,臭气熏天,无论在上帝的鼻孔中还是在虔诚教徒们的鼻孔中都一样。"在其他事情上,"他们没有胆量,也不够正直,无法用恐惧之钉钉住沉睡的灵魂。"亭纳的谴责直指传统的牧师学习及当时神学院的根基,他还在宗教集会上挑战知名牧师的权威。"全体基督的追随者站起来吧,代表上帝,与反对者作斗争,"亭纳发出命令,接着又问:"谁站在上帝这边?谁?"

这种讲道——知名牧师也以同样的方式回应——导致了宗教团体和整个社会的分裂。1741年,中部殖民地出现了"新派"和"旧派"的划分;一年后新英格兰地区"新光派"和"旧光派"正式决裂。北美上至思想层面下至宗教生活都受到了影响。对立导致了关于神学问题的重大争论,比如乔纳森·爱德华兹的《关于目前复兴运动的一些想法》(*Some Thoughts Concerning the Present Revival*, 1742)和查尔斯·昌西的《关于新英格兰地区宗教状况的新近看法》(*Seasonable Thoughts on the State of Religion in New England*, 1743)之间的辩论。对立还导致了在北美宗教和生活中出现了极端的谩骂行为。比如,保守牧师蒂莫西·卡特勒(Timothy Cutler)这样描述亭纳1741年初在波士顿的巡游布道:"人们在雪地里连滚带爬,听他野兽般的咆哮。"

在宗教复兴问题上的对立改变了整个18世纪北美宗教思想的性质。争论的焦点问题可以归结为:宗教皈依的哲学基础(许多具体问题是关于信仰宗教中理智和情感的各自作用)、巡游布道的地位、牧师的培养以及牧师的作用。争论热烈的时候,注意力往往从上帝约束的神圣性转向个人和社会行为的问题,从神秘的上帝旨意转向关于人类能力的断言。

结果引发了思想史上一个奇特的矛盾。因为如果宗教复兴运动强调虔诚的重要,就与它同时又使宗教思想更加人性化相悖。复兴运动一方面承认宗教在美国思想中的一贯分量,另一方面也承认人文主义越来越成为神学和启蒙思想的基础。"与丰富头脑相比,我们的人民更需要心灵的触动,"爱德华兹在《关于目前复兴运动的一些想法》中这样评价复兴运动。昌西在《关于新英格兰地区宗教状况的新近看法》中反驳说:"清楚明了的事实是,自称为人的那些人应该由开化的头脑而不是冲动的感情来支配;处理宗教事务是这样,处理其他问题也一样。"哲学上消除这种分歧很难,但用语言说明各种可能性就没那么难了。有关宗教复兴运动的争论解放了北美作家们的思想,使他们能在宗教、政治、社会生活中将理性和情感需求融合在一起。

伊利沙·威廉姆斯(Elisha Williams)早在1744年就显示了将这些诉求合在一起而产生的政治力量。威廉姆斯先后做过耶鲁大学的教师、校长,康涅狄格最高法院的法官,他在《新教徒的基本权利和自由》(*The Essential Rights* and Liberties of Protestants）中，反对限制复兴运动中的巡游。他在文章中从圣经、法律以及哲学的传统追溯"宗教事务中道德和个人判断的权利"，证明了在每种传统中这些权利"都是一致的，不能改变"。威廉姆斯将民权自由和宗教自由合二为一，声称二者都是"与生俱来"，"天生不可剥夺的"。然而"固执的牧师，独断软弱的天主教国王们"解决不了这二者的合一。1744年《新教徒的基本权利和自由》已经提出了一个重要的问题，对于这种情况该做什么呢？当俗世政府企图剥夺天生的权利时该做何反应呢？

答案就是采取行动，宣扬殖民地的自由。约翰·洛克领导的、通过光荣革命实现的英国启蒙运动已经确认"《大宪章》中规定的权利不以国王的意志或是立法会的意志为转移"，宗教自由也必定一样，因为它"享有比《大宪章》规定的民权更重要的优先权"。因此，礼拜的自由"不受人类法律的钳制"，这种权利"任何人触犯都会受到惩罚"。换个角度说，触犯宗教自由必定是有罪的，即使国王有这种言论也会受到惩罚。

伊利沙·威廉姆斯将启蒙运动的法律观念放入宗教的参照框架中，引起了世俗更强烈的反对。他这么做，一部分原因是他认为需要一个更强势的反对立场。跟其他殖民地作家一样，他也担心"基督教信仰自由和公民自由会一点点逐渐丧失。"他的结论是"备受瞩目的宝石才珍贵；如果不热切地保护自由，就没有人可以长久地享有自由"。威廉姆斯结论中的词汇——"关注的目光"和对自由的"热切"——成为后来殖民地文章中的名言；这些词汇表现了宗教复兴运动中的紧张局势。正是这种紧张局势使自由成为有史以来最为迫切的主题。

宗教上的争论使北美新教派中反独裁主义情绪高涨。要深入了解这个过程，必须要认识到牧师角色的变化。殖民地牧师起初都是村里或镇上至高无上的文化使者。他们持有绝对的领导权，拥有超越了其职能的社会政治权力。但牧师们在复兴运动问题上的分化对这种状况至少产生了触动。当吉尔伯特·亭纳问："谁站在上帝这边？"，问题的矛头对准的就是某些敌对牧师的权威统治。这个问题也引发了对整个社会领导权的假设，而此前这是无法想象的。突然之间问题有了答案，上帝的旨意存在于广大民众之间，而不在世俗社会的特权阶层。

这种假设是基于一直以来对牧师统治的强烈不满。理性主义者乔纳森·梅修在1748年发表观点，支持由经过培训的牧师进行统治（《个人判断的权利和义务》[The Right and Duty of Private Judgment]）。浸信派的伊萨克·巴克斯（Isaac Backus）在1768年表示反对"装腔作势"，支持人民争取自己判断宗教事务的权利（《落入自己网中的鱼》[A Fish Caught in His Own Net]）。在

美国启蒙运动时期的文学

这两种极端观点之间，北美人民开始了民主的历程，这个过程可能要经历很多挫折。这些转变中最重要的变化是人民成为宗教辩论中的意义单位。

牧师的权威和人民有权自己进行选择之间平衡关系的变化，对那些被剥夺了权利的人来说，显得尤为重大。安妮·哈钦森 1636 年在马萨诸塞湾对她邻居们进行教化的想法，不能归结为他们需要教化。截止 1767 年，罗德岛的纽波特也兴起了一系列的复兴活动，莎拉·奥斯本（Sarah Osborn）曾在家中召集了祈祷会，牧师约瑟夫·菲什（Joseph Fish）对此进行了批评。莎拉·奥斯本 1767 年 3 月 7 日给"尊敬的约瑟夫·菲什牧师"写信，有力地予以回击："我是上帝的仆人，肩负着上帝分派的重要任务。"奥斯本是家庭主妇，也在学校教书，她将自己视作上帝和人民的仆人，抵制牧师的权威。她家中的集会是"一条美好的联系纽带，让我们在这个关键时刻聚集在一起"。在驳斥牧师对她企图"扩展到更大范围"的指责时，奥斯本甚至敢于双关地运用牧师的名字："阁下，要是我不清楚怎样放走这群鱼（Fish，在英文中是'鱼'的意思），请不要怪罪我固执。"奥斯本写的这一切，都表达了她对宗教复兴运动所说的变化了的世界而感到的兴奋之情，"收获之神会准许劳动者收获，给予劳动者成功的桂冠。"这种论调，恰恰顺应了时代环境，也反映了奥斯本的需求，没有牧师能够有力地反驳。

牧师的分化、人民对两派牧师的越来越抵制、各种形式的宗教活动，以及推动新教发展的思想基础，产生了自由处理宗教事务的想法，而这在政治上也逐渐形成了类似的想法。随着千年福国论宣扬天国越来越接近，人民靠自己的努力争取一定民主权利的希望也随之大增。18 世纪末，朱迪丝·萨尔金特·莫瑞（Judith Sargent Murray）在她的《论性别平等》（*On the Equality of the Sexes*, 1790）中说明了将这个希望转变为现实的思想基础。"一个想要永生、享受天国快乐的人，一个将永世思考神性著作的智者，不允许接受其他思想，只能接受一些无稽之谈，这样合理吗？"

复兴派在牧师教育问题上的争论带来了一些更加直接的后果，但也是宗教权威人物所意想不到的。新光派 1746 年建立了新泽西大学，很快更名为普林斯顿大学。英国国教派 1754 年创建了国王学院，即后来的哥伦比亚大学。1764 年浸信派创办布朗大学。荷兰新光派 1766 年建立了王后学院，即后来的罗格斯大学。埃比尼泽·惠洛克也是新光派的牧师，他于 1769 年筹备建立达特茅斯学院。虽然所有这些大学创办的动机是建立神学院，培养正统的牧师，但结果却大相径庭。

宗教的热情创建了这些教育机构，却没有加以控制。得到加强的宗教宽容和现实中学院的发展，打破了大学间宗派的隔阂。每所大学都没有抛弃宗教的源头，同时也发展成为启蒙思想的中心。这种转变是根本性的。1750年到1775年间，做大学教师就意味着要融合宗教思想和启蒙思想，培育殖民地的精英。学生中比如詹姆斯·麦迪森（James Madison）、艾伦·伯尔（Aaron Burr）新泽西大学的休·亨利·布雷肯里奇（Hugh Henry Brackenridge）以及国王学院的亚历山大·汉密尔顿，后来都是借助思想的融合实现政治目的的高手。

宗教复兴运动的整体精神和引发的争议性使其成为时代的智力催化剂，也一直是文化形成的源泉。用带有文学性的政治词汇来说，"觉醒"的观念在语言上明显流露出保持警惕的倾向。谨慎与狂热并行，苦难与快乐接踵，恐惧与希望相伴，热情与理性相依，各种情绪交织在一起。世纪中期的北美人民接受了这种情绪上的波动，并借此表达了社会矛盾与焦虑心理。尽管他们希望真正的大觉醒能够带来自由统一，言语中充满期待，但他们反对分治的想法（以及完全中央集权化的想法），即道德自由通过分治实现净化。如果实现更大范围的联合，内部可能会出现各自为政，那时的宗派政治处处体现了这种失望与担心。

最能表现这些紧张局势和失望情绪的文学作品要数伊斯拉·斯蒂尔斯（Ezra Stiles）的《论基督徒的联合》（*A Discourse on the Christian Union*，1760）了。这可能是一部最具前瞻性的有关建立殖民地联邦的作品了。尽管斯蒂尔斯身为保守的旧光派公理会牧师，但是他对纯粹宗教的热切盼望，他对为美国的建立而奋斗的强调，尤其是他抱有"全体新教徒获得自由、彼此沟通"的愿望，都表达了宗教复兴运动的理念。和复兴派人士一样，他也宣扬所有人都应该"团结协作，努力实现这个共同的伟大而神圣的使命"，"真理将结束这一切，归于和谐"。然而有一点是不同的：斯蒂尔斯想要实现联合，同样也想要正统观念，他赞同运用权宜之计实现联合。他承认要实现联合会有很多困难，这主要是为了把困难降到最低。然而，"法律准许的集会只是教区范围内小规模的集会"。的确，当前有很多派别的纷争；的确，每个人都必须保护个人在判断宗教事务中不可剥夺的权利。但是，必须要在这些分歧之上实现联合。"如果我们有对公众的爱心，有对纯粹宗教的向往——在仁慈的上帝的庇护下！在仁爱的基督的庇护下！让我们把微不足道的分歧埋葬，扔到一边吧！"

《论基督徒的联合》中有力的类比也适用于殖民地。正如北美的教会"在权力上是相互独立的，实行教士统治……这片大陆上的13个省在权限上也是独立的——却和谐相处"。斯蒂尔斯将教会（和殖民地）的平等独立看做是"联合和联邦的重要基础"。教会与殖民地之间的类比有效是因为"无论联合小团体，还是省、州、王国之类的大团体，都适用同样的原则"。斯蒂尔斯

○美国启蒙运动时期的文学

不希望有任何事妨碍到"将我们组成高尚整体的目的"。为了确保目的的实现,他在联合理论中平衡了部分与整体的关系。接下来的计划——"一个联邦或联合体,每个部分都应该保留权利、自由和在整体中相应的影响"浓缩了北美从殖民地发展为早期共和国思想上的变化。

斯蒂尔斯的理想只有将宗教纳入启蒙运动的框架才能得以实现。他痛苦地意识到单凭宗教是无法实现北美的复兴与和谐的。《论基督徒的联合》希望"人类在科学和文学上的"变化能够防止未来的冲突造成派别的对立和殖民地的分裂。这样,善意的基督徒们的纷争就会被至善的真理所替代,"疏远的感觉就会越来越弱"。在斯蒂尔斯理想中的千年福国里人们不仅要虔诚,而且要对知识虔诚。"这就是人性,尤其要受到科学之光的启迪。"

无论宗教复兴运动与启蒙运动有多大的差别,二者同被殖民地的知识分子们比作黑暗中照射进来的光明。这使得北美殖民地显得非常重要,成为上帝选择庇佑的民族(《申命记》[Deuteronomy] 26—8)。斯蒂尔斯在《论基督徒的联合》的结尾中指出,北美不同于最具智慧的犹太国王所罗门统治下的"希伯莱废墟王国"。"通过借鉴这段与目前存有诸多相似之处的历史,恰当地运用于现实,我们会受益匪浅。"他相信所罗门王朝的腐败不会在开化的时代重演,但是大西洋两岸的英国国民仍要警惕——"国王的负面榜样作用是非常致命的。"

伊斯拉·斯蒂尔斯为北美公理会制定的短期计划取得了成功,进一步弘扬了他的思想。他主张北美持不同意见者组成联盟,促成了公理会和长老会教派的一个跨殖民地组织的建立,这个组织在1766年到1775年每年在新泽西或康涅狄格集会一次。每次,这些所谓的"议会"都有至少来自六个殖民地的代表参加。他们得到了当地长老会"通讯委员会"的支持,他们集会的议题是反对英国主教制度的扩张。这就是美国革命时期制定了许多政治法案的组织结构的原型。从宗派政治到殖民地抵抗不是转变,而是一种互相合作。

斯蒂尔斯是温和派辉格党人,18世纪70年代曾任耶鲁大学的校长,1760年他完全没有意识到自己作品的影响力。《论基督徒的联合》中愿和解的语气证明了对一种区别个性化、形成团结、完成目标、达成净化的语言的强烈渴望。斯蒂尔斯甚至在有生之年以共和国主义为伪装再次明确阐述了对这种矛盾性的渴望。1783年《巴黎公约》的签订承认了美国的独立地位。同年,斯蒂尔斯发表了《美利坚合众国的光辉未来》(The Future Glory of the United States),再次展望千年福国的前景,"每个人都收获劳动果实,分享聚集的权利。"但是,甚至在他写作的过程中,收获与分享、完成目标与净化、启蒙运动与宗教复兴运动之间的分歧仍在加深。"我们热切地追求这个世界的财富、

第三章 宗教的声音

荣誉、权利、享乐"；斯蒂尔斯在胜利的时刻告诫道："让我们拥有这一切，然后就知道这些都是没用、没用、没用的东西。"

这些术语的发展借自清教主义，在复兴主义中得到发扬光大，但在1795年斯蒂尔斯去世后也寿终正寝。19世纪的美国人将会以拥有财产的名义追求"世俗的财富"，而实际上人们是没有资格占有这些财产的。对他们来说，繁荣意味着一切，这就是新教徒的道德规范。斯蒂尔斯已经给他们指明了这条道路。总的来说，成功所不为人知的代价将会是更加表面的成功。从宗教复兴运动到启蒙运动都提供了一个更加温和的、涵盖更广的联合理论，使改革主义者的热情变得合理。在思想观念的转变过程中，"热情洋溢的追求"的能量仍然在"现世"，新的联合理论造就了现代美国生活中蔓延的物质主义。

3

离革命越近，印刷品就越无法及时地反映思想的变化，在宗教活动中尤其如此。由于激进的新教徒优先使用口头表达，革命行动的勇气就取决于演讲的直接性。由于当时的文化仍然处于口头流传的阶段，演讲占据着后来再也不曾有过的主导地位。从某种程度上讲，理解的丧失也是一个问题。在革命中，教堂里的会众演讲和布道两种支配性的宗教表达形式，都体现出对美国宗教的一种自然强调；教堂的会众无论是独立派的还是分裂派的，其仪式和反应力都体现出布道牧师的关键作用。显然，革命性的布道通过公开发表的形式得以保存，尽管保存下来的只有一小部分，而且保存形式很不起眼。而另一方面，教堂会众演讲是一种被遗忘的表达方式。作为一种最传统又最常见的参与革命的方式，教堂会众演讲只能在其他的评论夹缝中求生存；然而，没有这种教堂会众演讲，人们就无法真正地理解布道。

美洲教堂会众的演讲或公众演讲的概念来自于一种潜在的契约观念。领导人可以解释这种契约，但只有上帝和指定的人才能制定契约和保持契约关系。上帝自然会遵守契约，但人却应当经常表达自己对神圣目的的理解，否则契约关系就会破裂。这种表达自己的理解可以发生在新的教堂会众正式站在上帝面前誓约建立会堂之时；也可以在教堂会众接受皈依者表明自己已经成为圣徒集体中的一员的证据之时，还可以包括在圣礼的时刻和宣布信仰之时，其他的还可以在规定审判期间上帝宽恕的接受宽限日之时，感恩节、选举日及斋戒日的惯例都是表达理解的公众日子。尽管在这些时刻都有牧师的演讲，但这些演讲的目的是从中汲取一种获得认可的集体信仰。一个民族的首要任务是接受上帝的意旨；其次是在上帝的名义下时刻保持警惕，防止违

美国启蒙运动时期的文学

背契约。

如果这些任务严格的话,它们也被认为具有强大的复元作用;上帝对虔诚的民族起着重要作用,并给予他们恩赐。这种想法可以解释亚伯拉罕·威廉姆斯(Abraham Williams)1762年在波士顿的选举日布道如何将"人民的观念"等同于"神的命令",以及一年后乔纳森·梅修在《对宪章及福音书的传播的社会道德规范的观察》(Observations on the Charter and Conduct of the Society for the Propagation of the Gospel)中如何赞美美利坚人说,"同英格兰的普通民众相比,(美利坚人)是哲学家和圣人"。这种想法还表明为什么查尔斯·昌西在1766年感恩节布道中支持取消《印花税法案》时,会认为殖民地的反抗是受到神圣使命驱使:"正是由于(上帝)的万能和主宰性的影响,殖民地的全体人民才能凝聚出一种崇高的精神,去争取他们作为人和作为附属地的英国人的权利。"这种想法也以更为微妙的方式说明了为何贵格会教徒坚持通过人民获得发展。约翰·伍尔曼(John Wollman)在《牧师随记》(Essay on the Ministry,1772)一书中写道:"基督了解人民的情况,""正是在信仰牧师的纯洁感情中,上帝的子民们获得了自己的家园。"

由于上述的原因,人民的权利意识逐步增长。1774年6月5日,纳撒尼尔·奈尔斯(Nathaniel Niles)在纽伯里波特(Newburyport)和马萨诸塞州布道时宣称:"我们都应当努力将社会成员的注意力引至领导者的行为上。"作为约瑟夫·贝拉米的学生之一,他将个人灵魂拯救中对精神的追寻和政治上的警惕性进行了启发性的类比。如果教堂会众的成员不靠他们的牧师获得拯救,那么,他们为什么相信政治领导人能进行有效的统治?奈尔斯期望听众能够采取"是非之标准"并付诸实施,并督促人民"也激励别人这么做"。他主张说,"在任何危急时刻,我们都应当努力打起精神,朝气蓬勃地追求那些被认为最有益于全体人民的措施。"到1776年,在塞缪尔·韦斯特的选举日布道中,人民被认为是"决定统治者是否有独裁和压迫之罪的合适审判者"。人民可信是因为"他们的行为表明他们受到心中上帝的法则约束"。

倾听人民的想法是一个更为困难的主张。群众会议的当地决议和立法须知都体现了教堂会众自信的回声——与其说是体现在生活语言中,倒不如说是体现在集体提建议的权利上。类似的细微差别也出现在表现为信仰的政治性写作中。威廉·利文斯顿在《独立思考者》(1753年10月11日)中模仿宗教三十九项条款而作的详细的反对教权主义的文章歪曲了基督教徒"公开宣布自己的宗教信仰"的传统,在纽约掀起了引人注目的论战。在波士顿,革命爆发前夕,《马萨诸塞间谍》(Massachusetts spy,1775年1月19日)发表了《一个英国爱国者》版的使徒信经。信经写道,"我相信所有的政治力量

第三章 宗教的声音

最终来自于人民,并服务于人民",认为上帝在提高自己荣誉的同时,将增加民族的财富。支持者们可以想象出庄严维护信仰和意愿的一致语调。

宗教观念坚持认为信仰和自由错综复杂地交织在一起,因而也成为革命演讲的内容。在最可能引人注意的宗教作品《怒火喷发》(*The Snare Broken*,1766 年)中,乔纳森·梅修将奴隶制这个"撒旦畸形的孩子"与自由这个"天国的女神、上帝的女儿及上帝之子以外第一个孩子"做了对比。在这篇布道词中,忠诚和自由完全被混为一谈。梅修个人对自由的认识的提高被权威学者做了恰当的记录,载入文献,但是正是权威性著作首次教给了他"有上帝存在的地方就有自由的存在。"西蒙·霍华德是梅修在波士顿西部教堂的继位者,也是将整篇布道词都用来宣扬"自由的失去紧跟着必然是所有美德和宗教的丧失"观念的牧师之一。《对波士顿古代的尊贵的炮兵进行的布道》(*A Sermon Preached to the Ancient and Hornorable Artillery Company in Boston*,1773 年)解释了很受欢迎的加拉提亚革命[5:1]的宗教文本("因此,坚决地捍卫基督赐予我们的自由")。

关于公众如何接受用宗教解释的政治自由,一个没念过多少书的马萨诸塞农场主威廉·曼宁(Willian Manning)在书中有所提及,他目睹了"在康科德撒下的几乎第一滴鲜血。"整个事件——"为了自由的事业,许多人死了,许多人快要死了,还有很多人受伤了"迫使他对这种"严肃的事件"进行评价并解开了一些困惑。他的回忆录《自由的关键》(*the key of liberty*,c.1794)写出了他想法的基调和起源:

> 我常常感到支持一个自由政府不可能,但我坚信它是上帝所能认可的最好的、也是唯一的办法。多年来,正是通过不懈地学习和向主祈祷,我才找到了真正的事业和救赎的办法。

向上帝求助是一件很自然的事。曼宁是一个"没念过多少书"的人,"也不了解过去的历史",但当他"十分关注自由和自由政府"时,他已听到过无数的相关布道。布道坛演讲上的口头传播控制着思想和笔杆,并克服了两者的缺点。

作为当时主要的文学工具,布道词跟人民的声音相呼应,比书和宣传册子更能鼓舞美利坚人民起来反抗。在革命期间,如果美洲印刷了 400 本小册子,那么同期的马萨诸塞州和康涅狄格州就有 1800 场布道,而且这些数字还不包括每周举办的即兴布道、宗教对话,以及美洲各殖民地社团所组织的祈祷会。布道导致了反抗行为;在忠实地回应人民的日常苦恼的过程中,它记

408

录下了革命的发展。

在这方面,节庆日或者礼拜日布道尤其值得我们关注。它无处不在,但作为一种综合了宗教和政治的布道形式,它在殖民地的早期冲突中成为一种地位和规模空前的主导性艺术形式。斋戒日、选举日、感恩节、受圣职礼、供奉典礼及其他节日都会进行节庆日布道。节庆日布道在其范围上已经不再仅仅是一种个人的拯救,而上升为公众的幸福。每个节庆日,布道的重点自然会有所不同,但所有布道都围绕着民族契约这个中心,牧师承担起一种充满文化焦虑的任务。

对演讲者形式的限制是任务的一部分。在节庆日布道中,社会的健康状况及其发展方向成为一个刻不容缓且不可避免的普遍关注的问题。因此,1760年当乔治二世去世时,塞缪尔·戴维斯布道的主题不是国王的去世,而是国王的去世给一个原本"最微小的弹簧上的一个最轻微的不正常或缺陷都会使整部机器发生紊乱或遭到削弱"的体制带来的"奇怪的、前所未有的考验时期"和"令人担忧的不测形势"。戴维斯引用了塞缪尔("强大者变得何等衰落!")的话以唤起一种内在的忧虑。"当强大者变得衰落,羸弱者不应当发抖么?"他发问道,"如果一个民族的祖先都无法生活,那么整个民族不是只能等死么?"如同多数福音主义的布道,对宗教的理解往往只会产生于危机之时。

《国王陛下——乔治二世之死》(*On the Death of His Late Majesty, King George* II)一书最令当今读者惊讶之处在于,它那套话连篇的建议竟然已经达到了对未来辩论的条件进行规定的程度。应当肯定的是,戴维斯讨论的忠诚是对以往和未来国王的忠诚。但是乔治二世作为人民的公仆而受到了人民效忠(国王自己对滥用权力的原则感到不满,倡导人民的自由),而乔治三世却引起人民不可估量的恐惧("最好的国王……可能会有邪恶的大臣,邪恶的大臣可能会给人民带来极大的危害")。忠诚,作为一种美德,包含的既不是一种"卑躬屈膝的矫揉造作",也不是一种"唯利是图的阿谀奉承",也不是一种"谄媚的讨好",而是一种"对我们祖国的无私的爱"和一种"公众精神"。紧接着,戴维斯进行了预言。在一份忠诚声明中,他强烈要求说:"你必须这么做,否则你就违背了你的意愿和良知。"

18世纪60年代和70年代的节庆日布道颠倒了术语的内在含义,叛乱和忠诚发生了错位。1776年,塞缪尔·韦斯特在波士顿选举日布道时,已经能够论证只有上帝才值得完全的服从。因此,这个世界上所有不容置疑的权威的服从都是"盲从",是"卑微和低贱心灵的证明"。此时,一些先前主张限制权威的比喻说法开始瓦解。如果地方官员真的是"人民的公仆",那么,"在公共生活事务中",他们可以被取而代之或被免职,就像主人有权驱逐任何奴仆一样。纳撒尼尔·奈尔斯在《两篇自由演讲》(*Two Discourses on Liberty*,1774)中说,公众精神仍然是政治秩序和美德之源,但是,因为公众精神源自于自由,所以它总是对政府和独裁做出区分。相应的,"侵犯自由的人必然背叛良好政府,应当作为叛徒对待。"奈尔斯推理说,"不管他身居何职,他都是叛徒。"在社会出现动荡时,政府官员们只暗示犯罪活动有可能更加严重,而没有下达服从的命令。"同样身处叛乱,位居高职者所犯罪行相应也会比职位较低者的罪行更为严重"。

这些在修辞技巧上的偷梁换柱,在其他布道中被反复使用,给叛乱加上了不同的含义。据此,爱普斯威奇(Ipswich)的约翰·克利夫兰德大主教在1775年7月13日的《埃塞克斯观察报》(*Essex Gazette*)里把英国军队的将军托马斯·盖奇(Thomas Gage)直接打入地狱。尽管从官方角度讲,盖奇将军代表国王,"严惩罚入地狱"同样适用。克利夫兰德直接将矛头指向盖奇:"你不仅是强盗、杀人犯、篡位贼,还是一个邪恶的叛徒,一个背叛真理、背叛法律、背叛公正、背叛英国政府宪法、背叛殖民地各州及背叛人性本身等各种权威的叛徒。"总而言之,这位英国指挥官只是塞缪尔·戴维斯的原始噩梦里那些蒙蔽国王的邪恶大臣之一。在象征意义上,盖奇背负了美利坚人不可容忍的耻辱,背上了叛徒和卖国者的耻辱。

节庆日布道就不可避免地承担起探讨忠诚和叛乱的任务。在节庆日布道词,忠诚和叛乱的主题随处可见:1760年,戴维斯对忠诚的解释"适用于两个世界";1774年,奈尔斯将公民自由和精神自由同身体和心灵相联结,将它们归为"上帝的债务";1776年,韦斯特将圣经的理性与正义的理性以及启示与常识相结合,明确了服从的对象。在所有这些因素中,存在着基督教徒的疑惑与对反抗的犹豫之间的一种联系,这种联系引发了巨大的类似反应。从表面来看,这种相似关系意味着宗教资源很容易进入政治职权框架。奈尔斯说:"如果我们仁慈的统治者乔治国王不能拯救我们,我们不可能指望山来拯救我们。"这种观点显然有失偏颇。"我们必须高瞻远瞩。"韦斯特转而求助于圣保罗(St. Paul),认为圣保罗"坚定支持人类正义的权利"。节庆日布道的特殊力量来源于这种相似关系所借助形式本身的正义性。上帝掌握着所有问题的答案,将拯救的历史教给那些愿意译解现在的人,但是以上帝之名所作的答复必须也能够立刻解决殖民地人民的不幸和疑惑。节庆日布道达到了过滤掉事件情境中混乱的情感因素这种目的。通俗地说,它告诉人们在当时的情形下人应当如何感受以及如何采取行动。

《两篇自由演讲》恰如其分地说明了这种策略。英国关闭波士顿港口后,纳撒尼尔·奈尔斯在马萨诸塞的一次布道中毫不犹豫地质问人民:"我们该怎

○ 美国启蒙运动时期的文学

么办？我们应当脱离我们仁慈的国王的统治吗？还是应当拿起武器反抗他的军队？我们该怎么办？"这种反复追问抓住了1774年殖民地人民反应中的无助和忧虑——这种情感随后就淹没在夸大其词和大吹大擂的爱国演讲中。当然，无助和忧虑是恳求上帝恩典的卑鄙小人常有的举动。奈尔斯将二者相连，得出了相同的合理结论。奈尔斯解释说："从人性角度讲，拯救美利坚和大不列颠的力量就在美利坚人民的手里，这就是上帝的仁慈之处……让我们记住，正义者虔诚有效的祈祷大有裨益。"正是美利坚人民的祈祷方式开辟了一条全新的成效之路，"让我们所有的人，像但以理老者（daniel of old）一样，虔诚地向上帝敞开我们的心扉，承认我们自己的罪过以及我们的人民的罪过。"

尽管反对罪恶的那种狂热是所有激进的清教徒布道词的主题，但节庆日布道强调社会契约中的原始纯洁、求助上帝变得更加迫切。上帝会奖励或惩罚与之立有契约的团体，因此，全体的虔诚将给人带来更多的受益，而全体罪恶也将使人遭受更大的损失。正如塞缪尔·韦斯特所说："我们的事业正义而美好，因此除了我们自己的罪过，没有什么能阻止我们获得成功。如果我能看到忏悔和改过自新的精神在这片土地上盛行，我将不再有任何担忧。"在各地的节庆日布道中，恐惧和忧虑表明了内心的罪恶感。奈尔斯在描写殖民地的困难时，将美利坚人民的忧虑比作回头浪子的焦虑（路加［Luke］5:6）。不幸的是，在美利坚人民的危机中，浪子的具体答案却伴随着难以理解的模糊性。奈尔斯建议说："让我们回到祖先的家园。"但是，祖先的家园在哪里？我们的祖先又是谁？

18世纪的节庆日布道在某种程度上是一部寻找合适的父权制的历史。美利坚人民能在殖民地和国王那里找到安慰吗？1760年，塞缪尔·戴维斯提醒英国人说，"我们也是乔治的孩子。"而在1774年，奈尔斯还很看重这种尊敬："要让全世界都看到，国王对待美利坚人民比对待他自己的民族更为亲密。"或者说，美利坚人民对他们的祖先的依赖甚于对自己的家园的依赖？奈尔斯几乎又以同样的口吻说，"让我们学会像祖先那样简朴地生活"，从而将美利坚人的祖先同纯洁和自由联系在一起。西蒙·霍华德（Simeon Howard）1773年在波士顿军火公司（Boston Artillery Company）做布道演讲时，暗示了美利坚人与祖先的距离："根据目前的形势，英属美洲，尤其北部地区，是一个英雄辈出的地方。"

在节庆日布道中，一年一度的选举日布道对革命时期政治的意义最为重大，也是现在了解最少的布道。它失去了所有节庆日仪式的原始意义。进行选举日布道的殖民地牧师面对州内的地方法官们以一种崭新而确定的仪式布道。因此他是上帝选派的代表，也是社会指定的代言人，他的布道词被印刷

第三章 宗教的声音

并接受读者的检验。保存下来的纪录本身就表明了一种假想的优点和广泛的流传。在1750年至1820年期间，在康涅狄格、马萨诸塞、伏蒙特和新罕布什尔进行的222次布道中，就有211次布道被印刷成小册子，其中一些还出现了多个版本。

今天，我们再看这些布道词时，以20世纪的眼光，我们可以看出在圣经类型学掩饰下派生的辉格党理论。但是用满怀18世纪期望的耳朵聆听这些布道词时，我们就能发现一种惊人的创造性，尤其是在革命前夕的选举日布道词里。18世纪70年代，选举日布道牧师作为上帝的代表和社会的代言人，在检验英国统治的实质和考验美利坚民族的决心方面都占有着独特的地位。认识到他们自己的地位似乎也激发了他们的最大潜能。从他们身上，我们看到了演讲所特有的破坏力，而这是印刷品不具备的。独立所需要的信仰确实就产生于这些布道词。

波士顿彭布鲁克教堂的牧师盖德·希区柯克（Gad Hitchcock）正是这样的人，1774年，他进行了马萨诸塞选举日布道。刚率领军队由英国乘船抵达波士顿的英国新军事总督托马斯·盖奇将军是希区柯克名义上的主人。的确，在希区柯克布道的过程中，盖奇的许多支持者中途就退了场，这足以令美国的新英格兰牧师讽刺说他所进行的是巡回布道。是什么原因导致了如此侮辱？从表面上看，希区柯克的布道词是对政府宪法理论的普通解释，还有对社会的委托人——殖民地统治者的适当劝诫。希区柯克的异常之处在于他对体裁的格律、特点及体裁的期望形式进行了创造性的运用。传统的选举日布道追求新奇和社会的认可，但希区柯克打破了传统形式。他坚定地拒绝布道脱离人民痛苦的观点。

希区柯克布道词里的圣经内容立刻得到了权威的支持者和反对者的共同支持："正义者当权时，人民欢呼：但邪恶者统治时，人民悲痛。"（谚语29：2）标准布道的三个步骤：教义、推理、使用（文本，解释，应用），再就是夸大圣经时代和美洲的现实之间的对比。盖奇和他的随员们不可能喜欢希区柯克在开篇中对"希伯来政体"的描写，即在塞缪尔的儿子们的统治之下，"一些身居高职者的普遍邪恶腐败现象"导致了君主制的土崩瓦解。即使希区柯克没有直接用排比句式进行描写，对美洲罪恶的修辞上的预言也已经很清楚："我们无须到别的民族去寻找这方面的悲剧例子。"悲哀的基调是理解布道者布道的关键。正如权威性文本不容希区柯克对手质疑一样，邪恶统治下人民的痛苦生活这个悲哀的前提也消除了希区柯克的对手们的敌意。邪恶一说不是希区柯克在1774年提出的，但是他确在推理中一再地进行强调。"然而，可以确定地说，人民很悲痛！"如果当权者正直，人们难道不应该是欢欣

412

美国启蒙运动时期的文学

鼓舞的吗?

对正义的追求加速了选举日的机会。希区柯克应邀"就纪念日的重大事务和政府的总体行为"给出上帝的建议时,用这种话语来警告面前的执行官们。"我们的危险并非虚构出来的,而是十分现实的,我们的斗争不是关于无关紧要的小事,而是关系到自由和财产。"对于那些加以嘲笑的人,他补充说:"我认为计划已完成……(而这种计划)与自由的观念完全不相容,如果在这一点上我的看法是错的,那么全体美利坚人都犯了同样的错误。"接着希区柯克又提到了美洲"广为人知的忠诚",他对忠诚表示敬意,但坚定地要求"为民平冤"。一个真正正直的当权者会采取同情的措施。"请允许我提醒你们,"希区柯克告诫盖奇和聚在一起的当地官员们,"你们代表上帝行使权力,并受上帝监督……将来你们必须能向有着火眼金睛的上帝解释你的行为动机。"

这位牧师表达了和解的希望同时也准备应对冲突,他的布道词提出了正式对抗的理论可能性——或者说理论必要性。希区柯克认为,只有通过回应反抗,最坏的领导人"才能够学会出于利益而回应,而优秀的领导人则是出于善良的本性和对臣民的爱而采取行动"。当然,另外,"大众的苦难和奴隶制度"体现出"一种比公众骚乱更为糟糕的事态"。无论是在理论上还是在形式上,布道都再次使牧师获得了比纯政治人物更多的跟英国当权者进行对面交流的机会。

盖德·希区柯克在布道中,将这种特权用到了极限。他要求参加布道会的统治者们"实施这个主题",宣称"美利坚人民统一的声音,带着雷的轰鸣和闪电尖厉的声音,惊醒了你们,要求忠诚"。在希区柯克的结束语中,这种全美洲的统一之音采用了第一人称复数代词形式,向受命维持殖民地秩序的英国总督盖奇将军发出了最终的挑战。盖奇必须认识到与殖民地的合作有着不可避免的局限。尽管美利坚人民尊敬市政府,热爱和平和秩序,但决不会放弃他们的权利和特许权。"我们脚下的土壤属于我们自己,是我们祖先的遗产。"一个宽容的祝祷就会削弱该声明的排斥倾向和独立倾向,但却只有在两种倾向得到强调以后。"因此我们对它拥有独一无二的权利,"希区柯克警告可能的闯入者。

牧师们准确把握了18世纪70年代美利坚人民忧虑的脉博,而且随着这种忧虑的加深,牧师提醒效忠派说上帝将严格追究每个人应负的责任,从而有效清除了中间派。希区柯克发问道:"如果根基遭到破坏,正义派还能做什么?"这个有力的发问势必引发另一个问题。如果必须要在暴政和反抗之间做出选择,那该怎么办?用希区柯克的话说,"我们应当如何选择,才能获得幸福的效果或结果？"选举日布道的力量迫使牧师及其支持者直面这些令人不快的问题。从哲学的角度和本性的角度，牧师都承担起编造符合信仰要求的答案的任务。尽管答案强调慎重，但却更加直白。"因此就那些本性恶劣的统治者而言，"希区柯克在1774年宣布说，"在合法情形下，他们必然会认为人们会走向反抗。"

要使大部分美利坚人民选择反抗，必须有两个条件：首先他们必须相信自己能够团结一致，其次要相信他们坚持对抗的立场是正确的。显而易见，对牧师而言，这些困难只是文学表达上的问题。牧师们规定了早期美洲的信仰参数，而希区柯克一类的布道将"美利坚的统一之声"和"反抗信念"结合在一起。只要英国不妥协，激进的辉格党就会立刻将这些信仰化为革命行动。有争议的是，牧师为自己的利益而灌输的革命信念是否过于迅速彻底。1776年，托马斯·潘恩策划了"一种新的思考方法"，其中反抗构成了"万物的光荣统一"。这种对福音主义语言的引用尽管很明显，但是已经脱离了它们本身的语境，潘恩坚持如此使用。《常识》第二版的结尾表达了"宗教与政治的混合遭到美洲的每一位居民的反对和摒弃"的愿望。

4

一旦战线拉开，革命性布道就失去了一种极其重要的东西，尽管很难确定这种损失的确切性质。人民的信念和布道的热情依然高涨。如果说有什么变化的话，那就是在革命行动和取得的胜利中，这些信念和热情得到了增强。在早期共和国狂热的复兴运动中，在普遍的社会混乱中，福音主义以前所未有之势居于文化主导地位之时，这些信念和热情得到了进一步增强。难道宗教的表达形式失去了它的共同推动力？并非真正如此。历史学家们已经证明福音主义作为正在形成的社会基础及其在更广泛意义上作为早期民族生活中的统一因素之一的中心作用。在18世纪90年代及以后，第二次大觉醒将美国的大部分社会变成了一个宗教复兴社会。真正迅速消失的是牧师对民族契约所拥有的一种控制权。

美国独立使节庆日布道演变成为一种主要的知识活动。牧师最富有戏剧性的文学工具，即利用圣经类型学为反抗虚构假想情况，也失去了排斥性界线。独立的各州已经不再需要修辞技巧的暗示，而是需要直接的政治认可，需要更适合世俗演讲和政府公务的技能。具有讽刺意味的是，同英国进行的战争同时也使牧师精英从前线上撤了下来；选举日仪式不再带有直接对立的可能。牧师的布道曾经成形于冲突的严峻考验中（一位皇家总督以及他那常

美国启蒙运动时期的文学

常难以对付的立法机构是唯一的观众),现在进入了意识形态共识的广泛领域。对语言的压力完全不同。终于,在1776年,教会和国家分离的原则进入了全新的阶段:这个曾经代表着宽容和反对确立任何教派为国家宗教的原则,现在把所有的宗教活动和政府活动分开了。牧师在许多政治话题方面不能担任公众代表。

在这些新的困难下,选举日布道的程序仍然保持完整;而公众的心理需求却不再完整。指定的牧师仍然会为新当选的执政官员们就关于人类幸福的本质和统治者应负的职责进行忠告,也仍然会向有罪的人发出警告。然而牧师布道的语言却失去了一种独特任务所带来的刺激——以往牧师未经挑选而被当选,并独自承担明确表达危机里的一种文化的任务。而这种任务现在由别人分担,而且很快成为他们的独特权利。

翔实记录政治布道里日益削弱的文学影响力是一件吃力不讨好的工作。菲利浦斯·培森(Phillips Payson)是一位切尔西(Chelsea)本堂牧师,他曾带领自己堂区的教徒组成的部队参加了战斗。1778年,他在马萨诸塞发表了一篇拥有巨大吸引力的选举日布道词。然而,培森敏锐地意识到他的布道词里缺少了一种重要的平衡。"无论是对统治者还是对人民,我都不该忘记提及宗教,"讲到中间时,他想起了这一点。对英国人的嘲弄引发了另外一条告诫:"在基督教温和派内,很难保持温和的情感或布道方式。"如果上帝带领美国人进入期望的乐土("如今我们站在毗斯迦山上"),培森提出了期望的切实衡量标准:"我们应当按照人的本性,"他对马萨诸塞的领导们说,"而不是期望的人性来理解人类……因此我们在寻求真理和知识的过程中,在我们努力寻求有所提高时,我们都不应当超越人的知识范围或区域。"这种观点带有善良的新英格兰人的敏锐,但却无法满足在此前进行选举日布道的牧师及其听众的需求。

成功和确定性的故事远没有斗争和怀疑的故事引人入胜。在培森做选举日布道词四年以后,即1782年,扎布达尔·亚当斯在选举日布道时将重心放在了他和别人所称的"美国的崛起之光荣"上。亚当斯大主教受到他表兄约翰·亚当斯的影响而无视这种危险,但他发现自己像培森一样看到了"希望的乐土"。其效果就是上帝的荣耀通过世俗的繁荣的另一个观点的体现:

> 目视她的海洋由于贸易而变成白色;她的都会住满了居民,回荡着工业的喧闹。目视她获得独立和荣耀,期待她将来在地球上的民族之林创造出令人尊敬的伟人;目视她尊重智慧、遵守忠告和仰慕威力;目视她在科学、农业和航海以及所有的和平艺术繁荣昌盛。梦想着你的祖国

第三章 宗教的声音

不久将成为自由常驻之地、哲学家静思之所、被压迫者的避难所、争议民族的仲裁者,以及通过严格遵守教义和严格保持神圣的习俗成为我们所希望的"基督的荣耀"。

在这种对民族繁荣的赞歌里,宗教作为一种因素同文化繁荣的其他因素融合在一起。引文本身可能是由某个早期共和国的知识分子所写;文章中没有任何关于上帝指定代表的提示。

无论是融会还是碰撞,千年福国论的乐观主义和民族的兴盛没有妨碍选举日布道准确地反映文化危机。菲利普斯·培森、扎布达尔·亚当斯以及1780年做选举日布道的西蒙·霍华德都很担心革命能否成功结束。霍华德看到马萨诸塞州否决了一份宪法又驳斥另一份宪法时,为马萨诸塞州的立宪危机而忧心忡忡。新的标准惯例建立了。反对一系列恶行(贪婪、奢侈、浪费、不忠)的连祷文产生了惯常的后果("上帝常用痛苦和毁灭惩罚有罪之人"),提出了一种预料解决方法("只有我们改过自新……我们才能够信任上帝,谦卑地希望我们社会的灾难很快结束")。这种程序虽然形式上很不起眼,但仍然是清教徒哀叹史的一种形式。

这种程式的独特之处在于,它可以根据形势压力进行调整。西蒙·霍华德把这种哀诉变成了政府改革的纲要。他建议成立一个更为强大的体制。在他的呼吁中,各种危险——"轻慢、邪恶之流居于政府首脑地位"、"懦弱和文盲之流"、"双重性格的人"、"议会的优柔寡断"、"徒劳无功的努力"以及"在最高权威机构里怀疑和犹豫不定"等危险赫然在目。同样的危险还存在于宗教的忠诚与美国的荣耀之间设想的联系。然而,在一个反映后来的选举日布道中的动议中,霍华德却开始担忧个人灵魂的拯救与民族的繁荣之间的设想关系。世俗民族主义这种新的忧虑刚刚出现。上帝明显"控制"了革命,"不仅为我们的家庭、我们的朋友和我们的子孙后代,而且为人性之权利,为人类之政治和宗教权利""控制"了革命。在审判日到来时,几乎可以肯定的是,"上帝的眼睛"必然在某处看着你。霍华德希望美国人民记住,民族身份极为短暂,只是一种"无根之建筑"。

难道实际上是革命热情在逐步侵蚀基督教的虔诚?1780年,这个问题的答案可能会令美国的牧师尴尬。提高爱国热情主要是为了赞扬上帝;抵制爱国热情又使美国牧师在战争时期处在与人民相对立的位置。过去的答案是一种对这个世界事物的强硬禁制,似乎不太适合共和国民族主义的狂热。霍华德在表达上的含糊其辞暗示了时代的变迁和确定性的失去。他建议说:"无论他人做什么,无论对我们的祖国产生什么样的结果,只要正直者当权,就一

美国启蒙运动时期的文学

切都好。"问题的焦点仍在虔诚上。但是霍华德话语里的虚拟式——"无论他人做什么,无论结果怎样",包容了那些不必直接在灵魂的拯救和世俗的幸福二者之间做出唯一选择的听众;献身革命理念就是要在灵魂世界和现实世界中都取得成功。

牧师们身处世界而不属于世界,参与革命而不再领导革命,他们本能地寻找一种语言以最大限度地支撑他们在文化中日益衰退的智力优势。他们显而易见的办法就是借助日益流行的启蒙运动术语和思想。随着共和国的繁荣,牧师们用启蒙运动术语讲话的倾向也日益严重,尤其是在权威性很高的选举日听众面前。18 世纪的最后 25 年里,美国共出版了 80 篇选举日布道词,关于宗教和启蒙运动之间关系的情况,这些是最好的记载。但是这些布道也表明了需要付出的代价。世俗化已经削弱了宗教自由和政治自由、斋戒和美德、有罪和市民堕落之间的原有相似性。同样失去的还有伊利沙·威廉斯和伊斯拉·斯蒂尔斯等革命爆发前的知识分子在宗教演讲中引用启蒙思想时最初的兴奋。

革命本身迫使人们将越来越多的注意力集中在现实世界而非未来世界。比如,当约翰·塔克(John Tucker)在 1771 年的选举日布道词里把理性之音变成上帝之音时,正统观念要求他详细区分政治契约和基督教契约。在 1776 年的选举日布道词里,塞缪尔·韦斯特使用了同样的措辞。在这里理性之音同样也是上帝之音,但是韦斯特在面临常识具有的全新重要性和革命随时爆发的危机时,混淆了二者的区别。正义的理性与启示之间的关系似乎更近:"正义的理性所要求必做之事,同样也是上帝的意旨和法则所要求之事,仿佛来自上帝的即刻启示或神圣的圣经下达给我们的指示。"然而身处主流的 18 世纪牧师当中,无人能够真正宣称理性就是启示。在这些差异中,究竟何处是上帝那无法理解的意志终结的地方?何处又是人世间常识开始的地方?

在这些布道中,从来就没有产生过直接的争议。上帝会在适当的时机支持常识、正确的理性以及其中的自然法则。1775 年,塞缪尔·兰登扎(Samuel Langdonzai)在他的选举日布道词时呼吁为"获得幸福的手段,"请求"光明之父""清洗"殖民地领导的大脑,因为光明之父会驱散当前事件的阴云。1778 年,菲利普斯·培森做出了更为传统的决定:"大自然已经赐予我们(独立)声明,自然之神出现并帮助我们维护并保持这种权利。"但在这些言辞中,上帝究竟在哪里?从比喻意义上讲,在人类的事务中,"光明之父"不如审判日的圣经中神圣光亮的眼睛那样迫近。难道上帝现在主要由自然法代言吗?那么圣经呢?

启蒙思想的问题在于它总是将那些阐释牧师置于边缘上的某个地方。灵

第三章　宗教的声音

魂的拯救和圣经的历史明确无误地要求牧师要有专业知识，自然、科学、理性甚至常识却不需要。根据塞缪尔·韦斯特的理解，可能是常识和理性的规定"在神圣的《圣经》里得到了充分的确证"。但确证仍然使信仰者在这个世界上有些过于牢固了。已经严阵以待的牧师们面临着令人烦恼的交易。流行语言的使用在吸引了更多听众的同时又削弱了演讲者的权威性。路的远处隐藏着其他的困难。启蒙运动迟早会集中到人类历史的可臻完美之处，并将其置于对灵魂拯救的关注之上。普遍意义为经验主义的完整性所取代。理性的自律控制了人的行为。个体不再是一种灵魂而更多成为代与代之间的连接。所有这些变化都不利于牧师——那些宗教声音最早的守护者。具有重要意义的是，在美国新宗教的创立过程中，每一次变化都会在美国国内宗教的创建中兴起一种新的非宗教的领导关系。

5

牧师的问题是新的政界精英的答案。革命领袖立刻采用了教会和国家分离的方法来排除教士对共和国建设的积极参与。在1776年至1796年间，有七个州（特拉华州、佐治亚州、肯塔基州、纽约州、北佐治亚州、南佐治亚州以及田纳西州）的宪法规定禁止牧师担任公职。其总目标，如杰斐逊在1802年回复康涅狄格州丹伯里浸礼会协会（Danbury Baptist Association）的信中所写，是在"在教会和政府之间建立一道隔离墙"。这是共和国建设者一致坚持和以一成不变的决心所追求的目标。

教会和政府分离原则的成功加强了世俗对牧师的戒备。杰斐逊甚至着迷于此。1801年他担任总统时，在写给莫塞斯·罗宾逊（Moses Robinson）的信件中猛烈地抨击："已经嗅到教会和国家合一气息的牧师的统治地位。"1816年，他对塞缪尔·史密斯夫人（Mrs. Samuel Smith）说："我的观点是，如果从来就没有牧师，也就不会有什么异教徒。"一年以后，当康涅狄格州最终放弃了州支持教会的原则后，他称赞约翰·亚当斯又一次战胜了"修道士的黑暗、偏执和仇恨"。"因此，我和你一样真诚地祝贺牧师职权的老巢终于被捣毁了，清教徒的教皇统治再也不会玷污美国的历史和特征。"亚当斯友好地回复了他。他警告杰斐逊说："你知道耶稣会会士的领袖以及他所有的圣体都在注视着这个国家么？"启蒙运动的这种猛烈抨击，是很难作为信仰问题甚至是宗教自由问题理解的。真正的争夺发生在宗教方面对民众表达方式的控制权上。

在革命中，许多变化要求价值的重新表述，而宗教的作用在共和国生活

美国启蒙运动时期的文学

中的变化便是其中之一。这个问题是共和国的道德取决于宗教原则的观念的一部分，并得到广泛认可。没有一个伟大的世俗领导人会反对杰斐逊在《弗吉尼亚札记》中的评论，民族自由靠的是"自由是上帝的礼物这样一种植根于人民心中的信念"。实际上，对这种观念的标准表述来自华盛顿1776年的总统告别书。对于华盛顿和其他早期的共和党人来说，宗教和道德是人类幸福和政治繁荣必不可少的两大支柱。显然，宗教评论属于公众范畴。谁承担这种评论在教育共和国公民上的责任才合理呢？这种传达又会对人们的思想产生什么样的效果？如果宗教思想在共和国根基的地位可以保证，甚至至关重要，那么解释和使用的背景却没有得到相应的保证。

随后，关于宗教在一个讲求美德的共和国里的适当作用和表达方式的争论非常激烈。同样，革命领导人发现他们的敌人并不如他们所想的那样存在于牧师当中，而是在复兴运动的政治影响力中。他们对宗教狂热的担心如同他们对经济膨胀和派别斗争的担心，而革命结束后福音主义的盛行加深了他们的恐惧。毕竟，复兴运动对试图超越革命的保守的智力集团造成了直接而强大的挑战，它更接近于西方领土上的自然反抗力和社会煽动力。因此在革命后期的文化里，它提供了对启蒙运动布道最清楚的另外一种解释。

结果，对复兴运动的恐惧越过了党派界线。亚当斯就是其中之一。他把"大觉醒"直接和政治动乱联系在一起。1815年，他为本杰明·沃特豪斯（Benjamin Waterhouse）指出了这种联系："人类需要宗教战争、改革之战、法国革命或者反革命来娱乐他们，让他们不会倦怠。"杰斐逊看到了这种危险。1822年，他给托马斯·库珀博士（Dr. Thomas Cooper）的信中写道："毫无疑问，我们国家的气氛被指责具有狂热主义危险的阴云，""有的部分轻，有的部分重，但总体气氛很浓重。"另外一种是将它比作疾病，称教诲"对这种狂热的高烧""只是一种疗效微小的药剂"。很久以前，本杰明·富兰克林已经粗略地列出了教育的形式。1769年，他对玛丽·史蒂文森说："那些用理性指导自己行为的人，没有机会狂热。"

政治精英集团给自己规定了把宗教表达方式引向安全渠道的任务。在这个艰巨任务里隐藏的巨大斗争很难看到，因为它同时发生在冲突变换的模式与不同的术语中。自发性、情感主义和个人主义以复兴主义布道的形式进入演讲，但是这些口头表演，由它们的定义可见，很难从它们的年代幸存下来；而更为冰冷、更为抽象和更为普遍化的启蒙运动却符合印刷品形式。平民领袖通过客观地综合伊斯拉·斯蒂尔斯这样的自由主义宗教人物而前进，但是他们在公共领域的支配权同样也是印刷文化战胜口头文化的技术成果。这种支配权本身也是启蒙运动的另一个成果。

第三章 宗教的声音

在革命后期的平民演讲中,如同在后期的选举日布道,理性之音就是上帝之音,但是略有不同。理性在政治精英的用语中不仅仅是参与启示,而是变成了启示本身。这些作者能够进行彻底而合乎逻辑的变换,而正统牧师却无法做到这一点。牧师们在努力维持宗教教义时跌绊在启蒙运动上,而共和国的世俗领导人却用一种普遍语言毫不费力地把两个框架变得客观化。他们认为宗教评论和启蒙运动演讲是并行的——这是永远的目标——但是他们并不是处处并行或者在所有形式上都并行的。安排的微妙之处是问题所在,也是对文学技巧的一种敏锐考验。可以用两个有名的典型例子来说明一下所涉及的复杂情况:第一个例子是取自富兰克林的《自传》或者回忆录;第二个是取自杰斐逊初任美国总统时发表的就职演说。

这些努力不能仅仅被看做是两种职权体制的简单对立;他们对自己成功的认识取决于对各种选择的合并。因此,对富兰克林是否借用或者接受了公理会的观念的问题进行争议仍然是可能的。他的"达到完美道德标准的大胆而艰巨的计划"已经成为对新教徒神圣目标的一种改编,同时又是对它的一种嘲笑。富兰克林似乎已经愉快地接受各种可能的情况。在回忆录的结构上,他巧妙地把已往完善这件事放在每日的祈祷仪式之后,一个"我自己使用的小小的礼拜仪式或者祈祷形式"。即便如此,这一部分及其他相间隔部分的总体语调仍然适合启蒙运动的平和、包容和理性化的言辞。

富兰克林回忆录的第一部分写于1771年,讲述了一个人尽管犯下了很多错误但仍然获得成功的故事。故事中的基本暗喻是将这些错误比作出版错误或印刷工人的错误;叙述者在错误发生后,会在生活中改正错误,很像一个印刷工换掉打错的铅字。这种技巧有意打破了富兰克林时代自传体的基本形式——宗教皈依式的叙述,从在罪恶上情感的无力以及无助的叙述转向描述一次突然的转变或者是神的感化的注入。然而,富兰克林的反皈依性的叙述最终还是要超越他对错误的战略性观点来谈论更大的问题。在叙述从个人经历转向公众人物时,富兰克林首先总结了"我当时的思想状况"。在总结中,他把自己年轻时犯下的错误归结为"缺乏信仰"。既然这种过失涉及自我内部某种东西的缺失,那么就需要不同的改正方法,而这种改正不再仅仅是从经验当中抹去错误的字体这么简单。这时候,叙述者就问,是什么在自我之中保护了自己?

富兰克林的回答转向启蒙思想中一张很重要的前后相连的三张图:理性、上帝和自然。他首先引用了他所掌握的实用主义形式的理性,写道:"这种信念,加上上帝的善意帮助,或者一些守护天使,或者偶然的便利环境和条件,或者所有上面这一切,保护了我。"该章的有趣之处在于——使文章带有了典

421

401

型的世俗精英所用辞令的典型特征的东西即,使用了排比结构。因为排比结构,富兰克林才可能组成三张相连的图片,并在三张图中应用了巧妙的风格。在富兰克林的解释中,理性、上帝和自然的重要程度相当:或者是富兰克林的实用主义理性,或者是上帝,或者是自然界中的环境和条件,或者是"所有上面这一切"保护了他。每一类都独立存在,但是它们内在的联系、语气,以及最后对条件连词的总括性再次又把"所有这些一起"松松散散地连到一起,充分体现出富兰克林考虑了各类的平等性。

当然,三张相连的图片中,最难说明的是上帝。富兰克林温和恰当地描写宇宙的统治者,他的相连短语"上帝的善意帮助,或者一些守护天使",流畅自然地达到了这种效果。自然神一词没有被提出,而是隐含在内。形容词"善意的"温和地排除了加尔文主义学说中愤怒的上帝,而附加的、模糊的指代上帝的转喻词"守护天使",又把概念换成社会用语中争议较少的词。这种用法的意义在于减少并在尽可能不冒犯其他信仰的条件下进行合作,在保持神性的同时又去掉了教义中所有的细枝末节。没有人对此表示异议。富兰克林写出了人人都信仰的话语。

然而,这种在修辞技巧上进行了弱化的推动力和温和的语调遭到了误解。如果认为早期的共和国领导人纯粹就是那种为了社会目的而利用神学问题的公正客观的人物是不准确的。纯粹的利用无法解释他们对宗教问题持之以恒的个人兴趣。大多数领导人承认自己的信仰,并从事《圣经》的信仰研究。华盛顿和亚当斯在信仰上比较温和,但他们终生信教。而亚当斯在他最后的岁月里,更是把宗教作为他的首要研究源泉。富兰克林和杰斐逊对神学进行的各种探究也表明,宗教既是一种智力任务,又是公民的自由权利。富兰克林的《共同祷告书节录本前言》("Preface to an Abridgement of the Book of Common Prayer",1779)、他建议的新版圣经(1779年)、上帝的祈祷(the Lord's Prayer)的修改说明(1779)以及杰斐逊对新约(the New Testament)进行的两个详细汇编本——《基督的哲学》(The Philosophy of Jesus,1804年)和《基督的生活和道德》(The Life and Morals of Jesus,1819—1820年)都是他们对围绕他们的宗教生活做出的重大贡献。

对一个现代人来说,要理解和评价一种以完全包含了启示的理性为基础的信仰,可能尤其困难。杰斐逊在1803年写信给本杰明·拉什时,还是一个虔诚的基督教徒,而在1819年写信给威廉·肖特(William Short)时,就把圣灵感孕、基督的神威、原罪、血的救赎和三位一体论当做胡言乱语的不经之谈。两种立场互不妥协的气势与杰斐逊对理性的完全自信、对复兴主义的过度行为以及他对圣经启示录所做的相应激烈抵制(1825年他对亚历山大·

第三章　宗教的声音

斯密［Alexander Smyth］说，"纯粹是一个疯子的胡言乱语"）有关。

在1823年写给亚当斯的一封信里，杰斐逊清楚地说明了他的信仰，解释了他自己的一些明显的矛盾行为以及对文化的整体影响。既然一个有组织的基督教世界是"一个完全无法理解的幻想体制"，那么就有"明显的证据表明可维持宇宙秩序的控制力存在的必要"。杰斐逊是启蒙运动的一员，却仅仅停留在秩序的表面和构造体系上。"我认为（我不是指启示），当我们对宇宙有一种观点时，对其整体或具体的组成部分，人的大脑不可能觉察不到，不可能感受不到对构造、完美的技巧和每个构成部分的原子的无限的力量的一种信仰。"在当时环境下这种想法的有趣之处在于，它使杰斐逊回到基督教的方向，而不是远离了基督教。在写给亚当斯的信中，他做出的总结表明，他不但相信"万物的制造者"，而且接受基督是"人类错误的最令人仰慕的改造者"的观点。在一段时间内，这种糅合立刻产生了巨大的影响。杰斐逊是美洲第一代启蒙运动者，因此持有绝对的理性观，但他同时又是一个具有强大生命力的圣经文化群的一员。

正是由于这种生命力，上帝的观念总是在美国政治的关键时期，经常是在没有其他可行的解释或其他原因不能解释、不可行的情况下，露出头来。潘恩勇敢地憧憬建立美洲大陆的共和国，提出了基督复活并亲自治理世界的千年王国，亚当斯在独立之后最艰难的时期召唤"令人兴奋的光芒和荣耀的出现"；杰斐逊警告人们上帝对奴隶制的愤怒；富兰克林在制宪会议的尖刻谩骂声中请求人们祈祷——所有这些人都把他们最棘手的问题落在宗教术语上。在方案设计中，权宜之计以及必要之策有时候再加上信仰三者同时发挥作用。这三种推动力使宗教形式成为政治生活仪式中的实例。

由于早期的共和国仍然是一种圣经文化，因此上帝经常作为人们在混乱和动荡中所能得到的关于秩序和意志的最好象征。乔治·华盛顿在他的第一任总统就职演讲中采用了有传统意义的这种象征，以"向统治宇宙的万能之主最虔诚的祈祷"作为开头。尽管华盛顿在他的构思中，撕去了圣经启示在目的论上的对立和所有的有关想法，"公众利益和个人利益最伟大的作者"仍然期待以"获得虔诚的感谢作为回报"。值得注意的是，秩序和意志的回报激发了做礼拜的任务。华盛顿赞美道，"没有一个民族比美国人民更认可、更崇拜这只管理人类事务的隐形手"，"他们走向独立民族特征的每一步似乎都因带有命运使然的标志而显特别。"

这段话听起来很熟悉。华盛顿在担任总统的第一任期与国务卿的民族契约观念相一致。如果华盛顿采用启蒙运动演讲中的抽象化和语调平静的方式淡化这种契约观念，那么他也使每位公民都可能"崇拜这只看不见的手"。在

423

●美国启蒙运动时期的文学

这个过程中,教会和国家分离的原则得以形成,并在政治范围内保护了明显的宗教特征。通过这些语言,我们只是获得了对后来成为复杂化、制度化的美国国内宗教的初步了解。从文学的角度讲,有三层含义:作者对宗教思想的信奉,作者在世俗解释中对宗教术语的巧妙运用,以及作者对宗教布道在民族生活中作用的战略性认识。

在对这种综合作用(信仰的标准、文学技巧的构成以及对思想动态的意识的综合)的运用方面,或者是在将宗教移植于政治生活方面,没有人比托马斯·杰斐逊用得更巧妙或者用得更富有成效了。杰斐逊对宗教的反对使他敏锐地意识到他们的仪式可以产生的力量。在对"不同宗教派别的神父"以及他们的"神圣的宗教法庭"进行的另一次谴责中,他集中谈到了这一点。1820年,他给威廉·肖特的信中写道:"我们致力于我们所盲目崇拜的圣师、公众意见的方向以及宇宙的主,这种做法是极不明智的。""我们已经给了他们规定的特许日期将我们召到一起,教授给我们《教理问答》,我们已经给了他们机会对全体人民宣布他们的神谕,给了他们机会像塑造他们手心里的蜡一样塑造人民的思想。"对节庆日布道的这种反对已经体现在早期政策中。1801年,杰斐逊总统突然中止了华盛顿和亚当斯先前所接受的国家斋戒日惯例,而跟杰斐逊一样来自于弗吉尼亚州的总统继任者詹姆斯·麦迪逊和詹姆斯·门罗(James Monroe)也自动沿袭了该禁令。到1825年,所有正式的带有全国性和民族性标志的礼节性风俗习惯已经从布道台转向了围墙里。

杰斐逊不仅是教会与国家分离原则的设计者,同时也是第一个熟练而有效地运用国家宗教语言的人。他在自己的就职演说中以总统身份取代了牧师的身份。作为新总统,他使"革命和改革的时代"得到巩固,规定了"我们的政治信仰的纲领",并以向"统治宇宙命运的无限的力量"祈祷结尾。在演说中,他详细地列举了美国成为"上帝选定的国家"的理由,而美国人民所具有的恰当的宗教意识是其中最突出的理由。人民

> 受到一种仁慈宗教的启蒙,人们确实宣誓信仰它,并以各种形式实践它。然而,所有的实践形式都包含了诚实、真理、节欲、感恩以及对人的热爱;接受并敬仰统治一切的上帝,所有这些制度都证明这种宗教因这里的人的幸福以及人们此后更大的幸福而高兴。

尽管这些语言保持了源自圣经的理解,但它们在语调上具有深刻的无教派特点。它们并不排除历史上的圣经上帝;上帝仍然主导着世界。它们同时又激发了人世促进上帝的旨意(现世以及后世的幸福)的责任。同时,主要

第三章 宗教的声音

的非宗教特性"一种仁慈的宗教"(诚实、真理、节欲以及对人性的热爱)穷尽了对该宗教边缘的判断,并把杰斐逊的被动动词("启蒙了的")转变成支配性的主位词。在文章的结尾,一个摆脱了偏见的民族与启蒙运动非常相适应。更重要的是,这篇文章具备精心设计好的包容性和参与性。它无须具体的信仰行动就具有启发性。

  杰斐逊作为作家和政府领导人的天赋引导他走向一个引人注目的政治真理:吸引和驱动市民信仰的不是神秘和灵魂的拯救,而是凝聚力和幸福。他在1801年的就职演说邀请美国人民在享受希望乐土"施予"的同时,一起领受上帝的恩惠。未来的美国领导人将继续采用同样的策略。节庆日、语言和仪式合在一起,构成了市民属于共和国所特有的荣耀的归属感。然而,在这些活动的背后,同时也是这些活动必不可少的,是未加详细说明的一星半点的信仰。语言有效是因为它有激发性,而使用语言的能力应当完全归功于早期的仪式。尽管杰斐逊不承认这个事实,但他完全能理解选举日布道的性质和力量。在那些节庆日里,牧师们"面对全体人民"讲授"他们的神谕"。在当选总统后,杰斐逊发表了他自己作为一个非牧师的人的行外布道。他有分寸的自我意识体现在写给民主团结的人民的话语中。

425

第四章 书写革命

1

历史学家大卫·拉姆齐（David Ramsay）不仅是第一个研究革命的人，而且也是第一个指出革命作品重要性的人。在《美国革命史》（*The History of the American Revolution*，1788）中，他这样写道："在美国获得独立的过程中，笔杆子与刀剑具有同样的价值。"作品可以与事件画等号，是因为事件虽小，却因语言赋予了它们象征意义而显得尤为重要。有五人在波士顿大屠杀中丧生；而在莱克星顿战场上，仅有八人牺牲。很明显，使旧秩序得以动摇的并不是战争的规模而是另有其因。1774年《不可容忍法令》中所表达的国际范围内的抗议和呼声使得342箱茶叶倾入波士顿的港口中。战争中，华盛顿将军率领的大陆军士兵人数有时会减少到不足四千人。1777年冬，这支部队艰难地撤退到福吉谷，离驻扎在费城的英国军队仅20英里。在南方，士兵的数目更少。在1780年国王山和1781年考佩斯战争中，美国取得了决定性胜利，而每场战争的参战士兵还不足三千人。这两件事情本身固然很重要，但其最完全的意义却来源于革命的意识形态或者说它们促进了大众所熟悉的故事框架的形成以及对事件的理解力。但无论是哪种方式，革命实践的重要性通常要通过作品来表现。

从另一个更重要的层面来看，笔杆子可以使刀剑更有力。早在美国人还没有想到在现实中采取行动时，他们已经开始创作具有革命思想的作品。对这种思想的写作包含定义，而这个定义则会适时地模糊思想与行动之间的界限。到一定时刻，反抗的合法声音就会发展成为革命的极大可能性。比如说，在这个连续体中，耶利米·杜默（Jeremiah Dummer）的《新英格兰宪章辩》（*A Defense of the New England Charters*，1721）应该止于何处呢？杜默反对把殖民地的反叛看成是"愚蠢的、不合逻辑的"行为。他在书中就这个话题说了一些题外话，而约翰·亚当斯则合理地把这本小册子称之为革命手册。正如1818年亚当斯告诉威廉·都铎（William Tudor）时所说的："这部作品包含了大量最终导致革命的情感、作风和原则，比我以前读过的任何一本书都多。"

426

杜默和亚当斯怎么都会对《新英格兰宪章辩》做出正确的评价呢？杜默是马萨诸塞州和康涅狄格州的殖民地代表。作为一个伦敦律师，他提出革命的目的只是要消除革命："比派两位英王仪仗卫士去照看一个摇篮中的婴儿更为愚蠢可笑的是让他们看守这些弱势的新殖民地，以免殖民地居民动摇英国对他们的统治，因为摇篮中的婴儿又不会起来去割她父亲的喉咙。"然而，美国人和英国人、那些小册子作者和帝国机构的双重语言确实形成一种显然错误的判断。在《新英格兰宪章辩》中，杜默一次又一次地对国王的"专横"力量、殖民地权力的"残忍冒犯"以及王室统治者的"压迫"表示担忧。他所描述的危险是实情，而且这种危险在膨胀，"压迫就像潮水般涌来，淹没了途中的一切。"英国的统治已经成了一种负担，简直就是一副枷锁。因此，要去掉这副沉重枷锁的想法颇受欢迎。杜默的比喻掩饰了其字面含义。一个婴儿是没有能力犯下杀父大罪的，但是，随着孩子长大，他们的确会对父母表示反抗。

杜默对自己所处的尴尬境地施加的压力表明他已经知道他的语言可能会被用于其他目的。他知道《新英格兰宪章辩》提出了很多他无法回答的问题。尽管他承认国会有权废除殖民地宪章，但他仍坚持认为国会没有权利这样做。相反他认为如果这样做"有违理性、平等和正义"。然而，限制国会就意味着任何事情都有可能发生，而且，杜默通过一个间接暗示使自己成了希罗多德所描述的历史中的传奇人物里底亚国王克里萨斯（Croesus）之子。这个幻想提高了一个形象的重要性：这个人物天生是个哑巴，他只是在波斯侵略军杀害了国王并且毁坏了国家的紧急关头才会说话。无论杜默的立场有多么不一致，他这样写是因为他认为自己不能再犹豫了。极端性使他做出了最为鲁莽的暗示："尽管人能写作的东西有限，但是当一个国家的自由受到威胁时，要保持沉默更是难上加难。"

这里，在死寂的沉默与大胆的声明之间是革命的声音，其中夹杂着一半英国人的声音一半美国人的声音。在时好时坏的过程中，美国人的声音常常不到一半。对此情况的描述，没有能比得上帕特里克·亨利的描述那么有力，

◎美国启蒙运动时期的文学

他努力使这种声音具体化。这位伟大的雄辩家后来在弗吉尼亚的城镇自治议会上为反对1765年《印花税法案》所作的演讲中为自己主张革命：

> 各殖民地，或是因为恐惧，或是因为缺乏反抗的机会，或是没有受到这样那样的影响，而仍然保持沉默……我决定独自冒一次险，没有任何人给我提建议，也没有任何人的帮助，在旧法典的空白页中写上（反对印花税法案的七项决议）。一旦把这些决议发给议院就会引起激烈的讨论……恐慌传遍了美国大地……对英国税收的反抗在殖民地随处可见。这导致了战争，最终两个国家分离，并使我们获得独立。

当帕特里克·亨利像往常一样，为达到某种效果而大加渲染时，他的描述具有革命演讲的特点。由于公众对不确定性保持普遍沉默，所以需要有人做大胆的演讲。要减少这种不确定性就要用一系列的控制性语言做前提：声称的反抗税收的主体、恐慌的传播、通过鼓励而建立起来的共同信仰以及语言中所表达的行动观念。但如果亨利认为自己是"孤独的、没有任何人的建议、也没有任何人的帮助"，那么他是在遵循众所周知的、经常为人所提及的辉格党的传统。他列出的反对印花税法案的七项决议中有四次反复说到英国人的权利。尽管帕特里克·亨利可以把它们写在"旧法典的空白页上"，但他的语言应该归功于那本法典的印刷纸张或类似的东西。他是在合乎逻辑的英国合法的反抗理论下写作的。

1765年弗吉尼亚法案之前帕特里克·亨利所说的话夸大了革命思想与主张间的裂缝。当他声称"凯撒有布鲁特斯（Brutus）①，查理一世有克伦威尔，而乔治三世——"这种排列次序使得听众大呼叛国从而打断了演讲。帕特里克·亨利在嘈杂声中提高嗓门继续道："乔治三世从他们的事例中受益——如果这是在叛国的话，那么尽情使用吧。"这些话本身可能并不确切——记录下来的帕特里克·亨利的演讲词是那些入迷的听众事后写的——但却是与当时的时代精神相一致的，当时语言的交换主导并象征着行动。

这种交换，至少在帕特里克·亨利看来是故意违法。各种感觉到的意义（对国王的警告条与反叛计划）的并置通过对反抗"大加利用"而增加了整体性。帕特里克·亨利常将暴君与反叛者并列谈论，从人们熟悉的历史谈到

---

① 马库斯·朱尼厄斯·布鲁斯特（Marcus Junnius Brutus，公元前85—公元42年）：古罗马政治家的将军，图谋暗杀凯撒。后来与马克·安东尼和屋大维的争权战中，在菲利皮战役中失利并自杀。——译注

第四章　书写革命

不确定的现在,而在谈到自由受到威胁时,又保持沉默,安静得让人窒息。他对辉格党的历史理论的运用使得所有的审计员都对抵抗有所察觉。但又有多少反抗,是何种形式的呢?帕特里克·亨利的语言表达了一系列的反对态度,而对目前冲突的认识已经使得极端的行为越来越可信。

与此同时,"叛国"的咒骂声粉碎了正当的反抗。在弗吉尼亚的城镇自治议会上,帕特里克·亨利所说的话以及群众对这些话做出的反应集中反映了18世纪美国人在想象不可想象的事情上所做的努力——这种努力在杜默的《新英格兰宪章辩》中已有所描述。构想一下反叛,即抵抗的极端形式,其实就是在强行施加一种策略性概念。忽然间整个主题都需要重新改写。亨利的对手确实很好地掌握了反抗的观念,他们也确实全盘接受了之前成功地反抗国王的先例,但与此同时,他们头脑中自己是英国后裔的思想依然根深蒂固。反抗者想要进一步扩展英国的合法权利,而不是舍弃这些权利。对于殖民地的美国人来说,保护宪法权利不会因腐败、阴谋和背叛而受到破坏与他们作为大英帝国的成员而脱离这个帝国是截然不同的两码事。

如果一个人已公然声称自己不是英国人了,他又如何去保护自己作为英国人的权利呢?每个参加反抗的殖民地的美国人在回答这个问题时都结结巴巴。耶利米·杜默是第一批努力去面对这个问题的人中的一员。他想通过美国人的权利比英国人的权利还具有英国色彩的思想来解决这个问题。在《新英格兰宪章辩》中他写道:

> 美国宪章比英国的市政府要优越,而且有比较牢固的基础。因为后者基于已经取得的进步之上,国王的仁慈和恩惠也是如此;而前者是作为实施服务的机构而建立的,因而被认为是经过深思熟虑后给予的承认,从而加重了这个名称的分量和力量。

这种公式化的困难在于作者所说的"比较牢固的基础"依旧是建立在英国土地上的。杜默只有通过求助于盎格鲁—撒克逊人所提到的签订协约的想法,才能把美国宪章置于英国市政府之上。他的论点说明他依然无法"从时间的记忆中"走出英国习惯的传统。

英裔美国人意识到了他们的处境却不能完全阐述出来,杜默就是他们中的一个代表。当反抗者们在这方面受到挑战时,他们一次又一次地丧失了力量,其中一个原因就是对这个问题的理解产生了分歧。因为尽管英国和美国殖民地之间的冲突是围绕金融、贸易、经济失调这些现实问题,但就冲突而进行的讨论却是围绕毫不相关的宪法理论和合法问题进行的。

428

美国启蒙运动时期的文学

革命时期作品中的吞吞吐吐是这些作品最重要的文学特点；克服这个缺点就意味着革命的首次胜利。我们需要更好地理解这个过程。18世纪60年代和70年代的殖民地政治作家的能力以及这些能力在英国反抗修辞中的应用已经被社会关注。心存不满的美国人，如约翰·狄金森、托马斯·杰斐逊，证明了在文学方面他们可以与那个时代伦敦最杰出的知识分子相媲美，而且他们的能力也是当时英国读者们首先注意到的。美国人的雄辩将英国政治中的语言运用得淋漓尽致，这得到了英国读者的认可。甚至连最顽固的英国读者都在殖民地的辩论中看到了熟悉的相似之处：通过不同的政府形式来对权力加以限制，对常备军的谴责，宪法被破坏的危险，担忧有人阴谋违抗自由以及对公众美德的强调等。

然而，有可能是这些学者过分地强调了这些类似性和他们用作解释基础的反抗或"国家"语言。17世纪的英联邦作家，如詹姆斯·哈灵顿、阿尔格农·西德尼和约翰·弥尔顿则对英、美的激进思想产生了重要影响，而18世纪的大众作家，如约翰·特伦查德（John Trenchard）和汤玛斯·戈登则在作品中对这种影响力进行了阐释，如《独立的辉格党和加图的信》（*The Independent Whig and Cato's Letters*）。但是这些影响本身强调的是能力，而不是反抗中的徘徊不前，正是这种徘徊不前决定了殖民地反抗的演变。直到1776年，盎格鲁—撒克逊人的主流观点仍是反对英美之间决裂。比特伦查德或戈登更令人敬畏的一位作家，或者说比哈灵顿和西德尼更令人敬畏的作家，在危机的最后时刻夸大了这种观点。

最坚决地反对独立的观点出现在塞缪尔·约翰逊的《征税非暴政：革命的答案并致美国国会》（*Taxation No Tyranny: an answer to the Resolutions and Address of the American Congress*，1775）中。仔细阅读后你会发现《征税非暴政》比那个时代其他人的作品都更好地反映了18世纪美国人在反抗中面临的巨大理性问题。约翰逊是在英语国家享有盛名的作家，他抓住了殖民地主张中令人难堪的不一致和妥协策略。他那句有名的嘲讽——"我们怎么能在黑奴驾驶员中听到为自由而发出的最高呼声呢？"——是对说明美国人的自相矛盾与虚伪最具讽刺意味的反驳。约翰逊把大陆会议的创作与殖民地声称的要忠于国王和国家并列在一起。他问道："既然美国人已经发现他们可以创建一个国会，那么他们怎会不认为他们也同样有当国王的权力呢？"对于任何坚持"英国人的所有权利"的观点，他回答说有权利就要尽到与之相应的合法义务。因此，"这样看来，好像殖民地受英国的统治并向英国缴税是不能轻易摆脱的。"

约翰逊的雄辩使得殖民地的反抗转化为表面上的愚昧无知和难以驾驭；当美国人还不阴险、还没有不服从时，他们仅仅是难以管理的。在含糊其辞地说只要以英国征收的形式，税收是有可能的时，约翰逊发现了管理方面的混乱："有统治权却没有当局，有国民却不服从。"当殖民地的语言把自然法与英国的权力联系在一起时，约翰逊却又运用了18世纪对政治理论的标准理解强行把两者分离。美国人要么就是"大自然的赤裸儿"，要么"他们就已不再处于自然中"。由他们自己来做选择，但是通过运用英国人的权力，"他们是自己的君主、自我的国王、独立的神人，却堕落为殖民地居民，受着宪章的统治。"

同时，这些观点还故意针对美国人的理性不安全问题。约翰逊表明了反抗语言的不可靠和不可信。"我们的耳中回响着自然之法、人性之权利、宪章之信任、自由的危险以及侵犯带来的不良后果，这些有时是因利益有冲突的派系之争造成的，有时又是绝对愚蠢造成的。"其中最令人头疼的是"煽动性的语言"，因为这些语言使得"那些在几年前仅是对我们的征税权有抗议的人现在开始对每项法案的正确性提出疑问"。约翰逊想要知道的是，这些煽动性的语言能停止吗？实际上，在很多美国人看来，60年代和70年代的抗议使殖民地政府倒台正是这样一个令人惊慌的结果。约翰逊看到了"一个无秩序国会"之下的"对共和国狂热的痴人说梦"。两个世纪以来，美国人已经接受了殖民地宪章的神圣重要性，把它看做是他们政治地位和安全的源泉；现在，"他们如果没有宪章，就不会有权力；有了这项权力他们就可以制定任何法律，也不会享有任何义务，债务也不会偿还，罪犯也得不到惩罚。"为什么呢？约翰逊煞费苦心地表明了殖民地居民享有"与绝大多数英国人平等的代表权"。美国人"除了那些煽动性语言剥夺的权力之外"，什么都没有丧失。

约翰逊抗辩的有趣之处在于他总结了美国人十年来一直在彼此传播的观点。实际上，《征税非暴政》与激进的波士顿法律和詹姆斯·奥蒂斯（James Otis）的《英国殖民地的辩护词》（*A Vindication of the British Colonies*，1765）有异曲同工之妙。在这本书中，奥蒂斯把独立称之为"只有反叛者、愚昧者和疯子才会争取的"一种状态。奥蒂斯这样写道："上帝不允许这些殖民地对他们的祖国有丝毫的不忠！"约翰逊看到这句话时肯定会欣然同意的。"无论这一天何时到来，它将是糟糕情景的开始。如果明天就给予这些殖民地自由，美国就会一团糟，充满血腥和迷惑。"尽管有很多不同之处，约翰逊所说的保守的英国托利党和奥蒂斯所说的激进的美国辉格党也有一些共同的恐惧。那个时期英美作品的技巧不在于去鹦鹉学舌般地模仿"国家"语言，也不在于对这种语言的精雕细琢，而在于作者处理并利用党派间思想交流中的恐惧的方式。

431

美国启蒙运动时期的文学

另一个普遍因素也促进了思想的交流。《新英格兰宪章辩》、《英国殖民地的辩护词》以及《征税非暴政》都是相同类型的表达。耶利米·杜默、詹姆斯·奥蒂斯、塞缪尔·杰斐逊（Samuel Jefferson）以及小册子这种传统形式的写作，是18世纪的文化中尤其是革命时期控制政治思想形成的一种类型。这些作品极具争辩性，且又为人们高度关注，这些特性与小册子自然的快速回应互相影响，使它们成为革命思想对位发展的中心。这种小册子给予极端思想作家的绝不仅仅是特别的通行证。18世纪时，报纸容易因诽谤中伤以及触犯某些特权而受到攻击，并招致公众压力，而用笔名写作的、只发行一期的小册子却不会遭遇这些情况。小册子处理问题比较低调，出版范围较小且不规律，因此在那个出版自由比权利还受限制的时代，这种小册子的自我保护能力很强。

18世纪小册子这种形式也是一项优势。一些出版商根据文章的篇幅长短把纸张折叠成对开本、四开本或八开本印刷。因此，这些小册子容易出版，作者与出版商之间的合作关系也最为简便。作者可以采用任何形式发表任何范围的观点，对出版商而言则花费少收益快，小册子的传发也可采用非正式形式。在早期的美国，这些优点都非常明显，技术、资本化以及文化方面的成就都有利于较低层次刊物的出版。当然，所有这些特点也导致了上文已经提到的表达方面的不确定性以及相应的失败。

除技术以外，将小册子和启蒙运动与革命时期美国的特别力量联系在一起的还有意识形态方面的考虑。当启蒙运动将冲突想象为知识对抗无知的斗争时，正确信息的快速传播成为获取胜利的关键。出版物代表着攻击的第一线，而小册子则迅速成为大众中新读者的媒介，在19世纪早期报纸占据至上位置之前，小册子一直是让公众了解情况的最畅通渠道。13个殖民地中，政治立场变化无常地区的有阅读能力的人所占比例是有史以来最高的。（尽管那个时期的确切数据并没有统计出来，但有人估计新英格兰成年男性中约有85%的人有阅读能力，而英格兰只有60%。）政治领袖意识到出色的读写能力可以提供更多的交流联络机会，并对他们所在团体之间的距离以及未开垦状态表示担忧，他们希望对重要事件现成的评论本身可以为美国的命运定型。革命的知识分子就他们所处的时期以及地位所持的一种令人吃惊的观点是：他们相信正确观点的广泛传播会使人类历史大为改观。在印刷史话上，流行一时的小册子从未被赋予过如此高的期望。

对这些崇高观点还必须补充的一点是冲突带来的低调而又持续的令人烦恼的事情。近代历史中对殖民地生活中争议的理解表明，各种形式的冲突是广泛并长期存在的——英美利益的冲突、殖民地统治者与议会的冲突、

第四章 书写革命

南北冲突、众多不同的宗教组织之间的冲突以及各地人与人之间的冲突。小册子的出版因这些冲突中迅速发展，因为小册子的时事性强，具有自发性且形式较松散，从而可以使人们就同一问题进行辱骂或开玩笑，并加上一些理性的论据。这种小册子仍在交流的口头形式与书面形式之间的文化中飘浮着，甚至常常具有比那些印刷出版的讲道更具有演讲辞的节奏和个人紧迫感。

革命时期小册子导致的结果常常是有人指正、有人痛斥，争着要控制论调。其中的不愉快是容易感知的。在一种开明的文化中，知识应该结束冲突，然而殖民地有洞察力的观察家却发现冲突双方矛盾不断。处理这些困难的第一个办法是把它们写出来，并传播正确的相关信息。在《农夫反驳》（*The Farmer Refuted*，1775）中，20岁的亚历山大·汉密尔顿似乎相信，如果他的对手塞缪尔·西伯瑞（Samuel Seabury）仔细读过格老秀斯、普芬道夫、洛克、孟德斯鸠（Montesquieu）和柏拉玛克（Burlamaqui）的作品的话，他们之间真正的分歧和冲突就会消失。接着汉密尔顿又屈尊地补充道："我本可以提及其他一些杰出作家；但如果你仔细阅读过这些的话，就不再需要读别的作品了。"

认为可以通过阅读一些作品来得出正确答案的观点，使人们有必要在一部又一部的作品中进行详细地叙述。那个时期的小册子一次又一次耐心详细地叙述着法律哲学家、社会契约理论、美国在一步一步展现真理的境况，以及小册子从历史到现在其内容的来源之间的重要联系。除了这些认真而又锲而不舍的叙述外，还有更为诚挚的关于接受的观点：真实的叙述如果完整的话，会使理性的读者心悦诚服。然而，事实上，持续不断的冲突意味的不仅仅是无知；毕竟，如果只有无知的话，人们是会接受别人对自己的错误进行纠正的。

持续不断的冲突更有可能是由于不受拘束的错误与为了自身利益而要坚持错误——启蒙运动发展过程中不可饶恕的错误——引起的。因此，美国人的小册子中交叉使用的策略依靠的是辱骂与义愤填膺的谴责。第二个来源忽略了理解的错误而集中谈论阴谋活动的存在及其暴露过程。革命时期美国小册子就是通过将理性与气愤、解释与辱骂结合起来叙述这些竞争的论调，并最终掌握这些论调而发展起来的，这将会使美国人相信《常识》中精心策划的革命的必要性。

美国启蒙运动时期的文学

2

如果说有一本著作可以解释 1764 年到 1776 年间以政治危机为题材的几百本美国小册子的历史的话，这本书就是约翰·亚当斯的《论教规和封建法律》(*A Dissertation on the Canon and Feudal Law*, 1765)。亚当斯开篇引用了主教约翰·提罗特森（John Tillotson）的观点，即认为无知是人类最大的不幸，结尾运用了一项指令："打开知识的闸门，让其奔涌而出。"文章中间有一个主要的假设条件：只有当知识在人们当中广泛传播时，人们才可以获得自由。《论教规和封建法律》运用这个框架结构对亚当斯就欧洲人的无知和对美国启蒙运动的假设作了对比分析。在欧洲，教士与封建国王之间的联盟使人们根本不知道自己的权利为何物，直到宗教改革才使人们追求知识的斗争焕发生机。第一代美国人也参加了这次宗教改革，他们建立了自己的领地"直接对抗教规和封建系统"，从而用"圣经和常识"代替了"有神圣气息的无稽之狂想"。人们不可避免地将 1765 年的《印花税法案》作为欧洲人把教规和封建法律引入美国的阴谋的"第一步"。

亚当斯论点中有三个因素促使他在众多的出版物中去寻找英国与美国的不和。首先，亚当斯认为欧洲的腐败和无知引发了"奴役全美的直接的、正式的设计"，殖民地作家必须揭露这项计划。但如果这项宣传警告的义务变得足以明显时，作家们有无公开美国人观点的冲动取决于他们是否同意亚当斯所说的阴谋观。由于"如果人民对自由没有普遍的认识，自由就不会存在"，因此美国人争取自由就要求"保留在社会最底层的人们当中传播知识的途径"。亚当斯说道："人们应该做到鼓励印刷技术，应该让所有人自由、廉价而又安全地将他的思想传达给公众。"无论对错，亚当斯在《波士顿公报》上出版的小册子起到爱国作用。他与公众一样期望有知识的公民会通过写作把他们的思想传达给等待中的大众。

如果亚当斯的想法哪怕只有一部分是正确的，那么第三个主要因素也在促使他将美国与欧洲的所有不同写出来。这次，美国人又不再需要任何阴谋就可以庆祝他们摆脱了欧洲的腐败形式，也不用策划任何阴谋来表达他们对被玷污的恐惧。对分歧和不同的察觉本身就是对分歧的威胁。1765 年，亚当斯和许多其他殖民地的知识分子都承担着一项日益重大的使命：从欧洲的失败中拯救历史。正如他在 12 月 30 日的日记中所总结的那样：

（美国人）认为人类的自由与人性的辉煌是一致的。他们知道自由

第四章 书写革命

……在所有国家已经被残忍的力量所猎取和迫害。但他们聊以自慰地认为美国这个剧院是天意所设计的,在这个舞台上人类要成为真正的人类,在这个舞台上,科学、美德、自由、幸福和荣耀将和平共处。

这是传达给一个堕落世界的有力信息,而且它改变了那些迂腐观点,并演变成具有全球重要性的观点。美国人对外来威胁的认识使他们假定了暂时的道德至上性。这并不是最后一次。

《论教规和封建法律》可能有些自负,但却从不自满。文章要求以文学的呼声要求人们重新掌握知识,把知识当做武器。"我们害怕思考。"亚当斯在回顾美国人向英国当局要求权力而失败时这样总结道。他的解决方案也清晰明了他的思想:"让我们鼓起勇气去阅读、去思考、去发言、去写作。让人民当中所有的规则和条例引起他们的注意并给予他们以决心。"亚当斯的议程以散文的形式排列,描述了那个时期的主要小册子:

> 让所有人都来关注政府有关教会和民众的立场和原则。让我们来学习自然之法;洞悉英国宪法的精神;阅读古代历史;考虑希腊和罗马的伟大榜样;以我们自己的英国祖先的行为做榜样,他们为我们争取了人类的根本权力,反对专制的国王和残忍的牧师。总之,反对地球和地狱之门。

这些话好像成为每位作家的向导。一本接一本的小册子实事求是地将政府原则、自然法、美国宪章的意义、传统历史以及英美政治作为当前危机发生的原因。即使他们在一部世俗的作品中将宗教语言和政治语言糅合在一起时,教会观点和政府观点之间的差异也很明显。不同个人调查所得出的结论也有所区别,不过所运用的方法论却大同小异。与此同时,重复性的叙述虽显得冗长而又单调乏味,但却另有用途;小册子的语言节奏逐渐磨平了革命思想的棱角。

尽管英美利益的冲突是殖民地政治中的恒量,但在1774年这种冲突却有了明显升级。可以从微妙的过渡中看出这种变化。1764年之后,殖民者在报纸中谈到自己时更喜欢称自己为"美国人"而非"英国人"。同年,有两本小册子表明了一种新感觉或者某种程度上的忧心忡忡。1764年理查德·布兰德(Richard Bland)写作了《上校下马》(*The Colonel Dismounted:or the Rector vindicated*)这本小册子,对弗吉尼亚州持续了很久的就英国国教牧师的报酬问题而进行的争议,即从1758年就已经开始的帕森案

435

美国启蒙运动时期的文学

（Parson's Cause）做了本质性的解释，这种解释达到了一个新的水平，而且具有先见之明。在新英格兰，《糖税法》是议会想要向殖民地征税而做的首次努力，这件事促使詹姆斯·奥蒂斯创作了《伸张和得到证明的英国殖民地权利》（*The Rights of the British Colonies Asserted and Proved*）这本小册子。人们称这两本小册子打响了革命的第一枪。两本小册子都涉及了当时重要的殖民地立法领袖，也都因为描写了殖民地反抗的主要方面而变得臭名昭著。它们还都引起了争议从而促使其作者创作了更为激进的作品。把两本小册子结合起来看，它们讲述的内容涵盖了北部和南部、宗教和政治、轻浮的讽刺和严肃的断言。然而，除此之外，两本小册子还对反抗中的自相矛盾进行了夸张的描述。直到1776年，殖民地作家才使布兰德和奥蒂斯这两本名作中所阐述的问题得以解决。

理查德·布兰德为人们所遗忘，因为他逝世于1776年独立战争开始时，同时也因为他的大多数作品都已经遗失。他是1764年殖民地法律史上的主要专家，同时也是帕特里克·亨利和托马斯·杰斐逊之前的一代城镇自治议会中的最重要成员；1742年到1775年间他在这里任职达33年之久。1815年8月，杰斐逊给威廉·沃特（William Wirt）写信时说布兰德"创作了第一本关于与大英帝国相联系的小册子《上校下马》，他想使自己的观点精确化"。布兰德试图把**内部**政府和**外部**政府分离开来——这种区别会渗透到接下来10年的英美辩论中。他认为英国应该管理外部政府的事务，而内部政府必须留给生而自由的美国人来治理，从而保持他们与英国公民同样的权益以及自由权。

内部政府和外部政府之间的界限限制了国王和英属北美洲国会的权力，且当这种界限被超越时，人们有权进行抵制。布兰德会"在任何情况下都适当地服从"国王，"但即使对地方最高行政长官，公民也不必要完全服从……有些事情同样归因于我们国家的权力和人类的自由"。国会仍然是至高无上的："我并不否认国会是比较强大的力量，它可以强行通过任何它认为合适的法律。"然而，"由国会通过法案来向我们内部政府征收的任何税收都是专断的，因为这些法案剥夺了我们的权利，因此我们就可以起来反抗"。后来，随着对英国当局的反抗局势越来越严重，殖民地的理论家不再能够看出布兰德有什么与众不同，但这却是60年代重要的战斗口号。

布兰德暂时没有涉及美国人的一些"正当"权利和"反对税收"的权利，是因为他想要继续做一名优秀的英裔美国人。《上校下马》基于乔治三世和国会永远都不会轻易屈服的肯定性；"我们对人类自由和权利的守护者们没有任何恐惧。"不幸的是，1764年的美国人完全有道理感到恐惧。第二年

《印花税法案》的通过使布兰德所设想的最糟糕的"有关**内部**政府的税收"成为现实,并使他的哲学观点难以立足。这种情况解释了《上校下马》这样一本小册子如何能够激励人们写出其续篇——《英国殖民地权利调查》(*An Inquiry into the Rights of the British Colonies*, 1776)。根据那个时期的典型形式来看,当你第一步决定要创作作品时,就得要求进一步的反抗。写作本身成为一种激进行为。布兰德属稳健派,他在城镇自治议会中顺应了帕特里克·亨利的观点,但《印花税法案》引起的争议迫使他远离了绝对忠诚的慰藉,而转向对美国反抗理论的研究。

1776年出版的《英国殖民地权利调查》不可避免地遭受了许多挫折。布兰德是一位法律学者,他意识到如果只按照法律的字面意义行事会使他成为一个卖国贼。他没有再使用《上校下马》中的讽刺形式,现在他作为殖民地的拥护者也有百般苦恼。他说:"我必须要有自由发言权。我正在考虑一个会影响到两百多万人权利的理论问题,这两百多万人同是英国国王的忠诚子民。"同时,他还担心真正成为拥护者的决定就意味着他会被控犯"傲慢无礼罪",但他对这种担忧作了勇敢的答复,并在书的扉页上印上了自己的名字:"弗吉尼亚州理查德·布兰德。"这种行事方式在那个时代是很独特的,它通过去除调停的想法而对殖民地代言人作了字面意义上的解释。布兰德突破了使用匿名的传统手法,从而使自己成为那些能够表达"享有自由的诚实之人的感情"的作家典范。

一方面,小册子本身就是一个对比观点和保证忠诚的棋盘;另一方面,它又是讨论抵抗权的棋盘。国会又一次变得至高无上,尽管殖民地又一次摆脱了国会施加的内部税收。布兰德称:"殖民地从属于国会。我这里所说的从属是指一定程度上的从属,并非完全意义上的。"那么,这个界限该如何确定呢?布兰德试图区分英国法律和自然法,在英国法律不充分的地方便借助自然法来补充。然而他是一名出色律师,不会仅仅满足于这样得出的结论。因为尽管一般的历史评论表明英国宪法在退步或者更糟,但英国公民的权利仍是有契约保证的,而殖民地居民的义务则仍是"在王权的统治下发出抱怨,耐心地忍受折磨和痛苦而不去扰乱社会和平",即使是得出结论的这个人也对此无法忍受。因此,布兰德坚持不懈地努力:"如果这种公正被否认,如果最卑微、最恭顺的代表都要被拒之门外,没有人会屈尊接受他,那么他还能做些什么?"这个问题的答案是开放性的,这种开放性以及它在每个关键时刻使用殖民地语言的方式是对那个时期小册子创造性的检验。

应该做什么?布兰德避开自己对法律的爱好,转而用政治来回答这个问题。《英国殖民地权利调查》使人想起《伯罗奔尼撒战争》第一页上记叙的科林斯人（Corinthias）和克尔西瑞人（Corcyreans）就殖民地的权利而进行的辩论。实际上，修昔得底斯所作的语言交流支持了公平交易的概念。然而尽管他们的论点都颇有道理，科林斯市和科孚岛的敌意发展为冲突；冲突反过来又激发了大战并最终导致了希腊的灭亡。在布兰德的书中，他直接引用了克尔西瑞人的话。克尔西瑞人对科林斯人说，任何一个殖民地的居民，如果遭受侮辱和暴力的话就会变成异族人。

布兰德受到历史和法律的羁绊，他甚至都不愿意间接地暗示战争（"公民是脆弱的"），他运用了科学的理论框架。《英国殖民地权利调查》突然转向对反殖民主义作家借用牛顿物理学的驳斥。这些作家解释了那些第一批行动者、旋转的球体以及大英帝国成为"殖民地关注的焦点"的技术性语言。相反，布兰德辩论说，"自然界的吸引法则与政治哲学"证明了"合同中提到的人民因共同的利益而联合起来，比那些远在天边、没有共同利益的人更要强大"。这里突然出现的这个科学主题是突破革命时期演讲主题的一个示范。这段话并不是一种推断。奇怪的是，它还扑灭了布兰德小册子中所表达的最大愿望，即希望殖民地"在宪法上永远从属于大英帝国！"因为如果布兰德一再地重复要求"最大程度上的忠诚"和"牢牢依附于大英帝国的利益"的话，那么正如他所说的，万有引力定律则表明了殖民地之间更为紧密的相互依附作用。

政治愿望与科学论点之间的矛盾表明了变幻莫测的殖民地忧虑的实质。英国对殖民地权利的挑战已经为美国人的团结一致创造了条件。布兰德在描述1776年的危机时，他知道对于殖民地来说，"要用宪法来保持他们最珍贵的权利，就有必要建立一个紧密团结的联盟"。他还意识到科学固有的客观性可能会对这项事业有益。他在表达这些观点时借助了那个时期人们常用到的天文语言。启蒙运动中，人们惯于把科学知识与人类的进步联系起来。当人们用星体的运动规律来比喻人类事件的可预测性时，这种习惯表现得尤为明显。10年之后，《独立宣言》开篇将会讲到通过自然法而将处于独立、平等地位的人团结起来，共同推动人类的进步事业。1776年，美国人将会首次听到有人在观察金星的运动规律的费城天文台（Philadelphia Observatory）读这些话语。

尽管来自弗吉尼亚州的布兰德和来自马萨诸塞州的詹姆斯·奥蒂斯有诸多不同，但他们都代表着18世纪60年代中期殖民地所处的相同困境。确实，在创作60年代最为声名狼藉的小册子——《伸张和得到证明的英国殖民地权利》时，奥蒂斯反对布兰德对外部政府和内部政府进行的划分。他将民法和自然法混为一谈,而布兰德发现的却是两者的差别,奥蒂斯比布兰德更乐意去限制国会,但是他俩主要作品中仍有很多相似之处。这些相似之处表明了殖民地的总体态度,这种态度超越了个人、宗教以及哲学的差别。对忠诚的定义是这些小册子的实质,而这个定义的中心内容是文化矛盾。

即使英国向殖民地征税的企图已经使抵抗成为自我定义的基础,但18世纪60年代中期的美国人尚未在遵从与反抗之间确定一条有意义的界限。因此,《伸张和得到证明的英国殖民地权利》认为,"指出独立国家中他所认为错误的事情是每个公民的义务。"而且奥蒂斯对美国人没有做到这一点进行了谴责。奥蒂斯评论说:"这里只有最极度的而且在我看来是可耻的沉默,理直气壮地要求我们作为人和公民的最正当权利已为时太晚。"同时,"议会的权力除他们自己外别人已经无法控制,我们所作的只能是乖乖顺从……让议会随心所欲地给我们施加负担,我们必须服从并耐心地默默忍受着,这也是我们的义务,一直到他们乐意解放我们的那一天。"最后,奥蒂斯借用了伦敦英国政客的单方答复:"我们认为那个令人敬畏的议会拥有智慧,崇尚公正,会乐于解放我们。"

与布兰德一样,奥蒂斯无望地承认议会统治着美国的殖民地;另一个相似点是,后来他自己写了续篇来区分权力和权利。在《殖民地权利辩》(*A Vindication of the British Colonies*, 1765) 中,奥蒂斯会发现"权力与权利之间的区别,以及对一个国家当局盲目地屈从与忠诚、大度而又理性地服从之间的区别"。即便使用了激烈的措辞,如"盲目地"、"大度地",奥蒂斯的问题也是布兰德的问题。服从止于何处,屈从始于何方?当权力忽略了权利时应该怎么办?在18世纪60年代中期,布兰德和奥蒂斯完全不能给出前后一致的回应,而他们的失败包括逻辑方面的弱点,这种弱点使得英国世界不再像以前一样认真对待他们的观点。当那时法律本身就明确无误地表明殖民地的主张是不合法的,那么英国领导者们为什么应该接受殖民地律师,如亚当斯、布兰德和奥蒂斯的逻辑观点呢?

小马丁·霍华德(Martin Howard, Jr)是罗德岛的一名杰出律师,也是寥寥无几的未受到公众反抗的威胁而保持沉默的美国托利党派成员之一。霍华德创作的一本小册子帮助澄清了殖民地所处的两难境地。他在《哈利法克斯一位绅士的来信》(*A Letter from a Gentleman at Halifax*, 1765) 中对奥蒂斯和其他人的回复时,预见了10年之后塞缪尔·约翰逊在《征税非暴政》中对殖民地争论中更为巧妙的阐释。霍华德警告说,对1641年的英国与1764年的美国之间不严谨的比较"听起来就像煽动性语言"。他表明现有的主权理论并不允许对统治权的至高无上性含糊其辞。"议会的司法权已经确立之后,这个

美国启蒙运动时期的文学

司法权就不能再进一步分配；它是至高无上的、统一不可分的，可以征收内部税也可以管理贸易。"事实证明，试图通过殖民地宪章和习惯法来区别法律和权利的努力同样是有缺陷的；你必须考虑到所有的习惯法，否则将前功尽弃。那么，从法律的角度来看，所谓的美国人在国会中的代表权也"只不过是一种幻想"。

很难用历史先例的冷眼光来与这些论点辩论。是霍华德而非奥蒂斯展现了那个时代的传统智慧。来自哈利法克斯的这位绅士这样写道："对于这些内在的、难以抹杀的（权利）的违抗，人们只能一笑了之。"霍华德还清醒地意识到，自己的解释在"与祖国做对的那些小册子和报纸上倾泻而出的漫骂"中被破坏。让人难以置信的是，"一些人的骄傲与另一些人的无知"却获胜了，而且"反对祖国的呼声传遍了各殖民地"。霍华德运用了成功的理论但却最终失败，这种讽刺即是对思想史上真理的折射。当时的环境和作品的论调，而非逻辑和理性使得布兰德、奥蒂斯以及其他人的作品为人们所信；理论化的新形式而非理论引起了殖民地的遐想。

一方面，18世纪60年代中期美国以反抗为主题的小册子包含了新的殖民统治中相互认可与援助的新形式。正是在这10年中，律师代替了大臣和以往的行政者成为美国的精英人物。宣传反抗的小册子里使用的语言形式——将自然法、政治哲学和习惯法融合在一起——是对殖民地合法争取权利和自治方法的复制。1818年，约翰·亚当斯给埃兹凯斯·奈尔斯（Hezekiah Niles）的信中，在描述60年代他的良师时详细地讲述了这种观点。在描述他的良师杰瑞米尔·格里德雷（Jeremiah Gridley）和奥蒂斯时，他说："（奥蒂斯）和他的恩师格里德雷一样，给他的学生反复灌输着普遍真理，格里德雷曾说'一个律师的桌上或口袋里永远都要装着一本自然法或公法或道德哲学'。"60年代美国的小册子里使用的就是这些集合的观点。这种手法在政治方面如此有效的一个原因是，它宣传了殖民地合法团体的身份和美德。

另一方面，激进的小册子创作者直接向美国文化中出现的公众关系发言。在诸如《伸张和得到证明的英国殖民地权利》这类作品中出现的哲学矛盾促使这些作家在修辞语言方面走了极端，他们的语言除了用作辩论之外还另有用途。在奥蒂斯那本具有开拓意义的小册子里，作者所要表达的不仅仅是说美国人可以集体庆祝他们成为"新世界伟大的发现者和定居者"，也不仅仅是排斥了一个"专断的"政府之后他们便可以建立一个"为大众谋福利"的政府，而是说"绝对权力源于人民，终于人民"。爱国者的身份与新的观念——政府始于民众，终于民众——联系在一起。

这类作品中还有一些潜在的、更为激进的语段，这些语段使人们形成了一种对国家的不同认识。举个典型的例子,奥蒂斯运用了天文学"行星革命运动中,重力和引力都占据重要位置"的原理,力图在物质世界和精神世界之间做出类比,认为在精神世界中,"第一个原则就是平等和整体权力"。从政治上来讲,平等原则要求"几项权力恰如其分地结合在一起",但是作为第一项原则,它又渗透到其他所有的政治因素中。奥蒂斯从激进的作品中推测了几项可能性,但美国人要完全意识到这些可能性则需要花费好几个世纪的时间。"女性不是生来与男性平等的吗?"在引言中他这样问道。因为奥蒂斯所强调的议会是神圣不可侵犯的,这一点每个殖民地居民都注意到了,而另外一些人则好像在仔细聆听他关于人权的抽象观点。

441

实际上,《伸张和得到证明的英国殖民地权利》中的情感节奏与议会的司法权这个主题几乎没有什么关联。相反,它们是在为人们自己争取到的新的政治统治权而庆祝。对于奥蒂斯而言,1688年代表着与历史的深深裂痕和一个全新的宪法,而不仅仅是向英国成为自由而迈出的一步或之前所做努力的扩展:"由于(詹姆斯二世)放弃了王位,原来的契约也就变得支离破碎……革命之后,契约得以更新,且基础更稳固,而且更全面地解释并肯定了统治权管辖范围内的所有公民的权利和自由。"这些想法有力地支持并超越了作者证明"没有人民的应允,国王不得在任何地方征税"的意图。完全接受了奥蒂斯观点的18世纪读者开始认为革命也许可以解决那些难以克服的难题。

显而易见,这主要还取决于读者是英国人还是美国人。殖民地居民感兴趣的那些因素最终击败了英国居民。在伦敦,文学作品的创作大体上仍需要赞助,而且要有足够的闲暇时间,创作者的政治立场仍有赖于贵族的立场,那些将他们的职业生涯用政治小册子的形式写出来的美国律师前最多也只不过是一般的新贵派罢了。实质上,在英国根本没有人接受美国小册子中所表达的有关宪法的观点。甚至由敌对的辉格党在伦敦出版的《年鉴》(*Annual Register*)也在1776年发现"殖民地的支持者们使自由的思想空前高涨",因此,强烈要求"通过使(殖民地居民)意识到自己的依附性及时地克制他们这种不正常的热情"。这个观点在英国的普遍程度可以通过一项事实看出:1765年议会以245对49票的惊人差距通过了《印花税法案》,尽管当时殖民地居民在强烈反抗之前有一些举措,如1764年的《糖税法》,但议会还是这样做了。

要把美国小册子在情感方面的要求转化为英国的参照标准并不容易,这很清晰地暗示了两种文化之间的差距越来越大。同样的语言却用于截然不同的目的,对大洋两岸的居民产生的影响也迥然不同。甚至有可能正是语言的

○ 美国启蒙运动时期的文学

这种相似性导致了人们的误解，从而强化了这种效果。尽管1776年，英国人就美国的境况而进行的辩论也非常激烈，非常严肃，但是议会的绝大多数成员还是草率地排斥了"自然法律师的辩论，如洛克、赛尔顿（Seiden）、普芬道夫以及其他一些人"。用《年鉴》中的语言来说，他们的辩论"对宪法中的问题毫无作用"。英国的政客们由于对理论了如指掌，所以他们决定忽略殖民地以自然法为基础的要求。然而，他们虽然了如指掌，但却没有对这种想法所处的不同背景有更微妙的理解。议会未能理解殖民地作品中自然法哲学的重要性，从而误解了美国人的意图。与此同时，殖民地的领袖又把国会的误解理解为堕落的预兆或者还要糟糕。

文化意识中的不断失败值得阐述。尽管这些失败并不意味着独立战争是不可避免的，即使1776年不发生，之后也会发生，但却暗示了英美冲突中，除了之前描述的行政管理的缺陷、不稳定、分歧以及堕落外，还有很多其他方面的冲突。18世纪60年代昙花一现的英国大臣的接任者们使英美冲突加剧，不过他们并不是这种冲突的根源。是的，1761年到1770年间，威廉·皮特、比特伯爵（the Earl of Bute）、乔治·格伦维尔（George Grenville）、罗金罕姆侯爵（the Marquis of Rockingham），接着又是皮特、格拉夫顿公爵（the Duke of Grafton），最后是诺斯勋爵（Lord North）都曾掌权，但是每届政府都得到了殖民地政策的大力支持。国会大部分成员都赞同通过18世纪60年代和70年代具有争议性的殖民地策略，包括1774年的《不可容忍法案》。对于这些年来英美之间有所分歧的潜在根源的定位，需要一个具有真正灵感的领导层；阻止并控制这种分歧，领导层还远远不够。这个时期的小册子文学象征着一种人们尚未意识到的文化差异以及一种被忽略的测具。今天我们运用这种测具来测量这些文化差异的范围。

3

18世纪六七十年代后期，在全世界享誉最盛的美国小册子作家当属《宾州农夫信简》（*Letters from a Father in Pennsylvania*）的作者约翰·狄金森。10年以后也仅有托马斯·潘恩才对殖民地人民的思想产生过同样深刻的影响，而这种影响只是昙花一现。当狄金森所著的十二篇书信体文章《我的同胞》（*My dear Countrymen*）首次发表于《宾州纪事》（*The Pennsylvania Chronicle*）上时，各地的读者似乎都认定这部著作将对北美殖民地做出特殊的贡献。从1767年12月到1768年2月，这几篇文章一经刊行，殖民地各大报章纷纷转载。在最后一封信见诸报端以后，这些文章旋即被收入合集，并且很快在殖民地再版七次，甚至在英国本土也多次重印。即便今天，美国人民对革命的认识也深受《宾州农夫信简》的影响，而了解为何这部著作会有如此重大的影响也至关重要。作为当时由个人出版的最为翔实、影响最为深远、流传最为广泛且最具前瞻性的时政著述，这本书信集对殖民地文化形式定下了基调，并且在哲学层面上为其确立了规范。

就理性而言，在认为国会不能向殖民地征税的殖民地律师中，狄金森是思想最深刻、表达最有效的一位。他在伦敦法学院受过教育，于是他在《宾州农夫信简》一书中频频引用英国的法律以及洛克、科克（Coke）、休谟（Hume）、孟德斯鸠、塔西佗、哈灵顿（Harrington）以及马基雅弗利（Machiavelli）等作家的作品。这些因素使他认为社会契约可以保护公民不可剥夺的财产权，因而对不代表全体选民的公民征收财产税的行为是违背英国法律的。就感情而言，狄金森是过渡的专家，这些体现在《宾州农夫信简》第四封信里庆祝的欢呼声中："未经我们同意也没有让我们或我们的代表发表意见就向我们征税，所以说我们是——奴隶。"不过狄金森从来都没有因为写这样言辞激烈的文章而使自己的读者减少。他的文章保持着一种特别的平衡状态，使每个人都能各取所需。

接受的教育和兴趣爱好使狄金森成为殖民地抗议者中最稳健的一位。1776年他积极地反对独立。宾夕法尼亚农民总是对政治抵抗行为谨慎地施加一些哲学和风格方面的限制。他认为1776年的《汤森条例》（外部对美国进口的玻璃、纸张、涂料和茶征收的关税）与之前的《印花税法案》一样是恶毒的，违反宪法的。他对这些法律提出挑战，反抗形式也逐渐地从合法的请愿书发展成为抵制行动，最后又诉诸于武力。然而，《宾州农夫信简》的语言自始至终都对反抗的最后一种形式表示反对。第一封信表示了对"煽动性的手段"的憎恶（"我很抱歉没能做任何事情，这可能会引起君主或者祖国的不满，这种不满是应当的。"）第三封信将自由称为是"一项富有尊严的事业，不容社会的骚乱和动荡不安的玷污"；殖民地的居民一定是"恭敬服从的小孩，莫名其妙地挨父母揍"。那个农民警告说："在争论时，我们要加倍小心。"第九封信猛烈抨击了大众的暴力和愤怒；第十一封信则对大众的改革表示强烈的抗议；第十二封信则痛斥了不合时宜的"不正当的激情"。

正确的克制行为要求各种控制交融在一起。狄金森一开始便要求"坚定、稳健地运用自由意志"，但是其中所要掌握的平衡却是极其复杂的。第一封信在对《汤森条例》的抗议（"对这些殖民地的自由惨痛的一击"）与反对谦虚的性情（"我已等候多时，希望看到由更适合这份工作的人来对待这些居民"）之间，以及作者所写主题的自由（"因此所有诚实的人都应该克制自己对自由的热烈感情")与 11 月 5 日（这天威廉王子［William of Orange］接受了议会的权利宣言，批准了光荣革命）的文件中更强烈的对精神的召唤之间平衡着。如果说那个农民看上去好像一只手在施舍而另一只手在索取的话，那是因为他看到的是一个整体，"自由意志"是不能被简化的——尤其在美国。

第三封信直接处理定义的问题。狄金森揭示了美国人一直不清楚这个问题的原因："要决定一个美国人的性格是否容易辨别是不可能的，因为这要取决于他对管理者的忠诚，对祖国的义务，对自由的热爱，或者是对祖国土壤的热爱。"每个因素——忠诚、义务、自由和热爱，都必须牢记在心并运用到实践中。当这些因素同时出现时，狄金森比殖民地的其他知识分子更努力地把这些互相冲突的因素并置在一起。结果，在《宾州农夫信简》中出现了许多混杂的比喻形象，和平与战争、客观性与激情、自信和忧虑的定义接连出现，然后又紧密联系在一起。

狄金森想通过团结的理论把必要的含糊意义联系在一起。他确信恰当的比例应包含顺从与自由、权利与法律之间的区别。第二封信比较独特，信中说："我们正如一个完全自由的民族依赖别国一样依附着大英帝国。"第十二封信中写道："大英帝国的合法权威就像特勒弗斯（Telephus）的矛一样，既能使人受伤也能治愈伤口。"狄金森选用这个比喻是为了消除对不太可能达成和解的悲观态度。正如英雄特勒弗斯从那支使他受伤的矛上得到了锈的援助一样，殖民地也能从议会的"不和善"中得到"令人惊奇的解决办法"。狄金森好像在说，只要殖民地读者能够看到他们多重利益所掩盖下的真理，万事皆有可能。

美国人从对自己的认识中，得到的结论不仅仅是不愿意革命。从启蒙运动的角度来看，那个宾夕法尼亚的农民是理想生活的化身。他表现出了"满足、感激的心理，（不受世俗的希望或者恐惧的干扰）"。他之所以会保持如此平和心态的原因在序言中有所解释：自由主义教育、财产和地位（"我的农场规模小；我的仆人不多但很友好；我有一些钱可以收利息"）；在了解到"生活的繁忙景象"后便从中隐退；寻找"更广博知识"的途径（"图书馆是我不多的财产中最珍贵的"）；以及一些与他类似的同伴（"我有幸得到两三个有才能的文人绅士的友谊"）。从这些特点来看，这位农民希望"得到比他预计更好的效果"。实际上，效果比任何人想象的都要好，这也是《宾州农夫信简》更加引起我们注意的一个原因。

如果说 18 世纪的启蒙运动代表某些意义的话，那就是恰如其分的教育和自由行使财产权将带来独立以及心境的平和。宾夕法尼亚州的那位农民就是美国小册子传统中所表达的这种思想的结晶。从圣经的角度来看，这种思想可以简化为一个词组，殖民地小册子的创作者已经用冗长的话把这种思想重复了无数遍："他们将会让所有人都坐在他的葡萄藤架和无花果树下。"这句话象征着社会和平与个人成功的结合，它出现在《先知弥赛亚的第一本书》（*First Book of Prophet Micah*）中，预测了救世主的到来。狄金森更全面地理解了《弥迦书》（4:4）的含义，并在第五封信中给予了特别的强调，信中"圣经里的神圣片断中优美而惊人的语言"使得财产权成为"所有其他权利之根基"。用它的话来说，即"他们将会让所有人都坐在他的葡萄藤架和无花果树下，没有人敢于恐吓他们使他们害怕"，但如果有人使这些快乐的财产所有者害怕又怎样呢？《宾州农夫信简》对此有所涉及。

狄金森笔下的农民应该是平静的；但很显然，他却不是。英国人对殖民地权利的侵犯使他无法保持自然的平和状态。在第九封信中，他保留了葡萄藤和无花果树的形象，他大声说道："问题不是一些树枝是否会被剪去——斧头就在树底放着；如果我们仍袖手旁观的话，整棵树都必将永久消失。"这句话产生的影响力首先有赖于对幸福可以得到的假设。18世纪60年代并不幸福的人应该如此。正如他们扪心自问的："为什么长期以来一直处于和平中的平和心态……最终却被破坏，让这股洪流流出原属自己的河道而改入不寻常而又曲折蜿蜒的河道，很多州都毁于这些河道，但却没有一个会变得更富有、更幸福？"这是斯蒂芬·霍普金斯（Stephen Hopkins）在《殖民地权利研究》（*The Rights of Colonies Examined*, 1765）中提出的典型问题。

霍普金斯对河流的比喻中，和平心态被毁坏、破坏这样的措辞暗示了那个时代的特殊困难以及对待这种困难的态度。由于外部的支持以及法国和印度之间的战争，殖民地经历了一次虚假繁荣。到1760年战争结束时，自然而然带来了一些不良影响，即那10年当中一直在持续的经济萧条。殖民者的购买力下降；尽管人口持续膨胀，贸易额先是下降，之后便又摇摆不定；负债累累的商人接连破产，越来越严重的贸易赤字使得这个时代更加艰难。这也是对人们的警告。在这样的情况下，英国向殖民地的进口货物征税的决定使人们更加忧虑；这鼓励美国人把一切的麻烦事归咎于政治而非市场。值得一提的是，弗吉尼亚州和新英格兰海岸城市的政治最为动荡不安，这里的烟草贸易和城市贸易中心受到的打击最严重。

繁荣被作为一种既定标准，有时又被当做是应得的权利，18世纪60年代对过去和现在的对比中，逐渐把自由、平和、美德和成功的对立面——暴政、焦虑、腐败和经济萧条融合在一起。这种平行的遣词造句频繁地出现在殖民地文章中，有部分原因是因为这些词包含了亲英分子和英国作家永远都不会

◎ 美国启蒙运动时期的文学

反对的观点。没有平和与繁荣就意味着自由就要相对受限制，这就足以使殖民地作家发现美国人实际上还是很忧虑的。必须通过某种方式来处理这种不幸福和灾难，而在60年代，逻辑上的解决方式理应采用英国政策。

在《宾州农夫信简》中，约翰·狄金森把这些反抗形式用简洁的公式表示出来。美国人手中掌握着追求幸福的最佳时机，但为什么他们却显得离他们的目标如此之远呢？18世纪60年代的经济萧条中，那些受过教育的财产所有者们也意识到了这种差距，他们为使收支相抵而疲于奔命。在第十二封信中，宾夕法尼亚州的农民为他们做了解答：

> 让这些真理永久地镌刻在我们的脑海中：没有自由，便得不到**幸福**；财产得不到保障，就得不到**自由**。如果，别人不经我们允许，便可拿走我们的财产，那么我们的财产就是没有保障的。议会对我们征收的财产税就相当于拿走我们的财产。

正如真理、自由、幸福、财产保障和平静几个词的顺序是可以随意变动的一样，这些词的反义词，不安全和外部的税收，可以使所有的美德化为乌有，从而玷污了整个过程。

这些逻辑上的跳跃以绝对精确的语言为基础。狄金森在第三封信中意识到正确表达的困难，因此他在第四封信中要求澄清原则和意图，因为这将"使我们的表达更确定，使我们的行动更安全"。《宾州农夫信简》中指出的最大困难总是困惑。那个农民最后劝告说："毋庸置疑，在这种情况下，使我们的想法令人困惑不解是一个不可宽恕的弱点，而且有可能是一个无可救药的错误。"狄金森对自己的极度精确引以为豪。"我曾经翻阅过从殖民地建立到现在，有关殖民地读者的每项法令，"第二封信开篇他这样写道。狄金森的博学多才渗透在字里行间，尽管这是使殖民地读者满足快乐的唯一源泉，但现代读者却很难理解这些特点。

如果要抓住这本小册子的力量，就要意识到农民表达自己的认识其实是他自由的源泉以及对自由的定义。正如他在滔滔不绝地高谈阔论时所指出的，只有那些"能够很好地理解自由……并明智、勇敢而正直地坚持、维护和保护自由的人才能**享有自由**"。在这样的语境中，坚持自己的观点含义甚广。第六封信中对自由的定义强调了权益受到侵犯时自我判断的能力。实际上，在做自我判断时，就是在行使自由的权利。作家根据国家的理解以及之前公众的独到理解做出了一个决定：他的语言就是行动中的自由。

狄金森对这两种理解都了如指掌。在第二封信中他说出了自己的真实目

第四章 书写革命

的:"让这些殖民地的人们确信此时此刻他们所面临的危险一触即发,并说服他们为获得自由而立刻团结起来,精力充沛地采取最坚定的非暴力方式进行反抗。"在争取自由的过程中,没有什么更高的目标,农民在最后几个词下面划线表示强调。尽管最后这段话不是他自己说的,但事实证明,这段话对唤醒当时读者——"我的同胞"——的意识很有效。

《宾州农夫信简》的结尾很感人。在结尾处狄金森使用演讲中的重复再次重申了鼓励人们进行反抗。他引用了1721年《新英格兰宪法辩》中耶利米·杜默的话,并在1768年赋予了这句话新的意义,从而把那种犹豫不决转化为最高尚的雄辩。狄金森借用了杜默的话说道:"不论人的写作能力多么有限,但当一国自由受到威胁时,要保持沉默更是难上加难。"这种重复形成一种源于原文的文学传统。措辞极端的说话权利第一次得到认可。实际所说的话迫使人说得更多。反抗语言中的犹豫不决从作者的话语转化为讲演者的声音——转化为引人注意的热爱和平的农民形象。相反,那声音现在变成了大声呼喊。这种转换的流畅性标志着美国小册子的性质发生了更大的转变。

反抗变得越来越紧迫——单调乏味的重复,对雄辩的需求,对越来越逼近的危险的认识,最重要的是需要更强烈的响应——这些紧迫性正在改变着语言的意义和方向。在狄金森试图把殖民地与祖国重新团结在一起的同时,他也说了一些赞同分离的话。要求殖民地更加紧密地团结在一起抵制国外危险和自我定位的行动则无情地推动美国与欧洲切断了以前的所有联系。"我们不妨这样来考虑:我们……与世隔绝,但因同样的权利、利益与危险而紧密地团结在一起。"结束时,这位农民这样恳求道。要求团结的命令导致人们得出了一个轻率的结论:具有反抗性质的语言越来越与其他美国人联系在一起,而不是与对英国做出答复的希望联系在一起。

60年代末70年代初的小册子放在一起可以解释这种思潮的转变。1776年3月的《波士顿公报》上写着,当"英属美国人(Britannus Americanus)"发现了旧英格兰人和新英格兰人对自由与立宪主义同样热爱时,如果没有进行比较的话,他可能会为大英帝国内英美两国的联系而庆祝。这表明了美国人"最终并不会对大英帝国的人民或其他任何人负责,也不会受他们控制"。1776年,很多美国人仍然对与英国"站立在平等的地位上"这样的说法感觉不习惯,他们因《波士顿公报》根据归谬法说他们可能会"制定向英国征税的法律"而放声大笑。不过英国读者们,包括那些富有同情心的人,却笑不出来。对于英属美国人来说,幽默的代价是他失去了英国的读者。

反抗的呼声越来越高,产生的实际问题也越来越多。这些问题美国人只能自己问自己。丹尼尔·伦纳德(Daniel Leonard)也是马萨诸塞洲的杰出律

美国启蒙运动时期的文学

师,他将成为一名令人敬畏的创作小册子的保守党员。1774年末至1775年初,他与约翰·亚当斯分别以"马萨诸塞斯(Massachusettesis)"和"诺凡戈鲁斯(Novanglus)"为笔名进行交流,但早些时候,1773年11月,他仍摇摆不定,足以使反抗的困境成为突出焦点。伦纳德在为《马萨诸塞间谍》写作时,同意了之前评论家的观点,即认为英国的策略是"不合法的"、"不可容忍的",而且他也像他们一样在考虑应该做些什么来反对这些侵犯行为。1773年他所作出的改革与人们的反响程度有联系。正如伦纳德所写,对任何党派而言,造反的想法都没有那么令人吃惊。尽管他将仍忠于国王,但他并没有考虑英国公民的哲学义务而是考虑了美国政治的实际结构。到1773年,"唯一的问题是冒险反抗够不够明智。"

成功与失败的问题正在取代更为令人焦虑的是要自由还是要忠诚的两难境地问题。而那个留下的"唯一问题"与其说是留给讲英语国家的人民的,还不如说是留给殖民地的某些特定领袖的。伦纳德强烈要求美国人谨慎地预测反抗的危险。相应的,他的文章中也对名义上的读者即各族人民区别对待,为的是引起"英属北美殖民地"的特别注意。这样就缩小了关注的领域,而且在这个过程中,"英国"这个词开始从原有的名词词性转化为描述性的修饰词。辩论的主题越来越多地围绕着会引发叛乱的美国环境展开。

小册子的思维方式同时还遵循并指导了改变的方向。由于1774年和1775年发生冲突的可能性越来越大,美国人必须直接面对并处理他们当中的意见不和。社会压力迫使亲英分子要么保持沉默要么逃走,而殖民地的团结一致现在则成为辉格党作品中的重要内容。有两本小册子描述了当时的新情况:托马斯·杰斐逊的《英属北美权利概要》(*A Summary View of the Rights of the British America*,1774)和戴维·里顿豪斯(David Rittenhouse)的《1775年2月24日美国哲学会上的演说》(*An Oration Delivered February 24, 1775, Before the American Philosophical Society*)。这两部作品虽然迥然相异,但属于同一种体裁,这种体裁通过大家共同认可的含义来消除不确定性。1776年,当地所有令人懊恼的现象,即失落、迁移、困惑、伤害、混乱和死亡,都会随着启蒙运动的扩展而屈服于意识形态的范围中。杰斐逊和里顿豪斯就在这之前预见了转化的速度,不是决裂甚至连缺陷都称不上,我们将把独立战争当做自然历史的一部分以及新世界的科学来阅读。

《英属北美权利概要》一书把英国国王当做是主要的敌人,这着实是迈出了大胆的一步。我们说这一步是大胆的,是因为这几乎是不可改变的,而且这一步在1774年这个时刻的重要性不可低估。只要议会仍是殖民地反抗的主要目标,美国人就可以名正言顺地进一步反对忠于国王和国家。在《英属北美权利概要》中，杰斐逊选择把乔治三世作为真正的敌人时，就表明他已经放弃了更为安全的立场，忠诚也就突然变得有条件了。"但是国王会因此而放弃他制定的所有法律吗？"他这样问道。这个问题早已有人提出，但现在杰斐逊在回答这个问题时，把矛头直指国王："要让他记住暴力不能给与权利。"当他补充说"分裂（大英帝国）既不是我们的愿望也不是我们的兴趣所在"时，他也是在表达一种消极的可能性。杰斐逊为自由的必要性做总结时说："陛下，这是我们的最终决定。"之前直言不讳地指出帝国分裂的威胁就已经是一种侮辱了，现在补充的这句话则加重了这种侮辱。

从语言的角度来看，演讲中同样的转变也是一种极大的解放，以至于杰斐逊简洁明了的陈述所体现的能言善辩很快为他赢得了《独立宣言》起草者的位置。《独立宣言》中国王仍是主要敌人。1774年以前，殖民地的作家如果想要把议会当做是反抗的主要对象，就会面临令人沮丧的戏剧性的、理性方面的难题。议会不仅缺乏个性，而且人多嘴杂，因此难以详细列出各个具体的对象；另外，它还象征着18世纪英美文化理解中的制度自由。1688年，美国人想要在议会侵犯他们权利的行为中找到专制的证据，是不受欢迎的。（据说英国通过国会和反对国王而重获自由）。杰斐逊并没有赦免国会，但是他从辉格党的历史理论中重新找到了那些熟悉的语言。他并没有选择长期以来讲英语的国家一直着迷的主题，而是集中阐述"所有占有权中最危险的是国王的意愿"。

殖民地反对国王的创新联盟也是新世界政治一支强大的力量。《英属北美权利概要》将平凡的历史事实转化为一种危险的可能性。欧洲国王曾伫立在西方海岸，这已经是老生常谈了，但这在杰斐逊看来却变成了迁移民族有意识的选择问题。我们正在接近一项全新的概念，即在美国新海岸，君主制本身就会形成一种反常的政体。杰斐逊的论点有四重含义：所有民族都有移民的正当权利；第一批美国人就是移民过来的，他们自愿选择遵从英国法律（"这些移民认为采用那套法律系统是合适的，根据这套法律来看，他们至今一直生活在自己的祖国"）；这种性质的选择创造了只与共同的英国国王相联系的独立的合法系统；这个国王"只不过是人民的主要官员，根据法律选举出来，有一定的权利，来帮助政府这台大机器运转"。

杰斐逊并不是第一个解释立宪主义的人。在立宪制度下，英美关系基于共同的政府部门的观点——1774年，富兰克林、亚当斯、詹姆斯·威尔逊（James Wilson）观点是相似的——但杰斐逊却第一个把这些想法用生动的故事形式讲给美国人，并让美国人相信。这个故事包含有很多危险的否定词，对于英国读者而言，其中的四个要点并不那么难以接受。英国法律中并没有

美国启蒙运动时期的文学

提到过移民的正当权利,也没有提到殖民地自愿与英国签订的契约、殖民地的立法机关不受议会司法权的限制,也没有提到国王仅仅是人民的领袖。在18世纪的英国,这些想法都接近于叛国,其至连弗吉尼亚议会当时都排斥这些想法。杰斐逊在自传中轻描淡写地说,这些想法"在当时的那种状态下真是太大胆了"。

杰斐逊所讲故事的复杂形式显示了他更远大的目的。《英属北美权利概要》是作为《第一次大陆会议上致弗吉尼亚代表的向导起草案》(*Draft of Instructions to the Virginia Delegates in the* [*first*] *Continental Congress*) 出现的。当议会拒绝了这份起草案时,杰斐逊在威廉斯堡的同事把这本书以现在的题目出版并分发给民众,费城和英国的其他一些出版商也很快开始转印。因此严格说来,《英属北美权利概要》有三种形式:有时是正式的立法文件,有时是致国王的一封信,有时又是一本政治小册子。杰斐逊和他那些激进的同事对这三种形式都加以运用,来激励爱国者起来反抗。

小册子这种形式的优点在于比较灵活,可以涵盖一些其他形式。由于计划把它作为"上述代表的指导",《英属北美权利概要》这本小册子得到官方批准,尽管它代表的仅仅是少数人的观点。1774年读过这本小册子的许多人都不可避免地认为它代表着已经制定的政策。当时的立法机关的决议形式也使得杰斐逊把个人的想法作为集体的意愿进行表达。作者小心翼翼地使用着第一人称复数"我们"这个词,这个词应该是指代所有美国人的,但作者并没有指出具体指代谁,因为这样就可以减少不必要的叙述。小册子的标题是由杰斐逊的同事精心选择的,这个题目强化了这个特点。因为《英属北美权利概要》这个题目暗示了作品经过权威人士的删减修订;表面上看好像涵盖了所有要点,其实是把一些次要分歧放置在一边了。

立法机关的决议很少像这样受到民众的欢迎。一直以来,正是杰斐逊致国王的信吸引了读者。这种转换——从正式决议到煽情的信件——就发生在《英属北美权利概要》中。杰斐逊所说的"指导……应该给国王呈上一封谦卑而又尽责的信件"这句话与那封信所表达的思想融合在一起,不过信中的语调并没有太多的谦卑。国王是合适的收信人,是因为正如杰斐逊告诉他的,他是"大英帝国好几个州中唯一的调停力量"。这封信中没有让步。作为一个官方接受者,乔治三世不能接受杰斐逊赋予他的这个角色,即被贬低了的"调停力量"。他也不喜欢这样的交流方式,因为很明确,这封信"语气表达强烈,说服国王相信我们是在要求恩惠而不是权利"。最后,杰斐逊故意使用了冒犯性的语句。"大人,敞开您的心扉去接受自由开放的思想,"他带着优越感对国王这样说道。

第四章 书写革命

实际上,一封"谦恭而又尽责的信"这样的伪装,同时又是以小册子的形式出现的一篇政治檄文,是对这封信的真正接收者——其他美国人发出的集合号角。对于这些同胞而言,尽管在1774年他们已经忧虑不安,但杰斐逊仍暗自对他们提出了劝诫。他警告说:"让那些胆小怕事的人去阿谀奉承吧,这不是美国人的风格。"这句话除了有着夸耀外还有着恃强凌弱的意味,这一点不容忽略。没错,那些依旧向国王俯首称臣的人已不是真正的美国人了。在号召民众团结一致的语言中就已经隐含了这种威胁,不过杰斐逊创作的小册子在这方面所表现的理性和慷慨激情是很明显的。《英属北美权利概要》的核心是对美国法律的解释,这种解释把英国国王的存在变得遥不可及,而对他的忠诚更是一种反常行为。

452

《英属北美权利概要》中最奇特的方面在于其设想的英美之间的政治差距太大了。杰斐逊描述的自然法中所规定的移民权,使美国人距离他们的撒克逊祖先比英国公民更近了一些,距离英国公民却如此遥远,以至于议会对权利的侵犯都成为"由一群不了解我们的宪法和我们的法律不认可的人执行权力的行为"。杰斐逊笔下的美国人对法律的定义与英国人的不同——这项定义基于"自由的语言与情感,成为一个自由民族对源于自然法的正当权利的要求,"结果造成了行为和理解的不一致。尽管在美国,自然法远远超越了英国法,但是国王与殖民地统治者仍具有"超越所有限度或法律赋予"的特权。

英美现在处于冲突中,而年轻的杰斐逊并不愿去避免这种冲突。《英属北美权利概要》中大部分篇幅都用来叙述国王和大臣用来破坏北美英属殖民地自然和谐状态的"专制手段"、"专制政府"、"压迫"以及"篡夺权力"。在长篇累牍的责备以及对诺曼底人(对英格兰)的军事征服的类比暗示中,杰斐逊发现自己困惑于"无法找到既能顺从国王又能同时揭示真理的词汇"。议会中一小撮美国代表想法的改变也收效甚微。他在想:"美国的每位公民在美德、理解与体力方面都是与英国公民平等的,为什么英国16万选民应该为美国的400万公民制定法律,可以给出一个理由吗?"

这个问题的提问者已不再仅仅狭隘地思考去废除某项特别的法令。《英属北美权利概要》处处都体现着如果没有国王和皇族统治者,美国人会过得更好的想法。杰斐逊的心境可以通过他写小册子的时间来估计。这本小册子是所有殖民地反抗了一整天之后起草的。他在自传中这样写道:"整个殖民地这次为时一天的反抗就像电击一样,唤醒了每个人,使他们团结一致地站立在反抗队伍的行列中。"在这种情况下,需要大胆的陈述。他告诉乔治三世说:"一个认为自己拥有权力的民族被激怒之后是很难把他们镇压下去,让他们服从的。"说这句话的人已经在用他的生命、财产以及神圣的荣誉来支持美国人的事业。在他巧妙地承认有必要进行革命时，流露出他对《英属北美权利概要》这本书的兴奋。1774 年，杰斐逊决定背水一战。这种行为是需要勇气的，因为这使他在 1776 年夏天所表现的能言善辩更沉着、更稳定。

戴维·里顿豪斯是一名天文学家，发明了举世闻名的太阳系仪。他同样也在寻找着与欧洲的距离，而杰斐逊找到了政治和法律方面的这个距离。如果非要对两者进行比较的话，可以说里顿豪斯的努力更值得注意，因为 18 世纪时，天文学强调的是联系、吸引力、秩序、比率以及各种力之间的关系——这些因素都可以克服距离。《美国哲学会上的演说》是一部科学专著，其中也不免提到政治观点。在这种压力后面所隐藏的是又一位美国知识分子对欧洲影响力的惧怕。与杰斐逊一样，里顿豪斯希望美国可以通过非暴力方式取得独立。但为何独立如此之好呢？两位作家都设想了一个在新世界的自然和谐中比较安全的美国。然而里顿豪斯对这个问题的认识更为透彻一些，因为他所研究的天文学迫使他更为清晰地指出了自然世界基本的、具有控制性的观点。

18 世纪的科学家轻易地设想了一个道德世界，而且在启蒙运动思潮的所有科学中，天文学与造物主的概念最接近。里顿豪斯在陈述天文学的兴起与进展时运用了这些手法。他说："我们能力的每次进步，我们所得到的所有幸福，我们在完善神学的过程中所取得的每一次进步都有可能使我们越来越深刻地感觉到他所赐予我们的幸福之海的无尽边缘，以及其难以理解的完美。"然而这并不能解释为什么新的海岸就意味着更大的喜悦。里顿豪斯把光、运动和神学作为对宇宙智慧的具体量化，这几个词是可以互换使用的，从而巧妙地回答了这个问题。用他自己的话说，即"神的能量支持了宇宙的根基，所有其他物体的生存都要以它为基础，运动定律就源于此，而且使光具有天使般的飞翔速度"。

发现之光赐予新发现的物体以特权。这个前提比较含蓄，里顿豪斯又补充了一个观点，即认为尚未被接触的物体——未被人类之手触碰过的——反映了单纯的目的。这种完美的象征来自天上的星星："遥远而宁静的天宇中，星星散发着无邪而幸福的光芒。这里从来都不存在自然亦或道德方面的邪恶，在这里可以满怀感激与敬慕地享受造物主的施与，这就是生存。"这些想法直接导致了对新世界更为贴切的类比，新世界就像天堂一样尚未被"由英国对利益的渴求而驱动的闪电"的邪恶触碰过。里顿豪斯的结论是惊人的。"我希望——虚无的希望！大自然会在新旧世界中间树立起永久的横木，使得人们去欧洲就如去月球一样不可行。"

这位天文学家因为这里的离题而道歉，这里的离题与扩展知觉的主题是

第四章 书写革命

背道而行的。正如他所说的，更为恰当的类比将体现"陆地和海洋的位置，因为距离遥远的地区可以通过陆路和水路交流并互换利益"。但里顿豪斯与18世纪的很多美国人一样，害怕与欧洲联系会带来"邪恶的进步"，这种对腐败的惧怕助长了对自然纯洁的相信。天文学家矛盾的感情随着地质线的延伸而表现出来。《美国哲学会上的演讲》中最愉悦的时刻是在描述暴政与奢侈"像不可抵抗的潮流一样奔涌向前，其来势之凶猛无人可抵"。这些恶习已经"早已尘埃落定，永远也不会再漂浮起来，亚洲人的辉煌……而且几乎征服了欧洲"。因此，只有尚未被接触过的物体和美国仍然和谐的自然世界依然存在。

对于那些根据欧洲的腐败和美国的纯洁来划分英美世界的人而言，从英国分离不会那么快。革命作为重新净罪的象征和行动会帮助里顿豪斯实现他最奢侈的愿望。战争可以做到自然做不到的事情，即重建新旧世界之间的屏障。即使这些屏障不能永久存在，交通的不便利也会使几代美国人不愿去欧洲。确实，很多共和党领导人对这种不便利表示欢迎。托马斯·杰斐逊问道："为什么要把一个美国青年送到欧洲去读书？"正如他在1787年告诉约翰·班尼斯特（John Bannister）的，"来欧洲受教育的美国人会在知识、道德、健康、习惯以及幸福方面有所失而不会有所得。"

很明显，与英国的战争满足了美国人的一些本质要求。战争加强了那些已经令人着迷但却又常常是单调乏味的对美国人的美德进行的内部辩论。不太令人注目的是，革命推迟了对令人不安的有关自然世界中美国人定位的哲学问题的回答。这样的问题处于暂时搁置状态——对有关自然和国家的这个问题将会成为那个世纪最伟大作家首要关注的问题——留下一些革命时期的作品来解释新世界中美国的纯洁。一种结果是一系列的简单定位。在革命前后时期的几代美国人，"美德"、"自然"与"美国"是相一致的，有时甚至可以互换。

从一个共同的象征符号中可以看出，那个故事如何推动了文化的具体化。戴维·里顿豪斯可能对美国新国旗上红白相间的条纹没有想太多，但可以肯定地说，1774年7月14日公布国旗的其他设计时他点头表示同意。国会要求"以蓝色为底色，上面有十三颗白色的星星，代表新的星群"。这代表了天文学家的希望。革命将启蒙运动中的坚定信仰与宗教信仰结合在一起，把星星改成对新世界共和主义的象征。在这个新的星群的象征下，在想象的无辜和喜悦中，公民要去享受造物主的恩惠。从世俗的角度来看，丰饶的土地很快就会变为所说的"生存的事务"。

455

○美国启蒙运动时期的文学

4

1776年，促使改变发生的第一个催化剂是文学形式。托马斯·潘恩的《常识》于同年1月10日在费城出版。他的这本小册子第一次印刷时一周内印了1000册，而且据作者说，三个月印了12万册，在当时这个数字真是一个奇迹。这本小册子立刻激起了人们的思考，这点无人质疑。这本小册子首批读者中的两名重要人物本杰明·富兰克林和乔治·华盛顿分别谈论了它"强大的"影响力和"无可辩驳的理性"。其他的评论者很快在不断变化着的政治场景中为它找到了一个特别的位置。2月24日的《纽约宪法报》（*The New York Constitutional Gazette*）上一位作家称："《常识》引进了一套新的政治体系，这与旧的体系相比有天壤之别，正如哥白尼学说与托勒密王朝的体系相对比一样。"《常识》一经发行便势不可挡，直到今天仍有很大影响力，是那个时期唯一一本仍能让现代美国读者浮想联翩的小册子。

这样迅速、独特、持久的成功，多多少少有些不容易解释。学者们并没有过多地强调这本小册子的内在特点，而是更多地解释这本小册子的影响力。据说潘恩掌握并运用了人民的语言，或者说在他自己的境况与十三个殖民地的情境之间建立了一种心理上的平等关系，亦或是在关键时刻掌握了殖民地政治中的反抗语言，或者说是将处于社会较底层的英国人的独特视角归入到美国人的问题中。这些观点本身都完全正确，但它们只停留在表面分析上。它们不像潘恩的文章那样做了更深层次的分析。在潘恩的文章中，革命的最终动力在起作用。

在解释托马斯·潘恩的文学成就时，应该把三个因素分离出来单独分析：语言、哲学和政治。从语言这个因素来看，忠诚的反抗使殖民地的争论陷入僵局，潘恩打破了这种僵局。甚至连杰斐逊都觉得有必要在《英属北美权利概要》中对他的攻击做出总结，并表达了希望"整个帝国充满爱与和谐"这个不可能实现的希望。1776年2月13日，在《致殖民地居民》（*An Address to the Inhabitants of the Colonies*）中，虽然詹姆斯·威尔逊一次又一次地否认自己希望"卑微、无志气的殖民地居民"获得独立，但他仍然继续站在大多数美国人的立场讲话。潘恩一举打破了这些扭曲现象。在《常识》中，他把英国国王当做是公认的敌人。对于那些熟悉但仍具恐吓意味的"叛国！叛国！"的呼喊声，他没有像之前的作家那样去巧妙地逃避，而是无所顾忌地表示赞许。用比喻的手法来讲，《常识》是对帕特里克·亨利的重塑：这就是叛国，但现在要充分利用这一点。

第四章　书写革命

从哲学这个因素来看，潘恩从宗教和科学的意象中创造出政治思想，从而超越了那个时代的其他作家。杰斐逊将可以与他一决高下，但在1776年，只有潘恩证明有能力将人们记忆中的宗教声音和科学语言与世俗的政治小册子联系在一起。这项成就是他具有强大魅力的主要原因。在《常识》中，用自然来揭露一些事情，用理性来解释一些事情，上帝发出命令说"新世界的诞生之日近在咫尺"。这件事是"辉煌联邦"的一部分，标志着"大陆政体"的开端，这种政体将会使美国因此而成为"全球的骄傲"。上帝作为"美国的国王"对其进行统治。地球上，在正在兴起的共和国中，"上帝"这个词就是法律。那么，很显然，"在美国，法律就是国王"。

与此同时，欧洲的国王世袭制也就"无可辩驳地"成为一种原罪。由于"国王的宫殿是建立在天堂中凉亭的废墟上"，那么很自然地"调停与毁坏"就紧密地联系起来。从科学这个因素来看，君主制复杂而又不受欢迎，与"自然与理性的简单声音"相对抗，而"任何事物越简单，产生混乱的可能性就越小，即使产生了混乱也比较容易恢复"。因此，调停就成为一件"极其令人困惑和复杂的事情"而"独立就成了唯一简单的事情"。宗教的历史与科学的几何构造同时出现。在说明"认为一个大陆将长久地被一个小岛统治是很愚蠢的"时候，潘恩借用了当时常见的牛顿学说中的比喻："自然决不会使卫星比行星都要大。"宗教、科学与政治这些意象相互渗透从而驱除了所有的忧郁、对未知物的恐惧以及对英国法律中丧失的便利性的忧虑。

潘恩对美国乐观前景的预计还有赖于宗教与政治意象的结合。《常识》事先勾画了正在展开的美国试验的重要方面的轮廓：共和主义在大陆的扩展范围、它的代表形式甚至在国家会议与成文法中的结局。很明显，潘恩之所以能暗示这么多意义的原因只有一个，即他掌握了一套宗教思想，可以对应该会发生的事进行预测。对大陆联盟的自发创造在1776年严格的世俗语境中是无法想象的。那时政治引文语言的使用不会证明这种推断的正确性。

相反，潘恩则描述了即将到来的共和文化的新千年，他设计的上帝的新以色列也证明在这方面极其有用。《常识》中解释说："是发现了美国之后才进行的改革，就好像仁慈的上帝想要为将来会遭迫害的人预先打开一个避难所。"这里所说的将来，在现在看来已经成为历史，他们仅仅在"上帝安排好的英美之间的距离带"中是安全的。潘恩在英美都生活过，他可以坚持认为"一个人对另一个人的统治绝不是上帝的本意"。相反，与英国分离和对英国的仇恨才是上帝计划的一部分。潘恩说："正如恋人可以原谅强奸他爱人的强奸犯，大陆也可以原谅英国的谋杀行为。上帝已经把无法抑制的情感深植于我们心中，从而去实现善良、明智的目的。"给予这个地广人稀的大陆独立的

457

◎美国启蒙运动时期的文学

声音是上帝的安排而非人为。

潘恩成就中第三个可以孤立来看的因素，即独特的政治学，使他能够将不忠诚带来的愧疚转化为愤怒和对国家的新定义。这正是《常识》最不被人理解的部分，因为这也是人们最不乐意考虑的部分。评论家已经注意到，潘恩创造性地把殖民地暴乱具化为爱国主义，并表达了他对暴动者情绪的反应。但他是如何大肆渲染那个时刻的暴乱的？表达暴动者的情绪又是什么意思？这样的问题很难回答，这要涉及出版物中的精英主义与演讲中使用那个词的具体语境以及与人民意愿之间的裂痕。《常识》比当时的其他作品更努力地试图修复这种裂痕。

殖民地美国人的愤怒与他们以正式的散文形式来表达这种愤怒的能力之间的区别是，传统小册子中已经指出了忠诚的得体行为的效果之一。理查德·布兰德、詹姆斯·奥蒂斯和约翰·狄金森甚至托马斯·杰斐逊的出版物中都有一些隐含意。然而，在口头文化中，愤怒是使定义更为自由的源泉。18 世纪的美国，民众暴动时有发生，以致暴动都成为殖民地生活中不可或缺的一部分，甚至成为做重要集体决议时不受法律支配的武器。如果说暴动最初是为适应当时当地的情况偶尔发生的（对逃犯和其他违规行为的惩罚、土地所有权纠纷、征召争端、关税的征收、当地防御问题以及各种各样的邻里冲突），那么它们在 18 世纪 60 年代末 70 年代初就成为一种广泛存在的、有凝聚力的现象。以《印花税法案》激起的冲突为开端，暴动成为殖民地向帝国政策发起挑战的常规的主要形式，也清楚地表明了每个殖民地的人民都希望他们的领袖反对英国的统治。

在革命时期的主要文学作品中，我们为什么很少见到关于暴乱和暴动之类的描述？保守党员通常都是关注暴动的人，他们在自己的作品中确实描述过他们的忧虑，但革命领导者限制他们进行评论，因为他们害怕这些评论一经出版就会使人们的反抗权转化为公众混乱的正当理由。场面越混乱，这些领导者越不愿意去讨论或记录这些情况。甚至连激进的辉格党也担忧会给民众火上浇油。革命领导人对小册子的控制约束是帝国政治中负责任的策略，也是维持社会较底层秩序的一种策略。

当然，对这种克制性感情描述的最大例外是《常识》，潘恩的愤怒在美国找到了发泄口。当潘恩介绍他的小册子时，他呼唤"每一个上帝给予情感权的人"。他夸大了这种情感，与当时那些企图克制这种感情的人形成鲜明的对比。一篇充斥着"仇恨（或敌人）"的文章中所描述的最大危险不是英国人而是"被动禀性的人"。美国的情况所要求的不仅仅是谦恭，还要求全身心地投入到"那些大自然认为合理的情感中去"。这些感情，当由潘恩作最深入的

第四章　书写革命

分析时，几乎都是愤怒。在《常识》中，正当感情的真正守护者不是别人正是撒旦，他引用了弥尔顿的《失乐园》中的话："在一片因仇恨而变得支离破碎的大地上，不会达成真正的和解。"在这个世界中，宽恕是一种不合常规的情感。潘恩说："有一些伤害大自然是不会宽恕的；如果他宽恕了，那么她也就不能称之为大自然了。"

潘恩一遍又一遍地声称仇恨是正当的，而且鼓励仇恨。首先是仇恨国王，接着是仇恨美国的卖国贼；之后才能实现建立大陆共和国的目标。"人在报复中增长阅历"，他解释说，《常识》的创作是由血腥、灰烬、痛苦、残忍、恶行、堕落、怪行和地狱激起的。那年4月，当评论家称他"狂怒"时，潘恩对此表示欢迎，并对他们做出了回击。他像福雷斯特（The Forester）一样说，"也有一些人德行积累得还不够，还没有能力愤怒。"

应当记住的是潘恩作品的自然的阅读群体是美国暴民，这也是潘恩所期望的。这不仅因为潘恩运用了人民的语言，它还运用了暴动民众的自然情感——愤怒，好让这些最活跃的组织找到共和国公民的共同意愿。潘恩意识到"现在大众的思想漫无目的，在他们面前没有固定的物体"，潘恩这样写道，他要在暴动民众争取独立的行动中为他们指引方向。《常识》指出了获得独立的三种方式："通过国会成员的合法声音、军事力量或民事暴动。" 1776年独立战争的绝妙之处在于它把三者都结合在一起。如果美国人意识到"现在是一个好时机"的话，国会、士兵和暴动便可以结合成一体。潘恩写道，此时此刻，"我们的战士是公民，而大众则是一个理性的群体。"

《常识》所引起的反响具有爆炸性，体现在暴动人群意识到了自己的目的和尊严。在那些以温和反抗的合理性为主题的小册子发行了10年之后——这种合理性把暴动看成是无耻的副产品——潘恩辩论说愤怒和公众的暴行是殖民地取得独立的重要工具，因此也是文化得以拯救的重要渠道。最近关于大众行为以及他们对民族主义的表达方式的理论有助于解释这项策略的极大有效性。在《群众与权力》（Crowds and Power）中，文化评论家伊利亚斯·卡内（Elias Canetti）指出了四项中心策略和控制暴动行为，或他所说的乌合之众的行为：暴动人群想要成长壮大，他们想要平等，热爱团结，需要指导。他们最引人注目的行动在于他们的破坏性。那么，在他们的早期成长过程中，暴动民众通过破坏具有代表性的界限，确立了他们的定位；房子的门窗是有用的靶子。实际上，这种对特权阶级的象征性侵犯表明了独立战争之前和期间美国暴动人群的特点。

《常识》围绕这些观点展开论述。文章开篇便对君主制进行了理智的攻击，其结果就是号召人民拿起武器；其目标是破坏与英国的所有联系。那时，

◎ 美国启蒙运动时期的文学

使人们团结起来的三个积极因素支持了这种破坏性的举动：首先，在描述平等的语言中发现的相关性；其次，对联盟当中团结一致的力量的认识；最后，大众对不断扩展的大陆共和国发展方向的认识。接受这些激励的殖民地读者们达成了一个简单的协议。为了更多美国人的利益，他们牺牲了地方的身份，这种身份是他们与英国之间联系的象征。

潘恩的策略有些危险。号召一个公民"大胆地扩展他的思想，超越现在"是有一定冒险性的。那时和现在的评论家已经注意到，潘恩抽象扩展的概念有画饼充饥之嫌，还有孤立的可能性。在潘恩所说的"事物的共同秩序"和"**人类权利**"中，对依附、感人而又熟悉的联系的补偿说明在哪里呢？确切地说，为什么认为新一代美国人应该"向他们的邻居伸出热情的援助之手呢？"潘恩的回答有赖于他所认为的暴动人群的凝聚力。因为这些乌合之众不仅是分离形象的代表，而且他们出现的时间还在18世纪末国家开始拥有特殊的身份威力之时。作为第一个割断自己与殖民地的联系的人，潘恩也第一个意识到在革命时期的美国，民族辩论是绝对应优先考虑的事情。正如后来伊利亚斯·卡内对潘恩的认识所作的解释："我们可以想当然地认为，这个国家的任何一个成员都不能视自己为孤立的一员。"

与其说《常识》中的民族辩论是一种正式的想法，不如说它是一种表达方式，但是如果考虑到民族主义不是由概念或想法的独出心裁而是由想象的这些概念或想法的风格来划分的，那么可以把它当做一种力量。潘恩首次想象着美洲大陆各州团结一致的共和国时，使用的风格和语调是充满激情而非理性的，而且是围绕愤怒、痛苦以及四面楚歌的自作主张展开的。那种自我采用了一种无所不在的代词形式。小册子中经常出现的"我们"这个词既不包含殖民地，也不包含有选举权的公民，也不包含任何一个领导者。它指的是集体联盟中每一个有识别能力的美国人的自我。让人不安的是，这个"自我"的范围在辩论的过程中逐渐缩小。《常识》中的第三部分将"那些所有拥护和解政策"的人排除在外。这种人不仅包含保守党员和托利党员，还包括"那些没有能力辨别是非的弱者和不愿去辨别是非的有偏见者"，甚至包括更广范围内的"过分地认为欧洲比较好的温和派"。

随着限制事物的不断增多，产生了一种巧妙的但总体上尚未被意识到的出乎意料的情形。尽管潘恩坚持把国家最大范围内的人考虑在内，但他所认可的有价值公民的范围在缩小。真正的美国人必须声称他们极其愤怒，要起来反抗英国。只有那些曾经遭受过和正在遭受着美国"痛苦"的殖民地移民才可以评价"大英帝国的罪行"，那些想要和解的人不配美国公民的身份，因为他们"胆小如鼠、阿谀奉承"。潘恩保留了对那些在危机中没有做任何事情

第四章 书写革命

的公民的愤怒:"这种人无恶不赦。"最后,战败的英国士兵比立场错误的公民更值得尊重,"因为士兵丧失的是生命而公民丧失的是自由"。

在威胁的背后是《常识》中自然表现出来的共性。公民获得自由,并在他们聚在一起时,超越了个人身份的限制,但聚合的行动也使人们产生了一种排除的心理:你要么支持暴动者要么遭暴动者反对。在潘恩之后,还有很多人理解了民主中这项呼吁的力量。对市民的排除策略、潜在的敌人(国内外)、痛苦和惩处情节剧式的场面、对爱国主义立场的挑战、对识别出来的敌人表现怯懦,最重要的是,在正当的反抗行为中对集体团结的期冀——这些都是 1776 年美国人运用的武器,现在他们仍在运用这些策略来想象国家的团体。

潘恩本能地意识到想象一个民主的美国团体要求作家采用一套不同的策略,他之前的作家没有人意识到。想想约翰·亚当斯和其他激进的小册子作家们在 1769 年 8 月在面对道彻斯特自由树下 350 名支持者时的反差吧。约翰·亚当斯在他的日记中约略写道,他希望"能影响人民的思想",并"让他们脑海中充斥着自由的思想",但与此同时,他还需要"让人民热爱自由事业的领导者",保证权威的位置,当然也包括自己的位置"处于事业的核心地位"。因此,写作既要激励人们,又要为这项事业点明领导权并控制其进程。而另一方面,潘恩直接对公民说了一些发自肺腑的话,他说这些话时心中另有目的。

《常识》力争授权给人民,人民是"真正合法的权威机构"而不是其他任何一个群体。潘恩的题目是从 18 世纪政治中选取的,将专业知识的复杂性与共同关注知识的简单性区分开来。从修辞的角度来看,"常识"是对那些地位显赫、学识渊博的人的一种控制,他们使用自己的优势来保护自己和自己所在的阶层,他们运用的语言在某种程度上控制了差异性。当潘恩谈到这个思想——"只不过是简单的事实、清楚的观点和常识"时,他想表达的有三层意思:任何人都能理解他小册子的内容;所有人都应该理解;理解之后并不需要什么多余的叙述、解释或仪式。《常识》中的语言极易理解;无论是从文学的角度还是从政治的角度来看,它都不能容忍任何控制大众思想的领导人。

《常识》是观念和文学作品的联合体,反对有可能妨碍共同行动的任何等级划分。"在没有区别就没有优越感的地方,绝对平等并没有吸引力。"在表达对独立州的看法时,他这样写道。在这种革命计划中,比较优越的生活是一个特殊问题("总体上说,富人是恐惧的奴隶,颤抖着屈服于高等权力。")任何远离人民权力或重要性的一切东西都是令人生疑的。对潘恩而言,在第

美国启蒙运动时期的文学

一次运用美国政治中最常用的比喻/修辞时,甚至连英国宪法中自吹自擂的核查与平衡也意味着"议院的分裂"。

1776年,除了与英国的冲突之外,还有很多危险。国内统治的问题带来了一个即时的、令人不安的结果:谁来担任国内统治者?70年代和80年代初没有比这个更让人苦恼的问题了,所有革命领导者当中,只有托马斯·潘恩给出了一个完全自发的、真诚的回复。在对革命的最终挑战中,他用最简单的词汇把统治者和被统治者联结在一起。在《常识》中,人民可以反对"无意义的国王",因为在做决定时,他们手中已经掌握了政府的权力。

5

其他的一些革命领导者极力反对潘恩宣扬的那种精神。他们想要《常识》所具有的魔力,却不喜欢其中所表达的反抗心理和压倒一切的愤怒。然而,在极力反对的同时,这些领导人还看到了他们的努力超越了集体的力量。潘恩之所以能够如此使人产生激情是因为他接受了人民的力量,而意识到这一点对一个新的美国精英所产生的效果是着迷、沮丧失望与畏惧的结合。我们可以在约翰·亚当斯著名的摘要中对此有所了解。1805年,他向本杰明·沃特豪斯(Benjamin Waterhouse)吐露说:

> 我不知道在这个世纪的最后30年中,还有没有人比托马斯·潘恩对居民的影响力更大。那个时期没有更为严格的萨堤罗斯(Satyr)。正像这样一只由野猪与母狗交配而成的介于狗与猪之间的杂种狗,之前的世界从未因人类的卑怯而经历如此的不幸。那么就把这个时代称为潘恩时代吧。

这段谩骂的话比任何评论都更加有力地揭示了革命时期与革命后语言方面的分歧。那只杂种狗的活力源于以下因素。在一个人民的政府中,人民的角色应随心所欲到何种程度?这是1776年每位作家都考虑的问题。亚当斯的语言之所以如此刻薄是因为他立即意识到并表达了产生的威胁。1776年5月,《常识》出版后仅四个月,约翰·亚当斯写信给詹姆斯·萨利文(James Sullivan),承认"政府唯一的道德基础是人民的许可",但他还问道:"我们应该把这项原则贯彻到何种程度?"信中剩余部分谴责了这项原则所鼓励的无止尽的包罗万象。亚当斯建议说:"依靠这项原则的话会有危险,因为它带来了丰富的争论源……它会混淆并撤销各种各样的区别,并把所有的阶层融为一个共同阶层。"他在1776年的个人使命是很明确的，这项使命超越了取得独立。

1776年，亚当斯自己创作了一本小册子《关于政府的思考》（Thoughts on Government）。这本小册子影响力仅次于《常识》，是对《常识》的一个直接回应。那时，亚当斯的自传记录了就这个话题与潘恩的对话："我告诉他……正如他害怕我的作品一样，我也害怕他的作品。他的计划民主性太强，没有任何约束，甚至都没想过要达到一种平衡，以至于他的作品一定会带来困惑和邪恶。"《关于政府的思考》是从给理查德·亨利·李（Richard Henry Lee）的一封信中节选的，这本小册子同意《常识》中所提出的需要建立一个共和政府的观点，并使用了自己的革命语言，颂扬了法律的绝对权力、选举责任制以及职务轮任制。然而，两者的相似性仅此而已。

如果说《关于政府的思考》中截然不同的首创精神听起来有点熟悉的话，那是因为这些首创精神提供了一幅有效蓝图。用作家的巧妙语言来说，在美国人"不再受到皇族保护时"，可以根据这幅蓝图采取行动。亚当斯反对潘恩提出的为更为复杂的两院制外单独设立一个民主团体的想法。他赞成建立独立的司法权，在政府各部门之间达成平衡，最重要的是各部门之间的权力分配。他这样写道："那么，第一步必要的措施是将很多人的权力授予最明智最善良的少数人。"潘恩希望由人民执掌权力部门，亚当斯却通过法律对其进行了限制。他告诉理查德·亨利·李说："亲爱的朋友，我和你生活在一个古代最伟大的立法者希望生活的时代。"

亚当斯和潘恩一样自信，当一个人考虑1776年美国的政府状态和法律时，这种自信就令人难忘。革命开始时，北美并没有真正的法院。单独的殖民地因缺乏有效的地方行政机构，而依赖于一个未经考验的、力量极其薄弱的中央政府。所有原来合法的东西在突然出现的殖民地宪章中却变得不合法。1776年，塞缪尔·韦斯特带着极大的自信利用选举布道来证明"不受民法限制的人民本身就是法律；而且他们已经用行动表明他们受到心中上帝的法律的约束"。

从长远来看，政府的弱点为亚当斯所喜爱而遭潘恩的反对。亚当斯和他的同盟强调"美国事务现在的紧迫性"，他们把在文学领域中通过松散的小册子形式冒险传播革命思想转向建立政府机构的行动，这种转变是领导者必须做的事业，或者用亚当斯的话来讲，"最明智最善良的少数人"应该做的。矛盾的是，把宪法当做更高法律的观点——高于政府，源于人民——助长了这种转变。人们所设想的宪法写作的特殊性鼓励了对标准的立法机构的规避，在此过程中"新人"，即潘恩自然而然的同盟，会随着革命的发展而掌握越来越多的权力。那个时期的一般宪法是由特别委员会的少数成员起草的，有时

美国启蒙运动时期的文学

只有一个人来拟定。1780年的马萨诸塞州宪法就差不多是由约翰·亚当斯独自起草的。

亚当斯和潘恩所做的努力还产生了一些已经被淡忘的影响。革命小册子的灵活多变性鼓励了激进而非保守。《关于政府的思考》小心翼翼地向人民表态,但亚当斯也知道他对"政体"的支持可能会导致公众的责难。他引用了弥尔顿的作品,请求理查德·亨利·李保护匿名作家,以免"四周充斥着野蛮的声音——有猫头鹰、布谷鸟、驴、猿以及狗的声音"。这里有一种微妙的形成上的转变。早期共和文学中,一个令人困惑的转变是亚当斯和其他稳健派运用小册子形式来削弱其原始重要性的方式。当他们完成了这个转变时,小册子时代也随之结束。

随着1778年马萨诸塞州西部的激进力量反对权威机构的时候,保守的小册子作家们的反应是对回应表示完全的遗憾,并否认对独出心裁的任何要求("我假装不给你们任何新的东西,而是巧妙地修改一下观点来说服你们")。作为《致马萨诸塞州柏克夏郡居民》(An Address to the Inhabitants of Berkshire County, Mass)中的"不带偏见的理性",威廉·怀亭(William Whiting)抗议无政府状态和无视公认规则或标准的放肆行为:"我不能不关注那古代的普遍真理——人民的声音就是上帝的声音,在这个国家是如何被无耻地滥用。""不带偏见的理性"轻易地将选举出来的代表的正当声音与暴动人群的"亵渎上帝和叛国"区别开来,但怀亭自己身为马萨诸塞州立法机构的成员,好像期望从"权力武器"中获得比他的语言力量还要多的答案。奇怪的是,他也担心人们愤怒的攻击就会取代毫无偏见的理性("我意识到了自己也应该加入大众的潮流中,并带着如火的激情让我的心中充满愤怒")。小册子让人们越来越强烈地意识到行动中无尽的刻薄恶毒。当然,这位作家也为自己努力的结果而担忧。

1778年,在一本更具有影响力的小册子《埃塞克斯决议》(The Essex Result)中,西奥菲勒斯·帕森斯(Theophilus Parsons)将同样的宪法危机转化为受控制的知识分子的崇高冒险行为。帕森斯也把"人民的声音就是上帝的声音"的意思改得更具体。他写道:"没有人会如此大胆放肆地来断言那个观点的全部含义。"他的坦白象征着不断变化着的时势。具体而言,在制定宪法这个"艰难的任务"中,帕森斯要求共和党人"眼光放得远一点,不要只局限于普通大众"。他们应该依赖的对象也是显而易见的。所要求的美德——智慧、坚定、一贯性和锲而不舍,"在那些受过教育的人和富人最有可能具备的"。只有通过这些优先权,"最高权力才能下台并得以平衡,法律才能与全体人民的利益一致。"只有通过这种方式,美国人才有望得到一部永久性宪法,"这部宪法定将笑看欧亚大陆诸帝国的倾覆。"

《埃塞克斯决议》整体影响巨大。这本小册子是对原来经提案但却遭拒绝的1778年马萨诸塞州宪法的回应,它提供了很多基本的观点、表达和美国立宪主义的术语,包括人权法案格外杰出的、限制与平衡的一些细节、"参议院"与"众议院"的名称及某些功能。但是帕森斯在那个时期的主要贡献是从民主进程的混乱中提取出了宪法的观点,并使作品区别于那些应景作品。由于害怕"在如此耀眼的颜色中自由的思想会被阻碍,我们中有些人可能不愿意屈服于自由州中的附属地位",帕森斯在正确的宪法中找到了解决方案。他把不确定性、混乱和愤怒简化为官方与出版物之间观点的结合。

在这种情况下,这种简化提供了一个观点,联邦宪法的起草人会使用这种观点来吸引美国民众。帕森斯对那些能够建立"完美政体"的英明领导人的奖励是"为他设立一尊金像,让世人铭记在心"以及在后代的编年史中给他以"无可匹敌的光环"。然而,远在取得如此盛誉之前,这种形象已经远离了人民:

> 独自承担起草宪法大任的那个人应该是心平气和而冷静的人;这个人拥有开明思想……对所有可让渡的和不可剥夺的权利谙熟在心;他完全明白这个伟大的真理——人人生而自由,无人应该交出他应得的权利而没有得到任何等同的回报;他应该掌握没有偏见的正直的、公正的原则……掌握他都应该熟读现在所有帝国和国家的历史以有所有古代国家的历史,在此基础上能够收集、融合这些国家各处的优点,避免那些经验证明为缺陷的东西。

与约翰·亚当斯早期在《论宗教法规和联邦法之论述》(*A Dissertation on the Canon and Feudal Law*)中对美国作家描述的相似性相当对比具有启发性。知识仍然是一样的,但13年前约翰·亚当斯的小册子"激励"和"鼓动"着人民,而宪法这位"冷静"的作家运用自己的知识克服了感情,并通过"拥有"、"掌握"、"收集"、"融合"与"避免"的技巧解决了混乱。

试图激励和团结民众的作品中各种语调的混合使用构成了80年代早期共和作品中最易感知的特点。很自然政治小册子具有即时性和容易让人激动,而且这些小册子总是体现出这种趋势,但现在做选择时有更多困惑。更为不确定的狂躁抑郁症突然降临到这个领域的作家身上。新罕布什尔州的一个匿名撰稿人在《致民众:一些对美国共和国目前政治状态的评价》(*Address to the Public, Containing Some Remarks on the Present Political State of the American*

○ 美国启蒙运动时期的文学

Republicks, *etc.*, 1786）中对这个现象做了完美无缺的描述。他称自己为"一个狂热的共和党人"（A mucus Republicae），他预测说要么是美德让大众变得"富裕、正直、强大而幸福"，要么就是恶习让他们陷入"最大的不幸"中。他与共和政府中的其他朋友觉得并没有中间道路可走，要么就是绝对成功要么就是彻底失败。在这位观察力敏锐的作家看来，结局带有一种显而易见的积极色彩的矛盾心理："每一位公正、诚实的人在想到很多人的放肆行为时，一定会感到希望与恐惧在交叉起着作用，时而感到失望时而又感到兴高采烈。"

在成功的希望和失败的恐惧两者中间的徘徊，对80年代的宪法起草者有帮助，并开始侵蚀更具自发性小册子的文学基础。公民给国家下定义的义务依然被所有人认为是一个文学恒量，但到了80年代早期，个人在小册子形式方面所作的努力结果大多令人失望和困惑。在履行这项大家认可的"公民的义务"时，来自南卡罗来纳查尔斯顿的托马斯·都铎·塔克（Thomas Tudor Tucker）很轻易地设想了理想共和国及其宪法基础。作为《妥协暗示：排除党派偏见，达到理想状态》（*Conciliatory Hints*, *Attempting by a Fair State of Affairs*, *to Remove Party Prejudice*, 1784）中的"菲洛德穆"（Philodemus），他把真正的共和国定义为这样一个国家，在这个国家中"所有权威都来自人民，这些权力的行使要使他们快乐，符合他们的利益"，宪法是"人民同意的社会契约，建立在考虑到所有公民自由的完全平等的基础之上"。这些熟悉的革命性推论中的平衡从传统意义上来说有道理，但它们却不再能够说清塔克的现实处境或政治日程。

18世纪60年代的小册子是一连串的不幸。尽管像塔克这样的天才人物很快便会加入大陆会议并成为美国的财务员，但在1784年仍有很多复杂问题妨碍着他的理解与服务。"奴隶制的重大影响"毁灭了万物，包括"标榜的理性的特点"。菲洛德穆还在考虑应该如何对付归来的托利党，他对接受英国式的立宪构想可能带来的危险表示忧心忡忡。从另一方面来看，他又害怕"正在走近民主的政府"。那个时代，到处都充斥着"带着爱国主义面具的虚伪者"、"政治上的新手"、"秘密联合"、"违法现象和民事冲突"，以及"由困惑导致的混乱状态"。最糟糕的是，塔克明白"我们现行的宪法是在一个忧虑与困惑的时代中产生的，"并且知道它的建立"不是基于合理的权威"。

80年代的小册子的创作以塔克所说的"由困惑导致的混乱状态"为主题。它对接连不断的不幸负有责任却又无法解决，因此它越来越向另外一种写作形式看齐。塔克在《妥协暗示》中所说的拯救有一层意思：新宪法是"高于立法机构的一切法案，任何权威机构不得随意废止或改动，除非取得绝

第四章 书写革命

大多数公民的统一意见"。80年代许多共和党知识分子共同面临的这项新挑战就是宪法的起草。小册子已经开始为这件事做准备。

美国的政治作品产生了分歧——政治小册子是不会完好无损地幸免于难的。小册子的易变性和即时性扩展到口头文化、演讲以及反抗的必要性中。在期待新宪法的过程中,人们把对秩序、规则、永恒性的渴望体现在印刷作品中。80年代的困难以及时间本身把70年代最重要的革命领袖置于拟定宪法的位置上。1787年的费城协定,很多领导人都参与其中,使得最后一批小册子吸引了全国的注意力,但其灭亡却是注定的。在这批小册子中,愤怒、失望、地方主义和对反联邦主义的过多描述为新的小册子让路,这种小册子打破了原有形式而呈现了新形式。

在《联邦党人文集》中,亚历山大·汉密尔顿会将他易变的脾气改掉,针对"对真理毫无用处的激情与偏见"发表看法。《联邦党人文集》第一篇给"那些在任何争论中非常自以为是的人提供了一个遇事实行节制的教训"。远离"愤怒和恶意的激情洪流"、"苦难"、他敌人的"热心于人民权利的漂亮外衣",普布利乌斯不仅掌握了"真理的证据",还掌握了"对我们真正利益的明智判断,这种判断没有受到与公共利益无关的事实的迷惑和影响"。几百页之后,《联邦党人文集》第85篇对同样的"遇事实行节制的教训"做了总结。

《联邦党人文集》能够成功是因为它用了一种新的想象法来解释美国。它比其他小册子篇幅要长,组织结构更为繁冗,力图从四处散发、昙花一现的散乱篇章转变成为大众收集的永久作品。实际上《联邦党人文集》作为一本小册子是不值得一读的。普布利乌斯反对平常的小册子中因紧迫性、不充足、粗鲁和简短而作的道歉,他调皮地允诺要包罗万象,扩展内容、协议,和蔼可亲并坦诚相待。他没有高谈阔论汉密尔顿开篇所说到的"给所有人一个满意的答案"。这些转换的性质与缘由是清晰的。《联邦党人文集》是对另一种作品形式的评论。它的主题、目的、价值、组织结构甚至语调和声音都源于联邦宪法。普布利乌斯是一个成功的小册子创作者,但他的成功证明了他这个文学领域的最终胜利。他所关注的,也正是国家所关注的,就是公论文学。

468

469

第五章 公论文学

1

在18世纪的美国，布道文和小册子中的混乱模式与同时期作品中表现明显的寻求共识的倾向分庭抗争。前者选择了从危机中获取洞察力，后者则更多地强调在理性和进步中探索真知。两者虽然叙述不尽相同，但都对当时革命文风的形成贡献颇多，有时甚至是一脉相承。革命文章的写作要求以散文的形式将这些倾向杂糅在一起，用语力求富于煽动性，又要能牢笼百态。不过，历史的偶然性最终起了决定作用。18世纪80年代，各派的愤怒与不满与日俱增，与之相生相伴的还有一种思想中的忧虑；早期的共和主义者们都渴望能更好地定义他们当时对政府体制所进行的探索。立宪主义将控制这种追求，其推动力以共识的形式出现。

从一开始，美国的宪政主义同英国的君主立宪在行文辞章上就泾渭分明。主权与法典的神圣结合、在蒙昧蛮荒之地上人为地施加某种秩序的需要以及英美关系中的政治角力——所有这些因素都呼唤着作为共同身份明证的政府公文形式。由于建立一个新社会的每一步也都是对现存秩序的挑战，无论此种挑战如何隐晦，因此都必须基于其对于权威、定位以及获得认可的新主张上。因此，一直以来，美国社会的缔造总发端于某种文字写作。如果此类文字倾向于肯定传统价值，那么在写出这些类似书面协议的文章的同时，它们也重组了这些信条，而这些时刻本身很快成为确立共同身份的先决条件。

这就意味着，殖民地领袖们在应对他们那种种新形态的社会所具有的不确定性和脆弱性时，必须将基本法则更普遍、更频繁地镌刻在各种公文之中。相

第五章 公论文学

较而言,英国的政治家们只有在面临实实在在的政治挑战时,才会以个人权利的形式将基本法付诸纸面;起草于 1689 年的《自由宪章》与《人权法案》便是典型例证。而在美国,开创新纪元而非复古的需要为官方的语言施加了一种特殊的压力,要求公文用语包罗万象、牢笼百态,而且这种压力是急迫的;没有时间遵循殖民地的惯例让新制度与机构缓慢发展演变,如在英国发生的那样。相反,各种政府文论以及最后的正式公文必须替代民俗约定和缺失的历史。社会性的契约也必须是政府法规。殖民地所有的宪章、公约、协定、法规、基本法以及宪法体现出的正是殖民地定位过程中绵延不绝的危机,那是在一个新的谋求共识的时刻,对能够确立殖民地共同身份的措辞的执著追求。这种追求的坚韧不拔也说明了发展的原因和征兆。

类似 1620 年的《五月花公约》和 1621 年的《弗吉尼亚法案》(the Ordination and Constitution for Virginia)在构建当时社会及政治构架的同时,也同样着力强调了个人权利。首先那种"订立契约并将我们融入一个公民政治团体",以及其次"建立一个此种类型的政府"的呼声需要一种制定规则的心理。正如《五月花公约》宣称要"制定、建立并设立……公正平等的法律、规章、法案、宪法及政府",《弗吉尼亚法案》也努力"通过任命并组建最高委员会从而使我们参与进来"。这两份文件以及类似的其他文件均采取对号入座的写作方式。作为对关于殖民地合并诸宪章的回应(在上述两例中来自英王詹姆斯一世),这些文件既为英王的授权"增光添彩",又有其深远意义,造成了文本间的紧张关系。

这些执著的追求——对书面文字的执著、制定规则的心理、寻求适合授权仪式和政府公文的特定语言,以及对所授权的权力与获得的权利在文本中的调解——都是衡量公论文学发展的基石。它们也指出了在终级基础的记载中 1776 年的《独立宣言》和 1787 年的《联邦宪法》作为文学成就的根本症结所在。由于在起草此种宣言及宪法的过程中,各个殖民地都有各自的一群人投身于类似前无古人的事业中,共同的目标使得他们在经历了一个多世纪的交流不畅和文化隔阂之后紧密团结在一起。此类的团结本没有必要形成;1760 年没有哪群人主张"美国人"这个集体身份。更能说明问题的是,如果"1776 年精神"没有从前辈那里吸取重建政府的意念和手段的话,团结完全不可能发生。"多"股力量拧成"一"股绳仅仅是因为各殖民地的人民在独立战争前夕已经获得了重组政治架构的自信与进行这种重组的技巧。

◎美国启蒙运动时期的文学

2

《独立宣言》中言简意赅的用语激发了一股探究其渊源的热潮,虽然其深远的影响力保持依旧。我们已经看到了共识文学的精髓和启蒙运动的思想是如何在散文形式中左右融合思想的策略。这一特点在《独立宣言》这份北美启蒙运动的终极表述之中比在任何其他地方都重要。杰斐逊在其1825年所作的《独立宣言》简述中这样写道:"它(《独立宣言》)所有的权威都源于那天达成的共识。"

表达的简约准确在于《独立宣言》的形式而非加在宣言上的理性影响。如果说,其中直白、平等的语言似是受了约翰·洛克的《人民政府的第二个和约》(Second Treaties of Civil Government)的影响,那么这种特色的语言其实在1698年阿尔格农·西德尼的《公法评论》(Discourse Concerning Government)以及18世纪70年代殖民地的各个角落均可见到。对"幸福的追求"的提及则让人们想起了苏格兰启蒙运动中的那么几位作家弗朗西斯·哈奇逊、大卫·休谟、亚当·史斯密(Adams Smith)、卡姆斯勋爵(Lord Kames),间或还有让·雅克·伯雷曼奎,但是这种追求幸福的思想本身就是1776年那个时期道德哲学的一大潮流,也是约翰·亚当斯、乔治·梅森、詹姆斯·威尔逊、詹姆斯·奥蒂斯以及其他一些人物政治论述中的常用词。《独立宣言》实际上是由三种思想编织而成——北美殖民地关于制宪的论述、辉格党的政治理论以及英国的普通法。宣言的起草者在兼收各家思想精髓之后熔炼出这份博采众长的文本。

无论是在思想上还是在文辞上,《独立宣言》的大部分内容都与早期北美殖民地人民拟定的各种文件一脉相承,更确切地说,是传承了早期诸项公约、决议乃至各州宪法的衣钵。宣言中所有反对英王的二十八条罪状,除了四条以外,都在先前制定的各州宪法中出现过(具体有新罕布什尔、南卡罗来纳及弗吉尼亚的宪法)。类似大书民怨的条陈也充斥于殖民地各报的字里行间,这些材料于18世纪的读者而言都是颇具吸引力的。《独立宣言》起首数段在措词方面酷似在当时曾广为流传的1776年6月颁布的《弗吉尼亚宪法》,以及同月公布的由乔治·梅森起草的《权利宣言》。甚至《独立宣言》那名垂青史的结尾"我们谨以我们的生命、财产和神圣的荣誉互相共同保证,永誓无贰"也是1775年5月刊行的北卡罗来纳美克连堡县(Mecklenburg)决议的意译。

虽然《独立宣言》其文乃采掇而成,遣词造句却处处较其出处更显犀利简洁。此种改观一方面反映了约翰·亚当斯 1822 年写给蒂莫西·皮克林（Timothy Pickering）的信中所言，杰斐逊具有"创作天才，且乐在其中"，并且（文章）"妙语连珠"。而另一方面，它们也表明，当文章的形式及思想与其题材、风格水乳交融时，就会为读者带来理解的凝练与简便。这一点应该得到恰当的理解。尽管 18 世纪的美国书稿创作在这种娴熟运用语言上并不为众人所知，但在公论文学方面达到了无与伦比的成熟。

　　兼采百家之长是《独立宣言》最著名的特色。在笔调方面，科学与政治语言珠联璧合，营造了一种水到渠成、不言而喻的情景（在人类历史进程中鞭策或驱散的各种原因和限制的必要携手并进）。而在主题方面，同样意义上的必然性将辉格的历史理论转变成了一种激情满怀的故事源泉（"现任大不列颠国王的历史是一部充满了无数伤害与篡夺的历史，这一整部历史都是以建立一套凌驾于北美各殖民地之上的绝对专制为其直接目标的。"）殖民地的人民，既然早已从《常识》和其他当时流传的文字透彻的描述中熟悉了英王的暴政，便很容易就殖民地历史中的种种苦难归咎于英王。《独立宣言》中采用了"一连串的虐待与篡夺"这样的表述，将令人心烦的冗繁赘述一笔带过；对此类细节的忽略使宣言透漏出一种尤为明显的自信。宣言希望恢复先前由暴虐的英王剥夺的殖民地人民的权利，但却既没有采用乱臣贼子式的语言，也没有掺入当时就议会权限问题如火如荼的争论，而这两者都是当时殖民地人民生活中引发喋喋不休争议的问题。

　　必然性也体现在《独立宣言》重复的特性中，这一特点又为人们展现了其另一方面的创造性。文本中采用了大量的三段式，语言也从大前提（人民有权推翻涉嫌有意建立暴政的君主）转到小前提（英王正是这样一位暴君）再到结论（北美殖民地人民除了推翻英王政府的统治以外别无选择）。强调小前提，即英王是一位暴君，体现了宣言作者们的天才与智慧。因为在《独立宣言》中罗列的一大堆冗长的证据中——"让事实大白于天下"——这个事实是完全含蓄的：对急于推翻政府的人民的推测。迟至 1776 年 6 月，杰斐逊在其自传中认为"纽约、新泽西、宾夕法尼亚、特拉华州、马里兰还有南卡罗来纳等六块殖民地尚未成熟到从母体中分离"。他在自传中也介绍了当时这片土地上几组具有关键意义的词引发的激辩：（要做）殖民者还是公民，殖民地代表还是选民，（发出的声音是）部分人的"微弱"声音还是自由人民的"呐喊"。

　　《独立宣言》创造出来的究竟是达成共识的十三组人民还是一个具有共同国民性的民族？宣言起首一句中的"一个民族"解除了"另一个"存在的可能，透漏出来一种共同的身份。另外三处大写的"人民"以及文件末尾不分

美国启蒙运动时期的文学

地域南北的签名也起到了同样的作用,表明此宣言是同一面国旗下的公民而非不同国度的代表签署的。不过,"美利坚十三合众国一致宣言"这个精心拟定的标题却也可以从另外一面加以解读。宣言中其他地方对于"人民"这个词的使用保持了一种刻意的张力;另一方面,以复数形式指称各州这种措词上的安排,在《独立宣言》的语句结构中也占据主体地位("这些团结在一起的殖民地人民一定、也有权获得自由的权利","作为独立、自由之诸州,它们享有充分的权利"凡此种种)。说白了,这种措词上的含混不清迎合了当时各殖民地的逆反心理:政府的双重定位——作为合众国同时也是邦联的各殖民地——刻意保持悬而不定。这样,《独立宣言》的读者们也就有了在邦联及国家两种联合体之间作出自我抉择的空间。尽管"人民"这个词在宣言中频频闪现达十次之多,以此确立了北美各殖民地的身份,但人民反对英王这个首要定义带有许多形式,所有这些形式,都是对殖民地人民共同事业的支持。

维持这样一种微妙的平衡着实需要精湛的技术,但个中真正缘由却在之外。《独立宣言》这份文件中创造性地融合产生了一种同样充满力量的思考。托马斯·杰斐逊与他大多数第二次大陆会议期间的同事皆为 18 世纪精通英国普通法传统的律师。他们心里清楚,一部宣言是进行道义上合法斗争最重要的一种形式,也是可以陈设于英王面前并要求其进行仲裁或改过自新唯一的方式。布莱克斯通(Blackstone)在其所著广为流传的《英国法释义》(*Commentaries on the Laws of England*,1765—1769)中解释道:"诉状正是原、被告双方互相争论之焦点所在……最早出现的诉状是宣言、叙述或者描述,古时候称之为故事;在此类文件中原告详细阐明其申诉的缘由……此外还需附上时间与地点,即伤害是于何时何地在何种情形之下发生的。"

北美殖民地人民也知道如何采用具有法律文书性质的宣言为其政治目的服务。在这一点上,成文于 1628 年的《英国人民权利请愿书》(English Petition of Right,一项由英国议会下院提出的请求,要求明确其所享有的基本权利,后直接上呈时任英王的查理一世)以及 1689 年的《人权法案》(Bill of Right,一项类似法案,在历数詹姆斯二世的种种恶行后,明确宣布了英王的臣民所享有的多项权利与自由)就属于此类宣言。杰斐逊和他的同僚们传承了盎格鲁—萨克逊人民的革命传统——正如历史学家特里维廉(G. M. Trevelyan)在描述光荣革命时所称之为"英国普通法和律师对英王的伟大胜利"。关键并不在于北美殖民地人民在 1776 年那个时刻知道如何写及写什么,而在于他们将这份宣言看做爱国主义的最高表现,认为其意义丝毫不逊于他们所处的那个年代的历史所具有的全部意义。

第五章 公论文学

《独立宣言》的起草者们在文学上的造诣和这份文件所具有的历史意义使得他们能够在不打破宣言形式的前提下灵活掌握其内容题材。那一长串痛斥英王的罪状套用了普通法的模式，即依据普通法惯例，原告在诉讼时通常需要一份宣言，"详尽"地阐述之所以诉诸法律的每一个原因，以确保法庭不会拒绝受理或庭审时因证据不足而败诉。这种公式化的过火行动似乎也印证了辉格党那种认为王权只会对古已有之的民权与天赋之自由造成持续、严重伤害的造反理论。在其他地方，向"全世界这一最高审判者"申诉的提法唤起了法庭的共鸣，宣言结尾义正词严的宣誓（"同时以我们的生命、财产和神圣的名誉彼此宣誓来支持这一宣言"）也起到了同样的作用。事实上，宣言采用此种结语，在形式上酷似英国法庭上每一件普通法案件中原告都必做的法庭宣誓，以此驳斥任何认为该案无聊之至、不值一审的指责。

《独立宣言》的语言及其形式在法律上将北美殖民地人民夺取自由权利这一合法行动同"天理"联系到了一起，从而使其距离给世人造成北美殖民地犯上作乱的不良印象又远了一步。宣言在起草时也采取了同样的策略，强化了"人民"作为一个整体的"原告"形象，使得北美人民为谋求自由独立同英王政府发生的这场冲突于情、于理都更易于为世人所接受。《独立宣言》的形式与内容又一次一唱一和，共同发挥着作用。随着原、被告双方的"唇枪舌剑"的发展，最终宣言中"独立、平等的地位"的坚定主张得到了确认。于是，整个自负的英国法庭也恳求支持北美人民抗议的"同室血脉谋求公正之声"。

采取将英王当做被告这一象征手法尽管略显怪异，却有其重大意义。这种策略具有天然的立竿见影的效果，在气势上甚至压倒了《年鉴》（*The Annual Register*），后者于1776年英国本土出版《独立宣言》时列述了一长串英王招致民怨的罪状，并将"大不列颠国王"这一尊号隐去。时隔两年以后，《年鉴》仍对"美国的独立宣言使英国议会的议员们极感震惊，它将一种全新的、极为棘手且突如其来的公共事务提到了台前"念念不忘。布莱克斯通在陈述《独立宣言》在法律上具有的意义时也指出，被推上《独立宣言》被告席的英王必须"给予答辩"，"否则原告将很快缺席判决胜诉"。《独立宣言》的公布也标志着殖民地人民在陈述自我时实现了由气息微弱的恳请祈求向满怀正义的高声控诉的深刻变革。在法庭上，无论是指控别人有罪还是力陈自己的清白，任何进行政治谈判的念头都荡然无存，因为辉格思想中的那种反对王权的坚定决心已经在北美人民心中根深蒂固。

在这种种巧妙策略之中蕴含的是一种真真切切的爆炸性力量，这种力量所带来的震撼征服了整个英国社会。这种力量显得尤为强大是因为《独立宣

○美国启蒙运动时期的文学

言》的创造性乃来自于众人所熟悉的形式。这份文件揭开了殖民地斗争的序幕；所用的语言及内容足以令任何一位大英帝国受过教育的人士立刻心领神会。《独立宣言》公布之后，旋即广为传颂，并被张贴到了美国的每一个村落，因其语言、内容如此为人熟悉，宣言获得了广泛认同。即便到了对于这份文本的解读已经衍生出多个版本的今天，这一点也仍旧是《独立宣言》经久不衰的力量之一。先前针对国王的种种指控在20世纪的文化中都变成了具有时代意义的警示，告诫合众国每一位公民，《独立宣言》中那些明明白白的真理时至今日仍未变成现实。或许，从宣言的语言和内容看来，一直存在两个宣言：其一是18世纪北美革命者们当时的呐喊，其二则是对更大意义上的革命的启示。只要先贤们抱负的事业未竟，这一受人崇敬的杰作就将永不过时。

但是，如果《独立宣言》所具有的时代意义与其永恒的光辉互竞长短，正如许多伟大的文学名著一样，两者之间的契合点也具有一种更为直接的魅力。美国人很少会将《独立宣言》中蕴含的那些共同思想与其中具体的事物割裂开来。此种融合之所以看上去无可厚非，是因为《独立宣言》既是北美人民文化生命的初啼，同时也是其终极表述。这种语言，而且仅有这种语言已经被无可置疑地接受。美国人既不会庆祝理查德·亨利·李向国会提案建议独立的6月7日，也不会庆祝国会事实上宣布独立的7月2日，而只会把国会批准经杰斐逊修改过措辞的《独立宣言》的7月4日作为国庆加以庆祝。这与此次对宣言文本的提炼浓缩不无关系。能以如此高超的技艺写出美国《独立宣言》锦绣华章的才能正是当时北美殖民地人民已具备了独立文化特质的明证，因而对其庆祝便成了这个法治共和国成就最明白无误的指示。

3

这个国家契约的一半深受人们的崇敬，而另一半则久已湮没无闻。今天，没有一个人还能忆起《联邦条例》（Articles of Confederation）这首部美国政府文件。相比之下，具有讽刺意味的是，《联邦条例》在精神上乃至意图上都比《独立宣言》还要先行一步。而开国革命精英自己的迟疑使这种讽刺意味更加深化。约翰·狄金森是第二届大陆会议任命的一个下属委员会的成员，他于1776年6月执笔草拟了《联邦条例》的初稿，但这一稿最后却被修改，并于随后陷入了国会和各州议会中常年累月、有时甚至显得悲惨的激辩中，直到1777年11月，国会才通过此案，《联邦条例》在1781年3月才最终生效，比之《独立宣言》晚了几乎5年。

第五章　公论文学

　　《联邦条例》之所以折戟沉沙是因为它必须澄清《独立宣言》中允许回避的许多含混不清之处。在《独立宣言》中所描述的"自由与平等之诸州"中，美国的主权到底在哪里？早期的共和主义者们并没有准备好在1776年、1777年甚至1781年就这一问题给予一致的答案。他们在狄金森起草的《联邦条例》初稿中提及的相对强势的中央政府（"前述之各殖民地将团结在一起，以便永不因无论何种之法案分离开来"）和终稿对于中央政府的定义（"各州保有其主权、自由及独立"）之间徘徊。在此种问题上的最终分歧导致共识文学理解中的诸多严重问题。《联邦条例》提出了主权问题，但却并未以可信或达成一致的方式加以解决，这种窘境将导致某些当时的亲历者在1787年更加努力地谋求这一问题的解决，而那时，早先未达成一致意见的诸多代价就很清晰了。

　　1777年至1787年之间，美国自身表述频频改变，其原因颇为复杂，但也相当具体。一方面，北美民族解放运动代表的是地方权力对中央权威的挑战，另一方面，它也致力于人民取得政府的基本权威。这两种革命主题在反抗英国统治以及最初抵制强大的美国邦联思想时建立了一种共生关系。没有人会真正提出质疑或是将两者分离开来。但18世纪80年代各州议会中"新人"的崛起，伴随着基层（通常是西部）对各州权威的挑战，都使得人民的声音复杂化，吓坏了国家以及各州的领导人。他们对此的反应是在1787年将革命的精神动力分开，方法是将两种挑战合二为一。他们采用换汤不换药，而非放弃原有言辞的方法，中和了人们对于中央集权制的不信任。简言之，他们使用人民的权威实现了国家统一主权的合理化。

　　《联邦条例》和《联邦宪法》的序言都分别完美地体现了这种转变。比较以下两种说法："对于那些将要接受到这礼物的人，我们作为国家的代表，以我们的名义向他们祝福。""为谋求建立更完美之联盟，我们美国人民制定并批准此宪法为美利坚合众国之宪法。"前者是《联邦条例》中的开场白，很明显更强调等级以及各州的独特性。后者作为联邦宪法的首句，在人民授权的前提下消融了这些等级差别与特性。《联邦宪法》的起草者们充分认识到了以前《联邦条例》所经历的种种曲折，便将人民有意变成了宪法的起草者，如此一来巧妙地将拟订宪法与批准宪法的过程合二为一。

　　当然，我们也必须注意到，这两个文件之间的连续性。在言词上，1787年制宪会议提出的是一种"更完美"的联盟，而非一种完全新式的政府，联邦宪法文件之所以比《联邦条例》更好，很大程度上是因为前者是建立在后者基础之上的。《联邦条例》中一半多的内容都可以在宪法中找到影子。《联邦条例》首次以官方语言提出了"美利坚合众国"的说法。这些条例第一次对"永远的联盟"给予了保证;开创了在同一基础上承认各州这一至关重要的政策通称为《西北法令》(the Northwest Ordinance)。它们建议将列举式的语言作为权力受限的原则;勾勒出了双重公民身份的远景;宣布了全体公民在享有特权和豁免方面一律平等;也废除了各州之间的旅行禁令和贸易限制。所有这些无论从首创还是从长远意义上看,都是不可低估的伟大成就。

《联邦条例》的不堪一击并不是因为其革新,而是在对政治环境的迎合。其致命的局限性——委员会结构中的执行委员会力量薄弱,对征税权力的限制性,以及压倒大多数的人对联邦行动的要求——来源于殖民地协约和以前的联邦计划的主导形式,如《奥尔巴尼联合计划》(Albany Plan of Union, 1754)。在18世纪70年代,辉格党反对国王的辩论给予政治上不可抵抗的权力如此多的限制。然而不久之后,当美国人更多的只与自己展开辩论而非与国王进行辩论时,18世纪70年代的美德在80年代则变得让人烦心。在过渡期,国会丧失了很多统治权,其中,革命思想反抗模式的制度化是原因之一。

与此同时,在诸多困难下,联邦逐渐成长为不仅仅是一个暂时的发动战争的便利机构。当然,80年代早期《联邦条例》帮助扩展了政治的统治领域,它理应得到赞美和尊崇,而且由于这项成就很显著,从而表明了政府文论与其他想象文学的不同。政府文论写作的第一个原则是新出现的东西必须在某些方面让人们觉得很熟悉;由于仅仅有思想和语言上的可信度是远远不够的,要想使人们接受,政府文论创作还要满足更为严格的要求。至少,1777年的《联邦条例》将联邦的思想从理论贯穿到常规的政治辩论和实践中。"联邦"不仅仅只是人们的希望或想法,它开始成为共和生活中的一个答案;如果仅仅是由于更多的美国人希望现存的制度发挥效用,那么1787年人们可以以不同的方式来讨论"联邦"这个问题。

所有这些希望和恐惧使得政府文论的写作发生了细微的变化。从1776到1787年间,革命领导者们不再那么坚信政治论坛中不言而喻的真理。联邦的弱势、愈演愈烈的宗派主义、谢司(Shays)起义①、激烈的土地争端、经济萧条,所有这些客观现实——这些现实使制宪议会的代表们云集费城的宪法大会——还使得议会代表们不再那么信任协议,而且对协议的书面形式也更为担忧。然而宪法的起草者们仍然相信所有协议的书面形式,他们对这种信

---

① 谢司起义(Shays' Rebellion)——农民武装起义。1786年马萨诸塞西部的农民为反抗政府的经济压迫,在原陆军上尉谢司领导下发动起义。起义者提出平均财产权、停止支付或废除债务与过期税款等要求。1787年被本杰明·林肯率领的政府军镇压,谢司等14人被判死刑,后获赦免。——译注

第五章 公论文学

仰的不确定性产生了一种新的对书面东西的审美控制。他们为了达成协议而更为努力地工作。在富兰克林带头签署《独立宣言》以及11年后签署宪法时所说的著名的结束语中，这些区别是以象征手法出现的。

在签署《独立宣言》时，富兰克林大概是这么说的，"确实，我们必须傍到一块儿，否则就会分开吊死。"《独立宣言》既显示了富兰克林这句诙谐话语背后隐藏的智慧，又显示了他所说的已宣誓政策的技术。大陆会议的与会者不仅在分组签名时"傍"到了一块，而且他们还发誓在《独立宣言》时采取同样的行动，他们的宣誓也证明了他们提交给"公正的世界"的"事实"。这个世界是公正的，是因为它会接受必然事实，还会进一步接受基于必然事实之上的革命权利。联邦宪法中的词句再次呈上事实来"证明这一点"。同时，富兰克林的反对心理不仅仅带有幽默色彩，还具有其他意义。1776年殖民地之所以会团结一致是因为人们如果不这样做，他们就要在英国法庭上以叛国罪的名义受到惩罚，而这一点他们是断然不会接受的。478

到1787年，确定自己的敌人是谁和获得无法辩驳的事实变得更加困难，更不用说取得证据了。在制宪会议上富兰克林处于完全相同的正式场合，他虽然也获得了相似的肯定，但却绕了很多弯路。詹姆斯·麦迪逊在他的议会记录中这样描述道：

> 当最后几名代表签字时，本杰明·富兰克林博士深邃的目光越过会议主席，凝视着对面墙上的一件艺术品，那是一轮红日正在喷薄而出的油画。富兰克林对身边的代表说，油画家们已经发现，他们很难在艺术作品中区分旭日和落日。这段时间，我一直在注视着主席身后的这幅画，心中充满着希望和担忧，无法断定这太阳究竟是在东升还是在西落，现在我终于有幸知道，那是旭日东升，而不是夕阳西下。

在这则逸事中，富兰克林所选取的物质——艺术家的油画，如果没有更多的语境就是模棱两可的、毫无希望的东西；人们也可以就它描绘的是旭日还是落日而产生争论，正如代表们在最后争论新宪法将意味着美国的繁荣与和平还是混乱和民事暴动时产生分歧一样。

在这些紧急关头的争论中，富兰克林起了重要作用，他的主要贡献是提出了一项不可避免的不确定性。9月17日他告诉议会说："历经这么多年，我已经历过许多场合……责任心驱使我改变原来的观点，甚至是在重大问题上，原来以为自己正确，后来恰恰相反。因此，年纪越大，越倾向于怀疑自己的判断。"这段评论旨在鼓励他那些有分歧意见的同事们要在不可能达成"完

美国启蒙运动时期的文学

全"一致的情况下,去努力寻求"表面上的"一致,并要他们把这些词编入宪法中。富兰克林知道代表们意见有分歧,他们不能"傍"到一块儿,因此他成功地提议宪法"由现存各州全体一致同意方可批准",即要经过代表团大部分人的批准。

在接受富兰克林的"权宜"之计时,正如在麦迪逊的《美国制宪会议辩论记录》(Notes of Debates in the Federal Convention)中所记录的一样,制宪者们对"所提议的签字形式的模棱两可"表示理解和欢迎。当然,一致的意见并不一定是真理。制宪大会的三位代表——爱德蒙·伦道夫(Edmund Randolph)、乔治·梅森(George Madison)和艾尔布里奇·格里(Elbridge Gerry)——在会议最后一天拒绝在宪法上签字,另外还有三个人——马丁·路德、罗伯特·耶兹(Robert Yates)和小约翰·兰辛(John Lansing, Jr.)——提前退出,因为他们对文件不满意。被注入和谐一致的宪法语言是一个有益的谎言,是制宪者们所运用的在意识形态方面充满和谐的一个神话,目的是使宪法得到批准而赋予忠诚。但是在这种情况下,即使不需要这样的谎言也可以动员大家达成一致意见,因为那篇文章本身已经被人们认为是模糊认识的储藏所。哲学上的不确定性在富兰克林看来已经成为政治灵活性和文学创造性的一个重要来源。

很奇怪,富兰克林对人类的悲观态度居然有益,这种悲观主义可能看起来是他所特有的,但是事实上,另一位更为重要的制宪大会领导人——被称为是"宪法之父"的詹姆斯·麦迪逊也有这种悲观主义思想,甚至比富兰克林还要悲观。然而问题是一个作家如何将一篇模棱两可的文章转化为统一意识形态的工具。在麦迪逊的作品中,共识是一个令人烦恼的问题。著名的《联邦党人文集》中的第 10 篇可能会认为在"联邦的范围和适当结构"中,共和政体会医治意见不和或摩擦的弊病,但是《联邦党人文集》中的第 37 篇,同样也出于麦迪逊之笔,却表明处于瘫痪状态的哲学不确定性会使人类很难达成协议。这篇文章中,麦迪逊描述了美国启蒙运动中最黑暗的一股力量以及人类存在混乱的三个不同层次:"事物的复杂性所造成的含糊"、"人的官能缺陷"以及语言失败本身的问题("人们相互传达思想的媒介也增加了新的障碍"。)

当所有这些因素在人类认识的现实过程中结合在一起时——对象难以辨认、构思器官不完善、传达思想的手段不合适——我们就处于一个无限"忧郁"的世界,其中满是"显示人性的懦弱和邪恶的最黑暗和卑鄙的景象",这个世界是如此的贫困潦倒,除了一些"不一致的意见"、"互相嫉妒"、"党争、争辩和失望"外一无所有,以至于麦迪逊所描述的"坦率之人"对达成一致意见感到很惊讶，对制宪会议的一致意见更是感到"不可思议"和"震惊"。只有"上帝无所不能之手"才可以使人们理解并达到这个水平。正如他在会议之后一个月与杰斐逊所说的："不把最终广泛存在的和谐程度看做是奇迹简直是不可能的。"

《联邦党人文集》中第37篇的观点是：如果不强加管理和刻意谋划的话，是不可能达成真正一致的——这项管理和谋划正如麦迪逊轻易地把它们归结为上帝无所不能之手一样归结到麦迪逊自己的笔下。他在讲到奇迹和神意时，可以利用殖民地圣徒群体当中意见一致的传统来作为人类对上帝意志的表达，当然，这也与美国宪政主义的契约传统相呼应。美国宪政主义开始于1629年把《马萨诸塞湾协会宪章》（Charter of Massachusetts Bay Company）迁移到新世界（"上帝为证，他是所有人心灵的检察官，我们这里的每一个人都用基督教的教义自由而真诚地做出允诺和保证"。）然而，《联邦党人文集》中第37篇中"思想虔诚的人"更是一位世俗的启蒙运动之子。他论述的基础，尤其是他那个指引方向的手的隐喻表明了宪法制定过程如何包含了有意识的人类控制的美学，以及文论本身如何依赖于艺术问题。宪法将"适当的理论"和"额外的考虑"集于一身，宪法中的那支塑造之手可以解决那些不同点。

那么我们又是如何知道宪法代表的是旭日而非落日呢？是什么使得容易犯错的观察者也得出同样的结论呢？制宪者的修辞鼓励我们回答这些问题时，把宪法想象成一种对真理的表达，而且这些真理已经由这个觉醒民族选出来的代表修改过。也就是说，它鼓励我们对这篇文章的困惑不解。如果我们认为宪法是被创造出来的，或是一部被控制的和试图控制他人的作品，是由精于事故的哲学精英故意强加于人的真理，亦或是詹姆斯·麦迪逊、爱德蒙·伦道夫、詹姆斯·威尔逊和古维诺尔·莫里斯（Gouverneur Morris）的具体作品，——实际上这四个人在1787年确实起草了一系列的法案，包括5月末的弗吉尼亚法案、6月中旬的全体委员会报告（Report of the Committee of the Whole）、8月初的详情委员会（Committee of Detail）报告，以及9月中旬由文本委员会（Committee of Style）建议他们起草的宪法，那么我们会得出截然不同的答案。文论的诡计是最被忽略的特征之一。

4

国家的审议很少发展成为在才智方面给人以深刻印象的大事件。联邦会议之所以引人注目不仅是因为参会人员都是受人瞩目的天才人物，而且还因为他们作为文人而具备的谋划才能。宪法是经过四个月的绞尽脑汁的不断争

○ 美国启蒙运动时期的文学

论和不断修改之后才得以完成的,因此从内容的简明扼要方面来看,宪法简直就是一个奇迹。宪法仅包含5000字,都是最平凡不过的词,其序言只有简短的一句话,七条条款言简意赅。宪法惜墨如金,其中没有任何冗词赘语,没有什么间接的暗示,也没有任何训诫,因此宪法语言的表达很清晰;其中几乎没有什么词的新颖用法,也没有提出什么前所未闻的哲理,语言简洁,点到为止。然而文字虽简洁明,却表达了更为微妙的承诺。宪法语言简洁明了,不令人费解,对人们耳熟能详的历史进行了肯定和褒扬。宪法每一个词都来源于18世纪美国人所经历事件中所达到的共识,其中有很多直接摘自各州宪法和联邦宪法,从而重申了共和国原则。

起草宪法者的主要技巧是他们能够掌握并能够达成共识的能力。如远在英国焦虑不安地关注着宪法的起草的约翰·亚当斯一样,这些起草人将州宪法当做是80年代美国身份的宝库。然而,使用宝库不仅意味着他们要掌握文本知识,而且还意味着他们要设计自己独特的宪法语言。亚当斯凭借1780年《马萨诸塞州宪法》起草者本身的权力写了《美国联邦宪法辩》作为"美国宪法形成过程中阅读和理性的模本"。他的主题是"秩序井然的宪法"掌握着"美国的未来",州宪法则是一个正在兴起的共和国的真实历史。

就亚当斯的观点取得一致认可就需要经过实践的考验。1776年到1784年间,除罗得岛和康涅狄格格之外的所有州都制定并采用了新宪法。在革命期间,美国共出台了17部新宪法,这个数字是解释的关键。即使是最出色的作家,也得努力写一些次要作品,这样才能有一部杰作问世。就这样,费城的制宪者们在国会和州议会的会议室中做准备工作。在这55名代表中,有40位曾既在国会又在州议会中任过职。这40名中又有半数曾直接参加州宪法和国家条例的制定。实际上,在各州接连开完会议之后,《联邦条例》和宪法中的语言质量和其中某些观念发生了转变。

在制宪会议的第一次演讲中,制宪者们对自己不断加强的能力进行了估计。埃德蒙·伦道夫在对《联邦条例》提出批评的时候,首先指出这份文件的作者们不应为所犯的错误负责任,他们之所以犯这些错误是因为"当时科学、宪法以及联邦都还处于幼年时期"。这里伦道夫所说的"幼年时期"是指一个年仅十岁孩子的理解力,也包括那些在独立厅坐在他身边的人。显而易见,经过了美国的一系列战争,很多人已经变为学问渊博之士,而他们中大部分人仍还处于中年。由于宪法的精密细致从而减少了一系列的不确定性。英国宪法是一个理想模式,但这并不是成文法,那么制定宪法又意味着什么呢?现在人们为独立点和独立的可行性正争得不可开交,这样一部宪法应该为谁而制定呢?确切地说,也就是这部基本法应该在何地以何种方式出现在

第五章 公论文学

有助于当代政府人为操纵的页面上?

1776 到 1787 年之间制定的州宪法形式人们都很熟悉,因而也减少了其中的陌生内容。实际上,正因为这些宪法的形式为人所熟知才使得制宪者们更加意识到形式的重要性。只有通过不断地重复,这些可能性才会变得清晰。制宪会议上制宪者为州宪法所做的速记中,他们的这种技能表现得最为彻底,而他们的熟练程度则表现在他们面对困难时所表现出来的自信中。尽管制宪者们在政治观点上有分歧,但他们仍齐心协力不辞劳苦地致力于对宪法草拟稿一次又一次的修改中。在表达方式以及对风格的控制方面,他们有很多共同的观点,他们也学会了彼此之间应该互相避免一些什么。结果他们从州宪法中摘取的内容因为恰如其分而变得越发给人以深刻的印象。这一点只需看一看宪法中极为小心规避的那些颇有争议的词汇便可知,如"国家的""公共的"以及"联邦的"。

在制宪者们乐此不疲地将形式作为意义的主要来源时,他们对风格重要性的认识表现得尤为明显。与松散的长篇大论的州宪法相比,宪法的简洁明了则有赖于对语调和结构的精心设计。宪法中的七个条款严格地按照语句的长短、受人们关心的程度以及难度顺序罗列。宪法前三条——有关立法部门、行政部门以及司法部门——是宪法最关键的内容,每一条都是首先从描述政府的这个部门说起,接着再谈其适用范围、人员的选用,最后再谈该部门所拥有的权力和执行这些权力的限制条件。

宪法中的所有条款还表明制宪者已经懂得对宪法语言最高超的使用。7 月 26 日详情委员会遇到最艰难的一刻,这其中与语言的简洁性有关。埃德蒙·伦道夫和约翰·拉特里奇(John Rutledge)是该委员会的成员,他们看到了范围、风格以及语调这些形式上的问题比细节更为重要。由于他们起草的宪法是一部"基本法",他们一致同意"运用简洁精确的语言和总体的主张"并"只包括一些必不可少的原则,以免政府运行受到阻碍"。在麦迪逊的《美国制宪会议辩论记录》中也有所体现的这种限制原则准确地主导了整个制宪过程,因为这种原则的目标就是要有清晰的形式。伦道夫和拉特里奇对把"制定宪法"与更为开放的对法律条款的阐述区分得泾渭分明;只有前者要求"方案简洁明了,易于实施"。制宪者可制定文件的可操作性完全取决于这种区别。《联邦宪法》要比它之前的宪法,如 1780 年的马萨诸塞州宪法,要清晰两倍,部分原因在于《联邦宪法》的篇幅长度还不到后者的二分之一。

宪法本身采取了适当的形式。由于享有权利的人民是所有政府存在的先决条件,宪法开篇便是"我们美利坚合众国的人民"。接下来,这样的开场白与政府的特别条例结合起来形成了一个真正文件。宪法的签署者出现的顺序

483

⊙美国启蒙运动时期的文学

既没有按照字母顺序排列，也没有按其身份的尊贵或资历排列，但也不是随意乱排的。他们以州为标准分成组，根据他们所代表的州的地理位置从北向南依次排列，从北部的新罕布什尔开始，依次到美国最南端的佐治亚州。因此，美国以人们所熟悉的地图的形式出现在页面上——这幅完美的图画答复了麦迪逊对目标不明确、观点不全面以及语言不完美的恐惧。

这种图像反映出制宪者对他们工作的定性是"制宪"，他们的身份是"制宪者"。最为著名的是，麦迪逊在《联邦党人文集》第 51 篇使用了"构建（frame）一个政府"来说明对政府控制的必要性（内在的和外来的）从而把人控制的政府和天使控制的政府区别开来。"构建"这个比喻在制宪会议上代表们的演讲中是常见的，它把行动和目标、创造和控制、规则以及与至关重要的秩序的巧合联系起来作为很多不同意义的最终来源。

在约翰逊所编的《英语语言字典》（*Dictionary of the English Language*）中，"frame（构建）"这个词的意思包括，"构造/结构，由不同部分或成员组成的任何结构"，名词"框，架：一种用以围绕、容纳或支承某物的框子或构架"，"秩序，规则；已经调整的事物或姿态"，"计划，系统，图表"，"设计，发明"，"预测，放映"。宪法本身就是联邦的结构，因此包含了所有的这些意义，但是最为特别的是它在混乱中包括并创建了形式。没有织布者的布，构架就仅仅是虚空。亚历山大·汉密尔顿并不赞成最初的计划，在 9 月 17 日他问道："有没有可能在专制和混乱以及实施计划带来的好处两者之间认真考虑做出选择？"从而把秩序和混乱的对立转化为对批准的召唤。

制宪和制宪者的努力都非常重视一个可能会缺失的东西：公认的形式。这既是对成就的宣称也是对大众恐惧心理的一种驳斥。至于在 1787 年这些恐惧心理如何变得风行一时可以从乔治·华盛顿自己的悲观主义心态中看出。他悲观地认为"几乎无望建立一个好的政府"。"我几乎都绝望了，认为宪法制定过程中不会有哪件事顺利进行"，在 7 月 10 日他写给汉密尔顿的信中说道，"所以对建立任何机构而感到懊悔。"制宪正是建立非人性化的机构的行动，是建立共同基础或者完善形式的方法。"frame（构建）"作为名词也可以指已经完成的动作或行为，共同点的证据。

这个比喻中固有的对界限的信仰也缓解了对宪法三项中心改革所带来的困扰，这三项改革都与 18 世纪人们可以无限制地发表政治思想的传统有关：首先，权威机构的领导人可以来自不同组织，可以变动；其次，政府内部宪法权力分离；再次，国家和各州分享主权。这些想法中没有一项会在早期美国人的心目中形成团结的形式，而且所有这三项都带来了总体的不安定、骚乱和争论。制宪是协调所有假想中不和谐的有形助手。《联邦党人文集》全部

第五章 公论文学

85 中篇都是基于这些前提条件的。他们认为新的国家结构是一个由恰如其分的各部分组成的一个整体而不是一个脆弱的组织，也不仅仅是一个设计或发明。

可以确信，只有现在回想起来时，人们才会比较容易接受这些观点，但是如果在当时动荡不安的 80 年代他们想要求忠实行为的话，制宪的现实可能性促使一个有用化身的出现。在签署过程中，谁是制宪者与制宪的内容同等重要。正如在 1788 年 1 月麦迪逊警告埃德蒙·伦道夫时所说："如果宪法是由一个不明身份者而不是受众人信任和尊敬的人组织制定或建议的话，那么宪法就不会像现在这样受到那么多人的关注，也不会有那么多人尊崇其中的智慧。"参加制宪的重要人物经过麦迪逊对他们所获成就的描述之后变得无比伟大。制宪的过程在展现他们高超的技艺和所取得的共同成功的同时，创建了一个值得公众尊敬和信任的整体，而非意见纷纭的明显个体。

其他两个因素加强了这些代表们在费城时表现的文学能力。到 1787 年，绝大部分美国人都拥护宪法大奉，认为这是对考虑国家统一最合适不过的安排。政治合法性保证了参与者的高水平以及他们的自信和互相之间的了解。在制宪大会第一个月中，麦迪逊、富兰克林和乔治·梅森都写到了他们对宪法抱有很大的希望，用麦迪逊对威廉·肖特（William Short）的话来说，因为制宪大会由"这个国家在目前状况下最优秀的人才组成"。富兰克林在写给理查德·普莱斯（Richard Price）的信中说，在他周围他看到了"好几个州的显赫人物"。乔治·梅森则对他的儿子补充说道："毋庸置疑，美国已经召集起所有最出色的人物来制定这部宪法。"

485

这个论坛的合法性并非没有受到反对，但是它使人们意识到在议程上它是一个良机，当 6 月底 7 月初麻烦堆积如山时，学识开始挽救局面。6 月 26 日，麦迪逊和汉密尔顿警告道，因为他们"正在制定一部将会决定共和政府命运的宪法，"如果他们失败了，那么将意味着"在我们这些人当中永远都会很丢脸也很失败，在整个人类面前也会很丢脸很失败"。三天后，汉密尔顿总结了时机重要性。他说："现在我们在这里静静地、自由地沉思和商讨，这简直是一个奇迹。谁要是相信将来还会有这样的契机，那么他肯定是疯了。"后来，7 月 5 日，古维诺尔·莫里斯让他的同事就这个主题"发表观点"。每位代表，"美国的代表"，也必须"站在一个全人类代表的角度来'思考'；因为这次会议的每一步都将会影响到这个人类"。在这些和其他类似的激励话语中，制宪者们定义了一个特定的目标。他们参与了后来赫尔曼·梅尔维尔（Herman Melville）称之为的"认知之冲击"，在这个时刻创造力自己采取措施超越了自己。

第二个因素更为微妙，它的影响通常被人忘记，这个因素也使得麦迪逊

⊙美国启蒙运动时期的文学

所谓的"最优秀人才的组成"得以理解且蓬勃发展。参加会议的代表们把自己当做18世纪的文人绅士。他们能够熟练地应用委员会结构，严守秘密，以及在宪法公布之前保持自我克制，他们乐于就解决方案提出一些建议而不计个人得失，而且他们能够在语言的运用方面达成协议，这些因素使他们取得了不斐的成就。大体上来看，他们的性格特点正是那个时代人们心目中模范作家所应具备的。真正的文人绅士注重理性而非感性，为社会中的一小部分人写作，将他的草稿在这些人中流传以做修改，在与他们达成一致意见之前是不会出版的，而且他的作品也不署名。总之，在早期的美国诗歌、小说和戏剧中被批评家称之为弱势和缺点的那些品质，在公论文学中则变成了强势和优点。他们在委员会中达成共识仅仅是这些强势中最明显的一项。

当然，宪法大会最引人注目的特点与在委员会内部把敏感的写作任务分配给诸如埃德蒙·伦道夫、詹姆斯·威尔逊和古维诺尔·莫里斯等这样严阵以待的人物有关。在会议中，这些人在辩论中采取强硬态度，不过他们的同事信任他们在写作时可以表达出大家的总体意愿。在这种频繁的行为模式中，文人的这种得到公认的公正无私是至关重要的。直到19世纪30年代，美国人才确信是极度保守的贵族派古维诺尔·莫里斯起草了宪法的最终稿。然而1787年，当这个消息公布时当然会影响到这部宪法的认可度，但是莫里斯以前的对手麦迪逊了解绅士传统会将这种危险降至最小。正如他在1831年对贾里德·斯帕克斯（Jared Sparks）所说："事实已经证明，这是最好不过的选择了。"

文人的角色将作者的身份转为带有社会或协会性质。半个世纪以后，麦迪逊在1834年给威廉·科格斯威（William Cogswell）写信时仍然坚持主张集体精神的要旨。他这样解释说："你们称我为'美国宪法的制宪者'，这项荣誉我是当之有愧的。这并不像传说中的智慧女神，是一个人的后代。宪法应被认为是很多人共同努力的成果。"麦迪逊的回答不仅仅表明了他的谦虚，他所提到的"很多人"是在宪法写作过程中达成协议的源泉。文人的审美艺术与获得认可的政治策略完美地结合在一起。

华盛顿曾写信将宪法交由国会，但这封信在今天已不公平地被人忽略了，那封信就是这种完美结合的典范。这封信是于9月17日以"议会的一致意见"的名义寄出的，这封信通篇都是以第一人称复数的口吻叙述的，措辞极为谨慎礼貌："在对这个问题进行过慎重的考虑之后（几个州有不同意见），我们仍坚持我们的观点，因为这在我们看来符合每一个真正的美国人的最大利益，有利于我们联邦的统一。"绅士们就语言达成的协议，尽管有分歧，也是这个国家的全体意见。这个人称代词的连续使用将制宪者与普通公民联系

第五章 公论文学

在一起,"我们的考虑"和"我们的观点"指的是制宪者的决定,但是这两个词是与每个真正美国人的愿望"我们的联邦"结合使用的。

接着,华盛顿间接地提到了人们预料到但从未具体化过的分歧。有着绅士风度的制宪者们的行为举止又一次成为真正美国人所希望的更理想的向导。用华盛顿的话来说,"现在我们提出的这部宪法是大家和睦相处的成果"。那些持不同意见的人应该记住,这份文件源自"相互尊重和妥协",因此不太可能还有任何人们可以想到的例外。人们可以想到的例外情况已经写于其内。进一步而言,对最终稿任何一部分提出异议都会破坏大家彼此之间的和睦关系,都将"所有真正美国人的最大利益"置于脑后,而且会危及"我们的繁荣兴旺、快乐幸福、安全,甚至还有可能危及我们的国家"。这些语句与宪法序言中使用的技巧如出一辙,而且这些语句预示了制宪者在申请通过宪法的辩论中有着更为绝妙的策略和技巧。随着对宪法的解释,对宪法的认可也仅在咫尺。

这些策略的运用在制宪者的最后一次辩论中可以看出。当对松散的二十三项条款进行重组,变成紧凑的终稿中的七项条款时,绝大多数人认为他们的文体不应留有重新诠释的余地。文本委员会于9月12日公布了对宪法的最终修改稿,并规定之后所作的变动如何变成"其中一部分"。这个词组随后又被称为"宪法的一部分"。这里的"部分"的意思是"扩展"。只需将宪法中的语言与《联邦条例》中的相关条款比较一下便可知,《联邦条例》允许在条款中作"改动"。

对宪法所作的修正是另外加到那份文件的后面的,尽管对它做了修改,但宪法仍是完整的。为修改宪法而进行的辩论在9月15日到17日进行,其间制宪者们拒绝召开第二次制宪会议,并决定抵制各州召开会议修改宪法语言的权利。如埃德蒙·伦道夫所说,他们的立场使民众对宪法只有两个选择,"接受或完全反对"。代表大多数人的查尔斯·平可尼(Charles Pinckney)说:"制宪会议是很严肃的事情,不应该一次又一次地重复召开。"

增加《权利法案》(Bill of Rights)成为批准这部宪法的主要文学影响。然而,即使是这些限制性调整——在第一次国会和州议会的辩论之后两年又开始的讨价还价——都增加了整个文件的重要性。最初的制宪者们认为并不需要《权利法案》,因为正如罗杰·舍曼(Roger Sherman)9月12日所说:"这部宪法并没有废除《州人权宣言》(State Declarations of Rights);它有效也就足够了。"议会接受了舍曼的观点,认为宪法总是要与州宪法结合在一起读的。当反联邦主义者要求在宪法中单独列一条来保证个人权利时,他们的主张颇具讽刺意味,因为这样宪法就孤立存在了。传统中的盎格鲁—撒克逊人

487

的演讲自由、宗教信仰自由、出版自由、携带武器的权利以及陪审团审判的权利都使得他们的身份有所提高，从而使宪法作为对共和政府和美国政治的完整阐述而出现。前十项修正案也不包括在宪法原来的文本之内。这十项修正案于1791年通过并加入宪法中，它们保证以后所作的修正案都将作为补充部分出现而非整体中不可或缺的一部分。

1789年夏，围绕修正案而展开的长期辩论确认了宪法的形式。值得一提的是，国会几乎也花了与讨论修正案内容同样长的时间来讨论修正案的布局和安排。《权利法案》最强烈的支持者，以及原来国会中的大部分成员都想要重新起草宪法的序言，但是他们这样做并不得人心。那些倾向于将修正案纳入到宪法当中的人也出于同样的原因而未能如愿；《权利法案》支持者的朋友们对未能通过保证人们基本权利的独立法案而深表遗憾，对手们则反对修改宪法，认为这样做会破坏宪法现有的清晰度。当来自佐治亚州的詹姆斯·杰克逊辩论说已经签署认可的宪法必须保持原样，不能改动时，似乎是站在大多数人的立场发言的。对原宪法本身进行修改会使得这份文件"一次又一次地添加一些各式各样的内容，从而酷似约瑟夫花里胡哨的外衣"。最后，1787年宪法大会中《权利法案》的反对者罗杰·舍曼成功地提出建议，要求以"补充的"方式把修正案加到宪法的后面。围绕修正案进行的辩论和修正案以及起草修正案使用的语言迫使国会回到制宪的最初结构中。

麦迪逊首先认识到《权利法案》有利于巩固和加强新政府。1788年12月他写给杰斐逊的信中说，修正案将会"给予政府应得的声望和稳固根基"。首先，在对这些修正案的精心起草中他起着举足轻重的作用，以免一些修正案与宪法中已经列出的权利发生冲突；其次，在把这些修正案引入联邦政府时，他也非常谨慎小心。"我在选择我的角色时，本应该小心行事，"1789年他对埃德蒙·伦道夫说。在公论文学中可能没有别的简洁明了的标准来衡量创造力。

在这样的作品中，做选择时的谨慎是出于人们的本能；而宣称必然性则是最好的防御手段。为了与这样的语调保持一致，修正案也运用了最简单、最平凡、最简洁的语言。修正案与宪法一样与各州宪法以及各州权利宣言中复杂的语言形式形成了鲜明的对比。前十项修正案中的每一条都只包含一个句子，其中最长的一句也只使用了106个字，最短的只有16个字；还有五项是30个字或者少于30个字。在以协商为基础来达成协议时，辩论的作用微乎其微。在这个过程中，麦迪逊向埃德蒙·彭道顿（Edmund Pendleton）解释说："任何值得争议的事情都不应该冒险交由那些真诚地希望得到众议员和参议院三分之二的投票以及国会立法机构四分之三的赞许的人。"

在做这些选择时的谨小慎微必须放在一个争取批准的背景中理解，这种争取可能出现两种方向。因为如果德拉威州、新泽西州、康涅狄格州、南卡罗来纳州比较轻易地接受了宪法，那么那些重要的州——宾夕法尼亚州、马萨诸塞州、弗吉尼亚州和纽约——将会加入长期的争论中，并以少得可怜的票数通过宪法。马萨诸塞州 355 票中只有 10 票通过；弗吉尼亚州 168 票中只有 10 票通过，而纽约 57 票中只有 3 票通过。起初北卡罗来纳州全票否决宪法，一年之后于 1789 年进行了重新审议。当持反对意见的罗德岛最终于 1790 年加入新政府时，66 票只有 2 票通过。1788 年时美国还是一个分裂的民族。但让人惊奇的不是他们之间的差异，而是在新宪法指导下，他们以何等的速度仅仅用了十年就消除了彼此之间的冲突与矛盾。

5

那种转变不亚于使一种体裁明确化，是一个决定性成就改变了一种艺术形式并改变了人们对这种艺术形式理解的时刻。这种在起草和阅读宪法中观点的改变有多种原因。1815 年，约翰·亚当斯将这个时代归结为"革命和宪法的年代"，他这是一种"事后聪明"。他总结的这个词中包含了一项重要的期望：用宪法来平息革命。

这个想法是早期共和党人普遍拥有的，他们认为宪法的形式界定了革命的成功，从而也界定了美国文化本身。成文法案再一次受到人们理解。然而甚至这样的偏好也仅仅是刚刚开始解释人们新信仰力量和范围。在 18 世纪 90 年代，美国人将这项有争议的文件转化为那个时代的普遍标志。现在，宪法把先前革命运动的方方面面，尤其是其中具有破坏性质和混乱性质的部分编纂成册供所有人阅读。新罕布什尔的亚伦·霍尔（Aaron Hall）提供了一个早期版本说明一个重要的道理。1788 年，他在一次演说中声称："在我看来，直到这个时期，美国的革命仍未完成；不过它为伟大的美国帝国奠定了基础。"

结束语中所表达的愿望改变了人们对宪法的态度。如果于 18 世纪末在美国委任建立一个共和政府会在人类历史上具有公认的重要性的话，正如费城的制宪者经常所要求的那样，那么委任和建立的产品，即他们的文件，就很容易转变为不仅仅是语言的问题。以一种最简朴的形式，这些压力将宪法文本转变为道德价值的独立储藏所。共和美德并不像 18 世纪 80 年代人们频繁要求的那样存在于澄清这个行动的过程中，而它存在于澄清的结果中，存在于 1788 年要求批准的战斗呐喊中。宪法不是美德的象征而成了那时可能的美德的最大限度。

○美国启蒙运动时期的文学

亚当斯在召开联邦会议的同年写作了《美国联邦宪法辩》。在这部著作中，他坚持认为是宪政主义使美德成为可能，而非美德促成了宪政主义，从而表明了他的立场。他说："最优秀的共和政体是道德高尚的，而且事实已经证明如此，但是我们可能会冒险推测，美德是井然有序的宪法的结果，而非原因。"亚当斯和其他早期共和国的知识分子们利用他们所读过的英国经验主义的思想提出主张，一个好的政府是制度保证的而非一个民族的行为和品行道德所能保证的。1787年以及之后他们自己又补充说成文宪法可以算是一种制度——"中心"制。

麦迪逊的作品有很大篇幅都是围绕这个主题展开的。1792年1月19日的《国家公报》（*National Gazette*）上他解释道，独立战争把欧洲的"自由宪章……由权力赋予的"与美国的"权力法案由自由赋予的"区别开来。如同亚当斯的情形一样，宪政主义指出了革命运动的意义。麦迪逊所说的"全世界的革命运动"成为正确使用和理解官方语言的主题。"与这次革命的价值相比，与正式文书的重要性相比，正式文书中的每个词都解决了权力与自由之间的问题……每个公民都应该有警觉性来捍卫它们。"

麦迪逊认为，美国宪法表达了自由而非权力，因此肯定比英国宪法更加珍贵，但也不可避免地比欧洲宪法更为复杂。这种复杂性"要求对维持整体秩序的权威机构的一致尊崇"还远远不够。美国的政府宪章是最值得尊崇的文件，"作为真理，没有什么可以比它更神圣"，而且"作为政府的职责和义务，它超越了所有其他的里程碑"。这些公论是文化中定义的最终来源。结果，如宪法这类文件不仅仅要求人们的理解，公民最重大的义务是去保护和保留"政府宪章……比其他任何义务都重要，因为只有宪章才能使其他的一切生效"。麦迪逊总结道："人们是多么虔诚地希望美国的大众的意见会摆脱偏见；多么希望大众意见如伟大的宪章所描绘的那样与政府相联系……应该以神圣的热情去保证，这些政治经文不被人增添或删减。"

麦迪逊的呼吁中有很多因素——在自由与权力、价值与警觉、效果和义务之间小心翼翼地维持着平衡和比例以及将超越的里程碑、神圣的真理、政治经文、开明思想以及神圣的热情相结合起来的象征手法——使得立宪主义思想成为早期共和国无论是科学方面、政治方面、经济、地理亦或是宗教方面相关文献中的中心议题。宪政主义要求个人、社会和政府要互相协调团结一致。如此依附于立宪主义的美国人，将说明他们在革命中所作的贡献，并以此为依据通过他们对最初文件的判断来定义他们自己。作为美国文化中最重要的团结精神，作为对共和试验的最高表达，作为美国启蒙运动步入高级阶段的象征，作为1790年全世界最受争议的文件之一，宪法必须像麦迪逊所

第五章 公论文学

规定的那样得到人们的尊崇。

对宪法自发而又持久的尊崇遮掩了公论文学的总体成就。那个时期的一些其他官方作品，一些作品尽善尽美，都在宪法的光芒笼罩下黯然失色。《弗吉尼亚宗教自由现状》（The Virginia stature of religions liberty，1786）以好几种方式更生动更连贯的清晰地阐述了启蒙运动的原则。这是由托马斯·杰斐逊起草的，这篇文章意识到了反对黑暗现实（"立法者和统治者的傲慢……是他们自己容易犯错、缺乏激情"）时的精神力量（"上帝创造了自由的思想"）。作者列举了一长串的诽谤、无能、腐败、贿赂、诱拐、错误和侵犯，这些都代表了宗教机构的毫无节制。唯有真理——也分成女性美德和男性错误——才可以抵制这些危险。即便如此，"真理是伟大的，而且会自己盛行起来"，只有"人类的干预"，实际上亦即对真理的破坏，才会"使真理解除自己的武装"。真理的自然武器是自由的辩论。然而，这已足够；"人们可以自由地反驳错误时，错误就不再那么危险了。"在杰斐逊简洁明了的陈述中，弗吉尼亚立法机关也把自己用自由和活力包装起来从而含蓄地表示了要与真理喜结良缘："我们有自由可以宣称，这里所说的权利是人类的自然权利，我们确实也这样宣称了。"

1787年的《西北各州条例》（The Northwest Ordinance）也是被美国人所忽略的表达，它是共和国建立最初10年中国会的主要成就。《西北各州条例》最清晰地描绘了那个时期的联邦，也最引人注目，它保证共和政府将在美洲扩展。它是由来自马萨诸塞州的内森·丹尼（Nathan Dane）起草的，其条款规定并精心安排了各个发展阶段：从荒蛮之地到地区，再到类似殖民地的阶段，再发展到完全平等的州。以下是大部分运用到实践中的文化中心理想：保证法律应有程序、遗产平等、财产的有效性以及自由旅行；要求公众教育的系统计划；保护少数民族，向美国土著民族允诺"最大诚信"；将"人权和宗教自由的根本原则"扩展到所有人，不考虑他们的国籍；另外，也是那个时代最为勇敢的一项，即在领土范围内禁止奴隶制。蒂摩西·沃克尔（Timothy Walker）在他的一部具有开拓意义的《美国法律入门》（Introduction to American Law）中分析"这项广为人知的'条例'"时，认为它为"接下来建立的区域政府树立了典范"，并发现"在其简洁、理解以及预见性方面，法律编年史中没有能比得上它的"。

简洁、理解以及预见性这些优点标志着早期共和国作家所著的公论文中卓越的总体成就。作为文学作品，如宪法、《弗吉尼亚宗教自由现状》（The Virginia stature of religions liberty）和《西北各州条例》之类的文件为新一代的作家确定了标准。这些文件也确保渴望与现实之间不即不离的联系永远都不

美国启蒙运动时期的文学

会完全消失。另外,正如在任何现存的文学传统中一样,这引起文件在每一次加上新条款时都适合作进一步的诠释,或者说在这种情况下,适合进一步解释民主的、共和主义的原则;这些文件保留并指导了持续诠释的技巧。

与其他任何文学名著一样,宪法在支配思想的同时还鼓励思想。最初关于宪法语言严谨和松散结构的重要观点几乎已被忘记:辩论最初由总统乔治·华盛顿发起,不过是由他的秘书和财政部长于1791年执笔。杰斐逊于同年2月15日发表了他的意见,汉密尔顿也于近一周后把美国银行是否符合宪法要求当做指定主题。两个世纪以来,在围绕宪法进行的辩论中,他们关于联邦权力(限制性或暗合性)的辩论是唯一最具说服力的。之后,汉密尔顿所著的《制造商报告》(Report on Manufacturers,1791)和杰斐逊的《肯塔基决议》(Kentucky Resolutions)各自扩展了他们的观点。虽然他们提出来的问题——中央权威与各州权力之间的关系——因联邦共和国的性质而没有得以解决,但是这个问题可能产生的影响在这合而为一的四份文件中已经很清楚——这四份文件均产生于新政府形成后的前10年。

最高法院审判长约翰·马歇尔(John Marshall)对宪法作了最高尚的解释,从而帮助诠释了所有其他解释中的权力和兴奋。"我们永远都不能忘记",马歇尔在他所著的《马卡洛诉马里兰州案》(M'Culloch v. Maryland,1819)中讲道,"我们正在对宪法进行阐释。"他和早期共和国那些希望发表意见的知识分子们从来都没有忘记过这一点。宪法是那个时期唯一独特的思想变革,所以每次谈到宪法保证有听众。马歇尔对语言的选择也是具有启发性的。"阐述"就意味着要详细地公布或宣布;而"解释"或"说明",尤其是涉及经文或宗教经典,也意味着主要是在法律中进行特别的详细的揭示。

马歇尔的观点与所有这些可能性一致。然而,其中最主要的是他对非常重要而又吸引人的规划的设想,美国人将把这种设想当做他们理智的关心点。比如当他在马伯里诉麦迪逊(Marbury v. Madison)案(1803)中首次确立了监察司法的权利时,马歇尔开始设想"一个使美国极其感兴趣的问题"。但是为什么会如此引起人们的兴趣呢?毕竟,问题本身很简单也可以轻易回答("并不像他所说的兴趣那样扑朔迷离")。不,读者对这件事情以及马歇尔所有主要观点的兴趣主要来源于这样一个主张——宪法以某种方式处于危险当中。在马歇尔将法律原则转化为戏剧故事时,"那个信条有可能会破坏所有成文宪法之根基"以及将《联邦宪法》"化为乌有"的危险。美国人必须洗耳恭听,因为马歇尔对于这个信条的答复会触及"整个美国结构的基础"。

诸如马伯里诉麦迪逊案、马卡洛诉马里兰州案、"达特茅斯学院诉伍德沃德"案(Dartmout College v. Woodward,1819)以及吉本斯诉奥格登案

（Gibbons v. Ogden，1824）之类的意见，基本上是对制宪者所取得成就的庆祝。对宪法的"阐述"是连接每个公民与这种成就的纽带。在"马伯里诉麦迪逊案"中的美国，"成文宪法受到如此尊崇"，制宪者的"伟大努力"表明了政府的"初衷和最高意境"以及那个时代"政治机构最伟大的改进"。因此，任何与宪法相矛盾的法律都不可避免地失效了。制宪者们所做事情的最重要意义轻而易举地被解释为他们所制定文件的至尊地位（和持续的兴奋）。

制宪者们也经常援用这些观点，他们保持了最初语言的活力、重要性以及简洁。从这种意义上而言，他们既是立法者和政治领导者又是文学卫士。在"达特茅斯学院诉伍德沃德"案中，宪法的"总体精神"将"制宪者们从来都没有打算加在其中的""不必要的"或"有害的"解释排除在外。由于只有能使大众共同理解，这种精神才能存在，马卡洛诉马里兰州案警告，不要把宪法转变为"长篇累牍的法典"。如果解释晦涩难懂的话，危险就会逼近。如果把宪法扩充为法典，那么宪法"几乎不会得到人们的拥护"，而且"有可能公众永远都不会理解"。吉本斯诉奥格登案对那些"势力大而又别出心裁的人"提出了批评，因为他们"使理解变得复杂、困惑，使原本简单的原则变得模糊不清。"这里马歇尔反复提到的标准是"为我们制定了宪法的开明爱国主义者以及采用了这部宪法的人民，必须确认他们用了词的原本意义，表达了他们想要说的话"。

这些话语表明了公论文学的一项最终能力。马歇尔认为朴实的语言必须涵括最为错综复杂的哲学问题和政治问题。毫无例外，这个时期的主要文论也支持他这个结论。这些形成期作品无数次将复杂性纳入一种能够与绝大多数公众直接、轻易对话的叙述和形式中。但这并不是说像杰斐逊、麦迪逊、汉密尔顿和马歇尔之类的作家忽略了潜在的复杂性：他们克服了这种复杂性。

对现实困难的表述很好地说明了这点。1787年麦迪逊在写给杰斐逊的信中将制定宪法称之为"比那些漠不关心宪法执行的人想象的还要难得多的一项任务"。富兰克林告诉皮埃尔-塞缪尔·杜旁特·德·奈摩尔斯（Pierre-Sameul Dupont De Nemours）说，制宪大会可以比作是一盘错综复杂的国际象棋，每走一步都要争论不休。1818年，约翰·亚当斯事后想象十三个表同时走动，"这是一个完美的过程，之前还没有哪个艺术家可以做出如此的效果。"以上各例中，困难的事实让位于简单的比喻，表达出胜任和成就。麦迪逊的任务执行者，富兰克林的下棋者，亚当斯的艺术家都知道该做什么、如何做。杰斐逊对自信作了最好的描述。在焦虑不安的1787年他写给女儿的信中说："不要把任何事情看得绝望；用决心和意志去克服每个困难，这是美国人性格特征的一部分。"这种结合富有启发意义：坚定（意志的行动）使能力（在

美国启蒙运动时期的文学

危机中维持秩序的能力）成为可能。

公论文学就是来源于这种独特的生命力。乐观主义、决心和能力，它们本身都只是微不足道的文学优点，但是三者结合起来便成为一种驱动力，驱动着人无限的创造力。如杰斐逊所说，他们成为"美国人性格特征的一部分"。在这种结合中，我们也许已经发现了 12 部一流作品，从 1776 的《独立宣言》开始一直到 19 世纪 20 年代的约翰·马歇尔的观点。实际上，12 部作品对衡量文学结构的价值是一个合情合理的总数，但是当与公众文学历史上任何一个类似时间跨度来比较的话，这个数字就令人惊讶了。在它的即时影响、日积月累的特点、持续的重要性以及总体影响力方面，早期共和国的公论文学独树一帜。这种前无古人后无来者的官方语言中的技巧，无论是在美国文化中还是在其他任何一种文化中，对所有人来说又是极为平常的。

第六章 启蒙运动的局限

1

一种主流意识形态将它所引起的理论上的危机与实践中的矛盾同化。启蒙运动就这样形成早期的共和文化。这种文化既是美国革命思想的源泉，也是束缚在这些思想上的枷锁；既表现了人们广泛的抱负，也对他们进行了狭隘的控制。公论文学中有一个与之相近的案例。1787年的《联邦宪法》体现了启蒙运动的中心抱负。在大胆地了解掌握和运用知识的同时，制宪者们用理性来诠释和控制人类社会。他们的杰作——宪法——宣告了正确的人类机制与普遍改善人类社会之间的联系。通过一种机制，知识可以形成一种更完美的团结，树立正义，保障安宁，促进公共福利，并使美国人得享自由幸福。然而，从另外一种意义上来讲，宪法的体制和机制并没有实现预期的波及范围和程度。

并不是所有美国人都得到了安宁和福利，获得了人身自由亦或是享受幸福。宪法悄无声息却又不乏力度地取消了"我们，这个民族"这样的字眼。宪法在启蒙运动中数学方面的修改让人吃惊，宪法的第一和第四条中保留了奴隶制机构，而且规定那些没有"自由"的人，每个人只相当于五分之三人；另外，同样在第一条中，宪法把美洲土著居民排除在参议员的分配比例之外，而且给予国会商业特权。更为微妙的是，宪法矢口未提它管辖之下的占人口总数的百分之五十的人——妇女。所有涉及性别的代词都采用了阳性形式。

显而易见，宪法语言的措辞是经深思熟虑的。美国妇女真正在早期宪法法案中找到一席之地是作为逃亡奴隶的身份出现的。8月29日的宪法原文如

美国启蒙运动时期的文学

此写道,"根据一州法律须在该州服劳役或劳动的人,如逃往他州,""不得因……而免除他/她的此种劳役或劳动,而应根据有权得到此劳役或劳动之当事人的要求将他交还。"很明显,在这项条文中,阴性代词的使用总是以单数形式孤立出现,因此在文本委员会检查宪法语言是否妥当时,并没有引起注意。正如所有有关奴隶制的词从最终稿中删除一样,有关逃亡奴隶的条款中简单直接的具有否定色彩的主语的替换词(没有人生来需要服劳役)撤销了附属条件从句,因此也就不再需要带有扰乱人心的性别暗示词了。

宪法中的措辞是审慎的,经过深思熟虑的,但又如何来解释语言所带来的理论与实践之间的矛盾?最简单的答案总是强调政治需求以及独断的政治家的目标。1787年的联邦会议上,南卡罗来纳州的代表约翰·拉特里奇表明了政治利益可以如何直接统治思想。正如麦迪逊所著的《辩论联邦制宪会议记录》(*Notes of Debate in the Federal Convention*)中所述:8月21日当来自马里兰州的马丁·路德说,"宪法中保留奴隶制不符合革命的原则,也不忠于美国特征",拉特里奇这样回复说,"宗教和人性与这个问题毫无关联——唯独利益才是所有国家的统治原则 —— 目前的真正问题在于南方各州是否应该加入这个联邦的各党派。"

听从了拉特里奇的警告,早期国家领导人将政治利益置于原则之上。最初,没有一个国家的创立者冒险站在公众的立场上来废除黑奴制,而是只站在负责的立场,尽管就个人而言,他们中大部分人也反对奴隶制。美国的前七位总统中有五位自己拥有奴隶,即华盛顿、杰斐逊、麦迪逊、门罗(Monroe)、杰克逊(Jackson),而这七位总统中(包括约翰和约翰·昆西·亚当斯)为了得到总统这个最高职位,都无一例外地接受了公众对这件事的沉默态度。事实上,当1836年国会没有讨论有关奴隶制的任何请愿与文章就通过"禁声令"时,已经表明联邦政府要将这种沉默制度化。1789年到1836年是沉默的年代,也是奴隶制在美国迅速扩展的年代;原来美国殖民地运入40万的非洲劳动力,后来发展到美国本地奴隶都超过400万。奴隶制的发展随着1793年轧棉机的发明达到了高潮。

奴隶制并不是唯一的矛盾。在这样一个越来越民主的文化的既得利益中,没有公民身份的主要类型越来越强大,以至于都应该来重新回顾一下传统的前提 —— 这些人代表着共和试验中的"矛盾"。在共和时代的最初10年年中,美国黑人、印第安人和妇女处在不利位置,尽管那时公民权利正在向越来越广泛的人群扩展:政治利益和经济优势的操作才刚刚开始解释这些矛盾。他们自身的矛盾——尤其是违背奴隶的自然权利和取消印第安人的财产权——18世纪六七十年代在公众中引起了公开讨论。之前人们抗议的程度是

第六章 启蒙运动的局限

被忽略的,然而最近的一些学术著作却谈到了这点,这表现在早期的共和论坛专栏中、杂志报纸上、法庭记录中、致联邦和国家立法机关的请愿书、演讲、游记、各种各样的宣传册以及主要的知识分子的个人信件中。那么问题在于,早期的共和党人如何解释他们所表述的不和谐、不一致是合理的呢?

从革命一开始,人们便意识到了革命抱负的矛盾。"我渴望听到你宣布独立",1776年3月31日,阿比盖尔·亚当斯(Abigail Adams)在给她丈夫约翰的信中写道,"另外,顺便说一声,我想你是有必要制定一部新法案的(在第二次大陆会议中),我希望你在制定新法案时想到女士,且比你的先辈们对她们更慷慨更友好一些。"同时为了实现她的目标,她还运用了革命的演绎推理,语气中不乏嘲弄与讽刺。她以约翰·亚当斯常说的一句话作为大前提,"如果有条件,所有的男性都会成为暴君。"这个大前提为她的小前提和直接责备准备了条件,"你们的性别生来就是暴虐的",反过来,这又允许标准的18世纪革命合理性作为结论。"如果不给予女性特别关注与照顾的话,"阿比盖尔告诉约翰·亚当斯,"我们决定进行造反,而且绝不会因任何法律而受到束缚,因为在这些法律中我们没有发言权,也没有代表。"这就是《独立宣言》之前三个月的主题、逻辑和措辞。

4月14日,约翰·亚当斯给他妻子的回信值得引起注意,不仅仅是因为里面的性别歧视(我们很明智,认为没有必要终止男性至上的制度),更因为他在信中所列出了共和国内没有权利的几类人的目录。这份来自一个肩负领导国会走向独立重任的人所列出的目录具有消极意义,解释了变动中革命领导人优先考虑的事情以及他们所担忧的事情。他们的问题并不是像在《一个美国农民的来信》中克雷夫科尔所问的那样"怎样才算一个美国人",而是"怎样的人才可以被允许成为美国人"。在拒绝他妻子的要求时,约翰·亚当斯和他在国会的同行们尽力妥善处理这种差异。

> 看了你所建议的惊人的法案,我忍俊不禁。我们得知我们所做的努力已经减小了政府在各处的约束力。孩子和学徒不服从,学校和大学也变得动荡骚乱起来,印第安人轻视他们的监护人,黑人则对他们的主人越来越无礼。然而,你的来信第一次提示了我们还有另外一个为数更多、力量更强大的群体在变得越来越不满。

以上的陈述中糅合了很多问题。美国的"不满群体"——工人、穷人、年轻人、印第安人、黑人和妇女——都加入了美国革命的统一战线中,而约翰·亚当斯的嘲弄("我忍俊不禁")、他的恐惧("我们所做的努力已经减小

◎美国启蒙运动时期的文学

了政府在各处的约束力")以及他假装出来的无知("你的来信第一次提示了我")限制了革命的成就。这样说其实并不过分,即共和政府在这些混杂的不断改变的希望线中不停地对自己进行定义和再定义,以抗击惧怕;在这个过程中,革命几个世纪以来一直在不停地实现或违背其一部分承诺。

1776年阿比盖尔和约翰·亚当斯的信件来往中已经体现了当时的一些基本紧张关系。阿比盖尔的辩论是以被排除在外的人群也应享受基本权利为前提的,而约翰的答案则把她为那些人的辩护普遍化地说成是特别的恳求。阿比盖尔提出了那些没有选举权的人的基本的追索权,以及他们加入"新法案"的权利,而约翰则认为她所说的扩展的法案是"惊人的",完全超越了通常的期望值。共和政府的发展最终会使惊人的、不平常的事变成普通事,但在1776年,阿比盖尔得到的答复与那些被剥夺权利的人常收到的答复是一样的:"耐心一些",约翰告诉她。纵观全局,约翰是要让她耐心地等着独立,但阿比盖尔和约翰·亚当斯完全意识到独立后会马上带来一系列的挑战,因此阿比盖尔又会意地给了约翰另外一个答案,这个答案是从一系列的挑战中得出的。"我不能说我认为你对女士很大度很慷慨,"在5月7日她又这样写道,"你必须记着,专断的权力正如其他很多棘手的问题一样,很容易破碎。"

启蒙运动为掌权者和无权者提供了一副眼镜,透过这副眼镜双方观察到了他们处于冲突之中,尽管启蒙运动以不同的方式吸引着掌权者和无权者。由于启蒙运动强调环境对人内在的不可改变的性格的熏陶作用,它在本质上是激进的。激进的标志是对教育和理性效用的永无休止的信任,以及认为知识可以转变现状和未来的信仰。这也就是托马斯·潘恩在《常识》一书中所说到的"一种新的思维方式已经出现"或"它是我们开始创建一个新世界的力量的一部分"的真正意思。这也是《独立宣言》的签署者之一本杰明·拉什期望仅仅通过把报纸送到每个农舍来彻底改变社会的原因。在《宾夕法尼亚州建立公立学校和普及知识计划》(*Plan for the Establishment of Public Schools and the Diffusion of Knowledge in Pennsylvania*)一书中,他也说道,"黄金时代,一个诗人们极度颂扬的时代"已经近在咫尺;立法机关只需"在合适的地方建立适合于每个州的教育模式"。

与此同时,启蒙运动却是一股保守力量。它认为知识是一种和谐力量,倾向于形式上的统一。启蒙运动借鉴了很多基督教教义,但它与基督教神学的不同之处在于启蒙运动不欢迎天启冲突的概念。作为历史上的一种进步力量,知识本能地厌恶约翰·亚当斯在不满人群中所发现的不顺从、动荡骚乱以及傲慢无礼。分裂也是现实中的可逆标志,是黑暗的征兆,而这种黑暗会随着光的扩展而消失。所在地也为启蒙运动思想的传播提供了便利。在这个时期，作家与政治人物一次又一次地努力寻找最高尚的思想，而且他们希望从他们的发现中能够有所慰藉。

早期共和党支持保守力量反对激进力量，以至于启蒙运动提出了极具吸引力的统一的思想。进步、和谐、普遍性以及所取得的观点把他们与更加具体的政治团结的抱负以及其相伴物——文化趋同迅速联系起来。我们相信上帝（*E Pluribus Unum*）取自1731年英国的《绅士杂志》（*Gentlemen's Magazine*）的第一卷，在1776年被大陆会议首次选为官方标志时，成为一个描述战争时期对团体需求的时髦词，但当六年以后，它被正式接受作为国家格言时，它已经表明了"多数"如何转变为"一个整体"。美国启蒙运动中的激进思想虽然从来都没有向统一的倾向屈服，但却转而轻易地被包括在内。

汤姆·潘恩和本杰明·拉什的例子表明了这个包含的过程。因为尽管这两名作家都是口才不同寻常同为少数人辩护的先锋，但是他们却让持续的紧迫感掩盖了令人不快的差异。1783年独立战争结束时，汤姆·潘恩在他的第十三篇《美国危机》（*American crisis*）的文章中对"民族性格"和"地区特点"两者进行了鲜明的对比。只有"民族性格"才是神圣的。"我们的大标题是——**美国人**——而我们自身的特点则因地区不同而有所变化"，在"奉献"语言中，汤姆·潘恩辩论说，"为了保全整体必须放弃一些东西……我们只有投入才有所得，获得的年利润远远大于资本。"地方性的不公平必须向正在形成中的国家身份让步。既然"考验人们灵魂的时代"已经结束了，那么现在的目标必须是"调动感情，统一利益，将这个国家所有人的思想都保持一致"。1786年本杰明·拉什对教育所抱的希望也发生了类似的普遍化转折。他所著的《建立公立学校计划》（*Plan for the Establishment of Public School*）将"把人转化为共和机器"。"要教育小学生他并不属于自己"，拉什写道，"他只是一份公共财产。"

这些预言中的经济象征具有标志性。"利润"、"资本"、"机器"和"财产"这样的词都表现了启蒙运动中有用的一面。正如教育象征着激进主义一样，财产和经济价值则代表着统治权、控制以及命令这些保守的一面。约翰·亚当斯是早期第一个清楚地表达这些观点如何整合在一起的共和党人。由于困于表达，也或许是受到他妻子的谴责，亚当斯于1776年5月26日给詹姆斯·沙立文（James Sullivan）写信谈到过多地注重并倾向于获得"人民的一致意见"的危险。一致意见是政府的道德基础，但不应该是政府的代理人，因而亚当斯提出为每位公民确立财产资格，使每个人都可以安分守己。他对沙立文说，要不然的话，争吵和争辩将永无休止，"新的主张会出现"；他警告说："妇女将会要求投票权，12岁至21岁的年轻人会认为他们的权利没有

美国启蒙运动时期的文学

得到足够的重视,而身无分文的所有人将要求在国家的所有事务中有与其他人同样的发言权。"

财产能够确定和包含平等精神,因为在传统的权利条约中,财产本身就是一个比生命和自由更受限制的自然权利。毋庸置疑,约翰·洛克的《论中央政府的真正起源、范围与目的》(An Essay concerning the True Original, Extent, and End of Civil Government, 1690)指出了身体及其劳动是每个人的财产(奴隶制既违背自然法也违反肯定法),但是这种绝对却不适用于土地财产。用洛克自己的话来说,"很清楚,人类对地球的不均衡、不公平财产的有没有异议"。那种不平等的基础也是一目了然的:

> 上帝把世界给了整个人类,上帝给予他们世界是为了他们的利益以及让他们能够从中获得生活中最大的便利,我们并不认为上帝的意思是世界必须永远一样、未受开垦。他给予人类世界是要让他们运用勤劳和理性(而劳动是他赋予人类的称号),而不是让他们争辩不休、贪婪成性。

洛克关于相关能力以及不均衡报酬的论述中有很多地方表达得很含蓄。怎样才算适度勤劳,这种勤劳怎样会退步为贪婪?谁是理性的,为什么他们就应该获得更多的利益?如何来识别错误的争辩,通过什么方式来剥夺他们的财产?对于那些从土地中获得"生活中最大便利"的人而言,理性的任务更明显。正如亚当斯和洛克的陈述都表明的一样,理性用"对地球不均衡、不公正的财产所有权"来协调全体人类的权利。这是"正确理性规则的"的一部分。那么,18 世纪时财产在启蒙运动的理论和实践中进行调解的观点就不足为奇了。

2

以启蒙运动中的矛盾为主题的当代杂文中,最深刻的一篇是运用财产来叙述对这些不一致的认识和接受过程。1793 年伊曼努尔·康德在《论俗谚》("Common saying")一文中所言:"这在理论上可能是正确的,但是在实践上是不可行的。"("Uber den Gemenspruch: Das mag in der Theorie richtig sein, taugt aber nicht fur die pruxis")他是以通过保证一定的原则作为自然法律为开端讨论政治权力的。这些原则是"社会中每一个成员作为人而享有的自由""每个人与其他人一样都是平等的","共和国内所有成员作为一名公民都是独

第六章 启蒙运动的局限

立的"。康德的原则似乎保证了一个开明国家中所有人的基本权利，但是他的文章旋即限制了实践中自由、平等以及独立的含义。

康德的每一个限定条件都言中了美国的政治现实。康德认为只有在一个爱国的政治统治下自由才可以蓬勃发展，在这个政府里爱国主义要求"这个国度中的所有人，包括总统在内，都要把这个共和国看做是一个母亲的子宫，或把土地看做是父亲生长过的土地"。平等没有避免"大众中对财产占有方面的极度不平等，无论是体力上的还是精神上的优越，亦或是偶然的外部财产"。最后，对公民独立的理解需在一定的公认范围内，"作为一个公民（当然，成年男性除外）所需要的唯一条件是他必须是他自己的主人（sui iuvis），而且必须要有一定的财产……可以养活自己。"

在早期的共和理念中，那些限定词——爱国主义、可用财产以及公民的独立——的诱惑有利于在转向排外那一端时解释他们的力量。现实生活中，受他人支配的非洲人从家乡被拖运到另一个大陆去当奴隶，从来都没有认为（或被认为）自己是与新世界的其他居民一样从一个母亲的子宫中生出来或在与父亲的同一块土地上长大，而那些可以作出如此声明的美国土著则面对这样的说法：相对优越性完全可以决定财产的多少。与此同时，康德所定义的公民并没有把那些没有土地的人和所有妇女包括在内。康德从来都不主张排外，但他的语言却鼓励接受那些他在原则上否定的东西，而且他关于统治权的论述把理论和实践融合在一起，从而掩饰了矛盾。

康德所提到的成年男性公民，"他自己的主人"，作为启蒙运动的象征起着主导作用，而他所说的对财产的所有权是一个人能力的现实标志和逻辑扩展。另外，这种强加于人的理性和所有权在美国启蒙运动期间以前所未有的活力蓬勃发展，这里政治方面的权利和财产权可以让所有自由人得享。在美国，改善土地象征着对这个世界进行理性的、高尚的、男性的和必要的政治方面的统治，这一点美国甚至比欧洲有过之而无不及。我们再来看一下洛克讲财产的那一章："我们可以看出，征服或开垦这个地球与统治地球是连在一起的"；"这是由启蒙运动所确立的理性的声音。"但是只有在美国，土地（财产）的耕种成为卓越真理的圣意。因为如果教育理念促进了各地理性思想的发展，那么财产权的建立就意味着上帝计划的合理实施，美国人很快就会把这种现象叫做命运现实。在这个命运渐渐显露时，理性和秩序变成了一样的东西；所以，有时候财产所有权和对在土地上的人的控制也会成为一体。

换种方式来说，思想的理性和土地的秩序之间的相同点消除了启蒙运动思想中关键的假设。耕种的思想可以是新世界中不断发展的文明的象征，因为它完全等同于给黑暗和混乱带来和谐的理性之光。至于想象力的魅力，只

美国启蒙运动时期的文学

有美国人用来精心设计措辞的能力可以与之相提并论。在同系现象中，自然在做引导，但自然也是被利用和征服的——在启蒙运动中，这种区别经常被忽略。随之而来的在作为普遍向导的理性（在原则的发现之旅中）与仅仅作为工具的理性（在掌握客观事实和周围环境时）之间的转换通常都难以察觉，尽管本杰明·富兰克林通常都要比别人看得更长远更仔细，但他也很难察觉到。"做理性的生物真的很方便"他在回忆录中写道，"因为理性可以为人所要做的每一件事找到理由或编出理由。"这些词中所含的讽刺意味触及了启蒙运动思想中一个未清晰表述的话题：冲突是由第一个首先定义理性然后将理性付诸实践的人决定的。

在理性的原则内，排外技巧在英美法律中找到它们的逻辑地位。产权法中对保有权的特别限制使得那些少数的边缘人群陷入活动暂停状态。早期的共和党领导人大部分人都受过法律方面的培训，因此他们理解拥有土地的所有权和使用权是决然不同的。他们充分利用了这种不同，创造了其他的权利（如，投票选举权）入门条，缓解"生命、自由、财产"中平等主义的纠缠。在早期共和国时，只有那些拥有全部所有权、拥有简单的费用、拥有计划和出售财产的能力且不受任何限制的人才可以被赋予真正的公民身份，而那种区别很快变成一种通过分配能力来过滤权利的方法。

再考虑一下，约翰·亚当斯根据对所有权的法律限制所列举出来的不满人群。因为"无礼的黑人"有"主人"，所以"印第安人"有他们的"监护人"。印第安人是这个国家的被监护者；1790 年、1793 年、1796 年、1798 年和 1802 年的印第安人商业和交通法案规定他们不能将财产遗赠给除政府以外的任何人。事实上，他们拥有土地的使用权但都没有土地的所有权。最终所有权归美国所有，这一点还有待实现。随之而来的早期共和党人对印第安人的合法控制在国务卿托马斯·杰斐逊与英国大臣乔治·哈蒙德（George Hammond）1792 年 7 月 3 日的谈话记录中得到了最好的体现："在印第安的土地上我们享有哪些权利？——（1）抢先占有他们土地的权利，也就是说什么时候他们想卖时，我们都有的唯一购买特权。（2）调节他们与白人之间贸易的权利。"华盛顿当总统一年后，杰斐逊将抢先占有的合法性称为"在现有权利消失后，它具有残留权的性质"。

这个原则内在的力量是"占有权将会终止"；印第安人"现在权利"永远"消失"的那一天将会来临，或者是在出售土地的过程中放弃，或者在主动占有遭到失败中丢失。从政治上而言，这个原则适应了 19 世纪对印第安人土地的不断需求和侵入。签订了一项又一项条约之后，印第安人好像已经把他们的土地割让完毕，但是在技术方面则更倾向于随意租用或借用土地，要

第六章 启蒙运动的局限

抢先购买的人都希望尽快占有土地。1823年首席法官约翰·马歇尔在为高级法院确认了约翰逊和格拉伯姆诉麦克脱斯租借（Johnson and Graham's Lessee v McIntosb）案时抓住了这些压力的大方向。马歇尔宣言中的限定词说明了情况。"在设立这些条例时"，他承认，"这里的土著居民的所有权利并没有被完全被忽视，但是在很大程度上被削弱了，这是有必要的。"至于削弱到何种程度，从以下的话中可以看清楚。"印第安人的所有权一文不值，这一点没有人争议过。"马歇尔说道。

亚当斯所说的"无礼的黑人"更快、更直接地落入财产限制条件中。奴隶本身是财产——别人的财产。他们在共和法律中没有任何权利。三位著名的早期共和党人（帕特里克·亨利、本杰明·拉什和圣·乔治·塔克）说明了所有权和合法占有财产是多么容易规避对动产奴隶的不公平问题。当教友派信徒罗伯特·布莱恩特（Robert Patrick）控告帕特里克·亨利占有奴隶时，这位要为美国自由而斗争的人回答说他无法面对"没有这些奴隶之后生活的不便利"。"到目前为止，我会尽我的义务，"1773年1月18日亨利写道，"来得到[基督教]箴言的美德和公正，并为我想与他们保持一致而悔恨。"亨利安慰自己，希望"当机会来临时，去彻底破坏这可悲的邪恶"，但是对于现在，对于一位深深陷于奴隶制所带来的生活便利中的人而言，一位仁慈的主人便是"通向公平公正的最大进步"。

拥有奴隶的这种便利并不是南部专有的。尽管本杰明·拉什来自宾夕法尼亚州，还写了一篇著名的反对奴隶制的文章《就保留奴隶制问题致居住在英国在美国的殖民地居民》（"An Address to the Inhabitants of the British Settlement in America upon Slave–keeping"，1773），他自己却在整个革命时期都拥有一个奴隶。这个奴隶名叫威廉（William），在18年的奴役之后，最终于1794年获得自由。正如拉什在1788年5月的宣誓书中所说，威廉获得自由的时刻"到来得如此之晚，以至于我付给他一生做奴隶的钱才足以补偿"。这件事中的所有矛盾与用产权来定义美国文化中的行为相比都显得黯然无色。奴隶制内在的不平等在任何时候都比不上"补偿"的经济价值，尽管宣誓书中总结说奴隶制是"与理性和宗教背道而驰的"。

不可避免地，因为奴隶制本身在早期共和国呈现欣欣向荣之势，因此作为财产权的对奴隶的拥有也愈演愈烈。成功放大了占有奴隶的方便和价值，逐渐破坏了像华盛顿、杰斐逊、帕特里克·亨利等人的妥协声音，他们希望在启蒙运动自然发展的过程中奴隶制会以某种方式消失。在表露这些希望时，奴隶制的繁荣设计出一个永恒的机构，这个机构要求和接受对明显的矛盾进行更为彻底的辨明。1805年，圣·乔治·塔克，人称弗吉尼亚的布莱克斯通

美国启蒙运动时期的文学

(Blackstone）在为弗吉尼亚高级法院决定休金诉赖特案（Hudgins V. Wrights）时提供了这项更强硬的方针，塔克法官说道，《人权法案》

> 旨在维护自由公民的案例，或者说只维护外国人的案例，绝不会推翻产权，并赋予那些我们被迫雇用的人以自由，使他们摆脱周围专横的环境。一般来说，他们在革命期间都处于同样的奴役中，没有挂念，没有为他们服务的机构，也没有利益可言。

然而如果产权控制一切，就永远都不会消除"被困在"这片土地上的人的令人忧虑的现实。在美国独立战争期间，美国的奴隶被剥夺了所有社会地位，他们只存在于反叛语言的表面。在他们的主人抱怨奴役时，这些美国奴隶的形象怪异可怖，是追求独立背后的噩梦。比如说，1776年弗吉尼亚州修改州标志时，"**美德**，共和国的象征……脚踏**暴政**，有一个俯倒在地的人来代表，他的皇冠从头顶跌落，在手上拿着一根破损的链，右手中握着一根鞭子"，他们借鉴了传统的图像画法，但是这样的形象也反映了独立时期弗吉尼亚日常生活的一个侧面。那些由英国辉格党人从罗马暴政、西班牙宗教法庭以及土耳其专制政府中所联想出来的布满灰尘的奴隶制图画开始解释了美国修辞中对锁链的那种令人着迷的暗指。"在南部的殖民地，"南卡罗来纳州的大卫·拉姆齐在《美国革命史》的开篇中写道："奴隶制在自由居民当中培育了自由精神。"革命期间的奴隶主使意识形态上的讽刺意味加强。"在他们当中，"拉姆齐补充道，"将别人操纵于自己手中的傲慢与自由精神相结合。"无论何处，暴政与自由之间的不和谐通过产权而得到化解。

亚当斯所认为的人数最多的不满群体——妇女，在她们既当母亲又当妻子的角色中，面临着相似的限制。威廉·布莱克斯通所著的《英国法律释义》（*Commentaries on the Laws of England*，1765—1769）第一卷中概括了在英美文化中已婚妇女所处的法律困境——这种困境一直延续到19世纪：

> 结婚之后，丈夫和妻子在法律上是一个人；也就是说，结婚之后，妇女的存在合在法律上的存在中止了，或者说至少是与其丈夫的存在和并在一起了；在丈夫的护翼、保护和庇护所中，妻子完成她所有的职责，所以被我们的法律称为女性隐身人（feme-covert）。

在布莱克斯通对妇女的描述中，能力的丧失变成实惠。他说："英国法律中最

第六章 启蒙运动的局限

受人喜爱的就是女性。"虽然杰斐逊并不崇拜布莱克斯通所著的这部《英国法律释义》,但是他阐述以了仁慈的隐身人("被庇护的"或"受保护的"或"藏起来的妇女")身份中止合法存在的行为是如何渗入到政治领域中的。"女性柔软的胸部不是为政治动乱而生",当 1788 年安吉莉卡·斯凯勒教徒(Angelica Schuyler Church)提出一些关于新联邦宪法的问题时,他这样写道。他告诉她说:"妇女从具有影响力的真正领域转向政治领域时,她们错估了幸福"。

已经实现的被排除的形象需要被描绘成没有地位的存在,这种描绘中限制标志着指定的被动性。隐形妇女、被抢先购买的印第安人(有时被称为即死的印第安人)以及被征服的奴隶(没有挂念、没有为他们说话的机构、也没有利益)成为那幅"大家都生活在葡萄藤和无花果树下"社会图景中的阴影,抑制了共和国的共有幸福。由于财产有助于美国独立,所以产权的缺席使得没有财产的人成为隐形人,在政治上也变得不重要。所以,隐形也就成了精心设计的规避启蒙运动原则的一个证明。

506

证实不重要性这一奇怪举止在民主社会极为重要,且在大变革的社会中有着无可匹敌的结局。《联邦党人文集》提供了早期共和国戏剧性的模式。它显示了在霸权的大环境中解散形式如何来引导原则的应用,从而在共识文化中来引导权利的可得性。《联邦党人文集》共 85 篇文章,其中只有两篇提到妇女,且每篇文章的主题都是消极的:第六篇中讲到了女性参与政治带来的危险;第 83 篇中讲到了已婚妇女不能转让财产。这个联邦可能确实代表着"这个在许多方面可以说是世界上最引人注意的帝国",但在《联邦党人文集》第一篇中汉密尔顿总结里关于性别的暗示必须从字面来理解。正如他告诉我们的:"重要问题在于,男性社会是否真正能够通过深思熟虑和自由选择来建立一个良好的政府。"

《联邦党人文集》这部书中 14 次提到美国土著居民印第安人,只有一次是有关战争、冲突以及更强大的联邦控制来解决问题的需求。奇怪的是,有一个例外承认了整体理解的错误。"哪一类印第安人应该看做是国家的成员,至今尚未决定,并且是联邦会议上经常纠缠不清和争执不休的问题。"麦迪逊在这部书第 42 篇中写道。普布利乌斯可能会问什么是印第安人?在这之前,第 24 篇中已经出于政策目的作了临时定义。"我们西部边境的野蛮部族,"汉密尔顿写道,"应该认为是我们天然的敌人。"尽管这部书的第 25 篇中把这些野人部落描述成边境危险,但这些部落几乎是看不见的,他们只有在夜晚才出现在(依然)人烟罕至的荒郊野外。

在奴隶制这个问题上,普布利乌斯还有更多的麻烦,然而即便如此,普布利乌斯的处理也很草率。在《联邦党人文集》85 篇文章的 84 篇中,只有四次提到美国奴隶制；而且每次提及都很简洁，只有一次在第 42 篇中讲到奴隶的运入时才采取了标准立场。仅在第 54 篇中，普布利乌斯才让自己对"人与财产的混合特征"进行了详细的分析。这里的详细分析是不可逃避的。1788 年宪法提议将奴隶算在国会代表所进行的人口调查中，这在国内引起了激烈的讨论。

《联邦党人文集》第 54 篇中，詹姆斯·麦迪逊遇到的政治纠纷解释了早期共和国领导人为什么要尽可能地避免讨论奴隶制的原因。如果奴隶被认为是财产而不是人，那么应该把他们包括在以财产为依据的税额估计之内，但是又不能把他们列入税收项目，因为税收是根据人数算得。相反，如果奴隶是"是道德的行为者"——"如果法律要将已被剥夺的权利归还给他们"，普布利乌斯设想了这样一个有效词——那么"黑奴就可以得到与其他居民平等的众议员名额分配了。"或者说，在其他公民权利方面可以得到平等对待了。

有三条宪法法案允许奴隶制的存在但从来没有提到奴隶制这个词——代表（第一条第二款）、奴隶的入境（第一条第九款）以及第一个逃亡法（第二条第四款）——只有这首次提示为普布利乌斯带来一个难以克服的问题。麦迪逊在《联邦党人文集》第 42 篇中几乎没有提到过逃亡法，而且轻而易举地处理了奴隶的入境问题。用传统的启蒙运动的术语来说，类似输入奴隶这样的"现代政策的野蛮"应该及时消失，也许是在 1808 年当保护输入奴隶的宪法条款失效的时候。另一方面，代表提出了自由政府的基本原则，迫使普布利乌斯在一个民主的共和国中更加直接地解决奴隶制问题。《联邦党人文集》第 54 篇中，奴隶既是财产又是人的特点依据法律被证明是"他们的真正特点"。宪法以一种得体姿态采取了"妥协的权宜之计"，把奴隶当做自由人的 3/5。

在刚才所提到的边缘类型中，所有权法所引起的争论是在预料之中的，然而即使麦迪逊好像也对结果不确定。实际上，在有关排外的任何争论中，不确定性从来都是很明显的。约翰·马歇尔对削弱印第安人的权利时的犹豫，圣·乔治·塔克对于奴隶制"专横状况"表现出的强烈情感，以及布莱克斯通对已婚妇女"存在"的彻底排除，都表明了他们心中反对辩论的呼声。要说出正义的答复有很大的压力，一些共和党人会发现辩论是多么的无耻。

《联邦党人文集》第 54 篇中，这种意识变得敏锐起来。麦迪逊为他的宣言而奋斗，他的奋斗触及了启蒙运动的最边缘。这就好像那个时代的两种美德，理性统治和普遍抱负，它们互为补充。实际上，普布利乌斯的中心论点完全来自另外一个人；这个观点完全可以以引用号的形式出现，意思是"该论点是维护南方利益的律师在这个问题上可以采用的理论"。我们听到连环的

第六章 启蒙运动的局限

声音——从麦迪逊到普布利乌斯再到南方利益的律师。

> "不妨把奴隶问题当做一个特殊问题,事实上它确是一个特殊问题。不妨共同采纳宪法把奴隶当做居民的妥协办法,但是把他们的地位降到自由居民的同等水平之下;这个办法把奴隶当成失去人类五分之二权利的人。"

508

这位冷淡的说话者声音中缺失的是自由,用18世纪的术语来说,正义完成了对共同性以及法律制定者和法律遵守者之间权利的认可。《联邦党人文集》第54篇中的独特语言是"独特机构"的参照之一,而且它违背了启蒙运动的和谐所依赖的普遍应用。很明显,说话者把独特性与单独的事实(它事实上确定特殊)相提并论会能动麦迪逊第一批读者的感情,令他们不快。但是为什么麦迪逊希望削弱自己的论点?毕竟,那位南方律师是他的创作。

普布利乌斯的思想不统一。透过一页一页沉默的面具,他暴露出南部辩护律师使他"完全无可奈何"地接受了"得体"的宪法解决方案,但是他仍没有完全被说服,他希望这一部分能够记载下来。如果"这就是南方辩护律师的理性",他自己警告说,那么"在某些方面看起来有点牵强附会"。虽然这种"牵强附会"并没有妨碍麦迪逊得出正式结论,但使得每个人都紧张起来。也许普布利乌斯也不能把《联邦党人文集》中最不光彩的观点说出口。普布利乌斯作为罗马早期最伟大的执政官,是公认的法律制定者,是人民的第一个朋友。然而这位传统共和党人中最高尚的人宣布,奴役从逻辑上剥夺了居民五分之二的人性,实际上是在贬低自己。最好一次就把这些问题处理好。

有趣的是,麦迪逊精心设计的距离值是他意识到了奴隶制至少要接受一些更高档次的术语。独特的机构不能在代表共和生活的秩序和便利的同时,又不丧失整体的原则和凝聚力。麦迪逊、普布利乌斯以及南方的辩护律师之间哲学思想上的差距可谓微不足道。他们三个人都是关于南方奴隶制的政治家,在《联邦党人文集》第54篇中他们之间的紧张"甚微"。即便如此,故意创造的距离产生了一种矛盾所不能解释的紧张关系。虽说远远不够,但我们走进了启蒙运动的激进希望之中,这种希望坚持认为人类必须用它所发现的能力来改进所有人的命运。

3

主要话语中出现不连贯、断层的时刻表明了其他一些思考方式,但是这些思考方式不会表达思想本身,现在要重新找回那些丧失的意见和观点,又有很大困难。表象和现实解读那些背后没有财产的声音更加困难。洛克正确的理性原则,对于那些被统治的人而言却又完全是另一回事,启蒙运动的抱负对于那些被排除在外的人而言,其意义各不相同。战败的勇士、被贬低的奴隶和"隐形"的妇女要在18世纪的公共论坛中让别人听到自己的声音,必须讲一些关于自己点点滴滴。他们必须利用那些他们不准使用的话语。为了捕获这样的声音(通常在翻译中也只不过是一声低声抱怨,莫名其妙的勃然大怒,模糊的形象或姿势),历史学家和评论家必须一起冒险去探索已失去的环境、有限的工具以及活动背后的代价。这些发言人的创造性常常存在于现在已被认为是理所当然的生存策略中。

早期共和国对这些微不足道的声音的压制有一些是具体的,而其余的是普遍性的。18世纪印第安人的努力(现在已经变得零碎),与自己消失的肯定性相抗争。奴隶报道必须努力来创造能够表达自身价值的声音。而妇女的叙述则必须冲破性别的限制,这些限制注重和解却不注重发言权。与此同时,所有这些声音都在共识文化的控制审美中饱经折磨。他们没有公众领域中的审计员群体来将18世纪文学中的语言合法化,而这个不利条件是非常严重的问题。因为那个时期的文学作品是极具社会性质的,那些培育和支持着文人发展的白种男性公民可以成功地拒绝他们圈外的声音,或利用这些声音来达到他们自己的目的。

可以预料到,最著名的印第安人的发言是为早期共和党人所乐见的。1774年,洛根(Logan)酋长关于他家人被无故谋杀的发言代表着正在消失的印第安人,首先出现在托马斯·杰斐逊的《弗吉尼亚札记》(*Notes on the State of Virginia*,1784—1785)中,其次在以后无数版的《麦克·古非读物》(*McGuffey Reader*)中。这次演讲世代相传,并成为詹姆斯·费尼摩尔·库珀(James Feninore Cooper)的《最后的莫希干人》(*The Last of the Mohicans*,1826)中的主题,它确定了希望,并把对主流文化的恐惧感减少到最小。洛根是纽约市明各人中的卡尤加人(Cayuga)的酋长,他拥护一个熟悉的基督教慈善团体("我呼吁所有的白人说,如果有一天他饿着进入洛根的小屋,他没有给他肉吃;如果他感到寒冷,没有衣服穿,他没有给他衣服穿")。只有在受到明确的恶棍的恶意攻击时,他才会反抗("要不是因为有人受了伤,我甚至想过容忍你"），他以一种限制了所有人痛苦的坚忍忍受了失败（"洛根从来都不感到惧怕"）。最值得注意的是，他神秘消失了（在任何生物的静脉中都没有我的一滴血……谁会为洛根哀悼？——没有人。）真正高尚的野人不会通过保留故事的后半部分把他的故事复杂化——或者是别人的故事。

再来看一个更具特色、更具有现实意义的印第安人的演讲。那是塞尼加族（Seneca）酋长康普兰特（Cornplanter）于1790年在费城华盛顿总统面前作的演讲。康普兰特又名奇昂沃歌奇（kiontwongky），在演说中他提到了1779年的军事行动，那时革命军队在华盛顿将军的领导下摧毁了纽约西部和宾夕法尼亚州易洛魁人的文明，但是，在第二个《斯坦威克斯条约》确保印第安人持有余下的土地六年之后，易洛魁人的财产依然受到持续的威胁，这才是他认为应该解决的当务之急。

> 当你的军队进入六国领土时，我们把你们称为——城镇毁灭者（Caunotaucarius）；直到今天，妇女们一听到这个名字就脸色惨白，朝后看，孩子们则连忙躲到母亲的膝下。我们的议员和勇士们……对妇女和孩子的这种惧怕感到悲痛，渴望能把这件事深深埋葬到地下，不要再被提起。当你给予我们和平时，我们称你们为父，因为你们向我们承诺，我们可以拥有自己的土地。只要土地还在，这个我们所爱的名字就会永远存在于每一个塞尼加人的心中。

康普兰特利用交替的术语证实了文化对比。他以一个民族的政治领导人的身份发言，不像洛根那样是一个悲壮的战士，洛根的价值在对普遍同情的需求中超越了文化的界限。消除妇女和孩子的苦痛，抚平文化精神的创伤，当然，最重要的还有保护受到威胁的土地，这些都是康普兰特社交日程的重要内容。华盛顿既被称为"国父"又被称为"城镇毁坏者"（town destroyer），这两者是矛盾的。要理解为什么华盛顿既是国父又是毁坏者，就要看新生的美国和土著部落之间所存在的绝对裂痕。前者的发展意味着后者的毁灭。而康普兰特几乎没有提到这个不平衡的冲突。正如他所说的，就"好像是因为缺乏力量，我们的权利才被剥夺了一样"。

康普兰特演讲中的创造性来源于他对华盛顿的自负，他认为华盛顿定能赢得国父的称号。另外，请注意，所有的称呼都取决于财产的实际存在以及对这些财产的认可。华盛顿一开始赢得这样的称呼是因为他承诺让印第安人得到易洛魁的土地，但是，一旦土地不再归他们所有，这个爱称也就随之逝去。康普兰特知道他的演讲必须基于英美的财产标准才能有人听他所言，但

美国启蒙运动时期的文学

他却很聪明地利用手腕对早期共和党中最受人喜爱的称谓,即对华盛顿称为国父提出了质问。这次演讲的有效性也暗示了这次演讲为什么不能在主流文化中流传下来。康普兰特动用了不光彩的一笔遗产,由于共和党人没有兑现在这方面的诺言,从而灭绝了一个无助的民族。然而在看待那笔遗产时,又有多少人愿意把华盛顿看做"城镇毁坏者"?

美国土著印第安人的观点在意识形态透视法的冲突中、在翻译文稿中、在对文字记录的抢先占有以及在文学和口语文化中积累起来的误解中摇摆不定。在这些支离破碎的记录中,思考的迹象在转换过程中有时是最清晰的。所以,尽管印第安人最初没能理解书面声明所具有的严格的约束力与部落交换中所使用的记忆和口头协议有什么区别,但他们还是很快抓住了他们在跨文化辩论中的实际劣势。1784年10月易洛魁六国联盟(Six nations of the Iroquois Confederacy)和美国特命全权代表在签订《斯坦威克斯条约》(The treaty of Fort Stabwix)时,深思熟虑发生了奇特的扭转。当时易洛魁人的代表提出要一份会议的书面记录,而白人代表拒绝做会议记录,相反,他们坚持要采用印第安人在交换贝壳珍珠皮带时所用的方法来回忆发言条款。易洛魁人已经意识到对方的墨守成规以及记录备忘录的策略利用了口头协议的灵活性,并在听觉允许的范围内自由解释。他们开始明白只有书面形式的证据才可以在他们与美国的协约中保护自己。

18世纪美国印第安人的思想得以付诸印刷,绝大多数的表现形式为翻译过来的气愤、悲伤和失落——对于那些目睹他们的生活方式完全被摧毁的人而言,这种语调是完全合理的。然而在文学中的总体效果依然是控诉的文体学。留给我们的只有悲伤,这种悲伤几乎没有表达出部落文化中的那种潜在生机。萧尼族(Shawnee)先知藤斯克瓦特(Tenskwatawa)是那个时期印第安人民族主义最雄辩的代表者,他集中体现了这种题材的优点和缺点。他1806年在易洛魁联盟塔斯卡洛拉(Tuscarora)部落发表的演讲,据称使所有的部落联合了起来,共同采取行动,但出版的记录,尤其是先知那振振有词的演说却成了一连串不知所措的词句:

> 他们(所有部落)将会像蒸汽一样从地球表面消失;他们的历史将被遗忘,而现在知道他们的地方也会将他们忘记。我们被驱赶,直到没有任何退路;我们才不会消失。我们的战斧已经破碎,我们的长弓已经断弦,我们的火焰也已经熄灭,过不了多久白人就会停止对我们的迫害,因为到那时我们已不存在。

第六章 启蒙运动的局限

这些词句本身也许是真实的副本。它们确切地表达了印第安人的困境,而且当 1811 年和 1813 年西北部落消亡于提比克努河(Tippecanoe)和泰晤士河战争中时,预言也应验了,但是总体的语调也激发了古典挽歌和 18 世纪流行的墓地派诗人。那种忧郁的语调代表了早期共和国中印第安文学的感情。不久便成就了美国著名诗人威廉·卡伦·布赖恩特(Willilam Cullen Bryant)的巅峰之作《死亡观》("Thanatopsis",1817)。总之,先知呼吁时的语气是颇为传统的,而且总体被动的效果使他的措辞愈发有争议。

早期的共和党人只听他们想听的,报道他们想报道的。在这份讲演稿中,以印第安人的方式体现激进的有关财产的观点以及令人热血沸腾的骄傲在哪里?这种印第安方式促使先知和他的孪生弟弟特库姆塞(Tecumseh)将印第安领地的所有部落联合起来共同抵抗统治者威廉·亨利·哈里森(William Henry Harrison)。先知对垂死文化宿命论的描述为白种人提供了一幅极具吸引力的图画,这种文化的对立面西方领土现在已经不会受到野蛮部落的攻击("我们的战斧已经破碎,我们的长弓已经断弦")。相反,萧尼族人则希望直接对这种主流文化构成威胁。藤斯克瓦特和特库姆塞试图建立一个白种人不得不尊重的独立、统一的印第安国家,因此,他们首先对早期共和国的财产观提出了挑战。萧尼族首领辩解道,所有部落的领土必须大家共同占有,单独的一个部落没有权力割让土地,否则这个部落将道被疏远。在原则上,这是对联邦抢先占有主义的直接回击。

由于破坏带给人们的震惊在出版的印第安人演说中占据主导地位,因此在解释时又出现了其他问题。那种失去的悲痛剥夺了说话者与听话者的语境。1790 年费城会议中,当年迈的塞尼加族酋长盖亚苏塔(Gayashuta)对"自己的影子变得如此之小感到惊奇"时,那种以个人轮廓代表更庞大文化的提喻法并未传达出任何盖亚苏塔在多达 700 人组成的易洛魁小镇中看到的社会复杂性和土地繁荣的现象。他的演讲中只有影子正在消失。失落的主题满足了主流文化的期望。"我们担心如果我们再失去一点土地,就连埋葬死者的坟地白人都不会给我们留下",克里克族首领双头(Doublehead Chuquacuttague)在 1796 年签订《柯尔雷条约》时这样抱怨道。不公平待遇是这篇文章的主题,但其语言也传达了衰竭的信息,而且从启蒙运动的角度来看,这种衰竭形成了部分不可抗拒的对立。为了早期共和国的发展壮大,印第安人的分崩离析所付出的代价无论多大都是可以接受的。

如何辨别这些叙述中哪些是真实的呢?就某种意义而言,做到这一点就要捕获点缀在这些讲演中的独立的意识、演讲的智慧以及关于价值的陈词。例如,尽管塞尼加族酋长索哥亚瓦特(Sogoyewatha),又名红杰克(Red Jack-

○美国启蒙运动时期的文学

et），在1805年对约瑟夫·克拉姆（Joseph Cram）的传教工作做出回应时仍然陈述了印第安的衰退，但他尽力把旧主题转化为对文化相对性以及印第安人价值地有力维护。"你已经得到了我们的国家，但是你们仍然不满足"，红杰克指责克拉姆说，"你想把你们的宗教信仰也强加于我们。"下面这些没法回答的问题阐述了重点。"如果［圣经］既是为你们而准备的，又是为我们而准备的，那么为什么主神没有把它赋予我们？""我们经常被白人欺骗，我们怎么知道什么时候可以相信你们？""如果世界上只有一种宗教，那么为什么你们白人也意见不统一？"渐渐地，这些疑问中的讽刺愈演愈烈。红杰克以更具有哲学性的印第安人的克制和满足感揭露了白种人在扩张领土方面贪婪的天性：

［上帝］让白色皮肤和红色皮肤的孩子之间存在很大区别……既然上帝让我们在其他很多方面也有很多区别，那么我们为什么不可以得出这样的结论说上帝根据我们各自的理解赋予了我们不同的宗教？……我们很满意。兄弟！我们不希望破坏你们的宗教，也没想把它从你们那里夺走。我们只想安然享受自己的宗教。

这种辩论中的胜利使我们粗略地了解一种性格和观点。一次类似的观点的闪现发生在1781年后期，德拉威尔州首领派普上尉（Captain Pipe）巧妙地运用了一个问题就破坏了美国独立战争中英国联盟的逻辑。"我们有谁能相信，"底特律会议上派普问英国指挥官，"你们会爱一个与你们肤色不同的民族比爱与你们一样的白种人还深呢？"觉悟的力量是不能被忘记的，虽然它未能改变局势。印第安人必须在他们的白人对手中选择一方，而且无论他们选择哪一方，他们都会变得一无所有。"当听说根本没有提到我们时［1783年《巴黎协议》］，我们很震惊。"摩霍克族人泰亚但吉（Mohawk Thayandangea），又名约瑟·布朗特（Joseph Brant）提醒1785年处理殖民地事件的英国代表，"我们简直不能相信，一个享有世界盛誉的国家居然会疏忽掉他如此亲密的朋友和坚固的同盟。"

很偶然，在对公正的索取中，聪明者充分利用了不同点和相似点。1793年8月13日，七国同盟写给美利坚合众国的一封信对白人侵入俄亥俄州的北部提出抗议，拒绝用钱买地的企图，（"钱对我们来说没有任何价值，而且我们中的绝大部分人都不懂钱"）。更好的解决方案是，这封信继续讲道，把用来买印第安人土地的钱直接送给那些比较穷的白种人，他们需要钱，而且为了得到钱他们甚至都去偷土地。但是这种近乎斯威夫特式的对不同点的利用

第六章 启蒙运动的局限

并未妨碍以独立文化为基础的冷嘲热讽。同一封信还推断出联邦提议和特许权中"共同正义"带来的迷惑。"因为你们最终已经承认了我们的独立，所以[你们]好像希望我们应该放弃自己的国家来报答你们的好意。"

这样的交流表明了美国土著的瓦解并不是因为理解上有问题，也不是因为具体的文化原因。1790 年费城会议上怀恩多特族（Wyandotte）的发言人小比弗（Little Beaver）直言不讳地指责了该负责的人。"要说到做到，"他告诉联邦代表说，"如果你们的人民做错了事，就应该阻止他们。"很显然，弱势的美国联邦政府和联盟并没有能力阻止其公民。早期的共和国当局对易冲动的、贪得无厌的边疆居民连很小的政策和条例都没有实施。

启蒙运动在意识形态方面的一个贡献是它包含了白种人扩张和政府政策中所没有的理性控制。本杰明·富兰克林于 1751 年著的《人类的增长》（"Observations Concerning the Increase of Mankind"）一文中描写了那些被排除在外的"所有黑人和托尼人（Tawneys）"如何可以获得光明，而美国土著属于托尼人。"当我们通过清除美国森林来（我可以称之为）清洗我们所在的星球，从而使我们地球的这一边能够将更亮的光照耀到火星或金星上的居民，"富兰克林写道，"为什么我们这些高级动物应该让地球上的人民处于黑暗中？"乔治·华盛顿不像具有善用反语言的富兰克林那样机敏，他提出了文雅和野蛮之间的基本冲突。在 1783 年 9 月 7 日写给国会议员詹姆斯·杜南（James Duane）的信中，他解释说："我们殖民地的逐渐扩展在将来一定会使野人像狼一样都无处可去；野人和狼都是猛兽，两者只是形状不同而已。"

这样的评论使人觉得其发言人根本没有人类的义务感，也没有表现出美国土著答复中的深度感情。"你们决定要将我们粉碎吗？"1790 年康普兰特问华盛顿。"如果你们已经决定了，那么就告诉我们；好让我们国家那些已经成为你们子民并决定以此身份死去的人知道应该怎么做。"这句评语的主要雄辩之处来自于他们意识到并已经计算了他们的损失，但康普兰特的话上升到一个更高水平，因为他们意识到了共和之光和文雅仅仅反映了权力而非理性。这种意识扩展开来，使得早期共和党人完全无言可辩。

华盛顿的答复并不值得纪念。1790 年 12 月 29 日他给康普兰特的正式回复中对过去表示悔恨，并承诺要保护他们，给予他们"合适的礼物"，谴责了"坏的印第安人"，并宣布公平公正。但是跨文化文学中的公平已经没有了其在 18 世纪思想中的哲学基础。正如理论家杰斐逊在 1773 年为弗吉尼亚土地辩护时已经预见到的："无论谁想要以人类自然权利为由来要求索赔……或是化解对美国印第安人的侵略，他会发现这是幻想，只会存在于他的想象中，有违于不容争辩的事实。"已经丢失的美国印第安人记录中残存下来的只言片

515

美国启蒙运动时期的文学

语对早期共和国非常不利。

5

美国土著境况的痛切只是短暂的，而奴隶制的痛切则在于其不断增长的永久性。如果说前者在18世纪的生活中带来了心理上的震撼，那么后者在意识形态上的影响更加险恶。早期共和党人"发现"了土生土长的民族，然后在具有破坏性的追求繁荣的过程中取代了他们，并立即把他们抛在脑后，但他们以繁荣的名义"创造"了奴隶制，这个制度作为共和国成长的一部分而蓬勃发展。奴隶制还以更果断的方式打破了启蒙运动的准则，以及美国自由的修辞。正如1773年帕特里克·亨利向罗伯特·布赖恩特解释的令人不安的分歧一样："更使人忧虑不安的是，这种令人不快的做法已经被引到最开明的时代，这个时代有资格来吹嘘它的重大进步。""谁会相信我是奴隶主？"亨利若有所思地说道。对之前假定矛盾的信仰对其他可能出现的结果提出了质疑。"我不知道停在何处"，亨利告诉布莱恩特说，"我可以就这个话题谈很多东西，对这个话题仔细研究一番后，你会对未来悔恨绝望。"

当奴隶也同样意识到这点时，奴隶制的阴云如何笼罩着共和试验就显而易见了。"如果华盛顿将军被英国人带走并被他们审讯，他所能做的事情就是我所能做的，"1800年加布里埃尔·布卢瑟（Gabriel Prosser）奴隶暴乱后一名黑人被告说道，"为了使我们的同胞享受自由，我甚至拿自己的生命去冒险，而且我心甘情愿为这项事业做出牺牲。"实际上，意识在传播中被加强和颠倒了。这句话得以传下来，是因为有一个来自弗吉尼亚州的白种人在里士满法庭上目睹了对暴动者的审讯，并与几年后，把这句口供传到了外部的一个评论者英国人罗伯特·斯特卡里夫（Robert Sutcliff）那里，后者又把这句话记录在1811年的《北美游记》（*Travel in Some Parts of North America*）一书中。这些话尽管时间上有些晚而且有些不直接，更不用说保留下来完全出于幸运，但是都暗示了公众威胁语言中的危险。

奴隶们必然是会进一步反抗的。他们希望华盛顿被黑人占领，但他们又惧怕华盛顿被黑人占领，所有这些都源于洛克的前提条件即：奴隶总是处于"战争状态"，而在一个极力保护个人权利的文化中，这种战争状态就尤其敏感。早在1767年亚瑟·李（Arthur Lee）的《关于奴隶制的演讲》（"Address on Slavery"）中就已经阐述了这种现象对美国的实际影响。《弗吉尼亚报》（*Virginia Gazette*）刊登说古人都是因为"自己的奴隶造反而被破坏得一无所有"，李预测说，"奴隶制的进一步发展会给我们带来更严重的后果"。李自己也是出身奴隶主家庭。他警告说，"最终的打击总有一天会落在我们，甚至我们后代身上。"而且一旦这种打击来临，没有借口或者没有必要给出借口。"非洲奴隶"是不会考虑任何道义方面的问题的。"大自然中，人类社会历史上从来都没有像如今这样臭名昭著地破坏人类的所有权利。"

奴隶主和奴隶对不能容忍的意识形态矛盾的共同认识，对非裔美国人的现状产生了深刻影响。最重要的是，对主流文化中矛盾的认识使得已经令人憎恶的种族优越感转化为一种要剥夺非裔美国人所有自然权利的冲动，包括最基本的生存权、自由权和所有权。非裔美国作家必须不惜一切代价来阻止这种冲动。与此同时，由于进一步反抗的想法不可避免，这就使得这种想法本身就很危险，因此它作为一种表达方式——尤其是作为非裔美国人的表达方式是不可接受的。当有这种想法的白人居民只是保持沉默时（《弗吉尼亚报》拒绝出版亚瑟·李文章的续篇），非裔美国人就被杀害了（1800年的暴动者很快就被处决了，正应了他自己的预言"乐意牺牲"）。18世纪的非裔美国时事评论家如果想要避免这场殉难，必须反抗种族主义的强行进入，不要一味地只是陈述最终结果。结果充其量就是表达附属意图的训练有素的语言，这种语言仅在文化压制之下触及文化压制的表面。

典型的18世纪非裔美国文章必须通过调解的姿态来提问。非裔美国人在独立战争期间向立法机构递交的关于反对奴隶制的请愿书充分利用了美国的奴役以及英国的暴政两者之间的相同点，然而正如1779年11月12日一个来自新罕布什尔的奴隶所说，他们这样做是要"反对这个国家的暴政和压迫，在这个国家里，我们长久地被奴役着，这是不公平的"，并不是要通过暴动来建立一个新国家。1777年1月13日马萨诸塞州一名非裔美国人递交了一份相似的请愿书，请愿书表达了极大的"震惊，因为从来没想到在他们与英国发生种种不快过程中发生作用的美国原则居然比一千人请愿者的呼声都要强大"。然而这封请愿书的修辞重点又落在"这些州里合法好公民"的共同努力上。事出有因的"憎恨精神"被精心地限定在恳求的请愿者的范围内。

值得一提的是，这些美国黑人的和解并非没有自己的特色和尖刻。凯撒·萨特（Caesar Sarter）曾经是一个奴隶，他于1774年8月17日在《埃塞克斯日报和梅里马克报》（*Essex Journal and Merrimack Packet*）上写了一篇文章，反驳英美国家所认为的他们相对于黑人所具有文化优越性。他勇敢地为受奴役的美国黑人扭转了观点，并通过含沙射影，扭转了奴隶文化。

> 尽管我们是你们从一个无知的国家带来的，但可以肯定地说，我们原来所在的那个国家是相对纯洁的——一个满是牛奶和蜂蜜的国

美国启蒙运动时期的文学

家——然而我们大部分被带到这里的人不仅被剥夺了生活中的快乐，而且还被迫接受所有的折磨，而这些折磨只有最残忍的审讯者或者反复无常的暴君才能想得出来，从之前那些邪恶的例子可以看出，我们在这里要变成撒旦之子的可能性要比在自己的国家多十倍。

在对金科玉律进行讽刺的同时，萨特又将奴隶主和奴隶的角色进行了替换，这样奴隶主就可以明白什么是"以牙还牙"。这部分的结尾部分使用了直接演讲的模式，迫使每位读者把自己置于奴隶的角色中，从起初良心上的不安发展到全身上下的刺痛。绑架、种族隔离、奴役、进口奴隶入境、出售以及转售，痛苦一个接着一个。"然而还远不止这些，"萨特说道，"在这之后，你还得听从主人的命令，还得接受'九条鞭'的待遇，为的是实现你那不近人情的主人所说的理性。"

要想获得成功，关键在于利用主流文化形式，但并不是不加鉴别地完全接受。因此，尽管 18 世纪美国黑人的一些文章以及早期一些其他的废除黑奴制的文章都倾向于颂扬基督教义，但是他们却不允许皈依的祝福掩盖非洲文化的合法性。奥兰达·厄奎亚诺（Olaudah Equiano）于 1789 年所著的《厄奎亚诺之人生趣闻或古斯塔夫·瓦萨——非洲自述》（the Interesting Narrative of the Life of Olandab Equiano or Gustavus Vassa, The Africa）以及布罗蒂尔·弗罗（Broteer Furro）于 1798 年所著的《非洲土著温车生活历险记》（A Narrative of the Life and Adventure of Venture, A Native of African），以及主张废除黑奴制的教友派信徒安东尼·贝内泽（Anthony Benezet）于 1771 年所著的《几内亚史》（Some Historical Account of Guinea）都坚持认为，要在奴隶贩子把他们摧毁之前，非洲各团体应该充满活力，实现繁荣以及各团体的同乐。非洲的主张与接受基督教教义之间巧妙的平衡表现出对种族主义的一种审慎变化或者反应——这种变化或反应程度如此之深，以至于平衡本身为文学的创造性提供了标准。正如非洲主张要求人类身份原始的团结及完整性，接受基督教义表达出智力、情感和道德调节能力以确立在英美文化中平等对待的要求一。

在奴隶的讲述中，差不多都提到了对基督教的拥护，只是拥护程度不同而已。皈依不仅证明了能力，给神学主张以平等通道，而且它控制了宗教声音，这是英美文化中第一次革命的声音。1774 年，凯撒·萨特完全意识到了暴动的有利时机，他在《论奴隶制》（"Essay on Slavery"）一文中运用圣经的内容预见了暴动的前景，但他并没有大胆地直接提出暴动。"我很高兴回忆一下法老悲惨的结局：由于法老迫使一些人接受不公平的残酷奴役，并拒绝给他们自由，因而得到悲惨的结局。"萨特这样提醒现场听众（"那些主张让非

第六章 启蒙运动的局限

洲人成为奴隶的人")。

一些更聪明的人运用同样策略对美国奴隶制进行了更为精细复杂的评论。菲利丝·惠特礼（Phillis Wheatley）在1774年2月11日写给牧师萨姆森·奥克姆（Samson Occom）的信中将古希伯来人和18世纪生活在美国"现代埃及"的"压迫"之下并受尽折磨的美国黑人画上了等号。在广泛刊印于《新英格兰报》（New England Newspaper）上的诗人的描述中，公民自由和宗教信仰自由成为一个不可分割的整体。这两种自由共同激励人们"热爱自由"，"反抗压迫并渴望着解放"。惠特礼肯定是根据自己的亲身经历娓娓道来；就在她给奥克姆写信的前几个月才得到了自由。然而由于这种对自由的热爱是直接由上帝深植于她心中的原则，惠特礼可以提出她的基本想法而没有遇到攻击的危险。让独立而又神秘莫测的上帝来解释政治细节不失为一种安全之举。正如惠特礼向奥克姆所说的："上帝会在合适的时机以他自己的方式将奴隶释放。"

惠特礼写给奥克姆的信中，紧迫感与自安天命融合在一起，成为一种力量之源，并抓住了早期共和国时美国黑人生活的困境。惠特礼被释放好像是因为1773年春末夏初她在英国待了六周。"我回到美国后，"1773年10月18日她在给大卫·伍斯特（David Wooster）的信中写道，"由于我在英国朋友的要求，我的主人给了我自由。"奴隶需要外界的援助和保护也是这封信所传达的一个信息。她之所以表达自己对自由如此得渴望，正是因为在18世纪的文化氛围中，自由和生命本身对美国黑人而言都是不可得的。尽管已经得享自由，菲利丝·惠特礼在31岁去世时仍一贫如洗，而且她带进那个未知坟墓中的身份依然表明着她对压迫的反抗。她8岁时在波士顿港口被买去"做生活琐事"，这位未来的诗人自动改姓她主人的姓。不过约翰和苏珊娜·惠特礼（Susanna Wheatley）于1761年7月11日以一种更具体的方式为此事又添上一笔。他们以那艘把他们的新财产带到美国的贩卖奴隶船的名字"菲利丝"为她命了名。

在有关奴隶的陈述中，经历的伤疤掩盖了成功和文化改观的主题。毕竟，成功是那些已经摆脱了长期文盲状态的作家的象征，具有代表意义的奴隶的陈述强调了同化时代的最高境界（读写能力、皈依、解放以及婚姻），从而与成功相辅相成。然而，不可避免地，奴隶文化的改观也包括对他们的控制。在掌握读写能力的过程中，奥兰达·厄奎亚诺一直失败，直到他接受了他的基督教名字——古斯塔夫·瓦萨。在《詹姆斯·阿伯特生活趣闻》（A Narrative of the Most Remarkable Particulars in the Life of James Albert Ukawsaw Gronniosaw）中，当一个虔诚的老年奴隶因被认为传授经验而被鞭笞时，詹姆斯·

519

美国启蒙运动时期的文学

格罗尼斯（James Gronniosaw）学到了不要诅咒。在《非洲牧师约翰·吉的生活、历史以及无可比拟的痛苦》（*The Life, History and Unparalled Sufferings of John Jea, the African Preacher*，1811年）中，尽管奴隶主以及奴隶都信仰基督教，但这并未能阻止奴隶主对奴隶的鞭笞。对奴隶的解放未能帮助美国黑人免受惯有的虐待以及种族歧视文化对他们的不公平。《非洲人乔治·怀特的生活、经历、旅行以及福音工作简述》（*A Brief Account of the Life, Experiences, Travels and Gospel Labors of George White, an African*，1810）中详细讲述了另一例成功地摆脱奴隶身份的例子。作为卫理公会派牧师，乔治·怀特（George White）拥有自由而且已经改变了信仰，但他仍然要忍受白人卫理公会派教徒经常性的故意阻挠，这些人告诉他说，"是恶魔在逼迫我讲道。"

对这种永久的不公平的完全意识来自于布罗蒂尔·弗罗叙述中的温车·史密斯。温车·史密斯的支持者和出版商把他描述为反对奴隶制的本杰明·富兰克林，但他没有过多地叙述关于自己身份的转化、婚姻、自由和物质成功方面，而是一个故事接一个故事地讲在生意中白人邻居如何诈骗他的钱财。这些故事最终的结局是在纽约法庭上，在那里领头的公民欺骗他，然后嘲弄他那些不值一提的不幸。一点都不出乎意料，温车·史密斯对这次事件的叙述和富兰克林的"致富之路"中的合理语调毫无关联：

> 所有这一切针对的对象是一个孤弱无助的陌生人，一个在这个世界中由于辛勤劳动而精疲力竭的人，在这个世界中没有任何理性或公正为基础，在一个基督教国家这样的行为无论叫什么，在我们本土这是与公路抢劫一样的罪行。然而哈特船长（Captain Hart）是一个白人绅士，而我则是一个穷苦的非洲人，因此对一只黑狗来说，一切都不错，好得很。

在美国呆了60年并取得巨大的成功后，以温车这个名字生活的布罗蒂尔依然是生活在外国土地上的"一个孤弱无助的陌生人"。种族偏见促使他一直都在维护自己的家乡，而他的家乡在他7岁的时候已经被彻底毁灭。

显而易见，当温车发现自己有意无意地在保持中立时，他的文化既得到了改观又没有得到改观。那个看着自己的父亲在非洲被奴隶贩子折磨致死的小孩子自己现在也已为人父，当面对自己孩子在美国的失败时，他"悲痛地紧闭着双唇，无言以答"。在受到心理创伤的孩子与愤怒的大人质问"理性或公平的基础时"，两个不同的标准将联系在一起。第一个标准就是成功的绝对物质化。温车这个名字是一个投资贩卖奴隶的主人给他起的，温车很快便了解到所有权才是最主要的社会价值。从某个层面上来讲，《温车生活历险记》

第六章 启蒙运动的局限

(*Narrative of the Life and Adventures of Venture*) 记录了物质转换的过程,从第一次布罗蒂尔买卖得到的四加仑甜酒和一匹印花白布到最后温车所积聚的财富("两百多亩的土地,以及三所适宜于居住的住所")。数字和交换,无论公平与否,使得这个叙述故事带有一种苦涩的结果。在财产价值这方面,生活的基本原则容易受到启蒙思想中最糟糕的实用主义的影响,不过其中不包括奴隶制本身。

成功的第二个标准也即更高一层的标准使布罗蒂尔和温车成为一体。他从小便最珍惜自己的自由。"没有什么东西比我的自由更宝贵,"温车在这本书的最后一页这样总结道。骄傲和痛苦一起交织在这个论叙中。在美国,个人自由和物质的积累一直以来都是相互结合的,然而无论在生活中还是通过文字,温车在这种结合中都找不到依托。对自由权和所有权的侵犯迫使温车·史密斯否认他的成功是一种文化身份证明,这最好地解释了18世纪时对美国黑人的冷漠和疏远。最终,因为愤怒,他写了这本书。对于温车而言,索罗门的悲伤要比救赎的喜悦更为难忘。他的最后一句话选自传道书:"虚荣的虚荣,凡事都是虚荣。"

了解18世纪美国黑人文学作品中一些特别的反常趋势、概念、意图、压力以及理想的破灭有助于解释另一部著作——朱比特·哈蒙(Jupiter Hammon)写给他在纽约的奴隶伙伴的一篇文章,这可能是当时整个时期被人误解最深的一部作品。《致纽约州的黑奴》(*An address to the Negroes in the State of New York*, 1787) 具备很多上文分析过的特点,它也映射了主流文化,从而使我们更清楚地了解它的文学技巧。回想起来,我们可以意识到很多可以主导早期美国黑人篇章的通常因素:白人出版商写的鉴定序言,哈蒙偶尔对自己奴隶身份说的双关语("先生,我是你的仆人",他如此告知纽约州的非裔团体),他对教育的强调(最重要的是阅读能力),以及他对双重标准框架的诉求,在这种框架中,他那"贫穷、受蔑视的穷人"得到永久精神以及现世的身体,以便在不虔诚时更为谨慎地谴责奴隶制。

当20世纪的读者误解了朱比特·哈蒙传达的服从主人以及接受奴隶制的信息时,问题就已经出现了。我们应该更多地注意这篇演讲开篇的语调,其中流露着一种对奴隶日渐悲惨的生活状态难以抑制的悲伤之情,这种悲伤"有时候过于沉重,以至于人类都难以承受"。伴随大量的技巧,哈蒙的开场白暗示,他向美国黑人致词的代价就是白人的支持。这段话还表明:首先,"很多白人,认为(我的作品)会对他们的仆人们有好处",其次,文章本身应该鼓励那些仆人更加紧密地团结在一起。哈蒙说,"当你们知道这些话出自一个黑奴之口时,我想你们可能更愿意去听听他说的话。他与你们一样来自

美国启蒙运动时期的文学

同一个国家,与你们拥有同样的肤色,所以他是不会有兴趣欺骗你们或者说什么给你们的,他真正想到的是你们的利益和要履行的义务。"对另一个国家的提及引人注目,同样对主流文化不忠诚的强烈暗示也引人注意。

文章中的谦恭语调并没有阻止哈蒙坚定地说"自由很重要,值得我们去追求"。他之所以这么说不仅仅是因为奴隶希望如此,而且"战争后期白人的行为"也是原因之一。尽管这篇文章没有冗文,不过也讲到了关于废除奴隶制革命的伪善。"我必须说",哈蒙特别提到这一点,"我原本希望当他们为自由而如此奋战时,上帝能够睁开他的双眼,想象一下可怜的黑人的生活,从而对我们施与同情怜悯。"然而,有趣的是,哈蒙从来都不指望这种同情和怜悯。他在这篇文章的后半部分写道,"如果上帝想让我们自由,他会在适当的时间以适当的方式给予我们自由。"

基督教的谦恭也不是漫无边界。文章中大部分都在呼吁依靠未来世界,但带有直接的社会学意义。未来世界会像现在这个世界一样把人划分为自由人和奴隶,不过把人永久分开的天堂和地狱会根据善恶和道德而非种族来划分。哈蒙天堂中的民主给人的印象非常深刻,因为它是留给未来的。"上帝的话中有很多鼓舞人心的东西,可以鼓励我们这些无知者。"哈蒙说道,"因为上帝并没有选择这个世界中的富人。"接下来,哈蒙用了一个低调处理的幽默再次强调了现状的恐怖,通过这则幽默,哈蒙把"最愚蠢的人"定义为那些使自己"在这个世界以及将来的世界都很悲惨"并且"在这里被奴役,永远被奴役"的人。70岁时,他问:"和永恒相比,40岁、50岁、60岁又算什么呢?"

《致纽约州的黑奴》是出自一名奴隶之手,他受到共识文学指导原则的双重限制,朱比特·哈蒙所强调的遵从上帝安排则使得这些限制条件更加复杂。尽管他使用了圣经中《圣保罗给以弗所书》(St. Paul to the Ephesians)(6:5-8)的禁令来提醒他的奴隶听众应该遵从主人的吩咐,但就这个问题的讨论有一个实用的限制条件。"目前,无论上帝认为他们让我们做奴隶是否正确合法",哈蒙提醒他的奴隶听众说,"在他们的法案要求中,遵从主人的吩咐是我们的义务。"因此有关奴隶制的问题就留由上帝来解决。然而不幸的是,由于朱比特·哈蒙出于一个现在已被忘却的角度写作,所以这个论点的力度完全消失了。上帝的手在后革命时期的政治中被束缚了,而在殖民时期并非如此。哈蒙的真正力量来自于一个更早的年代,那时上帝的存在更明显、更加活跃。当哈蒙警告说上帝"是超乎寻常的可怕——这一刻他可以让你活着——但是下一刻他便可以把你送到被你嘲笑的可怕的地狱,"他的话回到了乔纳森·爱德华兹那里。

第六章 启蒙运动的局限

这种分歧既微妙又巨大。具有疑义的是，美国独立战争将教堂和政府严格分开，对美国的奴隶人口造成不利影响。读一读那个时期的小册子文学就会意识到，18世纪美国奴隶制的最有力的反抗者是牧师。而且，70年代早期，牧师在奴隶制问题方面杰出的雄辩能力与他们所掌握的政治力量密切相关。1774年的马萨诸塞州耐弗伯格坡特（Nevoburgport）的奈尔斯（Niles）、同年的波士顿的盖德·希区柯克与1775年康涅狄格州普雷斯顿的李维·哈特等牧师动摇了长期以来的社会秩序，因为他们代表的是大众团体而不仅仅是教会的精神寄托。

在著名的《两篇自由演讲》（Two Discourses on Liberty）中，纳撒尼尔·奈尔斯对激进的牧师发言时说道："上帝赋予我们自由，而我们却奴役我们的同伴。"奈尔斯尽可能表现得直言不讳："我们能不害怕报复之法会施加于我们身上吗？我们又能怎样反抗呢？"当奈尔斯指出革命时期美国的各种矛盾时，问题便越来越多：

> 我们能为我们的行为找出什么样的理由来说明我们对别人的压迫将来不会以同样的方式归还我们？……我们能享受自由吗？那么我们现在必须给别人自由。如果为了补偿我们的羞愧感，我们要不停止奴役我们的同伴，或者让我们停止抱怨那些奴役我们的人。让我们把手上的血洗干净，或者永远都不要梦想逃避别人对我们的报复。

这些话语和托马斯·杰斐逊在《弗吉尼亚札记》中所呼吁的取消奴隶制的话语既相近又相距甚远："每当我想到上帝是公平的时候，我就会为我的国家而发颤；他的公正总有一天会发挥效用。"

1774年奈尔斯的主张与1787年杰斐逊的主张的区别之一是政教分离。正如菲利丝·惠特礼和朱比特·哈蒙一样，奈尔斯同样认为民权和自由权是不可分割的一个整体。他说："没有自由权的民权，正如没有灵魂的躯体。"这两者的结合在政治中的影响就是使认为公民平等的上帝发怒。政教分离则是启蒙运动的成果，这使得政治论坛不再充满气愤之情，取而代之的是人类的理性。在对奴隶制进行谴责时，杰斐逊看到了理性的局限性，然而这并没有能协调神圣和世俗的反应。不过他绝望的努力却起到了作用，使得这个几乎不可能的问题由人类转向由神圣者手中来处理。即便如此，上帝仍是一个相对而言遥不可及的人物。与奈尔斯和哈蒙所不同的是，突如其来的报应并不是杰斐逊文章的主题，因此杰斐逊反对奴隶制的辩论也就因此没有那么有力，也没那么具有说服力了。他的辩论中缺乏宗教的声音，未能表达出奴隶制的

◉ 美国启蒙运动时期的文学

罪恶随时都会受到毛骨悚然的永恒的惩罚的观点。

由政教分离所引起的演说内容的转换也从另一个角度保护了奴隶制。当牧师不再涉足政治，社会抗议的重要源泉也随他们而去。在美国，牧师享有就不愉快和危险话题进行演说的特权，这种特权从来都没有扩展到其他职业领域。（当然，1776 年后并没有人取代他们在政治领域的地位，而且直到今天，牧师仍是在美国民权方面最雄辩的演说家。）1773 年，在本杰明·拉什《就保留奴隶制问题致英属北美殖民地居民演讲辞》（"An Address to the Inhabitants of the British Settlements in America upon Slave–keeping"）时，他偶然地发现了文化带来的局限。"这份出版物……激起很多奴隶主对我的憎恨，从而对我造成了伤害"，拉什是一名内科大夫，他在自传中草草写道，"另外，这份出版物使别人认为我在插手一件与我的领域毫无关联的争论，从而以另一种方式伤害了我。"奴隶制所涉及的道德问题对于布道来说是更加本质的问题，牧师们从未丢失过对此评论的权利，但是他们在具有政治影响力的论坛上发言的能力在早期共和国逐渐减弱，伴随而来的是奴隶制的兴起。30 年后，有效的废奴运动将取决于不同群体间就奴隶制的争论中重新出现的宗教观点。

以上所有这些有助于解释为什么宗教声音是美国黑人叙述中不可或缺的东西。美国独立战争后两百多年来，宗教一直是小团体反抗最稳妥有效、最安全、最关键的源泉。从心理学的角度而言，宗教也使人们能够表达愤怒之情，从而减少对发言者的心理创伤。惨遭迫害的基督教徒可以在上帝的愤怒中行事和安息。实际上，通过分析美国生活中不断膨胀的教规并不足以强调这种有来龙去脉的愤怒的重要性。正如来源于启蒙运动的理性思想是国家权威机构不可避免的谈资一样，愤怒则成为不断改变和答复这个权威机构不可避免的声音。美国黑人的早期作品中，一些比较敏感的作品意识到理性符号实际上是他们的敌人。温车·史密斯否认理性和公平有任何基础，凯撒·萨特因奴隶主的"九条鞭"而反驳理性，他俩所说的话都是基于那些痛苦的经历，其痛苦超越了普通的情感和语言所能表达的范围。

5

对于那些被剥夺权利的人而言，愤怒是推动变革的必要因素，因为战后思想把最初的造反意图转化为集体身份和宿命的前景。这种转化所付出的代价最突出地表现在对妇女写作的笔调控制上。18 世纪受过教育的妇女，那些被戏称为"学问渊博的妇女"，受到最频繁地限制，她们不能因自己的事情而愤怒。由于她们的任何一句语气强烈的话语都有被划分到愤怒类的危险，所

第六章 启蒙运动的局限

以性别的限制要求她们采用最顺从的语调来进行正确表达。当然，这种表达越公开，那些限制条件就越苛刻。

革命领导者当中只有托马斯·潘恩一直在为妇女争取权利。1775 年，他为《宾夕法尼亚州杂志》所写的《就女性问题的应时信》（*An Occasional Letter on the Female Sex*）这篇文章中对不公平的事实做了一个概括。"在任何时代，任何氛围下，男性对于女性而言"，潘恩写道，"要么是一个冷漠的丈夫，要么是一个压迫者。"这封信中还详细地说明了妇女被排除在公众场合之外的事实："当男性要将责任强加于妇女身上时，他剥夺了妇女在公众场合的自尊，而对妇女美德方面的苛求则使得妇女对尊重的渴望成为一种罪过。"公众美德和尊重原应该由妇女争取获得，现在则由男人分配给她们。但是她们不能出现在介于私人讨论与政府正式辩论之间的非官方但影响力巨大的公众场合，限制了她们对每件事情在智商方面的影响力和影响范围。

两个重要因素使得这个时期的女性作家处于尴尬的境地。陈述权利与妇女地位之间明显的矛盾——这种矛盾在 18 世纪的文学创作领域有着特别的影响力——使女作家局限于只能写一些顺从社会以及智力方面的附属文章。与此同时，战后美国的文化恐惧症开始以性别的形式出现，这种形式有效地将妇女平庸化，因为在这种形式下，女性不用为她们的危险行动负责。在共和国的意识形态中，妇女有着积极的地位，而在自由和共和国美德的象征意义中，则强调了妇女在公众论坛上的被动地位。自由或美德，这些表达中经常有受到威胁的插画，指的是在男性的保护下的地位纯正和经历清白，这些都阻碍了妇女的独立活动。

那个时期的行为手册和杂志中，到处都是对妇女这方面那方面的限制。事实上，在这些书和杂志中，妇女所有的那些自发的充满活力的行为都变得让人生疑。1792 年在费城出版的《女性袖珍词典》（*The Ladies' Pocket Library*）中在谈到这个话题时将完美的女性比作一件精美的瓷器，文中说："很明显，越精美就越脆弱；而这种固有的道德上的弱势清晰地表明妇女应该更谨慎，从公共场合隐退并保留自己的想法。"文章继续指出因为妇女"在弱点中找到保护，在脆弱中找到安全，"所以"她们会心甘情愿地放弃智慧的力量，这种力量是进入更深奥的文学领域所必需的"。"相反，男性则要更频繁地出现在人生更大舞台上的公众场合，"而且当他们"在战场上显得可怕，商业中有用，在做律师干得出色"时"找到他们的适合的社会地位。"

在早期共和国，这种逻辑如此流行，以至于茱迪丝·萨尔金特·莫瑞（Judith Sargent Murray）鼓起智力以及政治方面的勇气拒绝这种逻辑时显得不同寻常。1790 年她为《马萨诸塞州杂志》写的《论性别平等》（"On The E-

美国启蒙运动时期的文学

quality of the Sexes")中讲道,男性思想中"明显的优越感"只会使"从小就教一个人有志气,而另外一个人则受到限制"的境况受到尊崇。由于"女孩必须全心全意地投入家庭生活,而男性则被牵着走过铺满鲜花的科学之路",所以人们期望女性弱一些。不幸的是,克服了这些障碍的妇女的生活并不幸福,还遭人讽刺,被戏称为"知识渊博的妇女"。莫瑞又补充说思想活跃的女性不会把家庭生活当做她生命的全部,人们所认为的女性的缺点——闲谈、追求时尚、闲逛、奢侈等——实际上都是女性因为不能参加更有价值意义的论坛而表现出来的沮丧和失望之举。

莫瑞的最后一点故意触及了文化的神经。女性的奢侈是早期共和国偏执恐惧症的避雷针。女性的简朴作风在革命后的美国越来越弱,这种简朴因奢侈精神而遭受折磨,而在公开讨论中这种邪恶通常被认为是妇女引起的。在早期共和国生活中,人们把使妇女奢侈的传统原因归结为是女性服装。1783年的《论服饰——对美国女性及时而友好的警告》(*A Treatise on Dress, Intended as a friendly and seasonable Warning to the Daughters of America*,1783)这样写道:"撒旦迷住人们的思想,使他们对艳丽、华丽以及昂贵的服饰着迷,然后再让这些人被他的意识所俘虏,再把他们投入地狱。没有什么别的手段可以让撒旦如此成功。"1787年的《论妇女骄傲之谚语》(*Proverbs on the Pride of Women*)"谴责了妇女的虚荣心,她们罗纹裙外套着不正直,右手举着虚伪的横幅来教堂,避免自己的面孔被太阳晒到。"在列举细节和预测可怕结果的文章中,这样的谴责经常性、大量地出现。"其中很多妇女,"《论妇女骄傲之谚语》警告说,"比开炮还要危险,尽管她们在教堂里看起来如天使一般,但她们在床上则如蛇一般,在毛毯上如恶魔。"

在对妇女频繁而又极端的攻击下所掩藏的是根深蒂固的对妇女的憎恨。18世纪的妇女如果想要进入政治领域,那么她要付出的代价是无法计算的。比如1785年10月7日乔治·华盛顿写信给詹姆斯·华伦时把"奢侈、女性与堕落"联系在一起,此外在1787年5月14日,阿比盖尔·亚当斯警告莫西·奥帝斯·华伦(Mercy Otis Warren)说:"奢侈会带来无数灾难,美国独立战争后,它将谦恭的美德从美国流放",还有华伦在她的《美国革命的兴起、进程以及结束史》中总结道,她担心美国总有一天会"因为奢侈而变得无男子汉气概"。在性别调和过程中丧失的是如男性文人那样经常性地在公共场合下集体面对政治冲突的能力。女性作家群体在18世纪80年代占据了决定性的政治地位而没有受到排山倒海般反对的事情可能发生吗?即使女性写政治方面的文章,她们也是被孤立的。直到1930年学者们才发现茱迪丝·萨尔金特·莫瑞写的《新宪法、联邦以及国家之观察》(*Observations on the New*

Constitution, And on the Federal and State, 1788）是反对联邦制最有效的文章之一。

在女性作家必须谈到自己的性别时，她们对自身的保护在演讲中只能表明她们是多么易受到伤害。当宾夕法尼亚州长的妻子以斯帖·里德（Esther De Berdt Reed）组织了一个妇女协会来支持美国革命时，她必须首先为起着积极作用的妇女开脱。"谁知道那些想要谴责别人的人，尽管有时这种谴责对我们来说会很严厉，"里德问道，"是否不会表示反对或者表示对我们女性所引以为豪的行动都很熟悉？"她所著的《一名美国妇女的感伤》（The Sentiments of An American Woman）中有很多内容谈到了对古代英雄人物以及他们所取得的辉煌的赞美和欣赏，"在这些方面我们女性做的工作不容小觑，值得赞扬"。然而在她为对现代妇女的相对限制而感到悲伤时她悄然接受了这点："如果不是宪法有缺陷，如果舆论和礼节没有阻止我们像男性一样取得荣耀，那么为了公众的利益，我们至少应该与男性平等，有时候甚至要超越他们。"

即使是像阿比盖尔·亚当斯这样了不起的知识分子在受到性别方面的攻击时，则回避愤怒。1814 年 2 月 3 日，她在回复法官范达根（F. A. Vanderkemp）对"知识渊博的妇女"的抱怨时，她把法官置于第三人称的角度来对他进行挖苦讽刺。"首先，为了让他安心，我向他保证我不会为'知识渊博的妇女'提出任何主张，所以在他看来，我理应得到他的慈善之心。"她出其不意地把范达根控诉的"真正原因"归结为他对对手的恐惧，但是她在信中隐约地透露出一种遗憾的语调，从而使讽刺意味没有那么强烈。"能被称之为知识渊博的妇女寥寥无几"，她若有所思地说，"把她们称之为黑天鹅并不惊奇。"这句话轻易地反驳了它所要表达的内容。在主要的假设的压力下，她把意识形态之间模糊的界限澄清了。黑天鹅在自己眼里并非丑陋不堪，但在控制黑天鹅的人眼里却是如此——这是一个自身并不完善的男性控制者，他错误地认为教育与能力之间存在着不协调。

阿比盖尔·亚当斯对黑暗力量既欢迎又否认。比喻的手法使各种既得能力得以保留，即使当周围环境都表明对启蒙运动进程进行了严格限制，或许对启蒙运动的性质也有限制。在一个"知识渊博"成为贬义词的社会中，学习有什么用呢？亚当斯坚持认为人们的能力受到挑战。"很确信"，她这样评论道，"一个见闻广博而又了解自己的品性和尊严的妇女比一个智力低于一般水平的人生活能力要高，而且更容易得到一个善解人意的男性的持久的喜爱。"婚姻中的功用主义——这是由她的男性对手所认可的——与了解自己品行和尊严的独立思想同时存在。

对于那些没有受过很多共和文化熏陶的女性而言，她们要抑制和掩藏内

527

○美国启蒙运动时期的文学

心的愤怒显然要付出更多的代价。1801 年在纽黑文市付诸印刷的匿名小册子《女性代言人》（*The Female Advocate*）中的"老年妇女属于另一个阶层，她的弱势在这个较低层社会中自给自足的庄园主中是很有名的。""如果她想代表女性就长期以来沸沸扬扬的女性美德话题说点儿什么，哪怕就仅仅一个词，"她都会认为是耻辱。这位发言人已经被父权制结构对她的"蔑视"和"他们的清高、优越感""深深地伤害了"，所以她必须努力消除她对别人的不感激与谴责的思想。女性代言人害怕冒犯别人又痛苦地"服役"，只要求她应得的权利，即可以关注文学。"我确实为智者的价值争夺过荣誉，"她说。这句话表明了她的抱负和紧张。这两者结合在一起，作者出版了美国唯一的最让人惊叹不已的关于妇女权利的小册子，这本小册子出版了 10 年。

《妇女代言人》渗透了很多主题，包括为建立真正友谊而对性别平等的要求、这种平等妇女受教育的目的、在基督教信仰中平等的类型、处于极不友好世界中无知妇女的危险、"以男性自称"者的专断角色、诱奸的双重标准、对女性不公平的辱骂，以及把妇女局限于家庭生活的难以接受的狭隘性（"难道妇女……永远都不能考虑一些家庭之外的事情吗？"），等等。不过每一个主题都是因为受到了最初的和令人震惊的认可才得以提出的：即由男性定义的启蒙运动将妇女完全排除在其范围之外。女性代言人问道，如果启蒙运动意味着掌握和传播知识的能力，那么当"那些高傲的假装具备男性美德的人"认为"女性在 21 岁时达到改善的顶点"是什么意思？她想，那么这是不是就意味着 21 岁之后她就不进步了？"如果是这样的话，对我来说生为一个女性是多大的不幸啊！"小册子的其余部分成功地扭转了这些观点。这位"真诚地追求女性权利的人"，通过自身的经验揭示了她的处境。她是康德所提出的"敢于认识"的一个活生生的例子。

《女性代言人》的匿名提醒我们，处于早期共和国文化中每一个自信女性都需要一些伪装来控制和保护自己。对黛博拉·辛普森（Deborah Sampson）而言，这种面具就是女扮男装。辛普森从 10 岁开始就被雇佣到农场做工，她从那时起就穿男性的服装，在 21 岁服务契约结束后，以罗伯特·谢特莱夫（Robert Shrtleff）的身份加入了革命队伍。她想这是满足一个身无分文而又精力充沛的女性对世界好奇心的一种方法，或者用 18 世纪为她写自传的人所言："她决定打破镣铐，不得不承认，镣铐经常使她的性别让人敬畏。"1781 年至 1784 这三年，黛博拉·辛普森在部队中并没有人发现她是女性，因此她目睹了怀特普莱恩斯（白原）市、塔利顿以及约可镇战场的激烈战斗，最后因为受重伤而在费城暴露了她的真实性别。没被识破既因为外表也因为表演成功。"她的面容和声音都是女性化的，然而在宗教信仰话题、政治话题、军事策略方面她却能如此应付自如，以至于她的行事风格看上去很像一个男性。"

她中性化的声音，很遗憾现在已丢失，让位于另一部传记中的女兵，她带有更为传统的思想。赫尔曼·曼恩（Herman Mann）在其所著的《女性观察》（*The Female Review*，1797）（又名《一名美国淑女的回忆录》*Memoirs of an American Young Lady*）中再次提出了被辛普森女扮男装伪装所破坏的礼仪节操，拒绝"女性事业"，颂扬了少女的纯洁无瑕和安处深闺的谦恭美德。曼恩认为无论男性还是女性，都应该用心读一读黛博拉·辛普森的故事。这名女兵的"非常规"的英雄主义，"虽然受到每位爱国主义者和老兵的赞扬，也一定会让那些弱不禁风、多愁善感的女性浑身冰凉"。所有女性都应当学习辛普森的精神，不过要把这种精神用在"与她们身份匹配的家庭生活中"。自始至终，这位女兵的成就一直被认为是"一名女性自作主张的大胆行动，因为她的性别与她的所为是不相容的"。这篇传记文学对文中主人公的革命英雄主义既致以尊崇之意同时又对其进行了批评。那个时代对这种主题有一种特殊的矛盾心理。这种矛盾心理鲜明地证实了在早期共和国中爱国主义与女权制度独特的联系。在这一点上，《女性观察》却持截然相反的主张。黛博拉·辛普森可能代表着富有英雄主义色彩的爱国主义，但赫尔曼·曼恩这位男性作家却挖掘了这个主题，向18世纪的男性提出了警告；他想把揭露这位敢说敢做、理直气壮的女性的男扮女装。

伊莱莎·卢卡斯·平克尼（Eliza Lucas Pinckney，1723—1793）的伪装更难识破，因为她要更加传统一些。一本留存下来的书信揭示了她的伪装是如何发生作用的。身为一名做过科学家、农民以及商人的女强人，平克尼这位南卡罗来纳州一个显赫家庭的女家长却一生都把自己伪装成辛勤劳作的人。年轻的伊莱莎·卢卡斯17岁时就成了三个庄园的农场主。她的名下有5000英亩土地，并且负责相关的商业事务、联系产品的运输和销售事宜。她直接掌管着20名奴隶，兼管其他两个庄园的监工。此外，她还一直关心妹妹的教育，并经营在查尔斯顿地区的家族资本。19岁时她自我解嘲地说道："如此沉重的压力，使得我人还没老心却已老。"从她信件中多次重复的一句话可以看出，她的每一副担子都是"一个恭顺的乖女儿"所应肩负的。她实现了父亲乔治·卢卡斯（George Lucas）的每一项要求，后者是英国军队驻安提瓜岛的一名中尉，常年难归，生性焦虑而又满腹牢骚。

不过伊莱莎的顺从也的确给她带来了些许益处。1744年，21岁的她嫁给了查尔斯·平克尼（Charles Pinckney）——一个大她24岁的鳏夫。她决定"除了上帝以外，让我的顺从使他高兴吧"。1758年平克尼猝死，她自动承担了维护家庭声誉以及抚养三个遗子的重担。很少有人能够像伊莱莎那样在自我牺牲的同时，获得如此大的成就。她从植物中提取的靛蓝色颜料以及她试验的植物轮作制使她在农业科学史上永载史册；她的信集描绘出了1738年至1762年的殖民地查尔斯顿的情况；而她对经济以及社会财产的有效管理则使得平克尼这个名字在南卡罗来纳州家喻户晓。

伊莱莎·卢卡斯·平克尼的自谦使她取得了很大的成就。正是她的谦虚使她能够成功地驾驭自己出众的活力和智慧，否则她的这些智慧会使周围的团体感到不安。在她还小的时候，她就曾用自我解嘲的幽默使她父亲取消了原先的想法，从而帮助自己逃过一次婚约。当她的未婚夫发现她是一个"在农业试验方面足智多谋"而又"富有远见"的女性时，她认可了这个观点，没有为此做任何改变。顺从的语言是她的挡箭牌。"您的推论是令人信服而又无可辩驳的，"有一次她这样跟她的丈夫说，"而您的责备比您对我的最好的恭维还要对我有帮助。"在她读理查生（Richardson）的《帕梅拉》，又名《美德有报》（*Pamela, or Virtue Rewarded*，1740—1741）时，她埋怨女主人公那"赞美自己的令人生厌的自由"。相反，伊莱莎·平克尼通过降低自由作用来转移大家的注意力。1762年，这位富有而又受过良好教育的年轻寡妇自嘲地说自己是"美国荒野中的老女人"从而避免了别人对她的嫉妒和怀疑。1779年战乱期间，她竭尽全力保护平克尼家族的财产，她告诉自己的孩子说，"哪怕仅有的一点点我都要保护，尽管即使是这么一点儿也不会在我们手中停留太久"，从而把损失减少到最小程度。与此同时，她的债主们也得到了一份种类繁多且经过仔细核对的财产以缓解暂时的经济困境。

这些策略虽然使她得益，但与此同时她也做出了让步。这位女主人的成功有部分原因是因为她没有过多地关注政治权力。1780年，她在和别人谈判有关照顾和释放她的儿子托马斯·平克尼时取得了成功。另一方面，她谈判成功的原因也可以归结为她在说话以及写作时是站在一个无党派人士的身份上的。这位母亲全身心地投入革命，她的两个儿子都是军官，但她并没有和公众一起来评论这种冲突本身；即使是在现存的家庭信函中也可以看出，她在应付父权制权威时运用了自己出众的自控力。她的这种调解并非不同寻常。英国的一名接生员玛莎·巴拉德（Martha Ballard）的事例与此也很相近，只不过她所处的周围环境截然不同。1785年至1812年她待在缅因州的哈罗威尔（Hallowell）坚持每天写日记。作为所在社区的一个领导，巴拉德也通过避免政治交战和地方争议与众人相安无事。对那个时期的成功女性而言，对重大事件发表政治意见很少成为集体事务中的独立一部分。

平克尼思想的典型特点是虔诚和理性。虔诚确保了谦恭和牺牲精神，理性则避免了狂热和不安定，所以这些因素结合在一起便使她的努力铸就了她的成功。与此同时，这些美德正是新古典主义学说中的学识渊博者所具备的，但是如果一名女性想要充当领导者角色，那么这些美德就成为必备的先决条件。1782年伊莱莎·平克尼这样跟她的孙子说道："想一想你应该为自己、为国家和你的家庭尽哪些义务。"然而对于自己以及她周围的女性而言，这三项事情哪个应该优先考虑的顺序却反过来了：先是家庭，再是国家，最后才是自己。公正无私这个首要美德对于早期共和国的男性来说可以带来公职和众人的认可，而对于颇有成就的共和国女性而言则带来自我谦避和对个人承认的希望。平克尼的成就是间接获得的，因而更显得辉煌，但是我们必须从一个带有根深蒂固、严格的性别限制的环境中去理解这种成就。

由于这些愤怒无处发泄，所以我们无法了解伊莱莎·卢卡斯·平克尼的观点和想法，或者说，我们无法将其他美国妇女的公众角色在18世纪的生活中合法化——这可能也是为什么仍在受到人们怀疑的新体裁会表达如此强烈的愤怒的原因之一吧，正如苏珊娜·罗森（Susanna Rowson）的《夏洛特·坦布尔》（*Charlotte Temple*）和汉娜·福斯特（Hannah Foster）的《卖弄风情的女人》（*Coquette*，1797）中所表达的悲伤一样强烈。小说中更为隐晦的手法在有必要时鼓励采用匿名，而且还为更好地了解个人事件和公共事件以及别人对此的看法而创建了一个理想的论坛。

然而，当这种愤怒成为革命中愤怒的一部分时，是可以发泄的。同样的，在早期的共和文化中如果没有愤怒就没有选举权。因为如果革命是为宣言精神而兴起的，那么妇女也必将会争取她们的权利。这样的话，托马斯·潘恩作为最愤怒的革命者，就有可能是所有男性作家中最直接描写出女性在革命时期所处困境的人，但他也剥夺了女性了解他最关键情感的渠道。与男性不同，女性在潘恩的作品里没有去争取权利。女性想要的仍然是男性主宰的世界，她们只要求最微不足道的公平：即得到认可。

"不要在任何事情中都做我们的暴君，"在《关于女性问题的一封应时信》中，潘恩想象着女性哀求的声音，"'请允许我们脱离所生活的狭小界限，让我们可以进入公众场合……不要否认我们在公众中的尊严，因为在受到别人的尊重后我们会做得更好，这也是对你们最美好的回报'"。妇女理直气壮地要求自己的权利而非通过请求来获得自身权利绝非几世几年就能实现的，而在这个漫长的实现过程中，关键是很难抓住丑恶的事实。美国文化中的自尊取决于为谋求正义事业的成功而表达公众愤怒的能力。

美国启蒙运动时期的文学

6

在这个新国家的运转中，被剥夺权力者无法表达他们的愤怒之情，从而可见她们所处的两难境地，另外还有很多不确定条件对她们造成了限制。一方面，从加入独立战争转换到对独立战争的沉思使她们对原来愤怒的理解和表达也发生了相应变化。另一方面，大家普遍认为早期共和文化是脆弱的，从而也防止了更具有破坏性质革命的发生。另外，革命成功后，人们不再团结一致对抗外部敌人而是转而指向国内的破坏和分裂分子。

所有这些不确定因素都对不能进入美国公众场合的美国人不利。实际上，以某种方式提出并运用于某种特定环境的相同趋势将文化憎恶直接指向被剥夺选举权的人。对于那些被排除在外的人而言，希望共和国有凝聚力是危险的观点。美国印第安人是合乎常理的对手，奴隶是可怕的造反者，妇女是奢侈的象征，这些仅仅是早期共和国愤怒最容易指向的目标。很多其他群体，实际上指那些没有定性为完全共和主义的群体，偶尔也会成为攻击的目标，有时成为牺牲品。

从 1780 年开始使用的马萨诸塞洲的官方印章极其详细地记录了这种公共愤怒的移位。在正式的描述中，印章上写着"一个印第安人，穿着他的衬衫和马甲，系着腰带，右手持弓和黄玉（TOPAZ），左手持箭，瞄准基地。"这幅图画上方的饰章上描绘出"一个花环上，一只穿戴整洁的右臂紧握腰刀，拳头握着的刀柄上写着警言：它通过箭来寻求自由之下的和平 [Ense petit Placidam sub Liberate Quietem]"。这些文字是从阿尔格农·西德尼的书中节选的，他为英国人民的自由而献身，并写了一本颇有影响力的《公法评论》（*Discourse Concerning Government*，1698）。这些文字暗示大家要为了自由而进行暴力运动，然而图画总体上使意义有了一种额外的转折，转变程度体现在象征手法的基本转变。1675 年马萨诸塞州海湾殖民地原来的印章也描绘了一个印第安人，尽管他很显然地代表着土地和平的目的，而且向英国殖民地者行礼以让他们"过来帮助我们"。行礼的画面消失了，1780 年增加的布局上的各种因素在意义上完全不同。

新印章描绘的是一个权威人士的右臂（绅士的臂膀、衬衫和箭），他对心不在焉的印第安人举起了恐吓的手势。而在当时的历史环境下，这个形象的即时性得到了加强。1780 年的印章是在简·麦柯里（Jane Mccrea）被谋杀后不到三年设计出来的。在这场悲剧中，当一部分英国人在伯高特（Burgoyte）将军带领下从加拿大前进时，印第安人将长老派牧师的女儿剥了头皮又毁容，

第六章 启蒙运动的局限

因此英国人的极剧恐惧膨胀成为战时的疯狂。这枚印章也是在军事探险中有计划地将国家西北部的伊洛魁文化毁坏掉之后仅一年设计的。显而易见，对1780年的很多共和党人而言，他们的臂膀不仅仅具有象征意义；马萨诸塞州的箭为正义和不断的进攻而上弦。

革命后美国又将注意力再次放到了起初的愤怒上，并没有意识到已发生的转变。人的记忆力中包含一种忘记的模式。汤姆·潘恩在1804年写的《就英国的侵略致英国人民》（*To the People of England on the Invasion of England*）提醒每一个人"美国独立战争发生在一块处女地上"，"需要一些大胆的举动来让［那些麻木的、有理性的人］受到震惊从而陷入沉思"，以此使革命初期的活力重现。决非偶然，这些观点指出了启蒙运动中激进的一面：否定历史，信任理性的觉醒力量。然而潘恩却像往常一样要求得太多了。在没有经验的土地上或大胆的行为中，文化是不会长久持续下去的，而且只有理性还并不足以控制整体的不确定性。共和党人想要抑制他们对未知的恐惧。他们寻求的是一块熟悉但并非没有经验的土地，而且他们期望革命大功告成，从而能够获得这样一块土地。

结果却发现要决定共和国的这种大变革文化会持续多久或以何种形式存在并非一件易事。显而易见的是，启蒙运动的成就（知识的传播）以及革命的成就（成功）能够以迅雷不及掩耳之势使启蒙运动的思想（勇于求知）显得相形见绌并扭曲了革命行动的实践（以自由的名义激起大家的愤怒）。早期共和党人厌倦了多年以来的冲突以及通过革命创立一个统一国家的渴望，他们想要做的是在合适的时间、合适的地点稳固他们的成就。他们需要成就感和一个合适的故事给他们提供一个标准，他们对英雄的搜寻正是对这种需求最显著的表现。

革命英雄既满足了叙述的期望，又满足了文化抱负，通过在后革命篇章中封锁愤怒从而表现了愤怒。现在帕特里克·亨利或乔治·华盛顿的愤怒属于最高档次，这种愤怒与已发泄或至少已平息的愤怒是相似的。如果把他们都当做制宪元勋，那么还在人们尚未意识到他们是反抗者之前，他们就已经成功了。很快，在人们的想象中，他们便具备了英雄人物的高尚品格，这种高尚品格取代了现实中他们在战场上的凶狠残暴。到1826年，战前的一些演说家，如丹尼尔·韦伯斯特（Daniel Webster）又将这些制宪元勋比作固定而永恒的星群"用千余盏灯的亮光"指引着美国向前进。尽管正是因为简单化才将这些不变的神话般的人物与革命的胜利联系起来，但是把他们与因为仇恨才采取行动的人联系在一起变得越发困难。

把对英雄的狂热崇拜作为一种符号系统很大程度上解释了早期共和国的

美国启蒙运动时期的文学

意识形态,革命中首批对历史的记录和叙述表明在这种现象中什么最岌岌可危。大卫·拉姆齐曾写作了《美国革命史》,莫西·奥帝斯·华伦创写下了《美国革命的兴起、进程以及结束史》。在政治上,他们一个是北方联邦同盟盟员,一个反对北方联邦同盟;在地区地位方面,一个是南方人一个是北方人;在家庭角色方面,一个是男性一个是女性;在社会中,一个是社会暴发户,一个是社会栋梁。不过他们作为历史学家在以下三个方面见解是颇为一致的:美国革命是为美国的美德而奋斗,反对欧洲的贪婪;美国历史学家在叙述中恰当地对这种美德进行了褒扬;最后,战后美德自己会危险地堕落。这三个方面都对革命英雄进行了有力地表扬和纪念,赞美了英雄主义,褒扬了公正无私的爱国行动。尽管这类英雄形象的代表人物总是乔治·华盛顿,然而对所有英雄的认可,用拉姆齐的话来说,有助于共和党人"培养起公众和个人的公正之心"。爱国主义形象如果被大众正确理解,能够激励人们取得革命胜利,把公众利益置于个人情感之上。

拉姆齐和华伦都认为有充分理由急切地寻找公众美德的化身。拉姆齐在书中对战后时期的美国深表遗憾:"和平的年代毫无生机,因为在这样的年代,自私自利取代了公众美德。"华伦在她作品一开始就警告说,原则"已经几乎被彻底践踏……战后人们忙于积累和体验时下流行的昂贵的享乐,很少有人了解十三个殖民地处于混乱和血腥中的原因"。如果在这些历史事件中对道德高尚的领导者的颂扬听起来有些刺耳的话,那是因为这两位作家都认为没有众人支持的美德抑制不了邪恶。正义与邪恶的对抗以宗教的观点来看是命中注定的,这些对抗在世俗的历史事件中展开,带有极端的不确定性。"当'腐败开始蔓延,当堕落成为人们的普遍行为,并削弱了国家的基础时'",华伦总结道,"这是历史中令人不快的一页。"拉姆齐在文章结尾希望能够得到不断的幸福,不过他也同样害怕共和党人会"堕落为野人"。

以仿真方法对这些革命形象进行描述是对这些焦虑、紧张的回复,但是与此同时也破坏了推动意识形态方面发生进一步改变的动力。当大卫·拉姆齐写到约克镇战争的胜利是"整个社会的胜利,使整个社会都欢欣雀跃,这是任何个人的成功都无法比拟的"时,他是在把美国人置于更有意义的历史中。当革命的胜利取代了人民中的各种极端认识时,尤其是那些被剥夺权力者的思维就被冻结在那个时期无法走出。18世纪的英雄伟人之列中不包括那些新时代不同种类美国人的典范。它也没有像18世纪的女性作家以斯贴·里德和纽黑文(New Haven)的《女性代言人》那样把那些没有代表权的英雄人物列入其内。

然而竞争中的问题远不止代表权问题。对英雄或者说女性英雄的认

第六章 启蒙运动的局限

可——无论是多么鼓舞人心，多么能表现她们的能力——都是与对人权的表达技巧和程序性保护背道而驰的。一方永恒的成功超越了另一方的及时发展过程。正如请愿者在那些表现公正无私的人的指责目光下分裂成小派系和利益团体一样，对公正无私的赞美转向对权力的新渴求。不可避免地，竞争中回顾过去的趋势抵抗住了对正式抱怨和合理纠正的保护。

当然，独立战争同时还鼓励人们要行使不可剥夺的权利，保护请愿的权利，维持抱怨的合法性，并允许匡正。在早期共和国的意识形态中，这既是一种激进的可能性，又是神圣的独立精神。大卫·拉姆齐对联邦主义的学习使他有了1789年的保守思想，但他也会辨别变革的效果并为之拍手叫好。独立战争带来了"人类思想的大开放"。他补充道，"战争好像不仅需要天才，而且还会创造天才。人们……读，写，行动，他们的精力远远超过了对他们的期望值。"保守的拉姆齐能够颂扬这种期望中全面的努力，而更为激进的莫西·奥帝斯·华伦担忧的是会威胁到80年代"民事动乱"的"真正骇人"的干扰因素。

经过详尽的分析之后，你会发现独立战争既是一种成功但又令人烦恼。战争既出现在激进的观点中，也出现在保守的辩论中，还可以被当做是华伦所坚持的战争看起来像"政客的北极星，受到正在成长起来的一代的尊重"。共和党人身处不断变化的、充满压力的文化变革中，因此他们对革命的理解也是多种多样、反复无常的，这是冲突中的中心问题。如现在一样，那时对具有指导意义的公正的主张，对爱国主义的断言，对人类历史中地位的假设，都成功地表达了美国公众的声音。早期共和国主要的不同点在于，它的每一个元素都过分地围绕着突然膨胀起来的历史旋转。

谁会拥有革命？其目的又何在？战后篇章的声音都是具有爆炸性的，但又充满了小心翼翼，充满希望又不乏绝望，愤怒中又掺杂着自满——几乎都是同时地——出现在对革命意义曾有过的冲突和正在发生着的冲突的观点的斗争中。正在消逝的历史在何种程度上使得将来的主张更有活力呢？应该保留革命的胜利还是应该宣扬这种革命精神呢？反应敏锐的评论家可以在几乎所有主要知识分子那里找到这些带有警告性质的声音和发展趋势，而且必须估计一下哪个因素才是主导因素。

把这些问题综合在一起就成为战后美国表达中的一个最终因素，这种表达无处不在，以至于经常被忽略掉了。被广泛称颂的革命的胜利演变成一种无处不在的丢失的可能性。这样的语调在林肯1861年的第一次就职演说中达到顶峰。在这次演说中，他说"回忆的神秘琴弦"会延伸并触及"我们本性中善良的天使"，"我们的良知"这样的语调普遍存在于早期共和国公众文化

美国启蒙运动时期的文学

以及战前文化中。

各地对快速变化的认可与想要控制这种变化的愿望相抵触,所有事情都笼罩着一种模糊的对正在逝去的东西的怀旧感。在早期共和文学毅然决然的声音中,丢失是一个捉摸不定的变量。一个又一个的演讲者指出了已经得到的东西一经破坏或有可能被破坏时是多么的易逝,在这些观点中,革命的愤怒与一种非常近乎于哀悼的共同感觉分庭抗争。美国的启蒙运动开始于塞缪尔·戴维斯对乔治二世去世的哀悼"乔治永远不会再回来了",结束于1826年丹尼尔·韦伯斯特的"亚当斯和杰斐逊永远不会回来了!"大体来讲,那些越来越民主的声音在什么地方以何种方式把他们置于极为动人的悔恨中,是美国文学的真谛。

革命时期和建国初期的文学

迈克尔·T.吉尔摩

第一章　共和国初期的文学

"1790年至1820年间，美国就没有真正意义上的书籍、演讲、对话或者思想。"1852年，拉尔夫·沃尔多·爱默生在回顾浪漫主义的黄金时代直至被称为文化空白阶段这一时期时如是说。直到20世纪80年代，学术批评家们一直接受这种对后革命时期文学贬抑的论断，并就此大做文章。对于现代读者来说，共和国早期的文学除了政治文件以外似乎就没有什么可欣赏的了。人们普遍认为，在华盛顿·欧文和詹姆斯·费尼莫尔·库珀之前的美国文学都是沿袭英国文学的模式，缺乏独创性和个性表达，其强烈的说教性大大减弱了文学的魅力。事实上，这种大众的共识与爱默生的论断是一致的，也就是说，在浪漫主义精神唤醒之前，这个国家没有文学艺术存在。

现在，人们对共和国早期的文学作品重新发生了兴趣，促使人们对那个时期写作的目的和特点进行更加全面的了解。前面列举的各种说法得以修正，但是深思一下为什么人们长期对后革命时期的文学缺乏足够的认识大有益处。人们普遍认为，因为缺乏内在的价值，联邦时期的文学不能被大众所理解，还认为所有的文学应该持有相同的评判标准。这种臆测想当然地把文学成就认为是一种非历史的概念，认定其第一要素就是美学价值。然而，为了美学而美学本身就是一种历史构件的产品，至少在美国是如此。

开始于19世纪三四十年代的文学传统在很长一段时间里遮掩了人们对早先美国文学的理解。爱默生和其他同时代作家们的作品建立了文学评判的标准，对于他们来说，虚构的艺术与宗教、道德和平民谈话是迥异的。这些作家们不再认为文学的作用主要是具有教育意义，不认为文学是用来传授读者道德或者是帮助读者成为更好的公民的工具。人们只要稍稍思考一下纳撒尼尔·霍桑在小说《红字》（*The Scarlet Letter*, 1850）和《七个尖角阁的房子》

●革命时期和建国初期的文学

(*The House of the Seven Gables*,1851)中所传达的模棱两可的"道德"中就可以看出,19世纪中叶文学作品的教育性是多么得不堪一击。伴随着教育意义蜕落而来的是对隐私的愈加强调。权威的艺术家们追求新颖的风格来表达作者本人独特的个性,这种艺术的主题是对个人成就的渴望。浪漫主义叙述的特点是讲述个人的传奇经历,作品的中心就是展露主人公的内心世界。

与艺术作品具有独特性或自主性的观点相呼应的是,人们普遍认为文学创作是一个独立的行业。权威的作家渴望成为职业作家,可以与其他作家争夺名誉和金钱。虽然艺术家们不得不为了补偿版税而到处演讲,或者在旅馆进行艰辛的写作,但是他们首先认为自己是作家,是靠笔生存的人。写作不仅仅局限于履行大臣的职责、物理学研究、法官职责之外的空闲时间里进行;写作是一项专职活动,决定了生活的模式。最终,在南北战争前的时期,小说、诗歌和散文写作和出版获得了商品的地位。文学商品不仅经常被投入市场进行买卖,而且作家们把自己的创作作为"个人"财产,期待或者至少是希望能从中获取利润。

浪漫主义艺术的这些显著特点要么缺失,要么仅仅存在于形成期的初期文学中。绝大多数文学史依然试图通过援引文学作品遵循规范的延续性来复原早期文学的面貌:他们确认查尔斯·布罗克顿·布朗(Charles Brockden Brown)是赫尔曼·梅尔维尔的先驱,大力褒扬乔·巴洛(Joel Barlow),因为他撰写的美国史诗比哈特·克莱恩(Hart Crane)的《大桥》(*The Bridges*,1930)还要早得多。这种策略是错误的,因为它把后革命文学放在独立艺术史的背景中来研究。一种更好的比较方法,我们在后文中将再次提及,就是将后革命文学与19世纪50年代的本土小说家们进行对比,这些小说家们与更早期的作家一样反对绝对的差异。毫无疑问,美国文化中这两个曾经被遗忘的阶段已经重新引起人们的关注。在探究后革命文学的过程中,我们应该从作者们本身获取线索,因为对于他们来说,纯文学研究总是让位于社会目的。如果我们仅局限于严格意义上的美学术语,那么可以用来研究的文学作品寥寥无几;我们应该从文学范畴以外汲取素材,这样将具有说服力。这些在新共和国文学中持久存在的"非文学"因素促使人们关注18世纪文学的母体,关注那些不仅以诗歌和小说为标志,同时也以社会和政治为标志的各种态度。

早期的美国文学是一种历史形成的产物,这种产物受控于共和主义、地方自治主义和工业化前的耕地经济。掌控着革命时期意识形态的共和主义把个人的最高愿望想象成是对平民领域的积极参与,共和者们认为美德就是个人兴趣服从于国民整体利益。《独立宣言》签署人之一的本杰明·拉什就宣称，每个共和国的年轻人必须"知道他不属于自己，而是公共财产"。公民的才智、时间，"还有生命都属于他的国家"。共和者们把经济独立理想化，但是反对无休止的利益追求。许多人不信任商业，因为商业把一个人的所有精力都吸引到金钱的追逐上，商业历来就与奢华和自私相挂钩。共和主义的传统立场在顺从权势这个方面是显而易见的。参与政治通常只局限于拥有财产的白种男性，只有"优越的人"，即那些生活富裕并接受良好教育的少数人，被认为适合掌权。国家独立以后势力呈强势上升的自由主义在挑战共和主义的设想，逐步击碎公众—个人的等级。但是18世纪的美国人继续坚信公民的人文主义，相信个人首先应服从于集体。

当时盛行的经济条件加剧了这些意识形态的偏见。后革命时期的美国是农业社会，其生产目的是服务于家庭。绝大多数的人居住在农场，靠自己的劳动养活自己。他们在吃饭和穿衣上自给自足。虽然一些偏远的社区依赖外来交易，但是原始的交通条件决定了交易只能局限在本地的区域内，限制了大范围的市场网络的发展。在农村，交换的目的一直是实用：农民们交换产品和服务，通常这样的交易完全不涉及现金。早在18世纪80年代，人们对改善道路和使用货币的需求不断增加，当国家进入到19世纪的时候，越来越多的人投身于实业投资。但是，习惯的安排和规则依然占据主要地位：绝大多数美国人日常生活的特点依然是地方自治、忠于家庭式的生产而不是个人的积极性，以及经济行为的社会评估。

法律体制支持新国家的政治和经济生活的联系。研究美国法律的历史学家们已经指出，传统的思想很大程度上影响了人们对财产所有权的理解，并对财产所有者进行买卖和扩充的行为施加限制。传统和法律共同抑制人们获取财产的活动，比如高利贷，认定此种行为是侵犯公共利益的行为。普通法的条例进一步加深了共和制所认为的土地是公民平等的基础的观点。在以农业为主要经济的共和国里，财产的最主要类型就是土地，土地是用来耕作的，是一切希望的源泉，而不是投机的资产。直到19世纪，法律才废除了传统的束缚，把财产转化成可以赢利的工具，以私人拓展权取代了公共标准。

共和国早期的文学应该具有早期浪漫主义的特点，同时又具有共和主义和集体主义特点。在美国独立之后的半个世纪里，美国文化在一个微缩范围内再一次展现了西方文明从史诗到小说的转换——从公众的、实用的、由所有人拥有的文学转化到主观的、个人主义的、商品化的文学。18世纪流行的写实文学就是一个很好的例证。当然从一方面来说，忠实于"发生了什么"意味着向经验主义的转换。文学的史实性表达了启蒙主义、科学时代、印刷出版和革命年代的现代化冲动。但是，矛盾的是，这种对事实的追求清楚地

革命时期和建国初期的文学

表达了与现代主义的争论。史实表达了对个人主义和叙述个人化的抵制，而且把一些史诗的公众性赋予到包括小说在内的美国文学中。这个世纪最重要的两部小说可以说明此观点。一部是出版于 1789 年被公认为美国第一部小说的《同情的力量》(The Power of Sympathy)，作者威廉姆·希尔·布朗 (William Hill Brown)，另一部是出版于 1797 年汉娜·福斯特的《卖弄风情的女人》。这两部小说带有早期小说的典型风格，以描述事实的面貌出现。两本书在创作中都淡化了想象力的作用，注重作品道德教育的实用价值，并警告读者阅读小说的危险。布朗的小说除了有诱惑的情节外，还插入了几个事件的叙述，其中至少两个叙事是以当时发生的事件为蓝本的。第一个叙事，也就是出现在第 21 至 23 章的欧菲利亚 (Ophelia) 和马丁先生的故事中，其灵感来自于出身名门的波士顿人派莱兹·莫顿 (Perez Morton) 与其嫂子弗朗西斯·阿普托普 (Frances Apthorp) 之间凄美的爱情故事，后者最终以自尽殉情，这个事件在布朗写小说的时候是路人皆知的。第二个叙事有关诱惑的邪恶，出现在第 11 章的脚注中，是关于康涅狄格州一个叫伊丽莎白·惠特曼的女人。她的死讯在小说创作前六个月出现在报纸的讣告栏中。这个事件同样成为福斯特《卖弄风情的女人》一书的蓝本，历史人物伊丽莎白·惠特曼被改头换面成伊丽莎白·沃顿。

无论是布朗还是福斯特都没有把叙事作为个人财产，都没有认为创作过程带有与众不同的个人特性。叙事是公共财产，或者是"公众知识"，甚至在某个人的小说中出现的故事并不能排除将来在另一个人的小说中再次出现。相反，如果同一个故事重复出现，小说倒能赢得读者的喜爱，而如果读者对故事没有一定的熟悉度，小说反而会受到冷落。因此，一个批评家在评论《同情的力量》的就指出，此小说缺乏事实，理由仅仅因为他本人是波士顿人，但是一点都不知道故事的主要情节。福斯特以一些对读者有较高认知度的人物为原型来进行小说创作：伊丽莎白的追求者博埃尔牧师的原型被广泛认为是来自于新罕布什尔州普利茅斯市的著名牧师，而圣福德少校，那个对伊丽莎白的毁灭应该负责任的男人，其原型是大觉醒者①(Great Awakener) 最小的儿子皮埃尔庞德·爱德华兹 (Pierrepont Edwards)。

---

① 大觉醒者 (Great Awakener) ——18 世纪上半叶，北美宗教生活出现了许多新的问题。一些牧师意识到本地教会的形式主义中存在的问题，努力使教义更加接近普通民众的生活。一些牧师采用新的方式进行巡回布道，从以往关注"上帝的意志"转移到"人的本性"上，在民众中掀起了一股信仰复兴的浪潮，历史上称"大觉醒运动"。其代表人物之一即乔纳森·爱德华兹，被称为大觉醒者。——译注

第一章 共和国初期的文学

本土小说尊重"事实"这个特点背后有诸多原因,其中包括清教徒对过分修饰的厌恶、美国人通过阅读苏格兰常识哲学对把历史事件编成小说产生的怀疑,以及历史文学对人们的吸引力。人们从辉格党的古希腊和古罗马编年史中学习了政治策略。但是小说的纪实重心不仅显示出一种传统的精神,同时也显示出对理性的推崇。每个人都认同叙事是公众的遗产,这种感知把美国小说深深地植根于一个农耕共和国的社会和经济背景中,而这个社会是把共产主义和人文主义放在第一位的。虚构小说还不是主观的表露,也不是任何一个浪漫主义创作者的个人想象。它依然根深蒂固地围绕公众所熟知的事情和真人真事来写作,还未达到一种分离的、独立的艺术范畴。

在这个年轻国家的文学中,虽然大众都认同叙事应该基于事实,但是随处可见人们尝试在文学作品中加入更多想象力的努力。在诗歌中,对爱国行为史诗般的吟诵大量涌现。约瑟夫·布朗·拉德(Joseph Brown Ladd)1786 发表的《阿洛埃特诗集》(Poems of Arouet)中"美国的前途"一篇赞颂了与英国战争中的军事英勇行为,同时一一列举了英雄们的姓名以示缅怀。格林、普特那姆、盖茨、韦恩、林肯、沃伦、莫瑟(Mercer)、蒙格马利和华盛顿(拉德以此诗献给"第二个费比乌斯——①")这些将军们一一展现在读者面前。"难道缪斯②不会用美妙的声音记录这些爱国者的名字吗?"这位以荷马自诩的作家如此发问。公共事件和人物为戏剧的创作提供了源源不断的灵感。莫西·奥帝斯·华伦具有讽刺性的闹剧《溜须拍马》(The Adulateur, 1773)描述了波士顿惨案;在威廉·邓禄普(William Dunlap)的历史悲剧《安得鲁》(Andre, 1798)中,华盛顿的角色与他下令以绞刑处死的英国间谍同时出现;还有几个剧目是关于美国与巴波利(Barbary)③海盗之间的冲突,其中包括苏珊娜·罗森(Susanna Rowson)的《阿尔及尔的奴隶》(Slaves in Algiers, 1794)和莫迪凯·M. 诺亚的《的黎波里的围困》(The Siege of Tripoli, 1820)。

纯文学尊重事实这一特点产生的原因有一部分在于美国对口述的顺应。这个时候的共和国还没有发展到 19 世纪那样的印刷社会。印刷通常被认为是一个现代化的技术,是对口述文化的毁灭者,但是在这个历史时期,这两种媒介并不是如此针锋相对,而且事实性是两者在初期相互交融的领域。印刷很明显更适合保持事件的真实面目,但是从长远来看,因为要完成保留事实

545

---

① 费比乌斯(Fabius,公元前 275—前 203):古罗马政治家、将军,以避免与敌直接作战和采取拖延的战略使敌师疲于奔命,终于战胜迦太基军队。——译注
② 缪斯(Muse):希腊神话中掌管文艺、美术、音乐等的缪斯女神。——译注
③ 巴波利(Barbary):北非伊斯兰教地区。——译注

○革命时期和建国初期的文学

的责任,书面记录减少了虚构的成分,这一优越性为艺术形式提供了更大的想象空间。口述诗歌和叙事起初通过印刷的普及得到了进一步的加强,其坚持以事实作为传承传统和保存大众对往事记忆的形式。描述革命年代事件的作家露西·泰利(Lucy Terry)的作品《监狱中的战斗》(*Bars Fight*,1746)是口述文学的范例。泰利的叙事歌在1855年印刷出版前以口述相传的形式流传了一个多世纪。叙事歌开头的几句准确地记录了历史日期和人物:

> 那是9月25日的一天,
> 总共1746人;
> 印第安人布下了伏兵,
> 那些都是英勇无畏的人,
> 他们的名字不会被遗忘,
> 英雄人物塞缪尔·艾伦。

与18世纪印刷文化相融合的口述文学除了具有尊重事实的特点外,还包括其注重有效性。布道是清—新教徒的信条,它与共和国政治中尤其重要的讲演术一起,使美国人习惯于使用口述语言向公众进行教育。这样,大众的想法没有在一夜之间消失,而是渗入了印刷文化中;它加深了这样的思想,即文学是大众艺术,正如史诗一样,它从属于社会,而且表达社会的心声。口述文学残余的长久遗留阻碍了创新和个人真知灼见的发表。口述文学形式依靠重复和固定套路得以流传,所以很容易被口述艺术表演者记忆,也利于听众来接受;它反对任何阻挠实现作品说教和传达信息目的的行为。18世纪的时候,谚语在全社会广泛流行这一现象反映了口述文学对公众想象力的控制。谚语是不记姓名和客观的,传达了大众的智慧,蔑视版权和个人灵感的观念。

美国早期的版权法没有大力加速把文学视为个人灵感和财产的进程。当然,保护版权是鼓励创作的先决条件;如果没有版权保护,就不会有职业作家这个群体。但是由国会在1790年通过的《版权法案》只为美国作家提供版权保护,其后果有害于本土文学的出现。英国文学作品在美国可以再版(甚至于被盗版),而印刷者不用给作者或者原出版商任何补偿。而本土作家的书花费总是很高,这就使书商和读者不感兴趣,因此书籍的销售量大大减少,作家的收入随之减少。革命之后,康涅狄格州很快就实行了共和国的第一个版权条例。条例明确规定,知识产权的所有权保留习惯法(the common law)中的诸多约束。导言中提出用"自然的公正和公平原则"来保证作者获得"通过销售作品所获得的利润"的权利。然后立法者又提出同样的原则来禁止

第一章 共和国初期的文学

被十七八世纪经济道德所嗤之以鼻的独占利润和价格欺诈行为。"当任何一本书的作者或者书的所有者……没有给公众提供足够的副本,或者以高于补偿写书所付出的劳动、时间、消耗的价格出售"的时候,其独家版权会被取消。社会利益远远高于艺术家获得无限回报的权利。

这种威胁手段实际上使大众更加接近英国文学,强调了早期文化中非个人主义的特点。1820年前在美国出版的三分之二的书籍都来自于英国。由于缺乏一个世界性的版权法,大批用大众语言写作的优秀作家们被迫调整写作风格而去模仿,培养本土风格的愿望受到抑制。詹姆斯·柯克·鲍尔丁(James Kirke Paulding)曾经半开玩笑地抱怨,在某些流派中,一些外国的竞争扼杀了本土艺术家的努力:"如果没有莎士比亚、弥尔顿、牛顿、洛克、培根、波尔逊教授和其他一些杰出的英国戏剧家的话,这个国家的剧院根本就不会存在。莎士比亚剧中的浪荡子在剧院日日夜夜、周而复始地上演;培根剧目的片段如果不是更频繁上演的话,至少也是半斤八两。"甚至于那些意在警告盲目吸取英国模式所带来的危害的书中,比如塔比瑟·藤内(Tabitha Tenney)的讽刺性浪漫小说《女堂吉诃德》(Female Quixotism,1801)很大比重都是借用外国先驱的创作模式。藤内的书就是沿袭英国小说家夏洛特·莱诺克斯(Charlotte Lenox)广为流传的题为《女堂吉诃德》(The Female Quixotism,1752)的讽刺文学。这两部作品的背后还有另外一个外国源头,最早的小说是由塞万提斯(Cervantes)创作的,它还为休·亨利·布雷肯里奇创作《现代骑士团》 (Modern Chivalry,1792—1815)提供了灵感。

《巴黎公约》签订以后,随着战争的爆发,对独树一帜的美国文学需求的呼声越来越高。诺亚·韦伯斯特(Noah Webster)在1785年曾经说:"美国在文学上必须与她在政治上一样独立,艺术必须像她在军事上一样著名。"诗人菲利浦·弗瑞诺①(Philip Freneau)表明了许多人的心声。他提倡外国作家的作品应该交纳进口税,向同胞们呼吁"本土作家"文学创作的文字应该像教练的劳动和火器枪炮一样得到保护。文化民族主义阻止人们正确评价美学应该得到的价值。罗耶尔·泰勒(Royall Tylor)为《比照》(The Contrast)的第一版做广告时,为了得到公众的支持,对小说的艺术价值只字未提。

除了这个喜剧内在的优点以外,我们可以发现它还有其他特点可以赢得

---

① 菲利浦·弗瑞诺(Philip Freneau):美国诗人、散文家和编辑,在独立战争前后写了大量充满爱国激情、讽刺和揭露英国侵略者的诗篇,因而赢得了"美国革命诗人"的光荣称号。——译注

●革命时期和建国初期的文学

> 读者喜爱：此剧是由美国天才在复杂的文学领域中撰写的第一部作品；作者从未认真地研究过戏剧写作的规则，而且几乎没有观看过在舞台上演的剧目；此剧在三周中创作完毕；第一次公演的收入全部捐献给在波士顿战火中受苦受难的人们。

现代的剧作家恐怕不会有一个人愿意为了获得公众的承认而以爱国者、新手，或者受苦人的救世主的面貌出现。

当时每个人都认为，文学作品承担着为社会服务的责任。艺术的目的不是表达个人的情感，而是服务于公共利益；对实用的偏好如在其他领域中一样控制着文化领域。美国人同意亚里士多德的观点，认为文学就是为大众提供乐趣和指导，但是他们只停留在实用这一方面；消遣娱乐占据重要地位，因为它使艺术作品像教学一样有效。托马斯·杰斐逊在1771年写给罗伯特·斯克普威德（Robert Skipwith）的著名的一封信中，称赞"小说的消遣性"可以使公众通过模仿来推广高尚的品行。杰斐逊写道："当任何一个慈善或者感恩的举止呈现在我们面前，或者出现在我们的想象中，我们就被其美丽所深深打动，自己内心就也有一种强烈的欲望也去行善、去感恩。"蒂莫西·德怀特在介绍他为康涅狄格州爱国主义所写的《格林菲尔得山丘》时，主张诗歌具有同样的作用。德怀特解释说，通过有力、感人的笔调展现道德情操，"诗歌是感动读者非常有效的手段，这一点很容易被大家所理解。诗歌的阅读群体相当大，而这些人是几乎不会去阅读任何有逻辑性的阐述的"，诗歌将给绝大多数读者以深刻的影响，而且这种影响将比哲学的影响更具有持久力。

德怀特曾经身为大臣，之后成为耶鲁大学的校长，他把一生都献给了教育事业，是教导法的典范。不计其数的戏剧、小说、杂志和诗歌都可以用来证明，文学的目的是为了社会和道德利益。剧作家威廉姆·邓禄普认为，创作《安德鲁》的目的就是"通过愉快的舞台表演，向国人传授真理和公正这种高尚的智慧"。那些最能够调动人们情感的小说明确指出，其目的是鼓励美德，展现"诱惑的危险后果"，正如《同情的力量》一书的所为，为具有可塑性的"年轻的哥伦比亚女士们"所创作的作品层出不穷。这类小说在讲述的过程中有可能传达双重信息，但是只有现代读者们会拒绝接受作者们对道德的主张，认为这些主张不够真诚。许多这个时代最优秀的小说事实上是围绕着提高公众素质的中心进行创作的。布雷肯里奇的《现代骑士团》以共和国准则的入门书自居，阐述了"那些没有足够的能力却对官场趋之若鹜所带来的恶果"；罗耶尔·泰勒的《阿尔及利亚的囚徒》（The Algerine Captive，1797）揭露了奴隶制的不公平；藤内的《女堂吉诃德》提倡两性关系的现实主义。

第一章 共和国初期的文学

正如上面的例子所强调的那样，纯文学并没有明显地区别于那些公开说教式的诸如演讲和布道等形式。德怀特、布雷肯里奇和其他当时的作家们认为，用小说和诗歌作品来进行教育和宗教的传播是很自然的事情，因为实用性和想象性语篇之间的界线非常模糊。

1820年前，美国作家作品的读者群很小；按理说，他们对国人思维方式的影响不大。但是明显不同于其他说理性模式的艺术形式，它确实有助于国人爱国意识的形成。美国政体的建立和本土小说的创立几乎发生在同一时期；《宪法大会》于1787年召开，两年之后马萨诸塞州印刷业的先驱以赛亚·托马斯（Isaiah Thomas）把《同情的力量》一书付诸印刷。以上两个事件几乎同时发生，显示了一个历史现实，即国家和民族主义是形成于18世纪末期的典型文化产物。国家是一种政治意象的行为，是一种人为建造的社会；与村庄那样的局部单位不同的，它涵括所有在地理位置上相隔很远的人。文学作品戏剧性地表达一个有疆界的人类社会，在这个社会中，素不相识的人们同时演绎着不同的人生，人和人之间的命运相互交织。通过这种表达，文学作品推动了民族主义中必不可少的各种抽象概念的形成。那些比小说更容易被大众所接受的形式产生了更为直接的团结力量。民族主义最好的标志或许就是一些原本毫无关联的人在一起吟唱爱国歌曲。在形成期创作的或者说流传最广的三首经久不衰的曲调是：佚名作家创作的《美国佬》①，约瑟夫·霍普金斯（Joseph Hopkinson）的《万岁，哥伦比亚》（1798）和弗朗西斯·斯可特·基（Francis Scott Key）②的《麦克亨利堡保卫战》（*Defense of Fort M'Henry*, 1814），即后世所知的《星条旗永不落》③。

团结是社会或者说是文化生活的基调，至少对男性来说如此。18世纪的文化具有面对面的特性，有学识的人定期聚集在一起讨论思想，集思广益。许多作家从属于社会团体或者俱乐部——按理说这些俱乐部是那个世纪主要的文学组织——他们共同进行创作。美国最天才的小说家查尔斯·布罗克顿·布朗，美国最主要的剧作家和剧院经纪人威廉姆·邓禄普，评论家塞缪尔·米勒（Samuel Miller），以及编辑了美国第一部诗集的医生埃利胡·哈布德·史密斯都是一个名叫"友谊俱乐部"（Friendly Club）的成员。约翰·特

---

① 《美国佬》（Yankee Doodle）：独立战争时期流行的美国歌曲。——译注
② 弗朗西斯·斯可特·基（Francis Scott Key）：美国律师、美国国歌歌词的作者。——译注
③ 《星条旗永不落》（The Star–Spangled Banner）：美国国歌。歌词作者见上条，曲调（作者佚名）初名《献给天国里的阿那克里翁》，1931年由国会定为美国国歌。——译注

革命时期和建国初期的文学

鲁姆布（John Trumbull）、乔·巴洛和大卫·汉弗莱（David Humphreys）三人都曾就读于耶鲁大学，他们在哈特福德创立了一个诗歌组织，并共同赢得了"康涅狄格智者"（Connecticut Wits）的美誉。出生于18世纪而在19世纪活跃在文坛的男性作家们保留了这个传统：19世纪20年代，在詹姆斯·费尼莫尔·库珀和威廉姆·卡伦·布莱恩特（William Cullen Bryant）帮助下，纽约文学俱乐部"面包和奶酪"（Bread and Cheese）得以成立。

在美国历史的任何阶段，文学从来没有表现出如此强烈的协作性，完全没有个体创作的特点。最明显的例证莫过于由亚历山大·汉密尔顿、詹姆斯·麦迪逊和约翰·杰伊共同撰写的一系列名为《联邦党人文集》，这些文集也许是美国发表的有关政治理论的最重要的作品。布雷肯里奇和弗瑞诺在普林斯顿大学时是同窗好友，他们携手创作了歌颂新世界帝国前景的诗歌《美洲光辉的兴起》（The Rising Glory of America）。罗耶尔·泰勒和身为编辑的约瑟夫·丹尼（Joseph Dennie）协作完成了随笔系列《从科隆到斯旁迪的商店》（From the Shop of Colon and Spondee，1794—1811）。《杂文集》（Salmagundi，1807—1088），是一本模仿诗文、评论和社会批评的总汇，是华盛顿·欧文、他的兄弟威廉和詹姆斯·柯克·鲍尔丁集体创作的成果。

在共和国文学中占据次要地位的女性没有权利参加她们男性同胞们经常光顾的文化集会。但是在战后的几十年里，适合女性知识分子的环境蓬勃发展，最重要的是，各种学院组织起来改善妇女的教育状况。苏珊娜·罗森在一所学院长期任教，汉娜·福斯特利用女子学院作为《寄宿学校》，又名《女校长对学生的教诲》（The Boarding School: or Lessons of a Preceptress to her Pupil，1798）一书中人物之间相互支持和思想发展的象征。其他的女性作家们充分利用了社会禁止女性参加社交活动的禁锢，在家族成员中寻找到了共同创作的伙伴。一些最早期著名的女性作家的作品构成了后期女性文学的主要特征，证明了血族关系的力量，同时最大程度地降低了文学创作的个人色彩，这些现象可以追溯到共和国的早期年代。玛格丽特·维·佛格莱丝（Margaretta V. Faugeres）在1793年发表了《安·伊丽莎·布里克诗歌和散文遗作》（The Posthumous Works of Ann Eliza Bleeker, in Prose and Verse）以纪念她的母亲；书籍的下半部分是佛格莱丝自己创作的《评论、散文和诗歌集》（A Collection of Essays, Prose and Poetical）。

共和国文化不鼓励人们在某方面有专长，极少有美国人把文学当成专门的职业。小说家和戏剧家全都是——或者更准确地说主要是——家庭主妇、国家最高法院法官或者政治家。作家这个分类融合在其他职业中，作家和读

第一章　共和国初期的文学

者之间甚至也没有什么明显的界限。早期的杂志上到处可以看见鼓励读者成为作家的恳求。编辑们诚恳地请求读者投稿，并警告说在一个缺乏职业作家的国家中，如果杂志的订阅者们不拿起笔杆写作的话，杂志将不复存在。

作家与读者之间不仅没有明显的界限，而且作家们几乎都不专门写某类文章。他们创作不同文体的作品，成为专门的诗人或者专门的散文家这样的想法对他们来说完全没有吸引力。当然，我们可以举出一些例子来说明后期艺术家也同时跨越不同的领域，比如赫尔曼·梅尔维尔和爱默生也写诗歌；当代作家罗伯特·朋·华伦（Robert Penn Warren）已经在小说、诗歌和评论等领域做出了瞩目的贡献。但是，多样性，或者用当今的话说是涉猎广泛，在早期的作家中非常盛行，他们依然追求所谓的文学多才多艺的理想。写作的模式应该是以一种文体开始，然后慢慢寻找自己擅长的领域，但是绝大多数的作家都避开了这种模式；他们在自己的写作生涯中游刃有余地在各种文体中转换。布雷肯里奇在现代人眼里以卷帙浩瀚的《现代骑士团》而著称，他也在18世纪70年代创作和发表了大量的诗歌，然后在1811年又创作了八音节诗《致沃尔特·司各特的诗信》（Epistle to Walter Scott）。他是革命时期的剧作家，于1794年出版了威士忌叛乱的历史；1814年在宾夕法尼亚州最高法院担任法官时颁布了《法律集锦》（Law Miscellanies）达到了事业的顶峰。罗森以这个时期最畅销的小说《夏洛特·坦布尔》（Charlotte Temple，1791）和《一个真理的传说》（A Tale of Truth，1794）而著称。她还著有六部戏剧、两册诗歌、另外九部小说、一本拼字教材，编写了一版圣经对答，以及其他有关地理和历史方面的书籍。梅尔维尔在贬低本杰明·富兰克林时曾经这么说："（富兰克林是）万事通，每一方面都是博而不精。"以上这些作者如果听到这样的评价，并不认为它是一种冒犯，反而认为是夸奖，满足感油然而生。

新共和国匿名出版书籍的高发生频率使我们注意到美国文学中的另一个方面，即不鼓励个人价值——许多作家在作品上不署名，或者不把作品当成自己的财产这一历史现象。虽然在18世纪存在着对名誉和金钱的追逐，但是他们总是屈从于对其他方面的考虑，比如爱国主义、宗教或者对于在公众面前发表文章显示出过分拘谨。没有作者署名或者版权通告的书籍在各个领域大量存在，表明了个人利益次于集体利益的大众意愿。传统的对版权的处置方法进一步把所有权复杂化。按照惯例，作者们卖掉或者出让他们的版权，因此其他的人而不是作家自己被冠以作品的"所有者"。美国第一部成功的舞台戏剧的泰勒的《比照》版权是由扮演扬基·约翰松（Yankee Jonathan）的演员托马斯·威格耐尔（Thomas Wignell）所拥有，而泰勒自己只在扉页上被

● 革命时期和建国初期的文学

称为"一个美国人"。美国版权法实行之前,所有的书籍都归属于社会。1775年,约翰·特鲁姆布为了敦促"国会中的一些朋友们",创作并发表了匿名的讽刺史诗《姆芬格尔》(M'Fingal),猛烈地抨击保皇党人;1782年出版了这部作品的修改版和增刊。正如特鲁姆布在他后来的《论文集》(Memoir)中所说的那样,这个史诗很快成为公共财产:

> 在那个时期,根据法律,没有任何作者可以拥有自己作品的版权,这部作品很快成为每一位书商和印刷商的猎物,他们竞相从中获取利益。在超过30个印刷版本中,仅仅只有一个是征得(我的)同意的,或者说是我本人知道的;这个诗歌作品一直是传播闲话的人、街头小贩和商人的财产。

放弃版权可以看做是共和国的姿态,是与自我否定和对公民的人文主义意识形态的压制所相称的。从18世纪一直到19世纪前几十年里,用自己的名字发表纯文学的作品被认为是侮辱一个绅士或者淑女尊严的行为。耶鲁后来的院长伊斯拉·斯蒂尔斯1775年曾这么评论道:"我对于诸如诗歌、戏剧和大量兴起的现代小说这些低层次的所谓'高贵文学'不感兴趣。"这种评论其实在当时是老生常谈的论调。小说尤其声名狼藉:小说的吸引力和它相对的新奇感使这种形式成为艺术的暴发户,有身份有名望的人都不愿意因为与小说有任何瓜葛而玷污了他们的体面;这种不情愿比他们不愿意投身商业更甚。

这种看法至少可以说是贵族阶层的看法,在美国的流行度比在英国更高(在英国这种看法早已经过时了)。上流社会的观点阻止作家们把出版物看做可以赢利的财产,或者干脆不把出版物认为是一种财产。本土作家们通常创作一两本书,并认定自己是不能靠写书谋生的业余作家。莎拉·伍德(Sarah Wood)在提醒读者职业作家和业余作家之间的区别时,道出了包括男性和女性作家在内的所有美国作家在成为职业作家之前的这种心态。

> (业余作家都是)普通的英语小说家们,每天从事平凡的劳动,他们过着与一个技工相似的生活,其目的只不过是生产出一件时髦的商品来迎合时下的大众口味,同时给自己以回报;(职业作家)拥有阳春白雪般的情感和品位,他们写作的目的是为了给自己、朋友和公众提供消遣娱乐。

第一章 共和国初期的文学

在一些人的眼里，出版这个行为本身似乎有自尊自大的嫌疑；玛格丽特·佛格莱丝如此评说她的母亲："只有那些最亲近的朋友们才能容忍她的写作行为；然后只要他们开始细读她的作品，就立刻成为她作品的俘虏。"许多读者与贵族的想法一样，认为文学创作相对于普通的谋生手段来说颇显盛气凌人；当时有许多人对文学进行捐助，这表明了文化消费者的贵族地位。约瑟夫·丹尼作品集《农夫博物馆和雷·普里奇公报》（*The Spirit of the Farmer's Museum and Lay Preacher's Gazette*, 1801）在扉页的前几页用歉疚的笔调列出了捐助者的名单："由于不能保证所有信息的准确性，每一位先生的头衔我们有意识地省略了。"

在这个时期的文化中，上流社会不是文学唯一的概念，这一点是可以肯定的，而且小说的愈加流行削弱了艺术的社会独特性。另一种大家所熟悉的形象就是作家—农夫集于一身，如约翰·狄金森（John Dickinson）的《宾州农夫信简》或者是J.赫克托·圣·约翰·德·克雷夫科尔《一个美国农民的来信》。但是写作可能只是忙碌的农夫们的副业，绝大多数的小说家们不得不把文学当成一种消遣，因为在华盛顿·欧文之前，没有人能够从写作中获得报酬。只有为数寥寥的美国书籍能够带来经济上的回报，这个简单的事实加深了人们对作者身份的这种无私特点的理解。寥寥几位期望成为职业艺术家并以此谋生的作家们——比如查尔斯·布罗克顿·布朗、罗森、邓禄普——最终都转向其他的事业发展。布朗成了一名编辑和政治辩论家；罗森在她的后半生一直担任一所女子学院的院长；邓禄普在经营剧院破产之后，以绘制微型画和编纂传记和历史书籍果腹。

文学学者们有时挑选布朗作为这个时代造就的最具天才的专业人士。然而布朗从初涉写作到他结束独立的文学创作体验，都表现出与他同时代的作家们之间惊人的相似。他从未从18世纪对作者身份的自我压制的思想中完全解脱出来。他把自己出版的第一个文集，有关男女平等的对话《阿尔昆》（*Alcuin*, 1798）签字移交给埃利胡·哈布德·史密斯，后者帮助他以订阅的形式发行，并作为"所有者"的身份出现在版权通告中。除此之外，布朗的第一部小说《维兰德》（*Wieland*, 1798）也不属于他自己，纽约的一个名叫郝克奎特·卡里泰特（Hocquet Caritat）的书商以50美元的价格购得版权。如此贵族式的对版权的超然态度在布朗经历了数次以写小说谋生的尝试失败之后愈加强烈。1803年，在转向期刊和短文写作之后，他公开地表明与至今仍被人们津津乐道的小说断绝关系：

我真切地希望……我的读者们不要用我以往的作品来对我进行评价。

革命时期和建国初期的文学

> 我已经写了大量的作品,但是我为自己所创作的东西感到羞愧,而且认为它们一文不值。如果目前没有任何东西是由我的笔写出来的,没有任何作品可以追溯到我身上,那我会感到加倍的欣慰。

事实上,读者们不得不从其他渠道而非书籍本身才能得知,布朗曾经创作了诸如《奥蒙德》(*Ormond*,1799)和《享特利》(*Huntly*,1799)这样的小说,因为没有任何一本书的扉页提及他的名字。

布朗的这种否定态度突出了浪漫—现代主义和后革命时期对于何为"作家"以及何为"文本"组成部分的理解之间的巨大差异。人们认为"作家"不是以个人的形式出现,而是几个人共同协作来创作剧本、散文或者诗歌。这些人无一例外地从事其他非文学行业,并负有养家糊口的责任。他们的名字不为人所知,而且没有任何一个人靠写作获取经济来源。"文本"是一种合作的成果,属于作者们的熟人或者整个社会;文本的内容涉及人人皆知的事实,具有政治演说、传道或者行为指南的双重功效。无论作者还是文本都不是浪漫—现代主义辩护所描绘的那种独立实体。

共和国初期的文学与同时代的非洲—美洲文化有着相同的特点。形成期中在"虚构"领域,尤其是在诗歌领域中,黑人作家相当频繁地出现,这归因于大范围内主流美学和少数人美学期望的融合。纯文学没有从根本上脱离非洲—美洲艺术的特质:叙事中的事实性,对集体的关注以及那些能使人联想起口述文学形式的刻板、重复的模式。叙事歌谣《监狱中的战斗》的作者露西·泰利是一位非裔美国人,朱比特·哈蒙亦然,另外还有年轻的女奴菲利丝·惠特礼,她发表于1773年唯一的诗歌为她奠定了20世纪之前重要的非裔美国诗人的地位。对惠特礼来说,奥古斯都时代的诗歌体律也许比后来的诗歌体律用起来更加得心应手。这个时代对抑扬格五步诗和赞扬英雄的对句的喜好有可能激发了她的才智,因为韵律和音调的对称——人们所熟悉的18世纪诗歌的"唱歌"模式——与口述文学的可预见性和重复是相吻合的。

我们应该谨慎地对待以上的对比。这些对比可能使我们对主流文学的传统主义产生误解。布朗一方面试图成为职业艺术家,而另一方面却否定自己的艺术,这个错综复杂的例子提醒我们,后革命文化远远不是共和国的磐石。通过不断改变个人主义的设想,有时甚至是抵触,公众和个人领域以及公民责任成为不仅是文学和作家,而且是整个美国历史18世纪后期阶段的特征。虽然前现代的观点依然处在主控地位,但是它们正在瓦解的过程中,不同作者和不同文学领域对此有不同程度的体现。文学的发展也不同步于社会和政治的发展;诗歌和其他方面,正如美国的政党体系,也经历了不同程度的现代化。文化以某种方式滞后于社会趋势，或者说是与社会趋势相抵触；而同时以其他方式有助于赢得大众对创新的接受。每一种不同的文学形式与这个阶段共和国和公众的兴趣中心有着不同的关联。早期国家的文学类型分类可能遵循以下这些思路：戏剧是最不具有私人色彩的艺术形式，它与公众领域结合得最为紧密，而较为"复杂的"小说则慢慢地摒弃那些占有支配地位但正江河日下的社会思潮，转而去追寻影响日益增强的自由主义和市场。诗歌面临着上述两个趋势：大众喜欢戏剧宣传爱国主义的视角，那么诗歌也可以比小说更注重内心世界——比如弗瑞诺富于想象力的诗歌。

19世纪共和主义文化的一系列问题屈从于同自由主义的意识形态和经济的个人主义同步的审美样式。在一个缺乏如英国那样真正的贵族阶层的国度中，直到一个崭新的历史轮廓形成，高度个人化的文学以及来维持文学个人化的著作权的自我认定才真正得到具体化。社会和经济背景下的个性体制是美国浪漫主义艺术兴起的必要补充。这也不仅仅是一个推进创作、发行和销售书籍的合理的市场体系问题。被后世尊为典范的爱默生、霍桑和梅尔维尔的文学坚决要求把艺术作品看成是独特的个人产品。为了在后赞助（postpatronage）时代茁壮成长，文学艺术必须从真正意义上属于它的创造者。艺术作品必须被看做是个人灵感和创造的结果，同时应该是作者的财产，是一种潜在的可以在市场上进行买卖的商品。换句话说，18世纪文化所具有的公共特色和自我否定特色必须朝着个人主义美学的方向发展——一种以艺术家的特殊敏感性和文学产物的交换价值为基础的美学。确切地说，这种转换出现在1812年战争之后的10年中，那时欧文和库珀的小说以及布莱恩特的诗歌最终为美国文学确保了国际地位。那段时间目睹了早期共和国前现代结构的瓦解和民主资本主义的不断出现和壮大。共和国的社会特质由家庭经济所定义，其重点在于生产的目的是使用，经济的组织结构依赖家庭和社区，个人利益屈从于大众利益。截止到1820年，不同元素的结合在社会和意识形态变化的压力下逐步分裂。

1812年的战争标志着转折点。被库珀认为是美国从英国"思想束缚的奴役中"解放出来的冲突，巩固了国家的团结，把美国人从依靠外国商品的境地中解脱了出来。通过刺激本土制造业和国内改良，这场战争为杰克逊年代完整的国内市场奠定了基础。个人主义的风气从经济增长中不仅得到激发，而且汲取了能量。个人主义认可企业家的首创精神，推广那些支持社会稳定、自力更生和平等主义的自由信条。新的效忠避开了共和国关于共同责任的观念。一度被认为是对集体利益致命有害的追逐个人利润的行为，如今被大众

革命时期和建国初期的文学

所推崇，而且美德被重新定义为非公众性的活动，仅仅由个人对纯洁、勤勉和节俭的要求所构成。对许多人来说，这些新生事物是一种意义深远的解放。这些变化推翻了顺从和社会阶层，为富有进取心的人们创造了良机，加速了美国生活的民主化。但是残余的心态在 1820 年并未完全消亡。共和国对美德和社会的看法在少数举足轻重的美国人中依然存活；更多的人则对国家日益增长的实利主义感到忧虑不安。更有甚者，19 世纪出现了一些新的对抗形式来挑战市场体系的统治。

与自由的个人主义同时兴起的本土文学告别了过去，但是依然保留了早期文化领域的元素。这种改革不能被过度夸大：较为陈旧的价值和行为模式在艺术中继续存在，一如它们在社会中存在一样。比如，职业化依然是一个目标，而不是既存现实；虽然书籍变成了赚钱的商品，但是没有一个主要的浪漫主义作家可以稳定地卖出足够的书来维持生计。贵族式的自负苟延残喘，比如霍桑著名的自我克制以及他匿名出版短篇小说的行为——当他开始认真写作谋生的时候就不再这么做了。霍桑是那几位坚持认为，至少是在某些场合中认为，叙事是公共遗产的作家中的一员。他不仅把《伊万杰琳》（*Evangeline*, 1847）这本书的雏形转给诗人亨利·华兹华思·朗费罗（Henry Wadsworth Longfellow），他还是为现代读者重新翻改的新英格兰传奇故事《老生常谈的故事》（*Twice-told Tales*）其中两卷的作者。

在与霍桑同时代的那些美国文艺复兴的制造者中，这样的连贯性被艺术家的奇特和艺术作品的自治所超越；但是个人主义的范例甚至在战前这段时间里还远远没有垄断文学领域。19 世纪的女性本土小说家们的作品无一例外地比浪漫主义小说家的作品卖得多，她们都是成功的"文学女商人"，然而她们保留了共和国早期包括男性和女性作家在内的前辈们所认定的对文学的态度。即使当她们为了挣钱而快速写作时，她们依然从社会和教育的角度来理解文学，比如哈里叶特·比彻·斯托（Harriet Beecher Stowe）、凯瑟琳·玛利亚·塞德维克（Catharine Maria Sedgwich）以及苏珊·华纳（Susan Warner）。她们都认为对社会负有责任——这种感觉来自于战前人们认为妇女是道德卫士的观念——而且她们都以为他人服务为基础来证明自己的作者身份。为了使读者进步，她们用小说记录了奴隶制的罪恶、品德善良的力量和宗教信仰的重要性。本土小说家蔑视艺术家的独特性。斯托宣称上帝创作了《汤姆叔叔的小屋》（*Uncle Tom's Cabin*, 1852），华纳与她的姐妹携手创作了大量的书。绝大多数的女性作家匿名或者使用笔名发表作品，回避名望，把她们的文学事业描绘成次要追求，第一位的责任是完成作为妻子和母亲的义务。

从以上方面来看，文学性的家庭生活是一种残留，是共和国过去的回波。

第一章 共和国初期的文学

然而从某种程度上来讲，富有创造力的写作为女性吐露心声提供了喉舌，使她们远离公共场合的辩论，使自我实现成为可能。自我实现这一点同样适用于 18 世纪的女性小说家，我们将在后面小说这一章来探讨她们模棱两可的处境。但是从共和国早期到 19 世纪 50 年代文学中创作的公共视角持续存在，具体体现了浪漫主义—现代主义典范的排斥性。美国历史有丰富的文化形式和传统，只有其中的一小部分有助于艺术的分离。这一小部分在大学的教学大纲中被奉为神明，并被接纳为唯一一种有价值的文学，直到近期它才似乎对文学本身进行了定义；而其他的部分则被认为是次要文学或者是游离于文学范畴以外而遭到摒弃。共和国早期诗歌和散文促使我们重新思考浪漫主义—现代主义理想不加任何批判的提升。这些作品认为区别不在于文学和非文学之间的差异，而在于不同形式的艺术之间的差异。作品还坚持认为，为了公共和说教目的而阅读和欣赏作品是可能的——这些目的应该被认为是与优秀艺术的最高标准相统一的。

557

第二章 杂志、评论和散文

美国文学上流社会的传统诞生于共和国早期。一种活跃的期刊文学在这个时期形成,为有学识的人们提供了有关社会和文学思想的交流论坛。伴随着绝大多数由男性组成的评论家们的权威性论断和行动,赚钱和在这个国家一直延续到20世纪的以精英文学评论为特色的艺术之间的分裂应运而生——或者更准确地说是两者之间联系变得愈加模糊。但是高雅文化和商业精神之间的关系并非只有对立,还有一种同谋的关系。那些刊登贵族见解的杂志适应了在新兴的自由主义体制中流行的阅读习惯,提供版面让大家发表对业已确立的社会阶层的辩论。富有纨绔习气的编辑和散文家约瑟夫·丹尼是一个最鲜明的例子,他说明了文学的优越性大大超过了美国生活的粗俗。然而这种高度保守依然努力使写作成为一种职业,为美国第一个成功的靠写书赚钱的作家华盛顿·欧文铺平了道路。

英国和美国早期的期刊都是由报纸演变而来,通常情况下,报纸和期刊的界限并不明显,这种衍生阻碍了艺术与世俗事物的隔离。美国的报纸是文化产品重要的出路。报纸鼓励人们进行诗歌、文学散文和小插画的投稿,而且报纸的版式抹掉了事实和非事实材料之间的界限。浏览这些报纸,读者可以对早期文化的日常生活有一个生动的了解。因此一周两刊的《美国公报》(*Gazzette of the United States*)在1791年5月28日刊中登载了一首名为《劳拉和玛丽》("Laura and Mary")的诗歌,内容讲的是一个卖弄风情的女子以及被她抛弃的情人投水自尽的故事。除此之外,报纸还刊登了一首评论家的颂歌和一篇有关英国海军建筑的文章。报纸所有的内容都抢夺版面来登载国外消息,报道商业和政治,以及刊登公众有价证券的最新价格。五花八门的信息并列刊登,能使现代读者目瞪口呆:南方报纸通常把诗歌与捉拿逃跑奴隶的告示以及新到非洲奴隶的价格明细同时刊登。

有些对类别差异比较敏感的报纸把文化杂集放在报纸终页，并配上诸如"缪斯园地"、"诗歌角"和"天才知识库"等标题。新罕布什尔州的沃尔普尔（Walpole）主持了报纸《农夫每周博物馆》（Farmer's Weekly Museum），18世纪90年代丹尼曾在此报纸任编辑；报纸最后一页的栏目为"甜点"。除了登载诗歌和散文之外，报纸还登载了丹尼著名的《世俗的布道者》（Lay Preacher）系列，此外，副标题为《坚果》的栏目下还刊登了笑话、奇闻逸事和伊索寓言里的故事。与其他的报纸一样，《农夫每周博物馆》确确实实是一种杂交；报纸中文学内容的篇幅占据了如此显著的地位，以至于出版商们把它形容为"一本微型杂志"。

英文中"杂志"（magazine）这个说法指的是储藏室或者仓库，早期美国的杂志基本上都是汇集本土报纸和欧洲期刊的内容。从这个角度来看，美国杂志完全是步伦敦杂志创造者的后尘，比如爱德华·凯夫（Edward Cave）的《绅士杂志》（Gentleman's Magazine）开始发行于1731年，被认为是英语世界的第一个月刊杂志。英国人也是美国其他一些习俗的前驱，这些习俗包括不注明作者姓名的做法，绅士派头的排外气氛以及由于英国政府增加了对期刊的税收而使期刊价格不断上涨所带来的限制。杂志这种形式在帝国时期已经有了自己的生命，美国人在发展本土传统的同时不仅模仿了这种形式，而且对这种外来原形进行了修改。

英国方式经常被新世界的意识形态所利用。从其他渠道采集精选的习惯与共和国的公共主义相得益彰。公共责任超越私人利益和个人灵感。因为所有的内容材料都没有版权，所以编辑们堂而皇之地采用盗版来的材料填充版面。大家公认这种做法是有益的，费城发行人马休·凯瑞（Mathew Carey）就是一个代表人物：他骄傲地把自己的《美国博物馆》，又名《古代和现代昙花一现的作品总汇》（American Museum, or Repository of Ancient and Modern Fugitive Pieces, 1787—1792）定义为"报纸的女仆"，并表明它的作用是保存珍贵的本土作品，否则的话，这些作品将会被"抛弃和遗忘"。凯瑞还采用了英国杂志上刊登的一些有用的文章，同时，他完成了自己的爱国职责，重新印刷了托马斯·潘恩的《常识》、约翰·特鲁姆布的《姆芬格尔》以及其他在革命年代一度颇有影响力的小册子。

杂志这种剪贴式的特征一直持续到19世纪，文学作品属于大众这一观点进一步强化了这个特征，而这个特征反过来也巩固了文学作品属于大众的观点。华盛顿·欧文有段时间每月编辑"国外评论和杂志总汇"，起名为《文选杂志》（Analectic Magazine，1813—1821），并有如下题词："这些出版物中的小麦必须过一段时间就扬谷，这样谷壳才会被去掉。"有些期刊把他们的剪贴行为比作拾落穗，这是一种传统的贫穷农民在收获之后拣掉落地麦穗的权利。以笔名康斯坦丁（Constantia）写作的朱迪丝·萨尔金特·莫瑞（Judith Sargent Murray）在《拾穗者》(The Gleaner) 上创作了后革命时期最广为人知的散文系列之一，最初于1792年到1794年发表在以赛亚·托马斯主办的《马萨诸塞杂志》(Masachusettes Magazine) 上，然后1798年重新以书的形式发行。《拾穗者》杂志并非简单的使用剪刀和糨糊拼凑的摘要，它登载过一部小说、大量的文章和几部莫瑞的戏剧，但是它也自由地征用其他作家的作品。莫瑞对杂志选择这个名称的解释是，她希望人们消除对抄袭、剽窃行为的疑虑，并能够对谷仓中丰富的物品享有所有权。拾穗者的权利高于私人财产的权利：

> 我将贪婪地搜寻每一块土地、每一个牧场和每一片树林；我将热切地发掘每一个神秘的地方，不管它有多么幽静和隐蔽；我相信自己有特权来收获任何一个人的只言片语、思想火花而不受惩罚。我将以我的想象来修改搜集来的材料；而且感觉自己被授权享受真正的拾穗者的权利；在这个名称下，我将取得庇护，并将完全不理会那些针对我的有关财产、原创和与此有关的任何起诉。

原创作者身份，正如在凯瑞的《美国博物馆》中一样起初被极度轻视或者被完全忽视，随着时间的推移变得越来越重要，但是在这个时期的杂志领域中，其地位却依然含糊不清。一件作品被标明为"原创"的含义大概就是它还没有被从其他的出版物中挑选出来；事实上，这种假定还不能认为是理所当然。比如，丹尼在"原创评论"的标题下重新印刷了《每月诗选和波士顿评论》(Monthly Anthology and Boston Review) 上的一篇散文，而且他还为从英国期刊上抄袭文章的行为进行开脱，认为这些文章是新鲜出炉，"事实上，无论从意图还是目的来讲，对绝大多数公众来说它都是原创。"书评，即使是那些为了期刊而专门写作的书评，如果用现在的标准来衡量，都侵害了著作权。绝大多数的书评把传达信息放在首要地位，而把批评家个人的评断放在次要地位。另外，由于缺乏版权约束，这些书评都无节制地引用原作。一篇对最新出版书籍的七页长的评价，其摘录部分可能长达六页；典型的书评至少有一半的内容是对原著的引用。

写这样文章的作者都是业余作家，因为没有一个为杂志写作的人可以靠此谋生。直到1819年，付酬实质上是闻所未闻的事情，甚至对"原创"作品也是一样。编辑和出版商的境域并非更好；后者生意失败的发生频率高得惊人，在丹尼《卷宗》（Port Folio，1801—1827）之前的任何一个文学杂集都没能撑过十年。据估算，18世纪美国杂志的平均寿命也就不到十四个月。印刷、纸张和劳动力的价格都相对较高，但是共和国交通设施的原始条件是经济偿还最大的障碍。破旧的公路使高效率的发行完全不可能，此状况直到1825年伊利运河全面建成才得到大幅度的改善。

让人们为杂志付费是一个普遍的问题，它进一步降低了期刊的存活率，加剧了人们认为文学性的报章杂志是不挣钱的行当的想法。杂志的价格一般都很高，大量的读者在订阅之后拖欠杂志费。有些期刊面临这个问题时束手无策，因为文学绅士应该遵守某种准则。凯瑞在《美国博物馆》中指出，他"几乎是非常羞愧地提及"读者不交费这个问题，而且他认为把订阅者的名字印出来可能是一个高明的做法。通过把名字公布于世，有些连同头衔一起，可能能够促使那些拖欠订阅款的读者感到不好意思而把短缺的款项付清。一些出版物在封面上登载催款通告，至少有一家杂志，就是以赛亚·托马斯的《伍斯特杂志》（Worcester Magazine，1786—1788），由于欠款读者太多，不得不接受物品来替代现金。托马斯写道："如果在几天之内送来的话，小部分黄油也可以接受。"

上流社会的态度进一步促使作者们不愿意把作者身份公布于世。一般来说，文章、散文面世的时候要不没有署名，要不就是利用笔名或者令人疑惑的首字母，有时甚至只有一个首字母，来掩盖投稿者的身份。查尔斯·布罗克顿·布朗在1803年《文学杂志和美国记录》（The Literary Magazine and American Register）上所吹毛求疵的"在人群中叫出他的名字"是标准的做法。在这种情况下，作者从人们的视线中慢慢消失。《美国博物馆》杂志上最引人注目的是那些订阅者的名字；第二期用了整整十页的篇幅来刊登订阅者的名字，领头的是马萨诸塞州的杰拉米·白克拿朴牧师（Jeremy Belknap），还包括"尊敬的凡尔赛宫的美国大臣托马斯·杰斐逊"。

另一个困扰期刊的问题是缺乏投稿者。杂志是一种团体成果，绝大多数杂志在宣传资料中都请求文学圈的朋友们把创作的诗歌和散文投到杂志社以示对编辑的支持。出版物通常把自己宣传为集体事业，在扉页上声明它们是由"社会"或者"绅士协会"主办。确实，早期文化中没有任何一个分支比杂志更具有公众性。如果没有文学俱乐部构成投稿核心的话，几乎没有杂志可以延续下去。布朗的《每月杂志和美国评论》（Monthly Magazine and American Review，1799—1800）虽然只办了很短的时间，但是如果没有友好俱乐部的支持，连这么短的时间都不可能维持；而费城星期二俱乐部则使《卷宗》

革命时期和建国初期的文学

有了生命。但是如果没有报酬和名声的激励，任何一家杂志都不可避免地会陷入缺乏主动投稿人的困境。正如布朗所抱怨的那样，"那些被叫做作家的人，在欧洲比比皆是，而在大洋的这一端却寥寥无几，屈指可数。"布朗《文学杂志》总共才发行了几期，证明了他的悲叹并非无中生有。但是有一期杂志例外，他曾告诉一个记者，杂志上的所有文章都是他自己写作的。

杂志这种媒体源自报纸，杂志内容所显示出的多样性与绅士风格的特点相冲突。许多期刊，包括一些最具盛名的期刊在内，都刊登短篇小说和文章，而这些内容所提出的观点与传统观点背道而驰。由于共和国希望公众们能够得到及时的信息，所以国家做出努力来扩大读者群，以便使"每个阶层"的人都包括其中［援引《纽约杂志》或者《文学杂集》的原话（The New York Magazine; or, Literary Repository）］。《爱米莉娅》，又名《背信弃义的大不列颠——一个美国传说》（Amelia; or The Faithless Briton - An American Tale, 1787）是发表在费城《哥伦比亚杂志》（Columbian Magazine）上的一个有关诱惑的故事。它是发表在期刊上众多的浪漫情感小说之一，其目的就是吸引更多的读者。一部由佚名作家创作的故事其模式与苏珊娜·罗森的《夏洛特·坦布尔》相类似，描写一个英国军官对无辜人士的摧残。其他一些小说以描写经济机遇为主题来吸引读者，但是绝大部分的故事都是从英国出版物中盗取过来，并无意中泄露了其出处：比如有几本小说以揭露长子继承权的邪恶为主题。杂志热衷于培养"哥伦比亚丽人"。各种文章大力表彰妇女的成就，宣扬有知识、有爱国精神的母亲的重要性，她们为共和国养育具有公德心的儿子们。期刊呼吁和支持在妇女中普及教育，并偶尔（如果不是罕见地）发表一些倡导性别平等的文章。

总而言之，像共和国的意识形态本身一样，杂志充分表明其公共、公众的导向远不是平等主义的；它具有明显的等级构成特点。绝大多数期刊是由"受教育的那部分人"所拥有或者负责编辑，其主要任务是从社会和文化中心向边缘地带传播知识。他们抱有一成不变的设想，即编辑们，或者说是那些为期刊提供文学咨询和支持的"绅士上流社会"人士应该控制杂志的内容。普通公民只是被邀请来倾听，甚至通过向编辑投自己创作的诗歌、散文和信件来参与和发表意见，但是谁将最终行使言论权是无可争辩的。

战后的第一个期刊是威廉·比灵兹（William Billings）主持的《波士顿杂志》（Boston Magazine），其命运进一步说明了杂志的阶层性。这本杂志不寻常的生涯说明，在国家文化的早期，阶层问题是如何形成，然后又是如何被立即消除的。比灵兹在当代被认为是一个天才作曲家。他曾是制革工人，然后成为歌唱家，他在1783年秋天主编了《波士顿杂志》的处女刊。由于热切地希望被城市上流社会的人士所接受,他恳求"有学识的、悠闲的绅士们"来投稿,但是他这种自称为编辑而缺乏足够顺从的态度激怒了那些把文学认定为是血统纯正的人所拥有的专利的绅士们。约翰·艾略特牧师把比灵兹贬为"圣歌歌手",领导了一群牧师和其他一些举足轻重的公民们夺取期刊的主办权。而实际上,当时这个杂志的内容除了一个品位低下的小说以外,其他的内容还是相当传统的。新编辑们在驱逐了比灵兹之后,宣称他们的第二期一定会"质量更好"。为了表示对他们前任的不屑一顾,他们批评处女刊的种种不是,并建议读者们把它从记忆中抹去:在他们指导下重新出版的杂志应该"被认为是处女刊"。

共和主义的文学至少在波士顿是这样的:共和主义,而非民主,被一小部分有资历的人监管,完全抵御把创新应用在政治和文化中。此间的关键人物是颇具影响力的"绅士俱乐部"(Society of Gentlemen),他们在1807年创建了"波士顿文学协会"(Boston Athenaeum),并在1803年至1811年期间编辑了《每月文选和波士顿评论》(Monthly Anthology and Boston Review)。可能没有任何一个美国人完全了解18世纪那些出身贵族的业余作家们。他们中的许多人是大臣,享有很高的声望,比如布拉图街教堂的牧师约瑟夫·斯蒂文·巴克明斯特(Joseph Stevens Buckminster)、威廉·爱默生、拉尔夫·沃尔多的父亲以及哈佛的校长约翰·T. 科克兰德(John T Kirkland)。所有这些人都拥有显赫的地位,没有必要依靠写作谋生。他们的投稿,正如他们其中一个人曾经说过的那样,是"不拿稿酬,不受管制的",他们利用手中的笔杆写作仅仅是为了达到教导大众的目的。刘易斯·P. 辛普森(Lewis P. Simpson)准确地把《文选》(Anthology)人形容为新英格兰文人。在他们的观点中,文学和道德教育是不可分割的。

波士顿"协会"的成员们信奉上流社会的传统,他们把文学和民主与市场放在矛盾的两个对立面。他们认为,美国文化发展最大的障碍就是全国范围内对财富的狂热崇拜以及从政治生活中蔓延开来并玷污了文学追求的"对名誉的渴望"。根据大家普遍的共识,艺术在一个"赚钱"的欲望大大超越了对爱、友谊、慈善和个人知识进步这些人文主义价值追求的国家中是不可能繁荣兴旺的。自我宣传在《每月文选》所列出的邪恶榜上位居第一;诺亚·韦伯斯特由于向媒体做了大量"直率的、不光明正大的、间接的"的吹嘘而受到取笑和奚落。数不清的投稿人攻击"恶毒的平等思想",因为他们认为平等思想贬低了优秀分子,把学识降低到了一个肤浅的水平。《文选》拒绝接受任何无知或者胆大妄为的人把美国文学与英国不朽的文学成就相提并论。他们认为,《拾穗者》只不过是《旁观者》(Spectator)可怜的模仿品,还认为

革命时期和建国初期的文学

任何读者阅读乔·巴洛的《哥伦比亚的远见》(The Vision of Columbus) 都会昏昏欲睡。

《文选》人认为批评家的职责带有政治性和社会性：像时刻警惕的联邦政治家一样，批评家应该对文学的大众利益进行管辖以便随时去除糟粕。"对文学的管理就像对政府的管理"，1807年一位投稿者如是说。骗子和政治家同时挤进了这两个领域，批评家应该向大众揭露这种欺骗。不止一位投稿者把评论家们比作刽子手，因为他们用"惩罚的皮鞭和批评的皮鞭"向欺骗者实施了罪有应得的惩处。最具毁灭性的尖刻话语被用来奚落那些家境贫寒或者依靠写作养家糊口的人。"布鲁姆费尔德 (Bloomfield)（英国农夫和诗人），菲利丝·惠特礼（原文如此）以及许多其他微贱作家已经通过写作吸引了一些注意力，"一位评论家说，"不是因为他们作品的出色，而是因为他们作品与众不同。"在诠释了约翰逊博士狗用后腿走路的双关语以后——令人吃惊的不在于这样的表达，而在于使用了这样的表达——此批评家警告说，如此"乞丐式的流浪汉"在文学范畴中是不会受欢迎的。

另一位在攻击美国缺乏品位和粗俗方面比《每月文选》有过之而无不及的人物就是菲舍尔·埃姆斯 (Fisher Ames)，他是联邦制度的雄辩家，担任过国会议员，并时常向期刊投稿。甚至在波士顿保守派中，埃姆斯依然以极端保守著称，他对普遍规则存有几乎是病态的仇恨。在洋洋洒洒的文章《美国文化》(American Culture, 1809) 中，他重申了当今被大家所熟知的本土文化。埃姆斯写道，这些艺术没有足够的理由在自己的土地上发展，因为在一个以崇拜金钱和抚慰大众为目的的社会中，没有任何东西可以催生和造就天才。他毫不客气地把美国与古希腊和古罗马相比，指出后两个古典文化造就了历史上最辉煌的时刻，《荷马史诗》和维吉尔的《埃涅伊德》(Aeneid) 依靠的完全不是民主。埃姆斯预言，只有当阶层的概念不断激化，从贫苦大众中衍生出一个悠闲、富裕的阶层，这个阶层有能力支持和珍惜天才们的时候，美国才会拥有真正意义上的文学。

作为一个公民人文主义者，埃姆斯期待以下的可能性。文学可能会受益，而自由则一定会消亡。而且，这样的文学极有可能缺乏高尚的理想。埃姆斯与文选人所不同的是，他认识到如果艺术家和艺术的受众之间没有联系的话，真正伟大的文化就不可能产生和繁荣发展。他的文章明确反驳了纯洁文学领域的观点。他幻想了一个历史神话，在这段历史中，由于大众的接受而创造出的"卓越的诗歌成就"仅仅闪现了两次，而且将永远不会重现。希腊残暴的武士激发了荷马关于战争的史诗，维吉尔的爱国诗歌得以成型仅仅因为罗马人以前所未有的热情爱戴他们的国家。如此伟大的艺术，其创作的出发点

第二章 杂志、评论和散文

是认为有一大批受众可以接受这种艺术，而不是旨在迎合"一小撮学者"，这些作品创作的前提是"感染大众的心灵，点燃大众的热情"。埃姆斯认为现代的作家们都不可避免地"疏远"大众，与平民百姓相隔离，他认为这种现象有害于他们的艺术创作。甚至在唯物主义和民主的今天，他也会否认有任何方法可以重新建立这种联系。后期如拉尔夫·沃尔朵·爱默生和沃尔特·惠特曼（Walt Whitman）这样的浪漫主义作家会得出完全不同的推论，但是他们依然会重复埃姆斯的见解，即不能与普通大众沟通的文学就是贫瘠的文学，与大众的隔离使文学丧失了文学的作用。

与埃姆斯同一时代的年轻作家塞缪尔·米勒牧师对于当今时代对文化带来的威胁持有较为复杂和温和的态度。米勒的两卷本《18世纪简短回顾》（*A Brief Retrospect of the Eighteen Century*, 1803）是研究早期共和国阶段的宝贵资源，正如一位《每月文选》的撰稿人所说的那样，这本书是我们"首次对取得的进步和创作的作品进行的概述"。此书从正反两方面回顾了这个时代技术和文化的发展。第一卷以赞赏的笔调描述了一直被后世称为18世纪的"消费者革命"时代。米勒以科学、机械和高雅艺术为中心，大力褒扬了由现代发明和工艺改善了的制作业所带来的大量的廉价商品——陶器、玻璃、炉子、钟表等等。他同时对由劳动分工和办公场所以及家庭中省时器械的使用所带来的越来越多的闲暇表示高兴。米勒真诚地对这些变化感到欣喜，完全没有从道德的角度对这些变化所带来的生活的奢华和闲散感到愤怒。他夸耀说："历史上没有任何时候生活的艺术……能够有如现在这样有利的立足之地。"

《18世纪简短回顾》的第二卷对世界和美国文学的趋势进行了详细的评估。米勒认识到，书籍前所未有的廉价和丰富促使了读者群体的扩充和阅读量的增大，导致了文学领域的革命。他讲道的层面——《18世纪简短回顾》起初是为布道所用——尤其是他对于小说，或者更准确地说是他关于著作权商品化的观点，击败了历史学家的看法。米勒赞扬查尔斯·布罗克顿·布朗是唯一"值得尊重的"美国小说家，但是他对于新体裁的整体评价是极度否定的。一千部小说中只不过有一部能够对读者有益；其他的小说要么内容轻浮，要么具有"勾引性和堕落性"。米勒把小说的兴起认为是商业精神对文学侵犯的不幸产物。他表示，市场是一个决定价值的最新决定因素；市场已经在18世纪进入到文化中，使艺术家们不再为真理和社会效用献身，把他们的视野局限在对利润肮脏的精打细算中。现在的男男女女写作都"附和大众品位，完全不管内容有多么堕落，他们仅仅着眼于销售量的最大化"。米勒抱怨道，这种写作心态的一个产物就是小说，小说的发行量大，小说的内容厚颜无耻地迎合大众好色的兴趣；其他的后果包括毫无价值的书籍被大量发行，

565

革命时期和建国初期的文学

使作者的地位在公众心目中不断下降。

米勒意识到,实际上他所描述的是经济更加发达的大不列颠的文学状况,而非处在婴孩时期的以农业经济为主的共和国。他也认识到,商品化的益处至少也与其弊端相等同。他列举了美国文化劣势的原因,其中之一就是美国不能维持职业作家这样的一个阶层:

> 在美国,文学的回报是少之又少而且是不稳定的。人们不能为自己出色的才能和伟大的成就得到酬劳。书商们,那些现代对知识学问的赞助者们,没有经济实力来鼓励和奖赏天才们的劳动。

米勒不指望富裕的小群体来改变这个局面;他也不信任《文选》人所信奉的上流社会的仁慈。他反而期待真正的改变来自日益扩张的市场。市场将通过不断膨胀的美国人口传播知识,刺激人们对文学需求的欲望。市场已经把18世纪转变为"**书籍的时代**",促使女性、普通大众和其他那些原本一直被排斥在文化圈子以外的人们开始读书并"探索到一度被认为是不可思议的程度"。在一个没有贵族赞助的社会,只有市场有能力催生"足够的补偿"来支持对艺术的付出。米勒坚信,"文学在美国将像在世界其他任何地方一样繁荣昌盛",因为他始终认为,在美国作者身份将像在欧洲一样被成功地商品化。

米勒的看法具有预言性,比较有克制;而朱迪丝·莫瑞——共和国最重要的女权提倡者,则发表了更为激进的观点。从某种程度上来讲,莫瑞的看法与米勒完全不同。她远远不是自己作品中所描写的那种平庸的收集无人认领的粮食的人物。她与那些把文学看成是贵族特权的上流社会属于同一阶层,她严词谴责出自《每月文选》的文学暴发户。莫瑞持有联邦主义的政治立场,她把《拾穗者》献给约翰·亚当总统,把乔治·华盛顿列入杂志订阅者的名单。她是唯一可以赢得文学淑女称号的美国人。然而,这位文雅的、多才多艺的作家在宗教上是独行其身者,作为英国信普救说者(Universalist)约翰·莫瑞的妻子,她对作者身份和妇女持有坚定的非传统观点。尽管她以笔名发表作品,但是为了女性能有自己的主见,她批判共和国式的谦逊。

正是作为女性,莫瑞反对这个时代的文化优先。女权运动为她讲求平等和文学认可的呼吁提供了支持。她提倡妇女们应该明确地肯定自我,因为她感觉到,如果女性对自己的能力缺乏信心,她们就会屈服于奉承和诱惑。她在1784年写的文章《关于鼓励一定程度上,尤其是对**女性乳房**的自我满足的随想》("Desultory Thoughts upon the utility of encouraging a degree of Self-Complacency, especially in FEMALE BOSOMS")中坦率地建议,"自我尊重"应该是对华而不实的献媚最好的防备。莫瑞主张,只有充分地认识自己,女性才能看穿心怀叵测的虚假赞誉;只有尊重自己的智慧,她才能学会追求和成功。另一篇文章《论性别平等》("On the Equality of the Sexes",1790)把传统的对女性的蔑视转为对她们智力平等的辩论。莫瑞发现,所有人都认为女性在"丰富的想象力"和"制造流言飞语"上技高一筹。这就证明女性的想象力原本就优于男性,而这种想象力没有得到正确使用的唯一原因就是教育的差异。

莫瑞希望她自己的想象力得到别人的充分肯定,同时她抛弃了女性的谦虚,承认自己对文学名誉有着狂热的追求。虽然她在《拾穗者》杂志上使用了双重男性笔名——假装成拾穗者先生的维吉里亚斯先生,但是她在书的扉页中以女性的面目出现——即众所周知的康斯坦丁,以获得普遍的关注。康斯坦丁拒绝女性作者在发表作品时常常使用的说明,"在我朋友们的强烈要求下——当然不是"。她这样做完全不是因为缺乏自信,也不是因为她主要的动机是帮助读者进步。促使她发表作品的动力,可能在一些人看来是有些自以为是,就是"一种不可抑制的向大众展示自己的欲望",以求获得他们的欣赏和掌声。莫瑞坦率的志向,对她生活的时代和阶层来说是如此得不同寻常,在女性中更是稀少罕见。她大胆地追求声誉,倡导自我实现是女性的特权,这些行为甚至那些19世纪的女性作家们都发现难以理解,而在19世纪即便是最畅销小说的本土作家们都依然回避这种毫不谦卑的个人主义。

约瑟夫·丹尼在他生活的年代被称为美国的阿狄森。虽然他拥护文学应该划分等级的观点,但是他欢迎和推进了共和国文化中自由化的改革。在他一生的事业和写作中,丹尼把形成期的各种冲突推到了极致。从他的文学观点来看,他是典型的18世纪绅士——在出版《卷宗》时他用了"奥立佛·欧德斯库(Oliver Oldschool)①先生"作为笔名——丹尼热衷于责骂民主和贸易,取笑构成大众阅读群体的普通百姓。从他的笔下经常会出现类似"乌合之众"、"恶毒的平民"等绰号。丹尼对美国生活越来越清醒,他为革命感到遗憾,强烈地希望自己出生在英国,因为在英国,"心胸开阔的人和文学人"都能从写作中获得丰厚的回报。

丹尼第一个大胆尝试就是编辑了乡村风味的报纸—杂志《农夫每周博物馆》,其中他自己撰写了绝大多数的文章;像在其他地方一样,他对"老派"价值的效忠与由企业和原始浪漫主义元素组成的那种复杂、时尚的感性相对

---

① 奥立佛·欧德斯库(Oliver Oldschool):英文中"oldschool"有"老派"的意思,所以这个笔名显示出作者保持绅士身份的导向。——译注

◎革命时期和建国初期的文学

立。在他做编辑的生涯中,丹尼创作了"世俗的布道者"雷·布莱彻这个人物。这种自我肖像般的描写把他与雅典娜派联系在一起,明显地传达了新兴的上流社会传统的精神。他在公开发表的言论中强调了文学的社会功用:在《世俗的布道者》的第一版或者《送给闲散无聊读者的简短布道》(*Short Sermons for Idle Readers*, 1796)中,他都表示,作品旨在对读者"有用……而不是(显示其)才华横溢",并把写作的"主要目标"定义为教育农夫。但是这位身兼乡村牧师的散文作家同时又是一位志向远大的职业作家,其"实干"的信条使人想起本杰明·富兰克林的影子。丹尼的父亲是一个破产的商人,在穷困潦倒中去世,丹尼除了写作和做编辑以外没有任何经济来源,所以他明确地把文学作为一桩生意来看待。《农夫每周博物馆》上连续登载的《从科隆到斯旁迪的商店》是丹尼和罗耶尔·泰勒共同创作的。这个散文和小说的大杂烩系列目的在于出售文学产品。雷·布莱彻系列散文也显示出了同样的商业意味:丹尼以传播实用建议者的面目出现,劝诫同胞们摆脱懒惰,勤奋上进,争取独立。

贫穷的里查德根本不能说是丹尼本身的形象,他经常以纨绔子弟的面目出现,与传统作家的形象大相径庭。甚至在最初的几期雷·布莱彻系列中,他承认自己并没有做到勤奋:"坦率地说,我经常虚度时光,花大量的时间睡觉。当我劝告他人应该勤勉上进的时候,自己却在放任自流。"沃尔普小镇上的居民们可以为这种自白作证。丹尼臭名在外,他常常睡觉不起,不到交稿的最后一刻从不动笔。他穿着华丽讲究,在忙忙碌碌的村民中显得非常抢眼另类,一位朋友形容丹尼总是"走在时尚的最前沿"。他常用的笔名中有"闲逛"和"美国休息室";在写于费城的雷·布莱彻散文系列中,他把自己表现为浪漫主义浪荡子的早熟版本,游荡在城市的街头巷尾为文学创作搜集素材。丹尼尽情享受繁华都市的激情和"旋转变换的景象",然后在城市的大背景中精神振奋地转而进行自己的思考。他说起话来似乎是埃德加·爱伦·坡(Edgar Allan Poe)和查尔斯·波德莱尔①(Charles Baudelaire)的先驱者,他在现实的买卖形式中培养自己的想象力:

> 我在商业大街找到一个主题,然后一直穷追不舍地寻到南沃克街和

---

① 查尔斯·波德莱尔(Charles Baudelaire, 1821—1867):即波德莱尔,查尔斯·皮埃尔:法国的作家、翻译家和评论家。他仅有的一本诗集《恶之花》(1857 出版,1861 年扩版)被认为是淫书而受到谴责,但是他对于后来的象征主义和现代主义诗歌产生了巨大影响,如 T. S. 艾略特。——译注

第二章　杂志、评论和散文

北自由大道。我穿过商业街市，如同我当年徘徊在木区林场；当人们谈论自己的农场或者商品的时候，我能听到一些充满想象力的语言，或者他们的话能引发我天真无邪的思考。

事实上，丹尼十分注意使自己的文学创作迎合美国正在形成的充满活力的商业文明，甚至在诸如新罕布什尔州这样的农村地区也一样。新的社会秩序在期刊中找到了其文化喉舌，而这些期刊同时又是上流社会发出他们哀叹的媒介。塞缪尔·米勒把18世纪标识为"肤浅知识"的年代，认为这种现象产生的原因就是浓厚的商业氛围使人们没有时间学习或者没有时间培养学习爱好，还因为"杂志、文学期刊、书籍删节本以及书籍摘要等等以前所未有的规模出版"。早在1792年，丹尼在一个名为《杂烩》（The Farrago）的连载系列中就意识到——或者欣喜地发现——短小精悍的随笔对那些绝大多数没有能力探究深奥哲学体系的文学爱好者富有强烈的吸引力。他把随笔这种文学形式称为这个年代最有价值的发明之一：

> 一些作品……必须有调整人们反复无常的性情、唤醒好逸恶劳的人们的作用，对年轻人来说不能太深奥晦涩，对忙碌的人来说不能太冗长烦琐，对女性来说不能太严肃沉重。文学作品不应该对人们的行为进行严厉的监督，……而应该是人们的好朋友，读者与作者之间进行思想、感情的交流，使时间在不知不觉中流逝。如果能做到这一点，写作的任务就圆满地完成了。某些最具影响力的天才们成长起来，通过小小的纸张，他们把知识传播给芸芸众生，而受益的群体远比阅读亚里士多德沉闷著作的人要大得多。

这种"文学消遣的新奇种类"为中、低社会阶层带来了急需的手段和乐趣。按照丹尼的说法，那些从来不看一本书的人在他们业余闲暇时间里，把最新发行的杂志翻得破烂不堪。

期刊随笔与短篇小说属于同类，不同之处在于前者是非虚构性的。随笔与短篇小说一起把18世纪的标志——消费革命——带入了文学。研究书籍的历史学家们认为在这个时候，人们的阅读习惯发生了改变，由仔细研读转为广泛阅读：杂志与圣经或者年鉴不同。圣经或年鉴需要人们反复学习、思考，而杂志为勤劳的社会阶层提供了一种新鲜的、负担得起的娱乐。杂志符合这个时代的民主精神，提高了那些既没有接受过高深教育也没有过多休闲时间的大多数人的生活质量。丹尼认为，杂志上可以发表大量的随笔、诗歌、故

541

○革命时期和建国初期的文学

事和奇闻逸事，这适应了人们一般注意力集中时间较为短暂的特点，同时又满足了普通读者对多样性的追求。在《卷宗》的题词中，他选用了英国诗人威廉·考博（William Cowper）的诗句："散漫的人的头脑，喜爱多种多样的变化，钟情于新奇古怪的事物，并由此得到满足。"① 各式各样的期刊满足了闲荡的人们对多样化和城市"丰富多彩的生活"的胃口。

《卷宗》是美国第一份文学周刊，最高订阅量达到1500份，丹尼争取上流社会地位的努力，以及使文学成为有利可图的事业的愿望一直贯穿其中。杂志的创刊号不仅使它的创始人名列品位高雅、学识渊博的文人之中，而且为他提供了生存的手段。杂志的说明书中邀请"富裕之人、慷慨的人以及文学之人"投稿，对"下层五花八门的百姓"显示了鄙视，并承诺不在期刊正页中登载广告以表示金钱的回报并非杂志的主要追求。说明书中充满了博学的脚注，使初涉文学领域的新人望而却步；但是这种过分的炫耀和展示——在三页纸的篇幅中用了21个引述，包括来自维吉尔（Virgil）②、弥尔顿、伯克（Burke）、普林尼（Pliny）、博林布鲁克（Bolingbroke）以及其他权威人物的引语——其实揭示了丹尼暴发户的一面，这个野心勃勃的作家急于证明自己的身份。说明书中并没有明确表明杂志的商业性质，例如声明中写道，广告虽然可以接受，但是不能直接登在杂志上，仅限于印刷在一张单独的纸张上，可以作为杂志的包装页。丹尼把自己称作"一个冒险家"，他坦率地承认在《卷宗》创刊的时候，他的目标是"作为作家，把文学当成财富的女佣，或者至少通过努力来获得某种独立"。一年之后，也许是担心他对于财富的追求过于坦率而遭到误解，丹尼附加了一个给订阅者的公告，发誓永远不会去取悦平民大众。

丹尼担任《卷宗》杂志的主编，直至他于1812年去世。他对于文学使命的理解中相互矛盾的地方随着时间的推移并没有得到缓解，反而愈加激烈。在内容上，这个杂志变得比任何时候都更加趋于保守，反对变革，公开发泄"对庸俗内容大行其道以及积聚财富现象的愤怒"，公然指责丹尼本人曾经倾慕过的本杰明·富兰克林，因为他把文学降低到了为女佣和学徒所接受的地步。在表现形式上，杂志具有迎合市场的高度灵活性。1809年《卷宗》改为月刊并开始翻版印刷，意在扩大读者群；印刷版面中有描绘自然景色的图片、诸如多轴纺织机的机器以及最新的时尚。正如他在新月刊的说明书中所做的

---

① 原文的英文诗句为："Various, that the mind / Of desultory man, studious of change, / And pleased with novelty, may be indulged." ——译注
② 维吉尔（Virgil）：古罗马诗人，公元前70—公元前19。——译注

那样，丹尼能够寻求广泛的支持，而同时在下一期他又会提醒读者，他贴近他们不是"讨好的共和者，或者哭诉的乞丐的姿态"，而是"骑士的姿态，迈着坚定的步伐"。1811年，这位自封的文学贵族打破了守旧派一贯的风格，不再使用笔名而开始使用自己的真实姓名发行《卷宗》。一些著名的后期作家对这种公开自己身份的行动颇有微词；丹尼则尽显其绅士风度，把这种变化描绘成高尚的道义。他写道，抛弃"所有的神秘和诡计"将促使他"比任何时候都更加勤学，使他对自己文学创作的声誉更加谨慎、小心"。

继丹尼之后，尼古拉斯·比德尔（Nicholas Biddle）担任《卷宗》的编辑。尼古拉斯·比德尔出身费城的贵族家庭，后曾担任过美国银行的行长。他的经历使他成为杰克逊时期把经济从传统的束缚中解放出来的运动所攻击的目标。比德尔的接任概括了有关美国第一代文学期刊的事实真相。绝大多数创刊于19世纪20年代之前的杂志仅仅被一小部分阅读群体所接受，反映了那些垄断文化的"高贵人类"的态度。1812年战争之后两份重要的出版物，巴尔的摩的《门廊》（Portico，1816—1818）和《北美评论》（North American Review，创刊于1815年）都保持了比较克制的风格。威廉·都铎（William Tudor）是《北美评论》的第一任主编，曾是"文选会"的创始人之一。直到杰克逊年代的社会和政治革命，文学杂志才开始摆脱上流社会的影响，可以说在其内容多样的结构中清楚地表达出了民主主义的市场导向。《格雷厄姆杂志》（Graham's Magazine）、《高帝女士杂志》（Godey's Lady's Book）以及其他一些发行量较大的月刊满足了大众对轻松、多样的娱乐内容的需求，使战前这段时间成了期刊发展的"黄金年代"。

丹尼的另一个"继承者"早已经转向美国文化发展的新视野。1802年，即丹尼创作奥立佛·欧德斯库形象的一年之后，《乔纳森·奥尔德斯泰尔绅士通信》（Letters of Jonathan Oldstyle, Gent.）系列开始出现在纽约《晨报》（Morning Chronicle）的报纸上，这些散文标志着华盛顿·欧文在文坛的出现。欧文像丹尼一样是律师出身，但是他也同样地对执法不感兴趣，而选择了写作，并把自己标榜为狂热的现代社会中传统价值的捍卫者和支持者。欧文也是从共和国初期的期刊和报纸起家的。除了《奥尔德斯泰尔》系列以外，欧文的第一个主要出版物《杂文集》（Salmagundi）模仿了其散文系列的风格，他在1813年至1814年间曾担任过一段时间《文选杂志》的主编并为其投稿。他的成名之作《见闻札记》（The Sektch Book of Geoffrey Crayon, Gent., 1819—1820）以系列的形式同时在英国和美国发表，保留了内容多种多样的特点。像丹尼一样，欧文憎恶人们把赚钱和文化隔离开来；他在往文学财富迈进的途中一直使用笔名"绅士"。但是两个作家之间至关重要的差异是，欧文坚持

◎革命时期和建国初期的文学

按照贵族传统要求的笔名来发表作品,而丹尼却早以摒弃这一传统。之所以这样做是因为欧文意识到他的前任所没有完全认识到的一点:身份、地位可以出卖给大众并成为一种工具;身份的获得不是通过辱骂和嘲弄普通读者,而是通过教育和启发他们,并由此使作者本人得到充实并名扬历史。

第三章 戏 剧

1826年在纽约鲍威利剧场的开业典礼上，一位嘉宾道出了这样的希望："本土诗人的才华可能在此处被催生，他们的声望将超越由欧文和库珀在其他领域所取得的声望。"这句话揭示了美国早期戏剧的一个显而易见的现实。当西方文化进入到浪漫主义阶段，美国的戏剧乏善可陈，没有任何一个具有国际地位的人物可以夸耀，没有任何一位剧作家能够与新共和国的小说家们相提并论。1826年唯一可以称为具有国际声誉的美国剧作家是约翰·霍华德·佩恩（John Howard Payne）。他是移民到纽约的，其作品中充满了改良后的法式俏皮，使伦敦西区特鲁里街①的剧院场场爆满。现在，佩恩在文学史上仅仅是一个无足轻重的人物。

美国戏剧是文学领域中最具有共和主义特点和最具有宣传性质的种类。它没有快速适应与19世纪著作权同义的个人主义，它没有把浪漫主义发挥到极致。有人也许会说，19世纪是小说飞速发展的年代，大环境氛围可能不适合西方剧作家的创作。虽然这可能是一种正确的评价，但是至少一直到上个世纪后半叶，控制着本土舞台的意识和思想异乎寻常地不适合浪漫主义和自我实现精神的培养。早期共和国的戏剧与平民公众联系异常紧密。在小说和诗歌早已经摒弃或者摆脱了为公众服务的义务（或者说是规范）转而追求个人目的之后很久，戏剧依然把这个义务奉为神圣。作为艺术的最后"残余"，戏剧最接近讲演术和普通大众；与小说相比，戏剧在印刷出版和接受女性化上的脚步远远滞后。

为了分析早期戏剧和早期小说发展的不同阶段，我们有必要关注一下与

---

① 特鲁里街（Drury Lane）：伦敦西区街名，曾以剧场集中而著称。——译注

○革命时期和建国初期的文学

这两个领域紧密相关的一个美国英雄人物。从罗耶尔·泰勒的《阿尔及利亚的囚徒》和查尔斯·布罗克顿·布朗的《亚瑟·莫文》（Arthur Mervyn, 1799—1800）到赫尔曼·梅尔维尔的《以色列陶工》（Israel Potter, 1854），本杰明·富兰克林为美国小说提供了无尽的魅力。历史人物富兰克林自己也被小说强烈地吸引：在他的《自传》中，他赞赏了约翰·班扬（John Bunyan）、丹尼尔·笛福（Daniel Defoe）和塞缪尔·理查德逊（Samuel Richardson），因为他们把"与大众联系紧密的对话形式与叙事"相结合。1744 年，富兰克林在费城的印刷厂印刷了在美国出版的第一部小说——理查德逊的《帕梅拉》。正如理查德逊小说的名字所显示的那样，小说这个领域对关于女性的叙事有着尤其的偏好——这种偏好与富兰克林的爱好不谋而合，我们将在后面"小说"一章中进行分析。作为印刷商，作为一个其事业完全体现了社会流动性的人，文学的表现形式对富兰克林有一种自然的吸引力，因为文学的兴起完全依赖于印刷业的革命和中产阶级的成长。反过来，早期美国小说家们用栩栩如生的语言描绘他，并在他们的叙事小说中援引他作为物质成功和失败的例子；许多作家把他视为开明的个人主义新秩序的代表。

如果富兰克林是开通的利己主义守护神的话，那么在戏剧中频繁出现的革命领导人乔治·华盛顿则被公认为是为国家无私奉献的象征。华盛顿对印刷文化兴趣不大；他是一个充满活力的人，写出的作品非常实用。（现今只有两篇仍被大家甚至是学者所广泛阅读：《国家文件》[Circular to the States, 1783] 和1796 年的总统《告别演说》）。戏剧与小说相比较而言是一种更具有公众参与性质的口述表达形式，这个特点符合华盛顿所认为的文化必须具有共和主义的思想。他一生都喜欢去剧院看戏，甚至在革命冲突的初期也从没有放弃过。严酷的 1776 年至 1777 年冬季，当爱国者军队在富治山谷进行艰苦卓绝的求生奋斗的时候，他们为他们的指挥者上演了约瑟夫·艾迪逊（Joseph Addison）的《凯托》（Cato, 1712），这是华盛顿本人最喜欢的剧目，他在信函中也常常引用此剧目。作为总统，他用自己的身份为本土舞台添光加彩。1790 年他第一个捐款资助罗耶尔·泰勒出版作品《比照》，并同意在一次由他剪彩的产品发布会上，首先发布此作品的发行消息——这个行为颇具广告效应，它增加了发行量，并使华盛顿赢得了剧院经营者的广泛爱戴。

自从与英国产生敌对开始，美国的剧作家们一直把华盛顿作为他们剧目中的主角。每当要表现爱国主义主题的时候，他们都想方设法地把华盛顿写进作品中。这样的例子数不胜数，比如他在休·亨利·布雷肯里奇的《旁克斯山的战斗》（The Battle of Bunkers-Hill, 1776）中发表演说，在约翰·里库克（John Leacock）的《英国暴政的毁灭》（The Fall of British Tyranny, 1776）

和威廉姆·邓禄普的《安德鲁》中出现，并为彼德·马寇（Peter Markoe）的《爱国者领袖》（*The Patriot Chief*, 1784）提供了原型。《冲突》中的曼利上校虔诚地把华盛顿称为一生效仿的典范。对于早期的剧作家们而言，"美国的辛辛纳图斯"（华盛顿广为人知的称号）代表了公民的至高无上，代表了个人利益服从于大众利益。这些都是人类尤其应该承担的义务，华盛顿以他尊严高贵和情感的克制，向他的同胞们展现了男子汉的品德。他代表了戏剧所追求的理想。而另一方面，詹姆斯·费尼莫尔·库珀的《间谍》（*The Spy*, 1821）第一次郑重其事地把华盛顿写进小说中的时候，正是美国小说开始脱离公众导向的阶段。库珀故事中的那个华盛顿是一个半秘密的人物；他以神秘的间谍组织首脑哈博的形象出现，不再是戏剧中传奇式的大众英雄形象。

在美国，戏剧一直是不可或缺的社会媒介。在美国舞台上演的第一部本土戏剧家的作品是托马斯·戈弗雷的《帕提亚王子》（*The Prince of Parthia*）。此剧发表于1765年，1767年公演。在此之前，美国人只能观看英国巡回剧团的演出。保皇党的南部地区比较欢迎戏剧这种形式，而北部对戏剧的态度较为冷淡，但是两个地区都喜欢莎士比亚的作品，人们都有去剧院看戏的习惯。与小说形成对比的是，戏剧是一种公共行为。它是由人来表演，用语言来表达，而非供人们来阅读。可以说戏剧是文化的代用品，但是也是文化的对立面。现在影院是一种流行的艺术形式。正如影院一样，戏剧对每个人都有强烈的吸引力，跨越了上流社会和普通大众娱乐形式之间的差异。它把不同阶层的人集合在一起来共享同一种语言和视觉的体验。但是影院只收取很低的入场费，给人一种平等的感觉（或者是幻觉），并要求观众在观赏过程中保持绝对的安静，而戏剧把观众的座位分为三六九等，同时鼓励观众在演出过程中踊跃参与。

尤其在国家独立之后，美国的剧院形成了一种杂乱无章的空间来表达共和主义精神——人们认为公共生活应该是公众的、忙碌的，但是应该有社会地位的区分。18世纪和19世纪初在剧院欣赏戏剧表演，演员和观众之间的互动交流受到限制。座位的布置实际上把各个阶层隔离开来，佣人和奴隶在楼座，"普通观众"坐在正厅后排，而绅士们和他们的家人则在昂贵的包厢里。大家集中在同一所房子里，人声最为鼎沸的区域表现出当时人们的典型行为。剧院中从头至尾嘈杂声不绝于耳，甚至在演出过程中也是如此。普通观众们随意地吃喝，任意地嚼吐烟叶，并旁若无人地高谈阔论。观众提供了部分娱乐，有时候甚至是最有趣的一部分。就像泰勒《比照》中那个亲英派的花花公子评论家缔姆浦（Dimple）所描绘的在纽约去剧院看戏的景象："我一整晚都背对着舞台，欣赏一位优秀的女演员的表演——她把优雅女性演绎到了极致。"

革命时期和建国初期的文学

掌声、嘘声和其他突如其来的声音不时地打断演出。每幕剧间的唱歌和特技表演以及正剧之后的余兴闹剧似乎在鼓励观众的参与。"指向观众"这种表演方式愈加使气氛嘈杂无比。在一个剧目的高潮部分,比如哈姆雷特的"生存还是死亡(to be or not to be)"独白部分,男女演员就走到舞台的前面,直接面对观众说台词。观众们的反映不是嘘声就是狂热的赞同声,然后要求再来一次。一个成功的指向可能被要求重复表演六次之多,完全打乱了剧目的正常表演。

其他形式的干扰强调了剧院是一种大众表达政治观点的场所的作用。每当剧中出现华盛顿的名字,观众必然会发出欢呼声,而当提到英国国王的时候,剧院势必嘲笑声一片。詹姆斯·纳尔逊·巴克尔(James Nelson Barker)创作于1812年与英国决战前夕的《马尔明》(Marmion)中,包括一段苏格兰詹姆斯谴责英格兰背叛行为的演讲。这位热情洋溢的苏格兰统治者发誓要保护"自由的宪章/由我们伟大的前辈在这块光荣的土地上所赢得"。本剧作家的父亲,约翰·巴克将军在这个剧情上演的时候从座位上跳了起来,挥舞着手中的拐杖,领导整个剧场的观众长久地欢呼。如果观众不同意剧中的政治观点或者角色的行为,他们可以强迫进行改动,即使这个观点或行为在剧中是故意这么设计的。在邓禄普《安德鲁》一剧中,当急性子的布兰德不能说服华盛顿赦免安德鲁的生命的时候,他把军服的帽徽扯了下来,充满厌恶地扔到地上。观众对此表示了强烈的不满和愤恨,邓禄普不得不进行改写,加了一个片段,表现深感悔恨的布兰德重新佩带上徽章。有时候派性之间的争斗发展成全面的动乱。英国演员对美利坚合众国任何形式的侮辱,无论是真正的还是假定的,都会引发最严重的冲突。战前时期最糟糕的骚乱是著名的1840年阿斯特骚乱(Astor Place Riot),其结果造成20余人死亡,但是在共和国早期确立了这种模式:剧院骚乱总是带有爱国的性质,它使政治和戏剧之间的界限模糊不清。

这些骚乱表明,戏剧与公众之间的关系可能是敌对和不信任的。由于暴力干扰的不断出现,地方政府决定对戏剧舞台进行更加严格的管制。更准确地说,因为剧院比小说更具有公众参与性,所以就被认为对国家更具有潜在的威胁性。戏剧演出一直被谴责为最堕落的艺术形式,在美国,戏剧比诗歌或者小说承受更多的批评和审查。早期剧作家在他们的作品中注入说教和道德教育的口吻,其原因之一就是与那些广泛存在的对舞台的憎恶作斗争。

清教徒把反对戏剧的偏见带入了新世界。迫于英国清教徒的压力,伦敦剧院于1642年关闭,英国殖民地中具有同样宗教信仰的人也认为戏剧是"罪孽深重的、传播异教思想的、淫荡邪恶的、亵渎上帝的表演"。在王朝复辟中,经君主政体的同意才能重新开设剧场的事实证明了贵族和戏剧之间错综

第三章 戏剧

交错的联系。共和国的意识形态巩固了 18 世纪美国人对戏剧的基本态度。日内瓦人卢梭①在他的《致 M. D. 阿莱姆博特关于戏剧的信函》（Letter to M. D'Alembert on the Theater, 1758）中发表了最经典的共和主义性质的攻击。卢梭把戏剧定为自由最大的敌人，因为它带来大量的邪恶——懒散、奢华、放荡——所有这一切破坏了共和国赖以生存的公民道德。他认为戏剧的本质就带有危险性，因为它给那些以欺骗为职业的人以回报。卢梭主张，一个自由政体的存在依靠劝说和理智的选择；这个政体的主角就是演说家，他应该公开表达自己的观点，并努力使他人接受他的观点。相反，演员是煽动家；他的行为是"把自己伪装起来，假扮另一个人，以不同的面目出现。"

在美国，反对戏剧的呼声在革命年代极端意识形态的氛围中达到最高点。1774 年随着与英国的关系愈加恶劣，焦虑的大陆国会通过了一项决定，鼓励勤奋工作和勤俭节约，对"所有奢侈和挥霍的行为，尤其是赛马，以及各种形式的赌博、斗鸡、展览、演出和其他奢华的娱乐项目"进行检查。四年之后，又颁布了更为严厉的法令，任何"出演、推广、鼓励或者参加此类演出"的政府官员将被免职。这些法令妨碍了戏剧在革命期间的美国立足，占领军的英国军队反而经常在波士顿和纽约的舞台上演出。在戏剧中总能发现人们对外国侵略的憎恨。约翰·伯戈因将军是喜爱戏剧舞台的几个英国军官之一；他曾经写了一个闹剧，把美国爱国者军队描写成一伙由乡下人组成的缺乏纪律、无修养的乌合之众。

认为戏剧是缺少道德限制的、不具备共和主义精神的观点在美国与英国冲突结束之后一段时间里依然存在。马萨诸塞州直到 1792 年才撤销对戏剧的禁令；早些时候在波士顿也有一场解禁运动——它似乎更具有象征意义。这场运动由众所周知的浪子佩莱兹·莫顿领导，他是威廉·希尔·布朗 1798 年的伤感小说《同情的力量》中玩弄女性的色情骗子之一的原型。甚至这个新兴国家第一个职业剧作家和热情的戏剧倡导者邓禄普也不得不承认，戏剧舞台与放荡淫乱有着联系。在《美国戏剧史》（History of American Theatre）一书中，他谴责演员道德的缺失，批评为娼妓留有专门包厢的传统。另一位摆脱了戏剧粗俗面、支持戏剧发展的人是华盛顿·欧文。他在《乔纳森·奥尔德斯泰尔绅士通信》（Letter of Jonathan Oldstyle, Gent, 1802—1803）中谈到，那些坐在楼座的人们把食物撒到其他观众身上，有时他们为了传达自己的意

---

① 卢梭（Jean-Jacques Rousseau, 1772—1778）：18 世纪欧洲最伟大的思想家之一，同时他也是哲学家、教育家和文学家。著名的作品有《论人间不平等的起源和基础》、《论经济政府》以及《自传》等。——译注

革命时期和建国初期的文学

思不惜大声喧嚷、跺脚,以至于乐队的演奏都被淹没在嘈杂声中。

舞台的拥护者在那些被批评家们所不屑的公共特质中发现了其价值,并把戏剧列入美德和公共利益之列。正如邓禄普所言:"这个发动机威力巨大,可以产生好的作用,也可以带来邪恶——结果到底如何应该由社会来选择。"小说是一种个人消费,而戏剧则把一大群人集中在同一个屋檐下,这就证明戏剧具有潜在的教育指导意义。戏剧中演员通过说话或者口头形式演绎角色是它另一个好处:剧目中有大量的演讲,为公共演讲艺术提供了宝贵的训练。正如共和党人卢梭和托马斯·杰斐逊所言,演讲是一种才能,对于自由的社会体制来说尤其重要,因为领导者们应该通过劝说而非武力来动员选民。美国人依然生活在一个很大程度上依靠口述表达的国家,一个习惯于政治演说和每周布道的民族欣赏戏剧舞台上的雄辩和说服力,并把这些认为是高超的技艺。艾迪逊的《凯托》在18世纪享有广泛的声誉,里面的演讲影响了许多人,其中包括帕特里克·亨利著名的结束语:"没自由,毋宁死"(Give me liberty, or give me death.)以及内森·黑尔(Nathan Hale)① 的临终遗言:"我唯一遗憾的是,我只有一次生命可以献给我的国家"(I regret that I have but one life to lose for my country.)。教学与戏剧有着如此紧密的联系,以至于有几部戏是专门为学生们所创作的。布雷肯里奇的《邦克山之战》是为"南部学院的一批年轻的绅士们上演讲课而作",那时布雷肯里奇本人是学院的老师。这部戏里包括阐明革命原则的开场白和结束语,以及华盛顿在进入波士顿时发表的感谢词。

布雷肯里奇是活跃在革命时期的美国戏剧家的代表:他把"缪斯献给爱国主义最伟大的主题——勇敢和英雄主义"。从这个时期起,所有的舞台剧目都是政治讽刺品或者宣传品。所有的人都坚持认为,戏剧应该服务于大众而非个人利益。罗伯特·蒙福德(Robert Munford)的《候选人》,又名《弗吉尼亚选举的幽默》(The Candidates, or the Humours of a Virginia Election)出版于1798年,但是可能创作于1770年至1771年间。这部剧攻击了腐败的竞选程序,尤其是辉格党竞选的模式,提倡应该由有能力的人来进行管理。其中的一个主角伍德比(Wouldbe)拒绝接受曼德维尔(Mandeville)的利己主义可以带来公众利益的学说,另一个角色沃瑟(Worthy)为了与蛊惑民心的政

---

① 内森·黑尔(Nathan Hale,1755—1776):军人。1773年毕业于耶鲁大学,1775年参加大陆军。1776年被派到长岛刺探英军军事情报和计划,后被捕处死。就义前的遗言是"我唯一遗憾的是,我只有一次生命可以奉献给我的国家",被誉为"独立战争英雄"。——译注

治家斯图特伯特（Strutabout）和斯茅侯普（Smallhopes）作斗争，打破了贵族不从政的习俗。由莫西·奥帝斯·华伦创作的两个闹剧《阿谀奉承》（Adulateur，1773）和《集体》（The Group，1775）讽刺了托马斯·哈奇逊（Thomas Hutchinson）以及从《印花税法案》一直到革命时期控制着马萨诸塞州的忠贞于旧社会体制的政治家派系。华伦同时也谴责了诸如伯纳德·曼德维尔（Bernard Mendeville）那样的利己主义理论家。曼德维尔的《蜜蜂的故事》（Fable of Bees，1714），根据剧中所说，是托利党人最喜欢的戏剧作品。剧中的托利党人是"一群宫廷献媚者、残酷贪婪的人、无道德顾忌追逐女人的人"，他们"为了占有金钱"而背叛了祖国。在敌对情绪爆发之后（战争之后）的戏剧作品表明了艺术与武装的结合。里库克的《英国暴政的毁灭》以讽刺的口吻冒"狄克·来复"（Dick Rifle）之名献给英军，由"自由女神"创作的诗歌呼吁美国人"**为自由**而抱有希望去谈论、写作、战斗甚至献出生命"。1781年一位来哈佛大学参观的法国人在观看了数部这样的戏剧之后感言道，自古希腊以来，没有任何戏剧扮演了带有如此公众性的角色。

作为一种爱国主义形式，戏剧从时事中汲取灵感。剧作家们相互竞争来重述重大的公共事件。布雷肯里奇为他的剧目《邦克山之战》和《魁北克包围战蒙哥马利将军之死》（The Death of General Montgomery at the Siege of Quebec，1777）挑选了战争初期两个著名的战役作为题材。后期的剧作家们对具有强烈的国家主义倾向的故事表现出了同样的偏好。苏珊娜·罗森以演员的身份移民到这个国家，并在转向教书之前在费城剧院以演出为生。随着《阿尔及尔的奴隶》，又名《为自由而奋斗》的问世，她加入了记录巴巴里海盗冲突的剧作家的行列。约翰·达利·伯克（John Daly Burk）追溯了布雷肯里奇的足迹，创作了充满爱国主义情绪的《邦克山》，又名《华伦将军之死》（Bunder-Hill, or The Death of General Warren）。此剧运用多种媒介，演出场面豪华，在舞台上有军队演练、战争场面、大炮轰击、烟幕火花等场景，1797年在波士顿和纽约演出时创观众最高纪录。对于邓禄普来说，国家自我定义的最重要时刻出现在英国间谍约翰·安德鲁少校事件上。邓禄普对此兴趣浓厚，为了从安德鲁的恶名昭彰中获利，他把关于这个事件的悲剧重新改写成爱国剧本《哥伦比亚的荣耀：国家的义勇骑兵》（The Glory of Columbia: Her Yeomanry！1803）。

当公共事件塑造着美国舞台的时候，戏剧也影响着政治生活。这种交互作用在革命时期，尤其是18世纪60到70年代最为明显。美国人从纯文学作品和政治宣传册中得到对立的意识形态，而且在美国上演的英国剧本无一例外地体现不同党派自己的诠释。诸如《凯托》、约翰·豪姆辉格党主义的《道

○革命时期和建国初期的文学

格拉斯》（*Douglas*，1756）和约翰·盖（John Gay）把英国社会描绘成极端放荡社会的《乞丐的歌剧》（*The Beggar's Opera*，1782），这些剧本增强了人们对独立的渴望。另一个刺激人们要脱离英国的因素是小说和戏剧传播的所谓辉格伤感主义的复杂思想。

革命一代的成员们深刻地意识到他们在历史舞台上的角色。他们不同意卢梭关于自由人不能成为演员的担心，他们坚信自由与自我编剧是一致的。这种最终导致与英国决裂的声明颇受戏剧的青睐。一般而言，18世纪的社会生活更加程序化，因为人们喜欢在公众面前通过习俗和姿态进行"表演"，在印花税法案之后10年的危机中，人们把政治活动假定为仪式性的、具有高度表现性的形式。人们悬挂模拟像，举行模拟的审判和节日，表演者在舞台上模仿哑剧来表演自由的埋葬和复活。一些演讲者身着托加袍①，摆出罗马人的姿态来突出他们是古代共和主义的继任者。人人都想扮演一些为人所熟悉的角色——比如西塞罗②、加图③、辛辛纳图斯——此举树立了人们为正义事业奋斗的信心，更促使小册子作者和报纸作家们使用经典的笔名，例如在《联邦党人文集》一书中，亚历山大·汉密尔顿、詹姆斯·麦迪逊以及约翰·杰就使用了"普希利乌斯"这个名字。这种稍带戏剧色彩，以孤注一掷的面目出现在充满期待的观众面前的姿态也表现在《独立宣言》中。宣布国家自治的《独立宣言》在"尊重人类信念"观点的驱使下，使殖民者向"公正世界"的审判低头。

戏剧致力于取悦整体公众，影响了个人思想的表达，阻碍人们把戏剧作为私有财产来看待。当大家认可的权威模式被拿来作爱国主义教育之用时，它为后者提供了必要的合法性，经典的情节和人物类型比现实生活中更能引发你所渴望得到的反馈。本土剧作家根本没有动力来进行原创作品的写作，也不忌讳从别人的成果中选取素材。库珀在1828年写道，英国戏剧的鼻祖莎士比亚是"美国伟大的作家"，这表明当时英国戏剧是美国剧作家借用的源泉。绝大多数美国剧本毫无创意可言，都是由大家所熟悉的英国戏剧作品中的情节、人物和对话拼凑而成。在戈弗雷的《帕提亚的王子》中，本土的特征远没有莎士比亚剧中那个不领情的儿子背叛国王的回响明显。此剧中出现的是儿子、被谋杀的国王的灵魂以及野心勃勃、凶恶残忍的王后。剧本越带

---

① 托加袍：古罗马男性公民在公共场合穿的宽松的由一块布制成的外衣。——译注
② 西塞罗（Cicero，公元前106—前43年）：古罗马政治家、雄辩家、著作家。——译注
③ 加图（Cato，公元前234—前149）：罗马政治家，将军。——译注

有明显的国家主义痕迹，就越能够自由地借用英国戏剧中的内容。警告国人应该防备来自外国腐败影响的剧本《比照》本身就受乔治·法夸尔（George Farquhar）和理查德·布林斯理·谢里丹（Richard Brinsley Sheridan）的影响。莫迪凯·M. 诺亚（Mordecai M. Noah）以1812年战争为背景的充满酸甜苦辣的喜剧《她会成为一名士兵》，又名《齐佩瓦平原》（*She Would Be a Soldier, or The Plains of Chippewa*, 1819）是从托马斯·沙德威尔（Thomas Shadwell）的《女上尉》（*The Woman Captain*, 1680）中窃取了基本情节，甚至此剧的名字也是来源于弗雷德里克·皮冷（Frederick Pilon）的《他会成为一名士兵》（*He Would Be a Soldier*, 1786）。

缺乏国际性的版权使以上作品和其他外国作品都得不到应有的保护。它们在美国早期的舞台上被重复上演，知名度比在作者的祖国还要高。美国作家不仅模仿英国作家的作品，同时还翻译或者改编欧洲的剧本。邓禄普一共创作了50部作品，其中只有很少一部分属于原创。他最喜爱的出处是德国作家奥古斯特·冯·科兹布（August von Kotzebue），后者的情节剧享誉英国和美国。当邓禄普自己的作品《安德鲁》1798年遭遇票房低迷的时候，他依然可以利用科兹布《陌生人》（*The Stranger*, 1789）的英语翻版来维持他自己经营的纽约花园剧院。之后，他更加频繁地改编科兹布的剧本，以至于这位德国人因急于从自己在美国的知名度中获利而主动提出向邓禄普出售自己的手稿，而且是在正式出版之前——此举倒使这位一直致力于翻译然后再改编的美国人觉得不可接受。

比直接翻译外国作品的作家更加多产的是移民作家约翰·霍华德·佩恩，他最喜欢改编的作品出自法国情节剧家如亚历山大·杜威尔（Alexandre Duval）和休伯特·德·皮瑟莱考特（Guilbert de Pixerecourt）。佩恩一生创作了60部剧本，其中绝大部分都是改编而来；只有他15岁时创作的第一个作品，于1806年上演的《朱丽叶》（*Julia*）被认为是原创。佩恩对自己依赖现存资源的行为毫不隐讳。悲剧《布鲁特司》，又名《塔尔昆的衰败》（*Brutus; or the Fall of Tarquin*）树立了他英国的声望。在此剧的前言中，他坦率地承认自己至少从7部前人的作品中进行了借用。前言中他否认侵犯了个人著作权，并把改编等同于创造性：

> 在此剧中，我毫不犹豫地采用前人的观点和语言……这样做是为了不损害个人情感或者私人财产。如此的责任不应该大肆渲染；但是应该注意到，如果作家本人不像进行原创作品那样勤奋地工作，即使有别人的东西可以借鉴那也是毫无意义的。

革命时期和建国初期的文学

此声明中辩解的意味可以归因于佩恩所处的时代是历史的末期;浪漫主义关于创造力的观点在1818年《布鲁特司》首次上演的时候就已经是老生常谈。

小说和诗歌在为本土舞台提供文学灵感方面仅次于外国剧目。像电影一样,早期美国戏剧通过上演其他领域的作品而发展繁荣;故事越众所周知——那它就越接近公共遗产——其成功的机会就越大。即将上演的邓禄普第一个剧目《父亲》,又名《美国香迪主义》(Father, or American Shandyism, 1789)表明此剧来自劳伦斯·斯特恩(Laurence Sterne)的同名小说。邓禄普改写了安·瑞德克里夫(Ann Radcliff)哥特式惊险小说《方顿威尔修道院森林浪漫》(Romance of the Forest as Fontainville Abbey, 1795),巴克尔的《马尔明》是以沃尔特·司各特(Walter Scott)的流行诗歌为蓝本的。库珀的《间谍》被改编成舞台剧,19世纪后期演员约瑟夫·杰斐逊因上演欧文的小说人物瑞普·凡·温克尔使观众如痴如醉而声名大噪。

虽然华盛顿·欧文从这些演出中一无所获,但是这些改编者们也没有得到多少回报。本土剧作家得到的报酬完全没有保障,这就使那些准艺术家们根本不把写剧作当成一种职业。剧院老板们很自然地更喜欢外国剧本,因为他们不用交纳任何费用。甚至当接受一位美国作家作品的时候,他们也不用直接付费,而是只给这位作家一个晚上演出的赢利(减去剧院的场地成本)。这种形式很难使剧作家认为写剧本是挣钱的营生;传统行规规定,一个剧本第三场演出的收益归作者所有,但是很少有剧本能够受到广泛欢迎而有机会进行第三场演出。早期的剧作家中只有邓禄普和佩恩有足够的勇气(或者说是愚蠢)完全靠剧院来维持生计。他们两个都以失败告终:邓禄普在经历了20年毫无收获的剧作家、经理和导演生涯之后于1805年破产;佩恩从改编剧本中根本没有赚到钱,最后身陷伦敦债务人监狱。

美国著作权法令进一步压制了人们对剧本所有权的看法。相比较而言,法律对早期剧作家比对小说家更加不利。虽然个人可以拥有剧本的版权,但是事实上这些剧本真正属于社会而非个人。直到1856年,剧作家们才可以通过法律手段来控制那些未经他们允许而上演他们作品的行为。一旦剧本发表,大家都可以买到,那么任何事情都可能发生。泰勒的《比照》被全国的各剧院公司收入囊中,而且未经他本人允许而被改动,包括情节、对话,并被配上了歌曲,剧名被改为《比照》,又名《美国自由之子》(The Contrast, or the American Son of Liberty)。剧本的印刷版对作者的意图也没有丝毫的尊重。一些早期剧本只以舞台演出时提醒演员用的提词版本而幸存下来,这表明剧本可能在排演时被增减,与其说是剧作家的作品,倒不如说是演出公司的创作。拥有1826年版巴克尔《马尔明》的人是"费城和巴尔的摩剧院的提词员"

M. 洛佩兹（M. Lopez）。

某种意义上来说，由于联邦期间的法律约束，戏剧更加带有合作的特性，而不是现代法令使其带有的限制性。即使剧本是由一个人写出来的，戏剧本身在其生产过程中则总是很多人共同努力的结果。除了增减一些台词以外，演员在演出过程中也可能加入一些即兴的音调变化和手势；导演可能选择性地进行增长或缩短某个场景的时间，或者干脆完全取消；而且整个剧场的结构也可能带来布景和舞台指导的差异。浪漫主义和个人主义所认为的"作者"应该对自己的劳动产品拥有完全独立控制的思想完全不适用于类似戏剧这样具有合作性的领域。

作品权的归属问题一直阻碍着早期美国剧本的发行，同时也强调了口述艺术形式的本性。由于缺乏著作权的保护，剧作家们通过保留手稿的形式最大限度地保护自己的利益。除此之外，还因为出版的剧本大多也没有回报可言，所以早期戏剧中作家的生命力很短暂。另外，戏剧与小说之间的差异程度与相似程度同样明显。与小说不同的是，许多剧本从来就没有出版过；它们只是通过短暂的口头表演而被公众所知。大量的戏剧作品因此而消失，其中包括一些这个时代杰出的作家们的剧本。《比照》于1787年在纽约花园剧场一炮打响，奠定了泰勒共和国最重要的剧作家的地位；但是他处女作的成功并未帮助他以后的剧本出版一帆风顺。泰勒至少有两部作品，《小城镇的五朔节》（*May Day in Town*，1787）和《乔治亚的投机》（*Georgia Spec*，1797）被出版但是没有被保存下来，还有四五部作品以手稿的形式保存了一个半世纪，直到1941年才被发现和出版。罗森被认为曾经写过一部关于《威士忌酒暴动》①（*Whiskey Rebellion*）的滑稽歌剧，改编过菲利普·玛森加（Phillip Massenger）的剧本，并创作了一部关于海外美国人的闹剧，而她唯一流传下来的作品只有《阿尔及尔的奴隶》。邓禄普在观看了《比照》之后于1787年创作了他的第一部戏剧《谦虚的士兵》（*The Modest Soldier*）。此剧与他其余大部分作品一起都无处可寻了，其中包括大多数的喜剧、改编剧和余兴短剧。

戏剧长期处于业余地位，其另一个影响就是使整个剧作家群体没有发展的动力。邓禄普在破产之后做了油漆匠谋生，正如他在《美国戏剧史》中所描写的那样，只偶尔写一些小剧本以"得到微薄的补偿来购买必须的生活用

---

① 威士忌酒暴动（*Whiskey Rebellion*）：宾夕法尼亚州西部农户反酒税暴动。该地农民对政府的财政政策、对印第安人作战不力等不满已久，1791年的威士忌酒税法成为导火线，发动了暴动，后被联邦军队镇压。这也是联邦政府第一次在州际范围内使用军队镇压起义。——译注

●革命时期和建国初期的文学

品"。在《美国戏剧史》中，邓禄普高度评价了由著名演员爱德温·佛雷斯特（Edwin Forrest）所带来的戏剧竞争，认为这是解决本土戏剧家生存问题的方法。但是事实上，这种由明星开出高价征集优秀原创作品，并把著作权转为己有的竞争通常使作家们的经济更加困难。稍后时期美国最天才的剧作家罗伯特·蒙哥马利·伯德（Robert Montgomery Bird）只从佛雷斯特那儿获得过一次报酬，而他的作品使这位演员的名声经久不衰。备受打击的伯德最终放弃了戏剧，转而开始小说的创作。他在日记中吐露道："我真是一个大傻瓜，居然去写剧本！确实，大众需要戏剧，但是写小说要容易得多，而且可以使你的口袋很快地鼓起来。"

与戏剧成为自立的职业进程同样缓慢的是人们对戏剧主题中个人主义价值的接受程度。这种艺术类型与大众之间的联系一直持续到国家独立以后，阻止人们尊重个人利益，而且与大众话题有关的剧本一直到19世纪都拥有大量的观众群体。以下三个事例整整跨越了国家的早期阶段。这三个剧本分别创作于1787年、1798年和1818年，它们是泰勒的《比照》、邓禄普的《安德鲁》以及佩恩的《布鲁特斯》。佩恩的作品是第一部在英语舞台上大获成功的美国剧本，其地位可以与欧文的《见闻札记》（*The Sketch Book*，1819—1820）和库珀的《间谍》相媲美，但是它与那些创造性的小说之间的相同点远没有与它戏剧前辈之间的相同点多。这三个剧本表现了典型人物构思之间的连贯性，以及他们对爱国主义理想的效忠。

尽管同期的英国戏剧对人们的影响很大，但是《比照》是一部鲜明的、值得纪念的美国作品，正如泰勒在序言中骄傲的夸耀："我们可以合法地把此剧称为我们自己的作品。"它向我们介绍了文学中美国人的第一个发展阶段，那位戏剧性的、坚决的民主主义者乔纳森——"我是曼利上校的随从"，当被称为仆人时他会这样辩解——使人不禁想起战后的场面，想起谢司起义、马奎斯·德·拉斐特（the Marquis de Lafayette）、著名演员托马斯·维格耐尔以及最新的法国时尚。此剧还吸收了一些当时主要的文化争论。它把传统的客厅喜剧转变为能引起共鸣的关于奢侈和美德之间的辩论。《比照》背离了英国传统，是一部带有改革精神的讽刺剧：此剧虽然善意地嘲弄了坚定的共和党人曼利上校，但是泰勒欣赏和宣传曼利所代表的价值观。第三幕中，曼利发表了关于希腊共和国失败的演讲，他把失败的原因归结于公众道德的侵蚀，这是早期剧作家所要表达的共同主题的典型代表。曼利警告公众防备由"蔓德威尔部落"所提出的"一个国家如果要变得强大，必须首先要学会享乐挥霍"的思想，他呼吁整个国家应该脱离引发希腊自由毁灭的个人主义和争论："在争夺个人利益的过程中丢失了大众利益；人民如果团结，就可以武装起来与世界抗争，但是如果分裂就会土崩瓦解直至消亡。"

曼利对国内意见不合的恐惧使《比照》更显示出其所关注的事件带有时代性和政治性，这种关注产生的历史背景是 1787 年 3 月宪法大会召开的前几周。当时泰勒正在纽约，这次集会的催化剂是由一群来自西马萨诸塞州的对政府不满的农民债务人发动的武装起义。许多人的看法是一致的，认为此次反叛的领袖马萨诸塞州丹尼尔·谢司是幕后操纵者，他向他的追随者的脑子里灌输了虚假的希望，即他们可以得到扩大的信用，并就此抹去他们的债务。这次叛乱者中相当一部分人是退伍老兵，人们指责奢侈和外国影响使这次反叛以失败而告终。他们投降后被要求进行效忠誓言，发誓放弃"对大不列颠英国国王、王后或者政府的一切忠诚、服从和顺从"。泰勒当时在被派去镇压起义的队伍中工作，在纽约进行另一件相关工作的时候，他去了约翰街剧院看戏。此次剧院之行激发了他开始写剧本的灵感。因此丹尼尔·谢司既代表了新生国家最重要的文化成就，又代表了建立这个国家的政治文献。（谢司也促使几个康涅狄格州的文人发表了《无政府主义者》[*The Anarchist*, 1786—1787]，这是一个押韵两行诗的长篇激烈的演讲，把农民们攻击成一群无法无天的"欠债人"。）《比照》利用喜剧的形式来缓和费城代表与联邦主义宪法之间对立所带来的威胁。

在泰勒看来，纽约社会生活中充斥着虚伪和阴谋，这与各地区起义者策划反叛的行动之间有着相似的幽默。辉格伤感主义把对自由的攻击与强奸行为画等号；到 18 世纪 80 年代，那些获得大众支持的人已经把英国等同于性侵犯。约翰·亚当斯如此说："民主是拉夫莱斯（Lovelace，色鬼），人民是克拉丽莎（Clarissa）。这个狡猾的恶魔将引诱天真无邪的少女误入歧途，走向毁灭直至死亡。"泰勒的女主角玛利亚·凡·拉夫以同样的方式——起先似乎有些难以理解——把性行为不端与政治错误混为一谈，尤其是当她谴责性诱惑者蒂姆普（Dimple）的时候：

> （他是）一个邪恶的下流之人，他唯一的品德就是有文雅的外表；他的行为动机只是不光彩地去征服毫无防御能力的人；他的心对爱国主义麻木不仁，因那些头脑空洞的女孩的喝彩而飘飘然；他华而不实的行为带来越多的叹息和眼泪，他就越感到荣耀无比。

大家有目共睹的是，这个"缺乏智慧的"拉夫莱斯也是穿着花花公子服饰的丹尼尔·谢司，一个伪君子，他利用毫无羞耻的阿谀奉承"慢慢地获取"人们的"好感"，而同时又为了自己的利益操纵他们。蒂姆普是一个被上流社会

● 革命时期和建国初期的文学

所厌恶和害怕的英国化的"新人类"。为了掩盖自己低微的出身,他把自己的名字从凡·党姆普灵(Van Dumpling)改为蒂姆普,并由于奢华的生活而负债累累。他特殊的追逐对象就是城市中的美女少妇们,她们极容易成为他的口中之物,因为他们有同样的嗜好——"对道德和他人的品行进行诽谤性的攻击。"蒂姆普诱惑女人的方式与政客们诱惑大众的方式有着异曲同工之妙,他们都是当面阿谀奉承,背后恶毒中伤。

正如约翰·亚当斯把人民等同于克拉丽莎一样,泰勒指出后革命时期的大众与变幻无常的女人之间有着相似点。这个比喻的中心是,女人需要具有权威的男人,而大众则需要具有权力的中央政府。玛利亚问:"当有人考虑到我们这个无助的性别所处的境地时,难道他还看不出我们每时每刻都需要保护者,每时每刻都需要一个勇敢的人吗?"《比照》对曼利上校所代表的和通过宪法所建立起来的强有力的统治政权表示欢迎。它拥护一种顺从的政体,在这个政体中,女性化的公众把权力让位于"曼利式的(具有男子气概的)"领袖们,后者通过自身罗马美德的展现来阻止那些利己主义的暴发户。

但是与此同时,泰勒的戏剧对女性——还有公众——的判断抱有依赖和乐观的态度。曼利上校非但没有轻视女性,反而坚持把这个"古老的、过时的"传统毫无保留地向女性述说。"曾经有一次,"他时髦的姐姐夏洛特抱怨道:"在满满一屋的客人面前,他当着我的面说——你也许不会相信——一个绅士对女士表示尊重和爱慕的最好表现就是用友善的态度去纠正她的怪癖。"泰勒是一位温和的联邦主义者,他对公众接受和理解具有建设性意义的批评的能力同样持有信心。《比照》的序言中,泰勒向他的观众声明:

> 当有人对你的错误进行轻微批评的时候,不要感到郁闷,
> 因为其目的是指出错误,然后进行纠正。
> 因此本剧作者对你们有完全的信任,
> 自由、清醒的人同样是心胸开阔和公正的人。

剧本的结尾,剧中的女士们和先生们向观众们表明,他们欣赏真正的美德,容忍他人改正自己的缺点。夏洛特对自己痴迷于蒂姆普的行为感到自责,曼利携手玛利亚而赢得了这位"乡姑美人的芳心"。落幕之前,泰勒设计让曼利要求观众给予"共和国的掌声";美国戏剧爱好者们把《比照》称为有关本土主题的第一部成功的美国戏剧。

曼利之所以成为人们心目中理想的领导者的化身还有另一个原因:除了玛利亚,他是泰勒创作的角色中最"富有同情心"的人物,他把温情和公德

第三章 戏剧

心集于一身。在类似的小说，比如《夏洛特·坦布尔》和《卖弄风情的女人》中，强烈的感情表现都是发生在（虽然不仅仅是局限于）女性身上。极端的敏感被证明是一种难以捉摸的特性，使女主人公把个人和个体的需求凌驾于其他事情之上，它把夏洛特·坦布尔引入歧途，使她抛弃孝顺父母的义务而与蒙特利尔私奔。伊莱扎·沃顿也同样屈服于自己的情感，拒绝接受家庭和朋友的忠告，并与一个已婚恶棍发生了非法的风流逸事。在这两个例子中，情感的放纵使女性向独立迈进了一步，但是同时破坏了对集体的忠诚，并以个人毁灭为最终代价。

《比照》是本土戏剧中第一部对小说中情感女性化进行有力辩驳的剧本。泰勒把敏感设定为男性的品质，把它引入公众视野，并吸收到戏剧的领域中去。确实，敏感在《比照》中成为一种政治美德，是领导人仁慈的表现，如果不具备这种美德，那他就会显得严厉、克己。曼利上校把乔治·华盛顿视为无私的爱国主义楷模，一生都努力模仿这位弗吉尼亚州党人，他把"健康和生命都献给（他的）祖国，为了完成如此伟大、严峻的事业而不求任何其他回报"。这位老兵还具有一颗"易动感情的心"，在善用"充满感情的语言"方面不逊色于任何人。他热情洋溢地称自己的父母为"我生命的杰出作家"，把与他并肩作战的"勇敢的老战士"称为他的"家庭"，并为"任何可怜的事物而心中滴泪"。曼利不仅具有美德，而且具有感情，他丰富的情感迎合了社会上大多数人的兴趣。他开创了一个主要的戏剧潮流，以公德心的主题取代了早期小说中充满诱惑感的女性主角。他的舞台角色的后辈们包括邓禄普笔下的华盛顿和佩恩剧中的朱尼厄斯·布鲁特斯，这些英雄领导人们都曾一度为了大众利益而挺身而出，同时又因人类所付出的代价而暗自神伤。

在《安德鲁》中，诱惑小说的基本主题情感和责任之间的冲突，表现为明显的公众模式。布兰德①——这个名字本身就具有反讽意味——是一个以平凡人的面目出现的夏洛特·坦布尔。他高度情绪化，通常没有自己的思想；在他成为英国囚徒的时候，安德鲁救过他的命，所以他安德鲁的慈爱左右了他的判断力。他为安德鲁乞求宽恕，从没有考虑过如此行为将对美国的事业可能带来的后果。而他的死对头是老练的军人麦党诺德，他认为判处安德鲁死刑有利于教育大众叛国的罪恶以及表示对英国的赤胆忠心。麦党诺德毫不犹豫地把国家置于个人情感之上，对处刑的间谍丝毫没有怜悯和同情，置布兰德的请求于不顾。他告诉布兰德，是你的个人爱恋而非无私的品德导致你崇拜一个"救了你的命而葬送了你的国家"的英国人。

---

① 布兰德，英文的原文中是"Bland"，意思是"温和的、平和的"。——译注

○ 革命时期和建国初期的文学

乔治·华盛顿的出现是戏剧中布兰德极端的情感主义和麦党诺德无情的责任感之间的中庸之道。华盛顿赞同麦党诺德为了国家利益而判处安德鲁死刑的观点，但是他又承认这个年轻囚徒身上有优点，并对他悲剧的结局表示惋惜。一连串令人动容的企求，尤其是高潮部分安德鲁未婚妻满含泪水的企求，动摇了他的决心：将军转过身去遮掩自己的情感，并忏悔说他的"心碎成了两半"。此时，华盛顿似乎将屈服于那些多愁善感的女主角，但是邓禄普在表现了对主角的怜悯之后，依然抵御住了情感的诱惑，重申了国家利益的不可动摇性。英国暴行的消息重新唤醒了华盛顿的责任感——"我的国家，为什么，为什么我犹豫了呢？"他大声问自己——最终他下令执行死刑。5年之后，当邓禄普把《安德鲁》改写成《哥伦比亚的荣耀》中的片段时，他夸大了原剧本中的公众中心，创造了自耕农这个集体英雄的形象。把安德鲁捉拿归案的农民们成了整个事件的中心，取代了大家所熟知的华盛顿。与那个背叛了祖国并叫嚣"国家的利益见鬼去吧！我个人的利益就是生命的全部！"的本尼迪克特·阿诺德不同，这些农民英雄们坚定地回绝了安德鲁金钱的贿赂，表现了他们共和主义者的美德。

佩恩创作的《布鲁特斯》似乎是《安德鲁》的另一个改写版本，剧中历经磨难但最终坚贞不屈的爱国者形象华盛顿由古老的罗马人取代。虽然这部剧是佩恩为英国观众创作的，但是对于美国人所进行革命事业来说，剧中的主角有着重大的意义。共和党人敬重布鲁特斯，因为他推翻了塔尔昆国王，把自由还给罗马。同18世纪戏剧爱好者熟知的阿狄森的《凯托》一样，《布鲁特斯》中有大量人们耳熟能详的警句，如"在一个到处都是奴隶的国度，只有傻瓜才会快乐"，以及"如果我们是战士，如果我们忠于自己的国家，我们终会成就伟业"。

佩恩笔下的布鲁特斯与邓禄普笔下的华盛顿所面临的窘境有相似之处，但是前者处境更加令人痛苦。他必须决定是否应该赦免还是处死自己的儿子蒂图斯。他儿子是一个对政治漠不关心的年轻人，爱上了暴君的女儿塔昆尼亚，并为罗马的敌人作战。佩恩承袭了大家所熟悉的那种感伤情怀小说的套路，描写了设置层层阻力的父亲、被爱折磨的有情人，并把这一切赋予了政治意义，颠覆了大家所喜爱的大团圆结局。剧本没有为年轻的恋人辩护，反而维护了父亲违背儿子的意愿而采取的毫不宽容的态度。蒂图斯向他的爱人哭诉："让我，在那些爱我的人怀中，丢弃一个儿子的名义吧！"但是当罗马人纷纷倒在塔昆人面前呻吟的时候，他被爱冲昏了头脑，采取了放纵而且卑鄙的置家庭和国家于不顾的行为，他抛弃了所有割舍不下的感情，加入了暴君的军队。当蒂图斯被获胜的共和党人抓获的时候，塔昆尼亚有一段赞美浪漫爱情、认为爱情高于公民义务的演说，为蒂图斯企求生命。布鲁特斯回答说："女人的美丽是为男人而生，但是高尚的人应该知道如何利用女人的美丽，而不是成为美丽的奴隶。"戏剧再一次否定了小说中的女性感伤主义：虽然布鲁特斯易受感情困扰，但是他控制住了自己的痛苦，捍卫了罗马的公正。"罗马至高无上的行政长官所宣判的罪行，你父亲虽然心头流血但可以宽恕，"这位严厉的英雄哽咽地对儿子说。片刻以后，悲伤迫使布鲁特斯转过脸去，"内心充满了不安"，此时幕布缓缓下落，暗示着蒂图斯生命的终结。

1818年，戏剧不利于感情主义的表现，并把感情主义化解到公民目标中，这种现象比1787年更加明显，佩恩剧本的结尾就是一个最好的映证。此后，佩恩时而写政治剧，时而写令人流泪的情节剧。他不仅与华盛顿·欧文合作了《查理二世》（Charles the Second, 1824）和《黎塞留》（Richelieu, 1826），而且创作了本世纪最流行的关于家庭生活的歌曲《家，甜蜜的家》（Home, Sweet Home），此曲选自他的音乐剧《克拉丽》，又名《米兰的女佣》（Clari; or, the Maid of Milan, 1823）。这个阶段，公共生活本身已经带有更加明显的戏剧色彩：19世纪的前25年中，美国政治中出现了罗马风格。此时政治和戏剧之间的亲密关系呈现出一种被诸如卢梭那样严谨的共和党人认为极其令人不安的形式。卢梭对表演的关注多于对事实的关注，他担心演员的表演会不真实，而这种不真实将会渗透到大众领域。1812年战争之后，一个自由的社会正在形成和发展的过程中，民主和市场的现实使演说者愈加具有号召力。相对于吸引力来说，内容退居次席，政治家和有抱负的演说家们都争相向舞台上的演员们学习如何抓住观众的心。

最积极拥护这种观点的人莫过于为帕特里克·亨利写传记的威廉·沃特（William Wirt）。这位弗吉尼亚州的爱国者曾经被一些人敬为国家最伟大的公共演说家，同时被另一些人辱骂为狡诈的煽动者。沃特希望把亨利包装成现代的政治典范。这位弗吉尼亚州人经常即席演说，所以他的原话几乎都没有保存下来；沃特的演讲才能与演员无异，如亚哈①或者汤姆叔叔一样成了新兴罗马理智的架构。沃特认为，"讲道坛、参议院和法庭"应该从诸如托马斯·库珀（悲剧演员，邓禄普花园剧院的主演）这样的"大师级的表演"中汲取灵感。沃特赞扬亨利具有成功演员所必须具备的吸引观众的能力。根据这位传记作家的描述，亨利并不依赖理智的实证来打动听众，他利用自己震撼的表演和声音从感情上征服听众。亨利的观众们说，亨利的表演"使他们全身

---

① 亚哈（Ahab）：以色列异教徒国王，耶洗别的丈夫。据《旧约》记载被耶和推翻。——译注

发冷,毛骨悚然"。沃特笔下的亨利不仅预示着极端热情的演讲风格的胜利,同时也预示着美国政治的戏剧化。对于亨利来说,每一次政治场合都是"一个新的剧院",可以来展示他的才能;正如沃特在总结亨利的成就时所说:"他集莎士比亚和加利克①于一身!"

沃特的《帕特里克·亨利的一生和性格》(Sketches of the Life and Character of Patrick Henry)出版于1817年,接近早期共和国时期的尾声,但是我们得把时间推至内战结束,才能完全理解美国生活中戏剧——政治结合的黑色讽刺。1865年的一个星期五,亚伯拉罕·林肯在华盛顿的福特剧院观看《我们的美国兄弟》(Our American Cousin)时被暗杀,暗杀者名叫约翰·威克斯·布斯,一个同情南方者、对政府不满的演员。一些目击者说,当布斯从包厢跳到舞台上刺杀总统的时候,他嘴里高呼:"Sic semper tyrannus!②(永远打倒暴君!)",似乎他本人就是一个现代的罗马爱国者。(这句话是南部联邦首府弗吉尼亚州的州箴言。)如果我们了解布斯的背景,那么就不难理解为什么他会说出如此激烈的言辞。他的兄弟爱德温是美国南北战争前最重要的演员,出演了《朱利叶斯·凯撒》(Julius Casesar)一剧,此剧被美国观众认为是对诛杀暴君的辩护。布斯的父亲是一位极端的共和主义者,也是一位著名的演员,英国知名的悲剧演员,于1821年移民美国。他以被革命一代尊为伦敦自由意志主义英雄的约翰·威克斯为儿子起名。这位父亲的名字是朱尼斯·布鲁特斯·布斯;他最喜爱的角色,其实他也真正出演过这个角色,就是佩恩的《布鲁特斯》,又名《塔尔昆的陷落》中的主角。当他儿子在那个四月的夜晚、内战结束之时,在现实中真正选择了一个剧院,以实际行动出演同样的角色的时候,戏剧和政治真是难解难分、纠缠不清。

---

① 加利克(Garrick,1717—1779)——这里指的是戴维·加利克,英国演员,剧场经理。以最早出演莎士比亚剧而闻名。——译注

② 此为拉丁语版本,现代英语中为"Thus Always to Tyrants",现为弗吉尼亚州的州箴言。——译注

第四章 诗 歌

　　如戏剧一样，18世纪的诗歌是公共的、说教的艺术。整个形成期，在报纸上发表诗歌是一种很普遍的现象，这说明了诗歌的时事性，以及诗歌与美国人生活的紧密关系。诗歌很少涉及个人的想象和私人情感。相反，它主要关注那些在媒体上报道的广为人知的消息：战争、政治、著名人物的去世和其他公共事物。诗歌有社会身份，它存在于公众生活中，是报纸和杂志、大学毕业典礼和七月四日庆典，以及大街小巷叫卖的海报中必不可少的特色。

　　美国人吸取了英国传统中诗歌的影响，使诗歌的公众重心得到加强。在共和国特别受欢迎的早期诗人有威廉姆斯·莎士比亚和约翰·弥尔顿。这两位诗人被美国人认为是专门写公众主题的诗人，莎士比亚反对暴君专治，弥尔顿支持宗教自由，是现代最伟大的史诗作家。18世纪上半叶在英国达到顶峰的奥古斯都风格，或者叫新古典主义风格，在美国独立之后的若干年内占有主导地位。新古典主义抛弃了极端和特殊的表达方式，转为讲求"精确"和规则。在美国备受尊敬的早期诗人包括亚历山大·蒲柏（Alexander Pope）、詹姆斯·汤姆森（James Thomson）、约翰·德莱顿（John Dryden）以及乔纳森·斯威夫特，他们的诗歌主要涉及社会和政治事件，旨在教诲大众树立正确的态度。讽刺诗替代了个人化的抒情诗，成为这个时代最受人们喜爱的诗歌形式。美国人发现诗歌的这些重心与他们创建一个全国性的、帮助国家法制的诗歌的努力相吻合。虽然说传统甚至一个贬低主观主义的传统，能够培养与众不同的天才，而且在英国它确实做到了这一点，但是在美国，新古典主义手法远没有鼓励创新，反而压制了个人思想的表达。

　　诗歌的主题是公共性的，诗歌也在其他方面抵抗私人化。美国人从英国的过去获取了两个主要诗人形象：贫困潦倒的诗人和有绅士派头的在业余时

·革命时期和建国初期的文学

间创作四行诗的业余诗人。按理说,这两种形象都不适合一个没有贵族阶层的民族,但是第二个形象符合共和主义和新古典主义——在英国,新古典主义是"高贵的",或者属精英文化——这种形象在年轻的国家非常有影响力。乞丐形象的诗人,至少作为一类人来说,并非不为美国人所知,但是这些人几乎对诗歌没有推进作用,这一点我们从本杰明·富兰克林的《自传》中可以得知。富兰克林坚定地推崇小说,曾短时间里尝试创作叙事诗,但是随后就放弃了这种努力,因为他的父亲训诫他说"写诗的人大都是乞丐"。这两种标志向我们传达了关于早期诗歌一个重要的事实:诗歌适应职业化的进程非常缓慢,从来没有获得过曾被"自由"的小说所获得的市场吸引力。人们在各种仪式的场合听诗歌,他们在报纸上读诗歌,但是没有多少人会花钱买诗歌。诗人,无论是贵族还是乞丐,都没有从写诗中赚钱的机会。

　　固然,对诗歌不同的见解和不同的诗歌形式确实在这个时期出现,挑战了公共风气。美国诗歌滞后几年之后,加入到标志着18世纪后半叶英国诗歌特点的从新古典主义到浪漫主义的词形转换中。甚至在这个时代的初期,奥古斯都文学远不是唯一存在的文体。这种文化的滞后在某种程度上是有成果的,它促使一些作家绕开当时流行的模式,有自由来发展非正统的文学形式。美国诗歌多元化的程度令人吃惊,包括残余的旧格式、实验性格律①、对感伤柔弱和口语形式的接纳,以及预示着浪漫主义的个人感受。女性诗人、非裔美国人、极具抱负的职业人也大量存在,虽然绝大多数人的诗歌依然受当时对形式要求的影响。然而,这种更加多样的、更加带有个性的笔调的存在,赋予了早期美国诗歌时常表现为分裂和对立的特质,这种特质预示着其后在文化中的分裂。分裂代表的一方是艾米莉·狄金森(Emily Dickinson)和沃尔特·惠特曼(Walt Whitman),另一方的代表是公共的、说教的炉边诗人(Fireside Poets)。共和国初期的代表诗人菲利浦·弗瑞诺完全没有能力来融合这些分裂。

　　共和国时期的杰出人物乔治·华盛顿与诗歌的联系比与戏剧的联系紧密得多。华盛顿是"美国的米西奈斯②"(American Maecenas),他通过直接赞助来鼓励本土诗歌的发展——他预订了20份乔·巴洛的《哥伦比亚的远见》——他允许作者们把作品直接题献给他,但是只具名为"哥伦比亚最钟

---

① 格律(meter):指一诗行的节奏形式。最常见的有音量诗行、音节试题、重音诗体和重音—音节诗体。——译注
② 米西奈斯(Maecenas):古罗马政治家,贺瑞斯和维吉尔的文学赞助人。——译注

爱的儿子"，这位国家的战士——政治家的英勇行为可以用歌曲来颂扬。华盛顿赋予共和国以人性，有许多诗歌来赞美他。1799 年华盛顿的去世激发了美国历史上最浩瀚的挽歌和致辞的创作。事实上，美国每一座城市和每一张报纸都对他的去世发表了富有诗意的布告。

关于华盛顿逝世的诗文与绝大多数同时期的诗文有相似之处，它们都带有教导意义并且辞藻华丽，呼唤听众（读者）吸取教训或者采取某种行动。除了格律和韵律以外，诗歌并不区别于其他形式的语篇。诗歌成为道德和政治的奴仆，用蒂莫西·德怀特在《格林菲尔德山》（*Greenfild Hill*，1793）中的话说，就是诗歌有能力使道德和政治规则"更加深入人心，使人铭记不忘"。巴洛在《玉米粉糊》①（*The Hasty-Pudding*，1793）中列出的做布丁的方法可谓这个时代诗歌创作的诀窍："用蜜糖点缀诱人的美食，像诗人一样，把糖果和有用的东西混杂起来。"（巴洛在重新诠释贺瑞斯，后者最有影响的作品《诗歌》中规定，文学应该传达娱乐和指导。）诗歌坚持共产主义社会的目标为首要。莫西·奥帝斯·华伦在《罗马洗劫》（"The Sack of Rome"）〔1790 年发表于她的《诗歌、戏剧和其他主题》（*Poems, Dramatic and Miscellaneous* 中〕一文中说："我的第一个愿望就是为美德添砖加瓦。"巴洛在《哥伦比亚德》（*The Columbiad*，1807）中声明："我的目标完全是道德和政治性的。"正如他们在作品中把美学和修辞融为一体，这些诗人们除了从事文学事业以外，还从事其他职业。比如，约翰·特鲁姆布是一位法官，巴洛和大卫·汉弗莱是外交家，弗瑞诺同时担任邮局的职员、报纸的编辑，而且在他一生的大部分时间里是一艘船上的船长。

华盛顿的挽歌如这个时期绝大多数的诗歌一样是为一个具体的场合而创作的。韵律的灵感通常与诗人的内心世界无关，而与政治事件发生的时间以及大学、爱国组织和其他组织的要求密不可分。最适合诗歌创作的场合是军事活动：1781 年战争时期，弗瑞诺一个人就发表了很多诗歌来纪念康华里②的投降、尤陶温泉血腥的战斗以及勒·邦·候姆·理查德（Le Bon Homme Richard）对塞拉菲斯（Seraphis）的胜利。应"订单"而作的诗歌是作者和读者—购买者之间共同的创作成果，后者的要求可能决定话题或者主题的选择确定。这样的诗歌进一步证明了此种文学体裁拒绝与公众生活相隔离的特点。罗伯特·特里特·潘恩（Robert Treat Paine）虽然现在已经被人们所遗

---

① 《玉米粉糊》（*The Hasty-Pudding*）：现也有翻译成《赶制出来的布丁》。——译注
② 康华里（Cornwallis，1738—1805）：美国革命中指挥北卡罗来纳州士兵的英国军事和政治领导。1781 年在约克郡投降，标志着英国的最终失败。——译注

革命时期和建国初期的文学

忘,但是他一度被誉为最著名的新英格兰的名流雅士,一生的创作都是应他人之约。他的作品包括一篇由波士顿女子救济院委托的关于孤女的诗歌以及马萨诸塞公益火灾协会为了纪念一场毁灭性火灾于1804年资助的诗作《街道成为废墟》("Ode. The Street Was a Ruin")。

读者也通过订阅出版加入到诗歌的创作中,这种现象比在戏剧或者小说领域中更加普遍。因为诗歌通常都卖不出去,读者订阅出版这种形式有助于补偿出版的成本。通常的做法是在书籍的开头或者结尾列出订阅者的名单(有时名单会有十几页之长),把购买者宣传为艺术的资助者。从印刷角度来说,独一无二的创造者的概念退居次席;实际上,诗人有可能隐瞒自己的姓名而放弃了著作权,因此订阅者比诗人本人得到了更多的广告宣传。

读者参与诗歌并不仅仅局限于那几个出现在订阅者名单上的人。共和国早期诗歌流行的口述形式,比如歌谣和歌曲,通过把人们组织起来共同表达爱国主义的情怀而帮助国家意识的形成。这些歌曲应该由大批的人一起吟诵;结构中的叠句或者简单的重复邀请听众加入演唱,比如无名氏创作的《内森·黑尔民谣》("Ballad of Nathan Hale",1776)中的歌词:

> 只有五分钟,短暂的时刻,没有再多,
> 让他悔悟;让他悔悟。
> 他为母亲祈祷,他别无他求,
> 他上了天堂;他上了天堂。

并非所有的流行诗歌都起源于口述文学或者出自无名之笔。《独立宣言》签署者之一弗朗西斯·霍普金森(Francis Hopkinson)以革命战争时期的一个事件为基础,创作了歌谣《木桶的战斗》("The Battle of Kegs",1778);多才多艺的诗人和小说家苏珊娜·罗森是著名的祝酒歌《美国,贸易和自由》("America, Commerce and Freedom",1794)的作者。美国人依然一起唱歌的风气(虽然实际上是不能演唱的)源于几年之后:1812年战争期间,当观看英国炮轰的时候,弗朗西斯·斯各特·基创作了即兴诗句,这些诗句之后成了国歌。

这个时代的诗歌与国家意识有着紧密联系。对于后期作家们来说,那些不甚相似甚至是相互敌对的类型之间的结合对于后革命一代来说则是一种自然的联盟。诗歌对共和国的责任是双重的。首先,一个伟大的民族创作伟大的诗歌;他们拥有自己的文学,正如他们拥有自己的政治体制和统治者一样。

第四章 诗歌

诗歌可以在美国人心目中建立荣誉感——美国是一个独立的国家,她甚至优越于欧洲的王国。美国人的诗歌证明了转化(translation)理论,即人们相信,大英帝国和帝国的艺术将往西方传播,新世界将会快速地超越旧世界。这种理论的出现先于革命战争——它的根基很久远——理论的传播是由英国人自己完成的,其中最著名的是乔治·伯克利(George Berkeley),他在1752年宣称:"帝国正在西进的路途中。"蒂莫西·德怀特是数不胜数的美国诗人中改写了伯克利主题的人之一:

哥伦比亚,哥伦比亚,在荣耀中崛起,
世界的女王,天之骄子!
你的天赋是支配你的力量;看哪!
长久以来你的光辉展现,带来无限喜悦。
你的统治庄严高尚,千秋万代,
你拥有最肥沃的土地,最宜人的气候;
愿来自东方的罪恶永远不会玷污你的声名;
愿自由、科学和道德成为你的美誉。

以上德怀特的诗句(选自《哥伦比亚》["Columbia"],1778)表明,诗歌也负有表达年轻国家特色的义务。作为一个崭新的实体,美国急需国家的界定和合法化。诗歌给"美国"这个词赋予意义;它向她的公民和世界明示这个国家的意义。通过解释和赞扬共和国的特殊美德,诗歌为国家创建了自己的身份。诗人们担任政府官职和立法者并非偶然,因为他们直接参与国家的规划和构想。诗歌在格律和韵律上是国家奠基的文献,是《独立宣言》和《宪法》的文学等同品。《独立宣言》的作者托马斯·杰斐逊也写了一篇关于打破韵律学旧习的论述。这两者之间的转换非常自然,因为杰斐逊把诗歌和政治看成相辅相成的事业。

许多人认为,诗歌如以往任何时候一样,在美国文化中发挥着同样的爱国主义教育作用。作家们希望能够创作一个本土史诗,使共和国的成就名垂千古,与《伊利亚特》(*Iliad*)和《埃涅伊德》(*Aeneid*)相媲美;因此以"亚德(iad)"为题目的诗作大量涌现。这些作品追溯了自由的历史,从古希腊和罗马自由的诞生一直到自由在新世界的开花结果;它们详细地描述了美国的殖民过程,回顾了独立战争中的重要事件,从《印花税法案》、"波士顿惨案"、富治山谷一直到《巴黎条约》。巴洛的作品是对大题材叙事诗的最大胆的尝试:当他把《哥伦比亚的远见》重新改

革命时期和建国初期的文学

写为《哥伦比亚德》的时候,他加上了维吉尔风格的开头:"我赞美马立纳,他第一个把东方的旗帜飘扬到西方的世界中。"巴洛认为自己的作品是对由荷马和维吉尔提出的毁灭性的政治学说的矫正,因为他们都支持君主政体,"造成的危害远远大于带来的益处"。其他准史诗作家们把自己对事实的忠诚与古代作家对言过其实的嗜好相对照。现代史诗如小说一样,宣称忠于"真理",其创作目的是尊重人物和事件。保存国家的传统遗产阻碍了作家们的想象力。正如莎拉·温特沃兹·莫顿(Sarah Wentworth Morton)在她的《贝肯山》(*Beacon Hill*, 1797)中所说:"毫无价值的作品源自毫无生命的主题,那些充满幻想的诗人们哪!"

艺术家个体在如此的形势下再一次退居次席。在乔·巴洛之前,后来成为著名历史学家的理查德·斯诺登(Richard Snowden)于1795年发表了题为《哥伦比亚德》,又名《美国战争之诗》(*The Columbiad, or, A Poem on the American War*)的史诗。斯诺登希望有更优秀的诗人能够超越自己。他发表作品从不署名,也不保留著作权。他没有"作者、诗人或者历史学家的虚荣",他最大的期望就是自己寥寥的"关于美国革命重大事件"的诗句能够"激发那些更受到缪斯垂青的诗人们的灵感,他们将接过这个艰巨的任务,并发扬光大"。斯诺登本人从不吸引公众的视线,在创作的十三个诗章中(每一个诗章献给一个州),他高度赞扬了几十位献身独立事业的爱国者,包括华盛顿、约翰·亚当斯以及"勇敢的"塞缪尔·哈格少校。

除了古典作品以外,美国人还利用基督教经文和英国文学作品来帮助表达他们对共和国的敬意。尤其是随着与英国关系的恶化,诗人们重新开始利用17世纪、18世纪早期的叙事内容,那个时候美国人被描写为逃离压迫、寻找乐土的民族。当弗瑞诺和休·亨利·布雷肯里奇1771年为普林斯顿毕业典礼创作《美国升起的荣耀》时,他们用一个千年预言作为结尾,此预言在这块大陆上流传了150年:"迦南①在此,另一个迦南将超越古老的迦南,这一切从毗斯迦山顶上可以看见。"另一位诗人詹姆斯·艾伦(James Allen)受到波士顿惨案的震撼,对乔治三世发出了圣经般的警告:"法老,住手,住手:克制住不敬的手,也不要引诱我们灵魂走得太远。"德怀特也迎合了这种对美国史诗的要求,他把华盛顿描写为约书亚,并把革命寓言化为以色列的《征服迦南》(*Conquest of Canaan*, 1785)。

德怀特的诗歌借用了奥古斯都时代文学气势恢宏的对句以及弥尔顿高贵

---

① 迦南(Canaan):《圣经》故事中称其为上帝赐给以色列人祖先的"应许之地",是巴勒斯坦、叙利亚和黎巴嫩等地的古称。——译注

的风格，证明了这个时期美国本土的诗歌尽管充满了民族热情，但是依然完全承袭英国的模式。德怀特也许在这个方面表现得最为明显：他狂热的爱国主义赞美诗《格林菲尔德山》最初的创意使他"在几个部分模仿许多英国诗人的风格"。无人能够逃避蒲柏的影响，他对押韵对句炉火纯青的娴熟使用激发了无数美国追随者的灵感。蒲柏的影响如此深远，以至于他的崇拜者，比如一位《每月波士顿文选和评论》的评论家，在1805年激烈地反对当时颇为流行的平庸模仿的做法："诗文的工匠们只要依赖蒲柏的作品，就可以找到我们语言中音乐般美妙的节奏，创作和谐诗句的工作变成了世界上最轻而易举的事情。"

人们对规范性格律和韵律有着不可抗拒的喜爱，其影响远远没有局限于某一位作家。美国诗歌在韵律上的毫无创意一如它在主题和形式上的平庸。绝大多数诗人遵循传统的韵律对句或者大家所熟悉的四行诗格律，如 abab 或 abba。他们按照英语作诗的主要格律体制抑扬格创作，交替使用非重读音节和重读音节，同时他们使用一行诗四至五个韵脚的标准、六步格诗、五步格诗。甚至当诗人们避开韵律创作的时候，他们仍然依照规范要求进行循规蹈矩的写作。像其他模仿莎士比亚的诗人一样，莫西·奥帝斯·华伦在五步格诗中运用了一段空白诗文来创作她的历史剧《罗马的洗劫》和《卡斯提尔的姑娘们》。

一组被称为康涅狄格才子的作家们（也被称为哈特福德才子）是早期美国诗歌精神的缩影。其中主要的成员有特鲁姆布、德怀特、巴洛和大卫·汉弗莱，次要成员包括莱缪尔·霍普金斯（Lamuel Hopkins）、里查德·艾尔索普（Richard Alsop）以及埃利胡·哈布德·史密斯，史密斯是查尔斯·布罗克顿·布朗的朋友和第一本本土诗歌选《美国诗歌》（*Amerian Poems*，1793）的编辑。这些才子们以一个团体的身份出现，即使他们单独写作，也给他们的作品以集体创作的特色。事实上，这些人分头合作，共同创作了几部具有时代性的、高度帮派性的诗歌：以丹尼尔·谢司和新英格兰后革命时期的社会动荡为靶子的仿英雄诗《无政府主义亚德》（*Anarchiad*，1786—1787）和《回声》（*The Echo*，1791—1805）讽刺了当代报纸文体，后又发展成为对"法国革命的异端思想"的攻击。他们把自己归属于一个诗歌团体，这些才子们经常相互写书信体诗文（尤其是汉弗莱和德怀特），相互诠释彼此的语言，互相收编对彼此作品的赞美（如巴洛的作品《哥伦比亚的远见》）。

这些才子们是公共诗人，希望通过他们的事业和写作推进大众利益，其中汉弗莱在革命期间是华盛顿的副官，巴洛把一生献给了公共事业，他在波兰去世的时候正在完成一项对拿破仑的外交公务。所有才子诗人们都创作关于爱国和说教性的格律对句，比如特鲁姆布创作的对托利党人（其次对辉格

⊙革命时期和建国初期的文学

党暴民）休迪布拉斯风格①的讽刺诗《姆芬格尔》（1775），汉弗莱为提高部队士气而创作的《美利坚合众国部队之诗》（*A Poem Addressed to the Armies of the United States of America*, 1780）以及德怀特和巴洛的史诗。特鲁姆布是这些人中首位成名的诗人，他在1772年发表了《达尔尼斯的进步》（*The Progress of Dulness*）中的第一部分。这是一部讽刺高等教育的诗作，主要内容是描写一个叫做汤姆·布莱恩利斯（Brainless②）的牧师学生遭遇的不幸。特鲁姆布当时是耶鲁大学的指导教师，他希望大学课程能够更加注重"有用的知识"，减少毫无思想的对经典作品的偶像崇拜：

噢！多么希望看到这样一天，
理智指引着年轻人。
· · · · · ·
让古典的艺术得到应有的尊重，
让年轻人看到它们的缺憾与美妙之处；
教授年轻学子该模仿何处，该改进何处，
指出艺术的用处和目的。

1773年，特鲁姆布发表了此书的第三部分，他的诗歌同时也抨击了牧师的无能和女性教育的不完善，后者限制了女性阅读"小说和戏剧，（这是智慧闪烁的领域／一个自然界无法造就的领域）"。

特鲁姆布的《达尔尼斯的进步》是匿名发表的，这是他和其他几位才子共同具有的贵族式矫情做作的表现。德怀特避免正面的匿名，有时他在作品上署名，有时不署名；他通常在作品完成数年之后才发表，保持一种对声誉和金钱漠不关心的姿态。除了康涅狄格农夫之子的巴洛以外，其他的才子们都是文学绅士，政治上比较保守。他们位居共和国的上流阶层，顺从18世纪后叶新英格兰相对团结的社会秩序。当他们开始写作的时候，这个世界已经显露出分歧，但是才子们依然效忠于它的价值观，对于个人主义和文化商品化等这些社会瓦解的种种迹象不以为然。除了巴洛以外，所有的人一生都是热情的联邦主义者，他们坚持地方分权主义，蔑视托马斯·杰斐逊的追随者，认为他们是奴隶所有者和暴发户。

---

① 休迪布拉斯风格（Hudibrastic）：用五音步抑扬格押韵对句写成的讽刺诗或嘲弄英雄诗体风格的、或与这种风格有关的。——译注
② 布莱恩利斯（Brainless）：英文含义即为"没头脑"。——译注

第四章 诗歌

这种保守的观点最早出现在《姆芬格尔》中。虽然对革命民众的漫骂是通过托利党人之口，但是后来它成了联邦党人对谢司党徒和共和党人口头攻击的武器。德怀特的作品《格林菲尔德山》和汉弗莱的《美利坚合众国勤劳之诗》（*A Poem on the Industry of the United States of America*，1804）阐明了才子们心目中理想社会的特点：稳定的、中等的，不受资本主义发展困扰。（汉弗莱诗作题目中的"Industry"指的是劳作或者勤奋，不是工厂生产。）德怀特赞美康涅狄格拥有"多年不变的习惯"，没有贪得无厌；在康涅狄格，各种社会阶层和睦相处，但是阶层之间泾渭分明：

> 在这个社会的阶层（如果我们称其为阶层，
> 各阶层相互融合，
> 就如七色造就了美丽的彩虹，
> 色彩斑斓、交融一体）
> 各自进行公平的竞争，
> 保留着进步生活的特色。

才子们信仰文学的共和，而不是文学的民主，他们不欢迎文学的局外人，也不赞成对新古典主义的脱离。汉弗莱与他的同僚们一样坚信，上帝"从没有为所有的人类提供同等的条件"，他引用了蒲柏的一段话，用来攻击那些侵入文学圈的人。在1787年谢司叛乱期间发表的《为自己和朋友刮脸的猴子》（"The Monkey Who Shaved Himself and His Friends"）中，他利用一个割了自己喉咙的动物来进行说教：

> 那些不会写作但是手拿笔杆的人呢，
> 将会伤了自己，也会伤了朋友。
> 虽然其他的人能自如地运用笔墨，
> 但是傻瓜永远不要乱动带尖的东西。

上述例子可以看出，这些才子的诗歌在风格和内容上大体相似，作者之间几乎没有差异，都缺乏个性的声音和表达。

这个阶段带有明显个性的一位作家就是罗伯特·特里特·潘恩。他创作了许多挽歌和抒情诗，并受哈佛大学委托创作了两首著名的诗歌：《文学的发明》（"The Invention of Letters"，1795）和《不可动摇的热情》（"The Ruling Passion"，1797）。他的诗歌采用蒲柏式的对句，受到他同时代人的推崇。威廉姆·

● 革命时期和建国初期的文学

卡伦·布莱恩特在潘恩去世几年之后形容他是"一位杰出的、误入歧途的天才",认为他的作品比那个年代任何一位诗人的作品都表现出更多的"虚假的高尚"。布莱恩特认为潘恩虽然忠实于奥古斯都文学的规则性,但是在他的诗歌中可以体会到一种"丰富的想象"。潘恩所使用的极端的比喻和象征似乎是姗姗来迟的玄学派诗歌,或者更准确地说是浪漫主义的雏形。有一个例子可以证明他对于别出心裁的构思有着特殊偏好,那就是在《不可动摇的热情》中关于外国冲突的那个章节。潘恩写道,但愿大西洋永远使美国远离"欧洲的狂风暴雨",或者,如果骚乱不得不使两大洲摇摇欲坠的话,"但愿命运来主宰这衰败的帝国,当大洋沉落的时候,一座阿尔卑斯山脉将耸立在两大洲之间!"

潘恩诗歌中的创意远没有他生活中的创意那样丰富。他在同时代人中享有名声是因为他是一个放荡风流、超脱的天才。潘恩出生于马萨诸塞州的一个望族——其父亲是《独立宣言》的签署者之一,一位杰出的法学家——潘恩因为使用"污言秽语"而被大学勒令休学,在此期间,他离经叛道的行为令他的崇拜者吃惊不已。潘恩不顾家庭的反对与一位女演员结了婚,之后抛弃了合法的事业,开始放纵自己"自然的散漫",沉溺于美酒和戏院。正如他的传记作者形容的那样,贵族式的气派、放荡的举止以及"真正诗意化的对服饰的不在意"使潘恩成为世纪之交波士顿独一无二的人物。最终贫穷和疾病迫使他栖息于其父亲的屋檐下,去世时仅 38 岁。朋友们认为他的早逝是因为他对于艺术过于敏感。

潘恩是美国第一位"讨厌的诗人"(poet maudit),是埃德加·爱伦·坡的先驱,他在文化中起到了两种象征性的作用,虽然这两种作用是相互对立的。显而易见,他本人证实了共和党人认为艺术是不实用的偏见。由于缺乏这个新兴国家所倡导的勤劳的品德——正如他传记作者说的那样,"没有任何责任感、没有任何做有益于他人事情的动力、没有任何成名的抱负能够驱除他根深蒂固的怠惰"——潘恩的例子给大家发出了警告:成为艺术家是危险的。人们只要以他为鉴,就能认识到,社会上有许多其他值得尝试的事业。

除此之外,潘恩更应该被认为是精神的贵族。他的一生体现了绅士派头的业余作家正在慢慢成熟为浪漫主义的叛逆者,这两种形象的统一点在于,它们与商业文明的物质中心保持着一定的距离。很明显,贵族阶层为了使美国文化接受这种形象下了赌注。这种投资显而易见:潘恩享有名流阶层对他的资助。这些人和组织付给他丰厚的报酬:哈佛大学为《文学的发明》(*The Invention of Letters*)付出 1500 美元,马萨诸塞公益火灾协会为一首联邦歌曲《亚当斯与自由》("*Adams and Liberty*", 1798)付了 750 美元的酬金。潘恩的例子"证明",虽然美国无情地往 19 世纪民主市场的社会发展,但是它依然造就了一批敏感的、古怪的艺术家们,他们所处的社会地位比普通人高得多。潘恩的传记作家写道:"如果说那些继承巴拉斯派①的人们体验到一种只有诗人才能体验到的快乐,那么可以这么说,他们也体验到一种只有诗人才能感受到的忧伤。"上层社会在潘恩身上看到自己作为一个特殊阶层的优越性——这个阶层超脱在与共和国争夺利益的斗争之外。他们更加需要潘恩,因为美国与英国不同之处在于,美国没有真正的贵族阶层,同时还因为他们与社会其他阶层一样避免不了市场的诱惑。作为精神贵族,潘恩代表了社会演变过程中的消极形象,但是这个形象也是社会中一部分人进行自我辩白的依据。

潘恩"罗曼蒂克"、孤僻的个性是这个时代诗人初次登场的表现之一。另一种表现是职业化,或者说是准职业化。虽然在英国或者美国,几乎没有诗人能够依靠写作谋生,但是在共和国初期,有几位诗人努力经营他们的写作事业。巴洛在此方面如他在政治和宗教信仰上一样,是才子们中与众不同的一位:他皈依了激进主义和自然神论;其支持法国革命的行为使他的朋友们大为震惊;他最终成为自由市场经济的积极参与者。巴洛下定决心把自己的诗歌变成市场交易的商品。他积极参加美国第一个版权法——康涅狄格版权法运动,热情支持文学应该成为私人财产的观点。他主张,如果一个国家中没有"能够有足够的金钱进行一生学习的绅士阶层,或者有足够的金钱来资助他人进行学习"的话,那么保护作者就势在必行。

事实上,巴洛的文学生涯说明了资助体制持续的存在以及资助体制的无谓,甚至于诗歌商品化的不可能性。巴洛不得不花费四年的时间来为《哥伦比亚的远见》招揽订阅者以保证足够的订单,之后才能付诸印刷。以这种出版方式出版,诗歌的题献和购买者名单中既包括贵族也包括平民。《哥伦比亚的远见》题献给"最尊贵的陛下、法国和纳瓦拉国王路易斯十六世"——这位国王同意购买25本书,是热情的共和主义作品最不协调的资助者。整个订阅单可以说是包括了整个国家,实际上使共和国成了《哥伦比亚的远见》的资助者:除了华盛顿以外,768位文学朋友提前订阅了此书,包括富兰克林、拉斐特、亚历山大·汉密尔顿、托马斯·潘恩、亚伦·伯尔(Aaron Burr)以及117位革命军队的军官,这些人按照地位高低排列在订阅者的名单中。20年后,由于在地产方面的投资赚了钱,巴洛可以自己资助出版了。他花了大量的钱来出版由自己修订、扩充的史诗,装潢精美并配有插图。《哥伦比亚德》出版时没有订阅者,此书无私地献给"我的国家",但是以令人望而却步的每册20美元的价格出售,这就

---

① 巴拉斯派(Parnassus):源于希腊巴拉斯山,是希腊献给阿波罗和缪斯的一座山。Parnassian用来指巴拉斯派诗人,他们作品的特点是对格律的超脱和强调。——译注

○革命时期和建国初期的文学

突出表明了诗歌市场化的难度。

另一位脱离了新古典主义模式的抒情诗人是大卫·希区柯克（David Hitchcock）。他和巴洛一样出自非贵族家庭，接受了有限正规教育，本人是一名鞋匠。一般而言，人们认为19世纪的诗人，比如艾米莉·狄金森和沃尔特·惠特曼等是从古典和流行的形式中得到了灵感，而更加恭顺的18世纪的诗人们则是从完全相反的方向得到灵感，是从社会精英阶层一直渗透到无名之辈。希区柯克是这种趋势不完全的一个例外，他把"阶层"这个主题带入到美国诗歌中。发表于1806年的《大卫·希区柯克的诗歌作品：带有柏拉图、骑士和庸医的影响以及狐狸的精明》（*The Poetical Works of David Hitchcock: Contagion the Shade of Plato, Knight and Quack, and the Subtlety of Foxes*）向波士顿对于不允许工匠进入共和国文学圈的规定挑起辩论。这些初始的诗歌为这种挑战提供的理由非常不充分：他的诗歌采用了传统的韵律对句，赞同了那些可能已经被才子们津津乐道过的社会保守观念。希区柯克只表现出一种工匠激进主义常有的特点。在由希区柯克本人撰写的献给出版商的前言中，他坚持自己通过诗歌表达思想的权利，尽管有许多人劝说他应该"扔掉你的笔杆，握住赖以生存的修鞋楦"。希区柯克没有任何绅士般的虚伪，他坦言，希望从创作诗歌中获得一定的报酬来补贴作为鞋匠的收入。"看起来他只是希望通过头脑和双手的共同努力，能够使自己获得一种比较舒适的生活。"

在这一点上，与其说希区柯克代表了一种个性的呼声，倒不如说他是美国文学中崛起的新人，预示着战前更加民主的文化的到来，文学精英阶层快速地把他提升到一定的位置。一位《每月文选》的批评家，也可能就是那位一年前刚刚谴责过那些模仿蒲柏风格的"诗歌工匠"的人，强烈反对文学上的这种突如其来的混乱不堪。一度只有那些"从独特见解和不懈学习中汲取养分"的高雅人士才具有的灵感，现在被在手工台上劳动的人所感知，败坏了诗歌的名声。"在缝制鞋子和创作诗歌中，难道有高深莫测的联系？难道有内在的类比？我们茫然。"因为"职业诵歌人（rhapsodist）"（这个词是希腊语的说法，指吟诵史诗的人）来源于缝制和缝针两个词的组合，我们唯一的猜测就是这位批评家开了一个只有圈内人才能够欣赏的玩笑——这个玩笑只有读过古典作品的读者才能理解其内涵，但是像希区柯克这样的自学成才的人恐怕就难以领会其意了，因此这就又一次强调了鞋匠成为诗人的不合适。总之，这场斗争是顺从传统和民主自我表白之间的战斗。此冲突是休·亨利·布雷肯里奇作品《现代骑士团》中虚构人物法拉格上校和提格·欧·里根之间斗争的再现。作品中，当上校让他的仆人放弃其拥有的社会抱负的时候，使用了与诋毁希区柯克的人同样的词句："让修鞋匠握住他的修鞋楦吧！"

希区柯克根本不甘心接受《每月文选》如此的定论。这次在他的诗歌中，无论是从诗歌技巧还是阐明一些不被大众普遍接受的观点方面，确实都给人以耳目一新的感觉。六年以后，他的作品《社会监控》(The Social Monitor)见诸印刷。这是一部"诗意的字典"，其中包括用诗歌的形式对诸如"幸福"、"自由"和"跛行（hobbling）"下的定义，而"跛行"正是《每月文选》人对那些被他们视为暴发户的作者们进行责难时使用的字眼。希区柯克的诗句充满智慧，语言流畅优美，他以一个坚定的现状维持者的身份出现，假装对那些"跛行之人（hobbler）"想方设法地涌进各行各业尤其是不知羞耻地挤进文学界这个"高雅、伟大的市场"的行为表现出恐惧。他抱怨道，这种现象的结果将会玷污文学，颠覆社会秩序：

> 仅仅假设一次下面的情景：
> "年轻的克里斯普，那个鞋匠写了一本书；"
> 他的朋友们开始瞪大了眼睛，惊讶不已：
> "他大字不识，小字不认，
> 真是一个奇怪的现象！太不可思议了！
> ． ． ． ． ．
> 学习？那是个骗局，是个笑话！
> ． ． ． ． ．
> 克里斯普写了一本书，大家都看见了吧；
> 我们的智力也不比他差；
> 像他一样，我们也要放弃我们仆人的工作，
> 扔掉皮革、楦头和锥子，
> 脱下我们普通人的衣服，
> 去出版业碰碰运气吧。"

"跛行者"创作了大量的流行诗句，颠覆了强调韵律的抑扬格四音步句。虽然处在社会底层人们的呼声出现在引号中似乎很安全，但是他们的思想在作品中随处可见，揭露了文学卫士自负浮夸、歇斯底里的嘴脸。

希区柯克的语调和前言并没有使用讽刺来指责《每月文选》人把自己定位为文化的独裁者，他更加倾向于利用民主和市场——在上流社会的批评家眼里这些是阻碍美国文学发展的力量。他说，即使是那些跛行作家们也"有与他们的同胞们相同的自由"；他们有权利写书，并由公众决定是否购买他们的书籍。虽然希区柯克的事业不太为人所知，但是很明显，他的诗歌赢得了

◎革命时期和建国初期的文学

相当多的读者,并获得了一些成功。他所有的书都没有通过唯一的订阅方式出版,而且其中一本《社会监控》非常畅销,并在 1814 年再版。

另一位打破传统的诗人是奴隶菲利丝·惠特礼,虽然在某些方面她依然非常墨守成规。惠特礼是当时最重要的非裔美国艺术家,她身上体现了一系列的矛盾。她本人奴隶的身份使她与同时代的白人作家有着明显的区别,但是又增加了与他们的联系,同时这个身份使她具有一定的与共和国传统相对抗的主张。在 18 世纪,个人不允许拥有著作权这一传统对惠特礼来说有特殊的含义。她本人远不是一个自由的个体,实际上她属于一个叫约翰·惠特礼的人。约翰·惠特礼是富有的波士顿商人,他妻子在 1761 年买下这位年轻的奴隶女孩之后不久就开始教她读书写字。她的姓甚至都不属于自己,而属于她的主人。她的教名菲利丝则是那艘把她带到美国的运送奴隶的船的名字。

惠特礼不得不通过白人的帮助来"说话"。因为她没有自己合法的身份,所有完全依靠其他人来出版自己的诗歌作品。她的处女作,也是唯一的一部诗歌作品《关于各类宗教和道德主题》(*Poems on Various Subjects, Religious and Moral*, 1773)完全是由委托人代理:书的出版是通过订阅方式,整本书题献给贵妇人亨廷登伯爵夫人。除此之外,为了证明惠特礼的作者身份,作品由她的主人和其他 17 位名声显赫的波士顿人签名,包括托马斯·哈奇逊、詹姆斯·波都因(James Bowdoin)以及约翰·汉考克(John Hancock)等。这些白人同胞们还不足够,惠特礼还需要权威们来证明她创作诗歌时紧随当时流行的形式和风格。39 首诗歌多数都是意在表现辞藻技巧的(也就是那些意在赞颂的诗歌),而且技巧上没有创意,主要受到蒲柏的影响。绝大多数诗歌的主题是死亡,只有两首例外,《关于道德》("On Virtue")和《为新英格兰剑桥大学所作》("To the University of Cambridgein New-England"),而且这两首诗歌脱离了流行的韵律,带有黑人诗歌的风格。

惠特礼不同寻常之处在于她坚持强调自己的特点,并把诗歌作为潜在的收入来源。她利用自己没有自主权、奴隶的身份和黑皮肤证明自己的独特性,尤其是她利用自己的种族来宣传和销售诗作。创作《关于各类宗教和道德主题》的时候,她还是个奴隶,但是她自己身份的印记在作品中随处可见:卷首插画中有她坐在写字台前的雕版画;首页中作者标为"菲利丝·惠特礼,新英格兰波士顿约翰·惠特礼先生的黑人奴仆";真正作者标为"菲利丝,一个年轻的黑人女孩";另外还有十几首诗强调了她非洲血统,虽然没有明显的标注,但是那种种族骄傲是显而易见的。

这些推销方法非常奏效:无名小卒惠特礼,一个连名字都不属于自己的人，其声誉甚至超出过了威廉·卡伦·布莱恩特之前的任何一位美国诗人。此外，当 1773 年获得解放不得不自谋生路的时候，她积极推销自己的作品。她恳求图书销售商的帮助，自己销售书籍，并在报纸上做广告，而且做这所有一切的时候都没有忘记提及自己的种族。菲利丝·惠特礼到处受到夸奖，同时也在宣扬她黑人价值的思想。在随后的十年中，她继续创作诗歌，并在诗歌中更加公开地宣扬自由、赞颂美国的事业，并把这一切与那些受压迫的人民联系在一起。她也毫无畏惧地谴责那些一方面抵抗英国暴政而另一方面又使用奴隶的人的虚伪嘴脸。正如在挽歌《伍斯特将军之死》("On the Death of General Wooster", 1777) 中，她充分发挥了想象力，写出了这位爱国者的最后呼吁：

> 但是，我们会发现
> 那些虔诚接受上帝旨意的人们
> 是多么的专横和冷酷！他们玷污了
> 非洲清白无辜的人们，并给他们套上了枷锁。
> 让美德占据人世——回应我们的祈祷
> 胜利是属于我们的，他们也将获得充分的自由。

菲利丝·惠特礼的悲剧在于，历史进程朝着政治和经济自由的方向发展，这对于她的生活和艺术来说都是灾难性的。白人主人一家的去世使她失去了那些有广泛社会关系的赞助人，同时 1778 年她与一位自由黑人约翰·彼得斯的婚姻也使她陷入贫困之中。次年她开始为自己的第二本诗集做广告，以寻求订阅者。这本诗集题献给靠自立奋斗而成功的美国传奇人物本杰明·富兰克林，也许菲利丝·惠特礼认为自己与富兰克林之间有着某种密切联系。广告中，她把自己描绘成"这块土地上不同寻常的人"，希望得到订单以使"燃烧在这位年轻的黑人胸中的神圣火焰永不熄灭"，但是广告并未获得很大的回应。战争正在进行中，没有了有钱人的支持，菲利丝·惠特礼不再有可能去检验英国人的兴趣了——她的第一本书起初在伦敦发行——发起的订阅实际上从没有得以实现；公布的 33 首诗中有 28 首已经遗失。在她的一生中，还有几首诗以单页的形式或者在报纸上得以发表，《关于各类宗教和道德主题》这本诗集在 1786 至 1793 年之间至少重版了五次，但是惠特礼本人从这些重版中分文未获：在美国殖民地赢得独立一年之后的 1784 年，她在贫困潦倒中死去，年仅 31 岁。

惠特礼在文学史上的功绩远远大于她在革命后美国的贡献。去世之前，

革命时期和建国初期的文学

她已经成为奴隶制和种族辩论的文化标志。虽然她面对了许多非常不友善的批评，有些读者拒绝她的诗歌，认为那些诗歌证明了黑人在精神上的自卑——托马斯·杰斐逊是其中最著名的批评家——但是她也拥有包括白人和黑人在内的支持者，而且被视为本土黑人文化传统之"母"。华盛顿、本杰明·拉什和小说家吉尔伯特·伊姆莱（Gilbert Imlay）在18世纪高度赞扬了惠特礼，梅尔维尔的朋友、战前评论家和文选人艾维特·戴肯克（Evert Duyckinck）在1856年称赞她的作品是"对蒲柏风格的模仿，值得大家的尊重"（其中一语双关地提到亚历山大·蒲柏）。美国黑人把惠特礼认作是鼓励他们进行写作的先驱。乔治·摩西·豪顿（George Moses Horton）在1838年把自己重版的作品《出自一个奴隶笔下的诗歌》（*Poems：By a Slave*）与惠特礼的作品装订成一册，以表示对她的尊敬。惠特礼同时代的作家朱比特·哈蒙早在1778年就承认了惠特礼的卓越，并把她定为一首诗歌的主题，《**致波士顿埃塞俄比亚女诗人菲利丝·惠特礼小姐（原文如此）的致辞**》（"An AD-DRESS to Miss Phillis Wheatly ｛sic｝, Ethiopian Poetess, in Boston"）。

事实上，菲利丝·惠特礼是第二位发表诗歌的美国黑人，生活在纽约长岛上的奴隶哈蒙才是第一位。（露西·特利的叙事诗《监狱中的战斗》创作于1746年，但是直到19世纪才用语言记录下来。）哈蒙以一种虔诚的、迁就的风格写作。他的作品有一种对圣经进行诠释的意味，敦促基督徒接受圣经中的教诲，从来没有明确地对奴隶制进行过抨击，并且在每一首诗歌的开头和结尾部分都表明对上帝的感激之情。在"**致辞**"中，他称赞惠特礼信奉了上帝的旨意。这首诗歌中的思想是哈蒙内心世界的反映还是上帝的意愿，至今不为人所知。按理说，诗歌中所提倡的黑人应该团结起来的观点被满篇圣徒们之间的团结搞得模糊不清。但是我们难道从哈蒙对"上帝用慈悲的胸怀解放了你们"的强调中读不出对奴隶主的批判意味吗？难道这首诗不是为我们描绘出了一幅鲜明对比的画面吗？一方面是为了赚钱把惠特礼从非洲绑架来美国的那些人的动机，另一方面是惠特礼在波士顿所发现的宗教信仰，这个信仰"价值抵得上西班牙所有的黄金"。难道基督教中所宣扬的黑人与白人一样是上帝的臣民的思想不是对奴隶主的指责吗？惠特礼本人在这一点上谴责了她的同胞们，而且其他一些白人女诗人也开始表达一种虔诚的、伤感的平等主义思想，这些思想后来被废奴主义者有效地用来反对奴隶制。

在共和国的早期，许多女性创作诗歌，其中绝大多数的人都遵循男性诗人的社会和文学传统。她们发表作品时要么选用匿名，要么采用拉丁语的笔名，这样既体现了正统的共和主义，又体现了高贵的地位——最热衷

第四章 诗歌

于此种做法的三位诗人是爱米莉娅（Amelia）、菲德莉娅（Fidelia）和康斯坦丁——她们相互写诗，相互鼓励和支持。人们在小说中可以发现一个普遍现象，即作者明确表明写作不是自己唯一的抱负。莎拉·莫顿，一般读者都熟知她的笔名"菲莱尼娅，波士顿女伯爵"，在《贝肯山》"辩解"一章中说，她从来没有因为写作而影响了她完成作为妻子和母亲的职责。但是这种阻止妇女以作者身份出现的申明仅仅存在于小说中。安·伊丽莎·布里克（Ann Eliza Bleeker）与玛格丽特·维·佛格莱丝（Margaretta V. Faugeres）是一对母女，她们出版了一本包括她们两人创作的诗歌和散文的合集，这本合集似乎在强调家族和家庭身份的同时，也在证明她们在公共场合说话的权利。由于作者身份没有性别的特性，这也给予女性说话的权利。正如莫顿解释她有时为了迎合"公众的观点"而表现鲁莽的时候所说，促使她写作下去的原因是她认为"作者不应该考虑自己的性别，写作时应该忘掉自我"。

许多女性以诗歌的形式对政治和公共领域表达了效忠。通过英雄诗句或者熟悉的韵律，她们歌颂那些把女性排除在外的战争领域中的英勇行为。有一首关于18世纪60年代英国税收法案的诗歌，这首诗把排斥女性转为温厚的、精辟的幽默。在《女性爱国者们。献给美国自由之女，1768》（"The Female Patriots. Address'd to the Daughters of Liberty in America"，1768）中，米尔卡·玛莎·摩尔（Milcah Martha Moore）嘱咐她的女性同胞们通过抵制茶、纸和其他商品来使那些"堕落的"男人们勇敢起来。如果男人们认为女性参与政治冒犯了他们，"让我们闭嘴，／我们可以用让他们脸红的讽刺回敬他们。"莫西·奥帝斯·华伦在一首创作于独立战争爆发之际的诗中，明确提出了个人和家庭事务应该让位于国家利益的主题。在诗歌《致菲德里奥——那个长期不参加伟大的公共事业，激怒了所有的美国人的人，1776》（"To Fidelio, Long Absent on the Great Public Cause, Which Agitated All America", In 1776），华伦公开表示了对丈夫詹姆斯·华伦将军的深爱，但是她声明心甘情愿地让丈夫献身于国家利益："时代要求所有人的努力，／一个爱国者的热情必定能温暖女性的心怀。"

其他女性诗人的作品挑战甚至颠覆了传统的社会和政治事务。几位女性描写了奴隶或者其他被剥削阶层的苦难，其诗文中充满了早期小说中常见的伤感笔调。这些作品流露出对诗歌功能性的深信不疑，但是它们希望通过使读者体验他人的痛苦来激起他们进行人道主义的改革。这些诗歌求助于感情和家庭这些私人领域来解决那些折磨男性世界的问题。这种感伤的社会风气挑战了文化中公众人道主义的统治地位，使感情超越了理智，私人议事室超

◎革命时期和建国初期的文学

越了公共论坛，自我放纵超越了自我压抑。

诗歌相对于小说来说是一种传统的领域，而在这种传统领域中出现了如此的风格，进一步证明了自由思想对诗歌的侵入。伤感主义者的观点逐渐削弱了共和主义意识形态中的设想，因为它把所有的人都囊括进来：穷人、非白人、女人和孩子。感伤主义宣称，这些地位低下的人与那些阅读诗歌的特权阶级具有同样的价值。莫顿写了一首被多次印刷的、反对奴隶制的诗歌《非洲酋长》("The Africa Chief"，1792)，揭示了不公正的受害者充满泪水的抗争。诗中她把一位反叛的奴隶比作乔治·华盛顿和其他为自由而奋斗的英雄，并呼吁白人读者摒弃他们种族冷漠的性格：

> 冷酷的种族苍白无光，
> 毫无领会感情的力量，
> 任由他落入残忍的人手中，
> 颤抖的车轮带来无限的恐慌，
> 让悲伤冲洗每一张红红的脸颊，
> 给予备受折磨的奴隶以怜悯和同情，
> 他的苦难无法诉说，
> 唯一的避难所就是坟墓和死亡。

莫顿还写了一首题为《魁比》，又名《自然的美德》(*Quabi; or the Virtues of Nature*，1790)叙事诗，表达了对美国土著人的同情。

苏珊娜·罗森的《诗歌集锦》(*Miscellaneous Poems*，1804)在公用性、激励性的诗歌和把感伤小说转化成带有"女性"关注的诗歌之间摇摆不定。这本书其中一个明显的特点就是写作的风格多样，观点丰富：一些作品表达爱国主义，带有罗森联邦主义政治的色彩，而另一些作品则歌颂情感，支持一种模糊不清但是真实的女权主义。《玛丽亚，非小说》("Maria, Not a Fiction")实际上是一部诗化的小说，其真实性与其他任何一部叙事诗一样，它恳求读者为女主人公"悄悄地流泪"。另外两首诗《妇女的权利》("Rights of Woman")和《她们一样的女性》("Women As They Are")在提倡女性独立和屈服于正统性别思想之间摇摆波动。"我能否冒昧地进言？虽然不同寻常，来捍卫妇女的权利？"罗森在第一首诗歌中如此发问；第二首诗歌中她呼吁改善妇女的教育状况。虽然在妇女教育问题上，罗森与玛莉·沃斯通克拉夫特(Mary Wollstonecraft)的意见相同（罗森故意模仿后者诗歌的题目），但是她把自己区别于比她更为大胆的同胞。罗森的两首诗歌最终得出中庸的结论，

"妇女合适的归宿"就是家庭。

当然,罗森本人从文学中获得了盛名,她诗歌中女性个体的展现是她创作和世故的载体,证明了她本人对诗歌传统的学识和作为作家的严肃性。由于《诗歌集锦》具有乐于尝试、不一味遵循形式和格式传统的特点,使它从这个时期美国绝大多数诗人的作品中脱颖而出。罗森似乎以品达①颂歌中的自由为灵感,创作了被她称为"不规则的诗歌"。她在诗歌中改变了韵律结构,采用韵律不同的诗句,并改变诗节的长度。在为约翰·亚当斯生日而作的一首颂歌中,她延展了品达颂歌的长度,在颂歌的诗句中融入了黑人诗歌的元素,拒绝固定的模式。技艺娴熟的格调使流行歌曲《美国,贸易和自由》活泼生动,它从八行诗句的押韵六步格转换为副歌中的五步格和中间韵。罗森有意回避新古典主义惯例,创作的形式类似于标准的十四行诗。她回顾文艺复兴时期来寻找自己的模式,选择使用灵活、不规则的创作形式而摒弃了完美无缺。到18世纪晚期,十四行诗的创作手法已经存在近两个世纪;爱好模仿的诗人大卫·汉弗莱忠实地遵循十四行诗的创作规则。而罗森则坚持使用十四行诗"小歌曲"原本的古老含义,她诗集中十四行诗的长度从八句到十三句不等。

美国早期的诗文中最能代表这种逆向趋势的是菲利浦·弗瑞诺。人们一直试图解释弗瑞诺自传和诗歌中的矛盾,但是这种努力都是徒劳的,因为他所有的矛盾都是因为年龄的问题。在他内心,对共和国全身心的投入与他个人主义的精神和对个人需要和满足的强烈愿望之间有着激烈的斗争。弗瑞诺在其大半生中是一位热情的革命者和杰斐逊式的爱国者,他坚信,艺术应该服务于共和国;他绝大多数的作品都具有强烈的说教性,与政治紧密关联。其诗歌生涯贯穿着说服和诠释。1775年创作的《政治连祷》("The Political Litany")中,他呼吁"从一个横行霸道、恃强凌弱、诅咒亵渎的王国中"解放出来;1781年的《英国囚船》("The British Prison Ship")中,他愤怒地谴责了在海上被囚困时受到的非人待遇;18世纪90年代,身为共和国记者的他写了大量的讽刺诗和颂歌,他支持法国革命(例如一首《颂歌》["Ode"]的开句为"上帝拯救了人类的权利!"[1795],对前英国保守派进行了攻击);新世纪初,他创作了颂扬托马斯·潘恩的诗歌,为他在1812年战争中的爱国行为而欢呼。弗瑞诺的诗歌躲避创新,所有的作品都以公众利益为中心。除了几个诗歌体的对话以外,他的诗歌都使用简单、明了的韵律。

弗瑞诺的其他作品在题材和观点上发生了极大的变化,若不是其韵律还

---

① 品达(Pindar):希腊田园诗诗人,尤以其颂歌集而著称。——译注

革命时期和建国初期的文学

有连贯性的话,很难相信是出自同一个人的笔下。他本人在关键时刻总是从公众视野中消失,革命前夕他隐身到西印度群岛,战争结束后七年中他一直生活在海上。在艺术创作上弗瑞诺亦是如此,他周期性地偏离公众生活这个主题,歌颂个人的自我成就和不受约束的幻想。这种诗歌宣传的引退观点既不是贺瑞斯式的,也不是古典共和主义的,而是具有私人化和原始浪漫主义的特点。我们可以从自然和《野忍冬花》("The Wild Honey Suckle", 1786)找到原型:

> 大自然把你装扮得洁白无瑕,
> 她叫你避开庸俗粗鄙的目光;
> 她布置下树荫把你庇护起来,
> 又让潺潺的溪流从你身旁流过。

政治赫然是诗歌的祸根而非推动力。在历史的重要关头 1776 年,弗瑞诺创作了《圣达克鲁兹的瑰丽》("The Beauties of Santa Cruz"),诗中作者本人精心挑选"灿烂、奇特的花朵",而把"赶走暴君"的任务交给他人去完成。12 年后当关于宪法的争论进入白热化的时候,他坚决反对想象力必须有实用价值的观点。在《致一位作家》("To an Author")中他抱怨道"如果一个诗人用尽一生来磨刀的话","难以达到诗意的陶醉。"

弗瑞诺对死亡的痴迷填补了公众主题和个人主题诗歌之间的距离,标志着美国诗歌史上一个重要的时刻,此时死亡开始替代了早期诗人心目中的公众重要性,并开始带有 19 世纪诗歌才具有的浓烈的个人色彩。弗瑞诺的许多作品都称颂那些早已逝去的领袖,如华盛顿和富兰克林,或者那些在对英国的战争中捐躯的英雄们。在这些挽歌中,共和国通过赞颂其英雄们而得到巩固,诗歌的主旋律是爱国的,具有相当的社会意义;诗歌的口吻是第一人称复数,如 1781 年创作的《纪念勇敢的美国人》("To the Memory of Brave Americans")中的最后几行:"我们相信他们找到了一块更加幸福的土地,/在这块土地上,他们拥有更加明媚的阳光。"其他作品中,弗瑞诺把死亡看成避难所来逃避公共义务,逃避一个"苛严的理性"和说教主义控制着的缪斯世界。在哥特式叙事诗《夜之屋》("The House of Night", 1779)中,除了公认的教育价值以外,人们可以感觉到,诗人有一种强烈的病态。《关于棺材、裹尸布和坟墓的恐惧》("Of Coffins, shrouds, and horrors of a tomb")中,诗人刻意添加上去的宗教寓意黯然失色;对主人公躺在睡椅上慢慢死亡情景的细致入微的描写使诗歌具有强烈的感染力。《印第安墓地》("The Indian Burial

Ground", 1787)详细记载了弗瑞诺对死亡的痴迷:"理性的自我跪下双膝／屈服于阴影和幻觉。"美国当时正在致力于建设国家,不鼓励任何想象力,所以诗人的想象力游荡在坟墓和死亡之中,富有鲜明的人格,这倒为诗人提供了一个表达和实现个性的场所。

1786年,弗瑞诺选择了一位故去的人来代言自己关于作者身份的观点,着重批判那些把作家变成哀求者、阻碍美国文学赢得尊重的前职业家们。在一篇被认为是由"前"罗伯特·斯兰德写的文章中,他强烈呼吁文学应该得到尊严和独立。他坚持"原创作家"的地位应该超越那些出身高贵的学者,反对通过订阅方式出版作品的方法,蔑视赞助和题献行为,认为此行为"最初是由奴隶发明出来,然后一直被傻瓜和阿谀奉承者所沿用"。弗瑞诺承认,诗人可能是乞丐,但是他们绝不能卑躬屈膝;相反他们可以像斯兰德维那样——或者以现实中的工匠诗人大卫·希区柯克为榜样——通过编织袜子和写诗来谋生。

至于弗瑞诺本人,他一生发表了五部诗集,并享有"革命诗人"的声誉,但是这一切丝毫没有给他带来任何经济上的稳定,晚年不得不在公路上干一些体力活为生。令他尤其愤怒和不可忍受的是那位最终使文学变得有利可图的华盛顿·欧文,后者依靠阿谀奉承大获成功,使作者身份失去了应有的好名声。正如他在《致一位新英格兰诗人》("To a New-England Poet", 1823)中所说,当弗瑞诺自己"每周挣50美分"的时候,欧文通过拍英国权贵的马屁,完全"忘记了76年的历史"而在国外声名鹊起,在国内成为最畅销的作家。作为一位渴望在同胞中得到承认和欢迎的作家,弗瑞诺对这种现象进行了挖苦,认为此举绝不是有效的市场策略,而完全是一种希望得到英国人接受的贵族思想:

> 亲爱的诗人,我祈祷你能够
> 从英国人那里得到一些启示来写作,
> 并在这里的大街小巷发表,
> 给我们带来启迪:
> 你的作品将与众不同,
> 使你的名声传播四海。

从弗瑞诺到美国第一位浪漫诗人威廉·卡伦·布莱恩特的过渡很短暂,不仅仅因为布莱恩特歌颂自然和死亡,而且因为他在生活和作品中一直致力于作家的公共角色。如果要比较这两位作家的话,布莱恩特更加带有社会导

革命时期和建国初期的文学

向。在几年的律师生涯过后，他担任了纽约《晚邮》（*Evening Post*）报的记者和编辑，并在报社工作的五十余年间，积极支持自由事业。布莱恩特的整个写作事业没有任何时候脱离公共事件，无论是早期还是晚期的诗歌都显示了美国早期文学以公众为中心的特点。除了挽歌和几十首关于时事的诗歌以外，他还创作了不少国家主义的诗篇，如应哈佛优等生荣誉学会（Harvar's Phi Beta Kappa Society）之邀而创作并在1821年毕业典礼上朗读的《时代》（"The Ages"）。这首诗似乎是对革命阶段史诗的回归。诗歌采用斯宾塞式的诗节（规则的九行押韵），纵览了人类追求自由的历程，追溯到古代共和主义者的努力一直到这种努力在美国达到巅峰；虽然这首诗目前很少被人提起，但是布莱恩特认为很有价值，把它放在自己诗集的第一首。13岁时，当他还与父亲一样信奉联邦主义政治的时候，他就已经模仿才子们（the Wits）写了一首讽刺诗。布莱恩特的早期作品《禁运》，又名《时代素描》（*The Embargo; or, Sketches of the Times*, 1808）采用新古典主义的对句，强烈地抨击了杰斐逊总统一方面破坏新英格兰的贸易，另一方面又投入到"身穿黑貂皮"的女主人怀抱的行为。

几乎所有布莱恩特的革新诗作都收编在出版于1821年的《威廉·卡伦·布莱恩特诗集》（*Poems of William Cullen Bryant*）中。至少从主题上来看，这本诗集中的诗歌大都是以集体利益为中心的，极少宣扬个人主义。当然，诸如《森林的入口题词》（"Inscription for the Entrance to a Wood"）这样的诗歌颂扬了大自然是远离社会忧虑的庇护所，但是与弗瑞诺不同的是，布莱恩特珍视自然为道德真理和精神复兴的源泉，而不是对社会责任的一种逃脱。在《黄色的紫罗兰》（"The Yellow Violet"）中，卑微的花朵发出劝诫，不要在"爬向富贵"的过程中忘记朋友；《致水鸟》（"To a Waterfowl"）中，小鸟孤独的飞行传达了这样的"教导"，仁慈的上帝在监督每个人的生活。布莱恩特诗歌高度概括，善于使用庄重严肃的词语，用一种公共教师的口吻向读者解说自然的含义。稍后期作品《森林赞美诗》（"A Forest Hymn"）从描写祥和静谧的小树林转向对自然环境重要性的反思：

愿自然促使我们思索，
在她温和的庄严中，在宁静的树荫下，
让我们领会她优雅的安排，
让我们在生活中顺从她的旨意。

布莱恩特说教性诗人人格背后有着多重矛盾；这些矛盾的起源是他的政

治观点，并延伸到他的诗歌中。在《晚邮》（*Evening Post*）担任编辑期间，他坦率地支持自由放任的资本主义制度，支持杰斐逊把私人企业从传统束缚中解放出来的运动。他为在《晚邮》工作时的助手，同时可能也是战前时代自由贸易最重要的倡导人威廉·赖纪特（William Legget）写了一首挽歌。布莱恩特关于诗歌技巧的作品直言不讳地表明了自己对传统束缚的反对以及对个人进取心的提倡。在带有强烈批判性的《早期美国诗歌》（"*Early American Verse*"，1818）中，他批评前辈们回避个人情感，追求连续的"文学创作的千篇一律"。《关于抑扬格标准中的三音节韵脚》（"On Trisyllabic Feet in Iambic Measure"）一文写于1811年，发表于1819年，接近新古典主义模式占主导地位时期的尾声。这篇文章呼吁"文学革命"，用非常明显的政治语言反对蒲柏。布莱恩特说，现在是把本土诗歌从毫无变化的抑扬格诗歌或者"跷跷板式交替"押韵的英雄文学的束缚中解放出来的时候了。他赞扬素体诗比押韵的诗歌更加自由和自然，而且要求"韵律学给出更大的空间"允许偶然的不规则，比如抑扬格标准中的三音节韵脚。在整个创作生涯里，他认为自己是在把美国政治的原则诠释到艺术中，正如那些自由贸易的自由主义者们相信他们在把革命引入到经济中去一样。

布莱恩特的杰作《死亡观》（"Thanatopsis"）最好地阐述了他思想中错综复杂的效忠。这首诗最初发表于1817年，开创了美国文学历史上的浪漫主义运动，得到了如布莱恩特的朋友理查德·亨利·达纳（Richard Henry Dana）那样同时代人的承认。理查德声称自己是第一个读到这首诗的人，"从没有前人写过这样的诗。"《死亡观》（题目的意思是对死亡进行沉思）反映了布莱恩特对新流派英国代表人物的深入了解，尤其是威廉·华兹华斯的作品《抒情的歌谣》（*Lyrical Ballad*，1798）。这部作品的笔调和诗律，以及从更小的角度来说诗歌的非基督教信条，公开地宣布了与过去的决裂。令人放松抚慰的风格用自然的形式唤起"交流"，为面临死亡的人们提供精神上的安慰，向他们保证成千上万的"从最初／许多年开始，已经躺下／在长眠中"的人将待他们如同手足。这首诗的风格完全是素体诗，没有任何"韵律的限制"，作为一首卓越的美国诗歌来说，它趋于口语化，平铺直叙，具有首开先河的意义。诗的开头部分就违背了蒲柏所提倡的韵律的平滑，第一行严格遵守抑扬格五音步的规则，后面紧接着的第二句是一个三音节的音步。（"Tŏ hím whŏ ín thĕ lóve ŏf Nátŭre hólds / Cŏmmúniŏn wíth hĕr vísĭble fórms, shĕ spéaks."特鲁姆布或德怀特可能会把"visble"中的元音省略，把它变成两个音节；而华兹华斯早在20年前就这样做了。）

革命时期和建国初期的文学

这首诗歌的语言是源于大自然还是诗人,一直是人们无法解答的一个问题。不管是有意还是无意,这种模糊具有启迪作用:它显示了人类和自然的融合。这种结合的出现不仅仅因为诗歌的风格暗示着一个人正在以平常的、"自然的"声音对其他人讲话,而且因为布莱恩特把人概念化为脱离了所有外部的附加物。诗歌中的人以精神的形式出现,他从美学和社会束缚中解脱了出来。在美国历史所谓的起飞阶段,布莱恩特创造出一个自由诗歌主题,不受新古典主义传统技巧的约束,似乎从历史和公众联系中解放了出来。《死亡观》认为,那些传承战前社会和经济革命的独立自主的个人是必不可少的,这些人实际上是历史的产物,直到最近他们才认识到自己是社会的一分子。

显而易见,布赖恩特宣传死亡具有慰藉作用,这个主题与他诗歌风格的非正式性相抵触或者说是相补偿。虽然他的诗歌技巧显示了追求独立的一面,但是《死亡观》的话题宣扬了集体主义的重要性。诗歌中,讲述者把孤独的希望从社会生活转到坟墓中,似乎承认他所坚持的理想已经过时。在生者中,社会已经瓦解;甚至葬礼也不再把人们团结在一起:

> 你将这样长眠于地下,
> 若你无声告别生者,
> 辞世无友相问,
> 那又有何妨?

按照布赖恩特讲述者的说法,抚慰来自于那些"数不清的大篷车,/它们向那个神秘的地区进发"。诗歌想象各种各样的人在坟墓中集合,场面令人动容:

> 一切生者都将同你的命运一样,
> 当你远离人世,
> 乐天派会笑,
> 心虑者会思虑重重,拖曳前行,
> 人人都将像以往一样
> 追求自己的向往;
> 而所有人都终将辞别欢乐,
> 来与你墓中相见,同床共枕。
> 随漫漫流年渐渐消失,
> 世人之子、人生之青春年华、

> 主妇少女、正值盛年之潇洒男子，
> 牙牙学语的婴儿、白发苍苍之老人——
> 一个个都将聚集在你身旁，
> 埋他们的人也将随后来到。

布赖恩特在《死亡观》中依赖古老的演讲形式——这也是他作品一个显著的特点——加强了反个人主义的道德。诗歌中大量的"你"，"你的"和"你们"这些称谓唤起了在这个社会中逐渐消失的人与人之间的亲密关系，同时断言，在人们相互之间形同陌路的世界中存在着另一个社会。诗中提到的贵格会只是一种怀旧的情怀，不是宗教准则。《森林的入口题词》的首句"陌生人，如果你已经掌握了需要的真理"激起了怜悯的情感，同时也表现出诗人利用熟悉的词语来称呼素不相识的人的不协调。

布赖恩特最终也享有了国际声誉，但他从来没有成为像欧文和库珀一样的职业作家。就连剧作家约翰·霍华德·佩恩，虽说他为使写作成为谋生手段奋斗一生而徒劳无功，也比布赖恩特更坚持文学是一种职业。尽管布赖恩特支持进步的政治，但是作为诗人，他有些跟不上时代。他一直把自己的记者事业放在首位，把创作工作放在第二位，并把文学作为业余爱好。（他这样做有足够的理由：1821 年《诗歌》发表后四年，只给他带来了仅仅 14.21 英镑的纯收入。）自此，他在诗歌方面再也没有开拓新的方向，在创新方面也再没有超越他的处女作。虽然他继续创作公共艺术，但是布赖恩特慢慢感觉到诗歌与 19 世纪飞速的工业化和市场社会关联甚少。正如他在 1833 年写给达纳的信中所说，诗歌在现代世界中不再受到重视：

> 毕竟，诗歌的商品不存在于现在的市场中。诗歌可能在报纸上得到赞誉，但是没有人可以以此赚钱，原因很简单，因为没有人真正在意它。欣赏诗歌已经过时，时代的进程转向了另一个方向——人们所关注的是政治、铁路和汽轮。

布赖恩特所说的话准确生动，不是关于诗歌本身——毕竟惠特曼写了许多关于科技的著名诗歌——而是反映出，保守倾向开始慢慢在他的诗歌中占据了首要地位。

从才子到布赖恩特是概述美国诗歌新方向的一个方法；而从埃利胡·哈布德·史密斯到塞缪尔·凯泰尔（Samuel Kettel）是另一个方法。前面已经说过，史密斯是在美国印刷的第一部本土诗集《美国诗歌》（*American Poems*,

○革命时期和建国初期的文学

1793）的编辑。35 年之后，凯泰尔编了一部名叫《美国诗歌范例以及作品评论和作家生平》（*Specimens of American Poetry, with Critical and Biographical Notices*, 1829）的合集。凯泰尔的编纂预示着美国文学史上的形成期的到来，开创了诗集的统治年代。这本书是第一部全面的诗歌汇总，由鲁弗斯·格里斯吾德（Rufus Griswold）搜集整理而著称，它在战前的文学市场上大量发行，开始控制了美国的诗歌消费。

史密斯的诗集带有职业化前共和主义范例的所有特点。按照前言中所说，诗集的目的是为大众收集和保存美国诗歌。第五首诗的作者为无名氏，或者说是假名，史密斯自己的名字在整本书中从头到尾都没有出现。而订阅者的名字则得到了很高的重视，不仅标有姓名，而且还配有诸如"学者"和"绅士"等的头衔，在书的最后占了整整六页。诗集有浓厚的限制和等级意味，其中只收录了一位女性的作品，那就是《菲莱尼》（"Philenia"）（即莎拉·莫顿的作品）。史密斯解释说，有一些作者不愿意把作品发表在报纸上——他们不想自己的作品被鱼目混珠的"所有人"阅读——同意让《美国诗歌》来发表，这样其作品就可以得到"那些有知识的、有教养的人的关注"。尽管期望值很高，但是这本书并没有如愿被大众所接受，这说明了在革命后时期出售诗歌的难度。原先承诺出版的第二集最终没有得以实现，因为缺乏"足够的鼓励"。

诗集从本质上来说是一种集体现象，诗集在 19 世纪受到欢迎似乎意味着诗歌的公共思想依然存在。这一点很重要。凯泰尔的合集与史密斯的合集的相似之处在于，它强调了有益性和爱国主义。他的书名就显示了一种收集者的热望，同时他也把此书的目的定位为拯救本土作家的作品，以免这些作品消失。如史密斯一样，凯泰尔力图鼓励人们对美国成就所拥有的骄傲感，刺激文学中的国家精神。

但是变化与承袭同样迫在眉睫。虽然在《美国诗歌范例以及作品评论和作家生平》中，所有的作者们以团体的形式出现，但是对于个体艺术家，这本书有着前所未有的重要性。每个入选的篇章都以诗人的生平简介作为序言，有些只有短短的一个段落，有些洋洋洒洒长达 10 页，所有的简介都向读者透露了作者的个人信息，而这些信息正是联邦时期作家们出于本能而省略掉的信息。这种对作家本人的重视也体现在诗集编纂者本人身上：凯泰尔的名字出现在封面和次页作者身份声明中的显要位置。诗歌的选编也体现了民主的气息。诗集中收编了 10 多个女性诗人的作品，其中包括莫顿、华伦、布里克和其他更为年轻的诗人如莉迪亚·希格内（Lydia Sigourney）和莎拉·黑尔（Sara Hale）的作品。《美国诗歌范例以及作品评论和作家生平》包括三册，

第四章 诗歌

这充分说明，在 1829 年凯泰尔有足够的信心去吸引读者。人们对于著作的所有权和个体作家重要地位的认识在改变。凯泰尔的诗集标志着诗歌的表达和形式明显地转向个人化，这种发表诗歌的形式与诗歌在风格上的转化相吻合。

在这种美国诗歌向浪漫主义或者更加个人化意识转化的背景中，托马斯·杰斐逊是一个取足轻重的人物。与弗瑞诺一样，杰斐逊是政府工作人员和政治赞助者；与布赖恩特相比，他的影响不是那么直接，但是依然非常重要。布赖恩特把对杰斐逊政府的新古典主义讽刺文学付诸印刷；随后，在创作浪漫主义诗歌的过程中，这位诗人放弃了自己保守主义的观点，转而加入到民主主义阵营中，成为第三任总统的追随者。杰斐逊认为，个人主义意识的表达不仅仅体现在诗歌领域，而且也体现在另外两位使这种意识美国化的小说家身上。欧文发表自己创作的第一本书《纽约史》（*A History of New York*, 1809）时年仅 23 岁，这本书嘲讽了总统。库珀像欧文和反杰斐逊的联邦主义拥护者的儿子布赖恩特一样，戏剧般地转而敬仰这位总统，同时在小说创作中摒弃了英国模式，确立了自己美国著名小说家的地位。

人们似乎认为，作为 18 世纪贵族文学代表的杰斐逊在文化中成为浪漫主义的守护神有些不相协调。他本人的作品带有强烈的公众意味，并非个人化。作为总统和《独立宣言》以及《弗吉尼亚州札记》（*Notes on the State of Virginia*, 1785）的作者，杰斐逊代表了公共领域和文学的前浪漫主义之间的结合。他本人也不是全盘接受所有的文学改革。《弗吉尼亚州札记》中对菲利丝·惠特礼的态度说明了他的缺点。在诋毁了黑人的想象力之后，他否定了她的作品，甚至怀疑她的作者身份："确实，宗教已经造就了菲利丝·惠特礼（原话如此）；但是宗教不可能造就诗人。以她的名字发表的诗歌不值得屈尊评论。"无论是作为诗歌的读者还是作为社会平等的拥趸者来说，这绝不是杰斐逊的最佳表现。

然而，杰斐逊写了关于韵律学的理论性文章，使他远远超前于革命后美国的整体社会风气。这篇文章名为《英语诗体学思考》（*Thoughts on English Prosody*），写于 1789 年，包括了与法国人 M. 德·查斯泰留斯（M. de Chastellux）来往的部分信函；因为这篇文章直到 20 世纪才公开发表，所以对本土诗歌的发展没有任何影响，但是它对于诗歌的价值丝毫不逊色于《独立宣言》，应该得到人们的广泛认同。杰斐逊的主要见解是，18 世纪诗歌中的音量和音节的韵律没有很好地体现英语语言文学的节奏性重读。绝大多数诗体学作家依然坚信，英语诗歌或者追随古典语言模式，即音步由长短音节组成，或者追随罗曼斯语系模式，即音节单位是每行中的音节数。杰斐逊反驳诸如塞缪尔·约翰逊式的权威，坚持节奏性重读应该是"英语诗歌的基础",并由其决定音节。他的观点带有民主和个人主义的特点;他使人们的注意力从书面文体和语言固有的特点上转移开。他认为,任何确定重读的规则都是不可能的,因为与音节长短不同,用法确定了重音,具有变幻无常和无法预知的特点。新古典主义的平和和一致性的理想违背了一个不可否认的事实,即不同的人在说英语的时候会使用"不同的重音强调"。"一篇段落两个人来读决不会采用同样的重音。只有内行专家才会两次朗读使用相似的重音。"杰斐逊公开反对当时人们过度追求诗歌韵律和谐的做法,提出应该认可读者的主观判断,把不确定原则或者自由原则植入美国诗歌中。

虽然数个英国和美国作家都同意杰斐逊关于重音中心地位的观点,其中包括词典编纂家诺亚·韦伯斯特,但是他对于个人经验高度肯定的论述是非比寻常的。《英语诗体学的思考》预示着浪漫主义对个人声音的强调,在美国30年内没有第二个人有如此的理论高度,直到布莱恩特发表了《关于抑扬格标准中的三音节韵脚》。杰斐逊并非超越了那个时代新古典主义所有的成见。他自己的写作风格保持着奥古斯都文学的特点,比如,他高度讲究格律,但是即便如此,他也是远远走在绝大多数美国诗人的前面,认为他所讲究的抑扬格五步格诗是没有韵脚的。在美国蒲柏风行的时候,他在布莱恩特之前就抵制押韵,认为押韵侵犯了诗人的自由,是一种倒退行为。杰斐逊坚信,诗歌中的自由如国家的自由一样,打破了束缚人类潜力的枷锁,可以带来巨大的成就。从"那些冗辞,那些缺乏活力的韵律词"中解放出来的诗人们能够集中精力来拓展他们的想象力,精炼他们的思想。因此,这位未来的总统说,如果一个人有成熟的鉴赏力,他就会发现没有韵脚的诗歌更加高贵,更加赏心悦目。"对韵律的喜好如同我们在孩童时期对小玩意和拨浪鼓的喜爱",只有当诗人完全摆脱了韵律,他们的诗歌才能使读者享受到真正的愉悦。

杰斐逊推动和普及无韵律诗歌,这显而易见与《独立宣言》中所提倡的政治自由是相吻合的;这两种努力都承认了个人主义,代表了对传统束缚的革命性颠覆。《英语诗体学的思考》写于1789年,同年发生了法国革命,威廉·布莱克(William Blacke)的《天真之歌》(*Songs of Innocence*)也写于这一年。布莱克也看到了诗歌体验与政治自由之间的联系;杰斐逊在谈到诗人应该"不受韵律约束"时说,"诗歌的羁绊已经束缚了人类"。(事实上,杰斐逊比布莱克认识到这一点要早得多,因为后者在1804年《耶路撒冷》[*Jerusalen*]的前言中才第一次谈到韵律。)当然,美学改革与社会剧变之间的联系是有历史的,可以追溯到古希腊时期;柏拉图的理想共和国中不包括诗人,因为他担心在艺术中"引进新颖奇特"将威胁到国家的安宁。在美国,

第四章 诗歌

政治、诗歌与社会秩序之间的松散联系变得更加错综复杂。杰斐逊的民主思想只有在战前的政治和社会完全转变后才能在文学中得以实现。只有到那个时候，诗歌中的两位传统的叛逆者，惠特曼和狄金森才能崛起，对已经被大众所接受的韵律进行革命——狄金森使用了返祖式的赞美诗风格和民谣式韵律，惠特曼则完全抛弃了抑扬格韵律。

第五章 小　说

　　小说与个人主义和中产阶级之间的联系一直是文学评论的主要特点，大量的历史证据可以证实这种关联。在美国，小说随着民主和经济扩张而发展。虽然小说的形式直到杰克逊时代才得到充分拓展，但是我们可以肯定，小说从其起源上来说，与市场这个社会特点串通一气。早期的美国小说显而易见是最具有私人化和商业可行性的文学艺术形式，最符合将来社会的秩序。"没有创新，小说还有什么意义？"美国第一位本土小说家威廉·希尔·布朗在他的遗作《艾拉和伊莎贝拉》（*Ira and Isabella*，1807）中提出了这样的问题；他的问题强调了人们对创新永不满足的欲望，而创新则完全区别于以前的任何文学表达形式。后革命时期的小说从原形上可以描述为"自由"的典型产物。现实的卫士们严厉谴责小说，认为小说是迎合大众口味、颠覆传统权威的流行读物。小说适合在孤独的时候阅读，主题一般都围绕个人抱负和欲望，如其名字所暗示的那样，小说也因为那些新奇的经历而吸引读者。因此小说慢慢瓦解了大家所共有的公共范围，促进了在杰克逊民主时代利己主义人生观的繁荣发展。

　　这幅熟悉的画面夸大了小说的总体情况；它有其后见之明的同时，把那些开始占有统治地位，而不是那些慢慢随着时间而消亡的特点挑选出来。研究英国小说起源的学者们已经开始把这种文学形式与中产阶级联系在一起，并且意识到，小说中保留下来的保守和"浪漫"因素促使其与个人主义胜利之间的关系愈加错综复杂。在美国小说方面，我们可以发现一个有相对细微差别的画面，本土小说既保留了进步的特点，也保留了现时代前的特点。如果说美国小说是新生事物，那么同时它也带有"旧"时代的特色，它一方面陷入到当时共产主义的设想中，另一方面致力于它所希望推翻的思想体系。

第五章 小说

虽然小说在美国是第一个能够有经济回报的文学领域，但是正如查尔斯·布罗克顿·布朗在1800年感叹的那样，小说写作在其发展初期确实是"所有行业中最索然无趣的"；"任何一个美国人在他的国家所能够得到的最大限度的回报，就是收回那些不可避免的花费。"小说有高度的模仿倾向，没有利润收入可言，它是一种过渡的形式，并且与自身有矛盾；它既是后革命时代共和主义文化的拥护者，又是19世纪自由社会的前驱。

当时的人们认为，散文体小说没有体现共和主义精神，这种不信任主要集中在散文体小说与隐私和妇女话题之间的关联上。事实上，小说对于在社会上出现的性别角色和家庭的重新布局有着特殊意义。通过把妇女重新定位为消费者，把家重新定位为享受个人隐私的地方，这个文学领域获得了通常的知名度。19世纪人们开始把普通的住宅区别于工作场所，这种区别在早期共和国时期形成雏形。对于那些居住在城市或者城市附近的后革命时代的美国人来说——大多数小说家就是如此——一个家庭生活的私人空间开始形成。随着家庭经济在共和国时期前50年的不断衰退，住宅从生产的场所转换成消费的场所，这个私人地域开始以休闲和女人为中心。男人每天离家去别的地方工作，留在家中的母亲和女儿有更多的时间投入到休闲娱乐中。她们中的许多人开始阅读一些轻松文学。

因此小说在人们喜爱的书籍中名列榜首。妇女们可以读到成册的关于神学和国家的书籍，而这些在以前是妇女们所不能涉足的领域。但是小说把妇女作为主角，主题直接侵害了妇女的利益和生活，比如求爱和婚姻。此外，一些妇女也开始创作了这样的作品，引起了人们的注意。一些评论家们抓住这种与女性的关联，证明小说与公众道德相违背。对于他们而言，小说如同一个搔首弄姿、卖弄风情的女子，使读者坠入到一个欲望和自我放纵的、幽闭恐惧的世界中，一个与公众理性和男性世界的对立面。

当然小说与印刷密不可分，由于读者在家里就可以阅读，从本质上来讲，小说是一种私人的艺术形式。不同于用口述表达的戏剧，也不同于在公共场合朗诵的早期诗歌，小说曾经是——也一直是——每个读者必须独处的经历。人们通常是一个人读小说；如果他们客观上与旁人在一起，那么他们主观上则是与周围的环境相隔离的，因为他们的注意力全部集中在小说中，这种精力集中是隐私和独处的形式。18世纪的读者经常把自己的思考写在小说书页的空白处，但是他们与书中所描写的事件和人物没有任何交流。去戏院看戏的时候，人们可以中断演出，有时候甚至强迫演员在某些场次中进行修改，但是小说的读者根本没有能力对小说所描写的内容进行任何干预。这种被动与主观上的投入可以解释为一种错误的意识，一种意识形态上的幻觉，腐蚀了共和主义所提倡的参与态度。

正如在第三章中所指出的那样，小说与本杰明·富兰克林之间的关系由来已久。他给这个文学领域留下了第一个美国烙印，其发表于1793年《自传》的删节本带有许多小说的艺术特点。与富兰克林的这种联系又一次指出了小说在自由主义方面的努力。富兰克林代表了日趋上升的流动性和对个人利益的追求，小说本身是一种"成长中的"领域，正在争取成为高级艺术形式，为赢得大众的喜爱而努力。富兰克林代表了个人拥有的权利即每个人都有把自己的愿望放在高于家庭职责之上的权利。这位年轻的叛逆者拒绝加入到家庭的杂货店买卖中，与兄弟一起在完成合约前就辞工，他的经历使他完全可以成为早期小说中的传奇人物。在那些小说中，往往都有主人公违抗父母命令的情节，富兰克林本人也经历了无数充满危机的冒险，"远离我父亲的视线和督导"；他完全依靠自身的奋斗。最终他成为一个国家的偶像，清楚地证明了无数小说中主人公的个人主义所具有的重大意义。

富兰克林经历的一个方面与女性作者有着特殊关联。富兰克林通过出版作品而成名；因为文笔的卓尔不群而成为世界上令人瞩目的人物。在年轻的时候他就发现，口头演讲可能是一种危险的媒介，它容易使演讲者口无遮拦而引起激烈的争论。富兰克林设计了一种说话模式，它提倡间接迂回的方式，以保留意见和犹豫取代强调语气的陈述，同时他认为，把作品印刷出版是帮助人们隐藏自己身份的一种方法。这些都是与女性紧密相连的特点，富兰克林本人在出版自己第一部作品时也是以女性的面目出现。他给哥哥的报纸《新英格兰报》（*New-England Courant*）投稿时使用了笔名"塞伦斯·杜古德①（Silence Dogood）"。这个笔名集中表现了共和国早期妇女所处的困境——整个社会希望女性"做好事"而不留名——但是富兰克林把它颠倒了过来：他提倡通过在作品中发表自己的观点来"做好事"。由此他为许多美国妇女树立了榜样。她们没有在公共场合发表意见的权利，那么写小说是一种阐述观点的方式，同时她们也可以通过阅读书籍来进行更深度的思考。

但是富兰克林与此的关系仅仅记录了早期小说事实的一半，本身有些含糊不清。许多小说家也不承认这个费城人是小说的代表人物。在我们看来，

---

① Silence Dogood：英文中 silence 的意思是"安静、寂静"；Dogood 的意思是"做好事"，放在一起有"沉默是金"的意味。这个笔名有劝诫人们做好事而不声扬的意思。——译注

他们对于那些通过自我进取而成名的精英们抱有重重疑虑。同样，这些小说家对于自己的艺术能力也持有怀疑的态度。由于对小说的虚构特性感到不自在，小说家们在宣传自己的作品时都声称，"事实"、"真相"或者"最新事件"是他们写作的依据。他们把这些故事叫做历史和史实重述，其素材来源是大家所熟悉的报纸。小说一直标榜自己是事实的客观编年史，在这一方面，它比任何其他形式的艺术领域都有过之而无不及。

18世纪小说的这些标志性特点表达了这种形式的双重身份，它既代表了现代化的趋势，又表现出对个人主义的不安。虽然作者们对事实准确度的追求反映了当时的科学性倾向，但是同时也表现出对虚构自由的不信任。艺术再造被认为是自我的展现而不被大家所接受。吉尔伯特·伊姆莱认为，忠于事实远比创造性的想象重要得多，他把现代著作权公告的内容作了180度的逆转。在《移民》(*Emigrants*, 1793) 的扉页中，他骄傲地声明："（书中的）每一点都可以找到事实的原型。"艾萨克·米切尔（Isaac Mitchell）是《精神病院》，又名《阿隆索和梅丽莎——一个真实的美国故事》(*The Asylum*; *or Alonzo and Melissa. An American Tale, Founded on Fact*, 1811) 的作者，他假设一位读者就故事中情节的不幸转折产生疑义时提出了以下的问题："难道我们不是在详述事实吗？我们应该用虚假的修饰来掩盖事实吗？我们应该描写真相还是歪曲真相？我们应该用自然的笔调还是艺术的笔调来作画？我们真的是描绘生活的原汁原味还是对生活进行加工？"

在某些作家手中，幼稚的现实主义的宣言只不过强调了小说这个文学领域的不稳定性——米切尔奇异怪诞的故事就属于这一类。在相对后期的一些作品中，人们可以看出，小说的趋势在保存历史和过度表达情感之间摇摆不定。基于事实而写的颂歌经常充斥着不可能发生的情节。但是这种忠于事实的宣言可能预示着对社会的真正投入。小说家们希望使那些有可能在任何一个人身上发生的事件重新活跃起来，用语言向读者诉说从中得出的教训，因为这些事件的的确确在某些人身上发生过。真实性增强了小说对读者的教育权威。人们普遍相信，一个真正发生的故事意味着人们可能会更容易从心底接受故事的教育意义，这个文学领域通过告诉读者哪些行为应该效仿，哪些行为应该摒弃而更好地服务于社会。

18世纪小说重述和刻板的特征——在今天看来是如此的单调乏味——为小说的公共目的作出了贡献。因为小说的目标是教育大众，所以可预知的事情比"新颖"更加有效果。在此，尽管这个领域高度依赖出版业，但是它开始转向口头讲故事的形式。熟悉的模式被多次重复，赋予了讲述故事以仪式的气氛，令人回想起口述语篇。因此现代读者发现，想要找出一个故事与另

○革命时期和建国初期的文学

一个故事之间有什么区别,那是难上加难的一件事:落入俗套的人物——天真的处女、时髦的色情骗子、心烦意乱的父母——以及老生常谈的情节在接二连三的书中出现。当时的人们也难以区分这些故事。正如苏珊娜·罗森近两个世纪前所说的那样:"现在大约有两千部小说,它们的开头和结尾完全相似"。

小说非常重视情操的修养,以至于警句、格言在小说中是家常便饭,这是早期小说接近口述文学的一个表征。由匿名作者发表的《艾米莉·汉密尔顿》(Emily Hamilton,1803)(这部小说的作者在一个世纪之后被确定为苏基·威克瑞[Sukey Vickery])中到处都是说教性的陈述,根本看不出与其他作品之间的差异。下面这些话被认为是这位女作家所写:

逆境……对于人来说是再普遍不过的事;每一个逆境不仅有不幸同时也有生活的乐趣。

忧伤使心肠变软,使心灵高贵,使人更有能力接受美德。

在每一种生活的乐趣中,一些苦涩总是掺杂着最美味的甜蜜。

以上这些句子读起来像是放之四海而皆准的真理;它们既不是说话者所说,也不是作者所言。与其说它们是一个有名有姓的人的话语,倒不如说是社会所接受的大众智慧。

传授道德忠告,尽管有些陈腐,依然是小说的头等责任。当然,对于评论家来说,小说家们并不是睿智的良师,而是色情骗子或者妖妇;正如塔比瑟·藤内所指责的那样,小说家们传授"虚假的、浪漫的爱情",使那些"朴实的女孩受到极大的伤害,甚至使她们最终走向毁灭"。藤内自己创作了《女堂吉诃德》(Female Quixotism,1801),这部小说讽刺了阅读小说的有害后果;如其他小说家一样,她的作品服务于社会所接受的公共目的,没有此文学领域中被众人所批评的缺点。最普遍的类比是教书和育儿,只有极个别的小说家承认诸如自我表现这样的个人抱负。苏珊娜·罗森在成为全职教育者之后不久,甚至提议完全放弃小说写作,尽管后来她改变了主意。在作品《鲁滨和雷切尔》(Reuben and Rachel,1798)的扉页中,当她谈到年轻人应该通过读书和默想来接受教育时,直截了当地灌输道:"带着极大的关心,在他们单纯、天真的心灵里播种对虔诚和美德的爱。"

也许可以这么说,这个时代半数的小说都采用了相同的叙事技巧。这些作品都是书信体,以在两个或多人之间书信来往的形式讲述。因此一部小说中融入了多个不同的声音,使小说带有集体努力的特点。在威廉·希尔·布朗创作的《同情的力量》中,与哈灵顿和哈利埃特相关的叙事围绕着六个人之间的通信展开;除了那对情人以外,还有麦拉·哈灵顿、沃兹、霍尔姆兹太太以及哈灵顿的父亲。汉娜·福斯特的《卖弄风情的女人》包含更多、更复杂的人物,信件来往于伊利莎·沃顿、她的母亲、桑福德上校、博爱厄牧师、露西·弗里曼、理持曼夫妇、塞尔比先生以及朱利亚·格兰比等人之间。由多个人之间的书信组成的叙事使个人创造的思想处于下风;它所传达出来的讲故事的概念就是几个人之间相互勉励、互诉衷肠和提出建议。

简而言之,小说并非命中注定就带有个人主义的特点。从它的体裁和修辞方面来看,这个领域与共和主义更加一致,而非 19 世纪的自由和私人价值。寻找小说的社会和文化母体实际上就是重新面对这个前现代时期。后革命文化的地方风尚压制了早期小说个人主义的音符。对于后来注重体裁的读者而言,对英国模式的模仿比对历史事实的忠实要明显得多。美国故事的写作一直受到约定俗成的文学传统的影响,更加没有创意,仅仅满足于对英语文学先驱所创作过的主题、人物进行再创作。理查德森式原型是诱惑类小说的主流;而讽刺类小说最具影响的人物是亨利·菲尔丁(Henry Feilding)。其他在美国备受推崇并被广泛模仿的作家还有安·瑞德克里夫的哥特式小说、威廉·戈德温(William Godwin)的目的小说,以及劳伦斯·司特内的《特里斯特拉姆·珊蒂》(*Tristram Shandy*,1760—1767),同时让-雅克·卢梭的作品让美国人了解并熟知了对感性的狂热崇拜。

著作权法和经济阻碍一起限制了小说获得私人财产地位的努力。它们不利于小说的出售,使作者不能获得作品的所有权,阻止了小说写作成为一种职业的发展进程。首先,经济的原始状态决定了只有凤毛麟角的小说可以获得经济上的回报。在后革命时期的美国,出版书籍的成本非常昂贵,绝大多数书籍的定价远远高于普通人的承受能力。即使读者能够买得起小说,销售商也不敢保证市场前景。出版带有明显的地域化,书籍的发行由于交通的不便而受到影响。

法律条例是书籍获得经济利益的另一个障碍,这些条例不仅没有造福外国作家,也没有给条例原本想帮助的本土作家带来任何益处。因为英国的书目在这个国家不能获得版权,出售的价格远比本土作品低得多。印刷商们急于盗印国外小说,根本没有动力来鼓励美国的作家。罗耶尔·泰勒小说中主要人物阿普代克·昂得黑尔在阿尔及利亚被因困 7 年之后回到自己的祖国,1797 年他谈到再版英国小说泛滥的现象时抱怨说,同胞们已经抛弃了"他们祖先严肃的布道和实际行动上的虔诚,转而追求(外国小说家的)那些稀奇古怪的故事和堂皇的不虔诚"。战前时期在美国出版并有广大读者的绝大多数

○革命时期和建国初期的文学

小说都是由欧洲人所写：1789 年至 1800 年之间大约出版了 400 部小说，其中只有 37 本为美国作家的作品。直至 1820 年，本土小说的数量也不过区区 90 部，自国家独立以来平均每年只有 3 部。

苏珊娜·罗森是这个年轻国家最畅销书《夏洛特·坦布尔》的作者，作为欧洲移民，她饱受了法律条例对版权规定的苦难。当她来到美国之前还是英格兰居民的时候，罗森就开始写作。因为《夏洛特·坦布尔》最早于 1791 年在伦敦发表，比罗森移民到美国的时间还早两年，所以它没有美国版权；当她到达美国的时候，全国各地到处都是作品的盗版。费城的马休·凯瑞于 1794 年第一个出版此小说的美国版本，1797 年他把小说改名为《夏洛特，一个真理的故事》，这只是那些自由改动小说原稿的出版商中的一个例子。之后各种版本大量涌现，一些章节被随意增删，但是从没有任何人提到过原作家的名字。1812 年凯瑞告诉罗森，《夏洛特·坦布尔》的销售超过了"在英国出版的任何一部著名的小说。我认为卖出去的小说远远超出 5 万册，而且热销的劲头有增无减"。虽然罗森有可能对小说的受欢迎程度感到些许满足，但是除此之外她也没有什么可表露的了。形形色色的出版商获取了所有权带来的回报，而她自己则不得不干一些与文学毫不相干的工作以养家糊口。

为美国作家所制定的版权根本没有制止偷盗行为。近似于剽窃的行为在形成期经常出现，因为似乎没有作者能够认识到，小说中的人物、事件甚至整个段落可以是个人财产。虽然莎拉·伍德在《道沃尔》，又名《投机者———部以最新事件为基础的小说》（*Dorval*；*or the Speculator*. *A Novel Founded on Recent Events*, 1801）中向读者保证"道沃尔这个人物和历史不是虚构的"，但是显而易见，对于伍德来说具有决定性的"最新事件"就是一年前查尔斯·布罗克顿发表了《亚瑟·莫文》（*Arthur Mervyn*）。伍德借用了布朗所描写的投机者的故事，塑造了她小说中恶棍及造假者形象威尔拜克，对于受法律保护属于另一位作家的故事进行恣意的使用而丝毫没有感到良心的谴责。《格伦卡恩》，又名《青春的失望》（*Glencarn*, *or The Disappointments of Youth*, 1810）的作者乔治·沃特斯顿（George Watterston）的剽窃行为更加厚颜无耻。他的小说就是对《亚瑟·莫文》的重述，主要人物为一位自称是"美德的狂热者"，因为自己的鲁莽和对人性天真无邪的信任而陷入困境。沃特斯顿捍卫美国文学不受英国的评论，他抄袭了好几位著名的本土作家的作品以示其爱国主义，其中不仅有小说家，同时也有剧作家和政治作家的作品。一场发生在剧场的情节完全照搬了泰勒的《比照》，其中格伦卡恩把波多马克河与申南多河交汇处描绘为"壮丽雄伟，令人油然生敬，其美丽超越了我一生中所见过的所有景色"这段话是对托马斯·杰斐逊原话的释义，后者曾在《弗吉尼亚

第五章 小说

州札记》对同一处景色进行了描述。

事实上，很少有美国作家不怕麻烦而去申请版权。比如在马萨诸塞州，1800 年至 1809 年间所发表的作品中，只有不到十分之一受到了法律的保护。保护一件文化产品的独家所有权，而这件产品几乎没有带来经济效益的可能性，这对于许多作者来说实际上是麻烦多于好处。其他作者无疑都抱有上层社会对写作的嫌恶心态，并且很高兴看到自己写的书以公共财产的形式进入到社会中。绝大多数的小说家有着类似的成见，所以他们尽可能在公共场合隐姓埋名。因为这些作家不愿意把自己的名字与一个被社会所不接受并引起道德怀疑的艺术形式相连系。1820 年以前发表作品的本土小说家中，只有不到三分之一的人把自己的名字印在作品的封面上。其他作家要么选择匿名写作，要么利用笔名来掩盖真实身份。福斯特和伍德都宣称，自己的作品是"一位马萨诸塞州的女子"所写，这样的词句充分表明当时作家们并不过于关心金钱的回报。

大量的早期作家不愿意承认自己的作品，根本不可能确定一部作品的所"属"。三分之一的作者不为人所知；还有一大部分作家的身份直到 20 世纪才得以发现。《同情的力量》被以赛亚·托马斯宣传为"美国第一部小说"，但是实际上这部小说的作者另有其人，很长一段时间里人们认为真正的作者是波士顿诗人莎拉·温特沃兹·莫顿；甚至今天我们把小说的真正作者认定为威廉·希尔·布朗也纯粹是一种推断。米切尔的哥特式惊悚小说《精神病院》，一直到战前时期都受到欢迎，其历史更加奇特。最初，小说于 1804 年以连载的形式登在纽约泊金普斯（Poughkeepsie）的《政治晴雨表》（*Political Barometer*）上，1811 年小说以版权书籍的形式重新发行，封面上有米切尔的名字。一直到 1850 年，小说经历了大约二十次的重版，但是除了似乎非常明确的合法拥有权之外，这些重版的版本都不是米切尔两册书原有的内容。它们只是同样发表于 1811 年的、名字改为《阿隆索和梅丽莎》，又名《无情的父亲》（*Alonzo and Melissa*; *or, The Unfeeling Father*）这本小说的删减和剽窃版，此书的作者被认为是一个叫做丹尼尔·杰克逊的人。杰克逊从来没有受到版权的为难，可能是因为米切尔和他的出版商在 1812 年都去世了，米切尔作为真正作者的身份直到 1904 年才被最终确认。

在早期共和国不能拥有自己作品的人群不仅仅是作家，绝大多数读者也不能真正拥有自己的书籍。小说的定价太高，普通人都买不起。当时技术工人一天才挣 75 美分，而单册小说居然价格高达 1 美元，两册的小说价位在 1.5 美元至 2 美元之间。对轻松文学感兴趣的工薪阶层通常从社会图书馆或巡回图书馆借阅小说，借阅费每年才 6 美元，他们负担得起。因此除了外在的

627

革命时期和建国初期的文学

相似之外,1800年大众读书的情景与今天相比有极大的不同。比如说,《白色噪音》的（*White Noise*,1985）一位当代的读者应可能拥有这本书,但书封面上依然标明邓·迪利洛（Don DeLillo）是版权拥有者。《同情的力量》的读者手里拿着的书可能不属于他们自己,同时作者的身份也可能在一百年里依然模糊不清。

但是后革命时期小说首先是变化过程中的一种形式,与逐渐衰退的社会制度和新兴的、慢慢占据主导地位的新社会制度的价值都没有共同之处。如果说小说采用了叙事的形式是一种继承的话,那么它同时也瓦解了这种形式。它把故事转变成可以出售的商品,用个人的声音取代了集体的声音。"我们……在小说写作这个生意上还是新手",詹姆斯·柯克·鲍尔丁1823年指出,"（我们）在一定程度上是受到诱惑才进入到市场,正如那些从事烟草或杂货生意的人一样,因为我们看到其他人在生意上兴旺发达。"鲍尔丁是欧文和库珀的同僚,他记录了开始于30年之前的美国首批小说商品化的成熟过程,尽管小说这种形式的本质和发展方向有些摇摆不定。对于共和主义文化的任何一个标志来说,人们可以举出完全对立的标志说明小说越来越致力于个人主义;但是有时候这些标志又难以辨别。

这种模棱两可在书信体小说的自我概念中变得明确。早些时候有人提出,书信体小说——这个时期在美国尤其流行——作为一种手段重新塑造了这个时代的公共理想。从一个稍微不同的角度来看,书信体小说横跨在前现代主义的业余性和标志着杰克逊年代的文学商品化之间。从某种意义上来讲,书信体小说很明显是较为古老的、存在于印刷文化中的"签名"模式的残余物。书信来往于相互熟知的人之间,是一种秘密的、手写形式的交流;17世纪晚期和18世纪早期的纯文学保留了这些私人交往的特性——阅读人群有所限制,出现的形式为手稿而非印刷版本,对金钱有一种超然的态度,而且作者们都还没有完全职业化。但是书信体小说也表明,小说正朝现代商品文化转化,因为带有如此内容的信件与其说是写给他们虚构的收信人,倒不如说是写给陌生人的。纸面上印刷的文字同时是信件形式的非商业性交流,出版的小说在市场上可以换来钱,然后被阅读群中相互不认识的人所阅读。虽然旧的模式依然存在并清晰可见,但是它已经完全被商品形式所渗透。在同一部书信体小说的书稿中,你可以同时发现倒退的潮流和新兴的潮流,写作不为出售的信念和写作就是商品的信念;这之间根本没有差别。

小说在其类型和合法性上的模棱两可在主题的层面重组。尤其在那些以诱惑和婚姻为主题的小说中,人们可以发现一种相似的在公共主义和个人主张之间的举棋不定。求爱—诱惑情节至少在两个方面试图去适应变化。年轻女子下定决心为自己的情感和性生活做主,并经常违背其父母的意愿,这就是情感个人主义历史的一部分。虚构文学中,诱惑变成了一个非常有趣的问题,因为人们普遍认识到,在现实生活中,达到结婚年龄的女孩子们都希望对自己的命运有支配权,不愿意成为别人的附属物而言听计从。诱惑小说不仅对此种发展提出了警告,同时又表达了隐约的赞许。

婚姻—诱惑情节无一例外地讲述女性角色在经济地位上的沉浮,它们往往与关于社会流动性的小说融为一体,或者说是携手并进。如果小说家们想得到读者的共鸣,在那么在18世纪的美国,命运突如其来的跌宕起伏越来越成为家常便饭;不断扩张的经济中,社会风气和财产的形式正在造成社会的混乱。在这个方面,小说也同时包含了现代化精神和残余痕迹:虽然它们认可自我奋发为中心的个人主义的信条,并清楚地表明了其赞许的态度,但是它们同时也痛惜,在新秩序中产生了那些暴发户和骗子们,并试图把社会流动性回归到停滞不前的状态中。

《夏洛特·坦布尔》和《卖弄风情的女人》是美国早期小说中最受欢迎的两部作品,主题是关于情感越界,小说对所描写的行为表示了强烈的反对。罗森和福斯特都带有教师的气质,她们写作的目的是规劝那些年轻的读者们,应该克制自己不正当的欲望。她们两人精于教学,善于循循诱导,罗森建立了一所享有盛誉的女子学院,并除了小说以外还出版了六七本课本,福斯特在其另一本书,也是除了《卖弄风情的女人》以外唯一的一本中,扮演了学校教师的角色,那就是收录了说教性信件的名为《寄宿学校》(*The Boarding School*, 1789)的小说。

《夏洛特·坦布尔》和《卖弄风情的女人》的成功可能部分归功于对法国革命的保守性退缩。18世纪90年代中叶这种反应就非常明显,那时恐怖的血腥形象已经使美国人清醒过来。在美国读者的理解中,罗森的小说有可能已经带有了一定的寓意,即来自外国的诱惑者背叛了纯洁的无辜之人。虽然书中令女主人公一步步走向深渊的三位角色中两位是英国人,但是都有法国的姓氏:拉鲁、蒙特拉维尔和贝尔库。《卖弄风情的女人》题目中的用词"*the coquette*"是法语词,意思是"卖弄风情",同样具有其政治性含义。自由精神以外来幻觉的形式感染了美国人。主人公伊利莎·沃顿沉溺于追求独立,但是她对自由的欲望过于强烈,最终遭受重创,未婚先孕,走向了生命的终点。

两本小说的主题都告诫读者,抛弃家庭责任和把自我放在第一位是多么危险。虽然罗森本人在自己的生活中非常独立,但是在她的畅销书中,她依然赞美子女的孝道和女性的顺从。"噢,亲爱的女孩们,我写作是要告诉你们",她在典型的一段文字中这么说,"不要听信爱情的声音,除非这个爱情得到父母的同意……当冲动与宗教和道德背道而驰时,向上帝祈祷获得力量来抵御冲动。"罗森讲故事的方式进一步强调了小说所提倡的人们应该对他人承担义务的主题。小说的第一章描写了夏洛特·坦布尔在寄宿学校的生活,第二章跳到夏洛特的父亲以及他年轻时候的慷慨大方,而第三章则转向夏洛特外祖父埃尔德里奇先生(Mr. Eldridge)的不幸。人们可以感觉到,个人的生活深深地与两代人的生活紧密相连,并非孤立和独立的。这本小说强烈支持人们应该相互依赖的传统价值:埃尔德里奇先生搬来与女儿和坦布尔同住,组成"快乐的三世同堂";当夏洛特因为分娩私生女儿而死去时,她的父母很愉快地承担了抚养婴儿的责任。

但是罗森的小说也考虑到了女性读者的感情,她小说内容的局限性在于对"父母同意"和"冲动"的认可。夏洛特的堕落源于感情过于丰富;而这一点正是作者和小说读者共有的特点。夏洛特经常脸红,似乎不能控制她的情感,她是一位用来告诫读者的人物,因为她"屈服于变化莫测的心","更加喜欢陌生人的爱,而不是朋友们充满爱意的保护"(在此罗森指的是她的家庭)。但是在子女的忠诚和感情的自我实现之间建立起来的等级被夏洛特父亲的例子混淆了。坦布尔先生既可以说是他女儿所有行为的原型,也可以说是受害者:他在年轻的时候就决心"根据心灵的引导而结婚",所以他宁愿与自己的父亲决裂而不愿意屈服于没有爱情的婚姻。

另外,罗森鼓励年轻的女性读者去释放感情。她谴责那些无动于衷的读者,反复唤起读者"情感的心"为夏洛特的命运"流泪叹息";第三十三章描写女主人公去世时,作者警告说"那些没有感情的人不要读这个章节"。此刻,带有作者印记的感情主义超越了小说所倡导的道德意义。对于这个文学领域的评论家来说,教育家—小说家一定和那些对夏洛特的死负主要责任的人是一丘之貉:法语教师、拉鲁小姐,他们鼓励了学生对蒙特拉维尔上校的痴迷。

罗森对情感作用的赞颂含蓄地重新定位了妇女的位置,把她们从家庭的边缘地位拉到了中心。她承认,能够深深地感受并哭泣通常被认为是女性的缺陷而受到鄙视。但是因为眼泪是"人性神圣的表现",所以哭泣展现了一个人的主观性而非弱点。拉鲁小姐对夏洛特的痛苦漠不关心,表现出了她超自然的邪恶。而那些高尚的男性角色,如坦布尔先生和埃尔德里奇先生,完全没有无动于衷地控制自己的情感,而是经常"出声地抽泣","放声大哭"。罗森在描写当中插入了一些话,谴责那些有可能对此提出批评的读者:

如果有人寄希望于他自己的哲学思想而看不起那些迁就女性弱点的男性

的话，他应该记住，男人也是父亲，那么他就会对源自一颗高尚、宽宏心灵的眼泪表示同情。

在罗森热情洋溢的叙事中，男人通过效仿女性的行为而充分表现他们富有同情心。

《卖弄风情的女人》是一部更加"冷静"的小说，它使用了书信体格式，避免作者观点的介入。伊丽莎·沃顿不是一个容易上当受骗的清纯女子，她30多岁，世故老练，向往女性解放的未来。她的父亲为她选定了未婚夫，而未婚夫的去世唤醒了她主宰自己命运的欲望。"一件悲伤的事件打破了强加于我身上的家长制锁链。让我充分享受那种向往的自由吧。"两位追求者争夺伊丽莎白的好感：博埃尔先生是一个牧师，他表现出"高尚的能力"以及对上帝的忠诚，代表了旧时代理性的、共和主义的价值观；圣福德少校是一位投机家，显然是有钱的纨绔子弟，他怂恿伊丽莎追求享乐，预示着19世纪分裂的、将要形成的社会体制。这两个人物可以比喻为大家所熟悉的英美小说中的那些美丽但没头脑的女性角色，而伊丽莎则代表了男性的角色。福斯特的女主角争取以自己的意愿选择爱人的权利，不受别人意见的左右，而且她颠覆了性别角色，因为她发誓永远不停止追求，除非她"实现了所有的愿望"。

小说严厉地惩罚了这种情感独立的主张。伊丽莎的卖弄风骚疏远了博埃尔，她最终成了有妇之夫圣福德的情妇。绝望的女主人公在路边的小客栈中难产而死，"身边没有一个朋友"，正如她的墓碑上所写；一个陌生人躺在众多陌生人之间，她的命运预示着新秩序不为人所知的黯淡前景。福斯特通过情节和人物来进行道德训导，尤其是伊丽莎的朋友露西·弗里曼（Luci Freeman）①。露西·弗里曼劝告人们要克制自己的情感，甚至在她结婚要放弃具有象征意义的娘家姓时，竟然表现得欣喜若狂。当然，这种放弃自由人地位的行为与当时的女性地位相吻合。18世纪的美国妇女既没有选举权，也不能担任职务，而且在婚后禁止拥有任何财产。

福斯特的小说提醒读者警惕，不要把"现代"家庭弱点当成道德的卫士。如果伊丽莎的堕落是因为她过分追求自由的话，那么她的家庭也应该因为没有尽到责任而受到谴责。小说的第一章浓缩了从包办婚姻到情感婚姻的过渡，其过渡的结果就是父母不再愿意监控孩子们的行为。伊丽莎根本不顾忌母亲的惩罚，公然与圣福德在自己的房间里睡觉。沃顿太太"不愿意过问整个事

---

① Freeman，在英文中的意思是"自由人"，结婚时放弃娘家姓同时意味着放弃做自由人。作者选用这个词作为人物的姓是由其意义的。——译注

○革命时期和建国初期的文学

件",总是适时消失,以免撞个正着。此弱点不单单表现在这位胆小的寡妇身上。圣福德的妻子南茜的父母最初反对这门婚事,因为圣福德过于放荡不羁。"但是南茜不习惯也不能忍受相反意见;为了不惹她生气,他们就对她放任自流。"福斯特是一位保守的新英格兰联邦主义者,她与罗森在子女必须顺从这一点上观点相同,但是她认为,家庭现在处在一片混乱状态中,希望能够重新恢复家庭对未婚子女进行监控的传统角色。

《卖弄风情的女人》直至今日依然魅力不减,主要是因为小说对女主人公表现了毋庸置疑的同情。最后一章中透露了伊丽莎的年纪——她当时三十七岁——这无疑对读者来说是一个意外,因为整个小说中,她是所有人物中最富有活力、最朝气蓬勃的一位。她先前曾经屈从于父亲的意愿,再也不愿意第二次失去自主权,人们很容易就可以理解她的不情愿:两个追求她的男人似乎都没有吸引力。圣福德是个浅薄的人,虚荣心极强,他对财富的热爱胜过他对任何女人的爱。华而不实的博埃尔举止更像父母而非情人。女主人公公正地评述她的母亲"用尽心机把他塑造成一个好妻子,比把我塑造成好妻子还要煞费苦心"。福斯特本人是牧师的妻子,她在创作中给读者留下这样的印象,即牧师的职业正在江河日下——某种程度上来说在18世纪90年代事实可能如此——同时她暗示,生活在小城镇中,受到无数人警戒眼光的监视,简直是压抑之至,不可忍受。

福斯特反个人主义的讯息与她作品中对主观性和欲望的接纳不相符。小说里卖弄风情的情节与小说教导性之间激烈斗争。伊丽莎坚持按照自己的意愿行事,使她身陷麻烦,但是同时也使她成为这本书最有趣、最具立体感的人物。她的朋友们——那些没完没了地评论她的行为的人——自己也感觉到了这一点,甚至在谩骂她道德缺失时也是如此。众多逼迫伊丽莎屈从于他们意愿的人,用圣福德的话来说,组成了"(维持秩序的)民防团",更加凸现了她的个性。但是无论福斯特多么希望恢复老派的警觉,她依然情不自禁地提倡,隐姓埋名(没有个性)才是个人自由的基础。独立自我的代价可能导致在未来将没有群体的存在,但是至少这种未来使人们逃离了那些吹毛求疵"朋友们"的无休止的盘根问底。

此外,虽然福斯特在讲故事的过程中没有出现作者本人的意见,证明了其对感情放纵的警告,但是整个故事都在鼓励女性读者的理性自由。巧妙的手法和迂回的策略取代了说教,每一位读者必须对伊莉莎的命运得出自己的结论。甚至在扉页中,她也没有对小说宣扬的道德做任何的说明。福斯特希望女性自己进行思考和判断,同时作为一位爱国者,她憎恶女性脱离政治生活的行为。一位次要主角的热情洋溢的女权主义演说很明显是作者自己观点

的表露:

> 如果社会繁荣昌盛,享有财富和自由,难道我们不能分享幸福的果实?如果社会处于压抑、动荡不安的状态,难道我们不也得忍受其邪恶的后果吗?那么,为什么爱国只是男人们的事情?政府关注的中心是社会的安宁和秩序,我们作为这个社会的一分子,为什么对此不闻不问?

以上这一段显示,把诱惑小说仅仅看成私有化的媒介有其局限性。福斯特把读者的注意力引到公众事务上,正如罗耶尔·泰勒和休·亨利·布雷肯里奇一样。她的目的是挑战父权制,带有政治意义。虽然此段的最后一句赋予了整个段落力量,但是福斯特,一如朱迪丝·萨尔金特·莫瑞和革命一代中具有雄才辩论的其他成员,在共和主义写作风格中找到了一种表达方法,使政治权利扩展到妇女阶层。

《夏洛特·坦布尔》和《卖弄风情的女人》既关于诱惑又关于社会动荡。两部小说中,反面角色为了渴求社会地位和财富,追求经济利益而不择手段的表现威胁到了道德秩序。夏洛特·坦布尔被骗子抛弃,最终陷于贫困,而她诡计多端的前任老师拉鲁小姐则嫁给了克雷顿上校,过着奢侈豪华的生活。有罪的人在社会中地位高贵,这使人产生一种困惑,意识到"命运是盲目的……否则,为什么我们看到傻瓜和流氓都生活在社会的顶层,而那些有美德的人则沦落到贫困的深渊"。

拉鲁地位的提升实际上是对放任主义新思想的谴责。她的飞黄腾达并不是因为她理应如此,也不是因为她给别人带来好处,而是因为她的贪婪超越了任何人。罗森不允许一个没有美德的人继续存在,因此她附加了一个结尾——或者说是改了结尾——结尾的章节发生在主要故事之后的10年。结尾中,拉鲁被那个最终醒悟过来的丈夫所抛弃。拉鲁最终的结局是沿街乞讨,她是一个"令人触目惊心的罪恶的例子,虽然小说的开头她富裕满足,但是最终她只有走向痛苦和耻辱"。

《卖弄风情的女人》中作为社会流动性例子的人物是圣福德少校。他也被迫为暂时出现的成功而受苦。对于伊莉莎而言,他的"生活如王子般极尽豪华",伊丽莎痴迷于他奢华的生活习惯,实际上是前者道德缺陷的表现。但是事实上,圣福德已经挥霍了所有的财产,不得不与一位女继承人结婚。到故事的最后,他又使妻子倾家荡产,被迫出卖所有的一切来应付债权人。

这两部作品在社会经济方面的道德教育以及书中所坚持的堕落的人必定以贫困告终的信念,安抚了人们由于不断增长的流动性所带来的焦虑。罗森

◎革命时期和建国初期的文学

太过于戒备,其实公正的奖罚在现实世界中很少尽如人意。小说家希望补偿现实生活中的不平等,他们的愿望与对阶层和社会凝聚力的喜爱相吻合。许多作家不赞成往社会高层爬,并对独立以后盛行的更加具有流动性的社会环境表达了惊讶和不解。这些作家认为,经济环境正在受到不断扩张的市场和财富不固定形式的影响,变得越来越动荡不安:财富像是伪造者的笔创造出来的一样,积累和消亡全在转瞬间——如小说《亚瑟·莫文》和《道沃尔》一样——或者随着沉船而消失。

后革命小说中随处都是人物财产情况的快速转换,这表明小说题材在一个似乎心血来潮地分配奖惩的经济面前迷失了方向。流星般的发财致富和突如其来的破产贫困使早期小说的情节错综复杂。《精神病院》中的阿隆索·哈文顿——他的名字在玩"有"和"没有"的文字游戏①——失去了与他所深爱的梅丽莎结婚的机会,其原因就是老哈文顿,一个商人,经历了生意上的失败,整个家庭"在一瞬间从富裕的顶峰跌到穷困和贫瘠的山谷"。在丽贝卡·拉什(Rebecca Rush)的《凯尔罗伊》(Kelroy,于1812年匿名发表)中,一个贪婪的寡妇因为一场大火而沦落为乞丐,又因为中了六合彩而一夜暴富,这些偶然的事件悲观地模仿了"那些以金钱为目的的商人们极易碰到的致命变化"。

数不清的作家与汉娜·福斯特的观点相同,认为这个世界带着面具,没有特色可言,生活在这个世界上社会出身来路不明的人,他们的道德品质从外表上也很难判断。《凯尔罗伊》中充斥着经济和社会的混乱状态,书中品行不端的马尔尼先生被描述成"不知道从哪里蹦出来的一个人;他在世界上的成功秘诀无人知晓;这些人的后半生所致力于的事业就是从脑子里抹去对前半生的记忆"。早期的小说随处可见"新人类",通常都带有消极的含义;调查信不仅在商务来往中而且在社会事务中都非常重要,这是一切牢骚、不平的源泉。《女堂吉诃德》在这一方面表现得淋漓尽致,调查信成为故事情节中不可缺少的一部分。爱尔兰冒险家欧康诺(O'Connor)在女主角的父亲坚持必须有人能够担保他的信誉时,不得不假造了一份介绍书,随后造假被发现,他的真实身份被曝光。在伍德的关于投机公共证券和乔治亚土地的小说《道沃尔》中,身份体现的是各种不同形态的易变资产。甚至一个人的名字也不是一笔安全的财富:莫利上校(Colonel Morely)原来的名字叫威尔逊,之所以改名字是为了继承遗产;道沃尔洗礼的名字是哈兰德,同时也叫福勒;女

---

① 哈文顿:人物的名字英文是 Haventon,发音近似于英文中的"have not"和"haven't one",故作者说这个人物的名字是在玩文字游戏。——译注

主人公奥莱利亚（Aurelia）在整个故事中前后有五个不同的姓，其中最后一个叫伯灵顿，是她结婚后获得的名字。

女性在恋爱小说中总是面临着这种名字的更改，不仅意味着在婚姻地位上的变化，同时也意味着社会地位上的变化。一个极端但并非不典型的例子就是在《精神病院》中出现的婚姻和流浪汉之间的纠缠不清。布鲁姆菲尔德上校要求女儿梅丽莎必须在两个追求者之间做出选择：

> 幸福和痛苦正在等待你的选择；与博曼（Bowman）结婚，你将乘着四轮马车到处旅行，身着绫罗绸缎；你的家具金碧辉煌，马车和侍从威武壮观，你与上流社会的人来往周旋，整个家庭因为你的飞黄腾达而幸福融融；如果你与哈文顿结婚，你将变得卑微，一辈子吃不饱穿不暖，为生存而烦恼，你的社会关系和朋友都将弃你而去，对你嗤之以鼻。

按照艾萨克·米切尔所说，这种公式的不公平在于它没有考虑到经济机遇；在像美国这样的国土上，没有人被判终生是身无分文的流浪汉。

在此，小说的个人主义含义首当其冲。绝大多数小说家同意米切尔经济主动性的观点，认为如果市场孕育了骗子和投机商，那么市场同样鼓励个人通过自己的努力取得成功：对于每一个托马斯·威尔贝克（Thomas Welbeck）来说，总有一个亚瑟·莫文（前提是莫文本人要有进取心）。小说本身是所有文学形式中的暴发户，是一种潜在的投机行为（或者说是"冒险"，米切尔形容小说写作时使用的词），它对小说中出现的富有野心的冒险家们抱有压抑不住的同情。即使拉什对那些新富没有任何信任可言，那也阻止不了她对自力更生精神的肯定。虽然诗人凯尔罗伊由于父亲投机生意的失败而穷困潦倒，但是拉什依然写道："他的才华和勤奋将使他不费吹灰之力就可以在世界上立足。"本土小说家热衷于把本杰明·富兰克林加入到关于经济地位奋争的小说中，作为白手起家的典范。富兰克林是《阿尔及尔的囚犯》和《精神病院》中的角色之一，另外在《亚瑟·莫文》中，他作为背景出现，是莫文从一文不名的穷光蛋崛起为富豪的榜样。在米切尔的小说中，作者利用富兰克林来说明，没有人一生注定要忍受贫困。由于他的介入，哈文顿一家的命运峰回路转，阿隆索享有了他合法的社会地位，使主人公能够与梅丽莎喜结良缘。

然而，人们依然对富兰克林原型作为野心家获得成功的代表性持有怀疑态度。作家们不完全信服具有美德的人无一例外都能够成功的观点，他们不能摆脱对经济流动性的焦虑。一些作家重新开始做白日梦，幻想有一种社会秩序，在这种社会秩序下变化仅仅影响了社会连贯性的表面，而没有任何实

○ 革命时期和建国初期的文学

质上的变化。事实上,阿隆索只不过是官复原职,重新回到了起点。他的经历更新了那些遭到社会放逐的人的模式,以一种先被降低后又恢复社会地位的传奇人物的面貌出现;不再强调他与富兰克林直线型的经历所形成的鲜明对比。詹姆斯·巴特勒(James Butler)的《命运的足球》,又名《莫秋提奥的冒险》(*Fortune's Foot - Ball*; *or*, *The Adventures of Mercutio*, 1797)是一部标准的流浪汉小说,讲述不懈追求的故事,主人公同样是经过曲折的道路重新回到了起点。小说的最后一段总结了流浪汉固定的发展历程:

> 我已经完成了所有的设计,我的主人公在他的游历中经历了变迁兴衰,最终回到自己的家乡,重新回到忠诚的朋友和亲爱的家人怀抱中,享受到幸福的极点,同时获得了美丽的伊莎贝拉的芳心,又过上了舒适安逸和富足的生活。我的故事就此告一段落。

莫秋提奥的命运可以说是一大批美国小说的代表——但绝不是全部小说——在这些小说中,富兰克林模式与社会稳定的旧时理想相互较量,并以两种思想中和而告终。

泰勒的《阿尔及利亚的囚徒》和布雷肯里奇的《现代骑士团》是这个时期比较具有影响力的作品,它们是流浪汉体裁的小说,以"男性"形式展现了小说的不同冲动。两部作品都信奉公共领域优先,回归到喋喋不休的说教。泰勒的小说实际上分为两部分:第一卷是随心所欲的嘲讽,第二卷以教化和事实陈述为重心。第一卷讲述了阿普代克·昂得黑尔在美国的游历,在所有嘲笑奚落的对象中,尤其讽刺了清教徒的不容异说、空而无用的传统知识、医生的不称职以及南部人的虚伪造作;该卷对国人的弱点提出了严厉的批评。第二卷用了大量篇幅来讲述昂得黑尔被海盗俘虏的经过和在阿尔及尔的六年囚犯生活。阿尔及利亚习俗和历史的描写与对奴隶制的攻击交替出现,把一部挖苦嘲讽性的小说转化成颇具教育和劝导意义的作品。笔调转化的高潮处,作者赞美美利坚合众国是"全宇宙中最自由的国家",并呼吁支持联邦政府:**"团结我们就会胜利,而分裂我们就会灭亡。"**(BY UNITING WE STAND, BY DIVIDING WE FALL.)

泰勒的爱国主义不仅仅在结尾部分表露无遗,整篇小说都彰显了他的爱国主义情结。扉页中,他谴责了全国上下对英国小说的疯狂,认为那些小说利用充满魅力的罪恶画面和偏见使"年轻的女性"读者陶醉其中,从而对"她自己祖国朴素的生活习惯"感到厌恶。泰勒把小说的读者想象成女性,因为他希望赢得她们的心,从而接受改良过的情感概念。他所希望的本土文学作品中，小说的情感或者"诱惑"的力量应该服务于公共精神。他作品的主人公昂得黑尔在一艘名叫同情的船上接受了医生的职位，在威廉·希尔·布朗的小说《同情的力量》中，"同情的力量"促使人物之间进行乱伦，而在泰勒的小说中，同情带来了公共利益。昂得黑尔身为奴隶，亲身经历了那些被剥夺了自由的人所经受的痛苦。"（他）心灵中细微的情感"被唤醒，变得更加富有同情心，成为一位更加坚定的爱国者。"让那些无视我们的联邦国家所带来的祝福的人们，像我一样生活在一个奴隶制的国度，他们将领悟如何来感激我们自由政府的价值。"小说的第二卷让读者领教了同样的教训；读者们被从自满自足的生活中唤醒，通过昂得黑尔的痛苦经历，认识到奴隶生活的苦难。《阿尔及利亚的囚徒》同泰勒的喜剧《比照》一样，把情感融入男人世界。小说把情感作用政治化，这样情感就变成公共道德的表现媒介，而不再是鼓励那种备受批评家指责的女性的自我放纵。

　　矛盾的是，泰勒书中的爱国主义动机使他的小说与抵消了他共和主义和国家主义信条的历史运动并存。他给感情的力量进行了限定，但是他在这方面的能力远远不如威廉·希尔·布朗和苏珊娜·罗森。虽然泰勒一度的合作者约瑟夫·丹尼说《阿尔及利亚的囚徒》只被"很少人"认可，但小说的观点和主张逐渐消失了，而不再保持小说卓尔不群的特性。泰勒完全的博爱不仅延伸到白人囚犯，而且延伸至黑人奴隶身上，把巨大的压力引入这本书中，此压力就是正在兴起的自由主义，它提倡所有的人应该享有独立的人格。因为感情而加速形成的自由主义的意识形态要求结束南方"罕见的制度"，将最终打破泰勒所希望维持的联邦统一。小说真实地描绘了南方的生活情景，呼吁"新英格兰的主要精神……即正义之心"，展示了奴隶制的恐怖画面（奴隶交易商们把生病的奴隶扔到海里，还向昂得黑尔解释说这些人"愿意死"）——所有这些元素都被哈里叶特·比彻·斯托和其他战前作家们进行了重新塑造。这些作家中有许多是女性，她们的作品激发了人们废除奴隶制的情绪，一定程度上促进了内战的爆发。

　　在布雷肯里奇的多卷讽刺文学《现代骑士团》中，共和主义的自我否定与个人主义的自作主张之间相互敌对，具体表现在法拉格上尉（Captain Farrago）和他的爱尔兰随从提格·欧·里根（Teague O'Regan）身上。整本书的生动和幽默来自这两个人物之间的冲突，虽然布雷肯里奇同情的是上尉，但是他对于提格那种永远不放弃在世界上奋争的精神也勉强给了一些赞许。布雷肯里奇认识到，法拉格堂吉诃德式的保守主义与越发讲求平等、越发贪婪的社会是南辕北辙。上尉拥护公众人文主义意识形态——他的观点经常受到作者的支持——这种意识形态根本没有能力说服提格放弃他永不疲倦的抱负。

○ 革命时期和建国初期的文学

当无知的"爱尔兰农民"发奋要成为哲学家、牧师、少校和国会议员的时候，法拉格就向他灌输智慧、知识和为了公共利益而牺牲个人利益的重要性。他的座右铭是"让修鞋匠握住他的修鞋楦吧"。对于布雷肯里奇而言，法拉格代表的"贵族阶层"与提格代表的"普通民众"之间的斗争激励了自由的产生；正是这种"发酵（纷扰）"使"民主精神"富有活力。法拉格时常能够成功地抑制他仆人的野心，这并非是他劝告的结果，反而归功于他的操控能力，比如有一个情节中，他编造了一封来自对手的信，向提格提出决斗的挑战。本书的前半部分在1792年至1797年之间以连载的形式发表，在这部分中，两位主人公都没有占到上风。

《现代骑士团》的后半部分在1804年至1815年之间分三个阶段发表。如《阿尔及利亚的囚徒》的第二卷一样，这个部分中的讽刺成分减少，增加了说教训导。上尉作为主角慢慢隐去，布罗肯里奇本人经常站出来用自己的声音谴责提格的自以为是，对多余的民主进行长篇累牍的演讲。讽刺和反语在这部分中演变为滑稽的模仿。布罗肯里奇在描绘西方殖民地的生活时，对大众的意见和民主进行了淋漓尽致的嘲讽。第一部分中支持提格竞选议会议员的那些人，根本不考虑提格是否有足够的资历，声称所有的竞选人都没有什么差别，现在他们把同样的逻辑使用在动物身上。当一个边疆定居点颁布一个新宪法的时候，他们规定动物有资格参加投票和竞选政府职位。布罗肯里奇不厌其烦地重复书中关于限制谋求官职者野心的"伟大寓意"，但是在一个人人选举黑豹担任政府职位、允许野猪进入酒吧的社会里，他的劝告如同上尉的劝告一样颇具堂吉诃德精神。

具有讽刺意味的是，《现代骑士团》中布罗肯里奇对日渐普遍的我行我素行为的不满融入了个人主义的表现。他摒弃了纯文学转而对读者进行教育训导的做法显示，他自己遵循19世纪的思考方式。第二部分的绝大多数篇章都写于1815年，这正是美国浪漫主义时代的开端时期。随着作者越来越公开和直接地表达个人观点，人们对文学的印象是在聆听冗长乏味的个人表白，其中不乏个人主义精神的表露。浪漫主义的"我"在共和主义教导者（或者讲道者）的笔下得到具体化。

第二部分中的布罗肯里奇越发自由地发表自己的观点和抒发感情。他解释说自己创作的目的是"休息和减轻痛苦"，如果读者对此有怀疑的话，他建议读者去查阅他的另一本书《1794年宾夕法尼亚州西部的起义》(*Incidents of the Insurrection in the Western Parts of Pennsylvania in the Year* 1794)。书中骑士的瓦解来自作者同样的观点，但是似乎与故事的共和主义基本原则不相协调。布罗肯里奇建议其中的一个章节应该"在下一版中省略"；他在故事中发现，

"手稿中这个地方好像有些接不上，或者有几页放错地方了。编辑没有把故事编纂得完整。"最终完稿的小说在形式上比较混乱，这与小说所声称的忠于社会秩序和阶层的宗旨相冲突。这本书是一部自我意识浓厚的大杂烩，但是它更接近那些致力于清除社会地位差别的民主大众，而不是那位上尉。为了竭尽全力批评当时的社会风气，《现代骑士团》鹦鹉般喋喋不休地重复它所谴责的那些疯狂逻辑、自我关注和任性的现代特征。

早期小说能够把前现代和个人主义的愿望结合起来的这种能力到19世纪20年代已经开始变得明朗。20年代末欧文和库珀在这个方面有了突破，他们重新构想了历史或者事实与主观性之间的关系，给小说的形式带来了新的反思。约翰·尼尔（John Neal）和塞缪尔·伍德伍兹（Samuel Woodworth）——这两个作家现在已经没有多少人阅读他们的作品了——当他们表现出旧模式的穷尽时，预见到了浪漫主义革命的到来。当尼尔与埃德加·爱伦·坡为友时，他利用本土素材创作了一系列历史浪漫文学作品，在19世纪20年代享有盛名，但这种盛名昙花一现；可读性最强的《雷切尔·戴尔》（Rachel Dyer）出现在1828年。纳撒尼尔·霍桑在悲叹本土文化发展之缓慢时提到了尼尔："我们的文学成长如此缓慢！我们有前途的绝大多数作家已经过早地去世。其中就有那个疯狂的家伙约翰·尼尔，他差点用那些浪漫故事冲昏了我年幼的头脑；他肯定是早已去世，要不然他不可能让自己保持如此缄默。"上述话写于1845年；实际上，多产作家尼尔的写作生涯一直持续到镀金时代①，1875年才去世。

伍德伍兹写了《自由的战士》（The Champions of Freedom，1816），这是由美国人创作的第一部真正的历史浪漫主义文学作品，是库珀《间谍》的先辈。他是一位文学上的万事通，是当时著名的剧作家，并创作了流行歌曲《老橡木桶》（"The Old Oaken Bucket"）而为人所知，这首歌成为战前诗集必定收录的条目。尼尔和伍德伍兹作为小说家都没有持久，因为他们都未能像欧文和库珀那样战胜越发不稳定的小说形式。他们的作品显示，1812年战争之后浪漫主义感性的兴起加剧了美国小说内部的分歧，在这种压力下，美国小说开始分裂崩溃。

尼尔作为小说家的处女作发表于1817年，乍一看这部作品似乎下定决心要粉碎过去。《保持冷静》（Keeping Cool）毫不留情地歪改了所有18世纪的

---

① 镀金时代（Gilded Age）：美国历史上一个经济繁荣但社会弊病日益严重的时期，时间大约为内战结束后的二十余年。"镀金时代"一词来源于马克·吐温和沃纳合著的同名小说。——译注

革命时期和建国初期的文学

文学传统习俗。尼尔在标题页上标明,此小说是为"某人"而写——随后认真地告诉读者这个名字是虚构的——然后在名字前面加上"绅士"的字样,嘲讽了当时作者们隐姓埋名的姿态和假派头。题献中"献给国家的女性们"的字样说明,作者将有意回避读者提出的小说没有价值的抗议——一旦读者们真的相信他怎么办?紧接着的是作者对自己作品的评论,其中他表示并不赞同小说为国家的文学声誉作贡献的观点,反而主张"真正的爱国主义……是从不张扬的"。评论讥讽了诸如《每月诗选》和《门廊》(尼尔本人也是合伙人之一)那样的上层社会杂志的炫耀性博学。小说的开首句使用了斜体字印刷,宣称"热内亚人克里斯托夫·哥伦布于1492年发现美国"并且引用了诺亚·韦伯斯特字典作为佐证;另外还有十六条脚注,绝大部分都完全没有必要,占据了整整九页的篇幅。戏弄讽刺一直延伸至第一章,此章节的主要人物是一位老人,他自称是这部小说的作者,并公开宣布他完全不能接受"事实必须准确"的标准:"我从来不从现实生活中寻找人物——我的人物都是自己(创造)的。"尼尔的小说题目本身就是在嘲笑感伤小说对读者情绪的感染力。小说的高潮处,作者经常打断故事的叙述,要求读者"保持冷静",然后用冗长啰唆的语言再迂回到故事的情节中。

如此的逗趣可以与欧文相提并论,表现出从共和主义责任中解放出来的想象力。除了发出保持冷静的命令以外,文中的想象力具有明显的浪漫主义色彩——对传统不屑一顾,漠不关心社会实用性,为自我而神魂颠倒。尼尔的恶作剧充满了个人主义的感性,一直都有支配整个故事的趋势。这一点指的是《保持冷静》所特有的多种身份,它既是讽刺类小说,又是爱情小说,同时又是冒险类小说。滑稽模仿的评论附加上一个再普通不过的情节,年轻的恋人经历了分别和考验,最终有情人终成眷属。尤其在第二卷中,模仿的口气渐渐减弱,故事的讲述蜕化成小说所奚落的模式:一个多愁善感的小说,其间点缀着说教训导。关于决斗、印第安人的境况以及死刑的长篇大论占据了主要篇幅,使读者的注意力不再集中在这对恋人的困境上,尼尔零星的冷嘲热讽似乎完全不合时宜。这样的结果就是不和谐的自相矛盾,一方面是充满热情的教育和劝导,另一方面又抵消了这种作用。尼尔对后革命时期小说的进程感到不满,但是到那时为止,他还没有找到任何方法对此进行改进,所以只好采用取笑和嘲讽的方式。他后来写的历史浪漫主义文学试图重演库珀的辉煌,但是人们主要记住的是他小说中骇人听闻的暴力和色情挑逗,在这个方面,他远远超越了他的榜样。

在历史小说的创作领域中,库珀既是效仿者,又是先驱,这不仅仅指在大西洋的彼岸的瓦尔特·司各特爵士在写作韦弗利小说。其他本土作家中,

第五章 小说

杰拉米·白克拿朴牧师的《傅雷斯特一家》(*The Foresters*, 1792) 是一部关于殖民地与英国之间斗争的寓言体小说，罗森为那些对"她们的祖国"感到好奇的学校女生所写的小说性课本《鲁滨和雷切尔》纵览了从哥伦布的航行直至今日的美国历史。罗森的作品尤其提醒人们，早期的小说如何把对事实和教育的关注转为类似于历史浪漫主义文学。《鲁滨和雷切尔》主要以国家发生的事件作为故事的背景，而伍德伍兹在《自由的战士》中则提倡"个人的事件……与公共历史的线索"相互交织。这部爱国小说有一个令人难忘的副标题"神秘的酋长。一则以结束于1815年3月的美利坚合众国与大不列颠之间的战争为基础的19世纪的浪漫故事"

《自由的战士》可以被认为是早期小说的尾声，这本书中形式的矛盾最终发展成公开的冲突。伍德伍兹的小说显示，调和小说的公共事实面与它致力于个人成就之间的矛盾非常困难，甚至是完全不可能的。据扉页所言，此小说既是公共道德的真实纪念碑，"最准确、最完整地记录了最近发生的战争历史"，又是一部浪漫故事，其"唯一的目的"就是表达艺术家的个性，故事非常新颖，与"发表在它之前"的任何作品都没有相似之处。虽然后面的故事据认为无论是作为"历史还是小说"都具有可读性，但是人们依然不能把它当成艺术品来阅读。

"爱情和爱国主义"这两种力量——书中的一个章节采用了这样的字眼——完全不能和睦共处：它们之间的仇恨在主题上变得清晰可见，导致了小说在风格上的差异。一个叫做神秘的酋长、具有超自然力量的印第安人不厌其烦地警告主人公乔治·华盛顿·维罗比(George Washington Willoughby)，不要"把应该献给国家的热情投入到"他青梅竹马的心上人身上，"因为你的国家需要你，而且需要一个专心投入一心一意的你"。维罗比绝大部分时间都在前线，他坚持写日记，记录战争中每天的情况；在书中随处可见那些毫无生气的事实堆砌，如他所参加的所有战斗的记录，包括军事布置、军事策略实施的详细记载以及英勇献身的官兵的名单（有时名单中会有多达50个人的名字）。而同时，浪漫的爱情故事也在发展，这个爱情和诱惑的故事似乎是从其他类似《夏洛特·坦布尔》这样的小说中来："那个获得了预期效果的恶棍从沙发上一跃而起，粗鲁地把她搂进怀中，双臂紧紧地拥住她，使她产生了片刻的眩晕，搜寻着她苍白的嘴唇，吮吸着唇与唇相接的甜蜜。"

很明显，伍德伍兹所说的新颖有许多夸张的成分，然而库珀的历史小说中有些段落还比不上他。但是我们不能忽视他们之间的延续性：伍德伍兹是本土小说的先驱，他的弱点和过失正是库珀的成功之处，他的雄心由这个国家第一位伟大的小说家而实现。从《间谍》开始，库珀的作品显示出早期小说身份危机的损害。这些小说是军事行动和浪漫的爱情纠葛之间的杂交，到处充满着毫无特色的人物和情节冲突，拙劣地调动读者在"敌对的阵营和爱情的温巢"间奔波，其拙劣程度可以与《自由的战士》相提并论。伍德伍兹的神秘酋长甚至有可能为库珀小说《间谍》中的人物、高深莫测的哈勃提供了灵感；小说的结尾处，这位印第安人露出了真实面目，成为"华盛顿精神"的化身。但是库珀在改变历史为私用方面大大超越了伍德伍兹。《自由的战士》的作者把历史事实当成客观的纪录，与人物的内心世界几乎没有任何直接关联，而库珀则把历史重新构思为个人经历。他把"事实真相"当成一块画布，任何一位艺术家都可以不受事实的限制，在这块画布上恣意挥洒他的想象力。

第六章 查尔斯·布罗克顿·布朗

1789年查尔斯·布罗克顿·布朗18岁，他发表了一首纪念本杰明·富兰克林的诗歌，结果发现印刷商犯了个错误，"出于热情或者无知，抑或是两者兼有，（把富兰克林的名字）替换成了华盛顿"。布朗在日记里称，这个失误把共和国的军事伟人变成了一位纯粹的哲学家，"使整个话题变得滑稽可笑。这首拙劣的赞美词中的每个字眼都是对华盛顿直接的诽谤，当时人们就是这么认为的。"

布朗事业中早年发生的这个事件可以看成一个比喻，预示着在一个共和主义理想占据主导地位的社会中，成为自谋生计的作家——一位文学上的富兰克林式的人物——是多么的艰巨和困难。大量的文字把这个国家第一位"权威"小说家与白手起家的费城印刷工相联系，后者热衷于写小说，并在早期的出版物中采用了女性角色。如富兰克林的《自传》一样，布朗的小说公开承认这些是写作的产品，因此是印刷文化的产物，而不是先前在美国占主导地位的口述模式。在布朗的手中，本土小说实现了它自己的身份，即中产阶级公开关注社会流动性和个人自我成就的领域。在他的作品中，反复出现同情妇女和关注女性权利的主题，这一点与富兰克林的小说有着相同之处。布朗决心把文学当成职业而不是绅士的业余爱好来对待，一直努力希望通过他的笔来赢得独立。他没有达到这个目标，很明显是因为他所生活的社会不能支持职业作家阶层，这在当时以农业为主的社会中可以理解。但是除此之外，布朗成为小说家的理想最终破灭，还因为他把小说这个媒介重新定位为个人形式而非公共形式。在1800年，美国文化中公共精神和集体的导向依然胜过个人主义的导向：华盛顿精神使富兰克林精神黯然失色。

如果我们把上述解释当成定式，那么这个比喻就太过简单，没有对布朗

○革命时期和建国初期的文学

作出公正的评价,因为他一直赞成文学艺术应该属于并服务于社会的观点。从一开始他就强调写作的说教视角。为了说明小说具有好的影响,他自觉努力地去除小说给人带来的不好的联想。在宣传他第一部成书小说、现已丢失的《空中散步》(*Sky Walk*)的广告中,布朗把自己描写为"讲故事的道德家",他的目的不仅仅是取悦"无所事事、毫无思想"的人们,而是吸引"那些善于学习和思考的人"。《维兰德》,又名《变革》(*Wieland; or The Transformation*, 1798)是他真正出版的第一部小说,其中小说家的形象稍有改变,成为"道德画家";小说意在阐述"一些人类道德的重要方面",再次重申了布朗对严肃读者的关注。

布朗在小说社会职责上的重心导致了他作为艺术家缺乏创造力的后果。小说作家应该追寻真理,而不应该为了炫耀自己的创造力而编造一些巧妙的事件。"事实是小说之本",布朗在宣传《空中散步》的时候如此断言,这句话可以适用于他所有的小说。《维兰德》声称是基于"一件真实的案件",一件在《费城密涅瓦报》(*Philadelphia Minerva*)上报道的令人厌恶的谋杀案,布朗认为"绝大多数读者"将会非常熟悉。他还利用一些众所周知的事实或者"历史证据"来描写老维兰德自发的暴怒和卡尔文的口技;他开创了在文中使用脚注为故事提供佐证的方法,后来的一些小说家如詹姆斯·费尼莫尔·库珀和赫尔曼·梅尔维尔都纷纷效仿。

布朗尊重历史事实和社会功用性令人费解,主要是因为他所列举的事实引起了人们的怀疑。他的作品动摇了人们对共和主义文化认识论的固有观点。《维兰德》很容易被人们看做是对早期小说所宣称的忠实事实的驳斥或者滑稽的模仿,那种忠实就是想当然地认为人们对小说中的事实有所了解。布朗故事中的许多"事实"不可能发生的程度之高足以引起人们的怀疑,而且他所列举的证据通常都带有私人玩笑的意味。如在晦涩难解的脚注中,为了解释老维兰德之死,他让那些好奇的人不仅要去参考"马菲星系和丰塔纳市的研究",还要去看关于医学和佛罗伦萨的学术杂志。我们如何知道这些事?令人信服的证据应该是什么样子?这些关于神秘的声音和感觉数据的问题一直处在小说的中心地位;小说的内容并未提供令人满意的答案。布朗在文中提出的一个或者几个寓意同样没有起到教育作用,反而使读者更加迷惑不解。故事的讲述者克拉拉·维兰德用不同的方法劝导人们不要欺骗,应该接受良好的教育,不要对宗教过于狂热,要警惕自己的弱点。小说中不易理解并相当雄辩机智的说教,实际上认可了读者的主观判断。克拉拉在第一页中鼓励说:"只要你认为合适,怎么理解这个故事都是正确的。"在最后一页中她说:"我希望你从故事中得到道德教育。"

第六章 查尔斯·布罗克顿·布朗

布朗不愿意对读者进行道德训教,因为他认为虚构性的故事,无论它们有什么样的好处,与演讲和布道这种公开说教的模式有着内涵上的不同。他强烈地感觉到,小说作为一种新兴的文化产物完全不同于口述表现形式。公共演讲需要直接面对听众,比较拘泥于形式,而演讲人并不重要。进行布道的牧师面对教区的教民,但是他的言辞并非个人观点的表露。布朗意识到,小说是口头表达形式的转化,是拉近距离、表达个人观点的媒介,这种思想渗透在他小说的方方面面。他的艺术与美国整体文化中影响深远的转变并驾齐驱,这个转变就是从口头表达形式转为与写作和印刷密切相关的多种价值标准并存的运动。

在布朗所有的小说中,口头表达和书面写作分得一清二楚。文化中一种类型的语篇向另一种类型的转化看起来似乎已经使两者都引起了人们的注意,在文学作品中同时出现,以便人们进行比较和评判。一般而言,早期的小说在某种程度上都带有这个特点,比如说18世纪的作家们都喜欢采用书信体的形式进行写作,而书中的主人公都扮演作家的角色。但是布朗几乎是痴迷于说、听、读、写各个方面,在当时这样做的人凤毛麟角。他的小说到处都是放错了地方和被人发现的手稿,每个人物都难以抑制地倾诉他们的生活经历,与此同时其他人物充当热心的听众,被人截获的信件和被人偷听到的谈话、剽窃、造假以及口头模仿随处可见。在他的虚构世界里,写作能带来许多特殊的收获,不能仅仅当成一门手艺来看待:包括亚瑟·莫文和史蒂芬·达德利(Stephen Dudley,《奥蒙德》中康斯坦丁的父亲)在内的人物们都找到做抄写员的工作。人们经常反思口头交流和笔头交流的含意。同一部小说中的主角埃德加·亨特利在故事开始就谴责写作的苍白无力,因为它缺少演讲的"表情和手势"。《亚瑟·莫文》中的人物既不相信"无辜的表情和口若悬河的嘴巴",又批评小说是二手经历。

笔头取代口述在《维兰德》中有着重要的象征意义。布朗的第一部小说提出,在口头的、面对面文化中产生的态度在18世纪晚期不在形成的文字占主导地位的社会秩序中是非常不恰当的,甚至是危险的。维德兰一家与他们的好朋友普雷耶尔(Pleyel)同属一个说话者和旁听者的传统世界。这些志同道合的人们形成了一个团体,他们崇尚彬彬有礼的谈话,经常上剧院欣赏节目,赞赏"罗马式的雄才论辩"。西塞罗的半身像——共和国演说家的偶像——矗立在神殿的门外,克拉拉的兄弟西欧道为了娱乐家人,朗诵这位著名雄辩家的演讲,并伴有恰当的"手势和抑扬顿挫"。对于维兰德一家来说,交流的产生不能有距离,而应该是以互动为基础;他们认为交流中最重要的

○革命时期和建国初期的文学

是直接和亲密无间。他们有一个倾听意见的历史，并解释这些意见有一个确定的来源，老维兰德和他的儿子都认为来源就是上帝。西欧道对黛蒂发出的迫切恳求——"我应当被允许见你"，"只要你出现，我就会证明我的感觉正确无误"——这些都表明，整个家族都渴望能够直接面对每句话的"作者"。

布朗的故事戏剧性地表现了获知意见来源的困难，指出了维兰德一家相信直接经验的弱点。当卡尔文，那个"巧舌如簧的骗子"出现在田园诗般的乡村隐居处时，维兰德一家深深陷入各种误解中，最终以悲剧告终。布朗对口技的兴趣表现出他对写作本性的入迷。卡尔文有伪装声音的天赋，这使他具有作家的威力，即不用直接面对观众就可以进行交流的能力。如克拉拉所说的那样："他本人不在场的情况下也能说话。"虽然卡尔文的动机不纯，但是如果书中的人物不一味坚持交流就是一种简单的对话的观点，他绝不会给大家带来任何的伤害。他们被口技者的表演所误导，因为在他们的想象中，人一定就在他发出声音的地方。他们希望所有的交流都是口头语言的直接互换。

布朗在《维兰德》中的风格以及他所有小说的风格都进一步说明，写作和演说是两种截然不同的表达意见的方式。他的作品似乎在很大程度上讽刺了"作家式"的文本，在这种文本中与读者的接近让步于作品的媒介作用。许多学者已经注意到，布朗喜欢把一个故事套在其他两个、三个甚至更多的故事中，所以故事的讲述就离原始的说话者更远。这种迁移的模式，像《维兰德》中人物竭力想淡化而实际上事倍功半的那样，使读者对作者身份产生了同样的怀疑。这种看似巨大的倒退使人们难以判断印刷在纸面上的文字到底来自何处，提醒人们应该小心谨慎。布朗过分喜爱使用被动语态，进一步隔离了读者和作品之间的关系。随意挑选一段关于克拉拉的叙述就是一个非常典型的例子，可以充分说明这个问题："那些神志清醒的人与普通人不同，但如我们一样是道德和自愿的执行者，他们一定存在于某处，这个事实几乎不能被否认。得到他们的支持，人们可以达到仁慈或者恶毒的目的，这个事实也是不能被反驳的。"这一段中，布朗的文字充满了占优越地位的印刷文学的思想意识：他创造了与作者有一定距离但又声称是享有书面文字地位的作品，旗帜鲜明地与口头演讲划清了界限。

布朗以写作速度快而臭名昭著，他的这种快速写作也与他认为写作是口头文化对立面的观点相符合。口头艺术非常依赖那些利于记忆的公式化手段，重复、排比、暗示、谐音、和音是荷马史诗和其他口头艺术创作的明显特点，而布朗小说突出的特点就是完全没有这些元素。他的故事总是发生得匆匆忙忙，未加润饰，似乎写作的时候因为速度太快而没有时间考虑结构上的连贯

第六章 查尔斯·布罗克顿·布朗

性。(事实上,布朗三年内发表了六部小说。)他小说中的句子可能过于冗长、玄之又玄,但是也经常有一个短句子接着一个短句子、断断续续的情况,给人以匆忙完成的感觉,很像18世纪欧内斯特·海明威的文字。

布朗轻率的写作特点与他对拉丁语派生词的迷恋——他写作很少使用日常会话语言——以及使用一些妨碍和混淆情节的技巧背道而驰。他的书中没有很多平行发展的故事和预兆,而一些离题、松散的故事线索和次要情节比比皆是。他总是看起来迷失了方向,介绍人物和事件的目的就是为了忘记他们。《维兰德》中有一个例子,那就是路易莎·康韦(Louisa Conway)一家。布朗在小说的前部就提到了他们,然后他们就消失得无影无踪,直至两百页之后小说的最后一章,布朗才三言两语地打发了他们。这些奇怪的特色给几乎所有的读者们都留下了深刻的印象,它们导致其作品超乎寻常地散漫。准确地说,它们是粗制滥造的作品带来的缺陷:布朗仓促中的粗枝大叶表明了作者希望摆脱读者记忆、争取自由的观点。他的作品不遗余力地宣传印刷出版形式。他快速的写作风格、情节中的回想和记忆错误与口头文学中为了帮助记忆而使用多种写作技巧的手法截然对立。

布朗的小说对由口头文学而激发的态度进行了批评,这总是使人们把他的小说与压制新共和国发展的分裂因素相提并论。后革命年代对业已确立的权力机构的巩固相当于印刷出版业的"反革命"。这场革命的目的是反对那些美国社会中居住在一个口头亚文化中的人们,在这个文化中,除了圣经和年鉴,其他的书似乎都不存在。这些人,其中包括对政府不满的北部农民和全国所有地区的福音派新教教徒,都通过诸如即席布道和政治性演讲等大众所喜爱的口头形式来表达思想;他们属于口语民族而不是书面语言民族。他们不恭顺的表现给战后生活在动荡不安中的社会精英们发出了警告。有意压制他们的运动降低了大众交流的直接性;这场运动的高潮就是书面文件的出台,即宪法。

宪法在确立印刷出版思想意识的地位上起到了关键性作用。联邦契约是政治意义上的《维兰德》。詹姆斯·麦迪逊在《联邦党人文集》第10篇中指出,煽动政治家在当地亲自出马活动是最具危险性的,宪法通过授予国家政府至高无上的权力来应对这种威胁。宪法反对古典共和主义鼓励平民积极参政的理念,反对领导人严格的义务职责,它通过复杂的联邦体制,削弱了统治者和被统治者之间的联系,使权力机构远离平民大众。实质上,宪法在政体上复制了书面写作的基本特点,即与口头表达不同,它没有作者的出现。

布朗对"印刷"这个模式的迷恋还使我们想起他的小说与商业兴起之间

○革命时期和建国初期的文学

的关系。在美国，印刷的统治从历史角度来说，既与政治有关，也与市场有关。对于传播知识和印刷物来说，贸易是一个必不可少的动机——也许甚至是最重要的动机。除此之外，贸易与共和国向以中介关系为基础的现代社会的转化密不可分。18世纪的农业经济依赖面对面的交易。慢慢取代农业经济的商业体制采用远程交易，通常中介就是商品。如印刷和议会政府一样，商业用间接交易代替了直接交易。正如布朗关于商业城市的小说《亚瑟·莫文》指出的那样，商业导致了不带偏见的进化。

《维兰德》之后，布朗接二连三地发表了三部小说，希望确立自己共和国一流小说家的地位：《奥蒙德》，又名《秘密的目击者》（*Ormond*; *or The Secret Witness*，1799）、《埃德加·亨特利》又名《梦游者回忆录》（*Edgar Huntly*; *or Memoirs of a Sleep-Walker*，1799）以及《亚瑟·莫文》又名《1793年回忆录》（*Arthur Mervyn*; *or Memoirs of the Year* 1793，1799—1800）。他热心于扩充美国小说的题材，使小说的形式朝着原创方向发展，扩大小说在有知识教养的读者中的声誉。对于布朗而言，"无所事事、毫无思想的人"是那些沉溺于多愁善感的爱情小说中的人，他们中绝大多数应该是女性。这位小说家对塞缪尔·理查德逊以及18世纪读者们阅读的大量的挑逗性诱惑小说评价不高——这些故事集中都描写女主人公为浪漫爱情而经受的煎熬，小说的题目都取自女性的名字：《帕米拉》、《克拉丽莎》、《夏洛特·坦布尔》。这些书无意中确认了公民—人文主义的偏见，即男性（men）追求公共美德（public virtue）——拉丁语中，vir代表男性——而女性作为重视隐私和情感的动物，对共和主义的道德产生了威胁。那种小说是女性类型，在美国社会中没有位置。

布朗致力于一种带有教育意义的共和主义文学，这就使他的作品从某种程度上具有文化中的性别双重性。从小说题目的选择上可以看出，他决心抵御小说的女性化：1789年至1800年之间他发表了四部主要的小说作品，都是以男性命名。然而在其他方面，布朗不赞同公共—人文主义者对女性的怀疑态度。他对现代印刷出版业的布局、个人自我实现和小说的迷恋使他对女性有认同感。他的早期对话《阿尔昆》（*Alcuin*，1798）呼吁两性之间的平等，他四部主要小说中的两部，尽管书名中用了男性的名字，但更多的篇幅用在了女性人物身上。《维兰德》可以叫做《克拉拉·维兰德》，而他第二部小说《奥蒙德》实际上是关于康斯坦丁·达德利的故事。这种对女性看法的摇摆不定和矛盾情绪始终贯穿了布朗的整个写作生涯。

《奥蒙德》是关于女性独立和政治阴谋的小说，它把大众喜爱的诱惑小说变为理性和野心的混血儿。布朗描写了一位少女反抗玩弄女性感情的骗子的简单情节，其中他加入了出人意料的起伏跌宕构思：康斯坦丁·达德利渴望

第六章 查尔斯·布罗克顿·布朗

获得经济上的自立,这对18世纪的女主人公是非同寻常的;康斯坦丁与她朋友索菲亚·韦斯特委(SophiaWestwyn)之间近似"浪漫激情"的亲密关系,以及对妇女困境的反思,回应了《阿尔昆》中提出的观点。例如,康斯坦丁拒绝了一个人的求婚,因为作为生活在后革命时期美国的女性,一旦她成为妻子,她就丧失了自己的个人身份:"还没有拥有财产,她自己倒成为别人的财产。"

与小说名字同名的恶棍不是一个普通的骗子。奥蒙德是一位乌托邦式的阴谋家,他以理论为基础向康斯坦丁求婚,是一个伪装大师,精于模仿。他试图利用理性的辩论引诱康斯坦丁上钩;当无功而返的时候,奥蒙德被她的智慧和强烈的个性深深地吸引,放弃了自己的原则再次求婚。他最后企图强奸康斯坦丁,这个情节对布朗而言是对流行小说的妥协;女主人公在一个荒无人烟的乡村居所手持刀刃刺向企图侮辱她的骗子,标志着对歌德式情节剧的回归。康斯坦丁以具有一个性感的女性的面目出现在下面两个人物中间,一个是奥蒙德依赖的情妇海伦娜·克莱维斯(Helena Cleves),另一个是奥蒙德残暴的姐姐玛蒂奈特·德·博韦(Martinette de Beauvais),她狂热地追求自由解放,身穿"男性服装",曾经参加过美国和法国革命的战斗。

作为小说,《奥蒙德》是一系列种类的颠倒和变形;它从结构上复制了布朗作品中最显著的特点,即人物的易变性。玛蒂奈特对她母亲的评述"这个女人的面目千变万化"适用于布朗小说中的所有人物。人们发疯,梦游,戴上各种伪装,冒名欺骗。到处都是酷似的人物形象,人与人之间的界限经常非常模糊或者完全消失。在《奥蒙德》中,与书名同名的主角充分体现了这种不稳定性,从政治幻想家变为准强奸犯和谋杀犯;随着情节的发展,他利用自己"模仿他人声音和动作的能力"巧妙地获取他人的隐私,如他假装扫烟囱的人进入到了达德利的家中。

评论家们已经以不同的方式解释了这种角色置换,他们认为这种转换是布朗模式的标志,它不容易被模仿,还具有强烈的讽喻意义,是战后美国混乱状况的反映,是明察秋毫的心理分析。这种转变含义丰富,其社会意义慢慢会引起人们的注意,只有在亚瑟·莫文成功的传奇中才变得清晰可见。但是甚至在《奥蒙德》中,我们依然可以看到许多关于社会流动性的例子重复出现,杂乱无章,这些例子只不过略作了修改,我们在早期小说中也已经遇到过。达德利的历史占据了小说的大部分篇幅,他"从富裕的顶峰"跌入"贫困的深渊",随后又恢复了往日的荣耀。海伦娜、玛蒂奈特和索菲亚也都经历了"命运的兴衰变迁"。如果把布朗与富兰克林进行比较的话可以发现,布朗的小说,连同他的爱国者形象,描绘了联邦时期经济生活的随意混乱和

○革命时期和建国初期的文学

缺乏连贯性，而富兰克林则通过主张获得理性来进行抗争。《奥蒙德》中的人物由于他们无法控制的、不可预知的事情而变得穷困潦倒——如达德利先生被人挪用资金后双眼失明——同时又因为同样偶然的事件获得财富，如获得行善人的好感，或者获得一笔意外的遗产。

在《埃德加·亨特利》中，变革贯穿始终，这是布朗最具有"美国"自我意识的小说，是他一生中唯一再版的小说。在这本书中，布朗确实预言性地为美国小说下了定义。序言中，布朗自夸这部小说弃绝了英国恐怖小说必备的因素——"愚蠢的猜疑和喜怒无常的举止、歌德式的城堡和妖怪"——偏爱"与印第安部落战斗的故事以及西部蛮地的危险"，开创了新（本土）天地。创作了皮袜子系列故事（Leatherstocking Tales）的库珀，作品中充满了荒无人烟的地貌景观和梦魇般的洞穴的埃德加·爱伦·坡，以及其他美国后期的作家们都承袭了布朗的模式。

《埃德加·亨特利》是一部幻觉小说，主人公经历了超越"魔法变换"的巨变。亨特利神秘地在野外一个洞穴中醒来，进入一个不断变化形式的奥维德王国，这里自我的边界和本性经常被人们讨论。他最终发现，原来他一直处于梦游状态，毫无意识地在模仿一个叫克里塞罗·埃德尼（Clithero Edny）的罪孽深重的爱尔兰人，而且行为举止越来越像他。在他的冒险过程中，亨特利也获得了动物和野人的本性："我不愿意在敏锐的洞察力方面上输给猞猁，在脚步平稳上不如狍，困境下的耐心和疲劳时的竞争力我要超过莫霍克族人①。"小说中有一段克里塞罗讲述的故事，进一步强化了小说对混乱的、变化无常的身份的描写。克里塞罗的故事是关于他的女恩人洛里莫夫人（Mr. Lorimer）和她认为与她共同享有"合伙人"身份的一对孪生兄弟。这个故事以爱尔兰人的崩溃直至发疯而结局。此时两个故事汇合在一起，亨特利取代了克里塞罗，成为洛里莫夫人的"儿子"，继续证明他自己精神错乱的双重身份，根本没有什么鲜明的、可知的自我痕迹。

亨特利的冲动是心理问题，但是也有主动获取的一面。他证明自己是克里塞罗，因为他也希望像那个爱尔兰人一样从一文不值的农夫成为上流社会中的一员。两个人都是为生活而迫的农夫的儿子，牢骚满腹。克里塞罗逃离原先的生活圈子的故事激起了亨特利强烈的欲望，促使他篡夺那个陌生人的生活。在亨特利重回文明的过程中，社会流动性这个主题凸现重要。主人公

---

① 莫霍克族（Mohawk）：莫霍克族是美国的土著民族，早先居住在纽约东北沿莫霍克河和哈得逊山谷北部，圣劳伦斯河以北。今天的人口主要在安大略湖以南和纽约州最北部。——译注

第六章 查尔斯·布罗克顿·布朗

在三个住处停留，可以说概括了他最终的成功。第一处是奎恩·玛博寒酸的茅屋，第二处是简朴的农舍，第三处欣欣向荣，预示着"（住在这里的人）接受过良好的教育，家产殷实，远远超过那些才智平庸的乡巴佬"。亨特利相信他可以"同这些人发展亲密关系"，小说让他与他的前导师萨斯菲尔德（Sarsfield）相聚，证实了他的信念。萨斯菲尔德新近与洛里莫夫人结婚，已经返回美国去拯救他的学生于"苦力和低贱的身份"中。由此，埃德加取代了克里塞罗得到了洛里莫夫人的保护，甚至可能牵手克拉利斯（Clarise），那位克里塞罗一度曾经与之订婚的与洛里莫夫人面貌酷似的侄女。当然，亨特利根本没有打算同他那身无分文的未婚妻玛莉·沃德格里夫（Mary Waldegrave）结婚——这个主意的改变预示着布朗另一个野心勃勃的乡下年轻人亚瑟·莫文形象。

《亚瑟·莫文》是布朗最有价值的成就，按理说是在形成期中由美国人创作的最优秀的小说。它是一本具有先见之明的书，是个人主义在社会中和主观主义在小说中取得胜利的预言者。在厚厚的两卷书中，布朗记录了一位毫无经验的年轻人面对大都市进行冒险性努力，最终出人头地的历程。故事一半发生在费城，一半发生在费城周围的乡村，使人们不禁想起富兰克林著名的成功之路，小说被认为是一份重要的宣言，确立了美国的身份，预示了美国在新世纪之初的繁荣发展。这部小说中，布朗开门见山地讨论社会问题，这虽然在他早期的小说中也出现过，但是没有如此声张。他向我们提供了一幅国家正从一个农业国家向商业共和国转化的清晰画面。《亚瑟·莫文》描绘了新制度中社会、心理和性别之间的协调，揭示出这种制度对于布朗实现小说家抱负的重要性。

《威尔斯坦历史学院》（"Walstein's School of History"）是他完成《亚瑟·莫文》第一卷后写的一篇评论文章，为小说提供了颇有价值的导言。在评论一位名叫恩吉尔（Engel）的作者关于知识体系时——一幅几乎不加伪饰的自画像——布朗断言，人类关系"最广阔的来源"就是"财产。没有任何其他话题能比财产更能引起人们的注意。与财产有关的观点是人类中存在的所有幸福和悲伤的源泉"。关于经济重要性的评论在布朗生活的年代并非不同寻常。当时就有杰斐逊和汉密尔顿之间的辩论，双方持有迥然相反的观点，一方坚持财富的标志是拥有土地，而另一方坚持财富应该是商业和制造业的形式，这场辩论是《亚瑟·莫文》故事的背景。布朗的观点与詹姆斯·麦迪逊在《联邦主义党人文集》第10篇中的观点相似，麦迪逊指责"财产多种多样的、不公平的分配"是宗派的主要原因。在《威尔斯坦历史学院》中，作者进一步明确指出，性是人类行为巨大的决定性因素，虽然它不是主要因素。他说，健康幸福很大程度上

652

●革命时期和建国初期的文学

依赖于"促使两性结合的环境和协调两性结合的原则"。

财产和性欲在《亚瑟·莫文》中最终证明是紧密联系的。小说以主人公向斯蒂文斯大夫讲述他的历史开始。口头讲述和田园生活在此并驾齐驱,正如后来书面写作和个人野心一样。亚瑟最近刚刚到达费城,患上了黄热病,小说的前半部分中,他基本上是杰斐逊思想的代言人。他经常坚持说,农业是生活的模式,最有助于幸福;他称赞"固定的财产和居有定所"是农耕经济的理想。他在费城的冒险经历使他进入到了一个颠倒的世界,这里所有的一切都处在流动中。与土地不同,这个商业城市中的财产从本质上是"便携式的",包括商品和纸质仪器,所有的一切都便于运输和改变成其他东西。亚瑟对"飘浮式或者移动式的财产"茫然不知所措,这种财产在小说中的标志就是它总是飘忽不定。城市背景因此是重大社会变革的场景。小说中的人物时而富足,时而拮据,绝大多数置景费城的情节要么发生在奢侈豪华的住宅中,要么发生在债务人被关押的监狱里。商人沃特里(Wortley)把这种财富的极度摇摆不定归因于商业经营。"你真幸福",他对斯蒂文斯大夫说,"因为你根本不了解商人的烦恼,不了解革命。你的财富基础稳定,不是一阵邪风就能给吹得无影无踪,也不是大笔一挥就财产全无。"

布朗推出托马斯·威尔贝克作为"便携式"人物的代表,因为他的小说同时有两条线索,一是财产,二是性情。交换性、不稳定性和易于欺骗性既是纸币的特点又是威尔贝克的特点。威尔贝克是一个破产的利物浦商人的儿子,他向莫文倾诉道,成长在依赖他人的环境中,使他养成了那些"不适合做乡下活"的习惯。因为不愿意靠劳动吃饭,威尔贝克小小年纪就开始靠"虚伪和谎言"谋生。当现身费城的时候,他是一个造假者和骗子,身份如他的财富一样不可靠和反复无常。他让莫文陪同出席一个舞会,他身上的巨大变化让主人公莫文大吃了一惊:(威尔贝克)从一个忧郁乖僻的人转变成一个热情友好的人,变化之大连莫文都"无法(让自己)相信这是同一个人"。威尔贝克的性依恋暴露出类似的易变形。他是一个具有吸引力的骗子,感情经常出现偏差或者"转移"到新的俘虏身上,他雇用莫文的原因是希望眼前的情妇能被这个年轻人迷住,以免他自己陷入尴尬。人类行为最重要的两个源泉,财产和性欲,在威尔贝克身上被欺骗所玷污;诱惑等同于感情造假。

《亚瑟·莫文》的第一卷展现了一幅在黄热病控制之下的城市画面。布朗运用疾病作为道德沦落的隐喻,揭示出这个城市不仅有生理上的疾病,同时也出现了精神上的疾病。随着致命的黄热病席卷全城,欺诈者骗取诚实商人的积蓄,性掠夺者使一个又一个人成为牺牲品。费城成为经济阴谋和色情阴谋的核心所在地,在这里财产和感情生活如传染病一样变化无常。

第二卷中，作者利用汉密尔顿的观点对第一卷中杰斐逊的观点进行了修正。布朗修改了费城的消极形象，一方面强调城市的好处，另一方面怀疑那些平均地权论倡导者提出的理想化的乡村模式。在一个土地可以转让的社会中，"固定"财富和移动财富之间的对立证明没有任何意义。第二卷很快就向读者交代，亚瑟的父亲出售了家庭农庄，而钱却被第二个妻子诈取了。海德温（Hadwin）的财产也没有逃得过掠夺者的魔爪：伊利莎贪婪的叔父让她的父亲拿财产作了抵押，这样就剥夺了这位年轻女子应该继承的遗产。把土地作为"定所"的理想在土地实际上是一种随时可以购买和出售的商品的现实面前土崩瓦解。另外，固定性作为条件已经对亚瑟失去了吸引力，他开始垂涎地理和社会流动性，赞美与不同阶层和不同民族的人交往的好处。随着小说的进展，他对大都市的好感与日俱增。他对斯蒂文斯解释说，第一次来到费城的时候，除了"愚蠢、堕落和狡诈"以外他什么都没有看到。但是第二次来到费城，他认识了那些高贵的、有教养的城市居民，如马拉维格里、梅德里考特和斯蒂文斯本人，他对费城的印象发生了天翻地覆的变化："如果城市被认为是痛苦和罪恶之所在，那么它同样也是所有值得赞颂的、富有活力的精神产品的家园。"

亚瑟转而对城市的忠诚开始了样式上的变化：拥有土地、公德心和情感稳定让位于商业交易、个人主义和轻率鲁莽。主人公思想上的革命使他对城市财富的形式有了新的感受力。威尔贝克在临终前交给他一张沃森汇票让他去归还，莫文把钱汇到巴尔的摩，然后自己去取应该得到的报酬。当主人公怀疑是否完成了这么一个小义务就该得到回报的时候，他把这些踌躇犹豫看成过于挑剔，坚持认为对于处在这样境况中的人，"钱是非常有用的"。在第一卷中，他对可转让财产一无所知，并对自己的行为进行了辩护；而此时他惊讶于自己对债券和合同的知识，愉快地接受了"一张价值"1000美元的"支票"。

亚瑟行为上的重大变化伴随着他外表上的变化。当他慢慢习惯多变的城市经济的时候，他的行动也开始飘忽不定，不可预料。一次他闯入维拉斯夫人开办的妓院把她激怒，维拉斯夫人拿出手枪几乎把他打死。还有一次，他没有敲门就进入文特沃兹夫人的家中，要求她为克莱门泽提供庇护（克莱门泽是被威尔贝克抛弃的情妇）。受到惊吓的文特沃兹夫人斥责他："你的语言和想法就像个疯子。"在第一卷中，亚瑟哀叹"轻率下结论的愚蠢"，而第二卷中他则把轻率当成行动的准则。"我选择了一条显而易见的路"，他沾沾自喜地说，"并沿着这条路进行我莽撞的远征……我们不能因为无知而怠惰。不管我们的知识足够还是匮乏，我们必须把自己意图付诸实施。"

◎革命时期和建国初期的文学

莫文愈发冲动,愈发依赖自己的感觉,这都代表了一种对自我的崭新专注。第一卷以男性人物为中心,如威尔贝克和斯蒂文斯,而第二卷中妻子和母亲们左右了主人公的思想。他实际上抛弃了男人和义务的公共领域,臣服于女性和情感的控制。莫文的性欲需求起初归入到日常生活中;谨慎和对他人的关心限制了个人的欲望。亚瑟推迟了他与伊利莎的婚期,因为他对她的家庭情况不甚了解,以及感觉到他对家庭和朋友负有责任。在第二卷中,他自己的幸福和自我实现的感觉变得异常重要。他认为自己痴迷上了一个上了年纪的贵妇人阿克沙·菲尔丁,并公开说她可以"替代我逝去的母亲"。他皈依了浪漫的感性,任由自己的情感无边无际地飘游,并时常为自己的情感量体温。第一卷中无私美德的拥护者现在则声称,他活着的唯一目的就是"为了爱和被爱;为了交换爱情,互诉衷肠"。

亚瑟的浪漫生活使人想起托马斯·威尔贝克,布朗笔下便携式人物的样板。主人公情感的巨变让我们回忆起他前任雇主性生活上的轻率经历。莫文把感情从伊利莎身上"转移到"阿克沙身上,认定乡下姑娘的"年轻、不谙世事的头脑简单和精神上的不完美"不再引起他的兴趣,只有那位世故的英国寡妇的魅力才让他神魂颠倒。他的动机也许应该受到责备(也许不应该),但是如果有什么的话,爱作为性乱或者唯利是图的化身似乎给第二卷抹了黑,其中就包括发生在一个仓库中的那个主要情节。如果威尔贝克是如此世界中的一个完美"情人"的话,那么亚瑟的表现充其量也只不过是个新手:妓院是他和阿克沙(她是被伪装的借口诱骗到那里的)第一次相遇并相互倾倒的地方。

总而言之,主人公决定与阿克沙结婚,他的选择表明城市战胜了乡村,金钱战胜了土地,个人主义战胜了共和主义,知识战胜了粗俗。这个选择预示着共和国的未来,既不可避免,又似乎值得怀疑,因为第一卷中,静止的土地改革的失败主要是因为对处在世纪之交的美国现实没有做出足够的反应。虽然布朗所描写的在社会中奋斗而出人头地的人比那些固守原状、不愿改变的人更加具有吸引力,但是由于亚瑟的性格一直含糊不清,所以对未来的疑惑依然存在。主人公的机会主义受到很多人物的反感,在小说的结尾处这种机会主义得到了赤裸裸地表现,因为当询问阿克沙的财富时,他首先问道:"她有财产吗?她有钱吗?"在此之后才问"她有美德吗?"这些问题的顺序概括了他从杰斐逊主义者到汉密尔顿主义者、从"道德"到"商业"的蜕变,听起来似乎出自威尔贝克之口。莫文坦率地承认,"对威尔贝克的了解对我大有益处",这位"模仿者"从某种程度上说忠实地效仿了他的老师,在这一点上,小说让读者感到心神不宁。

布朗正是利用对莫文模棱两可的描述,对写作和印刷出版文化进行了强

第六章 查尔斯·布罗克顿·布朗

有力的辩护。写作作为一种活动，在小说中增加了知名度，一如亚瑟获得了他的城市身份。从前的"农夫"演变成"作家"，同时也是易变资产的拥有者和感情的行家。他在费城的第一份工作是做威尔贝克的文书，虽然在第一卷中他把自己的冒险经历讲述给斯蒂文斯，但是第二卷中他自己动笔把它们记录了下来。他对"笔和书"发表了多种看法，称赞它们是"理性进步的工具"，但是也指责它们缺乏直接性："它们用无声的语言来描写动作和表情，并没有能够吸引我们的注意力。它们没有利用韵律、强调和停顿来解释这些动作和表情的意义。"文特沃兹夫人被他对信任的直接呼吁深深打动，但是不愿意相信他的口头保证，因此亚瑟应文特沃兹夫人的请求把一切用笔记录下来。

第一卷中几乎没有提及亚瑟的可信度问题；第二卷中这个话题成为中心，因为对他动机的怀疑越来越多。他是一个诚实的人还是不诚实的人？一个希望自己获得更好的社会地位、本性正直的年轻人还是一个躲藏在看似可靠外表之下的诡计多端的骗子？有一点是可以肯定的，试图破解这个谜的读者比小说中的人物们具有优势，这个优势就是主人公所厌恶的距离和调解。布朗指出，口头交流的近距离会阻碍理性的反思。正如斯蒂文斯大夫所说的那样，莫文对异性的魅力使他免受他人的批评："如果我是从别人那里听说莫文的故事，或者是从书中读来这个故事，我就可能对它产生怀疑；但是只要我想起他的语调、动作和表情给我留下的印象，我就完全没有怀疑了。"对于从书中遭遇莫文言论的读者来说，这句话等于告诉他要采取一种超然的、不带个人感情色彩的、批评的态度来对待这个故事。写作远不是一种责任，它使人们能够做出不掺杂感情色彩的评价，而这正是演说所不允许的。"怀疑"——或者换种更中性的说法，深思熟虑的判断——是印刷文化的责任和好处。

小说与印刷有着特殊的关系，布朗的小说尤其显示出与日益兴旺的市场社会的联结。在所有想象力的艺术形式中，小说是一个特殊的印刷种类：与诗歌和戏剧不同，小说既不是用来朗诵，也不是用来演出的。布朗削弱了文字与文字来源之间的联系，建立了一个晦涩难懂、高深莫测的道德世界以激励读者去"学习和反思"，借此强调小说对调解的高度依赖。他的作品所要求的分析倾向，依照《亚瑟·莫文》而言，是都市商业社会的基本特点。书中所有的人物中，只有沃特里最直率地说，他不愿意"相信"主人公的故事，他把自己怀疑的习惯归因于商人的经历。他对斯蒂文斯大夫说，做生意让他学会了缓作判断：

（你）相信完美无缺的外表和能言善道的言辞的习惯早就应该抛弃

○革命时期和建国初期的文学

了。在我从当前的职业中获得了一些知识以前——这些知识不是一时一刻就可以得来的，而且代价不菲——我自以为足够聪明；为了证明他人的自命不凡，我只需要看一看他的长相，听一听他的声音就可以做出判断。但是在这个方面，只有我自己的经验才治愈了我的愚笨，我想再没有别的良方可以治好你的轻信了。

沃特里认为，生意是一种带有调查研究性质的活动，他的观点与布朗把小说描绘成需要严格阐述的种类有着异曲同工之妙。如布朗解释的那样，小说和新兴的社会经济都需要一种能力来审视各种主张和他人的信赖度，以便对特性做真实的判断。有人说这部小说保留了一种修正过的"有用"价值作为教育：《亚瑟·莫文》中的难点迫使读者对言词和行动不断地进行仔细研究，这种技能有助于人们在商贸界的生存。布朗小说里认识和道德上都模棱两可的社会是一个虚构的社会，让人不禁想起19世纪浪漫主义的标准，它来自作者希望创造一种与后农业美国错综复杂的社会状况相匹配的文学的理想抱负。

在完成《亚瑟·莫文》数月之后，布朗——与他的主人公非常相似——把注意力转向女性领域。这种转变表明他偏离了自己的"主要阶段"。在要成为职业作家的理想的鼓动下，布朗决定尝试创作情感小说，而之前他曾拒绝情感小说，认为它们只迎合那些追求娱乐消遣的读者，不能给他们带来任何精神上的鼓舞。虽然《艾德加·亨特利》一炮打响，但是他所有四部小说都没有带来多少经济上的效益，他的兄弟们都逼迫他放弃文学，加入到家族的生意中。在这个关键时刻，布朗的事业而不是他的艺术预测了未来：他在"通俗故事"（如他所称）上的冒险为后来的人们树立了榜样。梅尔维尔在《白鲸》走麦城之后计划创作家庭小说，霍桑决定在《红字》之后创作有大团圆结局的作品。在一封写给兄弟的信中，布朗勉强承认，"绝大多数读者"不喜欢他作品中的"忧郁悲伤和不自然的事件"，他接着说，"仅仅这一点就为我提供了充分的理由来放弃悲叹，取而代之以令人愉快的笔调写作。"布朗以其习惯的快速风格创作了两部浪漫小说《克拉拉·霍沃德》（*Clara Howard*）和《简·塔尔博特》（*Jane Talbot*），都发表在1801年。这两本书比普通的情感小说都更加严肃，但是没有一本具有布朗鼎盛时期小说的理性力量和纯粹的奇思妙想。当时的一位评论家说的话有一定的道理，他发现《简·塔尔博特》缺乏"想象的活力"，怀疑这本书可能是"另一个人对布朗的拙劣模仿"。

但这不是全部。布朗仅仅用两部以女性名字命名的小说结束了他作为小

第六章　查尔斯·布罗克顿·布朗

说家蒸蒸日上的事业，还有一些其他原因才对。布朗支持女性权利，渴望把写作树立为独立的职业，他走在了共和国文化的前面，提倡自由主义和市场风气。随着他转向女性主题，布朗把以上两个目的和谐统一：浪漫故事最终吸引了已经女性化的读者群，并为自己借以谋生的行为冠上小说作家的帽子。具有讽刺意义的是，这种和谐对他的艺术造成了伤害：那种令读者欲罢不能的紧张消失了，布朗的小说不再能够继续维持它的奇妙和威力。这两部小说失败后，布朗放弃了把小说当成职业的目标。此后他坚定地舍弃了自己思想中"富兰克林"特征，使"华盛顿"风格重新活跃起来。在生命的最后10年，布朗把自己改变成一位文学的绅士，回复到18世纪文学讲究事实、以公众为中心的导向中。

早在他的小说令人失望地不被大众所接受之前，这种改变的起始阶段就已初见端倪。1799年，布朗着手开创他的第二个事业。他担任期刊编辑，创办了《每月杂志和美国评论》。杂志从一开始就遭遇了宣传和发行方面的困难，仅仅发表了18期就关门大吉了。三年以后他创办了第二个期刊《文学杂志和美国记录》（*The Literary Magazine and American Register*），并将之维持到1806年；次年重新发行了半年刊《美国记录》，又名《历史、政治和科学综合宝库》（*American Register, or General Repository of History, Politics, and Science*），这本杂志一直发行到1810年他去世的时候。这本最后的期刊，如它名字所暗示的那样，收录了国家公文的纲要，精选了各种媒体上的消息，搜集了文学和科学信息，这些材料绝大多数都与公共领域有关；与布朗的小说截然相反，杂志盲目崇拜事实。这位小说家，或者说是前小说家，现在抛弃了成为自力自足的作家的理想。在《文学杂志和美国记录》处女刊对读者的声明中，布朗展示了大家所熟悉的业余性标志。他说对"说出自己的名字"有一种"难以克服的厌恶"，发誓没有人依赖这本杂志来谋生，公开表明对自己过去所写的东西感到羞耻，撤回他作为小说家的所有作品。几页之后，他给自己蒙上胡乱写文章的绅士的斗篷：

> 当贫穷的作家，也就是靠写作吃饭的作家，受到人们冷漠和轻视的时候，作家因其世袭的财产或者赚钱的职业或公职能够在他的作品中注入悠闲安逸，他从人类那里获得更高层次的、更加持久的、更加真心的尊重，任何其他人都不可与之相比。因为我对第一类人嗤之以鼻，更别说名列其中，所以我最渴望的就是跻身第二类人当中。

在做出以上声明前不久，布朗已成为政治小册子的编撰者，讨论与国家

革命时期和建国初期的文学

利益相关的事物。在这种形象下,与其说他与19世纪经典浪漫主义有共同之处,倒不如说他更像那些为了实现推进公共利益的目标而拿起笔杆的革命政治家们。在与他的兄弟们加入到家族生意中后,布朗信奉了他的家族所从属的商业阶层的联邦主义政治。1803年,他发表了一篇被广泛传阅的演讲,呼吁立即合并收回路易斯安那殖民地,公开抨击杰斐逊派在这件事上的不合作,因为他们对法国抱有同情心。紧接着他又发表了三个批评杰斐逊政策的小册子,其中包括那篇攻击禁运令的令发人深省的、哲学性的文章《对美利坚合众国国会的讲话》(*An Address to the Congress of the United States*, 1809)。这篇文章中,布朗公开支持构成《亚瑟·莫文》基础的"宫廷(Court)"意识形态;他认为农耕自给自足的经济无论是对个人还是对国家都是不实际的目标,他断言将来有一天,美利坚合众国将成为一个商业和制造业大国,可以与欧洲国家相提并论。布朗承认,这样的未来将同时带来损失和利益,但是,由于美国人有足够的热情从事贸易,现实中他们如其他民族的人一样积极地推进自我扩张,这样的将来不可避免地会到来。

那么,我们可以看出布朗作品中富兰克林特征或者自由主义元素从来没有完全消失。这位文学公众人物不是一位宣传公民道德的权威共和党人,而是一个对利己主义原则有着强烈感情或者尊重的人。被称作文化回归的东西受到布朗的压制——他抛弃了小说,转而采用更加带有公共性质的、18世纪的写作形式——这个过程很不稳定,其中同时也存在着个人倾向的对立冲动。在生命的最后岁月,布朗不仅编辑杂志、撰写辩论性文章,而且尝试创作历史性小说或者把历史事件改编成小说。早在1799年,他发表了两个关于历史事件的故事,一个是《西塞罗之死》(*The Death of Cicero*),另一个是《萨洛尼卡》(*Thessalonica*),去世后他给后人留下了大量的手稿片断,内容是关于一个虚构的英国人卡利斯一家(Carrils)。这些作品与在《维兰德》中显而易见的对事实的怀疑态度相呼应,虽然它们都不是关于本土的主题,但是可以说它们是对被称为美国文学发展里程碑的欧文的《纽约的历史》和库珀的《间谍》的展望。布朗的故事以及他尚未完成的卡利斯的传奇,展示了美国浪漫主义所必需的地面清扫策略。它们通过主观处理,把历史从文化的精华这个宝座上拉下来,公然反对自我压抑的共和主义美学,把公共事物和公民看成艺术家想象力中的具有可塑性的陶土。

第七章　华盛顿·欧文

　　华盛顿·欧文享有"美国文学之父"的美誉。他出生于美国赢得独立的1783年，名字取用了被尊为"美国之父"的军事英雄的名字。欧文是第一个成功地成为职业作家的美国人。虽然当时国内外的人都承认他的重要性，因为他标志着美国的文学独立，但是后来的读者对欧文的态度并不如此。绝大多数人都对他取得如此高的地位不以为然，并且认为他是本性乏味、缺乏"现代"感的人，在这个方面，从历史观点上讲以他为榜样的詹姆斯·费尼莫尔·库珀，或者从来就没有成为受大众欢迎的作家查尔斯·布罗克顿·布朗都比他强。从这个意义上讲，"美国文学之父"意味着欧文属于一个过时的文化阶段——古老，带有前浪漫主义特点，远离20世纪的理性主义。

　　欧文的事业和许多作品支持了上述观点。他把自己描绘成一位过时的绅士和无所事事的人，在熙熙攘攘的现今感到无所适从，对文学的商业面毫无兴趣。他回避小说这个现代化文明的流派，引进了体裁概念——散文连载、小品文、历史剧——这些体裁现在看起来似乎很老派，对富有创造力的艺术家来说多少有些不适合。他的作品依然带有18世纪文化特点的"残留物"的印迹——匿名、合作创作、尊重事实同时对创新感到不安、把文学理解为公共财产。

　　这位看起来很落伍的文学人，在他自己生活的时代就被人视为蹈袭前人、没有创新而受到奚落。然而他是一位改革者，他奠定了把美国的写作作为切实可行的职业的新的基础。欧文完成的基本工作就是从内部抨击了那些他曾经努力保留的形式和推测，其中包括文学应该有实用性而且必须尊重事实。他的成就标志着美国艺术家和文学创作同时发生的"脱离"，它们与周围的母体相脱节：他把作家合法化，与其他的职业相区别，他主张艺术作品就是艺术作品，不是道德工具或者公共手段。欧文的过时姿态以一种复杂的方式使

革命时期和建国初期的文学

这些突破成为可能。他对传统观念的忠诚既阻碍但同时又推进了他不可否认的现代性。他事业后期的回归倒退,如创作爱国主义的历史剧,写传记,谋求政府公职等,可以被理解为一种对自己冒险行为的补偿,正如他在 1803 年说的那样,他曾经勇于"在肩膀上扛起创新的罪恶"。

欧文是在 18 世纪后期期刊和纯文学的背景中出现的。1802 年他首次以印刷的形式发表作品《乔纳森·奥尔德斯泰尔绅士的通信》,这是他给弟弟彼得做编辑的那家报纸投的连载。在文中,欧文给人留下的印象,如那位能够嘲笑自己的约瑟夫·丹尼一样,是一个没有恶意的"奥立佛·欧德斯库"。虽然当时欧文只有 19 岁,但是他戴上了老处男的传统面具,公开表示他反对"当今时代的堕落"。脱离现代生活,脱离行为、政治和艺术变革的主题贯穿了九封信,其中三分之二的信都是关于奥尔德斯泰尔在纽约花园剧院的经历。一幅茫然困惑但是异常重要的民主主义文化的画面开始形成,因为吵吵嚷嚷的平等主义和迎合大众口味的呼声盛行一时,给戏剧艺术带来了损失。上剧院看戏的人根本没法长时间地集中精力,他们通过"跺脚、发出嘘声、大声喊叫、打口哨"等行动粗鲁地表达他们的意愿。当奥尔德斯泰尔抱怨这种节目进行中的喧闹时,他的朋友安德鲁·阔兹(Andrew Quoz)则提醒他说,那些资助人"已经付了钱,他们有权利想方设法让自己高兴"。长期困扰欧文的一个问题就是找到一个与不断扩大的民主公众之间令人满意的联系,"奥尔德斯泰尔"的暴躁对欧文有着真真正正的吸引力;欧文创作的另一个人物依然是一位绅士,但是更加尊重普通读者,在不远的将来就要出现。

欧文的下一个重要作品也出自期刊文化,但是它代表了对这种传统的浮夸的模仿。几年来,他一直在纽约的报纸上匿名发表文章,并参加了一个非正式的文学俱乐部,其名字几经更改,如"九位伟人"(Nine Worthies)、"科由肯尼的小伙子们"(Lads of Kilkenney)和"古老可敬的兄弟会"(Ancient and Honorable Order)等。他与俱乐部的两位成员,他的兄弟威廉和詹姆斯·鲍尔丁一起创作,于 1807 年发表了《大杂烩》,又名《朗斯罗特·朗斯塔夫先生和其他人的心血来潮和意见》(*Salmaguindi; or, The Whim - Whams and Opinions of Launcelot Langstaff, Esq. & Others*)。杂文集像杂志一样以二十本平装册子的形式发表,讽刺了散文连载所具有的历史悠久的成分。它讽刺性地模仿了时尚信笺、戏剧评论和外国游客的来信,意在取笑信笺假定的说教价值或者有用价值。朗斯塔夫和他的同伴们反复承认,他们爱好一切过时的、古老的东西,但是至少在一个方面他们表现得有远见,即他们对公众的进步漠不关心。"(我们)写作没有其他世俗的目的",他们声称,"就是为了愉悦自己。"他们发誓,一旦感到厌倦时他们就不再继续写这个连载了,无论他们

第七章 华盛顿·欧文

的读者有什么想法。

虽然这一段话中公然蔑视读者的口吻漫不经心,但是它反映了欧文对在一个正在民主化进程中的资本主义社会中获得成功所要付出的代价的深切关注。他认为,在美国肆虐着一股庸俗地取悦大众的风气,在此面前,他身上的贵族气质悄然隐退。他写道:在这个国家中,"一个人必须首先屈尊"然后才能有希望东山再起。杂文集中最具讽刺意味的《论伟大》("On Greatness")描写了一位名叫蒂莫西·达博尔(Timothy Dabble)的政治暴发户,他充分代表了欧文所唾弃的那种溜须拍马的人物。达博尔为了达到自己的目的,对党内要人阿谀奉承,极力讨好普通民众,"直到他已经赢得了足够的声望,然后迈向了成功的彼岸"。杂文集中隐姓埋名的作者们坚定地把自己称为文学绅士,以区别于达博尔之流。他们感恩上苍,"我们不像那些这块文明土地上的不幸的统治者,因为他们为我们的行为向大众负责,或者要依靠大众的首肯以获得支持。"欧文坚持认为,即使在一个共和国的国度,文学不应该模仿政治来骗取大众的好感。

杂文集中另一篇短篇小说《穿黑衣的小人物》("The Little Man in Black")描绘了一个与讨好公众的"大人物"迥然不同的人物形象。小说中连名字都没有的主人公胳膊底下总是夹着一本大书忙来忙去,"成了别人侮辱和伤害的对象",因为他没有按照公共规范行事。他不善交际,也不从事大家所认可的生意,连"挣点小钱"的欲望都没有,种种奇怪的举止引起了邻居们的恐惧和厌恶。这个穿黑衣的小人物原来是一个古文物收集者,一直在研究一位祖先的文学遗稿;社会对他的排斥最终使他在贫困潦倒中去世。这位书虫式的局外人代表了美国文学中第一个与大众相区别的艺术家,在他身上,浪漫主义的理性显露无遗。与布朗笔下的故事讲述者和作家不同,欧文笔下的学者是一个纯文学人,没有其他任何职业身份。他脱离了普通人的生活领域,或者说是与普通人的生活相对立。穿黑衣的小人物象征了美学的分离,艺术慢慢地脱离实用性和社会性。

欧文事业的发展起源于蒂莫西·达博尔和穿黑衣的小人物之间复杂的精神动力。这两个人物形象预示着他将演变成一位看起来不谙世事但是非常受欢迎的艺术家。达博尔的形象符合那位获取了沃尔特·司各特的赞助、掌握了推销自己的艺术、为大西洋两岸的大众提供了他们所希望得到的东西的国际名人。穿黑斗篷的学者形象是迪德里希·尼克博克(Diedrich Knickerbocker)和基欧佛雷·克拉彦(Geoffrey Crayon)的先驱,是欧文作品中采用的典型形象,奇怪的读书狂,"对什么人都没有好处"。但是现实和角色之间的关系比小说中所暗示的更具有相互依赖性。自我推销者和"纯"文物搜集者都

663

○革命时期和建国初期的文学

是文化专业化的征兆：艺术家成为企业家或者专业人员，以及艺术家就是艺术家，没有别的其他身份。即使在名义上是对立的，这两者先后都得到了蓬勃发展，后来欧文发现越来越难以把他们区分开来，正如他在杂文集中就已经发现了的一样。

在1807年至1808年间，虽然欧文依然代表了绅士派头的业余艺术爱好者，但是他将要开始自己事业上的重大变化。写作一直是他与朋友和家人从事的兼职工作，与此同时他漫不经心地准备步入律师的行列；他并不期望得到丰厚的回报。把杂文集的版权转给印刷—出版商之后，他放弃了文学财产的所有权，只为自己的劳动得到了微薄的报酬。《纽约史》为他带来了国内声誉，可当时创作这部小说的时候欧文也没有考虑经济回报。正如40年后欧文回忆起这本书时，《纽约史》起初是一部讽刺性的纽约指南，原先打算与他的兄弟彼得一起完成。但是当时彼得出国去经营在英国的家族生意了，华盛顿摆脱了18世纪作者身份的束缚，采取有计划的步骤，朝着让文学付酬的目标努力。他自行撰写和出版了《纽约史》，这一次他保留了版权，并利用报纸在出版前后各组织了一次广告攻势。结果空前地成功，欧文净赚了两到三千美金，这是当时美国人从散文体小说中赚取的最高金额。

《纽约史》是一个分水岭，不仅仅因为它表明了小说的收益性，也因为它推翻了一直以来占统治地位的文学分类。它的目标是颠覆绝大多数人所持有的观点，即历史性写作享有无与伦比的威望，欧文认为这种观点抑制了艺术想象力的发展。当欧文创作他的喜剧性杰作的时候——而且此后数年——历史性作品在美国文化神殿中的地位远远高于小说、戏剧甚至诗歌。一些类型也许带有有益的目的，也许没有，它们更加富于奇特的幻想，而历史则与这些类型不同，历史是"通过事例进行教导的哲学"，如博林布鲁克（Bolingbroke）①的著名言辞：历史提出一些名人的生活和行动并以此榜样让读者效仿以灌输美德；历史也被认为是对事实的客观记录，而非想象的、虚假的、带有误导性的经验；历史与当时的共产主义重心相一致，因为它涉及的主要是公共信息，最大程度地降低了文学中的主观因素和个人主义因素。

历史性作品纪念了共和国与众不同的品质，在独立战争以后盛行一时。1783年至1815年间，细述与英国的战争以及激励年青一代要再次献身祖国的历史性故事在美国的媒体上大量涌现。这些作品都是以赞颂的笔调，讲述一

---

① 博林布鲁克（Bolingbroke）：博林布鲁克是英国政治家、演说家和作家。英王詹姆斯二世的追随者，一生中许多时间被流放，写了一些很有影响的政治论著，其中以《爱国者国王的思想（1749年）》最为著名。——译注

个国家的成功史,革命的"兴起和进步"。其他由美国人在同一时期创作和发表的文学形式充分利用了历史的声誉,把自己标榜为真实的编年史。小说特别声称是以"事实"和"真理"为基础,模仿了历史的方法。欧文和库珀一直认为,历史比"编造"的作品更加有分量,更加有价值,这个观点与他们的初衷相悖。小说证明了这种成见的顽固不化。

欧文滑稽地叙述了纽约"自创世纪到日尔曼王朝终结"的历史,装出一副高度尊重历史作品所强调的事实性和有益性的姿态。它把纯粹的历史研究炫耀般地展现在读者面前,同时又标上令人生畏的脚注,它还描写了迪德里希·尼克博克(Diedrich Knickerbocker)对"纽约历史协会"的全身心的投入。序言"献给大众"赞美了小说具有"真实性"的教育价值,并承诺小说"严格忠实事实"。《纽约史》出版时的状况也使它表面上显得更加正式。1809年是亨利·哈德逊发现纽约两百周年的纪念年。历史协会为此举行了一次正式的宴会来纪念这个日子,在这次宴会上,《18世纪简要回顾》(*A Breif Retrospect of the Eighteenth Century*)的作者和绅士文化的代言人塞缪尔·米勒牧师发表了一篇颂词。米勒一直在搜集有关纽约的资料,希望编纂一部权威性的纽约历史;欧文的书抢在了米勒之前,以至于他始终没实现他的愿望。为了宣传《纽约史》,欧文在当地报纸上发表启示,声称尼克博克从他寄宿的旅店消失。然后旅店的老板塞斯·汉德塞德(Seth Handaside)发表了一个声明,解释说《纽约史》的发表是为了抵消不知下落的作者所欠下的债务。

所有这些对事实的屈服颠覆了把历史看成文化精髓的观点,使欧文真正创作的嘲弄文字更加有效果。那个时代骗取人们相信小说是对事实的叙述;欧文把整个程序颠倒了过来,他把历史变成小说,把现实生活中发生的事件和原始资料与那些似乎不可能与之掺杂的、想象出来的故事结合在一起。笑声和疑惑削弱了历史作为事实的权威性。欧文在自由与私人化方面的成就立即帮美国的浪漫主义扫清了道路。他使想象力获得了自由,作者可以阐述自己对世界的理解,同时他把所有纽约人共同的传统转化成一个独一无二的幻想——正如小说所证明的那样,不同寻常的幻想。欧文也削弱了文学必须帮助读者提高素质的要求。尼克博克坚持认为,历史有其公用性,这种观点慢慢膨胀为富有讽刺意味的固执己见,他认为历史学家"是国王们的捐助人(恩人)——我们是真理的卫士——我们是罪恶的惩罚者——我们是世界的老师——简而言之,我们是两面人"。在这个连祷文式的话语后面隐藏着一种人们普遍的观点,即文学缺乏社会和教育目的,除了娱乐读者以外它什么作用都没有。尼克博克言过其实的语言含蓄地再现了艺术与"穿黑衣的小人物"中所体现的真实生活之间的区别,并提前表明了对那位自认为是游手好闲者

◎革命时期和建国初期的文学

和唯美主义者的基欧佛雷·克拉彦的公然否定。

从另一个角度来看，《纽约史》保留了公共功能，是对新兴的自由主义观点的挑战。欧文没有赞颂国家的进步，他反而讲述了一个衰退的故事，在这个故事中，由虚构的新阿姆斯特丹所象征的美国像"第二个伊甸园"一样发展起来，然后屈服于由扬基们所象征的民主军队和唯物主义。《纽约史》中最辛辣的讽刺是针对托马斯·杰斐逊的，书中把他比作啰唆的荷兰统治者、暴躁的威廉（William the Testy），后者因为"对试验和创新有着不幸的嗜好"而致命地削弱了他所管辖地区的力量。此书一半是联邦主义者的哀叹，一半是虚构的传说故事，它把堕落的现今社会状况和想象中过去的和谐时期进行了对比。它理想的社会是由伍特·凡·特维勒（Woute Van Twiller）所统治的原始殖民地，那时整个社会既不受"商业社会繁忙的嘈杂声的干扰"，也不为"主权国家人民"的傲慢而苦恼。

欧文意识到，所有的历史都是片面的，反映了胜利者一方的观点，这种认识引起了许多人不同的看法。第一卷书中，他谈到了强占印第安土地的历史，暴露了早期有关欧洲殖民地的故事中所带有的党派性。人们通常把逼迫印第安人离开自己的家园解释为这些土人是异教徒，他们对农业一无所知，他们像流浪汉一样地生活等等，而欧文则把理由归纳为仅仅是权利问题。他写道，白人殖民者实际上所坚持的主张"**由杀戮掠得的权利**（the RIGHT BY EXTERMINATION），或者换句话说，**由战争夺得的权利**（RIGHT BY GUN-POWER）"实际上远远高于对土地的占有权。然后他假设了一个情节，"在知识和能力方面大大超越我们，犹如欧洲人在这些方面大大超越印第安人一样"的月球居民降落到我们的行星上，掠夺完我们所有的财产之后，"仁慈地"允许我们在"阿拉伯最炎热的沙漠或者寒冷冰冻的拉普兰"定居。

如上面的巧妙构思所显示的那样，欧文完全不赞同19世纪以进步的名义而进行的大规模印第安人迁移的国家正统观点。他从权利的角度和一个对中产阶级文明所假定的进步和道德权威持有怀疑态度的"欧尔德斯泰尔"角度对此进行了批判。他恢复了历史的名誉，其结果就是重新对文学类型进行了排位，坦白地承认具有想象力的作品可以比记录在案的文献更能够揭示过去。欧文写了两篇文章，一篇是《印第安人的性格特点》（"Traits of Indian Character"），另一篇是《珀卡努凯特的菲利普》（"Philip of Pokanokert"），起初是给《文选杂志》（Analectic Magazine）的投稿，后来在《见闻札记》中再次发表。这两篇文章中，欧文抨击了历史写作所谓的长处、教育价值以及对真理的奉献。他指责美国早期的历史学家在描述印第安冲突时带有"歧视和偏见"，并认为虚构文学更加诚实，更加具有包容性。如果没有"诗人浪漫的梦想"的话，土著人的痛苦就没有"友善的手"进行记录，也就不会传给后代。单单这些观点就使我们接近了菲利普国王的思想，"唤醒了（我们）对他命运的同情"。其他文章中，欧文把小说描绘成本身就具有价值的种类，而非是与历史竞争的一种媒介；在此欧文认为，小说可以在历史学家的领域里击败他们，并创造了一个空间来反对"官方"对历史的记录。

《纽约史》在理性和美学上的大胆与它的保守主义倾向密不可分，最终欧文利用迪德里希·尼克博克作为讲述者把它表现了出来。尼克博克与早期作品中古怪的老处男形象异常相似。他集"穿黑衣的小人物"中身无分文的古物搜集者和《来信》（Letters）与杂文集中任性固执的精英们的形象为一身。他声称憎恶新鲜事物，尊重过去，对"平民大众，后来被称为的文明人"嗤之以鼻。然而这种对传统的捍卫使美国文学进入了现代纪元。《纽约史》中一个奇怪的现象就是尼克博克与明显是他对立面的暴躁的威廉之间的相似。后者在书中对社会变革深恶痛绝，代表了早已存在于平静的荷兰文明中的分裂性杨基成分。像威廉一样，欧文的书虫人物形象是一个"善于言辞，知识渊博的人"，远远强于那个来自没有语言的世界、夸夸其谈的统治者。他引用古代和现代权威人士的观点，喋喋不休地解释各种理论学说，在对讲演的爱好方面，所有美国的故事讲述者中几乎没有一位能与他媲美——直到梅尔维尔的伊诗迈尔（Ishmael）出现。

这些相似突出了尼克博克——他是欧文对民主的、市场化文化的暗示，泰斯蒂是这种文化的先驱。它们点明了欧文泰斯蒂式的"对实验和创新的倾向"，欧文利用尼克博克推翻了文学传统，并使小说成为畅销书。《纽约史》的结尾部分，尼克博克淡化了他主要的保守主义，对曾经被他鄙视的大众采取了比较讨好的语气。第六卷中，他邀请所有从书的首页开始就伴随着他的读者们"手拉手，埋葬所有的分歧，发誓永远相互支持，同甘苦共患难，直到事业的成功"。这种表示友好的姿态远比敌对状态能够更好地适应现实，成为欧文作为一个作家的显著标志，使他在文化领域中与好战的库珀，后者是他同战壕的改革者和创新的批评家，形成鲜明的对比。

《纽约史》之后，欧文开始了第一个艺术逆转或者倒退，证明了他事业中的周期性特点。这位1809年的富于进取心的政评作家和文学传统的叛逆者放弃了实验，回归到18世纪文学人的惯例中。下面的10年，欧文可以称作是第二个约瑟夫·丹尼，或者是在布朗停止写小说以后的第二个查尔斯·布罗克顿·布朗。他在家族进口贸易的生意中挂了一个闲职，为了压抑自己的个性，他开始编纂他人的作品。1810年，他着手编纂一部托马斯·坎贝尔（Thomas Campbell）的诗集，并亲自写了作者的生平介绍；首页上自己的身份仅仅标

革命时期和建国初期的文学

为"一位纽约的绅士"。三年之后,他担任了《文选杂志》的编辑,使自己再次淹没在早期期刊的前职业阶段。《文选杂志》是一个典型的杂集,它认为文学是公共财产,应该对公共利益负有责任。它主要以翻印作品为主——换句话就是盗版——内容包括英国期刊的摘录,歌颂美国在1812年战争中英勇行为的爱国主义篇章等,后者的例子有弗朗西斯·斯可特·基的《麦克亨利堡保卫战》和几篇欧文创作的关于军事英雄的短篇小说。

经济上的需要是促使欧文重新回到全职作家轨道上的动力,使他最终成为职业作家。1815 年重归和平之后,他前往英国利物浦与病中的彼得相见,度过了一段心力交瘁的时期,试图从破产的境地中挽救 P. & E. 欧文(Irving)公司。1818 年公司最终还是倒闭了,这就断绝了他一切家庭经济资助。在别无选择的情况下,他只好重新拾起了笔写作。如《纽约史》一样,结果出人意料地成功:《见闻札记》于 1819 年至 1820 年间以小册子形式分 7 期连载发表,使欧文的声誉横跨大西洋,仅在美国可能就给他带来了 1 万美金的收入,足够使他相信作家的身份可以作为一种经济来源。

《见闻札记》不仅是对过去的一种完成,也是一种超越:它依然充满着过时的技巧和假设,即使欧文已经把它们转换成完全不同的东西。故事的讲述者"基欧佛雷·克拉彦绅士"是另一位艺术的业余爱好者,他坚持守卫自己的社会地位,与商业主义划清界限。虽然他摆脱了尼克博克类或奥尔德斯泰尔类人的暴躁脾气,但是他依然表示出对目前状况的不满以及对"已经逝去年代"的尊重。《见闻札记》是一本杂集,从某种角度上来说,它与期刊一样认为文学作品应该是公共财产。它相当自由地使用现存的信息来源,对类似英国传统的圣诞节和威斯敏斯特教堂游这样普通的话题进行改写。甚至欧文最著名的、似乎最具原创特色的故事《瑞普·凡·温克尔》也是他大量阅读欧洲民间故事的反映,可以称为是"老生常谈"。当然,欧文写作的时期处在英美关于文化主权的态度发生演变的关键时期。《见闻札记》中有一个短篇小说叫《造书的艺术》("The Art of Booking-making"),表明了作者对剽窃问题的敏感。这本书把现代作者描绘成小偷,他们在英国博物馆里从已经死去的作者身上搜寻可用之物,然后拼凑成自己的作品。欧文本人被他的诽谤者批评正在干这种勾当。同时期的英国散文家威廉·海兹利特(William Hazlitt)毫不犹豫地把欧文列为文学窃贼,一个"撇去奶油的人,然后巧妙地从我们最著名的、最幸福的作者那里盗走了样品"。

欧文这位抄袭者——可能是梅尔维尔的巴特尔比(Bartleby)形象的原型——同时也在重新定义他作为艺术家的责任。他谨慎行事,使自己的文学产品能够成为带来收入的私人财产而同时又不掉入剽窃的陷阱。虽然

第七章 华盛顿·欧文

《见闻札记》起初像杂志一样在美国大量发行，但是欧文还是使这种众所周知不赚钱的方式变成惊人的获利方式，并使自己的作品免受侵权的困扰。他沿用《纽约史》的做法保留了书的版权，为了获取最大的一部分利润，他自己出版了这部新作，并把每期的售价定为75美分，这在当时可以说是天价。如果读者要买齐7卷的连载，那么总价为5.37美元，而当时订阅全年的《卷宗》才6美元，绝大多数小说的售价也仅仅为2美元。"如果美国公众希望拥有自己的文学"，欧文对记者直言道，"他们就必须同意为了支持作者而付出代价。"整部《见闻札记》单独成册再次在美国和英国发行。欧文起先自己花钱在伦敦把所有的书买下以防被别人盗版，后来在司各特的帮助下，他交由享有"书商王子"美誉的约翰·莫瑞来负责书的出版发行。谈到写作是投资的时候，他曾直言不讳地对他兄弟依班内泽（Enenezer）说："我现在能够……时不时地写些文章，足够支付我现在的生活，并储存版权资产，为将来积攒一些资金。"

《见闻札记》中，欧文对历史性写作和文学说教性的否定态度表露无遗。他反复表明了对诗意的和传奇性的文学而非事实性文学的偏好。欧文说，对普通读者而言，类似莎士比亚作品中杰克·福斯塔夫（Jack Falstaff）式的人物比历史中所有的伟大人物都更有意义，尽管真实的英雄可能"提供了疯狂英勇的榜样"，但是"虚构的英雄""扩大了人类乐趣的界限"。旧时对实用性的强调已经完全消失，取而代之的是文学尤其是小说应该成为娱乐核心的观念。"取悦读者比教育读者更加令人愉快——也就是说，要成为读者的朋友而不是导师"，欧文如此写道。他坚持要颠覆前辈所提出的目标，这标志着他把美学定位为不受实用性限制的自主领域。

欧文笔下的人物基欧佛雷·克拉彦本身就是一个美学与现实生活隔离的实例。某种意义上来说，这种分离毫不夸张：克拉彦本人就离开了美国"平凡的现实"而到欧洲去寻找"历史故事或者诗意遐想的魅力"。他既是老派的文学绅士，又是新浪漫主义的艺术家。克拉彦——欧文也是如此——可以被看做一位过渡性人物，他已经实现了新兴理想和旧观念之间的嫁接。（英国方面的过渡人物是比欧文晚五年出生、比欧文更加潇洒的人物拜伦爵士，一位流浪诗人和贵族。）涉足文学的贵族与悠闲地"顺从自己无常爱好倾向"的专职伤感主义者融合在一起。贵族和浪漫主义两种姿态的结合是出于对市场文明习性的反感：克拉彦实在是与理性的、有目的的19世纪有太多的不同。他反对这个时代的物质主义以及社会和地理上的流动性，对古风、传统和不受

革命时期和建国初期的文学

管制表示赞赏。假名"克拉彦(英文直译为蜡笔)"和书名"速写簿"①强化了他的不切实际：1820年，美国人依然对美术范畴中的素描和绘画抱有怀疑态度。

与不安分的现代社会格格不入的思潮从头到尾贯穿了《见闻札记》，其表现为对死亡的神魂颠倒。一篇又一篇的故事归属于文学中的坟墓派：《寡妇和她的儿子》("The Widow and Her Son")，《乡下的葬礼》("Rural Funeral")，《伦敦古董》("The London Antique") 和《村子里的骄傲》("The Pride of the Village") 这些故事中，我们都可以看到克拉彦追思故人，把坟墓当成"安息所"。他的这种病态根本不需要在公墓这种地方才会引发：坐船渡过大洋这样的事就会使他想到淹死。死亡随时吸引着克拉彦，促使他静想和放任情感。它帮助主人公逃离了早期工业资本主义的压抑和竞争；用他自己的话说，死亡是"一个影子的王国"，一个施展想象力的不显眼的辅巷，转到这条路上，他可以避开"疯狂赚钱的高速路"。

艺术的独立和艺术与死亡之间的关系是欧文最著名的两个故事的主题，它们是《瑞普·凡·温克尔》和《睡谷的传说》(*The Legend of Sleepy Hollow*)；两个故事都暴露了想象力和特别注重金钱的现代性之间不经意的串通一气。在欧文的小说中，美学与唯利是图的"现实"之间的对抗通常是通过荷兰的过去和杨基的现在之间的冲突来表现的。"瑞普·凡·温克尔"称自己为"迪德里希·尼克博克的遗作"；与死亡之间的关系通过主人公20年的睡眠被再次提到，20年的睡眠是象征意思上的死亡(他的名字中也有这样的比喻含义②)。这个故事被人们当做寓言来读，它反映了欧文自己与19世纪的美国之间的疏远。故事中的艺术家瑞普是一个老头，他游手好闲，"万分憎恶所有能够带来经济回报的劳动"。他整天无所事事，在乡下闲逛，给村里的三姑六婆没完没了地讲故事，导致他的家庭陷入了贫困。当瑞普开始他死亡一样睡眠的时候，那个古老的村庄卡特斯基尔斯 (Catskills) 依然保留着它荷兰传统的痕迹；当他醒来，美国已经进入了后革命时期，他发现"人们的本性似乎改变了"。扬基们"忙碌的、嘈杂的、爱争辩的特性"已经替代了荷兰人的

---

① 速写簿 (Sketch Book)：欧文这部书的英文名字为"*The Sketch Book of Geoffrey Crayon, Gent.*"，通常翻译为《见闻札记》。英文中"Sketch"一词的意思为"速写簿"，它与书中的主人公Geoffrey Crayon的名字相映成趣，因为"Crayon"在英文中的意思是"蜡笔"。——译注
② 主人公的英文名为"Rip Van Winkle"，其中"Rip"是他的名字。在英文中，Rip这个词通常被刻在墓碑上，意思是"愿……安息"。——译注

第七章 华盛顿·欧文

随和和宁静，瑞普感到非常不适应，不能肯定自己的身份。这个人物形象与迪克里希·尼克博克一起，把艺术和反艺术进行了对比，讽刺了文学必须讲求事实的传统。尼克博克以一副诚实的面孔说他曾经与瑞普谈过话，而且还看到过证实他真实性的档案，这一切都突出说明人们期望小说去效仿历史的观点是多么得荒谬。

在《睡谷的传说》中，想象力与富有进取心的现代社会之间的冲突通过布鲁姆·伯斯（Brom Bones）和伊卡博德·克雷恩（Ichabod Crane）争夺卡特里娜·凡·泰斯尔（Katrina Tessel）的对立中得以表现。整个故事据说是在"死去的迪德里希·尼克博克的书稿中"被发现的，给小说再次笼罩上了死亡的阴影；睡谷中有大量歌德式的传说和似是而非的迷信，其中最恐怖的莫过于黑森州士兵鬼魂的故事，这个鬼魂每晚出来寻找它的头。伊卡博德·克雷恩来自康涅狄格州，是一个不安分的北方佬，他闯进了由荷兰人居住的"闹鬼的地区"。他的身上有新世纪盛行的"废寝忘食的"思考习惯：他"贪婪的思想洞察力"把物质世界看成可以摄取的物体，或者可以"变成现金投资来买大片的土地和在荒野中建设宫殿"的财产。布鲁姆·伯斯以无头的骑兵（Headless Horseman）的形象出现，最终成功地把他的对手从睡谷赶了出去，使艺术领域免受扬基们掠夺成性的物质主义的侵扰。由尼克博克写的后记再次确认了艺术的胜利。当心怀疑虑的听众要求"了解故事的寓意，以及故事想证明什么道理"时，故事的原叙述者，一个没有名字的"令人愉快的、衣衫褴褛的、带有绅士派头的老人"，利用了愚蠢的推论法来混淆听众。简而言之，文学没有任何实用性目的或者要传授的教训；它的价值在于娱乐而不考虑其效用。

欧文不能从始至终地维持创造性精神与疯狂赚钱的功利主义之间的分裂。他着意区别的两个领域一直在重叠和互相渗透，表明毕竟它们不是对立面，而是相互补充，甚至是相互依赖的。在《瑞普·凡·温克尔》中，从殖民地到独立国家的变化起先并非天翻地覆一般。两个形象之间有太多的相似和重合：瑞普的儿子跟他的父亲一样是懒鬼，是父亲"不折不扣的翻版"，虽然乔治·华盛顿替代乔治三世掌握了政权，但是小酒馆的外面依然挂着乔治三世的画像。另外，对于故事的叙述者来说，商业文化比催人昏昏入睡的过去更加易于接受。瑞普被尊为村里的长者，在"新一代"人中享有特殊的权利，因为他可以绘声绘色地讲述"过去的时光"。从这个角度来看，与其说他是疏远的象征，倒不如说他预言着欧文的作品将被越来越多的读者所接受。他的成功使人们注意到一个历史现实，即直到19世纪美国人才拥有了足够的财富和闲暇来支持一个职业作家阶层。

许多同样含义模糊的东西在《睡谷的传说》中重现，明确了对荷兰人的评价，同时表明欧文本人更具有扬基的特点，远远超出他自己所认为的程度。离睡谷最近的塔利镇（Tarrytown）① 在故事开头就以集市的面目出现，之所以这样得名是因为在赶集的日子人们经常在那里逗留闲逛；如《纽约史》一样，在伊卡博德·克雷恩开始居住在这个小镇很久以前，扬基的特点就已经在这个荷兰人的世界中存在。欧文笔下平静的荷兰山谷远不是想象力的世外桃源。当地人看不起读书写字，无头骑兵保护着当地与世隔绝的生活状态，也让人们看到了他的愚笨无知。克雷恩，那个表面上的敌人，似乎与艺术家欧文本人混为一体。他既似蒂莫西·达博尔，又像穿黑衣的小人物，在他一个人身上集中了作家欧文希望表现的两种个性，即文物搜集者和野心勃勃的人。最终成为政治家和法院法官的那位精明的学校教师同时又是爱读书的人和讲故事的人，被小说叙述者称为"（我们的）文学人"。他习惯于在各地到处游走，这就提醒我们，虽然欧文赞赏那些生活相对静止的荷兰人，但是他本人则不是一个愿意在同一个地方呆很久的人；他总是自吹自己具有吉普赛人似的秉性，一生大部分时间都花在旅行上。

当然，欧文的小说需要由克雷恩所代表的扬基心态。那位学校教师对文学的着迷如痴如醉：他对绝妙故事的"胃口"和"消化它们的能力"据说到了不可思议的程度。从这个角度，我们可以把他理解为到1820年已经形成了的、扩大了的阅读群体，它是伴随着资本主义的蔓延而形成的消费革命中的一部分——公众有足够的钱来买书，有足够的时间来读书。在《见闻札记》的结尾，欧文把自己的作品比作食物，希望他所准备的菜肴拼盘能够满足所有人不同的口味。他的书杂录了各种不同的文章，说明他考虑到了这种新型的"大范围的"阅读风格。《见闻札记》是由美国人创作的第一部把杂志的市场活力转换到小说中的典型作品，它把杂志的多样性和文章的简洁性带入成册小说，并由小说中的人物——讲述者把这些特点进行统一，整部小说由一个人创作并享有版权。

欧文使独立文学合法化、商品化的手段进一步解释了他对死亡的痴迷。在与过去决裂的过程中，他在作品中加入了两个自出现之日起就开始衰退的关键历史发展阶段。欧文加速了从口述到印刷客观价值观念的转移。他不仅对一些大众耳熟能详的传说和传奇故事进行了改写并申请版权，而且对诸如口头艺术必须致力于"道德"教育和传递真实信息的特点持有怀疑态度。虽

---

① 塔利镇（Tarrytown），英文中"tarry"的含义为"等候；逗留"，故小镇由此命名。——译注

然欧文的故事中总是有故事的讲述者，但是没有任何迹象表明他们还活在人世，因为小说把他们描写成已经过世、消失或者是与读者远隔重洋的人。《见闻札记》尤其把印刷的特性当成自己身份不可或缺的内在部分。印刷利用空间和时间，或者距离和持久来替代口头表达接近听众和转瞬即逝的特点。《见闻札记》通过自身的表达把这些特点凸现出来，它是一部充满异国情调、宣传古物研究的作品，它来自一块遥远的土地，徘徊在图书馆和墓地搜集关于过去的各种令人动容的奇闻轶事。

欧文在英国创作了这部杰作，在美国进行市场推销，使我们想起19世纪的运输革命。这是欧文写作中所涉及的第二个历史发展阶段，它也使人感觉到人类作用的衰退。同时期发生的消费爆炸一半是因为运输货物的方式得到了改进——公路、运河、汽船、改良帆船直至最后的火车——货物可以由一地运送到另一地。《见闻札记》出版的时间恰恰就是美国运输体系正在进入现代化主要阶段的时期。1815年至1825年之间出现了收费公路和运河修建的高潮，当时全国最大的伊利运河在其后的几年中也修建完成。许多美国人慢慢习惯了那些不是在本地而是在很远的地方生产出来的商品。他们越来越多地接触到一些物品，包括书籍、杂志和报纸等，而他们无缘见到这些物品的制造者。虽然这种商品极少数是在工厂里制造出来的，但是长距离的运输发送使人们感觉不到人类制造者的介入。

欧文小说的创作和接受美学于这种商业和科技的氛围中生成。无论从内部还是外部而言，这部小说再生了现代消费社会的基本特点：消费和生产源头相距甚远。《见闻札记》宣称是由一位旅居海外的美国人而作，它首先在美国——其诞生地的大洋彼岸——成为畅销书。文中，欧文的故事把调解奉为神明。阅读书中的故事，人们意识到他们离故事的源头越来越远。书中最有意思的两个故事都是"遗作"，"造书的艺术"把文学作品的创作等同于从死人那里盗取信息，高度概括了这个特点。在接踵而来的故事中，讲述者的交替令人眼花缭乱。《睡谷的传说》为我们提供了一个绝好的例子：在读者读到这个故事之前，首先它从最早的源头移植过来，到达迪德里希·尼克博克手中，然后迪德里希·尼克博克把故事抄下来转给《见闻札记》假定的作者基欧佛雷·克拉彦，最后才到华盛顿·欧文笔下。这种假想的传播过程概括了美国文化中文字的命运：从公共的、口头表达形式转变为在一群志趣相投的绅士们之间传阅的书面手稿，然后转变为我们看到的印刷文字，这才是在市场上广泛发行、可以买卖的商品。

欧文作品中不稳定的界限——过去和现在、荷兰和扬基、艺术和赚钱之间——显示，他作为浪漫主义贵族的反中产阶级的姿态带有商业敏锐的色彩。

革命时期和建国初期的文学

我们提一个问题就可以化解文学商人和唯美主义者之间的不协调，那就是，1820年在市场上出售小说和小说作家最好的手段是什么？新兴繁荣的印刷、不断扩大的阅读群体以及消费革命，所有这一切都表明，文化和对美的欣赏完全没有丢失它们上流社会的身份；相反，普通大众现在有可能从事那些从前只有部分人才能享受的特权活动。虽然文学成为商品，但是很大程度上文学保留了作为上流社会无价标志的高贵地位；甚至今天，"纯文学"字眼依然使它具有本身固有的高雅品味。从某种意义上来说，欧文出售了滞销商品——小说已经进入到了文化中高雅的层次——他把文学和文学创造者描绘成比唯利是图的生意人高尚得多的人，没有人能够想出更加高明的市场策略了。读者一旦购买了《见闻札记》，那么他们的购买行为就立刻超越了纯粹的商业行为，欧文本人同时也获得了双份的满足：他不仅吸引了大量的读者，同时保留了他作为文学绅士的自尊。

我们可以从欧文事业的后半程看出，他这种姿态是发自内心的，他真诚地相信作者身份的高雅。他一直倡导艺术应该进行根本的改革，是文学的"自由之子"。当他慢慢习惯于"美国文学之父"角色的时候，他开始对往昔的叛逆行为感到惴惴不安。他曾谈到第一部出版物中的"创新的罪恶"，在《见闻札记》之后，他放弃了对新颖的追求，其背后深藏了他对当初站在文化生活最前沿的深深悔意。虽然他其余的作品不在我们这个讨论的范围之内，但是只要看一眼他为1848年版《纽约史》所写的《作者的道歉》（"Author's Apology"），我们就不难发现那种显而易见的悔恨之情。欧文声明，把事实与虚构人物和事件结合在一起而犯的"任何严重的历史性罪行"远不是他的意图。来自于"头脑清醒的人"的指责让他意识到了自己的错误，但是他依然对自己年轻时的努力感到满意，因为《纽约史》成就了两个最有价值的目的。尼克博克讽刺文学鼓励了人们要尊重历史事实；它激起了人们对"遗忘的档案"的兴趣，"驱使（人们）研究"纽约的过去。另外，小说再现了纽约的早期历史，成功地达到了它的"主要"目的：让公民真心关注自己所居住的地方的爱国主义目的。因此这位1809年的传统叛逆者放弃了他的独创性，把自己描绘成他曾倡导推翻的那种文学传统的捍卫者。

第八章　詹姆斯·费尼莫尔·库珀

所有美国作家中，詹姆斯·费尼莫尔·库珀最具有在文学中建立国家传统的意识。早在第二本书《间谍》出版之际库珀就认识到，确立自己开国之父般小说家地位的过程，实际上就是使自己享有经久不衰名声的过程。然而，那个时代充满着各种事物新的开始，库珀同时代的人中如他一样对创新深感疑惑的人寥寥无几。某种程度上来说，库珀面临的问题相对简单，那就是为他的小说找到一种形式和环境。但是这个问题的背后隐藏着一个更加令人困惑的问题——我们暂时用简单的语言来说——库珀到底应该是"共和主义"还是"自由主义"的作家，他写作的目的是带有社会性和爱国主义性质还是主要追求艺术效果。这个问题的背后是职业化问题。库珀如何适应作家身份转化的商业过程？

这位文学先驱重新构建了自己的风格。如欧文一样，他彻底改变了在共和国成立以来第一个25年中一直占统治地位的公民—人文格式。对于前辈们来说，小说是"事实"或者历史；对库珀来说，历史是小说。库珀认为小说是一种吸引后共和主义读者的主观性的艺术形式，而不是通过叙事来进行道德教育的文字，库珀把自己的写作与崭新的社会秩序紧密结合在一起。

然而，库珀一直不遗余力地抨击同胞们舍弃共和国过去价值的行为。又如欧文一样，他对于19世纪前几十年中形成的贪得文化既强烈地感到不可接受，同时又热切地表示赞许。作为一位源源不断需要金钱的投机商和资本主义农夫，库珀谴责那个时代的物质主义精神，一生都保持着18世纪绅士的形象，与他那些不择手段攫取财富和地位的同胞们决裂。而且他对于小说写作持有绅士般的不屑一顾，认为小说写作是一种有失身份的行为，即使当他成为第一位成功的美国职业作家的时候依然态度不变。

●革命时期和建国初期的文学

本章将以库珀的早期小说《拓荒者》（*The Pioneer*, 1823）为中心，这部小说可以看做是库珀为自己焦虑不安的努力而作的复杂的沉思，正如一位当代评论家所说的那样，这部小说为"美国式的浪漫奠定了基础"。库珀家族保留着一种传奇说法，当初是因为激将法他才开始尝试创作小说的：库珀曾经声称，他能够超越时下流行的任何一位英语本土小说家，所以当他的妻子和她的堂兄挑衅他说大话的时候，库珀拿起了笔杆。无论这种说法是否真实，它不仅表达出库珀对作家职业深思熟虑的漫不经心，同时也表达出他的竞争力。在这一点上，他希望赶上和超越那个时代广受欢迎的女性作家们。最重要的是，他渴望在小说的销售上至少与她们平分秋色，因为他急于出版自己的第一部小说《戒备》（*Precaution*, 1820）。虽然他从父亲、库珀镇的创建人威廉·库珀法官那里继承了一笔遗产，但是到1820年他经受了严重的经济拮据。由于一连串生意上的噩运，包括投资土地和捕鲸船的失败，他用完了所有的现金遗赠，深陷债务之中。（三年之后，1823年库珀被迫卖掉了父亲遗留下来的庄园还债。）小说对于他来说是一个帮助他走出困境的方法；库珀模仿简·奥斯汀（Jane Austen）《说服》（*Persuasion*, 1818）的风格创作了这部小说，并希望小说能够一炮打响，帮助他摆脱破产的境地。

因此在自己作为小说家的事业起步阶段，库珀认为小说应该带有私人的和"女性的"风格——小说就是那些能够解决他经济问题的爱情小说。很明显，他坚信如果小说在美国想取得较好的销售，就不仅必须要模仿英国小说，而且必须把英国作为小说故事的背景假装自己是一个英国人。他把大不列颠英国称为"这个国家"，似乎英国就是他的祖国，故事的中心人物定为高贵的潘登尼斯伯爵（the Earl of Pendennyss），不久他就批评说其实这个人物不适合美国小说。库珀没有做得太过分而假装是女性作家——他承认"这些内容的作者是一位男性"——但是他清楚地意识到，小说主要的读者都是女性，所以他尽力选择爱情和爱情的曲折凄美作为小说的主题以吸引潜在的读者，并大加赞美"女性的纯洁和忠诚"。

库珀对市场的敏感并没有熄灭他对于共和国作者身份模式的热衷，这种模式到1820年已经呈衰落趋势。他发表了许多关于小说功用的传统观点。《戒备》提醒读者不要滥用想象力，提出只有当小说的艺术性服务于道德启迪的时候才真正有价值。他认为书籍具有"拯救和毁灭"的力量，女主人公和她从不思考的姐姐之间意见的不同可以用一句话来概括："书籍对于简来说是娱乐消遣之物，而对于艾米莉来说则是良师益友。"

从出版的角度来说，《戒备》是一个典型的业余操作。库珀完全自费出版这部小说，此举虽然表现了他的独立性，但是其后麻烦不断，并因此使他声

第八章　詹姆斯·费尼莫尔·库珀

名狼藉。尽管他渴望作品得以大量销售，但是出于自尊他拒绝对小说进行宣传，坚持绅士出版作品时采用匿名的准则：他警告销售商"好好保护我的名字，不要以任何方式外泄"。印刷排版毫无职业水准，也不美观，充斥着语法、标点和段落排序方面的错误。虽然有些失误是由于印刷者能力有限而致，但是其他的错误则完全是因为库珀的漠不关心和仓促草率而致。

简而言之，库珀确实不清楚自己到底是什么样的小说家，或者是否确实是小说家。在完成了第一部小说之后，他马不停蹄地立刻着手创作似乎与前一部完全不同的第二部小说《间谍》，并在两周内完成了60页。他向销售商保证，这部"自称是美国小说"的作品其精彩程度大大超过了上一部。除了小说采用的本土背景以外，《间谍》标志着库珀在时间中心上的转变：故事发生在最近的一个重要时期，革命时期的冲突，代表了从风俗小说到历史性浪漫小说的转折。大西洋彼岸著名的沃尔特·司各特可能在这些选择上对库珀有所影响；毫无疑问，他希望模仿司各特的关于边界国家的历史性小说模式，并把它美国化。库珀是一个异常好斗的人，他也可能有强烈的愿望要超越华盛顿·欧文，后者像他一样是纽约人，其《见闻札记》一书的成功再次证明美国文学对英国主题的依赖。《间谍》将是对《戒备》亲英主题的一个爱国主义的修正。

但是，如果我们认为此时库珀突然发现了自己的使命应该是记录国家的过去，那就有一定的误导性了。不管怎么说，欧文的成功已经表明，让美国读者对自己国家的背景和风俗产生兴趣是多么困难，库珀怀疑自己的新作品是否有足够的吸引力而有利可图。实际上，《间谍》第一卷完成之后他把书稿搁置了几个月，动笔创作第三部小说，小说的背景依然是美国，但是在其他方面与《戒备》类似，把小说的中心落在"婚姻投机"上。此第三部文学创作收录了许多故事，临时起名为《美国故事》（*American Tales*），这部小说中，库珀确实假扮成女性作家，允许出版商宣传此书的作者是"一位女士"。库珀依然没有决定他将继续何种文学模式，以便能够使自己的作品销售良好。他一直不确定作家这个职业的概念，总在女性的情感公式和共和主义的"男性"之间徘徊不定。前者模式曾经给库珀带来可观的销售；公共和历史小说至少在美国不仅卖得不好，而且被断定将从市场上消失。《戒备》的市场反应并不热烈，这有可能帮助库珀解决了进退维谷的尴尬处境，他决定减少求爱类小说的数量。总之，在着手创作关于婚姻的小说之后不久，他就完全放弃了此类小说。

库珀此时开始继续写作《间谍》，并很快完成了整部小说，这部小说开创了他作为艺术家自我形象中的"脱离女性"的过程。它标志着库珀向男性主题的转移和关注，最终在皮袜子故事集中得到充分展示。这本书体现出作者与描写

647

◎革命时期和建国初期的文学

中性人形象的欧文之间的不同,也体现出库珀与那些女性竞争者的不同,那时女作者们独霸市场,给所有的小说创作蒙上了女性色彩。库珀深受司各特和军事—历史性冒险的吸引,驳斥了那些认为艺术家都没有男子气概的诽谤。

然而,如果《间谍》标志着这种变化的起点的话,作品本身则强烈地带有一直困扰库珀的不确定性,因为他依然在探索一条有一种自我构思、风格和观众的道路。小说的中心既是关于确立美国的独立,又是关于建立美国文学,两者不分伯仲。虽然库珀宣称他希望通过小说来"激发(对祖国的)热爱之情",但是1821年发行的第一版的前言中,他对于采用本土素材创作小说采取了一种怀疑和防守态度。前言开首回顾了关于美国人选择自己的国家作为故事背景所带来的利弊的讨论;然后匆忙得出弊大于利的结论。库珀评论道,对国家的忠诚应该确保由美国人创作的小说得到很好的销售,然后承认这种希望可能"像这本书本身一样——是一种虚构"。他说,小说有其新颖的优势,之前只有本土小说家查尔斯·布罗克顿·布朗曾经获得成功;但是布朗在赢得公众承认之前就过世了,他的作品——库珀特别提到《埃德加·亨特利》中的洞穴场景——与其说是提供了参照的先例,倒不如说是障碍,因为它缺乏逼真的生活。英国评论家们期望美国人仅仅围绕印第安人的题材写作,小说家们赖以生存的女性读者们更偏好读一些描写贵族和城堡的小说,而贵族和城堡在美国根本不存在。在前言的结尾处,库珀的语气已经公然变得非常尖刻,直言不讳地表明了自己唯利是图的目的,因为他指责女性读者品位低下,并"向那些阅读我们这部书的人致意——向那些购买这部书的人表示爱意"。

库珀怀疑《间谍》是否能够为大众所接受,这种怀疑在故事中也得到体现,那就是关于美国小说属性身份的冲突。故事以革命时期为背景,副标题是"中立地带的故事"("A Tale of the Neutral Ground"),追溯了争夺纽约附近的一块位于英国和美国军队之间名叫西切斯特镇(Westchester)的土地控制权的斗争。但是就像《戒备》不仅仅是关于婚姻的小说一样,《间谍》也并不仅仅是关于战争的小说;它同时包括了战争和婚姻两个主题,涵盖了似乎来自于不同故事的若干插曲和写作技巧,并时常在不同层面的情节之间进行蹩脚的转换。这部小说是名副其实的"中立地带",它分为由库珀支配的两个模式组成。一方面是库珀心目中的历史和战争事件,用来完成其爱国主义的目的:乔治·华盛顿以神秘的哈尔泼(Harper)的形象出现;商贩—间谍哈维·贝奇(Harvey Birch)是华盛顿的秘密特工,诡计多端;无法无天的游击队发动的突然袭击;叛乱的支持者斯基那斯(Skinners)以及保皇党人卡尔波耶斯(Cowboys)。另一方面是一些浪漫的感情纠葛和必须严格遵守的社会礼仪，这些内容可能对女性读者产生特殊的吸引力：弗朗西斯·沃顿（Frances Wharton）和顿沃迪（Dunwoodie）少校之间的爱情；次要情节中伊莎贝拉·辛格顿（Isabella Singleton）暗恋上顿沃迪，并因背叛了她自己的感情而受到屈辱；两位下层社会妇女凯蒂·海内斯（Katy Haynes）和贝蒂·弗拉纳根（Betty Flanagan）利用诡计分别与哈维·贝奇和豪利斯特中士（Hollister）结婚。

固然，司各特的历史性小说中也存在着浪漫主义元素，但是《间谍》中风格上的冲突大大超越了司各特的小说，造成纯粹的不和谐和喜剧效果。库珀在一次战斗的间歇中说："战争是一个令人讨厌的敌人，使人不得不爱。"随着敌对行动接踵而来的是这部非现实主义作品中的一些不可能发生的故事。举两个例子我们就可以窥一斑而视全貌：掠夺者和骑兵在沃顿的家乡罗卡斯特（Locusts）相互残杀；因为一个英国军官的口是心非而心灰意冷的莎拉·沃顿则上演了一出奥菲莉娅①（Ophelia）式的疯狂场面；美国人在不遗余力地追捕亨利·沃顿（Henry Wharton）的过程中，为了使弗朗西斯和顿沃迪可以结婚，宣布暂时停止战争。

这些不协调的特点使人想起距库珀最近的美国前辈塞缪尔·伍德伍兹。但是库珀超前于伍德伍兹的程度等同于他落后于司各特的程度。《间谍》尽管有其不足之处，但是它依然是一部杰作，因为库珀已经开始重新把历史理解为可以私人化的虚构。他从革命时期的真人真事中汲取素材，但是从来没有允许自己的作品成为公共领域里事实的客观记录。他所感兴趣的是大事件以及历史趋势对普通人生活的冲击。虚构的人物和"编造"出来的事件占据了故事的中心地位，甚至小说的最主要"事实"——华盛顿雇佣了一个商贩兼间谍——也带有虚构的氛围。库珀在 1849 年的介绍中透露，小说的片断是由一位积极参与对英作战的"杰出人士"提供的，这个消息并不为大众所知，而是属于揭秘性质。《间谍》这个书名本身明确显示了库珀对于历史知识理解的创新角度：过去的功绩一度是公共遗产，现在则是只有寥寥几人了解的秘密。创作小说的作家本人似乎更像是一个间谍，而非历史学家，更像是特许故事中的商人，而不是隶属于社会的资料编纂者。事实上，库珀把历史私人化和主观化，这种变化在《拓荒者》（*The Pionners*）中得以进行步推进，在这部小说中他转而以自己家族在库珀镇定居的经历作为叙事的事实基础。

库珀的文学策略与愈加乐天和个人主义社会的趋向相一致。1821 年的自由秩序留给个人以很大的发展空间。依靠自己的努力出人头地已经成为一种社会行为准则，正在排斥对公共事业的忠心耿耿。许多美国人开始认识到，

---

① 奥菲莉娅（Ophelia）：莎士比亚剧作《哈姆雷特》中女主人公。——译注

革命时期和建国初期的文学

他们能够以个人而不是一个团体中的成员的形式来影响身边的世界。库珀在《间谍》中对历史充满想象力的掌握反映了这个时代（爱默生把它称作"第一人称单数"的年代。）对于统治手段的威力具有越来越强的信心。如四年前出版的威廉·卡伦·布莱恩特的《死亡观》一样，《间谍》采用了独立的主体——在库珀的例子中就是小说家——不受任何外部形式的限制。他能够把自己的意愿强加在素材上，而且按照自己的选择对过去进行改动。以集体为特权的共和主义范例让位于个人愿望。

尽管库珀对历史性浪漫小说进行了修正，开拓了一个崭新的、有巨大发展空间的领域，但是他依然是一位典型的后革命时期的文学人，对小说的公共效用坚信不疑。1812 年的战争一般被称为第二个美国独立战争，它加速了国家自我意识的形成。库珀希望通过《间谍》向美国读者展示，他们自己的国家为历史性小说的创作提供了一个广阔天地。欧文在一贯重视艺术价值的欧洲找到了自己的价值；库珀的爱国主义篇章显示，原汁原味的艺术作品在本国的土壤中也可以茁壮成长。《间谍》很快在美国和欧洲成为畅销书，激励了大量的本土作家争相效仿。

库珀认为小说的风格正在为共和国设计布局和界定。他对于自己的小说抱有极大的政治抱负，希望能够通过它们影响下面的问题，即谁将是参与美国试验的合适人选？《间谍》中给出了答案，参与美国试验的合适人选应该是一位坚信社会中应该有等级分别的共和主义绅士。作者把一连串的人排除在外后，认为诸如哈维·贝奇这样的社会精英和具有无私精神、来自卑微阶层并对上层社会保持谦恭态度的人组成的社会才是可以接受的社会。从中立地带被排斥出去的人中包括英国贵族威尔米尔（Wellmere）、下层社会领袖斯基那斯，后者追求利益，野心勃勃，最终贪婪把他送上了绞刑架。

值得注意的是，库珀的理想社会带有跨区域性。弗朗西斯和顿沃迪是堂兄妹关系，他们的婚姻把纽约和弗吉尼亚、北方和南方结合在一起，确认了跨越区域差异的国家特征。1821 年，即《密苏里妥协案》①（Missouri Compromise）通过后一年，库珀的同胞们都迫切地希望保存联邦国家。《间谍》试图

---

① 密苏里妥协案（Missouri Compromise）：内战前调和南北冲突的议案，由克莱提出。内战前，美国的自由州和蓄奴州各 11 个，以梅森—迪克逊作为分界线。1817—1819 年密苏里领地多次申请作为自由州加入联邦，遭到南方反对，因为密苏里地处界线以南，它的加入将打破南北双方在参议院的平衡，故引起长期争执。1820 年国会通过法案，规定从马萨诸塞州划出缅因地区作为自由州加入联邦；密苏里作为蓄奴州加入联邦，南北州级数目得以保持平衡。——译注

第八章　詹姆斯·费尼莫尔·库珀

提前预料那些引发 1775 年武装冲突的分裂再次出现——库珀在 1849 年的介绍中指出："革命具有许多内战的特点"——这些分裂由于一触即发的奴隶制问题而具有复苏的危险。要想完全脱离英国就必须巩固国家的地位；奴隶制给库珀带来深深的焦虑不安。他所描绘的人物凯撒·汤普森（Caesar Thompson），沃顿家的仆人——北方奴隶的代名词——是我们小说中最早的、滑稽可笑的并恭顺屈从的典型的黑人形象。

尽管库珀带有贵族式的自我构想，但是他把全身心投入到对平民主人公纳蒂·班波①（Natty Bumppo）的先驱哈维·贝奇的创作中。贝奇在山顶修建了陋室，从那里可以俯瞰整个中立地带；他有多种伪装身份，他看上去是一位正在自己的工作室忙碌的、形象完美的艺术家。他能够根据场合以不同的面目出现，并能够自上而下操纵各种行动。这位商贩—间谍既投身于大众利益，又关注女性公众的利益，把情感小说和历史小说有效地结合在一起，这个人物形象具体体现了库珀小说中各种风格的融合。小说中贝奇以商贩的面目首次登场，在罗卡斯特向妇女们展示他的商品，并为商品的价格与妇女们喋喋不休地讨价还价，同时他自始至终都以报告最新战况的借口向华盛顿传递信息。这个场景中金钱动机和爱国动机的混杂使我们想起 1821 年库珀为小说所作的前言，我们可以感觉到，库珀试图通过描绘贝奇这个人物来接受自己对于从事文学贸易的努力。

贝奇版本表明，艺术家既是慷慨的商人又是具有献身精神的爱国者。尤其是故事的结尾，他明确了库珀对于作者身份职业化的错综复杂的感情。或者说他暂时理清了库珀自身的模棱两可，因为他同时完成了买卖商品和报效祖国的任务。贝奇证明了他的创造者"贩卖"小说的正确性。如库珀一样，这位间谍经受了经济上的困境；在搞清楚"更好的财富"之后，他现在"全身心地投入到金钱的积累中"。他在战争时期生意兴隆，贪婪地接受为亨利·沃顿服务而得到的酬劳，并在自己的屋棚地板下面藏匿了大量的黄金。但是在小说倒数第二章中我们得知，爱国主义而非金钱才是贝奇各种活动的真正目的。当戏剧般最后一次面见华盛顿的时候，他骄傲地拒绝了现金奖赏，并侃侃而谈地说，他一直以促进社会安定为己任。

库珀抱怨道，贝奇的牺牲将不会得到他同胞的公正评价。在谈到对主人公误解的时候他这样写道："公众的谴责或者赞扬适得其所，这种情况难得发

---

① 纳蒂·班波（Natty Bumppo）：这是库珀皮袜子故事集第一部《拓荒者》中的人物，是一个典型的美国人形象，除了具有天真、淳朴和慷慨的品质，还具有强烈的正义感和责任感。——译注

○ 革命时期和建国初期的文学

生。"与华盛顿最后一次见面时,华盛顿告诉间谍,掩盖他真实身份的面纱"可能许多年以后也不可能揭开——也可能是永远"。贝奇的境遇近乎不可思议般地预言了库珀作为小说家的命运。在间谍的身上,库珀越来越清楚地看到了自己的影子:一个为国家作出了贡献而得不到承认的无私的爱国者。库珀在事业的开始就预见到他将要忍受来自公众的冷漠和憎恶。确实,考虑到库珀与出版商和读者之间不甚良好的关系,我们趋于把哈维·贝奇看做是自我实现的预言。《间谍》的前言中充满了对可能面临的各种伤害的预料,实际上包含了贝奇式的晦涩,预见了这位美国作家的命运。根据小说最后一章的内容,贝奇的名字在革命后完全被世人遗忘。没有人知道他的英勇行为。直到他在1812年战争中去世,人们在他的遗体上发现了华盛顿手写的关于他真实身份的信件,他对国家的贡献才为世人所知。

有一点矛盾之处加深了库珀对读者的怨恨态度。即使当他渴望成功的时候,库珀依然认为刺探情报和小说写作同样是缺乏教养的行为,所以他坚持匿名发表《间谍》而不泄露自己的真实身份。他不能摆脱偏见,反对小说家通过人物而"伪装"自己编制事件、"欺骗"而非讲述历史事实的行为。他小说里上层社会的人物形象——他部分认同这些人物——坚持认为上流社会的人就应该永远诚实。顿沃迪少校在对亨利·沃顿间谍罪进行审判的时候就喊出了库珀自己的心声:"我从孩提时就认识这位先生;欺骗从来就不是他品格中的一部分。他无可怀疑。"库珀在路人皆知他小说家的身份之后很长一段时间内,依然拒绝把自己的名字登载在新作品上。他的标题页通常有这样的句子"本书的作者是……"后面列出两到三部已经发表的小说名;根本没有詹姆斯·费尼莫尔·库珀的字样。相反,一些非小说类作品,库珀则认为非常严肃和体面,如《美国的民主党人》(*The American Democrat*, 1838)和《美利坚和众国海军历史》(*The History of the Navy of the United States of America*, 1839)都公开地标注了自己的姓名。

有教养的人不应该使用欺骗手段,这个禁忌在《间谍》的结束部分已经有所松动,库珀似乎开始更加接受小说写作是一种手段而非道德教育的观点。亨利·沃顿发现假面具能够带来好的结果。他曾经带着假发和眼罩去过罗卡斯特镇而被判处绞刑,此后他戴上假面具扮成黑人仆人凯撒的模样从监狱里成功逃脱。甚至库珀笔下清白无辜的乔治·华盛顿也假扮成哈尔泼与贝奇见面,以便得到关于敌方活动的消息。以这种方式写作可以使一位伟大的公众人物看似合理地进入故事情节;它似乎也是库珀对自己创作小说活动的一种变相的辩解。

尽管库珀形单影只,他慢慢开始接受自己作为职业作家的地位,一个通过买卖故事谋生的人。他摒弃了小说应该服从于社会目的的传统观点，同时认为虚构与准确的事实具有相同的价值，甚至有过之而无不及。这种中心的转变——库珀的转变仅此而已，因为他从来没有放弃文学创作的功用性——在诸如《十五个故事》(*Tales for Fifteen*)这样的二流作品中也有所体现，这本书原名为《美国故事》，最终于1823年得以出版。故事集的前言否认了此书具有说教作用。最初，库珀说他希望这些故事能够对读者有"道德意义上的帮助"；而现在他"仅仅希望如果这些故事没有益处的话"，它们"至少也不会带来任何伤害"。在对这个时期的另一篇作品凯瑟琳·玛利亚·塞德维克的《新英格兰的故事》(*A New-England Tale*, 1822)的评论中，库珀对小说的价值远不如历史的诬蔑性观点提出了质疑。他争辩说，塞德维克那样的作家至少引起了我们的注意，记录了"真实的姓名和日期"，因为她的作品涉及的"那些自然和天性的真理是高尚的真理，是人类思想的原始法则"。

库珀逐渐认识到文学是一种有价值的领域，这种观点对他下一部重要小说《拓荒者》的创作产生深远的影响。小说的副标题为"活色生香的故事"("A Descriptive Tale")，充满了如 D. H. 劳伦斯所说的"所有文学作品中一些最可爱的、最富有魅力的画面"。《拓荒者》是第一部由美国人创作的、有自我意识的"美丽"小说。它是皮袜子故事集的第一部，坚定地把小说与忠于事实相区分，宣布了与后革命时代文学模式的决裂。根据介绍（库珀于1832年增写）中所言，库珀的目标仅仅是传达"一幅综合画面"；游记和历史性作品中必不可少的"严格忠实于事实"将会削弱和破坏"小说的魅力"。另外，《拓荒者》中的历史近乎是自传。"文学事实"不是来源于公共档案，而是小说家的生活背景和记忆；"把婴儿带入这个山谷"，他把画面的"真实"归结于童年的经历。他能够巧妙地避开《间谍》中出现的问题。上部小说中风格的冲突在这部新作品中大幅减少。如果说"爱情"和"战争"、感情和公共生活这些领域在《拓荒者》中依然没有完全融为整体的话，那么它们被处理得更加具有说服力，它们之间的紧张关系成为整部库珀小说中次要的但是随处可见的困扰。

库珀对历史的个人主义的倾向使他的艺术开始变得不协调和复杂。《拓荒者》是一部经典的、正在形成风格的历史小说。此书把历史看做是一个尚未结束的、充满着竞争的过程，是新兴的国家和注定要消亡的国家之间、不断扩张的美利坚合众国与四面楚歌的土著人社会之间的一个竞技场。后期皮袜子故事集最宏大的主题是关于本土民族的消失，但是这个主题在《拓荒者》中远没有美国文明发展的两个阶段之间的对抗重要。小说为我们国家文学的形成阶段提供了合情合理的结论：这个时期文学所关注的中心从后革命时期

●革命时期和建国初期的文学

以效用为导向的文化转向在杰克逊年代占据主导地位的以市场为前景的文化。虽然库珀把这种转化描写为边民主人公与马默迪克·坦普尔法官（Judge Marmaduke Temple）之间的对抗，但是事实上这两种观点越来越难以分辨。库珀自身的小说程序使它们之间的差别更加模糊不清。他敏锐地感觉到，对美国自然风光和风俗习惯的描写将受到美国读者的热烈欢迎，这就表明功用能够用来服务于两者之间的交换，以上两种观点并非一定是水火不容，或者至少在他创作这部小说的时候不再如此。

1823年故事最初的前言使人想起杰克逊时期贪婪的社会风气。《间谍》前言中火药味的痕迹依然存在，但是库珀现在提出，评判一件艺术作品价值的最好标准就是它在市场上的表现。他对于这本书能够带来的物质回报的渴望表露无遗。他不仅把前言献给此书的销售商查尔斯·威利（Charles Wiley），而且把此书卖出的册数作为被大众接受程度的"真正记录"。库珀声称："评论家们可以如自己所愿把评论写得朦胧晦涩，显示他们睿智无比；这些文章可抑可贬，随他们的心情而变；但是如果你（威利）见面对我微笑，那么我立刻就明白一切进行得很顺利。"

前言，尤其是献给销售商的前言，是一种广告形式；而自我宣传是《拓荒者》的首要主题之一，小说中有一部分关于美国风土人情细致精确的描写。此书的第一段提到，儿子在祖先居住了多年的家园中"他父亲的坟墓"周围徘徊，但是很快一切变得显而易见，早期坦普尔镇最具有代表性的生活方式是由像约瑟姆·里戴尔（Jotham Riddel）那样为了利益而买卖农田的人确立的。库珀描绘了一个自由社会的形成，这个社会的标志是地理和经济上的流动性和为了自己出人头地而进行的生生不息的奋争。在这样的国度里，一个人的家庭背景并不能给他带来任何社会等级，每个人的社会地位随时可以变化，成功与否完全取决于他的智慧、精力和运气。传统意义上的胜任和良好教育几乎没有用武之地。虽然"一位法律学家可能会因此哑然失笑"，但是马默迪克·坦普尔被任命为法官，在他一手建立起来的社会中行使权力，他的个人统治以及"天生的清醒头脑"取代了法律知识。没有接受过任何正规教育，仅仅曾经从事医疗实习的埃尔纳桑·托德（Elnathan Todd）担任了定居点的医生，而理查德·琼斯（Richard Jones）则占据着建筑和治安官的职位，因为他是法官的堂兄。

世俗职位谁都可以争取到，因此坦普尔镇的人们极力向别人夸耀自己的优点以便脱颖而出。故事开头的片段显示，即使坦普尔法官也加入到这种自我膨胀的狂躁中：他主动提出购买由纳蒂和奥利弗·埃风汉姆（Oliver Effingham）猎获的鹿，因为他迫切渴望能够享有捕杀鹿的"殊荣"，并希望"鹿之死成为一个宣传自己的好题材"。用理查德·琼斯的话来说,坦普尔法官"有惊人的吹牛天赋,善于把芝麻吹成西瓜"。当然琼斯是此书中最善于用语言进行自我推销的人物,他在吹牛皮的功夫上与法官相比有过之而无不及。他坚信,"天赋会填补知识的地位",到处宣扬自己的天资,如语言、医学、法律、建筑以及矿业——"上至天文,下至地理,无所不能"。

库珀与他书中的人物们一样颇具竞争性,他经常鼓吹自己的能力,贬低他人。他压抑住自己对报纸吹捧的鄙视,同意提前在《商业广告人》(*Commercial Advertizer*)上发表小说的两个摘选。另外,他故意设计了几个场景,意在胜过那两位经常被公众称为是他的对手、"成功的美国小说家"(1822年一位评论家使用了这样的字眼)的华盛顿·欧文和查尔斯·布罗克顿·布朗。他详细叙述了坦普尔镇圣诞节庆祝的方方面面,包括汁水鲜美的火鸡。实际上这是一个美国人对欧文《见闻札记》中饱受赞誉的英国式圣诞节描写的反驳。在《间谍》的前言中,库珀对《埃德加·亨特利》中美洲豹事件不屑一顾;他逼真地描写了美洲豹攻击伊丽莎白·坦普尔(Elizabeth Temple)和路易莎·格兰特(Louisa Grant)的事件,意在凸现布朗的逊色。

与《拓荒者》自我推销的主题紧密相关的是财产、财产的所有权以及财产的使用问题。开头的一幕围绕谁有权得到那只被宰杀的公鹿的争论展开,是小说中分歧的线索。它引入了合法所有权这个敏感的话题,利用纳蒂、印第安人约翰和年轻的埃风汉姆与法官坦普尔之间对立的微缩版来代表更大范围内关于坦普尔周围土地归属权的争论(或者说是误解,如故事的结果证明的那样)。当纳蒂和他的朋友们需要鹿肉作为赖以生存的食物的时候,法官则因为鹿肉是不错的野味而感兴趣,他最直接的反应就是拿钱来交换,正如他后来主动提出给奥利弗一百美元,因为他意识到自己的误射已经伤了这个年轻人。

库珀为法官画了一幅平和的、如果不算过于刻薄的肖像,可能表达了作者自己对父亲的怨恨之情。他的父亲是一个傲慢专横的人,创建了库珀镇,疯狂地进行投机和买卖土地。书中的法官似乎相信金钱可以购买世界上的任何东西。他把所有的钱拿来购买处女地,以至于琼斯曾经质问他:"难道你没有拥有所有的山脉和山谷吗?难道那些森林不都是你的吗?"法官完全认同客观环境就是商品的观点。他以商人起家,在投资土地方面表现出与商业投资同样的机敏和精明。在别人眼里"毫无价值的荒野之地",在他看来就是"城镇、工厂、桥梁、运河和矿山",这些后期的建设不仅将成倍地扩大他的财产,而且将扩大市场对于自然的支配和控制。

坦普尔法官与那些他所谴责的浪费成性的小镇居民迥然不同,但是库珀声明自己与后者同类。这些居民浪费是因为他们没有方法进行交换,而法官

革命时期和建国初期的文学

"放眼未来的偏见"促使他去保护这些资源,这样未来的某个时候交换价值就会得到体现。库珀利用几个章节来描写定居点的居民毫无顾忌地消耗荒原,他的笔下,坦普尔法官成为自然资源保护主义者观点的代言人,指出自然资源应该得到应有的保护,而不是无节制地开采。这件事上,法官说出了纳蒂的心里话:"你的观点就是我的观点:老猎人,总算有一次我们英雄所见略同啊。"但是纳蒂很快就放弃了这个联盟。他感觉到法官像那些邻居们一样并没有去感受自然本身。虽然法官对客观环境的美和用处并非漠不关心,但是他总是试图把自然转换成财富。他反对大面积毁灭枫树林,因为他想到枫树可以制造食糖,期望有一天"农庄和种植业将专门来开发这个行业",同时还因为被居民胡乱砍伐的树干"有可能在费城卖到20美元的好价钱"。当前,如琼斯带着嘲弄指出的那样,居民们还不能把树干运到费城去,但是法官想象中未来要建设的运河和桥梁将实现直达大都市的梦想。对于坦普尔法官来讲,枫树是"财富",是"森林中的珠宝",是"舒适和富裕的源泉"。他的话语表明,对于从这些枫树身上获取利润和从周围的山上发掘煤炭和珍贵金属,他抱有同样浓厚的兴趣。

与法官所代表的新兴的商业体制相背,库珀使皮袜子成为旧的社会体制残余的倡导者。纳蒂感兴趣的不是保护自然资源,而是扭转历史,或者至少是使历史进程的脚步暂时停止;他渴望那段人类和自然受经济利益支配以前的那段时光。他声称,奥特赛格(Otsego)地区是"第二个天堂","如果没有马默迪克的金钱作祟的话,直至今日它应该还是纯洁如初。"小说中,纳蒂代言了以实用为基础的世界,而不是以交换为基础的世界;他不仅表达了印第安人对人与环境之间关系的理解,而且表达了家庭体制的理想。《拓荒者》中诸多人物被称为"土地的原始所有者",但是这种说法纯粹是比喻性的,因为印第安人完全没有土地就是私人财产的概念。他们只是认为具有使用权,而不是对土地的所有权;他们所"拥有的"仅仅是使用土地,包括在这块土地上打猎和捕鱼的特权。

纳蒂与印第安人一起生活,他同样重视万物的实用性。故事开始于1793年,他已经是一位古稀老人。他憎恶居民们"浪费的生活方式",认为"最微不足道的东西……生来也是有用的,不能被随便破坏"。他强烈反对屠杀旅鸽和奥特赛格鲈鱼这样的野生动物,因为"上帝创造了它们是为了供给人类食物,没有任何其他可辨知的理由","捕抓多于食物的动物就是有罪"。同样,他反对毁坏枫树林,但是与法官坦普尔为了将来某一天获得更大利润的出发点不同,他认为这些树木"是为了动物和鸟类有栖息之地,当人类想得到它们的肉、皮或者羽毛的时候,可以在这样的地方找到它们"。

第八章　詹姆斯·费尼莫尔·库珀

纳蒂对实用性的强调类似库珀对于文学的社会益处的持续关注。如《间谍》一样，《拓荒者》创建了一个共和国国家的缩影，促使读者形成国家就是一个独特社会的概念。詹姆斯·柯克·鲍尔丁《住在边远地区的人》（*The Backwoodsman*）中谈到"其他国家和时代永远不能了解的"习惯、行为方式和反差，这个引语为几乎所有的社会学注解准备了一笔财富。库珀为美国身份"熔炉"的论点精心设计了一个场合。他笔下的坦普尔镇是一个"复合体制"（composite order）——援引他本人的字眼——居民由来自欧洲各个国家的移民组成，大家生活得相对和睦融洽。定居地超乎异常的"个性和民族的多样性"来自文化的特质、多种方言和居民口音的差异。库珀尤其注意把美国语言同英国语言区分开来。他在文本中插入许多小型演讲，宣传本土语言的美妙之处，解释一些词的词源和细微差别，如"clearing"、"Yankee"、"sleigh"以及"定居"（make their pitch）这样的词组。

最重要的是，客观环境在美国和旧世界（the Old World）之间划出了一道明显的界限。库珀极力渲染山水风景和气候，他没有描写欧文笔下那样的公墓和教堂。他所绘出的关于荒野生活的生动细致的文字图画又一次把他与深爱自然世界的古代森林居民联系在一起。《拓荒者》中有大量人类与他们周围环境之间相互影响的壮丽视觉画面，如在湖上追逐雄鹿，夜幕下垂钓鲈鱼，捕射遮天蔽日的旅鸽，拜访正在山上制作枫树糖的伐木人彼利·科比（Billy Kirby）——"都是人类文明初始阶段的真实写照"，如库珀在最后一个章节中所言——这些场景和其他场景一起成为美国浪漫主义小说中表现最为逼真的段落。它们提前使用了约瑟夫·康拉德（Joseph Conrad）为小说开出的药方——"最重要的是，让读者可以看见！"——它们赋予了小说静态的、绘画艺术的特点。

显而易见，实用（function）在《拓荒者》中已经不再支配文学创作的技巧；毫无疑问，作者有赞美美国独特性的愿望，但是这个愿望归入了在艺术上创造令人满足的瞬间的目标中。1823年所做的前言也含蓄地表明了这两点。库珀没有提到公共或者说教目的，他只谈到回忆年轻时光发生的事情时的喜悦。他说，这本书"完全是为了愉悦自己才写的"。这种对纯艺术享受的追求所带来的影响就是使小说朝着视觉艺术的方向发展。当时的人们立刻注意到了这一点；他们称颂库珀的小说是绘画和文字之间自然流畅的携手并进。纽约期刊界报道说，《拓荒者》"在艺术家中引起了骚动，这在我们本土文学历史中完全是前所未有的"。库珀小说中的伊丽莎白·坦普尔把钓鱼的场面称为"只有铅笔才能完成的主题"。库珀曾经告诉一个记者，他希望"唤醒这个国家还在沉睡中的天才们"。他一定也感觉到心满意足，因为随后出现了大量以

657

○革命时期和建国初期的文学

他的故事为蓝本的绘画作品。美洲豹场面激发了约翰·奎多（John Quidor）和乔治·洛宁·布朗（John Loring Brown）创作雕刻和油画的灵感，也有大量的油画和素描来表现森林大火、纳蒂捍卫自己的茅屋、莫希干人的死亡以及许多其他的场景。

库珀的小说是用文字绘制的山水风光，他进一步对美国小说，或者说是对小说中愈加减弱的教师作用进行了重要的再度修正。仅在几年前，小说加入长篇累牍的关于道德和政治的篇幅是一种传统做法。与欧文那部标题就带有强烈启迪作用的《见闻札记》一样，《拓荒者》鼓励小说应该与美术融为一体，也就是说与那些最纯洁的、最没有实用性的形式相结合。文学应该不再归属包括演讲、历史和布道等在内的主题不明的领域，而应该属于非实用性的绘画领域。这个领域中，表达手段所具有的"陈述"能力远不如其演绎"是（什么）"的能力那么明显突出。

小说与绘画艺术携手并进对双方都产生了积极的影响。小说，这个文学形式中的姗姗来迟者，丢弃了一些道德辩护，但是它以其他方式有所斩获；与传统高尚文化形式的结合迅速为小说带来了良好的声望。这种文学体裁进一步成为消费者的消费对象。1812 年战争之后出现的不断扩张的、现代化经济创造了财富，使人们对国产商品的需求不断增大。人们的收入日渐提高，同时也有更多的闲暇时间来进行消费。许多人有强烈的阅读愿望以达到消遣娱乐的目的，他们愿意花钱来享受文学之美和激情，完全不考虑文学作品可能会传达什么样的信息。这一点上，库珀与皮袜子意见不同：他像坦普尔法官一样，意识到对大自然进行艺术再现的文本具有极高的交换价值。他非常清楚，描写异常美景的段落将有巨大的诱惑力来吸引读者购买此书，他把其中的两段先行由《商业广告人》登载，一段是关于纳蒂捕杀雄鹿，另一段是关于圣诞节汁水鲜美的火鸡，以期引起潜在读者群的兴趣，为以后的发行铺平道路。这个策略大获成功，小说发表的当天就卖出了 3500 册。

就美术而言，它从与小说的结合中获得了公众对美术的接受，扩大了美术作品的传播。直到不久以前，美国人一直认为绘画艺术是多余的、非共和主义的。对于革命一代而言，视觉艺术过于豪华奢侈，不能满足任何实际的需要。本土画家如本杰明·韦斯特和约翰·辛格尔顿·考普里（John Singleton Copley）被迫离开自己的国家远渡国外定居，以找到足够的经济支持和评论家的正确评价。甚至那些被认为是宣传国家主义的历史题材的绘画作品也逃脱不了这种偏见：韦斯特著名的《沃尔夫将军之死》完成于伦敦，而不是纽约或者费城。到 19 世纪 20 年代，由于功能主义的衰退，情况发生了变化，但是对于绝大多数美国人来说，美术依然是一种外来的体验。库珀的小说有助

第八章 詹姆斯·费尼莫尔·库珀

于消除国人的这种偏见，鼓励人们通过语言接受视觉表现，而同时也为艺术家们提供了一些著名的人物或者场景来进行美术再创作。

这个国家第一个成功的职业小说家在确立视觉艺术是一个切实可行的职业方面起到了关键作用。《拓荒者》的声望说明，画家和插图画家可以确信他们的作品有现存的市场。库珀的小说与欧文的小说和布莱恩的诗歌一起，对第一个本土艺术家组织、美国山水画独特风格的创立者哈得逊河派（Hudson River School）的出现起到了积极作用。这个组织中最具天才的成员托马斯·科尔（Thomas Cole）从皮袜子故事集中挑选了几个故事创作了森林和山脉的画，其中包括《拓荒者》。尤其是雕刻家和插图画家们发现，库珀的书简直是一个取之不尽的宝藏。归功于技术上的改进，比如钢铁雕刻，他们通过为书籍和杂志绘制插图赚钱谋生的愿望在现实中得以实现（同时他们也为纸币印版，这在19世纪20年代是一个主要的工作来源）。库珀"活色生香的故事"提供了一系列的可能性：表现小说中人物和背景的雕刻画出现在随后的版本中，诸如《哥伦比亚杂志》（*The Columbian Magazine*）和《卷宗》这样的期刊，还有另一本单独成册的题为《间谍、开拓者和维佛里小说插图以及解释和评论》（*Illustrations from The Spy, The Pioneers, and the Waverley Novels, with Explanatory and Critical Remarks*, 1826）的书上。小说依靠美术获得了声望，同样美术本身也大众化了，美术作品物美价廉，现在每一个美国人都有能力购买。

美丽（的描写和画面）帮助"出售"的另一个东西就是自然，在这一点上，《拓荒者》也产生了直接的影响。当然，读了这本书的人并没有蜂拥而到大山和森林里去寻找财富；他们去那里是为了寻找栩栩如生的荒野之感。第二十六章中纳蒂发表了一段如痴如醉的演说，描写从卡特斯基尔上的派恩果园（Pine Orchard）俯瞰而下的景色。当他投入地进行描述的时候，他的口气与其说是一个孤独的拓荒者，倒不如说像一个急于推销的导游。"我向你推荐这个地方"，他向埃风汉姆滔滔不绝道，"这是一个令人肃然起敬的地方"，"是我在森林里发现的最伟大的杰作"。被纳蒂的口若悬河深深打动的埃风汉姆表示，他"以前从来没有听说过这个地方；任何书中也都没有提及过"。但是，这个地方当然是出现在库珀的书中，对它的描写不仅激发了科尔的灵感，而且成功地把它推销成了一个旅游景点。纳蒂的叙述是如此的准确，以至于人们可以找到他曾经驻足的地方。此地的不远处就是一个名叫"卡特斯基尔山客栈"的度假旅店，用库珀作品的现代版编辑詹姆斯·富兰克林·比尔德（James Franklin Beard）的话来说，它"在19世纪20年代到19世纪末期间，成为世界著名的、所有自然风光爱好者的麦加圣地"。旅游者们被《拓荒者》

○革命时期和建国初期的文学

深深打动,从远至欧洲的四面八方前来尽情欣赏这里如画的美景;他们为卡特斯基尔山客栈带来源源不断的生意的同时,心满意足地享受着自然的美妙。

库珀小说的题目有一个意味深长的模棱两可:"拓荒者"这个词不仅指从定居点逃亡森林的纳蒂,同时也指把文明引进那块尚未开发土地的法官坦普尔。D. H. 劳伦斯认为,库珀自己是站在纳蒂一方的,只是他自己没有意识到而已。而当我们读来,看法完全相反:库珀真正支持的是法官一方,是法官所代表的社会。《拓荒者》为那些追求美丽的人指出了一条通往荒野的道路,同时也为此书的作者和其他人找到了一条生财之路。当然从另一个角度来讲,皮袜子和法官之间的冲突值得质疑。虽然小说断定了使用和交换、森林人与地方法官观点之间的冲突,但是它也通过纳蒂的话语和形象使派恩山这样美丽的地方商品化以试图努力减弱这种冲突。《拓荒者》暗示,到1823年,这两种观点将不再是针尖对麦芒;库珀有可能偏向其中的一个观点,但是在一个正在经历快速商品化的社会里,利用已经成为交换的前提或者基础。也许纳蒂一派(如果不仅仅是纳蒂一个人的话)与法官勾结最显著的标记当然与埃风汉姆之流相关。小说中那些骄傲的、即使有些没落的贵族气派——这一方面它们代表了库珀本人——埃风汉姆之流曾经一度是皮袜子的雇主,现在成为他的同盟,但是最终证明与坦普尔暗中勾结。这种勾结不仅仅体现在奥利弗身上,他支持纳蒂和莫希干,后来与伊丽莎白成婚,继承了法官的土地。革命之前,埃风汉姆之流已经与法官坦普尔有一种秘密的合作关系。虽然他们鄙视贸易,认为那是"堕落的追求",不愿公开他们与法官之间的联系,但是他们从一开始就牵扯到法官的各种商业计划中,并"有权分享均等的利润"。

然而分享利润并不足够减轻库珀对于那些人与法官勾结的不安。如果把皮袜子故事集系列——和库珀的事业——看成一个整体的话,劳伦斯的理解似乎更加站得住脚。甚至在《拓荒者》中,残余的价值体系占据了库珀的想象力。小说结尾的情节,也就是纳蒂在离开坦普尔镇前往西部之前与伊丽莎白和埃风汉姆的最后一次见面,可以看做是与19世纪前25年里美国转变时期所有被忽视和已经过时的观点说再见;文本的情感力量取决于失败的要素。不仅如此,小说的结尾场面对新兴的社会将遗忘历史作了冷峻的判断:奥利弗立了一个墓碑来纪念秦加茨固(Chingachgook)——一个来自消失了的美国印第安种族的人物——墓碑上出现了重大的失误:这位印第安勇士的名字在碑铭上被拼写成了"Chingagook",纳蒂抱怨说这是一种歪曲,湮没了名字的真正含义。我们很有理由把这种抹灭理解为浪漫主义时期对共和主义文化压制的象征。当奥利弗极其不明智地主动提出给纳蒂一些钞票,让他带到荒野中去的时候，这一点得到进一步深化。

在库珀后期的写作中，包括小说和非小说类作品，他开始更加渲染自己对现实的不满。19 世纪 50 年代，他已经是一个古怪的保守分子，写了一些小说赞美他儿时所生活的那个有组织的、精英辈出的社会，指责同胞们过于贪婪，不尊重传统的生活方式。库珀一直认为，文学应该有服务于社会的用途。《弹坑》（*The Crater*）是他写于 1847 年的反乌托邦小说，也是他发表的最后一部作品。书中他发出"及时的警告"，如果"那些生活在这个共和国国家中的人们"不改正的他们行为，那么他们将面临毁灭的结局。当然，皮袜子故事集中的后续作品逐渐撤离法官的世界。作为一名职业作家，库珀属于杰克逊时代专业化的市场社会，但是那些奠定他美国最伟大的历史性传奇小说家地位的作品，追随着纳蒂从树木消失殆尽的空旷地回归森林。

大事年表(1590—1820)

塞拉斯·R.帕泰尔

大事年表

年 代	创作于新世界以及与新世界相关的重要作品	新世界重要历史事件	旧世界历史和文学事件
1590年	理查德·哈克鲁特(1552—1616)《英格兰民族主要的航行、航海、运输和发现》(1589—90); 托马斯·哈里奥特(1560—1621)《对新开发地弗吉尼亚简洁和真实的报道》(德·布莱的插图版,以拉丁语、英语、法语、德语发行,名为《美国》系列书籍的第一册;1588年出版了没有插图的版本)		西德尼发表《阿卡迪亚》(写于1580—1582年间)。 斯宾塞发表《仙后》第一至第三部。
1591年			亨利四世被教皇格雷戈里十四世逐出教会。 西德尼发表《艾斯托菲尔和斯特拉》(遗著)。
1592年			米哈依·德·蒙田去世(生于1533年)。 基德发表《西班牙悲剧》。
1593年	约翰·怀特(fl. 1585—1593)《1590年M.约翰·怀特在西印度群岛和弗吉尼亚的第五次航行》		法国亨利四世加入罗马天主教。 乔治·赫伯特出生(卒于1633年)。 克里斯托弗·马洛去世(生于1564年)。 尼古拉斯·普珊出生(卒于1665年)。

696

665

大事年表

年　代	创作于新世界以及与新世界相关的重要作品	新世界重要历史事件	旧世界历史和文学事件
1594 年			亨利四世加冕国王，进入巴黎。 丁托列托去世（生于1518年）。
1595 年			亨利四世被教皇克莱门特八世赦免。 托奎托·塔索去世（生于1544年）
1596 年	沃尔特·罗利（1552?—1618）《对幅员广阔的、富饶的、美丽的圭亚那帝国和伟大的黄金之城马诺（西班牙人称为埃尔多拉多）的发现》		英格兰对爱尔兰进行了平定。 斯宾塞发表了《仙后》第四至第六部。
1597 年			第二西班牙舰队前往英格兰，在海上遭暴风雨溃不成军。 莱恩·笛卡尔出生（卒于1650年）。 培根发表《论文明和道德》。
1598 年	理查德·哈克鲁特（1552—1616）《英格兰民族主要的航行、航海、运输和发现》（第二版，1598—1600）		俄国费奥多一世去世；鲍里斯·费多洛维奇登基，正式被国家立法机构选为沙皇。
1599 年			埃德蒙·斯宾塞去世（生于1552年）。
1600 年			
1601 年			艾塞克斯伯爵领导反对伊丽莎白一世的起义；被判叛国罪处死。

年　代	创作于新世界以及与新世界相关的重要作品	新世界重要历史事件	旧世界历史和文学事件
1603年			伊丽莎白一世去世；詹姆斯一世登基英格兰国王宝座。
1604年			盖伊·福克斯密谋推翻詹姆斯一世。
1605年		法国人与印第安人公开战争。	塞万提斯发表《堂吉诃德》第一部分。 斯宾塞《沧桑篇》出版（遗著）。
1606年		伦敦弗吉尼亚公司被授予王室特许状，向弗吉尼亚州派出120名殖民者。	伦布朗特·凡·兰出生（卒于1669年）。 琼森发表《优尔波恩》。 莎士比亚发表《李尔王》。
1607年		弗吉尼亚建立城市詹姆斯敦，美国大陆上第一个英格兰定居点。	爱尔兰的"伯爵团"来到西班牙，因企图造反而逃避逮捕。 蒙特威尔地创作歌剧《奥菲欧》。
1608年	约翰·史密斯（1580—1631）《弗吉尼亚的真实故事》		伽利略制造天文望远镜。
1609年		亨利·哈德逊发现哈德逊河，称新荷兰。	分离主义者（称为布朗主义者）从英格兰移到荷兰。
1610年		亨利·哈德逊发现哈德逊海湾。	米开朗琪罗·卡拉瓦乔去世（生于1579年）。

⊙大事年表

年　代	创作于新世界以及与新世界相关的重要作品	新世界重要历史事件	旧世界历史和文学事件
1611年	《耶稣会故事》(Jesuit Relation)(每年发表的新世界日记,至1768年停止)		詹姆斯一世解散议会。 莎士比亚发表《暴风雨》。
1612年	约翰·史密斯(1580—1631)《弗吉尼亚地图,包括对乡村、商品、人民、政府和宗教的描述》,《英国殖民地在弗吉尼亚的进程》	弗吉尼亚开始种植烟草。	韦伯斯特发表《白色魔鬼》。
1633年			大火摧毁了伦敦的环球剧院。
1614年		波卡洪塔斯,美国土著公主与约翰·罗尔夫结婚。	
1615年			塞万提斯发表《堂吉诃德》第二部分。
1616年	约翰·史密斯(1580—1631)《新英格兰描述》	天花爆发,夺去了佩诺布斯科特和科德角之间沿海75%—95%土著人口的生命。	威廉·莎士比亚去世(生于1564年)。
1617年			本·琼森成为英国桂冠诗人。
1618年			沃尔特·雷利爵士回到英格兰被处决。
1619年		第一批非洲人抵达弗吉尼亚。 北美第一次代表大会在弗吉尼亚召开,由总督耶尔德里主持。	

年　代	创作于新世界以及与新世界相关的重要作品	新世界重要历史事件	旧世界历史和文学事件
1620 年		签订《五月花合约》；清教徒在科德角登陆，建立普利茅斯定居点。	
1621 年		第一任清教徒总督约翰·卡沃尔去世；威廉·布拉德福接任直至去世。	培根发表《新工具》。 伯顿发表《解剖忧郁》。
1622 年	《新英格兰普利茅斯的英国种植园起源和发展》（通常称为"摩兹的故事"，作者被认为是**威廉·布拉德福**和**埃德华·温斯洛**；文献编号为乔治·莫顿，他负责了全书的印刷）； **约翰·史密斯**（1580—1631）《新英格兰审判》		
1623 年		美国的新荷兰正式称为一个行政区。 英格兰在新汉普郡建立第一个定居点。	第一本对开本：《根据原始副本出版的威廉·莎士比亚先生的喜剧、历史和悲剧》
1624 年	**约翰·史密斯**（1580—1631）《弗吉尼亚、新英格兰和夏天小岛的历史概略》； **爱德华·温斯洛**（1595—1655）《来自新英格兰的最新消息》（小册子）	弗吉尼亚成为王冠殖民地；弗吉尼亚公司解散；弗朗西斯·怀亚特担任总督。	普珊创作《强奸萨宾妇女》。

669

◎大事年表

年代	创作于新世界以及与新世界相关的重要作品	新世界重要历史事件	旧世界历史和文学事件
1625年	塞缪尔·珀切斯(1575?—1655)《哈克鲁特遗作；或者帕切斯的前辈移民们,包括英格兰人和其他人海陆旅行的历史》		詹姆斯一世去世；查尔斯一世继任。
1626年		彼得·米纽伊特到达新荷兰,买下曼哈顿岛,并把它命名为新阿姆斯特丹。	
1627年			培根发表《新亚特兰蒂斯》。
1628年		普利茅斯的迈尔斯·斯坦迪什上尉向托马斯·莫顿和他的军队发动攻击；莫顿接受了审判但被宣告无罪。	《权利请愿书》由国会下议院提交查尔斯一世。
1629年	约翰·温斯罗普(1588—1649)《新英格兰要发展种植业应该考虑的理由》(小册子)	约翰·温斯罗普与英格兰政府通过谈判签署了协议,获准建立马萨诸塞海湾公司,并被清教徒股东选为总督。	
1630年	威廉·布拉德福(1590—1657)开始写作《论普利茅斯的种植园》；1646年间断后又继续；保留在教堂资料里(1856年以《普利茅斯种植园史》为名出版)； 约翰·科顿 John Cotton (1584—1652)《上帝对他的种植园的承诺》(布道)；	约翰·恩迪科特逮捕了回到英格兰的托马斯·莫顿。 马萨诸塞湾公司的成员们搭乘阿贝拉号船驶向新英格兰,建立了后来称为波士顿的殖民地。"大移民"开始。	

年　代	创作于新世界以及与新世界相关的重要作品	新世界重要历史事件	旧世界历史和文学事件
	约翰·史密斯（1580—1631）《1593年至今约翰·史密斯船长在欧洲、亚洲、非洲和美洲的真实旅行、冒险和发现》		
1631年	约翰·史密斯（1580—1631）《广告；或者通往建立种植业之路》		约翰·唐尼去世（出生于1572？年）。
1632年	伯纳尔·迪亚斯·迪尔·卡斯蒂洛（1496—1584）《征服新西班牙的真实历史》（写于16世纪60年代）； 托马斯·胡克（1586—1647）《灵魂为基督的准备》（小册子）	波士顿成为马萨诸塞的首府。 塞西莉厄斯·卡尔弗特与巴尔的摩男爵接受马里兰殖民地特许状。	约翰·洛克出生（卒于1704年）。
1633年		约翰·科顿辞去英格兰波士顿圣波特夫的职务，与托马斯·胡克和塞缪尔·斯通乘船来到美国。	
1634年	威廉·伍德（1606—1637年后）《新英格兰的前景》（写实文学）	马里兰建立第一批定居点。	
1635年		波士顿拉丁语学校建立。 马萨诸塞州议会命令罗杰·威廉姆斯回英格兰；后与追随者逃到罗得岛，在那里建立普罗维登斯（"天道"社区）。	

年代	创作于新世界以及与新世界相关的重要作品	新世界重要历史事件	旧世界历史和文学事件
1636年		首次(与佩克特族的)"印第安战争"。哈佛大学成立。托马斯·胡克和塞缪尔·斯通不顾马萨诸塞州政府的干涉在哈特福德、康涅狄格重新安置了他们的教徒。	
1637年	托马斯·莫顿(1590?—1647)《新英格兰迦南》(小册子)		
1638年	约翰·安德希尔(1597—1672)《美洲新闻》(小册子)	反律法主义危机:安妮·哈钦森和她的丈夫被从马萨诸塞驱逐,逃到罗得岛。	
1639年			
1640年	理查德·马瑟(1596—1669)《赞美诗全集:英律诗忠实译本》(由约翰·埃利奥特和托马斯·维尔德翻译;通常被称作《海湾赞美诗集》);托马斯·谢泼德(1604—1649)《虔诚的皈依者,发现少量真正的信徒》(小册子)		查尔斯一世召集"长期国会"(1640—1660)。
1641年	约翰·科顿(1584—1652)《生活之路》(小册子)		
1642年	约翰·科顿(1584—1652)《倾倒七个金碗》,《教会的复活》(布道);托马斯·列奇福特(?)《轻描淡写,来自新英格兰的消息》(小册子)	马萨诸塞通过了《基础教育法》。威廉·伯克利爵士成为弗吉尼亚总督。	英格兰内战(1642—1646)。红衣主教黎塞留去世(出生于1585年);由红衣主教马萨林继任第一位法国公使。

年　代	创作于新世界以及与新世界相关的重要作品	新世界重要历史事件	旧世界历史和文学事件
1643 年	罗杰·威廉姆斯（1603？—1683）《美国语言入门》	马萨诸塞湾、普利茅斯、康涅狄格和纽黑文殖民地组成新英格兰联盟。	
1644 年	罗杰·威廉（1603？—1683）《对不同信念施行迫害的血腥教义》（小册子）		
1645 年	约翰·科顿（1584—1652）《新英格兰基督教教会的模式》（小册子）； 托马斯·谢泼德（1604—1649）《明智的信徒》又名《论福音派新教徒的皈依》； 纳撒尼尔·沃德（1578？—1652）《美国阿伽万的纯朴鞋匠》（小册子）		弥尔顿发表《快乐的人》和《幽思的人》。
1646 年	威廉·布拉德福（1590—1657）根据自己的周记开始写第二本关于普利茅斯种植园的书；此书在美国革命期间丢失，直到1865年两本书才同时第一次出版。		查尔斯一世投降。
1647 年	约翰·科顿（1584—1652）《血腥教义在上帝羔羊的血中变得清白》（小册子）	彼得·斯图佛逊成为新荷兰总督。 马萨诸塞湾殖民地通过法律要求城镇保留学校。 托马斯·胡克去世（生于1586年）。	

大事年表

年代	创作于新世界以及与新世界相关的重要作品	新世界重要历史事件	旧世界历史和文学事件
1648年	托马斯·胡克（1586—1647）《教会教规概要》（小册子）	马萨诸塞和康涅狄格的教徒采用剑桥讲坛。	乔治·福克斯在英格兰建立第一个教友派（1648—1650）。《威斯特伐利亚和约》结束了"三十年战争"。
1649年		约翰·温斯洛普去世（生于1588年）。	查尔斯一世在白厅被处决。英吉利共和国形成。奥立佛·克伦威尔成为军队的总司令。
1650年	理查德·巴克斯特（1615—1691）《圣徒永远的安息》（小册子） 安妮·布雷兹特里特（大约1612—1672）《美国新崛起的第十位缪斯女神》（诗歌）	马萨诸塞首次向英格兰出口铁。	查尔斯二世宣布成为苏格兰国王。
1651年			克伦威尔战胜查尔斯二世；查尔斯二世逃亡法国。 霍布斯发表《海中怪兽》。
1652年	罗杰·威廉姆斯（1603?—1683）《更血腥的血腥教义》（小册子）	缅因州宣布成为马萨诸塞湾殖民地合法的一部分。 约翰·科顿去世（生于1584年）。	
1653年	罗伯特·基恩（?）《最后的遗愿遗嘱》； 迈克尔·威格尔斯沃思（1631—1705）开始日记的写作（1965年出版）	彼得·斯图佛逊被迫承认新阿姆斯特丹自治政府。	奥立佛·克伦威尔成为英格兰共和国护国公。

年　代	创作于新世界以及与新世界相关的重要作品	新世界重要历史事件	旧世界历史和文学事件
1654年	约翰·埃利奥特（1604—1690）《马萨诸塞州印第安语言启蒙书或指导手册》； 爱德华·约翰逊（1598—1672）《新英格兰历史》（以《天国救世主在新英格兰创造奇迹》的名字而广为人知）		
1655年		荷兰人占领特拉华河上的卡西莫要塞（现为纽卡斯尔），结束了瑞典在北美的统治。	克伦威尔解散议会。
1656年	托马斯·胡克（1586—1647）《救赎的应用》（遗著）	英格兰教友派来到波士顿，但遭逮捕和驱逐。	
1657年		教友派来到新阿姆斯特丹，被送往罗得岛。	
1658年	约翰·诺顿（1606—1663）《亚伯虽死了却在说话；或约翰·科顿的一生》		奥立佛·克伦威尔去世；其儿子理查德继任护国公。
1659年		两个格格党人在波士顿被处决。	理查德·克伦威尔被迫辞职；英格兰共和国重建。
1660年			查尔斯二世重新登上王位。 剧院在伦敦重新开张。
1661年			查尔斯二世召集第一届议会（被称为保王党议会）。
1662年	迈克尔·威格尔斯沃思（1631—1705）《世界末日；或最后审判日》（诗歌），《上帝与英格兰的分歧》（诗歌）	半路圣约：波士顿教会会议修改教堂成员资格的章程以解决皈依者数量不断下降的问题。	王室协会成立。

大事年表

年　代	创作于新世界以及与新世界相关的重要作品	新世界重要历史事件	旧世界历史和文学事件
1663 年		卡罗来纳特许状授予八个业主。 罗得岛被授予特许状。	巴特勒发表《休迪布拉斯》(1663—1678)。
1664 年		英格兰军队从荷兰人手里夺取新阿姆斯特丹(重新命名为纽约)和奥伦奇要塞(命名为阿尔巴尼)。 新泽西特许状授予两个领主。	
1665 年	塞缪尔·丹佛斯(1626—1674)《最新彗星的天文描述》	新泽西殖民地建立。	
1666 年	约翰·埃利奥特(1604—1690)《印第安语法入门》		伦敦发生大火。 班扬发表《罪人受恩记》。 莫里哀发表《厌世者》。
1667 年		英荷在美洲的战争结束。	弥尔顿发表《失乐园》。
1668 年			约翰·德莱登被授予英国桂冠诗人的称号。 德莱登发表《论戏剧诗》。 拉·方顿发表《寓言故事》(1668—1694)。

709

大事年表

年　代	创作于新世界以及与新世界相关的重要作品	新世界重要历史事件	旧世界历史和文学事件
1669 年	约翰·埃利奥特（1604—1690）《印第安启蒙书》； 纳撒尼尔·莫顿（1613—1685）《新英格兰年代记》（历史）； 托马斯·沃利（1616—1679）《吉利德的药膏，治疗圣地的伤口》（布道）		
1670 年	贾尔斯·菲尔明（?）《真正的基督徒》（布道）； 英克里斯·马瑟（1639—1723）《受尊敬的上帝之子，理查德·马瑟的一生》； 迈克尔·威格尔斯沃思（1631—1705）《食肉者口中肉》（诗歌）	南卡罗来纳查尔斯顿建立英格兰殖民地。	帕斯卡发表《沉思》。
1671 年	塞缪尔·丹佛斯（1626—1674）《对新英格兰的荒野使命的简单认识》； 乔纳森·米切尔（1624—1668）《乱世中的尼希米》（布道）		弥尔顿发表《复乐园》和《大力参孙》
1672 年	约翰·乔斯林恩（1610—1692 后）《新英格兰发现的珍品》（游记）	第三次英荷战争。 安妮·布拉兹特里特去世（生于 1612 年）。	王室非洲公司成立（从事奴隶买卖贸易）。
1673 年	尤里安·欧克斯（1631—1681）《新英格兰的祈求》（布道）； 小托马斯·谢泼德（1605—1649）《眼药，或一句口号……小心叛教》（布道）	法国探险队发现密西西比河上游。	议会通过《检验法案》（以对抗罗马天主教）。

711

年代	创作于新世界以及与新世界相关的重要作品	新世界重要历史事件	旧世界历史和文学事件
1674年	约翰·乔斯林恩(1610—1692后)《到新英格兰的两次旅行》； 英克里斯·马瑟(1639—1723)《灾难日已来临》(布道)； 塞缪尔·托利(1632—1707)《改革的主张》(布道)	《威斯敏斯特条约》把纽约还给英格兰。 安德罗斯·埃德蒙爵士被任命为纽约总督。	神圣的罗马帝国向法国宣战。 约翰·弥尔顿去世(生于1608年)。
1675年		菲利普国王战争(易洛魁联邦与新英格兰联邦交战)。	
1676年	英克里斯·马瑟(1639—1723)《对新英格兰居民的诚挚劝诫》(散文)； 威廉·哈伯德(大约1621—1704)《民族的幸福在于统治者的智慧》(布道)； 英克里斯·马瑟(1639—1723)《新英格兰印第安战争简史》； 本杰明·汤普森(1642—1714)《新英格兰危机。或新英格兰目前可悲的财产简述》(诗歌)；《妇女建造的波士顿防御工事》(模仿史诗)	弗吉尼亚爆发纳撒尼尔·培根叛乱。	
1677年	塞缪尔·胡克(1635—1697)《上苍浇灌的正直》； 威廉·哈伯德(大约1621—1704)《关于印第安人引起的新英格兰战争的叙述》； 英克里斯·马瑟(1639—1723)《恢复圣约——败落的教会的重大责任》； 尤里安·欧克斯(1631—1681)《为托马斯·谢伯德去世而作的挽歌》(诗歌)	英格兰教友派在新泽西定居。	拉辛发表《菲德拉》。

大 事 年 表

年代	创作于新世界以及与新世界相关的重要作品	新世界重要历史事件	旧世界历史和文学事件
1678年	安妮·布雷兹特里特(大约1612—1672)《小诗集》(遗著); 英克里斯·马瑟(1639—1723)《为新生代祈祷》(布道)	德卢斯先生宣布密西西比上游归法国所有。	主教阴谋(被认为是对查尔斯二世的恐吓)。
1679年	威廉·亚当斯(?)《教化邪恶的叛教者的必要性》; 英克里斯·马瑟(1639—1723)《天堂对现在及将来一代的呼唤》	新汉普郡宣布为独立殖民地。	保皇党议会解散。 英格兰通过《人身保护权法案》。 托马斯·霍布斯去世(生于1588年)。
1680年	威廉·哈伯德(大约1621—1704)《从发现MDCLXXX开始的新英格兰简史》(1815年发表)		英国"便士邮件"建立。 法兰西喜剧院建立。
1681年	莎拉·古德休(1641—1681)《告别和劝诫书》(纪实文学)	查尔斯二世授予威廉·佩恩贵格党殖民地特许状。	
1682年	科顿·马瑟(1663—1728)《纪念尤里安·欧克斯的诗歌》; 玛丽·怀特·罗兰森(大约1637—1711)《上帝神威而仁慈,信守承诺;玛丽·罗兰森夫人关于被囚禁和重获自由的自述……》(小册子); 爱德华·泰勒(1644?—1729)《上帝的决心感动着他所选择的子民》(诗歌;大约完成日期;1939年出版); 塞缪尔·威拉德(1640—1707)《火刑无异事》(布道)、《信守契约,获得佑护之路》(布道)	费城成为威廉·佩恩殖民地的首府。	奥特韦发表《得救的威尼斯》。

年代	创作于新世界以及与新世界相关的重要作品	新世界重要历史事件	旧世界历史和文学事件
1683年	塞缪尔·托里（1632—1707）《为正在死去的宗教祈求生命》（布道）；		暗杀查尔斯二世的拉伊剧场阴谋。 土耳其人围攻维也纳。
1684年	英克里斯·马瑟（1639—1723）《论皈依的几个重要事实》（布道）； 塞缪尔·威拉德（1640—1707）《一个孩子的命运，看不见的荣耀》（布道）、《回头浪子得到的加倍宽恕》（布道）	大法官法庭土地厅撤销马萨诸塞特许状；爱德华·伦道夫被任命总督。	皮尔·高乃依去世（生于1606年）。
1685年	科顿·马瑟（1663—1728）《纳撒尼尔·柯林斯挽歌》； 英克里斯·马瑟（1639—1723）开始以他的几册日记为基础创作正式的自传（1962年出版）； 乔舒亚·穆迪（1633—1697）《关于在上帝家中与之共进圣餐的殊荣的实用指导》（布道）	拉萨尔勘探东德克萨斯。 南特赦令宣布废除；法国胡格诺派定居美洲。	查尔斯二世去世；詹姆斯二世接任。 J.S.巴赫出生（卒于1750）。
1686年	科顿·马瑟（1663—1728）《福音书的召唤》（布道）； 约翰·惠汀（1635—1689）《以色列福祉之路》（布道）； 塞缪尔·威拉德（1640—1707）《神圣的商品；建议购买真实，不出卖真实》（布道）	英格兰圣公会王室总督埃德蒙·安德罗斯在马萨诸塞就职。	

大 事 年 表

年　代	创作于新世界以及与新世界相关的重要作品	新世界重要历史事件	旧世界历史和文学事件
1687 年		首次英国圣公教礼拜仪式在波士顿举行。 雅马西印第安人在佛罗里达叛乱。	牛顿发表《数学基本原理》。
1688 年			"光荣革命"：辉格党和托利党拥戴奥兰治王室的威廉王子夺取格兰王位；詹姆斯二世逃亡法国。 本发表《欧努诺克》。
1689 年	约翰·贝利（1644—1697）《人类最重要的责任就是赞美上帝》（布道）； 伊奇基尔·卡尔（?）《乐善好施的萨玛利亚人》（布道）； 科顿·马瑟（1663—1728）《难忘的天意——关于巫术和财产》（小册子）； 迈克尔·威格尔斯沃思（1631—1705）《解不开的谜；或基督教悖论》（诗歌）；发表在《食者口中肉》的第四版。）	波士顿的殖民者反抗安德罗斯，安德罗斯被召回。	威廉和玛丽接任，成为英格兰联合君主。 英国《人权法案》。 路易斯十四世向英格兰宣战；美洲"威廉国王战争"开始（1697 年结束）。 塞缪尔·理查德森出生（卒于 1761 年）。 查尔斯-路易斯·德·塞肯达特（后称巴隆·德·孟德斯鸠）出生（卒于 1755 年）。 洛克发表《论宽容的信札》。

大事年表

年 代	创作于新世界以及与新世界相关的重要作品	新世界重要历史事件	旧世界历史和文学事件
1690 年	科顿·马瑟（1663—1728）《圣餐领受者指南》（布道）； 理查德·斯坦福斯特（1608—1684）《给柔弱心灵的一丝温馨慰藉》（布道）		洛克发表《人类理智论》、《政府的两个和约》。
1691 年			
1692 年	科顿·马瑟（1663—1728）《给锡安女儿们的装饰品》（布道）； 爱德华·泰勒（大约1644—1729）《基督传》（布道）	埃德蒙·安德罗斯爵士被任命为弗吉尼亚总督。 新马萨诸塞特许状。 沙仑巫术审判。	珀塞尔发表《仙女王后》。
1693 年	科顿·马瑟（1663—1728）《无形世界的秘密——对魔鬼的本性、数目和活动的历史学、神学研究》（小册子）； 乔舒亚·司各脱（1615—1698）《老人们为自己的衰老流泪》（布道）	纽约和费城之间的邮政服务开通。 威廉-玛丽学院建立。	
1694 年			玛丽二世去世。 弗朗索瓦·玛丽·阿鲁埃特（伏尔泰）出生（卒于1778年）。
1695 年			
1696 年			塞缪尔·约翰逊出生（卒于1772年）。
1697 年	塞缪尔·休厄尔（1652—1730）《描述新天堂的寥寥数语，正如站在新世界的人所看到的》（小册子）	安德罗斯第二次被召回英格兰。	

年　代	创作于新世界以及与新世界相关的重要作品	新世界重要历史事件	旧世界历史和文学事件
1698 年			A. 西德尼发表《论政府》。
1699 年	本杰明·科尔曼（1673—1747）与他人合著《宣言》； 本杰明·汤普森（1642—1714）《致当选马萨诸塞州州长的贝莱蒙德勋爵》（诗歌）	约翰·莱维莱特、西蒙·布雷兹特里特和托马斯·布拉托建立布拉托街教堂，把本杰明·科尔曼从英格兰接来做牧师。 海盗"基德船长"在新英格兰被捕，归还英格兰，1701 年被处决。	
1700 年	罗伯特·卡莱孚（1648—1710）《无形世界的更多奇妙》（小册子）； 本杰明·科尔曼（1673—1747）和其他人合著《福音秩序的复兴》； 英克里斯·马瑟（1639—1723）《福音书的命令》（论文；对《福音秩序的复兴》的回应；布拉托教堂成员滑稽地模仿了此回应文并作《福音书的命令的修改》）； 塞缪尔·休厄尔（1652—1730）《出卖约瑟夫》（反奴隶制小册子）	天主教牧师在马萨诸塞被禁止。	约翰·德莱顿去世（生于 1631 年）。
1701 年	科顿·马瑟（1663—1728）《安慰》（诗歌）	耶鲁大学建立。	西班牙继承权战争（英格兰与法国和西班牙作战）。

大事年表

年　代	创作于新世界以及与新世界相关的重要作品	新世界重要历史事件	旧世界历史和文学事件
1702 年	亨利·布鲁克（167？—1735/6）《新的蜕变》（诗歌）； 科顿·马瑟（1663—1728）《美国风物志》（写于 1694—1698 年）； 英克里斯·马瑟（1639—1723）《以迦博，或一篇讲道，说明为什么害怕上帝的荣光正远离新英格兰》	"安妮女王战争"：西班牙继位战争殖民地阶段（1702—1713 年）。	威廉三世去世；安妮继任英格兰王位。
1703 年	亨利·布鲁克（167？—1735/6）《杰斯汀语篇》（诗歌）		
1704 年	莎拉·肯布尔·耐特（1666—1727）《耐特夫人日记》（包括六首诗；1825 年出版）； 《波士顿时事通讯》（第一家成功的美国报纸；1776 年停办）	法国和印第安人攻击马萨诸塞的迪尔菲尔德。	约翰·洛克去世（生于 1632 年）。 斯威夫特出版《浴盆的故事》和《书战》。
1705 年	罗伯特·贝弗利（大约 1673—1722）《弗吉尼亚的历史和现状》（1722 年修订版）、《关于美洲大陆上英格兰种植园政府的随笔》	迈克尔·威格尔斯沃斯去世（生于 1631 年）。	
1706 年	科顿·马瑟（1663—1728）《基督教化的黑人》（布道）	本杰明·富兰克林出生（卒于 1790 年）。	
1707 年	本杰明·科尔曼（1673—1747）《关于以利亚译文的诗歌》、《十圣女寓言的实际意义》（布道）		英格兰与苏格兰联合组成英国。 亨利·菲尔丁出生（卒于 1754 年）。

年　代	创作于新世界以及与新世界相关的重要作品	新世界重要历史事件	旧世界历史和文学事件
1708年	埃比尼泽·库克（fl. 1708—1732）《烟草事实》（诗歌）； 约翰·沙芬（1626—1710）《约翰·萨芬的书》（创作于1665—1708年间，平淡无奇的书，出版于1928年）； 本杰明·汤普森（1642—1714）《语法学家的葬礼》（诗歌）	康涅狄格州采用塞布鲁克纲领。	
1709年	伊奇基尔·奇弗（1615—1708）《拉丁语简史》		
1710年	科顿·马瑟（1663—1728）《世善说，行善散文集》； 约翰·怀斯（1652—1725）《赞成的教会争议》（小册子）		英国第一部版权法。
1711年	科顿·马瑟（1663—1728）《尤利卡：我发现了品德高尚的女士》（布道）	图斯卡多拉战争（北卡罗来纳殖民者与印尼第安人之间开战），1711—1713年。	大卫·休姆出生（卒于1776年）。 蒲柏发表《论批评》。
1712年	格雷斯·史密斯（?）《临死的母亲的遗产》（诗歌）		艾迪逊发表《凯托》。 让-雅克·卢梭出生（卒于1778年）。
1713年			乌得勒支协约结束了安妮女王战争。 劳伦斯·斯特恩出生（卒于1768年）。

◎大事年表

年代	创作于新世界以及与新世界相关的重要作品	新世界重要历史事件	旧世界历史和文学事件
1714 年	约翰·丹佛斯（1660—1730）《尊敬的玛丽亚·马瑟夫人之诗》； 罗伯特·亨特（1666—1734）《传记闹剧安德罗伯罗斯》（戏剧）		西班牙继承权战争结束。 安妮去世；乔治一世继承英国王位。 曼德维尔出版《蜜蜂的故事》。
1715 年		雅玛西印第安人屠杀南卡罗来纳殖民者。	路易十四去世；路易十五继承法国王位。
1716 年			
1717 年	约翰·怀斯（1652—1725）《为新英格兰教会政府的辩护》（小册子）		贺瑞斯·沃波尔出生（卒于 1797 年）。 韩德尔创作《水上音乐》。
1718 年	科顿·马瑟（1663—1728）《美国诗篇集》	新奥尔良建立。	
1719 年	威廉·伯德二世（1674—1746）《唐布里戈里亚》（诗歌）； 《波士顿公报》（1798 年停刊）	法国密西西比公司开始在美洲建立殖民地。	笛福发表《鲁滨逊漂流记》。
1720 年			
1721 年	耶利米·杜默（1681—1739）《新英格兰宪章辩》； 科顿·马瑟（1663—1728）《基督教哲学家》（论文）、《美洲莫妮卡：虔诚的女性模范》（布道）；	第一次天花接种在波士顿进行。	罗伯特·沃波尔爵士成为英国第一任首相（1721—1742）。 托比亚斯·斯摩莱特出生（卒于 1771 年）。

年　代	创作于新世界以及与新世界相关的重要作品	新世界重要历史事件	旧世界历史和文学事件
	约翰·怀斯（1652—1725）《给忧伤的国家的一言慰藉；马萨诸塞坚固的信用银行》（小册子）； 《新英格兰报》，由詹姆斯·富兰克林（1727—1727）创办的第一个以文学娱乐为主要内容的美国出版物。		J. S. 巴赫创作"勃兰登堡协奏曲"。 孟德斯鸠发表《波斯人信札》。
1722 年	罗伯特·贝弗利（大约1673—1722）《弗吉尼亚历史和现状》（修订版）； 科顿·马瑟（1663—1728）《贝莎塔的天使……关于人类常见疾病的文章……保持健康的建议》（论文）	易洛魁六国联邦与弗吉尼亚殖民者签订合约。 塞缪尔·亚当斯出生（卒于1803年）。	笛福发表《摩尔·弗兰德斯》和《瘟疫年纪事》。
1723 年		"大叛教"：耶鲁大学校长塞缪尔·约翰逊及其他六位导师宣布愿意在英国被任命为主教。 波士顿建立基督教堂（"老北部教堂"）。 英克里斯·马瑟去世（生于1639年）。	巴赫创作《圣约翰受难曲》。
1724 年	科顿·马瑟（1663—1728）《父辈》（英克里斯·马瑟传记）	佛蒙特州建立第一个白人永久定居地。	笛福发表《罗克萨娜》。

大事年表

年代	创作于新世界以及与新世界相关的重要作品	新世界重要历史事件	旧世界历史和文学事件
1725年	刘易斯·莫里斯二世（1671—1746）《贸易对话》； 爱德华·泰勒（1644—1729）《准备阶段的冥想》（诗歌；20世纪60年代出版）； 罗杰·沃尔科特（1679—1767）《闲暇时刻诗意的沉思》		俄国彼得大帝去世。
1726年	威廉·基斯（1680—1749）《一个怪物的生活和性格》（讽刺文学）、《对艾萨克·诺里斯讲话的简短回应》、《对不动产所有权建议的评论》		伏尔泰在法国遭驱逐。 斯威夫特发表《格利佛游记》。
1727年	马瑟·拜尔斯（1707—1788）《缅怀前乔治国王……》、与约翰·亚当斯（1705—1740）和马休·亚当斯（1694?—1753）共同创作《普洛特斯回声系列》（诗歌；《新英格兰周刊》1727—1728）	本杰明·富兰克林建立"共读社"。	乔治一世去世；乔治二世继承英国王位。 爱德蒙德·伯克出生（卒于1797年）。 艾萨克·牛顿爵士去世（生于1642年）。
1728年	理查德·刘易斯（1699?—1734）《老鼠夹》（爱德华·华兹华斯《缪茨普拉》的翻译本）	约翰·巴特拉姆在费城附近建立了第一个植物园。 科顿·马瑟去世（生于1663年）。	盖伊发表《乞丐的歌剧》。 蒲柏发表《群愚史诗》。
1729年		北卡罗来纳和南卡罗来纳建立单独的王室殖民地。 巴尔的摩建立。 爱德华·泰勒去世（大约生于1644）。	J.S.巴赫发表《马太受难曲》。 斯威夫特发表《一个谦虚的建议》。

年代	创作于新世界以及与新世界相关的重要作品	新世界重要历史事件	旧世界历史和文学事件
1730年			科雷·西伯成为英国桂冠诗人。 汤姆逊发表《季节》（1726—1730）。
1731年	乔纳森·爱德华兹（1703—58）《上帝由于人的依靠在救赎中得到荣耀》（布道）； 理查德·刘易斯（1699？—1734）《批评的素材》（诗歌）； 乔治·韦布（1708—32）《单身汉大厅》（诗歌）	本杰明·富兰克林在费城建立第一个流通图书馆。	《绅士杂志》在伦敦创办（1910年停刊）。 奥立弗·戈德史密斯出生（卒于1774年）。
1732年	理查德·刘易斯（1699？—1734）《百年卡门》（诗歌）、《狂想曲》（诗歌）	英国殖民者到达乔治亚州。 乔治·华盛顿出生（卒于1799年）。	弗朗兹·约瑟夫·海顿出生（卒于1809年）。
1733年	约瑟夫·格林（1706—1780）《哀悼曾被诗人称为缪斯的那只丢失的猫》（讽刺诗歌）； 刘易斯·莫里斯二世（1671—1746）《假君主，或猿的王国》（诗歌）； 梅西·惠勒（1706—1796）《给年轻人的话，或亡者的警告》（诗歌）	《糖蜜条例》限制殖民地从法国西印度群岛进口糖。	蒲柏发表《人论》。
1734年	约翰·巴纳德（1681—1770）《正义之王权》（选举布道）； 乔纳森·爱德华兹（1703—1758）《神圣的、超自然之光，圣灵马上就把它传入心灵》（布道）	乔纳森·爱德华兹在马萨诸塞的北安普顿和康涅狄格河流域领导福音复兴（"大觉醒"）。	

大事年表

年代	创作于新世界以及与新世界相关的重要作品	新世界重要历史事件	旧世界历史和文学事件
1735年	珍妮·科尔曼·特里尔（1708—1735）诗歌收录在《珍妮·图莱尔夫人传记》中	约翰·彼得·曾格被起诉诽谤罪，后无罪释放，证明在媒体上发表事实不构成诽谤。	
1736年	马瑟·拜尔斯（1707—1788）《献给白尔彻总督夫人的挽歌》（诗歌）； 刘易斯·莫里斯二世（1671—1746）"梦想，一个谜"（诗歌）； 托马斯·普林斯（1687—1758）《新英格兰编年史》； 塞缪尔·卫斯里（1691—1737）《乔治亚赞》		托马斯发表《自由》。
1737年	乔纳森·爱德华兹（1703—1758）《上帝使数百个灵魂皈依的惊人之作的忠诚叙述》		
1738年	马瑟·拜尔斯（1707—1788）《女王之死》（诗歌）； 威廉·伯德二世（1674—1744）《弗吉尼亚和北卡罗来纳之间分界线的历史》（1728—1729年间为期刊所写；大约完成于1738年；1841年出版）	英国福音牧师乔治·怀特菲尔德第一次拜访美国卫理公会派教徒。	J.S.巴赫发表《B小调弥撒曲》（整部）。 伏尔泰创作《论人》。
1739年			休姆发表《人性论》。
1740年	吉尔伯特·亭纳（1703—1764）《未皈依牧师的危险》	怀特菲尔德开始在殖民地的布道之旅。	理查德森发表《帕梅拉》。

年代	创作于新世界以及与新世界相关的重要作品	新世界重要历史事件	旧世界历史和文学事件
1741年	乔纳森·爱德华兹(1703—1758)《愤怒的上帝手中的罪人》(布道)、《对邪恶者将来的惩罚》(布道); 塞缪尔·芬利(1715—1766)《基督的胜利和撒旦的愤怒》; 帕特里克·泰尔夫(?)《乔治亚殖民地的真实历史》	丹麦航海家维图斯·白令发现阿拉斯加。	
1742年	约翰·巴纳德(1681—1770)《激动且有方向地热衷善行》(布道); 乔纳森·爱德华兹(1703—1758)《新英格兰宗教复苏的思考》	法纳尔大厅在波士顿建成(1740—1742)。	菲尔丁发表《约瑟夫·安德鲁斯》。 韩德尔发表《弥赛亚》。 杨发表《深夜沉思》(1742—1748)。
1743年	查尔斯·昌西(1705—1787)《对新英格兰宗教状况合乎时宜的思考》; 本杰明·富兰克林(1706—1790)《关于在美国的英国种植园中推广实用知识的建议》; 《美国杂志和编年史月刊》由杰里米·格利德雷创建(1746年停止发行)	美国哲学会在费城成立。 托马斯·杰斐逊出生(卒于1826年)。	
1744年	马瑟·拜尔斯(1707—1788)《在各种场合的诗作》、"彗星"(诗歌); 亚历山大·汉密尔顿(1712—1756)《日程》(旅行记录); 阿奇博德·豪姆(1705?—1744)《阿奇博德·豪姆在各种场合的诗作》(遗作,私人出版); 伊利沙·威廉斯(1694—1755)《新教徒的基本权利和自由》;	"乔治国王战争":奥地利继承权战争中的殖民地阶段,在英国和法国之间展开(1744—1748年间)。 威廉·伯德去世(生于1674年)。	亚历山大·蒲柏去世(生于1688年)。

年　代	创作于新世界以及与新世界相关的重要作品	新世界重要历史事件	旧世界历史和文学事件
	本杰明·富兰克林费城印刷厂出版了美国第一部小说——理查德森的《帕梅拉》		
1745 年			乔纳森·斯威夫特去世(生于 1667 年)。
1746 年	乔纳森·爱德华兹(1703—1758)《论宗教情感》； 露西·泰利(?)《监狱中的战斗》(诗歌)	新泽西学院建立(现普林斯顿大学)。	
1747 年	乔纳森·爱德华兹(1703—1758)《试论促使上帝的子民达成明确约定、建立联邦实体》； 威廉·利文斯顿(1723—1790)《哲学的孤独，或选择乡村生活,诗歌》； 托马斯·谢泼德(1604—1749)《三部有价值的作品……私人日记》(遗作)		理查德森发表《克拉丽莎》。
1748 年	杰莱德·艾略特(1685—1763)《田间农耕随笔》(1748—1759)； 乔纳森·梅修(1720—1766)《个人判断的权利和义务》	亚琛条约结束了乔治国王战争，在法国和英国殖民地中恢复了权力的平衡。	休姆发表《论人类的理解力》。 孟德斯鸠发表《论法的精神》。 斯莫利特发表《罗德里克·兰登》。
1749 年	乔治斯·路易斯·勒克莱尔·德·布丰(1707—1788)《自然史》(第一卷；至 1778 年共陆续出版了 36 卷)； 托马斯·谢泼德(1604—1749)《托马斯·谢泼德先生的沉思集和心历路程》(遗作)	弗吉尼亚种植园主们建立俄亥俄公司以向西部扩大定居地	菲尔丁发表《汤姆·琼斯》。 韩德尔发表《皇家焰火乐曲》。 约翰逊发表《人类愿望的自负》和《艾琳》。

年　代	创作于新世界以及与新世界相关的重要作品	新世界重要历史事件	旧世界历史和文学事件
1750 年	乔纳森·爱德华兹（1703—1758）《告别布道》； 约瑟夫·格林（1706—1780）《冬夜的娱乐：1749 年 12 月 27 日在波士顿目睹的奇妙景象》（小册子）； 詹姆斯·柯克帕特里克（1692？—1770）《海洋篇：一部由 5 首长篇组成的叙述、哲学和描述的诗》； 乔纳森·梅修（1720—1766）《论无限顺从和不服从于更高权利的演讲》	乔纳森·爱德华兹被从北安普顿教堂解职。 《炼铁条例》限制英国殖民地成铁产品的生产。	J. S. 巴赫去世（生于 1685 年）。
1751 年	塞缪尔·戴维斯（1724—1761）《弗吉尼亚非国教派新教徒宗教信仰状况》； 本杰明·富兰克林（1706—1790）《人类的增长》	《货币法案》限制新英格兰的纸币发行。	狄德罗等编写发行《百科全书》（1751—1780）。
1752 年	威廉·史密斯（1727—1803）《诗：致［纽约］众议院的一封信》（诗歌）、《美国的神话》（1752—1753）	菲利普·弗瑞诺出生（卒于 1832 年）。	英国采用公历。 克莱门蒂·姆兹奥出生（卒于 1832 年）。 莱诺克斯发表《女堂吉诃德》。
1753 年	威廉·史密斯（1727—1803）《米拉尼亚学院概述以及科学和宗教教学方法简述》（教育小册子）、《印第安和平之歌》（诗歌）	本杰明·富兰克林加入伦敦王室学会。	

年　代	创作于新世界以及与新世界相关的重要作品	新世界重要历史事件	旧世界历史和文学事件
1754年	乔纳森·爱德华兹(1703—1758)《论意志自由》(论文)	奥尔巴尼大会和"奥尔巴尼联盟计划"。 "法国与印第安战争"开始(1754—1763)。 法国建立迪凯纳要塞(现为彼得斯堡)。 国王学院特许建立(现为哥伦比亚大学)。	亨利·菲尔丁去世(生于1707年)。
1755年	约瑟夫·格林(1706—1780)《揭示伟大的奥秘,或多年来令人困惑的现象揭秘》		布雷德·孟德斯鸠去世(生于1689年)。 约翰逊编纂《英语语言字典》。
1756年			英国向法国宣战。 乌夫冈·阿马戴乌斯·莫扎特出生(卒于1791年)。 豪姆发表《道格拉斯》。
1757年	约翰·戴尔(1700?—1758)《羊毛》(诗歌); 查尔斯·伍德梅森(约1720—约1776)《英迪克》(诗歌)		威廉·怀特黑德被授予英国桂冠诗人。 伯克发表《我们崇高思想的起源》。

年代	创作于新世界以及与新世界相关的重要作品	新世界重要历史事件	旧世界历史和文学事件
1758 年	约瑟夫·贝拉米(1719—1790)《千年福国论》(布道); 乔纳森·爱德华兹(1703—1758)《论原罪》(遗作,小册子); 本杰明·富兰克林(1706—1790)《通往富裕之路》; 约翰·梅勒姆(1739—?)《征服路易斯堡》(诗歌)、《高卢的背信》(诗歌)	"帕尔森的理由":弗吉尼亚对于全国范围内征收教堂税的辩论。 第一个印第安保护区在新泽西建立。	卢梭发表《致 M.德阿莱姆伯特关于剧院的信札》。
1759 年	杰莱德·埃利奥特(1685—1763)《田间农耕随笔》(1748 年开始出版)	沃尔夫在亚伯拉罕平原击败蒙特卡尔姆;魁北克沦陷于英国。	史密斯发表《道德情趣原理》。 伏尔泰发表《老实人》。
1760 年	理查德·布兰德(1710—1776)《致信弗吉尼亚的牧师》(小册子); 塞缪尔·戴维斯(1724—1795)《已故国王陛下乔治二世之死》; 伊斯拉·斯蒂尔斯(1727—1795)《论基督徒的团结》	加拿大向英国投降。	乔治二世去世;乔治三世继承英国王位。 斯特恩发表《项狄传》(1760—1767)。
1761 年			塞缪尔·理查德森去世(生于 1689 年)。
1762 年		《枫丹白露条约》把路易斯安那准州从法国转让给西班牙。	彼得三世成为俄国沙皇,不久被谋杀;凯瑟琳继位。 卢梭发表《社会契约》。

大事年表

年 代	创作于新世界以及与新世界相关的重要作品	新世界重要历史事件	旧世界历史和文学事件
1763 年	乔纳森·梅修（1720—1766）《对宪章及福音书的传播的社会道德规范的观察》	《巴黎条约》结束了法国与印第安的战争。 庞蒂亚克叛乱，俄亥俄谷印第安人的起事（1763—1765）。 英国在阿巴拉契亚山画了一条边界线，禁止白人进行西部殖民。	《巴黎和约》结束了"七年战争"。
1764 年	理查德·布兰德（1710—1776）《上校下马》或《校长辩护》（小册子）； 詹姆斯·格雷吉尔（1721—1766）《甘蔗，三册诗》； 詹姆斯·奥蒂斯（1725—1783）《伸张和得到证明的英国殖民地权利》； 本杰明·扬斯·普莱姆（1733—1791）《爱国的缪斯》（诗歌）	圣路易斯建立。 罗德岛学院建立（现布朗大学）。 《糖税法》降低外来糖蜜税。	塞缪尔·约翰逊在伦敦建立"文学俱乐部"（与伯克、吉布斯、戈德史密斯、雷诺兹斯和其他人一起共同创办）。
1765 年	约翰·亚当斯（1735—1826）；《关于宗教法规和联邦法之论述》 乔治·考金斯（17??—1802）《战争，一首英雄的诗》； 乔纳森·爱德华兹（1703—1758）《个人的叙述》（遗作，大约写于 1740 年）、《两篇论文：1.论上帝创造世界的目的；2.真正美德的本质》（遗作）	议会通过《印花税法》；英国第一次向殖民地征收税。 帕特里克在弗吉尼亚移民议会中反对《印花税法》。 反《印花税法》大会在纽约集会，表决通过"关于美洲居民的权利和不满的宣言"。	布莱克斯通发表《英国法律评论》。 珀西发表《古英语诗歌遗风》。 沃波尔发表《奥特朗托城堡》。

大　事　年　表

年　代	创作于新世界以及与新世界相关的重要作品	新世界重要历史事件	旧世界历史和文学事件
	托马斯·戈弗雷（1736—1763）《帕提亚王子》（剧本）； 斯蒂芬·霍普金斯（1707—1785）《殖民地权利研究》（小册子）； 小马丁·霍华德（fl. 1765—1781）《哈利法克斯一位绅士的来信》（小册子）； 詹姆斯·奥蒂斯（1725—1783）《为新英格兰教会政府的辩护》（小册子）	"自由之子社"成立。	
1766年	理查德·布兰德（1710—1776）《英国殖民地权力调查》（小册子）； 乔纳森·梅修（1720—1766）《怒火喷发》	议会废止《印花税法》，但是通过了《公告令》，声称议会具有制定殖民地法律的权力。 "荷兰新光"牧师建立了女王学院（后来的鲁特格斯大学）。	托马斯·马尔萨斯出生（卒于1834年）。 戈德史密斯发表《威克菲尔德牧师》。 海顿创作《降E调大弥撒》。 莱辛发表《拉奥孔》。 斯莫利特发表《法国和意大利之旅》。
1767年	查尔斯·昌西（1705—1787）《致朋友的信》； 亚瑟·李（1740—1792）《论奴隶制演说》； 约翰·辛格顿（？—1791）《西印度简述》（诗歌）	《汤森税法》向殖民地征收进口税。 丹尼尔·布恩开始在阿巴拉契亚以西探险。	

697

大 事 年 表

年　代	创作于新世界以及与新世界相关的重要作品	新世界重要历史事件	旧世界历史和文学事件
1768年	艾萨克·巴克斯(1724—1806)《落入自己网中的鱼》； 柯尼利厄斯·德保(1739—1799)《美洲土著人的哲学调查，或人类历史的趣味备忘录》； 约翰·狄金森(1732—1808)《宾州农夫信简》； 伊丽莎白·格雷姆·佛格森(1737？—1801)《爱国贤明的农夫的梦想》(诗歌)； 米尔卡·玛莎·摩尔(1740—1829)《女性爱国者们。献给美国自由之女,1768》(诗歌)； 安尼斯·布迪诺特·斯托克顿(1738—1801)《致访问者，一个女性社团阅读他的〈宾夕法尼亚纪事〉中第三篇文章有感》(诗歌)	在英国建立殖民地国务卿。英国军队被派往波士顿。	劳伦斯·斯特恩去世(生于1713年)。 斯特恩发表《法国、意大利的感伤之旅》(遗作)。
1769年		"美国哲学协会"改组，本杰明·富兰克林任主席。 达特默思学院特许设立。	
1770年	阿比·德·纪尧姆·托马斯·弗朗索瓦(？)《欧洲在东西印度群岛定居、通商的哲学政治史》； 詹姆斯·格罗尼斯(？)《詹姆斯·阿伯特生活趣闻》	北方贵族内阁建立。《汤森税法》被废除，只有茶叶税保留了下来。 波士顿惨案。	路德维希·范·贝多芬出生(卒于1827年)。 威廉·华兹华斯出生(卒于1850年)。 戈德史密斯发表《荒村》。

年　代	创作于新世界以及与新世界相关的重要作品	新世界重要历史事件	旧世界历史和文学事件
1771年	安东尼·本内泽特(1713—1784)《几内亚史》； 路易斯·安托尼·德·布加因维尔(1729—1811)《环球航行》； 休·亨利·布雷肯里奇(1748—1816)与菲利普·弗瑞诺(1752—1832)《美洲光辉的兴起》	因在殖民地政府中缺少代表，北卡罗来纳爆发了阿拉蒙斯战斗。 查尔斯·布罗克顿·布朗出生(卒于1810年)。	托拜厄斯·斯摩莱特去世(生于1721年)。
1772年	纳撒尼尔·埃文斯(1742—1767)《几首诗及其他作品》； 约翰·特鲁姆布(1750—1831)《达尔尼斯的进步》第一部分(诗歌)； 萨姆森·奥克姆(1723—1792)《对印第安人摩西·保罗行刑时的布道》； 约翰·伍尔曼(1720—1793)《牧师随记》	英国海关纵帆船"盖斯皮"号在罗德岛烧毁。 "波士顿通信委员会"由塞缪尔·亚当斯领导。	塞缪尔·泰勒·柯尔雷基出生(卒于1834年)。
1773年	本杰明·富兰克林(1706—1799)《普鲁士国王法令》、《一个伟大的帝国沦落为区区小国的规则》； 西蒙·霍华德(1733—1804)《对波士顿古代的尊贵的炮兵进行的布道》； 本杰明·拉什(1745—1813)《就保留奴隶制问题致居住在英属北美的殖民地居民》； 莫西·奥帝斯·华伦(1728—1814)《溜须拍马》(戏剧)； 菲利丝·惠特礼(1753?—1784)《关于宗教和道德的各种主题的诗集》	《茶法案》引发了"波士顿茶党"的建立，殖民者拒绝宣布拒绝接受纳税。	伯内特发表《语言的起源和发展》。 戈德史密斯发表《委曲求全》。

大 事 年 表

年代	创作于新世界以及与新世界相关的重要作品	新世界重要历史事件	旧世界历史和文学事件
1774年	伊丽莎白·桑普森·阿什布里吉（1713—1755）《伊丽莎白·阿什布里吉的前半生》； 雅各布·杜克（1737—1798）《文学、道德、宗教等领域的评论》（通常称为"Casapipina's Letters"） 托马斯·杰斐逊（1743—1826）《英属美洲权力概述》； 纳撒尼尔·奈尔斯（1741—1828）《关于自由的论述两篇》； 凯撒·萨特（?）《论奴隶制随笔》； 塞缪尔·谢伍德（1730—1783）《圣经对平民统治者和自由子民的指导》	议会通过《强迫法案》，惩罚殖民者。（在殖民地通常称为《不可忍受法案》）。 第一届大陆会议在费城召开。 埃蒙德·伯克发表关于美国税收的演说。	路易十六成为法国国王。 奥立佛·戈德史密斯去世（生于1731年）。 歌德发表《年轻沃瑟的不幸》。
1775年	菲利普·弗瑞诺（1752—1832）《政治的连祷文》（诗歌）； 亚历山大·汉密尔顿（1757—1804）《农夫反驳》（布道）； 托马斯·潘恩（1737—1809）《关于女性问题的应时信》； 戴维·里顿豪斯（1732—1796）《1775年2月24日在美国哲学协会上发表的演说》； 约翰·特朗布尔（1750—1831）《姆芬格尔》 莫西·奥帝斯·华伦（1728—1814）《团体》（戏剧）	列克星顿和康科德战斗；美国革命开始。 第二届大陆会议在费城召开。 乔治·华盛顿担任大陆军的总司令。 北卡罗来纳"梅克伦堡表决"。 国会通过《组建军队的原因和必要性宣言》。 宾夕法尼亚教友派教徒们建立了第一个反奴隶制团体。	简·奥斯汀出生（卒于1817年）。 博马舍发表《塞维尔的理发师》。 伯克发表《调解殖民地的决议》。 约翰逊发表《税收不是暴政——回应美国国会的决议和演讲》。 谢里丹发表《对手》。

年　代	创作于新世界以及与新世界相关的重要作品	新世界重要历史事件	旧世界历史和文学事件
1776 年	约翰·亚当斯(1735—1826)《关于政府的思考》； 无名氏《内森·黑尔民谣》； 休·亨利·布雷肯里奇(1748—1816)《邦克山之战》； 菲利普·弗瑞诺(1752—1832)《圣达克鲁兹的瑰丽》(诗歌)； 约翰·里库克(1729—1802)《英国暴政的毁灭》； 乔治·奥吉尔维(1740?—1801)《卡罗琳娜；或种植园主》(诗歌)； 托马斯·潘恩(1737—1809)《常识》； 塞缪尔·谢伍德(1730—1783)《教堂逃向野外》(布道)； 莫西·奥帝斯·华伦(1728—1814)《1776 年致长期缺席伟大的公共事业并引起所有美国人不满的菲德里奥》； 詹姆斯·威尔逊(1742—1798)《致殖民地居民的演讲》	《独立宣言》。 国会古语殖民地建立人民掌权的新政府。 新汉普郡、新泽西、宾夕法尼亚、特拉华、马里兰、弗吉尼亚、北卡罗来纳和南卡罗来纳起草州宪法；罗德岛和康涅狄格修改殖民宪章。 乔治·梅森的《弗吉尼亚权力宣言》被通过并广泛传播。	大卫·休姆去世(生于 1711 年)。 吉布发表《罗马帝国兴衰史》。 史密斯发表《国富论》。

大事年表

年代	创作于新世界以及与新世界相关的重要作品	新世界重要历史事件	旧世界历史和文学事件
1777年	无名氏《牙买加，三部曲诗》； 休·亨利·布雷肯里奇(1748—1816)《魁北克包围战蒙哥马利将军之死》(戏剧)； 本杰明·富兰克林(1706—1790)《销售粗麻布》； 威廉·罗伯逊(1721—1793)《美国史》； 菲利丝·惠特礼(1753？—1784)《乌斯特将军之死》(诗歌)	华盛顿在宾夕法尼亚的布兰迪维因战败；英国占领了费城(9月)；华盛顿撤退到富治山谷过冬(12月)。	谢里丹发表《丑闻学校》。
1778年	乔纳森·卡弗(1710—1780)《1766、1767、1768年北美内陆游记》； 蒂莫西·德怀特(1752—1817)《哥伦比亚》(诗歌，大约1778年)； 本杰明·富兰克林(1706—1790)《转瞬即逝》； 弗朗西斯·霍普金斯(1737—1791)《木桶的战斗》(民谣)； 西奥菲勒斯·帕森斯(1754—1813)《埃塞克斯决议》(小册子)； 威廉·怀亭(1730—1792)《致马萨诸塞柏克夏郡居民》	国会通过《联邦条例》(1781年批准)。	让-雅克·卢梭去世(生于1712年)。 伏尔泰去世(生于1694年)。 伯尼发表《爱维琳娜》。

大事年表

年　代	创作于新世界以及与新世界相关的重要作品	新世界重要历史事件	旧世界历史和文学事件
1779 年	本杰明·富兰克林(1706—1790)《公共祈祷书删节本前言》； 菲利普·弗瑞诺(1752—1832)《夜之屋》(叙事诗)	约翰·保罗·琼斯船长与邦侯姆·理查德在英国海岸以外击败了塞拉皮斯。	约翰逊发表《英国诗人的生平》(1779—1781)。
1780 年	大卫·汉弗莱(1752—1818)《美利坚合众国军队之诗》； 以斯帖·德·伯德特·里德(1747—1780)《一名美国妇女的感伤》	英国军队夺取查尔斯顿。 本尼迪克特·阿诺德战败，加入英军。	海顿创作《"玩具"》交响乐。
1781 年	菲利普·弗瑞诺(1752—1832)《英国囚船》、《纪念勇敢的美国人》(诗歌)	围攻约克镇；克伦威尔向华盛顿投降。 《联邦条例》审议通过。	康德发表《纯粹理性批评》。 卢梭发表《忏悔录》。
1782 年	J. 赫克托·圣·约翰·德·克雷夫科尔(1735—1813)《一个美国农民的来信》	巴黎和平谈判开始。 荷兰承认美国独立。	北方贵族内阁下台。 尼科罗·帕格尼尼出生(卒于 1840 年)。 吉奥奇诺·安东尼奥·罗西尼出生(卒于 1868 年)。 拉克洛发表《危险的交往》。
1783 年	无名氏《论衣着，旨在给美国的女性以善意的、及时的警告》； 休·布莱尔(1718—1800)《论纯文学和修辞学》；	《巴黎和约》结束了美国革命。	威廉·皮特被任命英国首相。

703

年　代	创作于新世界以及与新世界相关的重要作品	新世界重要历史事件	旧世界历史和文学事件
	内维斯的赫克托·圣·约翰《诗歌：关于英格兰在西印度群岛》；		
	伊斯拉·斯蒂尔斯（1727—1795）《美利坚合众国的光辉未来》；		
	乔治·华盛顿（1732—1799）《国家公告》（华盛顿告别军队的演说）；		
	诺亚·韦伯斯特（1758—1843）《美国拼写读本》		
1784年	本杰明·富兰克林（1706—1790）《移民美国指南》；	纽约成为美国临时首都。 北卡罗来纳割让北部领土给美国。	塞缪尔·约翰逊去世（生于1709年）。 博马舍发表《费加罗的婚礼》。 康德发表《回答"什么是启蒙"的问题》。
	托马斯·杰斐逊（1743—1826）《弗吉尼亚通告》（1784—1785，私人版；同时法语版）；		
	彼得·马寇（大约1752—1792）《爱国者领袖》（戏剧）；		
	朱迪丝·沙尔金特·莫瑞（1751—1820）《独立思考如何鼓励一定程度上女性心胸的自足感》（散文）；		
	托马斯·都铎·塔克（1745—1828）《妥协暗示：排除党派偏见，达到理想状态》		
1785年	蒂莫西·德怀特（1752—1817）《征服迦南》（诗歌）；		
	本杰明·富兰克林（1706—1790）《美国国内情况》、《左手的恳求》		

年代	创作于新世界以及与新世界相关的重要作品	新世界重要历史事件	旧世界历史和文学事件
1786 年	《无政府主义亚德》(讽刺诗,1786—1787); 无名氏《给公众的演说,包括对美国共和国当前政治状况的评论》; 菲利普·弗瑞诺(1752—1832)《野忍冬花》(诗歌); 托马斯·杰斐逊(1743—1826)《弗吉尼亚宗教自由法令》; 约瑟夫·约翰·拉德(1764—1786)《阿洛埃特诗集》; 本杰明·拉什(1745—1813)《建立公学和在宾夕法尼亚传播知识的计划》; 《伍斯特杂志》以赛亚·托马斯创办(1788 年停刊)	《弗吉尼亚宗教自由法令》。 谢司起义。	腓特烈大帝去世。 莫扎特创作《费加罗的婚礼》。
1787 年	约翰·亚当斯(1735—1826)《为美国政府宪法的辩护》; 无名氏《爱米利亚;或背信弃义的大不列颠——一个美国传说》(在《哥伦比亚杂志》上发表); 无名氏《关于妇女骄傲的谚语》; 乔·巴洛(1754—1812)《哥伦比亚的远见》; 内森·丹(1752—1835)《西北法令》;	《美国宪法》在费城签署。 宾夕法尼亚被接纳为州。 国会制定《西北法令》。	莫扎特创作《唐·乔万尼》。

大事年表

年　代	创作于新世界以及与新世界相关的重要作品	新世界重要历史事件	旧世界历史和文学事件
	威廉·邓禄普（1766—1839）《谦虚的士兵》（戏剧，现已遗失）；		
	《联邦党人文集》（1788年间）出版，由**亚历山大·汉密尔顿**（1757—1804）、**约翰·杰伊**（1745—1829）和**詹姆斯·麦迪逊**撰写。		
	菲利普·弗瑞诺（1752—1832）《印第安墓地》（诗歌）；		
	朱比特·哈蒙（1711？—1800）《致纽约州的黑奴》；		
	托马斯·杰斐逊（1743—1826）《弗吉尼亚州札记》（第一个授权的英语公开版）；		
	詹姆斯·麦迪逊（1751—1836）《联邦会议辩论注解》（1843首次发表）；		
	罗耶尔·泰勒（1757—1836）《小镇的五朔节》（戏剧，现已遗失）；		
	《美国杂志》由**诺亚·韦伯斯特**创刊（1788年停刊）；		
	《美国博物馆，或者古代和现代昙花一现的作品总汇》由在费城**马休·凯瑞**创办；1892年停刊。		

年代	创作于新世界以及与新世界相关的重要作品	新世界重要历史事件	旧世界历史和文学事件
1788年	[莫西·奥帝斯·华伦](1728—1814)《对新宪法和联邦、州会议的评论》（散文）； 苏珊娜·罗森（大约1762—1824)《几个话题的诗》； 爱德华·拉什顿（1756—1814)《西印度田园诗》	《美国宪法》在经过第九个州新汉普顿州通过后生效。	康德发表《实践理性批评》。 莫扎特创作最后三首交响曲（E降调、G小调和《朱庇特》)。
1789年	廉姆·希尔·布朗（1765—1793)《同情的力量》（小说）； 威廉·邓禄普（1766—1839)《父亲》又名《美国香迪主义》（戏剧）； 奥兰达·厄奎亚诺(1745—?)《厄奎亚诺之人生趣闻》或《古斯塔夫斯·瓦萨的一生叙述》； 托马斯·杰斐逊（1743—1826)《英语诗体学思考》（散文)； 杰迪迪亚·摩尔斯（1761—1826)《美国地理；或对美利坚合众国当前形势的看法》（1793年第二版的名字为《美国通用地理》)； 大卫·拉姆齐（1749—1819)《美国革命史》	第一届美国国会在纽约集会。 华盛顿宣誓就职总统。 国会提议《权利法案》。 约翰·杰伊被任命为美国最高法院第一任首席法官。 詹姆斯·费尼莫尔·库珀出生（卒于1851年）。	攻破巴士底狱开始了法国革命。 布莱克发表《青白之歌》。 歌德发表《托夸多·塔索》。 科策布发表《陌生人》。

年代	创作于新世界以及与新世界相关的重要作品	新世界重要历史事件	旧世界历史和文学事件
1790 年	本杰明·拉什(1745—1813)《宾夕法尼亚的气候以及对人体影响的报告》； 莎拉·温特沃兹·莫顿(1759—1846)《魁比；或自然的美德》(叙事诗)； 朱迪丝·沙尔金特·莫瑞(1751—1820)《论性别平等》(随笔)； 罗耶尔·泰勒(1757—1826)《比照》(戏剧,写于1787年)； 莫西·奥帝斯·华伦(1728—1814)《诗歌、戏剧和其他主题》； 约翰·温斯罗普(1588—1649)《1630至1644年间在马萨诸塞和其他新英格兰殖民地定居点上发生的交易和事件志》	费城成为国家的首都(直至1800年)。 美国通过第一个版权法。 华盛顿特区建立。 美国最高法院第一次开庭。 本杰明·富兰克林去世(生于1706年)。	亚当斯·史密斯去世(生于1723年)。 布莱克发表《天堂和地狱的结合》。 伯克发表《法国革命的遐想》。
1791 年	威廉·巴特拉姆(1739—1823)《南北卡罗来纳、乔治亚、东西佛罗里达、切罗基镇、克里克联盟以及切克陶斯镇的旅行》； 《回声》(讽刺诗；1805年间创作)； 亚历山大·汉密尔顿(1757—1804)《制造业报告》； 苏珊娜·罗森(大约1762—1824)《夏洛特·坦布尔》、《一个真理的传说》(小说)； 《美国公报》首发。	佛蒙特被联盟接纳。 《权利法案》批准通过。 美国第一银行组建。	乌夫冈·阿马戴乌斯·莫扎特去世(生于1756年)。 伯斯威尔发表《塞缪尔·约翰逊生平》。 萨德发表《贾丝廷》。 席勒发表《三十年战争史》(1791—1793)。

大事年表

年 代	创作于新世界以及与新世界相关的重要作品	新世界重要历史事件	旧世界历史和文学事件
1792年	杰拉米·白克拿朴(1744—1798)《傅雷斯特一家》(小说); 休·亨利·布雷肯里奇(1748—1816)《现代骑士团》(小说,完成于1815年); 约瑟夫·丹尼(1768—1812)《杂文集》(系列散文); 亚历山大·汉密尔顿(1757—1804)《"一个美国人"的信札》; 弗朗西斯·霍普金斯(1737—1791)《弗朗西斯·霍普金斯随笔精选》(遗作); 莎拉·温特沃兹·莫顿(1759—1846)《非洲首领》(反奴隶制的诗歌)	肯德基被联盟接纳。 针对西北区印第安动荡的《民兵法案》。 纽约证券市场开张。 白宫举行奠基仪式。 铸造美元硬币。	英国首相皮特抨击奴隶贸易。 法国宣布成为共和政体。 弗朗西斯二世成为神圣罗马帝国末代皇帝。 沃斯通克拉夫特发表《女权辩护》。
1793年	乔·巴洛(1754—1812)《玉米粉糊》; 安·伊丽莎·布里里《诗歌和散文遗作》(与玛格丽特·维·佛格莱丝[?]合著,后者著有《评论、散文和诗歌集》); J.赫克托·圣·约翰·德·克雷夫科尔(1735—1813)《一个美国农民的来信》(美国第一版); 吉尔伯特·伊姆莱(1754?—1828?)《移民》(小说); 埃利胡·哈布德·史密斯(1771—1798)等《美国诗歌》(第一部本土诗歌诗选); 《农夫每周博物馆》(沃尔普尔主持,1810年停刊)	华盛顿宣誓连任总统。 华盛顿在法英战争中发表"中立宣言"。 詹内特公民事件。 《逃亡奴隶法》通过。 埃利·惠特尼申请轧花机专利。	处决路易十六和玛丽·安托瓦内特;欧洲爆发战争。 法国实行"恐怖统治"(1793—1794)。 康德发表《理论和实践》。

年 代	创作于新世界以及与新世界相关的重要作品	新世界重要历史事件	旧世界历史和文学事件
1794年	蒂莫西·德怀特（1752—1817）《格林菲尔德山丘：由七部分组成的诗歌》； 威廉·曼宁（?）《自由的钥匙关键》（自传，大约发表于1794年）； 托马斯·潘恩（1737—1809）《理智的年代》（小册子）； 苏珊娜·罗森（大约1762—1824）《美国、贸易和自由》（祝酒歌）；《阿尔及尔的奴隶；或自由之战》（戏剧）； 罗耶尔·泰勒（1757—1826）与约瑟夫·丹尼（1768—1812）《来自于科隆和斯邦迪的商店》（随笔，1811年间）	"威士忌暴动"被镇压（宾夕法尼亚农民反对货物税）。 《杰伊条约》使英国从西北军事基地撤出。 美国海军建立。	法国占领比利时。 布莱克发表《经验之歌》。 费希特发表《知识理论的基础》。 戈德温发表《迦勒·威廉姆斯》。 莱德克里夫发表《尤道弗之谜》。
1795年	威廉·邓禄普（1766—1839）《方顿威尔修道院》（戏剧，改编自安·莱德克里夫的《森林的浪漫》）； 罗伯特·特里特·潘恩（1773—1811）《文学的发明》（诗歌）； 理查德·斯诺登（1753—1825）《哥伦比亚德》或《美国战争之诗》	美国与西班牙之间的《圣·洛伦佐条约》确定了佛罗里达的边界。 《归化法》确定了公民的必要条件。	法国占领荷兰。 "恐怖统治"结束。 约翰·济慈出生（卒于1821年）。 歌德发表《威廉·梅斯特的学徒生活》。
1796年	约瑟夫·丹尼（1768—1812）《世俗的布道者》或《为无所事事的读者所做的简短布道》； 圣·乔治·塔克（1752—1827）《论奴隶制》；	田纳西被联邦接受。 约翰·亚当斯在美国总统竞选中击败托马斯·杰斐逊；	拿破仑发动意大利战役。 西班牙与法国结盟反对英国。

年代	创作于新世界以及与新世界相关的重要作品	新世界重要历史事件	旧世界历史和文学事件
	乔治·华盛顿（1732—1799）《美利坚合众国前总统乔治·华盛顿先生的演讲：关于辞去重任》（通称所称的《告别演说》）； 诺亚·韦伯斯特（1758—1843）《关于前几年在美国肆虐的胆病发烧的文章总汇》	杰斐逊当选副总统。 威廉·希克林·普雷斯科特出生（卒于1859年）。	伯克发表《致尊贵的上帝》。 伯尼发表《卡米拉》。 柯尔雷基发表《各种主题的诗歌》。 歌德与席勒发表《讽刺短诗》。 戈雅创作《幻想曲》（绘画）。 马休·刘易斯发表《修道士》。 绍迪发表《贞德》。
1797年	迦勒·宾厄姆（1757—1817）《哥伦比亚演说家》（手册）； 安·伊丽莎·布里克（1752—1783）《玛丽亚·凯泰尔的历史》（囚禁故事）； 约翰·达利·伯克（？—1801）《邦克山；或华伦将军之死》（戏剧）； 詹姆斯·巴特勒（1775？—1842）《命运的足球；或莫秋提奥的冒险》； 汉娜·福斯特（1759—1840）《卖弄风情的女人》； 赫尔曼·曼恩（1772—1833）《女性的回顾；或一位美国女士的自传》；	约翰·亚当斯宣誓连任美国总统。 由于《杰伊条约》的签订，美国与法国的关系恶化。 XYZ事件（塔列朗试图从美国使节处勒索钱财）。	埃德蒙德·伯克去世（生于1727年）。 弗朗茨·舒伯特出生（卒于1828年）。 贺瑞斯·沃波尔去世（生于1717年）。 柯尔雷基创作《忽必烈》。 侯德林发表《许珀里翁》。 瑞德克里夫发表《意大利人》。 萨德发表《朱丽亚哥特》。 绍迪发表《诗歌》。

年　代	创作于新世界以及与新世界相关的重要作品	新世界重要历史事件	旧世界历史和文学事件
	莎拉·温特沃兹·莫顿（1759—1846）《贝肯山》； 罗伯特·特里特·潘恩（1773—1811）《不可动摇的热情》（诗歌）； 罗耶尔·泰勒（1757—1826）《阿尔及利亚的因徒》（小说）、《乔治亚投机》（戏剧，现已丢失）		
1798年	查尔斯·布罗克顿·布朗（1771—1810）《阿尔昆：对话》（写实文学）、《维兰德》（小说）； 威廉·邓禄普（1766—1839）《安德鲁》（戏剧）； 汉娜·福斯特（1759—1840）《寄宿学校》或《女校长对学生的教诲》； 布洛贴尔·法罗（?）《非洲土著凡彻的生平和冒险》； 约瑟夫·霍普金斯（1770—1842）《万岁，哥伦比亚》（诗歌）； 托马斯·杰斐逊（1743—1826）《肯德基决议》； 威廉·曼尼（1747—1814）《自由的关键，揭示一个自由政府失败的原因以及解决方法，写于1798年》（小册子）；	国会修改《归化法》；通过了《外侨法》和《惩治煽动叛乱法》。 密西西比区成立。 未经宣战与法国开始了海战（1798—1800）。	法国军队占领罗马。 拿破仑埃及战役（1798—1799）。 纳尔逊在亚历山大伏击击败法国舰队。

年　代	创作于新世界以及与新世界相关的重要作品	新世界重要历史事件	旧世界历史和文学事件
	罗伯特·蒙福特(？—1784)《候选人,或弗吉尼亚选举的趣事》; 朱迪丝·沙尔金特·莫瑞(1751—1820)《拾穗者》(集锦,最初发表在以赛亚·托马斯1792—1794年间主办的《马萨诸塞杂志》上); 罗伯特·特里特·潘恩(1773—1811)《亚当斯与自由》; 苏珊娜·罗森(大约1762—1824)《鲁滨和雷切尔》		
1799年	查尔斯·布罗克顿·布朗(1771—1810)《奥蒙德》或《秘密的目击者》(小说)、《艾德加·亨特利,;或梦游者回忆录》(小说)、《亚瑟·莫文》又名《1793年回忆录》(小说,1799—1800)、《西塞罗之死》(故事)《萨洛尼卡》(故事); 诺亚·韦伯斯特(1758—1843)《论现代冬天气温的假定变化》; 查尔斯·布罗克顿·布朗创办《每月杂志和美国评论》(1800年停刊)	乔治·华盛顿去世（生于1732年）。	奥诺德·巴尔扎克出生(卒于1850年)。
1800年		华盛顿特区成为美国首都。 西北区分为俄亥俄区和印第安那区。 国会图书馆建立。	西班牙把路易斯安那区割让给法国。 拿破仑占领意大利。

755

年　代	创作于新世界以及与新世界相关的重要作品	新世界重要历史事件	旧世界历史和文学事件
1801 年	无名氏《女倡导者》（小册子）； 查尔斯·布罗克顿·布朗（1771—1810）《克拉拉·霍沃德》（小说）、《简·塔尔博特》（小说）； 约瑟夫·丹尼（1768—1812）《农夫博物馆和世俗布道者公报的精神》； 塔比瑟·藤内（1762—1837）《女堂吉诃德》（小说）； 莎拉·伍德（1759—1855）《道沃尔；或投机者——一部以最新事件为基础的小说》； 《卷宗》（文学集锦，由约瑟夫·丹尼创办，1827 年停刊）	美国与的黎波里战争。	大不列颠与爱尔兰联合王国成立。 沙皇保罗一世被谋杀；亚历山大一世加冕俄国皇帝。 文森佐·贝利尼出生（卒于 1835 年）。 夏多布里昂发表《阿塔拉》。
1802 年	华盛顿·欧文（1783—1859）《乔纳·欧尔德斯泰尔绅士的来信》（报纸连载，1802—1803）； 《文学杂志和美国记录》由查尔斯·布罗克顿·布朗创办；1806 年停刊；再版时改名为《美国记录，或历史、政治和科学综合宝库》，至 1810 年布朗去世停刊。	乔治亚割让西区给美国。	夏多布里昂发表《基督教真谛》。
1803 年	威廉·邓禄普（1766—1839）《哥伦比亚的荣耀：国家的义勇骑兵》（戏剧）； 塞缪尔·米勒（1769—1850）《18 世纪简要回顾》（两卷）；	俄亥俄被联邦接受。 "购买路易斯安那"：拿破仑以 1500 万美元把路易斯安那区卖给美国。	赫克托·柏辽兹出生（卒于 1869 年）。

年代	创作于新世界以及与新世界相关的重要作品	新世界重要历史事件	旧世界历史和文学事件
	[苏基·威克瑞（1799—1821）]《艾米莉·汉密尔顿》（小说）； 威廉·沃特（1772—1834）《英国间谍的来信》（纪实文学）；《每月诗选和波士顿评论》（1803—1811）	《马伯里诉麦迪逊案》开创了司法复审权的先例。	
1804 年	大卫·汉弗莱（1752—1818）《美利坚合众国勤劳之诗》； 托马斯·杰斐逊（1743—1826）《耶稣的哲学》； 托马斯·潘恩（1737—1809）《入侵英格兰时致英格兰人民》（小册子）； 苏珊娜·罗森（大约1762—1824）《诗歌集锦》； 约翰·范德林（1775—1852）《简·麦克柯里之死》	亚伦·伯尔在一次决斗中刺伤亚历山大·汉密尔顿。 马利维瑟·刘易斯（1774—1809）与威廉·克拉克（1770—1838）对太平洋进行了探险；1806年回国。R. G. 斯威兹在1904—1905年间搜集和发表了八卷《刘易斯和克拉克探险原始日记》。 纳撒尼尔·霍桑出生（卒于1864）。	拿破仑加冕法国皇帝。 老约翰娜·施特劳斯出生（卒于1849年）。
1805 年	莫西·奥帝斯·华伦（1728—1814）《美国革命的兴起、发展和结束史》	密歇根区建立。 西布伦·派克对上密西西比河进行探险。	拿破仑加冕意大利国王。 纳尔逊在特拉法尔加击败法国。
1806 年	大卫·希区柯克（1773—1849）《大卫·希区柯克的诗歌作品：带有柏拉图、骑士和庸医的影响以及狐狸的精明》； 约翰·霍华德·佩恩（1791—1852）《朱丽亚》（戏剧）；	杰斐逊命令逮捕亚伦·伯尔。 威廉·吉尔摩·希姆斯出生（卒于1870）。	弗朗西斯二世放弃神圣罗马帝国称号。 约翰·斯图尔特·米勒出生（卒于1873年）。 伊丽莎白·巴雷特出生（卒于1861年）。

年代	创作于新世界以及与新世界相关的重要作品	新世界重要历史事件	旧世界历史和文学事件
	滕斯克瓦塔瓦（？）在易洛魁联邦发表演讲； 诺亚·韦伯斯特（1758—1843）《英语简明字典》		
1807年	詹姆斯·纳尔逊·巴克（1784—1858）《印第安公主》；	国会通过《禁运法案》。 亚伦·伯尔因叛国罪受审并获无罪释放。 蒸汽船"克莱蒙顿"号由罗伯特·富尔顿开船下水。 亨利·沃兹沃思·朗费罗出生（卒于1882年）。 约翰·格林里夫·惠蒂尔出生（卒于1892年）。	拿破仑与俄国和普鲁士签订合约。 查尔斯与玛丽·拉姆发表《莎士比亚故事集》。 黑格尔发表《头脑的现象学》。
1808年	威廉姆·卡伦·布莱恩特（1794—1878）《禁运》或《时代素描》（诗歌）	国会宣布进口非洲奴隶为非法行为。	拿破仑占领西班牙；废除了西班牙和意大利的宗教法庭。 贝多芬创作《第五、第六交响曲》（《田园诗》）。 歌德发表《浮士德第一部》。 安格尔创作《大浴女》（绘画）。 查尔斯·拉姆发表《英国戏剧诗人范例》。

年代	创作于新世界以及与新世界相关的重要作品	新世界重要历史事件	旧世界历史和文学事件
1809 年	费舍尔·埃姆斯（1758—1808）《美国文学》（散文）； 查尔斯·布罗克顿·布朗（1771—1810）《对美国国会的演讲》（反对禁运的小册子）； 华盛顿·欧文（1783—1859）《纽约史》（小说）	詹姆斯·麦迪逊就任美国第四届总统。 国会废止《禁运法案》。 伊利诺伊区建立。 托马斯·潘恩去世（生于1737年）。 亚伯拉罕·林肯出生（卒于1865年）。 埃德加·爱伦·坡出生（卒于1849年）。	俄国吞并芬兰。 拿破仑吞并教皇国。 查尔斯·达尔文出生（卒于1882年）。 尼科莱·果戈理出生（卒于1852年）。 弗朗兹·约瑟夫·海顿去世（生于1732年）。 阿尔弗雷德·丹尼生出生（卒于1892年）。 贝多芬发表《皇帝协奏曲》。 拜伦发表《英国诗人与苏格兰评论家》。 席雷格尔发表《论戏剧艺术和文学》。
1810 年	泽希伦·蒙特利尔·派克（1779—1813）《密西西比源头与路易斯安那西部地区探险纪实》； 乔治·沃特斯顿（1783—1854）《格伦卡恩》，又名《青春的失望》； 乔治·怀特（?）《非洲人乔治·华特生平、经历和侍奉福音简述》	美国吞并西佛罗里达。 美国人口达到720万。 查尔斯·布罗克顿·布朗去世（生于1771年）。 玛格丽特·富勒出生（卒于1850年）。	拿破仑吞并荷兰；其势力达到顶峰。 弗雷德里克·肖邦出生（卒于1849年）。 罗伯特·舒曼出生（卒于1856年）。

大事年表

年代	创作于新世界以及与新世界相关的重要作品	新世界重要历史事件	旧世界历史和文学事件
1811年	休·亨利·布雷肯里奇(1748—1816)《致沃尔特·司各特的诗信》(散文); 约翰·吉(?)《非洲布道者约翰·吉的生平、历史和空前的痛苦》; 艾萨克·米切尔(1759?—1812)《精神病院》又名《阿隆索和梅丽莎——一个真实的美国故事》; 亨利·特鲁姆布(1781—1843)《印第安战争史》(1841年修订,纪实文学)	威廉·亨利·哈里森将军在蒂帕卡怒战役中打败了美国土著部落。 密西西比河上第一次蒸汽船航行。 约翰·雅各·阿斯特派船绕过好望角,在哥伦比亚河上建立要塞;派遣威尔逊·普莱斯·亨特和罗伯特·斯图亚特进行陆地探险。 哈里艾特·比彻尔·斯托出生(卒于1896年)。	英国乔治三世患精神病;威尔士王子成为摄政王。 "勒得分子"在被英格兰毁坏工业机器。 弗朗兹·李斯特出生(卒于1886年)。 威廉·梅克皮斯·赛克利出生(卒于1863年)。 奥斯汀发表《理智与情感》。
1812年	詹姆斯·纳尔逊·巴克(1784—1858)《马尔明》(戏剧,改编自沃尔特·司各特的诗歌); 保罗·卡斐(1759—1817)《非洲利昂山脊殖民地定居点和现状》; 詹姆斯·柯克·鲍尔丁(1778—1860)《约翰牛和乔纳森兄弟的趣史》(纪实文学); [丽贝卡·拉什(?)]《凯尔罗伊》(小说)	美国向大不列颠宣战(1812—1814)。 路易斯安那被联邦接受。 密苏里区建立。	拿破仑侵略俄国,摧毁斯摩棱斯克,占领莫斯科,但是被迫撤退。 贝多芬创作《第七、第八交响曲》。

年　代	创作于新世界以及与新世界相关的重要作品	新世界重要历史事件	旧世界历史和文学事件
1813 年	丹尼尔·布莱恩（1795—1866）《缪斯山》（诗歌）； 詹姆斯·柯克·鲍尔丁（1778—1860）《苏格兰小提琴的民谣》（诗歌）； 《文选杂志》（由华盛顿·欧文简单编辑，1821 年停刊）	英国海军封锁美国港口。	威灵顿公爵侵略法国。 墨西哥宣布独立。 罗伯特·绍迪被授予英国桂冠诗人称号。 朱森珀·威尔第出生（卒于 1901 年）。 理查德·瓦格纳出生（卒于 1883 年）。 奥斯汀发表《傲慢与偏见》。
1814 年	尼古拉斯·比德尔（1786—1844）《刘易斯和卡拉克船长指挥下多密苏里源头的探险史》； 休·亨利·布雷肯里奇（1748—1816）《法律集锦》； 弗朗西斯·基·斯各特（1779—1843）《麦克亨利堡保卫战》（《星条旗永不落》）	英国烧毁白宫和国会大厦，攻击巴尔的摩。 克里克印第安战争结束。	拿破仑退位，被流放到厄尔巴岛。 路易斯十八世重新登上法国王位。 奥斯汀发表《曼斯菲尔德公园》。 贝多芬发表《费德里奥》（歌剧，终稿）。 戈雅创作《1808 年 5 月 2 日和 1808 年 5 月 3 日》（绘画）。 司各特发表《威佛利》。

年代	创作于新世界以及与新世界相关的重要作品	新世界重要历史事件	旧世界历史和文学事件
1815年	休·亨利·布雷肯里奇(1748—1816)《现代骑士团》(终稿); 丹尼尔·德雷克(1785—1852)《1815年辛辛那提的生动画面》(纪实文学); 詹姆斯·柯克·鲍尔丁(1778—1860)《美国和英国》(诗歌); 大卫·波特(1780—1843)《太平洋航行日记》; 《北美评论》创刊(1939年停刊)	安德鲁·杰克逊在新奥尔良击败英军。 本杰明·拉特罗布开始重建白宫(1815—1817)。 保罗·卡斐率领一队殖民者来到利昂山脊。	拿破仑的"百日王朝"。 威灵顿在滑铁卢击败拿破仑。 拿破仑第二次被放逐,地点是圣赫勒拿岛。
1816年	(小)伊莱亚斯·波蒂诺特(1740—1821)《西方之星》(纪实文学); 乔治·塔克(1775—1861)《弗吉尼亚来信》(小说); 塞缪尔·伍德伍兹(1784—1842)《自由战士》 《门廊》在巴尔的摩创刊(1818年停刊)	印第安那被联邦接受。 美国第二银行(1816—1836)。 "美国殖民协会"建立,协会期刊《非洲总汇》创刊。 休·亨利·布雷肯里奇去世(生于1748年)。	奥斯汀发表《爱玛》。 罗西尼发表《塞维尔的理发师》。
1817年	威廉姆·卡伦·布莱恩特(1794—1878)《死亡观》(诗歌); 阿梅沙·德拉诺(1763—1823)《南北半球航行记述》;	詹姆斯·门罗宣誓就职美国第五届总统。 密西西比被联邦接受。	《布莱克伍德的爱丁堡杂志》问世(1980年停刊)。 简·奥斯汀去世(生于1775年)。

年　代	创作于新世界以及与新世界相关的重要作品	新世界重要历史事件	旧世界历史和文学事件
	约翰·尼尔（1793—1876）《保持冷静》（小说）； 詹姆斯·柯克·鲍尔丁（1778—1860）《南方来信》（旅行小品文，1835年修订版）； 詹姆斯·莱利（1777—1840）《非洲苦难》（自传）； 威廉·沃特（1772—1834）《帕特里克·亨利的一生和性格》（传记）	阿拉巴马区建立。 伊利运河开始动工。 亨利·戴维·梭罗出生（卒于1862年）。	拜伦发表《曼弗雷德》。 柯尔雷基发表《文学传记》。
1818年	威廉姆·卡伦·布莱恩特（1794—1878）《美国早期诗歌》（随笔）、《关于抑扬格标准中的三音节韵脚》（随笔）； 约翰·G.海克维尔德（1743—1823）《印第安民族的历史和风俗习惯》（纪实文学）； 约翰·尼尔（1793—1876）《尼亚加拉战斗》（诗歌）； 詹姆斯·柯克·鲍尔丁（1778—1860）《住在边远地区的人》（诗歌）； 约翰·霍华德·佩恩（1791—1852）《布鲁特司，或塔尔昆的陷落》（戏剧）； 《玛丽·史密斯夫人的囚禁和苦难叙述》	伊利诺伊被联邦接受。 美国和英国确定加拿大边界。 安德鲁·杰克逊侵略佛罗里达，第一次西米诺尔战争开始。	黑格尔接替费希特（卒于1814年）成为柏林哲学教授。 卡尔·马克思出生（卒于1883年）。 奥斯汀发表《诺森洁修道院》和《说服》。 M.雪莉发表《弗朗肯斯坦》。

大事年表

年代	创作于新世界以及与新世界相关的重要作品	新世界重要历史事件	旧世界历史和文学事件
1819年	威廉·艾勒里·查宁(1780—1842)《在杰拉德·斯巴克斯牧师的圣职授任仪式上的布道》(通常被称作《唯一神论基督教》); 菲茨格林·哈勒克(1790—1867)《由克洛克、克洛克有限公司及克洛克荣出版的诗集》(与约瑟夫·罗德曼·德雷克〔1795—1820〕合作); 华盛顿·欧文(1783—1859)《见闻札记》(1819—1890); 托马斯·杰斐逊(1743—1826)《耶稣的生平和道德》(1819—1820); 约翰·尼尔(1793—1876)《叟尼》(诗歌); 莫迪凯·M.诺亚(1785—1851)《她会成为一名士兵;或齐佩瓦平原》(戏剧); 詹姆斯·柯克·鲍尔丁(1778—1860)《杂文集》:第二集(1819—1820); 亨利·罗尔·斯古克福拉夫特(1793—1864)《论密苏里铅矿》;	阿拉巴马被联邦接受。 根据《亚当斯-欧尼斯条约》,西班牙把东佛罗里达割让给美国。 阿肯色区建立。 美国发生经济恐慌。 斯蒂芬·朗开始"黄石探险"。 《反奴隶贸易法案》通过。 马卡洛诉马里兰州案:关于第二银行的合宪性。 达特茅斯学院诉伍德沃德案:关于国家立法机构在私人公司宪章上的权限。 赫尔曼·梅尔维尔出生(卒于1891年)。 沃尔特·惠特曼出生(卒于1892年)。	英格兰"未来维多利亚女王"出生(卒于1901年)。 西蒙·玻利瓦尔成为委内瑞拉总统。 拜伦发表《唐璜》(1819—1824)。 司考特发表《艾凡赫》。 雪莱发表《钦契一家》。

年　代	创作于新世界以及与新世界相关的重要作品	新世界重要历史事件	旧世界历史和文学事件
1820年	威廉·埃勒里·钱宁（1780—1842）《反加尔文主义的道德论据》（随笔）； 詹姆斯·费尼莫尔·库珀（1789—1851）《戒备》（小说）； 詹姆斯·W.伊斯特布恩（1797—1819）《亚默顿，菲利普国王战争的故事》（诗歌）； 莫迪凯·M.诺亚（1785—1851）《围困的黎波里》（戏剧）； 约翰·塞米斯（亚当·希波恩）（1780—1829）《西姆索尼亚：发现的航行》	《密苏里协议》宣布纬度36°30′以北的地区奴隶制不合法。 缅因被联邦接受，成为美国第23个州。 门罗连任总统。 苏珊·B.安东尼出生（卒于1906年）。	乔治四世加冕英格兰国王。 济慈发表《拉米亚和其他诗集》。 雪莱发表《获释的普罗米修斯》。

参考书目

本参考书目精选了为全书撰稿的各位作者所提供的书目。它代表了这些作者认为特别有影响或者有意义的著作。本书目不包括博士论文、文章或者作者个人的研究。我们也未将原始资料收录在这份参考书目中，但是某些选集作为例外选录其中，因为这些材料是学生或者学者们通常并不了解或者无法得到的。

Adair, Douglass. *Fame and the Founding Fathers: Essays.* Edited by Trevor Colbourn. New York: Norton, 1974.

Ahlstrom, Sydney E. *A Religious History of the American People.* New Haven, Conn.: Yale University Press, 1972.

Aldridge, Alfred Owen, ed. *The Ibero-American Enlightenment.* Urbana: University of Illinois Press, 1971.

Anderson, Benedict. *Imagined Communities: Reflections on the Origin and Spread of Nationalism.* London: Verso, 1983.

Andrews, William L., ed. *Journeys in New Worlds: Early American Women's Narratives.* Madison: University of Wisconsin Press, 1990.

Appleby, Joyce. *Capitalism and a New Social Order: The Republican Vision of the 1790s.* New York: New York University Press, 1984.

Arendt, Hannah. *On Revolution.* New York: Viking, 1963.

Armstrong, Nancy. *Desire and Domestic Fiction: A Political History of the Novel.* New York: Oxford University Press, 1987.

Axtell, James. *The Invasion Within: The Contest of Cultures in Colonial North America.* New York: Oxford University Press, 1985.

Bailyn, Bernard. *Education in the Forming of American Society.* Chapel Hill: University of North Carolina Press, 1960.

The Ideological Origins of the American Revolution. 1967. Enl. ed. Cambridge, Mass.: Harvard University Press, 1992.

The New England Merchants in the Seventeenth Century. Cambridge, Mass.: Harvard University Press, 1955.

ed. *Pamphlets of the American Revolution.* Cambridge, Mass.: Harvard University Press, 1965.

Bailyn, Bernard, and John B. Hench, eds. *The Press and the American Revolution.* Worcester, Mass.: American Antiquarian Society, 1980.

○参考书目

Banning, Lance. *The Jeffersonian Persuasion: Evolution of a Party Ideology*. Ithaca, N.Y.: Cornell University Press, 1978.

Barish, Jonas. *The Antitheatrical Prejudice*. Berkeley and Los Angeles: University of California Press, 1981.

Beeman, Richard, Stephen Botein, and Edward D. Carter II, eds. *Beyond Confederation: Origins of the Constitution and American National Identity*. Chapel Hill: University of North Carolina Press, 1987.

Bercovitch, Sacvan. *The American Jeremiad*. Madison: University of Wisconsin Press, 1978.

——— *The Puritan Origins of the American Self*. New Haven, Conn.: Yale University Press, 1975.

——— ed. *The American Puritan Imagination: Essays in Revaluation*. Cambridge University Press, 1974.

——— ed. *Typology and Early American Literature*. Amherst: University of Massachusetts Press, 1972.

Berens, John F. *Providence and Patriotism in Early America, 1640–1815*. Charlottesville: University Press of Virginia, 1978.

Bloch, Ruth H. *Visionary Republic: Millennial Themes in American Thought, 1756–1800*. Cambridge University Press, 1985.

Bonomi, Patricia U. *Under the Cope of Heaven: Religion, Society, and Politics in Colonial America*. New York: Oxford University Press, 1986.

Boorstin, Daniel J. *The Americans: The Colonial Experience*. New York: Random House, 1958.

——— *The Americans: The National Experience*. New York: Random House, 1965.

Boyer, Paul, and Stephen Nissenbaum. *Salem Possessed: The Social Origins of Witchcraft*. Cambridge, Mass.: Harvard University Press, 1974.

Bozeman, Theodore Dwight. *To Live Ancient Lives: The Primitivist Dimensions in Puritanism*. Chapel Hill: University of North Carolina Press, 1988.

Breen, T. H. *The Character of the Good Ruler: A Study of Puritan Ideas in New England, 1630–1730*. New Haven, Conn.: Yale University Press, 1970.

——— *Puritans and Adventurers: Change and Persistence in Early America*. New York: Oxford University Press, 1980.

Breitwieser, Mitchell Robert. *American Puritanism and the Defense of Mourning: Religion, Grief, and Ethnology in Mary White Rowlandson's Captivity Narrative*. Madison: University of Wisconsin Press, 1990.

——— *Cotton Mather and Benjamin Franklin: The Price of Representative Personality*. Cambridge University Press, 1984.

Brown, Herbert Ross. *The Sentimental Novel in America, 1789–1860*. Durham, N.C.: Duke University Press, 1940.

Brown, Richard D. *Modernization: The Transformation of American Life, 1600–1865*. New York: Hill & Wang, 1976.

Brumm, Ursula. *American Thought and Religious Typology*. Translated by John Hooglund. New Brunswick, N.J.: Rutgers University Press, 1970.

Bruns, Roger, ed. *Am I Not a Man and a Brother: The Antislavery Crusade of Revolutionary America, 1688–1788*. New York: Chelsea House, 1977.

Buel, Richard, Jr. *Securing the Revolution: Ideology in American Politics, 1789–1815*. Ithaca, N.Y.: Cornell University Press, 1972.
Buell, Lawrence. *New England Literary Culture: From Revolution through Renaissance*. Cambridge University Press, 1986.
Caldwell, Patricia. *The Puritan Conversion Narrative: The Beginnings of American Express*. Cambridge University Press, 1983.
Campbell, Mary B. *The Witness and the Other World: Exotic European Travel Writing, 400–1600*. Ithaca, N.Y.: Cornell University Press, 1988.
Canetti, Elias. *Crowds and Power*. Translated by Carol Stewart. New York: Viking Press, 1962.
Carroll, Peter N. *Religion and the Coming of the American Revolution*. Waltham, Mass.: Ginn-Blaisdell, 1970.
Cassirer, Ernst. *The Philosophy of the Enlightenment*. Translated by Fritz C. A. Koelln and James P. Pettegrove. Princeton, N.J.: Princeton University Press, 1951.
Charlton, D. G. *New Images of the Natural in France: A Study of European Cultural History, 1750–1800*. Cambridge University Press, 1984.
Charvat, William. *The Origins of American Critical Thought, 1810–1835*. Philadelphia: University of Pennsylvania Press, 1936.
 The Profession of Authorship in America, 1800–1870: The Papers of William Charvat. Edited by Matthew Bruccoli. Columbus: Ohio State University Press, 1966.
Cheyfitz, Eric. *The Poetics of Imperialism: Translation and Colonization from* The Tempest *to* Tarzan. New York: Oxford University Press, 1991.
Chiappelli, Fredi, ed. *First Images of America: The Impact of the New World on the Old*. Berkeley and Los Angeles: University of California Press, 1976.
Clark, Harry Hayden, ed. *Transitions in American Literary History*. New York: Octagon, 1975.
Clendinnen, Inga. *Ambivalent Conquests: Maya and Spaniard in Yucatan, 1517–1570*. Cambridge University Press, 1987.
Cohen, Charles Lloyd. *God's Caress: The Psychology of Puritan Religious Experience*. New York: Oxford University Press, 1986.
Cohen, Lester H. *The Revolutionary Histories: Contemporary Narratives of the American Revolution*. Ithaca, N.Y.: Cornell University Press, 1980.
Coolidge, John S. *The Pauline Renaissance in England: Puritanism and the Bible*. Oxford: Clarendon, 1970.
Cott, Nancy. *The Bonds of Womanhood: "Woman's Sphere" in New England, 1780–1835*. New Haven, Conn.: Yale University Press, 1977.
Cowell, Pattie. *Women Poets in Pre-Revolutionary America: An Anthology*. Troy, N.Y.: Whitson, 1981.
Cronon, William. *Changes in the Land: Indians, Colonists, and the Ecology of New England*. New York: Hill & Wang, 1983.
Daly, Robert. *God's Altar: The World and the Flesh in Puritan Poetry*. Berkeley and Los Angeles: University of California Press, 1978.
Davidson, Cathy N. *Revolution and the Word: The Rise of the Novel in America*. New York: Oxford University Press, 1986.

ed. *Reading in America: Literature and Social History.* Baltimore: Johns Hopkins University Press, 1989.

Davidson, James West. *The Logic of Millennial Thought.* New Haven, Conn.: Yale University Press, 1977.

Davies, Horton. *Worship and Theology in England.* Princeton, N.J.: Princeton University Press, 1961–75.

The Worship of the American Puritans, 1629–1730. New York: Lang, 1990.

Davis, Lennard J. *Factual Fictions: The Origins of the English Novel.* New York: Columbia University Press, 1983.

Davis, Richard Beale. *Intellectual Life in the Colonial South, 1585–1763.* 3 vols. Knoxville: University of Tennessee Press, 1978.

Intellectual Life in Jefferson's Virginia. Chapel Hill: University of North Carolina Press, 1964.

Delbanco, Andrew. *The Puritan Ordeal.* Cambridge, Mass.: Harvard University Press, 1989.

Demos, John Putnam. *Entertaining Satan: Witchcraft and the Culture of Early New England.* New York: Oxford University Press, 1982.

A Little Commonwealth: Family Life in Plymouth Colony. New York: Oxford University Press, 1970.

Dowling, William C. *Poetry and Ideology in Revolutionary Connecticut.* Athens: University of Georgia, 1990.

Dunn, Richard S. *Puritans and Yankees: The Winthrop Dynasty of New England, 1630–1717.* Princeton, N.J.: Princeton University Press, 1962.

Easthope, Antony. *Poetry as Discourse.* London: Methuen, 1983.

Elliott, Emory. *Power and Pulpit in Puritan New England.* Princeton, N.J.: Princeton University Press, 1975.

Revolutionary Writers: Literature and Authority in the New Republic. New York: Oxford University Press, 1982.

ed. *Puritan Influences in American Literature.* Urbana: University of Illinois Press, 1979.

Ellis, Joseph J. *After the Revolution: Profiles of Early American Culture.* New York: Norton, 1979.

Ellis, Richard E. *The Jeffersonian Crisis: Courts and Politics in the Young Republic.* New York: Oxford University Press, 1971.

Emerson, Everett H. *Puritanism in America.* Boston: Twayne, 1977.

ed. *Major Writers of Early American Literature.* Madison: University of Wisconsin Press, 1972.

Faust, Langdon Lynne. *American Women Writers: A Critical Reference Guide from Colonial Times to the Present.* 4 vols. New York: Ungar, 1979–82.

Favret-Saada, Jeanne. *Deadly Words: Witchcraft in the Bocage.* Translated by Catherine Cullen. Cambridge University Press, 1980.

Ferguson, Robert A. *Law and Letters in American Culture.* Cambridge, Mass.: Harvard University Press, 1984.

Fliegelman, Jay. *Prodigals and Pilgrims: The American Revolution against Patriarchal Authority, 1750–1800.* Cambridge University Press, 1982.

Foster, Stephen. *The Long Argument: English Puritanism and the Shaping of New England Culture, 1570–1700*. Chapel Hill: University of North Carolina Press, 1991.

Their Solitary Way: The Puritan Social Ethic in the First Century of Settlement in New England. New Haven, Conn.: Yale University Press, 1971.

Franklin, Wayne. *Discoverers, Explorers, Settlers: The Diligent Writers of Early America*. Chicago: University of Chicago Press, 1979.

Furtwangler, Albert. *American Silhouettes: Rhetorical Identities of the Founders*. New Haven, Conn.: Yale University Press, 1987.

The Authority of Publius: A Reading of the Federalist Papers. Ithaca, N.Y.: Cornell University Press, 1984.

Gaustad, Edwin S. *Faith of Our Fathers: Religion and the New Nation*. New York: Harper & Row, 1987.

A Religious History of America. Rev. ed. New York: Harper & Row, 1990.

Gay, Peter. *The Enlightenment: An Interpretation*. 2 vols. New York: Knopf, 1966–9.

Gerbi, Antonello. *The Dispute of the New World: The History of a Polemic, 1750–1900*. Translated by Jeremy Moyle. Pittsburgh, Pa.: University of Pittsburgh Press, 1973.

Gildrie, Richard P. *Salem, Massachusetts, 1626–1683: A Covenant Community*. Charlottesville: University Press of Virginia, 1975.

Gilmore, Michael T., ed. *Early American Literature: A Collection of Critical Essays*. Englewood Cliffs, N.J.: Prentice-Hall, 1980.

Gilmore, William J. *Reading Becomes a Necessity of Life: Material and Cultural Life in Rural New England, 1780–1835*. Knoxville: University of Tennessee Press, 1989.

Granger, Bruce. *American Essay Serials from Franklin to Irving*. Knoxville: University of Tennessee Press, 1978.

Greenblatt, Stephen. *Learning to Curse: Essays in Early Modern Culture*. New York: Routledge, 1990.

Marvelous Possessions: The Wonder of the New World. Chicago: University of Chicago Press, 1991.

Greene, Jack P., ed. *The American Revolution: Its Character and Limits*. New York: New York University Press, 1987.

ed. *The Reinterpretation of the American Revolution, 1763–1789*. New York: Harper & Row, 1968.

Greven, Phillip J. *Four Generations: Population, Land and Family in Colonial Andover, Massachusetts*. Ithaca, N.Y.: Cornell University Press, 1970.

The Protestant Temperament: Patterns of Child-Rearing, Religious Experience, and the Self in Early America. New York: Knopf, 1977.

Grimsted, David. *Melodrama Unveiled: American Theater and Culture, 1800–1850*. Chicago: University of Chicago Press, 1968.

Gummere, Richard M. *The American Colonial Mind and the Classical Tradition: Essays in Comparative Culture*. Cambridge, Mass.: Harvard University Press, 1963.

Gura, Philip F. *A Glimpse of Sion's Glory: Puritan Radicalism in New England, 1620–1660*. Middletown, Conn.: Wesleyan University Press, 1984.

Habermas, Jürgen. *The Structural Transformation of the Public Sphere: An Inquiry into a*

Category of Bourgeois Society. Translated by Thomas Burger with the assistance of Frederick Lawrence. Cambridge Mass.: MIT Press, 1989.

Hall, David D. *The Faithful Shepherd: A History of the New England Ministry in the Seventeenth Century.* Chapel Hill: University of North Carolina Press, 1972.

——— *Worlds of Wonder, Days of Judgment: Popular Religious Belief in Early New England.* New York: Knopf, 1989.

——— ed. *The Antinomian Controversy, 1636–1638: A Documentary History.* 2d ed. Durham, N.C.: Duke University Press, 1990.

Hambrick-Stowe, Charles. *The Practice of Piety: Puritan Devotional Disciplines in Seventeenth-Century New England.* Chapel Hill: University of North Carolina Press, 1982.

Hansen, Chadwick. *Witchcraft at Salem.* New York: Braziller, 1969.

Hatch, Nathan A. *The Sacred Cause of Liberty: Republican Thought and the Millennium in Revolutionary New England.* New Haven, Conn.: Yale University Press, 1977.

Heimert, Alan. *Religion and the American Mind: From the Great Awakening to the Revolution.* Cambridge, Mass.: Harvard University Press, 1966.

Heimert, Alan, and Perry Miller, eds. *The Great Awakening: Documents Illustrating the Crisis and Its Consequences.* Indianapolis: Bobbs-Merrill, 1967.

Henderson, Katherine Usher, and Barbara F. McManus, eds. *Half Humankind: Contexts and Texts of the Controversy about Women in England, 1540–1640.* Urbana: University of Illinois Press, 1985.

Henretta, James A., and Gregory H. Nobles. *Evolution and Revolution: American Society, 1600–1820.* Lexington, Mass.: Heath, 1987.

Higonnet, Patrice. *Sister Republics: The Origins of French and American Republicanism.* Cambridge, Mass.: Harvard University Press, 1988.

Hill, Christopher. *Reformation to Industrial Revolution: A Social and Economic History of Britain, 1530–1780.* London: Weidenfeld & Nicolson, 1967.

Hobsbawm, E. J. *Nations and Nationalism since 1780: Programme, Myth, Reality.* Cambridge University Press, 1990.

Hoffman, Ronald, and Peter J. Albert, eds. *Women in the Age of the American Revolution.* Charlottesville: University Press of Virginia, 1989.

Holifield, E. Brooks. *The Covenant Sealed: The Development of Puritan Sacramental Theology in Old and New England, 1570–1720.* New Haven, Conn.: Yale University Press, 1974.

Holstun, James. *A Rational Millennium: Puritan Utopias of Seventeenth-Century England and America.* New York: Oxford University Press, 1987.

Horkheimer, Max, and Theodor Adorno. *Dialectic of Enlightenment.* Translated by John Cumming. New York: Continuum, 1972.

Hulme, Peter. *Colonial Encounters: Europe and the Native Caribbean, 1492–1797.* London: Methuen, 1986.

Hyneman, Charles S., and Donald Lutz, eds. *American Political Writing during the Founding Era, 1760–1805.* 2 vols. Indianapolis: Liberty, 1983.

Jackson, Blyden. *A History of Afro-American Literature.* Vol. 1, *The Long Beginning, 1746–1895.* Baton Rouge: Louisiana State University Press, 1989.

Jacobs, Wilbur R. *Dispossessing the American Indian: Indians and Whites on the Colonial Frontier.* 1972. Reprinted. Norman: University of Oklahoma Press, 1985.

Jantz, Harold S. *The First Century of New England Verse.* Worcester, Mass.: American Antiquarian Society, 1944.

Jehlen, Myra. *American Incarnation: The Individual, the Nation, and the Continent.* Cambridge, Mass.: Harvard University Press, 1986.

Jennings, Francis. *The Invasion of America: Indians, Colonialism, and the Cant of Conquest.* Chapel Hill: University of North Carolina Press, 1975.

Jensen, Merrill. *The Founding of a Nation: A History of the American Revolution, 1763–1776.* New York: Oxford University Press, 1968.

Jones, Howard Mumford. *O Strange New World: American Culture: The Formative Years.* New York: Viking, 1964.

Revolution and Romanticism. Cambridge, Mass.: Harvard University Press, 1974.

Jordan, Cynthia S. *Second Stories: The Politics of Language, Form, and Gender in Early American Fictions.* Chapel Hill: University of North Carolina Press, 1989.

Jordan, Winthrop. *White over Black: American Attitudes toward the Negro, 1550–1812.* Chapel Hill: University of North Carolina Press, 1968.

Joyce, William L., David D. Hall, Richard D. Brown, and John B. Hench, eds. *Printing and Society in Early America.* Worcester, Mass.: American Antiquarian Society, 1983.

Kammen, Michael. *Mystic Chords of Memory: The Transformation of Tradition in American Culture.* New York: Knopf, 1991.

People of a Paradox: An Inquiry Concerning the Origins of American Civilization. New York: Knopf, 1972.

A Season of Youth: The American Revolution and the Historical Imagination. New York: Knopf, 1978.

Karlsen, Carol F. *The Devil in the Shape of a Woman: Witchcraft in Seventeenth-Century New England.* New York: Norton, 1987.

Karsten, Peter. *Patriot-Heroes in England and America: Political Symbolism and Changing Values over Three Centuries.* Madison: University of Wisconsin Press, 1978.

Kerber, Linda K. *Federalists in Dissent: Imagery and Ideology in Jeffersonian America.* Ithaca, N.Y.: Cornell University Press, 1970.

Women of the Republic: Intellect and Ideology in Revolutionary America. Chapel Hill: University of North Carolina Press, 1980.

Kibbey, Ann. *The Interpretation of Material Shapes in Puritanism: A Study of Rhetoric, Prejudice, and Violence.* Cambridge University Press, 1986.

Koch, Adrienne, ed. *The American Enlightenment: The Shaping of the American Experiment and a Free Society.* New York: Braziller, 1965.

Koehler, Lyle. *A Search for Power: The "Weaker Sex" in Seventeenth-Century New England.* Urbana: University of Illinois Press, 1980.

Kolodny, Annette. *The Lay of the Land: Metaphor as Experience and History in American Life and Letters.* Chapel Hill: University of North Carolina Press, 1975.

Kupperman, Karen Ordahl. *Settling with the Indians: The Meeting of English and Indian Cultures.* Totowa, N.J.: Rowman & Littlefield, 1980.

Lancaster, Bruce. *The American Revolution*. New York: American Heritage, 1971.

Lang, Amy Schrager. *Prophetic Woman: Anne Hutchinson and the Problem of Dissent in the Literature of New England*. Berkeley and Los Angeles: University of California Press, 1987.

Lawson-Peebles, Robert. *Landscape and Written Expression in Revolutionary America: The World Turned Upside Down*. Cambridge University Press, 1988.

Leach, Douglas Edward. *Flintlock and Tomahawk: New England in King Philip's War*. New York: Macmillan, 1958.

Leary, Lewis. *Soundings: Some Early American Writers*. Athens: University of Georgia Press, 1975.

Lemay, J. A. Leo. *A Calendar of American Poetry in the Colonial Newspapers and Magazines and in the Major English Magazines through 1765*. Worcester, Mass.: American Antiquarian Society, 1972.

    Men of Letters in Colonial Maryland. Knoxville: University of Tennessee Press, 1972.

Leon-Portilla, Miguel. *The Aztec Image of Self and Society: An Introduction to Nahuatl Culture*. Edited and with an introduction by J. Jorge Klor de Alva. Salt Lake City: University of Utah Press, 1992.

    ed. *The Aztec Account of the Conquest of Mexico*. Boston: Beacon, 1972.

Lestringant, Frank. *Le Huguenot et le sauvage: L'Amérique et la controverse coloniale, en France, au temps des Guerres de Religion*. Paris: Aux Amateurs de livres, 1990.

Leverenz, David. *The Language of Puritan Feeling: An Exploration in Literature, Psychology, and Social History*. New Brunswick, N.J.: Rutgers University Press, 1980.

Levernier, James, and Douglas Wilmes, eds. *American Writers before 1800: A Biographical and Critical Dictionary*. 3 vols. Westport, Conn.: Greenwood, 1983.

Levin, David. *In Defense of Historical Literature: Essays on American History, Autobiography, Drama, and Fiction*. New York: Hill & Wang, 1967.

Levine, Lawrence W. *Highbrow/Lowbrow: The Emergence of Cultural Hierarchy in America*. Cambridge, Mass.: Harvard University Press, 1988.

Lewalski, Barbara Kiefer. *Protestant Poetics and Seventeenth-Century Religious Lyric*. Princeton, N.J.: Princeton University Press, 1979.

Lewis, Gordon K. *Main Currents in Caribbean Thought*. Baltimore: Johns Hopkins University Press, 1983.

Lipset, Seymour Martin. *The First New Nation: The United States in Historical and Comparative Perspective*. New York: Basic, 1963.

Lockridge, Kenneth A. *A New England Town: The First Hundred Years, Dedham, Massachusetts, 1636–1736*. Exp. ed. New York: Norton, 1985.

Lovejoy, Arthur O. *Essays in the History of Ideas*. Baltimore: Johns Hopkins University Press, 1948.

Lowance, Mason I. *The Language of Canaan: Metaphor and Symbol in New England from the Puritans to the Transcendentalists*. Cambridge, Mass.: Harvard University Press, 1980.

Lukács, Georg. *The Historical Novel*. Translated by Hannah Mitchell and Stanley Mitchell. 1937. Lincoln: University of Nebraska Press, 1983.

Lutz, Donald. *The Origins of American Constitutionalism*. Baton Rouge: Louisiana State University Press, 1988.

Maier, Pauline. *The Old Revolutionaries: Political Lives in the Age of Samuel Adams*. New York: Knopf, 1980.

Main, Jackson Turner. *The Social Structure of Revolutionary America*. Princeton, N.J.: Princeton University Press, 1965.

Martin, Calvin, ed. *The American Indian and the Problem of History*. New York: Oxford University Press, 1987.

Martin, Terence. *The Instructed Vision: Scottish Common Sense Philosophy and the Origins of American Fiction*. Bloomington: Indiana University Press, 1961.

Martin, Wendy. *An American Triptych: Anne Bradstreet, Emily Dickinson, Adrienne Rich*. Chapel Hill: University of North Carolina Press, 1984.

May, Henry F. *The Enlightenment in America*. New York: Oxford University Press, 1976.

McDonald, Forrest. *Novus Ordo Seclorum: The Intellectual Origins of the Constitution*. Lawrence: University Press of Kansas, 1985.

McKeon, Michael. *The Origins of the English Novel, 1600–1740*. Baltimore: Johns Hopkins University Press, 1987.

McWilliams, John P., Jr. *Political Justice in a Republic: James Fenimore Cooper's America*. Berkeley and Los Angeles: University of California Press, 1972.

Meinig, D. W. *The Shaping of America: A Geographical Perspective on 500 Years of History*. Vol. 1, *Atlantic America, 1492–1800*. New Haven, Conn.: Yale University Press, 1986.

Merrell, James H. *The Indians' New World: Catawbas and Their Neighbors from European Contact through the Era of Removal*. Chapel Hill: University of North Carolina Press, 1989.

Meserole, Harrison T., ed. *Seventeenth-Century American Poetry*. New York: New York University Press, 1968.

Meserve, Walter J. *An Emerging Entertainment: The Drama of the American People to 1828*. Bloomington: Indiana University Press, 1977.

Middlekauff, Robert. *The Mathers: Three Generations of Puritan Intellectuals, 1596–1728*. New York: Oxford University Press, 1971.

Miller, Perry. *Errand into the Wilderness*. Cambridge, Mass.: Harvard University Press, 1956.

The New England Mind: From Colony to Province. Cambridge, Mass.: Harvard University Press, 1953.

The New England Mind: The Seventeenth Century. New York: Macmillan, 1939.

Orthodoxy in Massachusetts, 1630–1650. Cambridge, Mass.: Harvard University Press, 1933. Reprinted, with a new preface, Boston: Beacon, 1959.

Morgan, Edmund S. *American Slavery, American Freedom: The Ordeal of Colonial Virginia*. New York: Norton, 1975.

The Birth of the Republic, 1763–1789. Rev. ed. Chicago: University of Chicago Press, 1977.

Inventing the People: The Rise of Popular Sovereignty in England and America. New York: Norton, 1988.

The Meaning of Independence: John Adams, George Washington, Thomas Jefferson. Charlottesville: University Press of Virginia, 1976.
The Puritan Dilemma: The Story of John Winthrop. Boston: Little, Brown, 1958.
The Puritan Family: Religion and Domestic Relations in Seventeenth-Century New England. Rev. ed. New York: Harper & Row, 1966.
Visible Saints: The History of a Puritan Idea. Ithaca, N.Y.: Cornell University Press, 1963.
Morison, Samuel Eliot. *Harvard College in the Seventeenth Century.* 2 vols. Cambridge, Mass.: Harvard University Press, 1936.
The Intellectual Life of Colonial New England. 2d ed. New York: New York University Press, 1956.
Morris, Richard B. *The Forging of the Union, 1781–1789.* New York: Harper & Row, 1987.
Mott, Frank Luther. *A History of American Magazines.* 5 vols. Cambridge, Mass.: Harvard University Press, 1930–68.
Murdock, Kenneth B. *Literature and Theology in Colonial New England.* Westport, Conn.: Greenwood Press, 1949.
Murray, David. *Forked Tongues: Speech, Writing, and Representation in North American Indian Texts.* Bloomington: Indiana University Press, 1991.
Nash, Gary B. *Race and Revolution.* Madison, Wis.: Madison House, 1990.
Nelson, Dana D. *The Word in Black and White: Reading "Race" in American Literature, 1638–1867.* New York: Oxford University Press, 1992.
New, John F. H. *Anglican and Puritan: The Basis of Their Opposition.* Stanford, Calif.: Stanford University Press, 1964.
Norton, Mary Beth. *Liberty's Daughters: The Revolutionary Experience of American Women, 1750–1800.* Boston: Little, Brown, 1980.
Nye, Russel Blaine. *American Literary History: 1607–1830.* New York: Knopf, 1970.
The Cultural Life of the New Nation, 1776–1830. New York: Harper & Row, 1960.
O'Gorman, Edmundo. *The Invention of America: An Inquiry into the Historical Nature of the New World and the Meaning of Its History.* Bloomington: Indiana University Press, 1961.
Ostriker, Alicia Suskin. *Stealing the Language: The Emergence of Women's Poetry in America.* Boston: Beacon, 1986.
Pagden, Anthony. *European Encounters with the New World: From Renaissance to Romanticism.* New Haven, Conn.: Yale University Press, 1993.
The Fall of Natural Man: The American Indian and the Origins of Comparative Ethnology. Cambridge University Press, 1982.
Palmer, Stanley H., and Dennis Reinhartz, eds. *Essays on the History of North American Discovery and Exploration.* College Station: Texas A&M University Press, 1988.
Parry, J. H. *Europe and a Wider World, 1415–1715.* Edited by Sir Maurice Powicke. 1949. Reprinted as *The Establishment of the European Hegemony, 1415–1715: Trade and Exploration in the Age of the Renaissance.* New York: Harper & Row, 1961.
Pearce, Roy Harvey. *Savagism and Civilization: A Study of the Indian and the American*

Mind. Berkeley and Los Angeles: University of California Press, 1988. (First published as *The Savages of America,* 1953.)

Peterson, Merrill D. *The Jefferson Image in the American Mind.* New York: Oxford University Press, 1960.

Petter, Henri. *The Early American Novel.* Columbus: Ohio State University Press, 1971.

Pettit, Norman. *The Heart Prepared: Grace and Conversion in Puritan Spiritual Life.* New Haven, Conn.: Yale University Press, 1966. 2d ed. Middletown, Conn.: Wesleyan University Press, 1989.

Piercy, Josephine K. *Studies in Literary Types in Seventeenth-Century America (1607–1710).* New Haven, Conn.: Yale University Press, 1939.

Plumstead, A. W., ed. *The Wall and the Garden: Selected Massachusetts Election Sermons, 1670–1775.* Minneapolis: University of Minnesota Press, 1968.

Pocock, J. G. A. *The Machiavellian Moment: Florentine Political Thought and the Atlantic Republican Tradition.* Princeton, N.J.: Princeton University Press, 1975.

——— *Politics, Language, and Time: Essays on Political Thought and History.* 1971. Reprinted. Chicago: University of Chicago Press, 1989.

Pope, Robert G. *The Half-Way Covenant: Church Membership in Puritan New England.* Princeton, N.J.: Princeton University Press, 1969.

Porterfield, Amanda. *Female Piety in Puritan New England: The Emergence of Religious Humanism.* New York: Oxford University Press, 1992.

Potter, Janice. *The Liberty We Seek: Loyalist Ideology in Colonial New York and Massachusetts.* Cambridge, Mass.: Harvard University Press, 1983.

Powell, Sumner Chilton. *Puritan Village: The Formation of a New England Town.* Middletown, Conn.: Wesleyan University Press, 1963.

Prucha, Francis Paul. *American Indian Policy in the Formative Years: The Indian Trade and Intercourse Acts, 1790–1834.* Cambridge, Mass.: Harvard University Press, 1962.

Quinn, Arthur Hobson. *A History of the American Drama from the Beginning to the Civil War.* 2d ed. New York: Appleton-Century-Crofts, 1951.

Quinn, David Beers. *North America from Earliest Discovery to First Settlements: The Norse Voyages to 1612.* New York: Harper & Row, 1977.

——— *Set Fair for Roanoke: Voyages and Colonies, 1584–1606.* Chapel Hill: University of North Carolina Press, 1985.

——— ed. *New American World: A Documentary History of North America to 1612.* 5 vols. New York: Arno, 1979.

Rakove, Jack N. *The Beginnings of National Politics: An Interpretive History of the Continental Congress.* New York: Knopf, 1979.

Reid, John Phillip. *Constitutional History of the American Revolution.* Madison: University of Wisconsin Press, 1986.

Richardson, Lyon. *A History of Early American Magazines, 1741–1850.* New York: Nelson, 1931.

Rodgers, Daniel T., trans. *Contested Truths: Keywords in American Politics since Independence.* New York: Basic, 1987.

Rossiter, Clinton. *1787: The Grand Convention.* 1966. Reprinted. New York: Norton, 1987.

Rubin, Louis D., Jr. *A Bibliographical Guide to the Study of Southern Literature*. Baton Rouge: Louisiana State University Press, 1969.

Ruether, Rosemary Radford, and Rosemary Skinner Keller, eds. *Women and Religion in America: The Colonial and Revolutionary Periods*. San Francisco: Harper & Row, 1981–6.

Rutland, Robert Allen. *The Birth of the Bill of Rights, 1776–1791*. Chapel Hill: University of North Carolina Press, 1955. Rev. ed. Boston: Northeastern University Press, 1983.

Rutman, Darrett B. *American Puritanism: Faith and Practice*. Philadelphia: Lippincott, 1970.

Sandoz, Ellis. *A Government of Laws: Political Theory, Religion, and the American Founding*. Baton Rouge: Louisiana State University Press, 1990.

ed. *Political Sermons of the American Founding Era*. Indianapolis, Ind.: Liberty, 1991.

Scheick, William J. *Design in Puritan American Literature*. Lexington: University Press of Kentucky, 1992.

Schweitzer, Ivy. *The Work of Self-Representation: Lyric Poetry in Colonial New England*. Chapel Hill: University of North Carolina Press, 1991.

Seelye, John. *Prophetic Waters: The River in Early American Life and Literature*. New York: Oxford University Press, 1977.

Selement, George. *Keepers of the Vineyard: The Puritan Ministry and Collective Culture in Colonial New England*. Lanham, Md: University Press of America, 1984.

Sennett, Richard. *The Fall of Public Man*. New York: Knopf, 1977.

Shaw, Peter. *American Patriots and the Rituals of Revolution*. Cambridge, Mass.: Harvard University Press, 1981.

Shea, Daniel B., Jr. *Spiritual Autobiography in Early America*. Princeton, N.J.: Princeton University Press, 1968.

Shields, David S. *Oracles of Empire: Poetry, Politics, and Commerce in British America, 1690–1750*. Chicago: University of Chicago Press, 1990.

Silverman, Kenneth. *A Cultural History of the American Revolution*. New York: Thomas Y. Crowell, 1976.

Simpson, David. *The Politics of American English, 1776–1850*. New York: Oxford University Press, 1986.

Simpson, Lewis P. *The Brazen Face of History: Studies in the Literary Consciousness in America*. Baton Rouge: Louisiana State University Press, 1980.

The Dispossessed Garden: Pastoral and History in Southern Literature. Athens: University of Georgia Press, 1975.

The Man of Letters in New England and the South. Baton Rouge: Louisiana State University Press, 1962.

ed. *The Federalist Literary Mind*. Baton Rouge: Louisiana State University Press, 1962.

Sisson, Dan. *The American Revolution of 1800*. New York: Knopf, 1974.

Slotkin, Richard. *Regeneration through Violence: The Mythology of the American Frontier, 1600–1860*. Middletown, Conn.: Wesleyan University Press, 1974.

Smith, Henry Nash. *Virgin Land: The American West as Symbol and Myth*. New York: Random House, 1950. Rev. ed. Cambridge, Mass.: Harvard University Press, 1978.

Smith, James Ward, and A. Leland Jamison, eds. *Religion in American Life*. 4 vols. Princeton, N.J.: Princeton University Press, 1961–.

Somkin, Fred. *Unquiet Eagle: Memory and Desire in the Idea of American Freedom, 1815–1860*. Ithaca, N.Y.: Cornell University Press, 1967.

Spengemann, William. *A Mirror for Americanists: Reflections on the Idea of American Literature*. Hanover, N.H.: University Press of New England, 1989.

Stone, Lawrence. *The Family, Sex and Marriage in England, 1500–1800*. New York: Harper & Row, 1977.

Stout, Harry S. *The New England Soul: Preaching and Religious Culture in Colonial New England*. New York: Oxford University Press, 1986.

Swann, Brian, and Arnold Krupat, eds. *Recovering the Word: Essays on Native American Literature*. Berkeley and Los Angeles: University of California Press, 1987.

Takaki, Ronald. *Iron Cages: Race and Culture in Nineteenth-Century America*. 1979. Reprinted. New York: Oxford University Press, 1990.

Tebbel, John. *A History of Book Publishing in the United States*. Vol. 1. *The Creation of an Industry, 1630–1865*. New York: Bowker, 1972.

Thickstun, Margaret Olofson. *Fictions of the Feminine: Puritan Doctrine and the Representation of Women*. Ithaca, N.Y.: Cornell University Press, 1988.

Thomas, Isaiah. *The History of Printing in America with a Biography of Printers & an Account of Newspapers*. Edited by Marcus A. McCorison. New York: Weathervane, 1970.

Tichi, Cecilia. *New World, New Earth: Environmental Reform in American Literature from the Puritans through Whitman*. New Haven, Conn.: Yale University Press, 1979.

Todorov, Tzvetan. *The Conquest of America: The Question of the Other*. Translated by Richard Howard. New York: Harper & Row, 1984. (Translation of *La Conquête de l'Amérique*. Paris: Editions du Seuil, 1982.)

Tompkins, Jane. *Sensational Designs: The Cultural Work of American Fiction, 1790–1860*. New York: Oxford University Press, 1985.

Toulouse, Teresa. *The Art of Prophesying: New England Sermons and the Shaping of Belief*. Athens: University of Georgia Press, 1987.

Truettner, William H., ed. *The West as America: Reinterpreting Images of the Frontier, 1820–1920*. Washington, D.C.: Smithsonian, 1991.

Tyler, Moses Coit. *The Literary History of the American Revolution, 1785–1812*. 2 vols. New York: Putnam, 1898.

Ulrich, Laurel Thatcher. *Good Wives: Image and Reality in the Lives of Women in Northern New England: 1650–1750*. New York: Knopf, 1982.

Vaughan, Alden T. *New England Frontier: Puritans and Indians, 1620–1675*. Rev. ed. New York: Norton, 1979.

Vaughan, Alden T., and Francis J. Bremer, eds. *Puritan New England: Essays on Religion, Society, and Culture*. New York: St. Martin's, 1979.

Vaughan, Alden T., and Edward W. Clark, eds. *Puritans among the Indians: Accounts of Captivity and Redemption, 1624–1674.* Cambridge, Mass.: Harvard University Press, 1981.

Wall, Helena M. *Fierce Communion: Family and Community in Early America.* Cambridge, Mass.: Harvard University Press, 1990.

Warner, Michael. *The Letters of the Republic: Publication and the Public Sphere in Eighteenth-Century America.* Cambridge, Mass.: Harvard University Press, 1990.

Washburn, Wilcomb E. *The Indian in America.* New York: Harper & Row, 1975.

Watt, Ian. *The Rise of the Novel: Studies in Defoe, Richardson, and Fielding.* Berkeley and Los Angeles: University of California Press, 1957.

Watts, Emily Stipes. *The Poetry of American Women from 1632 to 1945.* Austin: University of Texas Press, 1977.

Watts, Steven. *The Republic Reborn: War and the Making of Liberal America, 1790–1820.* Baltimore: Johns Hopkins University Press, 1987.

Weber, Donald. *Rhetoric and History in Revolutionary New England.* New York: Oxford University Press, 1988.

White, Morton. *Philosophy, The Federalist, and the Constitution.* New York: Oxford University Press, 1987.

——— *The Philosophy of the American Revolution.* New York: Oxford University Press, 1978.

White, Peter, ed. *Puritan Poets and Poetics: Seventeenth-Century American Poetry in Theory and Practice.* University Park: Pennsylvania State University Press, 1985.

Wilson, Garff B. *Three Hundred Years of American Drama and Theatre: From* Ye Bare and Ye Cubb *to* Chorus Line. 2d ed. Englewood Cliffs, N.J.: Prentice-Hall, 1982.

Woloch, Isser. *Eighteenth-Century Europe: Tradition and Progress, 1715–1789.* New York: Norton, 1982.

Wood, Gordon S. *The Creation of the American Republic.* Chapel Hill: University of North Carolina Press, 1969.

——— *The Radicalism of the American Revolution.* New York: Knopf, 1991.

Wright, Louis B. *The Cultural Life of the American Colonies, 1607–1763.* New York: Harper & Row, 1957.

——— *Tradition and the Founding Fathers.* Charlottesville: University Press of Virginia, 1975.

Wright, Thomas G. *Literary Culture in Early New England, 1620–1730.* New Haven, Conn.: Yale University Press, 1920.

Youngs, J. William T. *God's Messengers: Religious Leadership in Colonial New England, 1700–1750.* Baltimore: Johns Hopkins University Press, 1976.

Zakai, Avihu. *Exile and Kingdom: History and Apocalypse in the Puritan Migration to America.* Cambridge University Press, 1992.

Ziff, Larzer. *Puritanism in America: New Culture in a New World.* New York: Viking, 1973.

——— *Writing in the New Nation: Prose, Print, and Politics in the Early United States.* New Haven, Conn.: Yale University Press, 1991.

Zuckerman, Michael. *Peaceable Kingdoms: New England Towns in the Eighteenth Century.* New York: Knopf, 1970.

索 引

A

Abercromby, James 詹姆斯·阿培克朗比,《质问议会法案》,331

abolitionists 废奴运动,废奴主义者,132,497;英国,333;与宗教,518,524;与感情主义,606;其中妇女的角色,638

Academy of Philadelphia 费城学院,335

Act of Uniformity 《统一草案》(英格兰),245

Adam 亚当(奴隶),233

Adams Abigail 阿比盖尔·亚当斯,527;关于妇女,498—499,528

Adams, Charles Francs 查尔斯·弗朗西斯·亚当斯,93

Adams, John 约翰·亚当斯(1735—1826),350,353,367,369,416,423,441,449,451,472,498—499,566,585—586,609;关于美国革命,347—350,352,354—355,426;其焦虑,384;关于"制宪会议",495;关于宪法,490—491;关于"大陆国会",363;去世,537;关于《宣言》,364—365,472—473;关于不满,504,506;关于启蒙运动,375,464;对欧洲的影响,381;与斋日,424;其语言风格,285,388,466;文学,596;"马萨诸塞大会"(1780),465,482;关于潘恩,463—465;关于记录历史,347—348;关于财产,501,504;关于宗教,388,391,393;,419—420,422;与奴隶制,497,504

Adams, John 约翰·亚当斯作品:自传,463—464;《宪法辩》375—376,379,388,482,490—491;日记,462;《论教规与联邦法律》,434—435;《关于政府的思考》,463—464

Adams, John 约翰·亚当斯(1704—1740),339;《保护回声系列》,311,313;《社会》,311

索引

Adams, John Quincy 约翰·昆西·亚当斯，497

Adams, Matthew 马修·亚当斯：《保护回声系列》，311，313

Adams, Samuel 塞缪尔·亚当斯，348

Adams, William 威廉·亚当斯：《精神诉说的必要性》又译《教心邪恶的半反教者》，261

Adams, Zabdiel 扎布达尔·亚当斯，388，416—417

Addison, Joseph 约瑟夫·爱迪逊，323，326，328，567；《凯托》，325，574，578—579；《旁观者》，313，563；《致民众：一些对美国共和国目前政治状态的评价》，467

aesthetic value 美学，美学价值，2，9，541—542，603；在纯文学中，310—322—323；与公共领域，618，663；古典的，66—67；以共识为基础的文学，352，354，510；其控制，478，481；与教训主义，593，548，677，684；爱德华兹的，303—305；欧洲的，681；上流社会传统，487；历史，4，8；意识形态，6，555；国家主义，548；新古典主义观念，316；与小说，676，689—690；反对的，3；与诗歌，593；在印刷文化中，343；清教徒，229，243，252；共和主义观点的，660；在革命的作品中，349；与神学，226，303

Africa, Africans 非洲，非洲人，26，72；其文化，518；在大迁徙中，190；在文学中，34—35，39，146—147，608；与新世界开拓，184；与神秘的传统，180；与奴隶贩子，34—36，497，502，518，521；作为奴隶，97，132—133，151，270，273；对其的成见，232—233，270，274

African Americans 非裔美国人，8，273，497—499，518，558，682；其文化，554—555，606；与民主，522；与自由，519—520；与法律，507—508；其文学，516—525，554—555，604—606，617；与财产，504；同时参照奴隶，奴隶制（slave, slavery）

African Society 非洲协会（纽约），521

Aggawam 阿柳万（伊普斯威奇，马萨诸塞），203

agrarianism 平均地权运动，140，545，652，656，660；作为经济体制，543；其理想，146，364，654；与奴隶制，146；其标志，513，533

agriculture 农业，132，138，140，222，291，340，416，566，644；布丰关于农业，116；殖民地对其的依赖，190，192；在克雷夫科尔，142，147—148，392，498；德华特论，65；其经济，91，279，649；；哈里埃特论，65；杰斐逊党人，653；其文学代表，247，338，362，433，443—449，553，652；与美国土著人，65，666；新英格兰，255；在新世界其潜力，6，109；在北卡罗来纳，104—105；原始，110；与财产，544；其科学，530—531；在弗吉尼亚，96；同时参照耕种 cultivation

Alatamaha River 阿拉塔马哈河，134—135

Albany Plan of Union 《奥尔巴尼联合计划》，478

Alexander, James 詹姆斯·亚历山大，324

Alger, Horatio 霍拉肖·阿尔杰，277

Algonkians 阿尔冈琴人，53，137，267；其绘画，66—68

索引

Alhambra（Spain） 爱尔罕布拉宫（西班牙），18
allegory 寓言，252；在历史小说中，641；政治的，325；清教徒，108；诱惑，630
Allen, James 詹姆斯·艾伦，596
Allen, Samuel 塞缪尔·艾伦，546
Allin, James 詹姆斯·阿林，256
Alsop, Richard 理查德·阿尔索普，597
Amadis 阿玛迪斯，其传记，46
Amazon River 亚马逊河，31
ambiguity 模棱两可，411；其美学，4；种族的，231—232；公共档案文学中，474，476，479—480；在清教徒文学历史中，306
"Amelia; or The Faithless Briton" 《爱米莉娅》又名《背信弃义的大不列颠》，562
America, Americans 美国，美国人，29，121，332，357，386，456，467；平均地权主义，652；与愚昧，564；《圣经》中的形象，61—62，211—212，404，416，425，458，666（同时参考圣经）；其特点，495；其商业化，652；其公共身份，3，8，46，63—65，71，76，85，130—131，138，142—143，147，155，165，167—168，194，277，348，352，357—358，370，372，384，388，399，414，425，436，439，441，452，455，461—462，470—471，482，491，516，549，595，652，688；其征服，62，137；其立宪，466，470—471，490—491；克雷夫科尔论，140，142—143，145；其民主，666，其发现，27，640；爱德华兹论，397—398；与英国对立，353—354，371，394，440，443，453，457—458；其使命，278；与欧洲对立，434—435，449，454—455；其对文化自卑的担忧，336，566；其女性化，39；建国文献，351，361；其未来，375—376，381，385—386，398，482；与历史，95，368，372，378，383，388，537；其意识形态，76，108，120；与个性，72，76，143；对其的影响，306；其内部冲突，360；其发明，3，6，24，26；劳动，370；其土地，64，76；其法律，237，452—453，457，464；与自由，605；与千年主义，397—398；其思想，352，367，379；暴徒起义，458，460；其命名，23，25；与自然，85，121—123，138—139，231，454；反抗性的语言，353—354，413—414，441；潘恩的观点，457—461；关于其的小册子，441—443，446，462；田园诗作品，131，139；原始，46，115—116，138；与进步，368，666；与财产，406，503；纯粹的，394，412，455，467，535；清教徒对其的观点，184，191，20；其宗教，367，391，401，419，424—425；其表现，486；其革命作品，347，349—451；浪漫主义对其的观点，130；科学观点，130；凡俗化，418，425；其象征学，6，355—357，371—375，455；游记作品，130—131；与乌托邦理论，113，130；其价值，46，109；消失，692；在辉格神话中，475；荒芜之地，230；其妇女，236—237；与作品，351，470，494
America, Americans, literature of 美国，美国人，其文学，329，342—343，548；埃姆斯论，564—565；需要，548；其定义，3，4；其历史，1—9，142；与国际背景，556；其前途，556，669；其复兴，557；其读者，342；其传统，661，675—676；诺亚·韦

索　引

伯斯特论，548

"America"（engraving）　《美国》（版画），38

American Magazine　《美国杂志》，124

American Magazine and Historical Chronicle　《美国杂志及历史年鉴》，337

American Magazine or Monthly Chronicle　《美国杂志和编年史月刊》，336

American Magazine, or a Monthly View of the British Colonies　《美国杂志》或《英国殖民地英国殖民地月月观》，337

American Museum, or Repository of Ancient and Modern Fugitive Pieces　《美国博物馆》或者《古代和现代昙花一现的作品总汇》，559—561

American Philosophical Society　美国哲学协会，125，316，450，454—456

American Poems　《美国诗歌》，597

American Register, or General Repository of History, Politics, and Science　《美国记录》或《历史、政治和科学综合宝库》，659

American Weekly Mercury　《美国每周信使》，313

American Whig Society　美国辉格社团，335

Ames, Fisher　费舍尔·埃姆斯：《美国文学》，564—565

Ames, William　威廉·埃姆斯，187

Amherst, Jeffrey　杰弗明·阿姆赫斯特，338

Amsterdam（the Netherlands）　阿姆斯特丹（荷兰），215

Ancient and honorable order　古老可敬的兄弟会（纽约），662

Andover（Massachusetts）　安多佛（马萨诸塞），237—238

Andre, John　约翰·安德烈，588；文学，545，576，579，587

Andros, Edmund　埃德蒙·安德罗斯，275；反对，268，286；其政策，257，262，286

Anglican church, Anglicans　英国国教教堂，英国国教徒，202，280，282，323，403；其牧师，293，393；在马萨诸塞，257；与科顿·马瑟，276；反对，185，189，262，276；与新英格兰牧师，283；帕森的原因，436；其迫害，255；其讲道方式，188，280；与清教徒，185—186；188—189；226—227，245；与改革，200；与王朝复辟，245

Annapolis（Maryland）　安纳波利斯（马里兰），321—322，328—329，334，341

Anne（queen of England）　安妮（英格兰女王），323

Anne（ship）　"安妮号"（船），219

Anne Boleyn　安妮·博林，185

Annuel Register　《年鉴》，442，475

anonymity　匿名，212，552，561，556，594，596，598，628，661，662；在诗选中，616；与著作权，546；与本土小说，532，557；与上流社会，486，556，677；与个人主义价值，551；小说家的，532，624，627，635，640，677，683；在活页文选中，438，465，467，528—529；在诗歌中，594，598，607；妇女的使用，528—529，607，

742

索引

626—627，634—635
antebellum culture 战前文化，537，557，606，619，627，640
anthologies 诗选，550，615；战前的，606，640；其理想，616
Anthology Society 诗选学会（波士顿），571
anthropology 人类学：现代，114，171
antiepiscopasy 反主教制，393
anti‐Federalism 反联邦主义，反联邦主义者 anti‐Federalists，468，527，535；关于宪法，488
Antigua（West Indies） 安提瓜岛（西印度群岛），530
anti‐institutionalism 反制度化，392
antinomianism 唯信仰论，96，187，402；与性别问题，220—221，237；与哈钦森，195—196
Apache 阿帕奇，167
Apocalypse 天启，216，221，393—394，500；在阿兹特克预兆中，57—58；爱德华兹论，299，305；在宗教历史中，188
Apollo Club（England） 阿波罗俱乐部（英格兰），316
apostasy 叛教，258，261
Appalachian Mountains 阿巴拉契亚山，150
Appamattox 阿帕迈特克斯（弗尼吉亚），101
Appleton，Nathaniel 纳撒尼尔·阿普尔顿，281
Apthorp，Frances 弗朗西斯·阿普托普，544
Arawaks 艾拉瓦克人，46；哥伦比亚与，41—43；其奴役，55
Arbella "阿贝拉"（船），190，193—194，217，219，236
archeology 考古学，137
Arctic 北极，65
aristocracy 贵族，30，72—73，96，106，486，505，611；英国，73，105，442，555，601；克雷夫科尔论，141—143，145；欧洲人，27，76，131；文学人，571，674；与文学，553；其风格，556；与赞助，566；精神的，130，600—601；同时参照君主政体 monarchy
Aristotle 亚里士多德，48，78，569；其影响，381，548
Arminianism 阿米尼主义（阿米尼派教义），187，196，285，294；与爱德华兹，298，302
Arnold Benedict 本尼迪克特·阿诺德，588
Arnold Matthew 马修·阿诺德，3
Articles of Confederation 《联邦条例》，476，482，488
Ashbridge，Aaron 亚伦·阿什布里奇，292
Ashbridge，Elizabeth Sampson 伊丽莎白·桑普森·阿什布里奇：《伊丽莎白·阿什布里奇

743

的前半生》，291—292

Asia 亚洲，18，27，72，155，455

Assembly of New Hampshire "新罕布什尔集会"，327

associations 协会：基督教协会，315—316；牧师的，282，287

Astell, Mary 玛利·爱斯塔尔，321

Astor Place Riot 阿斯特骚乱（纽约），576

astronomy 天文学，60，125，441；作为政治形象，439，454—456；与宗教，239，250

Athenaeum group 雅典娜派，568

Atonement 赎罪，187

Atquanachuk 阿特昆纳楚克（弗吉尼亚），56

Attucks, Crispus 克利斯普司·阿图卡斯，355

audience 观众，135，337，351，361，435，459—460；与启蒙运动作家，378；英国的，447—449，451—452；巫术审判，175

Augustan style 奥古斯都时代文学风格，参照新古典主义（neoclassicism）

Augustine 奥古斯汀：《上帝之城》，215

Austen, Jane 简·奥斯汀，《说服》，677

Austerfield 奥斯特菲尔德（英格兰），215

authority 权力，224，452，470，533；与唯信仰论，196；中央对地方，393，464，477，493；对其的挑战，174，434，459，620；公民的，218；牧师的，282—284，294，648；与同意，467；宪法的，464—465，468；与转变，210—211；在《独立宣言》中，361，472；英国殖民地的，411，413，431，437—441，458，464；启蒙运动对其的观点，368，378；王室的，44；合法的，462；其限度，258；在文学历史中，2—3；地方行政官的，175，199，218；君主的，437，440，451；叙事，52，55，57，361；在口头文化中，648；教皇的，185；父权制的，196，213，236—237，293；人民的，477；印刷文化的，648；理智的，418，524—525；宗教的，402—1，410，418—419；对其的抵抗，392—393，402，437；革命的，462，465，477，485；在神权统治中，218

authorship 作家身份，271，286，350，364—366，432，462，611，677；业余的，560，568，5922，600，616，628，659；与无名，218，438，561，594，628，661；与观众，135，361；布罗克顿·布朗论，553—555，561，620—621，644，660，672；与阶层，566，644，660，672；合作的，365，550，554，599，661；其商品化，565—566，628，661；与宪法，477，487，649；与版权，546—547；其构建，313—314；在《宣言》中，364；在民主中，662；在戏剧中，582，586；其经济，668；英国的，553，568，601；欧洲对其的观点，561—562；与探险，16，129；与性别，607；与演绎，35—36；与欧文，611，661。664，668，670，674—675；作为劳动，547；其叙事表现，217；在美国土著研究中，42；与创新，560，611，661；贵族对其的观点，658，661，664，670，674—675；在期刊中，558，560—564，659；与个人表达，265；与印

刷文化，313；与财产，349，542，545，546—547，551—552，555，560，583，601，626，664；其共和主义模式，552，644，677；与浪漫的个人主义意识形态，553，555，583；与自我抹杀，60；妇女与，550，557，566—567，604，606—609，616，621—622，630—631，633，638，677，679；同时参考（作者身份的）职业化；写作（professionalization [of authorship]；writing)

authorship 作者身份与 pseudonyms 匿名，432，465，572，580，627，670；在诗选中，616；古典的，580，606；福兰克林的，312，314，362，622；在杂志中，561，567—568，571—572，663；与印刷文化，314；妇女与，557，567，606

autobiography 自传，49，72，291；与传记，212；其公共效用，205，210；其公式（规则），210—211；清教徒，206，209，211，223，285；革命领袖们的，277，351，362，365，421—422，451，453，463—464，473，503

autonomy 自治：殖民地的，216，224；教堂会众的，198；心理的，305；清教徒对此的观点，392；理性的，419；妇女的，587，632—633

Avery, Sybil (Wigglesworth) 希碧儿·阿弗里（威格尔斯沃奇），209

Avignon 亚威格农（法国），185

Avila, Bishop of 阿维拉主教，56

awakenings 觉醒，参考复兴，复古倾向（revivals, revivalism)

Aztecs 阿兹特克，73；与（葡萄牙）议会，31，49，51—52；其战败，31，51，57—58，71—72；欧洲对其的观点，46；其纳瓦特尔语言，44，51；其自我表现，51—53，57—58

B

Backus, Isaac 伊萨克·巴克斯：《落入自己网中的鱼》，402

Bacon, Francis 弗朗西斯·培根，30，114，188，547；《新亚特兰蒂斯》111—113

Bacon, Nathaniel 纳撒尼尔·培根，101—103

Bacon's Rebellion 培根叛乱，101—103

Bailey, John 约翰·贝利：《人类最重要的责任就是赞美上帝》262

ballads 民谣，546，554，592，606；与口头表达，546，594；政治性的，324—325；清教徒的，227，243

"Ballad of Nathan Hale" 《内森·黑尔民谣》，594

Ballard, Martha 玛莎·巴拉德：其日记，531

Baltimore 巴尔的摩（马里兰），655；麦克亨利堡，372，549—450，668；其杂志，571；其剧院，582

bank 银行：马萨诸塞提议，287；美国国家，493，571

Bannister John 约翰·班尼斯特，455

baptism 洗礼，280；与教堂会员制度，213，256

Baptists 浸信会教徒, 402—403

Barbados 巴巴多斯, 6, 315, 316; 其纯文学, 318; 其剧院, 341

Barbados Gazette 《巴巴多斯公报》, 315

Barker, James Nelson 詹姆斯·纳尔逊·巴克尔:《马尔明》576, 582

Barker William 威廉·巴克尔, 181

Barlow Joel 乔·巴洛, 542, 550, 597—598, 601;《哥伦比亚德》, 593, 595, 602;《玉米粉糊》, 593;《哥伦比亚的远见》, 563, 592, 595, 597, 601

Barlowe Arthur 亚瑟·巴洛, 32—33

baroque tradition 巴洛克传统, 247

Barnard John 约翰·巴纳德, 284—287, 289;《正义之王权》, 285;《激动且有方向地热衷善行》286

Barre, Isaac 艾萨克·巴瑞, 353

Barrell John 约翰·巴瑞尔, 341

Bartram, John 约翰·巴特拉姆, 132; 与植物学, 125

Bartram, William 威廉·巴特拉姆, 7, 125;《北美洲土著居民叙述》137; 关于非洲人, 146; 关于美国土著, 135—138, 154; 关于自然, 127—128, 131—135, 138—139, 142, 159; 与浪漫主义, 130; 关于奴隶制, 132—133, 135;《行旅》, 130—140, 165

Batchelor's Hall 单身汉大厅, 321

Bath 巴思（英格兰）, 288, 310, 318

Baudeliare, Charles 查尔斯·波德莱尔, 569

Baxter, Richard 理查德·巴克斯特, 229, 246, 252;《圣徒永远的安息》, 228

Bay Psalm Book 《海湾圣歌》（整本圣歌以英文韵律忠实的翻译版）, 227—228

Beard, James Franklin 詹姆斯·富兰克林·比尔德, 691

Beaumont, Francis 弗朗西斯·博蒙特:《赛琪》又名《爱之谜》, 227

Beccaria, Cesare 凯撒·比卡利亚, 382

Beecher, Lyman 里曼·比彻, 282

Beefsteak Society "牛排协会"（伦敦）, 322

Behaim, Martin 马丁·贝海姆, 27

Behn, Aphra 埃夫拉·本, 312, 314, 338;《欧努诺克》, 223, 342

Belcher, Joseph 约瑟夫·比彻, 326—327

Belknap, Jeremy 杰拉米·白克拿朴, 561;《傅雷斯特一家》, 641

Bellamy, Joseph 约瑟夫·贝拉米, 398, 407;《千年福国论》, 398—399

belles lettres 纯文学, 309—343, 542, 545, 552, 554, 568; 其美学遏制, 313—315; 其人物类型, 312; 基督教的, 310—311, 326; 公民的, 323, 342; 其惯例和定义, 6—7, 309, 312, 331, 341; 在教育中, 335—336; 其流派, 319; 与上流社会, 563, 674; 其幽默, 310—311, 318—319, 321—323, 336; 与意识形态, 579; 其手稿传统, 311—312, 314, 318, 629; 共济会的, 316; 与口头表达, 549; 其政治模式, 310,

322—326，337—338，340；其把礼貌谈话作为理想，309—315，317，328；印刷文化与，312，326，629；其公共模式，326，331，336；其社会惯例，314—315，318，321，323；由妇女，318—319，337—341；同时参考文学的和社会的俱乐部（clubs, literary and social）

"Belles of Barbados"　《巴巴多斯的美女》，318

Benedictines　圣本笃教团，118—119

Benezet Anthony　安东尼·贝内泽：《几内亚史》518

Berkeley George　乔治·伯克利：《帝国正在西进的路途中》，595

Berkeley, William　威廉·伯克利，101—102

Berkeley, Francisco　弗朗西斯科·伯克利，334

Berwick　贝克里（宾夕法尼亚），319

Beveridge, John　约翰·贝弗里奇，337

Beverley, Robert　罗伯特·贝弗利（父亲），102

Beverley, Robert　罗伯特·贝弗利（大约1673—1722），97，103—104；其殖民意识形态，108；与扩张，101；《弗吉尼亚历史》97，99—101，104；与美国土著，98—103，154，166；其新世界远见，161；其自我画像，98

Beverley Park　贝弗利公园（弗吉尼亚），97

Bible　圣经，6，22，215，246，288，305，359，422—423，425，458，519，551，569，606；与美国立宪，470；英国国教与，186；与纯文学，311；与贸易，22；与常识，434；其文化，423；与选举布道，257—258；与启蒙运动，419，其性别象征，242—243；与历史，394；哈钦森对其的使用，196；象征来源，302；与个人权利，401；与诠释，174，199，284，392，425；其法律，470；与自由，408；科顿·马瑟论，275；在口头文化中，648；与准备主义，200；在新教中，390；清教徒对其的使用，185—186，190，194，199，203，205，228；与理性，410，418；与奴隶制，270；其统治权，470

Bile, texts and figures from　圣经，其文本和人物：亚伯，357；《使徒行传》，77；亚当，252，270；巴比伦，105；该隐，357；迦南，92，95，200，270，596；上帝选择的人，395，405；创造人类，120；丹尼尔，411；大卫，227；大洪水，106；申命记，405；传道书，521；伊甸园，33，61—62，105—107，117，250，666；埃及人，212，519；以非所书，77，523；夏娃，270；出埃及，188；以西结，212；人类的堕落，106；加拉太书，408；花园，61，77，121，155，260；创世纪，114，270；含，270；希伯来人，194，200，216，405，413，519；以赛亚，257，398；以色列，95，188，194，199，203，230，596；耶利米，257，259；耶路撒冷，121，199，200，212，259，269，276；犹太人，259；耶洗别，197；约伯，188，266；约翰，212；施洗者圣约翰，259；约拿，188；约瑟夫，489；约书亚，596；最后审判日，230，243，417—418；《列王纪》，466；弥迦，446；路加福音，411；新约圣经，188，199，216，229，250，273，423；诺亚，351；旧约圣经，188，194，199，200，212，216，229，250；天堂，

747

○索 引

397；保罗，411，523；法利赛教派的教徒，400；毗斯迦山，85，416，596；乐土，62，95，121，285，416，425；谚语，260，413；圣歌，227；红海，212；启示录，247，268，394，398；塞缪尔，409，413；基督再临，200，211，288；所罗门，405，446，521；雅歌，247，250；锡安山，188，200，212，220，229，260，269，276；同时参考圣经中的象征学（typology，biblilcal）

Bibliothèque Nationale（Paris） 圣经学会（巴黎），26

bicameralism 主张两院制论，464

Biddle Nicholas 尼古拉斯·比德尔，149，571

Bierstadt，Albert 阿尔伯特·比兹塔德，40

Billings，William 威廉·比林兹，562—563

Bill of Rights 《权利法案》：英国，470，474；美国，466，488—489，505

Bingham，George Caleb 乔治·卡列伯·宾汉姆，40

biography，Puritan 传记，清教徒，209，213；其公共作用，205；其发展，224；其原则，212—213；英雄的，275—276；与历史，215；与哀叹史，257；科顿·马瑟作，273，275—277；其还俗，214

Bird，Robert Montgomery 罗伯特·蒙特马利·伯德，583—584

Bishop Stoke 斯托克主教（英格兰），268

Blackamore，Arthur 亚瑟·布莱克默：《山外探险》，331；《背信弃义的同胞们》，342

Black legend 布莱克传奇，69

Black Mingo 黑明各（南卡罗来纳），318

black regiment "黑色军团"，391

Blackstone，William 威廉·布莱克斯通：《英国法律评论》，474—475，505—506，508

Blair，Hugh 休·布莱尔：《论纯文学和修辞学》，336

Black William 威廉·布莱克：《耶路撒冷》618；《天真之歌》，618

Bland，Richard 理查德·布兰德，458；《上校下马》，436—438；《英国殖民地权利的调查》，437—439；《致弗吉尼亚牧师的一封信》393

Bleeker，Ann Eliza 安·伊丽莎·布里克，607，616；《安·伊丽沙·布里克遗作》，551

Bloomfield，Robert 罗伯特·布鲁姆菲尔德，564

Blue Anchor Tavern 蓝锚客栈，310

Blue Ridge Mountains 蓝山山脉，127

Board of Printers' Licensers 印刷认可委员会（波士顿），224

Bolingbroke，Henry St. John 亨利·圣约翰·博林布鲁克，570

Bolling，Robert 罗伯特·波林，337；《印第安战争》，335；《虚无》，334；《闭塞》，334；《冬季》，334

Bonaparte，Napoleon 拿破仑·波拿巴，131

Le Bon Homme Richard 勒·邦·候姆·理查德（船），593

books 书，566，622，646；作为商品，556，674；作为公共财物，627；与著作权，

索引

554；其成本与发行，625；研究其的历史学家，569；其插图画家，691；与市场，553，555

booksellers　书商，554；与作者，605，685；与著作权法，547，552，554；与发行，337；与市场，625；作为资助人，337，566

Booth, Edwin　埃德温·布斯，590

Booth, John Wilkes　约翰·威克斯·布斯，590

Booth, Junius Brutus　朱尼斯·布鲁特斯·布斯，590

Boston　波士顿（英格兰），199

Boston　波士顿（马萨诸塞），120，190，219，237，245，259，264，269，342，544，548，593，604，607，627；公园，355；其保守主义，563—564；其教堂，209，211，233，262，271，275，279—280，289，293—294，296，303，310，353，390，408，412，563；其牧师，173，280，286—288；其俱乐部，326，339，563；其生活条件，216—217；多尔切斯特，213，462；其选举布道，257，407，410；艾塞克斯街，355；海湾，353，411，426，519；在菲利普国王战争中，222—223；国王街，357；自由树，355，358—358，462；其文学建立，563，600，602；在文学方面，235—236，318，545，595—596，606—607；马瑟一家在，209，270—271，277，288；其商人阶层，255，279—280，389，293；暴徒起义，354—360；月亮街，389；报纸和杂志，311—313，318，326，337—338，354—359，435，449，562—564，566，597，602—603；北端，356；旧谷仓墓地，355；其出版业的，206，224，300；激进主义，358；宗教异议，195—196，213，279—280；其复古倾向，284，288，396，400；革命的，408；426，578；与奴隶制，523；其教会会议，213；271；其剧院，341，577，579；住宅群358；其财富，268

Boston Artillery Company　波士顿军火公司，412

Boston Athenaeum　波士顿文学协会，563

Boston Chronicle　波士顿编年史，358

Boston Female Asylum　波士顿女子收容所，593

Boston – Gazette and Country Journal　《波士顿公报和乡村期刊》，312，318，354—359，435，449

Boston Latin School　波士顿拉丁语学校，190，285，287

Boston Magazine　《波士顿杂志》，562—563

Boston Massacre　波士顿大屠杀，355，426，545，595—596

Boston News – Letter　《波士顿时事通讯》，311，338

Boston Tea Party　波士顿茶叶党，353

Boston Weekly Magazine　《波士顿周刊》，337

Boston Weekly Rehearsal　《波士顿每周详述》，313

Boswell, James　詹姆斯·伯斯韦尔，370

botany　植物学，38，125，128，132，156

Boucher, Jonathan 乔纳森·布歇, 342

Bougainville, Louis-Antoine de 布加因维尔, 路易斯-安东·德, 118；《环球航行》, 115

Bouileau-Despreaux, Nicholas 尼古拉斯·伯留-德斯普莱克斯：《论崇高》, 311

Bowdoin, James 詹姆斯·波都因, 604

Bowery Theatre 鲍威利剧院（纽约）, 573

Boyd, Elizabeth 伊丽莎白·伯伊德, 337

Brackenridge, Hugh Henry 休·亨利·布雷肯里奇, 403, 549, 551, 633, 639；《邦克山之战》, 574, 578—579；《蒙特利尔将军之死》579；《致沃尔特·司各特的诗信》, 551；《1794年的起义事变》, 551, 639；《法律集锦》551；《现代骑士团》547, 549, 551, 603, 637, 638—639；《美洲光辉的兴起》, 550, 596

Braddock, Edward 爱德华·布拉道克, 337

Bradford, John 约翰·布拉德福, 215

Bradford, Joseph 约瑟夫·布拉德福, 215

Bradford, Mercy 梅西·布拉德福, 215

Bradford, William 威廉·布拉德福（1590—1657）（总督）, 13, 97—98, 101, 190, 218, 277；殖民意识形态, 87, 108；《普利茅斯种植园史》, 215；其文学风格, 93, 215—217, 220, 224；其对《莫尔顿的讲述》的使用, 84—86, 88, 90, 219；关于莫顿, 91—93, 96；与美国土著, 39, 77, 88—91, 94, 98—99, 108, 154, 166, 191；其对新世界的观点, 161；《关于普利茅斯的种植园》, 39, 84—93, 101, 214；与塞普维达, 90；关于荒野, 86, 99, 123

Bradford, William 威廉·布拉德福（总督的儿子）, 215

Bradford, William 威廉·布拉德福（1722—1791）, 337

Bradshaw, John 约翰·布拉德肖, 395

Bradstreet, Anne 安妮·布拉兹特里特, 189, 253—254, 273；对其的评论, 226；其早期作品, 238—239；其晚期作品, 241—243；与宗教疑惑, 236, 238, 242；与威格尔斯沃思, 243；关于妇女角色, 236—237

Bradstreet, Anne 安妮·布拉兹特里特：作品：《人的年龄》, 239；《作者致她的书》241；《写于孩子出生前》, 241；《沉思》, 238；《新老英格兰之间的对话》, 239；日记, 236；《四之体》, 239；《四元素》, 239；《四个君主国》, 239；《四季》, 239；《向伊丽莎白女王致敬》, 240—241；《小诗集》, 238, 241；《第十位缪斯女神》, 236, 238—239, 241；《疲倦的信徒现在要安息》, 242

Bradstreet, Simon 西蒙·布拉兹特里特, 236—237, 277, 280

Bradstreet family 布拉兹特里特一家, 236—237, 240—241

Brant, Joseph 约瑟夫·布朗特（摩霍克族人）, 514

Brattle, Thomas 托马斯·布拉托, 280—281, 285, 288

Brattle, William 威廉·布拉托, 280—281, 285

索引

Brattle Street Church 布拉托街教堂, 310, 563; 其建立, 280—281

Brazil 巴西, 45

Bread and Cheese 面包与奶酪 (纽约), 550

Brebeuf, Jean de 吉恩·德·布列波夫, 80

Breintnall, Joseph 约瑟夫·布雷恩特纳尔, 316

Brewster, William 威廉·布鲁斯特, 215

Britain, British 大不列颠, 大不列颠的, 参考英格兰, 英国的 (England, English)

British Museum 英国博物馆 (伦敦), 669

broadsides 海报, 189, 234, 366, 527, 591, 605—606, 609

Brome, Alexander 亚历山大·布罗姆, 316

Brooke, Henry 亨利·布鲁克, 309—310, 314, 316, 328;《论戏噱》, 310;《新的蜕变》, 310;《关于身着盔甲的佩恩画像》, 310;《向某俱乐部建议的对话的规则》, 310

Brown, Charles Brockden 查尔斯·布罗克顿·布朗, 8, 542, 550, 565, 597, 644—660, 686; 与著作权, 553—555, 561, 620—621, 644; 关于文学的公共效用, 660; 其经济观点, 651; 与富兰克林, 644, 651; 关于性别角色, 649—650, 653; 与历史, 645; 与欧文, 661, 663, 668; 其文学风格, 647—648; 与道德教育, 644—646, 658; 关于小说, 645—646, 660; 与期刊, 561—562, 659; 与政治, 650, 659—660; 与"便携人", 653, 656; 对其的评论, 658; 与主观性, 645; 关于写作, 646—649

Brown, Charles Brockden 查尔斯·布罗克顿·布朗: 作品:《对美国国会的演讲》, 660;《阿尔昆》, 553, 650;《亚瑟·莫文》, 573, 626, 634, 636, 646, 649, 651—658, 660;《克拉拉·霍华德》, 658;《西塞罗之死》, 660;《埃德加·亨特利》, 161—166, 554, 646, 649, 651—652, 658, 679, 686;《简·塔尔博特》, 658;《奥蒙德》, 554, 646, 649—651;《空中漫步》, 645;《萨洛尼卡》, 660;《沃尔斯坦学校历史》, 652—653;《维兰德》, 554, 645—650, 660

Brown, George Loring 乔治·洛宁·布朗, 689

Brown, Mary 玛丽·布朗, 273

Brown, Thomas 托马斯·布朗, 256—257

Brown, William Hill 威廉·希尔·布朗, 638;《伊拉与伊莎贝拉》, 620;《同情的力量》, 544—545, 549, 577, 624—625, 627—628, 637

Browne, Robert 罗伯特·布朗:《宗教改革, 刻不容缓》, 189

Brownists 布朗主义者, 189—190

Brown University 布朗大学, 403

Bryant, William Cullen 威廉·卡伦·布莱恩特, 550, 599, 605, 690; 其公共重心, 612, 614—615; 关于个人价值, 612, 614—615; 在国际背景中, 556, 615; 与杰斐逊, 617; 其文学风格和主题, 611—614, 618; 与新古典主义, 612; 与政治, 612—613, 615, 617; 与浪漫主义, 611

Bryant, William Cullen 威廉·卡伦·布莱恩特: 作品:《年代》, 612;《美国早期散文》,

786

751

613；《禁运》，612；《森林赞美诗》，612；《为进入森林题词》，612，615；《关于抑扬格诗中的三音节韵脚》，613，618；《诗歌》，612，615；《死亡观》，513，613—615；《致水鸟》，612；《黄色的紫罗兰》，612

Buckminster, Joseph Stephens 约瑟夫·斯蒂文·巴克明斯特，563

Buffalo Bill 水牛比尔（威廉·腓特烈·科迪），39—40

Buffon, Comte de 德伯爵·布丰（乔治斯·路易斯·雷克勒），120，381；关于美国，114—115，117—119，121，123—125，149；堕落主义者对其的争论，119，124，145；杰斐逊对其的回应，121—123；关于美国土著，114—115，137—138；《自然史》，113—114，119；关于自然，116—119，125，139，149

Bunker Hill 邦克山（马萨诸塞）：在文学中，574，578—579

Bunyan, John 约翰·班扬，574；《罪人受恩记》，210；《天路历程》，212，291

Burgoyne, John 约翰·伯戈因，533，577

Burk, John Daly 约翰·达利·伯克：《邦克山》，579

Burke, Edmund 埃德蒙德·伯克，570；《与殖民地调和的决议》，392

Burlamaqui, Jean-Jacques 让-雅克·伯雷曼奎，380，382，433，472

Burnet, William 威廉·伯内特，326

Burnett, James 詹姆斯·伯尼特（蒙伯杜男爵）：《语言的起源与发展》，110

Burns, Robert 罗伯特·伯恩斯，319

Burr, Aaron 亚伦·伯尔，403，601

Burr, Esther Edwards 以斯帖·埃德华兹·伯尔，339

Burroughs, George 乔治·伯勒斯，175，181

Bute 比特伯爵（约翰·斯图加特），443

Butler, James 詹姆斯·巴特勒：《命运的足球》，636

Byles, Mather 马瑟·拜尔斯，252，326—328，342；《普洛特斯回声系列》，311，313

Byrd, William II 威廉二世·伯德，7，13，314—315，331—332，334；关于殖民地边界，103，131；殖民地意识形态，108；与美国土著，101—103，105—106，154；其智慧，107—108；

Byrd, William II 威廉二世·伯德：作品：《分界线的历史》，103—107，331；《秘史》，103，107—108，331—332；《唐布里戈里亚》，310

Byron 拜伦，（乔治·戈登），670，787

C

Cabeza de Vaca, Alvar Nunez 阿尔瓦·努涅斯·卡贝扎·德·瓦卡，46，49—51；《关系》，49

Cadiz 加的斯（西班牙），15，22

Cain, Sarah 莎拉·凯恩，240

Caldwell, James 詹姆斯·考德威尔, 355
Calef, Robert 罗伯特·卡莱孚:《无形世界的更多奇妙》, 275
California 加利福尼亚, 150
Calvert, Benedict Leonard 本尼迪克特·伦纳德·卡尔弗特, 328—329
Calvert, Charles 查尔斯·卡尔弗特(巴尔的摩勋爵), 329
Calvin, John 约翰·加尔文, 185—186, 296;《基督教要义》, 187
Calvinism, Calvinists 加尔文主义,加尔文主义者, 187, 286, 288, 293, 295, 422;其变化, 285;其学说, 186—187, 195—196, 281, 305;爱德华兹论, 303—306;与启蒙运动, 284, 296;与物质世界, 301;其内部问题, 291;罗杰·威廉与, 198—199
Cambridge 剑桥(英格兰), 76, 190, 197, 199, 201
Cambridge 剑桥(马萨诸塞), 253, 279, 604;同时参考哈佛大学;新城(Havard College;New Town)
Cambridge–Boston Association 剑桥-波士顿协会, 282
Cambridge History of American Literature 《剑桥美国文学史》(1917), 1
Campbell, Thomas 托马斯·坎贝尔, 668
Canada 加拿大, 29, 103, 150, 357, 533;其传教士, 79—80
Canal of the Toltecs 托尔托克运河(墨西哥), 52
Canary Islands 加纳利群岛, 13, 18
Canetti, Elias 伊利亚斯·卡内:《群众和权力》, 460—461
cannibalism 食人, 45—46, 49
canon, literary 准绳,文学的, 8;与美学价值, 541;其形成, 1, 555, 557, 580;与文学历史, 542;其浪漫主义, 658
Canterbury 坎特伯雷(英格兰), 219
Capawicks 卡帕威克, 191
Cape Breton 布莱顿角(加拿大), 103
Cape Cod 科德角, 28, 184, 191, 215;清教徒移民登陆地, 84—85, 183, 189
Cape Fear 菲尔角(北卡罗来纳), 28
Cape of Good Hope 好望角, 26
capitalism 资本主义, 74, 663, 670, 673, 676;与加尔文主义, 286;其出现, 556;自由主义, 612;与清教徒主义, 294
captivity narratives 囚禁叙述, 49—51, 145, 189, 253;其公共效用, 265;与文化差异, 50;其规则, 264;与意识形态, 291,与哀叹史修辞, 257, 263;罗兰森的, 263—268;其宗教, 50
Carey, Mathew 马休·凯瑞, 559—561, 626
Caribbean Islands 加勒比群岛, 19, 43, 180;与哥伦比亚, 16—17, 47
Caribs 加勒比人, 46, 162
Caritat, Hocquet 郝克奎特·卡里泰特, 554

○索 引

Carlson, C. Lennart　C·莱纳特·卡尔逊, 343
Carolinas　卡罗来纳, 105; 与 1663 年特许状, 104; 在文学方面, 130, 145—147, 332;
　　同时参考北卡罗来纳; 南卡罗来纳
Carr, Patrick　帕特里克·卡尔, 355
Carre, Ezekiel　伊奇基尔·卡尔:《乐善好施的萨马利亚人》, 262
Carribeana　《加勒比》, 318
Carrier, Goody　顾迪·卡里尔, 181
Carrier, Richard　理查德·卡里尔, 181
Carthage　迦太基（古代）, 24
Cartier, Jacques　雅克·卡地尔, 25
cartography　绘图法, 6, 18, 25, 29, 36
Carver, John　约翰·卡弗, 190
Carver, Jonathan　乔纳森·卡弗:《游记》, 129—130
Castile　卡斯提尔（西班牙）, 16—17
Cathay　凯赛（中国）, 16
Catherine　凯瑟琳（英格兰）, 185
Catholicism, Catholics　天主教, 天主教的, 77, 186, 202, 237, 245, 276, 356—357;
　　与殖民, 48; 与大分裂, 184—185; 与偶像崇拜, 252; 在墨西哥, 51; 与清教徒,
　　184, 186, 226, 287; 同时参考传道, 传教士 (missions, missionaries)
Catlin, George　乔治·凯特琳, 40
Catskill Mountains　卡特斯基尔山, 671, 691—692
cavaliers　骑士, 98; 伊丽莎白时代的, 91; 与清教徒, 94, 99; 南部的, 575
Cave, Edward　爱德华·凯夫, 559
Cayuga　卡尤加族, 510
Cecil, Robert　罗伯特·塞西尔, 23
Centlivre, Susanna　苏珊娜·森特利维, 337
Central America　中美洲, 48
Cervantes, Miguel de　米古尔·德·塞万提斯, 547;《堂吉诃德》, 92, 93
Channing, William Ellery　威廉·埃勒利·钱宁, 282
Charles I　查尔斯一世（英格兰国王）, 354, 390, 395, 428, 474
Charles II　查尔斯二世（英格兰国王）, 258, 264, 589; 其复辟, 186, 255
Charles City　查尔斯城（弗吉尼亚）, 101
Charleston　查尔斯顿（南卡罗来纳）, 326, 328, 330, 342, 530—531; 其剧院, 341; 其
　　社会习俗, 334, 339
Charles-Town　查尔斯顿（卡罗来纳）, 145—147
Charlestown　查尔斯顿（马萨诸塞）, 219
charters　特许状, 407; 卡罗来纳, 104; 殖民地的, 76, 197, 210, 426—427, 430—431,

索引

440，464，471，481；马萨诸塞，203，223，257，268，276，280；欧洲的，491

Charterhouse 查特豪斯公学（英格兰），76

Chastellux, Marquis de 马魁斯·德·查斯泰留斯，617

Chateaubriand, Francois Rene de 弗朗索瓦·勒内·德·夏多布里昂，135，138；《阿塔拉》，130—131；《基督教的真谛》，131；《纳戚人》，130；《美洲之旅》，130

Chauncy, Charles 查尔斯·昌西，282—283，285，407；与爱德华兹 293—296，299，306，400—401；其思想，293—295；《致朋友的一封信》，393—394；与复古主义，284，299；《合乎时宜的思考》，295，400—401；与宇宙神教，282

Chauncy, Elnathan 埃尔内森·乔恩西，227

Chebacco parish 舍白叩郊区（伊普斯威奇，马萨诸塞），286

Cheever, Ezekiel 伊奇基尔·奇弗，208，287；《拉丁语简史》，285

Chelsea 切尔西（马萨诸塞），416

Cherokee 切诺基族，131，137

Chesapeake Bay 切萨皮克海湾，28

Cheshire 柴郡（英格兰），291

Chester 切斯特（宾夕法尼亚），340

Cheyenne 夏安族，151

Chiconessex 奇康埃塞克斯（弗吉尼亚），101

China 中国，16，47，111；中国海，28—29

Chinooks 切努克人，153—154

Chiswell, John 约翰·奇思维尔，340

Choctaw 乔克托族，136—137

Christinoes 克里斯蒂诺人，152

Christopher Columbus chart 克里斯托夫·哥伦比亚海图，26，28

Church, Angelica Schuyler 安吉莉卡·斯凯勒教徒，506

Church, Benjamin 本杰明·丘奇，342

church and state 教堂与州，其分裂，197—198；与美国革命，415，419，424—425；与奴隶制，522—524

church membership 教堂成员，187，202，283；与非洲人，273；其利益，208，255；其改变的规则，213—214，256—257；与宗教团体，213，296；关于其的争论，279—280；其衰落，257，262—263；其自由主义观点，201，279，294，296，299；马瑟关于，213，214，275；其检验标准，206

Church of England 英国国教，参考圣公会教堂，圣公会教徒 Anglican church, Anglicans

Cicero 西塞罗，43，227，381，580，646，66

civic humanism 公民的人道主义，564；与纯文学，323；下定义，543；关于性别，649—650；其意识形态，547，552，638；与小说，545，676；与情感主义，608；与妇女，649—650

○索　引

civilization　文明, 57—58, 349, 652；作为纯文学理想, 331；殖民地的, 39, 123；商业的, 113, 569, 600；与征服, 87；其定义, 38, 55, 86, 110—111；欧洲的, 38, 39, 45, 48—49, 63, 68, 75, 87, 111, 117—118, 128, 137—138, 144—145；在开拓报道上, 16；与政府, 100；与劳动, 332；其前景, 1400；中产阶级, 667；美国土著, 39, 45, 48—49, 51, 63, 65—66, 67—68, 78—79, 88, 135—138, 144—145, 147, 154, 511—512, 533；与自然, 86—87, 109—111, 118, 123, 128, 687；新世界, 109—110, 120, 503；种植园, 332；其进步, 120, 332；其表现, 66—68；与野性, 8, 164—165；其发展阶段, 322, 685, 689, 691；对其的威胁, 102；与旅行, 111, 西进运动, 120, 150—1

Civil War　内战（英格兰）, 186, 191, 200, 203, 226, 228, 239, 354, 390

Civil War　内战（美国）, 590；与感伤传统, 638

Clark, George Rogers　乔治·罗杰斯·克拉克, 150

Clark, Jane　简·克拉克（科尔曼）, 288

Clark, Sarah　莎拉·克拉克（科尔曼）, 288

Clark, William　威廉·克拉克, 13；其探险, 44, 1338, 149—151；航海日志（与刘易斯）, 149, 151—155, 157, 161, 167—168；与美国土著, 39—40, 151, 152—154；其观察风格, 154—156, 167

class hierarchy　阶层等级, 5, 73, 328, 567, 599, 601—602, 638；与抱负, 634；与美国革命, 462；与作者身份, 566, 644, 660, 672；与贸易, 660；在克雷夫科尔, 143—145, 142；与戏剧, 575；与教育, 283；在英格兰, 96, 102；在欧洲, 143；其封建制度, 105；与大觉醒, 395—396；与意识形态, 75；在文学中, 456, 564, 603, 636, 674, 680—681, 683；与杂志, 562—563；商人, 190；在诗歌方面, 602；其佣人, 107—108, 286, 290, 292, 575；南方的, 94, 105, 331；城市的, 654；在弗尼吉亚, 75, 96—97, 101—102；在西印度群岛, 331；在巫师审判中, 173

classical civilizations and literatures　古典文明和文学, 67, 329, 408, 436, 584, 595—596, 579；在教育中, 94, 236, 598, 637；与帝国, 24；其女主人公, 527；与历史, 215, 435—436, 466, 545, 586, 595；对其的模仿, 319；对纯文学的影响, 311, 332；拉丁语的影响, 648；其自由, 584；作为典范, 595；其诗歌, 69, 240, 317, 595, 609, 618；其韵律学, 617；其中的笔名, 580, 606；清教徒的观点, 188, 227；共和主义的理想, 78, 95, 377, 509, 588—589, 649, 660；其翻译, 328

classical civilizations and literatures, figures and places from　古典文明和文学，人物与地点：雅典, 78；布鲁特斯, 95, 428, 588；朱利叶斯·凯撒, 69, 35 1, 428, 590；迦太基, 24；凯托, 580；辛辛纳图斯, 377—378, 574—575, 580；克罗伊斯, 426；朱庇特, 168, 320；朱尼厄斯·布鲁特斯, 587—588；拉丁姆, 95；潘多拉, 320；塔尔昆人, 588, 590；泰利弗斯, 445；维纳斯, 310；同时参考希腊，希腊人；罗马，罗马人；个体作家

Cleaveland, John　约翰·克莱夫兰德, 283, 410

Clemens, Samuel 塞缪尔·克莱门斯（马克·吐温），55；《汤姆·索亚历险记》，166

clergy 牧师，190，192，201—202，226—227，258，285，289，303，409，416，470；与美国革命，391，414—415；英国国教的，393；与阿米尼派教义，187，196；其权力，282—284，294；与觉醒，298；与圣经诠释，186，198；其变化的角色，260—261，283，402，415，418—419，424—425，523—524，633；关于教堂成员，256—257；保守的，280，282，284，286，294；与皈依，255—256，303；其堕落，292；与教育，300，400；其作的挽歌，235；与精英政治，282，285，415，419—420，441；与启蒙运动，392，395；福音的，284，648；巡回的，284，295；杰斐逊论，424—425；其语言风格，180，187—188，280；自由的，229，280—282，284—285，401；关于唯物主义，294，391；与自由，262；在殖民中期，293；新英格兰，174—175，198—199，209，245，268—269，282—283，293—294；对其的反对，195—196，274，283，292—293，298，327，407，598；与期刊，563；关于诗歌，233；激进的，523；与复苏，283—284，294—295；其语言风格，395；其世俗观点，419；与奴隶制，523；论社会秩序，220；与象征学，187—188，229；与巫术危机，7，173—175

Cleveland, John 约翰·克莱夫兰德，227

climate, American 美国的气候，33，114，123—124，128，332，595，688；对其的争论，124

Cliosophical Society 克利索社团（新泽西学院），335

clubs, literary and social 文学和社会的俱乐部，662；与美学价值，322—323；与艺术，315；咖啡屋，318—319，321，325，335；在学院，335，339；其习俗，310—311，313，315—317，322—323；共济会会员的，315—316；异性社交，315，319—320，333，339；其利史学家，321—322，331；单性社交，309，315，321；在伦敦，322—323，325，328；与保守党的忠诚情绪，342；与手稿流通，326，339，343；在马里兰，321—323，328；商人，326；与新光，326；在纽约，319，325，550；与期刊，313；费城，561；与政治，323；作为私人社团，315，317—318，322—323；宗教的，283；与讽刺文学，312，323；沙龙，6—7，318，338—339，341，343；在苏格兰，321；温泉，309—310，314，334；小酒馆，309—310，316，319，321，326，328；茶桌，321，333，339；与乌托邦主义，322；辉格党，317，322—323；其智慧，317

Clyfton, Richard 理查德·克莱夫顿 215

Cockings, George 乔治·考金斯：《战争—首英雄之诗》，337

coffee houses 咖啡屋，参考文学与社会的俱乐部，咖啡屋（clubs, literary and social, coffee houses）

Cogswell, William 威廉·考格斯韦尔，487

Coke, Edward 爱德华·科克，444

Colden, Cadwallader 卡德沃拉德·科顿，125，324

Cole, Thomas 托马斯·科尔，690—691

Coleridge, Samuel Taylor 塞缪尔·泰勒·柯勒律治，130；《忽必烈》，130；《老水手的

故事》，130

College of New Jersey 新泽西学院，300，335，341，403；同时参考普林斯顿大学

College of Philadelphia 费城学院，335—336

College of William and Mary 威廉与玛丽学院，335

Collinson, Peter 彼得·柯林斯，132

Collop, John 约翰·科勒普：《黑妇女》，232；《埃塞俄比亚美人》，232

Colman, Abigail 阿比盖尔·科尔曼（丹尼），253，288

Colman, Benjamin 本杰明·科尔曼，252—253，274，284—285，289，309—310，328；与布拉托街教堂，280—281；与剑桥-波士顿协会，282；与爱德华兹，297—298，303；其生平，287—288；

Colman, Benjamin 本杰明·科尔曼：作品：《福音秩序的复苏》，280—281；《宣言》，280；《有关伊利亚的翻译的诗》，311；《十圣女寓言的实际意义》，288

Colman, Elizabeth 伊丽莎白·科尔曼，287

Colman, Jane 简·科尔曼（特莱尔），288；同时参考特莱尔，简·科尔曼

Colman, William 威廉·科尔曼，287

Colonies, colonization 殖民地，殖民地化，7，51，57，67，89，128，200，329—330，354，357，404，441，535；其年代，26；其古代模式，438；其边界争端，103—104，107，433；与哥伦布，18—19，36；作为商业计划，17—18，60，69，72，76—77，91，101，119；其公共身份，6，355，460；与文化差异，267—268；不同的观点，47—48，50—51，62—63，109—110，119，123，144；其经济，446—447；英国的（普通的），38—39，53，62—63，69—70，73—77，82—83，89，91—92，94，97，102—104，106，119，123，125，132，145，150，236，337，429；欧洲的，13—14，48—49，53，68，71，109—113，120—121，123，161，166—167；在小说中，162，166；法国的，24，131；其政府，119，331，427，430，433，451，453，464；其意识形态，96，108；与独立，121—122，125，430—431，444；其语言风格，9，33，43—44，79—80；其法律，91，436；其自由观点，393，401，437，442，444，447，462；其文学，6，8，13—14，19—20，30—31，33—36，38，43—44，60，69，71，76，168；与地图，30，36；其意义，30，64—65，86—87，91，199；中期的，362；与暴徒行动，458—459；与美国土著，38，41，48，69—71，76，166，433；其人口，191，201，217；与英格兰的关系，331，350，353，356，360，392，394，405，411—413，427—428，433，437—444，446—451，453，458，460，474，516—517（同时参考忠诚，英国的；殖民地的抗议）；其语言风格，438，443，447；其权力，350，361，427，431，436，439—442，446，450—453，456，471—472，474；其王室总督，257，262，276，286；与奴隶制，505，524；其团结，403—405，448—450，460，474，476，479；西班牙的，18—19，21，24，38，41，62—63，71—74；主要产品，332；与税收，428，438—439，444—446，449；与贸易，41，332，446—447；语翻译，43—44，51，76—77；其航海，30，60；其西部地域，150；与写作，13，36—38，59，

69，82

Columbian Magazine 《哥伦比亚杂志》，562，691

Columbia University 哥伦比亚大学，403

Columbus, Christopher 哥伦比亚，克利斯朵夫，23，26—27，37，111，119—120，156；关于阿拉瓦人，41—44，46，55；关于加勒比人，46，162；《日记》，5n，14—16，18—20，31，36，43；其目标，18—20，29，91；其影响，117，120，149，151，155；信札，15—16，18，25；其文学风格，15—16；文学，563，592，595，597，601，640—641；与马可·波罗，15—18；与宗教，47；与写作，13—15

commerce, commercialization 贸易，贸易化，21—22，287，385，416，526，566—567，612，652，666，674—675，687，692；农业的，91，530；与艺术，558；与作者身份，565—566，628，661；纯文学对其观点，310，313；与文明，113，569，600；与阶层，660；与殖民地，60，91，119；库珀与，676，682，685；对其的批评，564，598，692；与探险，150—151；与帝国主义，21，60，121，330；与欧文，668；在文学中，594，609；与奢侈，543；与美国土著，267，496，504；与印刷文化，649，656；与共和主义，543；与科技，674

Commercial Advertiser 《商业广告人》，686，690

Commissioners of the United States 美国特命全权代表，512

comodiy, commodification 商品，商品化，370，649；文学与，542，544，555，673—674；新世界的，60—61，65，68，73—74，687；与小说，628—629；其诗歌，601；与印刷文化，151，556，674；南方的，65，74

common law 习惯法：与《独立宣言》，361，472，475；英国传统的，429，472，474；其权力，440—441；与知识产权，547；与土地，543

common sense 常识，277，349，352，286，410；其语言风格，462；潘恩论，350—351，361，382—384，389，415，434，456—464，473，499；与宗教，390，418—419，434；苏格兰哲学论，294—295，545；与辉格情感主义，336

communion 教派，213，262，288，296；其开明的观点，280，299；斯托达德论，245，262，273；泰勒论，245—246，249—251，262

communitarian ethos 共和国的国民特质，9，543—544，555，559，664；戏剧与，576，588；与诗歌，593，610；与小说，545，576，620；向个人主义美学的转化，555

Concord (Massachusetts) 康科德（马萨诸塞），142，408

Condorcet, Marquis de (Marie Jean Antoine Nicholas Caritat) 康道塞侯爵（玛丽·简·安托万·尼古拉斯·卡里塔特），379

Confederacy 联邦，515，590

confederation 联邦，477—478

confession 忏悔：在皈依中，180，203，262；在巫术审判中，173—177，180—181 刚果河，26

congregationalism 公理主义（公理会），283，295；与英国国教徒，280；与加尔文主义，

759

索 引

187；不分离的，190—191，197—198；对其的迫害，186；改革者，185；分离的，197—198；与乡村独立，255；同时参考清教徒主义（Puritanism）

Congress, Continental　大陆国会，353，361，467，478—479，577；其创立，430；第一届，451；其格言，367，500；第二届，476，498；论奴隶制，351；其运作，363

Congress, United States　美国国会，150，347，349，376，455，460，478，507，515，552，660；与《联邦条例》，476；与宪法，487—489，497；论著作权，547；与《独立宣言》，360—361，363—365，476；在小说中，639；与《西北法令》，492；关于奴隶制，497

Congreve, William　威廉·康格里维，312

Connecticut　康涅狄格，126—127，201，208，237，264，289，291，296，300，389，419，427，523，550；其章程，482，489；著作权在，547，601；在文学中，544，548，599，671；其宗教，282—284，399，409，412；其最高法院，401；其妇女写作，528，536

Connecticut River Valley　康涅狄格河谷，192，283—284，296，396

Connecticut Wits　康涅狄格才子，550，597—599，601—602，612，615；《无政府主义者》，585，597；《回声》，597

conquest　征服，24，67—68，83，137，145，157，161，167，192，194；与美国自我定义，63—64，71，165；与文明，87；英国的，63—64，71—72，94，108；欧洲的，49，68，71，165；其图像资料，32；印第安人的，31，38，45—48，51—53，57—58，62，71，73，101—103，113，165—166；与自然，87，123，138，167；诺曼底人的，453；西班牙人的，52—53，71；与贸易的对立，42，330

Conrad, Joseph　约瑟夫·康拉德，689

consensus, consent　一致意见，赞成，2—3，8，361—363，367，377，470，480—481，508，512；与宪章，467，470，479，482；在启蒙运动思想中，368；与政府，463，501；意识形态的，415；自由主义的，666；其局限性，352；与宗教，415；与权力，507—508；与税收，442，444，447；其理论，322；与写作，352，489

consensus, literature of　文学的共同看法，522—523；美学的，354，510；对作者身份，365；对其的常识，349；其发展，353；其策略，349，362—363，365—366，472

Constitution, British　英国宪法，349，436，483；美国对其的观点，438，442，462

Constitution, United States　美国宪法，350，361，363，385，469，471，477—489，491—494，585—486，595，610；对其的修订，488—489；其草拟，468，481，486；对其的排除，496；其形式，483，488—489；作为高级法律，464；其语言风格，477，480，482—483，493，496—497；与印刷文化，157，648—649；其批准，480，487—490；论宗教，488；论奴隶制，496—497，508；其象征意义，484，490—491；其设想，466；妇女与，506

Constitutional Convention, Federal　联邦宪法大会：349，361，363，423，468，477—483，485—490，495；详情委员会，481，483；文本委员会，481，488，497；全体委员会，

481；麦迪逊论，479，483，497；莫西·华伦论，527

constitutionalism 立宪，482—483，487，492；美国的，449，451，466，470—471，481，490—491；英国的，436，449，467—468，470—471

constitutions 章程，412，429—430，439，442，453，464—468，494；与权威，464—465，468；殖民地的，471—472；与赞成，467，474，482；791 欧洲的，491；其框架，465—466，468；其作用，490；与法律，443，464，483，494；州，417，419，465—466，471—472，482—484，488—490；与印刷，457，466—467，471，494

contract, theories of 合同理论，429，433

conversion 皈依，175，247—248，277，280，285，406；加尔文论，I87；与教堂成员，208，214—215，256；关于其的争论，195—196，279，400；其数量的削减，213；爱德华兹论，284，296—297，301—304；与沉思，228；其形态学，201—202，256；其叙述，205—208，210—211，291，421—422；美国土著的，191—192，197，223，265，269；对其的准备，187，209；在清教徒主义中，206，392；在信仰复兴运动中，284，294，397，400；奴隶的，273，519—520；泰勒论，245，247，262；与象征学，291

Cook, Ebenezer 埃比尼泽·库克，326；《烟草事实》，310

Coombe, Thomas 托马斯·库姆博，339

Cooper, James Fenimore 詹姆斯·费尼摩尔·库珀，8，550，573，580，615，617，628，645，665，676—693；与美国文学，677，679；与商业化进程，676，682，685；其先驱，642—643；与上流社会，676，682—683；在国际背景中，556；与欧文，660—661，668，676，678—679，686，688；其文学主题与风格，678，682，685—686；其声望，541，641，677，681，690；其印第安人的代表，40，138，166

Cooper, James Fenimore works 詹姆斯·费尼摩尔·库珀作品：《美国民主党人》，683；《美国故事》，678，684；《火山口》，693；《海军的历史》，683；《最后一个莫希干人》，166，5 10；《皮袜子故事集》，39，651，679，684—685，687，690—693；《拓荒者》，676，681，684—692；《大草原》，166；《戒备》，677—679；《间谍》，575，582，584，640，642，660，676，678—685，688；《15个故事》，684

Cooper, Thomas 托马斯·库珀，420，589

Cooper, William (Reverend) 威廉·库珀（牧师），327

Cooper, William 威廉·库珀（1754—1809），677，687

Cooperstown (New York) 库珀斯敦（纽约），677，681，687

Copernicus 哥白尼，456

Copley, John Singleton 约翰·辛格尔顿·考普里，690

copyright 著作权，581—583，596，627；《1790年法案》，547；与匿名，546；与书商，547，552，554；康涅狄格，547，601；与戏剧，552，582—583；与英国作品，547，625—626；欧洲，626；欧文与，664，669，673；与杂志，559—660；现代的，623，628；与小说，625，628；与印刷文化，546，552；与出版商，664；对其的侵犯，

626，628

Corey，Giles 贾尔斯·科里，180

Corey，Martha 玛莎·科里，180

Cornplanter，Chief（Kiontwogky） 康普兰特酋长（又名奇昂沃歌奇），511，515

Cornwallis，Charles 查尔斯·康沃利斯，593

corruption：American fears of 美国人对腐败的恐惧，429—430，455，535；英国的，193，213，394—395，398，443，455，562；欧洲的，189，399，434—435，455；其女性化，204，527；世代的，222；清教徒论，187，194，218，222，262，266；作为宗教主题，185—187，216，238，250，383，396，447，535；作为世俗主题，413，418，459，578

Cortes，Hernan 荷南·科尔特斯，45，69；与阿兹特克人，31，49，51—53，57—58；与拉·马林奇，44，71—72

Cosby，William 威廉·科斯比，324—325

cosmography 宇宙学，21—22，25—26，239

Cotton，John 约翰·科顿，76，189，195，209，211，271；其说教，231；与安妮·哈钦森，196—197，200，206；与胡克，201—202；论想象，228；与罗杰·威廉姆斯，197—200；

Cotton，John：works 约翰·科顿作品：《血腥的教义》，198—199；《教会的复活》，200；《上帝对子民的承诺》，199，204；《海湾圣歌》前言，227；《倾倒七个金碗》，200；《新英格兰基督教教会的模式》，200；《生活之路》，200

Cotton，Seaborn 西伯恩·科顿，227

cotton gin 轧花机，497

Council of Constance 康斯坦斯委员会，185

Council of New England 新英格兰议会，87

Country Party literature，English 英国乡村党文学，324

"country" rhetoric "国家"语言，430，432；同时参考 反对，反对主义（opposition，oppositionalism）

Court of Chancery（London） 大法官法庭（伦敦），257

covenant，Puritan 清教徒契约，210，223，234，259，262，406—407；恩赐，206；作为国家理想，406，415，424，481；其更新，222，257；其神学，392；其作品，195

Cowell，Pattie 派蒂·科维尔，340

Cowpens，Battle of（South Carolina） 考彭斯战斗（南卡罗来纳），426

Cowper，William 威廉·考博，570

Coxe，Abigail Streete 阿比盖尔·斯特里特·考克斯，319，339

Cram，Joseph 约瑟夫·卡拉姆，514

Crane，Hart 哈特·莱恩，542

Crane Pond（Massachusetts） 克兰池塘（马萨诸塞），269

索引

Crashaw, Richard 理查德·克莱肖, 247

creativity 创造力, 364—365, 387, 390, 438, 478; 模棱两可与, 480; 与启蒙运动, 371, 496; 其英国源头, 381; 与被排斥的团体, 510—511, 518; 与个性, 546, 625, 668; 在公共文献文学中, 350, 473, 475, 486, 489, 495; 与小册子传统, 465; 在宗教写作中, 229, 305, 412; 与浪漫主义, 581

Creeks 克里克人, 131, 137, 513

Michel Guillaume Jean de (J. Hector St. John de Crevecoeur) 迈克尔·纪尧姆·简·德·克雷夫科尔 (J·赫克托·圣约翰·德·克雷夫科尔): 论美国, 142—144; 论美国革命, 149;《一名边疆拓荒者的郁闷和沮丧》, 142, 145; 论扩张, 149; 与杰斐逊, 142—143;《一个美国农民的来信》, 98, 132, 140—148, 392, 498, 553; 其文学风格, 140—141, 145; 论美国土著, 142, 144—145, 147—148, 154; 其政治哲学, 140; 论奴隶制, 145—147

crisis 危机, 7, 386—387, 411, 500; 其艺术表现, 329; 牧师在其中的角色, 409, 416, 470; 启蒙运动的观点, 384; 与哀叹史, 262—263; 与政治文献文学, 495; 新英格兰, 235; 与宣传小册子, 436, 465, 470; 革命前, 396, 430; 与信仰复苏运动, 396—399

criticism, social 社会批评, 550, 563—569

Croesus (Lydian King) 克里萨斯 (里底亚国王), 427

Cromwell, Betty 贝蒂·克伦威尔, 314—315

Cromwell, Oliver 奥利弗·克伦威尔, 279, 428

Crusades 十字军东侵, 21, 47, 215

cultivation 耕耘, 16, 67—68, 165, 331, 503; 商业的, 530; 克雷夫科尔论, 140, 143, 146—148; 堕落论者, 109, 117—118, 124; 对其不同的观点, 61—62, 98, 109, 128, 139—140, 148; 与劳动, 332; 与自然, 61—62, 64—65, 68, 85, 128, 109, 116—117, 119, 122—123, 127—128, 138—139

Cumberland, Richard 理查德·坎伯兰德:《西印度人》, 342

Cutler, Timothy 蒂莫西·科特勒, 400

D

d'Ailly, Pierre 皮埃尔·戴利:《世界的形象》, 26

Dana, Richard Henry 理查德·亨利·达纳, 613, 615

Danbury Baptist Association 丹伯里浸信会协会, 419

Dane, Nathan 内森·丹, 492

Danforth, John 约翰·丹佛斯, 252

Danforth, Samuel 塞缪尔·丹佛斯:《对新英格兰的荒野使命的简单认识》, 259—261

Dante Alighieri 但丁:《神曲》, 248, 291

Dare, Virginia 弗吉尼亚·戴尔, 30

Dartmouth College 达特茅斯学院，403

Dartmouth College v. Woodward "达特茅斯学院诉伍德沃德"案，494

Darwin, Charles 查尔斯·达尔文，114

Davenport, James 詹姆斯·达文波特，298

Davies, Samuel 塞缪尔·戴维斯，396，399；《论乔治二世国王之死》，409—410，412，537；《弗吉尼亚的宗教状况》，397

Davis, Rebecca Harding 丽贝卡·哈丁·戴维斯：《铁磨坊的生活》，263

de Bry, Theodor 希尔多·德布莱，66；《美国》，59；其版画，66—67

Declaration of Independence 《独立宣言》，350，439，471—476，478，495，543，594—595，600，617；其文化作用，157，371，475—476；其象征，473—475；其语言风格，121，351，364，472—473，476，498；自然，123；议会对其反应，475；其来源，472—475；其语气，580

declarations 宣言：关于社区的，3；其法律形式，474—475；州的，472，489

Deerfield (Massachusetts) 迪尔菲尔德（马萨诸塞），253

Defoe, Daniel 丹尼尔·笛福，574；《论设计》316；《摩尔·弗兰德斯》，291

degenerationists, degeneracy thesis 退化主义者，退化论点，145；论耕作，109，117—118，124；与不成熟，119—121；其提出的修正，119；论美国价值，109

deism 自然神论，290，293，296，601

Delaware (colony/state) 特拉华（殖民地/州），362，473，489；其宪章，419

Delaware (tribe) 特拉华（部落），164，316—317，514

DeLillo, Don 邓·迪利洛：《白色噪音》，628

demagogues 煽动政治家，557，577，579，585—586，648；与口头文学，648—649；民主，2，425，464，466—467，522，537，567，585，639，663，666；作者，662；克雷夫科尔论，143—144；与排除，461—462，552；与虚构文学，691；与上流社会，563；杰克逊派的，620；与杰斐逊，617，619；与文学，564—565，603；此方面的杂志，569，571；与市场，600，603，667；与小说，620；其兴起，556，589，602；与宗教，286—287，402—403，552；与共和主义，599；与奴隶制，497，508；扬基在，584，666—667

Democratic Party 民主党，617

Demosthenes 德摩斯梯尼，43

Dennie, Abigail Colman 阿比盖尔·科尔曼·丹尼，参科尔曼·阿比盖尔·丹尼，约瑟夫（Dennie, Joseph），638，662；与作者身份，558，560；其事业，567—571；与欧文，571—572，668；与期刊，568；

Dennie, Joseph: works 约瑟夫·丹尼作品：《杂烩》，569；《从科隆到斯旁迪的商店》，550，568；《世俗的布道者》，559，568；《坚果》，559；《卷宗》，561，567，570—571；《农夫博物馆的精神》，553；

Dennis, John 约翰·丹尼斯，311

索引

de Pauw, Cornelius 德保, 柯尼利厄斯, 119; 论美国, 117—118, 121; 《哲学调查》, 117—118

Derby (England) 德比(英格兰), 199

Detroit (Michigan) 底特律(密歇根), 514

diaries 日记, 462, 531; 与探险, 14—21, 31, 36, 43; 清教徒, 189, 205—206, 208—212, 215, 217, 234, 236, 243, 268, 272, 275

Diaz del Castillo, Bernal 贝尔纳尔·迪亚斯·德尔·卡斯提罗, 49, 52, 71;《发现与征服墨西哥》, 45—47, 51

Dickinson, Emily 艾米莉·狄金森, 592, 602, 619

Dickinson, John 约翰·狄金森, 429, 476, 458;《宾州农夫信简》, 338, 362, 443—449, 553; 其文学风格, 445—447

didacticism, literary 文学说教主义, 189, 243, 541, 557, 662, 666, 669, 672, 684; 与美学, 593, 677; 在戏剧中, 577, 578, 586; 在历史中, 219; 在小说中, 544, 547, 624, 630—633, 637, 639, 641, 644—646, 658; 在诗歌中, 231, 251, 253, 549, 591—593, 598, 609—610, 612; 其讲演术, 646; 在布道中, 549, 578, 646; 从其的转换, 241, 289

Diderot, Denis 丹尼斯·狄德罗, 115

difference, cultural 文化差异, 50, 192—193, 270, 443; 在艺术上, 67; 作为历史产物, 77—78; 与美国土著, 42, 45, 266—268, 511, 514—515

discovery 发现, 27, 38; 其意义, 18, 192; 其文学, 6, 19—20, 115, 640

Dismal Swamp (Virginia/North Carolina) 迪斯黑尔沼泽(弗吉尼亚/北卡罗来纳), 106—107

dissent 异议, 468; 殖民地的, 354, 391—392; 在英格兰, 280, 391; 与自由, 354; 其语言风格, 390, 392; 其排斥, 364; 宗教的, 197, 221, 256, 390—393, 405

Dixon, John 约翰·迪克逊, 334

domestic novels, domesticity 本土小说, 家庭生活, 526, 557, 589; 与个人主义, 567; 与劳动, 621; 其普及, 658; 与宗教, 557; 与共和主义, 542, 557; 与奴隶制, 557; 妇女与, 236, 240—241, 529, 535, 607—608, 621; 同时参考情感主义, 情感(sentimentalism, sentimentality)

Dominicans 多美尼加人, 48

Donne, John 约翰·多恩, 96, 189, 247, 252

(Doublehead)(Chuquacuttague) 双头, 513

Douglass, Frederick 弗雷德里克·道格拉斯:《道格拉斯·弗雷德里克的生平》, 263

Drake, Francis 弗朗西斯·德雷克, 21

drama 戏剧, 8, 189, 295, 486, 549—550, 553, 573—590, 600, 615, 662; 与演员, 552, 576—577, 580, 583—584, 589—590; 与业余性, 583; 战前的, 590; 其观众, 575—576, 578, 586, 621; 与纯文学对话, 312; 其审查制度, 557, 576—577; 作为

765

索 引

公众形式，545，555，573，575—576，578—581，584，586，588；其协作，554，582—583；其竞争，583；与著作权，552，582—583；其辩护，341—342；与说教主义，577—578，586；英国对其的影响，547，552，573，575—577，579—582，584—585，588，590；欧洲对其的影响，573，580—581，584；与虚构文学，573—578，581，627，646；与历史，664；其历史，578，583；在杂志上，560；在纽约，292，581，583，585，589，662；南、北方对其的观点，575；与小说，9，573，626—627，657；对其的反对，189，226，323，341—342，577，662；与演讲术，574，578，583，589—590，621；爱国主义的，548，574，578—580，585—587；其演出传统，576；与诗歌，581，591—592，597；与政治，364，576，579，589—590；与职业化，573，578，582，615；清教徒对其的观点，577；共和主义的，573，584，588—589，638；王朝复辟，577；其对革命的描写，578—579，584，588；其中的暴乱，576—577；其讽刺文学，545，578—579，583—585；其主题，545，579—581，585—586；与华盛顿，574—576，578，587—588；其西方传统，573；其辉格伤感主义，578—580

Drury Lane（London） 特鲁里街（伦敦），573

Dryden, John 约翰·德莱顿，591

Duane, James 詹姆斯·杜南，515

du Bartas, Guillaume 纪尧姆·杜巴特斯：《神圣的星期和工作》，236

Dublin（Ireland） 都柏林（爱尔兰），209

Dubois, W. E. B. 杜波依斯：《自传》，223

Duche, Jacob 雅各布·杜克，317，336

Dudley, Joseph 约瑟夫·达德利，275，281—282，288

Dudley, Thomas 托马斯·达德利，236—237

Dudley family 达德利家族，236—237，240；同时参考安妮·布拉兹特里特（Bradstreet,）Anne

Dummer, Jeremiah 耶利米·杜默：《新英格兰宪章辩》，426—427，429，432，448

Dunlap, William 威廉·邓禄普，550，553，589；《安德烈》，545，549，574，576，579，581，584，587—588；《父亲》，582；《方顿威尔修道院》，582；《哥伦比亚的荣耀》，579，588；《美国戏剧史》，578，583；《谦虚的士兵》，583

Dunster, Henry 亨利·邓斯特，228

Duval, Alexandre 亚历山大·杜威尔，581

Duyckinck, Evert 艾维特·戴肯克，606

Dwight, Theodore, Jr. 西奥多·小德怀特，289

Dwight, Timothy 蒂莫西·德怀特，282，549，598；与培养，127—128；与浪漫主义，613；

Dwight, Timothy: 蒂莫西·德怀特作品：《哥伦比亚》，595；《征服迦南》，596；《格林菲尔德山丘》，548，593，597，599；《旅行》，126—129

Dyer, John 约翰·戴尔：《羊毛》，332

E

East Anglia（England） 东英格兰（英格兰），255

East Windsor（Connecticut） 东温莎（康涅狄格），296，300

Easty, Mary 玛丽·伊斯提，173

economy, economics 经济，经济学，111—112，192，329，370，382，447，491，500—501，653；耕地的，543；与农业，649；作者身份的，668；论其的书籍，625；其变化，6，382，446，556，589，613，634—636，685，690；与教堂成员，201—202；牧师与，391；殖民地的，91，97，446—447；其交换，330；其扩张，620，629，690；富兰克林论，651；自由市场，601；家庭的，556，621；与意识形态，543；个人主义的，555，634；杰克逊思想的，556，571，685；其劳动制度，370；自由主义，9，612—613，634；其流动性，636，685；与小说，342，634—636；与清教徒主义，202，222，255，265；其衰退，396，446—448；与宗教，285—287；与奴隶制度，504—505；与贸易，190，192，202，613；与巫术，171，173；妇女与，237，530—531；同时参考经济价值（value, economic）

Eden, Richard 理查德·伊顿，25

Edes, Benjamin 本杰明·伊兹，355，357—359

Edinburgh（Scotland） 爱丁堡（苏格兰），206；大学，321

education 教育，230，403，446—447，499—500，503；与纯文学，335—336；其名著，94，598，602，637；牧师的，292，400；学院毕业典礼诗歌，591；与启蒙运动，368，378，382—384，502；欧洲的，455；杰斐逊论，375，455；公共的，492，499—500；讽刺文学的，637；奴隶的，273，521；其价值标准，557；与财富，282—283；妇女的，236，239，253，528—530，550，553，562，567，598，608—609

Edwards, Esther Stoddard 埃丝特·斯托达德·爱德华兹，296

Edwards, Jonathan 乔纳森·爱德华兹，126，278，282，288，545；其美学理论，303—306；与加尔文主义，303—306；与昌西，293—294，296，400—401；论教堂成员，299；论优雅，301，303，305；与大觉醒，284，287—289，297—299；其影响，296，300，304；其文学风格，297—299，302—303，306，523；其传教作品，80，300；对其的反对，299—300；与复兴，284，297—298，303—304

Edwards, Jonathan 乔纳森·爱德华兹作品：《论原子》，300；《世界之美》，306；《论存在》，300；《神圣的超自然之光》，302；《忠诚叙述》，284，304；《告别布道》，299；《论意志自由》，300；《对邪恶者将来的惩罚》，299；《在救赎中得到荣耀》，297，302；《论原罪》，304；《救赎史》，304；《谦恭的努力》，398；《神物的影像》，304；《论昆虫》，300；《杂集》，306；《自然哲学》，300；《思想的笔记》，300；《自传》，301—303；《论彩虹》，300；《愤怒的上帝手中的罪人》，297，299，396；《新英格兰宗教复兴的思考》，294，304，397—398，400—401；《论宗教情感》299，304；《两篇论文》，304

索 引

Edwards, Jonathan, Jr. 小乔纳森·爱德华兹：《对穆赫干尼印第安人语言的观察研究》，81—82

Edwards, Pierrepont 皮埃尔·爱德华兹, 545

Edwards, Sarah Pierrepont 莎拉·皮埃尔·爱德华兹, 296, 300, 302

Edwards, Timothy 蒂莫西·爱德华兹, 296

El Dorado 埃尔多拉多, 31, 33, 112—113

elect, election (religious) 选举, 推选（宗教的），201, 203, 213, 245, 247—250, 295; 加尔文论, 187; 与世代争论, 256—257

election (political) 选举（政治的），258; 其腐败, 578; 其歌曲, 325

election days 选举日, 406—407, 421; 其改变的仪式, 411—417; 其布道, 181, 205, 222, 257—259, 261, 285, 407, 409—418, 425, 464, 504

elegies 挽歌, 319, 605, 613; 纯文学中的, 319, 324, 328—329; 其规则, 234—235; 作为特殊场合的诗歌, 593; 清教徒的, 227, 233—235, 275; 为华盛顿的, 593; 妇女的, 234, 241, 253

Eliot, Jared 杰莱德·艾略特:《田间农耕随笔》, 125

Eliot, John 约翰·艾略特 (160—190), 79, 277; 作为传教士, 191, 259;

Eliot, John 约翰·艾略特作品:《印第安语法入门》, 76; 《印第安初级读本》, 76; 《马萨诸塞印第安语入门与问答》, 76

Eliot, John, Reverend 约翰·艾略特牧师, 563

elite 精英, 399, 420, 463, 570, 585, 601—602; 与公共人文主义意识形态, 638; 与牧师, 415, 419—420, 441; 其社团, 692; 与教育, 403; 其语言, 350, 367, 422; 与新古典主义, 592; 与口头文化, 648; 期刊与, 569; 与诗歌, 602; 政治的, 419, 421; 与印刷文化, 458; 革命的, 476, 481

Elizabeth I (queen of England) 伊丽莎白一世（英格兰女王），21, 23—24, 59, 185—186, 240—241

Elizabethan culture 伊丽莎白一世时代的文化, 86, 91—93

Elizabeth Town (New Jersey) 伊丽莎白镇（新泽西），3 I9

Elliott, Emory 埃默里·艾略特, 6, 7

Ellis, Robert 罗伯特·埃利斯, 342

Emerson, Ralph Waldo 拉尔夫·沃尔多·爱默生, 282, 304—305, 541, 551, 563, 681; 论美国文学, 565; 与文学标准, 555; 论自然, 168

Emerson, William 威廉·爱默生, 563

Emmanuel College (England) 以马利学院（英格兰），199, 201, 206

empire 帝国, 31, 96, 120, 507; 古代的, 24, 384; 阿兹特克人的, 49; 英国的, 18, 22, 69, 73, 94, 111, 167, 330, 342, 387, 391, 429, 449, 452, 475; 其建立, 20, 54, 57, 59, 60, 73, 111; 基督教的, 20, 168; 欧洲的, 24, 56, 91, 109, 466; 法律的, 464; 文学的, 21—23, 36, 56; 现代的, 74; 与国家地位, 47; 与自

然，116；其公文，33—36；其发展，595；其表现，338；罗马的，73，121，384；西班牙的，18—19，47，71；与贸易，330—331；美国作为，387

empiricism 经验主义，36；英国的，381，491；与启蒙运动，381，419；与探险，29；与实在性，544

Endecott, John 约翰·恩迪科特，94，202，231

England, English 英格兰，英国的，21—22，36，68，74，93，99，139，141，206，208，219，238，263，271，284，291，310，318—319，334，405，519，564；演员，576；美国作者与，571，604—605，611，669—670，673，677；与美国著作权，547，625—626；与美国写作，443，449，451，475，552，558，570，575—576，579—582，584，588，668；美国人对其的观点，413—414，416，665；其古代历史，67，78—79，94—95；贵族，555，601；军队，142，410，412，426，530，533—534，577；其作者身份，552—553，568，601；其《权利法案》，474；布拉德福论，90；伯德论，103，105—106；其囚禁叙述 49—50；与教堂成员，201；其文明，55；其内战，186，191，200，203，226，228，239，354，390；其阶层结构，96，102；其气候，123；其俱乐部文化，309，339；其殖民政策，210，268，280，353，407，411，427—428，430，433，439，442—443，446—447，449—451；殖民地关系，239，280，350，356，360，394，411，439，450，460，505，516—517，524，574，577，596，682；其殖民化，38—39，53，62—63，71—73，75—77，83，94，97，106，119，121，123，125，132，145，150，193—194，218，222；习惯法，429，472，474—475；与美国比较，61—62，167；立宪，436，467，470—471；作为腐败，193，213，325，394—395，398，455，562；与退化理论，118；反对者，184—186，189，198，203，279—280，288；戏剧，575，577，579—580，584，590；其经济，192；从其的移民，75—76，184，190—191，212，259—260；帝国，18，22，669，73，94，111，342，387，391，429，449，452，475，595；经验主义的思想，491；启蒙运动，381—382，401；主教制度，405；与欧洲，114，337；探险，5n，20—24，65—66，150；其民间传说，164；与法国殖民者，131；其光荣革命，401，442，445，450—451，474；其政府，189—190，203；哈里奥特论，64—65；其异教，187；下议院，474；劳动，370；与法律，428，438，440，442，444，451，453，470—471，506；其在美国的文学影响，269，285，358，381—382，428—430，500，533，541，547，556，581，596—597，611，613，617，625，651，670，677—578；在文学方面，318，330，333，545，552，562，574，576，579，584，585，587，598，607，609，656，660，669，679—681；其文学，55，160—161，189，232，247，252，334，547，566；（殖民地）对其的忠诚，102，141，341，354—355，383，410—412，437—439，445，449，452，459，579；君主政体，185—186，189，210，222，240—241，255，258，264，276，285，309，323—324，351，354，362，409，411—412，428，442，450—452，457，459，463，471—475，478，537，585，596，672；与美国土著，38—39，44，47—48，53—57，63，69—72，76—83，87—92，100—102，136—137，164，191—193，197，

199—200，222—223，229—232，235—236，267，504，514，533；自然主义者，132；与新英格兰，193，203，218，239，255，264，276，432，449；与新世界，25，45，59，62，64—66，68—69，72—73，75，77，85—87，89，120；诺曼底人对其的征服，453；其政党制度，322；权力请愿书，474；诗歌，311，333，570，591—592，617—618；政治剧变，121，131，204，239；流行小说，626；对其的抗议，348，371，415，430，461，580，585，617，637；清教徒，186—187，189，191，199—200，203，226—228，255，354，390；读者，218，231，331—332；与宗教，47，186—187，226，245，276，283，298，391，394；王朝复辟，186，245，247，252，255；收入法案，607；其革命传统，348，358，390—391，429—431，440；与权力，382，442；在洛诺克岛，30，59；浪漫主义，592；其统治，412，427，457，459，462—463，477；在"七年战争"中，337；与奴隶制，34—36；与西班牙殖民者，18—19，62—63，71—74；其领土主张，29，36，131；与转化理论，595；托利党人，356，431，440，461，467，552，579，598；与贸易，22—24，91—92，97，330；在弗吉尼亚，30，67—68；与其的战争，610，681；与辉格党，442，475，585；罗杰·威廉姆斯论，78—79，81—82；妇女，197，236—237，337，339，506；同时参考伦敦，英国议会London；（Parliament，British）

English，Mary 玛丽·英格丽思，253

English Lords of Trade and Plantations 英国贸易和移民大臣，29

English Society for the Propagation of the Gospel 英国福音传播协会，393

Enlightenment 启蒙运动，5，9，120，161，425，513；美国的，6，347—348，367，368—389，423—424，434，472，480—481，492，496—537；与信仰，379—382；与加尔文主义，284，296；在学院，403；其保守主义，380，496，500—501；与创造力，371，496；其文化，113；与退化论点，119；其辩证法，370—371，375—377；与爱德华兹，304，306；在英格兰，381—382，401；在欧洲，277—278，368—371，374，379—382，384，434；与排斥，529；其历史重心，368—369，371—372，375，380—382，386—388，419；其理想，113，377—379，434，446；其意识形态，392，400，472，515；其工具主义，501，521；杰斐逊与，423；康德的象征主义，502—503；其知识，432—433，500，529，534；与法律，382，401；与文学，371—372，374—377，382—383，387，405，499—500，544；与自然，368，422，503；其原则，368，506，508—509，528；其印刷文化，544；与进步，368—389，371，500，528；与财产，501—503，509—510，521；与普罗维登斯，422；其激进主义，380，395，499—600，509，534；与理性，370，376—377，422，503，508，525，534；与宗教，351，388—389，392，395，405—406，418—420，456，500，524；与革命，8，544；其讨论，420—421；与权力，502，509；科学，439，454，544；在苏格兰，380，382，472；世俗的，351，378，382，388，392，395，481；与奴隶制，118，505，516；其传播，351，432，450；与妇女，529

environment 环境，124，687—688

索引

epics 史诗, 23, 335, 601—602, 612; 美国的, 337, 542, 595—597; 其方法, 648; 希腊的, 20; 荷马与, 564; 与文学框架, 334; 弥尔顿与, 591; 嘲弄, 235, 289, 552, 597; 其本性, 117; 与小说, 544; 爱国主义的, 545, 596, 598; 作为公共艺术, 546; 清教徒的, 220, 248, 270, 275

epidemics 流行病, 396

epigrams 警句: 政治性的, 310, 319, 327; 清教徒的, 227

episcopacy, British 英国的主教制度: 对其的反对, 405

Episcopalianism, Episcopalians 主教制主义, 主教派的人, 参考英国国教教堂, 英国国教徒 (Anglican church, Anglicans)

epistolary novel 书信体小说, 624—625, 628—629, 631, 646, 658

equality 平等, 231; 美国人对其的观点, 441, 460, 462, 472, 477; 与财产, 501—502; 宗教的观点, 529; 妇女的, 403, 526

Equiano, Olaudah 奥兰达·厄奎亚诺:《厄奎亚诺之人生趣闻》, 518, 520

Erasmus Desiderius 狄赛德留斯·伊拉斯谟斯, 48

Erguiul 俄桂乌尔, 17

Erie Canal 伊利运河, 561, 673

Eskimos 爱斯基摩人, 65

essay 散文, 6, 554, 569; 科学的, 366

Essex (England) 艾塞克斯(英格兰), 203

Essex Gazette 《艾塞克斯公报》, 410

Essex Journal and Merrimack Packet 《埃塞克斯日报和梅里马克报》, 518

ethnicity 种族划分, 5; 现今对其的研究, 1; 其成见, 232—233

ethnography 人种学, 6, 38, 45, 66, 80; 其诠释, 41; 与美国土著, 6, 41, 42

Europe, Europeans 欧洲, 欧洲人, 21, 26—27, 49, 72, 85, 150, 274, 276, 392, 688; 与美学价值, 681; 与美国对比, 65, 76—77, 91, 109—110, 114—115, 117—124, 128—129, 145, 163—164, 167, 594; 与美国文学, 681, 691; 美国的观点, 87, 91, 189, 380, 383, 399, 434—435, 449, 454—455, 461; 其贵族, 76; 其买书的人, 67; 其文明, 45, 75, 87, 118, 137—138, 144; 其阶层结构, 143; 与殖民化, 13—14, 48—49, 53, 68, 71, 109—113, 120—121, 123, 161, 166—167, 194, 233; 与章程, 491; 与著作权, 626; 克莱夫古尔夫论, 141—145, 147; 与十字军东侵, 47; 其文化价值, 40—43, 49, 51, 78—79, 113, 174, 280; 退化学说, 109, 118—121; 戏剧, 581; 其帝国, 24, 47, 56, 120—121, 466; 启蒙运动, 277—278, 368—371, 374, 381—382, 384, 388—389, 503; 其扩张, 25, 150; 其民间传说, 669; 其文学影响, 221, 280, 380—381, 547, 581, 669—670; 其文学, 20, 130—131, 163—164, 167; 与传教工作, 37; 其君主政体, 451, 457; 与美国土著, 37—40, 44—48, 51, 53—54, 67, 71, 76—77, 81—82, 98—101, 135—138, 144—145, 167, 184, 191—192, 267, 666; 与新世界探险, 6, 15—19, 24—25, 27, 29, 37—

771

38，46，98—125，165；其期刊，559；在诗歌领域，600；其浪漫主义，130，135—138；科学，114；与贸易，17—18，191；对美国的观点，61，67，128，130—131，184，286；巫术，174

Eutaw Springs, Battle of (South Carolina) 尤陶温泉战斗（南卡罗来纳），593

evangelism 福音主义，282，284，391，395，420；其意识形态基础，402—403；其语言，414—415；与"新光"，326；与口头文化，648；西班牙的，47—48

Evans, Nathaniel 纳撒尼尔·埃文斯，317，336，339

Everyman 埃佛里曼，291

evolution 进化，120

Ewing, John 约翰·埃维，341

exclusion 排斥，3，461—462，496；其类别，506，508，525；来自教堂成员的，256；与启蒙运动，502—503，529；其比喻，515；与财产，505；来自公共领域，525，533；共和主义的，497—499；对其的回应，509—511，518

exotic, exoticism 外来的，异国情调，15—18，33，135—136，232，673

expansion 扩张，25—26，101，112，168，256；其定义，156；经济的，566，620，629，634，690；与探险，138；王室的，6，19，150；其语言，6，194—195，202；与美国土著，131，150，514；奴隶制的，493；其西进运动，29，68，138，149，151

exploration 探险，22—27，29，31—33，37—38，46，65，98—99，152，165，231；其年代，47，64，112；其著者的角色，16，129，156，158；与商业，150—151；向东方的，19，60；与扩张，138；作为文学追求，13—15，18—21，25，32，43，59，61，66，109，118，149—150；其物质回报，156；与美国土著，62；作为进步，384；文艺复兴，5，62；与贸易，17—18，132；与旅行，110—111，126；向西的，138，149—150

F

factionalism 派别主义，7，281，299，392，402，478

factuality 实在性，544，659，661；在非裔美国艺术中，554—555；与历史，665；在小说中，545，637，641—642，665，684；其口头与印刷形式的对立，546

Fairfax, Sally 萨利·费尔法克斯，334

Fairfield (Connecticut) 费尔菲尔德（康涅狄格），191

fame, literary 文学声望，317，337，364，366，551，573，600；戏剧家与，583；与流派，334；与杂志，561；与小说家，679；与印刷文化，328；与女性作家，567，609

farmers, farming 农夫，农耕，参考农业 agriculture

Farmer's Weekly Museum 《农夫每周博物馆》，568；"甜点"，559

Farquhar, George 乔治·法夸尔，581

Fast Days 斋戒日，261，395，406，409；其废除，424—425；其公共作用，223，285

索引

Faugeres, Margaretta V.　玛格丽特·维·佛格莱丝, 607;《散文集》, 550—551;论出版, 553

Federalism, Federalists　联邦制度, 联邦主义者, 142, 566, 586, 608, 612, 617, 660, 666;论美国文学, 564;论美国革命, 535—536;与《宪法》, 648—649;在新英格兰, 632;对其的反对, 609;与共和主义, 598;与奴隶制, 598

Federalist　联邦主义者, 349, 387, 468—469, 480, 550, 580;论煽动政治家, 648;与启蒙运动理想, 481;与党派主义, 392;其形式, 361;与形成, 484;其本性, 351;其前提, 485;奴隶制, 507—509;论财产, 653

Female Advocate　《女性代言人》, 528—529, 536

feminism　女权主义, 240, 633;朱迪思·莫里论, 566—567;罗森论, 608

feminization　女性化, 585—586;自由的, 580;文学的, 573, 587, 589, 637, 649, 677, 679;美国土著的, 38—39, 71, 114—115;其缺陷, 526—527, 533;其美德, 492, 526

Ferdinand (Spain)　佛迪南德（西班牙）, 42—43;与哥伦布, 14, 18—20, 25

Ferguson, Robert A.　罗伯特·佛格森, 6, 8

Fergusson, Elizabeth Graeme　伊丽莎白·格雷姆·佛格森, 7, 317, 338—340, 342;《爱国并富有哲学思维的农夫之梦》, 338

Ferrar, John　约翰·费拉尔:《弗吉尼亚地图》, 28—29

F. H. C. Society　F. H. C. 协会（威廉玛丽学院）(College of William and Mary), 335

fiction　虚构文学, 480, 486, 544—545, 635, 665, 689;美国作家, 165, 667—668, 671, 677, 684;与匿名, 532;在纯文学中, 314;其变化, 684;与公共人文主义, 676;与殖民地化, 162, 166;与民主化, 691;不信任, 621;与戏剧, 573—578, 581;富兰克林论, 574, 622, 636—637, 650;其边疆主题, 161—166, 639, 651, 691;与历史, 664, 667, 671, 684;杰斐逊论, 548;在杂志中, 562;与市场, 629;与民族主义, 549;与视觉艺术, 690—691;乔治·华盛顿, 680, 682—683;妇女, 621, 630—634;同时参考个人作者;小说 individual authors; novels

Fielding, Henry　亨利·菲尔丁, 625

Finley, Samuel　塞缪尔·芬利, 399;《基督的胜利》, 396—397

Fireside Poets　炉边诗人, 592

Firmin, Giles　贾尔斯·菲尔兹:《真正的基督徒》, 279

First Church (Boston)　第一教堂（波士顿）, 279, 293, 296

Fish, Joseph　约瑟夫·菲什, 402

Fitch, Elizabeth (Taylor)　伊丽莎白·菲奇（泰勒）, 245

Fitch, Thomas　托马斯·菲奇, 172

Fithian, Philip Vickers　菲利普·维克斯·菲西安, 334

Fitzgerald, E Scott　E·斯科特·菲兹杰拉德:《了不起的盖兹比》, 263

Flanders, Flemish　佛来米西·佛兰德斯, 25, 59

773

flaneur, Romantic　浪漫主义的浪荡子, 570

Florence (Italy)　佛罗伦萨（意大利）, 27, 645

Florida　佛罗里达, 33—34, 49, 103, 130

Fontaine, John　约翰·方顿:《日志》, 80

Ford's Theater (Washington)　福特剧院（华盛顿）, 590

Forrest, Edwin　爱德温·佛雷斯特, 583—584

Fort McHenry (Baltimore)　麦克亨利堡（巴尔的摩）, 572—574, 549—550, 668

Foster, Hannah　汉娜·福斯特, 635; 与匿名, 627;《寄宿学校》, 550, 630;《卖弄风情的女人》, 532, 544—545; 586, 625, 630, 631—634

founding, founders　创立, 创立者, 7—8, 24, 132, 360—362, 366—367, 470; 与圣徒战, 365, 534—535; 其神话, 94—95

Fourth of July　七月四日, 263, 591

Foxcroft, Thomas　托马斯·福克斯科洛夫特, 293, 295

Foxe, John　约翰·福克斯:《殉道者之书》, 185, 215

framing, psychology of　心理学的形成, 465—466, 468, 471, 484—485, 489, 494; 与《宪法》, 490; 其语言, 481, 488

Framlingham (England)　弗拉姆灵哈姆（英格兰）, 259

Frampton, John　约翰·富兰普顿, 120

France, French　法国, 法国人, 47, 74, 111, 142, 185, 185, 235, 287, 579, 601, 617—618; 在美国小说中, 630; 与纯文学, 309, 339; 与殖民地独立, 122; 殖民化, 24; 与其他殖民者的冲突, 131; 其发现文本, 115; 与启蒙运动, 380—381, 388; 其探险者, 5n, 33, 184; 杰斐逊对其的同情, 660; 其文学影响, 236, 334, 357, 573, 581, 584; 与路易斯安那购买, 150; 其牧师们, 79; 与美国土著, 45—50, 105, 129, 150—151, 161, 184; 其新世界文本, 21, 59; 其改革者, 201; 与美国, 122, 167; 同时参考巴黎; 法国革命 Paris; Revolution, French

Franciscans　方济各会教徒, 44, 51

Franklin, Benjamin　本杰明·富兰克林, 144, 274, 283, 285, 293, 313, 328, 336, 338, 367, 376, 379, 395, 429—430, 451, 551, 570; 与约翰·亚当斯, 354, 363; 论非裔美国人, 515; 与美国革命, 348—349, 352; 与作者身份, 350; 其所推荐的《圣经》, 423; 与宪法大会, 479—480, 485, 495; 与《独立宣言》, 355, 360—365; 论自然神论, 290, 296; 论经济事务, 651; 欧洲对其的影响, 381; 论狂热, 420; 对其的模仿, 568; 其对小说的影响, 574, 622, 636—637, 650, 652, 659—660; 其知识分子圈, 125; 与政治集团, 310, 316; 其文学风格, 362—363, 365, 422—423; 其文学称赞, 610, 644; 论美国土著, 515; 论托马斯·潘恩, 456; 作为资助人, 601; 与期刊, 337; 论普罗维登斯, 423; 其笔名, 312—314, 362, 622; 论权力, 380; 作为靠自力更生成功的人, 72, 277, 382, 574, 622, 636, 652; 论技术, 369—370; 与惠特利, 605

索引

Franklin, Benjamin 本杰明·富兰克林作品:《未婚男士警告》, 312;《自传》, 277, 351, 362, 365, 421—422, 503, 574, 592, 622, 644,《普鲁士国王的法令》, 376;《蜉蝣》, 376;《移民美国者指南》, 366;《美国的国内状况》, 374;《关于人类的增长》, 366, 515;《左手的请愿书》, 376;《英国国教祈祷书序言》, 422—423;《一个伟大帝国变小的规则》376;《销售粗麻布》, 376;《通往财富之路》, 362

Franklin, James 詹姆斯·富兰克林, 274, 312—313

Franklin, William Temple 威廉·坦普尔·富兰克林, 338

Franks, Moses 摩西·弗兰克斯, 319

Franks, Richa 瑞查·富兰克斯, 319—320

Frazer, George 乔治·弗雷泽, 320

Frederick the Great (Prussia) 大弗雷德里克(普鲁士), 378

freedom 自主, 237, 305, 354, 445, 502, 546, 579, 583, 594, 609, 612; 在非裔美国人的写作中, 519—521; 与《宪法》, 488; 其定义, 448—449; 与政府, 502, 508; 与忠诚, 449; 其根本含意, 519; 宗教的, 276, 350, 403, 488, 492; 与奴隶制, 270, 505; 意志的, 300; 妇女的, 442; 同时参考自由 (liberty)

Freemasons, Freemasonry 共济会会员, 共济会纲领, 315—316, 327

French, David 大卫·弗兰奇, 316

French, Mary 玛丽·弗兰奇, 253

French and Indian Wars 法国与印第安战争, 129, 150, 293, 300, 337, 396; 其经济影响, 446; 在虚构文学中 161; 同时参考 "七年战争"

Philip 菲利普·弗瑞诺, 342—343, 555,《592—593》, 612, 617; 论美国文学, 547; 论个人主义者的顾虑, 609; 论自然, 610;

Freneau, Philip 菲利普·弗瑞诺作品:《圣克鲁斯的美丽》, 610;《英国囚船》609;《夜之屋》, 610;《印第安墓地》, 611;《颂歌》, 609;《美国升起的荣耀》, 550, 596;《政治的连祷文》, 609;《致一位作家》, 610;《致新英格兰诗人》, 611;《纪念英雄的美国人》, 610;《野忍冬花》, 610

Friendly Clubs 友好俱乐部, 161, 321, 343, 550, 561

Frobisher, Martin 马丁·弗罗比舍, 65

frontier 边疆, 129, 142, 145, 148—149, 306, 507; 与文化差异, 267; 在虚构文学中, 161, 639, 691; 政府的规定, 515; 其艰辛, 234; 传教工作, 300; 与美国土著, 513—515; 作为象征, 372; 在视觉艺术中, 40

Frost, Mary (Colman) 玛丽·弗洛斯特(科尔曼), 288

Frost, Robert 罗伯特·弗洛斯特, 64, 138

fundamentalism, religious 宗教的福音主义运动, 282

Furro, Broteer 布罗蒂尔·弗罗:《一个非洲土著的历险记》, 518, 520—521

775

G

Gage, Thomas 托马斯·盖奇, 410, 412—414
Galileo 伽利略, 60
Gardiner, Christopher 克利斯多夫·加德纳, 95
Gardner, Abigail (Wise) 阿比盖尔·加德纳（怀斯）, 286
Gardner, Nathaniel, Jr. 纳撒尼尔·小加德纳, 326
Garrick, David 大卫·加利克, 590
Gates, Horatio 霍雷肖·盖兹, 545
Gayashuta (Kaiaghshota) 盖雅苏塔人, 513
Gay, John 约翰·盖：《乞丐的歌剧》, 579
Gazette of the United States 《美国公报》, 558
gender 性别, 1, 108, 196—197, 526, 549；与反律法主义, 220—221；与作者身份, 607；其圣经中的意象, 242—243；其不断改变的角色, 621, 632；与公共人文主义, 649—650；在清教徒社会, 7, 184, 204, 218, 233；与种族, 232—233；与巫术审判, 173
General Magazine 《综合杂志》, 329, 336
Geneva (Switzerland) 日内瓦（瑞士）, 577
gentility 上流社会, 510, 568；与匿名, 486, 556, 677；作者与其的关系, 603, 640, 663；库珀与, 676, 682—683；与民主, 563；与历史, 665；与文学理想, 3, 361, 486—487, 527, 552—553, 627, 674；在文学中, 553, 579, 692；与市场, 563, 670；与期刊文化, 558, 561
Gentleman's Magazine 《绅士杂志》, 367, 500, 559
geography 地理, 26, 32, 46, 129, 166, 351, 484, 491；书籍, 551；其发展, 21, 155—157；与地图制作, 26
George II (king of England) 乔治二世（英格兰国王）, 409—410, 412, 537
George III (king of England) 乔治三世（英格兰国王）, 285, 354, 362, 409, 411, 428, 452—453；在文学中, 450, 596, 672
George, Lydia Lee (Mather) 莉迪亚·李·乔治（马瑟）, 272
Georgia 佐治亚, 334, 484；其宪章, 419；劳动, 331；在文学中, 117, 130, 331, 635；定居, 330
georgics 田园诗, 329, 332
Germany, Germans 德国, 德国人, 24, 59；其文学影响, 581
Gerrish, Martha 玛莎·格里什, 281
Gerry, Elbridge 埃尔布里奇·格里, 480
Ghinghiz Khan 成吉思汗, 17

索引

Gibbon, Edward 爱德华·吉布:《罗马帝国的兴衰史》, 121, 384
Gibbons v. Ogden 吉本斯诉奥格登案, 494
Gibbs, Mary (Sewall) 玛丽·吉布斯(思维尔), 268
Gilded Age 镀金年代, 640
Gill, John 约翰·吉尔, 355, 357—359
Gilmore, Michael T. 迈克尔·T.吉尔摩, 6, 8—9
Gleaner 《拾穗者》, 560, 563
Glorious Revolution (England) 光荣革命(英格兰), 401, 442, 445, 450—451, 474
Godey's Lady's Book 《高帝女士杂志》, 571
Godfrey, Thomas 托马斯·戈弗雷, 317, 336—337;《帕提亚王子》, 575, 580, 341
Godwin, William 威廉·戈德温, 625
Goethe, Johann Wolfgang yon 约翰·沃尔夫贡·冯·歌德, 120—121
Goldsmith, Oliver 奥利弗·戈德史密斯:《荒村》, 117
Goodhue, Sarah 莎拉·古德休:《告别和告诫集》, 253
Gordon, Patrick 帕特里克·戈登, 326
Gordon, Thomas 托马斯·戈登:《卡托的信札》, 430;《独立的辉格党》, 430
Gorges, Ferdinando 弗迪南多·戈吉斯, 94
Gospel Order Revised 《福音书的命令的修改》, 281
gothic style 哥特风格, 289, 610;与戏剧, 582;在美国的影响, 162—163, 582, 625, 627, 650—651;欧文的, 671;刘易斯与克拉克的, 159
government 政府, 509;美国对其的定义, 350, 353, 385, 388, 457, 467, 470, 477, 507;其《权利法案》, 488—489;其分支, 464, 483;中央的, 474, 476, 586;其宪章, 491;其制约与平衡, 466;殖民地的, 119, 280, 287, 331, 427, 430, 433, 438, 451, 453;同意原则, 322, 463, 501;与章程, 412, 464—465, 494;与自由, 502, 508;内部的与外部的, 437, 439—440;其法律, 382, 483;其局限, 483, 525;地方的, 255;洛克论, 472, 501;君主的, 451;国家的, 476;与美国土著, 99—100, 504, 511—515, 533;其原则, 435—436, 464;与宗教, 174, 193, 198—199, 255, 258, 268, 286, 408;其代表, 457;共和主义的, 486, 490, 492;王朝复辟, 245;其人民的角色, 189, 441, 463, 484;职务轮换, 464;其权力分割, 464, 485;阿尔杰农·西德尼论, 369, 472, 533;州的, 349, 357, 474;对其的威胁, 196;与专治, 410;联合的, 515;在弗吉尼亚, 73, 100;与妇女, 498—499, 501;与写作, 471, 476
grace 恩赐, 201, 210, 230—231, 261—262, 266, 288;加尔文论, 187;与教堂成员, 213;其盟约, 206;爱德华兹论, 297—298, 301—305;与选举, 208;哈钦森论, 195—196;科顿·马瑟论, 272, 277;泰勒论, 245, 248—251;与作品, 187, 195—196
Grace, Robert 罗伯特·格雷斯, 310

777

 ○索　引

Graeme, Thomas 托马斯·格雷姆, 338

Graeme Park (Pennsylvania) 格雷姆公园（宾夕法尼亚）, 317—318, 338—339

Grafton (Augustus Henry Fitzroy) Duke of 格拉弗顿（奥古斯塔斯·亨利·菲兹罗伊）公爵,, 443

Graham's Magazine 《格雷厄姆杂志》, 571

Grainger, James 詹姆斯·格雷吉尔:《非洲的天才》, 333;《甘蔗》, 332—333

Grand Osage 格兰德·奥塞奇, 151

graveyard school of poetry 墓地诗派, 513, 670

Gray, Samuel 塞缪尔·格雷, 355

Great Apostasy 大叛教, 283

Great Awakening 大觉醒, 8, 278, 286, 294, 298; 其开端, 297; 其衰落, 299; 定义, 395—396; 对其的反对, 284

Great Britain 大不列颠, 参考英格兰, 英国的

Great Emperor 大皇帝, 参考波瓦坦首领 (Powhatan, Chief)

Great Lakes 大湖区, 29

Great Migration 大迁徙, 7, 190

Great Schism 大分裂, 184—185

Greece, Greeks (ancient) 希腊, 希腊人（古代）, 239, 271, 602; 其史诗, 20; 其理想的影响, 24, 66, 435, 438, 545, 564—565, 579, 584, 595, 619; 其语言, 94; 其神话, 291, 445; 同时参考古典文明与文学

Green, John 约翰·格林, 336

Green, Joseph 约瑟夫·格林, 326, 342;《失望的库珀》, 327;《冬日夜晚的娱乐》, 327;《诗人对丢失的猫的悲伤》, 327

Green Ribbon Club (England) 绿丝带俱乐部（英格兰）, 322

Greene, Nathanael 内森·纳撒尼尔, 545

Greenleaf, Stephen 斯蒂芬·格林里夫, 357

Grenville, George 乔治·格伦维尔, 443

Gridley, Jeremiah 杰瑞米尔·格里德雷, 316, 441

Gridley, Jeremy 杰里米·格里德雷, 337

Griffitts, Hannah 汉娜·格雷费兹, 318, 339

Griswold, Rufus 鲁弗斯·格里斯吾德, 615

Gronniosaw, James 詹姆斯·格罗尼斯:《詹姆斯·阿伯特生活趣闻》, 520

Grotius, Hugo 雨果·格老秀斯, 382, 433

Grub Street (London) 格拉博街（伦敦）, 312—313, 327, 342

Guarani 瓜拉尼人, 45

Guiana 圭亚那, 31—33, 73

Guinea 几内亚, 26, 65, 518; 其奴隶掠夺, 34—36

Gulf Stream 湾流，123

Gutenberg Bible 古腾堡《圣经》，3

Guy Fawkes Day 盖伊·福克斯日，356

Gypsies 吉普赛人，232

H

Habermas, Jurgen 哲根·哈波玛斯：《现代作风的哲学演讲》，368

hagiography 圣徒传记：其美国传统，365，378—379；其文化作用，382，534—537；在清教徒传记中，212，214

Haiti 海地：其奴隶起义，333

Hakluyt, Richard (cousin of Richard) 理查德·哈克鲁特（理查德的堂兄），21—22

Hakluyt, Richard 理查德·哈克鲁特（1552—1616），20—24，30，32，34，36，38，56，66；《各色航行》，20；与美国土著，63；《主要的航行》，20—23，26；其乌托邦理想，113

Hale, Nathan 内森·黑尔，578，594

Hale, Sarah 莎拉·黑尔，616

Half-Way Covenant 半路圣约，256，279；马瑟与，213—214，271

Halifax (Canada) 哈利法克斯（加拿大），318，440—441

Hall, Aaron 亚伦·霍尔，490

Hallowell (Maine) 霍罗维尔（缅因），531

Hamilton, Alexander 亚历山大·汉密尔顿（1715—1756），7，316；《古老而光荣的星期二俱乐部历史》，321—322，331；《日程》，321

Hamilton, Alexander 亚历山大·汉密尔顿（1755—1804），350，403，468—469，550，580，654，656；与《宪法》，484—486；论经济事务，653；《农夫反驳》，433；《联邦者》，349，387，507；论劳动，370；作为文学赞助人，601；其文学风格，495；《关于制造业的报告》，370，493

Hamilton, Andrew 安德鲁·汉密尔顿，324

Hammon, Jupiter 朱比特·哈蒙，524，554；《致菲利丝·惠特礼小姐》［原文如此］，606；《致纽约州的黑奴》，521—523

Hammond, George 乔治·哈蒙德，504

Hampshire (England) 汉普郡（英格兰），268

Hancock, John 约翰·汉考克，350，604

Hansford, Charles 查尔斯·汉斯福特：《祖国的价值》，331

Harrington, James 詹姆斯·哈灵顿，322，430，444

Harriot, Thomas 托马斯·哈里奥特，7，69，75，131；《真实的简报》，13，38，59—68，其二元观点，62—65；其影响，99；其文学风格，135；与文学殖民化，168；论

美国土著, 38—39, 72, 137, 154; 其新世界的憧憬, 161; 论洛诺克, 137; 其未完成的编年史, 59

Harrison, William Henry 威廉·亨利·哈里森, 513

Hart, Captain 哈特上尉, 520

Hartford (Connecticut) 哈特福德(康涅狄格), 201, 237, 550

Hartford Wits 哈特福德才子, 参考康涅狄格才子

Hart, Levi 利瓦伊·哈特, 523

Harvard College (University) 哈佛学院(大学), 227, 235, 235, 245, 259, 268, 271—272, 278, 280, 311, 326, 579, 604; 其录取, 286; 其监督委员会, 281; 布拉托街教堂, 281—282, 285; 其俱乐部, 283, 309, 335; 其毕业典礼演讲, 348; 其建立, 190; 由其委托的文学作品, 599—600, 612; 其校长, 208, 210—211, 228, 234, 274—275, 281, 293, 563

Hatfield (Massachusetts) 哈特菲尔德(马萨诸塞), 286

Hathorne, John 约翰·哈索尔, 176, 178—179

Hawkins, John 约翰·霍金斯, 33; 《到圭亚那海岸和新西班牙印度群岛的航海行程》, 34—36, 39

Hawley, Joseph 约瑟夫·霍利, 298

Hawthorne, Nathaniel 纳撒尼尔·霍桑, 139, 540, 556—557; 《七个尖角阁的房子》, 542; 与文学准则, 555; 《红字》, 541, 658; 《老生常谈的故事》, 557

Hayden, Anna 安娜·海顿, 253

Hazlitt, William 威廉·海兹利特, 669

Hebrew 希伯来人, 88

Hemingway, Ernest 欧内斯特·海明威, 648

Henry VIII (king of England) 亨利三世(英格兰国王), 185

Henry, Patrick 派特里克·亨利, 350, 393, 436—437, 457, 534, 578; 论奴隶制, 504—505, 516; 论《邮票法案》, 427—429

Herbert, George 乔治·赫伯特, 227, 247

heresy 异教, 187, 196, 273, 275, 294

Herodotus 希罗多德, 215; 《历史》, 427

Herrick, Robert 罗伯特·赫里克:《摘取你的玫瑰花》, 227

Herschel, William 威廉·赫歇尔, 375

Hill, Richard 理查德·希尔, 316

Hirst, Elizabeth (Chauncy) 伊丽莎白·赫斯特(昌西), 293

historical romance 历史浪漫, 641—642, 660, 680; 美国主题, 640; 库珀、杰斐逊在此方面的成功, 693; 其实在性, 642; 其可销售性, 678; 其伤感主义, 682

historicity 史实性, 4, 544; 小说的, 623

history, historiography 历史, 编史, 6, 132, 209, 329, 378, 428—429, 438, 551,

553，659，689；与美国，95，368，372，383，388，537；美国革命的，348，364，368，383—384，387，426，450，506，527，534—537；古代的，435—436；作者的角色，13—14，55—57；布罗克顿·布朗论，164—166，645；其编年史形式，215，217；其古典模式，427，435—436，466，545，586，595；殖民地的合法性，436；喜剧的，321—322，331；与危机，384，399；其文化作用，23，125，148，167，168，205，664—665；民主的观点，537；其说教主义，219；其在启蒙运动中的重心，368—369，371—372，375，380—382，387，419；与实在性，665；联邦主义者，535—536；在虚构文学中，138，166，640—643，664—665，667，671，680，684—685，687，692；王室的，55，114；知识分子的，348；其中的解释问题，184，205，224—225，347—349，513；欧文论，664—668；杰斐逊论，347—348，399；日志与，84，103，217；其语言风格，189，257；文学的，19，142，184，222，306，342—343，542；反对独立者，348，354，391；与千年主义者，398；与道德，83；与神话诠释，84，181，204，221—222，224—225，536—537，564；美国土著的，40—44，51，53，56，137—138，167，198，512；自然的，114；新英格兰，171，181—182，188，193，203，212，214—221，223—224，231，268—269；其私人化，643，680—681；进步的，225，368，382，500，511；及时的，197，215—216，219—223，264，276—277，299；清教徒对其的观点，7，204，215—216，221，223—225，264；宗教的，200，269，296，304，394；其还俗化，95，223—224；主观性与，640，643，660，664，676，680—681；作为成功的故事，664—665；与年轻人的主题，380—381，383，387；其学说，96，123；其象征学，188，199，212，215—216，221，223—225，229；弗尼吉亚的，53，97，99—101；在视觉艺术中，337；辉格党的观点，381—382，412，428，451，473，545；妇女的，195；与写作，4，13，19，36，41，55—57，59，84，165—166，168，350—351，474

Hitchcock, David 大卫·希契柯克，611；其事业，602—604；诗歌字典，603；《诗歌作品》，602；《社会监控》，603，604

Hitchcock, Gad 盖德·希区柯克，523；其选举布道，412—414

Hobbes, Thomas 托马斯·霍希斯，322

Hobbs, Abigail 阿比盖尔·霍布斯，172

Hobbs, Deliverance 迪丽弗伦思·霍布斯，172

Holdsworth, Edward 爱德华·霍兹沃兹：《缪斯普拉》，328

Holland 荷兰，参考荷兰（Netherlands）

Holy Roman Empire 神圣罗马帝国，47，68

Home, Archibald 阿奇博德·豪姆，7，316，318—319，339，341；《黑色笑话》，319；《致乔治·雷兹的挽歌》，319；《致弗莱维亚》，320；《世界的四个时代》，320；《一个推杆的备忘录》，319；《论两个苏格兰人之间的争论》，319；《潘多拉》，320

Home, Henry (Lord Kames) 亨利·豪姆（凯姆斯），295，472；《人类简史》，110

索 引

Home, John 约翰·霍姆, 319;《道格拉斯》, 579

Homer 荷马, 55;《伊里亚特》, 41, 595—596; 其影响, 545, 564, 648

Homony Club (Maryland) 霍蒙尼俱乐部（马里兰）, 322

Hooker, Samuel 塞缪尔·胡克:《天堂慷慨的公正》, 261

Hooker, Thomas 托马斯·胡克, 189, 201, 279;《救赎的实施》, 202;《灵魂为基督的准备》, 202, 228;《教会教规概要》, 202

Hopkins, Anne Yale 安妮·耶鲁·霍普金斯, 237, 253

Hopkins, Edward 爱德华·霍普金斯, 237

Hopkins, John 约翰·霍普金斯, 227

Hopkins, Lemuel 莱缪尔·霍普金斯, 597

Hopkins, Samuel 塞缪尔·霍普金斯, 300

Hopkins, Stephen 斯蒂芬·霍普金斯:《殖民地权利研究》, 446

Hopkinson, Francis 弗朗西斯·霍普金斯, 317, 336—337, 339, 342;《木桶的战斗》, 594

Hopkinson, Joseph 约瑟夫·霍普金森:《万岁，哥伦比亚》, 549

Hopocan (Captain Pipe) 霍普肯（派普上尉）, 514

Horace 贺瑞斯, 94, 227;《诗歌》, 593; 其影响, 311, 376, 371, 610

Horton, George Moses 乔治·豪顿:《诗歌》, 606

Housatonics 霍萨托尼克, 300

House of Representatives 众议院, 336, 466

Howard, Martin, Jr. 小马丁·霍华德:《绅士的来信》, 440—441

Howard, Simeon 西蒙·霍华德, 412, 417;《对波士顿古代的尊贵的炮兵进行的布道》, 408

Hubbard, Elizabeth Clark (Mather) 伊丽莎白·克拉克·哈伯德（马瑟）, 272

Hubbard, William 威廉·哈伯德, 285; 论菲利普国王战争, 221—224;

Hubbard, William 威廉·哈伯德作品:《新英格兰通史》, 224;《民族的幸福在于统治者的智慧》, 223;《关于印第安人引起的新英格兰战争的叙述》, 223—224

Hudgins v. Wrights 休金诉赖特案, 505

Hudson, Henry 亨利·哈得逊, 665

Hudson River 哈得逊河, 28

Hudson River School 哈得逊河学派, 690

Hugg, Samuel 塞缪尔·哈格, 596

Huguenots 雨格诺教徒, 45, 269, 319

Hull, Hannah (Sewall) 哈娜·赫尔（西维尔）, 268

Hull, John 约翰·赫尔, 268, 279

humanism 人道主义, 48

Hume, David 大卫·休谟, 444, 472

索引

humor 幽默，104，107，286—287，290，584；在纯文学中，310—311，318—319，321—323，329，336；富兰克林对其的使用，360—361，364—365，479；在历史中，322，331；在欧文的作品中，664；默顿与，93—94，202；在小册子中，449；在清教徒文学中，235，247，249，254，289

Humphreys, David 大卫·汉弗莱，550，593，597，603，609；《双胞胎之间不愉快的故事》，324；《为自己刮脸的猴子》，599；《美利坚合众国军队之诗》，598；《美利坚合众国勤劳之诗》，599

Hunter, Robert 罗伯特·亨特：《传记闹剧》，323

Huntingdon, Countess of 亨廷顿伯爵夫人，604

Hurons 休伦人，44，79—80

Huss, John 约翰·胡司，185

Hutcheson, Francis 弗朗西斯·哈奇逊，295，472

Hutchinson, Anne 安妮·哈钦森，174，189，198—199，284，402；与反律法主义，187；与科顿，196—197，200，206；其契约作品，195；与性别问题，197，204，218，220—221，237；清教徒对其的观点，196—197，205—206，216，218，220—221，273；作为标志，204—206，237；其审判，193，195

Hutchinson, Thomas 托马斯·哈钦森，349，358，579，604；对其的抗议，357

Hutchinson, William 威廉·哈钦森，195

I

iconography 图像资料，185，361；英国的，410；与《宪法》，484；美国土著的，533—534；暴君的，505—506；美德的，505—506，526；妇女的，204，231—233，273，288—289，525—526，533

idealism 理性主义，364；共和主义的，351—352

identity 身份，368；在作者职业上，313—314，487；集体的，359，474，652，688；殖民地的，431；个人的，461；政治的，431；共和主义的，425；其仪式，425

ideology 意识形态，291，370，415，432，512，528；其美学，6；美国的，76，108，120；美国革命的，349，391，417，426，450，577，579；与纯文学，579；其变迁，556；公共人文主义者，547，552，638；与阶层制度，75；与俱乐部文化，323；殖民化的，96，108，180；与顺从，480；其矛盾，516—517；法院，660；与经济学，543；启蒙运动，392，400，472，515；与圣徒传，535—536；王室的，48；个人主义的，583；詹姆斯顿的，69；自由主义的，555，638；在新英格兰，96；反对的，579；田园主义的，133；印刷文化的，647—649；不断进步的，120，138，281；清教徒的，183，266，272；与宗教，402—403，424；共和主义的，6，502，526，535—536，555，652；科学的，115；与伤感主义，638；与奴隶制，34—35，516；与写作，33—35，291

783

idolatry 偶像崇拜, 226, 228, 252

Ignatius of Loyola 圣依纳爵·罗耀拉, 248

lluminati, Bavarian 巴伐利亚的光照派, 650

Illustrations from The Spy, The Pioneers, and the Waverly Novels 《间谍、开拓者和维佛里小说插图》, 691

illustrators (of books) （书籍的）插画作家, 691

imagination, Puritan 清教徒的想象力, 226—228; 与哀史, 263; 在信仰复苏运动中, 295, 302

imitatio Christi 《像基督那样生活》, 212

Imlay, Gilbert 吉尔伯特·伊姆莱, 606; 《移民》, 623

Imperial Magazine 《王室杂志》, 334

imperialism 帝国主义, 21, 25, 33—35, 46, 55, 57, 114; 其权力, 44; 与商业, 330; 文化的, 113; 英国的, 64, 68—69, 111; 欧洲的, 24, 47, 56, 120—121; 与扩张, 19, 150; 与意识形态, 48; 其土地要求, 18, 76; 与民族文学, 168; 与清教徒主义, 194; 与自我规划, 97; 西班牙的, 69, 73; 与乌托邦主义, 112—113

lncas 印加人, 31, 49, 73, 113

independence 独立, 9, 121—123, 125, 147, 150, 415, 428, 463, 543—544, 630; 对其的挑战, 499; 对其的渴望, 580; 关于其的史诗, 596; 法国对其的支持, 122; 其理想, 143, 264, 372, 395, 423, 431, 446, 457, 460, 502; 其语言, 220, 364; 美国土著部落的, 515; 对殖民地独立的反对, 430—431, 444; 与口述, 412; 提议的, 476; 依据《巴黎和约》批准的, 405; 与奴隶制, 505; 州的, 476; 村庄的, 255; 妇女的, 171, 566—567, 631, 650; 写作与, 426

Independence Hall (Philadelphia) 独立大厅（费城）, 482

Independent Reflector 《独立思考者》, 392, 406—407

India, Indians 印第安, 印第安人, 14—15, 18

Indiana Territory 印第安纳准州, 513

Indians, American 美国的印第安人, 6n, 17, 29, 73, 81, 118, 165—166; 129—131, 180, 688; 巴西的, 45; 卡贝扎·德·瓦卡与, 49—51; 在加拿大, 80; 殖民者的观点, 46, 87—91, 94, 98—102, 105—106, 108, 132, 135—138, 153—154, 265—268, 290, 357, 433; 与哥伦布, 91; 在克莱古尔夫, 142, 144—145, 147—148; 其消失, 101; 与荷兰人, 92; 与英国人, 31, 39, 45, 53—57, 69—71, 74, 76—83, 88—92, 99—100, 102, 191—193, 197, 199—200, 229—232, 235—236, 267, 533; 其被奴役, 47, 55, 117, 132; 与欧洲人, 45, 48—50, 67, 82—83, 144—145, 184, 191—192, 267; 其女性化, 39, 71; 哈略特论, 61—65, 67—68, 154; 杰斐逊论, 147; 耶稣会士与, 44; 与刘易斯和克拉克, 151—154; 在文学中, 38—40, 42—43, 45, 53, 130—131, 138, 142, 144—145, 147—148, 154, 162—166, 332, 335—337, 546, 608, 611, 641—642, 651—652, 666—667, 679, 685, 692; 在马萨诸塞,

索引

102，191；科顿·马瑟论，273—275；蒙塔格尼语，79；那瓦特语，44，51；自然主义者论，114；作为"高尚的野蛮人"，100—101，135—136，510；原始主义与，79；其掠夺，101，171，197，235，253，263—264；罗德兰森论，501；约翰·史密斯论，69—71，74—75，89，154；与西班牙人，48，51—53，69；作为标志，137—138，167，198，230—231，233，262，267，290—291，513，533—534；其部落战争，152；作为"消失的美国人"，40，101，510，512，692；在弗吉尼亚，80，96，101—102；与殖民者的战争，63，70，82—83，89—90，101—102，163，192，220—223，255，264—265，335，337，667；与向西扩张，131，150；罗杰·威廉姆斯论，76—79，82，154，197—198，229—231；同时参考美国土著部落名称 individual tribal names；Native Americans

Indies　东印度群岛，14—15，19，28—29

individual, individuality　个人，个人主义，143，326，461，551，599，614，638，660；其美学，555；在美国意识形态中，76；在战前文化中，557；在文选中，616；与艺术家，555；与纯文学，315；与团体，6，205，212，234，367，392，485，681；与创造力，546，625，668；与民主，567；在戏剧中，580，584；与启蒙运动，368—369，419；在史诗中，596；与历史，378，419；与劳动，501；在文学中，347—349，613，629；与国家，611；与自然，142—143，160，329；在诗歌中，592，612，614—615；与私人领域，587；与财产，546；与公共领域，559，644，655；清教徒对其的观点，2 10，392；与共和主义，681；其权力，401，471，488；与浪漫主义意识形态，583；作为自力更生成功的人，622—623，685—686；其淹没，599；与技术，210；在女性写作中，609

individualism　个人主义，544，573—574，617—618；情感的，629；与文选，616；其不断变化的观点，544，555；对其的不信任，598；经济的，555；在历史中，664；其意识形态，583；杰克逊思想的，556，620；自由主义的，9，556，574，638—639；与小说，620，622—623，625，628—629，636，642，652，656，686；激进的，198；与共和主义对立，555，638—639，656；浪漫主义的，160，617—618；自力更生的，556，629；与社会流动，556，629；其淹没，604；在女性写作中，550，633

Ingraham, Prentiss　普伦蒂斯·英格拉汉姆，39—40

Inner Temple　内殿律师学院（伦敦）（London），334

innocence　清白，357；作为文学主题，263；其标志，230

Inns of Court (London)　伦敦法学院（伦敦），21，444

Inter caetera，47

interpretation　诠释，6—7，35—36，44—45，456，510；圣经的，174，199，284，392，425；公共的，359；宪法的，436，487，493—494；与探险，56，85；在历史上，205，224—225；与个体，160—161；与反对主义，430；与口述文化，40—43，512；历史诠释的问题，348—349，513；与公共文献，493；宗教的，236，264，284；与巫术审判，172

Intolerable Acts　不可容忍的法令，353，426，443

Ipswich（Massachusetts）　伊普斯威奇（马萨诸塞），203，286，410

Ireland, Irish　爱尔兰，爱尔兰人的，24，81，105，111，209，292，330

Iroquois　易洛魁人，44，274，511—513，534

Irving, Ebenezer　埃比尼泽·欧文，669

Irving, Peter　彼得·欧文，662，664，668

Irving, Washington　华盛顿·欧文，8，559，572，615，628，640—641，661—675，690；其美学价值，681；与作者职业，541，553，558；协作完成的作品，589；论商业化，668；与库珀·杰斐逊，660—661，668，676，679，686，688；其保守主义，571，666—667；论民主文化，662；论荷兰文明，665，667，671—672；其国际声誉，556，611；其文学主题与风格，667，670—671，675；其使用的叙述者，662—664，667—668，673；其国内声誉，664；与期刊，550，571，662—664，667；其笔名，670；与浪漫精神，674

Irving, Washington　华盛顿·欧文作品：《造书的艺术》，669，674；《纽约史》，617，660，664—669，672，675；《睡谷的传说》，670—672；《乔纳森·奥尔德斯泰尔绅士通信》，571，578；《穿黑衣的小人物》，663，666—667；《伦敦古董》，670；《论伟大》，663；《珀卡努凯特的菲利浦》，667；《村子里的骄傲》，670；《瑞普·凡·温克尔》，582，669—672；《乡下的葬礼》，670；《杂文集》，550，571，662—664，667；《见闻札记》，571，584，667—670，673—675，678，686，689；《印第安人的性格特点》，667；《寡妇与她的儿子》，670

Irving, William　威廉·欧文，550，662

Isabella（queen of Spain）　伊莎贝拉（西班牙女王），14，18—20，25；42—43

Italy　意大利，23，24，111，185；探险，27，184；其文学影响，334

itinerant preaching　巡回讲道，284，396，399—401

J

Jackson, Andrew; Jacksonian Age　安德鲁·杰克逊，杰克逊时代，571 与商业化，628；与经济，556，612—613，685，693；与个人主义，556，620；与奴隶制，497

Jackson, Daniel　丹尼尔·杰克逊：《阿隆索和梅丽莎》，628

Jackson, James　詹姆斯·杰克逊，489

Jamaica, a poem, in three parts　《诗歌：牙买加三部曲》，333

James I（king of England/Scotland）　詹姆斯一世（英格兰/苏格兰国王），186，189，471，576

James II（king of England）　詹姆斯二世（英格兰国王），210，442，474

James River（Virginia）　詹姆斯河（弗吉尼亚），28，73

Jamestown（Virginia）　詹姆斯敦（弗吉尼亚），91，96，104；其阶级构成，75；其管理

索引

文员会，68，75；其意识形态，69；其财产制度，97；约翰·史密斯论，74—75

Jamison, David 大卫·嘉米森，323

Japan 日本，111，145

Jay, John 约翰·杰伊，550，580；同时参考联邦党人 Federalist

Jea, John 约翰·吉：《非洲牧师约翰·吉的生活，历史以及无可比拟的痛苦》，520

Jefferson, Joseph 约瑟夫·杰斐逊，582

Jefferson, Thomas 托马斯·杰斐逊，98—99，367，395，430，436，455，561，578；与美国革命，347—348；作者，350，595；与《宪法》，157；与大陆会议，363；与克莱夫古尔夫，142—143，147；评论，612，660，666；其去世，537；与《独立宣言》，123，157，350，352，355，360—365，380—381，450，472，476，617—618；与自然神论，296；论经济问题，653；与启蒙运动，375，379—381，423；欧洲对其的影响，381—382；与扩张，149；论狂热主义，420；与斋戒日，424—425；论虚构文学，548；其追随者，598，609；论历史，347—348，399；其对文学的影响，617，619，627，653—654，656，660；其知识分子圈，132；与法律，366，474；与刘易斯和克拉克，13，149—151，156—157，161；其文学风格，285，361，365，452，458，495；与麦迪逊，382，480，489；论美国土著，43，80，138，147，166，504，516；论自然，121—125，138，148；其田园主义，139—140；论普罗维登斯，424；与宗教，419—420，423—425；与浪漫主义精神，617—618；与奴隶制，147，351，497，505，523—524；与弗吉尼亚大学，350；与惠特利，606，617；与妇女，506；论写作，157

Jefferson, Thomas 托马斯·杰斐逊作品：《自传》，362，473；就职演说，421，425；《肯德基决议案》，493；《耶稣的生平与道德》，423；《弗吉尼亚州札记》，43，98，121—123，127，138—139，333，366，383—384，420，510，523，617，627；《耶稣的哲学》，423；《弗吉尼亚宗教自由法令》，350，492；《总结意见》，350，361，450—453，456；《英语诗体学思考》，617—619

Jehlen, Myra 迈拉·杰伦，6

jeremiad 哀叹史，221，255—278，297，417，569；联邦党人，666；论菲利浦国王战争，235；其修辞，181，257，259，263，265，285；作为仪式，257，259，261，263，285；其主题，258—259，261—263；韵文，235，244

Jerome of Prague 布拉格的杰拉姆，185

Jesuit Relations 《耶稣会士故事》，79

Jesuits 耶稣会士，44，79—80，419

Jews 犹太人，18，319—320

Johnson, Edward 约翰逊，爱德华，204；《天国救世主在新英格兰创造奇迹》，188，219—220；与象征学，216，220，224

Johnson, Elizabeth, Jr. 小伊丽莎白·约翰逊，180

Johnson, Elizabeth, Sr. 伊丽莎白·约翰逊，180

Johnson, Reverend 约翰逊牧师，341

○索　引

Johnson, Samuel（President of Yale）　塞缪尔·约翰逊（耶鲁大学校长），283
Johnson, Samuel　塞缪尔·约翰逊（1709—1784），110，333，369—370，430—432，564，617；《字典》，374，484；《征税非暴政》，430—432，440
Johnson, Thomas H.　托马斯·约翰逊·H，246
Johnson and Graham's Lessee v. Mclntosh，约翰逊和格拉伯姆诉麦克脱斯租借案 504
John Street Theatre（New York）　约翰街剧院（纽约），583，585
Jole, Nasifer　纳西佛·乔尔，322
Jones, David　大卫·琼斯，395
Jonson, Ben　本·强森，315；《轻盈舒畅》，316
Josselyn, John　约翰·乔斯林恩《列新英格兰的两次旅行》，231；《新英格兰的珍宝》，231；《以前诗里写的是年轻貌美的吉卜赛女郎》，231—233
Junto（Philadelphia）　政治团体（费城），125，310，316

K

Kaidu　海都，17
Kant, Immanuel　伊曼努尔·康德，305，383，386，503；《回答何为启蒙运动》，370，378；《论俗谚：在理论上可能是正确的》，502
Karajang　卡拉江，17
Karrow, Robert W. Jr.　小罗伯特·W.凯洛，29
Keayne, Robert　罗伯特·基恩：《最后的遗愿和遗嘱》，195
Keith, George　乔治·基斯，325
Keith, William　威廉·基斯，323；《一个奇怪的雄性怪物的生活和性格》，324
Kemble, Sarah　莎拉·肯布尔，289；同时参考奈特，莎拉·肯布尔
Kemble, Thomas　托马斯·肯布尔，289
Kent（England）　肯特郡（英格兰），255
Kentucky　肯德基，419，493
Kepler, Johannes　约翰尼斯·开普勒，60
Kettell, Samuel　塞缪尔·凯泰尔：《美国诗歌范例》，615—616
Key, Francis Scott　弗朗西斯·斯各特·基，594；《麦克亨利堡保卫战》（"星条旗"），372—374，549—550，668
Keynes, John Maynard　约翰·梅纳德·凯恩斯，21
Kiequotank　基阔坦克（弗吉尼亚）（Virginia），101
Killpatrick, James　詹姆斯·基尔帕特里克，参考柯克帕特里克，詹姆斯（Kirkpatrick, James）
King George's War　乔治国王战争，299
King Philip　菲利浦国王，267，667；其去世，83；同时参考梅塔克米克

索引

King Philip's War 菲利浦国王战争, 82—83, 262, 286; 其起因, 221—223, 263—264; 其影响, 101, 222, 245; 其历史, 221—224; 其诠释, 264, 276; 在文学中, 235

King's College (Columbia University) 国王学院（哥伦比亚大学）, 403

King's Mountain, Battle of (South Carolina) 国王山战斗（南卡罗来纳）, 426

Kingston (Jamaica) 金斯敦（牙买加）, 341

Kirkland, John T. 约翰·T. 科克兰德, 563

Kirkpatrick, James 詹姆斯·柯克帕特里克, 328, 330; 《海洋篇》, 330

Kit Kat Club (London) 基特凯特俱乐部（伦敦）, 323

Knapp, Samuel 塞缪尔·克纳普, 343

Knight, Elizabeth 伊丽莎白·耐特, 289

Knight, Richard 理查德·耐特, 289

Knight, Sarah Kemble 莎拉·肯布尔·耐特:《耐特夫人日记》, 253, 289—291

knowledge 知识, 286, 387; 启蒙运动的理想, 432—433, 499—500, 529, 534; 与自由, 434—435, 448, 496; 作为文学主题, 645, 647, 658; 与印刷文化, 435

Knox, John 约翰·诺克斯, 184

Kotzebue, August von 奥古斯特·冯·科兹布:《陌生人》, 581

Kubilai Khan 忽必烈, 16, 17

Kubrick, Stanley 斯坦利·库布里克:《闪灵》, 167

L

labor, laborers 劳动, 劳动者, 286, 560; 孩子的, 370; 与文明, 332; 其条件, 102; 其分配, 565; 与家庭生活, 621; 在工厂, 370; 被迫的印第安人, 47; 个人的, 501, 543; 新世界对其的需求, 73, 75; 奴隶, 97, 102, 132, 145, 497; 南方的, 331—333; 写作作为, 547, 553, 583, 602, 611

Lacy, Mary, Jr. 小玛丽·莱西, 180—181

Lacy, Mary, Sr. 老玛丽·莱西, 180

Ladd, Joseph Brown 约瑟夫·布朗·拉德:《阿洛埃特诗集》, 545;《美国的前途》, 545

Ladies' Association, (Pennsylvania) 女士协会（宾夕法尼亚）, 527

Ladies' Pocket Library 《女士口袋图书馆》, 526

Lads of Kilkenny (New York) 基尔肯尼的拉兹（纽约）, 662

Lafayette, Marquis de 马奎斯·德·拉斐特, 584, 601

Lahontan, Baron 巴伦·拉洪坦, 100

laissez-faire 自由主义, 9, 612—613, 634

Lake Superior 苏必利尔湖, 29

La Malinche (Dofia Marina) 拉·马林奇, 44; 与考蒂斯, 71

Lancaster (Massachusetts) 拉喀斯特（马萨诸塞）, 263—264

789

land 土地，64，111，156，186，255—256，325；与殖民化，20，73，76，89，97，103—104，108，119，223；在克莱夫古尔夫，142—143，147—148；其耕作，61，138，147—148，503，530；对其的争夺，433，458，478；其肥沃，332；在虚构文学中，655—656；自由保有，331；证明，14，72，142—143，155—156；王室对其的索取，76，331；杰斐逊与，138；刘易斯和克拉克与，150，152，154—156；在文学中，165—166；其虚构的形象，184；与美国土著，14，39，47，72，76，81，83，147，152，167，184，190—192，199—200，504，511，513—516，666；其保护，139；作为财产，71，76，103—105，156，166，257，501—504，544，653，671，688；对其的权力，14，543；新世界的缺乏，201，255—257；投机，687；其象征意义，64—65，231；其价值，102—103，108；战争，150；作为财富，331，653—654

Landaff, Bishop of (John Lord) 兰德福主教（约翰），393

landscape 风景，85，91，130，138，140，155—156，378，599；农业的，140；在库珀杰斐逊的作品中，687—689；耕作的，27—28，116，127；德怀特论，126—128；英国人的代表，39，89；哥特式的，651；刘易斯和克拉克论，154—156，158—159；其文学传统，127—128，160—161；与美国土著，39，89；绘画，66，158，690；洛克的，60；在华兹华斯中，160—161

Lane, Ralph 拉尔夫·雷恩，33

language 语言，7，80，204，235，247，297，305，367，421，471，495；与行动，428；在基督教纯文学中，310—311；与文明，110；与殖民化，33，43—44，79—80；常识的，462；与社区，168，365，516；与赞同，352；宪法的，477，480，482—483，493，496—497；与文化差异，50；《独立宣言》的，472—473，476，498；不赞同的，392；精英的，350，367；其失败，480；借喻的，226—267，229，233，366；其形成，481，488；独立的，364；与法律，475；美国土著的，42—44，51，76—82，88，94—95，100，137；与新英格兰，181—182；与主观性，174；抗议的，357，449；宗教的，175，180—181，208，228—229，246，250，255—256，262，394，423—424；共和主义的，367；与象征学，174，181，188；与巫术危机，171—182；与妇女，243，528；同时参考语言学研究 linguistic studies

Lansing, John, Jr. 约翰·小兰辛，480

Las Casas, Bartolome de 巴特洛梅·德·拉斯·卡萨斯，64，77，83，90；论殖民化，48

Latin 拉丁语，66，94，185，208，271，285，367；新世界文本，25，59；在欧洲的角色，20，51

Laud, Bishop (William) 劳德主教（威廉），206《劳拉与玛丽》，558

laureateship 桂冠诗人称号，326—328；宫廷的，323

law, laws 法规，法律，190，203，210，233，462，551，571，604，612，664；美国理想，366，431，452—453，457，464，466，474—476，493；圣经对其的影响，258；准则与封建的，433—434；公民的，439，464；与牧师，282；在俱乐部文化中，316，322；殖民地的，91，197，219，348，414，429，431，436，440；公共的，440—441，

543，547；与宪章，443，464，483，494；版权，547，552，554；其法院，143，145，464；与十字军东侵，47；应有程序，492；英国的，428—429，431，438，440，442，444，451，453，470—471，506；与启蒙运动，382，401；与政府，382，483；高级的，464；其诠释，493；其语言，475；与地方官员，174；与君主政体，450，452；与美国土著，99—100，231，504；自然的，286，376，382，418，431，435—436，438—439，441—443，453，501—502，684；与政治，438，441，454；与权力，445；长子继承权的，186；财产权与，503—506，508，543—544，616；其保护，380；在清教徒新英格兰，182，222；宗教的，186，193—194，470；共和政体的，476，504；与权力，401，431，440，470，536；其统治，382，457；其学者，47，437，442，493；科学的，439 与奴隶制，270，496，501，507—508；与妇女，237，289，498—499，506

Lawrence, D. H. 劳伦斯，684，691—692

Leacock, John 约翰·里库克：《英国暴政的毁灭》，574，579

Lechford, Thomas 托马斯·列奇福特：《轻描淡写》，203

Leclerc, Georges-Louis 乔治-路易斯·莱克勒克，参考布丰，德伯爵

Lee, Arthur 亚瑟·李：《关于论奴隶制的演讲》，517

Lee, Henry 亨利·李，381

Lee, Richard Henry 理查德·亨利·李，464—465，476

Leggett, William 威廉·赖纪特，613

Lehigh Valley (Pennsylvania) 莱海谷（宾夕法尼亚），161

Le Jeune, Father 法瑟·勒杰恩，79—80

J. A. 勒梅，Lemay, J. A. Leo 利奥，343；《罗伯特·柏林追求安妮·米勒》，334

Le Moyne, Jacques 雅克·勒莫恩，66

Lennox, Charlotte 夏洛特·莱诺克斯：《女堂吉诃德》，547；《哈里叶特·斯图亚特的生平》，342

Leonard, Daniel 丹尼尔·伦纳德，449

Lery, Jean de 吉恩·让·莱利：《巴西之旅》，45

Leutze, Emanuel Gottlieb 伊曼纽尔·戈特列·勒兹，40

Leverett, John 约翰·利弗里特，222—223，280，282，285，288

Leverett, Sarah 莎拉·利弗里特，273

Levi-Strauss, Claude 克劳德·列维·施特劳斯，45

Lewis, Mercy 莫茜·刘易斯，176

Lewis, Meriwether 梅李威瑟·刘易斯，13，127，138；其探险，44，149—151；其文学风格，154—155，159—160；论美国土著，39—40，153—154，164；其浪漫主义，160—161；其主观性，155—156，158—161

Lewis, Richard 理查德·刘易斯，328；《卡门·希丘莱尔》，329；《批评家之素材》，329；《致约翰·罗斯侯爵》，328；《1730年4月4日从帕塔普斯哥到安纳波利斯的旅

索引

行》，329；《老鼠夹》，328；《狂想曲》，329；《诗歌：纪念本尼迪克特·伦纳德·克尔弗特阁下》，329

Lewis and Clark expedition　刘易斯和克拉克探险，150；《日志》，149—161，167；与殖民文学，168；与美国土著，152，154；其流派，151；其象征作用，166，168

Lexington（Massachusetts）　列克星敦（马萨诸塞），其战斗，426

Leyden（Netherlands）　雷顿（荷兰），90，215，218

liberalism　自由主义，2，118，589；在美国史学中，368；牧师的，281，285；与平等主义，556；其形成，685；其意识形态，555，638；个人，556，574，638—639；与文学，555，621，625，659，676；与共和主义的对立，543；其价值，625

liberty　自由，404，491，605；公民的，218，401，410，418，492，519，524；其古典思想，322—323，584；殖民地对其的主张，393，401，437，444，447，450—451，462；英国的，533；其理想，377，442，467，503，580；制度上的，450—451；塞缪尔·约翰逊论，430—431；与知识，434—435，448，496；其局限，258；在文学中，332，408，600；与权力，491；与印刷文化，324；清教徒的原则，394；其宗教意识，390，401，403，408，410—413，418—419，492，519，523—524；其讨论，516；作为权利，437，442，474，501，517；与奴隶制，270，408，430，506，519，521—524；其象征性使用，416，435，461，526，580，607；威胁，385，430，448，466；在辉格伤感主义中，585；同时参考自由 freedom

Liberty Tree（Boston）　自由树（波士顿），355，358—359，462

Library Company（Philadelphia）　图书馆公司（费城），125

Life and Character of... Jonathan Edwards　《乔纳森·爱德华兹的生平与性格》，301

light　光：爱德华兹对其的比喻用法，302—304；作为启蒙运动的隐喻，374—376，383，387，454，500，515；作为进步的主题，384；与理性，503；作为共和主义的隐喻，515；作为革命形象，385，388

Lillie, Theophilus　西奥菲勒斯·利利，356—357

Lima（Peru）　利马（秘鲁），120，145

Lincoln, Abraham　亚伯拉罕·林肯，537，590

Lincoln, Benjamin　本杰明·林肯，545

Lincoln, Earl of　林肯伯爵，236

"Lines... upon General Amherst"　《一名妇女致阿默斯特将军的一封信》，338

linguistic studies　语言学研究，110；美国土著的，59，76—83

Literary History of the United States　《美国文学史》（1948），1

Literary Magazine and American Register　《文学杂志和美国记录》，561—562，659

Little Beaver　小比弗，515

Little Rocky Mountains　小洛基山，155

Liverpool（England）　利物浦（英格兰），668

Livingston, Robert　罗伯特·利文斯顿，323

索引

Livingston, William 威廉·利文斯顿, 392, 407；《哲学思考者》, 392

Livingston family 利文斯顿家族, 291

Livy 李维, 227

Locke, John 约翰·洛克, 269, 322, 374, 380—381, 433, 442, 444, 547；其对爱德华兹的影响, 295—296, 300, 304；论财产, 503；论理性, 510；论奴隶制, 517

Locke, John 约翰·洛克作品：《人类理智论》, 300, 304, 374；《论公民的政府》, 501；《人民政府的第二个和约》, 472

Logan, Chief 基夫·洛根, 43, 147, 510—511

Logan, James 詹姆斯·洛根, 125, 324

London (England) 伦敦（英格兰）, 21, 28, 76, 124, 140, 197, 289, 310, 316, 333, 338, 427, 573, 582, 590, 605, 626, 690；其纯文学, 309, 318, 325；其俱乐部, 322—323, 325, 328；伦敦大法官法庭, 257；评论；317；戏剧, 573, 577；移民, 69, 72；内殿律师学院, 334；伦敦法学院, 444；其智性传统, 430；欧文, 669；在文学中, 670；报纸和期刊, 312—314, 327, 329, 334, 336, 559；诗人, 330—331；枢密院, 325；出版业, 223, 236, 275；宗教, 2800, 288, 293；王家协会, 188, 211, 274；剧院, 342, 577；作为特拉迦诺伐, 95；对美国的观点, 238, 440, 442

London Magazine 《伦敦杂志》, 327, 329, 336

London Spy 《伦敦间谍》, 312

Longfellow, Henry Wadsworth 亨利·华兹华斯·朗费罗：《伊万杰琳》, 557；《海华沙之歌》, 40

Long Island (New York) 长岛（纽约）, 606

Longmeadow Church (Massachusetts) 郎麦高教堂（马萨诸塞）, 246

M. Lopez, M. 洛佩兹, 582

Lord, John (Bishop of Landaff) 约翰（兰达夫主教）, 393

Louis XVI (king of France) 路易十六（法国国王）, 601

Louisbourg (Canada) 路易斯堡（加拿大）, 337—338

Louisiana Territory 路易斯安娜领土, 666；其购买, 131, 149—151；在游记文学中, 130—131

效忠派, 7, 102, 141, 341, 355, 440, 447, 450, 459, 461, 579；其历史, 348, 354, 391；其小册子, 449

loyalty, English 英国的忠诚, 383, 409—412, 430, 437—438, 445, 449—450, 452, 527；其定义, 413, 439, 458

Lucas, George 乔治·卢卡斯, 530

Luther, Martin 马丁·路瑟, 185

luxury 奢侈, 235, 455, 565, 634；艺术, 670, 690；纯文学论, 322, 330；与商业, 543；在戏剧讽刺文学中, 584—585；其女性化, 526—527, 533；卢梭论, 577

793

○索引

Lyon, Richard 理查德·里昂, 228

M

McCrea, Jane 简·麦克琳, 533

Machiavelli, Niccolo 尼可罗·马基雅弗利, 444

McGuffey's Reader 《麦克·古非读物》, 510

Madison, James 詹姆斯·麦迪逊, 350, 364—365, 382, 403, 424, 550, 580; 与美国革命, 491—492; 与《权利法案》, 489; 与《宪法》, 480—481, 485—487, 489; 论政治家, 648; 联邦党人, 480—481, 484, 507—509; 其文学风格, 495; 论美国土著, 507; 《联邦制宪会议辩论记录》, 479, 483, 497; 论财产, 653; 论奴隶制, 497, 507—509

Magawley, Elizabeth 伊丽莎白·麦格雷, 310, 339

magazines 杂志, 8, 554, 557, 660, 669, 689; 其登载的广告, 570; 与作者职业, 560—564; 布罗克顿·布朗与, 561—562, 659; 与俱乐部文化, 313; 作为公共形式, 561—562; 其内容, 559, 562—563, 569—570; 其投稿者, 561—562, 663; 与版权, 559—660; 其成本, 560; 其文化, 558—572; 定义, 336—337, 559; 其发行, 337, 673—674; 精英, 569; 英国的, 558—559, 570, 668; 欧洲的, 559; 其散文, 569; 其形式, 559; 其插图, 690—691; 其文学价值, 549; 与市场, 570—571, 673; 与报纸, 336, 558—559, 562, 568; 其爱国主义写作, 668; 其诗歌, 591; 其读者, 569; 其讽刺文学, 310, 312, 550, 571, 662; 其投稿, 570; 与订阅, 337, 551561; 与妇女, 526, 562; 同时参考报纸 newspapers

magistrates, Puritan 清教徒的地方长官, 186, 201, 220—222; 其权力, 175, 199, 218; 与法律, 174; 在巫觋审判中, 172—179

Magna Carta 《大宪章》, 470

Magna Charta 《大宪章》, 401

Mahas 马哈斯, 151

Maine 缅因, 175

Malden (Massachusetts) 马尔顿(马萨诸塞), 208—209

Mandans 曼丹人, 151—153

Mandeville, Bernard 伯纳德·曼德维尔, 584;《蜜蜂的故事》, 579

Manichean logic 摩尼教逻辑, 202

manifest destiny 明显的命运, 62, 143, 149, 503, 525; 定义, 68

Mann, Herman 赫尔曼·曼恩:《女性观察》, 530

mannerism 风格主义, 326

Manning, William 威廉·曼宁:《自由的关键》, 408

manuscript tradition 手稿传统, 311—312, 318, 324, 331, 334, 341, 629; 在俱乐部中,

326，339，343；其中的绰号，314；与版权，583；与戏剧，583；作为贵族理想 1，361，486；政治歌曲的，324；对印刷文化的转化/对比，313，326—327，674；与革命写作，350；与女性纯文学，338

mappae mundi　世界地图，28—30；定义的，26—27

maps　地图，21—22，25—30，80；与殖民地化，36

Marblehead (Massachusetts)　马波海德镇（马萨诸塞），285

Marbury v. Madison　马伯里诉麦迪逊，494

Ma-re Mount (Merrymount)　快乐山，103，202；其殖民地化，91—92

Marjoribanks, John　约翰·梅杰里班克，333

market, economic　经济市场，2，9，147，195，446—447，565，672；论其的文集，615；其艺术价值，685；其优势，657；作者对其的观点，659，677；论其的书籍，553，555—557，625，667；其变化，556，589；与民主，600，603，667；其扩张，566，634；虚构文学 629，678；与上流社会，563，670；与意识形态，6；杰克逊主义的，685，693；与杂志，570—571，673；与自然，65，687；与小说，555，584，620，625，636，690；与诗歌，592，594，602，604，615；与印刷文化，343，649；对其的投机，636；城市的，447；对于视觉艺术，690

market day　市场日，355—356

Markoe, Peter　彼得·马寇：《爱国者领袖》，574

Marlborough (Massachusetts)　莫尔伯勒（马萨诸塞），256

Marshall, John　约翰·马歇尔，493—495，504，508

Martin, Alexander　亚历山大·马丁，337，342

Martin, David　大卫·马丁，319

Martin, Luther　路德·马丁，480，497

Martin, Susannah　苏珊娜·马丁，176—179

Martin V (Pope)　马丁五世（主教），185

Martyr, Peter　彼得·马特尔：《新大陆的几十年》，25

Mary I (queen of England)　玛丽一世（英格兰女王），185

Mary II (queen of England)　玛丽二世（英格兰女王），210，258

Maryland　马里兰，310，342，473，571，582，655；其俱乐部，321—323；与《宪法》，489；其政治，322，328—329；其资源，329—330；同时参考安纳波利斯 Annapolis

Mason, George　乔治·梅森，480，485；《弗吉尼亚权利宣言》，472

masque　假面舞会：英国传统的，55

Massachusetts (colony/state)　马萨诸塞（殖民地/州），111，199，201—202，206—209，219，226，231，237—238，245，253，256，259，263—264，269，279，282，285—287，300，306，313，393，407，439，523，600；其非裔美国人，517；与美国革命，408—409，426，462；其反律法主义，402；其提议的银行，287；海湾殖民地，73，95，533；其纯文学，310；其宪章，203，223，257，268，276，280；其殖民代理，

索　引

427；其征服，108；与《宪法》，489；其组成，417，465—466，482，484；其版权，627；其早期冲突，349，411；竞选布道，412，416—417；挽歌，235；其侨民，206，245；欧洲的影响，221；其创立者，276；其政府，222，237，258，349，357，465；哀史，257；在菲利普国王战争中，221—222；其土地，76，127，256；在文学中，579；其生活条件，236；马瑟家族在，210；其暴民行动，357；与美国土著 101—102；其报纸和杂志，408，410，449，518，526，560—561；其简单的生活方式，98；印刷业，549；其地区大会，395；清教徒在，91，94，190—191，198，203，246；激进主义，465；其宗教，195—196，200，208，257，287；其信仰复兴运动，298，399；革命的，142，579；与"谢司起义"，584—585；其印记，223，533—534；其最高法院，293；其剧院，577；作为神权政治，216；其妇女，237；同时参考波士顿；科德角；北汉普顿；普利茅斯；沙仑；巫觋审判（沙仑）Boston；Cape Cod；Northampton；Plymouth；Salem；witchcraft crisis（Salem）

Massachusetts（tribe）　马萨诸塞（部落），76，191

Massachusetts Bay Company　马萨诸塞海湾公司，94，190，481

Massachusetts Body of Liberties　马萨诸塞自由权法典，203

Massachusetts Charitable Fire Society　马萨诸塞公益火灾协会，595—596，600

Massachusetts General Court　马萨诸塞地方议会，195，198，222—224，257

Massachusetts Magazine　《马萨诸塞杂志》，526，560

Massachusetts Spy　《马萨诸塞间谍》，408，449

Massasoit　马萨索伊特，190

Massinger, Philip　菲利普·玛森加，583

materialism　唯物主义，262，396，406；与加尔文主义，301

Mathchopungo　玛斯仇旁勾（弗吉尼亚），101

Mather, Cotton　科顿·马瑟，189，228，252，281；其撰写的传记，212—213；与昌西，293；论教堂成员，275；其选举布道，261；论优雅，272；对其的影响，224；其生平，270—272；其文学风格，211—212，271，275；论医学，274，277；论美国土著，273—274；论自然，188，274；论新英格兰历史，181，204，216；论普罗维登斯，274，277；论奴隶制，273—274；其象征学的使用，211—212，216；论威格尔斯沃斯，209，244；论巫觋审判，180，271，275；论妇女，252—253，273；

Mather, Cotton　科顿·马瑟作品：《贝莎塔天使》，274；《美国圣经》275；《世善说》，277，316；《福音书的呼唤》，262；《基督教哲学家》，274；；《圣餐领受者指南》，273；《1681—1708年日记》，211；《1721年日记》，211；《尤利卡》，273；《美国风物志》，214，219，275—277；《难忘的普罗维登斯》《难忘的天意》，271；《美洲莫妮卡》，273；《基督教化的黑人》，273；《给锡安女儿们的装饰品》，273；《父辈》，214；《无形世界的秘密》，271

Mather, Eleazar　以利亚撒·马瑟，2 I3

Mather, Increase　英克里斯·马瑟，211，214，256，268，270，282，296；论叛教，288；

论教堂成员，279；其保守主义，272；与《半路协议》，213—214，271；与哈伯德，222—224；论菲利普国王战争，221—224，264—265，276；其生平，209—210，271；其文学风格，289；其政治权力，209—210，224；与历史幸运观，222，264；其对象征学的使用，223

Mather, Increase　英克里斯·马瑟作品：《自传》，209，211；《新英格兰印第安战争简史》，223；《天堂的呼唤》，261；《灾难日已来临》，221—222，261；其日记，210，271；《对新英格兰居民的诚挚劝诫》，223；《以迦博》，281；《理查德·马瑟先生的一生》，212—214；《福音书的命令》，281；《为新生代祈祷》，261；《恢复圣约》，261；《关于皈依的几个重要事实》，262

Mather, Increase　英克里斯·马瑟二世，11，211

Mather, Maria Cotton　玛利亚·科顿·马瑟，270

Mather, Nathaniel　纳撒尼尔·马瑟，211

Mather, Richard　理查德·马瑟，209，211—212，256；与《半路协议》，213—214，271

Mather, Samuel　塞缪尔·马瑟，277

Mather family　马瑟家族，224—225，278，280，285，288，296；在波士顿，209，270—271，277

Matomkin（Virginia）　曼特姆金人（弗吉尼亚），101

Maverick, Samuel　塞缪尔·麦弗利克，355

May, Dorothy（Bradford）　桃乐茜·梅（布拉福德），215

Mayflower（ship）　"五月花号"（船），84，90，99，189，219

Mayflower Compact　《五月花公约》，47

Mayhew, Jonathan　乔纳森·梅修，191；《论无限制的顺从》，354，390—391；《对宪章及福音书的传播的社会道德规范的观察》，407；《个人判断的权利和义务》，402；《怒火喷发》，408

Maylem, John　约翰·梅勒姆：《征服路易斯堡》，337；《法国人的不诚实》，337

M'Culloch v. Maryland　马卡洛诉马里兰州案，493—494

Mecklenburg Resolves　《梅克伦堡决议》，472

Mecom, Benjamin　本杰明·梅科姆，337

mediation　调停（中介），438，471；与消费社会，674；在印刷文化中，622，646，649

meditation, Puritan　清教徒的调停，206，228—229，242，245—250

Mediterranean　地中海，25—26

Mein, John　约翰·梅恩，357

melodrama　情节剧，386；美国的，589；法国的，581；德国的，581

Melville, Herman　赫尔曼·梅尔维尔，139，486，551，606，645，658；《代笔者巴特尔比》，669；《本尼托·塞瑞诺》，223；《以色列陶工》，573；与文学准则，542，555；《白鲸》，263，589，658，667

Mercator, Gerardus; Mercator projection　格拉德斯·默凯特；默凯特地图投影法，25，36

索　引

Mercer, Hugh　休·莫瑟, 545

merchants　商人, 74, 85, 125, 148, 330; 与纯文学, 313; 在波士顿, 255, 279—280, 289, 293; 其俱乐部, 326; 其殖民兴趣, 69; 与禁止出口协议, 358; 清教徒的, 186, 195, 268; 激进的, 358; 烟草的, 310

Merchant Tailor's Company (England)　商人泰勒公司（英格兰）, 76

Merrimack River (Massachusetts)　梅里马克河（马萨诸塞）, 269

Merrymount　快乐山，参考 Ma–re Mount

Metacomet　梅塔科米特, 193, 221; 其去世, 223; 罗兰德逊与, 267—268; 同时参考菲利普国王（King Phillip）

metaphysical style　形而上学风格, 96, 247, 266, 294—295, 591, 599

Methodist church, Methodists　卫理公会派教堂, 396, 520

Mexico　墨西哥, 48—49, 63, 71, 120; 欧洲对其的观点, 21, 46, 52; 传教士, 51; 其土著文化, 44, 51

Middle Ages　中世纪, 24, 47, 236—237, 248, 306; 其编史, 215

middle class　中产阶级, 91, 94, 106, 667; 与纯文学, 313; 与小说, 574, 620, 644; 与社会流动性, 644; 约翰·史密斯与, 73, 75—76

middle colonies　中部殖民地, 284, 362, 393; 与反教权主义, 293; 信仰复兴运动, 298—299, 396—397, 400

Middlewich (England)　米德维奇（英格兰）, 211

Midwifery Rightly Represented　《正确的助产术》, 299

millennium, millennialism　千禧年，千禧年主义, 188, 200, 276, 403, 405, 406—477; 爱德华兹论, 305, 397—398; 托马斯·佩恩论, 423, 458; 与政治, 399

Miller　安妮·米勒, Anne, 334

Miller　佩里·米勒, Perry, 39

Miller, Samuel　塞缪尔·米勒, 343, 550, 569;《十八世纪简短回顾》, 565—566, 665

Milton, John　约翰·弥尔顿, 95, 189, 465, 547, 570; 其在美国的声望, 591, 596; 对理性思维的影响, 430;《失乐园》, 248, 311, 459

Minetarrees　曼塔里斯, 156

Mingos　明各人, 43, 510

ministry　牧师，参考牧师（clergy）

missions, missionaries　传道, 传教士, 19, 37, 51, 199—200, 259, 300, 514; 英国国教的, 393; 关于殖民化, 47—48; 语言言就, 79—80; 语翻译, 44

Mississippi River　密西西比河, 149—151

Missouri Compromise　密苏里妥协, 682

Missouri River　密苏里河, 150, 154—155, 157, 159, 161

Mitchell, Isaac　艾萨克·米切尔:《精神病院》, 623, 628, 635—636

Mitchell, John　约翰·米歇尔:《英法北美领地图》, 29

Mitchell, Jonathan 乔纳森·米切尔:《乱世中的尼希米》, 261

mob, Revolutionary 革命的暴徒, 458—459, 577, 598—599; 其公众身份, 460—462; 其保守思想, 465; 在马萨诸塞, 354—360

mobility 流动性: 经济的, 636, 685; 地理的, 654, 670, 685; 社会的, 556, 629, 635—636, 644, 651—652, 654, 670

mock epic 嘲讽史诗, 235, 289, 552, 597

mock history 嘲讽历史, 321—322

modernism 现代主义, 3, 247, 306, 368, 406

Mohawks 莫霍克人, 514; 小说中, 652

Mohegans, Mohicans 莫希干人, 37, 80—82, 191; 小说中, 166, 510

Monacans 摩拿干人, 54, 56

monarchy 专制政权, 143, 145, 453, 460; 古代的, 596; 其权力, 437; 英国的, 20, 73, 76, 186, 222, 258, 276, 351, 395, 409, 427, 435—436, 444—445, 450—452, 457, 459, 463, 472—475, 478; 戏剧中, 588; 欧洲的, 451, 457; 对其的效忠, 409—410, 450; 对其的反抗, 401, 463, 585; 与剧院, 577; 象征化, 411—413, 427, 435, 451, 457, 473, 475

Monardes, Nicholas 尼古拉斯·蒙纳德:《来自新大陆的好消息》, 120

Monmouth, Battle of (New Jersey) 蒙茅斯郡战争(新泽西), 377

monodies 挽歌, 612

Monroe, James 詹姆斯·门罗, 424; 与奴隶制, 497

Montaigne, Michel de 米切尔·德·蒙田, 46;《食人族》, 45;《四轮马车》, 45, 49

Montana 蒙大拿, 155

Montesquieu, Charles Louis de Secondat 查尔斯·路易斯·塞根戴特·孟德斯鸠, 381, 433, 444

Montgomery, Richard 里查德·蒙特马利, 545, 579

Monthly Anthology and Boston Review 《每月文选和波士顿评论》, 563, 597, 602—603; 论美国文学, 564—565; 与作者身份, 561; 其投稿者, 565; 与赞助, 566; 讽刺文学, 640

Monthly Magazine and American Review 《每月杂志和美国评论》, 561, 659

Monticello (Virginia) 蒙蒂塞洛(弗吉尼亚), 147

Moodey, Joshua 乔舒亚·穆迪:《关于在上帝家中与之共进圣餐的殊荣的实用指导》, 262

Moore, Milcah Martha 米尔卡·玛莎·摩尔:《女性爱国者们》, 607

Moore, Rebecca 丽贝卡·摩尔, 338

Moors 摩尔人, 18

morality play, medieval 中世纪道德剧, 248

More, Hannah 汉娜·摩尔, 333

More, Thomas 托马斯·摩尔：《乌托邦》，111

Morgan, John 约翰·摩根，339

Morning Chronicle 《晨报》，571

Morris, Gouverneur 古维诺尔·莫里斯，481，486—487

Morris, Lewis, II 刘易斯二世·莫里斯，319，323—324；《有关贸易的对话》，325；《梦想，一个谜》，325—326；《论埃塞克斯暴乱》，325—326；《致新泽西州长大人》，325；《曾格先生；[sic]日报最后的先知演讲》，325；《假君主，或猿的王国》，325；《论已故英勇而高贵的骑士之死》，326；讽刺文学，325；作为辉格伤感主义，325

Morris, Robert Hunter 罗伯特·亨特·莫里斯，319

Morse, Jedidiah 杰迪迪亚·摩尔斯，393；《美国通用地理》，129；《地理》，129

Morton, George 乔治·莫顿，84，218

Morton, Nathaniel 纳撒尼尔·莫顿：《新英格兰年代记》，219

Morton, Perez 派莱兹·莫顿，544，577

Morton, Sarah Wentworth 莎拉·温特沃兹·莫顿，616，627；《非洲首领》，608；《贝肯山》，596，607；《魁比》，608

Morton, Thomas 托马斯·莫顿，91；与清教徒，202；《新英格兰迦南》，92—95，203

Morven (New Jersey) 默文（新泽西），339

Mount Holyoke (New Hampshire) 霍尤克山（新汉普郡），127

Mount Monadnock 莫纳诺克山，127

Mount Vernon (Virginia) 弗农山（弗吉尼亚），386

Mount Wollaston (Quincy, Massachusetts) 沃勒斯顿山（昆西，马萨诸塞），202

Mourt, G. G·莫尔特：《莫尔特的讲述》，84—86，88，90，218—219

Mudge, Martha (Wigglesworth) 玛莎·马吉（威格尔斯沃斯），209

Muir, John 约翰·缪尔，138

multiculturalism 多元文化，1

Mumford, William Green 威廉·格林·蒙福德，379

Munford, Robert 罗伯特·蒙福德：《候选人》，578

Munnter, Susan (Johnson) 苏珊·曼特（约翰逊），219

Murray, John 约翰·莫瑞，566，669

Murray, Judith Sargent 朱迪丝·萨尔金特·莫瑞：《随想》，567；《论性别平等》，403，526，567；在《拾穗者》，559—560，567；《论妇女骄傲之谚语》，527；《论服饰》，526—527；与妇女权利，566—567，634

Muscogulges 穆斯科古格，137

music 音乐：在宗教仪式中，226，262

mysticism 神秘主义，246，295；爱德华兹的，296，301—302

N

Namontack 拿门塔克, 54

Napoleon Bonaparte 波拿巴·拿破仑, 598

Narragansets 纳拉干西特人, 6, 77, 80, 82, 89, 190—191, 193, 197, 264

nation, nationalism 国家,国家主义, 21, 147, 460, 476, 611; 与美学价值, 548; 美国的, 149; 权威, 477; 其开端, 19—20, 23, 47, 132, 167, 220, 348—349, 353, 360, 366, 368, 398—399, 611; 与殖民化, 48; 其身份, 3, 23, 125, 148, 167—168, 460—461, 500; 其意识形态, 370; 与想象力, 460—461; 帝国的, 24, 47; 与个人, 18; 在文学中, 167, 549, 579—580; 美国土著的, 512; 与自然, 138—139, 167; 与清教, 194; 与理性, 387; 共和国的, 417; 其修辞, 6; 与象征学, 398—399; 在视觉艺术中, 690

National Gazette 《国家公报》, 491

National Museum of American Art (Washington, D. C.) 美国国家艺术博物馆（华盛顿特区）："美洲的西部", 40

Native Americans 美国土著, 6n, 8, 154, 203, 533; 与农业, 65, 269; 与美国革命, 511, 514; 与《宪法》, 496; 与文化差异, 511, 514—515; 其当代研究, 42—45; 在共和国初期, 497—499, 506; 与边疆, 513—515; 与政府, 504, 511—515, 533; 与菲利浦国王战争, 221—222, 264—265; 与土地, 39, 76, 184, 190—192, 199—200, 502, 504, 506, 511—513, 515—516, 666; 与语言, 13—14, 42—44, 50—51, 71—72, 77, 79—82, 88, 94—95, 100, 137, 151, 164—165, 229—230; 与法律, 231, 504; 其文学传统, 37—38, 40—45, 53, 57—58, 509—516; 其国家主义, 512; 与《西北法令》, 492; 在西北部落, 512—513; 其口述文化, 512; 与宗教, 37, 39, 48, 71, 76, 81—82, 191—192, 223, 231, 269, 514; 与共和主义, 511—512; 与权利, 504, 511, 516; 贸易, 63, 91—92, 136—137, 151—152, 190—192, 202, 266—267, 504; 与翻译, 44, 71—72, 77, 79—80, 88, 512; 与殖民者的条约, 83, 131, 191, 323, 504, 513; 其部落文化, 78—79, 99—100, 500—512; 妇女, 100, 151, 154, 164—166, 231—232; 与写作, 37—38, 100, 512; 同时参考部落名称（individual tribal names）

natural history 自然历史, 113—114, 119; 巴特拉姆与, 132, 134—135

naturalists 自然主义者, 5—6, 132, 135, 138, 140, 146

nature, American 美国的自然, 85, 105—106, 124, 152, 174, 250, 274, 290, 329, 515, 610—613; 巴特拉姆论, 131—135, 138—140, 148, 159; 布丰论, 113—119, 125, 139, 149; 与文明, 86—87, 109—111, 118, 123, 128; 与公民身份, 138—139, 167, 418, 431, 454—455; 要求, 87, 116, 167; 库珀杰斐逊的使用, 138, 685, 687, 690—691; 其开发, 61—62, 109, 116—117, 127; 与《独立宣言》, 123;

堕落论，109，116—118，121；与经济价值，687—688，690—691；爱德华兹论，297，299，300—306；启蒙主义的运用，368，422，503；与欧洲的，87，98，109—110，114，117—122；与开拓，16；与田园诗，329；在历史中，222；其理想化，108—109，260，684；个人与，160，329，651；杰斐逊论，121—125，138—140，148，492；在景物写作中，127；其法律，376，382，418，431，435—436，438—439，441—443，453，475，500—502，684；在文学中，127—128，168，257，608，684；作为市场，65，687；与美国土著，40，45，65，78；新世界的，24，231，329，336，454—455；托马斯·潘恩论，457，459；与田园浪漫，159；与政治，22，351—352；与清教徒论，188，231，269；作为资源，687；与权利，354，451—452，466，498；在浪漫主义中，160—161，342—343；与科学，124—125，3375；与社会，331；其状态，110，385；顶点，342—343；其象征意义，246，251；在梭罗文中，99；与贸易，60；先验论的，24，168；在游记写作中，39，127—128；与宇宙神教，77；与乌托邦主义，115

Navaho 纳伐霍人，167

Navarre 那瓦拉，601

navigation 航行，14—15，23，60，416

Neal, John 约翰·尼尔，343；《保持冷静》，640—641；《雷切尔·戴尔》，640

Nebrija, Elio Antonio de 艾里奥·安东尼奥·德·内布里加：《卡斯提尔语语法》，20

Nemours, Pierre-Samuel DuPont de 皮埃尔-塞缪尔·杜旁特·德·奈摩尔斯，495

neoclassicism 新古典主义，110，253，531—532，612，617—618；其美学，316；在非洲裔美国作家的写作中，554；在美国，120，123，141，252，591—592，597，599；在纯文学中，6—7，316，320；对其的挑战，602，609，613—614；英国的，591；在诗歌中，252，328；讽刺文学，617

Netherlands 荷兰，74，85—86，90，184，189，192，201，215，218，403

Newburgh（New York） 纽堡（纽约），376—378

Newburyport（Massachusetts） 纽伯里波特（马萨诸塞），407，523

Newcastle 纽卡斯尔，310

New Critics 新批评家，3

New England 新英格兰，7，205，208，234，278—279，292，312—313，318，593；英国国教在，280，283，393；反教权主义，274，292；与唯信仰主义，96；圣经模式，121，188，199，203，211—212，220，229，260，266，268—269，276—277；在基督教纯文学主义中，310—311；教堂会员，201；牧师，174—175，198—199，209，245，268—269，282—283，293—294；其气候，123；殖民宪章与专利，103，426—427；殖民者，82—83，89，94；其商业，612；相互竞争的意识形态，96；立宪，449；委员会，87；虔诚的衰退，222，244，249，256—257，261，280—281，296；不同意，187，195—196，271，280；神的存在，217，235，244，258—259，265，276，286；选举布道，257—258；移民，190，193—194，197，215，227—228，255；与英

格兰，199—200，203，239，264，280；其使命，188，259—260，269；探险报告，53—57，72，84，231；联邦党人，632；皮毛贸易，92；其政府，199，203，287；其历史/编史，171，181—182，188，193，203，212，214—215，217—221，223—224，231，235，258—259，265，268—269，276，286；其地貌，91，126，138，231，269；其土地缺乏，255—256；法律，182；其遗产，183，285；传奇，557；文化水平，432；文学理想，93—94，181—182，202，226，291，563；在文学中，239，312—313，597，604，611—612；生活条件，193，226，236；暴民活动，356；默顿论，95；与美国土著，82—83，101，192—193，223—224，235，533；报纸，274，312，313，622；玄妙活动，180；旧光，326；父权制，236；政治动荡，262，272，356，436，447；宣传小册子，231；新教教义，246；清教主义，98，255；宗教发展，200，203，228，295；信仰复兴，283—284，294—295，304，396—398，400—401；世俗化，255，263；定居，275；与奴隶制，519，638；象征体系，181—182；约翰·史密斯论，59，68，74；其社会秩序，598；与贸易，94，191—192；游记文学，126—129；与象征学，188，220—221，230，258；乌托邦主义，181—182；罗杰·威廉姆斯论，77；妇女，236—237，252—253，264，533

New England Courant 《新英格兰报》，274，312—313，622

New England Federation 新英格兰联盟，183，190

New England Way 新英格兰方式，6，197—198，200，202—203，231，271，293

New England Weekly Journal 《新英格兰每周杂志》，313

New Hampshire 新汉普郡，321，326—327，490，545，568；与《宪法》，484；其组成，472；选举布道，412；其文学，569；报纸，338，559；小册子，467；奴隶，517

New Hampshire Gazette 《新汉普郡公报》，338

New Haven（Connecticut） 纽黑文（康涅狄格），127，208，289，528，536；同时参考耶鲁大学（Yale College）

New Jersey 新泽西，292，318—319，325，335，339，341，377，403，405，473；与《宪法》，489；信仰复兴，283—284，399

New Lights 新光，284，295，300，306，400，403

New London（Connecticut） 新伦敦（康涅狄格），291

Newman, John 约翰·纽曼，151

New North Church（Boston） 新北教堂（波士顿），275

Newport, Captain 纽波特船长，54

New Side clergy 新一派牧师，284

newspapers 报纸，274，327，329，334，336，432，435，443，593；广告，605，664—665，686；与美国的自我定义，436；与纯文学，311—312，317；保守的，358；其发行，499，673—674；其形式，558—559；富兰克林与，622；与小说，623；与杂志，558—559，562，568；在马萨诸塞，311—313，318，326，337—338，449；在纽约，571，612—613，662；诗歌 591—593，605，616；与印刷文化，314；抗议，498；假

名，580；革命的，347，350，355，358，361，366；与奴隶制，518—519，558；南方的，334，558；其风格，597；对英格兰的观点，441，449，472；与妇女，311—313，337—338；同时参考杂志；期刊（maga-zines；periodicals）

Newton（Massachusetts） 牛顿（马萨诸塞），279

Newton, Isaac 艾萨克·牛顿，120，329，438，547；作为启蒙运动的标志，376，381，457；对爱德华兹的影响，296，300，306

New Town（Cambridge, Massachusetts） 新城（剑桥，马萨诸塞），201，206，238

New World 新世界，6，27，66，91，97，145，161，236，380，383，457；圣经中的模式，276；其文明，109—110，120，503；古典模式，595；其思潮，595；立宪，481；争论，109—125；英国的观点，45，59，62，64—65，68—69，72—73，75，77，85—87，89，120，161，337；作为实验的，374—375；其探险，15—19，24—25，27，37—38，46，98—99，126—129，152，165，184；其肥沃，595；法国的观点，2 I，59；帝国前景，550；劳动，73，75；离奇，33；其命名，23，25；与美国土著，45；自然，329，336，454—455；其负面形象，8，16，114—118，162；与旧世界对抗，455，595；清教徒到达，190，192；其政治，451；占有，24，83，99，165；可能性，20，73，106，119；其代表，36，45，59，62，73，455，666；资源，31，33，46，60—61，65，73—74；浪漫主义的观点，135—136；科学，109，132，336，450，595；西班牙的观点，21；与技术，115—116；与翻译理论，595；与乌托邦主义，115；与视觉艺术，336；作为荒芜，84—87

New York 纽约，120，287，317，392，408，554，606，627，668；非洲裔美国人，520—522；与美国革命，376—378，473，529；与《宪法》，489；其组成，419；其探险，665；旅行指南，664；欧文论，617，660，664—669，672，675；文学俱乐部，6，319，325，343，550；在文学中，324—325，336，677，679—681，687—688；美国土著，197，510—511；新光，306；报纸/杂志，324，338，456，562，571，612—613，662；期刊媒体，689；最高法院，325；剧院，292，324，573，575，577，579，581，583，585，589，662；视觉艺术，690

New York Constitutional Gazette 《纽约宪法报》，456

New York Evening Post 《纽约晚邮》，612—613

New York Historical Society 纽约历史协会，665

New York Magazine; or Literary Repository 《纽约杂志》或《文学杂集》，562

New York Mercury 《纽约信使》，338

New York Weekly Journal 《纽约周刊》，324

Niles, Hezekiah 埃兹凯斯·奈尔斯，441

Niles, Nathaniel 纳撒尼尔·奈尔斯，407；《两篇自由演讲》，410—411，523—524

Nine Worthies（New York） "九位伟人"（纽约），662

Nipmucks 尼普马克人，191

Noah, Mordecai M 莫迪凯·M.诺亚：《的黎波里的围困》，546；《她将成为一名战

索引

士》, 581
Norris, Elizabeth 伊丽莎白·诺里斯, 339—340
Norris, Isaac 伊撒克·诺利斯, 324
North, Lord (Frederick) 诺斯勋爵（弗雷德里克）, 443
North American Review 《北美评论》, 571
Northampton (England) 北汉普敦（英格兰）, 206, 236, 245
Northampton (Massachusetts) 北汉普敦（马萨诸塞）, 278, 284, 296, 299—300, 304
North Carolina 北卡罗来纳, 419, 472, 489—490; 边界调查, 103—107
North Dakota 北达科他, 152
northern colonies (states) 北部殖民地（州）, 436; 与美国革命, 534—535; 论戏剧, 575; 口述文化, 648; 与奴隶制, 146; 与南方, 433, 681
Northwest Ordinance 《西北法令》, 477, 492—493
Northwest Passage 西北航道, 129, 149
Northwest Territory 西北地域, 512—513
Norton, John 约翰·诺顿, 213; 《亚伯虽死了却在说话》, 212
Norway 挪威, 26
Nouvelle-Cythère (Tahiti) 新西叠荷（塔希提岛）, 115
novels 小说, 6, 8, 532, 545, 552—553, 594, 607, 617, 620—643, 661; 其美学, 676, 689; 与匿名, 624, 627, 635; 战前的, 627; 布鲁克顿·布朗与, 550, 554, 645—646, 649—650, 660; 变化, 620—623, 628, 678, 689; 与商品化, 628—629; 公共目标, 544—545, 576, 620, 623, 642; 其传统, 342; 与版权, 625, 628; 说教, 544, 549, 624, 630—633, 637, 639, 641, 644—645; 与戏剧, 9, 573, 626—627, 646, 657; 与经济学, 342, 634—636; 英国对其的影响, 547, 625—626; 与史诗, 544; 欧洲的, 20, 626; 事实性, 545, 637, 641—642, 665, 684; 与声望, 679; 与女性化, 573, 649, 677, 679; 与上流社会, 552, 676, 683 女主角, 632—633; 与历史, 640, 641—642, 665; 与个人主义, 620, 622—623, 625, 628—629, 636, 642, 652, 656, 686; 与自由主义, 555, 621, 625, 676; 风格, 678; 与市场, 555, 584, 620, 625, 628, 636, 690; 作为中产阶级形式, 574, 620; 反对, 341—342, 544, 565, 621, 624, 633, 637; 与口头文化, 621, 624, 646, 689; 爱国主义主题与使用, 633—634, 637, 642, 676; 流浪汉体裁, 636; 与诗歌, 555, 592, 608, 657; 流行的, 551, 627; 与印刷文化, 544, 573—574, 583, 621, 623, 625—626, 646, 657; 作为私人形式, 573, 620—621, 633, 642, 644; 其职业化, 658; 读者, 342; 共和主义因素, 621—622, 625, 632, 676; 在美国的兴起, 342, 549, 565, 573, 622; 浪漫主义元素, 620, 642; 讽刺文学, 625, 637—639; 感伤主义, 577, 588—589, 607, 623; 连载的, 560, 627; 社会作用, 545, 549, 623, 637, 644—646, 676, 681, 684, 689; 与主观性, 544—545, 621—622, 633, 652, 676; 认可的价值, 630; 与视觉艺术, 689—691; 与辉格伤感主义, 580; 妇女的兴趣, 621, 658; 同时参考书信体

805

小说；虚构文学；历史浪漫小说；个体作家 epistolary novel；fiction；historical romance；individual authors

Noyes, Nicholas 尼古拉斯·诺伊斯，178—179

Nurse, Rebecca 丽贝卡·纳斯，172

O

Oakes, Urian 尤里安·欧克斯，234—235，272；《新英格兰的祈求》，261

Oanancock (Virginia) 奥南考克（弗吉尼亚），101

objectivity, narrative 叙述的主观性，15，31，36，174，445；在探险作品中，59，154，156；在历史中，224，664；与意识形态，33—35；与小说，623；与科学，188，439

observer 观察者：在探险叙述中，158；在风景写作中，127；与美国土著，154；在游记文学中，134—135

occasional literature 应时文学：小册子，441，450，498；诗歌，244，593；布道，409—412，415，424—425；同时参考选举日布道 election days, sermons for

Occom, Samson 萨姆森·奥克姆，43，519；《布道》，37

occult 秘术，180

odes 颂诗，334，340；反联邦制，609；品达风格的，609

Ogilvie, George 奥格尔维，333，342；《卡罗来纳》，332

Oglethorpe, James 詹姆斯·奥哥莱陶普，330

O'Gorman, Edmundo 爱德蒙多·欧戈曼，24

Ohio River 俄亥俄河，514

Ojibwa 奥吉布瓦，40

Old Brick (Boston) 老墙砖教堂（波士顿），293—294；同时参考第一教堂（First Church）

Old Lights 旧光，284，294，299，326—327，400，404

Old North Church (Boston) 老北教堂（波士顿），209，271，275

Old Side clergy 老一派牧师，284，400

Old South Church (Boston) 老南教堂（波士顿），262，279；同时参考第三教堂（Third Church）

Oliver, Andrew 安德鲁·奥利弗，357

Oliver, Peter 彼特·奥利弗，348，354，391

Onesimus (a slave) 奥尼西默斯（一个奴隶），273

opposition, oppositionalism 反对，反对主义，4，202，401，459；其美学，3；与含糊，474；美国对其的原则，437，478；公理制模式，389；英国的，390，428—429；其成长，449；其意识形态，579；其制度化，478；其语言，353—354，413—414，426，428，430，441，448，456；局限，444；效忠，450；在小册子写作中，441，460；其

心理，474，479；在宗教中，389，391，394；其权利，390，437；辉格党的，442

orality 口述，363，578，674；在非洲裔美国人文化中，554—555；与美国革命，361，406，412；与权威，648；与纯文学 309，549；布罗克顿·布朗，646—650，653；与同意，512；其危险，622；与戏剧，574，578，583，621；其规则，546，554—555，623，647—648；与诠释，40—43，512；美国土著文化中的，37，43，512；与小说，621，646；与小册子，433，468；与诗歌，546，554，594，621，657；与印刷文化相对抗，6，8—9，347—348，351，412，421，433，458，512，546，621，644，646—650，657，673；与宗教，406，408

oratory 讲演术，546，593；与小说，689；其说教，646；其夸张风格，573，578，589—590；启蒙运动，381—382；美国土著，513；政治的，366，382，411，554，578，589—590

Ordinance and Constitution for Virginia 《弗吉尼亚法案》，471

Orient 东方诸国，15，29

Original Sin 原罪，187，250，295，304—305

Osborn, Sarah 莎拉·奥斯本，402

Osgood, Mary 玛丽·奥斯古德，176

Ossinaboins 奥森鲍安人，152

Otis, James 詹姆斯·奥蒂斯，432，458，472；与美国革命，348；论政府，439—440；论议会，440；《英国殖民地权利》，436，439—442；《英国殖民地的辩护词》，431，440

Otsego (New York) 奥特赛格（纽约），687—688

Otway, Thomas 托马斯·奥特维：《孤儿》，325

Our American Cousin (play) 《我们的美国兄弟》，590

Outer Banks (North Carolina) 外滩（北卡罗来纳），67

Oveido 奥维多，50

Ovid 奥维德，227，310，317，651；模仿，320；《变形记》，97

Oxford University (England) 牛津大学（英格兰），21—22，309

Oyer and Terminer, Court of 听审法庭，175

P

Packrow, William 威廉·帕克罗，342

Paine, Robert Treat 罗伯特·特里特·潘恩，316，593，601；《亚当与自由》，600；《文学的发明》，599—600；《街道成为废墟》，593；《不可动摇的热情》，599—600

Paine, Thomas 托马斯·潘恩，285，423，443；与国会，460；其目标，459；其影响，443，456；其文学风格，361，382—383，456—457，459—464；与革命暴民，459—460；对其的反对，463；与宗教思想，457—458；对愤怒的运用，458—459，461，

463，465，532

Paine, Thomas 托马斯·潘恩作品：《美国危机》，500；《常识》，350—351，361，382—384，389，415，434，456—464，473，499；《关于女性问题的应时信》，525，532；《就英国的侵略致英国人民》，534

Palos（Spain） 帕拉索（西班牙），18

pamphlets, political 政治小册子，6，439—443，446，462，464，469，554；匿名，438，465，467，528—529；反联邦主义者，468；其读者，433—434，447—448，451—452；保守的，465；与章程，467；其发展，353，436，449，468；其发行，432；其情感，347，349，442，465；与启蒙运动的理想，432—433；其形式，432，452，467；其目标，433，435—436；其影响，463；其文学风格，433—434，438，441，446，459，461，470；忠诚者，439，449，458；在杂志中，557；偶然的，450；反对的，441，460，498；与口头文化，433，468；其政治策略，366，426—427，432—437，441—448，452—453，456—459，467—468；与印刷文化，314，433；笔名，432，465，580；激进的，351，382，441，462，465；理性，389，433—434；与布道，408—409；论奴隶制，523；妇女的，528—529

Paris（France） 巴黎（法国），26，79，80，110，128

Parks, William 威廉·帕克斯，328

Park Theatre（New York） 花园（帕克）剧院（纽约），581，589，662

Parliament, British 英国议会，92，113，445，450，453；美国的观点，353，436，439—440，442；伯克的讲话，391；其殖民地政策，331，353，427，436—438，442—444，447，453；与英国内战，186，279；其管辖权，427，451，473；与《独立宣言》，475；枢密院，362；反对，394，450；神学辩论，203；其法庭，395

parody 拙劣的模仿，181，232，640—641，645，664；纯文学中，321—322，326；期刊中，550，571 662；政治的，322，331；宗教的，248，281，327，407—408

Parsons, Theophilus 西奥菲勒斯·帕森斯：《埃塞克斯决议》，465—466

Parson's Cause（Virginia） 帕森案（弗吉尼亚），393，436

Pascopan 帕斯科潘，94

pastoralism, pastoral romance 田园派，田园浪漫，253，548；其美国传统，131，138—140；在巴特拉姆中，139，146，159；伊丽莎白式的，86；其意识形态，133；与奴隶制，133，146；价值，115，133

Patagonian giants 巴塔格尼亚巨人，118

patents, colonial/royal: competition for 殖民地/王室特许，61；对其的争论，94，103；作为土地权，103—104；马萨诸塞，77，89，91；弗吉尼亚，103

pathetic fallacy 感情谬误，134，147

patricide 杀父，427

patriotism 爱国主义，428，467；殖民地的动荡，458；戏剧中，548，574，578—580，585—587；史诗中，545，596，598；与自由，502；与圣徒传，535；在历史中，664；

作为文学理想，552，610，680，682；文学中，549，576，594，633—634，637，642，675—676，678；杂志中，668；其模式，587；与讲演术，411；诗歌中，338，545，555，591，593—596，598，605，607—608，610，612，616；与宗教，417；共和主义中，377—378；其仪式，359；歌曲中，546，549，554，594；其标志，357；与妇女，530，607；与写作，474，640

patronage, literary 文学赞助，328，562，600，617，663；由俱乐部，561；其评论，611；与杂志，566；为诗歌，640；以订阅形式，592，601；华盛顿与，566，574，592，601

Patuxets 帕图塞特人，191

Paulding, James Kirke 詹姆斯·柯克·鲍尔丁：《住在边远地区的人》，688；《杂文集》，550，662

Pawnees 波尼族人，151，152

Payne, John Howard 约翰·霍华德·佩恩：《布鲁特司》，581，584，587—590；《查理二世》，589；《克拉丽》，589；《黎塞留》，589；作为职业剧作家，573，582，615

Payson, Phillips 菲利普斯·培森，416—418

Pelham family 派尔海姆家族，322

Pemberton, Ebenezer 埃比尼泽·彭伯顿，283

Pembroke Church (Boston) 彭布鲁克教堂（波士顿），412

Pendleton, Edmund 埃德蒙·彭道顿，489

Pennsylvania 宾夕法尼亚，132，146，310，338，340—341，362，505，527，529，639；与美国革命，426，473；其气候，124；俱乐部，6，317，323；与《宪法》，489；教育，499—502；文学中，161，362，443—449；美国土著，511；报纸/杂志，443，525；宾夕法尼亚的拥有者，323—324；信仰复兴运动，399；最高法院，551；同时参考费城 Philadelphia

Pennsylvania Chronicle 《宾夕法尼亚编年史》，340，443

Penobscot Bay 宾诺斯考特湾，191

Pequots 皮阔特人，82，89—90，191—192，220，255

periodicals 期刊，《黄金岁月》，571；同时参考杂志；报纸

Pernety, Aubine Joseph 奥宾·约瑟夫·帕尼蒂，118—119

Peru 秘鲁，63，111，120，145

Peters, John 约翰·彼得，605

Petiver, James 詹姆斯·皮特沃，316

Petrarch 彼特拉克，232

Pewter Platter Inn 皮特普拉特酒馆，310

Philadelphia (Pennsylvania) 费城（宾夕法尼亚），6，130，132，326，335—336，364，395，451，456，559，568，571，585；与美国革命，529；英国军队，426；作为商业社会，687；宪法大会，385，468，478，482，485，490；在小说中，652—654，656；富兰克林，574，622，644；健康危机，124；文学俱乐部/生活，125，310，314，

○索　引

316—318，338—339，341，561；杂志，313，561，645；与美国土著，511，513，515；剧院，582；视觉艺术，690

Philadelphia Minerva　《费城密涅瓦报》，645

Philadelphia Observatory　费城天文台，439

Philipse, Adolph　阿道夫·菲利普斯，325

Phillips, Abigail（Mather）　阿比盖尔·菲利普斯（马瑟），272

Phillis（ship）　菲利斯（船），520，604

Philomusarian Club（Harvard College）　费拉缪撒林俱乐部（哈佛学院），309，335

philosophe　哲学家，380—381

Phips, William　威廉·菲浦斯，175，210，268，277

picaresque　歹徒题材，289，636；其主角，622

Pickering, Timothy　蒂莫西·皮克林，472

Picts　皮克特人，67，79

Pierrepont, Sarah（Edwards）　莎拉·皮埃尔庞特（爱德华兹），296

Pilgrims　清教徒移民，98—99；其到达美洲，84—87，91，184，191；移民，216；在荷兰，86—87；与美国土著，82—83，88—90，190—191；同时参考分离主义者 separatists

Pilon, Frederick　弗雷德里克·皮冷：《他会成为一名士兵》，581

Pinckney, Charles　查尔斯·平可尼，488，530

Pinckney, Eliza Lucas　伊莱莎·卢卡斯·平克尼，530—532

Pinckney, Thomas　托马斯·平克尼，531

piracy　海盗，60—61，72，74

Pitt, William　威廉·皮特，337，443

Pix, Mary　玛丽·皮克斯，337

Pixerecourt, Guilbert de　休伯特·德·皮瑟莱考特，581

Pizarro, Francisco　弗朗西斯科·皮扎罗，31

plain style　朴素的风格，215，229，285，295；在贝弗利，97—98；在殖民地叙述中，30—31，36；在帝国写作中，33—35；公共文献，489；清教徒的，141，188，199，202，226—227，243

plantation culture　种植园文化，332—333

Plato　柏拉图，303，602；论诗人，619

Pleasants, Robert　罗伯特·布莱恩特，504，516

Pliny　普林尼，570

Plum Island（Massachusetts）　普兰姆岛，269

pluralism, liberal　文化多元化，3

Plymouth　普利茅斯，99，189；布拉德福论，87，97，216—217；梅丽蒙特山争论，91—95，103；英格兰的观点，218—219；其政府，216；其发展，190；其历史，39，84—93，101，214—215；其法律，219；与马萨诸塞海湾公司，190，216；与莫顿，202—

203；与美国土著，44，191，223；清教徒的到达，84，86，215；政治经济制度，91；财产结构，96—97；与罗杰·威廉姆斯，39，197

Plymouth Company 普利茅斯公司，189

Pocahontas 波卡洪塔丝，53，70—71，80，166

Pocassets 波卡塞特，264

Poe, Edgar Allan 埃德加·爱伦·坡，569，640，651

poetry 诗歌，6，8，165，3I11，320，330—331，486，551—552，564，591—619；离合诗，227，233，253；非裔美国人创作的，554—555，592，604—606；《阿克那里翁》，317；换音词 anagrams，227；仪式的，592，604；公民的，328，332；古典的，69，240，317，595，618；协作完成的，550，554；（原书814）公共中心的，548，591，593，597—598，607，609—610，612—613，616，619；宫廷的，51；其惯例，597，607，609，617；说教性 231，549，591，593，598，609，610，612；与戏剧，581，591—592，597；其义务，594—595，607—608；英国格式，570，591—592，604，617—618；富于辞藻的，604；墓地派，513，670；与历史，664；个人的笔调，592；抒情的，32；风格主义的，326；与市场，592，594，602，604，615；韵律，597，609，612—613；新古典主义的，252，328；报纸上的，591—592；与小说，555，592，608，657；口述特性 546，593—594，621，657；爱国主义作用，545，555，591—596，598，605，607—608，610，612，616；作为职业，592—593，601；其发表，616；清教徒的，7，189，208，226—254；浪漫主义的，135；沙龙，339；苏格兰的，32 I；伤感主义，592，607—608；十四行诗，609；与视觉艺术，690；辉格党的，324；妇女创作的，337—338，592，606—609

Pokanokets 波卡诺克特，191

Poland 波兰，598

Political Barometer 《政治晴雨表》，627

politics 政治，91，367，419，421，451，462，468—469，491，524—551，598；寓言，325；革命的，366，412；与艺术，613；与纯文学，310，322—326，337—338，340；改变，589，690；与舆论，507—508；与戏剧，576，579，589—590；英国的，322，430；启蒙运动，384，503；利益的，497—498；与法律，438，441，454；与文学，585，612—613，615，650，659—660，689；与杂志，659；马里兰，322，328—329；马瑟与，210—211，222，275—276，281；与千年福国论，399；其现代化，555；与自然，22，351—352；新英格兰，260—262，436，447；与讲演术，382，554，578，589；与小册子，366，432，436，441—448，452—453，456—459，467；模仿作品，322，331，578；与诗歌，310，319，324—325，327，59I，593，607，609—610，612—613，619；其发展，384；与上帝，423，425，481；激进的，395，601；与宗教，389—392，394—396，400—403，407，410，413—414，416，419，423—425，436，457，470，519；其仪式，423—424；与科学，382，439，453，473；与伤感主义，324—325；与奴隶制，497，523—524；与贸易，446—447；辉格党的，472，545；妇

女与，337—340，507，527，529，531，607—609

Polo, Marco 马可·波罗，31，129；与哥伦比亚，15—18；异国情调，15；《游记》，15—18，26

Pope, Alexander 亚历山大·蒲柏，328，376，603，606；与康涅狄格才子，599；《群愚史诗》，329；《批评论》，362；在美国的声望，591，597，599，602，604，618；对其的反对，613

Pope Day 教皇日，356

popular culture 流行文化，1

population, American 美国人口，191，201，217，396，446

Porson, Richard 理查德·波尔逊，547

Port Folio 《卷宗》，570—571，669，691；其建立，567；其长寿，560；其赞助，561

Portico 《门廊》，57，640

portolani 航海图的，26—28，30

Portsmouth（New Hampshire） 波斯茅斯（新汉普郡），326，545

Port – Tabago（Virginia） 泼特塔巴勾（弗吉尼亚），101

Portugal, Portuguese 葡萄牙，葡萄牙的，5n，21，26，34，47，74，111，167，184

Potomac River 波多马克河，28，101，627

Pots, Richard 理查德·波茨，75

Poughkeepsie（New York） 泊金普斯（纽约），627

Powhatan, Chief 波瓦坦酋长，54—57，70—71

preparationism 准备主义：与阿米尼主义，187，196；科顿论，200；辩论，279；其学说，187；爱德华兹论，303；与恩赐，206

Presbyterianism, Presbyterians 长老会制，长老教会员，276，280，284，292，319，392，396，405，533

press 印刷物，20，36；其自由，432，488；对其的压制，324，325；同时参考印刷文化；出版物 print culture；publication

Preston（Connecticut） 普雷斯顿（康涅狄格），523

Preston, John 约翰·普雷斯顿，187，207

Price, Richard 理查德·普莱斯，485

Priestley, Joseph 约瑟夫·普里斯特利，352，379—380

Prime, Benjamin Young 本杰明·扬·普莱姆，342；《爱国主义沉思录》，337

primitive, primitivism 原始的，原始主义，117，134，138，267；与美国身份，46；英国的，110—111；与美国土著，48，79，153；关于新世界，111；清教主义，392；与情感浪漫主义，115

Prince, Thomas 托马斯·普林斯，281，283；《新英格兰编年史》，224

Princeton（New Jersey） 普林斯顿（新泽西），339；战斗，377

Princeton University 普林斯顿大学，306；为其而作的毕业典礼诗歌，550，596；同时参

812

考新泽西学院 College of New Jersey

print culture　印刷文化, 314, 327, 350—351, 365, 549, 652; 与美学价值, 343; 与作者身份, 313; 纯文学, 312—313, 318, 326, 341, 629; 与公共诗歌, 328; 与殖民化, 13, 36; 商品化, 674; 与构造, 457, 468, 648; 与版权, 546, 552; 其出现, 20; 与启蒙运动, 544; 与事实性, 546; 富兰克林与其的关系, 350, 360, 421, 622; 与史实性, 544; 其意识形态, 647—649; 与知识, 435; 其自由, 324; 其文学框架, 328; 与杂志, 337, 561; 与手稿传统的对抗, 313, 326—327, 674; 与市场, 343, 649, 656; 作为调解, 622, 649; 反美国土著文本, 512—513; 与小说, 544, 573—574, 583, 621, 623, 625—626, 646, 657; 与演讲术的对立, 6, 8—9, 347—348, 350, 412, 421, 433, 458, 512, 546, 621, 644, 648, 673; 小册子, 433; 与印刷物, 20, 36; 与财产, 604; 与笔名, 314; 作为公共世界, 609; 与宗教, 261, 399, 406; 与投稿费, 338; 其订阅制度, 601; 其价值, 646; 与妇女, 337—338, 340—341, 622; 同时参考写作（writing）

private sphere　私人领域, 322, 459, 545, 643, 665, 680—681; 俱乐部, 315, 317—318, 322—323; 与家庭生活, 607—608; 戏剧与, 584; 富兰克林, 422; 个人, 587; 其语言, 363; 小说与, 573, 620—621, 633, 642, 644; 与口述文化, 546; 与公共领域的对立, 312, 326, 525, 532, 542—543, 555—556, 559, 584, 607—608; 与清教徒日记, 210—211, 234; 与宗教, 197, 404; 妇女与, 236, 238, 607—608, 621, 649

Proctor, Elizabeth　伊丽莎白·普洛克特, 286

Proctor, John　约翰·普洛克特, 173, 286

professionalization (of authorship)　（作者身份的）职业化, 9, 542, 551, 556, 566, 568, 570, 628, 644, 659, 661, 669, 672; 在诗选中, 615—616; 与艺术, 664; 在纯文学中, 568; 布鲁登克·布朗与, 555; 与库珀杰斐逊, 676, 682, 684, 693; 与版权, 547; 与戏剧, 573, 578, 582, 615; 在英格兰, 601; 弗瑞诺论, 611; 欧文与, 541, 553, 558; 与小说l, 658; 诗歌与, 592—593, 601; 与妇女, 557

progress　进步, 3, 119, 202, 332, 384, 470, 666; 庆祝, 329; 与殖民化, 123; 启蒙运动的观点, 368—369, 371, 500, 528; 自由的, 612; 其意识形态, 120, 138; 杰斐逊论, 379; 物质的, 194; 与美国土著, 166; 在原始主义, 110; 其宗教形象, 220, 388, 406—407; 历史理论, 225, 368, 371, 382, 500; 在乌托邦叙述中, 113

promotional tracts　宣传册, 218, 231

property　财产, 139, 171, 413, 425, 505, 543, 604, 686; 农业的, 544; 作者的 1, 349, 542, 545—547, 551—552, 555, 560, 583, 601, 626, 664; 其实用性, 492; 布罗克顿·布朗, 650, 653—656; 伯德论, 106—107; 其变化的概念, 616, 629, 635—636; 与殖民化, 18, 156, 161; 公众的, 91, 500, 545, 552, 623, 627, 668—669; 其分配, 653; 启蒙主义的观点, 447, 501—503, 509—510, 521; 自有保有权利, 331; 与世代的争论, 255—256; 理性的, 547; 在詹姆斯敦, 97; 土地, 71, 76,

○索　引

103—105，156，166，257，501—504，511，544，653，671，688；法律，503—506，508，534—534，616；文学作为，601，625，669；与美国土著，76，191，498，502，504，506，511—513，666，688；19世纪的观点，406；在普利茅斯，96—97；便携式的，635，653—654；私人的，97，542，544，546，560，580—581，601，625，669，688；共和主义的观点，513；其权力，444，446，501，505，517；与奴隶制，504—508，519—521；作为社会价值，505，521；西班牙的概念，47；与税收，286，444，447，507—508；与价值，186，505，521；妇女与，506—507，632，650，653，656

prosody　韵律学，597，609，612—613；其变化，618—619；古典的，617；杰斐逊论，595，617—619；清教徒的，229，243，247；在浪漫语言中，617

Prosser, Gabriel　加布里埃尔·布卢瑟，516

Protectorate　摄政时期，255，279

protest, colonial　殖民地的抗议，286，357，393，431，448，456—458，475，580，585；与美国自我定义，354—356，439；反联邦主义者，527；其语言，8，353，429—430，449；与效忠者，440；在报纸中，498；与小册子，436，453，468；议会作为其目标，353，394，427，436—438，与宗教，420，清教徒伦理，406，442—444，447，450—451，453；524；其标志，356

Protestantism, Protestants　新教，清教徒，77，246，401；与美国革命，390—391；反对者，397；在英格兰，185，276，288；与启蒙运动，389；自由的，306；与千年福国论，398；在新英格兰，184，276，278；激进主义，184，390—391，402，406，411；改革，184，237，389；神学，237

proverbs　谚语，546

Providence, divine　神圣的天意，211，220，264，397，400；美国对其的形象，388，391，416，422，435；在大觉醒中，403；与常识，418；爱德华兹对其的运用，299，305；启蒙运动对其的运用，382，422；历史中，197，215—217，219，222—223，264，276—277，299；科顿·马瑟对其的运用，212，275，277；政治上的使用，423—425，481

Providence（Rhode Island）　普罗维登斯（罗德岛），198

Provincial Congress of Massachusetts　马萨诸塞州议会，395

Ptolemy　托勒密，456；《地理》，26

publication　出版物，72，246，252，432—435，486，订阅的出版物，328，553，566，570，601，604—605；诗选的，616；其惯例，561；其成本，669；与戏剧，574，594；弗瑞诺论，611；与杂志，337，551，560；与小说，594；作为赞助，592，601；与诗歌，594；问题，561

public documents, literature of　公共文件文学，324，361，470—495；其形式，478，495—496；与上流社会的理想，486—487；其语言，471，495

public sphere　公共领域，527，537，615；艺术，545—546；与纯文学，326，331，336；与戏剧，545，579—581；排外，525，533；性别与，526；个人，559，644，655；其

索引

语言，363；文学，544，546—547，565，660，668，688；与应时诗歌，236，252；与私人领域，312，326，525，532，542—543，555—556，559，584，607—608，655；与财产，500；与宗教，197；与感伤主义，586，607—608，637；与美德，420，490，526；与妇女，525，532，607—608

Pufendorf, Samuel von 塞缪尔·凡·普芬道夫，382，433，442
Purchas, Samuel 塞缪尔·帕切斯，69；《哈克鲁特遗作》，26
Purdie, Alexander 亚历山大·普迪，334
Puritan Commonwealth (England) 清教徒联邦（英格兰），191
Puritanism, Puritans 清教，清教徒，5，73，98，185，219，238，276，406；其美学，229，243，252；与寓言，108；与英国国教，186，188，226—227，245；其自传，209—212，289；其对《圣经》的运用，185—188，190，194，199，203，205，228；与骑士，94，99；其变化，281；与教堂会员，187，201—202，255—256；其牧师，187，192，226—227，233，268—269，295，303；与皈依，206，301；其衰落 213—214，235，244，257，259，271，288；其定义，183—185；与民主，286；其日记体裁，209—211，268，272，275；与说教，231，241，243；其中的不同意见，195，197，257，295，306，392；其学说，226—227，242，247，279；与经济事务，94，185—186，194，202；与爱德华兹，305—306；挽歌，234—235；与伊丽莎白时期的文化，93—94；其移民，190，255—256；英国的，186—187，189，191，199—200，203—204，226—228，255，354，392，395；与欧洲，91，381；富兰克林与，421；与性别，184，204，218，220—221，237；其政府，258，277；其历史，7，170，184，204，206，212，214—216，220—221，224—225；反对偶像崇拜，226—227；其理想，121，126，193—194，212，278；与意识形态，183，266，272；影响，185，201—202；与诠释，7，264；与容忍，216，276，637；在菲利浦国王战争中，222—223，224；其遗产 126，183—184，189，194，285，288；其文学风格，174，181—184，187—189，193，206，209，211，226—229，233，236，238，243，245—246，257，265，273，290—291，306，417；与迈尔蒙特，91—92，96；论物质世界，190，238，242，257，265，268，277—278；中庸之道，187；与美国土著，191—193，197，202—203，220，262；关于自然，188，224，238；与新英格兰，183，187，199，203—204，206，228，255；不妥协，189，199，215，245；不分裂，190—191，197—199，216；与小说，545；与反对性论述，392；与口述文化，546；其特许，77；其保罗式的精神，190，196，279，297，332；个人叙述，7，205—206；简单的风格，141，188，202，206—207，243；诗歌，7，189，226—234；与政治，218，222，260—261，306；与理性，225；改革者，185；其代表性人物，212，305—306；讽刺文学，637；对其的学术研究，170（原书中没有 170 页，为换章的大标题页???），183—184，220，229，257；与科学，224；与世俗，91，214，224，231，252，257，277；其自我定义，7，95；分离主义，76，92，99，189，216，392（同时参考英国清教徒 Pilgrims）；其布道，181，189，248，273，289—291；其社会制度，186—187，196；其宗教大会，

196，256；目的论，194；与剧院，577；其神学，177，180，186—187，200，203—204，226，246，272，277，296，303，306；与象征学，181188，194，218，220；乌托邦的理想，7，181—183，193—195，220；妇女，184，197，218，220—221，226，235—241，252—253，264，273，289—290，292—293；与杨基，269

Putnam, Israel 以色列·普特那姆，545

Pygmalion, legend of 皮革马立翁传说，320

Pynchon, Thomas 托马斯·派恩空：《万有引力之虹》，263

Q

Quakers 贵格会，132，257，276，291—292，310，323，325，407，504，518，615

Quanopen 关欧芬，264

Quarles, Francis 弗朗西斯·夸尔斯，227

Quebec 魁北克，286，337，579；战斗，357

Queen Mab (English folklore) 麦布女皇（英国民间传说），164—166，652

Queen's College (Rutgers University) 王后学院（罗格斯大学），403

Quidor, John 约翰·奎多，689

Quincy (Massachusetts) 昆西（马萨诸塞），202

R

race, racism 种族，种族主义，5，108，202，231，270，517—518，520，606；虚构文学中，164，166；与性别，232—233；清教徒的观点，7，268，273—274；其成见，233，266—267，270，290；在弗吉尼亚，102；在视觉艺术中，66—67；在西部，223

Radcliffe, Ann 安·瑞德克里夫，625；《森林浪漫》，582

radicalism 激进主义，363，389，452，515，535—536，601—602；牧师的，391，395，411，523；不同意，393；英国的，353，358，430；启蒙运动，380，499—501，509，534；自由的，519；其语言，357；在马萨诸塞，358，431，441—442，465；在报纸中，355；在小册子中，441，462，465；新教的，390—391，402，406，411；其标志，358，499；辉格党的，414，431，459；与写作，437

Raleigh, Walter 沃尔特·罗利，21，68，94；《圭亚那帝国的发现》，31—33；帝国的计划，64；新世界的观点，74；其特权，103—104；与弗吉尼亚，59—60

Ralph, James 詹姆斯·拉尔夫：《夜》，328；《叟尼》，328

Ramsay, Allan 艾伦·拉姆齐，321

Ramsay, David 大卫·拉姆齐：《美国革命史》，426，506，535—536

Ramus, Petrus 皮特鲁·拉姆斯：拉姆斯逻辑体系，201—202，306

Ramusio, Giovanni Battista 乔凡尼·拉姆索：《航海与航行》，25—26

Randolph, Edmund 埃德蒙·伦道夫, 485, 489; 论《联邦条例》, 482; 论《宪法》, 40—41, 483, 486, 488

Randolph, Edward 爱德华·伦道夫, 258

rationalism 理性主义, 113

Raynal, Abbe de (Guillaume Thomas Francois) 阿贝·德·雷诺（纪饶姆·托马斯·弗朗索瓦·雷诺）, 120, 123;《哲学政治史》, 119

Read, Mary 玛丽·理德, 339

realism 现实主义, 159, 163, 549, 623; 在殖民地叙述中, 31, 33—35

reason 理性, 34—35, 423, 441, 457, 486, 499, 531; 非裔美国人的使用, 518, 521, 525; 与美国革命, 395, 418; 与舆论, 470; 与教育, 503; 与情感, 382, 434, 452, 465; 启蒙运动的使用, 368—370, 376—379, 387, 422, 503, 508, 525, 534; 在政府中, 388, 515; 在历史中, 224; 洛克论, 510; 在小册子中, 389; 与进步, 470; 清教徒的使用, 186, 205, 266; 与宗教, 186, 249, 285—286, 288, 294, 367, 389, 395, 400, 410, 418—419, 421, 423; 与信仰复兴, 279—306; 与权利, 501; 其统治, 508, 510; 与奴隶制, 505, 524; 在巫术审判, 173—175, 179

Red Jacket（Chief Sagoyewatha） 红杰克, 514

Reed, Esther De Berdt 以斯贴·德·博德特·里德, 536《一名美国妇女的感伤》; 527

Reed, Joseph 约瑟夫·里德, 317, 336

Reformation, Protestant 新教改革, 184—185, 189, 261, 434; 其年代, 425; 与美国, 348, 367, 388—389, 458; 其历史, 269; 分离主义者对其的反应, 99

reformists: English 英国的改革者, 184—186, 198—199, 203; 与马萨诸塞海湾殖民地, 276

regicide, English 英国的弑君者, 186

Reid, Thomas 托马斯·里德, 295

religion 宗教, 50, 143, 145, 189, 369, 389, 491, 566, 617; 与废奴, 518, 524; 约翰·亚当斯论, 388, 391, 393, 419—420, 422; 与美国革命, 367, 388—389, 457—458, 519, 522—523; 古代的, 4; 与纯文学, 311; 变化, 171, 280—281; 皈依, 519—520; 与《宪法》, 488; 与腐败, 535; 其衰落, 261, 284; 与民主, 402—403, 552; 不同意, 390—391, 405; 其多样性, 392, 433; 在本土小说中, 557; 与经济学, 285—287; 英国的, 391, 394; 与启蒙运动, 351, 381, 388—389, 390—425, 404, 418—420, 456, 500, 524; 在欧洲, 392; 其狂热, 645; 其自由, 203—204, 350, 403, 488, 492; 与政府, 174, 198—199, 268, 408; 与幽默, 290; 其圣像图, 535; 杰斐逊论, 350, 419—420, 423—425, 492; 其语言, 394, 423—424; 其领导, 268; 与自由, 390—391, 401, 403, 408, 410, 412, 418—419, 492, 519, 524; 作为文学束缚, 254; 与美国土著, 44, 65, 82, 510, 514; 在新英格兰, 200, 255—256, 295, 397—398, 400—401; 反对策略, 389, 391, 394; 与小册子, 436; 与爱国主义, 417; 清教徒的, 87; 与诗歌, 241, 311, 601, 604—605; 与政治, 8, 257, 260, 389—

392，394—396，400—403，407，410，413—414，416，419，423—455，436，457，470，519；与私人领域，197，404；与抗议，392，524；与理性，249，285—286，288，367，389，395，400，418—419，423；与共和主义，367；其角色，352，367，388，416，420，425，519；与科学，405，418，457；其长期观点，8，95，419—420，422—423；教堂和国家的分离，415，419，424—425，523—524；与奴隶制，505，518—520，522—524，606；其辉煌，311；与剧院，341—342；对其的容忍，279—281，392，493；与乌托邦理想，113；与财富，282—283；与妇女，529；与写作，424，552

文艺复兴，5，48，62，236，609；科学，60，63

representation（in government） （政府）代表，457，481；与美国土著，496；小册子中，465；权力，440；与奴隶制，507—508；象征的，535—536；与妇女，498

republicanism 共和主义，351，425，515，526，544，574，601；与美国身份，456；与艺术，600；作者身份，552，592，644，677；布鲁克顿·布朗，644—645，649，658—659；变革，557，567；公共职责，543；古典的，377，509，588—589，649，660；与商业，543；社会思潮，555，559；在《宪法》中，482；与民主的对抗，599；与戏剧，584，588—589，638；在欧洲，381；与排外，497—499；狂热，431；联邦主义者与，598；其政府，486，490，492；其历史，126，383；其意识形态，6，502，526，535—536，562，608；与个人主义，555，638—639，656，681；其语言，367，467；其领导人，455；与自由主义，543，555；其文学，8，143，147，599，602，615—616，621—622，625，632，640—641，663，676，681；杂志，559；与民族主义，417；与美国土著，497—499，506，511—512；于讲演术，546；与爱国主义，377—378；与财产，513；与宗教，367；与浪漫主义，9，692；与讽刺文学，609；与奴隶制，5 16；其传播，372，516；在州宪法，482；其价值，8，351—352，457—458，464—465，482，543，556，566—567，584，598，634，644，649；与妇女，528，566—567，634，649

resources（of colonies） （殖民地的）资源，69，78，118，329—330；美国土著作为，38，91；自然的，65，85，687；与新世界前景，31，33，46—48，60—61，65，73—74，100，120，128；作为财富，31，46，73—74，91

Restoration（England） 复辟（英格兰），186，245，247，252，255，577

revenue acts 税收法案，353，442，607

revivals, revivalism 复兴，信仰复兴运动，6，407，415，419，其开端，283—284，303；变化的定义，402；不适于，283—284，294—295，298，402；其公共中心，397，399，401；与皈依，294，397，400；与教育，403；与启蒙运动，405—406，420—421；其影响，395—397，400；当地的，284；其比喻，396，420；在中部殖民地，396—397，399—400；千禧福国论，397—398；在新英格兰，294，304，396—401；对其的反对，284，298；与政治剧变，395—396，400—402，403，420；长老会的，284，405，533；与理性，279—306，421；其修辞，399，403，420—421；第二轮，304；长期的观点，

索引

367，420；在南部殖民地 298；与联合学说，397，399，404，406

Revolution, American 美国革命，215，293，336，340—343，385，395，428，499，500，532—533，547，568，577，579，617；巴特拉姆论，132，139；战斗，426，535；其开端，348—489，353—355，426—427，442，464，534；其后的文学变革，594，616，620—621，684；内战，682；与牧师，391—392，414—415；殖民地军队，372，376，385，529—530，574，577，601；其间的通讯委员会，353；其完成，352，385，417，420，426，490，534；与以共识为基础的文学，354；与《宪法》，490，492；矛盾，352，371，381，498；克雷夫科尔论，142—143，145，148；作为危机，371，384，386；在戏剧中，578—579，584，588；与经济，613，685；其效果，368，381，535—536；与英国法律史，428—429；英国的声音，427，429；诗史，595—596；与欧洲，380—381，383—384，491；与扩张，149—150；圣徒的言行，349，357，359，365，378—379，382，534—536，574，590；与编史，348，364，368，383—384，426，450，534—537，664—665；其意识形态，349，391，417，426，579；为其的辩护，360，382，479，498；其领导人，349，378—379，383，420，463，478，498；文学主题与风格，347—349，361—362，377，382—384，387—388，428—430，439，448，472；在文学中，142，340，574，578—579，594，596，607，610，650，671，678—684；其意义，348，353，536—537；其中的暴民行动，353，459—460，577，598—599；与君主政体，463；与美国土著，511，514；与反对理论，437，478；托马斯·潘恩在其中的角色，456，460—461，463；小册子，6，432—434，436，464—465；其政治，366，412；其原型，405；与清教主义，285；与理性，395，418；与叛乱，354，385；与宗教改革，388—389；与宗教，367，388—389，390—425，519，522—523；与信仰复兴运动，395—399，420；其修辞，220，354，358—359，380，427，463—464，477，491，498；其仪式，355—356，359，366；保皇党，131；与教堂和州的分离，415，419，424—425；与谢斯起义，585，597；与奴隶制，497，505—506，517—518，522—523；与象征主义，356，377—378，380，443，445，450，454—456，467，477；当时的中心，384，387；其间的剧院，577；其暴力，353—355，533；与视觉艺术，690；辉格伤感主义，325；与妇女，527，529，531，634；与写作，349—351，362，366，379，426，468，470，660

Revolution, French 法国革命，420，597，618；批评，630；其结果，131；在文学中，650；对其的支持，601，609

Revolution, Puritan (England) 清教徒革命（英格兰），237，354，390，440

revolutions 革命，9，348，358，390—391，399，425—426，429—431，475，490，544，565；与启蒙运动 8，386

Reyner, Mary (Wigglesworth) 玛丽·雷纳（威格尔斯沃斯），209

Rhode Island 罗德岛，197—198，326，440；与《宪法》，490；其宪法，482；信仰复兴运动，399，402

Rhode Island Historical Society 罗德岛历史社团，83

819

索 引

Ricarees 里卡利人，152

Richardson, Ebenezer 埃比尼泽·理查逊，356—357，359

Richardson, Samuel 塞缪尔·理德逊，574；《克拉丽莎》，291，585—586，649；其影响，625；《帕梅拉》，530，574，649

Richelieu, Duc de 达克·德·黎塞留，589

Richmond (Virginia) 里士满（弗吉尼亚），101，516

rights 权利：古代的，474；公民的，204，507—508，524；殖民地的，350，361，427，431，436，439—442，446，450—453，456，471，474；与共识，507—508；与宪法，429，488；宣言的，472；英国的，382，431，437—438，442；在启蒙运动中，502，509；不能让与的，536；个人的，401，471，488；司法观点的，494；法定的，401，431，440，470，536；自由的，501，517；与美国土著，501，504，511，516；自然的，354，451—453，466，492，498，501—502，516；反对派的，390，429，437，459；财产，224，331，444，446，501，505，517，543—544；与种族，517；与团结，439；州宣言的，489；普遍的，499，501；辉格党的，474；妇女的，501—502，507，525，529，532，566，608，632，634，644，658

Rittenhouse, David 戴维·里顿豪斯，125；《1775年2月24日美国哲学会上的演说》，450，454—456

ritual 仪式，7，46，165，424—425；美国革命的，355—356，359，366；天主教的，185；皈依的，201；加冕礼（英格兰），55；其文化作用，357，359；选举布道，257—258，412；斋戒日的，285；哀叹史，257，259，261，263；冥想的，250；抗议，580；象征主义，359；与感恩日，406—407；在写作中，211，242

River Parker (Massachusetts) 帕克河（马萨诸塞），269

River Party 利弗党，324

Roanoke (Virginia) 罗阿诺克（弗吉尼亚），33，59，66，67；其消失，30—31；其图画，99；对其的探险，38，62；其地貌和动植物群，60；哈略特论，137；与弗吉尼亚公司，75

Robertson, William 威廉·罗伯特森：《美洲历史》，118

Robinocracy 罗宾逊式，322

Robinson, John 约翰·罗宾逊，90，215

Robinson, Moses 莫塞斯·罗宾逊，419

Rochester, Earl of (John Wilmot) 罗切斯特伯爵（约翰·威尔莫特），312

Rockingham, Marquis of (Charles Watson Wentworth) 罗金罕姆侯爵（查尔斯·沃森-温特沃兹），443

Rocky Mountains 洛基山，151，155，159

Rogers, Susanna 苏珊娜·罗杰，253

Rolfe, John 约翰·罗尔乎，71

romance, literary 文学浪漫，130—131，291，302，659，679；讽刺文学，547；与伤感主

义，115；其象征意义，71—72；在游记叙述中，129—130；其西方传统，70—71

Romanticism 浪漫主义，99，204，342—343，542，557，565，568—569，573，592，600—601，613，617，674；与平均地权论，146；美国的，130，135—136，159—160，541，555，611，613，639—640，660，692；其艺术理想，3，135—136，158；作者身份，554；布鲁克顿·布朗与，656，658—660；布莱恩特与，601，613，617；其特点，164—165，568—570；库珀杰斐逊与，680，689；创造力，581，658；与衰落理论，118；英国的，592，613，692；欧洲的，130，135—138；其先驱，302，544，568，592，599，610，613，640—641，665；与个人，160，583，617—618，641；欧文与，663，670；刘易斯与克拉克，158—161；与市场，556—557；与美国土著，136—138，165；自然的崇高，342—343；作为政治风格；589—590；与原始，138；与私人领域，542，545；与共和国文化，692；与艺术的社会功用，555，641；与主观性，9；在视觉艺术中，66，158

Rome (Italy) 罗马（意大利），185

Rome, Romans (ancient) （古代）罗马，罗马人，47，506，564—565，646；其帝国，73，121，384；其理想的影响，66，121，377，435，509，545，564，580，586，588，590，595；与自由，322—323；在文学中，593，597；同时参考古典文明与文明 classical civilizations and literatures

Roosevelt, Theodore 西奥多·罗斯福，149；与扩张，138

Rosa, Salvator 萨尔瓦托·罗萨，158

Roscoe, William 威廉·罗斯科，333

Rose, Aquila 罗斯·艾葵拉，316，323

Rousseau, Jean-Jacques 让-雅克·卢梭，578，580，589，625；其影响，110，118，140；《致 M. D. 阿莱姆博特关于戏剧的信函》，577；论"贵族野蛮人"，135—136；与原始主义者，110；《社会契约论》，110；与伏尔泰，110，113

Rowe, Elizabeth Singer 伊丽莎白·辛格·罗维，311

Rowe, Louis 路易斯·罗威，319

Rowlandson, Joseph 约瑟夫·罗兰森，263—265

Rowlandson, Joseph (son) 约瑟夫·罗兰森（儿子），264

Rowlandson, Mary (daughter) 玛丽·罗兰森（女二），264

Rowlandson, Mary White 玛丽·怀特·罗兰森：其生平，263—264；《上帝神威而仁慈》，50—51，265—268，291

Rowlandson, Sarah 莎拉·罗兰森，264，266

Rowson, Susanna 苏珊娜·罗森，550—551，553，579，632，638；论小说，624；

Rowson, Susanna 苏珊娜·罗森：作品：《美国，贸易和自由》，594，609；《夏洛特·坦布尔》，291，532，551，562，586—587，626，629—631，634，642，649；《玛丽亚》，608；《诗歌集锦》，608—609；《鲁滨和雷切尔》，624，641；《妇女的权利》，608；《阿尔及尔的奴隶》，546，579，583；《她们一样的女性》，608

royal governors 皇家总督，257，276；对其的反抗，262
Royal Society (London) 皇家协会（伦敦），188，211，274
Ruddock, John 约翰·鲁多克，256
Rush, Benjamin 本杰明·拉什，319，348，364，375，423，606；论公民义务，543；论自然，125；
Rush, Benjamin 本杰明·拉什：作品：《关于宾夕法尼亚天气》，124；《就保留奴隶制问题致居住在英属北美的殖民地居民》，505，524；《宾夕法尼亚州建立公立学校计划》，499—500
Rush, Rebecca：Kelroy 丽贝卡·拉什，635—636
Rushton, Edward 爱德华·拉什顿：《西印度田园诗》，333
Rusk, Ralph 拉尔夫·拉什，343
Rutgers University 罗格斯大学，403
Rutledge, John 约翰·拉特里奇，483，497
Rye House Plot 黑麦房事件，324

S

Sacagawea 萨卡加维，44，151
Saddle Mountain 萨德尔山，127
Saffin, John 约翰·沙芬，233—234；《约翰·沙芬，他的书》，233；《献给赫尔老夫人的奇书》，233；《荡起小舟》，233
Sahagún, Bernardino de 伯纳蒂诺·德·萨哈衮，44，50，79；《通史》，51—53
Sahara Desert 撒哈拉大沙漠，26
St. Botolph's (Boston, England) 圣伯托尔夫教区（波士顿，英格兰），199
St. John's Hunt (South Carolina) 圣约翰小屋（南卡罗来纳），318
St. John's at Nevis, Rector of 奈维斯岛圣·约翰院长，《有关英国和西印度问题的诗集》，333
St. Juan 圣·胡安，139
St. Michael's Parish (Barbados) 圣·迈克尔教区（巴巴多斯岛），341
Salem (Massachusetts) 沙仑（马萨诸塞），183，197，206，230，255，263，279；同时参考巫术危机，沙仑 see also witchcraft crisis, Salem
Salem Papers 《沙仑文献》，174
Salmagundi 杂文集，550，571，663
salons 沙龙，参考文学和社会沙龙，沙龙 clubs, literary and social; salons
Samoset 萨摩瑟，88
Sampson, Deborah 黛博拉·辛普森，529—530
Sampson, Elizabeth 辛普生，伊丽莎白，参考 阿什布里奇，伊丽莎白·萨姆森
Sampson, Mary 玛丽·桑普森，291

Sampson, Thomas 托马斯·桑普森, 291
Sandys, Edwin 艾德文·桑迪斯, 97
Sandys, George 乔治·桑迪斯, 97
San Salvador 圣萨尔瓦多, 17, 155
Santa Maria（ship） 圣玛丽亚号（船）, 19
Sappho 萨福, 254
Sarter, Caesar 凯撒·萨特, 525；《论奴隶制》, 518—519
satire 讽刺文学, 233, 235—236, 342, 354, 591, 612, 624—625；与纯文学, 310, 318—326, 334—335；其古典的学识, 637；阶层观点, 640；在俱乐部中, 312, 323；在戏剧中, 545, 578—579, 584—585；英国的, 323, 579, 584；联邦主义者的, 609；讽刺滑稽, 94, 598；欧文, 666, 671, 675；杰斐逊的, 617, 666；杂志中, 312, 640, 662；莫顿的使用, 94, 96；在美国土著的文本中, 514—515；新古典主义的, 617；小说中, 625, 637—639；小册子中, 536—537；诗歌中, 597—598；政治性的, 578；清教徒的, 637；关于宗教话题的, 203—204, 252, 327；共和主义的, 609；南方的, 637；妇女的, 310, 545, 547, 607
savagery 野性, 164—165, 651—652；与边疆, 192—193, 267, 290—291；在新世界报告中, 8, 162；共和国对其的恐惧, 535
Savannah（Georgia） 萨凡纳（乔治亚）, 334
Savannah River 塞芬拿河, 137
Saybrook Platform 塞布鲁克纲领, 282
Schaw statutes 斯朝体例, 315
Schoolcraft, Henry Rowe 亨利·罗尔·斯古克拉福特, 40
Schuylkill（Pennsylvania） 斯库伊基尔（宾夕法尼亚）, 132
Schuylkill Fishing Company 斯库伊基尔钓鱼会所, 317
science 科学, 4, 21, 134, 154, 233, 275, 300, 491, 526, 530, 544, 659；美洲（国）的, 130, 435；在殖民地的描述钟, 33；英国对其的影响, 113, 381—382；启蒙运动, 369, 375—376, 379, 381—382, 404—405, 438—439, 454, 457, 544；与散文形式, 366；哈略特, 38, 59—60, 63—64；与历史, 224, 382；其意识形态, 115；杰斐逊的使用, 121—122；其语言, 473；与道德, 382, 454；自然的, 114—115, 132, 138；与自然, 124—125, 375；"新科学", 188；新世界对其的前景, 6, 21, 109, 132, 336, 450, 595；与政治, 382, 439, 453, 473；与宗教, 188, 405, 418, 457；文艺复兴, 59—60, 63；其兴起, 293, 416；在乌托邦的叙述中, 113；与视觉艺术, 133—134
Scotland, Scottish 苏格兰, 苏格兰人的, 95, 111, 206, 321, 336, 576；在纯文学中, 319—320；常识哲学, 294—295, 336；启蒙运动, 380, 382
Scott, Walter 沃尔特·司各特, 551, 663, 669；与库珀、杰斐逊, 678—680；其影响, 582, 641, 678—679；韦弗利小说, 641, 691

◉ 索　引

Scottow, Joshua　乔舒亚·司各脱：《老人们的流泪》, 263
Scrooby (England)　斯克鲁比（英格兰）, 215
Seabury, Samuel　塞缪尔·西伯瑞, 433
Second Church (Boston)　第二教会（波士顿）, 211
Second Great Awakening　第二次大觉醒运动, 306, 415
Secota, Chief　酋长塞格塔, 66
Sedgwick, Catharine Maria　凯瑟琳·玛利亚·塞德维克, 557;《新英格兰的故事》, 684
seduction narratives　诱惑叙事, 544, 562, 580, 586, 625, 642, 649—650; 其寓意, 630; 公众的关注, 587, 633—634; 戏剧的回应, 587; 与个人主义, 629; 与政治, 585; 作为个人化的形式, 633
Seider, Christopher　克里斯多佛·塞得, 354—360
Selden, John　约翰·赛尔顿, 442
self, American　美国的自我, 143, 168, 277, 369, 567, 637; 其主张, 461, 603—604; 著者的, 553, 555; 布鲁克顿·布朗与, 650—651, 655; 作为集体, 461; 与社会, 633; 其创造, 54, 72, 157, 622—623, 685—686; 其威胁, 360, 630; 其定义, 71, 168; 戏剧与, 573; 与经济利益, 579, 634; 富兰克林与, 72, 574, 622, 636, 644, 650, 652; 其实现, 542, 557, 567, 573, 610, 631, 644, 650, 655; 杰斐逊的观点, 147; 国家的, 18; 与自然, 156, 651; 新世界的可能性, 76; 小说中, 624, 630, 634, 644; 依靠, 556, 614, 622, 629, 636; 浪漫主义思想, 641; 与约翰·史密斯, 69, 71—72, 134; 与美德, 587; 与妇女, 557, 567, 650
Seminoles　西米诺尔人, 136—137
Senate, United States　美国参议院, 466
Senecas　塞尼加族, 511—514
sensibility, cult of　感性的狂热崇拜, 625
sensus communis　《美感交流》, 315, 318, 322—323
sentimentalism, sentimentality　感情主义, 多愁善感, 154, 377, 562, 638, 656, 658; 在纯文学中, 315, 324—325; 与公共人文主义, 608; 与常识哲学, 336; criticisms of, 649; 在戏剧中, 586—589; 与义务, 588; 风气, 608; 其规则, 588, 678; 与历史小说, 682; 与自由意识形态, 638; 在小说中, 577, 580, 588, 589, 607, 623; 滑稽模仿, 641; 在诗歌中, 592, 607—608; 与原始主义, 115; 与公共领域, 324—325, 586, 607—608, 637; 与诱惑小说, 562, 587; 与奴隶制, 324—325, 606, 6008, 637—638; 辉格党的, 324—325, 336, 579—800, 585; 妇女与, 557, 606, 638, 649
separatism, separatists　分离主义, 分离主义者, 76, 92, 99, 197—198, 215—216, 276, 392; 在荷兰, 189, 918; 在新英格兰, 189, 218; 同时参考清教徒 Pilgrims
Sepulveda, Juan Gines de　胡安·吉尼斯·德·希普维达, 64, 90, 117;《民主变更》, 48
Seraphis (ship)　塞拉菲斯（船）, 593
sermon　布道, 194, 222—223, 245—246, 263—264, 283, 293, 408—409, 418, 554;

824

索引

变化的主题，262，282，413—414，416；其说教，549，578，646；其逐渐消失的权力，415；与戏剧，578；其形式，389，406，413；葬礼的，205，212，273，281，288；其影响，391；与小说的对抗，646，689；简单的风格，295；政治的，407，413—414，416，424—425，470；清教徒的形式，181，189，248，273，289—291；其理性，285；其修辞风格，194，285，289—290；与社会评论，523，565；感恩，407；同时参考选举日布道 election days, sermons for

servant class　仆人阶层，107—108，286，290，292，575

Seven Nations　七国同盟，514

Seven Years' War　七年战争，337—338

Sewall, Henry　亨利·休厄尔，268

Sewall, Jane　珍妮·休厄尔，268

Sewall, Joseph　约瑟夫·休厄尔，281，283

Sewall, Samuel　塞缪尔·休厄尔，252，273；论教堂会员，279—280；其生平，268；与奴隶制，270；

Sewall, Samuel: works　塞缪尔·休厄尔作品：《致约翰·沙芬》，233；《日记》，211，233，269；《描述新天堂的寥寥数语》，268—269；《出卖约瑟夫》，233

Sewanee Review　《塞沃尼评论》，140

Shadwell, Thomas　托马斯·沙德威尔：《唐布里奇泉》，312；《女上尉》，581

Shaftesbury, First Earl of (Anthony Ashley Cooper)　沙夫斯伯利第一伯爵（安东尼·艾施利·库珀杰斐逊），322《美感交流》；，315

Shakespeare, William　威廉·莎士比亚，189，227，547，669；其在美国的声誉，575，580，591，597；《哈姆雷特》，576；《朱利叶斯·恺撒》，590；《李尔王》，166；《暴风雨》，43，67

Shawnees　萧尼族，512—513

Shays, Daniel　丹尼尔·谢司，585；在文学中，597

Shays's Rebellion　谢司起义，478，584—585，599

Shenandoah River　申南多河，627

Shepard, John　约翰·谢泼德，207

Shepard, Thomas, Jr.　小托马斯·谢泼德，234—235；《眼药》，261

Shepard, Thomas, Sr.　老托马斯·谢泼德，189，234，279，304；与科尔曼，288；其生平，206—207；与泰勒，247

Shepard, Thomas, Sr　老托马斯·谢泼德作品：《自传》，206；《沉思集和心历路程》，206；《十圣女寓言》，288；《虔诚的皈依者》，206；《明智的信徒》，208；《三部有价值的作品》，206

Sheridan, Richard Brinsley　理查德·布林斯理·谢里丹，581

Shervington, William　威廉·舍温顿：《安特哥尼和波士顿美女》，318

Sherwood, Samuel　塞缪尔·谢伍德：《教堂的疯狂之旅》，389，394—395；《圣经对统治

825

者的指导》，389

Shields, David S. 戴维·S. 谢尔德，6，7—8

Shippen, Joseph 约瑟夫·希彭，337

Short, William 威廉·肖特，423—424，485

Shoshones 肖松尼族，151

Sibbes, Richard 理查德·西布斯，187，199

Sidney, Algernon 阿尔格农·西德尼，381，450；《公法评论》，369，472，533

Sidney, Philip 菲利浦·西德尼，20，189，227

Sigourney, Lydia 莉迪亚·希格内，616

Silverman, Kenneth 肯尼思·斯尔曼，343

Simpson, Lewis P. 刘易斯·P. 辛普森，563

Singer, Elizabeth 伊丽莎白·辛格，288

Singleton, John 约翰·辛格顿：《西印度简述》，333；《牙买加诗歌三部曲》，333

Sioux 苏族人，151—153，166

Sketchley (England) 斯凯奇里（英格兰），245

Skipwith, Robert 罗伯特·斯克普威德，548

slaves, slavery 奴隶，奴隶制，49，68，97，102，151，290，508，530，558，575，588，598；与美国革命，467，497，504—506，517—518，522—524；巴特拉姆论，132—133，135—136；纯文学的观点，331—333；与公民的权利，502，604；国会关于，351，497；与《宪法》，496—497，508；对其的批评，549，605—606，608，637—638；与《独立宣言》，351—352；与家庭生活，557；与教育，521；与启蒙运动，118，505，516；其扩张，497；与自由，270，505—506，519，522—524；逃亡的，496，508；与意识形态，34—35，516；其进口，190，270，507—508，518；其土著居民人口，497；杰斐逊论，147，351，423，497，505，523—524；与法律，501，508，510，516—519，521—523，604；在文学中，233，546，557，579，583，608，637—638，682；洛克论，517；其比喻用法，351，413，434，440，444，462；美国土著的，47—48，50，55，71，90，117，132，191；与自然光，498；在新英格兰，517，519，638；对其的反对，233—234，270，333，505，508，517，521—525；与田园主义，133，146；作为"独特机构"，509；其禁止，492；与财产，504—508，519—521；搜捕，34—36，39；反抗，333，516—517；与宗教，273—274，505，518—520，522—524，606；反抗，516—517；在情感主义中，324—325，606，608，637—638；南方的，146，497，505，508—509；其标志，606；其贸易，34—36，118，332，497，518，521，606；与联邦，682；其暴力，145—147；在西印度群岛，90，333；其写作，510，521，604—606

smallpox 天花，101，300；科顿·马瑟与，274，277；与美国土著，191—192；清教徒的诠释，220

Smith, Adam 史密斯·亚当，472；《道德情操论》，339

索引

Smith, Anna Young 安娜·扬·史密斯, 339

Smith, Elihu Hubbard 埃利胡·哈布德·史密斯, 343, 550, 553, 597;《美国诗歌》, 615—616

Smith, Grace 格雷斯·史密斯:《临死的母亲的遗产》, 253

Smith, Henry Nash 亨利·纳什·史密斯:《处女地》, 39

Smith, John 约翰·史密斯, 13, 131, 166;论美国土著, 69—71, 89, 154;新世界对其的观点, 161, 218;自我的观点, 69, 71—72, 134;

Smith, John 约翰·史密斯作品:《新英格兰一览》, 72;《弗吉尼亚通史》, 53—57, 59, 68—71, 96—97;《弗吉尼亚地图》, 80;《英国殖民地在弗吉尼亚的进程》, 73;《约翰·史密斯船长的旅行》, 72

Smith, Rebecca Moore 丽贝卡·摩尔·史密斯, 339

Smith, Mrs. Samuel 塞缪尔·史密斯夫人, 419

Smith, Venture 温车·史密斯, 525;同时参考法罗·布洛贴尔

Smith, William 威廉·史密斯, 317, 337—338, 342;《美国的神话》, 336;《米兰尼亚学院简况》, 335;《印第安和平之歌》, 336;《诗:致众议院的一封信》, 336

Smith, William, Jr. 小威廉·史密斯, 323

Smithfield (London) 史密斯菲尔德(伦敦), 197

Smollett, Tobias 托比亚斯·斯莫利特:《法国和意大利之旅》, 111

Smyth, Alexander 亚历山大·斯密, 423

Snowden, Richard 理查德·斯诺登:《哥伦比亚德》, 596

Society of Gentlemen (Boston) "绅士俱乐部"(波士顿), 563

Somerset (England) 萨默塞特(英格兰), 263

songs, political 政治歌曲, 324, 334, 549, 589;反对教权的, 327;戏剧中, 576;选举, 325;与国家身份, 549;于口头文化, 594

Sons of Liberty 《自由之子》, 353—358, 675

South 南方, 6, 331—332, 436, 506, 590;与美国革命, 426, 535;巴特拉姆在, 133;保皇党的, 575;其阶层差异, 94, 105;其商品, 74;与《宪法》, 484;其劳动, 332—333;其土地价值, 102—103;其报纸, 558;与北方, 433, 681;在小说中, 637—638;专利形式, 103—104;其种植园制度, 333;其信仰复兴运动, 298, 306;与奴隶制, 146, 497, 505, 509;泰德沃特, 138;其贸易, 330

South America 南美洲, 27

South Carolina 南卡罗来纳, 318, 433, 436, 497, 506, 530—531;与美国革命, 426, 473, 593;与《宪法》, 489;其组成, 419, 472;其报纸, 313, 330;同时参考查尔斯顿 Charleston

South Carolina Gazette 《南卡罗来纳公报》, 313, 330

Southey, Robert 罗伯特·骚塞, 130

South Petherton (England) 南佩瑟顿(英格兰), 263

southwest 西南方，306；其幽默感，104

Southworth, Alice Carpenter (Bradford) 爱丽丝·卡朋特·索思华斯（布拉德福），215

sovereignty 主权国家，476—477，483，485；神圣的，195，238，247，285，297，299，301—303；西班牙的，48；其学说，440

Spain, Spanish 西班牙，西班牙的，74，112，120，506；与美洲，167；无敌舰队，22；其"黑色传奇"，69；俘房叙述，50；与殖民化，21，24，38，45，62—63，73，131，151；与哥伦布，15—20；其帝国，18—19，47；与英国人，69，71—73，131；与法国人，131；在佛罗里达，49，103；其文学影响，547，传教士 47—48；君主，14，18—20，25，42—43；与美国土著，38，41—42，44—45，47—53，136；与新世界，5n，21，184；主权国家，48；在西印度群岛，23

Sparks, Jared 贾里德·斯帕克斯，487

spas 温泉区，参考文学和社会俱乐部 clubs, literary and social；spas

Spectator 《旁观者》，313，563

Speedwell (ship) 九盖草号（船），219

Spenser, Edmund 爱德蒙德·斯宾塞，189，227，612；《仙后》，23—24；《可变性》，167—168

Spiller, Robert E. 罗伯特·E.斯皮勒，1

spiritual relation 精神告白，206—207；其形式，247，256

Spottswood, Alexander 亚历山大·斯伯乌德，331

Squanto 斯甘特，44，88，191

Stamp Act 《印花草案》，293，356，434，444；殖民地对其的回应，353，393，427—428，437；在文学中，579，595；与暴民行动，357，458；议会对其的支持 r，442；其废除，407；与仪式表现，580

Standfast, Richard 理查德·斯坦福斯特：《给柔弱心灵的一丝温馨慰藉》，262

Standish, Miles 迈尔斯·斯丹迪史，92—95，202

states, statehood 州，州的地位，474，479，492；与《宪法》，489—490，497，527；其组成，417，419，465—466，472，482—484，488—490；与宣言，472，489；其独立，476；与贸易，477

《弗吉尼亚宗教自由现状》，493

Steele, Richard 里查德·斯迪尔：《旁观者》，313

Steere, Richard 理查德·斯蒂尔，252

Steinbeck, John 约翰·斯坦贝克：《愤怒的葡萄》，263

Sterling, James 詹姆斯·斯特林，334，341；《致尊敬的亚瑟·道博斯先生的一封信》，331

Sterne, Laurence 劳伦斯·斯特恩：《伤感之旅》，111；《香迪主义》，582，595

Sternhold, Thomas 托马斯·斯特恩霍尔德，227

Stevenson, Mary 玛丽·史蒂文森，420

Stiles, Ezra 伊斯拉·斯蒂尔斯，246，418，421，552；《论基督徒的联合》，404—406；

《美利坚合众国的光辉未来》, 405
Stockbridge (Massachusetts)　斯托克布里奇（马萨诸塞), 300, 306
Stockton, Annis Boudinot　安尼斯·布迪诺特·斯托克顿, 318, 338—340;《致访问者》, 340—341
Stoddard, Mary (Chauncy)　玛丽·斯托达德（乔恩西), 293
Stoddard, Solomon　所罗门·斯托达德, 274, 278, 288, 302; 论教堂会员, 296, 299; 论圣餐, 262, 273; 与复兴, 283; 与爱德华·泰勒, 245, 262, 296
Stone, Samuel　塞缪尔·斯通, 201
Stoughton, William　威廉·斯托顿, 269
Stowe, Harriet Beecher　哈里叶特·比彻·斯托, 638;《汤姆叔叔的小屋》, 557, 589
Stuarts (England)　斯图加特王室（英格兰), 309, 324
subjectivity, narrative　叙述的主观性, 9, 134, 155—156, 158—161, 618; 其出现, 544—545; 与历史, 640, 643, 660, 664, 676, 680—681; 在新世界的记录中, 59; 与小说, 544—545, 621—622, 633, 645, 652; 在诗歌中, 591
sublime　顶点: 自然的, 342—343; 宗教的, 310—311
subscription　订阅, 参考通过订阅出版 (publication, by subscription)
success　成功: 在非裔美国人的叙述中, 520—521; 在编史中, 664—665; 作为理想, 263, 467, 663; 清教徒对物质的观点, 195, 214, 216—217, 237; 其兴起, 652
Sudbury (Massachusetts)　萨德伯里（马萨诸塞), 256
Suffolk (England)　萨福克（英格兰), 190, 259
Sugar Act (Revenue Act)　《糖税法》(《税收法案》), 353, 442
Sullivan, James　詹姆斯·萨利文, 463, 501
Supreme Court, United States　美国最高法院, 49, 3—5, 504
Susquehanna Valley (Pennsylvania)　沙士克哈纳谷（宾夕法尼亚), 340
Sutcliff, Robert　罗伯特·斯特卡里夫:《北美游记》, 516
Swains　乡村青年俱乐部, 317, 336, 339
Swift, Jonathan　乔纳森·斯威夫特, 335, 354, 514, 591;《温和而机敏的对话全集》, 318;《格列佛游记》, 110—111
Swiss Huguenots　瑞士胡格诺教徒, 45
Sylvester, Joshua　乔舒亚·西尔威斯特, 236
Synod of 1646　1646年波士顿教会会议, 200
Synod of 1662　1662年波士顿宗教大会, 213, 271

T

Tacitus　塔西佗, 215, 351, 444
Tahiti　塔希提岛, 11 5, 118

 索　引

Tailfer, Patrick　帕特里克·泰尔夫：《乔治亚殖民地的真实历史》, 331
Talcott, Samuel　塞缪尔·塔尔科特, 264
Tammany, myth of　塔玛尼神话, 317
Tammany Hall　塔玛尼市政厅, 317
Tarrytown (New York)　塔利顿（纽约）, 529, 672
Tartars　鞑靼人, 15, 17
taverns　小酒馆，参考文学和社会俱乐部 clubs, literary and social, taverns
taxation, taxes　税收，税：《联邦条例》论, 478；教堂, 393；殖民地的观点, 428, 438—439, 444—446, 449；与应允, 442, 444, 447；议会的政策, 430—432, 437, 440, 444, 607；民意测验, 286；与财产, 186, 286, 444, 447, 507—508
Taylor, Edward　爱德华·泰勒, 189, 236, 243, 254—255, 268；论皈依, 262；对其的评价, 226, 245—246；其说教, 231；其生平与信仰, 245—248；其文学风格与意象, 226, 246—252, 262；与斯托达德, 245, 262, 296；其象征学, 188, 250；
Taylor, Edward　爱德华·泰勒作品：《基督传》, 262；《上帝的决心感动了他的选民》, 245, 247—250；《福音书之和谐》, 245 ；《冥想之八》, 250；《准备阶段的冥想》, 245—246, 249；《蜘蛛捕蝇》, 251—252；《关于婚姻和孩子的死亡》, 245
Taylor, Jacob　杰克博·泰勒, 316
Tea Act　《茶叶条例》, 353
Tea-Table Miscellany　《茶桌杂集》, 321
tea tables　茶桌，参考文学和社会俱乐部 clubs, literary and social, tea tables
technology　技术, 125, 622, 674；与殖民地资源, 118；与退化理论, 115—116, 118；与启蒙运动, 369—370, 381；法国对其的影响, 381；作为文学主题, 615；与印刷文化, 432；在社会评论中, 565；与视觉艺术, 690—691
Tecumseh　特库姆塞, 513
teleology　目的论：宗教对其的使用, 194—195；长期的运用, 19, 114, 210, 276, 424
Tennent, Gilbert　吉尔伯特·亭纳, 288, 396, 399, 402；《因循守旧的牧师带来的危害》, 400；与信仰复兴运动, 284, 298
Tennessee　田纳西州, 419
Tenney, Tabitha　塔比瑟·藤内：《女堂吉诃德》, 547, 549, 624, 635
Tennyson, Alfred Lord　阿尔弗雷德·丁尼生爵士, 130
Tenskwatawa　藤斯克瓦特, 512—513
Terry, Lucy　露西·泰利：《监狱中的战斗》, 546, 554, 606
Tetons　提顿族人, 152, 154
Thames River (England)　泰晤士河（英格兰）, 32
thanksgiving days　感恩日：与应时布道, 407, 409；其仪式功用, 406—407
Thatcher, Thomas　托马斯·撒切尔, 279
theater　剧院, drama　参考戏剧

830

theocracy 神权政治，5，190，196，216

theology, Christian 基督教神学，180，200，203，208，226，243，245—246，288；与美学，303；加尔文主义者，199；乔恩西的，294—295；保守的，199，282，284，296；争论，186，203，306；二元论，202；爱德华兹论，296—297，305；英国的，186—187；联邦的，197—198，217；自由的，280，282，284；新教的，237；清教徒的，177，180，186—187，200，203—204，226，246，272，277，296，303，306；宗教改革，185—186；与科学，250；与巫术审判，173，178

Third Church（Boston） 第三教堂（波士顿），279—280；同时参考老南教堂 Old South Church

Thirty-Nine Articles of Religion 《宗教三十九项条款》：对其的滑稽模仿，407—408

Thomas, Isaiah 以赛亚·托马斯，343，549，560—561，627

Thompson, David 戴维·汤普森，95

Thomson, James 詹姆斯·汤普森，591；《自由》，332；《四季》，158

Thompson, Benjamin 本杰明·汤普森：《新英格兰的危机》，235；《妇女建造的波士顿防御工事》

Thoreau, Herry Daivid 亨利·戴维·梭罗：《瓦尔登湖》，99

Thuycidides 修西得底斯，120，215；《伯罗奔尼撒战争》，438

Thwaites, Reuben Gold 鲁本·戈德·特怀特，149

Tilley, Abigail（Sewall） 阿比盖尔·蒂利（西沃尔），268

Tillotson, John 约翰·提罗特森，434

Tippecanoe, Battle of 提比克努河战斗，512

Tituba（a slave） 蒂图芭（奴隶），180

"To a Poetical Lady" 《致一名女诗人》，337

tobacco, trade of 烟草贸易，74，97，310，447，628

Tocqueville, Alexis de 阿莱克西斯·德·托克威尔，128

toleration, religious 宗教信仰自由，203—204，279—281，392，493；在学院中，403

Tompson, Benjamin 本杰明·汤普森，236；《妇女建造的波士顿防御工事》，235；《致贝莱蒙德勋爵》，326；《新英格兰的危机》，235

Tonson, Jacob 杰克博·汤森，323

Tories 托利党，356，431；在美国，440，461，467

Torrey, Samuel 塞缪尔·托里：《改革的主张》，261；《为正在死去的宗教祈求生命》，261

Townsend, Elizabeth（Chauncy） 伊丽莎白·汤塞德（昌西），293

Townshend Acts 《汤森法案》，353，444

trade 贸易，22—24，49，60，94，97，122，231，325，440，657；殖民地的，41—44，330—331，446—447；与征服的对抗，42，330；对其的批判，552；争论，429，433；与异国情调，18，33；与探险，17—18，132；自由的，101，613；皮毛，91—92，94，150，190—192，202；国际的，255，279；与调停，649；与道德，332；与美国土著，*824*

42、63、91—92、136—137、151—154、190—192、202、266—267、504；与奴隶制，34—36、118、332、521、606；与州，477；烟草，74、97、310、447、504、628；与交通，543；西印度的，330

Transcendentalism 超验主义，282、302

translatio 转化，336；在诗歌中，594—595

translation 翻译，88、328、510；殖民地的运用，51、71、76—77；戏剧的，581；探险文本的，25、59、66；与美国土著，6、43—44、71—72、76—77、79—80、88、512；与清教徒，227—228、236

transportation 运输，455、560—561；与书籍销售，625；其现代化，673；与贸易，543

travel, travel narratives 旅行，旅行叙述；21、117、126—148、149—151、321、477、492、498、516；巴特拉姆的，130—140、165；与殖民，128；与扩张，112；其文学传统，126—127、291；其中的自然，39、127—128、146；马可·波罗，15—18、26、129；其普及，110—111、126、129；与信仰复兴，294；与浪漫文学，129—130；与贸易，22；其中乌托邦主题，111

treason 叛国，457、459；英国的观点，451、479；与爱国主义，428

treaties 条约：美国土著的，83、131、191、504、511—513；美利坚合众国的，150

Treaty of Augusta 《奥古斯塔条约》，131

Treaty of Colerain 《克莱伦条约》，513

Treaty of Fort Stanwix 《斯坦威克斯条约》，511—512

Treaty of Paris 《巴黎条约》，150、370—371、405、514、548；在文学中，595

Treice, Elizabeth (Kemble) 伊丽莎白·特里斯（肯布尔），289

Trenchard, John 约翰·特伦查德：《加图的信》，430；《独立的辉格党》，430

Trenton (New Jersey) 特伦顿（新泽西），318—319、339

Trevelyan, G. M. 特里维廉，474

Trinity College (Cambridge) 三一学院（剑桥），190

Trinity College (Dublin) 三一学院（都柏林），209

Troop Quartering Act 《英兵驻宿法案》，353

Troy, Trojans 特洛伊人，95

"true reports" "真实报导"，56—57、72、161；哈略特的，13、38、59—68、135

Trumbull, John 约翰·特鲁姆布，550、593、597、613；《姆芬格尔》，552、557、598；《论文集》，552；《达尔尼斯的进步》，598

Trumbull, Jonathan 乔纳森·特鲁姆布，386

Tucker, John 约翰·塔克，418

Tucker, St. George 圣·乔治·塔克，504—505、508

Tucker, Thomas Tudor 托马斯·都铎·塔克：《妥协暗示：排除党派偏见，达到理想状态》，467—468

Tudor, William 威廉·都铎，426、571

Tuesday Club 星期二俱乐部, 322, 561; 其历史, 321—322, 331
Tunbridge Wells 唐布里奇泉, 310, 312
Tupiniki 土平尼基, 45
Turell, Ebenezer 埃比尼泽·特里尔, 253
Turell, Jane Colman 珍妮·科尔曼·特里尔, 311;《纪念……珍妮·塔瑞尔女士的一生》, 253—254; 同时参考珍妮·科尔曼
Turgot, Anna Robert Jacques 安娜·罗伯特·雅克·杜尔哥, 382
Turkey 土耳其, 65, 68
Tuscarora 塔斯卡洛拉, 512
Twain, Mark 马克·吐温, 参考塞缪尔·克莱门斯（Clemens, Samuel）
Tyler, Moses Coit 摩西斯·科伊特·泰勒:《美国革命文学史》, 142
Tyler, Royall 罗耶尔·泰勒, 633;《阿尔及利亚的囚徒》, 549, 573, 626, 636—638;《比照》, 548, 552, 574, 581—587, 627, 637;《从科隆到斯旁迪的商店》, 550, 568;《乔治亚的投机》, 583;《小镇的五朔节》, 583
typology, biblical 圣经的象征学, 174, 194, 24, 250, 259, 269, 276—277, 389, 405; 保守的, 188, 199, 229; 在皈依叙述中, 291; 定义的, 188; 英格兰的, 212; 与性别关系, 218; 与历史, 188, 199, 212, 215—216, 221, 223—224, 229; 与语言, 174, 181, 188; 自由的, 220, 229, 230; 文学的使用, 415, 596; 科顿·马瑟对其的使用, 211—212; 与新英格兰, 212, 229, 258; 政治的使用, 394, 398—399, 412

U

Underhill, John：约翰·安德希尔:《美洲新闻》, 192
union 联合, 398—399, 497, 507; 美国对其的观点, 457, 460, 471, 478, 480, 487; 在《宪法》中, 484—485; 民主的, 425; 与架构, 487; 其政府, 515;《西北法令》论, 492; 在信仰复兴运动中, 397—399, 404—406; 与奴隶制, 682; 其学说, 445
Unitarianism 唯一神教, 282, 296; 其开端, 293
United States 美利坚合众国, 2, 3, 71, 405, 555; 在《联邦条例》中, 477; 其银行, 493, 571; 圣经中的模式, 519; 与公共定义, 167, 595; 在《宪法》中, 484; 其文化形式, 557; 与欧洲的对抗, 660; 其旗帜, 455—456; 其建立, 24, 132; 其国玺, 395; 其理想, 612; 作为崭新建筑物, 9, 386—387, 424; 其自然环境, 151, 688; 成功, 663; 财长大臣, 467; 国防部, 150; 同时参考美国, 美国人（America, Americans）
Universalism 宇宙神教, 48, 77, 282; 其开端, 296; 英国的, 566
urban culture 城市文化, 125, 285, 334, 568—569, 656—657; 与纯文学, 309; 其中的阶层, 654; 其商业主义, 649; 其市场, 447; 与便携财产, 653—654; 与财富, 655
utopia, utopianism 乌托邦, 乌托邦主义, 3, 115, 330, 650; 美洲的, 111—113, 130,

148；反 - ，693；基督教的，183—204，298；与俱乐部文化，322；在新英格兰，181—182；清教徒的，7，181—183，193—195；与温斯洛普，182，194—195

V

Vainlove, Tim 蒂姆·温拉吾，《致新英格兰波士顿的女士们》，318
Valladolid 巴利亚多利德，48
Valley, Forge (Pennsylvania) 福吉谷（宾夕法尼亚），426，574；在文学中，595
value, economic 经济价值，109，330，469；交换，555，687—688；市场，565；美国土著的观点，41—42，l153；自然的，687—688，690—691；在新世界中，17—18，46，59—60，65，109，111；财产的，108，505—506，521
Vanderkemp, F. A. 法官范达根，528
Vane, Henry 亨利·文，195
Vatican 罗马教廷，47
Vaughan, Henry 亨利·沃恩，227
Vermont 伏蒙特，412
Vespucci, Amerigo 亚美利哥·韦斯普奇，38—39，45，111；《写给索德里尼的信》，25，27
Vickery, Sukey 苏基·威克瑞：《艾米莉·汉密尔顿》，624
Virgil 维吉尔，120，227，329，332，570；《埃涅伊德》，564，595—596
Virginia 弗吉尼亚，13，56，73，76，111，189，331—332，334，364，386，424，439，451，529，535，587，589；与美国革命，505—506；英国国教，393；蓝脊山脉，127；其边界，103—107；伯德论，104—108；其商品，65；与《宪法》，489；其组成，471—472；其法院，393，505；地方执行政务会，103；其探险，21，30—31，109，332，334；其政府，73，100；其历史，53—57，97，99—101；城镇自治议会，427—428，436—437；杰斐逊论，43，98，121—123，127，138—139，333，366，383—384，420，510，523，617，627；对土地的要求，331，516；在文学中，578；其地图，28—29，80；美国土著，53—57，65—67，69，80，98，101—102；报纸，313，334，517；帕森的原因，436；为其的特许，103；政治动荡，447；其收益性评估，29，59—62，65，69，72—75，218；其宗教，350，397，399，492；其奴隶抗议，517；其社会结构，94，96—97，102，l47；州训，590；其州玺，505—506；其最高上诉法院，505；同时参考詹姆斯顿；罗阿诺克（Jamestown；Roanoke）
Virginia, University of 弗吉尼亚大学，350
Virginia Company 弗吉尼亚公司，69，75，97
Virginia Gazette 《弗吉尼亚公报》，313，334，517
Virginia Plan 弗吉尼亚计划，481
virtue 美德，394，447，455，467，604；与腐败的对抗，383，396，447，535；作为启蒙

索 引

运动的主题，379；其图像画法，492，505—506，526；与自然，455；爱国的，389，435，459；公众的，410，430，535；共和国的，420，490，526；在信仰复兴运动中，396；其凡俗化，418；与自我利益的对抗，360，587

visual arts 视觉艺术，65，336，565；其销售，691；邓禄普的事业，553，583；调版画，38，66—68，570，605，691；边疆绘画，40；其表现的历史，337；与文学，688—691；作为奢侈品，670；杂志上的插图，690—691；与小说，689—691；绘画，40，65—68，158，689—690；其职业化，691；与种族，66—67；浪漫主义的，66，158；与科学，133—134；发现的主题，38

Volney, Chasseboeuf de 查斯波夫·德·沃尔尼，151；《美利坚合众国土壤和气候大观》，128

Voltaire, Francois Marie Arouet 伏尔泰，381；《贡第德》，110，113

W

Waldegrave, Mary 玛丽·沃德格雷弗，161

Waldseemuller, Martin 马丁·沃德希穆勒：《宇宙学入门》，25

Walduck, Thomas 托马斯·沃达克，316

Wales 威尔士，111

Walker, Timothy 蒂摩西·沃尔克：《美国法律入门》，493

Waller, Edmund 埃德蒙德·沃勒，309

Walley, Sarah 莎拉·沃利，293

Walley, Thomas 托马斯·沃利：《吉利德的药膏》，261

Walpole (New Hampshire) 沃尔普尔（新汉普郡），559，568

Walpole, Horace 贺拉斯·沃波尔，120，322，330

Walsh, Robert 罗伯特·沃尔什，364

Walsingham, Francis 弗朗西斯·沃星汉姆，21—22

Wampanoags 沃帕诺阿人，190—191，221，263

Ward, Nathaniel 纳撒尼尔·沃德，204；《美国阿伽万的纯朴鞋匠》，203

Ward, Ned 尼得·瓦德，314；《新英格兰之旅》，312—313

Warner, Susan 苏珊·华纳，557

War of 1812 1812年战争，571，576；与经济变革，589，690；与意识形态变革，556；在文学中，372，581，594，610，641—642，668，681，683

Warrel, Joseph 约瑟夫·瓦里尔，319

Warren, James 詹姆斯·华伦，387，527，545，607

Warren, Joseph 约瑟夫·华伦，579

Warren, Mercy Otis 莫西·奥帝斯·华伦，616；《溜须拍马》，545，579；《致菲德里奥》，607；《集体》，579；《美国独立革命的……历史》，527，535—536；《卡斯提尔

835

○索　引

的姑娘们》，597；《新宪法之观察》，527；《诗歌》，593；《罗马洗劫》，593，597

Warren, Robert Penn　罗伯特·朋·华伦，551

Washington（city）　华盛顿（城），40，121，590

Washington, George　乔治·华盛顿，340，362，370，422，424，456，504，516—517，527，534，598，606，610；与美国革命，348—349，386—387，535；《国家通告》，350，384—387，574；与康涅狄格才子，598；与《宪法》，484，487，493；与危机，386—387；与斋戒日，424；第一次就职演说，424；作为文学赞助人，566，574，592，601；其文学风格，384—386；在文学中，377，545，574—576，578，587—588，592—593，596，608，642，644，659，672，680，682—683；作为爱国主义的楷模，587，592；与美国土著，511—512，515；《总统告别演说》，350，420，574；退休，387—388；与奴隶制，516—517，535；在富治谷，426

Waterhouse, Benjamin　本杰明·沃特豪斯，420，463

Watterston, George　乔治·沃特斯顿：《格伦卡恩》，又名《青春的失望》，626

Watts, Isaac　伊撒克·瓦兹，310

Wayne, Anthony　安东尼·韦恩，545

wealth　财富，86，94，237，293—294，405，520；阿兹台克，51—52；其变化的观点，17—19，73，653；与圣职人员，282—283；与殖民化，17—18，72，91；与帝国，330；富兰克林论，277，362；土地作为，331，653—654；在文学中，651，653—654，656；自然作为，691；在新世界，31，46，73—74；其便携形式，634，655；与清教徒，190，265，268，277

Webb, George　乔治·韦伯，326；《单身汉大厅》，317

Weber, Max　马克思·韦伯，286

Webster, Daniel　丹尼尔·韦伯斯特，378，534，537

Webster, Noah　诺亚·韦伯斯特，563；论美国文学，548；

Webster, Noah　诺亚·韦伯斯特作品：《美国拼写读本》，124；《关于过去几年美国流行的肝胆热病论文集》，124；《简明辞典》，124，640；《关于近年来气温变化假说的论文》，124

Weetamoo　威塔莫，264

Werowocomoco　威罗沃可莫可，54

Wesley, Samuel　塞缪尔·卫斯理：《乔治亚赞》，331

West, American　美国西部，40，651；其社会，420，477；向其的移民，151，256；对其的探险，131，138，149—150；对其的恐惧，513；在虚构文学中，161—166，639，651，692；刘易斯与克拉克，149—151，155—156，161，167；与美国土著，39，131，150，507；其种族冲突，223

West, Benjamin　本杰明·韦斯特，317，336；《沃尔夫将军之死》，337，690

West, Samuel　塞缪尔·韦斯特，411，419；其选举布道，407，410，418，464

Westchester County（New York）　西切斯特镇（纽约），679

索 引

West Church（Boston） 西教堂，353，390，408

West Country（England） 西部地区（英格兰），255

western civilization 西方文明，60，311，330，336，573；帝国主义，47；与美国土著，55；其浪漫传统，70，573；从史诗到小说的转化，544

Westfield（Massachusetts） 威斯特菲尔德（马萨诸塞），226，245

West Indies 西印度群岛，23，65，316，330，333，342，610；对其的探险，30—32；奴隶制，90

Westminster Abbey 威斯敏斯特教堂，669

Westminster Assembly 威斯敏斯特大会，200

Westover（Virginia） 威斯特奥弗（弗吉尼亚），103，105

Wetersoons 维特孙人，152

Wethersfield（Connecticut） 威瑟斯菲尔德（康涅狄格），264

Wheatley, John 约翰·惠特礼，519，604，605

Wheatley, Phillis 菲利丝·惠特礼，555，564；其事业，604—606；杰斐逊对其的回应，606，617；其文学风格，554；《伍斯特将军之死》，605；《关于各类主题的诗》，604；论宗教，524；论克里斯多夫·塞得，358—359；论奴隶制，519；《为新英格兰剑桥大学所作》，604；《关于道德》，604

Wheatley, Susanna 苏珊娜·惠特礼，519，604

Wheeler, Mercy 梅西·惠勒：《给年轻人的忠告》，253

Wheelock, Ebenezer 埃比尼泽·惠洛克，403

Wheelock, Eleazar 以利亚撒·惠洛克，37

Wheelwright, John 威尔莱特，约翰，196

Whigs 辉格党，335，405；在美洲，395，428，431，450；英国的，442，506；与俱乐部，317，322—323；与常识哲学，336；与《独立宣言》，472；在文学中，578—580；其诗歌，324；其政治学说，472，545；激进的，414，431，459；与王室权力，474，478；其感情主义，324—325，336，579—580，585；其历史学说，381—382，412，428，451，473

Whin-Bush Club（Edinburgh） 温布什俱乐部（爱丁堡），321

Whiskey Rebellion 威士忌叛乱，551，583

White, George 乔治·怀特：《乔治·怀特的生活简述》，520

White, John 约翰·怀特（fl. 1585—1593），65—67，79；《第五次航行》，30—31；罗阿诺克绘画，99

White, John (father of Mary Rowlandson) 约翰·怀特（玛丽·罗兰德森的父亲），263

White, Mary 玛丽·怀特，参考玛丽·怀特·罗兰德森（Rowlandson, Mary White）

Whitefield, George 乔治·怀特菲尔德，288，326，396；与复兴，284，298—299

White Hall（London） 白宫（伦敦），325

White Plains（New York） 怀特·普莱恩斯（白原）（纽约），529

837

索引

Whiting, John 约翰·惠汀:《以色列福祉之路》, 262

Whiting, William 威廉·怀亭:《致马萨诸塞州柏克夏郡居民》, 465

Whitman, Elizabeth 伊利莎白·惠特曼, 544

Whitman, Walt 沃尔特·惠特曼, 592, 602, 615, 619; 论美国文学, 565

Wigglesworth, Michael 迈克尔·威格尔斯沃斯, 208, 236, 243;《末日》, 243—244;《日记》, 208—209;《上帝与新英格兰的分歧》, 244;《食肉者口中肉》, 243—245

Wignell, Thomas 托马斯·威格耐尔, 552, 584

wilderness 荒野, 84—87, 129, 147, 188, 375, 470; 巴特拉姆论, 127—128, 146, 148; 布鲁克顿·布朗论, 161, 163; 与文明, 86—87, 687; 其生活条件, 226, 238; 库珀杰斐逊论, 688—689, 691—692; 其发展, 64—65, 85, 119, 123, 128, 492; 对其的恐惧, 351, 396, 507; 杰斐逊论, 122—123, 148; 与天定命运, 149; 与千年福国论, 397; 与美国土著, 39, 44, 46, 50—51; 与《西北法令》, 492; 清教徒的观点, 192; 其象征意义, 77, 81, 85—86, 99, 128, 212, 230, 259—260, 262, 288, 468; 其价值, 109; 西部, 651

Wiley, Charles 查尔斯·威利, 685

Wilkes, John 约翰·威尔克斯, 358

Willard, Samuel 塞缪尔·威拉德, 268, 279, 281;《一个孩子的命运》, 262;《信守契约》, 262;《火刑》, 261;《神圣的商品》, 262;《加倍宽恕》, 262

Willett, Martha 玛莎·威利特, 233

William (a slave) 威廉（奴隶）, 505

William III (king of England) 威廉三世（英格兰国王）, 210, 258, 445

Williams, Abraham 亚伯拉罕·威廉姆斯, 407

Williams, Edward 爱德华·威廉姆斯:《弗吉尼亚地图》, 28

Williams, Elisha 伊利沙·威廉姆斯, 418;《基本权利和自由》, 401

Williams, Roger 罗杰·威廉姆斯, 95, 101, 174, 189; 与科顿, 197—200; 论美国土著, 39, 76—83, 154, 197—198, 229—231; 与清教徒主义, 77, 206, 216; 与象征学, 199, 229—230;

Williams, Roger 罗杰·威廉姆斯作品:《迫害的血腥教义》, 198—199;《更血腥的血腥教义》, 198—199;《美洲语言入门》, 6, 59, 76—83, 198, 229—231

Williams, Solomon 所罗门·威廉姆斯, 300

Williams, Stephen 史蒂芬·威廉姆斯: 其日记, 246

Williamsburg (Virginia) 威廉斯堡（弗吉尼亚）, 334, 451; 其剧院, 341; 其城市文学化, 334

Wilson, James 詹姆斯·威尔逊, 451, 472, 481, 486;《致殖民地居民》, 456—457

Wilson, John 约翰·威尔逊, 196

Wilson, Mary (Danforth) 玛丽·威尔逊（丹佛斯）, 259

Winetarees 温尼塔力人, 152

索引

Winslow, Edward 爱德华·温斯洛, 218;《来自新英格兰的好消息》, 84

Winthrop, John 约翰·温斯罗普, 76, 189, 190, 197, 219, 231; 论权威, 217—218; 论圣约, 194—195; 论安妮·哈钦逊, 197, 218, 237; 其对编史的影响, 217, 224; 其生平, 190; 其文学风格, 194—195, 217, 220; 与科顿·马瑟, 277; 与美国土著, 220; 其政治角色, 205, 216; 论天花, 192; 其乌托邦理想, 182, 194—195; 去新英格兰的航行, 199, 236;

Winthrop, John 约翰·温斯罗普作品:《新英格兰史》, 193, 217;《日记》, 193, 195, 217—218;《关于自由的小发言》, 218;《基督教慈善的典范》, 193—194, 204;《新英格兰要发展种植业应该考虑的理由》, 193

Winthrop, Katherine 凯瑟琳·温斯罗普, 268

Wirt, William 威廉·沃特, 436;《帕特里克·亨利的一生和性格》, 590

Wise, John 约翰·怀斯, 274; 其文学风格, 286—287, 289;

Wise, John 约翰·怀斯作品:《赞成的教会争议》, 287;《为新英格兰教会政府的辩护》, 287;《给忧伤的国家的一言慰藉》, 287

wit 聪慧, 287, 309—310; 与纯文学, 310, 312, 318; 伯德, 107—108; 与俱乐部, 314, 317; 礼仪的, 309—310; 与新光, 326; 在小说中, 635; 在清教徒的写作中, 227, 247—248, 253; 妇女与, 253, 312, 314

witchcraft crisis (Salem) 巫术危机(沙仑), 257, 268, 280, 286; 牧师在其中的角色, 7, 173—175; 其发现, 172; 对社会产生的影响, 181—182; 历史对其的诠释 171, 181—182; 与哀叹史, 263; 其语言, 171—182; 地方官员与, 172—179; 科顿·马瑟论, 180, 271, 275; 其中的宗教事件, 173, 179; 其根源, 181; 与鬼怪证据, 177; 其审判, 171—173, 175—180; 与妇女, 7, 171, 173, 237

Wits 才子, 参考康涅狄格才子

Woburn (Massachusetts) 沃本市(马萨诸塞), 219

Wolcott, Roger 罗杰·沃尔科特, 252

Wolfe, James 詹姆斯·沃尔夫, 337, 690;《人类光荣的顶点》, 357

Wollaston, Captain 沃莱斯顿船长, 91

Wollstonecraft, Mary 玛丽·沃斯通克拉夫特, 609

women 妇女, 197, 264, 574, 622, 631; 与废除奴隶制度, 638; 与美国革命, 340, 527, 529—531, 607; 与作者身份, 525—529, 550, 557, 566—567, 606—609, 616, 621—622, 630—631, 633, 638, 677, 679; 与自传写作, 291; 在纯文学中, 6, 311—312, 318—319, 321, 337—341; 布鲁克顿·布朗的观点, 644, 650, 655, 658—659; 与公共人文主义, 649—650; 由其创作的公共诗歌, 337—338; 与写书, 526; 与《宪法》, 496—497, 506; 作为消费者, 621; 与家庭生活, 236, 240—241, 529, 535, 607, 621; 与教育, 236, 239, 253, 528—530, 550, 553, 562, 567, 598, 608—609, 630; 挽歌, 234; 富兰克林对其的同情, 622, 644; 其自由, 442; 与政府, 501; 其历史, 195; 其肖像学, 204, 231—233, 273, 288—289, 525—526,

839

○索　引

533；其独立，566—567，587，631—633，650；与个人，550，557，567，609，633，650；其说明性写作，510；与法律，498—499，506，508；其文学框架，567，609；其文学策略，8，241，340，403，509，526—528，531，592，606—609；在文学中，235，530，581，586，608，621，629—634，650，655—656，680；与手稿传统，338；与婚姻，506—508，528；科顿·马瑟论，273；美国土著，100，151，154，164—166；与报纸/杂志，311—313，337—338，526，528—529，536，562；与小说，621，658；与期刊，311—313；与政治，337—338，340—341，507，527，529，531，607—609；与私人领域，236，238，607—608，621，649；与财产，506—507，632，650，653，656；与公共领域，525，532，607—608；在清教徒社会中，184，197，218，220—221，226，235—241，252—254，264，273，289—290，292—293；作为读者，550，598，630，637，640，659，677，679；与共和主义价值，528，566—567，634，649；其权力，501—502，507，525，529，532，566—567，608，632，634，644，658其在宗教生活中的角色，280—281，288—289，529；在浪漫传统中，70，291—292；与讽刺文学，235—236，310，545，547，607；与感情主义传统，557，606，649；仆人阶层，107—108；与"七年战争"，337—338；与奴隶，607；与社会流动，635—636；"妇女领域"，236，240—241，526，530；其附属，566—567，630；与才智，312，314；与巫术危机，7，171，173

Wood, Sarah　莎拉·伍德，552—553，627；《道沃尔》，626，634—635

Wood, William　威廉·伍德：《新英格兰的前景》，231

Woodbridge, John　约翰·伍德布里吉，238

Woodbury, Anna（Barnard）　安娜·伍德伯里（巴纳德），285

Woodmason, Charles　查尔斯·伍德梅森，318；《印度语》，332

Woodworth, Samuel　塞缪尔·伍德伍兹，680；《自由的战士》，640—643；《老橡木桶》，640

Woolman, John　约翰·伍尔曼：《牧师随记》，407

Woolwich（England）　沃尔维奇（英格兰），32

Wooster, David　大卫·伍斯特，519，605

Worcester（Massachusetts）　伍斯特（马萨诸塞），561

Worcester Magazine　《伍斯特杂志》，561

Wordsworth, William　威廉·华兹华斯，140—141，159—161；《抒情的歌谣》，613；《序曲》（1805），130

Wright, Louis B.　路易斯·B. 赖特，343

Wright, Susanna　苏珊那·赖特，318，339—340

writing　写作，135，160，313，352，350，360，363，366，435，467，471，476，494，525，527，568；与行动，490；与抱负，653；与美国革命，349—351，366，379，426，468，470；布鲁克顿·布朗论，646—649，653，656—657；与文明，78—79，100；与殖民化，13，20，36—38，56，59，69，82，157；哥伦布的观点，18—20；作

索引

为商品，157；与赞同，489；其文化作用，351，366；与启蒙运动，378—379；作为证据，521；与探险，13—15，18—19，156—157；与历史，4，13—14，119，36，41，55—57，59，84，165—166，168，350—351，474；与意识形态，33—35；作为劳动，547，553，583，602，611，628；作为调停，646；与美国土著，13—14，37—38，78—79，100；与演讲术的对抗，312，646—650，657；与小册子，468—469；政治的，468—469，474，640；公共文献的，157，361，467—468，476，482—483，487，491，648—649；与接受，351，435，448；与宗教，424；与自我创造，157；作为标志，360—361，426；同时参考作者身份；印刷文化

Wroth, Laurence C.　劳伦斯·C. 劳斯，343
Wyandotte　怀恩多特族，514
Wyllys, Ruth (Taylor)　露丝·威利斯（泰勒），245

X

Xenophon　色诺芬，120

Y

Yale College (University)　耶鲁学院（大学），126，278，336，401，548，552，598；其保守主义，296；与爱德华兹，293，300，306；其建立，281—282；文学团体，283，550；其院长，246，283，405
Yankees　杨基，412，416；喜剧的，584；与民主，584，666—667；作为文学中的人物，666—667，671—672，688；与清教主义，269
"Yankee Doodle"　《美国佬》：作为爱国歌曲，549
Yates, Robert　罗伯特·耶兹，480
Yorkshire (England)　约克郡（英格兰），208，255，334
Yorktown (Virginia)　约克镇，529，535
Young, Edward　爱德华·扬：《英国商人》，330

Z

Zar-dandan　撒-丹丹，17
Zenger, John Peter　约翰·比得·曾格，324
Zwingli, Huldrych　乌尔里克·兹温格利，185

北京市版权局著作权合同登记章
图字：01-2006-3245

The Cambridge History of American Literature, Volume 1
Edited by Sacvan Bercovitch
Originally published by the Press Syndicate of the University of Cambridge
Copyright © Cambridge University Press 1994

本书全球简体中文版由剑桥大学出版社授予中央编译出版社独家出版发行。
版权所有，非经书面授权，禁止以任何形式进行摘录、复制或转载。

图书在版编目（CIP）数据

剑桥美国文学史．第1卷/（美）伯克维奇（Bercovitch, S.）主编；
蔡坚主译．—北京：中央编译出版社，2008.1
ISBN 978-7-80211-567-5

Ⅰ．剑…
Ⅱ．①伯…②蔡…
Ⅲ．文学史—美国
Ⅳ．I712.09

中国版本图书馆CIP数据核字（2007）第190406号

剑桥美国文学史．第1卷

出 版 人：和 龑
责任编辑：郑 锦
责任印制：尹 珺
出版发行：中央编译出版社
地　　址：北京西单西斜街36号（100032）
电　　话：（010）66509360　66509353（编辑部）
　　　　　（010）66509364（发行部）　（010）66509618（读者服务部）
ｈｔｔｐ：//www.cctpbook.com
Ｅ-ｍａｉｌ：edit@cctpbook.com
经　　销：全国新华书店
印　　刷：北京新丰印刷厂
开　　本：787×1092毫米　1/16
字　　数：970千字
印　　张：54
版　　次：2008年1月第1版第1次印刷
定　　价：118.00元

本社常年法律顾问：北京建元律师事务所首席顾问律师　鲁哈达